戲曲辭典

王沛綸編著

中華書局印行

俞序

五年前，莊本立君偕同王沛綸來看我，本立是我的青年畏友，沛綸先生還是第一次晤面。那時節，沛綸先生所編的「音樂辭典」剛出版不久，我已數度繙閱過，極欽服他的學力與毅力，更欣然於能和他晤談。

記得那次我們談話範圍，不出中國戲曲音樂，沛綸先生提出許多名詞銓釋問題，徵詢我們的意見。其實，就這方面言，沛綸先生似乎已下過一番工夫，他懂得很多，懂得很透徹。本立對中國音樂發展過程，尤其是樂律與樂器構造，有超越前修的學識，即席釋疑解惑，多所發揮。那席十分愉快的談話，我等於是他們兩位的聽衆。

我當時以爲沛綸先生或有意補充他的「音樂辭典」，加強中國音樂名詞的銓釋，不想事隔五年，他竟完成了這部「戲曲辭典」的獨立創製。

承沛綸先生的美意，囑我在卷頭寫幾句話，來紀念我們那次愉快的談話。

我把他的原稿，窮數日之力，逐條閱讀一過，發現了本書具備兩大特點，一是內容豐富，二是銓釋精當，請略申述之：

㈠本書內容：包括了中國戲曲形成之前，與形成之後的樂曲名詞；戲曲伴奏樂器名稱及構造的說明；元、明、清的雜劇和傳奇的劇目及本事；（平劇及地方戲的部份未收入，那只有另成專書了。）歷代戲曲家的姓名及簡歷；劇場專用名詞及舞台術語；元明戲曲中的方言俗語；實際上囊括了廣義的劇場一切知識，以抽絲剝繭方法，鑄成一把劇場知識的全能鑰匙。

尤其值得一提的是本書所取素材，有些出於叢書中著述，有些出於卷帙浩繁的專書，前者私人力量不易收羅齊備，後者更非私人力量所能購致，沛綸先生採掇成書，有如瓊林寶庫，百貨齊全，又有如蜂釀百花，盡成蜜汁。戲曲讀者遇到疑難名詞，毋須到圖書館去尋找解答，開卷即可瞭然。

㈡銓釋精當：戲曲名詞，尤其是古劇樂曲名詞，極不易解，經過王靜安先生以次的戲曲研究家，對這方面下了一番考據工夫，也具有極大貢獻。但這些考據文字，動輒數百字，而且性質專門，文字艱深，非一般人所能讀懂。經沛綸先生採錄的，往往文字精簡，把專門性的考據文字，化爲普及性的銓釋，如釋「賺」，釋「結聲」等條。遺憾的是這一類的名詞，特別屬於古劇方面的，似略嫌不足。

一部詞典性質的工具書，具備上述兩項特點，其有益於治戲曲的學子，不言自喻。當然，戲曲名詞，浩如烟海，搜集難求完備，銓釋也難求全無紕謬。但沛綸先生以一人之力，在短短的五年中完成這一巨製，這種治學精神，驚人毅力，在我個人而言，油然興起一股肅然起敬的誠意。不獨對此書不久問世，歡喜讚歎而已。

中華民國五十八年四月廿五日　俞大綱

例　言

（一）本書所收辭類，以有關元明清三代戲曲之專門知識為主。

（二）本書所收辭類，計分人名、劇名、書名、牌名、方言、術語等部門，按照筆畫，綜合編排，都六千六百餘條。

（三）本書所收人名，又分戲曲家與劇中人二大類，前者略敘其生卒年代及重要作品　後者則述其生平逸事，傳世特行。

（四）本書所收劇名，又分雜劇與傳奇二大類，其劇情故事有籍可稽者，在可能範圍內，無不盡量錄入，以增讀者之興味。

（五）本書旨在供給初學戲曲文藝者以應用之工具，故術語之解釋，力求深入淺出，其稍涉艱深之詮釋，概從簡略。

（六）本書編者才識疏陋，掛漏訛誤，當屬難免，敬乞明達　指教。

民國五十八年七月王沛綸識

作者其他編著

音樂辭典　音樂字典　歌劇辭典　交響曲主題

協奏曲主題　奏鳴曲主題　實用指揮法　怎樣唱國歌

檢字表

五畫

六畫

七畫

八畫

十畫

十一畫

十三畫

十四畫

十七畫

一畫

【一】管色譜之第七音。猶西樂之唱si也。字亦作乙。

【一了】古方言。猶云向來也。本來也。例如病劉千：「一了說。明槍好躲。暗箭難防。」一了說。猶云向來說也。又如爭報恩：「大奶奶一了是個好人。」言大奶奶本來是個好人也。

【一向】古方言。㈠猶云一味也。一意也。例如董西廂：「一向痴迷。不道其間是誰住處。」此言張生於普救寺瞥見鶯鶯。一味痴迷。逕欲向前。不顧其爲相國寓所也。㈡猶云近來也。一會兒也。例如范張雞黍：「哥哥這些話。我也省的。這一向我早忘了一半也。」此言近來却忘了一半也。向亦作晌。例如董西廂：「低頭了一晌。把龐兒變了眉兒皺。」此言低了頭一會兒也。

【一曲】樂之一闋也。避暑錄話：「朱維工吹笛。上皇召試之。維不得已。勉爲一曲。」

【一投】見投條。

【一弄】古方言。猶云一派也。例如西廂記：「張生。你見麼。今夜這一弄兒。助你兩個成親也。」此言一派佳景也。漁樵記：「一弄兒多豪俊。擺列着骨朶衙仗。水罐銀盆。」此言一派濶氣也。誤入桃源：「一弄兒行色蕭條。恰便似游仙夢。撇然覺。」此言一派蕭條也。見一弄兒條。

【一剗】古方言。㈠猶云一派也。例如麗春堂：「元來是文武官職。一剗地濟濟蹌蹌。」又如金線池：「怎麼門前地也沒人掃。一剗的長起青苔來。」凡云一剗地或一剗的。皆猶云一派或統統也。㈡猶云一味也。例如寃家債主：「想人生一剗的錢親。呆痴也。豈不聞有限光陰有限身。」此言一味的看重錢財也。又如柳毅傳書：「可曾有半點兒雨雲期。敢只是一剗的雷霆怒。」此言一味的大發雷霆也。

【一等】古方言。猶云一種也。例如梧桐葉：「有一等。入椒穿洞房的。似大王般敬伏。有一等。揚腐儒起陋巷的。以庶民比喻。」又如竇娥寃：「有一等婦女每相隨。並不說家克己。則打聽些閒是非說一會。」凡云有一等。皆猶云有一種也。

【一頭】見投條。

【一片心】傳奇名。清人劉赤江撰。

【一片石】雜劇名。清人蔣士銓撰。爲藏園九種曲之一。演立碑表識明寧王婁妃事。按作者當時爲南昌縣志總纂。以南昌城外明寧王朱宸濠妃婁氏墓殆近湮滅。聞之故老。知其所在。乃請布政使彭清源立碑識之。此劇卽作此事之始末者。蓋婁妃當正德十四年寧王謀叛時。諫之投水而死。土人私葬之也。（第一碑自序。）後經二十六年。復勸布政使吳翯堂遷其墓於官地修葺之。乃作第二碑。一名後一片石雜劇。記其始末。（第二碑自序。）

【一文錢】㈠傳奇名。凡六齣。明人徐復祚撰。爲四大痴之一。演守財奴盧至事。略謂天竺富豪盧至。偶於途中拾得一文錢。藏之袖中。懼失落。納諸靴中。恐疏忽。遂堅握掌中而行焉。適賣芝蔴者來。乃以此錢購得少許。徐徐分粒而食之。忽聞鳥聲。恐其來啄。乃藏身山中。樹木叢密鳥飛不下犬不得上之處食之。後經帝釋點化。遂翻然省悟。柳南隨筆：「予所居徐市。徐大司空聚族處也。前明之季。其族有二人。並擅高貲。一最豪奢。一最吝嗇。嗇者則爲諸生啓新。其族人揚初爲作一文錢傳奇以誚之。所謂盧至員外者。蓋卽指啓新也。」傳奇彙考：「一文錢雜劇。萬曆間人作。自標曰破慳道人。兩生天之上半截。卽採此爲藍本。而中間亦各有異處。」㈡見兩生天條。

【一斗鹽】燕樂大曲名。

【一疋布】曲牌名。南曲入越調。管色配六字調或凡字調。

【一半兒】曲牌名。北曲入仙呂宮。管色配小工調或尺字調。

【一丢丢】古方言。猶云小也。例如吳錫麒喜洪稚存自塞外歸梅花酒：「只狂愚挫汝一丢丢。」

【一合相】傳奇名。明人沈蘇門撰。

【一江風】曲牌名。南曲入南呂宮。管色配六字調或凡字調。

【一回家】見家條。

【一字髯】髯口名。簡稱一字。因其形似一字。故名。凡掛此髯者。多爲粗魯之人。如甘興霸、揚廷德、蔡天化、賀天彪等是。

【一字調】管色名。所謂一字調者。以小工調之一字作工也。一作工。五作尺。六作上。凡作一。工作四。尺作合。上作凡是也。王光祈中國音樂史云：「王季烈集成曲譜吳梅顧曲麈談皆以雙調配乙字調或正宮調。」亦作乙字調。

【一弄兒】古方言。猶云一地裏也。例如漢宮秋：「回到這寢殿中。一弄兒助人愁也。」見一弄條。

【一串珠】喩歌聲圓溜如串珠也。輟耕錄：「唱有子母。調有姑舅兄弟。有字多聲少。有聲少字多。所謂一串驪珠也。」

【一珠花】曲牌名。南曲入南呂宮引。管色配六字調或凡字調。北曲入南呂調隻曲。一名占春魁。

【一枝春】曲牌名。南曲入黃鐘宮正曲。

【一夜鬧】南戲名。元代無名氏撰。沈伯明南詞新譜趙景深宋元戲文本事俱錄此目。南九宮譜僅存殘文一曲。

【一盆花】曲牌名。南曲入仙呂宮。管色配小工調或尺字調。

【一陌兒】古方言。猶云一百張也。一百串也。陌亦作百。

【一封書】曲牌名。南曲入仙呂宮。管色配小工調或尺字調。

【一封歌】曲牌名。南曲入仙呂宮。管色配小工調或尺字調。

【一封羅】曲牌名。南曲入仙呂宮。管色配小工調或尺字調。

【一品爵】傳奇名。清人李玉、朱佐朝合撰。

【一拳兒】古方言。猶云一批也。一椿也。

【一笑散】戲曲別集名。明人李開先撰。計收雜劇園林午夢、打啞禪、攪道場、喬坐衙、昏廝謎、三枝花、大鬧土地堂等六種。

【一笠菴】見李玉條。

【一捧花】傳奇名。清人朱佐朝撰。

【一捧雪】傳奇名。清人李玉撰。爲一人永占之一。演莫懷古家傳玉盃一捧雪。爲嚴世蕃所覬覦。因而釀成大獄事。相傳太倉王忬家傳玉盃。名一捧雪。又有張擇端清明上河圖。皆希世之寶。宰相嚴嵩子世蕃索取二物。忬以贋物餽之。世蕃門客有湯裱褙者。摘其非眞。世蕃大銜恨。而忬子世貞。時時譏切嚴氏。楊繼盛之喪。世貞爲之經紀。嵩父子益大恨。遂以邊事陷忬坐法。此劇託名莫懷古。實指忬也。

【一捻兒】古方言。猶云微小也。年輕也。例如劉廷信折桂令：「嬌滴滴一捻兒年紀。磣磕磕兩下裏分飛。」

【一斛珠】㈠傳奇名。清人程枝撰。略謂唐明皇於花蕚樓思念梅妃。會夷使貢珠。乃命封一斛賜之。妃謝以詩。即：「長門盡日無梳洗。何必珍珠慰寂寥」是也。㈡曲牌名。北曲入仙呂調隻曲。南曲入雙調引。

【一著先】傳奇名。清人朱素臣撰。

【一落索】曲牌名。南曲入高大石調引。

【一會價】見家條。

【一團花】傳奇名。清人俞德滋撰。

【一種情】傳奇名。演揚州何興娘與崔興哥生死姻緣事。此劇原本已佚。今歌場所流行者。僅冥勘一折。尚有拾釵一折。見納書楹曲譜。此劇作者不詳。劇說卷五云：「吳石渠十二三時便能塡詞。一種情傳奇乃其幼年作也。」曲海提要則云：「相傳時人李漁所作。」一不知二說孰是。

【一翦梅】曲牌名。南曲入南呂宮引。管色配六字調或凡字調。

【一搭兒】古方言。猶云一帶也。指方位而言。

【一撮棹】曲牌名。南曲入正宮。管色配小工調或尺字調。

【一戳髯】髯口名。簡言之曰一戳。即嘴上一撮鬍鬚之意。掛此髯者。皆爲不規則之人。如九龍杯之王伯雁即掛此髯。

【一篇錦】見合家歡條。

【一錠銀】曲牌名。北曲入雙調。管色配乙字調或正工調。

【一機錦】曲牌名。南曲入仙呂入雙調。北曲入雙調。管色配乙字調或正工調。

【一人永占】戲曲別集名。清人李玉撰。計收一捧雪、人獸關、永團圓、占花魁四種。有墨憨齋定本傳世。

【一門忠孝】雜劇名。正題卞將軍一門忠孝。明人谷子敬撰。

【一麟三鳳】雜劇名。明人陳清長撰。劇品謂此劇：「南北一折。作詞以媚人者。詞必不佳。所述皆富貴繁華之境。亦不能佳也。」

【一笠菴傳奇】戲曲別集名。清人李玉撰。計收一捧雪、人獸關、占花魁、永團圓、麒麟閣、風雲會、牛頭山、太平錢、連城璧、眉山秀、昊天塔、三生果、千忠會、五高風、兩鬚眉、長生像、鳳雲翹、禪眞會、雙龍佩、千里舟、洛陽橋、武當山、虎邱山、清忠譜、掛玉帶、意中緣、萬里緣、萬民安、麒麟種、羅天醮、秦樓月、埋輪亭、一品爵等三十三種。前四種另題一人永占。

【一箭保韓莊】見保韓莊條。

【一文錢纏到底】雜劇名。明代無名氏撰。

【一百二十行販揚州】見販揚州條。

【一笠菴北詞廣正譜】書名。凡四冊。清人徐于室撰。李玄玉更定。有康熙文靖書院刊本。按李玉曲學最深。所定一笠菴北詞廣正譜。較之太和正音譜所集諸體數倍之。以點板正確見稱。爲譜北曲者所不可缺之寶鑑也。

【一琴一研之堂曲譜】書名。清無名氏編。凡二卷。有清抄本。

【乙】見一條。

【乙字調】見一字調條。

二畫

【十二月】曲牌名。北曲入中呂宮。管色配小工調或尺字調。

【十二科】見雜劇十二科條。

【十二律】謂陽律六。黃鍾、太簇、姑洗、蕤賓、夷則、無射。陰律六。林鍾、南呂、應鍾、大呂、夾鍾、中呂也。漢書律曆志：「律有十二。陽六爲律。陰六爲呂。」

【十二時】㈠曲牌名。南曲入商調引。管色配六字調或凡字調。㈡尾聲之別稱。南曲尾聲皆用十二板爲節。故名。吳梅曲學通論：「凡尾聲總用十二板。無論句法若何。統計總不出此數。故又謂十二時。又謂意不盡。」

【十二嬌】曲牌名。南曲入仙呂入雙調。

【十八拍】見胡笳十八拍條。

【十大快】傳奇名。清人郎灊長撰。

【十三娘】戲曲名。清人葉承宗撰。演荆十三娘爲夫友報仇事。本孫光憲北夢瑣言。並太平廣記卷十九六豪俠四荆十三娘篇。原文云：「唐進士趙中行家於溫州。以豪俠爲事。至蘇州。旅舍友山禪院僧房。有一女客荆十三娘。爲亡夫設大祥齋。因慕趙。遂同載歸揚州。趙以氣義耗荆之財。殊不介意。其友李正郎第三十九。有愛妓。妓之父母奪與諸葛殷。李悵悵不已。時諸葛殷與呂用之。幻惑太尉高駢。恣行威福。李懼禍。飲泣而已。偶語於荆娘。荆娘亦憤惋。謂李三十九郎曰。此小事。我能爲郎仇之。且請過江。於潤州北固山。六月六日正午時待我。李亦依之。至期。荆氏以囊盛妓。兼致妓之父母首歸於李。復與趙同入浙中。不知所止。」

【十三調】十三調者。由十七宮調演變而來。蓋所存六宮。不名爲宮。改稱爲調。如仙呂、黃鍾、正宮、中呂、南呂、道宮。但呼爲調也。明人蔣惟忠著十三調譜。即用此名。惟南曲有之。此變之最晚者也。吳梅曲學通論：「宋之詩餘。亦有注明宮調。屯田、白石皆能自譜自歌。其時作者踵起。家擅專門。今皆亡。不得見。所相沿可考。以不墜古樂之一線者。僅此十三宮調而已。」

【十三轍】轍者。皮黃唱詞之韻脚也。其體製略似曲韻。通常分爲十三道轍。中東、江陽、人臣、麻沙、言前、灰堆、衣期、姑蘇、由求、遙迢、梭撥、懷來、車舌、是也。

【十五郎】曲牌名。南曲入仙呂宮。管色配小工調或尺字調。

【十五貫】見雙熊夢條。

【十字句】戲曲唱詞。每十字爲一句者。曰十字句。例如捉放曹：「聽他言嚇得我心驚膽怕。」又如空城計：「我本是臥龍岡散淡的人。」皆十字句也。

【十字坡】雜劇名。清人唐英撰。爲古柏堂傳奇之一。

【十孝記】㈠傳奇名。明人沈璟撰。爲屬玉堂十七種之一。㈡南戲名。元代無名氏撰。南戲拾遺輯錄此目。

【十串珠】傳奇名。清人萬樹撰。

【十長生】雜劇名。正題東華仙三度十長生。明人朱有燉撰。

【十段錦】見雜劇十段錦條。

【十美圖】彈詞名。敘明曾銑爲嚴嵩所害。其二子更名姓。發憤讀書。得狀元及第。征服仇鸞。偵嵩與鸞通。奏明天子。置於法。賜十美人以彰其功。故亦名十美團圓。按此皆無稽之談。非紀實也。

【十破四】曲牌名。南曲入中呂宮。管色配小工調或尺字調。

【十探子】雜劇名。正題十探子大鬧延安府。元代無名氏撰。演監軍之子葛彪。打死延安人劉彥芳之妻。廉使李圭爲彥芳勘寃事。劇中葛監軍遣探子二人至延安勾拏李圭。圭不伏勾。責探子四十。並逐出之。如是者五次。即劇名所謂十探子也。

【十捧鼓】曲牌名。北曲入雙調。管色配乙字調或正工調。

【十番鼓】樂名。揚州畫舫錄：「十番鼓者。不用小鑼、金鑼、鐃拔、號筒。祇用笛、管、簫、絃、提琴、雲鑼、湯鑼、木魚、檀板、大鼓十種。故名十番鼓。有花信風、雙鴛鴦、風擺荷葉、雨打梧桐諸名。若夾用鑼鐃。則爲粗細十番。」

【十種曲】㈠見笠翁十種曲條。㈡見玉獅堂十種曲條。㈢見補天石十種曲條。㈣見玉夏齋傳奇十種條。

【十醋記】見滿牀笏條。

【十樣錦】㈠雜劇名。正題十樣錦諸葛論功。元明間無名氏撰。演宋初李仿與張齊賢奉朝命建立武成廟故事。南窗紀談：「中散大夫舊說謂之十樣錦。受命之初。不俟恩赦。便許封贈父母。一也。妻封郡君。二也。不隔郊騶薦。三也。奏子爲職官。四也。乘馬許行馳道。五也。馬鞍上施紫絲座。六也。馬前執破木板。七也。宴殿用金器具朶殿上。八也。許上遺表。九也。國史立傳。十也。」㈡集曲名。入仙呂宮。原名一片錦。因其係集十個有錦字之曲牌名而成。如疊字錦、窣地錦襠、畫錦堂錦上花之類。故名。

【十錦塘】傳奇名。凊人馬佶人撰。演武林和鼎事。

【十錯認】見春燈謎條。

【十二金錢】傳奇名。凊人謝堃撰。

【十七宮調】亦名六宮十一調。吳梅曲學通論：「自宋以來。四十八調者。不能具存。南宋時。止存七宮十二調。今就中原音韻所載者核之。止六宮十一調。此所以有十七宮調之名也。六宮者。爲仙呂宮、南呂宮、中呂宮、黃鍾宮、正宮、道宮。十一調者。爲大石調、小石調、高平調、般涉調、歇指調、商角調、雙調、商調、角調、宮調、越調。是也。」按此十七宮調。徒有其名耳。實則北亡其三。（歇指調、角調、宮調。）南亡其四。（歇指調、角調、宮調、商角調。）是則北僅十四。南僅十三耳。

【十八宮調】見兩宋大曲條。

【十九宮調】亦名七宮十二調。張炎詞源上卷：「今雅俗祇行七宮十二調。而角不與焉。」按七宮爲黃鐘宮、仙呂宮、正宮、高宮、南呂宮、中呂宮、道呂。十二調爲大石調、小石調、般涉調、歇指調、越調、仙呂調、中呂調、正平調、高平調、雙調、黃鐘、羽商調。

【十三宮調】南曲十三宮調。沈譜不列道宮。良以道宮不過赤馬兒、拗芝蔴、鵝鴉滿渡船三曲稍通行。又小石一調。沈譜僅列驟雨打新荷一曲。亦非通用。而羽調曲雖稍多。究應少用。故南曲之宮調流行者。不過十種而已。

【十三道轍】見十三轍條。

【十四宮調】北曲十四宮調中之道宮、小石、般涉、商角、高平五調。曲牌極少。傳奇中不能獨立成套。故北曲宮之流行者五。（黃鐘、仙呂、正宮、南呂、中呂。）調之流行者四。（大石、越調、雙調、商調。）總名九宮。此皆指流行者而言。並非止於九也。

【十面埋伏】雜劇名。元明間無名氏撰。演韓信在九里山以十面埋伏陣圍項羽事。

【十詠水仙子】雜劇名。元明間無名氏撰。

【十八國臨潼鬥寶】見臨潼鬥寶條。

【十八學生登瀛洲】見登瀛洲條。

【十八騎悞入長安】見悞入長安條。

【十六曲崔護謁漿】見崔護謁漿條。

【十樣錦諸葛論功】見十樣錦條。

【十三種南曲音節譜】書名。明人蔣孝撰。凡一卷。有曲苑刊本。

【十美人慶賞牡丹園】見牡丹園條。

【十探子大鬧延安府】見十探子條。

【十樣配像生四國旦】見四國旦條。

【十八公子大鬧草園閣】見草園閣條。

【二六】皮黃板式名。或謂二六板之尺寸。約較流水板慢二倍。故名二六。蓋六即流之省筆也。

【二四】古方言。猶云任意也。隨便也。例如董西廂：「當初遭難。與俺成親事。及至如今放二四。」此言任意悔親也。又如氣英布：「只怕他放二四。又做出那濯足踞胡床。」此言忒殺隨便也。

【二末】脚色名。末之一種。此脚始自元朝。但不多見。其性質與冲末相通。如神奴兒之李德義。先曰冲末。後曰二末。

【二面】見二花臉條。

【二胡】樂器名。形似胡琴。惟筒以木製。較京胡爲大。柄亦較長。南方人曰南胡。見胡琴條。

【二爲】見龍燓條。

【二路】脚色名。此脚與裏子相同。皆爲重要配角。齊如山云：「除與正脚配戲之外。此脚還可在前幾齣戲中擔任正脚。配戲所扮之人。也相當重要。如取成都之劉備。文昭關之東皋公等是。」

【二樵】見黎簡條。

【二黃】戲曲腔調名。其源傳說不一。一說起於黃陂黃岡二地。（王風百首有：「黃陂黃岡二黃調。翻出新腔皆入妙」之語。）一說起於黃岡黃梅二地。

（楊聞泉漢劇叢談。）亦有以爲出於黃岡黃安二地者。然黃岡要不失爲發源之中心。後分漢徽兩派。繁衍於襄陽漢口間者。爲漢派。流傳於石門桐城間者。爲徽派。漢調清圓。曲折悠揚。聲韻綿邈。有余三勝、譚鑫培等脚。徽調高亢。激昂慷慨。氣韻沈雄。有程長庚、汪桂芬等脚。黃作亦簧。見黃腔、亂彈、二分條。

【二字髯】髯口名。簡稱二字。色白。掛此髯者。多爲年老僧人。如法門寺之和尙。金山寺之法海等角皆掛此髯。

【二奇緣】傳奇名。淸人許恆撰。

【二花臉】脚色名。淨之一種。戲中凡勾元寶臉者。皆爲二花臉。南方人則曰二面。其性質與副淨相似。並非重要脚色。齊如山云：「惟副淨往往兼演旦脚。又與丑脚相混。今之二花臉雖與丑脚相混。但絕不扮演旦脚。冀州城之龐德。臙脂虎之龐助。汀甲山之周明。四杰村之肖月。惡虎村之王棟。以及所有戲中差官中軍等。凡勾元寶臉者。都是二花臉。」

【二郎神】㈠劇中人。朱子語錄：「蜀中灌口二郎廟。當時是李冰。今來現許多靈怪。乃是他第二兒子。」今俗傳二郎神姓楊。名戩。係附會封神傳演義之說。是否無可靠。㈡曲牌名。南曲入商調正曲。北曲入商調隻曲。管色配六字調或凡字調。

【二挑髯】髯口名。簡稱二挑。亦作上八字。式與八字髯同。惟八字髯係下垂。此則向上翹起。朱光祖、賈亮等角用之。

【二婬記】傳奇名。明人呂天成撰。遠山堂明曲品校錄云：「不知者謂呂君作此。實以導淫。非也。暴二婬之私。乃以使人恥。恥則思懲矣。搆局攢簇。一部左史。供其謔浪。而以淺近之白。雅質之詞度之。此鬱藍遊戲之筆。」

【二閣記】傳奇名。明人汪廷訥撰。

【二濤髯】髯口名。簡稱二濤。式與滿髯同。惟較短耳。因其飄飄飛動。有如浪濤一般。故名。中軍或老家人等用之。

【二十八調】見二十八宮調條。

【二犯排歌】曲牌名。南曲入越調。管色配六字調或凡字調。

【二郎神慢】曲牌名。南曲入商調引。管色配六字調或凡字調。

【二十八宮調】亦作二十八調。實由龜茲樂演變而來。龜茲樂以琵琶爲主。琵琶四絃。絃各七音。四乘七。故得二十八調。今列如下。宮聲七調爲正宮、高宮、中呂宮、道宮、南呂宮、仙呂宮、黃鐘宮。皆生於黃鐘。商聲七調爲大食、高大食、雙調、小食、歇指調、商調、越調、皆生於太簇。羽聲七調爲般涉調、高般涉調、中呂調、正平調、南呂調、仙宮調、黃鐘調。皆生於南呂。角聲七調爲大食角、高大食角、雙角、小食角、歇指角、商角、越角。皆生於應鐘。以上二十八宮調。唐代燕樂皆遵用之。惟時代遞嬗。宮調淪亡。比至宋時。多已殘缺。

【二犯月兒高】 曲牌名。南曲入仙呂宮。管色配小工調或尺字調。

【二犯白苧歌】 曲牌名。北曲入雙調管色配乙字調或正工調。

【二犯香羅帶】 曲牌名。南曲入南呂宮。管色配六字調或凡字調。

【二犯桂枝香】 曲牌名。南曲入仙呂宮。管色配小工調或尺字調。

【二犯傍妝臺】 曲牌名。南曲入仙呂宮。管色配小工調或尺字調。

【二郎神醉射鎖魔鏡】 見鎖魔鏡條。

【二郎神鎖齊天大聖】 見齊天大聖條。

【九百】 古方言。猶云癡呆也。後山詩話：「世以癡爲九百。謂其精神不足也。」例如董西廂：「道九百孩兒。休把人廝啐。」孩兒爲暱辭。廝啐即哄騙。此言癡孩兒休把人哄騙也。百亦作伯。例如馬陵道：「我問你。你是風魔呵。是九伯。」百亦作陌。例如酷寒亭：「言多語少。小人有些九陌風魔。」

【九宮】 見十四宮調條。

【九索】 見謝廷諒條。

【九烟】 見黃周星條。

【九功舞】 唐雜舞名。唐書禮樂志：「九功舞者。本名功成慶善樂。太宗生於慶善宮。貞觀六年幸之。宴從臣。賞賜閭里。賦詩。呂方被之管弦。名曰功成慶善樂。」

【九奇逢】 傳奇名。淸人徐石麒撰。

【九音鑼】 見雲鑼條。

【九根弦】 齊如山云：「國劇在咸豐同治年間。講究是用九根弦托一條嗓子。九根弦者。乃胡琴兩根。南弦子三根。月琴四根。」

【九迴腸】 見集曲條。

【九條龍】 曲牌名。北曲入黃鍾宮。管色配六字調或凡字調。

【九種曲】 見紅雪樓九種曲條。

【九蓮燈】 傳奇名。淸人朱佐朝撰。演閔覺父子下獄。富奴往蓮花山道德眞君處。借九蓮燈以救主人事。

【九龍口】 戲台裏方。離上場門約三尺之處。曰九龍口。齊如山云：「演員出了台簾。不過九龍口。還不算是出場。所以走出台簾之後。立於打鼓人之旁。先要作正冠、理衣、整鬚、端帶等等身段。完畢後。才許往前走。此後方算入場。」

【九龍廟】 雜劇名。元人喬吉撰。

【九嶷山】 曲牌名。南曲入南呂宮。管色配六字調或凡字調。

【九九大慶】 傳奇名。張照撰。爲內廷七種之一。

【九世同居】 雜劇名。正題張公藝九世同居。元代無名氏撰。演張公藝自其祖先以來。以能忍處家。九世同居事。略謂壽張縣人張公藝有三子。長名悅。次名翊。三名英。悅持家。翊習文。英習武。自北齊至隋唐。九世同居。曾蒙兩朝旌表門閭。人呼爲義門張氏。有主考總裁王澄字伯淸者。昔年喪父。家貧無以爲葬。因聞公藝恤孤念寡。敬老憐貧。出無倚之喪。嫁孤寒之女。乃往求助公藝周以殯費。且贈衣服鞍馬。使之上京應擧。遂得顯達。及公藝子求仕。伯淸乃擢翊爲文狀元。英爲武狀元。並將前後情事奏之朝廷。朝廷旨問公藝有何治家之道。公藝書忍字百許以答。伯淸覆命。上大喜。更命賜色絹百疋。立牌坊。免差徭以旌其門云。現存元人雜劇本事考

【九合諸侯】 雜劇名。正題齊桓公九合諸侯。明人朱權撰。

【九曲明珠】 雜劇名。明人陳六如撰。劇品謂此劇：「南北九折。吳文滋得一妓。爲其負心中道棄捐。陳六如代搆此劇。舒其鬱憤之氣。其如閱者之煞風景何。」

【九峯道人】 見徐霖條。

【九宮十三調】 書名。明吳江沈伯英本毘陵蔣氏之舊著。增定南九宮十三調曲譜。其中但有仙呂、仙呂調、羽調、正宮、正宮調、大石調、中呂、中呂調、般涉調、南呂、南呂調、黃鍾、越調、商調、小石調、雙調、仙呂入雙調等十七宮調而已。所謂九宮十三調者。沿明代俗稱。非事實也。考元人雜

劇。但有正宮、中呂、南呂、仙呂、黃鐘、五宮。
大石調、雙調、商調、越調、四調。合九宮調。此
九宮之所由來也。中原音韻於九宮調之外。又有小
石、般涉、商角、三調。謂之十二調。元末南曲無
商角。有羽調。又增一仙呂入雙調。合十三宮調。
此十三調之所由來也。

【九宮八卦陣】　雜劇名。正題宋公明排九宮八卦陣。元明間無名氏撰。

【九轉貨郎兒】　曲牌名。北曲入正宮。管色配小工調或尺字調。

【九宮大成總目】　書名。清人允祿等合編。凡十二冊。有乾隆五色精抄本傳世。

【九皐會影印戲曲】　書名。日本東京九皐會刊。已出書目有劉東生之嬌紅記。許自昌之橘浦記等。

【九宮大成南北詞宮譜】　書名。凡八十一卷。閏一卷。清人周祥鈺等奉敕編。乾隆七年。和碩莊親王撰律呂精義既成。復命周祥鈺徐興華分纂是書。彙南北詞之全。溯聲律之源。極宮調之變。正沿襲之謬。其間宮調分合。不局守舊律。蒐采劇曲。不專主舊詞。凡舊譜平仄句韻不明。依月令承應法宮雅奏爲程式。他若董解元西廂明季久已絕響。又臧氏元曲百種。見諸歌場者且無存十一。獨此書詳錄董詞。細訂旁譜。而臧選全曲多至數十套。足資考證。非僅爲度曲家所依據而已。有乾隆殿刊套印本及上海古書流通處影印本。

【七羽】　燕樂羽聲之七調也。唐書禮樂志云：「中呂調、正平調、高平調、仙呂調、黃鐘羽、般涉調、高般涉調、爲七羽。」

【七角】　燕樂角聲之七調也。唐書禮樂志云：「大食角、高大食角、雙角、小食角、歇指角、林鐘角、越角、爲七角。」

【七科】　見七行七科條。

【七宮】　燕樂宮聲之七調也。唐書禮樂志云：「正宮、高宮、中呂宮、道調宮、南呂宮、仙呂宮、黃鐘宮、爲七宮。」

【七商】　燕樂商聲之七調也。唐書禮樂志云：「越調、大食調、高大食調、雙調、小食調、歇指調、林鐘商（即商調）、爲七商。」

【七情】　謂喜、怒、哀、懼、愛、惡、欲也。禮運：「何謂人情。喜、怒、哀、懼、愛、惡、欲七者。弗學而能。」

【七調】　宮聲、商聲、角聲、羽聲、各有七調。

【七聲】宮、商、角、徵、羽、變宮、變徵也。亦謂之七音。

【七字句】戲曲唱詞每七字爲一句者。曰七字句。例如魚藏劍：「一事無成兩鬢斑。」又如寶蓮燈：「伯夷叔齊二賢人。」皆七字句也。

【七弟兄】曲牌名。北曲入雙調。管色配乙字調或正工調。

【七里灘】雜劇名。正題嚴子陵垂釣七里灘。元人張國賓撰。演嚴子陵不仕光武。歸隱富春事。略謂王莽篡漢。在位一十七年。先後戮滅劉氏宗室一萬五千七百餘人。以絕後患。有劉秀者字文叔。乃高祖後裔。因懼莽禍。改名金和秀才。與嚴光爲至交。每醉飲三家店中。以此爲樂。光字子陵。性灑脫不求仕進。優遊於山水間。而文叔則以匡復漢室爲己任。後文叔起兵伐莽。約十年。莽平。文叔登天子位。即光武帝也。遣人迎光入朝。時光隱富春山。不肯就道。僅以賀表進之。文叔強之再三。光乃首途入京。既相見。歡然道故。文叔待之甚厚。勸爲官。光堅辭。因備述山林之趣。文叔知其不可久留。乃放之還山。垂釣七里灘。以此終老云。現存元人雜劇本事考

【七娘子】曲牌名。南曲入正宮引。管色配小工調或尺字調。

【七國記】傳奇名。明人汪廷訥撰。

【七種曲】見倚晴樓七種條。

【七德舞】㈠雜劇名。正題唐太宗驪山七德舞。元人趙善慶撰。㈡唐樂名。唐書禮樂志：「唐之自製樂凡三大舞。一曰七德舞。二曰九功舞。三曰上元舞。七德舞者。本名秦王破陣樂。太宗爲秦王破劉武周。軍中相與作秦王破陣樂。及即位。宴會必奏之。後令魏徵、褚亮、虞世南、李百藥更製歌辭。名曰七德舞。」按唐之七德舞。本左傳武有七德之義。左傳宣十二年：「夫武。禁暴、戢兵、保大、定功、安民、和衆、豐財、者也。」注：「此武七德。」

【七世冤家】雜劇名。正題癩曹司七世冤家。明人賈仲明撰。

【七行七科】戲界凡登台演戲者謂之行。不登台者謂之科。七行爲生行、旦行、淨行、丑行、流行、武行、上下手。七科爲音樂科、盔箱科、劇裝科、容裝科、劇通科、經勵科、交通科。

【七步成章】雜劇名。正題曹子建七步成章。元人

王德信撰。略謂子建十歲能屬文。甚爲武帝所愛。文帝立。忌其才。欲害之。嘗限令七步成詩。子建應聲立就。以煮豆燃萁爲喻。諷其兄弟相逼之甚。文帝感而釋之云。

【七青八黃】　古方言。格古要論謂。金品七靑八黃。九紫十赤。因引申其義。作不知高下解。

【七宮十二調】　見十九宮調條。

【七聲十二律】　中國音樂在殷以前。但有五音。自周以來。加以文武二聲。演爲變宮變徵。謂之七音。即宮、商、角、變徵、徵、羽、變宮是也。十二律者爲黃鐘、太簇、姑洗、蕤賓、夷則、無射（以上六者爲陽六律）。大呂、夾鐘、中呂、林鐘、南呂、應鐘（以上六者爲陰六呂）。

【七星壇諸葛祭風】　見諸葛祭風條。

【八仙】　劇中人。今世俗所傳漢鍾離、張果老、韓湘子、李鐵拐、曹國舅、呂洞賓、藍采和、何仙姑等爲八仙。見八仙慶壽條。

【八佾】　佾舞列也。八佾爲天子樂舞。佾又作溢。漢書禮樂志：「千童羅舞成八溢。」注：「溢與佾同。」

【八仙圖】　傳奇名。淸人周坦倫撰。

【八字髯】　髯口名。簡稱八字。亦作下八字。分黑白紅三色。朱光祖、楊香五、金香瑞等角用之。

【八更記】　傳奇名。明人金懷玉撰。

【八陽經】　古方言。猶云胡鬧也。例如翫江亭：「好一會。弱一會。連廝頭。續廝尾。空着我念八陽經。喃到有一車氣。」又如紫雲庭：「我唱的是三國志先饒十六曲。俺娘便五代史續添八陽經。」五代史與八陽經互文。皆云胡鬧也。

【八義記】　傳奇名。明人徐叔回撰。凡四十一齣。演趙盾事。所謂八義。謂鉏麑觸槐。提彌明搏獒。靈輒禦徒。周堅代趙朔死。韓厥縱孤。公孫杵臼程嬰匿孤。及嬰子代孤死。周堅本無其人。提彌明靈輒事悉本左傳。其餘則皆據史記。而亦不盡合。大約關目半出撮撰。多本列國小說也。

【八葉霜】　傳奇名。明人陸世廉撰。

【八翼飛】　傳奇名。淸人葉稚斐撰。

【八寶妝】　曲牌名。南曲入南呂宮。北曲入商調。管色配六字調或凡字調。

【八寶箱】　傳奇名。淸人夏秉衡撰。

【八十四調】　所謂八十四調者。以律爲經（即十二律）。以聲爲緯（即七音）。乘之。每聲得十二調。

合十二律計之。此八十四調所由生也。惟變宮十二。變徵十二。不可爲調。故實用者六十調也。樂志載蔡元定六十調篇曰：「十二律旋相爲宮。各有七聲。合八十四聲。宮聲十二。商聲十二。角聲十二。徵聲十二。羽聲十二。凡六十聲。爲六十調。其變宮十二。在羽聲之後。宮聲之前。變徵十二。在角聲之後。徵聲之前。宮徵皆不成。凡二十四聲。不可爲調。」

【八仙過海】　雜劇名。正題爭玉板八仙過滄海。明代無名氏撰。

【八仙慶壽】　雜劇名。正題瑤池會八仙慶壽。明人朱有燉撰。演西王母命金童、玉女迎八仙赴蟠桃會事。憲王自序八仙慶壽曰：「慶壽之詞。於酒席中。伶人多以神仙傳奇爲壽。然甚有不宜用者。如韓湘子度韓退之、呂洞賓岳陽樓、藍采和心猿意馬等體。其中言詞未必盡皆善也。故予製蟠桃會八仙慶壽傳奇。以爲慶壽佐樽之設。亦古人祝壽之意耳。」

【八珠環記】　傳奇名。淸人鄧志謨撰。爲五局傳奇之一。

【八千卷樓書目】　書名。淸人丁丙撰。凡二十卷。其中卷二十。集部詞曲類。所收元明淸三代戲曲。頗多善本珍籍。原書於宣統年間。歸於江南國學圖書館（即今江蘇省立圖書館）。並於民國十二年排印傳世。

【八黑誅妖寶劍記】　傳奇名。明人魏浣初撰。

【八大王開詔救忠臣】　見開詔救忠條。

【人夫誥】　傳奇名。淸人吳次叔撰。

【人天樂】　傳奇名。淸人黃周星撰。

【人中人】　傳奇名。淸人葉稚斐撰。

【人中龍】　傳奇名。淸人盛際時撰。

【人月圓】　㈠傳奇名。見棲雲石條。㈡曲牌名。南曲入大石調。管色配小工調或尺字調。北曲入黃鐘宮。管色配六字調或凡字調。

【人面虎】　傳奇名。淸人朱從雲撰。

【人獸關】　傳奇名。淸人李玉撰。爲一人永占之一。凡三十三齣。演桂薪負恩夢報事。以薪妻子變犬而名。略謂施濟好周濟窮苦。嘗遇桂薪欠官債。欲鬻妻女以償。乃代爲之付款。薪感激知遇。將女許之。其後薪暴富失約。一夕。夢入冥中。歷經因果報應。乃大悔悟。此劇本小說施濟桂遷故事點綴而成。改桂遷爲桂薪耳。

【人月重圓】雜劇名。明代無名氏撰。

【人鬼夫妻】雜劇名。明人傅一臣撰。爲蘇門嘯之九。

【人不知大鬧雲臺觀】見雲臺觀條。

【人頭峯崔生盜虎皮】見盜虎皮條。

【入馬】古方言。倡家語。猶云進步也。

【入破】(一)曲牌名。南曲入越調。管色配六字調或凡字調。(二)見大曲條。

【入跋】古方言。猶云入門也。倡家謂門曰跋限。

【入賺】曲牌名。南曲入越調。管色配六字調或凡字調。

【入聲】四聲之一。眞空鑰匙歌訣:「入聲短促急收藏。」吳梅曲學通論:「北曲無入聲。轉派在平上去三聲。惟各有所屬。不得假借。南曲則自有其正音。又施於平上去三聲。無所不可。」按今國音聲調無入聲。

【入聲甘州】曲牌名。南曲入仙呂宮。管色配小工調或尺字調。

【卜旦】脚色名。旦之一種。此名元人用之。其性質與老旦無異。蓋元人呼老婦人曰卜兒。故名。

【卜兒】脚色名。雜劇中之老旦。常用卜兒代之。王驥德曲律名之曰卜旦。蓋卜兒者婦人之老者也。

【卜世臣】明代戲曲家。字大匡。又字藍水。號大荒逋客。秀水人。生卒年不詳。約明神宗萬曆三十八年前後在世。著有傳奇乞麾記、冬青記二種。並傳於世。

【卜金錢】曲牌名。北曲入大石調。管色配小工調或尺字調。

【卜算子】曲牌名。南曲入仙呂宮引。管色配小工調或尺字調。

【丁丙】人名。清錢塘人。字嘉魚。別字松生。晚號松存。諸生。博極群書。於學無所不窺。藏書尤富。繼其先世八千卷樓。闢後八千卷樓。小八千卷樓。有善本書室藏書志。

【丁野夫】明代前期戲曲家。西域回紇人。生卒年不詳。約明太祖洪武初葉在世。羨錢塘山水之勝。移家於錢塘南郭外梅村。善畫山水人物。學馬遠夏珪。工樂府。套數小令極多。著有雜劇碧梧堂雙鸞棲鳳、月夜賞西湖、遊賞淛江亭、寫盡濤風領、俊憨子等五種。今皆不傳。

【丁年玉筍志】書名。凡一卷。清人楊懋建撰。有京塵雜錄所收本。清人說薈所收本。

【丁香回回鬼風月】見鬼風月條。
【又陵】見徐石麒條。
【又中春】燕樂大曲名。
【又盧居士】清代戲曲家。著有傳奇醋菩提一種。
【乜斜】古方言。猶云糊塗也。例如任風子：「俗說。能化一羅刹。莫度十乜斜。」此言寧化度一個兇惡漢。莫化度十個糊塗蟲也。又如望江亭：「那廝也。忒懵懂。玉山低趄。着鬼祟醉眼乜斜。」此與懵懂對舉。亦猶云糊塗也。
【乜孝廉】戲曲名。明人沈璟撰。爲博笑記之一。浮白齋主人雅謔：「華亭丞謁鄉紳。見其未出。座上鼾睡。頃之。主人至。見客睡不忍驚。對座亦睡。俄而丞醒。見主人熟睡。則又睡。主人醒。見客尚睡。則又睡。及丞再醒。暮矣。主人竟未覺。丞潛出。主人醒。不見客。亦入戶。張東海作睡丞記。」此劇本此而作。
【刀馬旦】脚色名。旦之一種。此脚始自梆子班。皮黃戲沿用之。凡能打把子。能唱幾句。能有表情。又能玩笑者。便是刀馬旦。齊如山云：「此脚與武旦二字初無二致。到了咸豐同治以後。就有了分別。凡只有打把子。而沒有表情。也無歌唱之戲。如盜仙草、泗洲城、青石山等。都算是武旦戲。把子之外。又有做工及唱工之戲。如穆柯寨、馬上緣、虹霓關等。都算是刀馬旦的戲。」
【刀劈史鴉霞】雜劇名。元明間無名氏撰。
【刁蹬】古方言。猶云刁難也。爲難也。例如董西廂：「刁蹬得人來成病體。爭如合下休相識。」蹬亦作蹭。例如紅梨花：「你個惜花人刁蹭煞賣花人。」
【了緣記】傳奇名。清人梁廷枏撰。

三畫

【三田】古方言。道家以兩眉間爲上丹田。心下爲中丹田。臍下爲下丹田。三田蓋總稱也。
【三有】見徐士俊條。
【三弦】樂器名。器以堅木爲柄。長三尺三寸有奇。下曲貫槽中。槽方。圓角。冒以虺皮。柄梢豎長方孔。橫貫三軸。軸綰一絃。下繫槽底。槽面設柱支絃。以指甲撥弄發聲。
【三教】宋代雜戲之一種。東京夢華錄：「十二月。即有貧者三教人。爲一火。裝婦人神鬼。敲鑼擊鼓。巡門乞錢。俗呼爲打夜胡。」

【三髯】髯口名。三髯即三綹髯。簡稱曰三。齊如山云：「此在髯鬚中乃最鄭重的一種。也是最初的一種。共分三色。即黑、灰、白。四五十歲以上的人掛黑色。五六十歲以上的人掛灰色。六七十歲以上的人掛白色。凡身分清雅之文人皆掛此。或靜穆之武人亦掛之。如伍員、鄧禹、諸葛亮、薛仁貴、楊延景等是。」

【三調】謂平調、清調、瑟調也。唐書樂志：「平調、清調、瑟調。皆周房中曲之遺聲。漢世謂之三調。」

【三慶】四大徽班之一。李斗揚州畫舫錄：「高朗亭入京師。以安慶花部合京秦二腔。名其班曰三慶。」都門記略：「舊時徽班。多重老生。故程長庚之掌三慶部。雖以其奉旨食俸。管領梨園。人皆尊以大老板呼之。然亦當時班中之組織使然。程氏在三慶多年。演正生戲。卒於光緒六年。卒時以全班領袖之任。託諸楊月樓。即楊猴子。楊亦演正生戲。然有時演孫悟空畢肖。遂得此綽號。是三慶固始終以老生爲班主也。」按三慶之後。又有春台、四喜、和春繼之。即當時盛傳之四大徽班也。

【三疊】古時奏曲。有三疊之法。見陽關三疊條。

【三不知】古方言。猶云突然也。不料也。例如兒女團圓：「三不知逢着貴客。我兩隻手忙加額。」此言突然逢着貴客也。又如陳州糶米：「三不知我騎上那驢子。忽然的叫了一聲。丟了個撅子。把我直跌下來。」此言不料從驢子背上跌下也。

【三不歸】古方言。猶云無着落也。例如玉鏡合：「想當日沽酒當壚。拚了個三不歸青春卓氏女。」又如薛仁貴：「你享着玉堂裏臣宰千鍾祿。却戲着那草舍內爺娘三不歸。」

【三元記】㈠傳奇名。明人沈受先撰。凡三十六齣。演宋馮京父厚德卓行事。鶴林玉露：「馮京。字當世。鄂州咸寧人。其父商也。壯年無子。將如京師。其妻授以白金。京師買一妾。立券償錢矣。問妾所自來。泣涕言父有官。因綱欠折鬻。以爲賠償之計。遂不忍犯。遣還其父。不索其錢。及歸。妻問妾安在。具告以故。妻曰。君用心如此。何患無子。果生京。」㈡傳奇名。明人徐霖撰。又徐渭南詞敍錄載三元記兩種。一曰馮京三元記。一曰商輅三元記。不知是否一劇。

【三元報】戲曲名。清人唐英撰。爲古柏堂傳奇之一。

【三生果】傳奇名。清人李玉撰。

【三生傳】㈠南戲名。元代無名氏撰。㈡傳奇名。明人馬守眞撰。

【三台令】曲牌名。南曲入商調引。管色配六字調或凡字調。

【三合音】所謂三合音者。即將一字音分爲字頭、字腹、字尾是也。

【三合笑】傳奇名。清人陳子玉撰。

【三字令】曲牌名。南曲入正宮。管色配小工調或尺字調。

【三件寶】雜劇名。正題包待制智賺三件寶。元明間無名氏撰。

【三回通】未開戲前所打之鑼鼓。謂之三回通。齊如山云：「這大概就是古人擂鼓三通之義。一則以之齊集演員。二則可以招徠觀衆。」通讀如痛。

【三告狀】㈠雜劇名。正題鹽客三告狀。元人王廷秀撰。㈡雜劇名。正題金花交鈔三告狀。元人關漢卿撰。

【三花臉】脚色名。淨之一種。戲中凡勾腰子臉者。皆爲三花臉。此脚無專職。由二花臉及小花臉兩抱著。齊如山云：「大致差官都是二花臉。差役都是三花臉。話白較多者歸小花臉。無所事事者歸二花臉。例如玉堂春之差解。起解一齣由小花臉扮演。會審一齣則由二花臉扮演。」

【三官齊】雜劇名。明人金文質撰。

【三段子】曲牌名。南曲入黃鍾宮。管色配六字調或凡字調。

【三負心】雜劇名。正題風流郎君三負心。元人關漢卿撰。

【三春柳】曲牌名。南曲入黃鍾宮。管色配六字調或凡字調。

【三星記】傳奇名。明人呂天成撰。

【三祝記】傳奇名。明人汪廷訥撰。

【三異記】見海烈婦條。

【三棒記】曲牌名。南曲入仙呂入雙調。

【三普記】傳奇名。明人胡文煥撰。

【三報恩】㈠傳奇名。清人畢萬侯撰。㈡傳奇名。清人第二狂撰。

【三登樂】曲牌名。南曲入南呂宮引。管色配六字調或凡字調。

【三換頭】曲牌名。南曲入南呂宮。管色配六字調或凡字調。

【三塔記】　雜劇名。正題西湖三塔記。明人邾經撰。

【三衙家】　古方言。猶云慢騰騰也。例如病劉千：「說着他種田呵。我三衙家抹丟。道着他逼放牛呵。我十分的便抖擻。」此言懶得種田。寧可放牛也。又如來生債：「若有個舊賓朋。一徑的將他來投逩。他可自三衙家不出那正堂門。」此言懶得出正堂門也。

【三撒衣】　雜劇名。正題醉娘子三撒衣。元人關漢卿撰。

【三奪槊】　雜劇名。正題尉遲恭三奪槊。元人尚仲賢撰。演唐高祖第三子元吉。與第二子世民部將尉遲敬德比武。元吉不敵。敬德三奪其槊事。略謂唐高祖李淵有三子。長子建成。次子世民。三子元吉。高祖舉兵。平定天下。以秦王世民之功居多。而太子建成。不爲中外所屬。乃與齊王元吉私議。謀纂帝位。然憚世民部將尉遲敬德之威勇。不敢輕動。遂設計誣云敬德必叛。囚於軍中。奏請殺之。爲世民所救免。後敬德從世民獵於榆窠。遇王世充率兵挑戰。世充勇將單雄信。躍馬直趨世民。敬德飛騎擊退雄信。護世民出重圍。恩賜甚厚。敬德善避槊。元吉亦頗驍勇。長於使槊。欲自試其強。乃命敬德與較。思藉此殺之。兩馬既交。元吉竟不能中。三戰而爲敬德三奪其槊。元吉甚以爲恥。後遇機輒欲陷害敬德。計皆不逞。及玄武門之役。反爲敬德所殺云。按槊音朔。或作矟。又作槊。集韻釋兵：「矛長丈八尺。曰矟。馬上所持。」

【三噉赦】　雜劇名。正題魯元公主三噉赦。元人關漢卿撰。

【三賢婦】　雜劇名。元明間無名氏撰。

【三學士】　曲牌名。南曲入南呂宮。管色配六字調或凡字調。

【三擊節】　傳奇名。清人葉稚斐撰。

【三化邯鄲】　雜劇名。正題呂翁三化邯鄲店。明代無名氏撰。

【三出小沛】　雜劇名。正題張翼德三出小沛。元明間無名氏撰。

【三田分樹】　見田眞泣樹條。

【三虎下山】　見爭報恩條。

【三星下界】　雜劇名。明代無名氏撰。

【三家村老】　見徐復祚條。

【三家宮詞】　書名。凡三卷。明人毛晉編。三家者。唐王建。爲宮詞之祖。蜀孟昶妃花蕊夫人。身列宮闈。王珪宮居禁秘。是編即三家宮詞之彙輯本。所述足以考當日之軼事。不但詞工而已。

【三笑姻緣】　㈠彈詞名。一名笑中緣。凡七十四回。曹春洲撰。道光癸卯四美軒刊本。分訂十二册。阿英藏有丁亥年石印圖說本。每回一圖。蕉窗雜錄：「唐子畏被放後。於金閶見一畫舫。珠翠盈座。內一女郎。姣好姿媚。笑而顧己。乃易微服。買小艇尾之。抵吳興。知爲某仕宦家也。日過其門。作落魄狀。求傭書者。主人留爲二子傭。事無不先意承旨。主人愛之。二子文日益奇。父師不知出自子畏也。已而以娶求歸。二子不從。曰。室中婢惟汝爲欲。遍擇之。得秋香者。即金閶所見也。二子白父母而妻之。婚之夕。女郎謂子畏曰。君非向金閶所見者乎。曰然。曰君士人也。何自賤若此。曰汝昔顧我。不能忘情耳。曰妾昔見諸少年擁君。出素扇求書畫。君揮翰如流。且歡呼浮白。傍若無人。睨視吾舟。妾知君非凡士也。乃一笑耳。子畏曰。何物女子。於塵埃中識名士耶。益相歡洽。無何。有客過其門。主人令子畏典客。客於席間恆注目子畏。客私謂曰。君何貌似唐子畏。子畏曰然。余慕主家女郎故來此耳。客白主人。主人大駭。列於賓席盡歡。明日。治百金裝並婢送歸吳中。」㈡傳奇名。無名氏撰。徐調孚云：「此劇乃清季新編。因其內容與笑中緣彈詞相拍合。全劇究有多少。及作者爲誰。因無傳本。均不得而知。但據齣目所示。此劇乃清季新編者。」見碧蓮綉符條。

【三氣張飛】　見氣張飛條。

【三推六問】　古方言。推。推求。問。審訊。三推六問。喻多次審訊也。

【三喪不舉】　雜劇名。正題石夢卿三喪不舉。明人劉君錫撰。

【三塊瓦臉】　臉譜名。此臉分兩腮及額爲三塊。故名。齊如山云：「此爲勾臉之最簡者。完全保存着元朝的形式。尚未添花頭者也。」

【三義成姻】　雜劇名。明人葉憲祖撰。

【三戰呂布】　㈠雜劇名。正題虎牢關三戰呂布。元人武漢臣撰。演張飛於虎牢關大破呂布事。略謂漢末袁紹率諸侯。討伐董卓。與卓大將呂布相持於虎牢關下。紹獨戰不能勝。乃會合十八路諸侯。與布交鋒。時曹操赴靑州催糧。路過德州平原縣。遇劉備、關羽、張飛三人。勸三人至虎牢關。戰勝呂布以圖進取。三人從之。至關。謁元帥孫堅。堅傲不爲禮。張飛乃怒擊其卒子。且詈之。堅罰三人於轅門外。手揑鞋鼻。打躬施禮。適呂布指名索堅應戰。堅畏懼不出。僞稱腹痛。飛又譏誚之。堅欲殺飛。會曹操催糧歸。力勸方免。呂布又來索戰。堅乃命飛出擊。備羽助之。大敗呂布。得勝而回。袁紹遂宣旨加官賜賞。封曹操爲左丞相之職。整朝綱執掌兵權。封劉備爲越殿襄王。關雲長爲蕩寇將軍。張飛爲車騎將軍。並大設華筵。爲曹、劉、關、張等慶功云。現存元人雜劇本事考 (二)雜劇名。正題虎牢關三戰呂布。元人鄭光祖撰。

【三疊排歌】　曲牌名。南曲入仙呂宮。管色配小工調或尺字調。

【三卜眞狀元】　雜劇名。明人史槃撰。南北六折。劇品謂：「是劇也。一以見黃懷寧循良之徵。一以見劉殿元積厚之報。其爲詞不涉誇張。自得頌述之體。」

【三赴牡丹亭】　見牡丹亭條。

【三度小桃紅】　見小桃紅條。

【三度城南柳】　見城南柳條。

【三恨李師師】　見李師師條。

【三捉紅衣怪】　見紅衣怪條。

【三救王孫賈】　見王孫賈條。

【三番玉樓人】　曲牌名。北曲入仙呂宮。管色配小工調或尺字調。

【三醉岳陽樓】　見岳陽樓條。

【三難蘇學士】　雜劇名。明人張大謀撰。劇品謂此劇：「南四折。他人記長公。皆以其噱笑敏捷。以故反之。然不至庸拙如作。」

【三平章死哭蜚虎子】　見蜚虎子條。

【三枝花大鬧土地堂】　雜劇名。明人李開先撰。爲一笑散六種之一。

【三落水鬼泛采蓮舟】　見采蓮舟條。

【大小】　古方言。猶云多少也。估量大小之辭。例如藍采和：「出來的偌大小年紀。這個道七十。那個道八十。婆婆道九十。」偌大小年紀。猶云偌大年紀也。薦福碑：「正末云。他年紀是大小。曳刺云。三十歲也。」是卽甚也。言年紀甚大小。卽年紀有多大也。亦作多大小。例如董西廂：「若夫人知道。多大小出醜。」此猶云多麼出醜也。亦作老大小。例如錯立身戲文：「空滴溜下老大小荷包。猛殺了鏍丁鍉鐵。」此猶云偌大荷包也。猛殺云云。

無錢之義也。

【大古】 古方言。㈠猶云大概也。例如度柳翠：「你這般答禪語呵。你大古裏是淡雲長老。」此言大概是淡雲和尚也。又如梧桐雨：「他一句話生殺。更問甚陛下。大古是知重俺帝王家。」此言大概是敬重我也。㈡猶云特別也。特意也。例如玉鏡台：「我從小裏文章不大古。年老也還有甚詞賦。」言文章不特別。只是平常也。古亦作故。例如趙氏孤兒：「這個老丈爲甚遭誅戮。這個穿紅袍的大故心毒。」言這個穿紅袍的特別心毒也。亦作待古。特古。或特骨。例如大刼牢：「則這有仁心韓伯龍比着我那宋公明不特古。」言宋公明並不特別。只是平常也。東堂老：「諕得他手兒脚兒戰篤速。特古裏我根前你有什麼怕怖。」言你對我爲何特別害怕也。神奴兒：「你但有酒後。便特故裏來俺這裏。兄弟你可也撒滯殢。」言特意來我這裏也。張協狀元戲文：「又何苦特骨的要嫁狀元。」言特意要嫁狀元也。按古字似爲概都二字之切音。

【大令】 即曲之散套也。此名惟見馮惟敏海浮山堂詞稿。

【大用】 見宮天挺條。

【大匡】 見卜世臣條。

【大曲】 歌舞相兼之曲也。宋陳暘樂書：「優伶常舞大曲。惟一工獨進。但以手袖爲容。蹋足爲節。然大曲前緩疊不舞。至入破則羯鼓、襄鼓、大鼓、與絲竹合作。句拍益急。舞者入場。投節制容。姿制俯仰。百態橫出。」大曲多遍。宋王灼云：「凡大曲有散序、靸、排遍、攧、正攧、入破、虛催、實催：衮遍、歇拍、殺衮、始成一曲。」按大曲雖多至數十遍。亦只分三段。散序爲一段。排遍、攧、正攧、爲一段。入破以下至煞衮爲一段。宋仁宗語張文定宋景文曰。自排遍以前。聲音不相侵亂。樂之正也。自入破以後侵亂矣。至此鄭衛也。

【大呂】 音律名。此律爲蕤賓所生。管長七寸五分三分二。但其頻率尚未獲得結論。今假定黃鐘等於西律之C。則大呂之音高。當與西律之升C或降D相近。

【大走】 古方言。猶云大步行走也。例如爭報恩：「我這裏急慌忙挪身起。大走到向他根底。」又如生金閣：「小丫鬟忙來呼喚。道衙內共我商量。豈敢行唐。大走向庭前去問當。」

【大姊】 燕樂大曲名。

【大面】唐代戲曲之一種。亦作代面。崔令欽教坊記云：「大面出北齊。蘭陵王長恭。性膽勇而貌婦人。自嫌不足以威敵。乃刻木爲假面。臨陣著之。因爲此戲。亦入歌曲。見假面條。」㈡見大花臉條。

【大嫂】古方言。夫稱其妻之辭。例如東堂老：「大嫂。你說那裏話。正是上門兒討打吃。」此爲揚州奴稱其妻語。又如殺狗勸夫：「大嫂。我吃酒回來。到後門前。不知是誰殺下一個人。」此爲孫大稱其妻語。

【大鼓】㈠說唱之一種。原名鼓詞。亦作打鼓說書。後訛爲大鼓書。簡稱大鼓。取材多爲歷史故事。如左傳春秋、前後七國志、三國志、北唐傳、薛家將、粉粧樓、綠牡丹、楊家將、水滸傳、濟公傳、包公傳、大八義、小八義、施公案、劉公案、大明興隆傳等。間或亦寫兒女風月。如西廂記、二度梅、蝴蝶盃、三元傳、紫金鐲、綉鞋記等。以地域分。則有京音大鼓、山東大鼓、樂亭大鼓、奉天大鼓、天津大鼓等目。以樂器分。則有梨花大鼓、鐵板大鼓、五音大鼓、梅花大鼓、八角大鼓之別。㈡見唐鼓條。

【大綱】古方言。㈠猶云總之也。例如玉鏡台：「大綱來陰陽偏有准。擇日要端詳。」桃花女：「大綱來爲正禮當宜。那裏取這不明白強人婚配。」凡云大綱。皆猶言總之也。亦作大剛。例如灰闌記：「一任他男子漢多心硬。大剛來則是俺這婆娘每不氣長。」亦作待剛。例如嚴子陵：「待剛來則是矜誇些金殿宇。顯耀些玉樓台。末過是玉殿金階。」末過猶言不過。凡云大剛或待剛。皆猶云總之也。㈡猶云特意也。例如翫江亭：「這廝便指望。大綱要成雙。百般的不肯將咱放。」亦作大岡。例如紫雲亭：「他那俏靈魂。到將咱着末。大岡來意氣相合。」凡云大綱或大岡。皆猶云特意也。

【大聲】見陳鐸條。

【大戲】俗呼弋腔、崑腔、梆子、皮黃、爲大戲。齊如山國劇藝術彙考：「以上四種（指弋腔、崑腔、梆子、皮黃、而言）。乃國人呼爲大戲者也。就是因爲他鑼鼓身段之規矩都較爲嚴正。其實還有其他的戲。比這四種的規矩也不在以下。不過不及他風行全國。所以特別管他叫作大戲。」

【大寶】燕樂大曲名。

【大齣】全套曲牌謂之大齣。吳梅曲學通論：「大齣各有定次。前後聯串。不能倒置。作者順其次序。

按譜塡之。不可自作聰明。致有冠履倒易之誚。」

【大石調】㈠宮調名。古曰黃鐘商聲。吳梅顧曲塵談：「大石調所屬諸曲。北曲爲念奴嬌、百字令、六國朝、卜金錢、歸塞北、雁過南樓、喜秋風、怨別離、淨瓶兒、好觀音、催花樂、常相會、靑杏子（亦入小石調）、憨郭郎、還京樂、催拍子、茶䕷香、驀山溪、女冠子、玉翼蟬、鷓鴣天、燈月交輝、喜梧桐、初生月兒、隨煞、帶賺煞、雁過南樓煞、淨瓶兒煞、好觀音煞、玉翼蟬煞。南曲則爲東風第一枝、碧玉令、少年遊、念奴嬌、燭影搖紅（以上爲引子）。移塞子、本宮賺、念奴嬌序、催拍、賽觀音、人月圓、長壽仙、驀山溪、鳥夜啼、插花三台、醜奴兒令（以上爲過曲）。太和正音譜云：「大石調風流蘊籍。」集成曲譜、顧曲塵談皆以大石配小工調或尺字調。㈡燕樂商聲七調之第二運。燕樂考原：「七商之第二運。即按琵琶二弦之第一聲。」補筆誤：「太簇商今爲大石調。殺聲用四字。」㈢南宋大曲宮調名。其曲二。曰淸平樂。曰大明樂。石亦作食。

【大司樂】古官名。大司樂爲樂官之長。以樂舞教國子。亦曰大樂正。

【大白臉】臉譜名。奸臉之一種。此脚全臉皆用粉抹。戲界又曰大抹子。世俗則稱大花臉或大面。齊如山云：「其人一味作僞。永不以眞面目示人。故戲中皆用粉將其塗蓋。而露出一種陰森肅殺的氣象。以表現其僞假。如費無忌、曹操、嚴嵩等人皆是。」

【大老板】見三慶條。

【大安樂】曲牌名。北曲入仙呂宮。管色配小工調或尺字調。

【大吉慶】傳奇名。淸人朱素臣撰。

【大抹子】見大白臉條。

【大刼牢】雜劇名。正題梁山五虎大刼牢。元明間無名氏撰。

【大和佛】曲牌名。南曲入中呂宮。管色配小工調或尺字調。

【大明樂】南宋大曲名。入大石調。南宋官本雜劇有土地大明樂、打毬大明樂、三爺老大明樂三本。

【大花臉】脚色名。淨之一種。戲中凡勾大白臉者。皆爲大花臉。戲界曰大抹子。南方則呼大面。此脚以做工爲重。然唱白亦須頓挫有力。方能稱職。齊如山云：「此脚卽傳奇中之淨。如醉打山門之魯智深。皮黃戲中穿蟒而有作工唱工者。大都皆為大花臉。如宇宙鋒之趙高。天水關之姜維。打嚴嵩之嚴嵩。空城計之司馬懿。法門寺之劉瑾。十面之項羽、。逼宮之曹操等人。都是大花臉。」

【大拜門】㈠雜劇名。正題蒲魯忽劉屠大拜門。元人楊顯之撰。㈡曲牌名。北曲入雙調。管色配乙字調或正字調。

【大研鼓】曲牌名。南曲入南呂宮。管色配六字調或凡字調。

【大軸子】見軸子條。

【大都來】見都條。

【大勝樂】曲牌名。南曲入南呂宮引。管色配六字調或凡字調。

【大報讎】雜劇名。正題沒倖呆驢大報讎。元明間無名氏撰。

【大過門】見過門條。

【大節記】傳奇名。明人鄭若庸撰。

【大樂聖】㈠曲牌名。南曲入南呂宮。管色配六字調或凡字調。北曲入道宮。管色配小工調或尺字調。㈡南宋大曲名。入道調宮。南宋官本雜劇有塑金剛大聖樂、單打大聖樂、柳毅大聖樂三本。

【大德歌】曲牌名。北曲入雙調。管色配乙字調或正工調。

【大廝八】古方言。猶云大模大樣也。像模像樣也。例如百花亭：「自笑我有那崔護詩才几些。怎敢便大廝八將涼漿謁。」此言大模大樣也。貨郎旦：「你父親此地身亡。你是必牢記着日頭。大廝八做個週年分甚麼前和後。」此言像模像樣也。八亦作併。例如玉鏡台：「更有場大廝併。月夜高燒絳蠟燈。」八亦作至。例如詐妮子調風月：「怎當那廝大四至鋪排。小夫人名稱。」

【大影戲】曲牌名。南曲入中呂宮。管色配小工調或尺字調。

【大齋郎】曲牌名。南曲入仙呂宮。管色配小工調或尺字調。

【大轉輪】雜劇名。清人徐石麒撰。為坦庵詞曲六種之一。略謂司馬貌貧而苦學。不得志。一夕作怨天詩焚咒上帝。假寐中。忽夢為上帝所召。問不敬罪。司馬傲然不屈。因命斷漢朝四百年疑獄以試有才。司馬乃一一明決韓信彭越等之訴。上帝嘉之。使孫權、曹操、周瑜送之還家。夢醒。忽燕太子丹、荊軻、高漸離、樊於期等傳上帝玉旨至。使改司

馬貌之名爲司馬懿。命併收三國以成天下一統之業。荆軻等亦各改其名爲羊祜、杜預、王濬等輔助其業云。（中國近世戲曲史）

【大石角調】㈠宮調名。古曰黄鐘角聲。㈡燕樂角聲七調之第一運。

【大呂羽聲】宮調名。羽作結聲而出於大呂者。謂之大呂羽聲。俗名高般涉調。

【大呂角聲】宮調名。角作結聲而出於大呂者。謂之大呂角聲。俗名高大石角。

【大呂宮聲】宮調名。宮作結聲而出於大呂者。謂之大呂宮聲。俗名高宮。

【大呂商聲】宮調名。商作結聲而出於大呂者。謂之大呂商聲。俗名高大石調。

【大明奇士】見朱權條。

【大荒逋客】見卜世臣條。

【大破蚩尤】雜劇名。正題關雲長大破蚩尤。元明間無名氏撰。

【大聖收魔】雜劇名。明代無名氏撰。

【大戰邳彤】雜劇名。正題漢銚期大戰邳彤。元明間無名氏撰。

【大雅堂樂府】戲曲別集名。明人汪道昆撰。計收雜劇高唐記、洛神記、五湖記、京兆記四種。

【大鬧相國寺】見羅李郎條。

【大鬧東嶽殿】見東嶽殿條。

【大婦小婦還牢末】見還牢末條。

【大羅天羣仙慶壽】雜劇名。明代無名氏撰。

【小丑】脚色名。此名始自傳奇。其性質與小淨小末相仿。同爲次要脚色。如義俠記之解子。青衫記之玲瓏等是。皮黃戲中。丑與小丑有別。齊如山云：「凡穿短衣者曰小丑。穿長衣者則曰丑。但奇寃報之張別古。翠屏山之潘老丈等。雖穿長衣。也算小丑。」

【小生】脚色名。齊如山云：「崑曲中之小生。乃是二路生的性質。與小外、小末、小淨相同。絕無年齡較小的意義。到了皮黃中之小生。就純粹是年輕的性質了。」又分扇子生、巾生、紗帽生、冠生、雉尾生、武小生、窮生等名式。

【小旦】脚色名。旦之一種。明清傳奇中之小旦。皆爲配角性質。齊如山云：「這個小字。同小生小外一樣。原來沒有年歲小的意思。不過是正旦的副脚就是了。如香祖樓之李若蘭。桃花扇之李貞麗。浣紗記之公孫勝妻。」戲界統稱閨門旦與花旦曰小旦。齊如山云：「淸朝乾嘉以後。戲界中人把閨門旦花旦統名之曰小旦。劇本中也恆見此二字。」社會一般對各種旦脚統名曰小旦。齊如山云：「比如說唱旦脚的。則往往說唱小旦的。而劇本中則無此種稱呼。」

【小末】　脚色名。末之一種。小末泥之省文也。此脚始自元朝。其性質與傳奇中之小生相似。例如度柳翠之善才。合汗衫之陳豹。獅吼記之家僮。茂陵弦之儀從等是。

【小外】　脚色名。外之一種。此脚始自明朝。其性質與小生、小旦、小末相似。皆為戲中三路脚色也。齊如山云：「小外一脚。元朝不見。明淸就不少了。明傳奇如雙珠記之陳時策。綵毫記之郭子儀。淸傳奇如脊鴒原之曾仁。帝女花之院子等都是。皮黃戲中就不見了。」

【小令】　㈠散曲之一種。所以備閒散淸唱之用也。亦作葉兒。元人陶南村輟耕錄引芝庵論曲：「時行小令曰葉兒。」㈡詞家稱詞調短小者曰小令。錢塘毛氏曰：「五十八字以內為小令。五十九字至九十字為中調。九十一字以外為長調。古人定例也。」

【小曲】　㈠歌曲之一種。周憲王呂洞賓花月神仙令雜劇所載院本中有云：「捷唱。我有一個玉笙。有一架銀箏。就有一個小曲兒添壽。名是醉太平。」㈡舞曲之一種。樂府詩集：「晉傅玄有十餘小曲。名為舞曲。」

【小青】　劇中人。明江都女子。名玄玄。姓馮。嫁為杭州馮生姬。諱同姓。僅以字稱。工詩詞。解音律。以不容於大婦。徙居孤山別業。戚屬楊夫人憫之。諷其別嫁。不從。悽怨成疾。命畫師圖像自奠而卒。年僅十八。葬西湖孤山。其戚集其詩詞。刊為焚餘稿。卓人月小靑雜劇序云：「天下女子飮恨。有如小靑者乎。小靑之死未幾。天下無不知有小靑者。而見之於聲歌。則有若徐野君之春波影。陳季方之情生文。斯豈非命耶。傳小靑之事者。始於戔戔君士。君士之文。淋漓宛轉。已屬妙手。而野君復從而塡北劇焉。季方復從而塡南曲焉。」見春波影、挑燈劇、療妬羹各分條。

【小坡】　見陳沂條。

【小泉】　見程士廉條。

【小淨】　脚色名。淨之一種。此脚始自明朝。為傳奇特有名詞。其性質與副淨相似。亦常與丑脚相混。如浣紗記之妓女。金雀記之琴梧。臨川夢之張不痴。桃谿雪之李伯青等。皆由小淨扮演。

【小鼓】　見單皮鼓條。

【小說】　漢書藝文志：「小說家者流。蓋出於稗官。街談巷語。道聽塗說者之所造也。」古之小說。不以著述爲事。而以講演爲事。都城紀勝、夢梁錄均謂小說人能以一朝一代故事。頃刻間提破。東坡志林卷六：「王彭嘗云。塗巷中小兒薄劣。爲其家所厭苦。輒與錢令聚坐。聽說古話。至說三國事云云。」小說亦名銀字兒。耐得翁都城紀勝：「說話有四家。一者小說。謂之銀字兒。如煙粉、靈怪、傳奇、公案。皆是搏刀趕棒及發跡變泰之事。」今通稱以散文體裁設計描寫之人物故事爲小說。

【小齣】　吳梅曲學通論：「所謂小齣者。爲丑淨過脈戲。俗謂之饒戲。」齣亦作出。

【小鑼】　樂器名。鑄銅爲盤。中間凸起。徑約六七寸。以手持邊。用薄木板擊之發聲。其更小者名曰鏜兒。

【小工調】　管色名。笛共六孔。計有七音。今人按第一孔作工。第二孔作尺。第三孔作上。第四孔作乙。第五孔作四。第六孔作合。而別將第二第三兩孔按住作凡。此世所通行者。曲家謂之小工調。王光祈中國音樂史：「王季烈集成曲譜、吳梅顧曲塵談。皆以仙呂宮、中呂宮、正宮、道宮、大石調、小石調、高平調、般涉調、配小工調或尺字調。」

【小可如】　古方言。㈠猶云不過如也。例如單刀會：「小可如我攜親住訪冀王。引阿嫂覓劉皇。灞陵橋上氣昂昂。側坐坐雕鞍上。」言不過如側坐在馬上對付曹操刀挑錦袍那一事而已。㈡猶云難道如也。例如小尉遲：「你道十八般武藝都曉通。賣弄你智量高。氣勢雄。你小可如劉黑闥、王世充。」言你難道如劉王二人麼。意則云劉王二人亦終爲唐朝所滅。何況乎你。

【小末泥】　見小末條。

【小石調】　㈠宮調名。古曰中呂商聲。吳梅顧曲塵談：「小石調所屬諸曲。北曲爲惱殺人、伊州遍、青杏兒（亦入大石）、天上謠、尾聲。南曲則爲驟雨打新荷。（與北曲同。即元遺山作。）」太和正音譜云：「小石調旖旎嫵媚。」集成曲譜顧曲塵談皆以小石配小工調或尺字調。㈡燕樂商聲七調之第五運。燕樂考原：「七商之第五運。即按琵琶二弦之第四聲。」又：「小石調即今俗樂之尺字調。故殺聲用尺字。」㈢南宋大曲宮調名。其曲二。曰胡渭洲。曰嘉慶樂。石亦作食。

【小妮子】　古方言。宋稱未婚女奴爲小妮子。

【小金山】　人名。焦循劇說：「小金山者。優之名也。周采岩言。小金山本吳中名優。出遊多年。落魄而歸。笥者故識之。而群優不知。而共誚其衣貌之不揚。及演項王。始驚異。優之老者曰。此演法唱法。非小金山不能。君得毋爲小金山耶。何一貧如此。答曰然。衆乃矜服。」

【小河州】　傳奇名。又名雙奇俠。淸人李應桂撰。演小說好逑傳事。

【小青傳】　雜劇名。明人胡士奇撰。劇品：「南北六折。春波影一劇。已傳青娘神色。他卽極意摹寫。終非鏤月手。」按春波影一劇爲徐士俊所撰。

【小忽雷】　傳奇名。淸人孔尚仁撰。演唐梁厚本與鄭盈盈姻緣事。以盈盈善彈小忽雷。爲劇中關目。故名。略謂唐文宗時。有梁厚本者。與鄭注之妹盈盈訂有婚約。一日。厚本於骨董店中購小忽雷。仇士良後至。以爲官物。奪之去。獻之朝庭。後鄭注以妹盈盈進宮中。盈盈以善彈小忽雷。頗承眷厚。賜號女中丞。一夜在宮中獨彈小忽雷。仇士良忽來。拉之欲進御於帝。盈盈拒之。遂以小忽雷擲之。小忽雷碎破。因之仇士良構事勒死盈盈。納箱中投之於河。梁厚本偶釣於下流。見一箱流過。乃開而救醒之。移之家中。叩之。卽梁之未婚妻也。又聞女云。小忽雷現在趙二之樂器店中修理。乃就而得之。命盈盈彈唱。聖旨下。命兩人婚配。得團圓焉中國近世戲曲史

【小花臉】　脚色名。戲中凡勾豆腐臉者。皆爲小花臉。此脚又屬丑行。齊如山云：「丑之抹臉。爲奸臉中塊之最小者。故曰小花臉。」

【小石角】　宮調名。燕樂角聲七調之第四運。補筆談：「南呂角。今爲小石角。殺聲用乙字。」石亦作食。

【小拜門】　曲牌名。北曲入雙調。管色配乙字調或正工調。

【小春秋】　㈠雜劇名。明代無名氏撰。劇品謂此劇：「南五折。謔語亦堪解頤。但曲本平實。便覺趣味不長。」㈡傳奇名。淸人張大復撰。

【小秦王】　雜劇名。正題尉遲恭病立小秦王。元人于伯淵撰。

【小桃紅】　㈠雜劇名。正題惠禪師三度小桃紅。明人朱有燉撰。中國近世戲曲史：「小桃紅一劇。演

飛仙會中二聖。聞天魔音樂。墮落下界。一成揚州妓女小桃紅。一成小桃紅之稔客素封者劉景安。惠禪師奉佛旨。扮成風魔和尚模樣。連至三回。遂度脫兩人使還天界云。」㈡曲牌名。亦名武陵春、採蓮曲、絳桃春、平湖樂。入越調。管色配六字調或凡字調。

【小孫屠】南戲名。元代古杭書會編撰。演開封孫必貴故事。略謂貴爲屠戶。人稱爲小孫屠。其兄必達。娶妓女李瓊梅爲妻。瓊梅原有情人常來私會。一次爲小孫屠發現。欲以刀殺之。姦夫幸得脫逃。後小孫屠伴母至東嶽廟進香。其兄亦送至半路。時姦夫又與瓊梅相會。事爲婢女梅香所悉。姦夫遂殺死梅香。並割其頭。將屍身著瓊梅之衣。一壁攜瓊梅逃走。一壁向官府告必達殺妻。必達終於被捕入獄。不幸小孫屠之母於途中死於急病。乃背母屍還家。抵家後。知兄遭害。前往探獄。姦夫復利用官權。投之獄中。旋殺之而棄屍於野。幸東獄神將他救活。與兄相遇。二人喜出望外。旋又與瓊梅相逢。瓊梅吐出實情。因訴之於官。經包龍圖裁判。得申前仇。永樂大典卷一三九九一輯錄此目。

【小桃源】傳奇名。清人劉方撰。

【小梁州】曲牌名。北曲入正宮。管色配小工調或尺字調。

【小將軍】曲牌名。北曲入雙調。管色配乙字調或正工調。

【小張屠】雜劇名。正題小張屠焚兒救母。元代無名氏撰。演孝子張屠。以母病禱於神。願焚兒於蘸盆以活母命事。略謂汴梁人張某。軼其名。以經營肉舖爲業。人乃以小張屠呼之。張性至孝。其母年逾花甲。忽染重病。張晨昏親待湯藥。久而不愈。時逢三月二十八日。張與妻議。偕子喜孫同往泰安神州東岳廟進香。並將喜孫許願於神。投入蘸盆內焚之。以乞母命。又有同邑王員外者。行事刁惡。瞞心昧己。而家頗豐裕。亦於是日攜子萬寶奴赴東岳廟行香。閻羅知其情。謂王氏當罰。而張氏孝心感天。遂令神急脚李能救喜孫出險而代以萬寶奴。李能既救喜孫出。先送之還家。謂張母云：「張屠酒醉。棄兒於市不顧。吾與屠爲至友。乃送之還家。」言訖卽去。及張屠夫婦歸。母問孫安在。張以實對。母怒曰：「汝本縱酒行樂。尚巧言爲我祈病。若不信。吾呼喜孫出。」呼之。喜孫果在。夫婦相驚失色。急問送兒者何往。云已行矣。始悟神祇

爲張屠存心所感。而母病尋亦自愈。於是擧家跪拜答謝神靈云。現存元人雜劇本事考

【小尉遲】 雜劇名。正題小尉遲將鬭將認父歸朝。元代無名氏撰。演尉遲敬德之幼子寶林。認父歸唐事。略謂尉遲敬德初爲劉武周大將。後降唐。遺一子曰寶林在番中。時甫三歲。武周之子劉季眞養爲己子。改名曰劉無敵。既長。武藝絕倫。季眞聞唐將老兵驕興師窺伺。下戰書。欲獨與敬德戰。即命無敵爲前鋒。蓋季眞所懼者惟敬德一人。以爲擒敬德則其他不足慮也。敬德之僕宇文慶者。在番中撫寶林成立。寶林呼爲養爺。至是以往事詳告寶林。並以敬德所遺水磨鞭與之。使乘機骨肉團聚。寶林在陣前與敬德戰。佯敗。敬德追至無人處。寶林乃下馬跪地認父。取水磨鞭爲證。於是回軍縛季眞。降唐獻功。先是敬德在陣前與寶林密語時。監軍疑之。以爲敬德有反叛之心。奏聞。勅令徐茂公勘問。房玄齡保其無他。寶林既至唐。敬德乃率子上聞。命爲金吾上將。世掌軍權云。現存元人雜劇本事考

【小陽關】 曲牌名。北曲入雙調。管色配乙字調或正工調。

【小過門】 見過門條。

【小漢卿】 見高文秀條。

【小歌戲】 見越劇條。

【小劉屠】 雜劇名。正題報寃二世小劉屠。元人楊顯之撰。

【小蓬萊】 (一)傳奇名。淸人朱從雲撰。(二)曲牌名。南曲入仙呂宮引。管色配小工調或尺字調。

【小山樂府】 書名。元人張可久原著。近人任中敏改編。凡六卷。以原書之今樂府爲前集。蘇堤漁唱爲後集。吳鹽爲續集。新樂府爲別集。外集則仍其舊。補集則據李開先輯小山小令與諸選本輯成者。爲小山曲集最詳備之本。

【小石角調】 宮調名。古曰中呂角聲。

【小扇輕羅】 書名。淸無名氏撰。此書所收。盡爲吹打北曲。

【小絡絲娘】 曲牌名。北曲入越調。管色配六字調或凡字調。

【小雲石海涯】 見貫雲石條。

【小雅堂樂府】 戲曲別集名。明人程士廉撰。計收雜劇幸上苑帝妃春遊、泛西湖秦蘇夏賞、醉學士韓陶月宴、憶故人戴王防雪等四種。

【小天香半夜朝元】 見半夜朝元條。

【小張屠焚兒救母】見小張屠條。

【小二哥大鬧查子店】雜劇名。元明間無名氏撰。

【小李廣大鬧元宵夜】雜劇名。元明間無名氏撰。

【小青孃情死春波影】見春波影條。

【小尉遲將鬪將認父歸朝】見小尉遲條。

【子】古方言。㈠猶只也。例如誤入桃源楔子：「避不得登山驀嶺。便子索回首向前程。」子索猶云只得也。范張雞黍：「恨子恨這個月之間。少個人來問候。」子恨猶云只恨也。㈡猶即也。例如董西廂：「有子有牢房地匣。有子有欄軍夾畫。有子有鐵裏榆枷。更年沒罪人犯他戴他。」凡云有子有。猶云有即有或有雖有也。更年沒猶云終年無也。

【子木】見盧柟條。

【子元】見陸采條。

【子仁】見徐霖條。

【子正】見范居中條。

【子安】見范康條。

【子弟】㈠古方言。嫖客之別稱。例如玉壺春：「你那裏知道做子弟的聲傳四海。名上青樓。比為官還有好處。」又如救風塵：「妹子。那做丈夫的做得子弟。做子弟的做不得丈夫。」㈡票友之別稱。楊靜亭都門雜咏玩票：「名班總仗票幫扶。全勝新興甚可虞。不見印軒不上座。果然子弟勝江湖。」按印軒姓薛。雒南世家。入籍京師。年少通書史。諳詞場。未經師授。自能獨開生面。又子弟二字。京人呼票友之稱。而江湖則指梨園行也。

【子英】見范康條。

【子若】見孟稱舜條。

【子祥】見趙熊條。

【子猶】見馮夢龍條。

【子塞】見孟稱舜條。

【子敬】見屈恭之條。

【子麼】見則麼條。

【子箇】見則個條。

【子維】見張四維條。

【子璋】見石子章條。

【子適】見孟稱舜條。

【子藝】見田藝衡條。

【子弟書】清代有所謂子弟書。亦鼓詞之一種。相傳為八旗子弟所創作。故名。分東調西調兩種。東調激昂慷慨。多唱忠臣孝子故事。如長板坡。西調則纏綿悱惻。多詠粉黛風月情形。如百花亭。子弟書亦稱絃子書。因唱時輔以三絃。或一人唱書一人彈絃。或一人且唱且彈。

【子母冤家】　南戲名。元代無名氏撰。南戲百一錄輯錄此目。

【子房貨劍】　雜劇名。元人吳弘道撰。

【子胥走樊城】　見走樊城條。

【子父夢秋夜欒城驛】　見欒城驛條。

【上】　管色譜之第一音。猶西樂之唱DO也。

【上聲】　四聲之一。釋神珙反紐圖譜：「上聲厲而舉。」釋眞空玉鑰匙歌訣：「上聲高呼猛烈強。」今爲國音聲調中之第三聲。依標準聲調之讀法。先低後高。低久高暫。美、巧等字是也。上讀如賞。

【上場】　脚色出場。謂之上場。據齊如山統計。皮黃戲之上場方式共有七八十種之多。曰引子上。曰點絳唇上。曰粉蝶兒上。曰念詩上。曰念對聯上。曰唱上。曰倒板上。曰數板上。曰咳嗽上。曰內白上。曰站門上。曰起霸上。曰斜門上。曰一字上。曰趟馬上。曰走邊上。曰斜一字上。曰雙斜一字上。曰一字站門上。曰四角站門上。曰抬轎上。曰二龍出水上。曰門墩子上。曰四把門椅上。曰五把門椅上。曰五把椅上。曰斜門椅上。曰正門椅上。曰出洞上。曰三斜門椅上。曰跳上。曰溜上。曰會陣上。曰領上。曰扯四門上。曰走圓場上。曰擺隊上。曰打朝上。曰發點上。曰小鑼帽兒頭上。曰小鑼打上。曰小鑼快抽頭上。曰小鑼慢抽頭上。曰小鑼水底魚上。曰小鑼長絲頭上。曰小鑼玭琅上。曰小鑼六么令上。曰小鑼急三槍上。曰大鑼回操上。曰大鑼四邊靜上。曰大鑼慢長錘上。曰大鑼快長錘上。曰大鑼水底魚上。曰大鑼反長錘上。曰大鑼抽頭上。曰大鑼陰鑼上。曰大鑼紐絲上。曰大鑼急急風上。曰大鑼亂錘上。曰大鑼倒板上。曰大鑼長尖上。曰大鑼沖頭上。曰大鑼撕邊上。曰小過門上。曰十三棒鑼上。曰嘎巴上。曰巴搭倉上。曰冷場上。曰大鑼金錢花上。曰風入松上。曰吹打上。曰南鑼上。曰平板奪頭上。曰小鑼風入松合頭上。曰起鼓上。曰打更上。曰九錘半上。曰出隊子上等名式。

【上八字】　見二挾彎條。

【上下手】　戲界七行之一。齊如山云：「戲中政府軍隊中。四個穿黃褂褲戴黃虎帽者。謂之上手。敵方軍隊中。穿靑褂褲戴靑虎帽者。謂之下手。例如連環套隨黃天霸的四個車夫。就算上手。隨竇爾墩的四個囉嘍。便算下手。」又云：「上下手不會唱。也不會演。只管翻筋斗。故又名曰跟頭匠或筋斗人。」

【上口字】㈠戲曲音韻之讀法。凡與北平方言不同者皆曰上口字。㈡京白謂之不上口白。韻白謂之上口白。

【上小樓】曲牌名。北曲入中呂宮。管色配小工調或尺字調。

【上元舞】唐樂名。唐書禮樂志：「上元舞者。高宗所作也。舞者百八十人。衣畫雲。五色衣。以象元氣。大祠享皆用之。」

【上字調】管色名。所謂上字調者。以小工調之上字作工字也。上作工。乙作尺。四作上。合作乙。凡作四。工作合。尺作凡是也。

【上竿戲】古付雜戲之一種。晏殊上竿伎詩曰：「百尺竿頭裊裊身。足騰跟倒駭旁人。漢陰有叟君知否。抱甕區區亦未貧。」亦作都盧尋橦。金厚載都盧尋橦賦曰：「彼脩竿兮。廻立天中。有都盧兮。身輕若風。始發地而直上。漸淩烟而轉崇。敏捷無儔。恣飛翻于白日。孤高可尚。任廻環於碧空。」按都盧爲西域一小國。其人體輕善緣者也。

【上林春】㈠傳奇名。明人姚子翼撰。演唐武后臘月遊上林。催春放花事。據卓異記。㈡曲牌名。南曲入南呂宮引。管色配六字調或凡字調。

【上京馬】曲牌名。北曲入仙呂宮。管色配小工調或尺字調。又入商調。管色配六字調或凡字調。

【上馬嬌】曲牌名。北曲入仙呂宮。管色配小工調或尺字調。

【上馬踢】曲牌名。南曲入仙呂宮。管色配小工調或尺字調。

【上場詩】脚色上場時。常先念韻辭兩句或四句。謂之上場詩。蓋淵源於元人雜劇。用以代替引子者也。例如五湖遊上場詩：「我愛鴟夷子。迷花不事君。紅顏棄軒冕。白首臥煙雲。」

【上皇院本】院本名。輟耕錄所載金人院本名目六百九十種之中。曰上皇院本者十有四本。其中如金明池、萬歲山、錯入內、斷上皇等。皆明示宋徽宗時事。皇者謂徽宗也。

【上馬嬌煞】曲牌名。北曲入仙呂宮。管色配小工調或尺字調。

【上林苑梅杏爭春】見梅杏爭春條。

【女丈夫】傳奇名。新曲十種之一。明人馮夢龍更定。

【女狀元】見辭凰得鳳條。

【女冠子】曲牌名。南曲入南呂宮引。又入黃鍾宮。管色配六字調或凡字調。北曲入大石調。又入黃鍾宮。管色配六字調或凡字調。

【女紅紗】雜劇名。明人來集之撰。按此劇係諷刺科舉之弊者。故劇中主試人名之曰胡塗。應試人一名文運。字中盛。又字中衰。即謂孤寒士子。專恃文章者是也。得志則爲文運中盛。不得則爲文運中衰也。一名臭銅。商家子弟。但有錢財者是也。一名白丁。顯宦家子弟。但有勢力而目不識一丁者也。蓋應試者皆不出此三種人物。故假設此三種人物以諷刺之。

【女眞觀】雜劇名。正題張于湖誤宿女眞觀。元明間無名氏撰。

【女專諸】雜劇名。清人孔廣林撰。事據天雨花彈詞刺賊一段編成。

【女雲臺】雜劇名。清人許鴻磐撰。爲六觀樓北曲六種之一。

【女開科】傳奇名。清人葉稚斐撰。

【女豪傑】雜劇名。明人諸葛味水撰。劇品謂此劇：「南北四折。諸葛君以俗演斬貂蟬近誕。故以此女修道登仙。而與蔡中郎妻牛太師女相會。是認煞琵琶。正所謂弄假成眞矣。」

【女彈詞】雜劇名。清人唐英撰。爲古柏堂傳奇之一。

【女學士】雜劇名。正題女學士明講春秋。元明間無名氏撰。

【女元帥掛甲朝天】見掛甲朝天條。

【女狀元辭凰得鳳】見辭凰得鳳條。

【女學士明講春秋】見女學士條。

【女姑姑說法陞堂記】見陞堂記條。

【女學士三勸後姚婆】見後姚婆條。

【下海】戲界行話。謂票友搭班而成爲職業時。曰下海。

【下得】古方言。猶云忍得也。例如巾箱本琵琶記：「我沒奈何分情破愛。誰下得虧心短行。」誰下得。猶云誰忍得也。亦作下的。例如梧桐雨：「怎生般愛他看待他。怎下的教橫拖在馬嵬坡下。」怎下的。猶云怎忍得也。

【下場】脚色進場。謂之下場。據齊如山統計。皮黃戲之下場方式。共有五六十種之多。曰唱下。曰念下。曰數板下。曰被喚下。曰窩下。曰分下。曰斜門下。曰倒脫靴下。曰蛇褪皮下。曰一字下。曰挽手下。曰擺隊相迎下。曰膝行下。曰跑下。曰蹦下。曰蹉步下。曰跺步下。曰斜一字下。曰趟馬下。曰追下。曰拉下。曰頂下。曰羞下。曰拉馬下。曰被燒下。曰逃下。曰托下。曰自刎下。曰碰死下。曰被殺下。曰跳水下。曰溜下。曰蹭下。曰進陣下。曰翻下。曰請安相送下。曰領下。曰一字退下。曰雙斜門下。曰急急風下。曰掃頭下。曰風入松下。曰急三槍下。曰朱奴兒下。曰小朱奴兒下。曰泣顏回下。曰大泣顏回下。曰北泣顏回下。曰五馬江兒水下。曰朝元令下。曰二犯江兒水下。曰一江風下。曰淸江引下。曰神杖兒下。曰六么令下。曰吹打下。曰打下。曰尾聲下等名式。

【下裏】　古方言。猶云方面也。例如氣英布：「喒一下裏相迎。你且一下裏趲。」此言一方面也。董西廂：「今宵免得。兩下裏孤眠。」此言兩方面也。蝴蝶夢：「九重天飛下紙詔書來。你三下裏休將招狀責。」此言三方面也。博望燒屯：「四下裏火燒着積草屯糧。」此言四方面也。哭存孝：「今日九牛力。當不的五輛車。五下裏把身軀拽。」此言五馬分屍也。

【下八字】　見八字髯條。

【下山虎】　曲牌名。南曲入越調。管色配六字調或凡字調。

【下小樓】　曲牌名。南曲入黃鍾宮。管色配六字調凡字調。

【下西洋】　雜劇名。正題奉天命三寶下西洋。明代無名氏撰。

【下的手】　古方言。猶云下毒手也。例如神奴兒：「二嫂你好下的手也。」又如馬陵道：「哎。你個行刄的哥哥。你暢好是下的手。」凡云下的手。皆猶云下毒手也。

【下場詩】　脚色進場時。常念成對之韻語兩或四句。謂之下場詩。猶雜劇之有題目正名也。例如長生殿第二十一齣窺浴下場詩云：「花氣渾爲百和香。避風新出浴盆湯。侍兒扶起嬌無力。笑倚東窗白玉牀。」下場詩亦有用四六駢體之句者。例如張協狀元下場詩云：「衝煙披霧。不辭千里之迢遠。帶雨冒風。何惜此身之跋涉。」

【下次小的】　古方言。此爲呼僕役之槩詞。例如破家子弟：「下次小的每。掇一張卓兒過來著。」下次小的每。猶云僕役們也。

【下高麗敬德不伏老】 見不伏老條。

【山翁】 見萬樹條。

【山歌】 榜人、農夫、牧童、樵子、所唱之歌也。蓋古水調。竹枝之遺。李益詩：「無奈孤舟夕。山歌聞竹枝。」山歌起於初唐。七言四句爲其基本形式。例如白居易竹枝詞：「瞿塘峽口冷煙低。白帝城頭日尙西。唱到竹枝聲咽處。寒猿晴鳥一時啼。」

【山丹花】 曲牌名。北曲入雙調。管色配乙字調或正工調。

【山石榴】 曲牌名。北曲入雙調。管色配乙字調或正工調。

【山花子】 曲牌名。南曲入中呂宮。管色配小工調或尺字調。

【山坡羊】 曲牌名。南曲入商調。管色配六字調或凡字調。北曲入中呂宮。管色配小工調或尺字調。

【山痲稭】 曲牌名。南曲入越調。管色配六字調或凡字調。

【山東劉袞】 曲牌名。南曲入雙調。管色配乙字調或正工調。

【山陰布衣】 見徐渭條。

【山堂詞稿】 見海浮山堂詞稿條。

【山間滾磨旗】 古方言。猶云見不得人也。作事不公開也。按舊制官員出巡。例用旗官磨旗開道。磨即揮舞移動意。讀去聲。今避至山間磨旗。無人見其威儀。徒自行事耳。又作自說自話解。

【山神廟裴度還帶】 見裴度還帶條。

【千里舟】 傳奇名。淸人李玉撰。

【千金記】 傳奇名。明人沈采撰。凡五十齣。演韓信微時受辱。後在漢拜將滅楚。卒至封王事。劇中第四十一齣滅項有云：「吾聞漢兵覯我頭者賞賜千金。」第四十三齣封王有云：「賜千金榮歸故里。」第四十九齣報德有云：「今我將千金在此。欲報母恩之德。」是爲劇名之所由來。

【千金笑】 傳奇名。淸人高弈撰。

【千金壽】 傳奇名。淸人沈䇣撰。

【千忠會】 傳奇名。淸人李玉撰。

【千忠錄】 傳奇名。亦作千忠戮。淸初無名氏撰。演明永樂帝爲燕王時。起兵陷南京。篡奪皇位。建文帝與翰林院編修程濟偕遁受苦事。楊恩壽詞餘叢話：「神情之合。排場之佳。令人歎絕。」

【千秋歲】曲牌名。南曲入中呂宮。管色配小工調或尺字調。

【千秋樂】燕樂大曲名。

【千春樂】㈠燕樂大曲名。㈡南宋大曲名。入黃鐘羽。南宋官本雜劇二百八十種之中。有禾打千春樂一本。宋史樂志及文獻通考教坊部十八調黃鐘羽中。有千春樂大曲。

【千鍾祿】見千忠錄條。

【千里投人】雜劇名。元人睢舜臣撰。

【千里獨行】雜劇名。正題關雲長千里獨行。元代無名氏撰。演關羽封金辭曹。保皇嫂駕至古城。與劉備、張飛重聚事。略謂黃巾亂平後。劉備、關羽、張飛三人。不從曹操調遣。暗出許都。襲殺徐州刺史車胄。曹操聞之大怒。親率雄兵十萬征討。劉、關、張三人定議。關守下邳。劉、張二人往劫曹寨。不意劉部將張虎因與飛不和降曹。教以破劉之計。劉軍大敗。曹擄獲甘、糜二夫人。挾之往下邳。勸關羽投降。羽因權宜之計。降曹。爲曹操斬顏良、文醜。操乃表封羽爲漢壽亭侯。劉、張二人則敗走古城。張虎時在古城。二人逐虎據城而堅守之。羽在曹營中。聞劉、張所在。乃封金掛印保二嫂。星夜馳赴古城。張遼訴諸曹操。操卽率兵追之。及於中途。乃設計以贈錦戰袍爲名。誘羽下馬著之。然後擒縛回營。羽洞悉其計。僅在馬上以刀挑袍。不肯下馬。操見計不逞。復命上將蔡陽與羽交鋒。羽馳走。抵古城。劉、張以其降曹。不放入城。旋蔡陽追至。羽於鼓聲三响中斬之。劉張始歡然迎入。慶功重聚云。（現存元人雜劇本事考）明人有古城記傳奇。亦演此事。

【兀自】古方言。猶云還也。尙也。猶也。例如董西廂：「天色兒又待明也。不知做甚麼書幃兒裏兀自點著燈火。」此言爲何還點著燈火也。亦作兀然。例如董西廂：「念兒以淫詞。適來侍婢遣奴側解開遂披讀。兀然心下疑猜。」此言猶然心中猜疑也。亦作兀子。例如董西廂：「誰知今日見伊。尙兀子鰥居獨自。」此言未料他尙鰥居獨自也。

【兀良】古方言。此爲襯字或話搭頭。無意義可言也。例如城南柳：「回首仙居。兀良在縹緲雲深處。」黃粱夢：「遙望見一點青山。兀良却又早不見了。」漢宮秋：「說甚麼大王不當戀王嬙。兀良怎禁他臨去也回頭望。」良亦作刺。

【兀那】古方言。猶云那也。例如李逵負荊：「老王你來。兀那禿廝。便是做媒的魯智深你再去認咱。」又如漢宮秋：「兀那彈琵琶的。是那位姑娘。聖駕到來。急忙迎接者。」

【兀的】 古方言。㈠猶云這也。例如詐妮子調風月：「覷了他兀的模樣。這般身分。」兀的與這般並舉。爲互文也。的亦作底。例如董西廂：「兀底般媚臉兒不曾見。」言這般的美貌不曾見過也。㈡猶言怎也。例如倩女離魂：「他原來有了夫人也。兀的不氣殺我也。」老生兒：「自從父親將家私都與了我掌把。兀的不歡喜殺我也。」㈢有時兼表驚異或鄭重之口氣。例如千里獨行：「兀的眞個是俺哥哥的衣甲頭盔。可怎生落在他手裏。」此兼表驚異口氣者也。東窗事犯：「我那裏不尋。你却在這裏。秦太師鈞旨有勾。兀底明寫東南第一山。」此兼表鄭重口氣者也。

【兀誰】 古方言。猶云誰也。例如董西廂：「其時遂把諸僧點。搊搜好漢每兀誰敢。」又：「牆東裏一跳。在牆西裏撲地。聽一人高叫道兀誰。」

【兀的不】 古方言。此爲反詰語。猶云這好不也。這豈不也。例如董西廂：「更打著黃昏也。兀的不愁煞人。」猶云這好不愁煞人也。的亦作得。例如風月紫雲庭：「兀得不好拷末娘七代先靈。」猶云這豈不應該打他娘的七代先靈。蓋罵其無理也。

【兀刺赤】 古方言。天香樓偶得云。兀刺赤掌車馬者之稱也。山居新話：「中途有酒車百餘乘。其回車之兀刺赤。多無禦寒之衣。」

【兀兀禿禿】 古方言。兀禿之重言。兀禿爲溫暾之轉音。猶云溫熱也。

【兀的不是】 古方言。此爲反詰語。猶云這豈不是嗎。例如黃鶴樓：「我把你拔開看者。兀的不是一枝箭。」此言這豈不是一枝箭嗎。又如鎖魔鏡：「末云。鬼力。將過弓箭來者。鬼力云。理會的。兀的不是弓箭在此。」此言弓箭豈不就在這裏嗎。

【才】 古方言。猶一也。如其也。例如張協狀元戲文：「才到黃昏至。虎嘯猿啼起。」言一到黃昏也。又：「小二便去。怕知縣點追。才點着。定喫十五大棒。」才點着。猶云一點着或如其點着也。字亦作財或纔。

【才英】 見張時起條。

【才美】 見張時起條。

【才人福】 傳奇名。清人沈起鳳撰。爲沈氏四種之一。演張鳳翼弟獻翼。與秦伯達女曉霞姻緣事。劇中以祝允明、唐伯虎爲穿插。全屬虛構。吳梅才人福跋：「文心如剝蕉抽繭。愈轉愈奇。總不出一平筆。傳至此。極才人之能事矣。」

【才星現】 傳奇名。淸人衡棲道人撰。

【才子留情】 雜劇名。元明間無名氏撰。

【才子佳人拜月亭】 見拜月亭條。

【才子佳人悞元宵】 見悞元宵條。

【才子佳人菊花會】 見菊花會條。

【也】 古方言。襯字。無意義可言也。例如馮玉蘭：「俺父親呵。待明朝早晨便拜辭也禁門。待明朝早晨便來到也水濱。待明朝早晨便開船也動身。」亦作也波。例如紅梨花：「天也波天。天與人行方便。」亦作也那。例如趙禮讓肥：「想他每富家。殺羊也那宰馬。每日裏笑恰。飛觥也那走斝。」亦作也麼。例如昊天塔：「傷也麼情。枉把這幽魂陷虜塵。」

【也那】 古方言。語助辭。無意義可言也。例如西廂記：「你那裏問小僧敢去也那不敢。我這裏啓大師用俺也不用俺。」見也條。

【也波】 古方言。亦作也麼。語助詞。無意義可言也。例如漢宮秋：「寒也波更蕭蕭落葉聲。燭暗長門靜。」寒也波更。猶云寒更也。又如李逵負荊：「把煩惱都也波丟。都丟在腦背後。」都也波丟。猶云都丟開也。見也條。

【也囉】 古方言。語助詞。無意義可言也。例如博望訪星：「鷁夷舸。駕長風去也囉。」又如帝女花：「但只有村醪麥飯奠荒墟也囉。」

【也不羅】 曲牌名。北曲入雙調。管色配乙字調或正工調。

【也麼哥】 古方言。語助詞。無意義可言也。叨叨令末句之上。例有也麼哥兩句。如李逵負荊：「他這般壹留兀淥的睡。似這般過不的也麼哥。似這般過不的也麼哥。」亦作也末哥。例如西廂記：「是必休誤了也末哥。休誤了也末哥。」

【也是園曲目】 書名。淸人錢曾撰。凡十卷。其中古今雜劇類所收元明雜劇頗爲珍貴。嘗爲明代戲曲收藏家趙琦美脈望館鈔校珍藏。按曾字遵王。號也是翁。常熟人。藏書甚富。且多善本。王國維云：「錢遵王黃蕘圃學問胸襟嗜好約略相似。同爲吳人。又同喜蒐羅詞曲。遵王也是園所藏雜劇至三百餘種。多人間希見之本。」

【于令】 見陳二白條。

【于伯淵】元代初期戲曲家。平陽（今山西省臨汾縣）人。生卒年不詳。約元世祖中統初期在世。工曲。著有雜劇六種。曰莽和尚復奪珍珠旗。曰丁香回回鬼風月。曰尉遲恭病立小秦王。曰狄梁公智斬武三思。曰呂太后餓劉友。曰白門斬呂布。今皆不傳。太和正音譜評其曲曰：「如翠柳黃鸝。」

【于叔夜】見袁于令條。

【于飛樂】曲牌名。南曲入南呂宮引。管色配六字調或凡字調。北曲入高平調。管色配小工調或尺字調。

【于公高門】㈠雜劇名。正題厚陰德于公高門。元人王仲元撰。王德信亦有同名之作。㈡雜劇名。正題東海郡于公高門。元人梁進之撰。

【乞兒家】見家條。

【乞食圖】傳奇名。亦作虎阜緣。清人錢維喬撰。

【乞麾記】傳奇名。明人卜世臣撰。呂天成曲品曰：「發揮小杜之狂。恣情酒色。令人頓作治遊想。」王驥德曲律曰：「至於大荒之乞麾。終帙不用上去疊字。然其境益苦而不甘。」

【乞紐忽濃】古方言。狀行於泥淖中之聲音或情態也。

【乞骸骨兩疏見幾】雜劇名。明代無名氏撰。

【幺】見幺篇條。

【幺篇】㈠北曲第二調曰幺。幺為後之省筆。幺篇即後篇也。毛西河云：「幺。後曲也。唐人幺遍皆疊唱。故後曲名幺。」例如望江亭：「正旦云。回奉相公一首。詞寄夜行船。衙內云。妙妙妙。正旦云。相公再飲一杯。衙內云。酒勾了也。小娘子休唱前篇。則唱幺篇。」所謂則唱幺篇。意言續唱後篇也。㈡南曲前腔曰幺。任訥曲諧疑是袞字之省文。九宮譜定卷前總論論換頭謂：「篇中或幺或袞。大率即是前腔云云。」

【工】管色譜之第三音。猶西樂之唱 Mi 也。

【工尺譜】見管色譜條。

【凡】管色譜之第四音。猶西樂之唱升 Fa 也。

【凡字調】管色名。所謂凡字調者。以小工調之凡字作工字也。凡作工字。工作尺字。尺作上字。上作乙字。乙作四字。四作合字。合作凡字是也。王光祈中國音樂史：「王季烈集成曲譜吳梅顧曲麈談皆以南呂、黃鐘、商調、越調、商角、配六字調或凡字調。」

【巾生】腳色名。小生之一種。此腳頭戴高方巾或文生巾。故名。齊如山云：「巾生溫文靜穆。不及持扇者之活潑。」

【巾箱本】　書本之小者曰巾箱本。今則稱爲袖珍本。

【口技】　能爲各種音響或鳥獸叫喚以悅座客者。謂之口技。其隱身布幔中以奏技者。則曰隔壁戲。

【口硬】　古方言。㈠言詞倔強不讓也。㈡年齡少壯之牲口也。

【士凱】　見朱凱條。

【士女秋香怨】　見秋香怨條。

【川戲】　地方戲之一種。川戲有高腔、絲絃之分。高腔與各地流行者相同。絲絃乃合漢調與陝調而成。海戈川戲云：「川戲是三種戲劇組成的。有漢調陝調和本省特有的高腔。川戲中的絲絃。如空城計、當鐧賣馬。因爲都用胡琴。離不了絲絃的原故。也有二簧和西皮。譬如南陽關。漢平戲是西皮。這裏也用西皮。三娘教子用二簧。這裏也是一樣。不過如紅鬃烈馬等全本戲。顯然是分化了。在三擊掌那一段。此處是唱高腔。高腔的唱法極簡單。只須鼓板與唱者而已。而打鼓板的人極其重要。因爲要幫腔。幫腔是當唱到臨末一句時。忽然打鼓的幾個接著唱下去。原唱者便只用手勢在表示。有時且達二三句唱詞之久。唱詞亦是七字句十字句占最多數。」川戲重於表情。中國俗文學概論：「川戲是最重於表情的。他們四川人有聽平戲看川戲之說。據說這種表情。有時可延長至一刻鐘。就是只打鑼鼓不唱。用手足和眼睛表示的。」川戲亦作川腔。

【川撥棹】　曲牌名。南曲入仙呂入雙調。北曲入雙調。管色配乙字調或正工調。

【叉手】　古方言。猶云拱手也。例如西廂記：「則見叉手忙將禮數迎。萬福先生。」亦作抄手。例如瀟湘雨：「則見他抄定攀蟾折桂手。待趨前。還褪後。我則索慌忙施禮半含羞。」亦作插手。例如薦福碑：「比及見這四方豪士頻插手。我爭如學五柳先生懶折腰。」

【土音】　即方音。謂某地方之一種土俗語音。與普通語音迥異。

【弋陽腔】　戲曲腔調名。爲南曲之一派。其源出於江西之弋陽。徐渭南詞敍錄：「今唱家稱弋陽腔則出於江西。兩江、兩京、湖南、閩、廣用之。」又稱亂彈或下江調。今樂考證：「亂彈即弋陽腔。南方謂之下江調。」其傳入高陽者謂之高腔。傳入京師者謂之京腔。見崑弋、亂彈、高腔、京腔、各分條。

【夕陽樓】雜劇名。正題晏叔原風月夕陽樓。元人李直夫撰。

【已齊叟】見關漢卿條。

【勺藥記】傳奇名。明人鄭之文撰。

四畫

【王允】劇中人。東漢太原祁人。獻帝時。官司徒。時董卓擅權。允陽爲阿附。而潛結呂布。密謀誅之。後爲卓將李傕郭汜所殺。見連環記條。

【王生】元代末期戲曲家。名號藉里均不詳。生平事蹟亦無考。所著雜劇僅知鶯鶯紅娘着圍棋一種。傳於世。

【王异】明代戲曲家。著有傳奇弄珠樓、百花亭、靈犀珮三種。

【王灼】人名。字晦叔。號頤堂。遂寧人。生卒年不詳。約宋高宗紹興末葉在世。嘗爲幕官。能詞。有頤堂詞一卷。又作碧鷄漫志一卷。對於詞之製作。頗有可存之見。另有糖霜譜一種。並傳於世。

【王恒】明代戲曲家。字貞伯。杭州人。一作寧波人。生卒年不詳。約明神宗萬歷初前後在世。工爲曲。著有傳奇合璧記一種。演解縉事。

【王留】元時稱小孩每曰沙三或王留。例如李逵負荆：「飲興難酬。醉魂依舊。尋村酒。問罷王留。」

【王翊】明代戲曲家。著有傳奇紅情言、緇巾怨、博浪沙、詞苑春秋等四種。

【王陵】南戲名。元代無名氏撰。南戲拾遺輯錄此目。

【王湘】明代後期戲曲家。著有雜劇梧桐雨一種。未見流傳。

【王渥】清代戲曲家。字仲澤。太原人。生於金世宗大定二十六年。卒於哀宗天興元年。年四十七歲。家世貴顯。少遊太學。工書法。妙于琴。以詩賦爲其專門之學。著有傳奇回心院一種。

【王筠】女戲曲家。焦循劇說：「長安女史王筠。幼閱書。以身列巾幗爲恨。嘗撰繁華夢傳奇。自抒胸臆。」

【王煥】見賀憐憐煙花怨條。

【王墅】清代戲曲家。字噂×。安徽蕪湖人。生卒年不詳。約乾隆中葉在世。工曲。著有傳奇拜針樓、後牡丹兩種。

【王維】劇中人。唐祁人。字摩詰。開元進士。累官尚書右丞。世稱王右丞。工詩善畫。尤以擅畫名。世稱其詩中有畫。畫中有詩。生平奉佛。素服長齋。營別墅於輞川。著有輞川集。見鬱輪袍條。

【王質】南戲名。元代無名氏撰。南戲拾遺著錄此目。

【王磐】人名。明高郵人。字鴻漸。詩律流麗。尤工詞曲。構樓城西。著有西樓樂府及野菜譜等集。

【王播】劇中人。唐太原人。字明敭。貞元進士。播微時。客揚州木蘭寺。隨僧飯。僧厭之。飯後擊鐘。比播至。飯已畢。播愧恨題詩而去。後鎮是邦。復遊寺。見前所題詩已碧紗籠矣。見碧紗籠條。

【王衡】明代後期戲曲家。字辰玉。號緱山。別署衡蕪室主人。江蘇太倉人。王錫爵之子。生年不詳。萬歷三十七年卒。享年四十九歲。幼聰穎。讀書五行俱下。錫爵忤張居正衡。方十三。和歸去來辭以寄。館閣中爭相傳頌。萬歷十六年順天鄉試第一。二十九年會試進士第二。授翰林院編修。乞歸鄉。終於托病不出云。所著雜劇有王摩詰拍碎鬱輪袍、沒奈何哭倒長安街、眞傀儡、再生緣、裴湛和合等五種。並傳於世。

【王澹】明代後期戲曲家。字澹翁。別署澹居士。浙江會稽人。生卒年不詳。約明神宗萬歷末前後在世。與王驥德友善。工曲。著有雜劇櫻桃園一種。傳奇雙合、金惋、紫袍、蘭佩四種。並傳於世。王驥德嘗謂。澹與史槃皆自能度曲登場。體調流麗。優人便之。一出而搬演幾遍國中云。

【王曄】元代末期戲曲家。字日華。亦作日新。號南齋。原籍建德。後遷杭州。生卒年不詳。約元文宗至順中前後在世。體豐肥。善滑稽。詞章樂府。所製工巧。曾與朱凱有「題雙漸小卿問答」套曲十六首。人多稱賞。所著雜劇破陰陽八卦桃花女、臥龍岡、雙賣華三種。前一種傳。後二種不傳。太和正音譜評其曲曰：「其詞勢非筆舌可能擬。眞詞林之英傑。」

【王嬙】劇中人。漢元帝宮女。秭歸人。字昭君（按後漢書南匈奴傳則作王昭君字嬙。）元帝後宮。按圖召幸。宮人皆賂畫工。昭君自恃其貌。獨不與。畫工乃惡圖之。其後以嬙賜匈奴和親。及入辭。光彩射人。悚動左右。貌爲後宮冠。帝悔恨。窮案其事。畫工毛延壽等皆棄市。而昭君竟行入胡。妻呼韓邪單于。號寧胡閼氏呼韓邪死。子復株累若鞮單于立。復妻之。卒葬匈奴。晉時避司馬昭諱。改曰明妃。石崇作歌。稱爲王明君。按元明以來。作昭君雜劇者有五家。馬東籬漢宮秋一劇。可稱絕調。臧晉叔元曲選取爲第一。良非虛美。薛旦反此作昭君夢。則謂已嫁單于。而夢入漢宮也。尤西堂作弔琵琶。前三折全本東籬。末一折寫蔡文姬祭青塚。彈胡笳十八拍以弔之。雖爲文人狡獪。而別致可觀。陳與郊作昭君出塞。不言其死。亦不言其嫁。寫至出玉關即止。最爲高妙。張時起作昭君出塞。今不傳。

【王璘】　劇中人。唐長沙人。詞富學博。應日試萬言科。請十書吏。皆給筆札。口授十書吏書之。未亭午。已就七千言。時路巖當軸。召之。璘不往。巖怒。亟罷萬言科。後放浪山水以終。見貶夜郎條。

【王蠋】　劇中人。戰國齊晝邑人。蠋亦作歜。燕初破齊。樂毅聞蠋賢。備禮請蠋。蠋謝不往。燕人劫之。遂自經死。見灌園記條。

【王濟】　明代戲曲家。字雨舟。一字伯雨。浙江烏程人。生卒年均不詳。約明憲宗成化中葉在世。家富好客。圖書充棟。以捐貲得橫州判官。工曲。著有傳奇連環記一種。

【王曦】　清代戲曲家。著有傳奇東海記一種。

【王八髻】　髻口名。本即二濤髻。稍短。如打花鼓之王八掛之。

【王九思】　明代後期戲曲家。字敬夫。號渼陂。別署紫閣山人。陝西鄠縣人。生於成化四年。卒於嘉靖三十年。年八十三歲。弘治九年進士。選庶吉士。授翰林院檢討。尋調吏部郎中。正德中。劉瑾伏誅。九思以瑾黨謫壽州同知。繼復被勒致仕。嘉靖初。纂修實錄。議起九思。爲人所讒而止。被廢后與康海談讌徵歌度曲。相從于鄠杜間。九思詩文頗有名。與李夢陽、何景明、康海等。號爲七才子。又善曲。藝苑卮言云。王敬夫將塡詞。以厚貲募國工。杜門學按琵琶三弦。習諸藝而後出之。康德涵與歌彈尤妙。每敬夫曲成。德涵爲奏之。即老樂師無不擊節歎賞云。著有雜劇杜子美沽酒遊春記、中山狼二種。並傳於世。

【王子一】　明代前期戲曲家。生卒年不詳。約明太祖洪武初前后在世。善樂府。著有雜劇劉晨阮肇悞入天臺、鴛燕蜂蝶、楚臺雲、海棠風四種。前一種傳。後三種不傳。太和正音譜評其曲曰：「如長鯨飲海。」

【王子高】　南戲名。元代無名氏撰。南戲拾遺、南詞新譜俱錄此目。

【王夫之】　明代戲曲家。字而農。號薑齋。湖南衡陽人。生于明神宗萬曆四十七年。卒於清聖祖康熙三十一年。年七十四歲。少負儁才。讀書十行俱下。崇禎十五年。與兄介之同舉鄉試。入清。浪遊不仕。後愈隱晦。最後歸衡陽石船山築土室。曰觀生居。著書授徒。成就甚衆。康熙間。吳三桂僭號於衡。夫之又逃入深山。郡守餽粟帛請見。以疾辭。未幾卒。學者稱船山先生。所著船山全集凡三百二十四卷。又作龍舟會雜劇。並傳於世。

【王公綽】　(一)南戲名。元代無名氏撰。南詞敘錄著錄此目。(二)雜劇名。正題賣花女沒興王公綽。元人鄭廷玉撰。

【王仙客】　南戲名。元代無名氏撰。南戲拾遺著錄此目。

【王世貞】　人名。字元美。號鳳洲。又號弇州山人。江蘇太倉人。生於明世宗嘉靖五年。卒於神宗萬曆十八年。年六十五歲。嘉靖二十六年進士。累官至南京刑部尚書。詩文與李攀龍齊名。世稱王李。攀龍歿。世貞主盟文壇二十年。聲華意氣。籠蓋海內。自士大夫及山人詞客衲子羽流。莫不奔走門下。戲曲非其所長。但其所著藝苑巵言。對戲曲之見識甚高。爲後世讀曲家所重。此外又作鳴鳳記傳奇一種。並傳於世。

【王玉峯】　明代戲曲家。江蘇松江人。生卒年不詳。約明神宗萬曆初前後在世。善爲曲。著有傳奇焚香記一種。

【王仲文】　元代初期戲曲家。大都人。生卒年不詳。約元世祖中統元年前後在世。事蹟亦無考。惟知嘗爲集賢大學士史惟良師。善爲曲。著有雜劇救孝子賢母不認屍、諸葛亮軍屯五丈原、漢張良辭朝歸山、洛陽令董宣強項、感天地王祥臥冰、孟月梅寫恨錦香亭、齊賢母三教王孫賈、遇漂母韓信乞食、趙太祖夜斬石守信、七星壇諸葛祭風等十種。前一種傳。其餘皆不傳。太和正音譜評其曲曰：「如劍氣騰空。」

【王仲元】　元代末期戲曲家。杭州人。生卒年不詳。約元文宗至順中前后在世。工曲。與鍾嗣成相交有年。著有雜劇楊六郎私下三關、厚陰德于公高門、郎中令袁盎却座三種。今皆不傳。太和正音譜評其曲曰：「其詞勢非筆舌可能擬。眞詞林之英傑。」

【王安石】　劇中人。宋臨川人。字介甫。號半山。性強忮。堅於自信。議論高奇。詩文險峭。第進士。神宗朝爲相。封荊國公。立意改革政治。其黨呂惠卿、曾布等左右之。創爲農田水利、均輸、靑苗、保甲、募役、市易、保馬、方田均稅諸新法。先後頒行之。以求成過急。任用非人。功效未見。弊端百出。遂自求補外而卒。謚文。見貶黃州條。

【王光魯】　明代戲曲家。字漢恭。邗江人。生卒年不詳。約淸聖祖康熙初年在世。周亮工之門人。善爲曲。盧枏之想當然雜劇。相傳出于光魯之手而托枏名以行。

【王伯成】　元代初期戲曲家。涿州人。生卒年不詳。事蹟亦無考。約元世祖至元中前後在世。與馬致遠爲忘年友。李仁卿爲莫逆交。著有雜劇李太白貶夜郎、興劉滅項、張騫泛浮槎三種。前一種傳。後二種不傳。太和正音譜評其曲曰：「如紅鸞戲波。」

【王廷秀】　元代初期戲曲家。益都人。生卒年不詳。約元世祖中統初前後在世。著有雜劇周亞夫屯細柳營、秦始皇坑儒焚典、石頭和尚草菴歌、鹽客三告狀四種。今皆不傳。太和正音譜評其曲曰：「如月印寒潭。」

【王廷章】　淸代戲曲家。字朝炳。江蘇常熟人。生卒年不詳。約嘉慶中葉在世。工曲。著有昭代簫韶十本。共二百四十齣。

【王明翊】　明代戲曲家。字介人。嘉興人。生卒年不詳。約崇禎初年在世。善爲曲。著有傳奇紅情言、榴巾怨、博浪沙、詞苑春秋四種。詩文有秋懷堂集。並傳於世。

【王岳端】　淸代戲曲家。著有傳奇楊州夢一種。

【王皇后】　雜劇名。正題武則天肉醉王皇后。元人關漢卿撰。

【王昭君】　見王嬙條。

【王香裔】　淸代戲曲家。生卒年不詳。約淸世祖順治末葉在世。善爲曲。著有傳奇非非想、黃金臺二種。傳於世。新傳奇品評其曲曰：「空谷幽蘭。淸芬自遠。」

【王素完】　明代後期戲曲家。著有雜劇玻璃鏡一種。不傳。

【王孫賈】　雜劇名。正題齊賢母三救王孫賈。元人王仲文撰。

【王國維】　人名。清浙江海寧人。字靜安。一字伯隅。號觀堂。又號永觀。生而聰敏。十六歲補博士弟子員。十八歲值中日戰爭以後。始知世有新學。赴上海從日人藤田豐八、田岡佐代遊。二十六歲治哲學。後轉治文學及古器物學。晚年以治殷墟書契文。名重中外。後就北京清華學校研究院之聘。爲該院教授。五十一歲。以傷心世變。自投頤和園之昆明池而死。時民國十六年。生平著作甚多。以在戲曲方面貢獻尤大。如宋元戲曲史、曲錄、戲曲考源、宋大曲考、優語錄、古劇脚色考、曲調源流表等。頗多獨創新穎之見。

【王淑忭】　明代後期戲曲家。著有雜劇蟠桃記一種。未見流傳。

【王紫濤】　明代戲曲家。生卒年不詳。約明思宗崇禎中葉在世。工於曲。著有傳奇兩蝶詩、華山緣二種。傳於世。

【王翃千】　明代戲曲家。字起鳳。江蘇太倉人。生卒不詳。約明思宗崇禎初年在世。工于曲。著有傳奇龍華會一種。

【王開府】　雜劇名。明人李槃撰。劇品謂此劇：「南一折。王頒佐隋破陳。灰後主之骨。爲父僧辯復仇。其事非人所忍覩。記之何爲。」

【王聖徵】　清代戲曲家。字不詳。江蘇太倉人。生卒年亦無考。約清聖祖康熙中葉在世。工曲。著有傳奇藍關度一種。傳于世。

【王鳴九】　明代戲曲家。字鶴皐。蘇州人。生卒年不詳。約明思宗崇禎初年在世。工爲曲。著有傳奇浮邱傲一種。

【王維新】　清代戲曲家。字不詳。平江人。生卒年無考。約康熙中葉在世。工曲。著有傳奇夜光珠一種。傳于世。

【王瑩玉】　南戲名。元代無名氏撰。南戲拾遺輯錄此目。

【王德信】　元代初期戲曲家。字實甫。又作實父。大都人。生卒年均不詳。約金末元初在世。享年六十餘歲。所著西廂記。世推北曲第一。元賈仲明淩波仙詞曰：「風月營。密匝匝列旌旗。鶯花寨。明颩颩排劍戟。翠紅鄉。雄糾糾施謀智。作詞章。風韻美。士林中等輩伏低。新雜劇。舊傳奇。西廂記天下奪冠。」一世人常以關馬鄭白爲元曲四大家。而王不與。王驥德曲律：「世稱曲手。必曰關鄭白馬

・顧不及王。要非定論。」所著雜劇有崔鶯鶯待月西廂記、四丞相歌舞麗春堂、呂蒙正風雪破窰記、韓彩雲絲竹芙蓉亭、信安王斷沒販茶船、趙光普進梅諫、賢孝士明達賣子、厚陰德于公高門、曹子建七步成章、才子佳人拜月亭、作賓客陸績懷橘、詩酒麗春園、雙蕖怨、嬌紅記等凡一十四種。前三種傳。其他皆不傳。太和正晉譜評其曲曰：「如花間美人。」

【王應遴】　明代後期戲曲家。字堇父。號雲來。別署雲來居士。紹興山陰人。生卒年不詳。約明神宗萬歷末葉在世。官禮部員外郎。精通歷象醫術。著有雜劇衍莊新調一種。傳於世。

【王爐峰】　明代戲曲家。著有傳奇題紅記（亦作紅葉記）一種。

【王鶴尹】　淸代戲曲家。著有傳奇籌邊樓一種。

【王驥德】　明代後期戲曲家。字伯良。一字伯驥。號方諸生。又號玉陽仙史。別署秦樓外史。浙江會稽人。生年不詳。卒於天啓三年。所著曲律四卷。專論曲法。與呂太成曲品。被譽爲論曲雙壁。雜劇有男王后、金屋招魂、棄官救友、兩旦雙鬟、倩女離魂五種。傳奇有義陵記、題紅記。今皆不傳。

【王祥臥冰】　㈠南戲名。別作王祥行孝。元代無名氏撰。永樂大典、南詞敘錄、南戲百一錄、宋元戲文本事俱錄此目。㈡雜劇名。正題感天地王祥臥冰。別作孝繼母王祥臥冰。元人王仲文撰。曲海總目提要引晉書云：「王祥字休徵。琅琊臨人。祥性至孝。早喪親。繼母朱氏。不慈。朱屢以非理使祥。覽輒與祥俱。（覽爲朱之親子。祥之弟。）朱又虐待祥妻。有丹奈結實。母命守之。（雍熙樂府中有王祥守丹奈一套。）每風雨。祥輒抱樹而泣。朱氏思黃雀炙。有黃雀數十飛入其幙。復以供母。鄉里驚歎。以爲孝感所致焉。朱氏有疾。常欲生魚。時天寒冰凍。祥解衣。將剖冰求之。冰忽自解。雙鯉躍出。持之而歸。祥喪夫之後。漸有時譽。朱深疾之。密使酖祥。覽知之。徑取酒。祥疑其有毒。爭而不與。朱劇奪反之。祥母命祥往海州鬻絹。爲盜所虜。而覽捨身求代。……」

【王粲登樓】　雜劇名。正題醉思鄉王粲登樓。元人鄭光祖撰。演蔡邕暗中激勵其婿王粲使成功名事。略謂三國時。王粲字仲宣。高平玉井人。學富家貧。丞相蔡邕與粲父指腹爲婚。以女桂花字粲。粲恃才矜傲。邕數遺書邀之。皆不肯往。粲母李氏強使詣京師謁邕。先是。邕與學士曹植密商。託植名爲書。薦粲於劉表。及粲至。邕於筵席中。故不爲禮。對植則持觴甚恭。粲憤而辭歸。植乃具薦書。贈資斧。令投劉表。實則具薦旣爲蔡邕之意。資斧亦邕所出。而故不使粲知之。所以激勵其志氣也。及與劉表晤。表以粲貌不揚。且性復孤傲。未予任用。遂落魄荊楚間。饒陽人許達。字安道。建一樓曰溪山風月。左有鹿門山。右有金沙泉。淸風嶺。明月雲峰。雅擅名勝。嘗偕粲登樓吟詠。粲醉。輒望鄉思親。潸然淚下。一日。達邀粲飲樓中。賦詩酬唱。辭多牢愁。正飲酒間。聖旨忽至。授粲爲天下兵馬大元帥。蓋粲曾作萬言策。懇植獻於朝。邕爲進呈。故有此授。而粲不知策爲邕所代進也。及粲還。邕與植把盞迎賀。粲懷舊恨。不與邕爲禮。植乃具道始末。粲始恍然。感邕之德。與邕女諧伉儷云。（現存元人雜劇本事考）按王粲。三國魏高平人。字仲宣。博學多識。文詞敏贍。蔡邕奇其才。聞其在門。倒屣迎之。衆見其年少短小。皆爲驚異。漢末避亂荊州依劉表。後仕魏。累官侍中。爲建安七子之一。

【王允連環計】　見連環記條。

【王母蟠桃會】　南戲名。元代無名氏撰。南戲拾遺著錄此目。

【王西樓樂府】　散曲別集名。凡一卷。明人王磐撰。

【王魁不負心】　雜劇名。明人楊文奎撰。

【王魁負桂英】　見負桂英條。

【王留子雜劇】　劇說引西河詩話云：「天啓六年。有鐘鼓司僉書王進期。綽號王瘤子。善抹臉詼諧。如舊時優伶。留子即瘤子。」

【王十朋荊釵記】　南戲名。元代無名氏撰。南詞敍錄輯錄此目。

【王俊民休書記】　南戲名。元代無名氏撰。永樂大典、南詞敍錄俱此目。

【王月英月下留鞋】　南戲名。元代無名氏撰。南詞敍錄、南戲拾遺、宦門子弟錯立身戲文中。俱錄此目。

【王仙客無雙傳奇】　見明珠記條。

【王太后摔印哭孫子】　見哭孫子條。

【王文秀渭塘奇遇記】　見渭塘奇遇條。

【王月英元月留鞋記】　見留鞋記條。

【王妙妙死哭秦少遊】　見秦少遊條。

【王祖師三度馬丹陽】　雜劇名。元人馬致遠撰。

【王鼎臣風雪漁樵記】見漁樵記條。

【王閏香夜月四春園】見緋衣夢條。

【王矮虎大鬧東平府】見東平府條。

【王脩然斷殺狗勸夫】見殺狗勸夫條。

【王摩詰拍碎鬱輪袍】見鬱輪袍條。

【王羲之蘭亭顯才藝】見蘭亭會條。

【王蘭卿服信明貞烈】雜劇名。明人康海撰。

【中】古方言。猶云合也。行也。例如東堂老：「您孩兒往常不聽叔叔的教訓。今日受窮。纔知道這錢中使。」這錢中使。猶云這錢中用。即合用之義也。又如小孫屠戲文：「淨云。這睡的是誰。旦云。是丈夫。淨云。怎中。旦云。不妨。醉也。」怎中。猶云怎行也。

【中呂】音律名。此律爲無射所生。管長五寸九分三分二。但其頻率尚未獲得結論。今假定黃鐘等於西律之C。則中呂之音高。當與西律之F相近。亦作仲呂。

【中伯】見鄭若庸條。

【中注】古方言。猶云面像也。按宋時除授官吏。注記其年齡容狀於冊。謂爲中注。元劇中引申其義。作面貌解。注亦作珠。

【中板】皮黃板式名。此板較慢板爲快。較原板爲慢。但祇用於西皮。例如打漁殺家：「昨夜晚吃酒醉和衣而臥。」一段。即西皮中板也。

【中淨】脚色名。淨之一種。此脚始自明朝。爲傳奇專有名詞。紅雪樓、倚晴樓兩傳奇用之最多。桂林霜之陳文煥。空谷香之孫虎。皆由中淨扮演。

【中調】詞家稱詞調之較長者曰中調。見小令條。

【中麓】見李開先條。

【中山狼】㈠雜劇名。正題東郭先生悞救中山狼。明人康海撰。略謂戰國時晉趙簡子獵中山。射一狼。狼遁。適逢墨者東郭先生欲往中山。携書囊騎驢過此處。狼向之求救。東郭思狼雖心狼。然救之亦爲墨者兼愛之道也。乃解書囊。納狼隱其中。忽趙簡子追至。問狼於東郭。答不知。簡子以劍擬而脅之。尚云不知。簡子乃去。東郭以驢馱狼。取道前行。既而狼在囊中呼痛。東郭解囊爲其拔所負之矢。狼一謝後曰。我餓甚。聞墨者兼愛。願以汝身充我飢。撲東郭將食之。東郭無路可遁。因謂之曰：「諺云。若要好。問三老。請問三老後。一決是非。」乃相携而行。逢老杏樹。問之曰：「我壯時。人愛吾而收果實。今以年老。人虐待吾。人之負心也如是。汝有何恩施於狼。應爲其所食。」次逢老牛。又曰：「人負心甚。應爲其所食。」最後逢持藜杖之老人。老人怒狼忘恩。擧杖擊之。狼強辯曰：「彼所云者僞也。彼縛我足。入囊中苦我。將害吾也。」老人曰：「不知兩者之言孰眞。汝試入囊中使我親觀其狀。」乃縛狼入囊中。因命東郭曰：「拔劍刺之。」東郭不忍殺。老人笑其忍心之愚。東郭曰：「世上忘恩者甚多。何止此一中山狼耶。」老人曰：「先生所言是也。負君者反受朝廷大祿。負親者不報其恩。負師者負朋友者皆忘舊恩。忽如路人。此輩無非此種中山狼也。」東郭遂拔劍刺狼。吳梅顧曲塵談：「康對山。弘治中狀元也。當正德初李夢陽忤劉瑾。繫詔獄。夢陽求救於對山。對山曰。吾何惜一官。不救李死乎。乃往謁瑾。爲之排解。李遂得免。瑾敗。康落職。夢陽不一援手。對山恨焉。乃作東郭先生誤救中山狼雜劇。而馬中錫又爲中山狼立傳。於是天下無不知夢陽之負對山也。」(二)雜劇名。明人陳與郊撰。劇品謂此劇：「南北五折。借中山狼唾罵世人。說得透快。當爲醒世一編。勿復作詞曲觀也。」(三)雜劇名。明人王九思撰。

【中州韻】謂河南一帶之字音也。戲曲之念白。重在咬字。惟中州語之字音。分別尖團最爲淸晰。故度曲者必用中州韻。

【中呂宮】(一)宮調名。古曰夾鐘宮聲。吳梅顧曲塵談：「中呂宮所屬諸曲。北曲有粉蝶兒、醉春風、迎仙客、石榴花、鬪鵪鶉、上小樓、快活三、朝天子、四邊靜、滿庭芳、賀聖朝、叫聲、紅繡鞋、鮑老兒、紅芍藥、剔銀燈、蔓青菜、普天樂、柳青娘、道和、醉高歌、十二月、堯民歌、喜春來、鬼三臺、播梅令、古竹馬、賣花聲（亦入雙調）、酥棗兒、齊天樂、紅衫兒（亦入正宮）、山坡羊、四換頭、番捉蛇、鵲打兎、尾聲、煞尾、賣花聲煞、啄木兒煞。南曲則有粉蝶兒、四園春、醉中歸、滿庭芳、行香子、菊花新、靑玉案、尾犯、遶紅樓、剔銀燈引、金菊對芙蓉（以上爲引子）。泣顏回、石榴花、駐馬聽、馬蹄花、番馬舞秋風、駐雲飛、古輪臺、撲燈蛾、念佛子、大和佛、鵲打兎、大影戲、兩休休、好孩兒、粉孩兒、紅芍藥、耍孩兒、會河陽、縷縷金、越恁好、漁家傲、剔銀燈、攤破地錦花、麻婆子、尾犯序、丹鳳吟、十破四、冰車歌、永團圓、瓦盆兒、喜漁燈、舞霓裳、山花子、千秋歲、紅綉鞋、馱環着、合生、風蟬兒、醉春風、賀聖朝、沁園春、柳梢青、迎仙客、杵歌、阿好悶、呼喚子、太平令、德勝序、宮娘泣（以上爲過曲）。」太和正音譜云：「中呂宮高下閃賺。」集成曲譜、顧曲塵談皆以中呂宮配小工調或尺字調。㈡燕樂宮聲七調之第三運。燕樂考原：「七宮第三運。即按琵琶大弦之第三聲。」又云：「中呂宮即琵琶之一字調。故殺聲用一字。」㈢南宋大曲宮調名。其曲二。曰萬年歡。曰劍器。

【中呂調】㈠宮調名。古曰夾鐘羽聲。㈡燕樂羽聲七調之第一運。燕樂考原：「七羽之第一運。即琵琶四弦之第三聲。」㈢南宋大曲宮調名。其曲二。曰綠腰。曰道人歡。

【中和樂】南宋大曲名。入黃鐘宮。南宋官本雜劇二百八十種之中。有劉王中和樂、馬頭中和樂、大打調中和樂、封陟中和樂四本。宋史樂志及文獻通考教坊部十八調黃鐘宮中。有中和樂大曲。

【中軸子】見軸子條。

【中山救狼】雜劇名。明人汪廷訥撰。劇品謂此劇：「南北六折。中山狼。陳記之而簡。康記之而暢。不必更問環翠子之壘矣。且若狼、若杏、若老牛。作人語猶可。以之唱曲。太覺不像。遇靑藜文人。寥寥數言。亦未發揮負心之態。」

【中州全韻】書名。凡十九卷。淸人范善溱撰。華連圃戲曲叢談：「此書頗不易見。余曾由北平孔德圖書館借得一觀。共十九卷。四冊。係手抄本。前有燃藜居士小引。敍述甚詳。」

【中州音韻】書名。凡一卷。元人卓從之撰。鐵琴銅劍樓藏書目錄、太平樂府下注云。卷首冠以燕山卓從之中州樂府類編一卷。今嘯餘譜中所載。則稱中州音韻。其書因襲周德淸中原音韻逐字注解。而十九韻中增益二千二百七十三字。其中南音羼入亦不少。又平聲不分陰陽。此其小異耳。

【中呂羽聲】宮調名。羽作結聲而出於中呂者。謂之中呂羽聲。俗名正平調。

【中呂角聲】宮調名。角作結聲而出於中呂者。謂之中呂角聲。俗名小石角調。

【中呂宮聲】宮調名。宮作結聲而出於中呂者。謂之中呂宮聲。俗名道宮。

【中呂商聲】宮調名。商作結聲而出於中呂者。謂之中呂商聲。俗名小石調。

【中和樂舞】唐雜舞名。唐會要曰：「貞元十四年。德宗以中和節自製中和舞。舞中成八卦。」

【中原音韻】 書名。凡二卷。元人周德淸撰。此爲北曲而作。至今爲北曲之準繩。華連圃戲曲叢談：「昔周挺齋論曲。曾揭作詞十法。一曰知韻。二曰造語。三曰用事。四曰用字。五曰入聲作平聲。六曰陰陽。七曰務頭。八曰對耦。九曰末句。十曰定格。分析條理。各極精當。其說雖未明指北曲。實則盡爲北曲而言也。」

【中管羽調】 宮調名。古曰應鍾羽聲。

【中管高宮】 宮調名。古曰太簇宮聲。

【中管商調】 宮調名。古曰南呂商聲。

【中管越調】 宮調名。古曰應鍾商聲。

【中管道宮】 宮調名。古曰蕤賓宮聲。

【中管雙調】 宮調名。古曰姑洗商聲。

【中國音樂史】 書名。凡十章。近人王光祈編。中華書局印行。

【中國戲劇史】 書名。凡三十八章。近人鄧綏甯著。中華文化出版事業委員會出版。

【中華戲曲選】 書名。共收元明淸戲曲代表作十一種。中華書局印行。

【中管小石調】 宮調名。古曰蕤賓商聲。

【中管中呂宮】 宮調名。古曰姑洗宮聲。

【中管中呂調】 宮調名。古曰姑洗羽聲。

【中管正平調】 宮調名。古曰蕤賓羽聲。

【中管仙呂宮】 宮調名。古曰南呂宮聲。

【中管仙呂調】 宮調名。古曰南呂羽聲。

【中管商角調】 宮調名。古曰南呂角聲。

【中管越角調】 宮調名。古曰應鍾角聲。

【中管黃鍾宮】 宮調名。古曰應鍾宮聲。

【中管雙角調】 宮調名。古曰姑洗角聲。

【中國戲曲概論】 書名。近人吳梅撰。有大東書局排印本。

【中國韻文通論】 書名。近人陳鍾凡著。第九章論金元以來南北曲。中華書局出版。

【中管小石角調】 宮調名。古曰蕤賓角聲。

【中管高大石角】 宮調名。古曰太簇角聲。

【中管高大石調】 宮調名。古曰太簇商聲。

【中管高般涉調】 宮調名。古曰太簇羽聲。

【中國近世戲曲史】 書名。日人青木正兒著。王吉廬譯。凡二冊。五篇。有商務印書館排印本。

【中國俗文學概論】 書名。近人楊蔭深撰。凡十七章。世界書局印行。

【中國劇及其名優】見京劇二百年之歷史條。

【中國戲曲的選本】書名。近人鄭振鐸撰。有中國文學研究所收本。

【中郎將常何薦馬周】見薦馬周條。

【五】管色譜之第六音。猶西樂之唱La也。

【五花】金元院本中。有所謂五花名目者。即副淨、副末、末泥、孤裝、狚五種脚色是也。

【五音】㈠音調名。亦作五聲。即宮、商、角、徵、是也。㈡音韻名。即喉、舌、齒、牙、唇是也。吳梅顧曲塵談：「喉、舌、齒、牙、唇。謂之五音。此審字之法也。最深者爲喉音。稍出者爲舌音。再出在兩旁牝齒間爲齒音。再出在前牡齒間爲牙音。再出在唇上爲唇音。」樂府傳聲載辨五音訣：「欲知宮。舌居中。欲知商。口開張。欲知角。舌縮卻。欲知徵。舌柱齒。欲知羽。撮口取。」

【五聲】㈠國音中原定單字音之聲調。有陰平、陽平、上聲、去聲、入聲五種。稱爲五聲。㈡見五音條。

【五丈原】雜劇名。正題諸葛亮軍屯五丈原。元人王仲文撰。

【五方鬼】曲牌名。南曲入仙呂宮。管色配小工調成尺字調。

【五代史】古方言。猶云胡鬧也。例如羅李郎：「人都道你是教師。人都道你是浪子。上長街百十樣風流事。到家中一千場五代史。」又如紫雲庭：「我唱的是三國志先饒十大曲。俺娘便五代史續添八陽經。」八陽經與五代史互文。皆猶云胡鬧也。

【五代榮】傳奇名。清人朱佐朝撰。

【五羊皮】傳奇名。清人史集之撰。

【五字調】見正工調條。

【五更轉】曲牌名。南曲入南呂宮。管色配六字調或凡字調。

【五虎山】傳奇名。清人許逸撰。

【五鼎記】傳奇名。明人顧希雍撰。

【五供養】曲牌名。南曲入仙呂入雙調。北曲入雙調。管色配乙字調或正工調。

【五侯宴】雜劇名。正題劉夫人慶賞五侯宴。元人關漢卿撰。演唐明宗李嗣源養子李從珂與生母團圓事。略謂五代時。唐高祖李克用之養子李嗣源。出獵見一白兎。追逐間。遇王屠妻李氏。爲典主趙大公所逼。方棄其子王阿三於野。嗣源見李氏形色悲苦。若有隱情。乃拘而問之。得悉其情本末。遂收阿三爲己子。改名李從珂。從珂長成。勇略不群。與李亞子、石敬塘、孟知祥、劉智遠共爲五虎大將。戰勝王彥章。凱旋而歸。從珂殿後路。遇其生母李氏因汲水將吊桶失落。畏趙太公嚴惡。恐被斥責。欲尋自盡。從珂憐之。令人代爲撈取。李氏見從珂貌似己子阿三。遂告以往事。使歸詢之。從珂既歸。李嗣源之母劉夫人。設五侯宴慶賀戰功。從珂即席問己身所從出。夫人支吾不欲吐實。從珂以自刎相迫。夫人乃詳語之。從珂遂親迎李氏歸。終身奉養云。

【五香毬】　傳奇名。清人顏以泰撰。曲考入無名氏目。

【五般宜】　曲牌名。南曲入越調。管色配六字調或凡字調。

【五高風】　傳奇名。清人李玉撰。

【五倫記】　傳奇名。明人邱濬撰。略謂伍典禮之前妻生倫全。繼室范氏生倫備。又以同僚之遺兒克和爲義子。典禮死後。范氏撫育三子。一無所私。三子長而孝母。所娶之婦。皆貞節者。曲品評此劇云：「大老鉅筆稍近腐。內送行步躡雲霄曲。歌者習文。或謂此記以蓋鍾情麗集之愆耳。」相傳邱濬少年時作戀愛小說鍾情麗集爲時人所薄。故作五倫以掩惡名云。

【五倫鏡】　傳奇名。清人雪簑道人撰。

【五湖記】　雜劇名。正題陶朱公五湖泛舟。明人汪道昆撰。爲大雅堂雜劇之一。演范蠡功成身退。偕西施泛舟五湖事。

【五福記】　㈠傳奇名。明人鄭若庸撰。㈡傳奇名。明人徐時敏撰。

【五團花】　曲牌名。南曲入商調。管色配六字調或凡字調。

【五嶽遊】　雜劇名。明代無名氏撰。劇品謂：「南北二折。北調高爽。」

【五樣錦】　曲牌名。南曲入南呂宮。管色配六字調或凡字調。

【五嘴髯】　髯口名。簡稱五嘴。乃在吊搭髯之兩旁。再各加一撮。共五撮。故名。

【五韻美】　曲牌名。南曲入越調。管色配六字調或凡字調。

【五方元音】　書名。凡二卷。清人樊騰鳳撰。論切字之法。以陰平陽平折四聲爲五。其部分併爲天、人、龍、羊、牛、獒、虎、駝、蛇、馬、豹、地十二類。字母則併爲栁、匏、木、風、斗、土、鳥、雷、竹、蟲、石、日、鵲、鵠、系、雲、金、橋、火、蛙二十類。皆純用方音。不究古義。其變亂韻部。甚於洪武正韻。

【五老慶賀】　雜劇名。明人黃中正撰。劇品謂此劇：「南北一折。合眊先生、跎大人、聾道者、跛山翁、吃處士爲五老。蓋以去聽塞明。正攝生之善道耳。」

【五局傳奇】　戲曲別集名。清人鄧志謨撰。皆係無中生有。一用花名曰並頭蓮記。一用鳥名曰鳳頭鞋記。一用曲牌名曰玉連環記。一用藥名曰瑪瑙簪記。一用骨牌名曰八珠環記。

【五花爨弄】　輟耕錄：「國朝院本五人。一曰副淨。一曰副末。一曰引戲。一曰末泥。一曰孤裝。又謂之花爨弄。」

【五音大鼓】　見大鼓條。

【五音四呼】　五音者。喉、舌、齒、牙、脣是也。最深者爲喉音。稍出爲舌音。再出在兩旁牝齒間爲齒音。再出在牡齒間爲牙音。再出在脣上爲脣音。名分爲五。用則萬殊。無論何字。莫不出自五音。四呼者。開、齊、合、撮是也。開名開口。用力在喉。齊名齊齒。用力在齒。合名合口。用力在滿口。撮名撮脣。用力在縮脣。開齊之音。總謂之開。合撮之音。總謂之合。吳梅曰：「蓋喉、舌、齒、牙、脣者。字之所從生。開、齊、撮、合者。字之所從出。」

【五馬破曹】　雜劇名。正題陽平關五馬破曹。元明間無名氏撰。

【五龍朝聖】　雜劇名。正題賀萬壽五龍朝聖。明代無名氏撰。

【五老慶庚星】　雜劇名。明人高某撰。劇品謂此劇：「南一折。語旣寥寥。趣復不長。」

【五倫全備記】　戲曲名。凡二十八段。明人邱濬撰。雨村曲話：「所述皆名言。天下大倫大理。盡寓於是。言帶詼諧。不失其正。蓋邱文莊公假此以勸善者。」編者疑此劇卽五倫記。

【五聲十二律】　五聲者。曰宮。曰商。曰角。曰徵。曰羽。十二律者。曰黃鐘。曰太簇。曰姑洗。曰蕤賓。曰夷則。曰無射。（以上六者爲陽六律。）曰太呂。曰夾鐘。曰中呂。曰林鐘。曰南呂。曰應鐘。（以上六者爲陰六呂。）

【五臟神開屠】　古方言。謂腹中初得肉食也。例如東堂老：「則你那五臟神也不到今日開屠。」

【五十年來的國劇】　書名。凡七章。近人齊如山著。正中書局發行。

【五鳳樓潘安擲果】　見潘安擲果條。

【五戒禪師私紅蓮記】　見紅蓮記條。

【天天】　古方言。呼天之辭也。例如望江亭：「呀。除非天見憐。奈天天又遠。」亦有疊用三天字者。例如馮玉蘭：「到今朝。遇賊徒。天天天。只願的神明護。」

【天石】　見顧彩條。

【天外】　見石龐條。

【天池】　(一)見徐渭條。(二)見陸采條。

【天祥】　見紀君祥條。

【天喜】　古方言。日支與月建相合吉日也。

【天祿】　見馬中錫條。

【天道】　古方言。猶云時候也。天氣也。例如燕青博魚：「月黑時光。風高天道。獨自個背着衣包。」此言時候也。黃粱夢：「還一個骨聳着肩。那一個拳聯着脚。正揚風攪雪天道。」此言天氣也。

【天福】　見庾天錫條。

【天錫】　見趙祐條。

【天子班】　雜劇名。正題趙太祖扱立天子班。元人武漢臣撰。

【天下樂】　(一)傳奇名。清人張大復撰。(二)曲牌名。南曲入仙呂宮引。北曲入仙呂宮。管色配小工調或尺字調。

【天上謠】　曲牌名。北曲入小石調。管色配小工調或尺字調。

【天仙子】　曲牌名。南曲入黃鍾宮。管色配六字調或凡字調。北曲入雙調。管色配乙字調或正工調。

【天仙記】　見織錦記條。

【天甲經】　古方言。意言一切欺人之僞經典也。

【天有眼】　傳奇名。清人張大復撰。

【天雨花】　彈詞名。陶懷貞撰。寫左維明左儀貞父女忠貞故事。但據閨媛叢談以爲浙江徐致和所作。

【天書記】　傳奇名。明人汪廷訥撰。

【天馬媒】　傳奇名。清人劉方撰。演黃損與裴玉娥事。

【天淨沙】　曲牌名。北曲入越調。管色配六字調或凡字調。

【天涯淚】　戲曲名。清人洪昇撰。據毛奇齡長生殿序。謂作者嘗以不得侍奉父母。故作此劇。以寓思親之旨云。

【天臺夢】　雜劇名。正題盧時長老天臺夢。明人楊訥撰。

【天燈記】　傳奇名。清人石恂齋撰。

【天靈蓋】　古方言。意謂腦蓋骨也。例如李逵負荊：「還說甚舊情懷。早砍取我半壁天靈蓋。」

【天臺奇遇】　雜劇名。明人楊之炯撰。

【天池山人】　見徐渭條。

【天池漱生】　見徐渭條。

【天香慶節】　書名。清代無名氏錄。有清南府底本傳世。

【天娥神曲】　曲牌名。北曲入雙調。管色配乙字調或正工調。

【天淨沙煞】　曲牌名。北曲入越調。管色配六字調或凡字調。

【天香滿羅袖】　曲牌名。南曲入仙呂宮。管色配小工調或尺字調。

【天香圃牡丹品】　見牡丹品條。

【天壽太子邢臺記】　見邢臺記條。

【太初】　見高奕條。

【太函】　見汪道昆條。

【太素】　見白樸條。

【太簇】　音律名。（簇讀如促）此律爲林鐘所生。管長七寸十分二。但其頻率尚未獲得結論。今假定黃鐘等於西律之C。則太簇之音高。當與西律之D音相近。

【太鴻】　見厲鶚條。

【太白山】　傳奇名。清人周垣倫撰。

【太平令】　曲牌名。南曲入中呂宮。管色配小工調或尺字調。北曲入雙調。管色配乙字調或正工調。

【太平錢】　傳奇名。清人李玉撰。演張果老以太平錢聘韋氏事。

【太平宴】　雜劇名。正題慶冬至共享太平宴。明代無名氏撰。

【太平歌】　曲牌名。南曲入黃鐘宮。管色配六字調或凡字調。

【太清歌】　曲牌名。北曲入雙調。管色配乙字調或正工調。

【太和記】　見泰和記條。

【太常引】　曲牌名。南曲入高大石調引。北曲入仙呂宮。管色配小工調或尺字調。

【太師引】　曲牌名。南曲入南呂宮。管色配六字調或凡字調。

【太極奏】　傳奇名。清人朱佐朝撰。

【太監臉】　臉譜名。此臉須勾柳葉眉、鳥眼窩、小嘴。蓋柳眉、細眼、小嘴。皆近於婦人也。如王振、伊立、劉瑾等是。

【太乙山人】　見陳汝元條。

【太平仙記】　雜劇名。正題證無爲太平仙記。明人陳自得撰。玄都浪仙洞天玄記序文云：「世之覆書無限。昔東陽柴廓作行路難。乃僧賣月竊而有之。遂使後世流傳。不知有廓。若自得者。其諸賣月之徒與。」蓋此劇乃陳自得竄改楊慎之洞天玄記而成者也。

【太平廣記】　書名。凡五百卷。宋人李昉等奉敕撰。古來軼聞瑣事。僻笈遺文。咸在其間。蓋小說家之淵海也。

【太平樂府】　書名。凡九卷。元人楊朝英編。

【太平樂事】　雜劇名。明人汪廷訥撰。劇品謂此劇：「北一折。於燈市中。搬演貨物。亦足點綴昇平。曲多恰合之句。但無深趣耳。」

【太古傳宗】　書名。凡六卷。清人湯斯質、顧峻德等合編。

【太后摔印】　見哭孫子條。

【太室山人】　見祁麟佳條。

【太華山人】　明代戲曲家。著有傳奇合劍記一種。

【太霞新奏】　書名。凡十四卷。明香月居顧曲散人編。爲元明散曲選集。有北平圖書館影印原刻本。

【太簇羽聲】　宮調名。羽作結聲而出於太簇者。謂之太簇羽聲。俗名中管高般涉調。

【太簇角聲】　宮調名。角作結聲而出於太簇者。謂之太簇角聲。俗名中管高大石角。

【太簇宮聲】　宮調名。宮作結聲而出於太簇者。謂之太簇宮聲。俗名中管商宮。

【太簇商聲】　宮調名。商作結聲而出於太簇者。謂之太簇商聲。俗名中管高大石調。

【太和正音譜】　書名。明寧獻王朱權撰。凡二卷。上卷論曲。包括樂府體式。古今英賢。樂府格勢。雜劇十二科。群英所編雜劇。善歌之士。音律宮調。詞林須知。其中樂府格勢。評騭元明曲家作品風格。及群英所編雜劇。著錄元明雜劇作品目錄。足資參考。下卷曲譜。分宮別調。詳載譜式。爲見存最古之北曲譜。殊屬重要。卷首有明洪武三十一年朱權自序。

【太師垂綉帶】曲牌名。南曲入南呂宮。管色配六字調或凡字調。

【太室山房四劇】戲曲別集名。明人祁麟佳撰。計收雜劇錯轉輪、救精忠、慶長生、紅粉禪四種。

【太子丹恥雪西秦】見宴金臺條。

【太祖夜斬石守信】見石守信條。

【太乙仙夜斷桃符記】見桃符記條。

【太液池兒女並頭蓮】見並頭蓮條。

【元方】見淩濛初條。

【元玉】見李玉條。

【元曲】㈠元人所撰之戲曲也。王世貞藝苑卮言：「曲者詞之變。自金元入中國。所用胡樂嘈雜淒緊緩急之間。詞不能按。乃更為新聲以媚之。而諸君如貫酸齋、馬東籬、王實甫、關漢卿、白仁甫輩。咸富有才情。兼喜音律。以故遂擅一代之長。所謂宋詞元曲。殆不虛也。」以元曲專指北曲而言。臧懋循元曲選序：「世稱宋詞元曲。夫詞在唐李白陳後主皆已優為之。何必稱宋。惟曲自元始。有南北各十七宮調。」一是元曲又兼指南北曲言也。按北曲。係就宋之雜劇而變者。故亦謂之雜劇。南曲係源於南宋之戲文者。故亦謂之南戲。南戲北劇至元而大盛。故有元曲之名。㈡書名。近人童伯章選註。共收元人雜劇四種。有商務印書館排印本。

【元兒】見馬守真條。

【元美】見王世貞條。

【元稹】人名。唐河南人。字微之。以歌詩為穆宗所賞。除祠部郎中。知制誥。未幾。入翰林為中書舍人。承旨學士。長慶間。拜同中書門下平章事。稹與白居易交最厚。少時才力相匹。所為詩亦同尚坦夷。當時言詩者稱元白。號元和體。稹所為詩。妃嬪近習皆誦之。宮中呼為元才子。

【元輝】見徐陽輝條。

【元孺】見祁麟佳條。

【元韻】陔餘叢考：「近代詞章家和朋友詩則曰原韻。和御製詩則曰元韻。蓋取元首之元。以示尊崇。不知原韻本應作元韻。非假借也。元者本也。」

【元成子】見來集之條。

【元好問】人名。金秀容人。字裕之。系出元魏。年七歲能詩。有神童目。興定間。登進士。官至尚書省員外郎。金亡不仕。號遺山眞隱。以著作自任。淹貫經傳百家。詩文為一代宗工。與李治、張德輝友善。時號龍山三友。有遺山集。

【元曲選】　戲曲選集名。凡一百卷。明人臧懋循編。共收元代及明初雜劇一百種。故別題元人百種曲內容豐富。足資參考。惟惜臧氏選刻此集時。於原作文字。往往以意竄改。殊有失原劇面目。葉懷庭曰：「元曲元氣淋漓。直與唐詩宋詞爭衡。惜今之傳者絕少。百種係臧晉叔所編。觀其刪改四夢。直是一孟浪漢。文律曲律。皆非所知。不知埋沒元人許多佳曲。惜哉。」王國維則曰：「世多病臧晉叔刻元曲選多所改竄。以余所見錢塘丁氏嘉惠堂所藏明初鈔本。鄭廷玉楚昭王疎者下船雜劇。謬誤拙劣。不及元曲選本遠甚。蓋元劇多遭伶人改竄。久失其眞。晉叔所刊。出于黃州劉廷伯所得御戲監本。其序已云與今坊本不同。後人執坊本及雍熙樂府所選者而議之。宜其多所抵牾矣。」

【元和令】　曲牌名。北曲入仙呂宮（亦入商調）。管色配小工調或尺字調。

【元寶媒】　傳奇名。清人周穉廉撰。凡二十八齣。演無名義丐與妓劉淑珠結爲兄妹事。劇中丐以元寶爲陶湘珠贖身。並與之結合。故名元寶媒。

【元寶臉】　臉譜名。奸臉之一種。此臉性質與大白臉相同。惟只抹半截。兩眉之上仍露肉色。其形猶如元寶。故名。世俗則呼二面或二花臉。齊如山云：「其人雖亦奸險。但不若曹操、嚴高等人之甚。故抹臉時。稍留一點本來面目。亦表現其天良尚未喪盡之意。如嚴世蕃及奸險之中軍差官等 人皆是。」

【元曲大觀】　戲曲選集名。上海錦文堂書局據元曲選之殘本編成。共收元明雜劇三十種。卷首有民國十年湯濟滄序文。

【元曲百種】　見元曲選條。

【元曲研究】　書名。凡四章。近人吳梅著。啓明書局印行。

【元曲概論】　書名。凡九章。賀昌群著。商務印書館印行。

【元曲選注】　書名。近人童斐選注。共收元人雜劇四種。商務印行。

【元明雜劇】　書名。原書爲錢塘丁氏八千卷樓舊藏。共收元明雜劇二十七種。其中十八種係古名家雜劇殘本。其餘九種係萬歷間刻本。但出處不詳。南京國學圖書館影印本。卷末有柳詒徵跋。

【元雜劇考】　書名。傅大興撰。凡六卷。卷一卷二著錄元代初期雜劇家作品。卷三著錄中期雜劇家作品。卷四著錄末期雜劇家作品。卷五著錄元代姓名無考之雜劇家作品。卷六著錄元明間無名氏作家之雜劇作品。有世界書局排印本。

【元人雜劇選】 書名。明人顧曲齋編。原本所收雜劇多少。已無可考。今所傳於世者。僅知一十八種。部份藏北平圖書館。

【元四家散曲】 書名。凡四卷。近人任訥輯。本書專錄關漢卿、白樸、馬致遠、鄭光祖四家作品。有中原書局任氏詞曲叢書初集本。

【元明清曲選】 書名。近人錢南揚編註。凡二編。上編爲小令散套。下編爲雜劇傳奇。正中書局印行。

【元夜鬧東京】 雜劇名。明代無名氏撰。

【元雜劇研究】 書名。凡二篇。吉川幸次郎著。鄭清茂譯。藝文書館印行。

【元人雜劇全集】 書名。近人盧前編。共收元人雜劇七十七種。有民國二十五年上海雜誌公司排印本。

【元人雜劇百種】 見元曲選條。

【元刻古今雜劇】 書名。清人黃丕烈舊藏。係收單刻本元人雜劇三十種集編而成。此集爲現存元人雜劇最古刻本。原書今藏於北平圖書館。有民國十三年上海中國書店影印日本覆刻本。

【元明清劇曲史】 書名。凡四篇。三十二章。近人陳萬鼐著。中國學術著作獎助委員會出版。

【元刊雜劇三十種】 書名。上海中國書店印行。錢南揚元明清曲選云：「道白不全。簡字太多。須詳加校訂。然欲知戲文雜劇之眞面目者。舍此莫屬矣。」

【月嬌】 見馬守眞條。

【月中人】 傳奇名。清人月鑑主人撰。

【月兒高】 曲牌名。南曲入仙呂宮。管色配小工調或尺字調。

【月兒彎】 曲牌名。北曲入雙調。管色配乙字調或正工調。

【月雲高】 曲牌名。南曲入仙呂宮。管色配小工調或尺字調。

【月照山】 曲牌名。南曲入仙呂宮。管色配小工調或尺字調。

【月照庭】 曲牌名。北曲入正宮。管色配小工調或尺字調。

【月上五更】 曲牌名。南曲入仙呂宮。管色配小工調或尺字調。

【月上海棠】 曲牌名。北曲入雙調。管色配乙字調或正工調。

【月令承應】 傳奇名。張照撰。爲內廷七種之一。

【月明和尚】 見度柳翠條。

【月夜聞箏】 (一)南戲名。元代無名氏撰。南九宮譜及刷子序散曲中俱錄此目。(二)雜劇名。正題崔懷寶月夜聞箏。元人鄭光祖撰。

【月裏嫦娥】 曲牌名。南曲入黃鐘宮。管色配六字調或凡字調。

【月榭主人】 明代戲曲家。著有傳奇釵釧記一種。

【月鑑主人】 淸代戲曲家。著有傳奇月中人一種。

【月夜西湖怨】 見西湖怨條。

【月夜走昭君】 見走昭君條。

【月夜杜鵑啼】 見杜鵑啼條。

【月夜紫鸞簫】 雜劇名。正題杜秋娘月夜紫鸞簫。元人孫子羽撰。

【月夜賞西湖】 見賞西湖條。

【月宮京娘怨】 見京娘怨條。

【月落江梅怨】 見江梅怨條。

【月明三度臨岐柳】 見度柳臨岐。

【月明和尚度柳翠】 (一)見柳翠條。(二)見度柳翠條。(三)見月明和尚條。

【月下老定世間配偶】 雜劇名。明人劉兌撰。

【不中】 古方言。猶云不好也。不合也。不行也。不成也。例如五侯宴：「中說的便說。不中說的休說。」此猶云合說不合說也。李逵負荊：「量老不中留。人老不中留。呆老子。常言道女大不中留。」此猶云不合留也。單刀會：「那漢酒性躁。不中調鬭。」此猶云不合惹也。金錢記：「這個先生實不中。九經三史幾曾通。」此猶云不行也。後庭花：「大嫂也。中也不中。我則依著你。」此猶云行與不行也。成與不成也。

【不成】 古方言。猶云難道也。例如張協狀元戲文：「他爹爹是當朝宰執。媽媽是兩國夫人。終不成不求得一個好姻緣。」猶云難道求不到一個美滿的姻緣嗎。

【不快】 古方言。猶云患病也。例如西廂記：「往常也曾不快。將息便好。不似這番淸減的十分利害也。」言往常也曾患病也。碧桃花：「興兒云。我家相公不快。特來請你。太醫云。這等咱和你就去。」言相公患病也。

【不爭】 古方言。㈠猶云只為也。例如西廂記：「不爭你握雨攜雲。常使我提心在口。」此紅娘之言。言只為你們幽會。常使我躭心也。李逵負荊：「不爭你搶了他那花朶般青春艷質。抛閃殺草橋店白頭的。」言只為你搶了他女兒。抛閃殺那老人也。㈡猶云如其也。當眞也。例如合同文字：「不爭將先父母思量。文怕俺這老爺娘議論。」先父母者生父母也。老爺娘者義父母也。一片兩難。割捨神情。以不爭二字領起。殺狗勸夫：「不爭我開門去教嫂嫂入來。這禮上又不是了。教俺哥哥知道又是打。」言當眞開門納嫂嫂。則又將被哥哥打也。㈢猶云不論也。不打緊也。例如倩女離魂楔子：「不爭你左使着一片黑心腸。你不拘箝我可倒不想。你把我越間阻越思量。」言不論你怎樣兇惡。但你越是間阻那人。我越是思量那人也。黃粱夢：「我死不爭。可憐見這一雙兒女。」我死不爭。猶云我死不打緊也。

【不到】 古方言。㈠猶云不料也。例如董西廂：「你還待教跳龍門。不到得恁的。」恁的。指張生跳牆而言。意云你讀書人準備跳龍門。不料你竟會跳牆也。㈡猶云不至於也。不見得也。不會得也。例如張協狀元戲文：「爹爹乞判此一州。不到不對付得張協。」此言不至於對付不了張協也。東堂老：「則你那五臟神也不到今日開屠。」此言不見得今日吃葷也。兒女團圓：「我若早有個兒子。也不到得眼裏看見如此。」此言不會得看見如此光景也。

【不剌】 古方言。㈠襯字或話搭頭。無意義可言也。例如拜月亭：「我怨感我合也哽咽。不剌你啼哭你為甚迭。」甚迭猶甚的也。亦作不倈。例如東堂老：「雖然道貧窮富貴生前定。不倈咱可便穩坐的安然等。」上句曰富貴有命。下句轉言豈可坐等也。亦作不沙。例如三奪搠：「你知道我迭不的相迎。不沙賊丑生。你也合早些兒通報。」此為叱僕之辭。賊丑生即賊畜生。迭不的相迎即來不及相迎也。㈡語助詞。無意義可言也。如怕人云怕人不剌的。唬人云唬人不剌的。例如西廂記：「顚不剌的看了萬千。似這般可喜娘罕曾見。」此言風流也。竹葉舟楔子：「你穿着這破不剌的舊衣。擎着這黃甘甘的瘦臉。」此言破衣也。飛刀對箭：「他那裏嘴不剌的。他也聒聒噪噪。」此乃形容口舌之聒噪也。香囊怨：「一世兒盡節向一箇郎君。不強似做那雜不剌的衆人妻到折了本。」此乃形容多夫之雜亂也。兩世姻緣：「對門間壁。都有些酸辣氣味。只是俺一家兒淡不剌的。」此言他家熱鬧。我家冷淸也。

【不倒】　古方言。猶云不斷也。例如西廂記：「姐姐往常時針線不倒。其實不曾閒了一箇綉牀。」針線不倒。猶云針線工作無休斷也。亦作無倒。例如老生兒：「我在這城中住六十年。做富漢三十載無倒斷則是營生的計策。」倒字與斷字聯用之則曰無倒斷。凡言不倒或倒斷。皆猶云無休斷也。

【不然】　古方言。猶云難道也。例如巾箱本琵琶記：「終不然我自飽暖。教你受飢寒勤劬。」又如幽閨記：「依你這般說。終不然今生不娶了。」凡云不然。皆猶云難道也。

【不道】　古方言。猶云不管也。不顧也。例如董西廂：「一向癡迷。不道其間是誰住處。」言張生於普救寺瞥見鶯鶯。一味癡迷。逕欲趨前。不管其爲相國夫人寓所也。

【不當】　古方言。猶云不算也。不該也。例如殺狗勸夫：「不須兄弟相送。我今日不當十分醉。我自家去。」此言不算十分醉也。又如西廂記：「我拽起羅衫欲行。他陪着笑臉相迎。不做美紅娘淺情。不當箇謹依來命。」此言紅娘不該如此僅依夫人之命而促之去也。

【不錯】　古方言。猶云明白也。鑒諒也。例如董西廂：「你好好承當。咱好好商量。我管不錯。」言我定能明白鑒諒也。又如倩女離魂：「小生不敢自專。母親尊鑒不錯。」言請母親明白鑒諒也。

【不戲】　古方言。猶云憔悴也。例如董西廂：「多因爲那薄倖種。折倒得不戲。」又：「料來想必。定是些兒閑氣。自瘦得箇淸秀臉兒不戲。」凡言不戲。皆猶云憔悴也。

【不了緣】　雜劇名。碧焦軒主人撰。凡四折。焦循劇說卷二：「不了緣四折。則本自從別後減容光一詩而作也。崔已嫁鄭恆。張生落魄歸來。復尋普寺。訪鶯鶯不可復見。情詞悽楚。意境蒼涼。勝於查氏所續遠甚。董關而外。固不可少此別調也。」

【不丈夫】　傳奇名。淸人藻香子撰。

【不及父】　雜劇名。正題老郎君養子不及父。元人高文秀撰。

【不付能】　見付能條。

【不伏老】　㈠雜劇名。正題下高麗敬德不伏老。元人楊梓撰。演尉遲恭在功臣宴中與李道宗爭座失儀。而遭貶謫。後起復還朝。率軍大破高麗事。劇中徐茂公笑謂敬德曰：「將軍年事已老。此去萬勿輕敵。」敬德聞之不伏已老。乃曰：「某年雖老。然轉戰沙場。不減當年也。」是爲劇名所由來。㈡雜劇名。正題梁狀元不伏老。明人馮惟敏撰。略謂梁顥早歲中鄉試。其後赴會試者十數回。均落第。年七十餘。猶與少壯者爲伍赴試。意氣昂然。凌越壯者。然終於不第。歸鄉訪舊友劉概。賞田園春光痛飲。意氣益揚。七十九歲又赴試。復不中。最後至八十二歲中狀元。其友劉概中榜眼。賈同中探花。相攜至闕下謝恩云。

【不刺刺】　古方言。形容風聲之詞也。例如范張雞黍：「打的這馬不刺刺風團兒驟。」亦作忽刺刺或疎刺刺。

【不是處】　古方言。猶云沒辦法也。例如魔合羅：「怕老的若有不是處。你則問那裏是李德昌家絨線舖。街坊每他都道與。」言你若沒辦法。可問街坊也。

【不律頭】　古方言。猶云倔強不馴也。例如杜鵑啼：「暢好是沒來由。女孩兒家村胄。休學那不律頭。」亦作不劣方頭。例如陳州糶米：「我從來不劣方頭。恰便似火上澆油。」

【不氣長】　古方言。意云不爭氣也。

【不乾淨】　古方言。意云不得了也。例如氣英布：「連你你箇說咱的隨何也不乾淨。」言連你也不得了也。又如對玉梳：「荆楚臣若不出去。我和你不乾淨。」言你我都不得了也。

【不當事】　雜劇名。正題豹子秀才不當事。別作朝子秀才不當事。元人高文秀撰。

【不認屍】　見救孝子條。

【不覩事】　古方言。㈠猶云昧心負義也。例如西廂記：「硬打強。奪爲眷姻。不覩事。要諧秦晉。」芙蓉亭：「枉教我倚定門兒手托腮。休將那不覩事的話兒揣。」凡云不覩事。皆猶云昧心負義也。㈡猶云不懂事也。例如智勇定齊：「不覩事撞入咱陣裏。你正是有路無歸。」此言冒昧也。蝴蝶夢：「受榮華。請俸祿。俺孩兒好冤屈。不覩事。下牢獄。」此言糊塗也。打董達：「你可也不覩事班門學弄斧。」此言不識相也。

【不可解人】　清代戲曲家。著有傳奇風流院一種。見朱京藩條。

【不伏燒埋】　古方言。㈠猶云不受勸解也。不聽說話也。例如爭報恩：「恰待分說。又道咱不伏燒埋。」此言不受勸解也。張天師：「却帶累花神、千連、風雪。都也不伏燒埋。」此言不聽說話也。(二)猶云不伏判決也。按元時法例。對枉死者。經官驗明正身。判決犯罪者以應得之刑款外。並應對苦主償付燒埋費用。故借以爲喻。

【文丑】 脚色名。丑之一種。戲中所有丑相公。皆爲文丑。如取成都之王累。海潮珠之齊君。奇雙會之胡具丞。取帥印之程咬金。以及坐樓之張文遠皆是。文丑與他丑話白不同。齊如山云：「文丑與他丑不同的地方。就是前者須說韻白。後者則說京白。」

【文長】 見徐渭條。

【文明】 見邵璨條。

【文英】 見趙文敬條。

【文泉】 見周樂清條。

【文殷】 見趙文敬條。

【文卿】 見孔學詩條。

【文清】 見徐渭條。

【文場】 見音樂科條。

【文賢】 見趙善慶條。

【文寶】 見趙善慶條。

【文天祥】 劇中人。宋吉水人。字宋瑞。又字履善。號文山。舉進士第一。累官湖南提刑。改知贛州。德祐初。元兵入寇。天祥應昭勤王。拜右丞相。使如元軍請和。被拘。至鎮江。夜亡入眞州。泛海至溫州。聞益王未立。上表勸進。召至福州。進左丞相。以都督出江西。與元兵戰於空坑。大潰。收殘兵奔循州。駐南嶺。衞王立。加少保。封信國公。進屯潮陽。元將張弘範掩至。被執。拘燕三年。元世祖知其終不屈。乃殺之。天祥臨刑。作正氣歌以見志。從容謂吏卒曰。吾事畢矣。南嚮拜而死。元主歎爲眞男子。有文山集、文山詩史。見冬青樹條。

【文如錦】 曲牌名。北曲入黃鍾宮。管色配六字調或凡字調。

【文彥博】 劇中人。宋介休人。字寬夫。仁宗時第進士。慶曆末累官同中書門下平章事。封潞國公。熙寧時。爲王安石所惡。引去。拜司空。節度河東。尋以太師致仕。居洛陽。與富弼司馬光等結洛陽耆英會。時稱盛事。卒年九十二。謚忠烈。彥博歷事仁、英、神、哲四朝。出將入相垂五十年。名聞四夷。世稱賢相。見乾坤嘯條。

【文星現】　傳奇名。清人朱素臣撰。演祝允明、唐寅、沈周、文徵明事。以祝唐爲主。文沈爲賓。何韻仙秋香爲祝唐之配。吳人推重數子。以爲上應文星。故曰文星現也。焦循劇說卷三：「朱素臣文星現傳奇中。事多有據。唱蓮花落乞酒。本堯山堂外紀。挾伎調文衡山。本說圃識餘。傭書宦家。本蕉牕雜錄。」

【文星榜】　傳奇名。清人沈起鳳撰。爲沈氏四種之一。演蘇州王又恭攤向采蘋、卞芳芝、甘菊泉三女爲妻妾事。吳梅謂。此劇各節。頗似聊齋誌異中之姻脂事。惟廿向二事爲作者所增益。

【文徵明】　劇中人。明長洲人。初名璧。以字行。別字徵仲。號衡山。詩文清曠。兼工書畫。與徐禎卿等四人。稱吳中四才子。正德末貢入京都。授翰林院待詔。世稱文待詔。致仕歸。年九十卒。私謚貞獻先生。著有甫田集。見文星現條。

【文武不擋】　戲界稱允文允武之脚。曰文武不擋。

【文長問天】　雜劇名。明人董玄撰。劇品謂此劇：「北一折。牢騷怒罵。不減漁陽三弄。此是天孫一腔磈礧。借文長舒寫耳。吾當以斗酒澆之。」

【文姬入塞】　雜劇名。明人陳與郊撰。演蔡文姬歸漢事。劇品校錄：「文姬入塞。南一折。略具小境。以此入塞。配昭君出塞耳。」

【文漣閣主】　清代戲曲家。著有傳奇痴情種一種。

【文林閣傳奇十種】　戲曲選集名。明代文林閣輯。計收傳奇還魂記、蕉帕記、四美記、魚籃記、義俠記、浣紗記、雲台記、珍珠記、易鞋記十種。王國維云：「已酉夏。得明季文林閣所刊傳奇十種。中梁伯龍浣紗記末折與汲古閣刻本頗異。細審之。乃借用汪伯玉五湖遊雜劇也。此外易鞋記六種。在毛刻六十種外。中有似彈詞者。殆弋陽海鹽腔也。」

【文殊菩薩降獅子】　見降獅子條。

【文武榜二十出曲譜】　書名。清代無名氏編。有嘉慶五年內府抄本。出亦作齣。

【文學大綱中國戲曲之部】　書名。近入鄭振鐸撰。有單行本。

【六】　管色譜之第五音。猶西樂之唱Sol也。

【六么】　㈠燕樂大曲名。白居易楊柳枝有：「六么水調家家唱。白雪梅花處處飛。」之句。㈡南宋大曲名。入仙呂調。南宋官本雜劇有爭曲六么、扯攔六么、教聲六么、鞭帽六么、衣籠六么、厨子六么、孤奪旦六么、王子高六么、崔護六么、骰子六么、照道六么、鴛鴦六么、大宴六么、驢精六么、女生外向六么、慕道六么、三偌慕道六么、雙攔哮六么、趕厥夾六么、蘂湯六么等二十本。宋史樂志及文獻通考教坊部十八調中。中呂調、南呂調、仙呂調。均有六么大曲。㈢金元大曲名。陶九成輟耕錄所載金人院本名目六百九十種之中。有鬧夾捧六么、蘂湯六么二本。元曲有六么序。金董西廂有六么實催、六么遍。皆在仙呂宮。必係大曲原聲移入他宮者也。按六么即綠腰之略字。

【六呂】 音律名。謂十二律中陰聲之律。即林鍾、南呂、應鍾、大呂、夾鍾、中呂是也。

【六律】 音律名。謂十二律中陽聲之律。即黃鍾、太簇、姑洗、蕤賓、夷則、無射是也。

【六桐】 見葉憲祖條。

【六情】 謂喜、怒、哀、樂、愛、惡也。白虎通情性：「六情者何謂也。喜、怒、哀、樂、愛、惡。謂六情。」

【六鼓】 周禮地官鼓人：「掌教六鼓四金之音聲。」按六鼓爲雷鼓、靈鼓、路鼓、鼖鼓、鼛鼓、晉鼓是也。

【六舞】 漢書禮樂志注：「六舞。謂帗舞、羽舞、翌舞、旄舞、干舞、人舞、也。」漢書郊祀志注：「六舞。雲門、咸池、大韶、大夏、大濩、大武也。」

【六樂】 謂六種之樂也。古六藝之一。周禮地官保氏注：「六樂。雲門、大咸、大韶、大夏、大濩、大武也。」

【六藝】 ㈠謂禮、樂、射、御、書、數也。㈡謂易、禮、樂、詩、書、春秋也。亦稱六經。

【六十調】 所謂六十調者。以律爲經。以聲爲緯。乘之。每聲得十二調。合十二律計之。此六十調所由生也。然此六十調皆古法也。不勝其繁。且樂工又不盡用。於是省之爲四十八宮調。二十八宮調。十九宮調。十八宮調。十七宮調等名式。見上列各分條。

【六么令】 曲牌名。南曲入仙呂入雙調。北曲入黃鍾宮。管色配六字調或凡字調。又入仙呂宮。管色配小工調或尺字調。

【六么序】 曲牌名。北曲入仙呂宮。管色配小工調或尺字調。

【六么遍】 曲牌名。北曲入仙呂宮。又入正宮。管色配小工調或尺字調。

【六如亭】㈠傳奇名。清人張九鉞撰。㈡傳奇名。清人徐觀壎撰。

【六字調】管色名。所謂六字調者。以小工調之六字作工字也。六作工。凡作尺。工作上。尺作一。上作四。一作合。四作凡是也。王光祈中國音樂史：「王季烈集成曲譜、吳梅顧曲塵談皆以南呂、黃鐘、商調、越調、商角、配六字調或凡字調。」

【六國朝】曲牌名。北曲入大石調。管色配小工調或尺字調。

【六十種曲】戲曲選集名。明人毛晉編。所收古今戲曲凡六十種。計爲雙珠記、東郭記、焚香記、荆釵記、精忠記、浣紗記、琵琶記、南西廂、北西廂、幽閨記、明珠記、懷香記、玉簪記、紅拂記、灌園記、還魂記、紫釵記、邯鄲夢、南柯記、紫簫記、春蕪記、琴心記、玉鏡記、綵毫記、曇花記、鸞鎞記、玉合記、金蓮記、四喜記、三元記、鳴鳳記、紅梨記、八義記、西樓記、繡襦記、青衫記、錦箋記、蕉帕記、水滸記、玉玦記、種玉記、獅吼記、雙烈記、義俠記、千金記、殺狗記、龍膏記、香囊記、尋親記、金雀記、霞箋記、運甓記、投梭記、飛丸記、玉環記、贈書記、白兔記、四賢記、節俠記。有汲古閣本。

【六也曲譜】書名。近人張芬編。本書初集於光緒三十四年付印。僅收明清傳奇三十四齣。風行一時。民國十一年增訂爲四集。共收二百零四齣。皆清季劇場盛傳之劇。

【六場通透】戲界稱無所不能之人。曰六場通透。齊如山云：「我曾問過許多老輩。此四字之確定意義。但都說不上來。有的說六場者。是文、武、吹、打、拉、彈。未知果否。」

【六陽魁首】古方言。卽頭也。按醫經謂手足三陽之脈。總會於頭。故頭爲六陽魁首也。

【六宮十一調】見十七宮調條。

【六觀樓北曲六種】戲曲別集名。清人許鴻磐撰。共收雜劇西遼記、雁帛書、女雲台、孝女存孤、儒吏完城等六種。

【水袖】水袖者。卽袖端所綴之綢。原義爲防臟污而設。與西洋衣服袖頭之義大致相同。今又加長。事爲美觀矣。

【水頭】夢華瑣錄：「聞老輩言。歌樓梳水頭踹高蹺二事。皆魏三（長生）作俑。前者無之。故一登場。觀者歎為得未曾有。傾倒一時。」

【水仙子】曲牌名。南曲入黃鍾宮。北曲入商調。管色皆配六字調或凡字調。

【水紅花】曲牌名。入商調。管色配六字調或凡字調。

【水晶塔】古方言。喻人貌似聰明內則糊塗也。

【水滸記】傳奇名。明人許自昌撰。凡三十二齣。本水滸傳。演晁蓋、宋江事。劇中間有憑空結撰者。

【水龍吟】曲牌名。北曲入越角隻曲。

【水簾寨】雜劇名。元明間無名氏撰。

【水底納瓜】古方言。猶云浮而不沈。喻飄浮而不實在也。

【水底魚兒】曲牌名。南曲入越調。管色配六字調或凡字調。

【水渰藍橋】雜劇名。正題尾生期女渰藍橋。元人李直夫撰。

【水裏報寃】雜劇名。正題張順水裏報寃。元明間無名氏撰。

【水宮慶會碧蓮池】雜劇名。明代無名氏撰。

【火】古方言。即夥也。古日火伴。今日夥伴。例如盆兒鬼楔子：「本意尋個相識。合火去做買賣。」合火即合夥也。又如羅李郎：「這一火人都是為甚麼來。」這一火人。即這一夥人也。

【火燒】古方言。即燒餅也。例如王磐失雞滿庭芳：「煮湯的貼他三枚火燒。穿炒的助他一把胡椒。」

【火牛陣】傳奇名。清人周坦倫撰。

【火燒阿房】雜劇名。正題火燒阿房宮。元明間無名氏撰。

【火燒祆廟】雜劇名。元人李直夫撰。

【火燒紀信】雜劇名。正題滎陽城火燒紀信。別作楚霸王火焚紀信。元人顧仲清撰。

【火燒介子推】見介子推條。

【火燒正陽門】見正陽門條。

【火燒阿房宮】見火燒阿房條。

【方所】見劉方條。

【方頭】古方言。猶云拘執不圓通也。亦作楞頭。

【方巾丑】脚色名。丑之一種。戲中凡戴方巾之丑脚皆為方巾丑。如群英會之蔣幹。雙搖會之文街坊。審頭之湯勤等是。方巾丑與其他丑之話白不同。齊如山云：「方巾丑與他丑不同的地方。就是前者須說韻白。後者則說京白。」

【方成培】 清代戲曲家。字仰松。歙州人。生卒年不詳。約嘉慶中葉在世。工曲。著有香研居詞麈五卷。雙泉記傳奇一種。皆傳於世。

【方蓮英】 南戲名。元代無名氏撰。南戲拾遺著錄此目。

【方諸生】 見王驥德條。

【方頭不劣】 古方言。猶云倔強不馴也。例如緋衣夢：「俺這裏有箇裴炎。好生方頭不劣。」亦作方頭不律。例如金鳳釵：「見一箇方頭不律的人。欺負一個年紀老的。」

【方諸館曲律】 見曲律條。

【毛晉】 人名。明常熟人。原名鳳苞。字子晉。少游錢謙益之門。強記博覽。構汲古閣。藏書數萬卷。著有毛詩陸疏廣要、海虞古今文苑、明詩紀事、三家宮詞等集。

【毛一鷺】 劇中人。明遂安人。天啟末巡撫應天。黨魏忠賢。於蘇州虎丘建忠賢生祠。見瑞玉記條。

【毛西河】 戲曲家。著有傳奇何孝子一種。

【毛先舒】 人名。字稚黃。浙江仁和人。生於明光宗泰昌元年。卒於清聖祖康熙二十七年。年六十九歲。初父命為諸生。改名駿。字馳黃。父歿。棄諸生。不求聞達。少奇慧。八歲能詩。十歲能文。年十八時。著白榆堂詩。陳子龍頗奇賞之。因從子龍遊。又從劉宗周講學。為西冷十子之一。又與毛奇齡、毛際可齊名。時稱浙中三毛。文中三豪。有南曲入聲客問等集。

【毛季連】 清代戲曲家。著有傳奇鬧揚州一種。

【毛奇齡】 人名。清蕭山人。字大可。一字齊于。原名甡。字初晴。學者稱西河先生。本明諸生。明亡遁隱。康熙間舉鴻博。授檢討。被命纂修明史。以病乞歸。自此不復出。平生博覽載籍。深通經術。其文亦縱橫排奡。睥睨一世。與毛先舒、毛際可齊名。時稱浙中三毛。

【毛延壽】 劇中人。漢元帝畫工。杜陵人。善寫人貌。因貪賂不遂。圖王嬙貌失真。被誅。見漢宮秋條。

【毛鍾紳】 清代戲曲家。蘇州人。生卒年不詳。約康熙中葉在世。工曲。著有傳奇澄海樓一種。傳於世。

【毛聲山】 清代戲曲家。著有補天石傳奇十種。相傳於道光九年所作。湖南知府譚光祐為之正譜云。

見補天石十種條。

【心武】 見趙於禮條。

【心其】 見張大復條。

【心雲】 見趙於禮條。

【心餘】 見蔣士銓條。

【心一子】 明代戲曲家。著有傳奇遇仙記一種。

【心一山人】 見陸江樓條。

【心曠神怡】 書名。凡四冊。清代無名氏撰。

【孔明】 見諸葛亮條。

【孔方兄】 戲曲名。清人葉承宗撰。據魯褒錢神論敷演而成。卷首云：「昨日偶讀晉書列傳。見南陽魯褒所著錢神論。字曰孔方親為家兄。甚愜鄙意。今日閒暇無事。將錢神論推廣敷衍。稱頌功德也。見區區微意。」

【孔尚任】 清代戲曲家。字季重。一字聘之。號東塘。又號肯堂。自稱雲亭山人。山東曲阜人。孔子六十四世孫。生於順治五年。卒於康熙五十七年。年六十一歲以上。康熙二十三年聖祖幸曲阜祀孔子廟時。尚任以監生與同族舉人孔尚鉉同充講書官。進講大學周易。又一一詳述文廟車服禮器。因此特授國子博士。尋二十五年。以疏通灌注淮安揚州二府東海岸之諸河口事。副工部侍郎孫在丰奉命赴淮揚留三載。頻與此間名士開文酒會。所交甚多。還朝後。經戶部主事。陞員外郎。三十八年。以事辭官。遂歸休鄉里。其曲與洪昇齊名。古來有南洪北孔之稱。著有傳奇桃花扇、小忽雷二種。皆傳於世。按尚仁素以詩成家。於戲曲一端屬門外漢。通曉音律不深。故其作品雖有桃花扇、小忽雷二種。然小忽雷為友人顧彩所代庖。僅桃花扇為自製也。

【孔廣林】 戲曲家。生卒年不詳。著有雜劇璿璣錦、女專諸、松年長生引三種。

【孔學詩】 元代初期戲曲家。字文卿。生於中統元年。卒於至元元年。年八十二歲。生平事蹟不詳。惟知其為南宗聖裔。六世祖接。自魯徙吳。曾大父潛。又自吳徙溧陽而占籍焉。所著雜劇地藏王證東窗事犯一種。尚傳於世。太和正音譜評其曲曰：「其詞勢非筆舌可能擬。眞詞林之英傑。」

【孔淑芳記】 見雙魚墜記條。

【孔雀東南飛】 樂府名。述東漢焦仲卿夫婦同殉事。作者不詳。詩序云：「漢末建安中。廬江府小吏焦仲卿妻劉氏。為仲卿母所遣。自誓不嫁。其家逼之。乃投水而死。仲卿聞之。亦自縊於庭樹。時人傷之。爲詩云爾。」詩首句爲：「孔雀東南飛。」即以名篇。

【孔淑芳雙魚扇墜記】　見雙墜記條。

【介】　許守白云：「介字乃界字之省文。當其讀脚本時。於唱曲念白之間。表明其演時態度。以此爲界線。喚起其注意也。」例如琵琶記：「蔡邕背立思想介。」見科介、科白、科諢各分條。

【介人】　見王明翃條。

【介石】　見張中和條。

【介山記】　傳奇名。清人宋廷魁撰。演介子推事。

【介子推】　雜劇名。正題晉文公火燒介子推。元人狄君厚撰。演晉獻公納驪姬之言。殺世子申生。介子推等乃護公子重耳出亡。及重耳返國即位。遍賞有功者而不及子推。子推乃隱緜山。文公求之不得。縱火焚山。子推終不肯出。意死火中事。略謂春秋時。晉獻公寵幸驪姬。朝綱不振。且大興土木。濫徵民夫。怨聲載道。大臣皆不敢言。諫議大夫介子推獨上書諫之。獻公不納。驪姬有子曰奚齊。欲立爲世子不得。乃謀陷世子申生。申生被迫自刎。申生弟公子重耳。恐禍將及己。於是出奔。子推從之。臨行。恐不得脫。子推子介林。遂替重耳死。重耳流亡在外。凡十九年。始歸即位。是爲文公。文公既立。下令賞從亡者。皆有厚賜。而不及子推。子推乃撰龍蛇歌一篇。懸之宮門而歸。謂其母云。晉侯忘舊。是不道也。其母勸以訴於文公。子推不肯。奉母隱於緜山。文公知子推隱。急下令求之於緜山。不獲。遂縱火焚山以逼促之。而子推終不出。遂死於緜山云。（現存元人雜劇本事考）按介子推。春秋時人。亦作介之推。從晉文公出亡凡十九年。文公還國爲君。推不言祿。祿亦不及。乃與母隱於綿山。其後文公求之。不出。公復焚山以逼之。推竟抱木死。明人盧鶴江之禁煙記。兩宜居士之錕鋙記。清人宋廷魁之介山記。皆演介子推事。皮黃焚綿山及秦腔蜜蜂記。其情節大略相同。

【介石逸叟】　清代戲曲家。生卒年不詳。約康熙雍正間在世。著有傳奇宣和譜一種。

【介休縣敬德降唐】　見敬德降唐條。

【木丫牙】　曲牌名。南曲入仙呂宮。管色配小工調或尺字調。

【木魚書】　彈詞之別稱。清吳沃堯小說叢話云：「彈詞曲本之類。粵人謂之木魚書。此等木魚書。雖皆附會無稽之作。要其大旨。無一非陳述忠孝節義者。惜乎此等木魚書限於方言。不能遠播耳。」

【木偶戲】 見傀儡戲條。

【木蘭花】 曲牌名。南曲入南呂宮。管色配六字調或凡字調。

【木皮散客】 見賈鳧西條。

【木皮散客鼓詞】 鼓詞名。明人賈鳧西撰。簡稱木皮詞。木皮散人其自署也。木皮者鼓板也。內敘歷代興亡治亂。多感慨悲憤之詞。蓋鳧西心憤明之亡。故有是作。

【丹丘體】 明寧王權所定樂府十五體之一。太和正音譜：「丹丘體豪放不羈。」

【丹晶墜】 傳奇名。明人沈蘇門撰。

【丹莞記】 傳奇名。明人汪宗姬撰。

【丹鳳吟】 曲牌名。南曲入中呂宮。管色配小工調或尺字調。

【丹邱先生】 見朱權條。

【丹桂鈿合】 雜劇名。明人葉憲祖撰。爲四艷記之第三種秋艷。略謂權次卿探花及第。授翰林院學士。辭遊吳郡。暫寓於禪林月波庵。一日。徐氏女丹桂來此庵燒香。權生見而欲得之。問之庵中老尼。知丹桂母向氏有一姪在都。乃詐稱向氏之姪。訪問其家。向氏之姪與丹桂原爲自幼許婚者。昔以紫金細合之蓋與底。兩家分持一面。以爲他日之證者。其後久無消息。姪之顏貌已不復記憶。故向氏信權生實爲其姪也。乃托月波庵老尼以鈿合議婚。適權生嘗於京中骨董店。偶然購得鈿合一面。以其與老尼所示之鈿合一面相合。故益信爲姪。終於舉行婚禮。忽朝廷下復召權生之命。因此發覺其姓爲權而非姓向。以其爲快壻。遂付之不問。圓滿收場。中國近世戲曲史

【引子】 傳奇登場之首曲曰引子。言引起下文許多話頭也。引子屬慢詞。無拍。亦無樂器。吳梅曲學通論：「唐霓裳羽衣曲初散聲無拍。至中序始有拍。今引曲無板。過曲始有板。蓋其遺法也。」又云：「向來唱引子者。皆於句盡處用一底板。詞隱則於用韻句下板。其不韻句止以小鼓點之。分淸句讀。最是妙法。今歌者每句用小鑼小鼓。實是不當。」

【引戲】 脚色名。輟耕錄：「院本五人。一曰引戲。」夢粱錄：「引戲色分付。」宋元戲曲史：「引戲之名。唐已有之。樂府雜錄傀儡條云。其引歌舞有郭郎者。髮正禿。善優笑。閭里呼爲郭郎。凡戲場必在俳兒之首。宋之引戲。即郭郎之遺否。今不可

考。」

【引軍旗】曲牌名。南曲入越調。管色配六字調或凡字調。

【勾】㈠猶言引也。例如紅樓夢第二十二回：「今兒聽了戲。又勾出幾天戲來。」㈡彀之省文。例如金錢記：「纔能勾宴瓊林。飲御酒。插宮花。」㈢見勾放條。

【勾放】宋大曲參軍登場召集小兒隊。謂之勾隊。舞已畢散班。謂之放。勾放皆有致語。例如勾小兒隊：「謂龍奏技。畢陳詭異之觀。髫齔成童。各效回旋之妙。嘉其尚幼。有此良心。仰奉宸慈。教坊小兒入隊。」放小兒隊：「游童率舞。逐物性之熙怡。小技畢陳。識天顏之廣大。清歌既闋。疊鼓頻催。再拜天街。相將歸去。」

【勾腔】勾腔者。山西調也。吳太初燕蘭小譜詠勾腔云：「嘹喨京腔響遏空。勾腔異曲不同工。雁門山下初飛雁。憶煞當年盛小叢。」註曰：「山西勾腔似崑曲而音宏亮。介乎京腔之間。」按盛小叢者。當爲勾腔之名伶。自道光以還。勾腔已成絕響矣。

【勾臉】演員化裝時。塗油彩於面部者。謂之勾臉。（抹白粉者則曰抹臉。）勾臉臉譜有下列數種。曰揉臉。亦名染臉。曰整臉。亦名正臉。曰三塊瓦臉。曰花三塊瓦臉。曰碎三塊瓦臉。曰花臉。曰碎臉。曰老臉。曰蝴蝶臉。曰鋼叉臉。曰像形臉。曰元寶臉。曰歪臉。曰破臉。曰僧臉。曰太監臉。曰神仙臉。曰精靈臉。曰妖怪臉。曰英雄臉等。齊如山云：「戲中勾臉者皆係武人。」

【勾踐】劇中人。春秋越王。父允常。嘗與吳王闔閭相怨伐。允常死。勾踐立。敗吳師於檇李。後爲吳王夫差所敗。困於會稽。行成於吳。乃用文種范蠡爲相。臥薪嘗膽。矢志復仇。十年生聚。十年教訓。卒興兵滅吳。復渡淮會齊晉諸侯。致貢於周。元王賜胙。命爲伯。而勾踐已南渡淮。僭稱王矣。見浣紗記條。

【勾欄】宋元以來。稱俳優樂戶等演藝之所曰勾欄。或作句欄。繁勝錄：「有句欄一十三座。常是專說史書。常是御前雜劇。又有弟子散樂、作場、相撲、說經、小說、覆射、踢瓶、各種傀儡、背商謎、教飛禽、影戲、唱賺之類。」蓋此種游藝場所。類多句欄華麗。故有此稱。今則專稱娼家曰勾欄。

【少伯】見梁辰魚條。

【少逸】見陳森書條。

【少梗】見盧柟條。

【少年遊】曲牌名。南曲入大石調引。管色配小工調或尺字調。

【少甚麼】古方言。㈠猶云不稀罕也。例如魯齋郎：「他少甚麼溫香軟玉。舞女歌姬。」幽閨記：「喫的是馬酪羊羔。少甚麼龍肝鳳髓。」凡言少甚麼。皆猶云不稀罕也。㈡猶云儘多着也。例如巾箱本琵琶記：「生日。彈他做甚麼。這是無妻的曲。我少甚麼息婦。占日。胡說。如何少甚息婦。生日。呀。錯了也。只有個息婦。」少甚媳婦。猶云息婦多着哩。此爲蔡伯喈與牛氏對話。無意之中。流露出家中尚有元配趙五娘也。亦作少是末。例如汗衫記：「讀書萬卷多才俊。少是末一世不如人。」言讀萬卷者。儘多一世貧困也。

【今音】音韻學家謂魏、晉、唐、宋間之語音也。對周、秦、兩漢古音而言。或稱今韻。自切韻以下。廣韻、集韻、禮部韻略、五音集韻、韻會擧要、韻府群玉、佩文詩韻等韻書。皆屬於今音也。

【今韻】見今音條。

【今樂考證】書名。清人姚燮撰。凡一十二卷。著錄元、明、清戲曲共二千零六十六種。並附作者小傳。原稿今藏北京大學圖書館。

【今樂府選】書名。清人姚燮編。凡五百卷（一說僅成一百九十餘卷）。收元明以來雜劇與傳奇共約數百十種。惟此書未見印行。原稿爲鎭海李氏所藏。

【分柑記】傳奇名。明人沈璟撰。爲屬玉堂十七種之一。

【分釵記】傳奇名。明人張景巖撰。演伍生二蘭事。

【分鞋記】㈠傳奇名。明人陸采撰。演程鵬擧分鞋事。㈡傳奇名。明人沈鯨撰。

【分錢記】㈠雜劇名。明代無名氏撰。劇品謂此劇：「南七折。此是末了傳奇。非劇體也。」㈡傳奇名。明人沈璟撰。爲屬玉堂十七種之一。

【分鏡記】見樂昌分鏡條。

【丑】脚色名。徐渭南詞敘錄：「丑以粉墨塗面。其形甚醜。故省文作丑。」丑之一色。原屬雜扮。以資歡笑者。淸王棠知新錄：「都城記勝云。雜扮或名雜旺。亦名鈕元子。又名拔和。乃雜劇之散段。多是借裝爲山東河北村人以資笑。今之丑脚。蓋鈕元子之省文。古杭夢遊錄作雜班、扭元子、拔和。」王國維宋元戲曲史：「丑之名雖見元曲選。然元以前諸書絕不經見。或係明人羼入。然丑雖始於明其名亦必有所本。余疑丑或由五花爨弄出。輟耕錄云。院本又謂之五花爨弄。或曰宋徽宗見爨國人來朝。衣裝鞋履巾裹傳粉墨。舉動皆如此。使優人效之以爲戲。而宋官本雜劇。金院本名目之以爨名者不可勝數。爨與丑本雙聲字。又爨字筆畫甚繁。故省作丑。亦意中事。其傳粉墨一事。亦恰與丑合。則此色亦宋世之遺。」此脚在傳奇中又名小丑。在皮黃中又名小花臉。其性質好人多於壞人。滑稽多於陰險。皮黃戲中之丑與小丑則有別。齊如山云：「凡穿長衣者曰丑。穿短衣者則曰小丑。但奇寃報之張別古。翠屏山之潘老丈等人。雖穿長衣。也算小丑。」

【丑行】　戲界七行之一。亦曰豆腐行。齊如山云：「北平戲界人。從前管丑行叫作豆腐行。因其所抹之粉。形似一塊豆腐。故名。」分文丑、方巾丑、小丑、小花臉。丑婆子、女丑、武丑、開口跳等名式。

【丑三髯】　髯口名。簡稱丑三。俗呼狗纓髯子。如打麵缸之師爺。小上墳之劉祿景等掛此。齊如山云：「掛此者。雖係丑脚。但都須穿長衣服。穿短衣者萬不許掛。近來審頭刺湯之湯勤。亦偶掛此者。但不應該。因舊規矩掛此者只是恢諧。並無陰險之壞人。不過寒酸而已。」

【丑婆子】　脚色名。丑之一種。戲中凡扮演婦人之丑脚。皆爲丑婆子。齊如山云：「鐵弓緣、辛安驛、探親等。皆爲丑婆子的戲。然與彩旦的戲常常相混。」

【比及】　古方言。㈠猶云等到也。例如拜月亭：「韻悠悠比及把角品絕。碧熒熒投至那燈兒滅。」比及與投至均爲等到義。互文也。㈡猶云若使也。例如西廂記：「衆僧動法器。請夫人小姐佔香。比及夫人未來。先請張生拈香。」言若使夫人遲到。先請張生拈香也。㈢猶云既然也。例如張生煮海：「比及你來相問。先對俺說明白。」言既然見問。須先將事由告我也。㈣猶云與其也。例如秋胡戲妻：「兀那小賤人。比及你受窮。不如嫁了李大戶。也得個好日子。」言與其受窮。不如嫁個富戶也。

【比目魚】　傳奇名。清人李漁撰。凡三十六齣。爲笠翁十種曲之一。

【比干剖腹】 雜劇名。正題諫紂惡比干剖腹。元人鮑天祐撰。

【比射轅門】 雜劇名。元代無名氏撰。

【切韻】 講音韻之書。依反切之發聲以分音。收聲以分韻。故曰切韻。

【切鱠旦】 見望江亭條。

【切韻指掌圖】 書名。凡二卷。附檢例一卷。宋人司馬光撰。一說楊中修撰。其檢例一卷。則爲元人邵光祖所補。

【仁甫】 見白樸條。

【仁卿】 見吳弘道條。

【仁宗認母】 雜劇名。明人汪元享撰。

【仁義智信】 見拂塵子條。

【午山】 見張四維條。

【午日吟】 雜劇名。明人許潮撰。爲泰和記之一。演五月五日端午節。

【午時牌】 雜劇名。正題壓關樓疊掛午時牌。元明間無名氏撰。

【反切】 以二字之音。切爲一字之音之方法也。黃侃音略：「反切之理。上一字是其聲理。不論其爲何韻。下一字是韻律。不論其爲何聲。質言之。即上一字祇取發聲。去取收韻。下一字祇取收韻。去其發聲。故上一字定淸濁。下一字定開合。」

【反串】 演員扮演非平時所扮演之脚色。謂之反串。例如青衣扮演鬚生或淨角扮演旦角等等。戲界習以年底封箱時。舉行全班大反串。常串演之戲。有八蠟廟、溪皇莊等。

【反紐】 所謂紐者。乃兼聲與韻而言。反紐者。蓋即反切之義耳。

【友可】 見謝廷諒條。

【友益】 見史集之條。

【友聲】 見沈樹人條。

【弔噪】 見吊噪條。

【弔琵琶】 見吊琵琶條。

【弔搭髯】 見吊搭髯條。

【牛郎】 劇中人。謂牽牛星也。胡曾黃河詩：「沿流欲共牛郎語。只待靈槎送上天。」見博望訪星條。

【牛僧孺】 劇中人。唐鶉觚人。字思黯。憲宗時累官御史中丞。穆宗時爲相。與李宗閔結爲朋黨。排斥異己。權震天下。時人指曰牛、李。卒謚文簡。著有幽怪錄。見揚州夢、梧桐葉二分條。

【牛頭山】 傳奇名。淸人李玉撰。

【夫差】劇中人。春秋吳王。父闔廬。爲越王勾踐所敗。傷而死。夫差立。敗困勾踐於會稽。以報父仇。勾踐賂吳太宰嚭以美女寶器行成於吳。夫差許之。伍子胥諫。不聽。從又受嚭讒而賜子胥死。委政於嚭。居三年。盡率精兵北會諸侯於黃池。勾踐乘虛而入。遂滅吳。夫差請成。不許。蒙面自剄死。曰：「吾無面目以見子胥也。」見浣紗記條。

【夫人大】雜劇名。明人呂天成撰。劇品謂此劇：「南北四折。此動之初筆也。填實梁冀孫壽事。及友通期冥訴。而冀壽卒無恙。何耶。」

【夫子禪】雜劇名。明人葉汝薈撰。劇品謂此劇：「南北八折。邇來選佛場中。反令世人顛倒沈溺。乖庵惆然憫憫。俾僧伽醜態。盡現當場。足爲瞑眩之藥。」

【尺】管色譜之第二音。猶西樂之唱 Re也。

【尺字調】管色名。所謂尺字調者。以小工調之尺字作工字也。尺作工。上作尺。一作上。四作一。合作四。凡作合。工作凡是也。王光祈中國音樂史：「王季烈集成曲譜、吳梅顧曲麈談皆以仙呂宮、中呂宮、正宮、道宮、大石調、小石調、高平調、般涉調、配以小工調或尺字調。」

【巴扨】古方言。猶云趨附也。扨承也。扨亦作結。

【巴避】古方言。猶云辦法也。例如董西廂：「一刻兒沒巴避抵一夏。」亦作巴臂。例如小孫屠戲文：「這般閒爭甚巴臂。」亦作笆壁。例如秋胡戲妻：「秋胡呵。他去了那五載十年。阻隔著千山萬水。早則俺那婆娘家無依倚。更合着這子母每無笆壁。」凡言巴避、巴臂、笆壁。皆猶云辦法也。

【公望】見周公魯條。

【公孫杵臼】劇中人。春秋晉太原人。趙朔客。朔既爲屠岸賈所殺。朔妻遺腹生一兒。杵臼與朔友程嬰謀存其孤。乃由杵臼負他人嬰兒匿山中。嬰出謬告於屠岸賈。賈遣將攻之。杵臼與他人嬰兒均被殺。嬰抱趙氏眞孤匿山中獲全。見趙氏孤兒條。

【升庵】見楊慎條。

【升聞】見許逸條。

【日華】見王曄條。

【日新】見王曄條。

【化人游】傳奇名。淸人野航居士撰。

【化胡成佛】雜劇名。元明間無名氏撰。

【仇士良】劇中人。唐興寧人。字匡美。元和太和間。任內外五坊使。殘暴恣肆。武宗朝累進觀軍容使。兼統左右軍。尋乞罷。嘗殺二王一妃四宰相。貪酷二十餘年。以疾卒。見小忽雷條。

【仇池外史】 見梁辰魚條。

【井中天】 (一)傳奇名。清人張大復撰。(二)傳奇名。清人種香生撰。

【井中盟】 傳奇名。明人阮大鋮撰。

【幻緣箱】 傳奇名。清人邱園撰。

【幻影圖】 傳奇名。清人迦笑人撰。

【尹令】 曲牌名。南曲入仙呂入雙調。

【尹喜蓮嫌夫記】 雜劇名。明代無名氏撰。

【欠】 古方言。猶云癡呆。俗言人之呆者為欠氣也。例如董西廂：「道君瑞眞個欠。我道你。伴小心。粧大膽。」此言張生眞個呆也。

【斗子】 古方言。管理倉庫之役夫也。

【尤侗】 清代戲曲家。字同人。一字展成。號悔庵。晚號艮齋。又號西堂老人。江蘇長洲人。生於明神宗萬曆四十六年。卒於清聖祖康熙四十三年。年八十七歲。順治間。以貢生除永平推官。嘗作遊戲文。世祖覽之。親加批點。歎爲眞才。已而入都。以其所著讀離騷雜劇獻帝。帝讀後。亦以爲善。令宮中伶人演之。康熙十年。授翰林院檢討。入史館修明史者三年。以年老辭官歸鄉。家居二十年而卒。著有雜劇讀離騷、弔琵琶、桃花源、黑白衛、清平調五種。傳奇鈞天樂一種。總題西堂曲腋六種。

【仄聲】 上、去、入三聲之總稱。沈約四聲譜：「上去入爲仄聲。」

【扎髯】 髯口名。簡言之曰扎。因其嘴上一小片短鬚扎沙扎人。故名曰扎。凡掛此髯者。多爲莽壯之人。如張飛、焦贊、牛臯、朱粲宇、文成都等是。

【牙推】 古方言。醫卜星算等術士之稱謂也。例如拜月亭：「怕不待傾心吐膽。盡筋竭力。把個牙推請。只怕小處盡是打當。」亦作牙槌。例如秋胡戲妻：「怕不待要請太醫。看脈息。着甚麼做藥錢醫治。赤緊的當村裏都是此打當的牙槌。」亦作牙搥。例如劉弘嫁婢：「他一片家嫉妬心。無半點兒賢達意。聽的海棠身邊有些春消息。他背地裏使心機。尋個打當的牙搥。」亦作牙椎。例如岳陽樓：「我穿著領布懶衣。不吃煙火食。淡則淡淡中有味。又不是坐崖頭打當牙椎。」以上四例。均與打當二字相聯。蓋打當牙椎爲當時流行俗語。打當猶云打算。意言使用心機也。

【支生生】古方言。直豎貌。例如范張雞黍：「疎刺刺陰風吹過冷颼颼。支生生頭髮似人揪。」

【手卷記】雜劇名。元人吳弘道撰。

【內廷七種】書名。乾隆初年以海內昇平。高宗乃命張照等製曲進呈。以備內廷樂部演習之用。所編七種。曰月令承應。曰法宮雅奏。曰九九大慶。曰勸善全科。曰昇平寶筏。曰鼎峙春秋。曰忠義璇圖。

【夭桃紈扇】雜劇名。明人葉憲祖撰。爲四艷記之第一種。春艷。

【片雲遮頂】古方言。猶云人尚在世也。蓋人立於地面方能雲過頂上。頂上者頭頂上也。

【歹門娘子勸丈夫】見勸丈夫等。

【卡將軍一門忠孝】見一門忠孝條。

五畫

【玉卿】見汪道昆條。

【玉簫】劇中人。唐姜氏靑衣。相傳韋臯遊江夏。止於姜氏館。姜氏常令玉簫供侍。因有情。約以七年來娶。因留玉指環賦詩遺之。韋臯七年不至。玉簫絕食死。及再世仍爲韋臯侍妾。見兩世姻緣條。

【玉丸記】傳奇名。亦作玉瓦記。明人朱期撰。

【玉尺樓】㈠傳奇名。淸人盧見曾撰。㈡傳奇名。淸人朱英稗撰。

【玉井蓮】曲牌名。南曲入雙調引。管色配乙字調或正工調。

【玉瓦記】見玉丸記曲。

【玉交枝】條牌名。南曲入仙呂入雙調。

【玉合記】傳奇名。明人梅鼎祚撰。演韓翃及其妻柳氏故事。本劇第一齣標目滿庭芳云：「才子韓翃。名姬柳氏。多情打得成雙。參軍出塞。鼙鼓起漁陽。暫向禪林寄跡。遭番將強逼專房。還朝後。香車綺陌。邂逅各沾裳。雄威看許俊。立時飛馬。奪取孤凰。把當年玉合。再整新裝。爲問王孫侍女。重相會下界仙鄉。章台詠。風流節俠。千古播詞場。」沈德符顧曲雜言：「梅禹金玉合記。最爲時所尚。然賓白盡用駢語。餖飣太繁。其曲半使故事及成語。正如設色骷髏。粉捏化生。欲博人寵愛難矣。」

【玉岑子】見吳蘋香條。

【玉玦記】傳奇名。明人鄭若庸撰。凡三十六齣。演王商與其妻秦慶娘離合事。劇中王商進京應擧。其妻秦氏贈以玉玦欲其早歸。是爲劇名之所由來。此劇第一齣滿江紅云：「鉅野王生。閥閱裔。腹胞琳球。長安下第羞歸去。向狹邪游。薄倖娼樓懲虎穴。多情才子敝貂裘。過呂公館轂向芸窗。還自修。降虜將。成畔謀。統胡騎。陷神州。把令妻秦氏。繫作俘囚。婦守三從甘毀面。夫終一舉占鰲頭。拜貤封重會癸靈廟。作話留。」呂天成曲品云：「玉玦典雅工麗。可詠可歌。開後人騈綺之派。每折一調。每調一韻。尤爲先獲我心。」沈德符顧曲雜言云「玉玦記使事穩帖。用韻亦諧。內遊西湖一套。尤爲時所膾炙。所乏者。生動之色耳。」靑木正兒中國近世戲曲史云：「以王商夫妻爲主體。以妓女李娟奴爲客體。以富豪昝喜爲點景。以戰亂爲背景。雖情節複雜。關目繁瑣。然靜躁貞姦。交互相比。排場毫不拙劣。又能工於收束事件。決非凡手。但敘事之法。平板而乏抑揚。沈德符評之曰乏生動之色。最中肯綮。」

【玉杵記】　傳奇名。明人楊之烱撰。演裴航崔護故事。

【玉花秋】　曲牌名。北曲入仙呂宮。管色配小工調或尺字調。

【玉芙蓉】　曲牌名。南曲入正宮。管色配小工調或尺字調。

【玉門關】　傳奇名。淸人靑城山樵撰。

【玉胞肚】　曲牌名。南曲入仙呂入雙調。北曲入商調。管色配六字調或凡字調。

【玉香記】　傳奇名。明人程文修撰。程文修玉香條註云：「別有玉如意。亦此事。未見。」

【玉珍娘】　雜劇名。明人朱京藩撰。劇品謂此劇：「北一折。朱君於劇中直自敘其姓名。而寫其一段淋漓感慨之致。玉珍娘直寄情耳。非繫情也。」

【玉馬佩】　傳奇名。淸人路術淳撰。

【玉素珠】　傳奇名。淸人朱佐朝撰。

【玉茗派】　見本色派條。

【玉堂春】　㈠雜劇名。正題老女婿金馬玉堂春。元人關漢卿撰。㈡雜劇名。正題鄭琼娥梅雪玉堂春。元人武漢臣撰。

【玉堂體】　明寧王權所定樂府十五體之一。太和正音譜：「玉堂體。公平正大。」

【玉釵怨】　傳奇名。淸人周若霖撰。

【玉釵記】　傳奇名。明人陸江樓撰。本小說彈詞。演何文秀遇妓月金及王太師女琼珍事。皆以玉釵作合故名。

【玉梳記】雜劇名。亦作對玉梳。正題荆楚臣重對玉梳記。明人賈仲名撰。演松江官妓顧玉香。戀揚州秀才荆楚臣。誓無二志。終成夫婦事。略謂松江官妓顧玉香與揚州秀才荆楚臣相處二年。荆生錢物遂盡。東平客商柳茂英欲以財力奪玉香。玉香母貪。欲令玉香從之。逐荆生。玉香解釵環爲路費。令荆生上京應試。臨別。分玉梳一半與之。一半自留。爲他日紀念。荆生去後。柳茂英與母逼迫日急。玉香決意守節。既而玉香思荆生不止。遂與侍女共逸赴京。柳茂英知之。要之森林中。以劍擬而刼之。玉香力爭。正將爲所殺時。一官人率從者過而救之。此蓋即荆生。及第授官後。正去就任也。及相攜至任所。對合玉梳。令修復之。謝玉香守節。以爲夫人。中國近世戲曲史。

【玉魚記】傳奇名。明人湯賓陽撰。演郭汾陽事。

【玉符記】傳奇名。淸人袁于令撰。爲劍嘯閣傳奇之一。

【玉盒記】雜劇名。明人楊文奎撰。

【玉淸菴】南戲名。元代無名氏撰。南戲拾遺輯錄此目。

【玉連環】彈詞名。朱素仙女史撰。

【玉雁子】曲牌名。南曲入仙呂入雙調。

【玉殿元】傳奇名。淸人陳子玉撰。

【玉壺春】㈠雜劇名。正題李素蘭風月玉壺春。明人賈仲名撰。演李斌與妓李素蘭相戀事。略謂維揚人李斌。字唐斌。別號玉壺生。美才品。因遊學至嘉禾。淸明日。與妓李素蘭邂逅郊外。兩相愛慕。遂訪其家。自此眷戀不能舍。斌有密友陶綱。字伯常。官杭州郡佐。聞斌客嘉禾。過而訪之。勸其應試。斌告以爲李覊留。勢難割捨。於是綱乃袖斌萬言策赴京。代爲呈獻。綱去後。斌與李情好益篤。李畫素蘭一枝。插玉壺中。題玉壺春詞云:「香嬌淡雅天然格。蕋嫩幽奇能艷白。看四季。永馨香。遠蓬蓽。堂隣野陌惟待客。不許遊人閒摘。玲瓏瑩輭無瑕色。玉潔氷淸有潤澤。玉壺內。插蘭花。壓梅瓣。壽陽點額。休榔摔。莫伴群芳亂折。」斌極稱賞。嗣後。斌資斧漸乏。爲假母所厭。適有山西紬商名甚黑子者。聞李美。欲娶之。假母心動。李堅拒。促斌娶己。斌屬李義妹陳玉英作合。而假母謂同姓不當爲婚。李則言己本張姓。非李所出。無嫌也。假母利商財。復強之。李斷髮以拒。母怒甚。嗚於官。時綱爲嘉興府太守。復至嘉禾。拘而質之。乃知被告即老友李斌也。詢蘭意所適。蘭出自繪玉壺春圖及詞以見志。母猶爭不已。綱乃言斌所獻策稱旨。已授杭州本府同知。令斌付銀百兩爲恩養禮費。杖甚黑子四十。飭還其鄉。於是斌與素蘭結爲夫婦云。現存元人雜劇本事考　(二)雜劇名。正題李素蘭風月玉壺春。元人武漢臣撰。

【玉獅墜】傳奇名。清人張堅撰。爲玉燕堂四種之一演黃損與裴玉娥遇合事。

【玉搔頭】傳奇名。凡三十四齣。清人李漁撰。爲笠翁十種曲之一。亦名萬年歡。演明武宗幸妓劉倩倩及取范欽女淑芳事。

【玉溪館】雜劇名。元人秦簡夫撰。

【玉劄子】曲牌名。南曲入仙呂入雙調。

【玉樓春】傳奇名。清人謝宗錫撰。演元拜住事。與鞦韆會記大同小異。

【玉蜻蜓】(一)彈詞名。作者不詳。趙景深彈詞考證：「申貴升在尼庵中與志貞暱。以怯症死。生下兒子元宰。爲徐姓拾去。後來中了狀元。」(二)傳奇名。作者不詳。曲海總目提要卷四十四、姚梅伯今樂考證、鄭振鐸西諦所藏善本戲曲目錄中。皆有提要或著錄。

【玉漏遲】曲牌名。南曲入黃鐘宮引。管色配六字調或凡字調。

【玉嬌枝】曲牌名。北曲入南呂宮。管色配六字調或凡字調。

【玉嬌春】雜劇名。明人郝經撰。

【玉劍緣】傳奇名。清人李本宣撰。

【玉禪師】見翠鄉夢條。

【玉鴛鴦】傳奇名。清人周坦倫撰。

【玉翼蟬】曲牌名。北曲入大石調。管色配小工調或尺字調。

【玉簪記】(一)雜劇名。正題萱草堂玉簪記。元人關漢卿撰。(二)傳奇名。凡三十三齣。明人高濂撰。演陳妙常事。馮夢龍古今情史：「陳妙常。宋女貞觀尼姑也。年二十餘。姿色出群。能詩。尤善琴。張于湖授臨江令。途宿女貞觀。見妙常驚訝。以語挑之。妙常拒之甚峻。復與于湖故人潘法成私通情洽。潘密告于湖。令投詞託言舊所聘定。遂斷爲夫婦。」按此劇所演皆事實也。

【玉蟠桃】傳奇名。清人蔣埍撰。

【玉簫女】見兩世姻緣條。

【玉鏡臺】　雜劇名。正題溫太眞玉鏡台。元人關漢卿撰。演溫嶠計娶表妹劉倩英爲妻事。劇中嶠以玉鏡台爲聘禮。故名。略謂翰林學士溫嶠。字太眞。奉姑母之命。授表妹倩英以習字操琴。倩英荳蔻年華。風姿絕世。嶠一見傾心。驚爲天人。乃藉教琴之際。以情挑之。飄飄然以爲一生艷福盡於此矣。後姑命嶠於翰林學士中。擇一佳婿。以爲倩英終身之託。嶠遂設計自薦。姑無奈許之。嶠以玉鏡台爲聘禮。洞房之夜。倩英以嶠騙婚。且嫌其年老。不允與之親近。事爲嶠故友王府尹知悉。設水墨宴請嶠賦詩。嶠援筆立就。極爲府尹讚賞。倩英喜嶠之文彩。改顏相就。從此夫唱婦隨。一家歡慶云。現存元人雜劇本事考　明人朱鼎臣有玉鏡台記傳奇。即本此劇敷演而成。又明末范文若之花筵賺傳奇。亦演此事。

【玉欄杆】　雜劇名。明人朱恩鏥撰。

【玉鐲記】　傳奇名。明人李玉田撰。

【玉麟記】　(一)傳奇名。明人葉憲祖撰。玉麟記註云：「三蘇事舊有麟鳳記。極輕倩。」(二)傳奇名。淸人張世濬撰。

【玉麟符】　傳奇名。淸人薛旦撰。

【玉泉樵子】　見許善長條。

【玉茗堂派】　見本色派條。

【玉連環記】　傳奇名。淸人鄧志謨撰。爲五局傳奇之一。其凡例云：「曲牌名以倘秀才、香柳娘爲配。外以別牌名有類人名者輳合。以成傳奇。名玉連環記。此是梨園一局。」

【玉陽仙史】　(一)見陳與郊條。(二)見王驥德條。

【玉壺道人】　見李唐賓條。

【玉漏遲序】　曲牌名。南曲入黃鍾宮。管色配六字調或凡字調。

【玉翼蟬煞】　曲牌名。北曲入大石調。管色配小工調或尺字調。

【玉鏡臺記】　傳奇名。凡四十齣。明人朱鼎撰。演溫嶠故事。此劇與關漢卿玉鏡台雜劇相似。惟朱作溫嶠爲年少。而關作爲年老。又朱作溫妻名潤玉。而關作溫妻名倩英。明末范文若有花筵賺傳奇。亦演此事。勝此記。

【玉女琵琶怨】　見琵琶怨條。

【玉尺樓曲譜】　書名。凡六卷。淸人盧見曾輯。有抄寫本傳世。

【玉茗堂四夢】　見臨川四夢條。

【玉湖樓傳奇】　戲曲別集名。淸人裘連撰。計收傳奇昆明池、集翠裘、鑑湖隱、旗亭館四種。每種均二折。共八折。

【玉樹後庭花】㈠吳聲歌曲名。陳後主造。其辭曰：「玉樹後庭花。花開不復久。」㈡燕樂大曲名。㈢曲牌名。見後庭花條。

【玉獅堂十種曲】戲曲別集名。淸人陳烺撰。分前後二集。前集五種。爲仙緣記、海虬記、蜀錦袍、燕子樓（以上爲四種本）梅喜緣。後集五種。爲同亭宴、迴流記、海雪吟、負薪記、錯姻緣。吳梅曰：「玉獅堂前後五種。文律曲律。俱非所知。而頗傳於世。可怪也。」

【玉燕堂四種曲】見夢梅懷玉條。

【玉田春水軒雜劇】戲曲別集名。淸人張聲介撰。計收雜劇訊翂、題肆、琴別、畫隱、碎胡琴、安市、看眞、遊山、壽甫等九種。

【玉夏齋傳奇十種】戲曲選集名。玉夏齋編刊。共收傳奇長命縷、玉鏡台、四大痴、墨蓮盟、望湖亭、十錯認、鴛鴦棒、鳳求凰、金印記等十種。

【玉淸殿諸葛論功】見諸葛論功條。

【玉禪師翠鄉一夢】見翠鄉夢條。

【玉簫女兩世姻緣】見兩世姻緣條。

【玉津園智斬韓太師】見韓太師條。

【玉淸庵錯送鴛鴦被】見鴛鴦被條。

【四】 管色譜第六音之低音。猶西樂之唱La也。

【四呼】 開齊撮合。謂之四呼。此讀字之法也。開口謂之開。其用力在喉。齊齒謂之齊。其用力在齒。撮口謂之撮。其用力在脣。合口謂之合。其用力在滿口。四呼亦作四等。

【四胡】 樂器名。胡琴之一種。上設四絃。故名四胡。一三兩弦同音。二四兩絃同音。弓毛分爲兩股。分別納入一二兩絃及三四兩弦之間。

【四星】 古方言。㈠取義於斗星。猶云零落也。淒涼也。例如西廂記：「却尋歸路。佇立空庭。竹梢風擺。斗柄雲橫。呀。今夜淒涼有四星。」又如靑衫淚：「直到夢撒撩丁也。纔子四星歸天。」夢撒撩丁爲無錢義。此猶云至無錢之時。亦終如四星之淒涼而沒落也。㈡取義於秤梢。猶云下梢也。前程也。例如兩世姻緣：「我比那卓文君。有上梢沒了四星。」沒了四星。猶云沒下梢。亦猶云沒前程也。玉鏡台：「折莫發作半生。我也忍得四星。」忍得四星。猶云忍得到末梢。亦猶云忍耐到底也。五劇箋疑：「古人釘秤。每斤處用五星。惟到末梢爲四星。故往往諱言下梢曰四星。」

【四家】世稱詞曲齊名之關漢卿馬致遠鄭光祖白樸爲四家。亦作四大家。

【四清】樂律名。即宮清、商清、角清、徵清、四清聲也。

【四喜】見四大徽班條。

【四等】㈠謂字音之四等也。夢溪筆談：「音有四等。清、次清、濁、平也。」㈡等韻家以開、齊、合、撮、爲四等。見四呼條。

【四聲】謂字音之四種聲調。即平上去入也。釋神珙反紐圖譜：「平聲哀而安。上聲厲而強。去聲清而遠。入聲直而促。」釋眞空玉鑰匙歌訣：「平聲平道莫低昂。上聲高呼猛力強。去聲分明直遠送。入聲短促急收藏。」按今國音聲調。分陰平、陽平、上、去、爲四聲。」

【四十禁】見曲禁條。

【四大記】傳奇名。淸人竹中人撰。

【四大家】㈠世稱戲文有四大家。或稱荆、劉、拜、殺、（明王伯良曲律。）或稱蔡、荆、劉、殺、（明呂天成曲品）要以前說爲最流行。荆即荆釵記。前人以爲元柯丹邱撰。至王國維曲錄始以爲明初寧獻王朱權撰。蓋舊本當題丹邱先生。實爲權之道號。劉即劉知遠白兎記。作者不詳。拜爲拜月亭。爲元人施惠撰。殺爲殺狗記。爲明人徐畛撰。蔡即琵琶記。爲明人高明撰。明人多以琵琶記爲南戲中興之祖。實超過其他四大家之上。此五劇。當時稱爲戲文。亦稱爲傳奇。㈡見四家條。

【四大癡】戲曲選集名。凡四卷。以酒、色、財、氣、分作四劇。每劇五六齣。猶元人之雜劇也。酒曰酒懂。李九標撰。色曰扇墳。無名氏撰。財曰一文錢。徐復祚撰。氣曰氣痴。孟稱舜撰。

【四川戲】見川戲條。

【四元記】㈠傳奇名。明人呂天成撰。㈡傳奇名。淸人四願居士撰。

【四平調】戲曲腔調名。辭海：「一名平調。爲二黃之基本。現行四平調之醉酒。有牌名。有譜。句法亦爲長短句。與雅曲之崑腔無異。蓋係介於崑曲二黃間之一種曲調也。」按此調瀟灑自如。無高越激昂之音。

【四色石】雜劇名。淸人曹錫甫撰。演翟公、王羲之、王勃、杜甫四事。每事一。頗爲扼要。曰張雀網延平感世。曰序蘭亭內史臨波。曰宴滕王子安檢調。日寓同谷老杜興歌。

【四坐禪】見問啞禪條。

【四門子】曲牌名。北曲入黃鍾宮。管色配六字調或凡字調。

【四季花】曲牌名。北曲入仙呂宮。管色配小工調或尺字調。

【四奇觀】傳奇名。淸人朱佐朝撰。

【四美坊】傳奇名。淸人高弈撰。

【四相記】傳奇名。明人呂天成撰。

【四段錦】戲曲選集名。明代無名氏輯。計收元人雜劇四種。未見流傳。

【四國旦】雜劇名。正題十樣配像生四國旦。元明間無名氏撰。

【四國朝】曲牌名。南曲入雙調引。管色配乙字調或正工調。

【四絃秋】雜劇名。淸人蔣士銓撰。爲藏園九種曲之一。據白居易琵琶行：「江州司馬青衫淚」而作。故亦名青衫淚。吳梅曰：「四絃秋因青衫記之陋。特創新編。順次成章。不加渲染。而情詞悽切。言足感人。幾令讀者盡如江州司馬之淚溼青衫也。」

【四異記】傳奇名。明人沈璟撰。爲屬玉堂十七種之一。據傳奇彙考、番太守亂點鴛鴦譜敷演成劇。

【四喜記】傳奇名。明人謝讜撰。凡四十二齣。演宋郊宋祁兄弟俱臻貴顯之事。本宋史本傳敷演之。

【四喜髯】髯口名。簡稱四喜。於吊搭髯上兩耳際。各加一綹。而去其下頦者是也。更夫禁卒多掛此髯。

【四換頭】曲牌名。南曲入仙呂宮正曲。北曲入中呂調隻曲。管色配小工調或尺字調。

【四堵牆】古方言。一種贗幣。表銀而內鉛。謂之爲四堵牆。

【四會子】燕樂大曲名。

【四會堂】淸代戲曲家。著有傳奇鴛鴦被一種。

【四聖手】傳奇名。淸人朱素臣撰。

【四塊玉】曲牌名。北曲入南呂宮。管色配六字調或凡字調。又入雙調。管色配乙字調或正工調。

【四塊金】曲牌名。南曲入雙調。管色配乙字調或正工調。

【四節記】傳奇名。明人沈采撰。此記凡四卷。分春、夏、秋、冬、四景。各述一事。春景爲杜子美曲江記。夏景爲謝安石東山記。秋景爲蘇子瞻赤壁記。冬景爲陶秀實郵亭記。曲品云：「一記分四截。

自此始。」按元人范康有曲江池杜甫遊春。李文蔚有謝安石東山高臥。戴善夫有陶學士醉寫風光好。或爲此劇所本。

【四種曲】　見玉燕堂四種曲條。

【四賢記】　傳奇名。凡三十八齣。元代無名氏撰。演元烏古孫澤事。以澤及妻杜氏、妾王氏、子良楨。皆有賢行。故曰四賢記。

【四嬋娟】　雜劇名。清人洪昇撰。凡四折。各演一事。第一折詠雪。演謝道韞詠雪擅詩才。第二折簪花。演衛茂漪簪花傳筆陣。第三折鬪茗。演李易安鬪茗話幽情。第四折畫竹。演管仲姬畫竹留清韻。

【四聲猿】　戲曲名。明人徐渭撰。凡四折。每折一事。曰狂鼓吏。亦名漁陽弄。曰玉禪師。亦名翠鄉夢。曰雌木蘭。亦名代父從軍。曰女狀元。亦名辭凰得鳳。吳梅顧曲塵談：「或謂文長四曲。俱有寄託。余嘗考之。文長佐胡梅林幕時。山陰某寺僧。頗有遺行。文長曾嗾梅林。以他事殺之。後頗爲厲。又文長之繼室張。才而美。文長以狂疾手殺之。又文長助梅林平徐海之亂。賞結海妾翠翹。以爲內援。及事定。翠翹失志死。吾鄉繫膺雨。曾作翠翹歌以弔之。頗不直文長所爲。故所作四聲猿翠夢鄉弔寺僧也。木蘭女悼翠翹也。女狀元悲繼室張氏也。此說雖出王定桂。然無所依據。亦不可深信。且漁陽一劇。未嘗論及。其言亦未完全。不如勿深考之爲愈也。」清人桂馥仿此作後四聲猿。

【四夢記】　戲曲別集名。明人車任遠撰。計收雜劇蕉鹿夢、高唐夢、邯鄲夢、南柯夢、四種。前一種傳。後三種不傳。呂天成曲品：「高唐夢亦具小景。邯鄲、南柯二夢多工語。自湯臨川二記出。而此覺寥寥。蕉鹿夢甚有奇幻意。可喜。」

【四韻事】　戲曲別集名。清人裘璉撰。計收傳奇昆明池、集翠裘、鑑湖隱、旗亭館四種。

【四邊靜】　曲牌名。南曲入正宮。北曲入中呂宮。管色配小工調或尺字調。

【四艷記】　戲曲別集名。明人葉憲祖撰。計收傳奇四種。曰春艷（亦名夭桃紈扇。）曰夏艷（亦名碧蓮綉符。）曰秋艷（亦名丹桂鈿合。）曰冬艷（亦名素梅玉蟾。）

【四女爭夫】　雜劇名。正題陳子春四女爭夫。明人唐復撰。

【四大名旦】　世稱名伶梅蘭芳、程艷秋、尚小雲、荀慧生爲平劇四大名旦。

【四大傳奇】　見四大家條。

【四大徽班】　世稱三慶、四喜、春台、和春爲四大徽班。夢華瑣簿：「春台、三慶、四喜、和春爲四大徽班。其在茶園演劇。觀者人出錢百九十二。曰座兒錢。」又曰：「四徽班各擅勝場。四喜曰曲子。三慶曰軸子。和春曰把子。春台曰孩子。」

【四馬投唐】　(一)雜劇名。正題長安城四馬投唐。元明間無名氏撰。(二)見駟馬奔陣條。

【四聖歸天】　雜劇名。正題×場廟四聖歸天。元明間無名氏撰。

【四聲切韻】　書名。南齊周顒著。東晉永明之末。文詞以聲調相尚。顒善識聲韻。始著四聲切韻以爲規律。沈約繼之作四聲譜。今並已佚。

【四願居士】　清代戲曲家。著有傳奇偷甲記（亦名雁翎甲。）魚籃記（亦名雙錯香。）雙錘記（亦名合歡錘。）萬全記（亦名富貴仙。）滿床笏（亦名十醋記。）四元記等六種。

【四十八宮調】　四十八宮調者。以律爲經。以聲爲緯。七聲之中。去徵聲及變宮變徵。以其餘之四聲乘十二律。每律得四調。合十二律。則四十八調也。四十八調中。凡以宮聲乘律者。皆名爲宮。凡以商、角、羽、三聲乘律者。皆名曰調。

【四太史雜劇】　書名。明代無名氏輯。所收雜劇四種。爲楊愼、王九思、胡汝嘉、陳沂之作。四人皆爲明代翰林。故曰四太史雜劇。

【四家傳奇摘齣】　戲曲別集名。清人車江英輯。所收雜劇爲藍關雪、柳州烟、醉翁亭、遊赤壁四種。

【四聲二十八調】　宋史樂志云：「燕樂以夾鐘收四聲。曰宮。曰商。曰羽。曰閏。閏爲角。其正角聲。變聲。徵聲。皆不收。而獨用夾鐘爲律本。此其夾鐘收四聲之略也。」見二十八調條。

【四時花月賽嬌容】　見賽嬌容條。

【四公子夷門元宵宴】　雜劇名。元明間無名氏撰。

【四不知月夜京娘怨】　見京娘怨條。

【四丞相歌舞麗春堂】　見麗春堂條。

【四哥哥神助提頭鬼】　見提頭鬼條。

【四鬼魂大鬧森羅殿】　見森羅殿條。

【四顆頭任千鬧法場】　見鬧法場條。

【古自】　古方言。猶云還也。尙也。猶也。例如黃梁夢：「這一覺睡。早徑了二十年兵火。覺來也依舊存活。瓢古自放在磚窩。斲古自映着樹科。」自亦作子。例如董西廂：「渾如睡起。尚古子不曾梳裹。」

【古門】　古方言。戲場伶人出入之門曰古門。例如貨郎旦：「李彥和向古門云。主人家。我認着了一個親屬。我如今回家去也。」

【古音】　亦稱古韻。古人造字之本音也。研究古音者。以宋吳棫爲最先。著有韻補等書。明代陳第之前。尙有楊愼。著古音叢目、古音略例等。淸有顧炎武音學五書。江永古音標準。戴震聲類表。段玉裁六書音韻表。孔廣森詩聲類。嚴可均說文聲類等。皆考證古音。各有發明。

【古韻】　見古音條。

【古竹馬】　曲牌名。北曲入中呂宮。管色配小工調或尺字調。亦入越調。管色配六字調或凡字調。

【古交情】　傳奇名。淸人高奔撰。

【古音表】　書名。凡二卷。淸人顧炎武撰。爲音學五書之一。分十部。以平聲爲部首。而三聲隨之。其移入之字與割併之部。卽附見其中考以古法。多相脗合。

【古城記】　傳奇名。淸人容美田撰。

【古都都】　古方言。狀翻騰搖撼之聲。例如西廂記：「聦一聦教古都都翻海波。唾一唾教廝琅琅震山巖。」

【古樂府】　書名。凡十卷。元人左克明編。分古樂府詞爲古歌謠、鼓吹曲、橫吹曲、相和曲、淸商曲、舞曲、琴曲、雜曲、八類。斷自陳隋而止。

【古樂苑】　書名。凡五十二卷。明人梅鼎祚編。

【古樂書】　書名。凡二卷。淸人應撝謙撰。上卷論律呂本原。下卷論樂器制度。

【古輪臺】　曲牌名。南曲入中呂宮。管色配小工調或尺字調。

【古水仙子】　曲牌名。北曲入黃鍾宮。管色配六字調或凡字調。

【古今通韻】　書名。凡二十卷。淸人毛可齡撰。爲排斥顧炎武音學五書而作。

【古今韻會】　書名。凡三十卷。元人黃公紹撰。古韻分二百六部。唐宋相承。未有變易。公紹此書。併爲一百七韻。蓋循用平水韻之次第也。

【古丟古堆】　古方言。狀水浪衝擊聲也。

【古皂羅袍】　曲牌名。南曲入仙呂宮。管色配小工調或尺字調。

【古塞兒令】　曲牌名。北曲入黃鍾宮。管色配六字調或凡字調。

【古韻標準】　書名。凡四卷。淸人江永撰。以詩三百篇爲主。謂之詩韻。以周秦以下音之近古者附之。謂之補韻。分平上去三聲各十三部。入聲八部。爲古韻之最有條理者。

【古今名劇選】　書名。近人吳梅編。趙景深讀曲隨筆：「吳梅編。本擬選四十種。但未出全。現所得見者僅三冊。凡元曲二冊。朱有燉一冊。第一冊收東堂老、梧桐雨、范張雞黍、黃粱夢、王粲登樓五種。第二冊收岳陽樓、貨郎旦、望江亭、蕭淑蘭、誤入桃源五種。第三冊收天香圃、題紅葉、義勇辭金、曲江池、繼母大賢五種。」

【古今雜劇選】　書名。明人息機子編。計收元明雜劇三十種。今藏於北平圖書館者。僅存殘本二十五種。

【古本分鏡記】　南戲名。元代無名氏撰。南詞新譜著錄此目。

【古本南西廂】　南戲名。元代無名氏撰。南詞新譜著錄此目。

【古名家雜劇】　書名。凡八集。明人玉陽仙史（即陳與郊）編刊。共收元明雜劇四十種。今藏於北平圖書館者。僅存殘本五種。

【古柏堂傳奇】　戲曲別集名。淸人唐英撰。計收傳奇一十三種。曰轉天心。曰淸忠譜。曰雙釘案（亦名釣金龜。）曰巧換緣。曰三元報。曰蘆花絮。曰梅龍鎭。曰麵缸笑。曰虞兮夢。曰英雄報。曰女彈詞。曰長生殿補闕。曰十字破。

【古劇脚色考】　書名。凡一卷。近人王國維撰。有藝文書館論曲五種所收本。

【古今名劇合選】　書名。明人孟稱舜編。凡二集。一曰柳枝集。正題新鐫古今名劇柳枝集。共收元明雜劇二十六種。一曰酹江集。正題新鐫古今名劇酹江集。共收元明雜劇三十種。卷首有崇禎六年編著自序。此書附載元人鍾嗣成錄鬼簿。北京圖書館藏本殘闕。上海圖書館藏有完本。

【古今韻會舉要】　書名。凡三十卷。元人熊忠撰。其舊本凡例首題黃公紹編輯。熊忠舉要。蓋就黃氏之古今韻會而略舉其大要也。

【古調新聲金鐲】　雜劇名。明代無名氏撰。

【古今雜劇三十種】　書名。黃丕烈編。

【白】　說白也。辭海：「語之淺顯無文者曰白。」又「戲劇之有科白。始於元人曲本。科爲舉止。白爲言談。」

【白丁】古方言。謂無官職之平民也。北史李敏傳「周宣帝謂樂平公主曰：敏何官。對曰：一白丁耳。」見女紅紗條。

【白甚】古方言。猶云平白地爲甚也。例如董西廂：「適來佳麗。是崔相國的女孩兒。十六七。小字喚鶯鶯。白甚觀音像。」此張生譬見鶯鶯。以爲觀音出現。法聰向之解釋語。言平白地那來觀音像也。又如趙氏孤兒：「若見這小廝。決定粉骨碎身。不留齠齔。你白甚替別人剪草除根。」此言你平白地爲甚麼替別人剪草除根也。

【白賓】見袁于令條。

【白樸】明代初期戲曲家。原名恒。字仁甫。後改太素。號蘭谷。本隩州（今山西省河曲縣）人。流居眞定（今河北省正定縣。）故又爲眞定人。生於金哀宗正大三年。卒年不詳。其父曾仕金。仁甫學於元遺山。金亡後。移家金陵。日與諸遺老詩酒優遊。放情山水間。用示雅志。以忘天下。所著雜劇有唐明皇秋夜梧桐雨、裴少俊牆頭馬上、董秀英花月東牆記、韓翠蘋御水流紅葉、李克用箭射雙雕、祝英台死嫁梁山伯、蘇小小月夜錢塘夢、十六曲崔護謁漿、楚莊王夜宴絕纓會、蕭翼智賺蘭亭記、薛瓊瓊月夜銀箏怨、漢高祖澤中斬白蛇、秋江風月凰皇船、唐明皇遊月宮、閻師道趕江江、高祖歸莊（別作泗上亭長）等十六種。前三種傳。餘皆不傳。太和正音譜評其曲曰：「如鵬搏九霄。」

【白麪】古方言。猶云蒙蔽也。例如李逵負荆：「兩頭白麪搬興廢。」言兩面蒙蔽耍手段也。

【白玉壺】傳奇名。明人姚子翼撰。

【白玉樓】南戲名。明人蔣麟徵撰。演李賀事。南詞新譜著有此目。

【白居易】劇中人。唐太原人。字樂天。元和進士。遷左拾遺。出爲江州司馬。歷刺杭蘇二州。文宗立。遷刑部侍郎。會昌間。以刑部尙書致仕。居易文章精切。詩平易近人。與元稹齊名。時稱元白。歸後居香山。與詩僧如滿結香火社。自號香山居士。卒謚文。有白氏長慶集。見燕子樓、靑衫淚、四絃秋、放楊枝各分條。

【白門柳】傳奇名。淸人龔鼎孳撰。演名妓顧媚事。

【白兎記】見劉知遠白兎記條。

【白香山】見白居易條。

【白眉翁】見劉君錫條。

【白敏中】劇中人。唐居易從弟。字用晦。少孤。承學諸兄。長慶初第進士。咸通中累拜司徒門下平章事。加中書令。以太子太師致仕卒。初居易足病廢。武宗欲召用之。宰相李德裕薦敏中文辭類其兄而有器識。即日除知誥。屢破遷擢。及德裕貶敏中抵之甚力。議者惡之。德裕著書亦言其以怨報德。爲不可測云。見㑳梅香條。

【白鹿洞】雜劇名。明人李大蘭撰。劇品謂此劇：「南一折。白鹿洞闡教數語。不減當年面命。尊儒闢佛。正非精於佛者不能。不意道學乃出之詞曲。」

【白紵記】傳奇名。明人魏良輔撰。

【白蛇記】傳奇名。明人鄭國軒撰。演劉漢卿因救白蛇獲厚報事。

【白蛇傳】見雷峯塔條。

【白雪集】書名。清代無名氏輯。有清抄本傳世。

【白蓮池】雜劇名。正題孝順賊魚水白蓮池。元代無名氏撰。

【白練序】曲牌名。南曲入正宮。管色配小工調或尺字調。

【白練裙】傳奇名。明人鄭之文撰。列朝詩集：「此鄭之文與吳非熊合作者也。」沈德符顧曲雜言：「萬曆二十五年。屠隆再奉詔復官。至南京。慕秦淮妓寇四兒名文華者。先以纏頭往。至日。具袍服。頭踏呵殿而至。踞廳事南面。呼媪出拜。令寇姬傍侍行酒。更作才語相向。次日六院喧傳。以爲談柄。鄭之文遂以之作傳奇。名曰白練裙。摹寫屠癡態委細曲盡。時吳下王伯穀亦在此與其昔日所眷名妓馬湘蘭溫舊情。馬年將耳順。王則望七。鄭之文亦串入其事於劇中。備列醜態。」曲品謂此劇：「曲未入格。然詼諧甚足味也。」

【白頭吟】雜劇名。正題卓文君白頭吟。元人孫仲章撰。

【白璧記】傳奇名。明人黃廷倖撰。演張儀事。

【白羅衫】傳奇名。清代無名氏撰。演蘇雲繼祖父子團圓事。劇中以白羅衫爲關目。故以爲名。略謂明永樂年間。蘭谿知縣蘇雲與其妻鄭氏赴任舟次。蘇雲爲船戶徐能投入水中。掠其妻鄭氏。徐能之弟救而放之。鄭氏逃避。途中產一子。以白羅衫裹之。棄於道中。徐能追來。拾其子育之。題名徐繼祖。及長。應會試。中途口渴。見一老婦。向之求飲。即其祖母也。兩人均不知焉。老婦以其容貌酷似其子蘇雲。取曩爲蘇雲製成之白羅衫贈之。後繼祖中進士任官。擢爲監察御史。一日應王國輔之招。至王園中。適其母鄭氏爲王氏收留。久居其家。遂訴以昔日遭難事。又其父蘇雲。曩爲山冠巨魁所救。久禁山中。斯時逃出。向御史訴徐能罪惡。繼祖當裁判之任。以之與鄭氏所言併合考之。又因被告爲其養父。乃召老僕問曩日事。一切情事均顯明。乃以白羅衫爲證。得與兩親再會。處刑徐能。又迎取祖母。一家團圓。遂娶王國輔女爲妻云。中國近世戲曲史曲海提要：「本之小說曰蘇知縣羅衫再合。姓名事蹟皆符。」

【白鶴子】　曲牌名。北曲入正宮。管色配小工調或尺字調。

【白日飛昇】　雜劇名。正題淮南王白日飛昇。明人朱權撰。

【白雲樓主】　見孫仁孺條。

【白鷴山人】　見徐渭條。

【白門斬呂布】　見斬呂布條。

【白石道人歌曲】　書名。凡四卷。別集一卷。宋姜夔撰。夔詞精深華妙。尤善自度新腔。故音節文采冠絕一時。是集凡宋鐃歌十四首。越九歌十首。琴曲一首。詞八十四首。其中九歌旁注律呂。琴曲亦旁注指法。自製諸曲一律旁注節拍。音節與文采並茂。爲一種別開生面之著作形式。

【白衣相高鳳漂麥】　見高鳳漂麥條。

【白娘子永鎮雷峯塔】　見雷峯塔條。

【石州】　南宋大曲名。入越調。南宋官本雜劇二百八十種之中。有單打石州、和尚那石州、趕厥石州、三本。宋史樂志及文獻通考教坊部十八調越調中。有石州大曲。洪邁容齋隨筆：「今世所傳大曲。皆出於唐。而以州名者五。伊、涼、熙、石、渭、也。」

【石牧】　見黃之雋條。

【石亭】　見陳沂條。

【石巢】　見阮大鋮條。

【石渠】　見吳炳條。

【石鼎】　見黎簡條。

【石樓】　見龍燮條。

【石龐】　清代戲曲家。字天外。安徽蕪湖人。生卒年不詳。約康熙中葉在世。工曲。著有傳奇因緣夢、後西廂二種。前者傳。後者不傳。

【石麟】見徐石麒條。

【石子章】元代初期戲曲家。大都（今北平）人。家居鄭州。金亡後。嘗隨使至西域。與元遺山、李顯柳相友善。工曲。著有雜劇兩種。曰秦脩然竹塢聽琴。曰黃桂娘秋夜竹窗雨。前者傳。後者不傳。太和正音譜評其曲曰：「如蓬萊瑤草。」

【石子斐】清代戲曲家。字成章。紹興人。生卒年不詳。約康熙中葉在世。工曲。著有傳奇三種。曰鎖靈山（亦作楞伽塔。）曰正昭陽。曰龍鳳山。並傳於世。

【石竹子】曲牌名。北曲入雙調。管色配乙字調或正工調。

【石竹花】曲牌名。南曲入南呂宮。管色配六字調或凡字調。

【石守信】㈠雜劇名。正題太祖夜斬石守信。元人趙熊撰。㈡雜劇名。正題趙太祖夜斬石守信。元人王仲文撰。

【石州慢】雜劇名。正題蔡蕭閒醉寫石州慢。元人李文蔚撰。按蕭閒老人即金人蔡松年別署。松年在翰林日奉使高麗。東夷故事。每上國使來。館有侍伎。松年於使還日。爲賦石州慢詞。

【石君寶】元代初期戲曲家。平陽（今山西省臨汾縣）人。生卒年不詳。約元世祖中統初年在世。善爲曲。著有雜劇十種。曰諸宮調風月紫雲亭。曰李亞仙花酒曲江池。曰魯大夫秋胡戲妻。曰柳眉兒金錢記。曰東吳小喬哭周瑜。曰呂太后醢彭越。曰趙二世醉走雪香亭。曰張天師斷歲寒三友。曰窮解子紅綃驛。曰士女秋香怨。前三種傳。餘皆不傳。太和正音譜評其詞曰：「如羅浮梅雪。」

【石恂齋】清代戲曲家。生卒年不詳。約康熙中葉在世。工作曲。著有傳奇四種。曰兩度梅。曰錦香亭。曰天燈記。曰酒家傭（亦作香鞋記。）皆傳於世。

【石榴花】曲牌名。入中呂宮。管色配小工調或尺字調。

【石榴記】傳奇名。清人黃振撰。演張幼謙羅惜惜婚嫁事。劇中幼謙惜惜嘗於石榴花前誓約。故名石榴記。略謂張忠父之子幼謙。自幼與鄰家羅仁卿女惜惜就學於其父。嘗於園中石榴花前誓訂同心。兩家父母亦相約婚嫁。後顯宦之子辛友篤窺見惜惜遣媒婆議婚。惜惜父厭幼謙貧窮。遂欲令女改嫁辛友篤。惜惜悲哀。遣侍女至幼謙處。密約幼謙乘夜越牆入閨房。適爲惜惜父所知。訴幼謙於官。投之獄中。尋幼謙狀元及第之報至。救出獄。其父亦建軍功榮歸。幼謙遂得與惜惜結婚云。（中國近世戲曲史）作者自序謂。此記係據情史艷異編張幼謙倒圖報捷事敷演成劇。

【石榴園】　雜劇名。正題莽張飛大鬧石榴園。元明間無名氏撰。

【石點頭】　傳奇名。清人朱從雲撰。

【石韞玉】　清代戲曲家。字執如。號琢堂。別署花韻庵主人。亦稱獨學老人。江蘇吳縣人。生於乾隆二十一年。卒於道光十七年。享年八十二歲。乾隆五十五年進士。授翰林院修撰。五十七年任福建鄉試正考官。旋視學湖南。歷官四川重慶府知府。山東按察使。因事被劾革職。念舊勞賞編修。乃引疾歸。主講蘇州紫陽書院二十餘年。嘗修蘇州府志。爲世所重。著有短劇伏生授經、羅敷採桑、桃葉渡江、桃源漁父、梅妃作賦、樂天開閣、賈島祭詩、琴操參禪、對山救友九種。總題花間九奏。

【石麟鏡】　傳奇名。清人朱佐朝撰。

【石渠五種曲】　戲曲別集名。明人吳炳撰。計收畫中人、綠牡丹、西園記、情郵記、療妬羹五種。亦名粲花五種。

【石巢傳奇四種】　戲曲別集名。明人阮大鋮撰。計收傳奇春燈謎、燕子箋、牟尼合、雙金榜四種。有董氏誦芬室重刻本。

【石夢卿三喪不舉】　見三喪不舉條。

【石頭和尚草菴歌】　見草菴歌條。

【打孩】　見答孩條。

【打脊】　古方言。古人鞭背。故詈人曰打脊。唐之遺言也。

【打略】　楊蔭深中國俗文學概論：「按宋劉昌詩蘆浦筆記云。街市戲謔。有打砌打調之類。疑打略或卽打調之別寫。雜砌卽爲打砌之意。」

【打當】　古方言。猶云打算也。準備也。例如西廂記：「雖不能勾竊玉偷香。且將這行雲眼睛兒打當。」又如趙氏孤兒：「我可也不索慌。不索忙。早把手脚兒十分打當。看那廝怎做提防。」言十分準備也。」

【打鳳】　古方言。猶云安排圈套以陷人也。

【打箱】　古方言。猶云以別技求賞也。

【打疊】　古方言。猶云收拾也。例如漢宮秋：「這半年來白髮添多少。怎打疊愁容貌。」

【打十三】古方言。猶云打人也。宋時杖刑分五等。最輕者打十三杖。因喻打人爲打十三。

【打瓦罐】雜劇名。正題鄭元和風雪打瓦罐。元人高文秀撰。

【打呂胥】雜劇名。正題病樊噲打呂胥。元人高文秀撰。

【打李煥】雜劇名。正題老敬德鞭打李煥。元人鄭廷玉撰。

【打夜胡】見三教條。

【打陳平】雜劇名。元明間無名氏撰。

【打毬場】曲牌名。南曲入仙呂入雙調。

【打球會】雜劇名。元明間無名氏撰。

【打啞禪】雜劇名。明人李開先撰。爲一笑散之第一種。

【打董達】雜劇名。正題趙匡胤打董達。元明間無名氏撰。

【打旗的】見流行條。

【打槍背】身段名。齊如山云：「戲中此人把彼人打一筋斗。即名曰打槍背。乃由馬上打下來之義。或把人由地上打倒亦可。」

【打韓通】雜劇名。正題穆陵關上打韓通。元明間無名氏撰。

【打鷄窩】古方言。宋元人民對賦吏徵糧時。故使量米之斛有隙。使米外漏。而有勒索額外償補之行爲。即曰打雞窩。

【打虎報寃】雜劇名。明代無名氏撰。

【打英雄的】見武行條。

【打略拴搐】院本名目。輟耕錄所載金人院本名目六百九十種之中。曰打略拴搐者八十有八。見打略條。

【打當牙椎】古方言。醫卜星算等術士之稱。例如岳陽樓：「我穿著領布懶衣。不吃煙火食。淡則淡淡中有味。又不是坐崖頭打當牙椎。」椎亦作槌。例如秋胡戲妻：「怕不待要請太醫。看脈息。着甚麼做藥錢醫治。赤緊的當村裏都是些打當的牙槌。」

【打鼓說書】見大鼓條。

【打甚麼不緊】古方言。猶云有甚麼要緊也。例如老生兒：「正末云。量這些文書。打甚麼不緊。想咱的家私。不有十萬貫那。」

【打乾淨球兒】古方言。猶云泥不沾身。置身事外也。

【正】　見花條。

【正之】　見葉良表條。

【正夫】　見程子偉條。

【正生】　脚色名。老生之一種。齊如山云：「南北曲的正生。乃是現在的小生。皮黃中的正生。就是所謂老生了。凡扮演皇帝或專重唱工的戲。都算是正生戲。」又云：「嗓音要宏亮。歌唱要規矩。身段要莊重。方爲合格。所以特名曰正生戲。」

【正旦】　脚色名。旦之一種。雜劇傳奇中之正旦與旦並無分別。齊如山云：「元人雜劇中。凡旦脚之有歌唱者。無論老幼皆用正旦。明清傳奇中。則以旦爲正旦。不過少寫一個正字就是了。清初以前。正旦只扮小生的夫人。絕對不扮老生的夫人。此脚在弋陽班中。只唱高腔。不唱崑腔。在皮黃班中。則曰青衣或青衫子。多演中年婦人。」

【正本】　古方言。猶云够本也。例如調風月：「這一交直是哏。斷折了。難正本。」斷折即折本也。正亦作淨。例如替殺妻：「我與你有恩。念哥哥掙了本。」言掙到了本錢也。正亦作徵。例如西遊記「與我那十八年的淚珠兒都徵了本。」正亦作證。例如凍蘇秦：「今日箇證本。想皇天也不負讀書人。」

【正末】　見末條。

【正字】　見襯字條。

【正名】　見題目正名條。

【正曲】　見過曲條。

【正卿】　見侯克中條。

【正宮】　㈠宮調名。古曰黃鍾宮聲。吳梅顧曲塵談：「正宮所屬諸曲。北曲有端正好、滾繡球、叨叨令、倘秀才、白鶴子、塞鴻秋、脫布衫、小梁州、醉太平、呆骨朶、貨郎兒、九轉貨郎兒、伴讀書、笑和尚、芙蓉花、鸚鵡雙、蠻姑兒、窮河西、梅梅雨、菩薩蠻、月照庭、六么遍、黑漆弩、甘草子、漢東山、金殿喜重重、怕春歸、普天樂、錦庭芳、尾聲、收聲、啄木兒煞。南曲則有燕歸梁、七娘子、梁州令、破陣子、瑞鶴仙、喜遷鶯、緱山月、新荷葉（以上爲引子）、玉芙蓉、刷子序、錦纏道、朱奴兒、普天樂、錦庭樂、雁過聲、風淘沙、四邊靜、福馬郎、小桃紅、綠襴衫、三字令、一撮棹、泣秦娥、傾杯序、長生道引、彩旗兒、白練序、醉太平（亦入南呂）、雙鸂鶒、洞仙歌、雁來紅、花藥欄、本宮賺、怕春歸、薔薇花、醜奴兒近、安公子、刬鍬令、湘浦雲（以上爲過曲。）太和正音譜云：「正宮惆悵雄壯。」集成曲譜、顧曲塵談皆以正宮配小工調或尺字調。㈡燕樂宮聲七調之第一運。宋史律曆志：「黃鐘之宮爲正宮調。」燕樂考原「七宮之第一運。即按琵琶大弦之第一聲。」又云：「正宮即琵琶之六字調。故殺聲用六字。」㈢南宋大曲宮調名。其曲三。曰梁州（亦作涼州）。曰瀛府。曰齊天樂。

【正淨】 脚色名。淨之一種。此名見明人雜劇。其性質與正生正旦相同。如慶朔堂之柳子玉。踏雪尋梅之賈浪仙等皆由正淨扮演。

【正臉】 臉譜名。凡不歪不破之臉。戲界謂之正臉或整臉。齊如山云：「三塊瓦、花三塊瓦、碎三塊瓦、花臉、碎臉五種。爲臉譜來源之嫡派。均爲正臉。」又云：「由鼻梁分界。兩邊俱是一樣。便爲正臉。」

【正了本】 古方言。本者本錢。正了本。即言已够本也。

【正工調】 見正宮調條。

【正平調】 ㈠宮調名。古日中呂羽聲。㈡燕樂羽聲七調之第二運。燕樂考原：「七羽之第二運。即琵琶四弦之第四聲。」補筆談：「太簇羽今爲正平調殺聲用四字。」亦作平調。㈢南宋大曲宮調名。本調無大曲。小曲則無定數。

【正西廂】 傳奇名。清人陳莘衡撰。

【正昭陽】 傳奇名。清人石子斐撰。

【正宮調】 管色名。亦作五字調。所謂正工調者。以小工調之五字作工字也。五作工。六作尺。凡作上。工作乙。尺作四。上作合。乙作凡是也。王光祈中國音樂史：「王季烈集成曲譜、吳梅顧曲塵談皆以雙調配乙字調或正宮調。」宮亦作工。

【正陽門】 雙劇名。正題火燒正陽門。元人吳弘道撰。

【正性佳人雙獻頭】 見雙獻頭條。

【生】 ㈠脚色名。凡元曲中之正末、副末、沖末、小末、外末。傳奇中之生、外末、小生。在皮黃戲中概謂之生。南詞敘錄：「生即男子之稱。史有董生魯生。樂府有劉生之屬。」齊如山云：「戲班的規矩。凡男子之不勾臉者。都算是生。」㈡古方言。猶云這樣也。十分也。例如西廂記：「休道這生年紀後。生恰早害相思病。」這生猶云這樣也。言這樣年輕也。西廂記：「說道張生好生病重。則俺姐姐也不弱。」好生病重。猶云十分病重也。

【生公】　見陸世廉條。

【生分】　古方言。㈠猶云生發也。例如西廂記：「都做了鶯鶯生分。對旁人一言難盡。」此爲鶯鶯當亂軍圍普救寺索獻己身時語。言一切災禍皆因我一人而生發也。分亦作忿。例如小尉遲：「你個莽軍師可也忒認眞。把我個老尉遲空生忿。」此爲徐茂公將奏聞賞功時尉遲恭語。言將我這老尉遲凭空生發加官賞賜等事也。㈡猶云忤逆也。例如魔合羅：「詳察這生分女作歹爲非。更和這忤逆男隨波逐浪。」分亦作忿。例如曲江池：「常言道娘慈悲。女孝順。你不仁。我生忿。」凡言生分或生忿。皆猶云忤逆也。

【生行】　戲界七行之一。據齊如山統計。此行可分三十餘色。曰付生。曰花生。曰老生。曰正生。曰紅生。曰做工老生。曰靠把老生。曰小生。曰扇子生。曰巾生。曰紗帽生。曰冠生。曰雉尾生。曰武小生。曰窮生。曰娃娃生。曰武生。曰短打武生。曰末。曰正末。曰冲末。曰副末。曰付末。曰小末。曰末泥。曰二末。曰砌末。曰外末。曰外。曰老外。曰二外。曰小外等。

【生受】　古方言。㈠猶云吃苦也。例如東窗事犯：「臣在生時多生受。馳甲冑做先鋒帥首。」此言吃苦也。㈡猶云爲難也。例如蕭何追韓信：「元來這打魚的覓衣飯吃。更是生受。」此言爲難也。㈢猶云麻煩也。例如霍光鬼諫：「不望高原葬土丘。何必追齋枉生受。看誦經文念破口。」此言何必追薦。多麻煩也。㈣猶云煩勞也。例如魯齋郎：「生受你。將酒來吃三杯。」此言煩勞你把酒拿來也。

【生相】　古方言。㈠儀貌也。㈡長像也。

【生各支】　古方言。喩勉強作成之義。亦作生各扎、生扢支、生扢扎、生趷支、生各查、生各擦、生磕擦等。

【生扭做】　古方言。生猶硬也。生扭做猶硬扭做也。例如漢宮秋：「從今後。不見長安望北斗。生扭做織女牽牛。」

【生忿子】　古方言。謂有子不肖。使親生忿怒也。例如老生兒：「正末唱。但得一個生忿子拽布披麻扶靈柩。索強似那孝順女羅裙包土築墳台。」

【生金閣】　雜劇名。正題包待制智賺生金閣。元人武漢臣撰。演郭成以家傳至寶生金閣及美妻李幼奴而買禍。包拯爲之伸雪事。略謂蒲州河中府人郭成。妻名李幼奴。世代務農。至成改習儒業。成偶得惡夢。及問卜於賣卦先生開口靈。卜者云。有百日血光之災。宜避於千里之外。庶可幸免。時成方欲應擧。遂請之父母。挈妻束裝就道。瀕行。其父出一家傳寶物名生金閣。曰持此以獻當路。可得官。閣以生金造成。置風中則有聲如仙樂。以扇搧之亦然。成行將至汴梁。天大雪。夫妻憩於酒店。有權豪龐衙內者。雪中出獵。亦飲於店中。成見其聲勢赫奕。知爲要人。出生金閣獻之。龐厚加賞。賜許以官爵。成喜率妻拜謝。龐遂邀至其家。設酒款待。實欲奪幼奴也。成不從。龐禁之後園。而令一老嫗勸幼奴。幼奴務面自誓不願與夫分離。嫗爲感反助幼奴罵龐。龐怒。縛嫗投井中。且令家人於幼奴面前殺成。成既被殺。家人見其屍提首越牆而去。越歲元宵。都人競出賞燈。龐亦出遊。忽見一鬼提首逐龐。衆各驚散。會包待制之任。夜行遇成魂。乃命役叟靑至城隍廟焚牒拘鬼。成魂至。訴其事甚詳。龐嫗子福童。聞母死。陰助幼奴同逸。至是。亦來署聲寃。拯乃置酒邀龐。僞云西延賞軍時。得一寶。名生金塔。人拜之。塔尖有五色毫光耀出。可見眞佛。龐乃自言有生金閣。風搧之。可泠然作響。仙音嘹喨。拯因詰以閣所自來。龐方飾詞自解。幼奴福童並從階下出申訴其寃。包縛龐。拷掠具服。誅之並旌幼奴之節。封爲賢德夫人。護送還鄉。侍奉公婆。又分龐家財以邮福童云。現存元人雜劇本事考

【生查子】　曲牌名。南曲入南呂宮引。管色配六字調或凡字調。北曲入雙角隻曲。

【生喇喇】　古方言。謂活生生地也。刺刺爲語助詞。

【生旦淨丑】　脚色名。焦循劇說卷一：「生。狌也。猩猩也。山海徑。猩猩人面豕聲似小兒啼。狚也。猵狚也。莊子猨猵狚以爲雌。淨。猙也。廣韻。似豹一角五尾。又云似狐有翼。丑。狃也。廣韻。犬性驕。又狐狸等獸迹。謂俳優之人如四獸也。所謂獿雜子女也。」一見生、旦、淨、丑、各分條。

【生死夫妻】　㈠南戲名。元代無名氏撰。南詞敍錄、宋元戲文本事、南戲百一錄俱錄此目。南九宮譜及九宮大成南北宮詞譜中僅存殘文二曲。㈡傳奇名。清人范文若撰。㈢雜劇名。正題史教坊斷生死夫妻。明人楊訥撰。

【包拯】　劇中人。宋合肥人。字希仁。始擧進士。除大理評事。知建昌縣。仁宗時。除龍圖閣直學士

。歷知開封府。遷右司郎中。拯立朝剛毅。貴戚宦官。爲之斂手。聞者皆憚之。人以拯笑比黃河清。童稚婦女。亦知其名。呼曰包待制。京師爲語曰。關節不到。有閻羅包老。遷禮部侍郎。卒諡孝肅。拯性峭直。惡吏苛刻。務敦厚。有奏議。見生金閣、合同文字、灰欄記、神奴兒、盆兒鬼、後庭花、桃符記、留鞋記、乾坤嘯、陳州糶米、替殺妻、蝴蝶夢、魯齋郎等各分條。

【包彈】　古方言。猶云批評也。例如董西廂：「也沒首飾鉛華。自然沒包彈。淡淨的衣服兒打扮如法。」包亦作褒。例如羅李郎：「彩畫的紅近着白。青間着紫。無褒彈。無破綻。沒瑕疵。」

【包頭】　夢華瑣錄：「俗呼旦脚曰包頭。蓋當年俱戴網子。故曰包頭。今俱梳水頭。與婦人無異。」

【包子令】　曲牌名。南曲入越調。管色配六字調或凡字調。

【包待制】　㈠雜劇名。正題糊突包待制。元人汪德潤撰。㈡見包拯條。

【包待制雙勘丁】　見雙勘丁條。

【包待制陳州糶米】　見陳州糶米條。

【包待制上陳州糶米】　南戲名。元代無名氏撰。宦門子弟錯立身戲文中著錄此目。

【包待制三勘蝴蝶夢】　見蝴蝶夢條。

【包待制判斷盆兒鬼】　南戲名。元代無名氏撰。永樂大典著錄此目。

【包待制判斷煙花鬼】　見煙花鬼條。

【包待制智勘灰欄記】　見灰欄記條。

【包待制智勘後庭花】　見後庭花條。

【包待制智斬魯齋郎】　見魯齋郎條。

【包待制智賺三件寶】　見三件寶條。

【包待制智賺生金閣】　見生金閣條。

【包待制智賺合同文字】　見合同文字條。

【北曲】　元曲有南北兩派。今所傳元代院本雜劇。皆北曲也。

【北派】　俗呼以北平爲中心之皮黃戲曰北派。或京朝派。以上海爲中心之皮黃戲曰海派。或外江派。

【北歌】　南北朝歌謠名。其詞皆爲鮮卑方言。多不可解。舊唐書音樂志：「魏樂府始有北歌。即魏史所謂眞人代歌是也。代都時命掖庭宮女。晨夕歌之。周隋世與西涼樂雜奏。今存者五十三章。其名且可解者六章。慕容可汗、吐谷渾、部落稽、鉅鹿公主、白淨王太子、企喻也。其不可解者。咸多可汗之辭。此卽後魏世所謂簸邏迴者也。」

【北西廂】　見西廂記條。

【北曲譜】　書名。明人陳明善輯。有嘯餘譜所收本。

【北紅拂】　見莽擇配條。

【北曲拾遺】　書名。凡一卷。明代無名氏編。本書所收除元人散曲外。恐有明人作品雜入其間。有商務印書館排印本。

【北邙說法】　雜劇名。凡一折。明人葉憲祖撰。述生前爲善死後爲天神之甄好善。及生前爲非。死後墮爲餓鬼之駱爲非。遇空禪師說法於北邙山。悟「天神如自驕前世功德時墮餓鬼道。餓鬼悔改前非或可成天神。」之理。以此爲骨子之宗教的寓言劇也。中國近世戲曲史　按北邙山亦作北芒山。在河南省洛陽縣北。接偃師鞏孟津三縣。界爲瀍水所出。東漢建武十一年。恭王祉葬於北邙。其後王侯公卿多葬此。金正隆間更名太平山。唐新樂府有北邙行。

【北門鎖鑰】　雜劇名。明人高應玘撰。

【北紅拂記】　戲曲名。明人張鳳翼撰。西堂題北紅拂記云。吾吳張伯起新婚。伴房一月。而成紅拂記。風流自許。浙中凌初成更爲北劇。筆墨排奡。頗欲睥睨前人。但一事分爲三記。有疊床架屋之病。荔軒復取而合之。大約撮其所長。決其所短。又添徐洪客採藥一折。得史家附傳之法。

【北宮詞紀】　見南北九宮詞紀條。

【北詞廣正譜】　書名。凡十八帙。淸人李玉編。所收皆爲北曲。雜劇曲譜中。當以此書最稱完備。有北京大學石印本。

【北涇草堂外集】　戲曲別集名。淸人陳棟撰。計收雜劇三種。曰苧蘿夢。曰紫姑神。曰維揚夢。

【北鄚大王勘妬婦】　見勘妬婦條。

【可】　古方言。㈠猶却也。例如誶范叔：「不是我范雎說口。想報冤之期可也不遠。」可也不遠。猶云却也不遠也。昊天塔：「似這等沸騰騰。可甚麼綠陰滿地禪房靜。」可甚麼。猶云却算甚麼也。㈡猶恰也。例如倩女離魂：「可正是淸明時候。」可正是。猶云恰正是也。灰闌記：「可可的妹子正在門前。待我去相見咱。」可可。猶恰恰也。㈢猶再也。例如襄陽會：「若聚集的些人們呵。那其間可與曹操讎殺未爲晚矣。」言再殺曹操未爲晚也。黑旋風：「我把這一顆頭。且放在這裏。我可殺白衙內去。」言再殺白衙內去也。㈣猶稱也。例如董西廂

：「青衫忒離俗。裁得暢可體。」可體。猶云稱身合體也。㈤猶愈也。例如董西廂：「瘦得渾如削。百般醫療終難可。」終難可。猶云終難愈也。降桑椹：「則願的老母安康病體健可。」猶云病體痊癒也。㈥猶豈也。例如巾箱本琵琶記「若是他不瞧。可不是空教我受艱辛。」可不是。豈不是也。謝金吾：「可不的山河易改。本性難移。」可不的。亦猶云豈不是也。㈦猶云小事也。容易也。尋常也。例如西廂記：「而今煩惱猶閒可。久後思量怎奈何。」猶閒可。猶云小事也。氣英布：「楚將極多。漢軍微末。眞輕可。戰不到十合。早已在雎水邊廂破。」眞輕可。猶云眞容易也。西廂記：「雖是些假意兒。小可的難辨此。」小可的。猶云尋常人也。

【可念】　古方言。㈠猶云可憐。㈡猶云可愛。

【可知】　古方言。猶云當然也。難怪也。例如巾箱本琵琶記：「這般福地洞天。可知有仙姝玉女。」此言當然也。兩世姻緣：「元來如此。可知韋皐他前日見面生情也。」此言難怪也。

【可便】　古方言。此爲襯字無意義可言也。例如度柳翠：「恰纔箇袖拂清風臨九陌。又早是杖挑明月可便扣三門。」本云杖挑明月扣三門也。誶范叔：「自古來文章可便將人都誤了。勸今人休將前輩學。」本云文章將人都誤了也。

【可喜】　古方言。猶云可愛也。例如西廂記：「可喜娘臉兒百媚生。兀的不引了人魂靈。」又如魯齋郎楔子：「他的箇渾家。生的風流。長的可喜。」凡云可喜。皆猶云可愛也。

【可憎】　古方言。猶云美好也。可愛也。例如董西廂：「猛見了可憎模樣。早醫可九分不快。」不快即疾病也。玉鏡台：「穩坐的有那穩坐堪人敬。但舉動有那舉動可人憎。」凡云可憎或可人憎。皆意云可使人愛也。

【可寶】　見趙善慶條。

【可不道】　古方言。㈠猶云豈不道也。例如趙氏孤兒：「你既沒包身膽。誰着你強做保孤人。可不道忠臣不怕死。怕死不忠臣。」又如魔合羅：「可不道一言既出。駟馬難追。已招伏。怎改易。要承抵。」㈡猶云豈不是也。例如勘頭巾：「這樁事可不道你也和他曾有首尾來。」又如金線池：「有一日粉消香褪。可不道老死在風塵。」㈢猶云却不想也。例如偈梅香：「不爭向琴操中單訴著飄零。可不道憁兒外更有個人孤另。」又如哭存孝：「你則會飲酒食。着別人苦戰敵。可不道生受了有誰知。」生受卽吃苦。言却不想別人作戰吃苦也。

【可笑人】 見周稗廉條。

【可破夢】 雜劇名。明人鐸夢野人撰。劇品謂此劇：「南北六折。略見大意。終未透發。且亦何必從選鬧時起也。」

【可憐見】 古方言。猶云可憐得或可憐着也。例如看錢奴：「妳妳。可憐見小冤家。把你做七世親娘拜。」又如汗衫記：「每日向長街上轉。叫殺耶娘佛。沒個可憐見。」

【可撲魯】 古方言。猶云推擠也。

【平川】 見端整條。

【平仄】 卽韻書所謂四聲也。四聲者。平上去入也。平謂之平。上去入總謂之仄。吳梅曲學通論第四章：「平聲聲尚含蓄。上聲促而未舒。去聲往而不返。入聲則逼側而調不得自轉。故均一仄也。」按詩賦所用之字音。必平仄相互。聲調方能諧協。近體詩之聲律尤嚴。某平某仄皆有定式。平仄不調者。謂之失黏。

【平話】 見評話條。

【平調】 ㈠見正平調條。㈡見四平調條。

【平劇】 見皮黃戲條。

【平聲】 四聲之一。反紐圖譜：「平聲哀而安。」玉鑰匙歌訣：「平聲平道莫低昂。」今國音聲調。分平聲為陰陽二類。

【平翻】 燕樂大曲名。

【平播記】 傳奇名。明人張鳳翼撰。

【平沙落雁】 琴曲名。作者不詳。高士奇蓬山密記：「上又云。朕近以琴譜平沙落雁勾作琵琶、絃子、虎拍、箏四樂器同彈。因命彈之。四樂合成一聲。仍作琴音。聲甚清越。極其大雅。」

【平頭合脚】 曲詞第二句第一字。與第一句第一字同音。謂之平頭。第二句末一字與第一句末一字同音。謂之合脚。此皆曲家所禁也。

【平地起孤堆】 古方言。猶云平地起風波也。例如李逵負荊：「休怪我邨沙樣勢。平地上起孤堆。」

【平百夷火燒鹿川寨】 雜劇名。明代無名氏撰。

【出】 見齣條。

【出手】 身段名。齊如山云：「劇中拋擲兵器。此扔彼接。名曰打出手。此係形容神仙鬭法之意。所以非神怪戲不許打出手。」

【出字】出字之法。分爲頭、腹、尾、三種。其音初出口時。謂之頭。既延長而不走其聲者。謂之腹。及後收整本音。歸入原韻之音。謂之尾。例如蕭字。字頭爲何。西字是也。字腹爲何。兮字是也。字尾爲何。夭字是也。合西、兮、夭、三字而蕭字之音出矣。今錄沈詞隱所製出字總訣於後。以爲學者之參考焉。「一東鍾。舌居中。二江陽。口開張。三支思。露齒兒。四齊微。嘻嘴皮。五魚模。撮口呼。六皆來。扯口開。七眞文。鼻不吞。八寒山。喉沒攔。九桓歡。口吐丸。十先天。在舌端。十一蕭豪。音甚淸高。十二歌戈。莫混魚模。十三家麻。啓口張牙。十四車遮。口略開些。十五庚靑。鼻裏出聲。十六尤侯。音出在喉。十七侵尋。閉口眞文。十八監咸。閉口寒山。十九廉纖。閉口先天。」

【出來】古方言。猶云一律也。一般也。例如昊天塔：「他那裏有五百衆上堂僧。出來的一個個都會輪槍弄棒。」言一律都會搬弄武器也。東堂老：「空生得貌堂堂一表非俗。出來的撥琵琶。打雙陸。把家緣不顧。」此泛指一般的紈袴子弟也。

【出宮】凡爲一曲。必屬於某宮或某調。每一套中。又必須同是一宮或一調。若一套中。前後曲不是同宮或同調。即謂出宮。亦謂犯調。曲律所不許也。

【出破】曲牌名。南曲入越調。管色配六字調或凡字調。

【出脫】古方言。㈠開脫也。指罪行而言。㈡出清也。指貨品而言。

【出落】古方言。㈠猶云顯現也。賣弄也。例如靑衫淚：「俺這老母呵。更怎當他銀堆裏捨命。錢眼裏安身。掛席般出落着孩兒賣。」言顯然的出賣女兒也。魔合羅：「不朗朗搖響蛇皮鼓。我出門觀覷。好出落。快舖謀。有拴頭鎖釵子。壓鬢骨頭梳。」此描寫貨郎擔之貨物排列情形。好出落。猶云好賣弄。快舖謀。猶云會佈置也。㈡猶云弄到這地步也。例如東堂老：「你有一日出落得家業精。把解典處本利停。」此猶言弄到家窮財盡的地步也。㈢猶云收拾也。例如還魂記：「你道翠生生出落的裙衫兒茜。」出落的。猶云收拾得也。

【出隊子】曲牌名。入黃鐘宮。管色配六字調或凡字調。

【出獵治盜】傳奇名。明人沈璟撰。爲博笑記十件之一。敍二盜行刼。帶來所刼女子。恐行動不便。遂藏之井中。適一將軍將其救出。獵得一狼易置井中。將軍擁女歸去。盜歸開井。爲狼所噬而死。

【史槃】　明代後期戲曲家。字叔考。浙江會稽人。生於嘉靖十年前後。卒年約在崇禎初。壽近百歲。工詞曲。能登場。與王驥德甚相友善。著有傳奇十種。曰夢磊記。曰櫻桃記。曰雙鴛記。曰合紗記。曰孿甌記。曰瓊花記。曰青禪記。曰雙梅記。曰檀扇記。曰焚書記。雜劇三種。曰蘇白奇逢。曰三卜眞狀元。曰淸涼扇餘。今皆不傳。

【史樟】　元代初期戲曲家。字敬先號散仙。眞定（今河北省眞定縣）人。散曲家史天澤之子。與白樸爲同時人。約生於一二四〇年。卒於一二八八年。喜莊列之學。官至武昌萬戶。常麻衣草履。以散仙自號。稱爲史九散仙。又稱史九散人。所著雜劇。僅知老莊周一枕蝴蝶夢（別作花間四友莊周夢）一種。傳於世。太和正音譜評其曲曰：「其詞勢非筆舌可能擬。眞詞林之英傑。」

【史集之】　淸代戲曲家。溧陽人。一作吳縣人。生卒年不詳。約順治末期在世。工作曲。著有傳奇兩種。曰淸風寨。曰五羊皮。新傳奇品評其曲曰：「倜儻不羈。笑傲一世。」

【史九散人】　見史樟條。

【史魚屍諫】　雜劇名。正題史魚屍諫衞靈公。元人鮑天祐撰。

【史宏肇故鄉宴】　南戲名。元代無名氏撰。南詞敍錄、南戲百一錄、南戲拾遺俱錄此目。

【史魚屍諫衞靈公】　見史魚屍諫條。

【史教坊斷生死夫妻】　見生死夫妻條。

【田民】　戲曲家。生卒年不詳。著有蓬島瓊瑤、花田題名兩劇。合題種麟書屋外集。

【田叔】　見屠本畯條。

【田水月】　見徐渭條。

【田藝衡】　明代後期戲曲家。字子藝。浙江錢塘人。田汝成之子。生卒年不詳。約明穆宗隆慶中葉在世。博學善文。著述甚豐。爲人高曠磊落。至老愈豪。著有雜劇歸去來辭一種。未見流傳。

【田眞泣樹】　雜劇名。正題感天地田眞泣樹。別作三田分樹。明人楊訥撰。按田眞漢朝城人。與弟慶廣三人分財。堂前有紫荊一樹茂盛。來幾枯死。後兄弟相感復合。荊亦旋茂。

【田單復國】　雜劇名。正題縱火牛田單復齊。元人屈恭之撰。按田單。戰國齊臨淄人。初爲臨淄市掾。燕昭王使樂毅伐齊。盡降齊城。惟莒卽墨不下。卽墨人推單爲將軍拒燕。頃之燕惠王立。與樂毅有隙。單縱反間於燕。燕以騎刼代毅。單見燕軍懈。夜用火牛攻之。燕師大敗。盡復齊七十餘城。迎襄王於莒而立之。封安平君。見灌園記條。

【田穰苴伐晉興齊】見伐晉興齊條。

【半掐】古方言。猶云半星兒也。

【半合兒】古方言。猶云頃刻也。

【半塘會】傳奇名。劉藍生撰。

【半臂寒】戲曲名。淸人南山逸史撰。演宋祁事。東軒筆記：「祁多內寵。嘗宴於錦江。偶微寒。命取半臂。諸婢各送一枚。凡十餘枚。祁視之茫然。有厚薄之嫌。竟不敢服。忍冷而歸。」

【半夜朝元】戲曲名。明人朱有燉撰。演西王母小女玉危因思凡。托生爲妓女小天香。一度嫁人。夫死後。起修道之志入山。爲道士陳摶所點化。在華山玉女峯修行十年成道。偕陳摶復歸仙界事。

【半槽一杓】古方言。猶云酒醉糊塗也。例如李逵負荊：「外名喚做半槽。就裏帶着一杓。」

【半隱主人】淸代戲曲家。著有傳奇遊子鑑一種。

【半夜雷轟薦福碑】見薦福碑條。

【甘州】燕樂大曲名。

【甘州歌】曲牌名。南曲入仙呂宮。管色配小工調或尺字調、

【甘草子】曲牌名。北曲入正宮。管色配小工調或尺字調。

【甘肅腔】卽西皮調。張亨甫金台殘淚記：「南方謂甘肅腔曰西皮調。」王芷章腔調考原：「此調出於甘省。故稱甘肅調。從本名也。」

【甘州八犯】曲牌名。南曲入仙呂宮。管色配小工調或尺字調。

【甘州解酲】曲牌名。南曲入仙呂宮。管色配小工調或尺字調。

【玄玉】見李玉條。

【玄房】見淩濛初條。

【玄祐】見許自昌條。

【玄輝】見徐陽輝條。

【玄鶴鳴】曲牌名。北曲入南呂宮。管色配六字調或凡字調。

【外】脚色名。宋元戲曲史：「元劇有外旦、外末。而又有外。外則或扮男。或扮女。當爲外末、外

旦之省。外末外旦之省爲外。猶貼旦之後省爲貼也。曰外曰貼。均係一義。謂於正色之外。又加某色以充之也。」今傳奇中。凡年老於生。掛蒼白髯口者。往往以外飾之。實元曲中之外末。今皮黃戲中。凡掛黑髯之配角曰末。凡掛白髯之配角則曰外。齊如山云：「此脚在元人雜劇或明清傳奇中。只是末之次路脚色。並無老少之分。例如陳州糶糧中之韓琦。或千金記中之范增與項梁固是年邁之人。氣英布中之張良。香囊記中之張九思。年紀不能算大。誤入桃源中之阮肇。玉簪記中之張于湖。尤其是年輕人士。」又云：「皮黃班中。都管戲中的老家院叫外。或年歲極高的人也叫外。比如御碑亭之大主考。捉放曹之呂伯奢。打金枝之郭子儀。美人記之喬國老。渭水河之姜子牙等。都呼爲外或老外。」

【外旦】　脚色名。旦之一種。所謂外旦。乃額外之旦脚也。與外末外淨等名詞。同一性質。齊如山云：「比方救風塵、曲江池、貨郎旦、汗衫記等雜劇中。皆有這個名詞。但都非重要脚色。其性質大致與貼相似。有時也有彩旦的性質。」

【外末】　脚色名。末之一種。外末者。額外之末也。元人雜劇用之最多。如汗衫記之張孝友。寃家債主之陳德甫等是。

【外串】　戲界行話。高宜三國劇藝苑：「如甲班應邀堂會演出。主方另聘乙班演員參加某角同演。則此一角色之性質。就是外串。」

【外淨】　脚色名。淨之一種。此脚始自明朝。但不多見。其性質亦如副淨。如喬斷鬼雜劇中之小鬼。慶朔堂雜劇中之魏介之等是。

【外江派】　見北派條。

【本】　古方言。猶這也。那也。該也。例如拜月亭：「您孩兒無挨靠。沒倚仗。深得他本人將傍。」他本人。猶云他這人或他那人也。又如貶黃州：「且本官志大言浮。離經畔道。」本官。猶云那官或該官也。

【本色】　吳梅曲學通論：「自董解元作西廂。以方言俗語雜砌成文。世多誦習。於是雜劇作者。大率以諸俗之詞實之。故雜劇之始。僅有本色一家。無所謂辭藻繽紛。纂組縝密也。」

【本色派】　明代傳奇。有所謂駢儷、本色、格律等派別。本色派亦稱玉茗派。此派繼承宋元戲文之作風。不重詞句華麗。亦不講究音律。作家有湯顯祖、阮大鋮、范文若、吳炳、李玉、李開先、周朝俊、單本、孫仁孺等人。而以湯顯祖爲巨擘。湯爲臨川人。故此派又名臨川派。

【本宮賺】 曲牌名。南曲入正宮。亦入大石。管色配小工調或尺字調。南曲入南呂宮。亦入越調。管色配六字調或凡字調。

【本調煞】 曲牌名。北曲入雙調。管色配乙字調或正工調。

【仙呂宮】 ㈠曲牌宮調名。古曰夷則宮聲。吳梅顧曲麈談：「仙呂宮所屬諸曲。北曲爲端正好、賞花時、點絳唇、混江龍、油葫蘆、天下樂、村裏迓鼓（亦入商調）、元和令（亦入商調）、上馬嬌、遊四門、勝葫蘆、後庭花（亦入中呂調）、河西後庭花、柳葉兒、寄生草、靑哥兒、哪吒令、鵲踏枝、六么序、醉扶歸、金盞兒、醉中天、雁兒、一半兒、憶王孫、玉花秋、四季花（亦入商調）、穿窗月、入聲甘州、大安樂、雙燕子（即商調雙雁兒）、翠裙腰、六么遍（亦入中呂）、上京馬、綠窗怨、瑞鶴仙、憶帝京、祆神兒、六么令、錦橙梅、三番玉樓人、柳外樓、太常引、尾聲、隨煞、賺煞、賺尾、上馬嬌煞、後庭花煞。南曲則爲卜算子、番卜算、劍器令、小蓬萊、探春令、醉落魄、天下樂、鵲橋仙、金雞叫、奉時春、紫蘇丸、唐多令、黃梅雨、似娘兒、望遠行、鷓鴣天（以上爲引子）、光光乍、鐵騎兒、碧牡丹、大齋郎、勝葫蘆、靑歌兒、胡女怨、五方鬼、望梅花、上馬踢、月兒高、二犯月兒高、月雲高、月照山、月上五更、蠻江令、涼草蟲、蠟梅花、感亭秋、望吾鄉、喜還京、美中美、油核桃、木丫牙、長拍、短拍、醉扶歸、皂羅袍、皂袍罩黃鶯、醉羅袍、醉羅歌、醉花雲、醉歸花月渡、羅袍歌、排歌、三疊排歌、傍妝台、二犯傍妝台、入聲甘州、甘州解酲、甘州歌、十五郎、一盆花、桂枝香、二犯桂枝香、天香滿羅袖、河傳序、拗芝麻、一封書、一封歌、一封羅、安樂神犯、香歸羅袖、解三酲、解酲帶甘州、解酲歌、解袍歌、解酲望鄉、掉角兒序、掉角望鄉、番鼓兒、惜黃花、西河柳、春從天上來、古皂羅袍、甘州八犯、尾聲（以上爲過曲。）」太和正音譜云：「仙呂宮清新綿邈。」集成曲譜、顧曲麈談、皆以仙呂宮配小工調或尺字調。㈡燕樂宮聲七調之第六運。燕樂考原：「七宮之第六運。即按琵琶大弦之第六聲。」又云：「仙呂宮即琵琶之工字調。故殺聲用工字。㈢南宋大曲宮調名。其曲三。曰梁州。曰保金枝。曰延壽樂。

【仙呂調】㈠曲牌宮調名。古曰夷則羽聲。㈡燕樂羽聲七調之第四運。燕樂考原：「七羽之第四運。即琵琶四絃之第六聲。」補筆談：「中呂羽今爲仙呂調。殺聲用上字。」㈢南宋大曲宮調名。其曲二。曰綠腰。曰綵雲歸。

【仙緣記】傳奇名。淸人陳琅撰。爲玉獅堂十種曲之一。

【仙宮慶壽】雜劇名。明人朱有燉撰。演福、祿、壽、三仙召鍾馗及門神神荼鬱壘捉鬼事。排場熱鬧。富於變化。

【仙呂入雙調】南詞曲牌名。北曲中所無也。吳梅顧曲麈談：「余按名爲仙呂入雙調者。實則亦仙呂宮耳。且犯調集曲至夥。是亦不可缺也。」又云：「此調所屬諸曲頗多。有惜奴嬌、黑麻序、錦衣香、漿水令、嘉慶子、尹令、品令、豆葉黃、六么令、福青歌、窣地錦襠、哭歧婆、雙勸酒、字字雙、三棒歌、破金歌、柳絮飛、普賢歌、雁兒舞、打毬場、倒拖船、風入松、好姐姐、金娥神曲、桃紅菊、一機錦、錦上花、步步嬌、忒忒令、沈醉東風、園林好、江兒水、五供養、玉交枝、玉胞肚、川撥棹、玉雁子、絮婆婆、十二嬌、玉劄子、流拍、松下樂、武陵花。」

【巧孫】人名。沈德符顧曲雜言：「頃甲辰年馬四娘以生平不識金閶爲恨。因挈其家女郎十五六人。來吳中唱北西廂全本。其中有巧孫者。故馬氏粗婢。貌甚醜而聲遏雲。於北曲關捩竅妙處。備得眞傳。爲一時獨步。他姬曾不得其十一也。四娘還里中即病亡。諸妓星散。巧孫亦去爲市媼。不理歌譜矣。」

【巧換緣】雜劇名。淸人唐英撰。爲古柏堂傳奇之一。

【巧團圓】傳奇名。淸人李漁撰。爲笠翁十種曲之一。凡三十三齣。香祖筆記云。順治初。京師有賣水人趙遊者。未有室。同輩醵金。謀爲聚婦。一日。於市中買一婦人歸。去其帕。則髮毿毿白。居然媼也。遊曰。媼長我且倍。何敢犯非禮。請母事之。居數日。媼感其忠厚。曰。醵錢本欲得婦耳。今若此。反爲君累。且奈何。吾幸有藏珠一囊。紉衣中。當易金爲君聚婦以報德。越數日。於市中買一少女子。入門見媼。相抱痛哭。則媼之女也。蓋母女俱爲旗丁所掠而相失者。至是皆歸遊所。嫗卽爲之合巹成禮。嫗又自言洪洞人。家有二子。今尙存珠數顆。可鬻之爲歸計。乃携壻及女俱歸。二子者固無恙。一家大喜過望。嫗乃三分其產。同居終其身。李笠翁演此事爲奇團圓。

【巧雙緣】 見夢磊記條。

【巧配閻越娘】 雜劇名。明人葉憲祖撰。劇品謂此劇：「南北二劇。共八折。郭史爲五代閻覇主能臣。榭園主人（作者別署）傳以新聲。滿紙是英雄俠烈之概。八折分二劇。如會香衫式。而此更雜以南曲一折。」

【占】 脚色名。貼之省文也。明人傳奇中。占貼並用。如八義記中之春來。同爲一人。同在一折。有時寫貼。有時則寫占。

【占行】 北平戲界恆呼旦行曰占行。齊如山云：「因爲旦蛋同音。旦字不好聽。所以想用貼字。而貼字顯然是配脚的性質。又不願用。因此便用上了這個占字。」一見旦行條。

【占姦】 古方言。猶云奸佞也。姦一作奸。

【占花魁】 傳奇名。凡二十八齣。淸人李玉撰。爲一人永占之一。演賣油郞秦鍾慕一名妓王美娘。卒爲夫婦事。以美娘稱花魁娘子。而秦鍾得之。故名。本今古奇觀轉載醒世恆言賣油郞獨占花魁敷演成劇。吳梅曰：「占花魁一劇。爲玄玉得意之作。勸妝北詞。更爲神來之筆。其醉歸南詞一套。用車遮險韻。而能游刃有餘。亦才大不可及也。」

【占斷風光】 雜劇名。正題俏郞君占斷風光。元人李直夫撰。

【永懷】 見朱鼎條。

【永遇樂】 曲牌名。南曲入商角調。管色配六字調或凡字調。

【永團圓】 ㈠傳奇名。淸人李玉撰。爲一人永占之一。演金陵江納憎壻貧。迫退婚。府尹高誼不受賄。反致二女皆歸事。略謂金陵江納。其長女雖與蔡文英訂有婚約。後憎其窮困。逼令蔡退婚。蔡生訟之官。府尹高誼審理之。欲問金長女眞意。以長女出奔不在。遂以次女妻蔡生。然長女因恨其父非禮。欲投江死。爲人所救。復爲盜所獲。備嘗辛酸。其後府尹高誼任山東巡撫。緝獲群盜。因得江納長女。會蔡生進士及第爲山東寧陽縣尹。謁見高誼。高卽以長女嫁之云。（中國近世戲曲史） ㈡曲牌名。南曲入中呂宮。管色配小工調或尺字調。

【永不分別】　雜劇名。正題清官斷永不分別。元明間無名氏撰。

【永嘉雜劇】　見南曲條。

【永樂大典】　書名。凡二萬二千八百七十七卷。凡例目錄六十卷。共一萬二千册。（卷帙及册數。明清人記載各有出入。此據繆荃孫所考。）明成祖永樂元年敕解縉以韻字類聚經、史、子、集、天文、地志、陰陽、醫卜、僧道、技藝之言爲一書。越年奏進。賜名文獻大成。成祖嫌其未備。復命姚廣孝、劉季箎與縉同監修。參附其事者。凡二千一百餘人。至六年冬。書成。改名永樂大典。此書第二萬零七百三十七卷至第二萬零七百五十七卷。選錄元代雜劇約百餘種。共二十一卷。爲明代彙選元人雜劇之最古本。惟惜散逸不傳。按永樂大典目錄卷五十四。原闕第十五十六兩頁。故雜劇目錄遂闕前二卷。實存雜劇目錄十九卷。計選元人雜劇作品九十種。

【司馬懿】　劇中人。三國魏溫縣人。字仲達。曹操時爲太子中庶子。有雄才。多權變。文帝踐祚。甚見親重。帝崩。受顧命。輔明帝。蜀諸葛亮屢興師伐魏。均爲懿所拒。曹爽專權。懿計殺之。代爲丞相。加九錫。尋卒。其子師昭相繼擅政。至孫炎。纂魏。追尊爲宣帝。見大轉輪條。

【司馬相如】　劇中人。漢成都人。字長卿。景帝時爲武騎常侍。病免。客遊梁。旋歸蜀。過臨邛。以琴心挑卓王孫寡女文君。與俱歸成都。家徒四壁。又與文君反臨邛賣酒。卓王孫恥之。與僮僕百人。錢百萬。遂爲富人。武帝時以狗監楊得意薦。召爲郎。通西南夷有功。尋拜孝文園令。病免。居茂陵帝使取其書而相如已死。遺札言封禪事。相如工文詞。所作子虛、上林、大人等賦。漢魏六朝人多倣之。見鸘鷞裘、茂陵絃、卓女當爐、各分條。

【司馬穰苴】　劇中人。春秋齊人。本姓田。爲大司馬。故曰司馬穰苴。齊景公時。晉伐阿鄄。燕侵河上。齊師敗績。景公患之。晏嬰乃薦穰苴。景公與語兵事說之。以爲將軍。燕晉之師聞之。望風解去。追擊之。盡復所亡封內故境。景公郊迎勞師成禮。尊爲大司馬。齊威王用兵。大倣穰苴之法。而諸侯朝齊。威王使大夫追論古者司馬兵法。附穰苴於其中。因號曰司馬穰苴兵法。見伐晉興齊條。

【司馬相如題橋記】　㈠南戲名。元代無名氏撰。南詞敍錄、宋元戲文本事、南戲百一錄俱錄此目。

南九宮譜、九宮大成南北宮詞譜中。僅存殘文二曲。(二)雜劇名。元明間無名氏撰。

【司馬相如歸西蜀】 雜劇名。明代無名氏撰。按重訂曲海目列此劇於許潮泰和記中。疑爲泰和記之一折。

【司牡丹借屍還魂】 見借屍還魂條。

【司馬昭復奪受禪臺】 見受禪台條。

【立人】 見舒位條。

【立命說】 傳奇名。淸人蒙春園主撰。

【立宣帝】 雜劇名。正題丙吉教子立宣帝。元人關漢卿撰。

【立部伎】 唐時樂部之一。唐書禮樂志：「太宗貞觀中。始造讌樂。玄宗又分二部。堂下立奏謂之立部伎。堂上坐奏謂之坐部伎。太常閱坐部不可教者隸立部。又不可教者乃習雅樂。」

【立功勳慶賞端陽】 見慶賞端陽條。

【立成湯伊尹耕莘】 見伊尹耕莘條。

【左右】 古方言。猶云總之也。反正也。例如岳陽樓：「左右茶客未來哩。他又風。我又九伯。俺大家耍一會。」一言反正茶客尙未來到。乘此機會大家來瘋一會也。

【左使】 古方言。猶云使弄也。例如賺蒯通：「暢好是沒算計的漢實良。左使著一片狠心腸。」又如㑳梅香：「我如今左使機關。到他家。裏則推索不相識。看他認的我麼。」凡云左使。皆猶云使弄也。

【左猜】 古方言。猶云猜做也。起疑也。例如張生煮海：「那龍也靑臉兒長左猜。惡性兒無可改。狠勢兒將人害。」又如雁門關：「你個將軍休生猜。俺可便專心兒等待。等待你個擎天架海棟梁材。」凡云左猜。皆猶云猜疑也。

【左潢】 淸代戲曲家。著有傳奇蘭桂仙、桂花塔二種。

【左克明】 人名。元代豫章人。編古樂府行世。

【布袋錦】 傳奇名。淸人臞道人撰。

【布袋和尙】 劇中人。世傳爲彌勒菩薩之應化身。五代梁時。居明州奉化縣。自稱契此。又號長汀子。形裁腲脮。蹙額皤腹。出語無定。常以杖荷布袋一。見物則乞。故人稱布袋和尙。見忍字記條。

【布線行針】 古方言。猶云縝密安排也。

【布袋和尙忍字記】 見忍字記條。

【句】 見勾條。

【句放】見勾放條。

【句腔】見勾腔條。

【句臉】見勾臉條。

【句踐】見勾踐條。

【句欄】見勾欄條。

【犯】詞曲移換宮調曰犯。白石道人歌曲卷四：「凡曲言犯者。謂以宮犯商。商犯宮之類。如道調宮上字住。雙調亦上字住。所住字同。故道調曲中犯雙調。或於雙調曲中犯道調。其他準此。」

【犯調】犯調者。謂宮調曲牌之違反通常規律者也。其類有二。一曰借宮。一曰集曲。曲中所謂犯調與詞不同。詞所犯者聲而已。曲則割裂詞句與結聲起調無關。獨於宮調中取管色相同者用之耳。吳梅曲學通論：「或有明言幾犯者。如二犯江兒水、四犯黃鶯兒、六犯清音、七犯玉玲瓏。又有八犯爲八寶粧。九犯爲九疑山。十犯爲十樣錦。十二犯爲十二紅。十三犯爲十三紘。三十犯爲三十腔等類。此則文人狡獪。實則無甚深意。」見出宮條。

【犯聲】謂不押韻處不可有同聲字。如故、國、觀、光、四字。是犯雙聲。汪、洋、滉、蕩、四字。是犯疊韻是也。陳暘樂書：「樂府諸曲。自古不用犯聲。唐自則天末年。劍器入渾脫。爲犯聲之始。」

【犯韻】謂句中字不得與所押之韻相混。如冬犯東之類是也。

【付】見副條。

【付末】見副末條。

【付能】古方言。猶云方纔也。例如拜月亭：「呵。我付能把這殘春捱徹。海。剗地是俺愁人瘦色。」亦作不付能。不字用以加強語氣。並無意義可言也。例如梧桐雨：「他此夕把雲路鳳車乘。銀漢鵲橋平。不付能今夜成歡慶。枕邊忽聽曉鷄鳴。」付亦作甫。例如㑳梅香：「當初那不能彀時。害的來狂上狂。不甫能得相見。誰得來慌上慌。」均可以方纔或纔能够解之。

【付淨】見副淨條。

【叫板】叫板是將板叫起之謂。辭海：「平劇於說白完後。未唱之前。將白之末字聲音拉長。謂之叫板。蓋使打鼓佬預備奏樂和唱也。」例如捉放曹：「『好悔也』三字。爲二黃慢板前之叫板。賣馬：『店主東牽馬』五字。爲西皮慢板前之叫板。」

【叫頭】皮黃戲中。凡遇悲痛情急憤怒之時。高聲叫喚對方之人。謂之叫頭。

【叫聲】曲牌名。北曲入中呂宮。管色配小工調或尺字調。

【令則】見許經條。

【令昭】見袁于令條。

【令器】古方言。猶云美材也。

【冬豔】見四豔記條。

【冬青記】傳奇名。明代卜世臣撰。演宋末義士唐珏事。本陶宗儀唐義士傳敷演成劇。曲品謂此劇曰：「冬青悲憤激烈。誰謂腐儒酸也。」又云：「吾友張望侯曰。攜李屠憲副於中秋夕。帥家優於虎邱千人石上演此。觀者萬人。多爲泣下者。」按明時中秋夕。蘇州有競於虎丘演戲之風尚也。

【冬青樹】傳奇名。凡三十八齣。清人蔣士銓撰。爲藏園九種曲之一。演南宋覆亡。文天祥、謝枋得等殉國事。大致皆本諸正史。楊璉眞伽發掘故宋諸陵。山陰唐珏潛拾遺骸。葬蘭亭山。移故宮冬青植其上。作冬青行以志感。是爲劇名之所由來。

【旦】㈠脚色名。凡傳奇中之正旦、小旦、貼、老旦。漢劇中之旦、貼、夫、皆屬之。南詞敍錄以爲宋時妓女。以樂器置藍中擔之以出。號曰花擔。後因省擔爲旦。詞餘叢話：「自北劇興。名男曰末。女曰旦。」㈡遼史樂志：「大樂有七聲。謂之七旦凡一旦司一調。」

【旦行】戲界七行之一。據齊如山統計。此行可分三十餘色。曰閨門旦。曰正旦。曰青衣。曰悲旦。曰大旦。曰旦兒。曰二旦。曰小旦。曰外旦。曰副旦。曰花旦。曰花衫子。曰色旦。曰玩笑旦。曰潑辣旦。曰貼旦。曰貼。曰小貼。曰花貼。曰占。曰貝。曰武旦。曰刀馬旦。曰搽旦。曰茶旦。曰彩旦。曰粉旦。曰作旦。曰作。曰雜旦。曰老旦。曰后。曰卜旦。曰宮女丫環等。

【旦陽道人】清代戲曲家。著有傳奇小蓬萊全孝義一種。

【末】㈠脚色名。末者開場始事者也。元劇末旦二色。支派彌多。而以正末副末爲著。正末亦作末泥。丹邱論曲：「正末當場男子。能指事者也。俗謂末泥。」末泥又名戲頭。以其爲雜劇中之長也。莊嶽委談：「元雜劇之末。卽宋所謂戲頭也。」夢梁錄：「雜劇中之末泥爲長。色主張。」副末之與正末。猶副淨之與淨也。特正末副末並傳不廢耳。夢梁錄：「副末色打諢。」輟耕錄：「院本五人。一曰副末。古謂之蒼鶻。鶻可擊禽鳥。末可打副淨。故云。」元曲以末與旦爲正脚。傳奇則以生旦爲正脚。然仍以末開場。位置猶重要。今皮黃戲中。凡掛鬚黑之配角曰末。齊如山云：「此脚在元人雜劇中極爲重要。故又名正末。可以勾臉。傳奇中之末。有時退爲副脚。且無勾臉之事。皮黃中之末須掛黑鬚。則全爲配角性質矣。」㈡古方言。與麼同義。疑問詞也。例如黃花峪：「兀那賣酒的。有酒末。」有酒末。即有酒麼也。翫光鬼諫：「量這厮有是末高識遠見。」有是末。即有甚麼也。

【末泥】　見末條。

【末浪】　古方言。猶云鹵莽也。

【末谷】　見桂馥條。

【末裁】　見黎簡條。

【未央天】　傳奇名。淸人朱素臣撰。

【去】　古方言。㈠語助詞。無意義可言也。例如錯立身戲文：「我要性命何用。不如尋個死去。」此猶云不如尋死也。㈡猶云後也。例如巾箱本琵琶記：「但願公婆從此去。相和美。」從此去。猶云從此後也。

【去處】　古方言。猶云地方也。所在也。例如玉壺春：「俺來到這花深去處。將那春盛擔兒放在一壁。」又如幽閨記：「這不是說話的去處。且隨我到花亭上來。」

【去聲】　四聲之一。釋神珙反紐圖譜：「去聲淸而遠。」眞空玉鑰匙歌訣：「去聲分明哀遠道。」今爲國音聲調中之第四聲。

【皮黃】　腔調名。即西皮二黃之合稱。京調中所容納之腔調雖多。要以西皮與二黃爲主體。故京調亦稱皮黃或皮黃戲。

【皮包骨頭】　今戲劇演時遷偷鷄科諢。有皮包骨頭人之語。按宋張元嘗與客飲驛中。一客邂逅至。顧元曰。彼何人斯。元屬聲曰。皮裏骨頭人斯。應聲以鐵鞭鞭之而死。見王定國聞見近錄。

【皮匠參禪】　雜劇名。明人李開先撰。

【申曲】　見灘簧條。

【申包胥】　㈠雜劇名。明人張國籌撰。㈡劇中人。春秋楚大夫。姓公孫。封於申。故號申包胥。本與伍員善。員將出亡於吳。謂包胥曰。我必覆楚。包胥曰。子能覆之。我必能興之。及吳師伐楚入郢。包胥乃入秦乞師救楚。依庭牆而哭。日夜不絕聲。勺水不入口者七日。秦哀公乃出師定其國難。昭王返國賞功。逃而不受。見楚昭公條。

【申包胥興兵完楚】　見興兵完楚條。

【世】　古方言。猶既也。已也。例如任風子：「世來到林下山間。再休想星前月底。」世來到。猶云既來到也。勸金環：「世做的潑水難收。到官中怎生解救。」世做的。猶云業已弄到如此也。

【世不曾】　古方言。猶云從也。終也。例如盆兒鬼：「世不曾閒閒暇暇。常則是結結巴巴。」此言從不曾也。神奴兒：「見孩兒。世不曾。不由我不悲哽。」此言終不曾也。

【世做的】　古方言。猶云業已完成也。

【央】　古方言。猶云央求也。煩勞也。例如西廂記：「我如今央紅娘去書院裏。看他說甚麼。」言央求紅娘去書院裏也。爭報恩：「若不是您好兄弟再三央。怎能勾我歹夫妻依舊美。」言再三煩勞您好兄弟也。字亦作殃。例如拜月亭：「則管殃及他則末。」則管卽只管。則末卽怎麼也。

【央及】　古方言。猶云央求也。煩勞也。例如紅梨花：「我央及嬤嬤。你先回去。我便來也。」此言央求也。留鞋記：「你休要等閒泄漏春消息。我忙陪笑臉廝央及。」此言煩勞也。

【只】　古方言。語助詞。猶着也。例如伍員吹簫：「我待來。且慢只。我問他個擘兩分星。說一段從頭的至尾。」且慢只。猶云且慢着也。瀟湘雨：「這幞頭呵。除下來與你戴只。這羅襴呵。脫下來與你穿只。」戴只穿只。猶云戴着穿着也。

【只箇】　見則箇條。

【代面】　唐代戲曲之一種。亦作大面。舊唐書音樂志：「代面出於北齊。北齊蘭陵王長恭。才武而面美。常著假面以對敵。嘗擊周師金墉城下。勇冠三軍。齊人壯之。爲此舞以效其指揮擊刺之容。謂之蘭陵王入陣曲。」代亦作大。教坊記：「大面出北齊。蘭陵王長恭性膽勇。而貌似婦人。自嫌不足以威敵。乃刻爲假面。臨陣著之。因爲此戲。亦入歌曲。」見假面條。

【代父從軍】　雜劇名。正題雌木蘭替父從軍。凡二折。明人徐渭撰。爲四聲猿之第三種。中華戲曲選：「木蘭事詳載古樂府。按明有韓貞女事。與木蘭相類。作者蓋因此而作也。木蘭不知名。記內所稱姓花名弧。及嫁王郎事。皆係作者撰出。」

【奴家】　見家條。

【奴殺主因禍折福】　雜劇名。元人鄭廷玉撰。

【瓦子】　古謂廣場曰瓦子。東京夢華錄：「街南桑家瓦子。近北則中瓦。次裏瓦。其中大小勾欄五十餘座。內中瓦子蓮花棚、牡丹棚。裏瓦子夜叉棚、象棚、最大。可容數千人。」

【瓦盆兒】　曲牌名。南曲入中呂宮。管色配小工調或尺字調。

【失黏】　見平仄條。

【失留疎刺】　古方言。狀風聲也。亦作吸溜疏刺或出流束刺。

【主戲】　俗呼重要脚色謂主戲。不重要諸脚謂搭頭。

【主弧者】　清代戲曲家。著有傳奇留生氣一種。

【他誰】　古方言。猶云誰人也。例如救風塵：「恁時節船到江心補漏遲。煩惱怨他誰。」又如青衫淚：「撇得我孤孤另另難存濟。我淒淒楚楚告他誰。」

【他山老人】　見查愼行條。

【目連入冥】　雜劇名。明代無名氏撰。

【目蓮救母】　雜劇名。正題行孝道目連救母。元明間無名氏撰。

【丙吉教子立宣帝】　見立宣帝條。

【丙吉教子立起宣帝】　南戲名。元代無名氏撰。宦門子弟錯立身戲文中著錄此目。

【且】　古方言。㈠猶云就也。藉也。例如西廂記：「夫人且做忘恩。小姐你也說謊呵。」且做。猶云就使也。藉使也。㈡猶云正也。却也。倒也。例如巾箱本琵琶記：「娘咳。陳留且是遠。我不去。」且是遠。猶云正遠也。張協狀元戲文：「且說張郎中狀元。特也特來拜賀嘉。」且說。猶云却說也。幽閨記：「這牆是誰家的。且是造得高。」言倒是造得高也。㈢猶云只也。但也。例如張協狀元戲文：「孩兒去則猶閑。且是無人照管門戶。」且是。猶云只是也。但是也。㈣猶云本也。例如漢宮秋：「吾當且是耍。鬪卿來便當眞假。」言吾本是戲耍也。

【乍】　古方言。㈠猶云激動也。例如盆兒鬼：「直被你諕的人心慌膽乍。」㈡猶云聳豎也。例如留鞋記：「諕的我兢兢戰戰寒毛乍。」寒毛乍。猶云寒毛聳豎也。

【夯】　古方言。猶云氣塞也。氣積不抒也。按建築時以木樁槌地。使地基堅實。宋時俗語曰夯。因借以爲喻。

【以初】　見唐復條。

【扒沙】　古方言。猶云爬行也。亦作扒扠。

【叵奈】見奈條。

【加官】清人王芝祥云：「加官者。假官也。後人諧其聲以諛頌富人耳。」廖瑩中江行雜錄：「女優有弄假官戲。其綠衣秉簡者謂之參軍樁。古穿綠衣。今則改穿紅袍。即執象笏上場者是也。」按舊劇開場。例須以一人戴面具袍笏而出。手持天官賜福、指日高陞等吉語條幅。走演一過。謂之跳加官。

【用修】見楊愼條。

【民謠】見民歌條。

【民歌】凡流行於民間而不詳作者姓名之歌曲。謂之民歌。亦稱民謠。其內容太抵描述民衆之日常生活。尤以男女戀愛情調爲最多。各省各地皆有之。分戀歌、農歌、秧歌、牧歌、船歌、樵歌、採茶歌等類。

【叶韻】辭海：「今韻與古韻不同。如詩易等所用之韻。以今韻讀之。多不諧協。沈重作毛詩音義。創爲叶韻之說。實則其本音固爾。無所謂叶也。」

【由心集】書名。凡四册。清人趙允恒錄。有清抄本傳世。

【叨叨令】曲牌名。北曲入正宮。管色配小工調或尺字調。

【切利天】㈠雜劇名。清人亦心領手撰。此劇於乾隆十六年爲皇太后祝嘏而作。㈡雜劇名。清人蔣士銓撰。爲西江祝嘏之一。

【必律律】古方言。猶云狂風吹弄之狀也。

【市隱生】見吳大震條。

【另巍巍】古方言。猶云高聳之狀也。

【穴地報仇】雜劇名。明人凌濛初撰。劇品謂此劇：「北四折。且歌且泣。情見乎詞。豫讓報仇而死。蘇不韋報仇而生。忠臣孝子。亦有幸不幸耳。」

【疋丢撲搭】古方言。㈠形容行於泥淖中之聲音也。㈡形容滔滔不絕之口語也。亦作必丢不搭、劈丢撲搭、必丢疋搭等。

【仗義疎財】雜劇名。正題黑旋風仗義疎財。明人朱有燉撰。演黑旋風李逵以糧五十石接濟貧戶。並扮新娘捉獲惡霸事。略謂趙都巡斂苛稅。苦民甚。山東東平府劉家村有李撇古者。滯納官糧五十餘石。不得已。欲賣二兒償之。偕妻及女千娘與二兒。赴府城途中。以日暮。欲借宿一廟中。適趙都巡等以督促租稅到此。休憩廟中。見李撇古之女有容色。愛而欲強娶之。不從。乃吊父子於樹上。使其女酌酒伴飲。此時有梁山寨黑旋風李逵與浪子燕青。

奉宋江命。至東平府糴糧一百石。歸途偶過此。見而動問仔細。憐之。將買來之米分五十石與之納稅。以救其難。趙都巡等遂去。因謂李慷古曰：「鼠輩若再來強娶汝女。可來梁山寨告知。」乃別去。翌日趙果來奪女。慷古謂。如正式用媒婆來可遣嫁。暫乞猶豫。走告梁山寨。燕青乃扮媒婆至趙都巡家治婚事。使李逵裝束如新娘。伴至行禮。入洞房。燕青之媒婆忽去新娘蓋頭。取斧出。兩人遂脫女衣。打趙都巡。縛之。搜索家中。發現金箱埋之庭中。壁上書都巡之罪狀。署名梁山寨上李山兒而去。時元帥張叔夜欲招梁山寨宋江等歸順。以征方臘。出招安榜。李逵燕青扮小商人來東平府探情狀。見招安榜。急歸梁山。欲告宋江。途遇李慷古。慷古懇切勸告歸順。一方將軍蔡守堅征方臘不利。宋江等歸順後。往征之。獲大勝。元帥張叔夜正候戰報時。探子至。報告宋江軍大勝。黑旋風李逵捉獲賊巨魁云。（中國近世戲曲史）

【巨靈神劈華岳】　見劈華岳條。

【丘長三度碧桃花】　見碧桃花條。

【甲馬營降生趙太祖】　見趙大祖條。

六　畫

【西皮】　戲曲腔調名。其源出於甘省。王芷章腔調考原：「隴山橫亙陝甘界上。由秦中言。則甘肅固在關隴之西坡。疑流俗必有西坡調之稱謂者。其後遂訛爲西皮。」西皮一名甘肅腔。張守甫金台殘淚記：「南方謂甘肅腔曰西皮調。」西皮亦名琴腔。謝章鋌賭棋山莊詞話：「甘肅腔即琴腔。胡琴爲主。月琴爲副。工尺咿啞如語。今所謂西皮調也。」西皮又名西秦腔。而由蜀人魏長生於乾隆己亥年間傳以入京。吳太初燕蘭小譜：「友人言蜀伶魏長生新生琴腔。即甘肅調。名西秦腔。其器不用笙笛。而以胡琴爲主。月琴爲副。工尺咿唔如語。旦色之無歌喉者。每借以藏拙。」

【西曲】　樂府詩集：「西曲出於荊郢樊鄧之間。而其聲節造和。與吳歌亦異。」

【西施】　劇中人。諸暨苧羅村西鬻薪之女。亦稱西子。有姿容。嘗病心而矉。其里之醜人。見而美之。歸亦捧心。而效其矉。越王勾踐敗於會稽。范蠡取西施獻於吳王夫差。吳亡。西施復歸范蠡。從遊五湖。或云吳亡沈西施於江。以報鴟夷。二說未知孰是。見浣紗記、五湖遊、二分條。

【西宿】　見蔣麟徵條。

【西調】　此調非詞非曲。出於山西。盛於乾隆。震鈞天咫偶聞：「舊日鼓辭有所謂子弟書者。始刱於八旗子弟。其詞雅馴。其聲和緩。有東城調西城調之分。西調尤緩而低。一韻縈迴良久。」

【西王母】　劇中人。穆天子傳：「吉日甲子。天子賓於西王母。」注：「西王母如人虎齒。蓬髮戴勝。善嘯。」見牡丹仙、牡丹園、二分條。

【西江月】　曲牌名。南曲入中呂宮引。

【西江体】　明寧王權所定樂府十五體之一。太和正音譜：「西江體文采煥然。風流儒雅。」

【西地錦】　曲牌名。南曲入黃鍾宮引。管色配六字調或凡字調。

【西泠長】　清代戲曲家。著有傳奇芙蓉影一種。

【西河柳】　曲牌名。南曲入仙呂宮。管色配小工調或尺字調。

【西來記】　傳奇名。清人張中和撰。所演爲自達摩至慧能。東土六祖事蹟。按作者爲禪宗曹洞宗第三十七傳弟子。

【西秦腔】　戲曲腔調名。即西皮調也。王芷章腔調考原：「陝西古稱秦中。而甘肅則在其西。此調由甘省傳流至陝。陝原有地產之秦腔。乃呼此由西方輸入之腔曰西秦腔也。」

【西梆子】　戲曲腔調名。係梆子之二黃化者。其詞句皆用中州音韻。不復用方言。其音調變梆子之亢厲而爲淒清矣。

【西湖怨】　雜劇名。正題月夜西湖怨。明人楊訥撰。

【西湖韻】　傳奇名。清人紫陽道人撰。

【西湖夢】　雜劇名。正題蘇東坡夜宴西湖夢。元人金仁傑撰。

【西廂記】　雜劇名。正題崔鶯鶯待月西廂記。元人王實甫撰。演崔鶯鶯與張生故事。據會眞記待月西廂而作。乃元稹實事而嫁名於張生也。略謂有張生者。遊於蒲之普救寺。遇崔氏孀婦之女鶯鶯。適軍人渾瑊死。六軍騷擾。民皆不安。張生設法護崔氏。得無恙。張乃因女婢紅娘之介。而與鶯鶯相熱戀。張生赴京就試。至長安落第。遂絕鶯鶯。鶯鶯亦已適人。以詩謝絕之。此劇凡五本。每本四折。第一本曰張君瑞鬧道場。演崔家寄寓普救寺。張生來遊。遇鶯鶯。驚其艷麗。遂亦寄寓於寺之西廂。第二本曰崔鶯鶯夜聽琴。演孫飛虎率軍圍寺。欲刼鶯鶯。崔夫人許願。凡能退賊兵者。以女妻之。於是張生設法請得救兵解圍。未料夫人反悔。命二人以兄妹相稱。兩人均感失望。第三本曰張君瑞害相思。演二人熱戀。藉婢女紅娘之助。兩人終於私自成婚。第四本曰草橋驚夢。演崔夫人發覺二人關係後。只得允許張生婚事。著其進京應舉。兩人難捨難分。爲全劇最感人處。第五本曰張君瑞慶團圓。即所謂草橋驚夢後四齣。相傳爲關漢卿所補。曲海總目提要：「元王實甫撰草橋驚夢。後四齣關漢卿補。」按元以前有董解元作之董西廂。因其專用絃索。一人彈唱到底。故又稱絃索西廂。明李日華翻王作爲南詞。名南西廂。後人乃對稱實甫北曲劇曰北西廂。明淸復有周公魯之錦西廂。查繼佐之續西廂。研雪子之翻西廂。無名氏之後西廂等作。王國維云：「戲曲之存於今者。以西廂爲最古。亦以西廂爲最富。宋趙德麟始以商調蝶戀花十二闋譜會眞記事。南宋官本雜劇段數。有鶯鶯六么一本。金則有董解元之絃索西廂。元則有王實甫關漢卿之北西廂。明則陸天池李君實均有南西廂。周公望有翻西廂。國朝則查伊璜有續西廂。周果庵有錦西廂。又有研雪子之翻西廂。叠床架屋。殊不可解。」一此目。

【西窗記】　南戲名。元代無名氏撰。南戲拾遺著錄。

【西園記】　傳奇名。明人吳炳撰。爲粲花五種之一。演張繼華王玉眞姻緣事。略謂杭州人趙禮辭官卜居於鄉里之西山。名之曰西園。有一子曰惟權。一女曰玉英。又有友人遺女玉眞。亦居園中。有襄陽張繼華者。來寓淨慈寺。一日遊西園。望見玉眞在樓上。忽屬意之。歸問友人。云此或即園主女公子玉英也。因以玉眞誤認爲玉英。後張繼華受聘爲趙禮子惟權之塾師。住西園中。不久園主女玉英病死。玉眞往弔之。張繼華見之。以爲玉英鬼魂也。後張生與惟權並登第。張生思念玉英事。不能忘懷。屢呼其名。玉英之魂。感其意出現。然慮張生畏己爲鬼。乃冒名玉眞爲幽媾。久之。然玉眞本人已爲園主義女。且使張生娶之。擧婚禮時。張生見之。即已所懷念爲玉英之女子也。因驚駭。以爲有鬼。玉眞與婢力爲解說種種誤認。玉英之魂亦辨明其事實。眞相遂大白。西園主乃爲亡女玉英建水陸道場追薦云。（中國近世戲曲史）吳梅西園記跋：「此記與畫中人故別蹊徑。畫中人摹寫離魂光景。自死之生。在一人上着想。此則玉眞玉英一生一死。就兩人上分寫。各極生動。」又曰：「自有淨丑以來。無此妙人妙語。」

【西遊記】雜劇名。明人楊訥撰。演唐玄奘西天取經事。略謂陳蕚。字光蕊。海州弘農人。唐太宗時。以狀元及第。除洪州太守。挈妻殷氏赴任。小憩百花店。購得鯉魚一尾。覩其雙目轉動。知非凡物。釋之。舟行至大姑山。舟人劉洪。窺殷貌美。投光蕊於江而脅殷氏。時殷氏已孕八月。冀延陳氏一脈。忍辱相從。洪乃冒光蕊名。之洪州任。殷氏生子匝月。洪又迫令棄之。殷氏乘間作血書。備敍顚末。繫子胸前而浮諸江。並爲取名曰江流生。漁人得之。以呈金山寺丹霞禪師。禪師令人撫養。及長。落髮爲僧。取名玄奘。越十八年。告以前事。玄奘遂往洪州尋母。時劉洪已因病致仕。仍居洪州。繼任者爲虞世南。殷氏令子往愬之。執劉洪。縛之江邊。生祭其父。俄見光蕊凌波而至。言己以落水爲龍王所救。得不死。此龍王即曩時所放之鯉魚也。至是夫婦父子遂得團圓。而玄奘爲僧如故。其後長安苦旱。赤地千里。玄奘因世南之薦。入京求雨。結壇甫移時。而甘霖普降。太宗大悅。授光蕊中書門下平章事。特進楚國公。殷氏爲楚國夫人。賜公田四十頃。歸老弘農。封玄奘爲三藏法師。令往西方取經。詔大臣尉遲敬德房玄齡等餞送。玄奘旣行。玉帝念路途遙遠。恐遭不測。勅命觀音佛。李天王。天王子哪吒。及灌口二郎諸神。暗中庇佑。並有孫悟空、豬八戒、沙僧等隨行。途中果歷紅孩兒、鬼子母、黑風山、女兒國、火焰山、鐵扇公主諸難。始達天竺國。赴靈鷲山參佛取經。得與伽葉、阿難、文殊、普賢諸菩薩會晤。求得大藏經五千四百八十卷。盡歸中土。蓋玄奘本西天毘盧伽尊者。奉如來佛命。托化闡教。取經旣歸。功行圓滿。乃重赴靈山云。（現存元人雜劇本事考）按此劇凡六本。每本四折。第一本曰：「賊劉洪殺秀士。老和尚救江流。觀音佛說因果。陳玄奘大報仇。」第二本曰：「唐三藏登途路。村姑兒逞囂頑。木叉送火龍馬。華光下寶德關。」第三本曰：「李天王捉妖怪。孫行者會師徒。沙和尚拜三藏。鬼子母救愛奴。」第四本曰：「朱太公告官司。裴海棠遇妖怪。三藏託孫悟空。二郎收豬八戒。」第五本曰：「女人國遭險難。採藥仙說艱難。孫行者借扇子。唐僧過火焰山。

」第六本曰：「胡廝婆向心字。孫行者答空禪。靈鷲山廣聚會。唐三藏大朝元。」一元人吳昌齡有唐三藏西天取經雜劇。

【西蜀夢】　雜劇名。正題關張雙赴西蜀夢。元人關漢卿撰。演關羽張飛死後。夢中與先主相會事。略謂三國蜀將關羽張飛與先主劉備爲結盟兄弟。共起逐鹿。不意關羽戰死荆州。張飛爲之復仇。中途反遇害。先主遂盡起西蜀之師。爲二人雪恨。且朝久哀悼。思念不已。關張魂知其情。乃同赴西蜀。與先主夢中相會。略述平生。無奈殘月西沉。天色將曙。復雙雙別去。臨行復囑先主以國是云。此劇所演正史不載。

【西台記】　傳奇名。清人陸世廉撰。演文天祥、張世傑、謝翺事。以西台慟哭爲名。文藝辭典：「謝翺聽到文天祥死節的消息。悲不自勝。乃去相廬富春山的嚴子陵釣台。設文天祥神主。酹奠號泣。並持竹如意擊石作楚歌以招魂。歌罷竹石俱碎。因自爲文以記其事。題名西台慟哭記。」

【西樓記】　㈠傳奇名。清人袁于令撰。爲劍嘯閣傳奇之一。凡四十齣。演于叔夜與妓穆素微生死姻緣事。劇中以西樓爲幽會之所。故以爲名。相傳吳江有富豪曰沈同和者。一日挾愛妓穆素微遊蘇州虎丘。袁于令曾懷念此妓。袁門下客馮某。知袁意。出不意。登沈舟。奪素微而去。沈怒訟之官。袁父大懼。送其子繫於獄。袁在獄中作西樓記以寄慨。劇中之池同影沈同和。趙祥指趙鳳鳴。于叔夜則袁于令自稱也。㈡筠廊偶筆：「箨菴與人談及西樓記。輒有喜色。一日出飲歸。月下。肩輿過一大姓門。其家方燕賓。演霸王夜宴。輿人云。如此良夜。何不唱繡戶傳嬌語。乃演千金記耶。箨菴聞之狂喜。幾至墜輿。」漁磯漫鈔：「袁韞玉西樓記初成。往就教正於馮夢龍。馮覽畢置案頭。不置可否。袁惘然不測所以而別。袁歸。躊躇至夜。忽呼燈。持百金就馮。馮曰我固料子必至也。詞曲俱佳。惟尚少一齣。今已爲增入矣。乃錯夢也。袁不勝折服。是記大行。錯夢尤膾炙人口。」

【西遼記】　戲曲名。清人許鴻磐撰。爲六觀樓北曲六種之一。

【西天取經】　雜劇名。正題唐三藏西天取經。元人吳昌齡撰。演唐玄奘西天取經事。凡六本。爲現存雜劇中之最長者。編者疑此劇即西遊記也。

【西江祝嘏】　戲曲別集名。清人蔣士銓撰。共收雜劇康衢樂、忉利天、長生籙、昇平瑞四種。梁廷柟曲話謂。乾隆十六年。皇太后萬壽。蔣爲江西士紳祝壽用而作。徵引宏富。巧切絕倫云。

【西冷野史】見傳一臣條。

【西堂老人】見尤侗條。

【西堂曲腋】戲曲別集名。淸人尤侗撰。共收雜劇讀離騷、弔琵琶、桃花源、黑白衞、淸平調五種。靑木正兒中國近世戲曲史：「合五種曰西堂曲腋。王國維先生嘗藏其寫本。今歸吾師鈴木虎雄先生所有。」吳梅中國戲曲概論：「曲至西堂。又別具一變相。其運筆之奧而勁也。其使事之典而巧也。下語艷媚而油油然動人也。置之案頭。竟可作一部異書讀。如讀離騷之結局以宋玉招魂。弔琵琶之結局以文姬上塚。此等結構已超軼前人矣。」

【西淸居士】見郝經條。

【西樓夜話】雜劇名。明人葉憲祖撰。劇品謂此劇：「南四折。越中舊有郭鎮撫一記。惜無善本。桐栢第記其淫縱一段耳。可以揷入原記。非劇體也。」

【西湖三塔記】見三塔記條。

【西廂搊彈詞】見董解元條。

【西堂樂府六種】戲曲別集名。淸人尤侗撰。計收戲曲鈞天樂、讀離騷、弔琵琶、桃花源、黑白衞、淸平調六種。前一種爲傳奇。後五種爲雜劇。

【西塞山漁翁封拜】傳奇名。淸人楊潮觀撰。爲吟風閣傳奇之一。演顏眞卿張志和飮酒江上。張喩顏以宦海無常事。

【西華山陳摶高臥】見陳摶高臥條。

【西王母祝壽瑤池會】雜劇名。明代無名氏撰。

【曲】樂曲也。辭海：「如云元曲。卽指元人雜劇之歌詞也。按今樂曲中。唱詞謂之歌。而稱歌之音節曰曲。」

【曲考】書名。淸人焦循撰。此爲元明淸戲曲簡目。載李斗揚州畫舫錄。王國維云：「焦里堂先生循曲考一書。見於揚州畫舫錄。聞其手稿爲日本辻君武雄所得遺書。索觀後。知焦氏後人自邵伯攜書至揚州中途舟覆。死三人。而稿亦失。里堂先生於此事用力頗深。一旦湮沒。深可扼腕。」

【曲品】書名。明人呂天成撰。凡二卷。上卷首評明代前期戲曲家之作品。（分神品、妙品、能品、具品、等四級。）次論明代後期戲曲家之作品。（分上、中、下、等九級。）下卷則就上卷各家及無名氏之作品。一一詳加評論。此書爲研究明代戲曲之重要資料。有宣統二年劉世珩暖紅室彙刻傳奇校本。民國七年吳梅暖紅室彙刻傳奇校本。民國十年曲苑所收本。民國十一年增補曲苑所收本。民國十四年重訂曲苑所收本等。

【曲苑】　書名。上海古書流通處原編。彙集戲曲之書。凡十四種。如梁辰魚江東白苧、焦循劇說等。皆在其中。

【曲律】　(一)書名。別題方諸館曲律。明人王驥德撰。凡四卷。十七章。爲明淸以來論曲評曲最稱詳贍精當之作。有民國五年學術叢編所收本。民國六年讀曲叢刊所收本。民國十一年增補曲苑所收本。民國十四年重訂曲苑所收本等。(二)書名。凡一卷。明人魏良輔撰。有讀曲叢刊所收本。增補曲苑所收本。

【曲海】　書名。凡二十卷。淸人黃文暘等撰。揚州畫舫錄：「黃文暘著有曲海二十卷。序目云。乾隆辛丑間奉旨修改古今詞曲。予受鹽使者聘。得與修改之列。兼總校。因得盡閱古今雜劇傳奇。閱一年事竣。擬將古今作者。各撰其關目大概。勒成一書。旣成。爲總目一卷。共一千一十三種。」按原書已佚。近人有依其目采他書所載雜劇傳奇與此目同者。作爲曲海總目提要四十六卷。然僅七百七十餘種。

【曲破】　宋人伴舞之樂。謂之曲破。其樂有聲無詞。頗與唐之歌舞戲相似。史浩鄮峯眞隱漫錄：「樂部唱曲子。舞劍器曲破一段。作龍蛇蜿蜒曼舞之勢。」曲破之名。唐已有之。宋曲樂志：「太宗洞曉音律。製曲破二十九。」至宋。又藉以演故事。王國維宋元戲曲史：「史浩鄮峯眞隱漫錄之劍舞即是也。」曲破或爲大曲之別稱。張炎詞源音譜條：「大曲則以倍六頭管而品之。其聲流美。即歌者之所謂曲破也。」

【曲牌】　曲調或詞調之各種名稱。謂之曲牌或詞牌蓋度曲時之宮調音節。古皆以譜記之。以便於歌唱。猶今之歌譜然。牌即譜也。故名曲牌或詞牌。吳梅曲學通論：「各曲有悲愉剛柔之不同。各宮調亦有高下卑亢之異。管色之間。更有聲度抗墜之別。於是以曲聲之高低哀樂。取其相類。分屬各宮各調之下。而笛色亦酌定其尺度焉。(按古笛各隨律定製共十二笛。今則止有一笛矣。)」

【曲禁】　王驥德曲律云：「曲律以律曲也。律則有禁具律以當約法。」其所擧曲禁凡四十條。曰重韻。曰借韻。曰犯韻。曰犯聲。曰平頭。曰合脚。曰上去疊用。曰上去去上倒用。曰入聲三用。曰一聲四用。曰陰陽錯用。曰閉口疊用。曰韻脚多以入代平。曰疊用雙聲。曰疊用疊韻。曰開閉口韻同押。曰陳腐。曰生造。曰俚俗。曰蹇澀。曰粗鄙。曰錯亂。曰蹈襲。曰沾脣。曰拗嗓。曰方言。曰語病。曰請客。曰太文語。曰太晦語。曰經史語。曰學究語。曰書生語。曰重字多。曰襯字多。曰堆積學問。曰錯用故事。曰宮調亂用。曰緊慢失次。曰對偶不整。吳梅曲學通論：「王伯良曲律有曲禁四十條。其間所列。亦有不盡律曲者。然爲法至苛也。」

【曲話】　書名。凡五卷。淸人梁廷枏撰。有商務印書館排印本。藤花亭十種所收本。曲苑所收本。

【曲論】　㈠書名。凡一卷。明人何良俊撰。有古學彙刊所收本。㈡書名。凡一卷。明人徐復祚撰。有古學彙刊所收本。

【曲選】　書名。吳梅選錄。凡四卷。都傳奇三十二種。一百九十四折。有商務印書館排印本。

【曲諧】　書名。凡四卷。近人任訥撰。本書雖不全論散曲。而論散曲者十之七八。有中華書局散曲叢刊本。

【曲錄】　書名。近人王國維撰。凡六卷。卷一著錄宋金雜劇院本名目共九百八十六種。卷二至卷五著錄元明淸雜劇傳奇名目共一千九百七十一種。卷六著錄戲曲總集、小令套數、曲譜、曲韻、曲目等。共一百零一種。所有作家。皆附小傳。卷首並刊宣統元年編者自序。據趙景深讀書隨筆云。本書所錄元人雜劇部分。實爲八十五家。七百六十三本。（內無名氏二百六十七本。）明淸雜劇部分。實爲八十一家。二百四十六本。（內無名氏一十四本。）明及明前傳奇。實爲一百三十六家。三百二十一本。（內無名氏五十六本。）淸人傳奇部分。實爲一百二十七家。八百零九本。（內無名氏三百七十二本。）趙氏又云。曲錄遺漏鳳鈎二劇、麟鳳記、雙閣畫善、題紅葉、懷香記、玉如意、簪心雅詞、斬祛記、金谷記、三生記、傳書記、西湖記等戲曲一十二種。

【曲韻】　製曲用之韻脚也。其源出於唐韻、廣韻、集韻等。以之分合而成。自明范善溱撰中州全韻。淸王鵕撰音韻集要後。曲韻乃益精審。

【曲譜】　書名。凡十四卷。淸康熙五十四年。王奕淸等奉敕撰。首載諸家論說及九宮譜定論一卷。次北曲譜四卷。次南曲譜八卷。次以失宮犯調諸曲別爲一卷附於末。北曲南曲各以宮調提綱。其曲文每句注句字。每韻注韻字。每字注四聲於旁。於入聲字或宜作平、作上、作去者。皆一一詳注。於舊譜譌字。亦一一辨證。

【曲藻】　見藝苑卮言條。

【曲中曲】　雜劇名。明人收春醉客撰。

【曲江池】　㈠雜劇名。正題李亞仙花酒曲江池。元人石君寶撰。演鄭元和曲江遇李亞仙事。本唐人白行簡之李娃傳點染而成。本劇之所以命曰李亞仙花酒曲江池者。蓋因曲江爲唐人遊賞勝地。故藉此作爲渲染。非本傳所有也。略謂洛陽府尹鄭公弼滎陽人也。所生子曰元和。弱冠。有詞藻。公弼命應舉入長安。長安有大戶趙牛觔者。挾其妓劉桃花。及桃花之姨李亞仙同遊曲江賞春。與元和遇。元和悅亞仙之貌。墜鞭者三。而亞仙亦不覺情動。回眸凝睇。意甚相慕。遂邀元和同飲。元和屬牛觔通辭。至亞仙家。傾囊結歡。金盡。爲鴇母所逐。流落不堪。乃至爲人送殯唱輓歌度日。公弼訝其子久絕音耗。適有從僕至。報元和流落狀。公弼恨其玷辱門楣。遂親赴京。見元和唱歌甚怒。呼至旅第杏園中撻之垂死。投於荒郊。亞仙聞之。奔救得甦。欲留於家。而鴇母不容。元和愈落魄。沿途乞食。惟求一飽。亞仙猶不忘舊情。陰使牛觔招之。出私蓄付鴇母爲贍資。而與元和同居。勸其勵志功名。元和一舉登第。授洛陽縣令。上官日。先謁府尹。府尹即其父公弼也。及相見。公弼固知爲元和。而元和佯不識。公弼親詣縣署。召見亞仙。亞仙責元和背父。曉以大義。元和感悟。叩首請罪。遂爲父子如初。公弼尤喜其得賢婦。乃殺羊置酒。共祝歡慶云。（現存元人雜劇本事考）明人薛近袞本此作繡襦記傳奇。近人荀慧生本此演繡襦記平劇。㈡見沽酒遊春條。㈢見花酒曲江池條。

【曲江春】　見沽酒遊春條。

【曲娘子】　見廣陵月條。

【曲海目】　書名。淸人黃文暘撰。著錄元明以來。至淸代乾隆以前之雜劇傳奇名目。約千餘種。原載於淸乾隆間所刻李斗揚州畫舫錄卷五。民國十九年國立北平圖書館月刊第四卷覆印此目。題爲重訂曲海總目。

【曲豔品】　書名。凡一卷。明人潘之恒撰。有續說郛所收本。

【曲目韻編】書名。凡二卷。近人董康撰。

【曲律易知】書名。凡二卷。近人許之衡撰。

【曲海一勺】書名。近人姚華撰。

【曲高和寡】喻知音之難得也。楚語：「宋玉說楚王曰。昔楚有善歌者。王其聞歟。始而曰下里巴人。國中唱和者數千人。中而曰陽阿薤露。國中唱而和者數百人。既而曰陽春白雪。國中唱而和者不過數人而已。蓋其曲彌高。其和彌寡。」

【曲學入門】書名。凡五章。近人韓非木著。中華書局印行。

【曲學通論】書名。凡十二章。近人吳梅著。商務印書館印行。

【曲錄餘談】書名。近人王國維著。

【曲譜大成】書名。清人荀溪生輯。

【曲海總目提要】書名。清人黃文暘原本。近人王國維、董康、吳梅、孟森、陳乃乾重訂。此書取清人傳奇彙考、樂府考略殘本校輯而成。凡四十六卷。共收元、明、清、雜劇傳奇提要六百八十四篇。趙景深讀曲隨筆：「我同意於靑木正兒的意見。以爲曲海總目提要是一部有用的書。惟書名須改稱爲樂府考略。同時各劇的作者。也應該從新一一加以考訂。」有上海大東書局排印本。

【曲海總目提要補編】書名。杜穎陶編。此書係據公私所藏殘本傳奇彙考樂府考略之佚文七十餘篇校錄而成。初名曲海總目提要拾遺。刊於民國二十五年劇學月刊第五卷。後經編者增訂。改題今名。

【朱陵】見龍膺條。

【朱凱】元代末期戲曲家。字士凱。生卒年不詳。籍里事蹟亦無考。惟知生性沉默。與人寡合。鍾嗣成與之友善。著有雜劇劉玄德醉走黃鶴樓、放火孟良盜骨殖兩種。後者傳。前者不傳。

【朱期】明代戲曲家。字不詳。號萬山。上虞人。生卒年無考。約明神宗萬曆中前後在世。工作曲。著有傳奇玉丸記（亦作玉瓦記）一種。傳於世。

【朱經】見邾經條。

【朱鼎】明代戲曲家。字永懷。崑山人。生卒年均不詳。約明神宗萬曆初前後在世。與顧允默弟兄友善。善爲曲。著有傳奇玉鏡台一種。

【朱確】清代戲曲家。生卒年不詳。約清聖祖康熙中前後在世。與盛國琦過孟起合作定蟾宮傳奇一種。傳於世。

【朱權】明代前期戲曲家。明太祖第十六子。嗜學博古。負氣好奇。自詡齔時。自稱大明奇士。晚慕冲擧。號臞仙。涵虛子、丹邱先生、均其別署。生年不詳。正統十三年卒。謚獻。故又稱寧獻王。其所論著。及於卜筮修煉琴奕諸書。尤工戲。曲著有太和正音譜一編。盛傳至今。爲研究元明北曲要籍。其他四部著述。亦甚宏富。所製雜劇爲辨三教、勘妒婦、烟花判、瑤天笙鶴、白日飛昇、九合諸侯、豫章三害、肅清翰海、客窗夜話、獨步大羅天、楊姨復落娼、私奔相如等十二種。又傳奇荊釵記一種。爲明初四大傳奇荊、劉、拜、殺之一。

【朱九經】　明代戲曲家。生卒年均不詳。籍里事蹟亦無考。約明思宗崇禎中前後在世。工作曲。著有傳奇崖山烈一種。

【朱心心】　南戲名。元代無名氏撰。南戲拾遺輯錄此目。

【朱奴兒】　曲牌名。南曲入正宮。管色配小工調或尺字調。

【朱仲香】　清代戲曲家。著有傳奇碧牕吟一種。

【朱有燉】　明代前期戲曲家。明太祖第五子周定王朱橚之長子。號誠齋。又號錦窠老人。全陽子、全陽翁、全陽老人、全陽道人、老狂生等。皆其別署。明洪武十二年生於鳳陽。正統四年卒於開封。享年六十一歲。謚曰憲王。有燉工詞曲。所製戲曲。音律諧美流傳。著有雜劇甄月娥春風慶朔堂、美姻緣風月桃源景、清河縣繼母大賢、趙貞姬身後團圓夢、劉盼春守志香囊怨、宣平巷劉金兒復落娼、福祿壽仙宮慶會、神后山秋獮得騶虞、黑旋風仗義疎財、紫陽仙三度常椿壽、東華仙三度十長生、群仙慶壽蟠桃會、瑤池會八仙慶壽、呂洞賓花月神仙會、洛陽風月牡丹仙、天香圃牡丹品、十美人慶賞牡丹園、張天師明斷辰鉤月、孟浩然踏雪尋梅、小天香半夜朝元、李妙清花裏悟眞如、李亞仙花酒曲江池、惠禪師三度小桃紅、搊搜判官喬斷鬼、豹子和尚自還俗、蘭紅葉從良煙花夢、河嵩神靈芝慶壽、四時花月賽嬌容、南極星度脫海棠仙、文殊菩薩降獅子、關雲長義勇辭金等凡三十一種。總題誠齋樂府。皆傳於世。

【朱佐朝】　清代戲曲家。字良卿。江蘇吳縣人。生卒年均不詳。約清世祖順治初前後在世。工作曲。著有傳奇太極奏、玉數珠、軒轅鏡、蓮花筏、吉慶圖、飛龍鳳、錦雲裘、瑞霓羅、御雪豹、石麟鏡、九蓮燈、瓔珞會、贅神龍、萬花樓、建皇圖、乾坤嘯、艷雲亭、奪秋魁、萬壽觀、雙和合、壽榮華、五代榮、寶曇月、牡丹圖、漁家樂、四奇觀、清風寨、血影石、朝陽鳳、一捧花等凡三十種。新傳奇品評其曲曰：「如八音縱鳴。時見節奏。」

【朱京藩】　明代後期戲曲家。字价人。別署不可解人。生卒年均不詳。事蹟亦無可考。著有雜劇玉珍娘一種。未見流傳。傳奇風流院本一種。尚傳於世。

【朱砂記】　雜劇名。亦作硃砂擔。元明間無名氏撰。

【朱翁子】　雜劇名。明人陳某撰。劇品謂此劇：「南九折。此從當罏記摘出者。以朱翁子入長卿似嚬。不若別自爲一傳。」

【朱索臣】　清代戲曲家。江蘇吳縣人。生卒年不詳。事蹟亦無考。約清世祖順治初前後在世。與朱佐朝李玉等友善。著有傳奇振三綱、一著先、錦衣歸、未央天、狻猊璽、忠孝閭、四聖手、聚寶盆、十五貫、文星現、龍鳳錢、瑤池宴、朝陽鳳、全五福、萬年觴、通天台、大吉慶、翡翠園等一十八種。

【朱蕢稗】　清代戲曲家。著有傳奇玉尺樓一種。曲話謂盧見曾亦有此劇。

【朱恩鎰】　明代後期戲曲家。生卒年不詳。事蹟亦無可考。惟知明宗室。封遼王。雅工詩詞。尤精音律。遼邸記聞載曰：「尋復安置鳳陽。而編撰寶花聲諸詞數百闋。流傳江表。含思淒楚。不減南唐後主」著有雜劇金兒弄丸記、誤佳期、玉欄杆等三種。今皆不傳。

【朱寄林】　明代戲曲家。字樹聲。江蘇蘇州人。生卒年不詳。約明思宗崇禎初前後在世。工作曲。著有傳奇醉揚州、鬧烏江、倒鴛鴦三種。並傳於世。

【朱淑眞】　人名。錢塘人。一作海寧人。自稱幽棲居士。生卒年均不詳。約宋高宗紹興初前後在世。幼警慧。善讀書。嫁爲市井婦。抑鬱不得志。作詩多憂怨之言。宛陵魏端禮輯其詩詞名斷腸集。

【朱蛇記】　雜劇名。正題祈甘雨貨郎朱蛇記。元人沈和撰。

【朱從龍】　明代戲曲家。字春霖。句容人。生卒年均不詳。約明神宗初前後在世。工於曲。著有傳奇牡丹記一種。傳於世。

【朱買臣】　劇中人。漢會稽人。字翁子。好讀書。武帝時嚴助薦之於朝。召對稱旨。拜中大夫。會東越反。受命爲會稽太守。治樓船戰具。討平之。官主爵部尉。後爲丞相長史。丞相張湯陵折之。買臣怨。發湯陰事。湯自殺。帝怒誅買臣。買臣微時。家甚貧。賣薪自給。且行且讀。妻羞之。背之去。後拜守越之命。乘傳入吳。見故妻與夫治道。買臣命後車載其夫婦入太守舍。妻慚忿。自縊死。見爛柯山、漁樵記二分條。

【朱雲從】　清代戲曲家。字際飛。蘇州人。生卒年均不詳。事蹟亦無可考。約清世祖順治末期在世。工爲曲。著有傳奇靈犀鏡、齊案眉、照膽鏡、人面虎、石點頭、小蓬萊、別有天、龍燈賺、赤龍鬚、兒孫福、兩乘龍、萬壽鼎等一十二種。皆傳于世。新傳奇品評其詞曰：「駿馬嘶風。馳驟有矩。」

【朱龍田】　清代戲曲家。華亭人。名號及生平均不詳。約康熙中葉在世。工爲曲。著有傳奇壺中天一種。

【朱彝尊】　人名。字錫鬯。號竹垞。又號醧舫。晚號小長蘆釣魚師。浙江秀水人。生於明思宗崇禎二年。卒于清聖祖康熙四十八年。年八十一歲。少肆力古學。博極群書。客遊南北。新至以搜剔金石爲事。與新城王士禎稱南北二大家。又與慈谿、姜宸英、無錫、嚴繩孫稱江南三布衣。著有曝書亭集靜志居詩話等集。

【朱樓會合】　雜劇名。明代無名氏撰。

【朱文太平錢】　南戲名。元代無名氏撰。永樂大典、南詞敍錄、宋元戲文本事、南戲百一錄俱錄此目。沈璟南九宮譜及九宮大成南北宮詞譜中。僅存殘文四曲。

【朱買臣休妻記】　南戲名。元代無名氏撰。南詞敍錄、宋元戲文本事、南戲百一錄俱錄此目。南九宮譜中存殘文一曲。

【朱太守風雪漁樵記】　見漁樵記條。

【朱全忠五路犯太原】　雜劇名。元明間無名氏撰。

【朱善眞生死姻緣記】　雜劇名。明代無名氏撰。

【老】　古方言。稱身體之某部分時。用爲語尾助辭。例如董西廂：「小顆顆一點朱脣。溜汈汈一雙淥老。」淥老眼也。玉壺春：「舒著一雙黑爪老。搭著一條黃桑棒。」爪老手也。爭報恩：「怎覷那喬軀老。屈脊低腰款挪步。輕抬脚。」軀老身也。方諸生本西廂五之三注云：「北人鄉語。多以老作襯字。如眼爲睩老。鼻爲嗅老。牙爲柴老。耳爲聽老。手爲爪老。拳爲扣老。肚爲葊老之類。」

【老生】 脚色名。生之一種。凡生脚而掛髯口者。皆曰老生。皮黃梆子戲中始有此名。俗呼鬍子生或鬚生。齊如山云：「皮黃班中。凡中年以上的正人君子。都用老生扮演。」又分正生、紅生、做工老生、靠把老生等名式。

【老旦】 脚色名。旦之一種。此脚專扮年老婦人。但在元人雜劇中。有時扮演梅香等配角。明人傳奇中。有時扮演少女等配角。是以班中人少。不得不兼之耳。專以老旦爲主角之戲。崑弋梆子較少。而皮黃戲中則較多。故老旦一脚。在皮黃班中。遠較他班爲重要。但亦有兼演太監之規定。齊如山云：「老旦雖不兼他種旦脚。但須兼演不抹臉之太監。這是定例。」元曲謂之卜。漢劇謂之夫。

【老外】 見外條。

【老圓】 戲曲名。清人俞樾撰。

【老臉】 臉譜名。此臉兩眉較長。有時勾至耳際。蓋表示老年人之高壽也。如黃蓋徐延昭姚期等是。

【老大小】 見大小條。

【老生兒】 雜劇名。正題散家財天賜老生兒。元人武漢臣撰。演劉從善垂老無子。妻李氏愛女護壻逐姪匿妾事。略謂有劉從善者。家富年老無子。有女名引張。贅壻張郎。劉翁有姪名引孫。早喪父母。依劉翁居。劉翁妻李氏。因舊日妯娌不和。故遷怒及姪。而偏厚其壻。壻則覬覦妻財。蓄意不善。劉翁皆知之。惟無術以悟妻。遂故遣去其姪。劉翁有妾曰小梅。已懷孕。翁恐壻之圖財而陰損小梅也。乃焚其積年之債券。以減壻之貪謀。又以家貲之半。畀壻掌之。以滿其慾。兼以快妻意。豈知壻之貪謀仍未已也。欲妨小梅翁女引張知之。陰爲小梅地。詭與壻云謀害小梅。而匿之姑母家中。對父母則以小梅私逃無踪告。劉翁聞小梅之逃。雖心疑有異。而無可究白。則深憤財多之足以害家也。復大捨其家財。而以餘產。悉授壻掌之。壻既全握劉翁家業。漸自厚而薄婦翁家。適清明節。與妻先掃已祖張氏墓。劉翁與妻李。偕往祭墓。壻與女皆未至。獨其姪劉引孫則已祭掃祖墓矣。劉翁復爲妻李。詳言女適張。則從張。己姓劉。非劉莫親。李氏乃大悟。壻爲外姓。姪則親枝。遂親姪。奪壻所掌劉氏財產。使姪掌之。値劉翁生辰。壻及女來拜。不訥。女則招小梅及所生子已三歲矣。偕至。劉翁驚喜出望外。問其故。則匿妾保子。皆女所爲。以存父之宗嗣也。劉翁乃三分其家財。以畀子女與姪焉。

按此劇有法英日譯本。

【老收心】　雜劇名。正題黑旋風老收心。元人康進之撰。

【老作子】　見作旦條。

【老狂生】　見朱有燉條。

【老君堂】　雜劇名。正題程咬金斧劈老君堂。元人鄭光祖撰。演唐太宗爲魏王李密部將程咬金所迫。避入老君堂事。略謂唐太宗奉大司馬劉文靜之命。率部下袁天罡、李淳風、馬三寶、段志玄。攻王世充。路經北邙山。見一白鹿。引弓欲射。倏焉失其所在。急馳追之。不覺已至金墉城下。太宗乃便道窺其虛實。會魏王李密部將程咬金巡綽邊境。見而擊之。太宗走避老君堂中。咬金劈開廟門。擒太宗。欲殺之。適秦叔寶至。勸咬金勿傷太宗。生獻于密。密囚太宗于南牢。劉文靜往見密。勸釋太宗。亦同被囚。其後密出征滄州。孟海公命魏徵徐懋功秦叔寶守金墉城。密因大獲全勝。恩赦牢囚。惟詔書南牢二子。不放還鄉。謂太宗及文靜也。秦叔寶力勸徵等釋放二人。徵固傾心于太宗。乃改詔書之不字爲本字。釋二人出。太宗既獲釋。復領軍伐蕭銑。斬之。江南遂平。時李密已敗。咬金等亦皆來降。太宗嘉其驍勇。不念舊惡。且重用之。而共定天下云。（現存元人雜劇本事考）按羅貫中說唐演義書目二十四遭雷擊元霸歸天因射鹿秦王落難一回中。有程咬金刀劈老君堂事。乃據本劇編撰而成。非史實也。

【老更狂】　雜劇名。明代無名氏撰。

【老萊子】　雜劇名。明代無名氏撰。

【老歸正道】　雜劇名。明人李大蘭撰。劇品謂此劇：「北一折。李生諸劇。大率崇儒黜釋。又不若德公之逃釋爲儒。覓眞覺路頭也。」按德公卽祁鳳佳也。

【老萊子斑衣】　南戲名。元代無名氏撰。宦門子弟錯立身戲文中輯錄此目。

【老囘囘探胡洞】　見探胡洞條。

【老敬德撾怨鼓】　見撾怨鼓條。

【老陶賺三讓徐州】　雜劇名。元明間無名氏撰。

【老敬德鞭打李煥】　見打李煥條。

【老女胥金馬玉堂春】　見玉堂春條。

【老郎君養子不及父】　見不及父條。

【老莊周一枕蝴蝶夢】　見莊周夢條。

【合】　管色譜第五音之低音。猶西樂之唱Sol也。

【合口】　古方言。猶云爭執也。亦作鬭口。

【合生】㈠曲牌名。南曲入中呂宮。管色配小工調或尺字調。㈡劇說引知新錄云。合生卽院本雜劇也。

【合無】古方言。盍不也。

【合聲】謂以二聲合成一字之音也。四庫全書總目音韻闡微提要：「國書十二字頭。用合聲相切。緩讀則爲二字。急讀則爲一音。悉本乎人聲之自然。」

【合汗衫】見汗衫記條。

【合衫記】㈠傳奇名。明人沈璟撰。爲屬玉堂十七種之一。據曲品謂。此劇係據元人張國賓合汗衫雜劇敷演而成。㈡見汗衫記條。

【合浦珠】傳奇名。淸人芙蓉山樵撰。

【合家歡】傳奇名。亦作一篇錦。淸人抱影子撰。

【合紗記】傳奇名。亦作雙緣舫。明人史槃撰。

【合釵記】傳奇名。明人吾邱瑞撰。演明皇太眞故事。

【合撲地】古方言。卽俯面撲地也。亦作阿撲。

【合箭記】傳奇名。淸人厲淸軒撰。

【合劍記】傳奇名。明人泰華山人撰。

【合縱記】見金印記。

【合璧記】傳奇名。明人王恒撰。

【合歡鏈】見雙鏈記條。

【合同文字】雜劇名。正題包待制智賺合同文字。元代無名氏撰。演劉姓兄弟。訂有產業合同。兄嫂意欲獨覇。爲包拯用智賺回事。略謂汴梁西關人劉天祥。繼室楊氏。天祥弟天瑞。妻張氏。天祥無子。天瑞有子安住。與李社長女定奴爲指腹婚。俱年三歲。時値饑荒。官令民間分房減口。各適他邦。自謀生活。天祥兄弟議定兄守家。弟他往。然產業未分。於是作合同文字。上書田房籌件。社長爲證。兄弟各執一紙。天瑞與妻子行至潞州高平縣下馬村。舍於張秉彝家。秉彝待之頗厚。不久天瑞夫婦忽染重病。乃出合同文字。託孤於張秉彝而逝。秉彝爲埋葬撫孤。至安住年十八時。始告以鄉里姓氏。交還合同文字。使負父母骨歸葬。時天祥家已富厚。而楊氏因有前夫所出女。贅婿在家。見安住歸。恐奪分資產。乃先賺出合同文字。而擊破安住額。排之門外。謂係騙財。天祥惑於婦言。亦以爲非巳姪。安住無奈。倚門而哭。適李社長來。助定住爭之。楊氏終不肯收留。社長乃率安住。申寃於包拯。拯接案數日不問。而陰遣人往潞州取張秉彝至。乃鞫楊氏。楊氏堅持不認。鞫天祥亦如婦言。拯命下安住於獄。俄而獄史來報。言安住爲楊氏所傷。傷發已斃。拯從容謂楊氏曰：「殺人者死。是親則不問。非親則須抵命。」楊氏懼罪。乃曰：「安住實我親姪。」拯故斥之。以爲無據不足信。楊氏乃以所奪安住合同文字出諸袖中。拯猶以一紙爲不足信。楊氏遂並出二紙。拯忽命獄吏取安住。安住固健在也。楊氏始知爲包拯所賺。然已無及。又召秉彝四面質證。事遂大白。於是賞社長。獎秉彝。罰楊氏。逐贅婿。移葬天瑞夫婦於其先塋。擇日爲安住定奴成婚云。現存元人雜劇本事考

【竹初】　見錢維喬條。

【竹中人】　清代戲曲家。著有傳奇四大記一種。

【竹林寺】　雜劇名。元代無名氏撰。漢宮秋第四折醉春風：「想明妃似竹林寺不見半分形。則留下這箇影影。」金錢記第二折煞尾：「却做了山一帶。水一派竹林寺無影無形的並蒂蓮。」按竹林寺。金熙宗駙馬宮也。寺僧云。一塔無影。

【竹板書】　說唱之一種。其體與大鼓相近。唱時僅用竹板以節拍。別無其他樂器。故名。此種說唱。最盛行於河北河南一帶。前者所唱多爲生物故事。後者所唱多爲歷史故事。

【竹枝詞】　山歌之一種。劉禹錫竹枝詞引云：「歲正月。余來建平（四川巫山。）里中兒聯歌竹枝。吹短笛擊鼓以赴節。歌者揚袂睢舞。以曲多爲賢。聆其音。中黃鐘之羽。其卒章激訐如吳聲。雖傖儜不可分。而含思宛轉。其淇澳之艷。」按劉禹錫與白居易等。皆有此作。後人效其體。詠土俗瑣事。亦多謂之竹枝詞。

【竹枝歌】　曲牌名。北曲入雙調。管色配乙字調或正工調。

【竹竿子】　脚色名。即古之參軍也。王國維云：「唐時則手執木簡。宋時則手執竹竿拂子。或執杖。故亦謂之竹竿子。」

【竹馬兒】　曲牌名。南曲入南呂宮。管色配六字調或凡字調。

【竹窗雨】　雜劇名。正題黃桂娘秋夜竹窗雨。元人石子章撰。

【竹葉舟】　(一)雜劇名。元人范康撰。演陳季卿異鄉遇仙。乘竹葉歸家。及棄凡入道與八仙相會共赴蟠宴事。略謂武陵餘杭人陳季卿。幼習儒業。頗有文名。因時運未通。應擧不第。以至流落。值歲暮嚴

冬。饑寒相迫。忽憶與終南山青龍寺惠安長老有鄉里之誼。乃往投之。惠安留住寺中。溫習經史。以候選場。一日。季卿爲惠安指引。閒賞終南勝景。而有思歸之意。乃題滿庭芳詞一闋以寄恨。忽有一道者來訪。言欲度之修行。季卿不肯。道者又言。觀君所題滿庭芳詞。急欲返里。若肯從余出家。則願借小船送君返鄉。言猶未畢。道者已摘竹葉一片。黏之壁上。化做小船。季卿於迷離恍惚之際。乘坐其上。至家省親。路又過此。道者及列禦寇、葛洪、張子房諸仙。共勸季卿辦道。季卿仍不悟。及抵家。家人相見甚歡。而季卿仍以功名爲念。不久乘船赴京求官。路逢暴雨。風浪大作。季卿墜入江中。驚懼呼救。一躍而醒。始知夢也。尋道者已失所在。惟留詩一首。具言季卿夢中情景。至是季卿始悟道者必爲仙人。急起追之。復逢列禦寇、葛洪、張子房等。最後見道者。始知爲呂洞賓所化。以季卿有仙緣。故來度脫。于是季卿決心棄凡入道。與八仙相會。共赴西王母蟠桃宴云。(現存元人雜劇本事考) (二)傳奇名。淸人畢萬侯撰。

【竹漉籬】 傳奇名。淸人周坦倫撰。

【竹林七賢】 晉山濤、阮籍、嵇康、向秀、劉伶、阮咸、王戎七人。常集于竹林之下。肆意酣暢。世稱竹林七賢。

【竹林小記】 雜劇名。明代無名氏撰。劇品謂此劇：「南北十一折。腔調不明。南北錯雜。惟其文彩煒然。儘堪藻飾。」

【竹林勝集】 雜劇名。明代無名氏撰。劇品謂此劇：「南一折。如此雅集。而腐爛板實。豈不令竹林諸公笑人。」

【竹溪散人】 見鄧志謨條。

【竹葉傳情】 雜劇名。元代無名氏撰。

【竹塢聽琴】 雜劇名。正題秦脩然竹塢聽琴。元人石子章撰。演秦脩然月下聽琴。與其未婚妻鄭彩鸞相遇事。略謂謂禮部尚書鄭某女彩鸞。與工部尚書秦思遠子脩然。指腹爲婚。後兩家父母俱亡。遂不通音問。有鄭州尹梁公弼者。脩然父執也。值土寇擾攘。與妻鄭氏相失于途中。鄭遂往鄭州尼庵爲道姑。時彩鸞年已十八。美才色。通音律。當時法定女二十不嫁者問罪。彩鸞知有指腹之約。不願另嫁。乃毅然投鄭爲弟子。隱于別墅之竹塢草庵。脩然亦因亂無所依。往投公弼。公弼遇之甚厚。偶踏青郊外。暮不及歸。詣竹塢草庵借宿。時鸞方撫琴。

脩然聞琴聲淒惋。叩之。鸞啓扉邀入。互道姓名。乃知即當年指腹爲婚者。于是各述顛沛始末。情不能已。遂與狎昵。嗣後脩然晝則讀書署中。暮則棲于竹塢。公弼頗覺之。慮其廢業。囑乳嫗謂之曰。是庵有女祟。嘗迷年少者。已斃數人矣。脩然大懼。辭公弼赴試。而彩鸞不知也。脩然既去。公弼乃訪鸞。訊其家世。知爲宦家女。且即脩然幼所訂婚者。然未與明言。公弼故不以實告鸞。僅令其移居衙署旁白雲觀中爲住持。不久脩然擢大魁。奏公弼教育恩。請歸省親。詔即授鄭州通判。及至。公弼設宴白雲觀。令鸞出見。脩然警以爲鬼。斥不許近。公弼始道其情。令諧伉儷。初公弼失妻。遍訪不獲。至是老道姑亦即公弼妻。聞弟子彩鸞還俗。急往白雲觀阻之。公弼一見大駭。喜不自勝。于是道姑亦還俗。夫婦各團圓云。（現存元人雜劇本事考）元人張壽卿有紅梨花雜劇。明人徐復祚有紅梨記傳奇。皆本此劇點竄而成者也。

【仲子】見高應玘條。

【仲先】見程文修條。

【仲由】見徐畹條。

【仲名】見賈仲明條。

【仲呂】見中呂條。

【仲良】見陸登善條。

【仲拓】見仲振履條。

【仲彬】見周文質條。

【仲深】見邱濬條。

【仲卿】見顧仲淸條。

【仲義】見郝經條。

【仲誼】見郝經條。

【仲醇】見陳繼儒條。

【仲振履】淸代戲曲家。字仲拓。生卒年不詳。約乾隆末葉在世。嘗爲番禺令。晚年寓居廣州。工曲。著有傳奇雙鴛祠一種。

【仲雲澗】淸代戲曲家。號紅豆村樵。江蘇吳縣人。生卒年不詳。約嘉慶十年前後在世。善爲曲。著有傳奇紅樓夢一種。盛傳于世。

【同人】見尤侗條。

【同谷】見張從懷條。

【同紐】聲紐有同紐旁紐之別。凡同一聲母之字。謂之同紐。即同紐雙聲。如古、公、改。各同屬見母。苦、口、康、孔。同屬溪母是也。若一爲見母。一爲溪母。則謂之旁紐。即旁紐雙聲。如古與苦。公與孔是。按沈約所謂旁紐。神珙所謂傍紐。實卽同紐。與此所言之旁紐不同。

【同心言】　傳奇名。淸人嚴保庸撰。

【同心記】　雜劇名。明代無名氏撰。劇品：「南北五折。此劇粗具情節。曲白無可取。」

【同心結】　燕樂大曲名。

【同甲會】　雜劇名。明人許潮撰。爲泰和記之一。演十月小春之事。

【同昇記】　傳奇名。明人汪廷訥撰。

【同庚會】　南戲名。元代無名氏撰。南詞新譜宋元戲文本事俱錄此目。南九宮譜中僅存殘文一曲。

【同亭宴】　傳奇名。淸人陳烺撰。爲玉獅堂十種曲之一。

【同夢記】　南戲名。亦作串本牡丹亭。元代無名氏撰。南詞新譜輯錄此目。

【同樂院燕青博魚】　見燕青博魚條。

【江兒水】　曲牌名。南曲入仙呂入雙調。

【江東記】　傳奇名。明人魏良輔撰。

【江東體】　明寧王權所定樂府十五體之一。太和正音譜：「江東體。端謹嚴密。」

【江采蘋】　劇中人。唐玄宗妃。能詩文。性善梅花。明皇戲呼梅妃。後失寵。爲楊貴妃逼遷上陽宮。明皇念舊。會外使貢珠。命封一斛賜妃。妃謝以詩云：「柳葉雙眉久不描。殘粧和淚汚紅綃。長門盡日無梳洗。何必珍珠慰寂寥。」明皇以新聲度曲。名曰一斛珠。後因安祿山反。被亂兵所害。見一斛珠條。

【江神子】　曲牌名。南曲入越調。管色配六字調或凡字調。

【江梅怨】　雜劇名。正題月落江梅怨。元人關漢卿撰。

【江梅夢】　傳奇名。淸人梁廷柟撰。

【江義田】　淸代戲曲家。著有傳奇折桂傳一種。

【江東白苧】　散曲別集名。明人梁辰魚撰。正集二卷。續集二卷。所收除無雙傳補外。盡爲散曲。有暖紅室覆刻本。曲苑所收本。

【江頭送別】　曲牌名。南曲入越調。管色配六字調或凡字調。

【江月錦帆舟】　見錦帆舟條。

【江湖十八本】　揚州畫舫錄卷五：「錢雲從江湖十八本。無齣不習。」又：「熊如山精江湖十八本。」黃振石榴記凡例：「牌名雖多。今人解唱者。不過俗所謂江湖十八本與摘錦諸雜劇耳。」按江湖十八本。當係撰取古來戲曲中之最流行當時者所定之名目。

【江州司馬青衫淚】　見青衫淚條。

【行甫】　見李潛夫條。

【行家】　古方言。猶云內行也。例如僧尼共犯：「你我眞是一對行家。若是俗人。那裏知道其中道理。」太和正音譜雜劇十二科：「子昂趙先生曰。良家子弟所扮雜劇。謂之行家生活。娼優所扮者。謂之戾家把戲。」行家與戾家對擧。行家即內行。戾家即外行也。

【行院】　古謂伶人曰行院。青樓集：「天然秀姓高氏。始嫁行院王元俏。」

【行徑】　古方言。㈠猶言家風也。㈡猶言行爲也。

【行貨】　古方言。猶言貨物也。

【行唐】　古方言。猶云遲慢也。例如風月紫雲庭：「休得行唐。火速疾忙。」言休得遲慢也。又如魔合羅：「官人委付將文案掌。有公事豈敢行唐。」言豈敢怠慢也。

【行道】　見李潛夫條。

【行頭】　演劇所用之衣帽等物。謂之行頭。齊如山中國劇之組織：「中國劇脚色所穿之衣服。名曰行頭。其式樣製法。乃斟酌唐宋元明數朝衣服之樣式。特別規定而成者。故劇中無論何等人穿何種衣服。均有特定規矩。不分朝代。不分地區。不分時季。均照此穿法。」

【行香子】　曲牌名。南曲入中呂宮引。管色配小工調或尺字調。北曲入雙調。管色配乙字調或正工調。

【行家生活】　趙子昂曰：「良家子弟所扮雜劇謂之行家生活。倡優所扮者。謂之戾家把戲。」吳梅顧曲塵談：「西廂繫春心情短柳絲長。隔花陰人遠天涯近。語妙今古。顧在當時。不甚以此等艷語爲然。謂之行家生活。即明人謂案頭之曲。非場中之曲也。」

【行孝道目蓮救母】　見目蓮救母條。

【行孝道郭巨埋兒】　雜劇名。元代無名氏撰。

【行孝道蔡順分椹】　見降桑椹條。

【百戲】　劉晏詠王大娘戴竿詩：「樓前百戲競爭新。唯有長竿妙入神。」見散樂、角牴、二分條。

【百子圖】　戲曲名。清代無名氏撰。演晉鄧攸棄子全姪事。略謂攸棄子全姪。後竟無子。時人以伯道無兒爲天道之憾。此劇故作翻案。言攸子雖棄。爲他人所得。其後復歸于攸。且子孫衆多。元帝至爲作百子圖。故名。

【百字令】　曲牌名。北曲入大石調。管色配小工調或尺字調。

【百拙生】　見鄧志謨條。

【百花亭】　㈠雜劇名。正題逞風流王煥百花亭。元代無名氏撰。演王煥與賀憐憐相遇于百花亭事。略謂王煥字明秀。汴梁人。父早逝。依叔居洛陽。煥年少美豐姿。善吟咏。兼精騎射。人遂以風流王煥呼之。時屆淸明。與奚童六兒出遊。有妓賀憐憐者。踏青至陳家園百花亭暫憩。與煥相值。煥驚賀之艶。竚立亭邊不去。賀亦愛煥才品。遂折蘭花于手。吟詩云。折得名花心自愁。春光一去可能留。煥亦續之曰。東風若是相憐惜。爭忍開時不並頭。然不知其爲誰氏女也。因賣查梨王小二紹介。互道慕悅之情。後遂按址造訪其家。相與狎昵。居半載。囊資告乏。會有西延邊將高邈。取軍需赴洛。聞賀美。欲買之。假母乃逐煥。嫁賀于邈。賀隨邈移居承天寺中。猶眷戀煥。擬訂生死約。而乏通問之使。適王小二至寺。乃託柬達煥。啓視之。則長相思詞。詞云。朝相思。暮相思。朝暮相思無盡時。奉君斷腸詞。生相思。死相思。生死相思兩處辭。何由得見之。煥遂易裝作賣查梨者。俟邈出。至寺門高聲呼賣。賀出與語。令煥赴西延立功。且伺機控邈強佔有夫之婦。又贈以川資。賦南鄉子詞爲別。煥抵西延。投經略种師道。初充馬前頭目。以戰功授西涼節度使。師道嚴邈擅用軍需。以致缺額。且聞其私移公帑以娶妓。拘而詢之。賀言身爲煥妻。不願從邈。適煥凱旋入謁。言賀賣己所聘妻。師道乃將邈依律處斬。斷賀歸煥。並爲之設宴慶功云。現存元人雜劇本事考　㈡南戲名。宋代無名氏撰。亦作風流王煥賀憐憐。南詞敍錄、南戲百一錄、宋元戲文本事俱錄此目。按王煥戲文。乃宋時黃可道所作。元人又襲其說以撰雜劇也。錢唐遺事：「至戊辰己巳間。王煥戲文盛行于都下。始自太學有黃可道者爲之。」㈢雜劇名。正題血骷髏大鬧百花亭。明人陸進之撰。㈣傳奇名。明人王异撰。

【百花舫】　傳奇名。淸人紫虹道人撰。

【百順記】　傳奇名。明代無名氏撰。略謂宋王曾連中三元。位至宰相。其子亦中武狀元。百事皆在順境。故曰百順記。劇說引冬夜箋記云：「王曾少孤。鞠于叔氏。無子。以弟之子澤爲後。而百順記傳奇則載其具慶生子事。」二說未知孰是。曲海提要：「凡賓筵吉席。無不演此劇者。」

【百福帶】　傳奇名。淸人邱園撰。

【百種曲】　見元曲選條。

【百子山樵】　見阮大鋮條。

【百川書志】　書名。明人高儒撰。凡二十卷。其中卷六所收。盡爲元明戲曲。原稿雖佚。名目倖存。按儒字子醇。號百川子。涿州人。明代武弁中藏書最富者。

【百靈效瑞】　傳奇名。淸人吳城厲鶚合撰。爲迎鑾新曲之一。

【好歹】　古方言。猶云總之也。例如羅李郎：「我不問那裏。好歹尋著我那孩兒去來。」言總之要尋著方休也。亦作好打。例如瀟湘雨楔子：「可不誤了我的期限。好打則今日我就要開船也。」言總之今天要開船也。

【好下的】　古方言。猶云好毒辣也。例如倩女離魂：「王生你好下的也。」言你手段好毒辣也。

【好姐姐】　曲牌名。南曲入仙呂入雙調。

【好事近】　曲牌名。南曲入中呂宮引。又入中呂宮正曲。一名杏壇三操。

【好孩子】　曲牌名。南曲入中呂宮。管色配小工調或尺字調。

【好精神】　曲牌名。北曲入雙調。管色配乙字調或正工調。

【好觀音】　曲牌名。北曲入大石調。管色配小工調或尺字調。

【好觀音煞】　曲牌名。北曲入大石調。管色配小工調或尺字調。

【好酒趙元遇上皇】　見遇上皇條。

【死生緣】　雜劇名。明人葉憲祖撰。劇品謂此劇：「北四折。此即小說中金明池吳倩逢愛愛也。頭緒甚繁。約之于一劇而不覺其促。乃其情語婉轉。言盡而態有餘。」

【死沒騰】　古方言。猶云懨懨無生氣也。

【死生寃報】　雜劇名。明人傳一臣撰。爲蘇門嘯之一。

【死腔活板】　見板式條。

【死裏逃生】　雜劇名。明人孟稱舜撰。略謂刑部郎中楊宗玄。與北京郊外西山寺僧了緣夙相識。以目病寄寓其寺休養焉。了緣原爲無惡不作之僧人。將來廟燒香婦女二人監禁小院中。以恣獸慾。楊宗玄散步廟中。偶發見之。二女向之求救。監視之沙彌急告了緣。惡僧等卽至云。如放此人生還。必罹禍。乃將宗玄閉一室中。促之自盡。宗玄悲急。然無路可遁。冥冥中伽藍神憐之。先使監視沙彌睡去。復使鼠穿穴屋頂。宗玄得此暗示。破屋頂遁出。越牆而走。適遇運煤工人。向之乞救。工人等令宗玄改衣服。裝爲工人。故惡僧雖追及之、亦未被覺察焉。楊得脫虎口。歸北京。遂遣人捕惡僧救二女。處惡僧以斬罪云。中國近世戲曲史劇品謂此劇：「子若作南曲。尙能鬆秀如此。橫行詞壇。爲無敵手。」

【死哭秦少游】　見秦少游條。

【死哭劉夫人】　見劉夫人條。

【死葬鴛鴦塚】　見鴛鴦塚條。

【死生交託妻寄子】　見託妻寄子條。

【死生交范張鷄黍】　見范張鷄黍條。

【伊】　古方言。此爲第二人稱之辭。猶云你或君也。例如倩女離魂：「此及你遠赴京華。薄命女爲伊牽掛。」又如幽閨記：「你這般所爲。恨不得咱伊血肉寢伊皮。」亦作伊家。例如巾箱本琵琶記：「我年老爹娘。望伊家看承。」此爲蔡伯喈臨行時。對其妻趙五娘之言也。又：「老姥姥。早晚望伊家將奴誨。」此爲牛小姐對老姥姥之言也。

【伊州】　㈠燕樂大曲名。㈡南宋大曲名。入越調。南宋官本雜劇二百八十種之中。有領伊州、鐵指甲伊州、鬧五伯伊州、裴少俊伊州、食店伊州五本。宋史樂志及文獻通考教坊部十八調越調歇指調中。均有伊州大曲。㈢金元大曲名。入歇指調。金人院本名目六百九十種之中。有上墳伊州、進奉伊州、背箱伊州、酒樓伊州四本。新唐書禮樂志云：「天寶樂曲皆以邊地爲名。若涼州、伊州、甘州之類。至宋猶存。」洪邁容齋隨筆：「今世所傳大曲。皆出于唐。而以州名者五。伊、涼、熙、石、渭、是也。」

【伊璜】　見查繼佐條。

【伊州遍】　曲牌名。北曲入小石調。管色配小工調或尺字調。

【伊尹扶湯】　見伊尹耕莘條。

【伊尹耕莘】　雜劇名。正題立成湯伊尹耕莘。別作耕莘野伊尹扶湯。元人鄭光祖撰。演伊員外養子伊尹平夏傑事。劇中伊尹未遇時。曾耕於有莘之野。因以爲名。略謂玉帝因夏帝履癸。不修德政。暴戾頑狠。諸侯多叛。當有起而代之者。乃勑命文曲星下界。降生義水村有華里趙氏。以應新運。趙氏以女不夫而孕。有辱門庭。令棄之於伊員外莊後空桑中。尹氏家僕外出。忽見空桑下滿地紅光。異香撲鼻。就而視之。乃一嬰兒也。遂抱歸。交伊員外收養。即伊尹也。長而耕於有莘之野。湯知其賢。薦於夏桀而不用。湯乃背桀自立。與右丞相仲虺議。差上大夫汝方往聘伊尹。既至。湯告以夏桀不道。殘虐生靈。欲興兵討伐。隨命伊尹爲軍師。平夏桀。放之於鳴條。立新朝。國號大商。都於亳邑。四方歸之。天下始定。於是乃敕封伊尹爲太師左相。仲虺爲太師右相云。（現存元人雜劇本事考）　按伊尹一名摯。商之賢相。耕於莘野。湯三以幣聘之。始往就湯。相湯伐桀救民。以天下爲己任。湯尊之爲阿衡。湯崩。其孫太甲無道。伊尹放之於桐。三年。太甲悔過。復歸於亳。年百歲卒。帝沃丁葬以六子之禮。孟子稱爲聖之任者。

【夷玉】　見周朝俊條。

【夷白】　見楊珽條。

【夷則】　音律名。此律爲大呂所生。管長五寸零三分二。但其頻率尚未獲得結論。今假定黃鍾等於西律之C。則夷則之音高。當與西律之升G或降A相近。

【夷則羽聲】　宮調名。羽作結聲而出于夷則者。謂之夷則羽聲。俗名仙呂調。

【夷則角聲】　宮調名。角作結聲而出于夷則者。謂之夷則角聲。俗名商角調。

【夷則宮聲】　宮調名。宮作結聲而出于夷則者。謂之夷則宮聲。俗名仙呂宮。

【夷則商聲】　宮調名。商作結聲而出于夷則者。謂之夷則商聲。俗名商調。

【存甫】　見陳以仁條。

【存濟】　古方言。猶云安頓也。措置也。例如董西廂：「情懷轉轉難存濟。勞心如醉。也不吟詩課賦。只恁昏昏睡。」此言難安頓也。隔江鬪智：「端的是錦綉城池。無福的難存濟。」此言難措置也。亦有分開用作不存不濟者。例如東堂老：「這業海是無邊無岸的愁。那窮坑是不存不濟的苦。」此言難安難措也。

【存孤記】　傳奇名。明人陸弼撰。

【存孝打虎】　㈠見悮入長安條。㈡見雁門關條。

【存仁心曹彬下江南】　見曹彬下江南條。

【伍員】　見伍子胥條。

【伍子胥】　劇中人。春秋楚人。名員。父奢兄尚爲平王所殺。子胥奔吳。佐吳伐楚。時平王已卒。乃掘其墓鞭尸三百。後吳敗越。越王勾踐請和。夫差許之。子胥諫不聽。太宰嚭讒之。夫差賜子胥屬鏤之劍曰：「子以此死。」子胥謂其舍人曰：「抉吾眼懸諸吳東門。以觀越人之入滅吳也。」乃自刎死。復九年。越果滅吳。見蘆中人、浣紗記、伍員吹簫各分條。

【伍員吹簫】　雜劇名。正題說鱄諸伍員吹簫。元人李壽卿撰。演伍員去楚奔吳。以吳兵破楚報家仇事。劇中子胥在逃亡途中。以吹簫乞食度日。因以爲名。略謂楚太傅伍奢爲少傅費無忌所讒。楚王殺奢及其長子伍尚。奢次子伍員。字子胥。時爲樊城太守。有勇力。無忌畏之。乃遣其子費得雄往賺之入朝。欲併殺害。以除後患。楚公子芉建。得悉無忌陰謀。乃攜子芉勝。私奔樊城。通報子胥。未幾。費得雄果至。子胥怒逐之。遂與芉建借奔鄭國借兵。以報父兄之仇。無忌知子胥等奔鄭。令中大夫養由基追擊。芉建爲亂軍所殺。子胥乃携芉勝脫逃。乞食以自活。路逢漂女。賙濟之。又遇漁夫閭丘亮。本楚國大夫。年邁歸隱於漁。亮助子胥過江。子胥以白金劍爲謝。亮拒不受。子胥既至鄭。在丹陽縣以吹簫度日。又逢鱄諸。子胥嘉其膂力過人。挽之爲父兄復仇。鄭國上卿子產。畏楚之強。不容子胥久住。子胥乃借芉勝及鱄諸夜過昭關奔吳。子胥借吳精兵十萬以伐楚。生擒費無忌。斬之轅門。直搗郢城。時楚平王已歿。子胥掘其屍。鞭之三百。楚昭公遂與二公子芉旋出亡。吳大勝而還。子胥又舉兵伐鄭。鄭召閭丘亮子退子胥兵。吳王闔閭乃下令重賞鱄諸漂女及漁夫家屬。爲伍子胥報恩云。（現存元人雜劇本事考）

【伍子胥力伏十虎將】　雜劇名。明代無名氏撰。

【伍子胥棄子走樊城】　見走樊城條。

【伍子胥鞭伏柳盜跖】　雜劇名。元明間無名氏撰。孤本元明雜劇提要臨潼鬭寶條謂：「別有伍子胥鞭伏柳盜跖一本。竄取此本之前半割裂湊合。蓋伶工病此劇登場人物過多。刪繁就簡之所爲。」是如此本乃十八國臨潼鬭寶一劇之改本也。

【全庵】　見胡文煥條。

【全五福】　傳奇名。淸人朱素臣撰。

【全陽子】　見朱有燉條。

【全一眞人】見汪廷訥條。

【全陽道人】見朱有燉條。

【全火兒張弘】雜劇名。元人紅字李二撰。趙景深小說戲曲新考：「全火兒張弘在水滸上是船火兒張橫。但在大宋宣和遺事上却又是火船工張岑。」

【多咱】古方言。猶云大概也。總之也。例如東堂老：「付與他錢鈔。他那裏去做甚麼買賣。多咱又被兩個光棍弄掉了。」又如合同文字：「婆婆說不是。多咱不是。」亦作多咱是或多則是。例如兩世姻緣：「多咱是寸腸千萬結。只落的長歎兩三聲。」金線池：「那些個慈悲爲本。多則是板障爲門。」凡云多咱或多咱是。皆猶云大概或總之也。

【多羅】古方言。梵語目也。引申爲精明之義。

【多大小】見大小條。

【多月亭】南戲名。元代無名氏撰。南詞敍錄輯錄此目。

【多敢是】見敢條。

【多管是】古方言。猶云准定是也。例如望江亭：「多管是前妻將書至。知他娶了新妻。」又如西廂記：「望的人眼欲穿。想的人心越窄。多管是寃家不自在。」凡言多管是。皆猶云准定是也。

【吉四】見李棟條。

【吉甫】㈠見庾天錫條。㈡見鮑天祐條。㈢見喬吉條。

【吉祥兆】傳奇名。淸人張大復撰。

【吉慶圖】傳奇名。淸人朱佐朝撰。演明世宗時海瑞嚴嵩事。劇中以柳芳春所繪吉慶圖爲關目。故名吉慶圖。

【吉衣主人】見袁于令條。

【收尾】曲牌名。北曲入正宮。管色配小工調或尺字調。又入南呂宮。管色配六字調或凡字調。

【收江南】曲牌名。北曲入雙調。管色配乙字調或正工調。

【收春醉客】明代後期戲曲家。著有雜劇曲中曲一種。

【收心猿意馬】㈠雜劇名。正題藍采和鎖心猿意馬。元明間無名氏撰。㈡見意馬心猿條。

【冰持】見周穉廉條。

【冰壺】見范居中條。

【冰山記】傳名名。淸人陳治徵撰。

【冰車歌】曲牌名。南曲入中呂宮。管色配小工調或尺字調。

【冰壺道人】　見唐復條。

【字舞】　舞名。樂史柘枝譜：「舞有字舞、花舞。字舞者。以身亞地。有成字。如作天下太平字是也」唐書南蠻傳：「韋皋作南詔奉聖樂。字舞人十六。人執羽翟。以四爲列。」

【字譜】　見管色譜條。

【字字錦】　曲牌名。南曲入商調。管色配六字調或凡字調。

【字字雙】　曲牌名。南曲入仙呂入雙調。

【字欺聲】　見陰陽條。

【囘龍】　皮黃板式名。此腔功用在於承上轉下。故名。高宜三國劇藝苑：「高越激昂之倒板。既爲狂風暴雨之突然而至。勢先唱囘龍腔以緩和之。而後徐徐轉入原板。故囘龍似可爲合攏囘嚨之意也。」如黃金臺：「爲國家秉忠心……」爲二黃囘龍。南陽關「嘆雙親不由人……」爲西皮囘龍。

【囘心院】　傳奇名。清人王溍撰。

【囘文錦】　傳奇名。清人洪昇撰。事本武后所製竇滔妻蘇蕙織錦迴文傳。與元人織錦迴文關目互異。

【囘波樂】　燕樂大曲名。

【囘頭寶】　傳奇名。清人呂藥庵撰。

【有】　古方言。㈠猶在也。例如單刀會：「魯肅云。道童。先生有麼。童云。俺師父有。」此猶云先生在家也。五侯宴：「老身當初也有箇孩兒來。自小與了箇官人去了。如今有呵。也有這船大小年紀也。」此猶云在世也。㈡猶云有其人也。亦猶云看上也。起意也。例如瀟湘雨：「雖然俺心下有。我須是臉兒羞。」心下有。猶云心中有他也。西廂記：「崔家女艷粧。莫不演撒上老潔郎。」潔郎謂僧。言莫非看上了你這老和尚麼。

【有丁】　見許炎南條。

【有底】　古方言。猶云儘著也。亦猶云無限也。不了也。例如董西廂：「天下有底英雄漢。聞名難措手。」此言儘天下所有英雄也。底亦作的。例如燕靑博魚：「那東京城裏有的是買賣營生。你尋些做。可不好那。」此言買賣生意儘多也。底亦作得。例如桃花女：「你姐姐到他家時。用不了。使不了。穿不了。著不了。味不了。嚐不了。有得好哩。」此言這門親事無限好也。

【有情癡】　㈠清代戲曲家。著有傳奇花萼樓一種。㈡雜劇名。明人徐陽輝撰。

【地】　古方言。語助辭。猶著也。例如盆兒鬼：「剛走到家來。可便坐地。猛然間心中記起。」—坐地。坐著也。牆頭馬上：「你這裡立地。我家去也。」—立地立著也。詐妮子調風月：「臥地觀經史。坐地對聖人。」—臥地臥著也。

【地行仙】 傳奇名。亦作後曇花。清人吳可亭撰。

【地獄生天】 雜劇名。明人湛然撰。劇品謂此劇：「南北五折。老僧說法。不作禪語而作趣語。正是其醒世苦心。詞甚平。然無敗筆。」

【地藏王證東窗事犯】 見東窗事犯條。

【次末】 脚色名。即古之蒼鶻。

【次淨】 脚色名。即古之參軍。

【次第】 古方言。猶云規矩也。分曉也。例如董西廂：「依次第覷著張生大人般拜。」—此敘歡郎拜見張生情形。言依著規矩對著張生行大人一般的拜跪也。西廂記：「他說明日回話。必有箇次第。且放下心。須索好音來也。」—此言必有箇分曉也。

【次梗】 見盧柟條。

【安市】 雜劇名。清人張聲玠撰。爲玉田春水軒雜劇九種之一。演薛仁貴征東事。

【安公子】 (一)曲牌名。南曲入正宮。管色配小工調或尺字調。(二)燕樂大曲名。

【安祿山】 劇中人。唐營州柳城胡人。本姓康。字軋犖山。又作阿犖山。隨母嫁而冒安姓。更名祿山。忮忍多智。通六蕃語。張守珪拔爲偏將。玄宗時擢爲節度使。兼平盧、范陽、河東三鎭。大加寵信。祿山厚結貴妃楊氏。自請爲妃養兒。帝許之。由是逆謀日熾。尋與楊國忠有隙。舉兵反。陷長安。自稱雄武皇帝。國號燕。玄宗幸蜀避之。後祿山爲其子慶緒及李豬兒所弒。見梧桐雨條。

【安樂神犯】 曲牌名。南曲入仙呂宮。管色配小工調或尺字調。

【再思】 見徐飴條。

【再生緣】 (一)傳奇名。凡四齣。明人蘅蕪室撰。演李夫人再生人世。與漢武帝更續前緣事。略謂李夫人臨歿。以所贈玉鉤殉葬。武帝用李少君術。與夫人相見。夫人自訴當再人世。在河間陳家。十五年後。更續前緣。得河間女子。拳握玉鉤。是爲鉤弋夫人。其大段與鉤弋宮記相似。據正史及其他傳記。本無李夫人轉世爲鉤弋夫人之說。蓋紐合生情也。(二)雜劇名。明人吳仁仲撰。劇品謂此劇：「北四折。既爲李夫人後身。何爲復有留子奪母之事。」—(三)彈詞名。寫孟麗君與皇甫少華離合事。據閨媛叢談。係陳端生作而梁德繩續成。

【再生蓮】傳奇名。明人李素甫撰。

【再來人】傳奇名。清人楊恩壽撰。爲坦園六種之一。演閩人陳仲英。年至七十而未登第。困窮憤懣以終。投生爲李承綸子毓英。十五舉鄉試。十七進士。授翰林院編修。悟前生事。拜仲英墳。且撫卹其老妻事。

【血手記】雜劇名。正題馬均祥沒倖血手記。元明間無名氏撰。

【血梅記】傳奇名。清人謝堃撰。

【血影石】傳奇名。清人朱佐朝撰。

【血骷髏大鬧百花亭】見百花亭條。

【羊皮戲】見影戲條。

【羊羔利】古方言。元時一種高利貸。由權貴放款貸民。到期倍索利率以償。謂之爲羊羔利。

【羊無夷】謂曲調之餘聲也。

【羊頭神】燕樂大曲名。

【羊角哀鬼戰荊軻】雜劇名。元明間無名氏撰。

【名花譜】傳奇名。清人種花儂撰。

【名劇彙】書名。明人祁理孫輯。凡七十二冊。共收雜劇二百七十種。此爲祁氏所藏元明雜劇單帙簿冊合訂而成。

【名伶化裝譜】書名。凡一卷。北京實事白話報編刊。

【色】俗謂物之種類曰色。見脚色條。

【色旦】脚色名。旦之一種。此脚僅元人有之。是一種介於花旦彩旦間之脚色。雜劇陳摶高臥中有「鄭恩引色旦上」之語。

【色痴】傳奇名。凡九齣。明代無名氏撰。爲四大痴傳奇之一。清人據此作蝴蝶夢。

【冲末】脚色名。末之一種。此脚始自元朝。其性質與二末相似。如謝天香之柳耆卿。爭報恩之宋江等是。

【冲漠子】見獨步太羅條。

【冲漠子獨步太羅天】見獨步太羅條。

【因而】古方言。猶云草率也。輕率也。例如隔江鬭智：「這姻緣甚些天賜。且因而勉強從之。免的道外向夫家有怨詞。」此言草草勉強從之也。又如倩女離魂：「今日來祖送長安年少。兀的不取次棄舍。等閒抛掉。因而零落。」取次等閒與因而二字爲互文。皆猶云輕率也。

【因緣夢】傳奇名。清人石龐撰。演木巠與田娟娟戀情事。

【因禍致福】　雜劇名。正題孟縣宰因禍致福。元人鄭廷玉撰。

【伏狀】　古方言。猶云承招罪狀也。

【伏虎韜】　傳奇名。清人沈起鳳撰。爲沈氏四種之一。演軒轅生妻張氏奇妒。軒師馬俠君設計制服之事。此與汪廷訥獅吼記及吳炳療妒羹相似。而不及獅吼記之洒脫。療妒羹之優美也。吳梅伏虎韜跋：「聞故老言。洪楊亂前。吳中頗有演此記者。往往哄堂大噱。」

【伏生授經】　戲曲名。清人石韞玉撰。爲爲花間九奏之一。

【早是】　古方言。(一)猶云本是也。已是也。例如西廂記：「早是離人傷感。況値暮秋時候。」早是猶云本是也。又如漢宮秋楔子：「道猶未了。聖駕早到。」早到猶云已到也。(二)猶云幸是也。例如魯齋郎楔子：「早是在我這裏。若在別處。性命也送了你的。」此言幸而在我這裏。否則你的性命也送了。亦作蚤是。例如東坡夢：「昨日被東坡學士魔障了一日。蚤是貧僧。若是第二個。怎生是好。」蚤是貧僧。猶云幸好是貧僧也。

【早晚】　古方言。(一)猶云何日也。例如西廂記：「書封雁足此時修。情繫人心早晚休。」漢宮秋：「情繫人心早晚休。則除是雨歇雲收。」凡言早晚休。皆猶云何日休也。(二)猶云隨時也。遲早也。例如隔江鬬智：「母親。你孩兒有些不成器。早晚要你照顧咱。」此言隨時照顧也。打董達：「則怕鄭恩早晚莽撞。沖撞哥哥。是必寬恕者。」此言遲早莽撞也。(三)猶云時候也。例如董西廂：「若有話說。明日妾來回報。這早晚怕夫人尋我回去也。」此言這時候也。紅梨花：「梅香。咱去來。這早晚多早晚也。」此言現在甚時候也。謝金吾：「想你當初不得志時。提著箇灰罐兒。賣詩寫狀。那早晚也是東廳樞密使來。」此言從前那時候也。黑旋風：「我隨身帶著這蒙汗藥。我如今攪在這飯裏。他吃了呵。明日這早晚還不醒哩。」此言明日這時候也。

【早軸子】　見軸子條。

【吊嗓】　謂訓練嗓音也。通常早晚兩次。都在曠郊行之。

【吊琵琶】　傳奇名。清人尤侗撰。焦循劇說：「前三折全本東籬。末一折寫蔡文姬祭青塚彈胡笳十八拍以弔之。雖爲文人狡獪。而別致可觀。」

【吊搭髻】髻名。簡稱吊搭。有黑灰白三種。掛此者。皆爲詼諧不拘之人。如翠屏山之潘老丈。烏盆記之張別古。群英會之蔣幹等是。

【任風子】雜劇名。正題馬丹陽三度任風子。元人馬致遠撰。演馬眞人度化屠戶任風子成道事。略謂漢伏波將軍之裔馬丹陽得道後。誓欲度脫衆生。按天地人三才。頂分三髻。正一髻去人我是非四罪。右一髻去名利富貴四罪。左一髻去酒色財氣四罪。偶因望氣。知終南山甘河鎭有一任屠。號曰風子。有半仙之分。遂至鎭中點化。因任氏以屠爲業。直接勸其戒殺不易。乃先度一鎭之人。皆斷葷如素。使其不易售賣。必來論理。乘間必可引之入道。任屠果與衆屠謀。謂屠業蕭條。蓋緣此三髻道人度化吃齋之故。必殺之而後快。衆推任屠有勇力。任乃乘醉持刀入草庵。欲殺丹陽。而已反爲護法神所殺。向丹陽索頭。丹陽令其自摸。頭固在也。不覺猛然省悟。投刀再拜。願隨丹陽學道。丹陽命其擔水潑畦。誦經修行。精進勤苦。任屠之妻。率其子女到庵。勸任還俗。任意念至堅。不爲稍動。且摔殺其幼子。以示決絕。嗣屢經丹陽指點。去盡酒色財氣。一空人我是非。十年後終成正果云。現存元人雜劇本事考

【任誕軒】見陳與郊條。

【任千四顆頭】見鬧法場條。

【如是觀】傳奇名。淸人張大復撰。亦作倒精忠。又稱翻精忠。以姚茂良之精忠記直敍岳飛之死。而秦檜受冥誅。未足快人意。更作此以翻案。述飛成大功。檜受顯戮云。今崑曲粹存所載五齣。實卽本劇也。

【如意舟】傳奇名。淸人高奕撰。

【如夢令】曲牌名。南曲入小石調引。

【羽】㈠五音調之第五音或七音調之第六音也。管子地員篇曰：「凡聽羽。如馬鳴在野。」㈡唇音也。樂府傳聲所載辨五音訣曰：「欲知羽。撮口取。」㈢見項藉條。

【羽調】宮調名。古曰無射羽聲。

【价】見家條。

【价人】見朱京藩條。

【向】古方言。猶愛也。爭報恩：「你向的好夫人。他房裏藏著奸夫說話哩。」你向的好夫人。猶云你所愛的好夫人也。罵座記：「都願你好夫妻長相向。又只要明年早弄璋。」長相向。猶云長相愛也。

【向上】古方言。猶云不足也。例如遇上皇：「做夫

妻四年向上。五十次告房。」四年向上。猶云四年不足也。又如關拜月亭：「的是五夜其高。六日向上。」其高。猶云有餘。向上。猶云不足也。

【交】　古方言。猶使也。例如踈者下船：「能可交我無兒。怎肯交你先絕戶。」

【交通科】　戲界七科之一。俗呼催戲的。齊如山云：「這行人的工作。就是每天催各脚到戲園中去演戲。好脚多不肯早到。則戲碼規定之後。還須給他送一次信。好脚倘遲到。尚須催兩三次。所以各班非有這行人不可。」

【汝行】　見馮惟敏條。

【汝齋】　見楊訥條。

【仰松】　見方成培條。

【仰剌叉】　古方言。猶云仰面跌顛也。

【光鉅】　見程麗先條。

【光光乍】　曲牌名。南曲入仙呂宮。管色配小工調或尺字調。

【尖音】　咬字分尖團。以舌抵齒之音謂之尖音。如合四烟二字為先。此由二字為秋之類是。見尖團條。

【尖團】　皮黃戲中。有所謂尖團上口字者。即出字之法也。辭海云：「字音之或尖或團。祇在聲母上作分別。例如修讀如思攸。休讀如熙攸。則修為尖。而休為團。大抵蘇語尖多。北語團多。惟河南語尖團最清晰。故劇曲必以中州韻為準繩。」華連圃戲曲叢談云：「竊謂無論何字。皆由三十六聲母切成。凡用精、清、從、心、邪、五母。所屬切音上字切成之字。皆為尖字。餘皆團字也。請詳言之。精母所屬之切音上字十八。臧、作、則、租、組、咨、資、茲、子、姊、遵、醉、銼、即、借、將、津、精、是也。清母所屬之字十九。采、倉、蒼、此、雌、刺、麁、麤、粗、醋、錯、銼、親、取、且、七、遷、千、青、是也。從母所屬之字十五。才、在、藏、昨、組、酢、慈、自、秦、情、牆、匠、前、漸、疾、是也。心母所屬之字二十一。桑、蘇、素、速、斯、私、思、司、損、雖、胥、須、辛、先、相、想、寫、細、悉、息、錫、是也。邪母所屬之字十二。詞、辭、寺、似、蜀、隨、夕、徐、旬、旋、詳、祥、是也。總此五母切音上字。共八十有五。凡用此八十五字切成之字。即尖音。否則團音也。」

【扢憎】　古方言。猶云憐愛也。例如金線池：「閑散了雖離我眼底。扢憎著又在心頭。」扢憎著。猶云憐愛著也。

【扢戲】　古方言。猶云美好也。有趣也。例如小孫屠戲文：「一雙兩美。我也成扢戲。」此言好事也。張協狀元戲文：「多扢戲。本事實風騷」此言有趣也。

【扢刺刺】　古方言。車行聲也。例如范張雞黍：「我與你扢刺刺直拽到墳頭。」

【扢搭幫】　古方言。本狀動作之聲音。因借喻動作之乾脆也。迅速也。亦作各扎邦或扢扎幫。

【休休生】　見徐復祚條。

【休休居士】　淸代戲曲家。著有傳奇風棲亭一種。

【印板兒】　古方言。猶云永記不遺也。

【印上人提醒紅蓮前債】　見紅蓮債條。

【丞相賢】　曲牌名。南曲入越調。管色配六字調或凡字調。

【丞相亮滅魏班師】　見定中原條。

【衣襖車】　雜劇名。正題狄靑復奪衣襖車。元代無名氏撰。演狄靑奉范仲淹命。押衣襖車赴西延賞軍。途中車爲番將所奪。靑復奪回。並得仲淹重賞事。略謂天章閣學士范仲淹。奉朝命。携五百輛衣襖扛車。赴西延邊賞軍。派狄靑爲押衣襖扛車大使。靑字漢臣。汾州西河人。勇略出群。膂力絕衆。行至中途。天降大雪。靑入酒店暫歇。忽有部下飛山虎劉慶來報。言衣襖車爲番將咎雄所奪。靑聞言。馳馬追之于野牛嶺。復奪回衣襖車。劉慶乃持番將首級先回報功。范麾下將黃軫與之同行。軫見狄靑獲勝。知必有賞。乃暗推劉慶于山澗中。逕往報范。謂狄靑失車而已奪回之。范得報。大怒。令斬狄靑。適劉慶爲樹枝阻掛未死。隨軍趕至。詳陳仲淹謂立功者實爲狄靑。于是范令重賞狄靑。加昇爲總都大元帥云。（現存元人雜劇本事考）

【衣錦還鄉】　㈠雜劇名。正題漢公卿衣錦還鄉。元明間無名氏撰。㈡見凍蘇秦條。㈢見薛仁貴條。

【㑃】　古方言。㈠固執也。㈡剛愎也。㈢兇狠也。

【抆】　古方言。拇指與食指伸直。兩端間之長度也。字亦作祚。

【匡】　古方言。猶料也。例如打韓通：「這韓通是箇爲頭的好漢。不匡還出不了你的手。」言不料還逃不了你的手也。又如戰呂布：「俺奉密詔來此戰呂布。整戰了半年有餘。不匡劉關張弟兄三人一陣成功。又奪了虎牢關也。」言不料劉關張奪了虎牢關也。匡亦作恇。
【亘生】 見馬佶人條。
【式好】 見花蕚吟條。
【吐字】 見出字條。
【至如】 古方言。猶云就使也。就是也。例如誶范叔：「至如我有才呂望。也則怕無福可便遇文王。」一言就使有呂望之才。恐亦無其福也。又如岳陽樓：「至如我無有錢呵。我則待當了環縧醉一場。」言就是無錢。也要典當了環縧以謀一醉也。
【丟抹】 古方言。猶云羞赧也。亦作彫抹或抹丟。
【曳剌】 古方言。猶云走卒也。胥役也。曳剌本契丹語。遼史又云走卒謂之拽剌。馬致遠薦福碑雜劇中。尚有曳剌爲胥役之名。此即遼志走卒謂之拽剌之證。武林舊事則作爺老。其所載官本雜劇。有三爺老大明樂、病爺老劍器二本。當即遼之拽剌也。
【成章】 見石子斐條。
【聿雲】 見佘翹條。
【耳猶】 見馮夢龍條。
【艮齋】 ㈠見侯克中條。㈡見尤侗條。
【奸臉】 臉譜名。戲中凡抹大白臉、元寶臉、腰子臉、豆腐臉、及棗核臉者。本爲一套。皆曰奸臉。惟後二者特名曰丑。故又另立丑行。
【此丈夫】 見海烈婦條。
【托公書】 雜劇名。正題宋仁宗御覽托公書。元人宮天挺撰。
【牟尼合】 傳奇名。亦作馬郎俠。明人阮大鋮撰。爲石巢傳奇四種之一。演蕭思遠被害事。劇中以牟尼珠一對爲巧合關目。故名牟尼合。或牟尼珠。略謂梁武帝孫蕭思遠家。有達磨大師傳下之牟尼珠一對。其一子因產時佛珠放光。故名其子爲佛珠。玉潤女許嫁之。思遠嘗建龍塘寺濯龍會。見走馬買解之芮小二夫婦。爲酷吏封其蔀所苦。救之。因得罪于封。中封奸計。將爲官中逮捕。思遠遁走。依芮小二潛伏。有惡吏麻叔謀者。偷民間小兒無數。封其蔀捕思遠子佛珠贈之。斯時母以牟尼珠縫子衣領中。麻叔謀部下王潤偷出之。被追急。棄一佛寺中而去。鹽商令狐嶇拾之。命名佛賜。育之。後思遠遇海賊。投海中。達磨救之。俱載蘆葉上渡海送歸。思遠偶受令狐家聘爲家庭教師。教其子佛賜。而思遠妻荀氏與夫子離散後。爲王潤家聘教其女。既而佛賜應試及第。娶王潤女。此時思遠以牟尼珠一顆爲賀。令狐以之與前拾佛賜時在衣領中所發現之牟尼珠合爲一對。用爲催妝禮送王家。女師荀氏見之。知爲昔日與其子之牟尼珠。因此夫婦父子再會。佛賜亦得與幼時訂婚之王氏女巧合奇緣也。中國近世戲曲史吳梅云：「自以燕子箋最爲曲折。以牟尼合最爲藻麗。」

【汗衫記】雜劇名。正題相國寺公孫汗衫記。元人張國賓撰。演張義父子爲惡人陳虎所害。後得信物汗衫之助。終得團聚事。略謂南京馬行街竹竿巷張義。字文秀。所設解典舖。以金獅子爲號。人乃稱金獅子張員外。家素豐。妻趙氏。子名孝友。媳李玉娥。歲晚登樓賞雪。見一人凍倒雪中。孝友掖之上樓。灌以酒。問其姓名。則曰陳虎。徐州人。孝友見其狀貌頗偉。留于家。結爲兄弟。託以收債。翌日。復有徐州刺配人趙興孫。亦以雪地凍餓臥于張氏之門。孝友父令濟以銀錢。陳虎阻之。張父子不聽。虎又私抑其數。興孫謝張詬虎而去。玉娥孕十八月不產。孝友疑爲鬼胎。虎始以徐州嶽廟有玉杯珓者。靈驗異常。孝友夫婦乃偕往卜之。虎亦隨行。張老及趙氏。念惟此一子。不欲遠離。急追之。挽使歸。不聽。趙氏母乃取一汗衫分作二。一自攜。一付媳。欲其夫婦相憶早歸也。孝友既登程。途中爲虎推墜河中。劫玉娥去。不數日。玉娥生子。虎以爲己子。取名陳豹。豹年十八。即嫻武藝。母命其應舉。出所藏汗衫與之。囑其訪金獅子張員外夫婦。而不言其故。張老夫婦送孝友歸。旋遭祝融之災。資產蕩然。以至行乞。後豹中武狀元。授本處提察使。于相國寺中。散齋濟貧。張老夫婦投齋。見豹狀似孝友。因憶其子。哀不自勝。忽啼忽笑。豹問之。具道所以。豹乃以汗衫示之。趙氏亦出所攜一半。合之無異。遂大慟。豹心疑之。而未知其爲祖父母也。助以路資。囑先行至徐州相會。豹歸。叩其母。母乃詳告本末。而陳虎乃父讎。所遇二老即豹祖父母。時虎適山行。豹即馳騎往。將縛而殺之。以報外讎。追將及。虎覺而逃。遇本地巡檢領兵至。見虎。縛送于豹。此巡檢。蓋即趙興孫。發配沙門後。遇赦立功。適遇張老夫婦。已知其詳。正欲殺虎。爲張報讎而洩己怨也。豹既獲虎。與祖父母及母。同至金沙院追薦其父孝友亡靈。而院中一僧。即爲孝友。蓋墜河時遇救。得脫爲僧也。於是父子祖孫夫婦皆得團圓。從虎於官治之以法云。此劇有巴倉氏法文譯本。

【自度曲】謂自作歌曲也。後人凡不依舊譜所創製之詞曲。概謂之自度曲。姜夔角招詞序：「予每自度曲。吹洞簫。商卿輒歌而和之。」

【屹登登】 古方言。狀馬蹄著地聲也。亦作矻登登或屹鄧鄧。

【吒精令】 曲牌名。南曲入越調。管色配六字調或凡字調。

【刬鍬令】 曲牌名。南曲入正宮。管色配小工調或尺字調。

【灰欄記】 ㈠雜劇名。正題包待制智勘灰欄記。元人李潛夫撰。演馬均卿妾張海棠爲大婦誣以殺夫。且冒認親子。賴包拯覆勘沉寃得雪事。略謂鄭州張海棠。本良家女。以貧。爲母所迫。流爲娼妓。兄張林。憤其敗壞門風。痛詈之。離家往汴京訪其舅行商。海棠與馬員外均卿厚。委身爲妾。生一子。馬正妻與趙令史私通。欲謀殺馬而嫁趙。且佔其家業。乃購毒藥藏之。未得其便。適海棠兄林。因經商失利。落魄而歸。投妹求貸。海棠念己曾受林斥辱不與。均卿妻說海棠。使盡脫其衣飾。僞爲己物。以畀林。而潛海棠與均卿。謂其以衣飾與姦夫。均卿怒張海棠。而林已去。無從置辯。馬妻既伏此線索。又令海棠作湯。而陰投毒藥於湯中。馬飲之立斃。乃以殺夫誣海棠。馬妻素欲索奪海棠子爲己子。至是乃謂海棠曰。若留子遠去則已。否則聲其事於官。海棠自念無罪。又不忍離其子。遂相偕至官。妻與令史合謀。僞言子實妻出。並強鄰作證。官亦以海棠本出青樓。因姦殺夫。事無可疑。煅煉成獄。牘上開封府。府尹包拯疑之。提海棠及其子親質。妻又促趙令史賄囑解子。於中途殺海棠以滅口。海棠適與兄林遇。悉其寃。與俱行。得至府。拯詳鞫之。均卿子幼。妻妾爭以爲己出。莫能辯。拯乃命取石灰。於階下畫一闌。置兒其中。使兩婦互拽之。誰能拽出者。即其親母。妻屢拽屢出。海棠則屢拽不能出。蓋闌與兒相隔遠。重拽之。則傷兒。輕拽之。則不得出。海棠惟恐傷其子。故不得出。妻恐兒不出而不顧其傷也。故得出。拯既得其情。乃鞫妻。妻供出趙令史。遂並收趙。又得張林爲證。海棠寃始大白云。（現存元人雜劇本事考） ㈡雜劇名。元人彭伯成撰。

【肉弔窗兒】 古方言。喻眼皮也。元劇中常用「肉弔窗兒放下來」一語。即閉眼不理也。

【亦心領手】清代戲曲家。梁廷枏曲話：「乾隆十六年恭逢皇太后萬壽。江西紳民遠祝純嘏。雜劇四種。亦心領手編。第一種曰康衢樂。第二種曰忉利天。第三種曰長生籙。第四種曰昇平瑞。徵引宏富。巧切絕倫。倘使登之明堂。定爲承平雅奏。不僅里巷風謠已也。」按亦心領手疑即藏園蔣士銓。

【各白世人】古方言。各白猶言各別。世人猶言泛泛當世之人。例如老生兒：「各白世人尙然散與他錢。我是他一個親姪兒。怎麼不與我些錢鈔。」

【圯橋進履】雜劇名。正題張子房圯橋進履。元人李文蔚撰。演張良在博浪刺秦不中。逃至下邳。遇黃石公。圯橋進履。得授兵書。其後佐漢開國事。略謂張良。字子房。韓國阜城人也。其先五世相韓。韓爲秦所滅。良欲復讎。擊秦皇於博浪沙。不中。李斯下令捕之。良逃竄入山。遇大雪。迷失路徑。因太白金星指引。令往下邳。當遇明師。子房旣至下邳。乃寄食李思中寓。思中勸其仕進。並請往下邳圯橋邊賣卦先生處一卜休咎。子房至圯橋。遇一老人。直呼孺子。並令爲彼拾橋下墮履着之。子房愣然。忍而未發。老人悅其可敎。相期於五日後原地會晤。允傳以安邦定國之書。五日後。子房往。老人已先在。怒子房之後至。又期以五日。如是者再三。子房始先至。老人乃授以奇書三卷。凡一千三百三十餘言。子房感老人之德。欲知其名姓。老人曰。爾後親至濟北穀城山下。見一黃石。即我也。言訖而去。子房得此奇書。朝夕勤研。盡通兵甲之策。乃離下邳。入咸陽投沛公劉邦麾下爲將。沛公豁達大度。納諫如流。子房乃得屢建大功。官居重職。先後用計擒申陽陸賈。與灌嬰張耳樊噲等皆受賜賞。韓信奉命於元帥府爲之開宴慶功云。現存元人雜劇本事考

【伐晉興齊】雜劇名。正題田穰苴伐晉興齊。元明間無名氏撰。

【列女青陵臺】雜劇名。元人庾天錫撰。

【危太僕衣錦還鄉】雜劇名。元明間無名氏撰。

【玎玎璫璫盆兒鬼】見盆兒鬼條。

【米伯通衣錦還鄉】雜劇名。元明間無名氏撰。

【守貞節孟母三移】見孟母三移條。

七畫

【李玉】清代戲曲家。字玄玉。號一笠菴。吳縣人。生卒年不詳。約順治初年在世。崇禎間舉人。與吳偉業友善。明亡後。絕意仕進。以度曲自娛。所作傳奇多至三十三種。曰一捧雪。曰人獸關。曰永團圓。曰占花魁。（以上四種合稱一人永占。）曰麒麟閣。曰風雲令。曰牛頭山。曰太平錢。曰連城璧。曰眉山秀。曰昊天塔。曰三生果。曰千忠會。曰五高風。曰兩鬚眉。曰長生像。曰鳳雲翹。曰禪眞會。曰雙龍佩。曰千里舟。曰洛陽橋。曰武當山。曰虎邱山。曰淸忠譜。曰掛玉帶。曰意中緣。曰萬里緣。曰萬民安。曰麒麟種。曰羅天醮。曰秦月樓。曰埋輪亭。曰一品爵。又有北詞廣正譜十八帙。吳偉業爲作序。新傳奇品評其曲曰：「如康衢走馬。操縱自如。」

【李白】劇中人。唐蜀昌明人。字太白。生於靑蓮鄉。號靑蓮居士。少有逸才。志氣宏放。賀知章見其文。歎曰：「子謫仙人也。」乃言於玄宗。供奉翰林。甚見愛重。常侍帝宴飲。一日。旣醉。命宦者高力士脫韡。力士恥之。摘其所作淸平調句。以激楊貴妃。因是帝累欲授白以官。輒爲妃所阻。後坐事長流夜郞。遇赦得還。代宗立。以左拾遺召。而白已卒。相傳白酒醉欲捕水中月。因溺死。所爲詩。俊逸高暢。與杜甫並稱。有李太白集。見沈香亭、彩毫記、貶夜郞各分條。

【李岳】見李鐵拐條。

【李岸】人名。淸代松江人。字新之。善畫花卉人物。尤工寫照。善長嘯。高山吐音。巖谷俱響。

【李娃】劇中人。唐長安娼妓。天寶中。常州刺史鄭某子。入京應試。與娃情好甚篤。久之。金盡。傭於凶肆。爲父所知。怒其玷辱。乃在曲江杏園之東。痛笞而棄之。遇救得蘇。流爲乞丐。以乞食至娃門。娃憐而留之。以繡襦擁之歸。督令勤學登第授成都府參軍。會其父亦拜成都尹。旣相會。驚善。復爲父子。父奇娃之爲人。卽命子備大禮迎娶爲妻。生歷仕淸顯。娃封汧國夫人。見曲江池、園林午夢、繡襦記各分條。劇中鄭元和卽鄭子。李亞仙卽李娃也。

【李勉】見無情李勉把韓妻鞭死條。

【李益】劇中人。唐姑臧人。長於詩歌。時有兩李益。世言文章李益以別之。每一篇出。教坊樂工爭求之。以爲供奉歌辭。其征人、早行諸篇。好事者盡爲屏障。性痴而妒。防閑妻妾甚嚴。世謂妬爲李益疾。見紫釵記、紫簫記各分條。

【李陵】　劇中人。字少卿。漢成紀人。善騎射。武帝時拜騎都尉。自請將步騎五千。伐匈奴。以少擊衆。遇敵力戰。矢盡而降。單于立爲右校王。見河梁歸條。

【李棟】　清代戲曲家。字吉四。號松嵐。江蘇興化人。生卒年不詳。約乾隆中葉在世。善畫。工曲。著有傳奇犢鼻褌一種。傳於世。

【李靖】　劇中人。唐三原人。字藥師。通書史。知兵事。隋大業中以布衣謁楊素。素府侍姬紅拂夜奔之。與俱適太原。後歸唐。授刑部尚書。破突厥。擒頡利。多建殊功。封衛國公。卒謚景武。見紅拂記條。

【李凱】　清代戲曲家。著有傳奇寒香亭一種。

【李槃】　明代後期戲曲家。著有雜劇八種。曰首陽高節。曰獨居教子。曰庫國君。曰夏六賢。曰魯敬姜。曰周文母。曰王開府。曰趙宣孟。皆不傳。

【李漁】　清代戲曲家。字笠翁。號覺世稗官。生於明神宗萬曆三十九年。卒於清聖祖康熙十六年以後。浙江蘭谿人。自少遍遊四方。晚年自南京移家杭州。居西湖邊。坐賞碧波翠嵐。甚適其意。因自號湖上笠翁。負才子名。時稱李十郎。雖婦人孺子。亦無不知之者。著有一家言集。其中閑情偶寄一編。尤爲士林傳誦。戲曲十九種。而以風箏誤、蜃中樓、鳳求凰、意中緣、比目魚、玉搔頭、慎鸞交、巧團圓、奈何天、憐香伴（卽美人香）等十種。合刊之曰笠翁十種曲。新傳奇品評其曲曰：「桃源笑傲。別有天地。」

【李燮】　劇中人。後漢李固子。字德公。固旣遇害。時燮年十三。姊文姬以託父門生王成。成將燮入徐州界。變姓名爲酒家傭十餘年。梁冀旣誅。始還鄉里。見酒家傭條。

【李闖】　見李自成條。

【李十郎】　見李漁條。

【李九標】　明代戲曲家。字逢時。武陵人。生卒年及生平均不詳。約明思宗崇禎初前後在世。工作曲。著有傳奇四大癡一種。

【李子中】　元代初期戲曲家。大都（今北平）人。生卒年不詳。約元世祖至元中期在世。據賈仲明弔子中詞有云：「先除知事顯其才。後轉郎君爲縣宰」句。藉知其曾由知事遷爲縣尹。著有雜劇賈充宅韓壽偷香及崔子弒齊君兩種。皆不傳。太和正音譜評其曲曰：「如清廟朱瑟。」

【李士英】明代前期戲曲家。浙江錢塘人。生卒年不詳。事蹟亦無考。賈仲明嘗稱其人曰：「天資明敏。秉性剛烈。人難犯之。」著有雜劇三種。曰金章宗御賽詩禪記。曰折征衣。曰群花會。皆不傳。

【李三娘】雜劇名。正題李三娘麻地捧印。別作李三娘麻地裏傍郎。元人劉唐卿撰。

【李大蘭】明代後期戲曲家。字號籍里均不詳。生平事蹟亦無考。著有雜劇五種。曰訪師論道。曰老歸正道。曰華陽叟。曰白鹿洞。曰裴渭源。今皆不傳。

【李天下】人名。後唐莊宗好俳優。能度曲。自傳粉墨。別爲優名以自命曰李天下。是爲帝王自傳粉墨登場演唱之始。胡應麟筆叢：「優伶戲文。自優孟抵掌孫叔敖。實始濫觴後唐莊宗。自傳粉墨。稱李天下而盛。其般演大率與近世同。特所演多是雜劇。非如今之戲文也。」

【李夫人】㈠雜劇名。正題漢武帝死哭李夫人。元人李文蔚撰。㈡劇中人。漢武帝夫人。延年女弟。妙麗善舞。生昌邑哀王。早死。上思念不已。圖繪其形於甘泉宮。方士齊人少翁言能致其神。乃夜張燈設帷帳。使帝於他帳遙望。見有好女子如李夫人焉。見再生緣條。

【李少君】劇中人。漢方士。齊人。武帝時以詞竈卻老方見帝。後病死。見再生緣條。

【李日華】戲曲家。字號籍里無考。生平事蹟不詳。惟知非嘉興人。字君實之李日華。李君實在其所著紫桃軒雜綴曰：「憶余筮仕江州理官。有上官向余索西廂記者。蓋以世行李日華西廂本也。余既辯明。付一哂。」按李日華疑即李景雲。約明世宗嘉靖初前後在世。嘗翻西廂雜劇爲傳奇。盛傳於世。

【李文蔚】元代初期戲曲家。眞定（今河北省眞定縣）人。生卒年不詳。約元憲宗元年前後在世。嘗官江州路瑞昌縣尹。與白樸相友善。著有雜劇十二種。曰同樂院燕青博魚。曰破苻堅蔣神靈應。曰張子房圯橋進履。曰金水題紅怨。曰漢武帝死哭李夫人。曰盧亭亭擔水澆花旦。曰謝安東山高臥。曰蔡蕭閒醉寫石州慢。曰濯錦江魚雁傳情。曰秋夜芭蕉雨。曰風雪推車旦。曰燕青射燕。前三種傳。餘皆

不傳。太和正音譜評其詞曰：「如雪壓蒼松。」一

【李文瀚】　清代戲曲家。字雲生。安徽宣城人。生卒年不詳。約清宣宗道光中前後在世。工曲。著有傳奇四種。曰胭脂舄。曰紫荊花。曰鳳飛樓。曰銀漢槎。皆傳於世。

【李玉田】　明代戲曲家。著有傳奇玉鐲記一種。

【李玉梅】　南戲名。元代無名氏撰。南戲拾遺輯錄此目。

【李世民】　見唐太宗條。

【李本宣】　清代戲曲家。字蓮門。江蘇江都人。生卒年不詳。約乾隆中葉前後在世。工曲。著有傳奇玉劍緣一種。傳於世。

【李好古】　元代初期戲曲家。字敏仲。東平（今山東省東平縣）人。一作保定人。或云西平人。生卒年不詳。約元世祖至元中前後在世。工作曲。著有雜劇三種。曰沙門島張生煮海。曰巨靈神劈華岳。曰趙太祖鎮凶宅。前一種傳。後二種不傳。太和正音譜評其曲曰：「如孤松掛月。」

【李自成】　劇中人。明米脂人。崇禎時流寇。自稱闖王。崇禎十七年稱王於西安。僭號大順。後吳三桂引清兵入。自成西遁。被村民困於九宮山。自殺。清兵自此入關。遂代明而有天下。見帝女花條。

【李存孝】　劇中人。後唐飛狐人。本姓安。名敬思給事太祖。賜姓名。以爲子。常從爲騎將。累有功。存孝猨臂善射。手舞鐵檛。出入陣中。以兩騎自從。戰酣易騎。上下如飛。後爲李存信所譖。乃附梁通趙。太祖自將兵圍之。被誅。

【李克用】　劇中人。五代後唐之祖。其先本姓朱邪。世爲沙陀部酋長。其祖執宜降唐。其父赤心以功授大同節度使。始賜姓李。及克用嗣立。會黃巢作亂。攻陷京師。克用率沙陀兵大破之。收復長安。封晉王。朱全忠忌之。因有隙。克用起兵犯闕。僖宗奔鳳翔。全忠力禦。引還。然心實忠唐。唐亡後。群雄僭號。克用獨守臣節。卒後其子存勖稱帝。追尊爲太祖。見雁門關條。

【李延年】　劇中人。漢中山人。李夫人兄。善歌。初給事狗監。以夫人貴。爲協律都尉。佩印綬。漸與中人亂。李夫人卒。愛弛。被誅。

【李直夫】　元代初期戲曲家。或作眞夫。女眞族人本姓蒲察。人稱蒲察李五。約元世祖至元末期在世。官至湖南廉使。與明善相交。時有詩文往還。所著雜劇。有便宜行事虎頭牌、吳太守鄧伯道棄子、

風月郎君怕媳婦、宦門子弟錯立身、歹鬭娘子勸丈夫、俏郎君占斷風光、穎考叔孝諫鄭莊公、尾生期女渰藍橋、謊郎君壞盡風光、晏叔原風月夕陽樓、念奴教樂府、火燒祆廟等一十二種。前一種傳。其他皆不傳。太和正音譜評其曲曰：「如梅邊月影。」。

【李亞仙】㈠南戲名。元代無名氏撰。南戲拾遺輯錄此目。㈡見繡襦記、曲江池二分條。㈢見李娃條。

【李雨商】明代戲曲家。字桑林。河南人。生卒年不詳。約崇禎初年在世。工曲。著有鏡中花一種。傳於世。

【李取進】亦作進取。元代初期戲曲家。大名（今河北省大名縣）人。生卒年不詳。約元世祖至元中前後在世。事蹟無可考。僅知精於岐黃術。官醫大夫而已。著有雜劇三種。曰神龍殿欒巴噀酒。曰司馬昭復奪受禪台。窮解子破雨傘。今皆不傳。太和正音譜評其曲曰：「如壯士舞劍。」

【李香君】劇中人。明末秦淮妓。上元人。嬌小玲瓏。人因呼爲香扇墜。俠而慧。頗辨賢奸。與商丘侯方域有終身之約。雲亭山人孔尚任。嘗作桃花扇傳奇以表之。見桃花扇條。

【李時中】元代初期戲曲家。大都（今北平）人。生卒年不詳。約元世祖中統初年在世。官中書省掾。除工部主事。據賈仲明弔時中詞云：「元貞書會李時中。馬致遠、花李郎、紅字公。四高賢合捻黃粱夢。」所著雜劇。僅知開壇闡教黃粱夢一種。按此劇係與馬致遠、花李郎、紅字李二等人合作。李所撰者。爲其中第二折。

【李素甫】明代戲曲家。字位行。吳江人。生卒年不詳。約明思宗崇禎初年在世。工曲。著有傳奇五種。曰稻花初。曰落花風。曰再生蓮。曰賣愁村。曰元宵鬧。按後一種或云朱佐朝撰。

【李師師】㈠雜劇名。正題宋上皇三恨李師師。元人屈恭之撰。㈡劇中人。宋汴城名妓。文士如秦觀、周邦彥輩。多爲詞相題贈。徽宗亦數微行至其家。後冊爲明妃。靖康之亂。廢爲庶人。流落湖湘間。其軼事散見貴耳集、浩然齋雜談、青泥蓮花記、汴都平康記、墨莊漫錄、甕天脞語、及宣和遺事等書。惟無名氏李師師外傳則稱徽宗禪位。師師乞爲女冠。金人破汴。主帥闥懶索師師急。張邦昌得而獻之。師師乃折金簪吞之而死云云。與前諸書多不合。

【李致遠】元代初期戲曲家。生卒年不詳。約元惠宗至正中前後在世。嘗客溧陽。與仇遠交甚契。著有雜劇都孔目風雨還牢末一種。傳於世。太和正音譜評其曲曰：「如玉匣昆吾。」

【李唐賓】明代前期戲曲家。號玉壺道人。江蘇廣陵人。官淮南省宣使。生卒年無考。賈仲名錄鬼簿續編曰：「與余交久而敬。衣冠濟楚。人物風流。文章樂府清麗。」著有雜劇李雲英風送梧桐葉、梨花夢二種。前者傳。後者不傳。太和正音譜評其曲曰：「如孤鶴鳴皐。」

【李逢時】明代後期戲曲家。字九標。浙江錢塘人生卒年不詳。事蹟亦無考。著有雜劇酒懂一種。尙傳於世。另傳奇一種。未見流傳。

【李清照】劇中人。宋濟南女子。號易安居士。禮部員外郎李格非女。湖州守趙明城妻。工詩文。尤擅詞。清新婉麗。卓然成家。有漱玉詞一卷行世。見四嬋娟條。

【李開先】明代後期戲曲家。字伯華。號中麓。山東章邱人。弘治十四年生。隆慶二年卒。享年六十八歲。嘉靖八年進士。官至太常寺少卿。錢牧齋曰：「伯華罷歸。治田產。蓄聲伎徵歌度曲。爲新生小令。搊談放歌。自謂馬東籬張小山無以過也。」其藏書之富。冠於山東。改定元人戲曲數百卷。又搜輯市井艷詞詩禪對類之屬云。著有雜劇園林午夢、打啞禪、攪道場、喬坐衙、昏廝謎、三枝花大鬧土地堂、（以上六種。總題一笑散、）皮匠參禪等七種。皆不傳。另有傳奇寶劍記、斷髮記、登壇記。呂天成曲品評曰：「才原敏贍。寫冤憤而如生。志亦飛揚。賦逋囚而自暢。此詞壇之飛將。邱部之美才也。」

【李進取】見李取進條。

【李雲卿】雜劇名。正題李雲卿得道悟昇眞。明代無名氏撰。

【李雲墟】清代戲曲家。著有傳奇紫金環一種。

【李景雲】清代戲曲家。疑即李日華。生卒年不詳。約明世宗嘉靖初年在世。徐渭南詞敍錄以荆釵記及南西廂爲景雲所著。

【李寬甫】一作寬夫。元代初期戲曲家。大都（今北平）人。生卒年不詳。約元世祖至元中前後在世。嘗官刑部令史。除廬州合淝縣尹。所著雜劇。僅知漢丞相丙吉問牛喘一種。太和正音譜評其曲曰：「眞詞林之英傑。」

【李壽卿】元代初期戲曲家。太原（今山西省太原縣）人。生卒年不詳。約元憲宗元年前後在世。與紀天祥鄭廷玉爲同時人。工作曲。著有雜劇十種。曰說鱄諸伍員吹簫。曰月明三度臨岐柳。曰鼓盆歌莊子歎骷髏。曰呂太后使計斬韓信。曰呂無雙遠波亭。曰船子和尚秋蓮夢。曰司馬昭復奪受禪臺。曰呂太后夜鎭鑑湖亭。曰呂太后祭瀘水。曰辜負呂無雙。前二種傳。餘皆不傳。太和正音譜評其曲曰：「如洞天春曉。」

【李鳴雷】明代戲曲家。著有傳奇淸風亭一種。

【李潛夫】元代初期戲曲家。字行道。一作行甫。絳州（今山西省新絳縣）人。生卒年不詳。約至元中前後在世。賈仲明弔潛夫詞有：「絳州高隱李公潛。養素讀書門鎭掩。……小書樓挿牙籤。研架珠露周易點。恬淡齏鹽。」句。殆爲絕意仕進之隱士也。所著雜劇。僅知包待制智勘灰欄記一種。尙傳於世。太和正音譜評其曲曰：「眞詞林之英傑。」

【李磐隱】明代後期戲曲家。著有雜劇度柳翠一種。

【李龜年】劇中人。唐時人。精音律。嘗至岐王宅。隔室聞琴。聞隴西沈研所彈。則曰：「此秦聲也。」一聞揚州薛滿所彈。則曰：「此楚聲也。」見廣陵月。沈香亭二分條。

【李應桂】淸代戲曲家。浙江山陰人。生卒年不詳。約康熙中葉在世。工曲。著有傳奇小河洲（一名雙奇俠）一種。傳於世。

【李蕊庵】淸代戲曲家。著有傳奇蓋世雄一種。

【李鐵拐】劇中人。俗傳八仙之一。或稱鐵拐李。茶香室叢鈔：「八仙中李鐵拐無可考。堅瓠集引仙縱云．鐵拐姓李。質本魁梧。早歲聞道。修眞巖穴。一日。赴李老君之約於華山。屬其徒曰。吾魄在此。倘游魂七日不返。方可化吾魄也。徒以母病迅歸。六日化之。李至七日歸。失魄無依。乃附一餓莩之屍而起。故其形跛惡耳。」按山堂肆考云：「拐仙姓李。有足疾。西王母點化昇仙。封東華教主。授以鐵杖一根。」見鐵拐李岳、翫江樓二分條。

【李勉負心】南戲名。元代無名氏撰。宋元戲文本事、南戲百一錄俱錄此目。沈璟南九宮譜中。僅存殘文一曲。

【李逵負荊】見杏花莊條。

【李白登科記】見淸平調條。

【李太白貶夜郎】見貶夜郎條。

【李元貞松陰夢】見松陰夢條。

【李三娘麻地捧印】見李三娘條。

【李存孝悞入長安】見悞入長安條。

【李克用箭射雙雕】雜劇名。元人白樸撰。

【李三娘麻地裏傍郎】見李三娘條。

【李太白匹配金錢記】見金錢記條。

【李太白醉寫定夷書】雜劇名。明代無名氏撰。

【李太白醉寫秦樓月】見秦樓月條。

【李存孝大戰葛從周】雜劇名。元明間無名氏撰。

【李妙清花裏悟眞如】見悟眞如條。

【李亞仙花酒曲江池】㈠見曲江池條。㈡見花酒曲江池條。

【李素蘭風月玉壺春】見玉壺春條。

【李雲英風送梧桐葉】見梧桐葉條。

【李雲卿得道悟昇眞】見李雲卿條。

【李嗣源復奪紫泥宣】見紫泥宣條。

【李瓊奴月夜江陵怨】雜劇名。元明間無名氏撰。

【吳炳】明代戲曲家。字石渠。號粲花主人。江蘇宜興人。生年不詳。卒於順治七年。萬曆四十七年中進士。崇禎末。官江西提學副使。永明王卽位。擢爲兵部右侍郞戶部尙書。兼東閣大學士。王奔靖州時。命炳扈從太子而行。遇淸兵。被執。送衡州不食自盡於湘山寺。乾隆間賜謚節愍云。據此。吳炳未嘗仕淸。而曲錄列之於淸人中。非也。著有傳奇五種。曰畫中人。曰療妬羹。曰綠牡丹。曰情郵記。曰西園記。總題石渠五種。或粲花五種。皆傳於世。新傳奇品評其曲曰：「吳石渠之詞。如道子之寫生。鬚眉畢現。蓋以玉茗之才情。而兼詞隱之聲律者。」

【吳城】淸代戲曲家。字敦復。號鷗亭。浙江錢塘人。吳焯之子。生卒年不詳。約雍正末葉在世。乾隆十六年。高宗南巡。城與厲鶚合撰群仙祝壽及百靈效瑞傳奇。演以迎駕。二劇總名迎鑾新曲。

【吳剛】劇中人。漢西河人。學仙有過。謫令伐月中桂。桂高五百丈。砍之。樹瘢隨合。按本草綱目月桂集解李時珍曰：「吳剛伐桂之說。起於隋唐小說。」見酉陽修月條。

【吳棫】人名。宋建安人。字才老。著有韻補五卷。朱熹謂。近代訓釋之學。惟才老爲優。明以來言古韻者宗之。

【吳歌】 山歌之一種。宋人話本有馮玉梅團圓一種。備述民間離亂之苦。其中引吳歌云：「月兒彎彎照幾州。幾家歡樂幾家愁。幾家夫婦同羅帳。幾家飄零在它州。」

【吳儂】 ㈠猶言吳人也。按吳人語中。多帶儂字。蘇軾詩：「語音猶是帶吳儂。」㈡見范文若條。

【吳鎬】 清代戲曲家。著有傳奇紅樓夢散套一種。

【吳鵬】 明代戲曲家。字圖南。宜興人。生卒年不詳。約萬曆初葉在世。工曲。著有傳奇金魚記一種。

【吳又翁】 清代戲曲家。著有傳奇換身榮一種。

【吳小四】 曲牌名。南曲入商調。管色配六字調或凡字調。

【吳士科】 清代戲曲家。江蘇臨川人。生卒年不詳。約康熙中葉在世。工曲。著有傳奇紅蓮案、汲名花二種。並傳於世。

【吳三桂】 劇中人。清遼東人。字長白。明崇禎時官總兵。鎮守山海關。李自成陷京師。三桂愛妾陳圓圓為自成所得。遂引清兵入關。破自成。開滿族入主中華之局。清既定鼎。封平西王。鎮雲南。為清初四藩之一。尋清廷議撤藩。乃舉兵叛清。稱天下都招討兵馬大元帥。旬月間。奄有雲、貴、川廣、諸省地。因稱周帝。旋病死。其孫世璠。為清所滅。見圓圓曲、桂林霜二分條。

【吳千頃】 明代戲曲家。字汪度。長洲人。生卒年不詳。約崇禎初年在世。工曲。著有傳奇雙遇蕉一種。傳於世。

【吳大震】 明代戲曲家。字東宇號長孺。別署市隱生。休寧人（一作新都人。）約萬曆中期在世。工曲。著有傳奇龍劍記、練囊記（與張仲豫合作）二種。並傳於世。

【吳仁仲】 明代後期戲曲家。著有雜劇再生緣一種未見傳世。

【吳世美】 明代戲曲家。字叔華。烏程人。生卒年不詳。約萬曆初期在世。工曲。著有傳奇驚鴻記一種。

【吳可亭】 清代戲曲家。著有傳奇地引仙（一名後曇花）一種。

【吳弘道】 元代中期戲曲家。字仁卿。號克齋先生。蒲陰人。約至大中前後在世。歷仕府判致仕。有金縷新聲行於世。所著雜劇五種。曰楚大夫屈原投江。曰火燒正陽門。曰醉遊阿房宮。曰子房貨劍。

曰手卷記。今皆不傳。太和正音譜評其曲曰：「如山間明月。」

【吳次叔】 淸代戲曲家。著有傳奇人天詰一種。

【吳自牧】 人名。錢塘人。生卒年不詳。約宋度宗咸淳中葉在世。宋亡之后。嘗追記錢塘盛況。作夢梁錄二十卷。

【吳江派】 見格律派條。

【吳名翰】 淸代戲曲家。著有傳奇沒名花一種。

【吳昌齡】 元代初期戲曲家。西京（今山西省大同縣）人。生卒年不詳。約憲宗元年前後在世。工作曲。著雜劇有一十二種。曰花間四友東坡夢。曰張天師斷風花雪月。曰唐三藏西天取經。曰張天師夜祭辰勾月。曰哪吒太子眼睛記。曰浪子回回賞黃花。曰浣花女抱石投江。曰鬼子母揭鉢記。曰老回回探胡洞。曰夜月走昭君。曰貨郎末泥。曰狄青樸馬。前三種傳。其餘皆不傳。太和正音譜評其曲曰：「如庭草交翠。」

【吳梅岑】 淸代戲曲家。著有傳奇馬上緣一種。

【吳舜英】 南戲名。元代無名代撰。南戲拾遺輯錄此目。

【吳偉業】 淸代戲曲家。字駿公。號梅村。江蘇太倉人。生於明萬曆三十七年。卒於康熙十年。享年六十三歲。崇禎三年中舉。翌年會試第一。殿試以第二名中進士。時年僅二十三。授翰林院編修。歷南京國子監司業。至淸朝後。杜門不與世相通。如是者十年。迭受官召。辭不赴。旋因父母之勸。乃扶病上京。受任秘書院侍講國子監祭酒。在官四年。至順治十四年辭歸鄉里。居十數年而卒。偉業爲同里張溥門人。在復社中。以詩文見重一時。與錢謙益、龔鼎孳。並稱爲江左三大家。戲曲爲其餘技。然亦有可觀者。所著傳奇。有秣陵春（一名雙影記）一種。另雜劇臨春閣、通天台、圓圓曲三種。

【吳幌玉】 淸代戲曲家。生卒年不詳。約康熙中葉在世。工曲。著有傳奇河陽覲一種。傳於此。

【吳德脩】 淸代戲曲家。生卒年不詳。約康熙中葉在世。工曲。著有傳奇偷桃記一種。傳於世。

【吳禮卿】 明代後期戲曲家。著有雜劇媏童公案一種。今不傳。

【吳蘋香】 戲曲家。名藻。號玉岑子。精繪事。工詞翰。著有雜劇喬影一種。

【吳中情奴】 明代後期戲曲家。江蘇吳縣人。姓名不詳。生卒年亦無考。著有雜劇相思譜一種。未見流傳。

【吳起敵秦】雜劇名。正題吳起敵秦掛帥印。元明間無名氏撰。

【吳越春秋】見浣紗記條。

【吳起敵秦掛帥印】見吳起敵秦條。

【吳太守鄧伯道棄子】見伯道棄子條。

【呂】見六呂條。

【呂布】劇中人。東漢九原人。字奉先。有膂力。善弓馬。人號爲飛將。然勇而無謀。輕於去就。初事丁原。尋殺原而歸董卓。誓爲父子。以事失卓意。復與卓婢通。不自安。乃與王允共殺卓。封溫侯。後據濮陽下邳與曹操戰。兵敗。被擒斬。見連環記三戰呂布二分條。

【呂太后】燕樂大曲名。

【呂天成】明代戲曲家。原名文。字勤之。號棘津。別署鬱藍生。浙江餘姚人。呂姜山子。生於萬曆五年左右。卒於萬曆四十二年前後。幼嗜聲律。兼善詞曲。其祖母孫氏好儲書。收藏古今戲曲甚豐。故天成得縱覽之也。其所作傳奇始貴綺麗。後師沈璟。作風一變。稍流於質實。然宮調字句平仄。守法甚嚴。沈璟深信之。以其著述。悉授與之。天成從而刻播之也。年未滿四十而卒。其所著曲品一書。爲研究明代戲曲之要籍。與王驥德之曲律。並稱爲「論曲雙璧。」所著戲曲有傳奇十種。曰神鏡記。曰戒珠記。曰四元記。曰金合記。曰四相記。（以上五種曲考曲目載作者別署鬱藍生作。）曰神女記。曰雙栖記。曰神劍記。曰三星記。曰二婚記。另雜劇八種。曰齊東絕倒。曰秀才送妾。曰勝山大會。曰夫大人。曰兒女債。曰耍風情。曰纏夜帳。曰姻緣帳。

【呂守齋】淸代戲曲家。著有傳奇金馬門一種。

【□星哥】南戲名。元代無名氏撰。宋元戲文本事輯錄此目。沈璟南九宮譜中。僅存殘文一曲。

【呂洞賓】劇中人。唐京兆人。名喦。一作巖。字洞賓。號純陽子。會昌中。兩擧進士不第。年已六十四歲。因浪遊江湖。遇鍾離權。受延命之術。初居終南山。後權又攜之鶴嶺。悉傳以上眞秘訣。洞賓既得道。兼明天遁劍法。乃歷江、淮、湘、潭、岳、鄂、兩浙、間。人莫能識。自稱回道人。世以爲八仙之一。亦稱呂祖。元封純陽演政警化孚佑帝君。見邯鄲夢、昇仙夢、岳陽樓、黃粱夢、城南柳、鐵拐李岳等各分條。

【呂無雙】 雜劇名。正題辜負呂無双。元人李壽卿撰。

【呂蒙正】 劇中人。宋河南人。字聖公。太平興國進士。自淳化至咸平凡三入相。政尚寬靜而遇事敢言。時稱賢相。尋授太子太師。封許國公。善知人。歸洛時。帝問卿諸子孰可用。對曰：「有姪夷簡。宰相才也。」又富弼年十餘歲。蒙正一見即知其勳業必出己上。卒諡文穆。見破窰記條。

【呂維祺】 人名。字介儒。號豫石。河南新安人。生於萬曆十五年。卒於崇禎十四年。享年五十五歲。萬曆四十一年進士。擢吏部主事。崇禎間爲南京兵部尙書。賊至。不屈。被害。諡忠節。有音韻日月燈等集。

【呂藥庵】 清代戲曲家。著有傳奇回頭寶、狀元符、雙猿幻、寶硏緣等四種。

【呂太后祭滻水】 見祭滻水條。

【呂太后餓劉友】 見餓劉友條。

【呂太后醢彭越】 見醢彭越條。

【呂洞賓黃粱夢】 南戲名。元代無名氏撰。南詞敍錄輯錄此目。

【呂無雙銅瓦記】 見銅瓦記條。

【呂無雙遠波亭】 見遠波亭條。

【呂洞賓戲白牡丹】 雜劇名。明代無名氏撰。按明代無名氏有呂洞賓戲白牡丹飛劍斬黃龍。不知是否一劇。

【呂翁三化邯鄲店】 見三化邯鄲條。

【呂太后入彘戚夫人】 見戚夫人條。

【呂太后使計斬韓信】 見斬韓信條。

【呂太后夜鎭鑑湖亭】 見鑑湖亭條。

【呂洞賓三度城南柳】 見城南柳條。

【呂洞賓三醉岳陽樓】 (一)南戲名。元代無名氏撰。南詞敍錄南戲拾遺俱錄此目。(二)見岳陽樓條。

【呂洞賓花月神仙會】 見神仙會條。

【呂洞賓度鐵拐李岳】 見鐵拐李岳條。

【呂洞賓桃柳昇仙夢】 見昇仙夢條。

【呂眞人九度一禪師】 雜劇名。明代無名氏撰。

【呂眞人黃粱夢境記】 見夢境記條。

【呂純陽點化度黃龍】 見度黃龍條。

【呂蒙正風雪破窰記】 (一)南戲名。元代無名氏撰。永樂大典卷一三九八四、南詞敍錄、宋元戲文本事、宦門子弟錯立身戲文中。俱錄此目。(二)見破窰記條。

【呂蒙正風雪齋後鐘】 見齋後鐘條。

【呂洞賓戲白牡丹飛劍斬黃龍】 雜劇名。明代無名氏撰。寶文堂書目有飛劍斬黃龍一本。疑即此劇。明代無名氏雜劇。別有呂純陽點化度黃龍及呂洞賓戲白牡丹二種。

【沈沐】 清代戲曲家。浙江仁和人。字號及生平均不詳。約康熙中葉在世。工曲。著有傳奇芳情院一種。傳於世。

【沈采】 明代戲曲家。號練川。吳縣人。生卒年不詳。約成化中前後在世。工作曲。著有傳奇三種。曰千金記。曰還帶記。曰四節記。並傳於世。呂天成評其曲曰：「沈練川名重五陵。才傾萬斛。紀遊適則逸趣寄於山水。表勛猷則熱心暢於干戈。元老解頤而進卮。詞毫擺指而擱筆。」

【沈和】 元代中期戲曲家。字和甫。杭州人。生卒年不詳。約元貞初前後在世。工書法。通音律。創南北調合腔製曲之法。善談謔。性風流。時人以蠻子漢卿呼之。著有雜劇六種。曰祈甘雨貨郎朱蛇記。曰徐駙馬樂昌分鏡。曰鄭玉娥燕山逢故人。曰鬧法場郭興阿陽。曰歡喜冤家。曰瀟湘八景。今皆不傳。太和正音譜評其曲曰：「如翠屏孔雀。」

【沈周】 劇中人。明長洲人。字啓南。號石田。少從陳孟賢學。及長。博綜典籍。文學左氏。詩學白居易、蘇軾、陸游。字學黃庭堅。尤工畫。與唐寅、文徵明、仇英並稱明之四大家。正德間卒。世稱石田先生。著有客坐新聞、石田集等書。見文星現條。

【沈祚】 明代戲曲家。字希福。江蘇溧陽人。生卒年不詳。約萬曆中前後在世。工作曲。著有傳奇指腹記一種。

【沈括】 人名。宋錢塘人。字存中。博學善文詞。於天文、方志、律曆、音樂、醫藥、卜算。無不通曉。嘉祐進士。嘗使契丹。力爭河東黃嵬山地。契丹不能奪。著有長興集、夢溪筆談等書。

【沈約】 人名。梁武康人。字休文。仕宋及齊。累官司徒左長史。武帝受禪。爲尚書僕射。遷尚書令。卒諡隱。約篤志好學。博通群籍。藏書至二萬卷。著有晉書、宋書、齊紀、梁武紀、邇言、諡例、宋文章志及文集百卷。又撰四聲譜。分字爲平上去入四聲。爲聲韻學上一大變遷。

【沈珙】 元代中期戲曲家。字珙之。杭州人。生卒年不詳。約元貞中前後在世。天資穎悟。文質彬彬。然不顧仰人鼻息。故不仕。老而無後。病無所歸。陳以仁館之於家。不旬日而亡。其與范居中、施惠、黃天澤合作之鷫鸘裘。今亦不存於世。太和正音譜評其曲曰：「眞詞林之英傑。」

【沈筠】清代戲曲家。著有傳奇千金壽一種。

【沈嵊】明代戲曲家。字孚中。一字會吉。浙江錢塘人。明末崇禎間貢生。不修小節。越禮驚衆。順治初年失言。爲里人擊斃。著有傳奇三種。曰息宰河。曰綰春園。曰宰戍記。

【沈璟】明代戲曲家。字伯瑛。一字聃和。號寧菴。又號詞隱。江蘇吳江人。萬曆二年弱冠中進士。入仕。自吏部郎轉爲光祿寺丞。次年乞歸。與同里顧大典並蓄聲伎。爲香山洛社之遊。生平有詞癖。客至每談及聲律。娓娓剖折。終日不置。其弟沈瓚。萬曆十四年進士也。退職後自爲塾師。教其兄子一門之內。兄日選優伶。令演戲曲。弟尋章索句。課童蒙。實爲奇異之對照云。著有傳奇一十七種。曰桃符記。曰義俠記。曰埋劍記。曰分柑記。曰十孝記。曰分錢記。曰結髮記。曰珠串記。曰雙魚記。曰博笑記。曰四異記。曰墜釵記。曰合衫記。曰奇節記。曰鴛衾記。曰鑿井記。曰紅蕖記。又增定南曲全譜二十一卷。別輯南詞選韻十九卷。並爲世宗。王伯良曰：「先生於曲學法律甚精。泛濫極博。斤斤返古。力障狂瀾。中興之功。良不可沒。」

【沈鯨】明代戲曲家。號涅川。浙江平湖人。生卒年均不詳。約萬曆初前後在世。工作曲。著有傳奇四種。曰雙珠記。曰鮫綃記。曰靑瑣記。曰分鞋記。（按陸采亦有此劇）並傳於世。

【沈元暉】明代戲曲家。著有傳奇靑雀舫一種。

【沈自晉】明代戲曲家。字長康。一字伯明。號鞠通生。吳江人。沈璟之姪也。生卒年不詳。約崇禎初年在世。爲人謙和孝謹。工詩詞。通音律。乙酉年後隱居吳山。年八十三卒。順治十六年。袁于令嘗訪自晉於吳江。而互嘆衰老。據此。其年代當與于令相若也。北京朱希祖所藏廣輯詞隱先生增定南九宮詞譜末卷附載自晉弟自友所作鞠通生小傳曰：「生名自晉。字伯明。又字長康。鞠通則別號也。少而穎朗。飭躬淸謹。純孝性成。色養無怠。赴鶺鴒之難。感泣路人。敦葛藟之恩。誼深急難。懿行難悉書。書其概耳。爲人恂恂。弱不勝衣。無王謝輕浮風氣。驟卽之。落落穆穆也。徐而察之。溫如也。」又曰：「所著文辭甚富。翠屛山、望湖亭二劇。久行世。散曲如睹墅餘音、越溪新詠、不殊堂近稿。及續詞隱九宮譜、耆英會諸劇。亦將次刻行。老筆長新。撰述正無紀極也。」是知望湖亭、翠屛山、耆英會三劇。實爲自晉手筆。而非世傳沈璟所撰也。

【沈自徵】 明代後期戲曲家。字君庸。江蘇吳江人。沈璟之姪也。生於萬曆十九年。卒於崇禎十四年。享年五十一歲。國子監生。穎悟絕人。幼自負。爲大言。父授以田五十畝。乃笑曰：「有世上男子而五十畝者耶。」一朝盡棄之。得二百金。賙周親。饗賓客立盡。爲文立就。不一體。亦不錄稿。故無集。其所著戲曲。有雜劇傻狂生喬臉鞭歌妓、楊升庵詩酒簪花髻、杜秀才痛哭霸亭秋等三種。總題漁陽三弄。皆傳於世。靜志居詩話評其曲曰：「所撰霸亭秋、鞭歌妓諸雜劇。慨當以慷。世有續鬼簿者。當目之爲第一流。」

【沈名蓀】 清代戲曲家。字澗芳。亦作磵房。浙江錢塘人。生卒年不詳。約康熙四十年前後在世。積學能文。工詩兼曲。著有詩集梵夾集及傳奇鳳鸞儔。並傳於世。

【沈受先】 明代戲曲家。字壽卿。籍里生平均不詳。約成化中前後在世。工作曲。著有傳奇四種。曰銀瓶記。曰三元記。曰龍泉記。曰嬌紅記。呂天成評其曲曰：「沈受先蔚以名流。雄乎老學。語或嫌於湊揷。事每近於迂拘。然吳優多肯演行。吾輩亦不厭棄。」

【沈香亭】 傳奇名。明皇每待木芍藥盛開時。賞貴妃於沈香亭畔。故名。見長生殿條。

【沈起鳳】 清代戲曲家。字桐威號賓漁。又號紅心詞客。蘇州人。乾隆三十三年中擧人。時年二十八。是則其生年當在乾隆六年。屢赴會試不第。抑鬱無聊。寄情詞曲。所製不下三四十種。當時風行大江南北。優伶登門求之者踵相接。乾隆四十五年及四十九年兩次南巡之際。揚州鹽政。蘇州杭州織造所備奉迎供御之戲曲。皆出其手筆云。其妻張雲亦工詩文。頗享唱隨之樂。其所著戲曲。有傳奇四種。曰報恩緣。曰才人福。曰文星榜。曰伏虎韜。總題沈氏四種。係其故友石韞玉所編者也。

【沈萬山】 劇中人。相傳爲元末明初之金陵巨富。其名籍事蹟。諸書所載不一。明史高皇后馬氏傳稱爲吳興富民沈秀。太祖都南京。嘗斥資助築都城。張三豐先生全集謂姓沈名萬山。亦作萬三。爲秦淮漁戶。由三豐傳以燒鍊黃白之術而致富。後以富爲太祖所忌。坐事流放嶺南。三豐引渡仙去。孔邇雲蕉館紀談謂係蘇州吳縣人。捕魚得烏鵝石。賣石得錢。貿易而致富。秀水縣志謂係秀水人。遊姑蘇。於廢宅得黃白數罌而致富。周廣業循陔纂聞謂其名富。字仲榮。行三。王肯堂鬱岡齋筆記謂其家有聚寶盆。投物輒滿。用是致富。後太祖碎其盆。埋之金陵南門下。故名門爲聚寶門。宋長白柳亭詩話謂金陵水西門猪龍爲患。明太祖以沈仲榮聚寶盆鎮之乃止。注謂張三豐投以爐火術。盆卽燒鍊之鼎器也。見守錢奴、一文錢二分條。

【沈瑞琴】　清代戲曲家。著有傳奇春富貴一種。

【沈樹人】　清代戲曲家。字友聲。浙江湖州人。生卒年不詳。約康熙中葉在世。工曲。著有傳奇麗鳥媒一種。傳於世。

【沈蘇門】　明代戲曲家。著有傳奇一合相、丹晶墜二種。

【沈寵綏】　人名。明吳江人。字君徵。以度曲家沿流忘初。往往聲乖於字。調乖於音。有度曲須知、弦索辨譌等集。

【沈氏四種】　戲曲別集名。清人沈起鳳撰。共收傳奇報恩緣、才人福、文星榜、伏虎韜等四種。吳梅伏虎韜跋云：「佳處在此。而落套亦在此。故讀賓漁諸作。驟見其一。詫爲瓌寶。徐讀全書。反覺嚼蠟矣。」蓋四種結構頗多雷同也。

【沈醉東風】　曲牌名。北曲入雙調。管色配乙字調或正工調。南曲入仙呂入雙調。

【沈香太子劈華山】　雜劇名。元人張時起撰。李好古有同名之作。

【沈媚娘秋窗情話】　雜劇名。清人嚴廷中撰。爲秋聲譜之一。

【宋玉】　劇中人。戰國楚人。屈原弟子。爲楚大夫悲其師放逐。作九辨述其志。又作神女、高唐等賦皆寓言托興之作。見高唐夢條。

【宋江】　劇中人。宋鄆城人。徽宗時爲盜。剽掠河朔諸郡。勢甚猖獗。侯蒙知亳州。疏言江有過人之才。請赦之。而令討方臘以自贖。帝納其言。卽調蒙知東平。任招撫事。蒙未赴而卒。旋江攻海州。知州張叔夜擒其副魁。江乃降。見還牢末、杏花莊、豹子和尚、鬧高唐、高唐夢各分條。

【宋詞】　謂宋人之詞也。有宋一代。爲詞體大備之時期。小令中調之外。更增長調。蓋詞漸起於晚唐五季之間。至宋乃推闡極致。大概可分兩派。一婉約派。沿花間之遺。一豪放派。則創於蘇軾。

【宋讓】　明代前期戲曲家。安徽廣陽人。生卒年不詳。事蹟亦無可考。僅知其爲明初洪武時人。著有雜劇客窗夜話一種。未見流傳。

【宋心心】　南戲名。元代無名氏撰。南戲拾遺輯錄此目。

【宋公明】　雜劇名。明代無名氏撰。劇品謂此劇：「南北四折。傳事不沾滯。南劇有此亦可觀。揭陽鎖一折不能收局。豈有遺脫之故耶。」

【宋太祖】　劇中人。宋開國之帝。姓趙。名匡胤。涿州人。性孝友。有勇略。後周世宗時。屢建大功。顯德七年。受周禪即帝位。國號宋。先後平定荊南南漢江南等處。群雄相繼滅。五代之世。擾攘五十餘年。至此乃告統一。天下既定。以文臣知州事。削藩鎮兵權。懲贓吏重法。以絕禍患之源。務農興學。愼刑薄斂。與百姓休息。在位十六年崩。廟號太祖。見遇上皇、風雲會二分條。

【宋廷魁】　淸代戲曲家。生卒年不詳。約乾隆十五年在世。著有介山記傳奇一種。

【宋眞宗】　劇中人。太宗第三子。名恒。契丹寇澶州。帝用寇準策自將禦之。契丹成盟而退。其後王欽若、丁謂爲相。常以天書符瑞之說。熒惑朝野。帝亦淫於封禪之事。朝政因以不擧。在位二十五年崩。廟號眞宗。見抱粧盒條。

【宋鳴珂】　淸代戲曲家。著有傳奇杜陵春、羅浮夢二種。

【宋弘不諧】　雜劇名。正題重糟糠宋弘不諧。元人鮑天祐撰。

【宋北歸音】　書名。凡六卷。淸人王正祥輯。

【宋庠渡蟻】　雜劇名。明代無名氏撰。

【宋元戲曲史】　書名。凡十六卷。近人王國維撰。敍述宋元兩代戲曲源流及其派別。加以考證。多前人所未發。

【宋字京鷓鴣天】　南戲名。元代無名氏撰。南詞敍錄、南戲拾遺俱錄此目。

【宋上皇醉冬凌】　見醉冬凌條。

【宋公明劫法場】　雜劇名。元明間無名氏撰。

【宋公明鬧元宵】　雜劇名。明人凌濛初撰。

【宋歌舞劇曲考】　書名。凡七卷。劉宏度撰。世界書局印行。

【宋大將岳飛精忠】見岳飛精忠條。

【宋上皇三恨李師師】見李師師條。

【宋上皇御賞鳳凰樓】見鳳凰樓條。

【宋上皇御斷金鳳釵】見金鳳釵條。

【宋上皇御斷姻緣簿】見姻緣簿條。

【宋仁宗御覽托公書】見托公書條。

【宋公明善賞新春會】雜劇名。元明間無名氏撰。

【宋太祖龍虎風雲會】見風雲會條。

【宋公明排九宮八卦陣】見九宮八卦陣條。

【杜甫】劇中人。唐襄陽人。審言從孫。字子美。居杜陵。自稱杜陵布衣。又稱少陵野老。後人以別於杜牧。稱爲老杜。少貧。舉進士不第。玄宗時。以獻賦待制集賢院。肅宗立。拜右拾遺。出爲華州司功參軍。尋棄官依嚴武。武表爲檢校工部員外郎後人因稱杜工部。大曆中遊耒陽。大醉卒。甫善爲詩歌。雄渾奔放。與李白齊名。時稱李杜。見沽酒遊春、四節記二分條。

【杜牧】劇中人。唐萬年人。佑孫。字牧之。號樊川。太和進士。會昌中累官中書舍人。俊邁不羈。剛直有奇節。有所論列。俱關大計。其文奥衍。詩尤豪邁。與李商隱齊名。時號李杜。又別於杜甫。稱爲小杜。著有樊川集。見揚州夢條。

【杜韋娘】㈠雜劇名。正題春風杜韋娘。元人周文質撰。㈡劇中人。本唐歌妓。唐教坊記有杜韋娘曲。劉禹錫爲蘇州刺史。李司公紳罷鎮。慕禹錫名。邀飲。命妓侑酒。劉於席上賦詩云：「高髻雲鬟宮樣粧。春風一曲杜韋娘。司公見慣渾閒事。斷盡蘇州刺史腸。」見還魂記、風流夢二分條。㈢曲牌名南曲入仙呂宮引。

【杜陵春】傳奇名。清人宋鳴珂撰。

【杜鵑啼】雜劇名。正題楚金仙月夜杜鵑啼。元明間無名氏撰。

【杜鵑聲】傳奇名。清人畢萬侯撰。

【杜麗娘】劇中人。見還魂記條。

【杜甫遊春】雜劇名。正題曲江池杜甫遊春。元人范康撰。見沽酒遊春條。

【杜子美沽酒遊春記】見沽酒遊春條。

【杜祁公藏身眞傀儡】見眞傀儡條。

【杜秀才痛哭泥神廟】見續離騷條。

【杜秀才痛哭霸亭秋】見霸亭秋條。

【杜牧之詩酒揚州夢】見揚州夢條。

【杜秋娘月夜紫鸞簫】見月夜紫鸞簫條。

【杜蔃娘智賞金線池】見金線池條。

【孝升】見龔鼎孳條。

【孝甫】見陳以仁條。

【孝娥記】傳奇名。清人談小蓮撰。演劉心白遇沈娥娥事。

【孝順歌】曲牌名。南曲入雙調。管色配乙字調或正工調。

【孝義記】雜劇名。明人謝天惠撰。劇品謂此劇：「南六折。記張克趙兄弟之孝。遇盜處。有似趙禮讓肥。詞皆俗腐口吻。」

【孝女存孤】戲曲名。清人許鴻磐撰。爲六觀樓北曲六種之一。

【孝感幽明】雜劇名。明代樵風撰。劇品謂此劇：「南四折。漁父之孝。事可以風。」

【孝諫莊公】見鄭莊公條。

【孝諫鄭莊公】見鄭莊公條。

【孝順女曹娥泣江】見曹娥泣江條。

【孝順子磨刀勸婦】見磨力勸婦條。

【孝義士趙禮讓肥】見趙禮讓肥條。

【孝繼母王祥臥冰】見王祥臥冰條。

【孝壬貴救父鬧法場】見鬧法場條。

【孝順賊魚水白蓮池】見白蓮池條。

【孝義感慶會近慈堂】雜劇名。明代無名氏撰。

【沒揣】古方言。猶云不意也。無端也。沒遮攔也。例如誶范叔：「待走來如何走。待藏來怎地藏。沒揣的偏和他打個頭撞。」此言不意的撞着也。誤入桃源：「兄弟。我和你莫非是夢中嗎。沒揣的撞到風流陣。引入花衚衕。」此言無端入仙境遇仙子也。梧桐雨：「慣縱的個無徒祿山。沒揣的撞過潼關。」此言沒遮攔的打進潼關也。

【沒亂】古方言。元人迷亂謂之迷留沒亂。例如還魂記：「沒亂裏春情難遣。驀地裏懷人幽怨。」

【沒名花】傳奇名。清人吳士科撰。

【沒奈何】雜劇名。正題沒奈何哭倒長安街。明人王衡撰。顧曲雜言謂：「近年獨王辰玉太史衡所作眞傀儡沒奈何諸劇。大得金元本色。可稱一時獨步。」

【沒是哏】古方言。猶云過分狠也。例如勘頭巾：「你罵了人倒說你是。你沒是哏。沒事村。」村亦凶狠之義也。哏亦非狠。例如對玉梳：「俺那娘。風着一個冷鼻凹。百般的沒事狠。」凡云沒是哏皆猶云過分凶狠也。

【沒是處】古方言。猶云沒辦法也。例如蝴蝶夢：「眼睜睜有去路無回路。好教我百般的沒是處。」

【沒掂三】古方言。㈠猶云沒輕重也。例如遇上皇：「這言語沒掂三。可知水深把杖兒探」。㈡猶云不緊要也。例如西廂記：「不似恁惹草粘花沒掂三。就死也無憾。」㈢猶云沒意思也。例如蕭淑蘭：「你個顏叔子秉燭眞個堪。柳下惠開懷沒店三。」

【沒乾淨】古方言。猶云不了結也。例如陳摶高臥：「投至我石枕上。夢魂淸。布袍底。白雲生。但睡呵。一年半載沒乾淨。」言長睡不醒。直睡到一年半載亦不了結也。

【沒揣的】古方言。㈠沒料到也。㈡猛然也。

【沒頭疑案】雜劇名。明人傳一臣撰。爲蘇門嘯之三。

【沒肚皮攬瀉藥】古方言。歇後語。既無肚皮可資承受。復攬瀉藥。以速腹疾。猶言卽無把握。復謂言生事也。

【沒倖呆驢大報讎】見大報讎條。

【沒興花前秉燭旦】見秉燭旦條。

【沒興風雪瘸馬記】見瘸馬記條。

【沒奈何哭倒長安街】見沒奈何條。

【伯牙】人名。春秋時人。一說伯姓。牙名。學於成連。善鼓琴。與鍾子期善。子期死。伯牙終身不復鼓琴。痛世無知音也。

【伯玉】見汪道昆條。

【伯良】見王驥德條。

【伯明】見沈自晉條。

【伯雨】見王濟條。

【伯威】見彭伯威條。

【伯常】見嚴保庸條。

【伯起】見張鳳翼條。

【伯華】見李開先條。

【伯瑛】見沈璟條。

【伯龍】見梁辰魚條。

【伯驥】見王驥德條。

【伯雲澗】淸代戲曲家。著有傳奇紅樓夢一種。

【伯瑜泣杖】雜劇名。元人戴善夫撰。

【伯道棄子】雜劇名。正題吳太守鄧伯道棄子。元人李直夫撰。

【折】㈠元劇以一宮調之曲一套爲一折。王伯良校注古本西廂記凡例謂：「元人從折。今或作出。又或作齣。出既非古。齣復杜撰。字書從無此字。」

按元人雜劇。大抵四折。惟紀君祥之趙氏孤兒一本五折。乃變體也。㈡古方言。猶握也。例如西廂記「綉鞋兒剛半折。柳腰兒恰一搦。」剛半折乃形容脚小。言恰恰及半握也。

【折末】 古方言。㈠猶云儘教也。陳摶高臥：「折末胡廝纏到晨鐘撞。休想我一點狂心蕩。」末亦作麼。例如貶黃州：「臣折麼流儋耳。臣折麼貶夜郎。」末亦作模。例如巾箱本琵琶記：「折模你是怎生俑俏的。也落在我圈圚。」折末亦作者麼。例如豫讓吞炭：「者麼教鼎鑊烹。鈇鉞誅。凌遲苦痛。」㈡猶云不論也。例如博望燒屯：「轅門外望著。折末有甚人來。扳與我者。」言不論甚麼人也。又：「你二人或揣着。或掿着。折末甚物。俺哥哥小猜十個着。」言不論甚麼物也。亦作者麼。例如三化邯鄲：「若盧生不打從這裏過呵。徒弟使一個鳥道。者麼那裏。拿也將他來。」言不論甚麼地方也。㈢猶云甚麼也。例如宦門子弟錯立身戲文：「管甚麼抹土搽灰。折莫擂鼓吹笛。」折莫與甚麼互文。折莫即甚麼也。劉弘嫁婢：「我問甚麼那跛臂瘸臁。者麼那眼瞎頭禿。」者麼與甚麼互文。者麼卽甚麼也。

【折證】 古方言。㈠猶云計較也。例如爭報恩：「儘着他放㴱形骸。我可也萬千事不折證。則我只心兒裏忍耐。」此言一切不計較也。㈡猶云清算也。例如西廂記：「才子多情。佳人薄倖。兀的不擔閣下人性命。誰無信行。誰無志誠。您今夜親折證。」折者折本。證者掙本。此言誰多情。誰薄倖。誰掙錢。誰蝕本。您今夜親自去淸算一番可耳。

【折征衣】 雜劇名。明人李士英撰。

【折桂令】 曲牌名。北曲入雙調。管色配乙字調或正工調。

【折桂傳】 傳奇名。淸人江義田撰。

【折梅驛使】 雜劇名。正題折梅逢驛使。明代無名氏撰。

【折梅逢驛使】 見折梅驛使條。

【折擔兒武松打虎】 見武松打虎條。

【汪度】 見吳千頃條。

【汪錂】 明代戲曲家。字劍池。錢塘人。生卒年不詳。約萬曆初前後在世。工作曲。著有傳奇春蕪記一種。

【汪元亨】 明代前期戲曲家。號雲林。饒州（今江西省鄱陽縣）人。生卒年不詳。約至正中前後在世。嘗官浙江省掾。後徙居常熟。工曲。著有雜劇三種。曰劉晨阮肇桃源洞。曰娥皇女英斑竹記。曰仁宗認母。前一種傳。後二種不傳。

【汪廷訥】　明代後期戲曲家。字昌朝。一作昌期。號無如。別署坐隱先生。無無居士。全一眞人。淸癡叟。安徽休寧人。生卒年不詳。約萬曆中前後在世。博學能文。兼愛詞曲。名居處曰環翠亭。與湯顯祖等交遊。著有傳奇甚富。曰種玉記。曰獅吼記。曰天書記。曰長生記。曰同昇記。曰三祝記。曰高士記。曰二閣記。曰投桃記。曰威鳳記。曰義烈記。曰七國記等十二種。總題環翠堂樂府。另有雜劇六種。曰廣陵月重會姻緣。曰青梅佳句。曰詭男爲客。曰捐奩嫁婢。曰太平樂事。曰中山救狼。尙傳於世。

【汪宗姬】　明代戲曲家。字師文。一字肇邰。徽州歙縣人。生卒年不詳。約萬曆中前後在世。善爲詩。工作曲。著有傳奇丹篚記一種。

【汪勉之】　元代中期戲曲家。慶元（今浙江省鄞縣）人。生卒年無考。約元仁宗延祐末前後在世。由學官。歷浙東帥府令吏。工樂府。所製散曲頗多。惜皆散失。嘗與鮑天祐合編孝順女曹娥泣江一劇。亦無傳本。

【汪桂芬】　人名。淸代安徽人。字硯庭。爲京劇伶。工老生。以音調沈壯著名。效之者名爲汪派。孝欽時。嘗入內廷供奉。後作頭陀裝。潦倒以終。

【汪笑儂】　人名。淸滿洲旗人。字舜人。號仰天。能詩文。光緒間。以拔貢出爲知縣。去官後。隱而爲伶。工老生。能自編劇本及更改舊有劇詞。俱以文雅著。音調亦自成一家。

【汪道昆】　明代後期戲曲家。字伯玉。一字玉卿。號南溟。又號太函。晚號函翁。安徽歙縣人。生於嘉靖四年。卒於萬曆二十一年。享年六十九歲。嘉靖二十六年進士。仕至兵部侍郎。除義烏知縣。其令義烏時。教民講武。人人能投石超距。世稱「義烏兵。」備兵閩海。又與戚繼光募「義烏兵。」破倭寇。擢司馬郎。所撰雜劇有遠山戲、高唐夢、洛水悲、五湖遊四種。均見盛明雜劇。其總目曰楚襄王陽台入夢、陶朱公五湖泛舟、張京兆戲作遠山、陳思王悲生洛水。各以一套記之。合題大雅堂樂府。另唐明皇七夕長生殿一種。今不傳。

【汪德潤】　元代初期戲曲家。字澤民。眞定（今河北省眞定縣）人。所著雜劇。僅知糊突包待制一種。今不傳。太和正音譜評其曲曰：「眞詞林之英傑。」

【吟】 ㈠歌咏也。國策秦策：「則將吳吟。」㈡詩歌之名稱。如白頭吟、梁甫吟之類。

【吟咏】 用如體會之意。朱子全書學：「說誠意又將誠意吟咏一餉」咏亦作詠。詩周南關雎序：「吟詠情性」疏：「動聲曰吟。長言曰詠。作詩必歌。故言吟詠情性也。」

【吟哦】 猶言吟詠。宋史何基傳：「讀詩之法。須掃蕩胸次淨盡。然後吟哦。」

【吟詠】 見吟咏條。

【吟嘯】 謂吟詠也。晉書謝安傳：「嘗與孫綽等泛海。風起浪湧。諸人並懼。安吟嘯自若。」

【吟風閣】 散曲別集名。淸人楊潮觀撰。凡三十二折。每折各賦一事。卷首附小序。自敍作劇之旨。引云：「吟風之曲。往年行役。公餘遣興爲之。其天籟邪。人籟也。殊不自知。年來與知音商榷。次第被諸管弦。至茲始獲刊定。夫哀樂相感。聲中有詩。此亦人事得失之林也。士大夫詩而不歌久矣。風月無邊，江山如畫。能不以之興懷。惟是香山樂府。尚期老嫗皆知。安石陶情。不免兒輩亦覺矣。」曲考：「吟風閣雜劇中。有寇萊公罷宴一折。淋漓慷慨。音能感人。」按笠湖官臨邛縣時。就卓文君粧樓遺址。築吟風閣。又命士庶各植一花。首選古今可歌可泣事。編爲散套。慶新樓落成。此吟風散曲之由來也。」

【吟風弄月】 詩人吟詠多風月之作。世因稱詩人吟詠爲吟風弄月。

【吟香堂曲譜】 書名。凡四卷。淸人馮起鳳輯。有乾隆刊印本。

【吟香詩舫主人】 見黃燮淸條。

【何當】 古方言。猶云合當也。例如雁門關：「決勝千里辨輸贏。單注着黃巢今日何當敗。」言命運注定黃巢合當敗也。又如十探子：「則你那七禁令何當是你掌。則你那三軍印寄付與誰行。」言禁令合當是你掌。應負責任也。

【何元朗】 人名。沈德符顧曲雜言曰：「嘉隆間。度曲知音者。有松江何元朗。蓄家僮習唱。一時優人俱避舍。以所唱俱北詞。尚得金元遺風。予幼時猶見樂工二三人。其歌童也。俱善絃索。今絕響矣。」

【何仙姑】 劇中人。唐零陵女子。名瓊。住雲母溪。年十四五。夢神人教食雲母粉。復遇異人與桃食之。遂不飢。往來山頂。其行如飛。能預知人事。景龍中仙去。世傳爲八仙之一。稱爲何仙姑。

【何孝子】傳奇名。毛西河撰。演蕭山何競代父報仇事。馬玉起云。舊有傳奇名湘湖記者。即此也。

【何良俊】人名。字元朗。華亭人。生卒年不詳。約嘉靖末葉在世。少篤學。二十年不下樓。與弟良傳。並有才名。著有曲論等集。

【何滿子】㈠曲名。樂府詩集：「白居易曰。何滿子。開元中。滄州歌者。臨刑進此曲以贖死。竟不得免。」㈡曲牌名。南曲入小石調。

【何郎傅粉】雜劇名。正題試湯餅何郎傅粉。別作試湯餅玉郎。元人趙祐撰。

【何推官錯勘屍】南戲名。元代無名氏撰。永樂大典卷一三九九〇南詞敘錄、宋元戲文本事、南戲百一錄俱錄此目。九宮大成南北宮詞譜中。僅存殘文一曲。

【君美】見施惠條。

【君卿】見趙良弼條。

【君祥】見趙良弼條。

【君御】見龍膺條。

【君庸】見沈自徵條。

【君選】見黃廷俸條。

【君臣相遇樂】南宋大曲名。入歇指調。南宋官本雜劇二百八十種之中。有裴航相遇樂一本。宋史樂志及文獻通考教坊部十八調歇指調中。有君臣相遇樂大曲。相遇樂。即君臣相遇樂之略也。

【赤方】見顧景星條。

【赤水】見屠隆條。

【赤緊】古方言。㈠猶云當眞也。實在也。例如西廂記：「孤孀子母無投奔。赤緊的先亡了有福之人。」有福之人。指崔相國。言當眞有福者先亡。後死者遭殃也。王粲登樓：「非是我王仲宣胸次高。赤緊的晏平仲他度量窄。」言並非我姓王的胸襟高傲。其實姓晏的亦度量狹窄也。㈡猶云要緊也。例如長生殿：「赤緊似天水中展鰲鱗。枳棘中拂毛羽。」王磐嘲轉五方：「赤緊的行者能頑。又撞着東家好攘。」

【赤力力】古方言。形容翻震搖撼之聲也。例如西廂記：「脚踏的赤力力地軸搖。手扳的希刺刺天關撼。」

【赤壁遊】雜劇名。正題蘇子瞻泛月遊赤壁。凡一折。明人許潮撰。爲泰和記之一種。本蘇軾前後赤壁賦敷衍成劇。而借黃山谷佛印作客。又因後賦有夢鶴事。遂添出張志和。且云朝爲黃鶴。暮托漁翁。所以點染生色也。

【赤壁賦】　雜劇名。正題蘇子瞻醉寫赤壁賦。元代無名氏撰。演蘇東坡醉寫赤壁賦事。

【赤龍鬚】　傳奇名。清人朱從雲撰。

【赤瓦不剌海】　古方言。猶云敲殺也。本女眞語。又作「應該被人打」之罵人語用。

【牡丹仙】　雜劇名。正題洛陽風月牡丹仙。明人朱有燉撰。是劇本歐陽修洛陽牡丹記而作。按歐公作洛陽牡丹記。本屬韻事。憲王因撰牡丹花仙現形。見歐公相與笑談風月。評量花事。以作佳話云。

【牡丹品】　雜劇名。正題天香圃牡丹品。明人朱有燉撰。

【牡丹亭】　㈠雜劇名。正題韓湘子三赴牡丹亭。元人趙明道撰。㈡見還魂記條。

【牡丹春】　曲牌名。北曲入雙調。管色配乙字調或正工調。

【牡丹記】　㈠雜劇名。正題鶯鶯牡丹記。元人睢舜臣撰。㈡傳奇名，明人朱從龍撰。

【牡丹園】　㈠雜劇名。正題十美人慶賞牡丹園。明人朱有燉撰。演西王母在牡丹亭會群仙事。略謂西王母司花女奉使至牡丹園。招姚黃、魏紫、壽安紅、素鸞、粉娥嬌、鞋紅、寶樓台、紫雲芳、玉天仙、醉春客十牡丹仙。及甜酸苦辣四妮子。爲其侍女從行。在王母前群演歌舞。蓋亦神仙慶壽劇也。㈡雜劇名。正題黑旋風大鬧牡丹園。元人高文秀撰。

【牡丹圖】　傳奇名。清人朱佐朝撰。

【伶】　見伶人條。

【伶人】　國語周語：「伶人告和」注：「伶人。樂人也。」按今稱以演劇爲業者曰伶人。省文作伶。

【伶官】　詩邶風簡兮序箋：「伶官。樂官也。伶氏世掌樂官而善焉。故後世多號樂官爲伶官。」

【伶俐】　古方言。猶云乾淨也。例如五侯宴：「若是我無你個孩兒伶俐些。那其間方得寧貼。」言捨去小孩。倒反乾淨也。又如燕靑博魚：「我雖嫁了這燕大。私下裏和這楊衙內有些不伶俐的勾當。」凡私情之事。則曰不伶俐的勾當。此猶言與楊衙內不乾淨的勾當也。

【伶倫】　㈠人名。黃帝時樂師。亦作泠綸泠淪。嘗奉帝命。伐竹於崑谿。斬而作笛。吹之作鳳鳴。㈡

伶人之別稱。錄鬼簿：「鄭光祖名香天下。伶倫輩稱鄭老先生。」

【快】 古方言。㈠猶云好也。例如寃家債主：「不想命不快。探親不着。又下着這大雪。」命不快。猶言命運不好也。漁樵記「問道。王安道哥哥好麼。我說道快。楊孝先兄弟好麼。我說道快。」我說道快。猶云我說道好也。㈡猶云會也。能也。例如舉案齊眉：「我做秀才快喫飯。五經四書不曾慣。」快喫飯。猶云會吃飯也。鐵拐李楔子：「火坑裏消息我敢踏。油鑊內錢財我敢拿。則爲我能跳塔。快輪鍘。」快與能爲對舉行互文也。

【快板】 皮黃板式名。此板較流水尤快。祇見於西皮。例如南天門：「恨奸賊把我的牙咬壞……」一段。卽快板也。

【快書】 說唱之一種。其體與大鼓相似。因其愈唱愈快。故名快書。通常用連珠調作結。故又名連珠快書。唱時一人坐彈絃子。一人站立說唱。唱者手打八角鼓。所唱多爲歷史故事。如長坂坡、戰長沙、陰魂陣、鬧天宮之類。動作劇烈。適於快書體製。

【快一眼】 皮黃板式名。亦稱快原板。但祇二黃用之。例如文昭關：「鷄鳴犬吠五更天……」一段。卽快一眼也。

【快三眼】 皮黃板式名。二黃用之。其尺寸與原板同。行腔亦無大異。惟胡琴工尺較原板略簡耳。

【快活三】 ㈠傳奇名。淸人張大復撰。演蔣還得婦事。略謂還意外得婦。後守揚州。大富。終與婦俱仙去。以快活之事凡三。故名。㈡曲牌名。北曲入中呂宮。管色配小工調或尺字調。

【快活年】 曲牌名。北曲入雙調。管色配乙字調或正工調。

【狄青】 劇中人。宋西河人。字漢臣。善騎射。初爲衞士。趙元昊反。以青爲延州指使。與賊數十戰。常爲先鋒。臨陣被髮。戴銅面具。賊驚爲天神。當者披靡。元昊平。累擢彰化軍節度使。韓琦范仲淹皆器之。仲淹授以左氏春秋。於是折節讀書。精通兵法。儂智高反。宋師屢敗。以青宣撫荆湖南北路。值上元節。青張燈設宴。大會諸將。突於是夜三鼓。率精兵攻破崑崙關。賊遂遠遁。還拜樞密使。卒謚武襄。見衣襖車條。

【狄君厚】 元代初期戲曲家。平陽（今山西臨汾縣）人。生卒年不詳。約至元中前後在世。工作曲。著有雜劇晉文公火燒介子推一種。傳於世。太和正音譜評其曲曰：「眞詞林之英傑。」

【狄梁公】　雜劇名。正題風雪狄梁公。元人關漢卿撰。

【狄青撲馬】　雜劇名。元人吳昌齡撰。

【狄青復奪衣襖車】　見衣襖車第。

【狄梁公智斬武三思】　見武三思條。

【志甫】　見金仁傑條。

【志烈夫人節婦牌】　見節婦牌條。

【志公和尙四坐禪】　見問啞禪條。

【志公和尙問啞禪】　見問啞禪條。

【志封侯班超投筆】　見班超投筆條。

【志登仙左慈飛盃】　雜劇名。明代無名氏撰。

【那吒】　劇中人。神名。毗沙門天王之太子。常以擁護佛法爲事。宋高僧傳道宣傳：「宣律師於西明寺夜行道。足跌前階。有物扶持。履空無害。熟顧視之。乃少年也。宣遽問何人中夜在此。少年曰。某非常人。卽毗沙門天王之子那吒也。護法之故。擁護和尙。」一見鎖魔鏡條。

【那更】　古方言。猶云況更也。兼之也。例如王祥行孝戲文：「看這廝乾淨身軀。那更沒多年紀。」一那更猶云況更也。又如巾箱本琵琶記：「只怕萬里關山。那更音信難憑。」一那更。猶云兼之也。

【那堪】　古方言。猶云兼之也。而且也。例如董西廂：「不惟道生得個龐兒美。那堪更小字兒稱愜人意。」言不但相貌長得美。兼之名字亦取得好也。王祥行孝戲文：「看伊乾乾淨淨。那堪年紀後生。」那堪年紀後生。猶云而且年紀尙輕也。

【那些個】　古方言。猶云那裏是也。例如巾箱本琵琶記：「須知此行是親志。休故拒。秀才。你那些個養親之志。」此恐其故拒而不肯赴考。故云然。

【那其間】　見其間條。

【那裏每】　古方言。㈠猶云怎麼也。例如㑇梅香：「有他那親筆寫的情詞。揣着吟藁呀。那裏每不見了。哎。你這個不了事的呆才。可元來在手裏搦着。」言那情詞怎麼忽然不見了也。金線池楔子：「那一片俏心腸。那裏每堪分付。」㈡猶云何處也。例如昊天塔：「那裏每噎噎哽哽。攪亂俺這無是無非窗不僧。」言何處有哭聲也。盆兒鬼：「那裏每汪汪犬吠。隱隱疎籬。」言何處有犬吠聲也。藍采和：「那裏每人烟鬧。是一火村路岐。」言何處人烟鬧也。

【男女】　古方言。㈠奴僕自稱之辭。例如張協狀元戲文：「先生少待。男女請出那解元來。」又如巾箱本琵琶記：「相公指揮。男女怎敢漏泄。」㈡詈辭。猶云奴才也。例如董西廂：「盡是些沒意頭搊搜男女。」此指孫飛虎叛軍而言。秋胡戲妻：「原來是個不曉事的喬男女。」喬者歹也。此秋胡妻詈秋胡語也。

【男兒】　古方言。夫壻之稱。例如拜月亭：「這一炷香。則願俺那抛閃下的男兒較些。」較些。猶云較痊。此王瑞蘭稱其夫壻語。灰闌記：「我將這虛空中神靈來禱告。便做道男兒無顯跡。可雖道天理不昭昭」顯跡。即猶云顯靈。此張海棠稱其亡夫語。

【男王后】　雜劇名。明人王驥德撰。亦作男后記。略謂陳子高。字瓊花。江南人。年十六。有姿色。宛然如女。梁末避侯景亂。與父作草履過活。適臨川王陳蒨平亂凱旋。部下小校。途中捉子高將斬之。見其爲可愛之美少年。獻王。王愛其色。伴歸吳興宮中。令女粧。權充後宮。既而立爲王后。專斷袖寵。王妹玉華公主。聞之侍女。知其爲男子。頻以情挑之。遂私焉。一侍女密告之王。王怒。欲斬二人。忽念我正欲爲妹選駙馬。曷若以子高爲駙馬。遂使兩人結婚。中國近世戲曲史作者自云：「今好事者以女狀元並余舊所譜陳子高傳稱爲男皇后。並刻以傳。亦一的對。特余不敢與先生匹耳。」又曰：「余昔譜男后劇。曲用北調。而白不純用此體。爲南人設也。」

【男后記】　見男王后條。

【男風記】　雜劇名。明代無名氏撰。劇品謂此劇南北三折。

【男子漢家】　見家條。

【夾鐘】　音律名。此律爲夷則所生。管長六寸七分三分一。但其頫律尚未獲得結論。今假定黃鐘等於西律之C。則夾鐘之音高。當與西律之升D或降E相近。

【夾嘴髯】　髯口名。簡稱夾嘴。齊如山云：「此髯與扎髯一樣。大致扎髯長一尺餘。此則不得過五六寸。二花臉掛此者最多。三花臉掛此者則有三堂會審之差解等角。」

【夾鐘羽聲】　宮調名。羽作結聲而出於夾鐘者。謂之夾鐘羽聲。俗名中呂調。

【夾鐘角聲】　宮調名。角作結聲而出於夾鐘者。謂之夾鍾角聲。俗名雙角調。

【夾鍾宮聲】 宮調名。宮作結聲而出於夾鍾者。謂之夾鍾宮聲。俗名中呂宮。

【夾鍾商聲】 宮調名。商作結聲而出於夾鍾者。謂之夾鍾商聲。俗名雙調。

【角】 (一)中國近世戲曲史曰：「俗呼俳優為角。」亦謂之脚。見脚條。(二)五音調或七音調之第三音也。管子地員篇曰：「凡聽角。如雉登木以鳴。」(三)齒音也。樂府傳聲所載辨五音訣：曰「欲知角。舌縮却。」

【角色】 見脚色條。

【角妓】 中國近世戲曲史曰：「俗呼俳優為角。角妓當有女伶之義。」暖紅室載徐文長曰：「宋人謂風流蘊籍為角。故有角妓之名。」黃雪蓑青樓集：「汪憐憐湖州角妓。美姿容。善雜劇。」

【角抵】 古校力之戲也。漢書武帝紀：「元封三年春。作角抵戲。三百里內皆來觀。」亦作觳抵。史記大宛傳：「安息以黎軒善眩人獻於漢（中略）而觳抵奇戲歲增變甚盛。益興。自此始。」亦作角觝。西京雜記：「秦末有白虎見於東海。黃公乃以赤刀往壓之。術既不行。乃為虎所殺。俗用以為戲。漢帝亦取以為角觝之戲焉。」亦作相撲或爭交。夢粱錄：「角觝者。相撲之異名也。又謂之爭交。」

【角調】 宮調名。角調所屬諸曲。南北皆無。

【角妓垂螺】 晏小山詞云：「垂螺拂黛青樓女」又云：「紅窗碧玉新名舊。猶綰雙螺。」垂螺、雙螺。蓋當時角妓未破瓜時髮飾之名。今秦中妓女及搬演旦色猶有此制。

【投】 古方言。猶臨也。到也。例如西遊記：「恰便似投天明的曉燈明滅。」投天明。猶云臨曉也。傷梅香：「那窮酸每一投得了官呵。胸臆在九霄雲外。」一投。猶之一到這時候也。

【投到】 古方言。猶云等到也。例如魯齋郎：「投到安伏下兩個小的。收拾了家私。四更出門。急急走來。早五更過也。」投到。猶云等到也。單鞭奪槊：「軍師。投至掩得這尉遲恭。非同容易也。」言到此地步不是容易也。亦作投至得或投至的。例如西廂記：「投至得引人魂卓氏音書至。險將這鬼病相如盼望死。」此猶云等到也。聚獸牌：「剷除了群雄草昧。投至的五年滅楚定邦基。」此猶云到此地步也。

【投桃記】 傳奇名。明人汪廷訥撰。

【投梭記】　傳奇名。明人徐復祚撰。六十種曲及王國維曲錄。皆誤爲無名氏作。徐復祚花當閣叢談自云：「庚戌成紅梨後。遂燒却筆硯。既而楚紀胡孝思事。因思死生禍福不宰之讖懸。亦寧關乎口語。固自有天公主之。乃復理鉛槧。爲投梭。記謝幼輿折齒事。又作梧桐兩。記玉環馬嵬事。」朱鼎謂：「本劇與玉鏡台記同敍王敦事。但以本劇爲緊湊。因爲頭緒較少。」焦循劇說：「投梭筆墨雅潔。情詞婉妙爲勝。」

【投筆記】　傳奇名。明人邱濬撰。

【投溷中】　雜劇名。清人桂馥撰。爲後四聲猿之一。演李長吉遺稿。被其表兄黃生棄入廁中以報宿怨事。

【沙】　古方言。語辭。漢宮秋：「他去也不沙架海紫金梁。枉養着那邊庭上鐵衣郎。」意謂那單于亦不能飛渡。而邊將無用。不能加以阻止也。

【沙村】　古方言。猶云狠戾也。例如羅李郎：「這哥哥恁地狠。沒些兒淹潤。一剗的沙村。倒把人尋趁。」狠與沙村互文也。

【沙勢】　古方言。猶云模樣也。例如薛仁貴：「這的是甚所喬爲。直吃的恁般沙勢。可不失掉了鐵釵牌。歪斜着油鬏髻。」失釵歪髻。言何苦吃得恁般樣子也。

【沙子兒】　曲牌名。北曲入雙調。管色配乙字調或正工調。

【沙門島張生煮海】　見張生煮海條。

【村】　古方言。㈠猶云傖俗也。例如救風塵：「這廝外相兒通疏就裏村。」言外貌斯文而胸中傖俗也。雲窗夢「那等村的。肚皮裏無一聯半聯。那等村的。酒席上不言語強言。那等村的。俺跟前無錢說有錢。」凡云村字。皆言傖俗不可耐也。村字每與俏字對舉。俏者斯文之謂也。例如貨郎旦：「村在骨中挑不出。俏從胎裏帶將來。」雲窗夢：「馮魁是村。倒有金銀。俏雙生他是讀書人。天教他受窘。」言馮魁雖俗倒有錢財也。有時亦作村沙。例如看錢奴：「每日在長街市上把青驄跨。只待要弄柳拈花。馬兒上扭揑着身子詐。做出那般般樣勢。種種村沙。」種種村沙。猶云俗不可耐。醜態百出也。㈡猶歹也。壞也。劣也。例如劉行首：「你怎生纔出家。可又早迷了正道。村性格。劣心苗。」魯齋郎：「這箇村弟子孩兒無禮。我家墳院裏。打過彈子來。」西廂記：「村了風俗。傷了人物。」有時亦作村沙。例如青衫淚：「喫得來眼腦迷希。口角涎垂。覷不的村沙樣勢。」言看不過這惡劣樣兒也。㈢猶云狠戾也。金線池：「我老人家如今性子淳善了。若發起村來。怕不筋都敲斷你的。」此猶云發起狠來也。秋胡戲妻：「王留他情性狠。伴哥他實是村。」村與狠互文也。有時亦作村沙。例如昊天塔：「我呵。顯出來扶碑的手段。舉鼎的村沙。」有時亦作村桑。例如博望燒屯：「去時節村桑。恨不得一跳三千丈。今日你着忙。」㈣猶云忙急也。凍蘇秦：「甚勾當。來來往往。張張狂狂。村村棒棒。」村村棒棒猶云急遽倉皇也。巾箱本琵琶記：「下絲綸不愁無處。笑伊村殺。」案劇情。此爲媒婆於伯喈拒婚後。奚落伯喈不必乾着急也。

【村樂堂】㈠雜劇名。正題海門張仲村樂堂。元明間無名氏撰。㈡雜劇名。元人趙善慶撰。

【村沙漾勢】古方言。猶云粗俗形狀也。村沙猶言粗俗。漾勢猶言形狀。例如李逵負荊：「你看黑牛這村沙漾勢那。」

【村裏迓鼓】曲牌名。北曲入仙呂宮。亦入商調。

【村姑兒鬧元宵】見鬧元宵條。

【阮咸】㈠人名。晉尉氏人。字仲容。少解音律。瀟洒不羈。爲竹林七賢之一。與叔父阮籍齊名。有大小阮之稱。㈡樂器名。琵琶之類。

【阮肇】劇中人。後漢永平中。與劉晨入山採藥。失道行數里。至溪濟。有三女候迎引入洞。食以胡麻飯。後求去。指示原路。至家。子孫已七世矣。見悞入桃源條。

【阮籍】人名。三國魏尉氏人。字嗣宗。爲竹林七賢之一。博覽群籍。善嘯能琴。能爲青白眼。常率意命駕。途窮輒慟哭而返。

【阮大鋮】㈠明代戲曲家。字集之。號圓海。一號石巢。別署百子山樵。安徽懷寧（今安慶）人。生年不詳。卒於順治三年。性機敏。有才思。崇禎時附魏忠賢。名列逆案。福王立。爲兵部侍郎。後降清。從攻仙霞嶺。遊山時觸石死。着有傳奇十種。曰燕子箋。曰春燈謎。（亦名十錯認）。曰牟尼合。（亦名馬郎俠。）曰雙金榜。曰忠孝環。曰桃花笑。曰井中盟。曰獅子賺。曰賜恩環。曰老門生。並傳於世。陶菴夢憶引張岱言曰：「阮圓海大有才華。恨居心不淨。其所編諸劇。罵世者十之七。解嘲者十之三。多詆毀東林。辨宥魏黨。爲士君子所唾棄。故其傳奇不著。如就戲而論。則鏃鏃能新。」

不落窠臼者也。」李調元雨村曲話：「阮大鋮自號百子山樵。所撰燕子箋。名重一時。然其人心術既壞。惟覺淫詞可憎。所謂亡國之音也。」霜厓居士跋云：「自來大奸慝。必有文才。嚴介溪之詩。阮圓海之曲。不以人廢言。可謂三百年一作手矣。」

(二)見桃花扇條。

【阮步兵】　雜劇名。明人來集之撰。爲秋風三疊之一。

【阮步歸】　曲牌名。南曲入南呂宮。管色配六字調或凡字調。

【阮提學鬼鬧森羅殿】　見森羅殿條。

【走邊】　身段名。齊如山云：「劇中夜間在牆邊或路旁行走。謂之走邊。」

【走昭君】　雜劇名。正題夜月走昭君。亦作月夜走昭君。元人吳昌齡撰。

【走樊城】　雜劇名。正題伍子胥棄子走樊城。元人高文秀撰。

【走外場的】　見劇通科條。

【走馬賣解】　古代雜戲之一。因其以馬術爲主體。故名。走馬賣解金人呼曰跑馬走解。劉若愚酌中志略：「聖駕或幸萬歲山前插柳。看御馬監勇士跑馬走解（端午節。）」

【祁孫】　見陸繼輅條。

【祁理孫】　人名。字奕慶。明山陰人。祁彪佳之子。藏書頗富。戲曲尤多。除名劇彙外。尚有雜劇十四本。鈔本雜劇十二本。未釘雜劇二帙。皆無子目。

【祁彪佳】　人名。明山陰人。字弘吉。生而英特。有治世才。弱冠第天啓進士。累官右僉都御史。崇禎時以撫江南有殊績。爲群小所嫉。引疾罷。迨南都杭州相繼失守。彪佳絕粒端坐池中死。唐王時追諡忠敏。有遠山堂曲品及遠山堂劇品等集。

【祁駿佳】　明代後期戲曲家。字季超。浙江山陰人。祈麟佳之弟也。所著雜劇。僅知鴛鴦錦一種。未見流傳。

【祁麟佳】　明代後期戲曲家。字元孺。別署太室山人。浙江山陰人。祈駿佳之兄也。生卒年不詳。約天啓中前後在世。工詩歌。善詞曲。著有雜劇四種。曰錯轉輪。曰救精忠。曰慶長生。曰紅粉禪。合題太室山房四劇。前一種傳。後三種不傳。

【見】　古方言。(一)猶知也。覺也。例如誶范叔：「這有甚麼難見處。想必范睢在我背後。以魏國陰事告齊。故得此重賞。」有甚麼難見。猶云明明白白的事實何難知道也。巾箱本琵琶記：「怎的只見殺聲在絃中見。敢只見螳螂來補蟬。」只見殺聲。猶云只覺殺聲也。㈡猶得也。着也。例如西廂記：「不思量茶飯。怕見動彈。」言怕得或懶得動彈也。㑳梅香：「小生無可調治。只除了小娘子肯憐見。方纔救得小生一命。」言憐得或憐着也。

【見別】古方言。猶云見外也。例如拜月亭：「姊妹每休見別。斟量着非爲別。」言姊妹們休見外也。

【見識】古方言。猶云計策也。主意也。例如董西廂：「使些兒譬似閑晻見識。着衫子袖兒掩淚。」譬似閑。即沒關係。晻見識即惡計策或壞主意也。

【見雁憶故人】雜劇名。明代無名氏撰。

【弟子】古方言。妓女之稱也。例如劉行首：「俺那員外。近來養着一個弟子。喚做劉行首。」行首。即行院之首領也。度柳翠：「這的是弟子歌。又不是猱兒唱。」猱兒亦妓女之稱。故與弟子對舉也。貨郎旦：「你個潑弟子。我教你與我囇一囇。怎麼不肯。」此乃借用以罵嬭母張三姑者也。按唐明皇選樂工數百人。自教法曲於梨園。謂之皇帝梨園弟子。至今謂優女爲弟子。此其始也。

【弟兄】古方言。猶云弟弟也。例如賺蒯通：「都是些羊弟兄。狗哥哥。」虎頭牌：「買的這一瓶兒村醅酒。待與我第二個弟兄祖餞。」小孫屠戲文：「忽然見弟兄持刀刃。連叫兩三聲。莫不是嫂嫂不欽敬。」此爲孫必達謂其弟孫必貴也。

【弟子孩兒】古方言。詈辭也。例如爭報恩：「你個弟子孩兒。百忙裏討甚麼粥錢。」詈老人則曰老弟子孩兒。詈幼童則曰小弟子孩兒。弟子亦作𢀖子。

【把色】宋人奏樂。謂之把色。耐得翁都城紀勝：「其吹曲破斷送者。謂之把色。」按曲破爲伴舞之樂。斷送爲間奏之樂。

【把似】古方言。㈠猶云假如也。例如鐵拐李：「怎生腿瘸。師父也。把似你與我個完全屍首。怕做甚麼呢。」又如西廂記：「把似你使性子。休思量秀才。做多少好人家風範。」以上把似。皆作假如解也。㈡猶云不如也。例如望江亭：「把似你則守着一家一計。誰着你收拾下兩婦三妻。」言不如一夫一婦爲得也。又如董西廂：「先生本待觀景致。把似這裏閒行隨喜。」言不如這裏隨意遊玩也。

【把都兒】古方言。即兵士也。例如漢宮秋：「把都兒將毛延壽下。解送漢朝處治。」

【把體面】　古方言。㈠按照規矩也。㈡假以禮貌也。

【希甫】　見陳子玉條。

【希福】　見沈祚條。

【希刺刺】　古方言。形容翻震搖撼之聲也。例如西廂記：「脚踏的赤力力地軸搖。手扳的希刺刺天關撼。」

【希留急了】　古方言。形容風憾樹聲也。

【初文】　見林章條。

【初白】　見查慎行條。

【初成】　見凌濛初條。

【初生月兒】　曲牌名。北曲入大石調。管色配小工調或尺字調。

【虬髯】　髯口名。虬髯者。謂鬚髯鬈曲也。又曰蝟髯。掛此者。皆爲勇壯而不愛修飾之人。如醉打山門之魯智深。五臺山之楊五郎等是。

【虬樓】　見毬樓條。

【虬髯翁】　雜劇名。正題虬髯翁正本扶餘國。明人凌濛初撰。略謂李靖謁楊素。素妓亡奔之。又途中遇虬髯客。妓知之其爲奇人。認爲兄妹。虬髯客後至扶餘國爲扶餘王。按虬髯客隋末人。本名張仲堅。有雄才大略。見張說虬髯客傳。

【虬髯翁正本扶餘國】　見虬髯翁條。

【巫孝廉】　戲曲名。明人沈璟撰。爲博笑記十件之一。按此劇與凌濛初拍案驚奇中之張溜兒熟布迷魂局、陸蕙娘立決到頭緣取材相同。

【巫娥女】　雜劇名。正題楚襄王夢會巫娥女。明人楊訥撰。

【巫山十二峯】　見集曲條。

【巫娥女醉赴陽臺夢】　雜劇名。元明間無名氏撰。

【泛浮槎】　雜劇名。正題張騫泛浮槎。元人王伯成撰。

【泛清波】　南宋大曲名。入林鐘商調。南宋官本雜劇二百八十種之中。有能知他泛清波、三釣魚泛清波二本。宋史樂志及文獻通考教坊部十八調林鐘商中。有泛清波大曲。

【泛龍舟】　燕樂大曲名。

【泛西湖秦蘇夏賞】　見秦蘇夏賞條。

【更】　古方言。㈠猶云不論怎樣也。如火燒介子推：「他子父每更歹殺呵。痛關着骨肉。」言父子關係不論歹到怎樣。終是骨肉痛癢相關也。㈡猶云絕也。例如兩世姻緣：「看了他容貌兒實是撐。衣冠兒別樣整。更風流。更灑落。更聰明。」此三更字。均作絕字解。

【更生】　見馬佶人條。

【更漏子】　曲牌名。南曲入高大石調正曲。

【作】　見作旦條。

【作旦】　脚色名。旦之一種。傳奇中只有作字。而無作旦之名。蓋省文也。梆子班中則呼爲老作子。亦係彩旦性質。但身份年齡不盡相同耳。

【作念】　古方言。猶念記也。

【別】　古方言。猶云別紐也。賭氣也。固執也。例如巾箱本琵琶記：「他勢壓朝班。威傾京國。你却與他相別。」此猶云別紐也。字亦作彆。例如靑衫淚：「好賤人。上門好客。你怎生不順從。和錢賭彆。」此猶云賭氣也。字亦作撇。例如陳州糶米：「老漢陳州人氏。姓張。人見我性兒不好。都喚我做張撇古。」案古與撇同義。此猶云固執也。

【別有天】　傳奇名。淸人朱從雲撰。

【別虞姬】　雜劇名。正題霸王垓下別虞姬。別作楚霸王別虞姬。元人張時起撰。

【即世】　古方言。㈠死亡也。㈡狡猾也。㈢虛僞也。㈣現世報也。亦作七世。

【卽溜】　見唧溜條。

【卽空觀主人】　見凌濛初條。

【坐間】　古方言。猶云登時也。一時也。例如董西廂：「那作怪的書生。坐間悄一似風魔顚倒。」言相國夫人及鶯鶯在佛堂作佛事之時。張生瞥見鶯鶯登時着了魔也。

【坐部伎】　見立部伎條。

【坐隱先生】　見汪廷訥條。

【芝麓】　見龔鼎孳條。

【芝龕記】　傳奇名。凡六十齣。淸人董榕撰。演明神宗至弘光間邊庭事實。以秦良玉沈雲英爲主體。吳梅顧曲麈談：「是書自明神宗起。至弘光止。集三朝之邊庭事實。一一奏演之。通本以秦良玉沈雲英爲主。淋漓痛快。實可擊唾壺歌之。不止敲碎竹如意也。」李調元雨村曲話：「明季史事。一一根據。可爲傑作。但意在一人不遺。未免失之瑣碎。演者或病之焉。」又云：「燕京綿花七條胡同有石芝龕。爲四川會邸。其遺蹟也。」

【芝庵唱論】　見唱論條。

【改庵】　見龍燮條。

【改增玉簪記】　傳奇名。清人高宗元撰。

【改定元賢傳奇】　書名。明人李開先校訂。原書所收多少。今已不詳。現傳於世者。僅知七種。今藏於南京國立中央圖書館。此書爲極重要之元人雜劇選集。

【尾犯】　曲牌名。南曲入中呂宮引。管色配小工調或尺字調。

【尾聲】　齣尾所唱之曲。曰尾聲。乃示全套之樂已闋也。任訥散曲概論：「北套尾聲。繁簡長短不一。每與他調混合爲一體。如後庭花煞、好觀音煞等是。南尾聲則極簡單。大抵十二板。故尾聲又名十二時。又北尾聲亦稱煞、尾、煞尾、收尾、結音、慶餘。南尾聲亦稱餘音、餘文、意不盡、情不斷、十二拍尾。」

【尾犯序】　曲牌名。南曲入中呂宮。管色配小工調或尺字調。

【尾生期女渰藍橋】　見水渰藍橋條。

【杏花天】　曲牌名。南曲入越調引。管色配六字調或尺字調。

【杏花村】　傳奇名。亦作聞孝。凡三十二齣。清人夏綸撰。爲惺齋六種之一。演明王武報父仇事。即以明父子之孝者也。

【杏花莊】　㈠雜劇名。正題梁山泊黑旋風負荊。亦作李逵負荊。元人康進之撰。略謂李逵因清明節假下山。至王林小酒店中沽飲。適王林之女。爲二強人所劫去。此強人一冒宋江名。一冒魯智深名。王林不識宋江魯智深。以爲眞宋江魯智深也。以語李逵。李逵不察。即以爲眞宋江魯智深而有劫女事也。還責宋江魯智深。宋江雅言無此事。而李逵不信。因與李逵約。至王林處負對。以斷頭相要。李逵從之。及質於王林。則劫女者非宋江魯智深也。此魯莽冒失之李逵。當斷頭矣。李逵乃負荊請鞭。而求免斷頭。宋江未許。適冒名之宋江魯智深。偕所劫女復至王林處。王林醉之以酒。而走報梁山寨。宋江命李逵擒斬之。免李逵。㈡雜劇名。正題張翼德大破杏林莊。元明間無名氏撰。

【完福記】　傳奇名。明人金懷玉撰。

【完璧記】　戲曲名。作者不詳。所演以相如完璧歸趙爲主。而附以秦王鼓缶。廉頗負荊二事。其添飾關目。有模倣琵琶記、香囊記、四喜記等情節者。大約出諸本之後。

【完體將軍】古方言。謂將軍而僅圖保自身者。例如東堂老：「他去那麗春園。納了那顆爭鋒印。你休鬧波完體將軍。」

【忍字記】雜劇名。正題布袋和尚忍字記。元人鄭廷玉撰。演布袋和尚度化劉均佐事。略云靈山會上第十三尊羅漢。聽佛講經。凡心忽動。遂墮下方。託生汴梁劉氏。名劉均佐。佛恐其迷失正道。囑彌勒尊佛化身布袋和尚。隨時以一「忍」字相示。變幻百端。點化證果云。

【忍字夢】雜劇名。明代無名氏撰。此與布袋和尚忍字記不知是否一劇。

【忍辱頭陀】見徐復祚條。

【豆葉黃】曲牌名。南曲入仙呂入雙調。北曲入雙調。管色配乙字調或正工調。

【豆腐行】見丑行條。

【豆腐臉】臉譜名。奸臉之一種。此臉所抹之粉。形似一塊豆腐。故戲界又曰豆腐塊臉。世俗則通稱小花臉。小花臉又名曰丑。齊如山云：「丑行所抹之白粉。只在鼻間抹一小方塊。不得出顴骨之外。蓋因其爲人雖不正當。但不過輕滑浮蕩。並不十分奸險。故抹的很小。露的本來面目又多一點。如鴻鸞禧之金松。法門寺之賈貴。甘露寺之喬福等人皆是。」

【似】古方言。猶過也。例如隔江鬭智：「魯肅云。小姐如今無大似你的人。你同玄德公拜了天地。然後衆將參見」大似你的人。猶言無有大過於你的人也。

【似娘兒】曲牌名。南曲入仙呂宮引。管色配小工調或尺字調。

【坑】古方言。㈠土坑也。作名詞用。㈡陷害也。作動詞用。

【坑儒焚典】雜劇名。正題秦始皇坑儒焚典。元人王廷秀撰。

【抛】古方言。即抛閃也。丟棄也。例如桃花扇：「咳。抛死掩也。」又如倩女離魂：「抛閃殺我年少人。辜負了這韶華日。」

【抛閃】見抛條。

【抛堶打疙】古代雜戲之一。楊升庵俗言：「宋世寒食。有抛堶之戲。兒童飛石瓦之戲。若今之打瓦也。」西匡言徵：「其戲兒童以瓦片栽成圓子如錢犬。或如杯口大。或三四人。或五六人不等。各先出一子。垛於適中之地。名謂老堶。一人作堶子。

令衆人各藏一子於暗處。藏畢。堉子用手中子轉向老堉抛之。抛中者勝。如不中。許衆人出所藏子跟擊之。擊中者勝。不中輸。今多不用瓦石。竟以銅錢抛之。賭也。非戲也。」

【却】　古方言。㈠猶再也。例如西廂記：「回夫人話了。却去回小姐話去。」却去。猶言再去也。又：「我不喫筵席了。我回營去。異日却來慶賀。」却來。猶云再來也。㈡猶豈也。例如西廂記：「張先生。你少喫一盞却不好。」却不好。爲豈不好也。傷梅香：「趁此好天良夜。不去賞玩。却不辜負了這春光。」言豈不辜負春光也。

【却不道】　古方言。反詰語。猶云豈不道。豈不有這種話也。例如王粲登樓：「却不道寶劍贈烈士。紅粉贈佳人。」又如西廂記：「却不道書中有女顏如玉。小生則今日便索告辭。」

【串】　見爨條。

【串戲】　謂搬演故事成戲也。因各種脚色須連爲一氣。故曰串戲。東京夢華錄：「內殿雜戲。爲有使人預宴。不敢深作諧謔。惟用群隊。裝其似像市語。謂之拽串。」此當爲串戲二字所本。串亦作爨。通俗編俳優：「元院本用五人搬演。謂之五花爨弄。今學般演者流。俗謂之串戲。當是爨字。」見爨戲條。

【串本牡丹亭】　見同夢記條。

【佛壽】　見徐渭條。

【佛印燒猪待子瞻】　見待子瞻條。

【伴侶】　燕樂大曲名。

【伴讀書】　曲牌名。北曲入正宮。管色配小工調或尺字調。

【吾當】　古方言。自稱之辭。當爲語助詞。無意義可言也。例如梧桐雨：「却是吾當有幸。一個太眞妃傾國傾城。」此爲帝王口氣。猶朕或寡人也。單刀會：「魯子敬聽者。你內心休喬怯。暢好是隨邪。吾當酒醉也。」此作者以帝王口氣擬關羽也。

【吾邱瑞】　明代戲曲家。字國璋。杭州人。生卒年不詳。約萬曆中期前後在世。工作曲。著有傳奇合釵記一種。按曲海作邱瑞吾。非也。曲品曲錄均作吾邱瑞。本書從之。

【沁南】　見胡汝嘉條。

【沁園春】　曲牌名。南曲入中呂宮引。管色配小工調或尺字調。北曲入黃鐘調隻曲。

【辰玉】　見王衡條。

【辰勾月】㈠雜劇名。正題張天師明斷辰勾月。明人有有燉撰。劇中有「說道嫦娥思凡來。立名做辰鉤月」之語。故名辰勾月。略謂月宮嫦娥遭羅計二星陰氣蔽掩之難。下界書生陳世英托夔大王救之。東園桃精知之。詐稱嫦娥。來謝世英。以色迷之。夜夜來。因此世英日漸衰弱。臥病。其乳母憂之。招道士李法官行術。法官遣土地神。詰問嫦娥。嫦娥因至太淸宮向張天師訴寃。張天師作法。知桃精之祟。遂得雪嫦娥之寃也。（中國近世戲曲史）㈡雜劇名。正題張天師夜祭辰勾月。元人吳昌齡撰。

【宏治】見邵璨條。

【宏度】見楊潮觀條。

【皂羅袍】曲牌名。南曲入仙呂宮。管色配小工調或尺字調。

【皂袍罩黃鶯】曲牌名。南曲入仙呂宮。管色配小工調或尺字調。

【作場】古方言。猶云賣唱也。例如宦門子弟錯立身：「如今年紀老大。只靠一女王金榜作場爲活。」亦作做場。例如藍采和：「他們年小的便做場。我與他擂鼓。」

【作賓客陸績懷橘】見陸績懷橘條。

【車江英】淸代戲曲家。著有傳奇四種。曰藍關雪曰柳州烟：曰醉翁亭。曰遊赤壁。總題四家傳奇摘齣。

【車任遠】明代後期戲曲家。字遠之。號柅齋。別署舜水蘧然子。浙江上虞人。生卒年不詳。約萬曆八年前後在世。蔚有才情。結撰亦富。與陶望齡相友善。著有傳奇彈鋏記、蕉鹿夢等。

【狂鼓史】見漁陽三弄條。

【狂鼓史漁陽三弄】見漁陽三弄條。

【冷板凳】淸唱之俗稱。

【冷臉劉斌料到底】見料到底條。

【延安府】見十探子條。

【延壽樂】南宋大曲名。入仙呂宮。南宋官本雜劇二百八十種之中。有黃傑進延壽樂、義養娘延壽樂二本。宋史樂志及文獻通考教坊部十八調仙呂宮中有延壽大曲。金人院本名目六百九十種之中。有撦綵延壽樂一本。

【沂東漁父】見康海條。

【沂東樂府】散曲別集名。凡二卷。補遺一卷。明人康海撰。有中華書局散曲叢刊本。

【私下三關】㈠雜劇名。正題楊六郎私下三關。元人王仲元撰。(二)見謝金吾條。

【私奔相如】　雜劇名。正題卓文君私奔相如。明人朱權撰。

【佐】　古方言。猶做也。例如巾箱本琵琶記：「不從我的言語也由你。你但說如何喚佐孝。」喚佐孝。猶云喚做孝也。又：「雖然這頭髮直不得惹多錢。也只把佐些意兒。」言做點意思表示也。

【告】　古方言。猶求也。請也。例如小孫屠戲文：「告媽媽寬心引路。兩下裏休憂慮。」告媽媽。即請媽媽也。巾箱本琵琶記：「正是上山擒虎易。開口告人難。」告人。即求人也。

【每】　古方言。(一)用稱一人時之語尾也。例如錯立身戲文：「侵早已掛了招子。你却百般推抵。又不知你每生着何意。」上稱你。下稱你每。你每當即你也。巾箱本琵琶記：「教他好看承我爹娘。料他每應不會遺忘。」上稱他。下稱他每。他每當即他也。(二)猶這麼那麼之麼。或這般那般之般也。例如董西廂：「那法師忙賀喜。道那每慇懃的請你。得對面商議。」又如幽閨記：「那每趕着無輕縱。如虎般英雄馬似龍。」(三)猶我們你們之們也。例如老生兒：「老相識朋友每。說我些什麼來。」漢宮秋：「宰相每商量大國使還朝多賜賞。」朋友每即朋友們也。宰相每即宰相們也。

【貝】　見貼旦條。

【利川】　見陸濟之條。

【抄手】　古方言。(一)猶云放手也。收心也。例如單刀會：「我如今緊抄定兩隻拿雲手。再不出麻袍袖。」此猶云緊緊籠手。不復與聞世事也。百花亭：「從今後。牢收起愛月惜花心。緊抄定偷香竊玉手。」此猶云緊緊籠手。不再偷香竊玉也。(二)見叉手條。

【孚中】　見沈𣖫條。

【孛老】　脚色名。男子之老者也。貨郎旦以淨扮之。瀟湘雨以外扮之。薛仁貴榮歸故里以正末扮之。硃砂擔以冲末扮之。是扮孛老者。亦無一定也。孛亦作鮑。

【邦老】　脚色名。扮盜賊等惡人者。王國維云：「邦老之名。見於元人黃粱夢、合汗衫、硃砂擔諸劇。皆殺人賊。」王驥德謂：「裝賊曰邦老。」焦循劇說引輟耕錄云：「邦老疑即鮑老之譌聲。相傳有詩云：鮑老當年笑郭郎。笑他舞袖太郎當。若教鮑老當筵舞。舞更郎當袖更長。」按元人以入夥引刼謂之「合幫。」一刻者省筆作邦。故稱邦老也。如合汗衫之陳虎。盆兒鬼之盆罐趙。硃砂擔之鐵旛捍白正。皆殺人賊。均以淨扮之。故知邦老者。蓋惡人之目也。

【岔曲】　說唱之一種。其體與大鼓相近。相傳爲清時八旗子弟奎菊岔或寶樹岔所創。故名。分長岔與小岔兩種。前者俗稱趕板或趕座。後者俗稱脆岔或小八句岔曲。所唱多爲寫景抒情詠物之類。

【位行】　李素甫條。

【束杖】　古方言。即使免刑之意。

【你每】　古方言。每們雙聲。你們也。亦作如此這般解

【妝局】　古方言。宋有吉慶事。則聚人治之。謂之妝局。

【均美】　見施惠條。

【身段】　脚色在臺上之舉動。名曰身段。亦可名曰舞式。據齊如山統計。國劇身段有下列各種：曰攧手。曰彈汗。曰攤手。曰拍退。曰揚鞭。曰勒繮。曰舉槍。曰雲手。曰挖門。曰上馬。曰引路。曰扯四門。曰走路。曰撣衣。曰撣鞋。曰進門。曰出門。曰上樓。曰下樓。曰乘轎。曰划船。曰指示。曰飲茶。曰飲酒。曰吃飯。曰睡。曰病。曰撣掃。曰小便。曰大便。曰作飯。曰背拱。曰會陣。曰鑽烟筒。曰起打。曰過合。曰拉開。曰亮住。曰追過場。曰耍下場。曰打槍背。曰架住。曰股當。曰結攢。曰聯環。曰出手。曰起霸。曰趟馬。曰走邊。曰備馬。曰跳加官。曰跳判官。曰跳靈官。曰跳魁星。曰跳雷公。曰跳煞神。曰跳財神。曰堆羅漢。曰堆花。曰推鬼。曰臥雲。曰摔毛。曰自刎。曰僵身。曰山髈等等。

【芒神】　古方言。喻糾纏也。與本義異。勾芒本古時木官。後世作者爲神名。木初生時。勾屈而有芒角。故曰勾芒。此劇中遂借爲糾纏之義。

【良卿】　見朱佳朝條。

【我家】　見家條。

【甫能】　見付能條。

【抖袖】　見撣衣條。

【吱喳】　古方言。聲煩也。例如朱彝尊醉太平：「瞎兒放馬。紙虎張牙。寒號蟲時到口吱喳。」

【拘肆】　古方言。即勾欄也。

【決撒】　古方言。㈠敗露也。㈡破裂也。

【求樓】　見毬樓條。

【廷錄】見許逸條。

【佘翹】明代後期戲曲家。字聿雲。一作聿文。安徽銅陵人。生卒年不詳。約萬曆初前後在世。四歲授書。即能成誦。臨川湯顯祖見奇之。呼爲小友。明萬曆十九年領鄉薦。屢上春官不第。著書以老。所著雜劇。有鎖骨菩薩一種。傳奇量江記、賜環記二種。

【谷子敬】明代前期戲曲家。江蘇金陵人。生卒年不詳。約洪武初年前後在世。明周易。通醫道。口才捷利。嘗下堂而傷一足。終身有憂色。乃作耍孩兒樂府十四煞。以寓其意。極爲工巧。著有雜劇五種。曰呂洞賓三度城南柳。曰邯鄲道盧生枕中記。曰昌孔目雪恨鬧陰司。曰司牡丹借屍還魂。曰卞將軍一門忠孝。前一種傳。後四種不傳。太和正音譜評其曲曰：「如崑山片玉。」

【忒忒令】曲牌名。南曲入仙呂入雙調。

【祀招財】傳奇名。清人周若霖撰。

【汴河冤】雜劇名。正題雙提屍鬼報汴河冤。元人關漢卿撰。

【妖怪臉】臉譜名。勾臉之一種。此臉直將某怪之形狀繪於臉上。如蛇蝎蜈蚣蛤蟆等是。

【足律律】古方言。急速之狀也。

【妙香記】傳奇名。亦名賽目連。明人金懷玉撰。

【肘骨子】見秧歌戲條。

【呆骨朵】曲牌名。北曲入正宮。管色配小工調或尺字調。

【戒珠記】傳奇名。明人呂天成撰。

【弄珠樓】㈠傳奇名。明人王昇撰。㈡傳奇名。明人許自昌撰。

【抓現哏】齊如山國劇藝術彙考：「稍有本領之丑脚。都講究要在當場現添引人笑樂的言語。這個名詞叫做抓現哏。這與相聲有些相同之點。」

【刑台記】雜劇名。正題天壽太子刑台記。元人秦簡夫撰。

【秃廝兒】曲牌名。入越調。管色配六字調或凡字調。

【伽藍救】見死裏逃生條。

【冶城老人】明代後期戲曲家。姓名字號不詳。生平事蹟亦無考。惟知爲江蘇江寧人。與汪廷訥屠隆等人爲知交。著有雜劇衍莊一種。未見流傳。

【酉陽修月】雜劇名。清人舒拉撰。爲瓶笙館修簫譜之一。演吳剛奉嫦娥命。督諸仙修理月缺之事。

轉用吳剛斫桂之傳說著也。

【克齋先生】　見吳弘道條。

【汲黯開倉】　雜劇名。正題使河南汲黯開倉。別作濟飢民汲黯開倉。元人宮天挺撰。

【辛壬癸甲錄】　書名。凡一卷。清人楊建撰。有京塵雜錄所收本。清人說薈所收本。

【扯詔立東宮】　雜劇名。正題褚遂良扯詔立東宮。元人姚守中撰。

【壯荆卿易水離情】　見易水寒條。

【吹簫女悔教鳳凰兒】　見鳳凰兒條。

八　畫

【金庭】　見章大綸條。

【金粟】　見祝長生條。

【金椒】　清代戲曲家。字蘭臯。籍里生平均不詳。約乾隆中葉在世。工曲。著有傳奇旗亭記一種。傳於世。編者疑此公卽金兆燕。

【金鳳】　人名。海鹽女伶也。少以色幸於嚴東樓。晝非金不食。夜非金不寢也。嚴敗。金亦衰老。食貧里中。比有所謂鳴鳳記。金又塗粉墨身扮東樓矣。

【金蟾】　見戴子晉條。

【金口角】　樂器名。形似嗩吶。長約一尺。兩端以銅爲口。前開七孔。後一孔。以蘆哨入管端吹之。見嗩吶條。

【金丸記】　傳奇名。明人姚茂良撰。演李后生宋仁宗時。劉后嫉妒。命宮女殺之。宮女托太監陳琳匿入盒中。私送八大王處養育成人之故事。元無名氏有金水橋陳琳抱妝匣雜劇。亦演此事。

【金水令】　曲牌名。南曲入雙調。管色配乙字調或正工調。

【金旡垢】　明代戲曲家。號逍遙。鄞縣人。生卒年不詳。約萬曆初葉在世。工曲。著有傳奇呼盧記一種。

【金不換】　戲曲名。清人撰。演姚英敗盡家業。後痛自懺悔。卒獲重興事。以俗有敗子回頭金不換之語。故取以爲名。

【金仁傑】　元代中期戲曲家。字志甫。杭州人。生年不詳。卒於天曆二年。鍾嗣成謂：「余自幼時。聞公之名。未得與之見也。公小試錢穀。給由江浙。遂一見如平生歡。交往二十年如一日。天曆元年戊辰冬。投建康崇寧務官。明年己巳正月敍別。三月。其子護柩來杭。知公氣中而卒。」著有雜劇七種。曰蕭何月夜追韓信。曰秦太師東窗事犯。曰長孫皇后鼎鑊諫。曰周公旦抱子攝朝。曰蘇東坡夜宴西湖夢。曰玉津園智斬韓太師。曰蔡琰還朝。前一種傳。餘皆不傳。太和正音譜評其曲曰：「如西山爽氣。」

【金文質】明代前期戲曲家。浙江湖州人。生卒年不詳。事蹟亦無考。賈仲明錄鬼簿續編稱其人曰：「性純雅。於鄉黨恂恂如也。鄉人皆重之。平生未嘗輕諾。惜乎生不遇時。」著有雜劇三種。曰誓死生錦片嬌紅記。曰松陰記。曰三宣齋。皆不傳。

【金印記】傳奇名。一名金縱記。亦名黑貂裘。明人蘇復之撰。演蘇秦說六國合縱以拒秦事。以佩六國相印。故曰金印。點出說六國之指。故曰合縱。追原其未遇困頓之時。說秦不合。黑貂裘敝。故曰黑貂裘。元無名氏有凍蘇秦衣錦還鄉雜劇。亦演此事。

【金字經】曲牌名。北曲入南呂宮。管色配六字調或凡字調。

【金安壽】見金童玉女條。

【金兆燕】清代戲曲家。字鍾越。一字棕亭。安徽金椒人。生卒年不詳。約乾隆四十年前後在世。乾隆三十一年進士。官國子監博士。每風月佳夕。聯舫於紅橋白塔間。吳錫麟謂其人曰：「分箋角勝。落筆如飛。蹴躍追之不能及也。」工詩詞。尤精曲。著有傳奇旗亭記（一名畫壁記）一種。

【金合記】傳奇名。明人呂天成撰。

【金明池】傳奇名。清人范文若撰。

【金風曲】曲牌名。南曲入雙調。管色配乙字調或正工調。

【金神鳳】傳奇名。清人萬樹撰。

【金粟子】明代後期戲曲家。著有雜劇雪浪探奇一種。未見流傳。

【金馬門】傳奇名。清人呂守齋撰。

【金剛鳳】傳奇名。清人張大復撰。

【金魚記】傳奇名。明人吳鵬撰。演韓翃柳氏事。

【金雀記】傳奇名。凡三十齣。明末無名氏撰。演美男潘岳妾巫彩鳳遭兵亂。投崖遇救。寄跡尼庵。後與岳妻井文鸞相遇。因以團圓事。劇中文鸞以金雀花擲中潘岳。遂爲夫婿。故以爲名。靑木正兒中國近世戲曲史：「此記穠艷之中。頗有滑稽風味。」

寫晉代文士之風氣。稍得神似。爲典雅之喜劇中成功作品也。」皮黃本此作喬醋。

【金梧桐】曲牌名。南曲入商調。管色配六字調或凡字調。

【金帶圍】傳奇名。淸人蓉鷗漫叟撰。

【金魚墜】傳奇名。明人姜以立撰。

【金菊香】曲牌名。北曲入商調。管色配六字調或凡字調。

【金椀記】傳奇名。明人王澹撰。

【金盞子】曲牌名。北曲入雙調。管色配乙字調或正工調。

【金盞兒】曲牌名。北曲入仙呂宮。（與雙調金盞子不同。）管色配小工調或尺字調。

【金鳳釵】雜劇名。正題宋上皇御斷金鳳釵。元人鄭廷玉撰。演寒士趙鶚爲惡漢李虎栽贓誣陷。無以自明。賴諫議大夫張天覺奏請覆審。沉冤得雪事。劇中以金鳳釵爲關目。故以爲名。

【金蓮子】曲牌名。南曲入南呂宮引。管色配六字調或凡字調。

【金線池】雜劇名。正題杜蕊娘智賞金線池。元人關漢卿撰。演韓輔臣戀妓杜蕊娘。濟南府尹石敏。使衆妓置酒金線池。陰爲作合事。

【金蓮記】傳奇名。凡三十齣。明人陳汝元撰。演蘇軾金蓮歸院事。宋史蘇軾傳：「軾嘗鎖宿禁中。召入對便殿。宣仁后曰。先帝每誦卿文章。必嘆曰奇才奇才。軾不覺哭出聲。已而命坐賜茶。徹御前金蓮燭送歸院。」此爲劇名之所由來。靑本正兒曰：「以宋蘇軾爲主人公。而配以其弟轍。其友佛印禪師。其妾琴操及朝雲等。描寫其宦遊浮沉閨中風流之事。」

【金錢花】曲牌名。南曲入南呂宮。管色配六字調或凡字調。

【金錢記】㈠雜劇名。正題李太白匹配金錢記。元人喬吉撰。演長安府尹王輔女柳眉與秀才韓翃相遇九龍池。柳以所佩御賜金錢遺翃。引起波瀾。終由李太白出面玉成婚姻事。韓翃亦作韓翊。各書互異。㈡雜劇名。正題柳眉兒金錢記。別作李太白匹配金錢記。元人石君寶撰。

【金蕉葉】曲牌名。北曲入越調。南曲入越調引。管色配六字調或凡字調。

【金鎖記】㈠傳奇名。明人葉憲祖撰。演竇娥蒙冤。六月降雪事。本關漢卿竇娥冤雜劇增飾而成。娥夫蔡昌宗名添出。項掛金鎖。乳名鎖兒。此記名金鎖之故。㈡傳奇名。清人袁于令撰。曠園偶錄：「袁于令生平得意在金鎖。而今人盛行西樓。」一

【金鏁記】 傳奇名。作者不詳。皮黃戲六月雪本此。

【金懷玉】 明代戲曲家。字爾晉。會稽人。生卒年不詳。約萬曆初葉在世。棄舉子業。陶情詩酒。工作曲。著有傳奇九種。曰繡被記。曰香袠記。曰妙相記。（亦名賽目連。）曰八更記。曰望雪記。（程文修亦有此劇。）曰完福記。曰寶釵記。曰桃花記。曰摘星記。

【金瓏璁】 曲牌名。南曲入雙調引。管色配乙字調或正工調。

【金鐙樹】 傳奇名。清人周坦倫撰。

【金鷄叫】 曲牌名。南曲入仙呂宮引。管色配小工調或尺字調。

【金屋招魂】 雜劇名。亦名招魂記。明人王驥德撰。劇品謂此劇：「此劇雖不足寫李夫人之生面。而珊珊一歌。幾於滿紙是淚矣。」按此劇名爲北劇。而實用南調塡詞。

【金娥神曲】 曲牌名。南曲入仙呂入雙調。實卽仙呂宮也。

【金釵剪燭】 雜劇名。正題賈愛卿金釵剪燭。元人趙祐劇。

【金童玉女】 ㈠雜劇名。正題鐵拐李度金童玉女。別作意馬心猿。又作金安壽。明人賈仲名撰。演李鐵拐度化金童玉女重登仙籍事。略謂王母蟠桃會上。金童玉女一念思凡。謫下人間。配爲夫婦。男名金安壽。女名童嬌蘭。機緣已到。王母命鐵拐李度超歸眞。於是夫婦同赴瑤池。重登仙果云。㈡南戲名。元代無名氏撰。南戲拾遺輯錄此目。

【金水題紅怨】 見題紅怨條。

【金兒弄丸記】 雜劇名。明人朱恩鐺撰。

【金菊對芙蓉】 曲牌名。南曲入中呂宮引。管色配小工調或尺字調。

【金殿喜重重】 曲牌名。北曲入正宮。管色配小工調或尺字調。

【金翠寒衣記】 見寒衣記條。

【金台殘淚記】 書名。凡三卷。清人張亨甫撰。有清人說會所收本。

【金蓮帶東甌】 曲牌名。南曲入南呂宮。管色配六字調或凡字調。

【金鼠銀貓李寶】南戲名。元代無名氏撰。永樂大典卷一三九九二、南詞新譜、南戲百一錄、宋元戲文本事俱錄此目。沈璟南九宮譜中。存殘文一曲。

【金穴富郭況遊春】雜劇名。元明間無名氏撰。

【金谷園綠珠墜樓】見綠珠墜樓條。

【金花交鈔三告狀】見三告狀條。

【金振遠疏財仗義】雜劇名。明代無名氏撰。

【金童玉女嬌紅記】見嬌紅記條。

【金水橋陳琳抱粧盒】見抱粧盒條。

【金章宗御賽詩禪記】見詩禪記條。

【金章宗斷遺留文書】見遺留文書條。

【金漁翁證果魚兒佛】見魚兒佛條。

【周舍】劇中人。戰國趙簡子臣。好直諫。嘗曰：「願爲鄂鄂之臣。」後舍死。簡子聽朝常不悅。大夫請白簡子曰：「諸大夫朝。徒聞唯唯。不聞周舍之鄂鄂是以憂也。」見救風塵條。

【周書】清代劇曲家。著有傳奇魚水緣一種。

【周倉】劇中人。三國蜀關羽部將。羽督荊州。使倉守麥城。吳兵襲荊州。羽兵敗被戕。倉自殺以殉。見順德府志。

【周密】人名。宋人。字公謹。號草窗。先世濟南人。其曾祖隨高宗南渡。因家湖州。官義烏令。宋亡不仕。後流寓杭州。著有癸辛雜識、武林舊事、絕妙好詞、齊東野語、志雅堂雜鈔、雲煙過眼錄等集。

【周瑜】劇中人。三國吳舒人。字公謹。佐孫策平江東。吳中皆呼爲周郎。後曹操東下。瑜以火攻敗曹操於赤壁。拜偏將軍。領南郡太守。卒年三十六。見隔江鬪智、黃鶴樓二分條。

【周元公】戲曲家。著有譔鷫閣破愁四劇。

【周文母】雜劇名。明人李槃撰。劇品謂此劇：「北一折。太姒之賢。即葛覃麟趾之咏。尚不能盡。乃此尋常口頭語。何足垂訓。」

【周文質】元代中期戲曲家。字仲彬。其先建德人。後居杭州。生年不詳。卒於元惠宋元統二年。體貌清癯。學問該博。資性工巧。文筆新奇。善丹青。能歌舞。明曲調。諧音律。性尙豪俠。好事敬客。鍾嗣成與之相交二十年。未嘗跬步離也。著有雜劇持漢節蘇武還鄉、敬新磨戲諫唐莊宗、春風杜韋娘、孫武子教女兵四種。今皆不傳。太和正音譜評其曲曰：「如平原孤隼。」

【周公魯】明代戲曲家。字公望。江蘇崑山人。生卒年不詳。約崇禎初年在世。工曲。著有傳奇錦西廂一種。傳于世。

【周孝子】南戲名。亦作教子尋親。元代無名氏撰。宋元戲元本事輯有此目。明人尋親記卽據此而作。

【周坦倫】清代戲曲家。號果菴。籍里生平均不詳。約順治中期在世。工作曲。著有傳奇十四種。曰太白山。曰竹漉籬。曰八仙圖。曰火牛陣。曰覓西廂(亦作錦西廂。)曰福星臨。曰指南車。曰綈袍贈。曰萬金資。曰鏡中人。曰金鐙樹。曰玉鴛鴦。曰後西國。曰陽明洞。

【周若霖】清代戲曲家。字蕙鍾。嘉定人。生卒年不詳。約道光初年在世。工作曲。有傳奇玉釵怨、祀招財二種。傳于世。

【周朝俊】明代戲曲家。字夷玉。又字稊玉。鄞縣人(亦作吳縣人。)生卒年及生平均不詳。約萬曆初年在世。工作曲。著有傳奇紅梅記一種。盛傳於世。

【周聖懷】清代戲曲家。著有傳奇眞西廂一種。

【周樂清】清代戲曲家。字文泉。號鍊情子。浙江海寧人。生卒年不詳。約道光中期在世。以父蔭。由州判累官湖南山東知縣。陞同知。嘗讀毛聲山評琵琶記。著有傳奇宴金臺、定中原、河梁歸、琵琶賺、紉蘭佩、碎金牌、紞如鼓、波弋香等八種。總題補天石八種。盛傳于世。

【周德清】人名。字挺齋。高安人。生卒年不詳。約元仁宗延祐初前後在世。著有中原音韻。韻分陰陽者。自德清始。但止及平聲。未及上去也。至明范善臻中州全韻。乃分去聲陰陽。至王鵕音韻輯要、周少霞中州全韻。方及上聲。但論摹路山林之功。當推德清也。

【周履靖】明代戲曲家。字逸之。號螺寇子。別署梅顚道人。秀水人。生卒年不詳。約萬曆初年在世。好金石。工書法。致力時詞。亦爲戲曲。隱居不仕。編籬引池。雜植梅竹。讀書其中。著有傳奇錦箋記一種。傳于世。

【周穉廉】清代戲曲家。又名汝康。字冰持。號可笑人。江蘇華亭人。生辛年不詳。約康熙元年至四十年之間在世。享年二十九歲。穉廉天分過人。下筆千言。嘗爲浙江文會題浙江潮賦。展紙疾書。頃刻立就。合座愕眙。明日物色之。已掛帆行矣。康熙二十八年。孔尚任過之揚州。以詩酬應。可知周與尚任爲同時人也。所著傳奇雖云數十種。然傳于今者止珊瑚玦、雙忠廟、元寶媒三種耳。

【周公攝政】　雜劇名。正題輔成王周公攝政。別作周公輔成王攝政。元人鄭光祖撰。演周公攝政輔成王。及起兵東征伐叛事。多凴史傳。

【周孛太尉】　南戲名。元代無名氏撰。宦門子弟錯立身戲文中輯錄此目。元雜劇有薄太后走馬救周勃。亦演此事。

【周處三害】　雜劇名。正題善蓋厲周處三害。別作英烈士周處三害。元人庾天錫撰。

【周處風雲記】　南戲名。徐渭南詞敍錄輯錄此目。

【周瑜謁魯肅】　見謁魯肅條。

【周亞夫細柳營】　見細柳營條。

【周武帝辯三教】　見辯三教條。

【周公旦抱子攝朝】　見抱子攝朝條。

【周公輔成王攝政】　見周公攝政條。

【周亞夫屯細柳營】　見細柳營條。

【周憲王樂府三種】　戲曲別集名。明周憲王朱有燉撰。計收戲曲牡丹仙、牡丹品、牡丹園三種。

【周憲王雜劇六種】　戲曲別集名。王國維謂：「元人雜劇佚者已不可覩。今春陳士可參事。於錢唐丁氏藏書中。購得明周憲王雜劇六種。一張天師明斷辰鉤月。二呂洞賓花月神仙會。三群仙慶壽蟠桃會。四紫陽仙三度常椿壽。五瑤池會八仙慶壽。六東華仙三度十長生。皆宣德間刻本。憲王頗有詞名。然曲文庸俗。亦如宋人壽詞矣。」

【周公瑾得志娶小喬】　見娶小喬條。

【東山】　見查繼佐條。

【東生】　見劉兌條。

【東田】　見馬中錫條。

【東卉】　見桂馥條。

【東宇】　見吳大震條。

【東塘】　見孔尚任條。

【東籬】　見馬致遠條。

【東方朔】　雜劇名。明代無名氏撰。劇品：「南北一折。東方朔之北調足矣。何必又用南詞。」

【東平府】　雜劇名。正題王矮虎大鬧東平府。元明間無名氏撰。

【東吳體】　明寧王權所定樂府十五體之一。太和正音譜：「凊麗華巧。浮而且艷。」

【東門宴】　雜劇名。正題賢大夫疏廣東門宴。明人劉君錫撰。

【東坡夢】 雜劇名。正題花間四友東坡夢。元人吳昌齡撰。演蘇東坡欲令妓女白牡丹引誘了緣和尚（又名佛印禪師）還俗。牡丹反被了緣度脫皈依佛法事。劇中了然遣花間四友（夭桃、嫩柳、翠竹、紅梅。）引東坡入夢爲關目。故亦稱花間四友。

【東海記】 傳奇名。淸人王鑨撰。

【東原樂】 曲牌名。北曲入越調。管色配六字調或凡字調。

【東堂老】 見破家子弟條。

【東郭記】 傳奇名。明人孫仁孺撰。凡四十四齣。寫陳仲子與濟人一妻一妾事。第一齣西江月云：「莫怪吾家孟老。也知徧國皆公。些兒不脫利名中。誓是乞墦登壠。長袖妻孥易與。高巾仲事難逢。而今不貴首陽風。索把齊人尊捧。」以孟子齊人一章爲骨幹。敷衍結合。取材七篇。李調元雨村曲話：「東郭記全以一部孟子演成。其意不出求富貴利達一語。蓋罵世詞也。劇目俱用孟子成語。不出措大習氣。曲中之別調也。」

【東廂記】 傳奇名。淸人楊國賓撰。

【東甌令】 曲牌名。南曲入南呂宮。管色配六字調或凡字調。

【東牆記】 雜劇名。正題董秀英花月東牆記。元人白樸撰。演馬文輔與董秀英私會東牆下。後卒成婚事。按劇中各節與西廂記頗爲相似。疑作者有意仿製。藉以取悅觀衆耳。

【東嶽殿】 雜劇名。正題大鬧東嶽殿。明人楊訥撰。

【東山高臥】 ㈠雜劇名。正題謝安東山高臥。元人李文蔚撰。㈡雜劇名。正題晉謝安東山高臥。元人趙公輔撰。

【東窗事犯】 ㈠雜劇名。正題地藏王證東窗事犯。元人孔學詩撰。演秦檜謀殺岳飛後遭陰報事。檜下飛於獄。欲殺之而未決。方於東窗下沉吟。其妻王氏見之曰：「擒虎易。縱虎難。」飛遂遇害。此卽所謂東窗事也。元人有宋大將岳飛精忠雜劇。秦檜東窗事犯南戲。明無名氏有岳飛被虜東窗記。姚靜山有精忠記。李梅實有精忠旗。皆演岳飛故事。㈡雜劇名。正題秦太師東窗事犯。元人金仁傑撰。

【東籬樂府】 散曲別集名。凡一卷。元人馬致遠撰。近人任訥輯。有中華書局散曲叢刊本。

【東籬賞菊】 雜劇名。正題陶淵明東籬賞菊。元明間無名氏撰。

【東風第一枝】曲牌名。南曲入大石調引。管色配小工調或尺字調。

【東維子文集】書名。凡三十一卷。元人楊維楨撰。有民國八年商務印書館出版之四部叢刊所收影印舊鈔本。

【東吳小喬哭周瑜】見哭周瑜條。

【東海郡于公高門】見于公高門條。

【東策守楊震畏金】見楊震畏金條。

【東都門逢萌掛冠】見逢萌掛冠條。

【東方朔割肉遺細君】雜劇名。明人許潮撰。爲泰和記之一種。

【東堂老勸破家子弟】見破家子弟條。

【東華仙三度十長生】見十長生條。

【東郭先生悞救中山狼】見中山狼條。

【花】燕蘭小譜：「元時院本。凡旦色之塗抹科諢取妍者爲花。不數粉面工歌唱者爲正。即唐雅樂部之意也。」

【花旦】脚色名。此脚始自梆子。在梆之班中極佔勢力。傳奇中之花旦即爲小旦。或貼。則非重要角色。齊如山云：「皮黃班之花旦戲。最早均由小花臉扮演。故而自愛的青衣皆不願兼演花旦戲。百十年來纔來了許多梆子班的戲。如玉堂春、穆柯寨、花田錯、樊江關等。又排了些新戲。如雁門關、金猛關、五彩輿、兒女英雄等。皆爲花旦的正戲。所以花旦脚在皮黃戲中。才成了重要脚色。」

【花白】古方言。㈠搶白也。㈡責備也。

【花兒】曲牌名。南曲入越調。管色配六字調或凡字調。

【花衫】脚色名。旦之一種。凡介於花旦與青衣之間。而穿著華麗擧止隱重之旦脚。謂之花衫子或花衫。齊如山云：「穿的華麗而不玩笑的戲。就叫做花衫子。如牡丹亭中之杜麗娘。風箏誤中之詹淑娟。奇雙會中之李桂枝。落花園中之陳杏元。彩樓配中之王寶川。慶頂珠中之蕭桂英。以及打金枝中之公主。會審中之玉堂春等皆是。」

【花面】見花臉條。

【花部】燕蘭小譜：「今以弋腔梆子等曰花部。崑腔曰雅部。使彼此擅長各不相掩。」盧前明清戲曲史：「對雅部而言也。雅部謂崑腔。而花部有京腔、秦腔、弋陽腔、梆子腔、高腔、羅羅腔、二黃等。總名曰亂彈。實即所謂雜曲者也。」又云：「觀其盛衰。亦有三期。始於秦腔。繼以徽調。而大成於皮黃。」焦循花部農譚：「蓋吳音繁縟。其曲雖諧於律。而聽者使未覩本文。無不茫然。不知所謂。花部原於元劇。其事多忠孝節義。足以動人。其詞質直。雖婦孺亦能解。其音慷慨。血氣爲之動盪。」

【花農】 見萬樹條。

【花舞】 舞名。樂史柘枝譜：「花舞者。著綠衣。偃身合成花。即柘枝舞有花心者是也。」

【花臉】 臉譜名。凡臉譜與腦門之顏色不相同者。戲界謂之花臉。如周通楊七郎等是。亦作花面。

【花十八】 舞曲名。茶香室叢鈔：「樂府六幺曲有花十八。碧雞漫志云。歐陽永叔詩。貪看六幺花十八。此曲內一疊。名花十八。前後十八拍。又四花拍。共二十二拍。樂家所謂花拍。蓋非其正也。曲節抑揚可喜。舞亦隨之。而舞築毬。六幺至花十八。益奇。松江朱明經昌鼎云。歐陽文忠詩不曰聽而曰看。其爲舞曲無疑。余謂此說良然。國朝米竹垞詞。月斜聽到歌聲滑。六幺花十八。言歌不言舞。蓋宋人猶親見此舞。今人則不復知之矣。」

【花木瓜】 古方言。猶云中看不中喫也。

【花月屏】 傳奇名。清人黃定園撰。

【花心動】 曲牌名。南曲入雙調引。管色配乙字調或正工調。

【花木蘭】 曲牌名。北曲入高平調。管色配小工調或尺字調。

【花李郎】 元代初期戲曲家。名演員劉耍和之婿。嘗與馬致遠等合製黃粱夢。必同時人也。著有雜劇四種。曰開壇闡教黃粱夢（此劇係與馬致遠李時中紅字李二諸人合作。花所撰者爲其中第三折。）曰相府院曹公勘吉平。曰㦬慄判官釘一釘。曰像生藥子酷寒亭。前一種傳。後三種不傳。

【花眉旦】 傳奇名。清人范文若撰。

【花衫子】 見花衫條。

【花舫緣】 雜劇名。正題唐伯虎千金花舫緣。明人卓人月撰。演唐寅畫舫遇婢事。略謂蘇州唐寅與其友文徵明祝允明相約至閶門外舟遊豪飮。乘興揮毫畫。會金陵大宦沈某大畫舫過其傍。舫中有一令人可愛之婢。名申慵來者。見唐寅向之一笑。唐驚其國色。忽生癡心。強與二友別。以小舟追跡畫舫。遂至沈邸。僞名唐畏。賣身爲奴。以待與慵來相近之機會。嘗於花園中得見一面。即欲向之吐露眞情。忽因沈公來。失去機會。公子令唐畏求代作詩之人。作詩冋唐之家常茶飯事。卽自當代搶者。由是公子常使其代作。唐幸之。欲因公子成事。乃故意請求還家。公子問故。對曰：「爲娶妻也」公子曰：「吾家多侍女。任汝擇之。」公子因出衆婢閱之。慵來不在其內。慵來爲夫人之所最愛之婢。常侍夫人。與衆婢不同。公子知唐畏所欲者爲慵來。頻說其母許之。乘父旅行出外。急令兩人完婚。慵來原心許唐。更知其爲名士唐解元。欣喜無限。於是唐寅改約慵來正式聘之。私去沈邸而返蘇州。偶遇文徵明遊大江中。正與之詳語此事原委。沈某借慵來追至。以慵來歸唐寅焉中國近世戲曲史焦循劇說卷三引徐翽批云：「向見子若（按卽孟稱舜）製唐伯虎花前一笑雜劇。易奴爲傭書。易婢爲養女。十分廻護。反失英雄本色。珂月（按卽本劇作者。）戲爲改正。覺後來居上。」趙景深彈詞考證云：「我略將此二劇校閱一過。知道說白大都不曾更動。只將次序略爲改易。曲文幾乎全部改作。宮調大牛一仍前貫。」

【花萼吟】　傳奇名。亦作式好。淸人夏倫撰。爲惺齋新曲六種之一。演姚居仁救其弟利仁出獄事。卽以示兄弟之好者也。

【花萼樓】　傳奇名。淸人有情痴撰。

【花筵賺】　傳奇名。淸人范文若撰。爲范氏三種之一。演溫嶠玉鏡臺故事。略謂晉溫嶠。字太眞。太原人。年二十餘。鬚髯滿面。其姑母溫氏嫁劉某生一女。夫早亡。女曰碧玉。芳齡正十五。與姪溜兒侍女芳姿等居金陵。溫嶠嘗訪姑母。乃留之別館。教溜兒書。嶠有密友謝鯤。年較嶠稍輕。貌美。居鄰近。一日嶠欲一見姑母之女。約鯤扮打花鼓至其門。碧玉溜兒芳姿出現。兩人打鼓之間。頻視碧玉。碧玉察知二人非眞乞兒。注視謝鯤。恍惚久之。鯤亦心蕩焉。旋花開鳥鳴之淸明時節至。碧玉於樓上賞春景。春心蕩漾。鯤私入門內。隱花陰中偷窺之。忽爲芳姿所見。詰之。而芳姿誤以爲此必溫嶠也。以告碧玉。由是碧玉懷念之情日切。一名與芳姿庭中賞月。賦寄情之詩。題紈扇上。芳姿戲以之擲過牆壁。落於嶠之書房庭中。嶠得之歡喜無限。深藏篋底。一日鯤來。値嶠外出。探篋得之。戲竊之而去。乃潛入劉家庭中。誦扇上詩。調碧玉。侍女芳姿亦假扮小姐。走近溫嶠書房。誦扇之詩誘嶠。嶠喜。開門而出。芳姿裝小姐口氣。略抒情戲之。適姑母來嶠房中。議爲其女選婿。嶠曰有適當之人。與我相等。姑母喜。托之。嶠自欲娶之。乃以玉鏡臺金鏡爲聘禮。假用謝鯤名爲新郎。自爲媒酌赴劉家。然此時王導弟五敦在武昌謀叛。聞溫嶠才名。欲致之幕下。遣人求之。適嶠在送聘途中爲劫去。王敦又欲攻金陵。先遣人接劉家母女及侍女來城中。蓋以其爲嶠親戚故。欲使之免於難也。鯤亦投來尋嶠。嶠在陣中。舉行婚禮。自爲新郎入洞房。碧玉厭其色黑多鬚。不肯同衾。令侍女芳姿竊代之。夜夜如此。嶠亦不知其爲替身也。適王敦因肺病危篤。嶠鯤內應官軍。破賊軍，誅王敦。嶠因功封丹陽郡守。斯時碧玉亦愛其才。意解。始生夫婦之情。而以芳姿與謝鯤爲妾。（中國近世戲曲史）遠山堂明曲品校錄云「花筵賺洗脫之極。意局皆凌虛而出。眞是語不驚人死不休。」元關漢卿溫太眞玉鏡臺雜劇亦演此事。

【花鼓戲】 地方戲之一種。俗稱打花鼓。以出自鳳陽。亦稱鳳陽花鼓。演者集三四人。男擊鑼。婦打兩頭鼓。所唱皆穢褻談。或狀家室流離之苦。按打花鼓本崑中之雜齣。以時考之。疑始於明。明初屢有饑謹。見於諸帝本紀。故歌中有：「自從出了朱皇帝。十年倒有九年荒」之句。黃芝岡花鼓探原則謂花鼓起於廣西。其言曰：「我敢大膽斷定。花鼓策源地是廣西。後來侵入湖南。直到長沙。」又曰：「廣西民歌。在采茶的扮演裏。侵入湖南。便成了花鼓。」歐陽予倩從漢調說到花鼓戲亦謂：「花鼓戲起源於一種牧歌。但是與其說牧歌。不如說山歌。牧歌是游牧者唱的。山歌是限於牧。我們那邊（指湖南）的山歌。只有秧歌和採茶歌兩種。牧歌從來沒有聽過。採茶種秧都是在春夏之交。那個時候。男男女女大家唱着戀歌。互相吸引以求安慰。唱來唱去。唱成一種新調。加以戲劇的組織。便變成了花鼓戲。所以我們又叫採茶戲。」

【花藥欄】 曲牌名。南曲入正宮。管色配小工調或尺字調。

【花目題名】 戲曲名。田民撰。本劇內容以郁李爲狀元。海桐爲榜眼。紅梅爲探花。木樨爲傳臚。杜鵑下第。而以丁香配郁李。按此劇爲種鱗書屋外集兩劇之一。（另一爲蓬島瓊瑤。）爲作者偶于市間購得之寫本也。

【花前一笑】 雜劇名。明人孟稱舜撰。演唐伯虎花前一笑故事。略謂唐子畏被放後。於金閶見一畫舫。珠翠盈座。內一女郎。姣好姿媚。笑而顧己。乃易微服買小艇尾之。抵吳興。知爲某一仕宦家也。日過其門。作落魄狀。求傭書者。主人留爲二子傭。無不先意承旨。主人愛之。二子文日益奇。父師不知出自子畏也。已而以娶求歸。二子不從。曰室中婢惟汝爲欲。遍擇之。得秋香者。卽金閶所見也。二子白父母而妻之。婚之夕。女郎謂子畏曰。君非向金閶所見者乎。曰然。曰君士人也。何自賤若此。曰汝昔顧我。我不能忘情耳。曰妾昔見諸少年擁君出素扇求書畫。君揮翰如流。且歡呼浮白。傍若無人。睨視吾舟。妾知君非凡士也。乃一笑耳。子畏曰。何物女子。於塵埃中識名士耶。益相歡洽。無何。有客過其門。主人令子畏典客。客與席間恆注目子畏。客私謂曰。君何貌似唐子畏。子畏曰然。余慕主家女郎。故來此耳。客白主人。主人大駭。列於賓席盡歡。明日治百金裝並婢送歸吳中（趙景深彈詞考證引朱稼軒雜窗蕉錄）

【花酒爭奇】　書名。明人鄧志謨編。凡三卷。專收有關茶酒之詩詞歌賦戲曲小說彙編而成。有明天啓四年淸白堂刻本。

【花鳥爭奇】　書名。明人鄧志謨編。凡三卷。專收有關花鳥之詩詞歌賦戲曲小說彙編而成。有明天啓間刻本。

【花部農譚】　書名。淸人焦循撰。有懷幽雜俎所收本。

【花間九奏】　戲曲別集名。淸人石韞玉撰。共收短劇九齣。每奏演一事。皆爲文人劇。曰伏生授經。曰羅敷採桑。曰桃葉渡江。曰桃源漁父。曰梅妃作賦。曰樂天開閣。曰賈島祭詩。曰琴操。曰參禪。曰對山救友。

【花間四友】　見莊周夢條。

【花三塊瓦臉】　臉譜名。此臉乃於三塊瓦臉譜上稍添花紋。故名。如曹洪者是。

【花酒曲江池】　雜劇名。正題李亞仙花酒曲江池。明人朱有燉撰。演李亞仙與鄭元和事。本唐人小說李娃傳敷演成劇。元人高文秀鄭元和風雪打瓦罐、薛近袞繡襦記。亦演此事。

【花裏悟眞如】　見悟眞如條。

【花韻庵主人】　見石韞玉條。

【花柳仙姑調風月】　見調風月條。

【花間四友東坡夢】　見東坡夢條。

【花間四友莊周夢】　見莊周夢條。

【花月妓雙偸納錦郎】　雜劇名。明人陳鐸撰。

【青衣】　脚色名。旦之一種。此脚又名青衫子。原爲梆子班名詞。皮黃沿用而改爲青衣者。齊如山云：「此脚穿青褶子。就利用了梆子腔中青衫子的名詞。簡言之曰青衣。」青衣有時兼唱花旦戲。齊如山云：「青衣應演者。多爲中年婦人。如三娘教子、桑園會、硃砂痣等是。但因唱青衣之人。都有好嗓子。所以女斬子的樊梨花。女起解的玉堂春。五花洞的眞假金蓮等。本來都是花旦應唱之戲。但因唱工吃重。也就都歸青衣唱了。」青衣有時亦兼閨門旦。齊如山云：「青衣這個脚色。是與旦或正旦沒有什麼分別。也沒有不兼演閨門旦的。例如樊江關之薛金蓮。五花洞之潘金蓮。趕三關之代戰公主。雁門關之青蓮公主等是。幾十年來。那一個好青衣不唱這幾齣戲呢。」按此脚常著黑衫以表樸素。故名青衣。

【青眉】　見傳一臣條。

【青山口】　曲牌名。北曲入越調。管色配六字調或凡字調。

【青天歌】　曲牌名。北曲入雙調。管色配乙字調或正工調。

【青玉案】　曲牌名。南曲入中呂宮引。管色配小工調或尺字調。

【青虬記】　雜劇名。明人林章撰。

【青杏子】　曲牌名。北曲入大石調。（亦入小石調。）管色配小工調或尺字調。亦作青杏兒。

【青衫子】　見青衣條。

【青衫記】　傳奇名。凡三十齣。明人顧大典撰。爲滄音閣四種之一。據白樂天琵琶行敷演而成。劇中以青衫爲關目。故以爲名。略謂白樂天與知友元微之。同應科擧。相攜離故鄉。樂天妾小蠻樊素。爲備旅裝。置青衫一件於行李中。至都。兩人均登第。各授官職。一日。劉禹錫邀元白兩人。遊名妓裴興奴家中。興奴善彈琵琶。以之助興。諸公樂甚。樂天質青衫。更呼酒。醉宿其家。遂與興奴生情。既而兵亂起。長安危。裴興奴攜前日樂天質其處之青衫。與其母共避難。偶至樂天故鄉。至其家中。不知焉。暫寓於此。然汴梁茶商劉一郎者。見興奴美。欲以財力娶之。母欲許之。興奴思念樂天。不從。一日。興奴欲以所持青衫贈樂天二妾爲借宿之禮。二妾見而大驚。既而知爲樂天之故人。益厚遇之。一方樂天上策於天子。不納。反貶爲江州司馬。及至任所。遣使迎二妾。興奴爲母所迫。不得已。爲茶商婦。從而浮江而去。經過二月。興奴堅操守。不許其共枕席。一夕。茶商泊舟九江。登岸至江邊酒樓買醉。興奴獨對江上秋月彈琵琶遣悶。此時元微之奉命至江南。途中訪樂天於江州。將去。返船中。樂天與劉禹錫送之。同飮舟中。驚聞琵琶妙音。使人迎之來。則興奴也。互喜再會。嬉淚。青衫爲濕。尋與友別。興奴至其家。忽朝廷有召還恩命。吉慶終場。一仍舊套。（中國近世戲曲史）吳梅曲學通論：「青衫以白樂天素眷此伎。中經喪亂。伎委身江西茶客。樂天送客潯陽。乃遇此伎。卒復團圓之云。通本荒唐。全無是處。雖承馬東籬青衫淚之誤。然既改北爲南。何不徵引本傳。摭拾元和年事。可以傳信後人乎。」

【青衫淚】　雜劇名。正題江州司馬青衫淚。元人馬致遠撰。寫白居易與長安名妓裴興奴戀愛故事。純出虛構。乃據琵琶行增飾而成。居易琵琶行有：「江州司馬青衫濕」句。因以爲名。

【青衫溼】　戲曲名。淸人洪昇撰。

【青衲襖】　曲牌名。南曲入南呂宮。管色配六字調或凡字調。

【青虹嘯】　傳奇名。明人鄒玉卿撰。

【青哥兒】　曲牌名。入仙呂宮。管色配小工調或尺字調。

【青雀舫】　傳奇名。明人沈元暉撰。

【青梅記】　傳奇名。明人汪廷訥撰。

【青瑣記】　傳奇名。明人沈鯨撰。

【青蓮記】　傳奇名。明人戴子晉撰。

【青樓集】　書名。凡一卷。元人夏伯和撰。舊題黃雪蓑撰。有古今說海所收本。雙梅景闇叢書所收本。

【青霞錦】　傳奇名。淸人趙瑜撰。

【青蟬記】　傳奇名。明人史槃撰。

【青城山樵】　淸代戲曲家。著有傳奇玉門關一種。

【青梅佳句】　雜劇名。明人汪廷訥撰。劇品謂此劇：「南北六折。金普庵監贛郡。日借花酒自娛。劉婆惜以無意得之。更爲花酒增勝。聞已有演爲全劇者矣。」

【青溪三笑】　傳奇名。淸人張蠡秋撰。

【青樓夢親】　雜劇名。明代無名氏撰。劇品：「南六折。」

【青樓訪妓】　雜劇名。明代無名氏撰。

【青藤道士】　見徐渭條。

【長拍】曲牌名。南曲入仙呂宮。管色配小工調或尺字調。

【長卿】見屠隆條。

【長康】見沈自晉條。

【長靠】靠子本爲戲箱中鎧甲之便稱。長靠則於短打爲對稱。乃指武工派別而言。凡武生之著鎧甲以長鎗大戟見勝者。通稱長靠武生。所以別以短打武生也。

【長調】詞家稱調之甚長者曰長調。見小令條。

【長錢】古方言。宋時幣制。以八十或九十當値一百。謂爲短陌或短錢。十足者稱長錢。

【長孺】見吳大震條。

【長生記】傳奇名。淸人汪廷訥撰。

【長生會】雜劇名。正題衆天仙慶賀長生會。明代無名氏撰。

【長生殿】傳奇名。亦名沉香亭。又名舞霓裳。凡五十齣。淸人洪昇撰。演唐明皇與楊貴妃故事。按白居易長恨歌「七月七日長生殿。夜半無人私語時。」爲劇名所本。是劇初名沉香亭。後去李白。入李泌。輔肅宗中興事。更名舞霓裳。後又合用唐人小說玉妃歸蓬萊、明皇遊月宮諸事。專寫釵盒情緣。名之曰長生殿。蓋經十餘年。三易稿而始成。其審音協律等事。又經姑蘇徐靈昭爲之指點。故能恪守韻調。無一句一字之踰越。爲近代曲家第一。在京師塡詞初畢。選名優謳之。大集賓客。是日國忌。爲臺垣所論。與會者凡數人皆落職。趙秋谷官贊善。亦罷去。時人有「可憐一曲長生殿。斷送功名到白頭。」句。蓋爲秋谷詠也。梁廷柟曲話評此劇云：「長生殿爲千百年來曲中巨擘。以絕好題目。作絕大文章。學人才人。一齊俯首。自有此曲。毋論驚鴻綵毫。空漸形穢。即白仁甫秋夜梧桐雨。亦不能穩占元人詞壇一席矣。」又曰：「悲涼慷慨。字字傾珠落玉而出。雖鐵石人。不能不爲之斷腸。爲之下淚。筆墨之妙。其感人一至於此。眞觀止矣。」

【長生像】傳奇名。淸人李玉撰。

【長生樂】傳奇名。淸人袁于令撰。

【長生籙】雜劇名。淸人蔣士銓撰。爲西江祝嘏之一。

【長命縷】傳奇名。梅鼎祚撰。演單符郎與邢春娘重逢故事。本宋王明淸摭青雜說。但春娘已落倡家作妓。而傳奇則有懷貞等齣。此亦勸善維持風俗之一端。固不必其事之實耳。江夏崔拙圃應階。本此作煙花債傳奇。盛行於世。

【長短句】　詞之異名。句短者。有僅一字或二字。其長者。有八九字。每一首（或稱一闋）中。字句至不一律。而每首字數之多寡。亦不一律。其少者僅十六字。多者有二百四十字。

【長過門】　見過門條。

【長壽仙】　㈠曲牌名。南曲入大石調。管色配小工調或尺字調。㈡南宋大曲名。入般涉調。南宋官本雜劇二百八十種之中。有打勘長壽仙、偌賣旦長壽仙、分頭子長壽仙三本。宋金院本名目有緯老長壽仙、抹麵長壽仙二本。宋史樂志及通考教坊部十八調般涉調中。有長壽仙大曲。

【長生道引】　曲牌名。南曲入正宮。管色配小工調或尺字調。

【長袍武生】　見武生條。

【長嘯山人】　清代戲曲家。著有傳奇試劍記一種。

【長生殿補闕】　戲曲名。清人唐英撰。爲古柏堂傳奇之一。

【長安看花記】　書名。凡一卷。清人楊懋建撰。有京塵雜錄所收本。清人說薈所收本。

【長安城四馬投唐】　見四馬投唐條。

【長孫皇后鼎鑊諫】　見鼎鑊諫條。

【孟光】　劇中人。東漢平淩女子。字德曜。狀肥醜而黑。年三十適梁鴻。裝飾甚盛。七日而鴻不答。光乃推髻布衣操作而前。鴻喜曰：「此眞梁鴻妻也。」見擧案齊眉條。

【孟昭】　見梁夷素條。

【孟嘉】　劇中人。晉江夏人。字萬年。少有才名。初爲庾亮從事。後爲桓溫參軍。重陽節共遊龍山。風吹帽落而不覺。以此與孫盛爲文酬答。四座歎賞。見龍山宴條。

【孟慶】　見趙善慶條。

【孟浩然】　㈠雜劇名。正題風雪騎驢孟浩然。元人馬致遠撰。㈡劇中人。唐襄陽人。工五言古詩。與王維均學陶。爲有唐冲夷簡靜之宗。世稱孟襄陽。有孟浩然集四卷。見踏雪尋梅條。

【孟漢卿】　元代初期戲曲家。亳州（今河南省商丘縣）人。生卒年不詳。事蹟亦無考。所著雜劇。僅知張鼎智勘魔合羅一種。傳于世。太和正音譜評其曲曰：「眞詞林之英傑。」

【孟稱舜】　明代後期戲曲家。字子若。又作子適。

或作子騫。浙江山陰人。生卒年不詳。事蹟亦無考。嘗輯元明雜劇五十六種。爲古今名劇合選柳枝集酹江集一書。又校刻元人鍾嗣成錄鬼簿。並爲後世研究元明雜劇史者之要籍。其所著戲曲。有雜劇桃花人面、死裏逃生、花前一笑、鄭節度殘唐再創、陳教授泣賦眼兒媚、紅顏年少六種。另有傳奇鸞鸞塚、二胥記四種。泰半流傳于世。

【孟母三移】㈠雜劇名。正題守貞節孟母三移。元明間無名氏撰。㈡南戲名。元代無名氏撰。宦門子弟錯立身戲文中輯錄此目。按孟母戰國孟軻母。姓仇。其初舍近墓。孟子嬉游爲墓間事。乃去舍市旁。其嬉戲爲賈人衒賣之事。復徙舍學宮之旁。其嬉游乃設俎豆揖讓進退。遂居之。世稱孟母三遷。

【孟光舉案】見舉案齊眉條。

【孟良盜骨】㈠雜劇名。元人關漢卿撰。㈡見盜骨殖條。

【孟宗哭竹】雜劇名。元人屈恭之撰。

【孟良盜骨殖】見盜骨殖條。

【孟姜女送寒衣】㈠南戲名。元代無名氏撰。永樂大典卷一三九六六、南詞敍錄、南戲百一錄、宋元戲文本事、宦門子弟錯立身戲文中。俱錄此目。沈璟南九宮譜及九宮大成南北宮詞譜中。僅存殘文二曲。元鄭廷玉有同名雜劇。金院本有孟姜女打略拴搐一本。㈡見送寒衣條。

【孟山人踏雪尋梅】雜劇名。明代無名氏撰。

【孟光女舉案齊眉】見舉案齊眉條。

【孟姜女死哭長城】雜劇名。明代無名氏撰。

【孟浩然踏雪尋梅】見踏雪尋梅條。

【孟嘗君雞鳴度關】見雞鳴度關條。

【孟德耀舉案齊眉】見舉案齊眉條。

【孟縣宰因禍致福】見因禍致福條。

【孟月梅寫恨錦香亭】㈠南戲名。元代無名氏撰。永樂大典卷一三九七〇、南詞敍錄、南戲百一錄、宋元戲文本事、宦門子弟錯立身戲文中。俱錄此目。南九宮譜中。僅存殘文一曲。㈡見錦香亭條。

【孟朝雲風雪歲寒亭】見歲寒亭條。

【兩下鍋】見黃腔條。

【兩生天】戲曲名。別作一文錢。傳奇彙考：「兩生天又曰一文錢。不知何人所作。演盧至龐蘊兩人事。兩人皆以帝釋點化證果。故謂之兩生天。」

【兩同心】曲牌名。北曲入高大石角雙曲。套曲入高大石角。

【兩休休】曲牌名。南曲入中呂宮。管色配小工調或尺字調。

【兩事家】古方言。猶云對頭或敵人也。例如後庭花：「則這包龍圖怕也不怕。老夫怎敢共夫人做兩事家。」此言不敢與夫人做對頭也。又如三戰呂布：「拏住個奸細。手中將着幾件東西。也不是兩事家使的槍刀劍戟。」此言並非敵人所使用之兵器也。

【兩抱着】戲班規矩。凡兩脚均可扮演之戲。謂之兩抱着。齊如山云：「所以刀馬旦的戲。都歸花旦及武旦兩抱着。三花臉也是如此。凡他的戲。都歸三花臉及小花臉兩抱着。」又云：「凡戴都子頭之人。則小生或娃娃都可以扮演。這個名詞。叫做兩抱着的戲。」

【兩度梅】傳奇名。清人石恂齋撰。

【兩乘龍】傳奇名。清人朱從雲撰。

【兩無功】雜劇名。正題風月兩無功。元人陳寧甫撰。

【兩團圓】㈠雜劇名。正題翠紅鄉兒女兩團圓。明人高茂卿撰。演韓弘道與兪循禮兩家兒女團圓並配婚姻事。明代無名氏有鈿牌記傳奇。本此增飾而成者也。㈡雜劇名。正題翠紅鄉兒女兩團圓。明人楊文奎撰。㈢雜劇名。正題豫章城人月兩團圓。元明間無名氏撰。㈣雜劇名。明人楊訥撰。㈤傳奇名。明人徐霖撰。

【兩蝶詩】傳奇名。明人王紫濤撰。

【兩鍾情】傳奇名。清人許逸撰。

【兩鬚眉】傳奇名。清人李玉撰。

【兩世姻緣】雜劇名。亦作玉簫女。正題玉簫女兩世姻緣。元人喬吉撰。演韋臯與妓女韓玉簫兩世姻緣事。略謂唐西川節度使韋臯。少館姜氏。有青衣玉簫。與有情。韋贈以玉指環。約七年來取。及期不至。玉簫絕食而殞。後韋鎭蜀。念之不置。有善少翁術者。召玉簫魂至。謂韋云：「十三年後。再爲侍妾。」韋旣久在蜀。會作生日。東川盧某贈一歌姬。號玉簫。視之。其貌與姜氏之玉簫無異也。後人本此作玉環記。但姓氏穿插各有不同。

【兩旦雙鬟】雜劇名。明人王驥德撰。劇品謂此劇：「南四折。天然情景。不假安排。而別離會合。事事巧湊。然其詞備別離之苦。卽會合終是不快。奈何。」又謂：「南曲向無四出作劇體者。自方諸（按卽作者）與一二同志創之。今則已數十百種矣。」

【兩宋大曲】 兩宋大曲。宋史樂志載之綦詳。志云。宋初置教坊。所奏凡十八調。四十大曲。一曰正宮調。其曲三。曰梁州、瀛府、齊天樂。二曰中呂宮。其曲二。曰萬年歡、劍器。三曰道調宮。其曲三。曰梁州、薄媚、大聖樂。四曰南呂宮。其曲二。曰瀛府、薄媚。五曰仙呂宮。其曲三。曰梁州、保金枝、延壽樂。六曰黃鐘宮。其曲三。曰梁州、中和樂、劍器。七曰越調。其曲二。曰伊州、石州。八曰大石調。其曲二。曰清平樂、大明樂。九曰雙調。其曲三。曰降聖樂、新水調、採蓮。十曰小石調。其曲二。曰胡渭、嘉慶樂。十一曰歇指調。其曲三。曰伊州、君臣相遇、慶樂雲樂。十二曰林鐘商。其曲三。曰賀皇恩、泛清波、胡渭州。十三曰中呂調。其曲二。曰綠腰、道人歡。十四曰南呂調。其曲二。曰綠腰、罷金鉦。十五曰仙呂調。其曲二。曰綠腰、綵雲歸。十六曰黃鐘羽。其曲一。曰千春樂。十七曰般涉調。其曲二。曰長壽仙、滿宮花。十八曰正平調。無大曲。小曲無定數。然宋時大曲實不止此。故有五十大曲、五十四大曲之目。而樂府混成集所載大曲。且多至百餘解。

【兩宜居士】 明代戲曲家。著有傳奇錕鋙記一種。

【兩紗雜劇】 戲曲名。元成子撰。一爲紅紗。謂試宮闈卷紅紗照眼也。一爲碧紗。本唐王播木蘭院故事也。相傳作者以崇禎己巳赴童試。縣斥之。粘其文於門。庚午再試。再斥之。然而府試拔第一。時年二十七。始附學。于是作兩紗劇。一紅紗。謂以紗幛目睬五色也。一碧紗。則紗蒙其舊所爲詩。貴與賤易觀也。

【兩頭白麪】 古方言。謂作事表裏不一。兩面掩飾。如白麪之有兩頭也。例如李逵負荆：「只爲你兩頭白麪般興廢。轉背言詞說是非。」

【兩軍師隔江鬬智】 見隔江鬬智條。

【明降】 古方言。明降旨意也。明白裁決也。

【明善】 見張擇條。

【明遠】 見趙明道條。

【明鏡】 見趙文敬條。

【明心鑑】 書名。凡四卷。清人吳永嘉撰。有瑞鶴山房戲曲四十六種附抄本。

【明丟丟】 古方言。形容明亮也。亦作明彪彪。

【明昌夢】 雜劇名。正題孫孔目智賺明昌夢。元明間無名氏撰。

【明亮槅】兄亮隔條。

【明珠記】傳奇名。凡四十三齣。明人陸采撰。演唐王仙客妻劉無雙死後復活事。本劇第一齣提綱望海潮云：「王郎奇俊。無雙嬌媚。相逢未遂姻盟。涇卒揮戈。尚書羈絏。多才脫走襄城。賊滅早還京。恨奸臣屈陷。幾處伶俜。偶逢族叔。求官贈妾結深情。驛中錦字叮嚀。向渭橋瞥見。淚雨交傾。烈士相憐。靈丹暗買。採蘋扮作男形。假詔到園陵。把佳人酖死。贖出重生。分珠再合。一家完聚受恩榮。」通本悉據唐小說。雖云子元作。實則子元之兄粲具草。而天池踵成之者。錢牧齋云。子元少爲校官子弟。不屑守章句。年十九。作王仙客無雙傳奇。兄子餘助成。曲既成。集吳門教師精音律者。逐腔改定。然後妙選黎園子弟。登場教演。期盡善而後出。按此劇又名王仙客無雙傳奇。

【明達賣子】雜劇名。正題賢孝士明達賣子。元人王德信撰。

【明僮合錄】書名。凡二卷。淸人餘不釣徒、殿春生合撰。

【明雜劇考】書名。凡三卷。近人傅大興撰。民國五十年初版。世界書局印行。

【明代劇曲史】書名。凡二章。十一節。近人朱尙文著。臺南高長書局印行。

【明皇望長安】雜劇名。明代無名氏撰。

【明淸戲曲史】書名。凡七章。近人盧前著。商務印書館出版。

【明淸傳奇導論】書名。凡三編。近人張敬著。臺灣東方書店出版。

【明月胡笳歸漢將】見河梁歸條。

【明皇村院會佳期】雜劇名。元明間無名氏撰。

【明旌表顏母訓子】雜劇名。明代無名氏撰。

【武丑】脚色名。丑之一種。此脚與開口跳相通。身段須靈活。白口須利落。如彭公案之楊香王。施公案之朱光祖等是。

【武生】脚色名。有長靠短打之分。大抵飾大將者爲長靠。飾勇士者爲短打。齊如山云：「此與武小生截然不同。不但唱腔不同。而身段架子尤爲兩樣。例如穆柯寨之楊宗保。虹霓關之王伯黨等皆爲小生戲。而趙雲馬超高寵等脚。則爲武生戲。再武生可兼演武老生。如岳飛等戲。又可兼演淨脚戲。如艷陽樓之高登。鐵籠山之姜維等是。戲界管此又叫長袍武士。或靠把武生。」

【武旦】　脚色名。旦之一種。此脚始自梆子班。皮黃戲沿用之。齊如山云：「凡帶打的旦脚。都算是武旦。如花碧蓮、郝四玉、鮑金花、張桂蘭等都是。這路戲很多。舉不勝舉。凡短打武戲中。可以說是不能缺少武旦的。」又云：「把子之外。有做工或唱工的戲。都是刀馬旦的戲。」

【武行】　戲界七行之一。戲中凡交手打仗之人。皆屬武行。齊如山云：「亦名打英雄的。即戲中站立兩旁之打手嘍囉等人。有時在武戲中打幾套連環。所謂連環者。是甲方一人把乙方一人打倒。乙方又把甲方打倒。故曰連環。」

【武后】　見武則天條。

【武場】　見音樂科條。

【武小生】　脚色名。小生之一種。齊如山云：「此乃皮黃戲之專用名詞。與崑曲戲之雉尾生性質相同。如八大錘之陸文龍。九龍山之楊再興等是。」

【武三思】　雜劇名。正題狄梁公智斬武三思。元人于伯淵撰。

【武則天】　劇中人。唐文水人。高宗之后。有權略。能知人。初爲太宗才人。太宗崩。出爲尼。高宗立。復入宮。尋立爲后。高宗崩。中宗立。后臨朝稱制。尋廢中宗。立睿宗。又廢睿宗。而自立稱帝。改國號曰周。自名爲曌。恣爲淫虐。嬖倖張易之、張昌宗。京闈穢亂。朝政日非。後宰相張東之等。因后寢疾。奉中宗復位。迫后歸政。徙居上陽宮。上尊號曰則天大聖皇帝。尋崩。謚曰則天皇后。見上林春條。

【武陵花】　曲牌名。南曲入仙呂入雙調。

【武陵春】　雜劇名。明人許潮撰。爲泰和記之一種。本陶潛桃花源記點綴成劇。盛明雜劇題作「許時泉」注曰：「或作揚升庵。」

【武牌子】　鑼鼓牌子曰武牌子。

【武當山】　傳奇名。淸人李玉撰。

【武漢臣】　元代初期戲曲家。濟南人。生卒年不詳。約憲宗元年前後在世。工作曲。著有雜劇十二種。曰散家財天賜老生兒。曰李素蘭風月玉壺春。曰包待制智賺生金閣。曰虎牢關三戰呂布。曰鄭瓊娥梅雪玉堂春。曰四哥哥神助提頭鬼。曰曹伯明錯勘贓。曰棄子全姪魯義姑。曰趙太祖天子班。曰女元帥掛甲朝天曰楚江樓月夜關江怨。曰窮韓信登壇拜將。前三種傳。餘皆不傳。太和正音譜評其曲曰：「如遠山疊翠。」

【武王討紂】 雜劇名。正題渡孟津武王伐紂。元人趙文敬撰。

【武松打虎】 雜劇名。正題折擔兒武松打虎。元人紅字李二撰。

【武林舊事】 書名。宋人周密撰。有賽顏堂叢書所收本。

【武鬍子生】 見靠把老生條。

【武成廟諸葛論功】 見諸葛論功條。

【武則天風流案卷】 雜劇名。淸人嚴廷中撰。爲秋聲譜之一。

【武則天肉醉王皇后】 見王皇后條。

【京胡】 見胡琴條。

【京腔】 京腔者。蓋皮黃諸戲之混名也。其來源非經一時。非由一地。嚴長明秦雲擷英小錄云：「院本之後演而爲曼綽。」按此曼綽演變流行至於京師者。卽爲京腔。此京腔之起源也。京腔亦弋陽腔之支流。其傳入高陽者爲高腔。傳入京師者爲京腔。新定十二律京腔譜凡例謂：「舊曰弋陽腔淺陋猥瑣。及行於京師。則幾經潤色。非復弋陽本調。故謂之京腔云。」亦作京調或京戲。

【京調】 見京腔條。

【京戲】 見京腔條。

【京兆記】 雜劇名。正題張敞畫眉京兆記。別作張京兆戲作遠山。明人汪道昆撰。爲大雅堂雜劇四種之一。見張敞條。

【京娘怨】 雜劇名。正題四不知月夜京娘怨。別作月宮京娘怨。元人彭伯成撰。

【京朝派】 見北派條。

【京娘盜果】 見荆娘盜果條。

【京娘四不知】 南戲名。元代無名氏撰。南戲拾遺及宦門子弟錯立身戲文中。俱錄此目。元人有四不知月夜京娘怨雜劇。亦演此事。

【京兆尹張敞畫眉】 見張敞畫眉條。

【京孃怨燕子傳書】 南戲名。元代無名氏撰。南詞敘錄、南戲拾遺俱錄此目。

【京劇二百年之歷史】 書名。日人波多野乾一原著。鹿原學人增補漢譯。

【夜來】 古方言。猶之昨日或昨夜也。例如蕭淑蘭：「夜來淸明。滿家上墳。」又如度柳翠：「夜來八月十五日你不來。今日八月十六日你可出來。」

【夜光珠】 傳奇名。淸人王維新撰。

【夜行船】 曲牌名。南曲入雙調引。管色配乙字調或正工調。

【夜遊宮】曲牌名。南曲入仙呂宮引。又入羽調正曲。北曲入黃鍾調隻曲。

【夜行船序】曲牌名。南曲入雙調。管色配乙字調或正工調。

【夜月走昭君】見走昭君條。

【夜月荊娘墓】雜劇名。元明間無名氏撰。

【夜半朝元引】雜劇名。正題小天香半夜朝元。明人朱有燉撰。

【夜走馬陵道】見馬陵道條。

【夜雨打梧桐】曲牌名。南曲入雙調。管色配乙字調或正工調。

【夜斬石守信】見石守信條。

【虎叩門】戲曲名。明人沈璟撰。爲博笑記十件之一。略謂寡婦聞書生叩門。囑其在門前草堆蹲一夜。俄而眞虎叩門。寡婦仍以爲書生欲來調情。拒之。如是者三。寡婦心動。遂開門延納。即爲虎所吞噬。

【虎邱山】傳奇名。清人李玉撰。

【虎阜緣】見乞食圖條。

【虎刺孩】古方言。即強盜也。本蒙古語。亦作忽刺孩或忽刺海。

【虎符記】傳奇名。明人張鳳翼撰。爲陽春六集之一。按虎符者。虎形之兵符也。戰國時信陵君盜晉鄙虎符奪其軍以救趙。

【虎媒記】傳奇名。清人顧景星撰。

【虎頭牌】雜劇名。正題便宜行事虎頭牌。元人李直夫撰。演女眞人銀住馬中秋飲酒失事。其侄山壽馬罰不避親事。劇中有金牌千戶之語。蓋指金源時事。按漢制郡國兵必有虎符而後發。金制軍中符驗。有金牌銀牌及木牌三等。萬戶金虎符。千戶金符。百戶銀符。

【虎囊彈】傳奇名。清人邱園撰。演魯智深事。略云智深見金氏女爲鄭屠所逼。因縱金而斃鄭於市。潛逃去。後金歸趙員外。智深適避難其地。趙令入五台山爲僧。因之趙遂繫獄。金氏訴冤於種經略師道。其中軍牛健出令：「凡訴冤者懸於竿上。彈以虎囊彈一百。能不懼者乃是眞冤。」金氏願受彈不懼。健知其冤。爲投牒。事得白。出趙罪。故有虎囊彈之名。

【虎口餘生】見鐵冠圖條。

【虎合鴛鴦】雜劇名。明代無名氏撰。

【虎牢關三戰呂布】見三戰呂布條。

【林浪】古方言。猶云森林也。例如張協狀元戲文：「林浪裏五十個大漢。不得出來。我獨自一個奈何它。」浪亦作郎。例如對玉梳：「見一簇惡林郎黑模糊。不由我心兒裏猛然添怕懼。」浪亦作榔。例如幽閨記：「生曰。你記得林榔中的言語來。旦曰。林榔中曾與秀才說兄妹同行。」浪亦作琅。例如三戰呂布：「恰離了軍陣中。早來到林琅裏。」浪亦作瑯。例如五馬破曹：「奉軍師的將令。領兵在此林瑯裏埋伏。」

【林章】明代戲曲家。原名春元。字初文。福建福清人。生於嘉靖三十年。卒於萬曆二十七年。享年四十九歲。嘉靖末年倭寇犯閩。章年十三。上書督府。求自試行間。性好公正。死於獄中。其妻王娙。字美君。亦能詩。靜志居詩話引施愚山語謂：「初文才情跌宕。於唐人格律。時欲跳而去之。要能不爲閩派所羈紲。可謂傑出者也。」著有雜劇青虬記一種。今不傳。

【林鐘】音律名。此律爲黃鐘所生。管長五寸十分四。但其頻率尚未獲得結論。今假定黃鐘等於西律之C。則林鐘之音高。當與西律之G音相近。

【林以寧】淸代女戲曲家。字亞淸。錢塘人。生卒年不詳。約康熙中葉在世。適錢肇修。與其姑顧玉蕊均工詩文駢體。著有傳奇芙蓉峽一種。傳於世。

【林鐘角】宮調名。又名商角。燕樂角聲七調之第七運。補筆談：「黃鐘角今爲林鐘角。殺聲用尺字。」燕樂考原：「七角本律。林鐘位在第六。故宋志云林鐘角在今樂亦爲林鐘角。若古律則黃鐘位第六。故補筆談云黃鐘角今爲林鐘角。」

【林鐘商】㈠南宋大曲宮調名。其曲三。曰賀皇恩。曰泛淸波。曰胡渭州。㈡見商調條。

【林鐘羽聲】宮調名。羽作結聲而出於林鐘者。謂之林鐘羽聲。俗名高平調。

【林鐘角聲】宮調名。角作結聲而出於林鐘者。謂之林鐘角聲。俗名歇指角調。

【林鐘宮聲】宮調名。宮作結聲而出於林鐘者。謂之林鐘宮聲。俗名南呂宮。

【林鐘商聲】宮調名。商作結聲而出於林鐘者。謂之林鐘商聲。俗名歇指調。

【林招得三負心】南戲名。元代無名氏撰。南詞敍錄、宋元戲文本事、南戲百一錄俱錄此目。南九宮譜中僅存殘文一曲。

【定】古方言。語助辭。猶了也。住也。着也。例如竹塢聽琴楔子：「我親筆立定紙文書。」此猶言立了紙文書也。竹塢聽琴：「我將一個枕頭兒倚定。」此猶云倚着枕頭也。魔合羅：「他緊拽定衣服不放。」此猶云拉住衣服不放也。

【定甫】見陳寧甫條。

【定害】古方言。猶云打擾也。煩擾也。例如青衫淚：「只是大姐費了茶酒。定害這一日。容下官陪補。」合汗衫：「必然見我早晚吃穿衣飯。定害他了。因此上恩多怨深。」以上均言打擾也。望江亭：「我每日定害姑姑。多承雅意。」兒女團圓：「則被我那兩個侄兒定害殺老夫也呵。」以上均言煩擾也。

【定中原】傳奇名。正題丞相亮滅魏班師。清人周文泉撰。爲補天石八種之一。演諸葛亮滅吳魏二國。使蜀得一統天下事。

【定風波】曲牌名。北曲入商調。南曲入中呂宮引。管色配六字調或凡字調。

【定場白】脚色上場。引子或上場詩念完。並通報姓名後。所說之一段話白。曰定場白。其尾句拖腔叫板。即介引入唱。

【定場詩】脚色出場。在坐場以後所念四句有韻之辭也。多爲七絕一首。有時平仄亦須講究。多以十三轍爲準。

【定蟾宮】傳奇名。清人朱確、過孟起、盛國琦三人合作。

【定時捉將】雜劇名。正題寇子翼定時捉將。元明間無名氏撰。

【孤】角色名。太和正音譜云。孤。當場裝官者。證以院本名目及現存元曲。其說是也。輟耕錄謂之孤裝。而夢粱錄則作裝孤。宋元戲曲史云：「孤者。當以帝王官吏自稱孤寡。故謂之孤。（中略）優伶本非官吏。故假作官吏者。謂之裝孤也。」按貨郎旦冲末扮孤。殺狗勸夫外扮孤。勘頭巾淨扮孤。扮孤者無一定也。

【孤竹】見曾瑞條。

【孤虛】古方言。不吉日也。陰陽家以甲子旬中無戌亥。戌亥即爲孤辰。己卯爲虛。孤虛又稱爲空亡日。不利婚姻。

【孤裝】脚色名。輟耕錄：「院本五人。一曰副淨。一曰副末。一曰引戲。一曰末泥。一曰孤裝。又謂之五花爨弄。」梁夢錄則作裝孤。見孤條。

【孤撮】古方言。卽孤兒也。

【孤雁飛】曲牌名。南曲入南呂宮。管色配六字調或凡字調。

【孤鴻影】戲曲名。淸人周如璧撰。演溫都監女事。溫女本無名。劇中云名超超。乃作者所擬。東坡卜算子詞云：「時見幽人獨往來。縹緲孤鴻影。」借鴻爲喩。故以名劇。

【孤雁漢宮秋】見漢宮秋條。

【孤本元明雜劇】書名。王季烈校編。共收元明雜劇珍本一百四十四種。並附提要一卷。有民國三十年上海涵芬樓排印本。

【孤本元明雜劇提要】書名。王季烈著。共收元明雜劇提要一百四十四種。係據也是園舊藏脈望館戲曲校編而成。原載涵芬樓孤本元明雜劇卷首。有民國三十年上海商務印書館單行本。

【芙蓉花】曲牌名。北曲入正宮。管色配小工調或尺字調。

【芙蓉屛】雜劇名。明人葉憲祖撰。劇品謂此劇：「南四折。今已有譜爲全記者矣。乃槲園（作者別署）以四折盡之。不覺情景之局促。則繇其宛轉融暢。詞意具足耳。」

【芙蓉亭】㈠雜劇名。正題韓彩雲絲竹芙蓉亭。元人王德信撰。㈡傳奇名。淸人黎簡撰。

【芙蓉城】雜劇名。淸人龍燮撰。

【芙蓉峽】傳奇名。淸人錢石城撰。焦循劇說：「錢御史石城芙蓉峽傳奇。亦其夫人林亞淸作。婦人塡曲。前代未有。林名以寧。有集。詩極工。」

【芙蓉碣】傳奇名。淸人張雲驤撰。

【芙蓉影】傳奇名。淸人西泠長撰。

【芙蓉樓】㈠傳奇名。淸人張衢撰。㈡傳奇名。淸人陰鷹山撰。

【芙蓉山樵】淸代戲曲家。著有傳奇合浦珠一種。

【念】古方言。猶憐也。愛也。例如竇娥冤：「念竇娥身首不完全。」又如霍光鬼諫：「感陛下特憐念。舊公侯親自來問候。」念與憐同義。故合成一辭。

【念白】戲中話白也。有韻白與方言之分。韻白爲崑劇皮黃所公用。方言則崑之蘇白。黃之京白。韻白重發音。重咬字。重交代分明。不分輕重者謂之飄。不辨四聲者謂之倒。飄倒爲念白之大忌也。

【念語】見致辭條。

【念八番】傳奇名。淸人萬樹撰。爲擁雙艷三種之一。略云鹿邑虞柯。父雲卿。南台御史。因讒下獄。及得昭雪。討平諸番。入貢者凡二十八國。故曰念八番。靑木正兒則謂：「題爲念八翻之緣由。作者自述於第一齣翻案中。卽功臣反得罪。罪人反立功。惡人變善人。正人變惡人。因劇中情節有二十八樣變化。故題爲念八翻也。然曲海提要曰：「雲卿討平諸番。入貢者凡二十八國。故曰念八翻也。妄斷甚矣」二說未知孰是。

【念奴嬌】　曲牌名。南曲入大石調引。此曲入大石調。管色配小工調或尺字調。

【念佛子】　曲牌名。南曲入中呂宮。管色配小工調或尺字調。

【念奴教樂】　雜劇名。正題念奴教樂府。元人李直夫撰。

【念奴嬌序】　曲牌名。南曲入大石調。管色配小工調或尺字調。

【念奴嬌樂府】　見念奴教樂條。

【岳飛】　劇中人。宋湯陰人。字鵬擧。事母孝。家貧力學。宣和中。以敢戰士應募。隸留守宗澤部下。屢破金軍。高宗手書精忠岳飛四字。製旗以賜之。復破李成。平劉豫。斬楊么。累官至太尉。又授少保。爲河南北諸路招討使。未幾。大破金兵於朱仙鎭。欲指日渡河。時秦檜力主和議。乃一日降十二金字牌召飛還。復諷万俟卨等劾飛。被捕下獄死。時年三十九。孝宗時詔復官。諡武穆。寧宗時追封鄂王。改諡忠武。見東窗事犯、如是觀、碎金牌、精忠記各分條。

【岳瑞】　淸代戲曲家。字兼山。號紅蘭主人。封愼郡王。淸初宗室也。雅好度曲。嘗集合吳中敎師。及各曲家。撰編南詞定律。稱爲善本。流播藝林。又嘗自撰揚州夢傳奇。乃譜唐人小說杜子春故事。藉以諷世。爲之序者。洪昇也。

【岳伯川】　元代初期戲曲家。濟南人。或云鎭江人。生卒年不詳。約至元中期在世。工製曲。著有雜劇呂洞賓度鐵拐李岳及羅公遠夢斷楊貴妃兩種。前一種傳。後一種不傳。太和正音譜評其曲曰：「如雲林樵響。」

【岳陽樓】　雜劇名。正題呂洞賓三醉岳陽樓。元人馬致遠撰。演呂洞賓度化岳陽樓前柳樹精(郭馬兒)及梅花精(賀臘梅)共成仙道事。明人谷子敬有呂洞賓三度城南柳。朱有燉有紫陽仙三度長春壽。皆演此事。惟前者易梅爲桃。後者以椿樹牡丹代柳樹梅花。以紫陽仙代呂洞賓。並以成都錦香樓代岳州岳陽樓耳。

【岳飛精忠】雜劇名。正題宋大將岳飛精忠。元明間無名氏撰。

【岳飛大破行山】雜劇名。明代無名氏撰。

【岳飛三箭赫金營】雜劇名。明代無名氏撰。

【岳元戎凱宴黃龍府】見碎金牌條。

【河傳】曲牌名。南曲入仙呂宮引。北曲入仙呂調隻曲。

【河梁歸】傳奇名。正題明月胡笳歸漢將。清人周文泉撰。爲補天石八種之一。演漢將李陵歸漢滅匈奴事。

【河陽觀】傳奇名。清人吳晃珏撰。

【河傳序】曲牌名。南曲入仙呂宮。管色配小工調或尺字調。

【河市樂人】劇說引聞見近錄云：「南京去汴河五里。河次謂之河市。凡郡有宴設。必召河市樂人。故至今俳優曰河市樂人者。由此也。」

【河西後庭花】曲牌名。北曲入仙呂宮。管色配小工調或尺字調。

【河西錦上花】曲牌名。北曲入雙調。管色配乙字調或正工調。

【河嵩神靈芝慶壽】見壽芝慶壽條。

【河南府張鼎勘頭巾】見勘頭巾條。

【卓人月】明代後期戲曲家。字珂月。浙江仁和人。詩文詞曲。莫不精工。靜志居詩話：「才情橫溢。詩亦不爲格律所拘。」著有雜劇唐伯虎千金花舫緣一種。尚傳於世。王士禎評其詞曰「蒐采鑒別。大有廓清之力。」

【卓文君】㈠劇中人。漢臨邛人。卓王孫女。有文學。司馬相如飲於卓氏。文君新寡。相如以琴心挑之。文君夜奔相如。後相如欲聘茂陵女爲妾。文君吟白頭吟。乃止。見私奔相如、卓女當壚、及茂陵絃各分條。

【卓從之】人名。元燕山人。著有中州音韻一卷。其書因襲周德清中原音韻逐字注解。羼入南音不少。平聲亦不分陰陽。

【卓女當壚】雜劇名。清人舒位撰。爲瓶笙館修簫譜之一。演司馬相如與卓文君開酒店事。

【卓文君駕車】雜劇名。元明間無名氏撰。

【卓文君白頭吟】見白頭吟條。

【卓文君私奔相如】見私奔相如條。

【昇仙會】雜劇名。正題韓湘子引度昇仙會。明人陸進之撰。

【昇仙夢】雜劇名。正題呂洞賓桃柳昇仙夢。元代無名氏撰。演呂洞賓度化桃柳二精成仙事。存本題賈仲名撰。非也。

【昇仙傳】傳奇名。淸人錦窩老人撰。

【昇平瑞】雜劇名。淸人办心領手撰。此劇於乾隆十六年爲皇太后祝嘏而作。按此劇疑卽蔣士銓西江祝嘏四種之一。

【昇平寶筏】傳奇名。張照撰。爲內廷四種之一。

【昇平署劇本】書名。凡五十二冊。淸無名氏輯。有南府抄本。現歸程氏收藏。

【昇平署雜劇五種】書名。淸代無名氏撰。有淸抄本。

【昇仙橋相如題柱】㈠雜劇名。元人關漢卿撰。㈡見相如題柱條。

【忠孝福】傳奇名。淸人黃之雋撰。

【忠孝圖】傳奇名。淸人朱素臣撰。

【忠孝錄】傳奇名。見錦江沙條。

【忠孝環】傳奇名。明人阮大鋮撰。

【忠節記】傳奇名。明人錢直之撰。

【忠義璇圖】傳奇名。周祥鈺鄒金生等合編。爲內廷七種之一。

【忠正孝子連環諫】見連環諫條。

【忠義士豫讓吞炭】見豫讓吞炭條。

【兒夫】古方言。夫壻之稱也。例如張協狀元戲文：「把你擲撥嫁一個好兒夫。」又如巾箱本琵琶記：「教我倩著誰人。傳語我的兒夫。」

【兒男】古方言。男兒之倒稱。當時口語之習慣也。例如玉鏡台「別無兒男。止生的一個女兒。小字倩英。」又如遇上皇：「別無甚麼兒男。止生了這個女孩兒。小字月仙。」

【兒歌】兒歌之硏究：「兒童歌謠之詞。古言童謠。」又曰：「兒童學語。先晉節而後詞意。此兒歌之所由發生。」

【兒女債】雜劇名。明人呂天成撰。劇品謂此劇：「南北四折。向見有傳子平二折。第碌碌完兒女債耳。閱之殊悶。勤之盡易前二折之詞。而於禽子夏北調。大闡玄機。有眼空一世之想。末折變幻。尤足令痴人驚醒。乃知所見。非全劇也。」

【兒孫福】傳奇名。淸人朱雲從撰。演徐瓊子女五人皆榮貴事。全係空中樓閣。

【兒女團圓】　見兩團圓條。

【兒女並頭蓮】　見並頭蓮條。

【抱粧盒】　雜劇名。正題金水橋陳琳抱粧盒。元代無名氏撰。演宋仁宗初生時。眞宗劉后以非己所出。欲殺之。爲內監陳琳置粧盒中抱出。由楚王德芳撫養成人。入承大統事。明人姚靜山之金丸記。清人石子斐之正朝陽。以及平劇狸貓換太子。皆演此事。

【抱影子】　清代戲曲家。著有傳奇合家歡（亦名一籌錦。）一種。

【抱子攝朝】　雜劇名。正題周公旦抱子攝朝。元人金仁傑撰。

【抱石投江】　雜劇名。正題浣花女抱石投江。元人吳昌齡撰。

【抱琴居士】　見胡文煥條。

【抱犢山農】　見嵇永仁條。

【抱姪攜男魯義姑】　見魯義姑條。

【板】　見板式、板眼、拍板、各分條。

【板式】　板拍所以爲曲中之節奏。南曲每宮每支。除引子及本宮賺不是路外。無一不立有定式。爲仙呂宮之河傳序。共三十二板。桂枝香二十三板。其下板處。各有一定不可移動之處。謂之板式。（每曲第幾字下板。毫無假借。）北曲則無定式。視文字中襯字之多少爲衡。所謂死腔活板是也。見板眼、拍板、二分條。

【板眼】　板眼者。曲之節奏也。俗謂之板拍。吳梅曲學通論：「凡曲。句有長短。字有多寡。詞有緊慢。一視板爲節制。故總謂之板眼。」又云：「初啓聲即下者爲實板。亦曰頭板。字半下者爲掣板。亦曰腰板。聲盡而下者爲截板。亦曰底板。」按任何節奏之第一拍謂之板。其餘各拍謂之眼。例如四拍子。第一拍曰板。第二拍曰頭眼。第三拍曰中眼。第四拍曰末眼。此即所謂一板三眼是也。又如二拍子。第一拍曰板。第二拍曰眼。此即所謂一板一眼是也。見板式、拍板、單皮鼓各分條。

【板障】　古方言。阻碍也。間阻也。從中作梗也。

【板闥】　古方言。即門扳也。亦作板搭。

【板踏兒黑旋風】　見黑旋風條。

【放】　古方言。㈠猶請也。例如望江亭：「你放心安不索恁語話相關。」你放心安。猶云請你安心也。蝴蝶夢：「哥哥。你丟下時。放仔細些。我肚子上有個瘤子哩。」放仔細些。猶云請仔細些也。㈡猶

有也。例如望江亭：「放著你這一表人物。怕沒有中意的丈夫嫁一個去。」放著你。猶云有著你也

【放解】 古方言。猶云以錢借貸與人也。例如老生兒：「我也再不去圖私利恨心的放解。我也再不去惹官司瞞心兒舉債。」

【放歌】 謂高唱也。杜甫：「放歌頗愁絕。」

【放楊枝】 雜劇名。清人桂馥撰。爲後四聲猿之一。演白樂天年老病風。欲遣愛馬愛妾（樊素）而不忍事。

【放火孟良盜骨殖】 見盜骨殖條。

【采】 古方言。猶云幸運也。例如看錢奴：「賣與個有兒女的。是孩兒命衰。賣與個無子嗣的。是孩兒大采。」大采。猶云大幸也。李逵負荊：「怎擘劃。但得個完全屍首。便是十分采。」十分采。猶云十分幸運也。字亦作彩。例如抱粧盒：「太子也。但得個屍首完全。是大古裏彩。」大古裏彩。猶云十分幸運也。字亦作倸。例如虎頭牌：「只留得潦倒餘生。便是大吉裏倸。」合汗衫：「我今日先認了那個孫兒。大吉來倸。」凡言大古裏倸。或大吉來倸。皆猶言十分幸運也。

【采桑】 燕樂大曲名。

【采石圖】 戲曲名。清人蔣士銓撰。

【采蓮舟】 雜劇名。正題三落水鬼泛采蓮舟。元人鄭光祖撰。

【采玉山人】 見陳森書條。

【采石渡漁父辭劍】 見漁父辭劍條。

【受禪臺】 雜劇名。正題司馬昭復奪受禪台。元人李取進撰。李壽卿有同名之作。

【受顧命諸葛論功】 見諸葛論功條。

【奈】 古方言。猶耐也。奈耐二字通用。奈即耐也。例如鴛鴦被：「將俺那俊男兒奈心等。」奈心即耐心也。玉壺春：「教小生如何忍奈。」忍奈即忍耐也。又如酷寒亭：「頗奈鄭孔目。終日只在蕭娥家。氣的我成病。」梧桐雨：「叵奈楊國忠這廝。好生無禮。」凡言頗奈或叵奈。均作無耐解也。

【奈何】 古方言。猶之對付也。例如鐵拐李：「等我慢慢的奈何他。」言等我慢慢的對付他也。又：「看我奈何的他。奈何不得的他。」言看我對付得了他。還是對付不了他也。

【奈子花】 曲牌名。南曲入南呂宮。管色配六字調或凡字調。

【奈何天】 傳奇名。亦作奇福記。凡三十齣。清人

李漁撰。爲笠翁十種之一。演醜男子闕素封娶妻三人皆不得意事。劇中三女同居一室爲尼。並題其楣曰奈何天。是爲劇名之所由來。

【奈子宜春】 曲牌名。南曲入南呂宮。管色配六字調或凡字調。

【奈子落瑣窗】 曲牌名。南曲入南呂宮。管色配六字調或凡字調。

【雨生】 見湯貽汾條。

【雨舟】 見王濟條。

【雨花臺】 傳奇名。淸人徐昆撰。

【雨霖鈴】 燕樂大曲名。

【雨花曲話】 書名。凡二卷。淸人李調元撰。有函海所收本。曲苑所收本。

【雨村劇話】 書名。凡二卷。淸人李調元撰。

【屈原】 劇中人。戰國楚人。名平。別號靈均。博聞強記。明於治亂。仕楚爲三閭大夫。懷王重其才。靳尚輩譖而疏之。原憂愁幽思。而作離騷。冀王感悟。襄王時復用讒。謫原於江南。原作漁父諸篇以見志。尋自沈汨羅而死。見紉蘭佩、讀離騷各分條。

【屈恭之】 元代末期戲曲家。字子敬。約至治末期在世。生卒年不詳。籍里事蹟亦無考。惟知鍾嗣成與之同窗。享年六十歲。著有雜劇宋上皇三恨李師師、昇仙橋相如題柱、縱火牛田單復齊、孟宗哭竹、敬德樸馬等五種。今皆不傳。

【屈原投江】 雜劇名。正題楚大夫屈原投江。元人睢舜臣撰。按吳弘道亦有此劇。

【屈勘宣華妃】 見宣華妃條。

【屈死鬼雙告狀】 見雙告狀條。

【屈大夫魂返汨羅江】 見紉蘭佩條。

【姑洗】 音律名。此律爲南呂所生。管長六寸十分四。但其頻率尙未獲得結論。今假定黃鍾等於西律之C。則姑洗之音高。當與西律之E音相近。

【姑洗羽聲】 宮調名。羽作結聲而出於姑洗者。謂之姑洗羽聲。俗名中管中呂調。

【姑洗角聲】 宮調名。角作結聲而出於姑洗者。謂之姑洗角聲。俗名中管雙角調。

【姑洗宮聲】 宮調名。宮作結聲而出於姑洗者。謂之姑洗宮聲。俗名中管中呂宮。

【姑洗商聲】 宮調名。商作結聲而出於姑洗者。謂之姑洗商聲。俗名中管雙調。

【姑蘇詞奴】 見馮夢龍條。

【波】　古方言。此爲句中襯字。無意義可言也。例如昊天塔：「他兄弟每多死少波生。」一本云多死少生也。亦作波那。例如劉弘嫁婢：「你好不會做那人也。則到如今。也索更爭甚麼我波那共你。」一本云爭甚麼我同你也。

【波斤】　見淩濛初條。

【波波】　古方言。猶云奔波也。

【波查】　古方言。猶云口舌也。北音凡語畢。必以波查助詞。故云。

【波弋香】　傳奇名。正題眞情種遠覓返魂香。淸人周文泉撰。爲周氏補天石八種之一。演魏荀奉倩之妻未死。夫婦終得偕老事。

【爭】　古方言。猶差也。例如漁樵記：「我尋賢士。覓賢士。爭些兒當面錯過了。」爭些兒。猶云差一點也。又如玉鏡台：「年紀和溫嶠不多爭。」不多爭。猶云差不多也。

【爭交】　見角抵條。

【爭報恩】　雜劇名。正題爭報恩三虎下山。元明間無名氏撰。演梁山泊關勝等三人爭救恩人李千嬌事。略云梁山泊與東平府相近。每月宋江遣一人至府探事。關勝奉差。踰月不至。續遣徐寧接應。再遣花榮。三人先後被難。皆被趙通判之妻李千嬌救脫。結爲兄弟。千嬌爲妾王臘梅控告。將受戮。三人劫歸山寨。故曰爭報恩也。此與燕青博魚、還牢末等劇。皆借水滸傳中人名任意粧點者也。

【爭報恩三虎下山】　見爭報恩條。

【爭玉板八仙過滄海】　見八仙過海條。

【怕】　古方言。㈠反詰之辭。猶云難道也。豈也。例如董西廂：「怕你不聰明。怕你穩色。怕你沒才調。」言難道你不聰明。不美觀。沒才調麼。趙氏孤兒：「那屠岸賈若見這孤兒呵。怕不就連皮帶筋撚成虀粉。」言豈不被他撚成肉漿也。㈡猶云如其也。倘若也。例如寃家債主：「怕有些不週處權躭待。做一床錦被都遮蓋。」言如其有不週到處。請權爲寬容也。范張雞黍：「怕少盤纏。立文書問隔壁鄰家借。怕無布絹。將現錢去長街上鋪內截。」言倘少盤纏。倘無布絹也。

【怕春歸】　曲牌名。入正宮。管色配小工調或尺字調。

【怕媳婦】　雜劇名。正題風月郎君怕媳婦。元人李直夫撰。

【怕彎手】　古方言。猶云懶也。漢宮秋：「那壁廂鎖樹的怕彎著手。這壁廂攀攔的怕攧被了頭。」一鎖樹的三字。形容其懶彎手也。

【怕攧破頭】　古方言。猶云膽怯也。例如漢宮秋：「這壁廂攀攔的怕攧破了頭」一攀攔的三字。形容其怕跌交也。

【拔豆】　見撥頭條。

【拔和】　見雜班條。

【拔河】　古代雜戲之一。封氏見聞記：「拔河古謂之牽鉤。襄漢風俗。常以正月望日爲之。相傳楚將伐吳。以爲教戰。梁簡文帝臨雍邱。禁之而不能絕。古用篾纜。今民則以大麻絙。長四五十丈。兩頭分係小索數百條。挂於前。分二朋兩鉤齊挽。當大絙之中。立大旗爲界。震鼓叫噪。便相牽引。以却者爲輸。名曰拔河。」拔河原名拖鉤。荆楚歲時記：「拖鉤之戲。以緶作篾纜。相胃。綿亘數里。鳴鼓牽之。求諸外典。未有前事。公輸之遊楚。爲舟戰。其退則鉤之。進則強之。名鉤強。遂以敗越。以鉤爲戲。殆起於此。」

【拔短籌】　古方言。㈠猶云半途而廢。不終局也。籌所以計算數目。賭博以籌計勝負。市井無賴。博勝輒不俟終局。拔籌而退。故以拔短籌爲不終局不到頭之義。㈡猶云短命也。

【拔宅飛昇】　雜劇名。正題許眞人拔宅飛昇。明代無名氏撰。

【和甫】　見沈和條。

【和春】　見四大徽班條。

【和韻】　就他人詩所用之韻而作詩也。有用韻、依韻、次韻三種。陸游云：「古時有唱有和。有雜擬追和之類而無和韻者。唐始有用韻。謂同用此韻。後有依韻。然不以次。後有次韻。自元白至皮陸。其體乃全。」

【和戎記】　戲曲名。作者不詳。敍王嬙出塞及毛延壽被誅事。劇中所演。尤多憑空撮撰。不足爲據。

【和曲院本】　院本名。輟耕錄所載金人院本名目六百九十種之中。曰和曲院本者十有四本。其所著曲名。皆大曲法曲。則和曲殆大曲法曲之總名也。

【呼呼】　樂器名。馬彥祥秦腔考云：「現在梆子班中所用的樂器。其琴曰呼呼。係用椰子之實所製。椰子爲南方的產物。北地所無。」

【呼喚子】　曲牌名。南曲入南呂宮。管色配六字調或凡字調。又入中呂宮（與北曲異。）管色配小工調或尺字調。

【呼盧記】傳奇名。明人金无垢撰。演劉寄奴事。

【呼盧報】傳奇名。淸人畢萬侯撰。

【呼韓邪】劇中人。漢時匈奴之單於。初立時。爲兄郅支單於所敗。左伊秩訾王勸令事漢。從漢求助。乃於甘露三年正月。朝宣帝於甘泉宮。頗受禮遇。留月餘。漢以兵穀助之。遣歸國。漢元帝時。郅支爲副都護陳湯所誅。呼韓邪喜。復入朝。願壻漢以自親。帝以後宮良家子王昭君賜之。建始初卒。見漢宮秋條。

【奇花鑑】傳奇名。淸人嚴保庸撰。

【奇貨記】傳奇名。明人胡文煥撰。

【奇節記】傳奇名。明人沈璟撰。爲屬玉堂十七種之一。

【奇福記】見奈何天條。

【奇女子飛裏絡冰絲】見絡冰絲條。

【肯】古方言。㈠猶會也。例如哭存孝：「你輪不動那鞭鐧撾槌。你怎肯袒下臂膊刀廝劈。」怎肯猶云怎會也。㈡猶至於也。例如曲江池：「今日和劉郎相見。不因你個小名兒沙。他怎肯誤入桃源。」此猶云怎會或何至於也。

【肯分】古方言。猶云湊巧也。例如楚昭公：「大都來是一興一敗天之數。但不知肯分的秦兵幾時到得楚」此猶云來得湊巧的秦國救兵也。

【肯如】古方言。猶恰也。例如琵琶記：「思鄉遠。愁路貧。肯如十度謁侯門。」肯如猶云恰如也。

【肯酒】古方言。即文訂酒也。示女方首肯之意。

【肯堂】見孔尚任條。

【季子】見桑紹良條。

【季重】見孔尚任條。

【季超】見祁駿佳條。

【季雨商】明代戲曲家。著有傳奇鏡中花一種。

【叔子】㈠見唐英條。㈡見程文修條。

【叔考】見史槃條。

【叔明】見陳琅條。

【叔華】見吳世美條。

【易亭】見馮之可條。

【易音】書名。凡三卷。淸人顧炎武撰。音學五書之一。

【易水寒】雜劇名。明人葉憲祖撰。演荊軻事。悉本史記。末云荊軻刧秦功成。逢王子晉點化仙去。係撮撰附會。

【易水歌】㈠傳奇名。淸人陰鷹山撰。㈡歌名。荊軻所作。燕太子丹使荆軻刺秦王。令秦舞陽爲副。荆軻有所待。欲與俱。頃之未發。太子疑其改悔。欲先遣舞陽。荆軻怒。遂發。太子及賓客知其事者。皆白衣冠以送之。至易水之上。旣祖取道。高漸離擊筑。荆軻和而歌。爲變徵之聲。士皆垂淚涕泣。又前而歌曰：「風蕭蕭兮易水寒。壯士一去兮不復還。」復爲羽聲忼慨。士皆瞋目。髮盡上指冠。於是荆軻就車而去。終已不復顧。詳史記荆軻傳。

【易水離情】　見易水寒條。

【其高】　古方言。猶云有餘也。例如梧桐葉：「這綵樓百尺其高。」此言百尺有餘也。生金閣：「離城中則半載其高。」此言半年有餘也。高亦作餘。例如抱粧盒：「恰轉過鵰闌數曲。行不到百步其餘。」此言百步有餘也。高亦作程。例如金線池：「我去的半月其程。怎麼門前的地也沒人掃。」此言半月有餘也。百花亭：「自從與賀家小姐作伴。半載其程。錢物使盡。」此言半年有餘也。盆兒鬼：「辭別了父親出來做買賣。不覺三月期程。」此言三月有餘也。

【其間】　古方言。猶云時候也。例如還牢末：「那婆娘這其間知他是醒也醉也。」這其間卽這時候也。又如誶范叔：「將你魏國踏的粉碎。那其間則怕你悔之晚矣。」那其間卽那時候也。

【其程】　見其高條。

【其餘】　見其高條。

【其實】　古方言。猶云眞正也。着實也。例如劉弘嫁婢：「我說我去也。你不辭我。也不辭你。這一遭我其實的去也。」此言眞正的去也。又如黃鶴樓：「紫袍金帶雖然貴。其實不如俺淡飯黃虀粗布衣。」此言着實不如也。

【表節】　見瑞筠圖條。

【表德】　古方言。猶名字或綽號也。例如曲江池：「小生姓鄭。表德元和。滎陽人氏。」此言字元和也。隔江鬭智：「在下官名是劉封。表德喚作眞油嘴。」此所謂表德乃綽號也。

【表忠記】　見鐵冠圖條。

【表正風化輪迴記】　雜劇名。明代無名氏撰。

【弦歌】　謂樂歌有琴瑟以和之者。周禮春官小師注：「弦謂琴瑟也。歌依詠詩也。」亦作絃歌。

【弦索西廂】　見西廂記條。

【弦索辨訛】　書名。凡二卷。明人沈寵綏撰。有順治六年張培道刊校本。

【弦索調時劇新譜】書名。凡二卷。淸人湯斯質顧峻德等合編。有乾隆間刊太古傳宗本。

【承頭】古方言。猶云擔當也。例如范張鷄黍：「這三種事我索承頭。你身亡之後不須憂。」

【承安體】明寧王權所定樂府十五體之一。太和正音譜：「華觀偉麗。過於佚樂。承安金章宗正朔。」

【承應戲】齊如山國劇藝術彙考：「承應戲就是專演與皇帝看的。淸朝故宮。存留着這種劇本還很多。我國劇學會收藏著的也不少。也分幾類。名目也不一樣。有的名曰月令承應。從前宮中的規矩。每遇節日。總要演戲。如元宵節則演喜遇元宵等戲。遇五月節則演混元盒等戲。遇八月節則演天香慶節等戲。一年之中。這種節日很多。如二月二。三月三等等。不必贅述。有的名曰九九大慶。凡皇太后、皇上萬壽及皇后千秋。都各有專演的劇本。此外各妃嬪生日。公主皇子等生日、滿月、嫁娶、豐年、凱旋、獻俘等等。都有各門專演之戲。這都叫做承應戲。」

【承明殿霍光鬼諫】見霍光鬼諫條。

【邱濬】明代戲曲家。字仲深。號瓊山。廣東瓊山人。生於永樂十六年。卒於弘治八年。年七十八歲。登景泰五年進士。官文淵閣大學士。晚年右目失明。猶披覽不輟。著有傳奇四種。曰五倫記。曰投筆記。曰羅囊記。曰舉鼎記。皆傳於世。曲品評其曲曰：「邱瓊山大老雖尊。鴻儒近腐。閒情賦罷。元亮原是趣人。雙文句刪。微之且爲薄倖。乍辭講幄。亟譜家詞。造揑不新。知老聱之多鈍。莊諧並寫。庶末俗之可風。」

【邱相卿】淸代戲曲家。著有傳奇彩鸞牋一種。

【邱園】淸代戲曲家。字嶼雪。江蘇常熟人。生卒年不詳。約順治初在世。年七十四歲。跌蕩不羈。縱情詩酒。善畫山水。尤善作曲。與尤侗吳偉業等相友善。明亡。隱居烏邱山。因號烏邱山人。著有傳奇八種。曰虎囊彈。曰黨人碑。曰百福帶。曰幻緣箱。曰歲寒松。曰御袍恩。曰鬧句欄。曰蜀鵑啼。

【邱瑞吾】見吾邱瑞條。

【松嵐】見李棟條。

【松下樂】曲牌名。南曲入仙呂入雙調。（實即仙呂宮。）

【松陰記】雜劇名。明人金文質撰。

【松陰夢】雜劇名。正題陳文圖悟道松陰夢。別作李元貞松陰夢。元人紀君祥撰。

【松年長生引】　雜劇名。清人孔廣林撰。此係祝壽戲。僅存第三第四兩折。

【的】　古方言。猶得也。例如合同文字楔子：「兄弟。你出門去。比不的在家。須小心着意者。」—比不的即比不得也。又如小尉遲：「那劉季眞手下名將個個驍勇。你去不的。」—去不的即去不得也。

【的這】　見這條。

【的罵戲】　見越劇條。

【門】　古方言。(一)猶這般那般之般也。例如緋衣夢「足趔趄家前後。身倒偃門左右。覺一陣地慘天愁。偏體上寒毛抖擻。」—言足忽前後如趔趄一般。身忽左右如倒偃一般。(二)猶我們你們之們也。例如張協狀元戲文：「但咱門。雖宦裔。總皆通。」—咱門即咱們也。

【門對】　古方言。猶云夫妻配合也。例如劉弘嫁婢：「今日紅粧共秀才。您倆個爲門對。」—又如桃花女：「別人家聘女求妻。也索是兩家門對。」

【門神戶尉】　古方言。舊俗更歲。戶門張神像。左門丞。右戶尉。所以退鬼邪。安家宅也。豪勢家門吏拒客。亦以門神戶尉目之。

【來】　古方言。此爲句中襯字。無意義可言也。例如鴛鴦被：「索甚麼問天來買卦。莫不我與那劉員外合做渾家。」—本云問天買卦也。又如隔江鬬智：「與他那結義的人兒。這幾天離多來會少。」—本云離多會少也。

【來生債】　雜劇名。正題龐居士誤放來生債。明人劉君錫撰。演善士龐蘊居士偶聞驢馬作人語。因而棄家修道事。略謂居士嘗過馬槽門。聞有問答聲。細聽之乃驢馬作人語也。各謂前生曾欠龐銀若干。今未了債。居士大驚曰。余平日好施與。今乃知所行善事。皆弄巧成拙。盡放作來生債矣。此劇有法文譯本。

【來集之】　明代戲曲家。號元成子。蕭山人。大學士宗道之子。著有雜劇藍采和、阮步兵、鐵氏女三種。合題秋風三疊。並傳於世。

【幸】　古方言。猶本也。例如董西廂：「幸自沒嗔剛做嗔。」—言本自無嗔而偏作嗔也。單刀會：「幸然是天無禍。是咱這人自招。」—言本來天非降禍。是人自招禍也。

【幸月宮】　雜劇名。正題唐明皇遊月宮。元人白樸撰。

【幸上苑帝妃春遊】見帝妃春遊條。

【拗句】曲中偶有一二語。讀之平仄拗戾。棘轉不能上口者。謂之拗句。吳梅云：「紫釵記通本皆用此法也。例如第一折云：椒花媚早春。屠蘇偏讓少年人。和東風吹綻了袍花襯。又云：眉黃喜入春多分。酒冷香銷少個人。字字烹鍊。字字自然也。」

【拗嗓】謂平仄不順也。吳梅云：「曲有宜於平者。而平有陰陽。有宜於仄者。而仄有上去入。乖其法則曰拗嗓。」

【拗芝蔴】曲牌名。南曲入仙呂宮。管色配小工調或尺字調。

【法曲】南宋大曲名。南宋官本雜劇二百八十種之中。有棊盤法曲、孤和法曲、藏瓶兒法曲、車兒法曲四本。金人院本名目六百九十種之中。有月明法曲、鄆王法曲、燒香法曲、送香法曲、鬧夾捧法曲、望瀛法曲、分拐法曲七本。

【法宮雅奏】傳奇名。張照撰。爲內延七種之一。

【法曲獻仙音】曲牌名。北曲入仙呂調隻曲。

【坦庵】見徐石麒條。

【坦園六種】戲曲別集名。清人楊恩壽撰。共收傳奇姽嫿卦、桂枝香、麻灘驛、再來人、桃花源、理靈坡等六種。吳梅顧曲塵談：「楊坦園之六種曲。亦學藏園。而遠不如韻珊。其再來人、桂枝香二種。特佳。麻灘驛、理靈坡。表章忠義。不如芝龕記遠矣。」

【坦庵詞曲六種】詞曲別集名。清人徐石麒撰。共收戲曲買花錢、大轉輪、浮西施、沾花笑等四種。其餘二種爲詞集。

【刷卷】古方言。元制。每年由肅政廉訪使。稽查所屬各衙門處理訟詞案牘。依限辦清。不令積壓。此類稽催督責。稱爲照磨。磨刷。或刷卷。

【刷選】古方言。即搜尋也。挑選也。

【刷子序】曲牌名。南曲入正宮。管色配小工調或尺字調。

【昊破】燕樂大曲名。

【昊天塔】㈠傳奇名。清人李玉撰。㈡見盜骨殖條。

【昊天塔孟浪盜骨】見盜骨殖條。

【招子】古方言。猶云廣告也。海報也。例如宦門子弟錯立身：「今日掛了招子。不免叫孩兒來。商量明日雜劇。」亦作紙榜。

【招魂記】見金屋招魂條。

【招涼亭賈島破風詩】　見破風詩條。

【迎仙客】　㈠燕樂大曲名。㈡曲牌名。南曲入中呂宮。北曲入中呂宮。管色配小工調或尺字調。

【迎春風】　燕樂大曲名。

【迎鑾新曲】　戲曲名。淸人厲鶚吳城合撰。共收傳奇群仙祝壽、白靈效瑞二種。按乾隆十六年高宗南巡。演此兩劇迎駕。故名。

【空青山】　傳奇名。淸人萬樹撰。爲擁雙艷三種之一。演鍾青與珊然書仙二女姻緣事。劇中以鍾青秘藏眼藥空青石爲關目。故以是名。略謂青年鍾青。其家秘藏眼病良藥空青石。奸臣曲得侯向之乞取。遣僕送之。其僕以耳聽不便。遂誤送之忠臣鞠躬家中。持歸鞠躬家謝禮之玉版十三行法帖。中挿有公主之女珊然題詞之詩箋。鍾青誤認之以爲曲得侯之女也。因此生種種葛滕。最後鍾青得與公主之女珊然及鞠躬之女書仙完姻。梁廷枏曲譜：「今觀所著。莊而不腐。奇而不詭。艷而不淫。戲而不謔。而且宮律諧協。字義明晰。尤爲慣家能事。」

【空谷香】　傳奇名。凡二十齣。淸人蔣士銓撰。爲藏園九種曲之一。所演爲顧瓚園與其妾姚夢菊由離而合之故事。相傳南昌知縣顧瓚園妾姚氏逝世時。作者前往弔之。聽主人述其生前薄命事蹟。欲爲之作傳而未果。後閱四年。第三次會試不第。時已入冬。自北京經山東南歸。於舟中譜其事而成此曲。乃自擊痰盂自唱之。同舟之客皆唏噓泣下云。

【空話堂】　戲曲名。鄭式金作。演張敉幼于命僕請唐子畏祝希哲來共話。其實「唐相公已物故多時。就是祝相公也在京師會試。於是僕人假作請了來。張敉也就彷彿客人來了似的對着空堂說話。」是爲劇名之由來。此劇立意在「文人嘔盡心血而不遇知己。」

【宜春令】　曲牌名。南曲入南呂宮。管色配六字調或凡字調。

【宜春樂】　曲牌名。南曲入南呂宮。管色配六字調或凡字調。

【宜秋山趙禮讓肥】　見趙禮讓肥條。

【奉時春】　曲牌名。南曲入仙呂宮引。管色配小工調或尺字調。

【奉天落子】　見評戲條。

【奉天命三寶下西洋】　見下西洋條。

【狀元符】　傳奇名。淸人呂藥庵撰。

【狀元旗】　傳奇名。淸人薛旦撰。

【狀元堂陳母教子】見陳母教子條。

【泣秦娥】曲牌名。南曲入正宮。管色配小工調或尺字調。

【泣顏回】曲牌名。南曲入中呂宮。管色配小工調或尺字調。

【泣魚固寵】雜劇名。正題龍陽君泣魚固寵。明代無名氏撰。

【拂塵子】雜劇名。正題拂塵子仁義禮智信。元明間無名氏撰。

【拂霓裳】曲牌名。南曲入小石調正曲。

【拂塵子仁義禮智信】見拂塵子條。

【邯鄲夢】㈠傳奇名。亦作邯鄲記。凡三十齣。明人湯顯祖撰。爲臨川四夢之一。演呂洞賓度盧生事。大致本枕中記。邯鄲呂翁與盧生事而多所增飾。又首尾增入掃花、三醉、仙圓等。以構成全本。吳梅云：「臨川傳奇。頗傷冗雜。惟此記與南柯直截了當。無一泛語。增一折不得。刪一折不得。非張鳳冀梅禹全輩所及也。」任中敏云：「邯鄲南柯。囊括古今。出入仙佛。詞義幽深。洵爲玉茗入神之筆。」㈡雜劇名。明人車任遠撰。

【邯鄲道省悟黃粱夢】見黃粱夢條。

【邯鄲道盧生枕中記】見枕中記條。

【芭蕉井】傳奇名。清人張大復撰。

【芭蕉雨】雜劇名。正題秋夜芭蕉雨。元人李文蔚撰。演周素蘭事。

【芭蕉延壽】曲牌名。北曲入商調。管色配六字調或凡字調。

【泗上亭長】雜劇名。別作高祖歸莊。元人白樸撰。

【泗州大聖渰水母】見渰水母條。

【泗州大聖鎖水母】見鎖水母條。

【直】古方言。指示方位之辭。有云直上者。例如倩女離魂：「頭直上打一輪皁蓋。馬頭前列兩行朱衣。」有云直下者。例如紅梨花：「妾身住處。兀那東直下。深村曠野不堪誇。」有云直東者。例如董西廂：「君瑞正行之次。僕人順手直東指。」有云直南者。例如董西廂：「何曾敢與他和尚爭鋒。望着直南下便迓。」有云直西者。例如王建田家留客詩：「雙塚直西有縣路。我教丁男送君去。」有云直北者。例如杜甫小寒食舟中詩：「愁看直北星是長安」又秋興詩：「直北關山金鼓震。」

【直喉韻】見韻條。

【泠人】　左傳成九年：「晉侯見鍾儀。問其族。對曰泠人也」注：「泠人樂官」亦作伶人。釋文「依字作伶。」

【泠倫】　見伶倫條。

【冒】　沈寵綏度曲須知有所謂：「陰去宜冒。陽平宜拿。」之語。蓋陰去如翠世等字。遇唱高調。須用送音直揭。若字端邪撇。聳上而仍滑下。則其音閃在半調之間。使操管絃者。上下徽孔。兩奏不着。此所謂冒也。唱陽平聲。固宜由低轉高。然若字頭邪撇。蕩下而轉高。使其聲在半調中間。簫管合和不着。此所謂拿也。

【冒場】　戲界行話。脚色出場過早謂之冒場。太晚則曰誤場。

【所事】　古方言。猶云事事也。樣樣也。例如漢宮秋：「他諸餘可愛。所事兒相投。」此言事事相投也。又如玉壺春「從今後足衣足食。所事兒足意。」此言樣樣如意也。

【所爲】　古方言。猶云行爲也。例如幽閨記：「你這般所爲。恨不得啗伊血肉寢伊皮。」酉花亭：「做這般賊所爲。粧這般喬樣式。」凡言所爲皆猶云行爲也。

【侍長】　古方言。奴僕對主人之稱謂。或主人對奴僕之自稱。例如黃粱夢：「報道前廳上侍長恰到來。却怎生不聽的把玳筵排。」此院公對其主人呂岩之稱謂也。㑳梅香：「我既是你家女婿。也是你的侍長。我怎生不敢打你。」此白敏中對其侍婢樊素之自稱也。

【侍香金童】　曲牌名。南曲入黃鍾宮。（亦入仙呂宮。）北曲入黃鍾宮。管色配六字調或凡字調。

【非爲】　古方言。即爲非也。元曲中每倒置之。例如老生兒：「經商的一個個非爲不道。那些兒善與人交。」

【非非想】　傳奇名。淸人王香裔撰。

【戾家】　見行家條。

【戾家把戲】　趙子昂云：「良家子弟所扮雜劇。謂之行家生活。倡優所扮者。謂之戾家把戲。」

【函翁】　見汪道昆條。

【函三館】　見陳汝之條。

【抹搭】　古方言。㈠渙散也。㈡懈怠也。

【抹臉】　演員化裝時。抹粉於面部者。謂立抹臉。或曰粉臉。（塗油者則曰勾臉。）抹臉臉譜有五。曰大白臉。（又名大花臉。）曰元寶臉。（又名二花臉。）曰腰子臉。又名三花臉。）曰豆腐臉。（又名小花臉。）曰棗核臉。按戲中抹臉者皆係奸臣。

【使數】　古方言。奴僕也。例如來生債：「咎家中奴僕使數的。每人與他一紙兒從良文書。再與他二十四兩銀子。着他各自還家。」又如張天師：「則俺三個在這月明之下。又無甚跟隨的使數。怎生是好。」

【使河南汲黯開倉】　見汲黯開倉條。

【邵璨】　明代戲曲家。字文明。號宏治。又號給諫。江蘇宜興人。亦作常州人。生卒年不詳。約成化中年在世。著有傳奇香囊記一種。呂天成曲品評其曲曰：「常州邵給諫。既屬青鎖名臣。乃習紅牙曲技。調防近俚。局忌入酸。選聲儘工。宜騷人之傾耳。採事尤正。亦嘉客所賞心。存之可師。學焉則套。」

【拆戲】　焦循劇說：「優之例。凡受値劇。十色各自往。一色或遘疾。或以事不得與。則專責諸司衣笥者。別徵一人以代。謂之拆戲。」

【拆白道字】　古方言。文字遊戲之一種也。例如竹葉舟楔子：「行童云。師父。外面有個故人。自稱耳東禾子卽夕。特來相訪。惠安云。這廝胡說。世上那有這等姓名的人。行童云。我說與你。這個叫做拆白道字。耳東是陳字。禾子是季字。卽夕是個卿字。却不是你的故人陳季卿來了也。」

【知識】　古方言。猶云朋友也。例如任風子：「常言道。今世饒人不算痴。咱兩個元是善知識」又如西遊記：「你認得鬼子母娘娘。休猜做善知識姨姨。」

【知漢興陵母伏劍】　見陵母伏劍條。

【昌期】　㈠見汪延訥條。㈡見盛際時條。

【昌孔目雪恨鬧陰司】　見鬧陰司條。

【佩印記】　傳奇名。明人顧瑾撰。演朱買臣事。

【佩文韻府】　書名。正集及拾遺共二百一十二卷。清康熙四十三年敕撰。佩文爲清帝書齋名。

【抵多少】　古方言。㈠猶之好比也。例如兒女團圓：「不由我春滿眼。喜盈腮。抵多少東風飄蕩垂楊陌。」言好比風飄垂楊之自在也。西遊記：「今日個送路在山門。抵多少攜手上河梁。」言好比攜手上河梁也。㈡猶云比不得也。例如蝴蝶夢：「隔牢擴撤牆頭去。抵多少平空尋覓上天梯。」言身死後在牢牆上擴丟而出。比不得上天也。㈢猶云勝過也。例如老生兒：「有一日功名成就人爭羡。抵多少買賣歸來汗未消。」言爲官勝過爲商也。

【抵齶韻】見韻條。

【刮地風】曲牌名。入黃鍾宮。管色配六字調或凡字調。

【刮鼓令】曲牌名。南曲入南呂宮。管色配六字調或凡字調。

【牧羊記】戲曲名。明代無名氏撰。演漢蘇武事。原本久佚。僅存歌場所流傳之小逼、看羊、望鄉、告雁等數折。所敍事實與正史稍有出入。

【牧羊關】曲牌名。北曲入南呂宮。管色配六字調或凡字調。

【阿媽】古方言。女眞語。呼父爲阿媽或阿馬。

【阿好悶】曲牌名。南曲入中呂宮。管色配小工調或尺字調。

【阿納忽】曲牌名。北曲入雙調。管色配乙字調或正工調。

【昆侖奴】見紅綃記條。

【昆明池】傳奇名。淸人裘連撰。爲玉湖樓傳奇之一。

【步步嬌】曲牌名。南曲入仙呂入雙調。（實卽仙呂宮。）北曲入雙調。管色配乙字調或正工調。

【步蟾宮】曲牌名。南曲入南呂宮引。管色配六字調或凡字調。

【居官鑑】傳奇名。淸人黃憲淸撰。凡二十六齣。爲倚晴樓七種之一。演王文錫居官淸廉之事。

【居仁叟化愚作賢記】雜劇名。明代無名氏撰。

【忽刺刺】見不刺刺條。

【忽都白】曲牌名。北曲入雙調。管色配乙字調或正工調。

【玩笑旦】脚色名。旦之一種。此脚由花旦扮演。以做工見長。既不穩重。又不潑辣。不過玩笑而已。故名玩笑旦。齊如山云：「身段果然伶俐。話白果然清脆。便是好脚。不必再靠唱工。」

【玩燈時】南戲名。元代無名氏撰。南戲拾遺輯錄此目。

【沽美酒】曲牌名。北曲入雙調。管色配乙字調或正工調。

【沽酒遊春】雜劇名。正題杜子美沽酒遊春記。別作杜甫遊春。亦作遊春記。明人王九思撰。略謂玄宗幸蜀後。杜甫乘宮閑無事至曲江。賞春景。見宮殿蕭條。追懷往昔。事至於此。皆李林甫之惡政所致也。獨慨時事。徒寄孤憤也。囊中有五百文。乃入賈婆婆酒店。贖前日所典之朝衣。欲以餘錢復買一醉。適有浪蕩子衛太郎飲樓上。以夙知杜甫詩名。與語云：「先父嘗稱道李林甫之詩。」杜甫佛然作色曰：「何物林甫。奸邪之徒耳。」兩人因爭論。賈婆婆強使杜甫下樓。悉取其錢不與之酒。杜甫去慈恩寺邊。再入一酒店中典朝衣沽酒。獨酌。賞微雨景色。適岑參欲請杜甫同遊鄠縣渼陂。尋至。先相將登慈恩寺塔。下塔。跨蹇驢。相語田園之間。而至渼陂庄。岑參之弟居此處讀書。因一宿其家。翌朝與岑參兄弟攜一歌妓。浮舟渼陂遊賞。至釣魚台。杜甫切思釣魚之樂。不禁有隱棲之志。斯時丞相房琯之使來迎杜甫。丞相傳陞甫爲翰林院學士之聖旨欲酌賀酒。甫辭退。告以寧願以自由之身。沽酒遊春。乘桴而浮於海云。中國近世戲曲史

【油核桃】 曲牌名。南曲入仙呂宮。管色配小工調或尺字調。

【油葫蘆】 曲牌名。北曲入仙呂宮。管色配小工調或尺字調。

【並頭蓮】 雜劇名。正題太液池兒女並頭蓮。元人高文秀撰。

【並頭蓮記】 傳奇名。清人鄧志謨撰。爲五局傳奇之一。其凡例曰：「花名以宜男水仙子爲配。外以雜花類人名者湊合。以成傳奇。名並頭蓮記。此是百花中一局。」

【狗咬呂洞賓】 清人葉承宗撰。敍呂洞賓欲度石守道事。似由俗諺「不識好人心。狗咬呂洞賓。」生發。

【狗家疃五虎困彥章】 雜劇名。元明間無名氏撰。

【祈黃樓主人】 清代戲曲家。著有警黃鐘、懸嶴猿傳奇兩種。趙景深疑祈黃樓主人爲蔣鹿山之筆名。讀書隨筆第二百二十七頁註云：「警黃鐘與蔣鹿山的冥鬧合刻在一起。或許祈黃樓主人就是蔣鹿山的筆名。」

【祈甘雨貨郎朱蛇記】 見朱蛇記條。

【況】 古方言。猶正也。例如董西廂：「況是無聊。又聞夜雨。」又如幽閨記：「況是君臣分散。那看母子臨厄。」凡言況是。皆猶云正是也。

【怏】 古方言。猶云勉強也。例如西廂記：「將小姐央。夫人怏。他不令許放。我獨自寫與個從良。」言央求小姐。泥着夫人。強令夫人釋放紅娘從良也。拜月亭：「阿。早是俺兩口兒背井離鄉。嚦。則怏他一路上湯風打浪。海。誰想他百忙裏臥枕着牀

。」言一路上泥着他。勉強他。衝風冒淚。不料他因此而得病也。啊、嚥、海、皆嘆辭。無意義可言也。

【呵】　古方言。音呼。語尾辭。與啊異。例如西廂記：「此間離蒲關四五十里。寫了書呵。怎得人送去。」又如竇娥寃：「俺婆婆若見我披枷帶鎖赴法場飡刀去呵。」

【狚】　丹邱論曲云：「當場之妓曰狚。」懷鉛錄云：「狚與獺通。猨以獺爲婦。蓋喻婦人意。遂省作旦也。」

【到】　古方言。㈠猶道也。例如金錢記：「雨打梨花黃昏後。不信到他不念這個儒流。」不信到即不信道也。又如雲窗夢：「別離人更做到心腸硬。怎禁蒼梧落葉凋金井。銀燭秋光冷畫屏。」更做到即更做道。猶云便使是也。㈡猶倒也。例如郎空觀本西廂記：「則著你夜去明來。到有個天長地久。」拜月亭：「小鬼頭。直到撞破我也末哥。我一星星的都索從頭兒說。」凡云到字皆即倒也。

【乳】　古方言。草鞋穿繩之兩耳曰乳。瓶罌之屬亦同。與常義異。

【底】　古方言。猶裏也。例如殺狗勸夫：「有等人道。宜掃雪烹茶在讀書舍裏。又道是。宜羊羔爛醉在銷金帳底。」底與裏同義也。

【忿】　古方言。猶云甘服也。讀去聲。例如還牢末楔子：「見一個年紀小的打年紀老的。我心中不忿。」心中不忿。猶言心中不服也。隔江鬭智：「是周瑜要襲取荊州的計策。被我參破了。料他不忿。必然又生甚麼計策來。」料他不忿。猶云料他不服也。

【舍人】　古方言。本官名及宮內人之稱。宋元以來。俗稱顯宦子弟亦曰舍人。與公子意同。

【妻夫】　古方言。夫妻之倒稱。當時口語之習慣也。例如董西廂：「如今欲待去。又關了門戶。不如喒兩個權做妻夫。」又如後庭花：「兀的不歡喜殺子父。快活殺俺妻夫。」

【狐由】　古方言。猶云飄忽不定。不可捉摸也。亦作胡由。

【狐裘記】　傳奇名。明人謝天佑撰。

【取次】　古方言。猶云隨便也。草草也。胡亂也。例如兒女團圓：「璧玉連枝取次分。鐵人無淚也銷魂。」言隨便或草草分也。西廂記：「休將閒事苦縈懷。取次摧殘天賦才。」言胡亂摧殘也。

【宓妃】劇中人。伏羲氏女。相傳溺死洛水。遂爲洛水之神。見甄后。洛神記二分條。

【抵死】古方言(一)猶云竭力也。例如董西廂：「待閻王道俺無凴准。抵死謾生斷不定。」抵死謾生。爲當時俗語。猶云竭力也。(二)猶云終究也。例如青衫淚：「稍似間有些錢。抵死裏無多債。」言終究無多債也。

【彼各】古方言。猶云彼此也。或分別也。例如王粲登樓：「因爲居官。彼各天涯。阻當親事。」言彼此天涯也。桃園結義：「脫離了下賤營生。彼各了塵中伴侶。」此言分別伴侶也。

【拍板】(一)節拍也。吳梅曲學通論：「古樂無拍。魏晉之間。有宋纖者。善擊節。始製爲拍。古用九板。今五板或四板。古拍板無譜。唐明皇命黃番綽始造爲之。牛僧儒目拍板爲樂句。言以拍板節詞句也。故又謂之節拍。」見板式板眼二分條。(二)樂器名。通考樂考：「拍板長闊如手。大者九版。小者六版。以韋編之。胡部以爲樂節。蓋以代抃也。」按今拍板。又名牙板。亦稱紅牙。簡稱之曰板。其製法係以堅木三片。長約五六寸。闊約二寸。束其二。以一片拍之。用以節樂。見紅牙條。

【供奉】官名。唐時凡以文學技藝擅長者。得供奉內庭。給事左右。稱供奉官。

【运运】古方言。言隕隕緩行之意。例如西廂記：「馬兒运运行。車兒快快隨。」

【委的】古方言。猶云確實也。

【昉思】見洪昇條。

【拙圃】見崔應堦條。

【朋海】見楊恩壽條。

【治卿】見張四維條。

【亞清】見林以寧條。

【乖庵】見葉汝薈條。

【祇從】王驥德曲律云：「元雜劇中名色不同。從人曰祇從。雜色曰雜當。凡厮役皆曰張千。有二人者則曰李萬。凡婢女皆曰梅香。凡酒保皆曰店小二。」

【岑參】劇中人。唐南陽人。工詩。天寶進士。始佐范陽節度使封常清幕。久在西陲。多邊塞之詩。累官補闕起居郎。出爲嘉州刺史。故世稱岑嘉州。尋退居杜陵山中。值中原多故。遂終於蜀。見沽酒遊春條。

【果菴】見周坦綸條。

【拖鉤】見拔和條。

【股當】身段名。齊如山云：「劇中交戰。雙方各二人名曰四股當。雙方各三人各曰六股當。多至八股當。十股當。」

【迓鼓】宋代雜劇之一種。南宋官本雜劇二百八十種之中。有迓鼓兒熙州、迓鼓孤二本。金人院本六百九十種之中。有迓鼓二郎、河轉迓鼓二本。見訝鼓條。

【杵歌】曲牌名。南曲入中呂宮。管色配小工調或尺字調。

【拘箝】古方言。㈠管教也。㈡拘束也。

【兔鶻】古方言。金時一種束帶名稱。玉飾爲上。其次用金。再次用犀象骨角之類。

【宗魯】見陳沂條。

【宗匠体】明寧王權所定樂府十五體之一。太和正音譜：「詞林老作之詞。」

【枕中記】㈠雜劇名。正題邯鄲道盧生枕中記。明人谷子敬撰。寫盧生遇呂翁。得一枕。夢中遍歷顯達。死後而醒。黃粱猶未熟也。元人馬致遠有黃粱夢。明人湯顯祖有邯鄲記。皆演此事。㈡傳奇名。明人徐霖撰。

【庚生子】明代戲曲家。著有傳奇歌風記一種。

【刼灰夢】傳奇名。晚淸梁啓超撰。大意敍一書生慨嘆國事日非。頗近於桃花扇餘韻之風味。

【尙仲賢】元代初期作曲家。眞定（今河北省眞定縣）人。生卒年不詳。約中統初年在世。賈仲明弔仲賢詞云：「四務提擧江浙省。與戴善甫相輔行。」殆與戴爲同時人也。著有雜劇十一種。曰漢高皇濯足氣英布。曰洞庭湖柳毅傳書。曰尉遲恭三奪槊。曰尉遲恭單鞭奪槊。曰陶淵明歸去來兮。曰鳳凰坡越娘背燈。曰王魁負桂英。曰受顧命諸葛論功。曰沒興花前秉燭旦。曰崔護謁漿。曰張生煮海。前四種傳。其餘皆不傳。太和正音譜評其曲曰：「如山花獻笑」。

【拈花笑】雜劇名。淸人徐石麟撰。爲坦庵詞曲六種之一。演妻妾嫉妒相罵事。鄙俚不足取。

【袄神兒】曲牌名。北曲入仙呂宮。（與雙調不同。）管色配小工調或尺字調。

【固哉翁】傳奇名。淸人高弈撰。

【延祥夢】雜劇名。明代無名氏撰。

【刺殺旦】見潑辣旦條。

【芳情院】傳奇名。淸人沈沐撰。

【炎涼傳】雜劇名。明代無名氏撰。群音類選：「演湯婆子與竹夫人相爭故事。」

【佾舞生】簡稱佾生、舞生、樂舞生。朝廷及文廟舉行慶祀時。擔任樂舞之童生也。有文舞生及武舞生之別。舞時文舞生執羽籥。武舞生執干戚。依樂聲之節奏。俯仰屈伸以作舞。

【拙魯速】曲牌名。北曲入越調。管色配六字調或凡字調。

【昏廝謎】雜劇名。明人李開先撰。爲一笑散之第五種。

【臥龍岡】雜劇名。元人王曄撰。

【秉燭旦】雜劇名。正題沒興花前秉燭旦。元人尚仲賢撰。

【凭欄人】曲牌名。北曲入道宮。管色配小工調或尺字調。

【盂蘭夢】傳奇名。清人嚴保庸撰。

【佳人寫恨】雜劇名。元明間無名氏撰。

【秀才送妾】雜劇名。明人呂天成撰。劇品謂此劇：「南八折。輟耕錄載。維揚秀士爲部主事致一妾。自邗關遠於燕邸。時天漸暄。多蟲蚋。乃納之帳中。部主事初疑之。既而謝曰。君眞長者也。相與痛飲。盡歡而散。劇中水仙作合。以配於焉支公主則勸之增之。以爲柳下叔子之輩。必獲美報若斯耳。」

【官本雜劇】宋史樂志言。眞宗不喜鄭聲。而或爲雜劇詞。未嘗宣布於外。武林舊事卷十所載官本雜劇段數。多至二百八十本。據王國維就此二百八十本精密考之。其用大曲者一百有三。用法曲者四。用諸宮調者二。用普通詞調者三十有五。

【枉物難消】古方言。謂非法所得之物不可消受也。例如老生兒：「原來是父親請過孩兒要。你怎麼不尋思枉物難消。」

【依頭縷當】古方言。猶云一件一件均辦好也。縷當本了當之聲轉。即了斷也。

【味坐軒曲譜】書名。清人李文翰撰。有咸豐甲寅年重刊本。

九畫

【風欠】古方言。猶云風魔也。痴呆也。例如拜月亭：「我又不風欠。不痴呆。要則甚迭。」亦有風與欠拆開使用者。例如風月紫雲庭：「我便似病人逢太歲。他管也小鬼見鍾馗。腌材料。風短命。欠東西。」腌材料猶云壞坯。風短命猶云瘋鬼。欠東西猶之呆漢也。

【風入松】　曲牌名。南曲仙呂入雙調（實即仙呂宮。）北曲入雙調。管色配乙字調或正工調。

【風月亭】　南戲名。元代無名氏撰。宋元戲文本事南詞新譜俱錄此目。南九宮譜中僅存殘文一曲。

【風光好】　雜劇名。正題陶學士醉寫風光好。元人戴善夫撰。演翰林學士陶穀出使南唐。與歌妓秦若蘭離散復合事。本南唐近事點綴成劇。並增入因吳越王錢俶之作合。陶秦終成眷屬爲收場。劇中穀爲若蘭題風光好一詞。因此爲名。其詞曰：「好姻緣。惡姻緣。奈何天。只得郵亭一夜眠。別神仙。琵琶撥盡相思調。知音少。待得鸞膠續斷絃。是何年。」

【風馬兒】　曲牌名。南曲入商調引。管色配六字調或凡字調。

【風流院】　傳奇名。清人不可解人撰。

【風流配】　傳奇名。清人鶴蒼子撰。

【風流帽】　亦作不倫帽。圍如東帛。兩旁白翅。不搖而自動。惟白兔記中之李洪義及八義記中之樂人戴之。馮南谷詩云：「天下風流少。區區帽上多。鬢邊齊拍手。恰似按笙歌。」

【風流棒】　傳奇名。清人萬樹撰。爲擁雙艷三種之一。演荊瑞草與謝林風倪菊人二女姻緣故事。劇中二女責荊薄情。命侍以棒擊之。故名風流棒。

【風流塚】　戲曲名。鄒式金作。演柳永事。獨醒雜誌：「柳耆卿風流俊邁。聞於一時。既死。葬於棗陽縣花山。遠近之人。每遇清明之日。多載酒肴飲於耆卿墓側。謂之弔柳會。」方輿勝覽：「卒於襄陽。死之日。家無餘財。群妓合金葬之於南門外。每春日上冢。謂之弔柳七。」

【風流會】　南戲名。元代無名氏撰。宋元戲文本事輯錄此目。

【風流夢】　㈠傳奇名。演柳夢梅杜麗娘事。明馮夢龍據湯顯祖牡丹亭本改竄成編也。自序云：「若士先生。千古逸才。所著四夢。牡丹亭最勝。獨其塡詞不用韻。不按律。識者無以爲此案頭之書。非當場之譜。余竊聞其略。僭刪改以便當場。梅柳一段姻緣。全在互夢。故沈伯英題曰合夢。而余則題爲風流夢云。」㈡南戲名。南詞新譜輯錄此目。

【風流體】　曲牌名。北曲入雙調。管色配乙字調或正工調。

【風淘沙】曲牌名。南曲入正宮。管色配小工調或尺字調。

【風雪緣】傳奇名。清人高弈撰。

【風教編】傳奇名。明人顧大典撰。爲清晉閣四種之一。

【風雲會】㈠雜劇名。正題宋太祖龍虎風雲會。明人羅本撰。演宋太祖北征黃衣加身事。宋史太祖本紀曰：七年春。北漢結契丹入寇。命出師禦之。次陳橋驛。軍中知星者苗訓。引門吏楚昭輔視日下復有一日。黑光靡盪者久之。夜五鼓。軍事集驛門宣言策點檢爲天子。或止之。衆不聽。遲明。逼寢所。太宗入白。太祖起。諸校露刃列於庭曰：「諸軍無主。願策太殿爲天子。」未及對。有以黃衣加太祖身者。衆皆擁拜呼萬歲。即掖太祖乘馬。太祖攬轡。謂諸將曰：「我有號令。爾能從乎。」皆下馬曰：「唯命。」太祖曰：「太后主上。我皆北面事之。汝輩不得驚犯。大臣皆我比肩。不得欺凌。朝庭府庫。士庶之家。不得侵掠。用命有重賞。違者孥戮汝。」諸將皆再拜。肅隊以入。㈡傳奇名。清人李玉撰。世鮮傳本。惟歌場中尚存送京一折。㈢傳奇名。清人許善長撰。

【風雲翹】傳奇名。清人李玉撰。

【風團快】古方言。猶言刀刃之銳利也。例如李逵負荊：「寶劍聲鳴。心驚駭。端的個風團快。」

【風箏誤】傳奇名。清人李漁撰。笠翁十種曲之一。記詹氏二女事。一拙陋。一美而才。因風箏題詩。各就姻緣云。

【風撿才】曲牌名。南曲入南呂宮。管色配六字調或凡字調。

【風蟬兒】曲牌名。南曲入中呂宮。管色配小工調或尺字調。

【風月爭奇】書名。明人鄧志謨編。凡三卷。專收有關風月之詩歌詞賦戲曲小說纂集而成。有明天啓間刻本。

【風月姻緣】雜劇名。亦作桃源景。正題美姻緣風月桃源景。明人朱有燉撰。略謂保定府妓女桃源景。年二十一。樂人李咬兒請娶之。不許。因愛生員李釗才學。與之訂定終身。作伴半歲餘。李生鄉試及第。更欲應會試。乃上京。有羅鋌兒者。受李咬兒之托。欺桃源景之母。來生事。強納李咬兒之聘。桃源景訴之官。幸得無事。然一難方過。一難又來。李生得狀元及第之榮譽。召入朝將授官。以偶一不愼。失儀落簡謫戍口北。桃源景聞之。追踪李生。男裝一人上路。途中爲旅店主人窺破其爲女性。備嘗凌謔。遂達目的地。開小酒店。夫婦賴以渡日。如是者一年。遇赦。任永城縣知縣。相攜赴任。（中國近世戲曲史）

【風月囊集】　雜劇名。明人馬惟厚撰。百川書志謂此劇：「改桂英誣王魁海神記也。凡六折。」

【風花雪月】　雜劇名。正題張天師斷風花雪月。元人吳昌齡撰。梁廷枬曲話。「吳昌齡風花雪月一劇。雅馴中饒有韻致。吐屬亦淸和婉約。帶白能使上下串連。一無滲漏。布局排場。更能濃淡疎密。相間而出。在元人雜劇中。最爲全璧。洵不多覯也。」

【風前月下】　傳奇名。淸人曹宕撰。

【風流院本】　傳奇名。淸人朱京樊撰。

【風魔蒯通】　見賺蒯通條。

【風月七眞堂】　雜劇名。元人鄭廷玉撰。

【風月夕陽樓】　見夕陽樓條。

【風月牡丹仙】　劇曲名。明周憲王朱有燉撰。本歐陽修洛陽牡丹記而作。按歐公作洛陽牡丹記。本屬韻事。憲王因撰牡丹花仙現形。見歐公相與笑談風月。評量花事。以作佳話云。

【風月兩無功】　見兩無功條。

【風月南牢記】　見南牢記條。

【風月害夫人】　見害夫人條。

【風月海棠亭】　見海棠亭條。

【風月紫雲亭】　見紫雲亭條。

【風月瑞仙亭】　見瑞仙亭條。

【風流合三十】　南戲名。元代無名氏撰。南詞新譜輯錄此目。

【風雪狄梁公】　見狄梁公條。

【風雪包待制】　雜劇名。元明間無名氏撰。

【風雪推車旦】　見推車旦條。

【風雪漁樵記】　見漁樵記條。

【風月郎君怕媳婦】　見怕媳婦條。

【風月郎君雙教化】　見雙教化條。

【風雨像生貨郎旦】　見貨郎旦條。

【風風魔魔紙扇記】　見紙扇記條。

【風流孔目春衫記】　見春衫記條。

【風流王煥賀憐憐】　見賀憐憐煙花怨條。

【風流郎君三負心】　見三負心條。

【風流娘子兩相宜】　雜劇名。元明間無名氏撰。

【風雪賢婦雙駕車】　見雙駕車條。

【風雪騎驢孟浩然】　見孟浩然條。

【風月所舉問汝陽記】　雜劇名。元代無名氏撰。

【南公】　見孫源文條。

【南曲】　亦稱南戲。以其淵源於南宋之戲文。故名徐渭南詞敍錄：「南戲始宋光宗朝。永嘉人所作趙貞女王魁二種實首之。其盛行則自南渡。號曰永嘉雜劇。又曰鶻伶聲嗽。其曲則宋人詞而益以里巷歌謠。」祝允明猥談：「南戲出於宣和之後。南渡之際。謂之溫州雜劇。」按元代盛行北曲。南曲頗不爲人所重。自元明間琵琶記出。南曲始盛。而北曲遂廢。見崑曲條。

【南呂】　音律名。此律由太簇所生。管長四寸十分八。但其頻率尚未獲得結論。今假定黃鐘等於西律之C。則南呂之音高。當與西律之A音相近。

【南胡】　見二胡條。

【南唱】　說唱之一種。疑卽彈詞。劇說引客座贅語云：「萬曆以前南唱。歌者止用一小拍板。或以扇子代之。間有用鼓板者。今則吳人益以洞簫及月琴。益爲悽慘。聽者殆欲墮淚。」

【南詞】　謂唱書所講說之南詞也。杭俗遺風：「南詞者。說唱古今書藉。編七字句。坐中開口彈弦子。打橫佐以洋琴。每本四五回。稱爲唱書先生。」

【南湖】　見張雲驤條。

【南溟】　見汪道昆條。

【南戲】　見南曲條。

【南齋】　見王曄條。

【南北曲】　爲元曲之派別。今所傳元人雜劇。皆北曲。北曲漸染胡語。其音噍殺。南人不習也。乃稍稍變爲新體。號爲南曲。大抵北曲始於金而盛於元。南曲則始於元而盛於明。北曲字多而調促。促處見筋。故詞情多而聲情少。南曲字少而調緩。緩處見眼。故詞情少而聲情多。董解元西廂記。馬致遠岳陽樓。爲北曲之正宗。高則誠琵琶記。施君美拜月亭。爲南曲之正宗。

【南西廂】　㈠傳奇名。凡三十八齣。明李日華撰。王實甫西廂記本北曲。日華點竄之爲南詞。衡曲麈談：「麗曲之最勝者。以王實甫西廂壓卷。日華翻之爲南。時論頗勿取。不知其翻變之巧。頓能洗淨北習。調協自然。筆墨中之爐冶。非人官所易及也。」㈡傳奇名。明人陸采撰。作者自序曰：「李日華取實甫語。翻爲南曲。而措辭命意之妙。幾失之矣。予自退休日。時綴此編。固不敢媲美前哲。然較之生吞活剝者。自謂差見一斑。」「南音三籟：「陸天池作南西廂。悉以己意自創。不襲北劇一語。志可謂悍矣。豈易角勝耶。」

【南曲譜】書名。明人陳明善輯。有嘯餘譜所收本傳世。

【南呂宮】㈠宮調名。古曰林鐘宮聲。吳梅顧曲麈談：「南呂宮所屬諸曲。北曲有一枝花、梁州第七、隔尾、牧羊關、罵玉郎、（亦名瑤華令、入中呂、）感皇恩、採茶歌、玄鶴鳴、（即哭皇天、）烏夜啼、賀新郎、草池春、紅芍藥、（與中宮不同、）菩薩梁州、四塊玉、梧桐樹、玉嬌枝、鵪鶉兒、乾荷葉、金字經、尾聲、煞尾、隨尾、隨煞黃鍾尾、隔尾黃鍾煞、神仗兒煞。南曲則有大勝樂、金蓮子、戀芳春、女冠子、臨江仙、一翦梅、一枝花、薄媚、虞美人、意難忘、稱人心、三登樂、轉山子、薄倖、生查子、哭相思、于飛樂、步蟾宮、滿江紅、上林春、滿園春、掛眞兒。（以上爲引子。）梁州序、梁州新郎、賀新郎、纏枝花、節節高、大聖樂、奈子花、奈子落瑣窗、奈子宜春、青衲襖、紅衲襖、一江風、單調風雲會、梅花塘、香柳娘、孤雁飛、石竹花、解連環、風檢才、呼喚子、大砑鼓、引駕行、薄媚袞、竹馬兒、番竹馬、繡帶兒、繡太平、繡帶宜春、宜春樂、太師引、醉太師、太師垂繡帶、瑣窗寒、瑣窗郎、阮郎歸、繡衣郎、宜春令、三學士、學士解酲、刮鼓令、羅鼓令、癡寃家、金蓮子、金蓮帶東甌、香羅帶、羅帶兒、二犯香羅帶、羅江怨、五樣錦、三換頭、香遍滿、懶畫眉、浣溪沙、秋夜月、東甌令、劉潑帽、金錢花、五更轉、劉袞、紅衫兒、本宮賺、梁州賺、紅芍藥、針線箱、滿園春、八寶妝、九嶷山、木蘭花、烏夜啼、春色滿皇州、恨蕭郎。（以上爲過曲。）太和正音譜云：「南呂宮感嘆傷悲。」集成曲譜顧曲麈談皆以南呂宮配六字調或凡字調。㈡燕樂宮聲七調之第五運。燕樂考原：「七宮之第五運。即按琵琶大弦之第五聲。」又：「南呂宮即琵琶之尺字調。故殺聲用尺字。」㈢南宋大曲宮調名。其曲。二曰瀛府。曰薄媚。

【南呂調】南宋大曲宮調名。其曲二。曰綠腰。曰罷金鉦。

【南牢記】雜劇名。正題風月南牢記。明代無名氏撰。

【南柯記】傳奇名。亦作南柯夢。凡四十四齣。明人湯顯祖撰。爲臨川四夢之一。本李公佐南柯記小說敷演成劇。略謂淳于棼夢至槐安國。國王妻以女。令爲南柯太守。備極榮顯。既醒。乃知是一夢。蓋寓言也。後人稱夢爲南柯。本此。曲品評云：「酒色武夫。迺從夢境證佛。此先生之妙旨也。眼濶手高。字句超秀。方諸生極賞其登城北詞。不減王鄭。良然。良然。」曲話評云：「南柯情著一折。以法華普門品入曲。毫無勉強。毫無遺漏。可稱傑構。末折絕好收束。排場處復盡情極態。全曲當以此爲冠冕也。」

【南柯夢】㈠雜劇名。明人車任遠撰。㈡見南柯記條。

【南梆子】戲曲腔調名。辭海：「係梆子之二黃化者。其辭句皆用中州音韻。不似梆子之用方音。其音節平坦和婉。非復梆子之高亢噍殺矣。」

【南陽樂】傳奇名。亦作補恨。凡三十二齣。清人夏綸撰。演諸葛亮掃平吳魏。劉禪傳位北地王。一統中原。蓋以詭誕之言爲武侯吐氣也。雨村曲話：「南陽樂作諸葛武侯攘星獲生。滅吳魏以成一統。意本之返精忠。以平人心。詞更慷慨激昂。可歌可頌。」劇說：「南陽樂言武侯相北地王諶。滅魏吳復興漢祚。蓋寓言也。」

【南鄉子】曲牌名。北曲入越調。管色配六字調或凡字調。

【南樓月】雜劇名。正題晉庾亮月夜登南樓。明人許潮撰。爲泰和記之一種。演晉庾亮事。晉書庾亮傳：「亮在武昌。諸佐吏殷浩之徒。乘秋夜往。共登南樓。俄而不覺亮至。諸人將起避之。亮徐曰。諸君少住。老子於此處興復不淺。便據胡牀與浩等談詠竟坐。」

【南樓傳】傳奇名。凡一十九齣。作者不詳。略謂刁南樓出外宿娼。數月不歸。妻劉氏。私通其鄰友王文。南樓於端午後一日歸。婢玉蘭（亦與王文私通者。）送饅首。南樓食之。中毒死。妾及僕王六告發。刁劉氏及婢均處死刑。其中聽琴、園會、服毒、斬刁四齣。並收入於崑曲大全第三集第四冊中。見倭傀傳條。

【南雜劇】楊蔭深中國俗文學概論：「雜劇到了明清。雖未見全絕。而體例却已大變。不復遵守元雜劇的格律。因此。後人又稱之爲新雜劇或南雜劇。

」按南雜劇爲王驥德所首創。不限於每本四折。有短僅一折者。有長至九折者。同時。不僅限於北曲。有用南曲者。或南北合套者。見短劇條。

【南北合套】 取同一宮調之曲牌。或以南起。或以北起。一南一北相間列。卽成所謂南北合套。吳梅顧曲麈談：「南北合套之法。自元沈和爲始。和字和甫。杭州人。所作瀟湘八景歡喜冤家諸本。皆用南北合套法。極爲工巧。後居江州。江西人稱爲蠻子關漢卿者是也。今人遇場頭稍多之曲。往往用南北合調。如新水令、步步嬌及醉花陰、畫眉序之類。搖筆皆是。而創始之人。皆不能擧姓字矣」

【南呂羽聲】 宮調名。羽作結聲而出於南呂者。謂之南呂羽聲。俗名中管仙呂調。

【南呂角聲】 宮調名。角作結聲而出於南呂者。謂之南呂角聲。俗名中管商角調。

【南呂宮聲】 宮調名。宮作結聲而出於南呂者。謂之南呂宮聲。俗名中管仙呂宮。

【南呂商聲】 宮調名。商作結聲面出於南呂者。謂之南呂商聲。俗名中管商調。

【南音三籟】 書名。淸人卽空觀主人輯。

【南洪北孔】 曲阜孔尚任、錢唐洪昇。先後以傳奇進御。世稱南洪北孔是也。吳梅曲學通論謂：「桃花扇長生殿二劇。海內風行。據文詞觀之。則孔勝於洪也遠甚。若論排場之佈置。宮調之分配。則昉思又出東塘之上也。」

【南桃花扇】 傳奇名。淸人顧彩撰。據孔尚任桃花扇改竄而成。孔尚任曰：「顧子天石。讀予桃花扇。引而申之。改爲南桃花扇。令生旦當場團圓。以快觀者之目。其詞華精警。追步臨川。雖補予之不逮。未免形予傖父。予敢不避席乎。」梁氏曲話：「桃花扇以餘韻折所結。曲終人杳。江上峯青。留有餘不盡之意。於煙波縹緲間。脫盡團圓俗套。乃顧天石改作南桃花扇。使生旦當場團圓。雖其排場可快一時之耳目。然較之原作。孰劣孰優。識者自能辨之。」

【南宮詞紀】 見南北九宮詞紀條。

【南詞定律】 書名。亦作新編南詞定律。凡一十三卷。淸人呂士雄等合撰。有康熙工尺譜刊本。

【南詞敍錄】 書名。明人徐渭撰。有讀曲叢書本。重訂曲苑本。

【南極登山】 雜劇名。正題孫眞人南極登仙會。明代無名氏撰。

【南詞韻選】書名。明人沈璟撰。

【南詞新譜】書名。亦作廣輯增定南九宮詞譜。凡二十六卷。明人沈璟輯。沈自晉重定。有明崇禎己卯年刊印本。淸順治乙未年修補本。北京大學石印本。凡例有云：「予知荀鴨多佳詞。訪其兩公子於金閶旅舍。以傾蓋交。得出其尊人遺稿相示。其刻本爲花筵賺、鴛鴦棒、夢花酣。錄本爲勘皮靴、生死夫妻。稿本爲花眉旦、雌雄旦、金明池、歡喜寃家。乃悉簡諸稿。得曲樣新奇者。謄及百餘闋。珍重而歸。（中略。）乃急取新詞。幸塡譜稿。」卷末附錄沈自友鞠通生小傳。

【南戲拾遺】書名。馮沅君編。有哈佛燕京學社印本。

【南北詞簡譜】書名。近人吳梅輯。

【南戲百一錄】書名。近人錢南揚編。有哈佛燕京學社印本。

【南北九宮詞紀】書名。凡一十二卷。明人陳所聞編。此書爲散曲總集。有明刊本及新鐫古今大雅所收本。

【南曲九宮正始】書名。凡十冊。淸人徐子室撰。有民國二十六年戲曲文獻流通會刊印本。

【南曲入聲客問】書名。凡一卷。淸人。毛先舒撰有昭代叢書所收本。曲苑所收本。

【南北九宮大成譜】書名。周祥鈺撰。

【南北戲曲源流考】書名。凡二篇。青木正兒著江俠庵譯。有商務印書館排印本。

【南極仙金鑾慶壽】雜劇名。明代無名氏撰。

【南九宮十三調曲譜】書名。略稱南曲譜。凡二十二卷。明人沈璟輯。有文治堂刊印本。三樂齋刊印本。沈自晉重定本。嘯餘譜本。北京大學石印本。

【南極星度脫海棠仙】見海棠仙條。

【紅牙】樂器名。即拍板也。拍板亦名牙板。紅色。因曰紅牙。王翰吹簫圖詩：「吹到涼州移別調。君王親爲按紅牙。」

【紅友】見萬樹條。

【紅生】脚色名。老生之一種。俗名紅頭。亦作紅淨。紅生亦正生之一種。但較正生更爲難唱。齊如山云：「紅色都唱嗩吶腔。且都是翻高唱。（按即高八度唱。）非有好嗓。萬不能演。」紅生不限紅臉。齊如山云：「例如靑石山的關羽。采石磯的徐達。龍虎鬭的宋太祖。攻潼關的姜子牙。雙包案的夜行師。五花洞的張天師等等。或紅臉。或不紅臉。都算紅生戲。」戈腔中之紅生則專演關公戲。且專唱戈腔。

【紅拂】　劇中人。隋楊素侍妓。姓張。名出塵。李靖以布衣謁素。姬妾羅列。出塵執紅拂。有殊色。獨目靖。其夜靖歸逆旅。出塵奔之曰：「妾楊家紅拂妓也。絲蘿願託喬木。」乃與俱適太原。見紅拂記條。

【紅娘】　劇中人。唐元稹作會眞記。謂崔鶯鶯有婢曰紅娘。張生私爲之禮。使通意於鶯鶯。王渙惆悵詩：「半夜佳期並枕眠。鐘動紅娘喚歸去。」見西廂記條。

【紅淨】　脚色名。淨之一種。此爲崑弋班之特有名詞。以演關羽之戲最多。崑腔中之紅淨。則由生行扮演。唱腔特慢。名曰雙工尺。齊如山云：「紅淨去關羽。照規矩出台不許睜眼。一則取其莊嚴。二則亦頗美觀。」

【紅蓮】　南宋話本名。淸平山堂話本著錄。正題五戒禪師私紅蓮記。

【紅線】　劇中人。唐潞州節度使薛嵩家靑衣。通經史。嵩遣掌牋表。號內記室。後辭去。不知所終。

【紅頭】　見紅生條。

【紅玉燕】　傳奇名。淸人范梧撰。

【紅衣怪】　雜劇名。正題關大王三捉紅衣怪。元人戴善夫撰。

【紅虬髯】　髯口名。間有用紫色者。故又名紫虬髯孫權歐陽春等角用之。

【紅芍藥】　㈠傳奇名。淸人畢萬侯撰。㈡曲牌名。南曲入中呂宮。（與南呂異。）管色配小工調或尺字調。北曲同。

【紅衫兒】　曲牌名。南曲入南呂宮。管色配六字調或凡字調。北曲入中呂宮。（亦入正宮。）管色配小工調或尺字調。

【紅拂記】　傳奇名。凡三十三齣。明人張鳳翼撰。爲陽春六集之一。尤西堂題北紅拂記云：「唐人小說傳衛公、紅拂、虬髯客故事。吾友吳張伯起新婚。伴房一月。而成紅拂記。風流自喜。浙中凌初成更爲北劇。」按凌之北劇。即虬髯公。見陽春六集條。

【紅林擒】　曲牌名。南曲入雙調。管色配乙字調或正工調。

【紅衲襖】　曲牌名。南曲入南呂宮。管色配六字調或凡字調。北曲入黃鐘宮。管色配六字調或凡字調。

【紅沙記】　戲曲名。作者不詳。

【紅粉禪】　雜劇名。明人祁麟佳撰。爲太室山房四劇之一。劇品謂此劇：「南北四折。紅裙鬭茗。仕女參禪。並立詞中。出猕娟秀之調。如一枕松風。沁人心骨。」

【紅情言】　雜劇名。明人王𤧚撰。

【紅梅記】　傳奇名。凡三十齣。明人周夷玉撰。演裴舜卿盧昭容以紅梅作合事。劇中情節。第一齣提綱玉梅春云：「人生難遇歡時節，世路無門行轉蹶。且向花前覓句落紅梅，酒後高歌飛白雪。蛾眉稗齒終銷滅，富貴榮華轉眼歇。惟有西湖不改舊時春，歌舞於今猶未絕。」蝢盧曲談：「此記全本三十折。有玉茗堂評本。今人所知者。惟脫穽、鬼辨、算命三折耳。」

【紅梨花】　雜劇名。正題謝金蓮詩酒紅梨花。元人張壽卿撰。演趙汝州與官妓謝金蓮結合事。劇中謝以紅梨花一枏贈趙。因以爲名。略謂劉輔。字公弼。爲洛陽太守。有同窗故友趙汝州。因別久。以書招之。汝州回書云。洛陽女子謝金蓮者。有美名。來日欲求一見。金蓮時爲上廳行首。輔預屬署中人。汝州至。問謝。即以適人對。汝州見輔。果首以謝爲問。聞已適人。即欲辭去。輔強留之。館於後園。而密令金蓮僞稱王同知女。夜至園中看花。汝州見而悅之。引至書齋同飲。次夜女携酒一樽。紅梨花一枏。贈趙。以爲答禮。復相與作詩唱和。情好益篤。正當酬唱之際。忽聞母命呼女。女遂歸。汝州則孑然以相思爲苦。輔因公下鄉勸農。恐汝州戀女不肯赴試。復命一嫗僞作賣花者。携筐至園採花。謂有王同知女。死葬園中。往往夜出魅人。吾子即爲其魅死。汝州詢其狀。與夜中所見無異。頓時驚懼失色。不敢復留。即日赴京應舉。得狀元及第。除爲洛陽縣令。既至洛。輔於後園亭中設宴款之。召金蓮持扇插花而待。汝州見而大懼。斥不令前。輔始以實告。汝州大喜。即結爲夫婦云。（現存元人雜劇本事考）明人徐復祚本此作紅梨記傳奇。綴白裘納書楹亦從此劇脫出。

【紅梨記】　傳奇名。明人徐復祚撰。據張壽卿紅梨花雜劇。寫趙伯疇與妓女謝素秋相戀故事。本劇第一齣薔指瑤輪第六曲云：「謝女佳人。趙郎才子。天然分付成雙。奈王黼勒取。拆散兩鴛鴦。正遇胡人圍汴。徵歌妓送金邦。賴有花婆女俠。設謀竄取。潛地往他鄉。才子徬徨。佳人淪落。此際實堪傷。幸錢君作宰。留寓在衙旁。却慮功名未就。改名姓潛結鸞鳳。又賴花婆勸駕。登龍歸娶。花燭影搖光。」）雨村曲話：「紅梨花一記。其稱琴川（常熟川名）本者。當是大家手。佳思律句。直逼元人。借逸其名。所作此詞。乃點竄元張壽卿腔。然其文足觀也。有武林本。甚不堪。」

【紅葉記】　見題紅記條。

【紅綃記】　雜劇名。正題紅綃妓手語傳情。別作崑崙奴。又作雙紅記。明人梁辰魚撰。據唐段成式小說崑崙奴傳敷演成劇。略謂紅綃。唐大曆中勳臣家妓。勳臣有疾。有顯宦之子崔生往省之。勳臣令紅綃妓者擎甌與崔生食。崔生羞赧不食。勳臣命紅綃以匙進之。崔生去。勳臣命妓出院。妓指鏡隱語。崔生既歸。凝思不食。神志惝怳迷離。其家崑崙奴磨勒知之。曰。是不難。夜負崔生踰重垣入院。見紅綃妓獨坐吟詩。遂負紅綃崔生俱出。守衛無覺者。自是紅綃遂爲崔生婦。

【紅綃驛】　雜劇名。正題窮解子紅綃驛。元人石君寶撰。

【紅線女】　雜劇名。正題紅線女夜竊黃金盒。明人梁辰魚撰。略謂潞州節度使薛嵩率軍士較獵城南。其家侍妾紅線庭前玩賞春色。深慨時事。與其他使女其興髀肉之嘆時。薛嵩歸。薛嵩伴之。曰欲玩雙陸。紅線答諫曰。今天下多事。主公奚可耽於遊戲耶。魏博節度使養兵。其勢河北第一。有欲侵薛嵩所治潞州之志。薛嵩憂之。一夜不能眠。紅線悉其心事。乃曰爲探敵情去來。即刻結束。掛匕首於前額。上書太乙神君。乘夜陰單身逸走而去。田承嗣嚴夜警。使女侍侍側而眠。紅線頃刻過千里之途。入營中。至田承嗣寢室。盜其枕邊金盒。優優而去。薛嵩不寐而待。夜漸曉。紅線忽然歸來。紅線具語所見狀。田承嗣驚金盒被盜。命軍校嚴探。經兩日。薛家使者。走馬至。添一書返還金盒。田承嗣驚問其盜者爲誰。則云一嬌媚女子也。田恐。遂斷覬覦之念。多贈名馬錦段於薛家。以謝前非。紅線以今已得報主恩。欲如素志入名山問道。薛嵩知其終不可留。乃請名士冷朝陽作詩送之曰：「採菱歌怨本蘭舟。送客魂消百尺樓。還似洛妃乘霧去。碧天無際水空流。」中國近世戲曲史

【紅線記】　雜劇名。正題紅線金盒記。明人胡汝嘉撰。湧幢小品：「紅線雜劇。乃梁伯龍所著。今時

所用。不知胡懋禮已先之。更勝於梁。客座贅語云。胡著紅線雜劇。大勝梁辰魚所作。」金陵瑣事：「胡懋禮有紅線雜劇。最妙。吳中梁辰魚亦有紅線雜劇。膾炙人口。較之懋禮者當退三舍。」

【紅蓮案】　傳奇名。清人吳士科撰。

【紅蓮債】　雜劇名。正題印上人提醒紅蓮債。明人陳汝元撰。

【紅蕖記】　傳奇名。明人沈璟撰。爲屬玉堂十七種之一。王驥德曲律：「紅蕖記蔚多藻語。雙魚而後。專尙本色。」呂天成曲品：「先生自謂字雕句鏤。正供案頭耳。此後一變矣。」徐復祚曲論：「紅蕖詞極贍。才極富。然於本色不能不讓他作。」

【紅樓夢】　㈠傳奇名。清人仲雲澗撰。本曹雪芹小說紅樓夢及其續編刪繁就簡成劇。分爲上下兩卷。上卷三十二折。記紅樓夢中事。下卷二十四折。則記續夢中事也。梁廷柟曲話評曰：「紅樓夢工於言情。爲小說家之派別。近時人豔稱之。其書前夢將殘。續以後夢。卷牘浩繁。頭緒紛頊。吳洲仲雲澗取而刪汰。並前後夢而一之。作曲四卷。始於原情。終於勘夢。共得五十六折。其中穿插之妙。能以白補曲所未及。使無罅漏。且借周瓊防海事。振以金鼓。俾不終場寂寞。尤得本地風光之法。」㈡傳奇名。凡十六折。清人黃兆魁撰。楊掌生長安看花記曰：「紅豆山樵（按卽仲雲澗）紅樓夢傳奇盛傳於世。而余獨心折荊石山民（按卽黃兆魁）所撰紅樓夢散套。爲當行作者。後來陳鍾麟在珠江按譜塡詞。命題皆佳。而詞曲徒砌金粉。絕少性靈。」㈢傳奇名。清人陳鍾麟撰。楊恩壽詞餘叢話：「陳鍾麟先生工制藝試帖。十名家之一。度曲乃其餘事也。」又曰：「且以柳湘蓮爲紅淨。尤三姐爲小丑。未免唐突。」

【紅繡鞋】　曲牌名。入中呂宮。管色配小工調或尺字調。

【紅繡鞵】　南戲名。元代無名氏撰。南詞新譜輯錄此目。

【紅心詞客】　見沈起鳳條。

【紅白蜘蛛】　雜劇名。明人楊訥撰。

【紅字李二】　元代初期戲曲家。大都（今北平）人。劉耍和之婿。可能亦爲演員。紅字李二殆其藝名耳。著有雜劇六種。曰開壇闡教黃粱夢。曰折擔兒武松打虎。曰板踏兒黑旋風。曰窄袖兒武松。曰全火兒張弘。曰病楊雄。前一種傳。餘皆不傳。

【紅豆村樵】見仲雲澗條。

【紅葉傳情】雜劇名。元代無名氏撰。

【紅樓新曲】傳奇名。淸人嚴保庸撰。

【紅顏年少】雜劇名。明人孟稱舜撰。

【紅蘭主人】見岳瑞條。

【紅倩難濟顚】見濟顚條。

【紅線金盒記】見紅線記條。

【紅雪樓九種曲】見藏園九種曲條。

【紅三黑四花五張】見卸臉條。

【紅綃妓手語情傳】見紅綃記條。

【紅線女夜竊黃金盒】見紅線女條。

【秋宇】見胡汝嘉條。

【秋崖】見蔣培條。

【秋槎】見嚴廷中條。

【秋碧】見陳鐸條。

【秋艷】見四艷記條。

【秋千記】雜劇名。正題寶花月秋千記。元人張時起撰。錄鬼簿注曰六折。蓋元人雜劇通例四折。此本六折。故特標出。

【秋江送】曲牌名。北曲入雙調。管色配乙字調或正工調。

【秋夜月】曲牌名。南曲入南呂宮。管色配六字調或凡字調。

【秋夜雨】曲牌名。南曲入商角調。管色配六字調或凡字調。

【秋香怨】雜劇名。正題士女秋香怨。元人石君寶撰。

【秋蓮曲】曲牌名。北曲入雙調。管色配乙字調或正工調。

【秋蓮夢】雜劇名。正題船子和尚秋蓮夢。元人李壽卿撰。

【秋蕊香】曲牌名。南曲入雙調引。管色配乙字調或正工調。

【秋聲譜】戲曲別集名。淸人嚴廷中撰。共收雜劇三種。曰武則天風流案卷。曰沈媚娘秋窗情話。曰洛城殿無雙艷福。作者自序云：「若賞音無人。則歌與寒蟲古樹聽之。」

【秋風三疊】戲曲別集名。明人來集之撰。共收雜劇藍采和、阮步兵、鐵氏女等三種。

【秋胡戲妻】㈠雜劇名。正題魯大夫秋胡戲妻。元人石君寶撰。演秋胡新婚從軍。離家十載。其妻守節不移。胡得官歸來。終得重聚事。略謂魯有秋胡子。納妻五日。而官於陳。五年乃歸。來至家。於路旁見婦人採桑。美而悅之。下車謂：「力田不如逢豐年。力耕不如見公卿。吾今有金。願與夫人。」婦曰：「婦人當採桑力作。以養舅姑。不願人之金。」秋胡歸。至奉金遺母。使人呼婦至。乃向採桑者也。婦惡其行。因東走。投河而死。皮黃桑園會亦演此事。

【秋堂和尚】明代戲曲家。著有傳奇雁翎甲一種。

【秋閣居士】明代戲曲家。著有傳奇奪解記一種。

【秋月蕊珠宮】見蕊珠宮條。

【秋夜芭蕉雨】見芭蕉雨條。

【秋夜淩波夢】見淩波夢條。

【秋夜梧桐雨】見梧桐雨條。

【秋夜雲窗夢】見雲窗夢條。

【秋苑欒城驛】南戲名。元代無名氏撰。南詞敍錄輯錄此目。

【秋葉梧桐雨】雜劇名。明代無名氏撰。劇品：「南北五折。此與王湘梧桐雨一折。總不及元白仁甫劇。馬嵬之死。較他記獨備。」

【秋水庵花影集】散曲別集名。凡四卷。明人施紹莘撰。有中華書局散曲叢刊本。

【秋江風月鳳凰船】見鳳凰船條。

【柳永】劇中人。宋崇安人。字耆卿。初名三變。景祐進士。官至屯田員外郎。世號柳屯田。好游狹斜。所爲歌詞。旖旎近情。教坊中每得新腔。必求永爲詞。始引於世。後流落不遇。死之日。群妓醵金葬之。見謝天香條。

【柳青】古方言。娘之歇後語。多指老鴇而言。例如風月紫雲庭：「也難奈何俺那六臂哪吒般狠柳青。則是個八怪洞裏愛錢精。」又如雲窗夢：「恨則恨馮魁那醜生。買轉俺那柳青。一壁廂穩住雙生。一壁廂遞流小卿。」

【柳翠】南宋話本名。正題月明和尚度柳翠。古今小說著錄。

【柳毅】劇中人。唐儒生。儀鳳中。下第將還。見婦人。牧羊於湖濱。曰：「妾洞庭龍君小女也。欲以尺素寄託。」毅如其言。訪洞庭而進之書。明日毅辭歸。君贈遺珍寶。後適廣陵。娶於盧氏。詢爲洞庭君之女。居南海四十年。容狀不衰。開元中歸洞庭。不知其跡。見柳毅傳書條。

【柳穎】南戲名。元代無名氏撰。南戲拾遺輯錄此目。

【柳外樓】　曲牌名。北曲入仙呂宮。管色配小工調或尺字調。

【柳州烟】　傳奇名。淸人車江英撰。爲四家傳奇摘齣之一。敍柳宗元劉禹錫謁見王宰相事。

【柳初新】　曲牌名。南曲入大石調引。北曲入大石角隻曲。

【柳靑娘】　曲牌名。北曲入中呂宮。管色配小工調或尺字調。

【柳枝集】　見古今名劇合選條。

【柳梢靑】　㈠曲牌名。南曲入雙調。管色配乙字調或正工調。又入中呂宮。管色配小工調或尺字調。㈡見劉行首條。

【柳搖金】　曲牌名。南曲入雙調。管色配乙字調或正工調。

【柳絲亭】　雜劇名。正題董解元醉走柳絲亭。元人關漢卿撰。

【柳絮飛】　曲牌名。南曲入仙呂入雙調。

【柳葉兒】　曲牌名。北曲入黃鐘宮。管色配六字調或凡字調。又入仙呂宮。管色配小工調或尺字調。

【柳營曲】　曲牌名。北曲入越調。管色配六字調或凡字調。

【柳毅傳書】　雜劇名。正題洞庭湖柳毅傳書。元人尙仲賢撰。演唐人柳毅爲洞庭龍女傳書。卒成夫婦事。略謂唐儀鳳二年。淮陰人柳毅。因應舉不第。將還湘濱。有故友涇陽。便道往訪之。路遇一婦人。嚬眉凝睇。若有所失。毅怪而問之。自謂乃洞庭湖龍女三娘。嫁涇河小龍爲妻。小龍惑於僕婢。日見厭薄。復爲舅姑不容。迫於涇河岸牧羊。飽受風霜之苦。言下啼泣。不勝酸楚。乞毅傳書於其父救之。毅曰：「洞庭水府。塵凡隔阻。寧可致耶。」女曰：「洞庭湖畔。有一廟宇。廟中香案旁有金橙一株。里人呼爲社橘。以吾金釵叩之。即有應者。便可入內。」毅至洞庭。依言而行。果有夜叉導入。謁洞庭府君。府君得書大怒。令府君弟錢塘火龍亦至。知其情。擧兵直搗涇河。小龍見狀走避。化爲小蛇。藏入淤泥。錢塘君獲而食之。凱旋返里。洞庭錢塘感毅之恩。欲以龍女三娘妻毅。毅婉謝辭歸。娶范陽盧氏女。花燭之夕。始知盧氏即龍女化身也。顏色擧止。一如往昔。遂相偕重回洞庭云。(現存元人雜劇本事考)

【柳成錯背妻】　雜劇名。元明間無名氏撰。

【柳梅成仙記】　雜劇名。明代無名氏撰。

【柳眉兒金錢記】　見金錢記條。

【柳耆卿欒城驛】　南戲名。又名子父夢欒城驛。元代無名氏撰。南戲拾遺及宦字第錯立身戲文中俱錄此目。

【柳毅洞庭龍女】　南戲名。元代無名氏撰。南詞敘錄輯錄此目。

【柳文直正旦賀昇平】　南戲名。元代無名氏撰。南詞敘錄輯錄此目。

【柳花亭李婉復落娼】　見復落娼條。

【柳耆卿花柳翫江樓】　南戲名。亦作柳耆卿詩酒翫江樓。元代無名氏撰。清平山堂話本柳耆卿花酒翫江樓記：「柳永愛妓女周月仙。月仙則戀黃員外。與柳永甚落寞。柳永囑一舟子於月仙趁其船至中途時淫之。於是柳永復開宴召月仙來。令舟子假作客官。亦預坐。洩其事。月仙遂從。柳永與月仙同居三年。遂別自回京都。」永樂大典卷一三九八〇南詞敘錄、南戲百一錄、宋元戲文本事俱錄此目。

【柳耆卿詩酒翫江樓】　見翫江樓條。

【春元】　見林章條。

【春台】　四大徽班之一。都門紀略謂：「春台班主則屢易角色。初以余三盛抗衡四箴堂（程長庚之堂名。）繼之者胡喜祿。喜祿演青衫。亦負重名。卒後又易俞菊生。菊生則演武生者也。」見四大徽班條。

【春霖】　見朱從龍條。

【春艷】　見四艷記條。

【春牛張】　元代末期戲曲家。疑爲戲曲演員。春牛張殆其藝名耳。所著雜劇僅知賢達婦荆娘盜果一種今不傳。

【春衫記】　雜劇名。正題風流孔目春衫記。元人關漢卿撰。

【春波影】　雜劇名。凡四齣。正題小青孃情死春波影。明人徐士俊撰。演武林馮子虛妾小青事。

【春秋筆】　傳奇名。清人高弈撰。

【春雲怨】　曲牌名。南曲入黃鍾宮。管色配六字調或凡字調。

【春富貴】　傳奇名。清人沈璠琴撰。

【春閨怨】　曲牌名。北曲入雙調。管色配乙字調或正工調。

【春燕記】　傳奇名。凡廿九齣。明汪人鋑撰。演楚宋玉情事。據登徒子好色賦敷衍成劇。按春燕乃外國波斯所產之手帕也。大凡婦女佩服在身。香氣經月不散云。

【春燈謎】　傳奇名。亦作十錯認。凡四十齣。明人阮大鋮撰。爲石巢傳奇四種之一。劇中以韋節度與宇文生元宵打燈謎。生出無限波瀾。故名春燈謎。略謂：宇文學博。有二子。名羲、彥。彥隨母赴父任。泊舟黃河驛。適韋節度之舟亦泊於此。時爲元宵。彥上岸觀燈。韋女改男裝。亦去觀燈。二人同猜燈謎。賦詩唱和。各執一詩而別。會風起。二舟各泊他所。女入宇文舟。彥入韋舟。旋各揚帆行。彥母認韋女爲己女。彥則被韋節度投於水。後遇救。並幾經波折。始與女結婚。因共有十錯。故又謂之十錯認。顧曲塵談：「春燈謎以十認錯爲悔過之言。今讀其詞。殊不足取。除遊街北曲一折外。餘皆不堪評論。僅足供優孟衣冠耳。」

【春盛擔子】　古方言。謂掃墓者以祭祀之物。盛之榼中而擔之。謂之春盛擔子。例如老生兒：「時遇清明節令。寒食一百五。家家上墳祭祖。我將着這春盛擔子。紅乾臘肉。同着社長。上墳去來。」

【春色滿皇州】　曲牌名。南曲入南呂宮。管色配六字調或凡字調。

【春夜梨花雨】　雜劇名。元人趙良弼撰。

【春風杜韋娘】　見杜韋娘條。

【春風燕子樓】　見燕子樓條。

【春從天上來】　曲牌名。南曲入仙呂宮。管色配小工調或尺字調。

【春風圖畫返明妃】　見琵琶語條。

【胡拿】　古方言。猶云亂捉摸也。

【胡琴】　樂器名。因其制傳自北番。故稱胡琴。以竹爲筒。冐以蛇皮。上設短柄。約長尺許。柄末穿橫孔。貫以二軸。自軸至筒。綳二絃。另以竹弓張馬尾。納二絃間。摩擦發聲。南方人稱之爲京胡。

【胡撲】　古方言。猶云戲弄也。例如西廂記：「我從來欺硬怕軟。喫苦不甘。你休只因親事胡撲俺。」

【胡嚨】　喉之俗稱。日知錄：「古人讀侯爲胡。喉嚨即今人言胡嚨耳。」

【胡十八】　曲牌名。北曲入雙調。管色配乙字調或正工調。

【胡士奇】　明代後期戲曲家。著有雜劇小青傳一種。未見流傳。

【胡士瞻】　清代戲曲家。著有傳奇後一捧雪一種。

【胡女怨】　曲牌名。南曲入仙呂宮。管色配小工調或尺字調。

【胡介祉】清代戲曲家。字循齋。號茨村。直隸大興人（原藉浙江山陰。）生卒年不詳。約康熙中葉在世。工詩兼曲。著有隨園曲譜及廣陵仙傳奇。並傳於世。

【胡文煥】明代後期戲曲家。字德甫。一作德父。號全庵。一號抱琴居士。浙江錢塘人。生卒年不詳。約萬曆中前後在世。博學多識。深通音律。著有戲曲奇貨記、犀佩記、三晉記、餘慶記等四種。今皆不傳。又編群音類選二十六卷。爲明代最大之戲曲集。盛傳於世。

【胡汝嘉】明代後期戲曲家。字懋禮。一字沁南。號秋宇。江蘇金陵人。生卒年不詳。約嘉靖中前後在世。顧起元客坐贅語：「所著小說女俠韋十一娘。奇艷動人。其紅線雜劇。大勝梁辰魚。」

【胡渭州】南宋大曲名。入小石調。南宋官本雜劇二百八十種之中。有趕厥胡渭州、單番將胡渭州、銀器胡渭州、看燈胡渭州四本。宋史樂志及文獻通考教坊部十八調。小石調、林鐘商中。均有胡渭州大曲。洪邁容齋隨筆云：「今世所傳大曲。皆出於唐。而以州名者五。伊、涼、熙、石、渭、也。」

【胡搗練】曲牌名。北曲入雙調。管色配乙字調或正工調。

【胡僧破】燕樂大曲名。

【胡笳十八拍】琴曲名。唐劉商胡笳曲序曰：「蔡文姬（名琰）爲胡人所掠。入番爲王后。武帝與邕有舊。敕大將軍贖以歸漢。胡人思慕文姬。捲蘆葉爲吹笳。奏哀怨之音。後董生（名祀。琰夫。）以琴寫胡笳聲爲十八拍。今之胡笳弄是也。」

【後】古方言。猶呵也。例如陳摶高臥：「你休道俺不着情。不應後。我敢罰銀十錠。」此實卜人語。言卜課如不靈呵。我準罰銀十錠也。又如金鳳釵：「時來呵。鐵也爭光。運去後。黃金失色。」此後與呵字對舉。後即呵也。

【後山】見徐昆條。

【後生家】見家條。

【後西國】傳奇名。清人周垣倫撰。

【後西廂】㈠傳奇名。清人薛旦撰。㈡傳奇名。清人石天外撰。

【後牡丹】傳奇名。清人王墅撰。

【後姚婆】雜劇名。正題女學士三勸後姚婆。元明間無名氏撰。

【後庭花】㈠雜劇名。正題包待制智勘後庭花。元人鄭廷玉撰。演劉天義與女鬼翠鸞相遇旅邸。以後庭花詞唱和。遂被誣控私匿民女。包拯勘問。明其寃抑事。略謂汴梁人趙忠。官廉訪使。妻張氏無子。欽賜一女翠鸞爲侍婢。忠不敢留。乃令侍僕王慶領之往見張氏。張見翠鸞年少貌美。妬甚。密令王慶殺之。慶膽怯。謀於祗候李順。順嗜酒。其妻張氏與慶舊有私。子福童。幼而啞。慶乃告張以翠鸞事。張設計使順縱翠鸞母女。奪其首飾。而自向王慶說明爲順所縱。令慶詰順。慶乃乘此逼順休妻。順不得已從之。而仍有怨詞。慶聞。遂殺順投於井中。而據順妻。翠鸞母女逃出後。與巡卒遇。鸞慌失散。鸞投獅子店。店小二見鸞心動。欲逼之爲妻。鸞不肯。乃殺之。以桃符插髻。沈諸井。有秀才劉天義。應舉宿店中。與鸞陰魂相遇。把盞對飲。並唱和後庭花詞。而天義不知其爲鬼也。鸞母繼至聞店中有女聲。知爲翠鸞。因叩門相索。女忽不見唯見鸞所書詞及名姓尙留紙上。遂執天義送府尹包拯。謂其私匿翠鸞。時趙廉訪亦疑翠鸞事。以王慶送尹。拯反覆勘問。覩翠鸞所作後庭花詞有：「不見天邊雁。相侵井底蛙。」句。窮治之。乃於井中得順尸。啞童證是其父。乃定王慶及順妻之罪。又於天義所宿店中得桃符。於店小二井中獲鸞尸。又定小二罪。而天義得釋云。現存元人雜劇本事考 ㈡雜劇名。正題陳後主玉樹後庭花。元人鄭元祖撰。㈢曲牌名。北曲入仙呂宮。（亦入中呂調。）管色配小工調或尺字調。

【後琵琶】傳奇名。清人顧彩撰。

【後尋親】傳奇名。清人姚子懿撰。以續尋親記。使善惡之報。顯切著明。秋毫不爽。人物俱爲前記所有。僅增一李春嬿。綴白裘中。存有後索債、後府場、後金山等三齣。

【後曇花】傳奇名。見地引仙條。

【後一片石】見第二碑條。

【後一捧雪】傳奇名。清人胡士瞻撰。

【後四聲猿】戲曲別集名。清人桂馥撰。共收雜劇放楊枝（寫白樂天。）投溷中（寫李長吉。）謁府帥（寫蘇東坡）題圓壁（寫陸放翁。）等四種。倣徐渭四聲猿而作。寫詩人飲恨事。側側足以動人。

【後庭花煞】曲牌名。北曲入仙呂宮。管色配小工調或尺字調。

【後七十百卉亭】傳奇名。淸人擁書主人撰。

【後七國樂毅圖齊】見樂毅圖齊條。

【香令】見范文若條。

【香柳娘】曲牌名。南曲入南呂宮。管色配六字調或凡字調。

【香祖樓】傳奇名。凡三十二齣。清人蔣士銓撰。爲藏園九種曲之一。所演仲約禮與其妾李若蘭由合而離之故事。劇中約禮於宅中新築一樓。適其友裴畹送贈蘭花一盆爲賀。因名香祖樓。蓋以蘭爲衆香之祖也。梁廷枏曲話：「香祖樓、空谷香兩種。於同中見異。最難下筆。蓋夢蘭與淑蘭。皆淑女也。孫虎與李蚓。皆繼父也。吳公子與扈將軍。皆樊籠也。紅絲、高駕、皆介紹也。成君、裴畹、皆故人也。且小婦皆薄命。而大婦皆賢淑也。使出自俗筆雖免雷同。乃合觀兩劇。非惟不犯重複。且各極其錯綜變化之妙。故稱神技。」

【香草吟】傳奇名。清人若耶野老撰。李調元雨村曲話：「香草吟全以藥名演成傳奇。雖其家數略小。亦具靈思。曲中之另一體也。」

【香裘記】傳奇名。明人金懷玉撰。

【香遍滿】曲牌名。南曲入南呂宮。管色配六字調或凡字調。

【香畹樓】傳奇名。清人彭劍南撰。

【香鞋記】見酒家傭條。

【香奩體】明寧王權所定樂府十五體之一。太和正音譜：「裙裾脂粉。」

【香羅帶】曲牌名。南曲入南呂宮。管色配六字調或凡字調。

【香囊怨】雜劇名。正題劉盼春守志香囊怨。明人朱有燉撰。演汴梁妓劉盼春與周子敬相厚事。盼春誓無二志。後爲假母所逼自縊死。劇中盼春將周生情詞藏於貼身香囊中。故以爲名。略謂開封妓女劉盼春與書生周恭情投意合。結爲白頭之盟。有鹽商陸源。亦欲重貲納妾。其父鳴高亦同意。因而強禁與周恭斷絕來往。周知悉後。致書並附長相思詞一首。劉乃將其藏香囊中。日夜不離身。然假母逼嫁陸源。劉遂自經。周聞盼春死耗。即趨見屍。火葬時獨香囊未焚。其中書詞均在。周見後益形哀傷。立誓終身不娶云。

【香囊記】㈠傳奇名。凡四十二齣。明人邵璨撰。相傳宏治（按即璨）作香囊傳奇。至落日下平川。不能續。其弟應聲曰。何不云歸人爭渡喧呼。時邵方與第爭田。因大喜割界之。今名渡喧田。藝苑巵言云。「香囊雅而不動人。然科諢頗有可取。自此記出。遂開穠麗之風。玉茗粲花。從此興矣。」（吳梅曲選。）㈡傳奇名。亦作羅囊記。明人丘濬撰。此記譜張九成九思弟兄事。九成兄弟同榜進士。以老母在堂。同請終養。而九成對策時。適觸秦檜之忌。遂矯旨參岳武穆軍。九思歸里養親。武穆轉戰勝利。論功陞轉。九成補授兵部侍郎。又奉使往五國城省視二帝。十年不歸。所謂香囊者。蓋九成母手製。臨行佩帶者也。參贊岳軍。遺失戰地。殘軍拾得。歸報故鄉。於是老母生妻。皆謂九成死矣。又值遷都臨安。紛紛移徙。張氏姑婦。重歷十載。始得完聚。此其大略云。曲品評曰：「詞工白整。儘堪學問。」

【香祖筆記】　書名。淸人王士禎撰。凡十二卷。有乾隆王漁洋遺書所收本。

【香婦羅袖】　曲牌名。南曲入仙呂宮。管色配小工調或尺字調。

【香研居詞塵】　書名。凡五卷。淸人方成培撰。有光緒葛氏刊印本。讀畫齋叢書所收本。

【香閨佳人認玉釵】　見認玉釵案。

【范式】　劇中人。見范張雞黍條。

【范梧】　淸代戲曲家。著有傳奇紅玉燕一種。

【范康】　元代中期戲曲家。字子安。或作子英。杭州人。生卒年不詳。約至元末前後在世。能詞章。通音律。天資卓異。人不可及。著有雜劇二種。曰陳季卿悟道竹葉舟。曰曲江池杜甫遊春。前一種傳後一種不傳。太和正音譜評其曲曰：「如竹裏鳴泉。」

【范雎】　劇中人。戰國魏人。字叔。善口辨。初事魏中大夫須賈。以事笞逐。乃更姓名爲張祿。入秦說昭王以遠交近攻之策。拜客卿。尋爲相。封應侯。見辭范雎條。

【范蠡】　劇中人。春秋楚人。字少伯。事越王勾踐二十餘年。苦身戮力。卒以滅吳。尊爲上將軍。蠡以勾踐難與共安樂。乃辭去。變易姓名。歷齊至陶。操計然之術以治產。因成巨富。自號陶朱公。見浮西施、五湖遊、浣紗記各分條。

【范文若】　淸代戲曲家。字香令。號荀鴨。別署吳儂。江蘇松江人。生年不詳。卒於明末崇禎十年。所刊吳騷合編。卷首載有：「惜乎不永。一時絕嘆。」句。是則文若固未嘗入淸也。著有傳奇花筵賺、鴛鴦棒、夢花酣（以上三種合題范氏三種。）倩畫眉、勘皮靴、金明池、花眉旦、雌雄旦、歡喜冤家、生死夫妻等十種。前二種傳。其餘皆不傳。顧曲麈談：「近之奇幅者。有范香令。結構玄暢。可追元人步武。惜乎不永。一時絕嘆。」

【范仲淹】　劇中人。宋吳縣人。字希文。孤貧力學。才高志遠。常以天下爲己任。既貴。尤樂善好施。創置義田以贍族人。見甄月娥、薦福碑、陳州糶米衣襖車各分條。

【范希哲】　清代戲曲家。著有傳奇補天記一種。

【范居中】　元代中期戲曲家。字子正。號冰壺。杭州人。生卒年不詳。約元貞初在世。其父玉壺爲一代名儒。每歲元夕。必以時事題於燈紙之上。杭州人聚觀。遠近人皆知。居中學博才捷。擅制南北合腔。與戲曲家施惠、黃天澤、沈珙輩相友善。嘗合作鷫鸘裘一劇。惜未見流傳。其妹亦有文名。大德間被召入都。居中亦北行。終以懷才不遇。鬱鬱而終。太和正音譜評其曲曰：「眞詞林之英傑。」

【范氏三種】　戲曲別集名。明人范文若撰。共收傳奇花筵賺、鴛鴦棒、夢花酣等三種。前二種傳。後一種不傳。

【范張雞黍】　雜劇名。正題死生交范張雞黍。元人宮天挺撰。演東漢范氏張劭交友信義事。略謂范式少游太學。與汝南張劭爲友。邵字元伯。與式並告歸。式約曰：「後二年當過拜尊親。」乃共尅期。至期。劭殺雞炊黍以待。母曰：「二年之別。千里結言。爾何相信之審耶。」劭曰：「巨卿信士。必不乖違。」言未絕。式果到。升堂拜母而飲。後劭卒。式夢劭告以死日及葬期。式數其葬日往。時喪已發。至壙將窆而柩不肯進。移時。式素車白馬。號哭而來。爲執紼引進。柩於是乃前。孟浩然故人莊詩云：「故人具雞黍。邀我至田家。綠樹村邊合。青山郭外斜。開軒面場圃。把酒話桑麻。待到重陽日。還來就菊花。」劇中所謂雞黍會者。蓋襲此也。

【范蠡歸湖】　雜劇名。正題陶朱公范蠡歸湖。別作滅吳王范蠡歸湖。元人趙明道撰。雍熙樂府著錄一折。

【范疆帳下斬張飛】　雜劇名。明代無名氏撰。

【相攸】　見葉憲祖條。

【相撲】　見角抵條。

【相聲】　雜戲之一種。一人叫說。謂之單口。二人叫逗。謂之對口。用滑稽口吻。說社會瑣事。兼及各種小調、皮黃、梆子、秧歌、大鼓。亦無所不唱。

【相公愛】曲牌名。北曲入雙調。管色配乙字調或正工調。

【相府院】見勘吉平條。

【相思硯】傳奇名。清人梁夷素撰。

【相思譜】雜劇名。明人吳中情奴撰。

【相國寺】㈠雜劇名。正題秦從僧大鬧相國寺。元明間無名氏撰。㈡見羅李郎條。

【相馳逼】燕樂大曲名。

【相如題柱】雜劇名。正題昇仙橋相如題柱。元人屈恭之撰。華陽國志：「蜀郡城北十里有昇仙橋。司馬相如初入長安題市門曰。不乘駟馬高車不復過此橋。」是爲劇名之所由來。

【相送出天台】雜劇名。明代無名氏撰。劇品：「南一析。集唐律成曲。如食生物不化。」

【相府門廉頗負荆】見廉頗負荆條。

【相府院曹公勘吉平】見勘吉平條。

【相國寺公孫汗衫記】見汗衫記條。

【神女記】傳奇名。明人呂天成撰。

【神山張】傳奇名。清人許善長撰。

【神仗兒】曲牌名。南曲入黃鍾宮。管色配六字調或凡字調。北曲入黃鍾宮。管色配六字調或凡字調。

【神奴兒】雜劇名。正題神奴兒大鬧開封府。元明間無名氏撰。演汴梁人李德義妻王氏。圖謀家產。勒殺德義兒子神奴兒。爲包拯勘斷事。略謂李德仁。汴梁人。妻陳氏。弟德義。妻王氏。兄弟同居。德仁有獨子曰神奴。王氏貪而悍。妯娌不和。強德義與兄分家。詬誶不已。又使德義逼其兄棄嫂。德仁因之憤懣而死。陳氏與子神奴別居。王氏妒陳有子。日夜謀欲殺之。神奴隨老僕嬉於市。思得傀儡。僕往買。會德義醉歸。遇神奴於橋上。以爲獨出迷途。抱之返家。將至。有開封府役何正。因接包待制急行。悞撞德義幾倒。德義怒罵之。正含忍而去。德義携神奴歸付王氏。己則醉臥。王氏乘間勒殺神奴。埋溝中。以石壓之。然冤氣固不散也。德義醒。索神奴。王氏反誣德義醉中命之勒死者。德義懼內。隱忍不敢發。老僕買傀儡回。不見神奴。奔告陳氏。陳氏驚駭。沿途訪至德義家。王氏又誣陳有姦。故殺子而滅其屍。且賄賂官吏。嚴刑誣陷。獄將成。適包待制來知開封府蒞任。路見冤氣若小兒狀。抵衙閱陳氏一案。見供詞與卷不符。心知其寃。自語曰：「苦無干證。」府役何正。誤聽以爲呼其名。上堂忽見德義。力毆之。拯詰其故。正因告某日某地會遇德義。抱小兒歸。拯遂詰德義神奴下落。德義供已付妻王氏。乃捕王氏。王氏爲神奴魂所擊。上堂即服罪。拯又見神奴魂至。歷訴其寃甚悉。於是往德義宅掘得神奴屍。誅王氏。杖德義。並釋陳氏而還其家貲云。現存元人雜劇本事考

【神仙會】　雜劇名。正題呂洞賓花月神仙會。明人朱有燉撰。

【神仙臉】　臉譜名。此臉除整三塊瓦外。不得亂勾。且多用金紅兩色。有時額間再添八卦火燄等花紋以示莊嚴。如張天師太乙眞人等是。

【神訴寃】　雜劇名。正題烟月門神訴寃。元人高文秀撰。

【神劍記】　傳奇名。明人呂天成撰。

【神鏡記】　傳奇名。明人呂天成撰。

【神仗兒煞】　曲牌名。北曲入黃鍾宮。又入南呂宮管色配六字調或凡字調。

【神武門逢萌掛冠】　見逢萌掛冠條。

【神龍殿欒巴噀酒】　見欒巴噀酒條。

【神奴兒大鬧開封府】　見神奴兒條。

【神后山秋獮得騶虞】　見獲騶虞條。

【音樂】　禮樂記：「感於物而動。故形於聲。聲相應故生變。變成方。謂之音。比音而樂之。及干戚羽旄。謂之樂。」今言音樂。即取「比音而樂之」之義。

【音節】　謂聲調緩急之度也。後漢書禰衡傳：「操聞衡善擊鼓。迺召爲鼓史。因大會賓客。閱試音節。」

【音論】　書名。凡三卷。淸人顧炎武撰。爲音學五書之一。皆引據古人之說以相證驗。爲音學五書全書之綱領。

【音調】　讀字或詞時所區別之平、上、去、入等各種聲調。稱音調。

【音韻】　聲成文謂之音。聲音相和謂之韻。音韻之說。始於齊梁。然沈約之書不傳。今言小學者。研究文字之音與韻。約分三派。一爲古韻之學。一爲等韻之學。一爲廣韻之學。

【音樂科】　戲界七科之一。俗呼場面。分文場與武場。樂器屬文場。鑼鼓屬武場。齊如山云：「場面中以打鼓人爲主。拉胡琴的帶打齊鈸。彈月琴的帶吹鎖吶。倘胡琴絃斷了。則彈月琴者應準備一把胡琴接短。」

【音聲人】 唐書禮樂志：「唐之盛時。凡樂人、音聲人、太常雜戶子弟。及鼓吹署。總號音聲人。」

【音樂辭典】 書名。凡三編。近人王沛綸著。五十二年初版。文星書店印行。

【音學五書】 書名。清人顧炎武撰。一爲音論。凡三卷。二爲詩本音。凡十卷。三爲易音。凡三卷。四爲唐韻正。凡二十卷。五爲古音表。凡三卷。另韻補表一卷。

【音韻述微】 書名。凡一百零六卷。清乾隆三十八年敕撰。

【音韻闡微】 書名。凡十八卷。清康熙五十四年李光地等奉敕撰。雍正四年告成。

【音韻日月燈】 書名。亦作正韻通。凡七十卷。分韻母五卷。同文鐸三十卷。韻鑰三十五卷。明人呂維祺撰。

【英布】 劇中人。漢六人。坐法黥。因稱黥布。秦末從項羽破秦軍。入咸陽。封九江王。因事忤項羽。降漢。從高祖破項羽於垓下。封淮南王。及彭越韓信見誅。懼禍及已。遂反。兵敗死之。見氣英布條。

【英山夢】 雜劇名。正題順時秀月夜英山夢。明人賈仲明撰。

【英雄報】 戲曲名。凡一齣。清人唐英撰。爲古柏堂傳奇之一。

【英雄概】 傳奇名。清人葉稚斐撰。

【英雄臉】 臉譜名。戲中武行皆曰英雄。英雄都不通名。亦可隨便勾臉。好人勾正臉。壞人勾歪臉。

【英雄成敗】 見殘唐再創條。

【英烈士周處三害】 見周處三害條。

【英國公平定安南】 雜劇名。明代無名氏撰。

【英雄士蘇武持節】 見蘇武還鄉條。

【洛妃】 劇中人。中華戲曲選：「宓妃伏羲氏女。溺死洛水。遂爲洛水之神。故又名洛妃。」見凌波影、洛神記、甄后各分條。

【洛神】 劇中人。洛水之神宓妃也。見凌波影：洛神記、甄后各分條。

【洛水悲】 見洛神記條。

【洛神記】 雜劇名。別作洛水悲。明人汪道昆撰。爲大雅堂雜劇之一。演魏曹植遇甄皇后亡魂洛神事。略謂魏東阿王求甄逸女不遂。武帝回與五官中郎將。植殊不平。黃初中。入朝。文帝示植甄后玉鏤金帶枕。時已爲郭后讒死。植還度轘轅。將息洛水上。思甄后。遂作感甄賦。後明帝見之。改爲洛神賦。見甄后條。

【洛陽橋】㈠傳奇名。清人李玉撰。㈡傳奇名。清人許見山撰。

【洛誦生】 見徐復祚條。

【洛陽令董宣強項】 見董宣強項條。

【洛城殿無雙豔福】 雜劇名。清人嚴廷中撰。爲秋聲譜之一。

【洛陽風月牡丹仙】 見牡丹仙條。

【看看】 古方言。㈠猶云轉眼也。例如鐵拐李：「看看的過百日。官事又縈羈。衣食又催逼。兒女又央及。」此言轉眼一過百日也。㈡猶云剛剛也。例如三奪搠：「槍尖兒看看地着脊背又透過胸堂。那時若不是胡敬德。誰答救小秦王。」此言槍尖剛要刺着之際也。

【看眞】 雜劇名。清人張聲玠撰。爲玉田春　軒雜劇九種之一。此爲趣劇。寫黨太尉畫像。要點大蟲的金箔眼睛。

【看江波】 燕樂大曲名。

【看花回】 曲牌名。北曲入越調。管色配六字調或凡字調。

【看錢奴】 雜劇名。正題看錢奴買冤家債主。元人鄭廷玉撰。演賈仁於夢中受命借財事。略謂汴梁曹州人周榮祖。字伯成。妻張氏。子長壽。先世廣有家財。其祖周奉記。敬重佛門。曾建佛院一所。以爲薰脩之地。後其父爲修理宅舍。需木石。乃毀佛院取之。旋得病而亡。人皆以爲不信三寶之故。榮祖學成。欲應舉。以祖上遺金。悉藏地窖中。率妻及子同赴京求官。有打牆人賈仁者。貧甚。不勝其苦。至東嶽廟中。祈佑於廟靈派侯。侯問之增福神。覈其籍應餓死。今聖帝有旨。以曹州周家世積陰功。宜享福報。而榮祖之父。一念差誤。子孫合受折罰。今以其家藏金。暫借與仁。期以二十年後歸還本主。仁於夢中受命。醒而爲人打牆。果於牆下得藏金。遂致富。然仁慳吝異常。一錢不肯輕出。其自奉之薄。無異打牆時也。榮祖赴舉不第。歸求藏金於故處。則已不翼而飛。復投奔姻故。皆不遇。於是潦倒不堪。偶過賈仁門。見其門客陳德甫。知仁無子。欲求他人子爲義兒。乃鬻其子長壽與仁。仁又不肯多出錢。德甫支己俸錢。並給榮祖。越二十年。賈仁死。長壽盡有其業。至嶽廟進香。與榮祖遇。父子久別。兩不相識。夢神告之。亦不悟。

及明。榮祖之婦患心痛。至藥鋪中求藥。而藥主人則陳德甫也。陳乃引與長壽相見。具道所以。於是厚酬德甫。父子重合。檢其藏鏹尚有周奉記之名云現存元人雜劇本事考　按此劇有英法譯本。

【看雲主人】　清代戲曲家。著有傳奇晉春秋一種。

【看山閣集閑筆】　書名。凡十六卷。清人黃珌圖撰有乾隆看山閣集所收本。

【看錢奴買冤家債主】　見看錢奴條。

【若】　古方言。㈠猶怎也。例如竹塢聽琴：「枉將你那機謀用煞。若知俺這碁中姦詐。」若知猶云怎知也。㈡猶偌也。例如盆兒鬼：「許了俺一個盆兒。若多時才與得俺。」若多時猶云偌多時也。

【若士】　見湯顯祖條。

【若爲】　古方言。猶云怎麼也。

【若儀】　見湯貽汾條。

【若不沙】　古方言。此爲轉接辭。猶云要不然也。例如看錢奴：「是兒孫合着俺兒孫使。若不沙。怎題着公之名氏。」又如望江亭：「我只得親上漁船把機關暗展。若不沙。那勢劍金牌如何得免。」

【若耶野老】　清代戲曲家。亦作耶溪野老。著有傳奇載花舲、香草吟二種。

【若耶溪漁樵閒話】　見漁樵閒話條。

【施惠】　元代戲曲家。或云沈姓。字君美。一作均美。浙江杭州人。生卒年不詳。約元貞初前後在世。世居吳山城隍廟前。以賈爲業。巨目美髯。好談笑。詩酒之暇。惟以塡詞和曲爲事。戲曲家鍾嗣成、趙良弼、陳彥實輩。常至其家。每承接款。多有高論。嘗與范居中、黃天澤、沈珙合製鸕鷀裘一劇。惜未傳世。相傳幽閨記傳奇爲其所作。

【施耐庵】　人名。元東都人。名子安。以字行。元末官錢塘。與當道不合。棄官歸。閉戶著書。有水滸傳等書。

【施仁義岑母大賢】　雜劇名。元明間無名氏撰。

【施仁義劉弘嫁婢】　見劉弘嫁婢條。

【施陰功神助拜天恩】　雜劇名。明代無名氏撰。

【姚燮】　清代戲曲家。字梅伯。號復莊。浙江鎭海人。嘉靖十年生。同治三年卒。享年六十歲。工畫墨梅。尤善詞曲。人物花卉盡入古法。詩筆雄健。逼近少陵。善爲曲。著有褪紅衫、梅沁春、苦海航等劇。又有今樂府選、今樂考證等書。並傳於世。

【姚子翼】　明代戲曲家。字襄侯。秀水人。生卒年不詳。約崇禎初在世。工於曲。著有傳奇四種。曰遍地錦。曰上林春。曰白玉堂。曰祥麟記。並傳於世。

【姚子懿】 清代戲曲家。浙江嘉興人。生卒年不詳。約康熙中葉在世。工曲。著有傳奇後尋親一種。以續尋親記之後。

【姚守中】 元代初期戲曲家。洛陽人。生卒年不詳。約至元二十七前後在世。姚樞之孫。官平陽路吏。善爲曲。著有雜劇三種。曰褚遂良扯詔立東宮。曰東都門逢萌掛冠。曰漢太守郝廉留錢。另有牛訴冤一種。爲耕犢訴苦。用意奇特。太和正音譜評其曲曰：「如秋月揚輝。」

【姚茂良】 明代戲曲家。字靜山。陝西武康人。生卒年不詳。約成化中前後在世。工作曲。著有傳奇三種。曰雙忠記。曰金丸記。曰精忠記。呂天成曲品評其曲曰：「武康姚靜山僅存一帙。惟覩雙忠筆能寫義烈之剛腸。詞亦達事情之悲憤。求人於古。足重於今。」

【姚桐壽】 人名。字樂年。自號桐江釣叟。睦州人生卒年不詳。約元惠宗至元末葉在世。著有樂郊私語一書。

【降桑椹】 雜劇名。正題降桑椹蔡順奉母。別作行孝道蔡順分椹。元人劉唐卿撰。演東漢蔡順。以母病。嚴冬入山採桑椹。感動神祇。爲之改易節令事。略謂後漢時汝南人蔡寧妻延氏。有子曰蔡順。媳名李潤蓮。一日。延氏因上廟行香。偶沾寒氣。臥床不起。病中思食桑椹。時正嚴冬。萬木凋零。無從得椹。順無奈。乃於後園中設香案。對天祈禱。叩頭出血。願減己壽以益母。諸神爲之感動。乃變冬爲春。降甘露瑞雪。令滿山遍峪之桑樹。皆結桑椹。供順採摘。順至山中採椹。遇盜執之至山寨。盜魁延岑。往時延父母曾周濟之。且認爲義子。岑詢知順姓名。遂釋而厚贈之。岑因順之孝行感天。自悔爲盜。送順歸後。遂解散山寨。投漢帝立功。因將蔡順孝行奏聞。帝爲之賜宴慶賀。並封順爲翰林學士。順妻李氏爲賢德夫人云。（現存元人雜劇本事考）

【降黃龍】 ㈠南宋大曲名。金人院本名目六百九十種之中。有摒㢘降黃龍、列女降黃龍二本。南宋官本雜劇二百八十種之中。有列女降黃龍、雙旦降黃龍、柳玼上官降黃龍。入寺降黃龍、偷標降黃龍五本。㈡曲牌名。南曲入黃鐘宮。管色配六字調或凡字調。

【降獅子】 雜劇名。正題文殊菩薩降獅子。明人朱有燉撰。

【降聖樂】　南宋大曲名。入雙調。按宋史樂志及文獻通考教坊部十八調中。雙調有降聖樂大曲。

【降黃龍袞】　曲牌名。北曲入黃鐘宮。管色配六字調或凡字調。

【降生趙太祖】　見趙太祖條。

【降桑椹蔡順奉母】　見降桑椹條。

【降丹墀三聖慶長生】　見慶長生條。

【美度】　見葉憲祖條。

【美章】　見葉稚斐條。

【美人香】　見憐香伴條。

【美中美】　曲牌名。南曲入仙呂宮。管色配小工調或尺字調。

【美女連環記】　見連環記條。

【美姻緣風月桃源景】　見風月姻緣條。

【耍三台】　曲牌名。北曲入越調。管色配六字調或凡字調。

【耍下場】　身段名。齊如山云：「劇中交戰。敵人敗回。勝者留在場上耍一回刀槍。自鳴得意。此即名曰耍下場。」

【耍孩兒】　曲牌名。南曲入中呂宮。管色配小工調或尺字調。

【耍風情】　雜劇名。明人呂天成撰。劇品謂此劇：「南北四折。傳婢僕之私。取境未甚佳。而描寫已逼肖矣。」

【耍孩兒煞】　曲牌名。北曲入般涉調。管色配小工調或尺字調。

【耍梅香】　雜劇名。明人葉憲祖撰。劇品謂此劇：「南北四折。淫奔之狀。摹擬入神。當令西廂拜下風。作者必有所刺。」

【洞仙歌】　曲牌名。南曲入正宮。管色配小工調或尺字調。

【洞庭緣】　傳奇名。清人陸繼輅撰。

【洞口漁郎】　清代戲曲家。著有藍椅驛一種。

【洞天玄記】　雜劇名。正題宴清都洞天玄記。明人楊慎撰。焦循劇說：「寫形山道人收崑侖六賊事。所以闡明老氏之旨。」

【洞玄昇仙】　雜劇名。正題邊洞玄慕道昇仙。明代無名氏撰。

【洞庭湖柳毅傳書】　見柳毅傳書條。

【祝英臺】　(一)南戲名。元代無名氏撰。南戲拾遺輯錄此目。(二)曲牌名。南曲入越調。管色配六字調。

或凡字調。

【祝髮記】 傳奇名。明人張鳳翼撰。爲陽春六集之一。演徐孝克事。本之正史。略加增飾。顧曲雜言謂：「此記爲萬曆十四年。鳳翼六十歲時。祝其母八旬高壽而作者云。」曲品謂：「境趣逼眞。布置安插段段恰好。柳城（呂天成之表伯父孫如法也）稱爲七傳之最。但事情非人所樂談也。」

【祝英臺近】 曲牌名。南曲入越調引。管色配六字調或凡字調。

【祝聖壽萬國來朝】 見萬國來朝條。

【祝英臺死嫁梁山伯】 見梁山伯條。

【祝聖壽金母獻蟠桃】 見獻蟠桃條。

【俏】 古方言。猶云斯文也。例如董西廂：「折莫老的小的。俏的村的。滿壇裏熱荒。」又如雲窗夢「俏的教半撇土築就楚陽臺。村的教一把火燒了韓王殿。」俏字每每與村字對舉。村者傖俗之謂也。

【俏似】 見悄似條。

【俏簇】 古方言。猶云十分俏皮也。

【俏郎君占斷風光】 見占斷風光條。

【俏佳人巧合團花鳳】 見團花鳳條。

【挑子】 樂器名。即小銅角。管細長。分三節。其音極尖。用於武戲或代馬斯之聲。

【挑泛】 古方言。猶云唆使也。挑撥也。亦作調犯、調泛、調販。

【挑燈劇】 雜劇名。明人來集之撰。演小青事。因小青傳中有讀牡丹亭詩云：「冷雨幽窗不可聽。挑燈閒看牡丹亭。人間更有痴於我。不獨傷心是小青。」故名。青木正兒謂：「乃寫美人幽怨。以比名士之飄流無所遇也。情致酸楚。哀感頑豔。不愧才人之筆云。」

【挑茶斡刺】 古方言。猶云尋隙也。蹈瑕也。

【挑水澆花旦】 見澆花旦條。

【眉公】 見陳繼儒條。

【眉山秀】 傳奇名。淸人李玉撰。演秦少游蘇小妹事。此劇以歷史記載及流俗傳說爲題材。描寫頗爲生動。

【眉仙嶺】 傳奇名。淸人高弈撰。

【眉兒彎】 曲牌名。北曲入越調。管色配六字調或凡字調。

【眉兒彎煞】 曲牌名。北曲入越調。管色配六字調或凡字調。

【度曲】 ㈠謂作曲也。㈡按曲行歌也。

【度西】　見張九鉞條。

【度柳翠】　㈠雜劇名。正題月明和尚度柳翠。別作月明三度臨岐柳。元人李壽卿撰。演觀音淨瓶中楊柳。謫降塵寰爲妓女柳翠。月明尊者度之重歸正果事。略謂南海觀世音菩薩淨瓶內楊柳枝。因葉上偶汙微塵。謫降人間。轉入輪廻。在杭州抱劍營街。積妓牆下爲妓女。名柳翠。翠風姿綽約。與富戶牛璘相得。一日。值翠父逝世十週年祭。翠母向璘乞鈔一千貫。請嵩亭山顯孝寺僧十衆。爲夫作佛事。而寺僧能誦經者只九人。不得已。以廚下燒火風和尚補之。和尚。即第十六尊羅漢月明尊者。觀世音菩薩恐翠迷却正道。乃令尊者降凡以度之也。和尚甫至柳翠門。即勸之出家。翠不肯。後復於茶坊勸之。亦不肯。及和尚講法。又勸之。並設幻境下翠魂於陰司。備受驚懼。及醒。數數問答。翠言下省悟。遂披剃爲尼。牛璘尋至。以偈嘲翠。欲使還俗。其偈云：「昔年曾到柳門傍。幾度歡娛幾斷腸。借問佳人情意允。還如織女嫁牛郎。」翠亦答之云：「曾向章臺舞細腰。行人幾度折柔條。自從落在禪僧手。一任東風再不搖。」璘知其禪意甚堅。情不可動乃歸。翠不久坐化。月明亦乘雲而去。同登佛會云。現存元人雜劇本事考　劇品謂此劇：「北四折。柳翠事已經三演。此劇芳華不及王實甫。俊爽不及徐文長。然較王劇稍覈。較徐劇稍備。而字句亦極琢鍊之工。」

【度黃龍】　雜劇名。正題呂純陽點花度黃龍。明代無名氏撰。

【度曲須知】　書名。凡二卷。明人沈寵綏撰。有商務印書館明刊石印本。

【重耳】　見晉文公條。

【重頭】　小令之一種。凡用同調之曲。重複作兩首或兩者以上時。謂之重頭。重頭以北曲爲多。有數首一題者。有數首分題者。與聯章詞大致相似。

【重訂曲苑】　書名。初印之曲苑有十四種。增訂之爲二十種。內九種影印董氏讀曲叢刊。其他所增之十一種爲中原音韻、度曲須知、曲品、新傳奇品、梁氏曲話、雨村曲話、詞餘叢話、曲目表、曲錄、戲曲考原、曲目韻編。

【重糟糠宋弘不諧】　見宋弘不諧條。

【重刊盛世詞調】　見盛世新聲條。

【姜詩】　劇中人。見躍鯉記條。

【姜以立】　明代戲曲家。興安人。生卒年不詳。約崇禎初年在世。工曲。著有傳奇金魚墜一種。傳于世。

【姜玉潔】　清代女戲曲家。生卒年不詳。約康熙中前後在世。善爲曲。著有傳奇鑑中人一種。傳于世。（王國維疑即明隆慶間舊院妓姜舜玉。號竹雪居士。）

【姜肱共被】　雜劇名。正題敦友愛姜肱共被。元人趙善慶撰。

【姜詩得鯉】　見躍鯉記條。

【科】　見科介、科白、科諢各分條。

【科介】　角色在戲臺上之動作謂之科。南戲中於科處多作介。亦有作科介者。如小孫屠中云：「末作聽科介。」徐渭南詞敍錄云：「科者相見作揖、進拜、舞蹈、坐、跪之類。身之所行。皆謂之科。」又云：「戲文於科處皆作介。蓋書坊省文以科字作介字。非科介有異也。」

【科白】　科者動作也。白者話白也。

【科諢】　科者動作也。諢者笑語也。吳梅曲學通論云：「科諢之道。雖不可雅。雅則令人難解。然亦不可太俗。俗則令人欲嘔。」見諢條。

【則】　古方言。㈠猶即也。就也。例如凍蘇秦：「則這個門樓便是。」則這個猶云即這個也。三戰呂布楔子：「你眞個不與我。我則一槍。」則一槍猶言我就一槍刺死你也。㈡猶雖也。例如不伏老：「老則老。老不了咱年紀。老則老。老不了我擎天柱石。老則老。老不了我虎略龍韜。老則老。老不了我妙策神機。老則老。老不了我一片忠心貫白日。老則老。尙兀自萬夫難敵。老則老。添了些雪鬢霜髯。那些箇駝腰曲脊。」凡云老則老皆猶云老雖老也。㈢猶只也。例如爭報恩：「你則道我不肯將門開。多管是你壁聽在這窗兒外。」你則道即你只道也。梧桐雨：「不則向金盤中好看。便宜將玉手擎餐。」不則即不只也。㈣猶但也。例如西廂記：「且休題眼角留情處。則這脚蹤兒將心事傳。」言但這脚蹤已傳將心事也。麗春堂：「你的是無價寶。則我的也不是無名器。」言但我的也不壞也。㈤猶作也。做也。例如硃砂擔：「你但則聲。我就殺了你。」則聲即作聲也。做聲也。㈥猶者也。例如雲窗夢：「早來到也。咱見相公去則。」去則即去者。此爲語助詞。無意義可言也。

【則誠】　見高明條。

【則麼】　古方言。猶云怎麼也。作什麼也。例如西廂記：「煩惱則麼耶唐三藏。」此三藏借以稱法本。言唐三藏怎麼煩惱也。亦作子麼。例如董西廂：「相國夫人但放心。何須怕怯子麼。」言無須怕他怎麼樣也。

【則箇】　古方言。語助詞。猶着也。例如琵琶記：「待奴家着些道理。勸解則箇。」亦作子箇。例如董西廂：「可憐自家子女孤孀。投托解元子箇。」亦作之箇。例如西廂記：「奴哥。託付你方便之箇。」亦作只箇。例如馮玉蘭：「專等老爺到時。一同開船只箇。」

【韋青】　劇中人。見廣陵月條。

【韋臯】　劇中人。見兩世姻緣、字舞二分條。

【韋蘇州】　雜劇名。明人張國籌撰。

【韋賢籯金】　雜劇名。正題漢丞相韋賢籯金。元人費唐臣撰。

【帝女花】　傳奇名。凡十八齣。淸人黃憲淸撰。爲倚晴樓七種之一。略謂坤興公主與駙馬周世顯將婚。會李闖陷京師。帝以劍揮砍之。傷左臂死。帝后等亦殉國。世顯至陵墓祭奠。聞內監言。方知公主在周皇親家。實未死。訪之。則往維摩庵矣。淸兵入關。公主上書。願髡緇空王。詔不許。命世顯復尙故主。公主涕泣踰年。病卒。謚曰長平。吳梅曲選：「帝女花二十折。賦長平公主事。通體悉據梅村輓詩。而文字哀感頑豔。幾欲奪過心餘。雖敍淸代殊恩。而言外自見故國之感。」

【帝臺春】　曲牌名。南曲入大石調引。

【帝妃春遊】　雜劇名。正題幸上苑帝妃春遊。明人程士廉撰。爲小雅堂樂府之一。

【帝城花樣】　書名。凡一卷。淸人楊建撰。有京塵雜錄所收本。淸人說薈所收本。

【保金枝】　南宋大曲名。入仙呂宮。南宋官本雜劇二百八十種之中。有檻偌保金枝一本。宋史樂志及文獻通考教坊部十八調。仙呂宮中。有保金枝大曲。

【保韓莊】　雜劇名。正題一箭保韓莊。明人楊訥撰。

【保國公安邊被虜】　雜劇名。明代無名氏撰。

【保成公徑赴澠池會】　見澠池會條。

【宣和譜】　傳奇名。淸人介石逸叟撰。

【宣華妃】　雜劇名。正題屈勘宣華記。元人關漢卿撰。

【宣和遺事】　南戲名。元代無名氏撰。南戲拾遺輯錄此目。

【宣平巷劉金兒復落娼】　見復落娼條。

【飛熊兆】　傳奇名。淸人薛旦撰。

【飛龍蓋】　傳奇名。淸人盛際時撰。

【飛龍鳳】　傳奇名。淸人朱佐朝撰。

【飛刀對箭】　雜劇名。正題摩利支飛刀對箭。元代無名氏撰。演薛仁貴征高麗。三箭定天山事。略謂薛仁貴。絳州龍門鎭大黃莊人。妻柳氏。仁貴家世業農而不樂耕種。惟喜武藝。會高麗大將蓋蘇文下戰書至唐挑戰。朝命黃榜招賢却敵。仁貴揭榜應召。以少年氣勝。得罪大將張士貴。將致之死。賴徐懋功救之。令隨士貴出戰。士貴大敗。仁貴連射三箭。殺高麗名將三人。蓋蘇文畏之。棄甲曳兵而逃。天山遂定。士貴見高麗兵潰走。欲掩仁貴功爲己有。賴徐懋功出證。奏知朝廷。其事乃明。勅封仁貴爲征東兵馬大元帥。金吾上將軍。父母妻子皆受賞賜云。（現存元人雜劇本事考）

【星】　樂器名。亦名碰鐘。以其相碰成聲也。淸會典：「范銅如二杯。左右合擊。凱歌樂中用之。」一

【星水】　見楊之烱條。

【星期】　見張大復條。

【者】　古方言。㈠語助詞。猶着也。例如氣英布：「看者。看者。咱爭鬪。都教望着風兒走。」猶云看著看著也。望江亭：「珠冠兒怎戴者。霞帔兒怎掛者。」猶云戴着掛着也。㈡猶盡也。例如百花亭：「不是俺心邪。我只是一半兒支吾一半兒者。」一言半是假意半是眞情。儘着一斛明珠棄撇也。幽閨記：「散失忙尋相應者。那時節只爭個字兒差迭。」言慌忙之中找尋親屬。聞有呼名相似者胡亂答應。只得且儘也。

【者麼】　見折末條。

【者刺古】　曲牌名。北曲入黃鐘宮。管色配六字調或凡字調。

【苦】　古方言。猶甚也。極也。例如董西廂：「不苦詐打扮。不甚豔梳掠。」苦與甚互文。苦即甚也。張協狀元戲文：「苦會揷科使砌。何吝搽灰抹上。」苦會猶云極會也。甚會也。

【苦海航】　戲曲名。淸人姚燮撰。

【苦海回頭】　雜劇名。正題善知識苦海回頭。明人陳沂撰。演胡仲淵進士及第授官。遭怨者所讒。貶謫。乃厭官場腐敗。遂出家入道云。

【便】　古方言。㈠猶縱也。雖也。例如東堂志：「便

有那人家謊後生。都不似你這箇腌臢潑短命。」一便有那。猶云縱有那或雖有那也。㈡猶豈也。例如董西廂：「姑舅做親。便不敗壞風俗。」一便不。即豈不也。東堂老：「你也曾照顧我來。我便下的要你的傭工。還舊帳。」一便下的。即豈忍得也。

【便道好】　古方言。猶云常言說得好也。例如神奴兒：「哥哥。便好道。老米飯捏殺也不成團。喈可也難在一處住了。」一又如看錢奴：「據着賈仁埋天怨地。正當餓死凍死。便好道。天不生無祿之人。地不長無名之草。」一

【便宜行事虎頭牌】　見虎頭牌條。

【待】　古方言。㈠猶將也。打算也。例如兒女團圓：「敢則是天生的聰俊。待改家門。氣象兒全別。」一待改家門。猶云將改家門也。元時刻本。待字多從簡便。寫作大字。例如拜月亭：「梅香。安排香卓兒去。我大燒炷夜香者。」一猶言我打算燒炷夜香也。㈡語助詞。猶呵也。例如霍光鬼諫：「我王待。遠法商湯。臣伏我羌。」一我王待。猶云我王呵。勸頭巾：「叔待開門來。」一叔待。猶云叔呵。

【待古】　見大古條。

【待子瞻】　雜劇名。正題佛印燒猪待子瞻。明人楊訥撰。

【背供】　身段名。謂背人招供也。即背人自道心思也。故在背供時。須用袖子遮隔。例如武家坡王寶川唱恨心的強盜時。薛平貴乃背供云：「他倒駡起來了。」一又如遊龍戲鳳正德命斟酒時。鳳姐無奈。乃背供云：「待我來哄他一哄。」一供亦作工。

【背槽拋糞】　古方言。㈠反臉無情也。㈡忘恩負義也。牲畜面槽就食。食後即便溺槽下。不因食槽而有所愛惜。所以引喻爲飲惠負恩也。

【亮住】　身段名。齊如山云：「劇中二人打仗。正在打時。忽然二人及鑼鼓均停住。彼此對面一亮像。此即名曰亮住。」一

【亮像】　身段名。齊如山之：「架子花臉最重要的地方。便是亮像架子。」一

【亮槅】　古方言。猶云窗門之屬也。例如魏徵改詔：「大踏步走上階基。躧亮槅虬樓粉碎。」一此乃形容秦叔寶追趕李世民打進老君堂時情形也。亦作明亮槅。例如黃粱夢：「我這裏七林林轉過庭槐。慢騰騰行過廳階。孤樁樁犇定明亮槅。」一明亮槅與亮槅同意。均爲窗門之屬也。

【架住】　身段名。齊如山云：「劇中交戰。如四人

打一人。被打之人用兵器把四人之兵器架住不動。此即名曰架住。乃只有招架之工。而無還手之力之義。」

【架子花臉】　脚色名。淨之一種。此脚以亮像爲重。故名架子花臉。齊如山云：「演此脚者。架子要穩練。身段要活潑。唱白要結實。方能稱職。例如長坂坡中之張飛。岳家莊中之牛皐。青風寨中之李逵。八蜡廟中之關泰。除三害中之周處。四杰村中之鮑賜安。連環套中之竇二墩等人。都是架子花臉。」

【架海紫金梁】　古方言。謂能擔大任者。梁。橋也。橋而架海。極言其長。橋爲紫金所造。極言其固。例如謝天香：「相公是架海紫金梁。」又如漢宮秋：「架海紫金梁。邊庭鐵衣郎。」

【促板】　見[illegible]伯條。

【促拍】　即促節繁聲之意。中原音韻所謂急曲子也。猶今之言快板。詞曲有促拍采子。促拍滿路花之類。樂府有簇拍陸州。簇拍相府蓮之類。按簇與促同。

【促掐】　古方言。猶云陰損人也。

【洪昇】　淸代戲曲。家字昉，號稗畦。（一作稗村。）浙江錢塘人。生年不詳。卒於淸康熙四十三年年五十餘。國子生。因所作長生殿傳奇於國喪中上演。被斥革。備極坎坷。道經吳興溽溪。醉中失足墮水死。著有傳奇八種。曰回文錦。曰迴龍院。曰錦繡圖。曰鬧高唐。曰節孝坊。曰舞霓裳。曰沈香亭。曰長生殿。雜劇四嬋娟一種。

【洪邁】　人名。宋番易人。皓子。字景盧。博涉經史。文備衆體。高宗時。中第。假翰林學士使金。書用敵國體。金人令於表中稱陪臣。不屈。備受困辱。還後。歷知贛州。婺州。孝宗時。累官端明殿學士。著有容齋隨筆等書。

【洪和尚錯下書】　南戲名。元代無名氏撰。南戲拾遺、宦門子弟錯立身戲文中俱錄此目。

【侯方域】　劇中人。明末商邱人。字朝宗。號雪苑。豪邁不羈。明亡不仕。初放意聲伎。已而悔之。發憤爲詩古文。文法韓歐。詩學杜甫。與魏禧汪婉齊名。見桃花扇條。

【侯克中】　元代初期戲曲家。字正卿。號艮齋。眞定（今河北眞定縣）人。至元中前后在世。享年九十餘歲。四庫全書提要云：「正卿幼喪明。聆群兒誦書。不終日能悉記之。稍長習詞章。自謂不學可造詣。既而悔之。以爲刊華食實。莫先於理。原易以求。乃爲得之。於是精意讀易。著有大易通義、艮齋詩集等書。所著戲曲。僅知關盼盼春風燕子樓一種。今不傳。太和正音譜評其曲曰：「眞詞林之英傑。」

【俊公】 見唐英條。

【俊語】 李調元雨村曲話：「致遠曲多俊語。霜清紫蟹肥。露冷黃花瘦。九月俊語也。細研片腦梅花粉。新剝眞珠豆蔻仁。永茶俊語也。」又云：「尙仲賢歸去來詞。西風落葉山容瘦。呀呀的雁過南樓。俊語也。」

【俊憨子】 雜劇名。明人丁野夫撰。

【封箱】 齊如山云：「惟每年年終封箱後點箱時。才能分清。平常總是拉雜用之。」

【封陟遇上元】 雜劇名。明人楊文奎撰。

【封騭先生罵上元】 見罵上元條。

【俞樾】 戲曲家。著有老圓雜劇一種。

【俞德滋】 清代戲曲家。著有傳奇一團花一種。

【穿心蠻】 燕樂大曲名。

【穿窗月】 曲牌名。北曲入仙呂宮。管色配小工調或尺字調。

【穿鼻韻】 見韻條。

【急月記】 燕樂大曲名。

【急煎煎】 古方言。煎煎爲語助詞。所以形容焦急之狀也。

【急張拘諸】 古方言。猶云局促不安也。亦作急張拘逐。

【郎玉甫】 清代戲曲家。生卒年不詳。約康熙中葉前後在世。工曲。著有萬花亭一種。傳于世。

【郎潛長】 清代戲曲家。著有傳奇十大快一種。

【郎中令袁盎卻座】 見袁盎卻座條。

【昭君夢】 傳奇名。清人薛旦撰。按漢宮秋謂昭君死于江。而以元帝一夢作結。薛旦反此作昭君夢。則謂已嫁單于而夢入漢宮也。

【昭代簫韶】 戲曲名。凡二百四十齣。清人王廷章撰。演楊令公父子事。

【昭君出塞】 (一)雜劇名。凡一折。明人陳與郊撰。演王昭君下嫁單于事。本西京雜記。焦循劇說：「一不言其死。亦不言其嫁。寫至出玉門關即止。最爲高妙。」(二)雜劇名。元人張時起撰。今不傳。

【指南車】 傳奇名。清人周坦倫撰。

【指腹記】 傳奇名。明人沈祚撰。演賈雲華還魂事。

【指鹿道馬】 雜劇名。正題秦趙高指鹿道馬。元人鄭光祖撰。

【負桂英】 雜劇名。正題海神廟王魁負桂英。元人尚仲賢撰。略謂王魁下第失意。入山東萊州。友人招遊北市。有婦絕艷。酌酒曰。酒乃天之美祿。足下得桂英而飲天祿。明春登第之兆。桂英乃取項羅巾請生題詩。英並曰。君但爲學。四時所須我爲辦之。遂訂爲夫婦。由是魁朝去暮來。逾年有詔求賢。英爲辦西遊之用。將行。二人同至州北海神廟。盟於神。盟曰。吾與桂英誓不相負。若生離異。神當殛之。後魁唱第爲天下第一。私念科名著此。以一娼婦玷辱。況有嚴君不容也。不復與書。桂寄詩數首。魁竟不答。魁父已約崔氏爲親。及魁授徐州僉判。英復遣僕按書以往。魁方坐廳決事。大怒。叱書不受。英曰。魁負我如此。當以死報。揮刀自刎。魁在南都試院。有人自燭不出。乃英也。英曰。君負誓渝盟。使我至此。後數日。魁竟死。按自宋以來。此事演爲戲曲者。有宋人戲文王魁。宋元戲文王俊明休書記。明人雜劇桂英誣王魁、王魁不負心。王玉峯焚香記等。又高腔情探亦演此事。

【負薪記】 傳奇名。淸人陳琅撰。爲玉獅堂四種曲之一。

【負親沉子】 雜劇名。元人趙善慶撰。

【珍珠衫】 傳奇名。淸人袁于令撰。爲劍嘯閣傳奇之一。顧曲塵談：「珍珠衫且淫褻不堪。如歡動一折。全摹李玄玉勸妝之調。而鄙俚淫蕩。最足敗壞風化。文人綺語。易墜泥犁。奈何不稍自檢點耶。」

【珍珠塔】 ㈠傳奇名。作者不詳。凡三十六齣。據周殊士本增飾而成。傅惜華綴玉軒藏曲志著有提要。㈡彈詞名。凡二十四回。方元音改編。周殊士續編。山陰周殊士序云：「雲間方茂才元音於俗本悉爲改正。惜未成書而歿。余所見僅十八回。間亦多掛漏處。余因增之二十四回。」另有陸士珍編評本。兪正峯編次本。馬如飛開篇本等。

【珍珠旗】 雜劇名。正題莽和尚復奪珍珠旗。元人于伯淵撰。

【幽閨記】 見拜月亭條。

【幽王擧烽取笑】 見擧烽取笑條。

【幽宴紳報應風流鬼】 雜劇名。明代無名氏撰。

【省】 ㈠古方言。猶記也。憶也。例如勘頭巾楔子

：「全不省上青聽。只記得金鐘漫捧。直勸我喫的到喉嚨。」省字與記字互文也。㈡猶少也。休也。免也。例如倩女離魂：「姐姐。且寬心。省煩惱。」猶云少煩惱或休煩惱也。㑳梅香：「梅香嗏。省鬧。小姐哎。你休焦。」省字與休字互文也。

【省可】　古方言。猶云休要也。休得也。例如董西廂：「我孩兒安心。省可煩惱。」亦作省可裏。例如魯齋郎：「省可裏亂語胡言。」猶云休得胡說八道也。

【迭】　古方言。㈠猶及也。例如鐵拐李：「那婆娘人材迭七八分。年紀勾四十歲。」迭七八分。猶云趕得及七八分之美也。秋胡戲妻：「他是何人。却走到園子裏面來。着我穿衣服不迭。」言穿衣不及也。㈡猶的也。底也。例如拜月亭：「我又不風欠。不痴呆。要則甚迭。」則甚迭。猶云做甚的也。爭報恩：「只索便一刀兩段。倒大來迭快。」言不如吃一刀倒來的爽快也。

【迭辦】　古方言。猶云辦到也。例如梧桐雨：「囑咐你仙音院莫怠慢。道與你教坊司要迭辦。」言要辦到也。王粲登樓：「則爲我五行差。沒亂的難迭辦。幾能勾青瑣點朝班。」言難辦到也。

【咱】　㈠語助辭。無意義可言也。例如董西廂：「思量都爲我咱呵。肌膚消瘦。瘦得渾似削。」我咱即我也。董西廂：「俺咱恁時。准備了娶他來也。不幸病纏惹。」俺咱即俺也。董西廂：「瑤琴是你咱撫。夜間曾挑鬭奴。」你咱即你也。梧桐雨：「問卿咱。爲甚不說半句兒知心話。」卿咱即卿也。巾箱本琵琶記：「我也休怨他咱。這其間只是我不合來長安看花。」他咱即他也。㈡猶者也。者也。例如西廂記：「有甚言語囑付小生咱。」竇娥冤：「叫他來。待我囑付他幾句話咱。」老生兒：「好謊波你說與喒同喜咱。」李逵負荊：「老王你來。兀那禿厮。便是做媒的魯智深。你再去認咱。」

【咱各】　古方言。猶云我倆也。梧桐雨：「咱各辦着志誠。你道誰爲顯證。有今夜度天河相見女牛星。」

【律】　見六律條。

【律呂】　古正樂律之器。黃帝時。伶倫截竹爲筒。以筒之長短。分別聲音之淸濁高下。樂器之音。卽依爲準則。分陰陽各六。陽爲律。陰爲呂。令稱十二律。

【思山】　見謝天佑條。

【思退】見賈凫西條。

【怎生】古方言。猶云務須也。務必也。例如西廂記：「不要香積廚。枯木堂。怎生離着南軒。遠着東牆。近着西廂。」此張生借廂時之語。言務須靠近西廂也。魏徵改詔：「將軍。怎生縱放我。此恩異日必當重報。」此言將軍務須放我。異日必當報恩也。

【怎肯】見肯條。

【厚甫】見陳鐘麟條。

【厚陰德于公高門】見于公高門條。

【禹金】見梅鼎祚條。

【禹王廟霸王舉鼎】見霸王舉鼎條。

【歪刺】古方言。㈠謂臭肉也。例如狂鼓吏：「他若討吃麼。你與他幾塊歪刺。他若討穿麼。你與他一疋簽麻。」㈡罵辭。猶云臭貨也。例如貨郎旦：「難道你不聽得。任憑這老乞婆臭歪刺罵我哩。」亦作歪刺骨。例如酷寒亭：「我罵你這歪刺骨。我罵你這潑東西。」潑東西亦罵辭。按洪容齊俗考謂：瓦刺虜人最醜惡。故俗詆婦女之不正者曰歪刺國。今俗轉其音曰歪賴骨。

【歪臉】臉譜名。凡兩邊不對稱之臉譜。皆曰歪臉。如史龍、劉彪、于七。以及各種強盜壞人等是。歪臉亦曰雌雄臉。齊如山云：「至於鄭子明雖亦勾歪臉。只因書中說他是雌雄眼觀盡天下一語而來。所以亦曰雌雄臉。但與平常歪臉性質大不相同。」

【衍莊】雜劇名。明人治城老人撰。劇品謂此劇：「北一折。長嘆數調。於生死關頭。幾於勘透矣。而脫離之道安在。當問之雲來道人。」

【衍莊新調】雜劇名。別作逍遙遊。明人王應遴撰。

【哈喇】古方言。謂殺也。例如漢宮秋：「似這等姦邪。逆賊。留着他終是禍根。不如送他去漢朝哈喇。依還的甥舅禮兩國長存。」

【哈哈腔】地方戲之一種。此腔流行於河北涿縣一帶。所演多為民間傳說或男女故事。如高文舉宿花亭、趙美容趕考、小王打鳥等。此腔所用樂器。以四胡為主。鼓板次之。

【突磨】古方言。猶云徘徊也。盤旋也。例如凍蘇秦：「我我我突磨到多半晌走到他跟底。」言徘徊不定也。亦作篤麼。例如董西廂：「坐不定。一地裹篤麼。」言一味徘徊也。亦作篤篤末末。例如神奴兒：「我可便篤篤末末身如這翻餅。」此言徘徊不定也。

【突厥三台】 燕樂大曲名。

【爲頭】 古方言。猶云從頭也。爲首也。例如勘頭巾：「爲頭兒對府尹說詳細。」此言從頭細說起也。合汗衫：「叫道將爲頭兒失火的拏下。」此言將火首拿住也。

【爲富不仁】 ㈠雜劇名。正題貪財漢爲富不仁。元人鮑天佑撰。㈡雜劇名。正題貪財漢爲富不仁。明人楊訥撰。

【恒嚴】 見董榕條。

【恒居士】 明代後期戲曲家。著有雜劇喝采獲名姬一種。未見流傳。

【柴舟別集】 戲曲別集名。清人廖燕撰。共收雜劇鏡花亭、醉畫圖、訴琵琶、繪訴琵琶等四種。

【柴灣村農】 見黃振條。

【宦遊濟美】 雜劇名。明人樵風撰。劇品謂此劇：「南北四折。作此以佞戴君。滿紙是塞白之語。索然無一毫趣味。」

【宦門子弟錯立身】 ㈠南戲名。元代古杭才人新編。演女眞人延壽馬迷戀女優王金榜。爲其父所不許。壽馬乃偕金榜逃往他鄉。不久金盡。乃以演院本度日。時壽馬之父爲河南同知。巡回各地觀政。一夕。於旅邸無聊。召藝人演院本遣懷。不料藝人即是壽馬與金榜。遂允二人爲夫婦。永樂大典卷一三九九一輯錄此目。㈡見錯立身條。

【拜月亭】 ㈠雜劇名。正題閨怨佳人拜月亭。元人關漢卿撰。略謂蒙古侵金。群臣議遷都汴梁避之。陀滿海牙獨主戰。遭讒陷。全家被戮。子興福避入蔣世隆園。得免。世隆認爲義弟。資令逃生。兵部王鎭奉旨行塞。會蒙古兵南下。其妻張挈女瑞蘭。世隆亦偕妹瑞蓮。忽忽避難。中途失散。世隆與瑞蘭遇。結婚村店。蒙古班師。鎭亦返。村店遇其女。世隆方病。強拽女歸。張氏與瑞蓮遇。認爲義女。宿孟津驛。邂逅鎭。一家團聚。而瑞蘭念世隆不置。嘗焚香拜月。祈得破鏡重圓。初。興福逃生。入山爲寇。遂大赦免罪。至村店訪世隆。同入京應試。世隆中文魁。興福中武魁。鎭以二女嫁之。於是世隆瑞蘭重圓。興福得世隆妹瑞蓮爲婦云。㈡雜劇名。正題才子佳人拜月亭。元人王德信撰。㈢傳奇名。亦作幽閨記。凡四十齣。元人施惠撰。吳梅曲選謂：「幽閨本關漢卿拜月亭而作。記中拜月亭一折。全襲原文。故爲全書最勝處。餘則頗多支離叢脞。」見幽閨記條。

【拜針樓】 傳奇名。淸人王墅撰。

【恨更長】 曲牌名。南曲入黃鐘宮。管色配六字調或凡字調。

【恨蕭郎】 曲牌名。南曲入南呂宮。又入黃鐘宮。管色配六字調或凡字調。

【怨別離】 曲牌名。北曲入大石調。管色配小工調或尺字調。

【怨風月嬌雲認玉釵】 見認玉釵條。

【查愼行】 淸代戲曲家。字夏重。號初白。又號他山老人。海寧人。官翰林院編修。詩名與施閏章趙執信埒。亦淸初大詩家也。所作傳奇陰陽判乃紀一寃獄事。末附事實甚夥。蓋實錄也。

【查繼佐】 淸代戲曲家。字伊璜。號東山。一字敬修。浙口海寧人。生於明萬歷二十九年。卒於淸康熙十六年。七十七歲。崇禎六年舉人。明亡。更名省。或隱姓名爲左尹。工書畫。善音律。晚年流連聲樂以終。著有傳奇梅花讖、續西廂、鳴鳳記、非非想、三報恩等。見雪中人條。

【珊瑚玦】 傳奇名。淸人周稚廉撰。略謂卜靑與妻祁氏。遭明末兵亂。祁氏被奪。分所佩之珊瑚玦。各持其半。夫婦離別。斯時祁氏已懷娠在身。後其子顯達。父子夫婦得重圓云。

【珊瑚鞭】 傳奇名。淸人徐石麟撰。

【姻緣帳】 雜劇名。明人呂天成撰。劇品謂此劇：「瑤嫛仙何預人事。而喋喋爲閨閣饒舌。疎者令之親。懼者動以怒。畢竟疎者不終疎。懼者乃終懼。兒女之情。固如是耳。」

【姻緣簿】 雜劇名。正題宋上皇御斷姻緣簿。元人關漢卿撰。

【面具】 見假面條。

【面沒羅】 古方言。猶云發怔也。發獃也。例如氣英布：「諕的喒面沒羅。口搭合。」言諕得我發怔也。酷寒亭：「心驚的我面沒羅。」言嚇得我發獃也。沒亦作磨。例如董西廂：「酒來後。滿盞家沒命飲。面磨羅地甚情緒。」言酒醉發怔也。

【某】 古方言。自稱之辭也。例如老君堂：「程咬金追某至老君堂。此人當時盡忠於魏王。未識某矣。」矣爲語助詞。無意義可言也。亦有兼用之者。例如鞭打單雄信：「某矣負痛不能取勝也。須索逃命。走走走。」千里獨行：「某矣雲長。自到許都。

見了聖人。封某爲壽亭侯之職。」一

【是】古方言。㈠猶雖也。例如薛仁貴：「上墳是有醉的婆娘。也不似你。你。吃得來東倒西歪。後合前偃。吐天吐地。」一是有卽雖有也。王祥行孝戲文：「是則冒寒途路遙。順父母顏情。怎敢辭勞。」一是則卽雖則也。柳毅傳書：「是則是海藏龍宮曾共逐。世不會似水如魚。」一是則是卽雖則是。言雖則是在海中成爲夫妻。然從未効魚水之歡也。㈡猶試也。例如望江亭：「掛起這秋風布帆。是看他碧雲兩岸。」一是看卽試看也。今皮簧劇搜孤救孤之「卑人言來你是聽。」一猶其遺意也。㈢猶甚也。例如勘頭巾：「是好是好。一了說。碧桃花下死。做鬼也風流。」一是好卽甚好也。霍光鬼諫：「量這廝有是末高識遠見。怎消的就都堂戶封八縣。」一有是末卽有甚麼也。㈣猶凡也。例如巾箱本琵琶記：「小娘子才貌兼全。是人知道。」一是人知道。卽人人皆知也。張協狀元戲文：「目前是物不如意。」一是物卽物物也。㈤猶務也。例如單刀會：「你是必挂口兒。只休提着那荊州。」是必卽務必也。董西廂：「你咱是必把音書頻寄。」一是必卽務必也。

【哎】古方言。此爲襯字。無意義可言也。例如金錢記：「好看我便趨前哎退後。這的是俺那祖上傳流。」一本云趨前退後也。博望燒屯：「張將軍不索氣長吁。也不索你大叫哎高呼。」一本云大叫高呼也。

【恇】古方言。猶料也。例如生金閣：「我那裏恇郭成的渾家。這等生的風流。長的可喜。」一那裏恇卽那裏料也。合汗衫：「則打的一拳。不恇就打殺了。」一言不料就打死了也。恇亦作匡。

【胄子】見厤胄子條。

【珂月】見卓人月條。

【殃及】見央條。

【品令】曲牌名。南曲入仙呂入雙調。

【砌末】戲中所用道具。謂之砌末。俗作切末。又稱切馬子。焦理堂易餘籥錄曰：「按元曲殺狗勸夫。祇從取砌末上。謂所埋之死狗也。貨郎旦外旦取砌末付淨科。謂金銀財寶也。梧桐雨正末引宮娥挑燈拿砌末上。謂七夕乞巧筵所設物也。陳摶高臥外扮使臣引卒子捧砌末上。謂詔書纁帛也。寃家債主和尚交砌末科。謂銀也。誤入桃源正末扮劉晨。外扮阮肇帶砌末上。謂行李包裹或采藥器也。又淨扮劉德引沙三王留等將砌末上。謂春社中羊酒紙錢屬也。」砌亦作細。王國維宋元戲曲史謂：「余疑砌末或細末之訛。」亦作彩頭。齊如山云：「大致是戲箱中常備之件。叫作切末。不歸戲箱預備者。便叫作彩頭。」

【苕生】　見蔣士銓條。

【冠生】　脚色名。小生之一種。亦作官生。此脚頭戴龍冠。故名。齊如山云：「據老輩說。扮演太子或小王者。均可名曰冠生。」

【貞伯】　見王恒條。

【咬字】　謂唱戲念白時。用反切法讀字音。謂之咬字。字音分陰陽尖團。如不辨陰陽則謂之飄。不分尖團則謂之倒。

【俚曲】　敦煌零拾有俚曲三種。曰歎五更。曰天下傳孝十二時。曰禪門十二時。羅振玉跋云：「右俚曲三種。得之敦煌故紙中。藉知此等俚曲。自五季時已有之。」

【拓枝】　㈠燕樂大曲名。㈡南宋大曲名。王國維云：「本唐大曲。至宋猶存。沈括云。柘枝舊曲遍數極多。如羯鼓錄所謂渾脫解之類。今無復此遍。寇萊公好柘枝舞。會客必舞柘枝。每舞必盡日。時謂之柘枝顛。今鳳翔有一老尼。猶萊公時柘枝妓云。」

【挖門】　身段名。齊如山云：「主人正在場上。有家院由外邊回來。先作進門式。進門之後。須先往旁邊一繞。再走至中間。向主人回話。此即所謂挖門。」

【[illegible]拍】　謂不中拍也。吳梅曲學通論：「其板先於曲者。病曰促板。其板後於曲者。病曰滯板。古皆謂之[illegible]拍。」

【昨夜】　古方言。猶云昨日也。例如東坡夢：「東坡曰。行者。報復去說。昨夜的客又來也。」昨夜的客。卽昨日的客也。

【孩兒】　古方言。暱辭。對於所暱者之稱也。例如董西廂：「道九百孩兒。休把人廝啈。」此張生稱紅娘也。又：「孩兒我須有見伊時。咱對着惺惺人說。」此張生稱鶯鶯也。亦作海猴兒。例如董西廂：「這心頭橫儻箇海猴兒。」海猴兒卽好孩兒也。

【俌俏】　古方言。猶云美俊也。

【胎孩】　見台孩條。

【咭啈】　古方言。猶云欺騙也。例如董西廂：「親曾和俺詩韻。分明寄着簡帖。誰知是咭啈。此恨教人怎割捨。倩詩兒自今休吟。簡帖兒從今莫寫。」

又：「甚不肯承當。抵死諱定。只管廝瞞昧。只管廝啈啐。」

【苻堅】 劇中人。晉時前秦主。洪孫。字永固。一字文玉。小字堅頭。博學多才藝。晉升平中。據鄴。僭稱大秦天王。滅前燕。取仇池。陷晉漢中取成都。又克前涼。定代地。外戰多克。內政亦修。在十六國中。最稱強盛。尋大擧寇晉。與謝立等戰於肥水。大敗而還。後爲姚萇縊殺於新平佛寺。在位二十七年。見蔣神靈應條。

【禹陽】 見陳與郊條。

【悔菴】 見尤侗條。

【前腔】 南曲第二調曰前腔。又曰換頭。吳梅曲學通論：「前腔者。連用二首或四五首。句法一字不易者也。」

【剋落】 古方言。即剋扣也。

【邾經】 明代前期戲曲家。或作朱經。字仲誼。一作仲義。號觀夢道士。又號西淸居士。海陵（今江蘇泰縣）人。生卒年不詳。約至正二十年前后在世。工詞曲。善操琴。與賈仲明私交甚深。嘗爲錄鬼簿題詞。著有玩齋稿觀夢等集。名重一時。所著雜劇。有死葬鴛鴦塚、玉嬌春、胭脂女子鬼推門、西湖三塔記四種。今皆不傳。

【梔齋】 見車任遠條。

【卸臉】 戲演畢後。脚色洗臉。謂之卸臉。卸臉之法。先用紙擦。然後用水洗淨。齊如山云：「卸臉之紙。都用草紙。不許太費。亦有規矩。名曰紅三黑四花五張。大致各脚用此數。便可卸淨。倘用的太多。便算出了規矩。」

【奕繩】 見葉承宗條。

【茅廬】 雜劇名。明人張國籌撰。

【映山雞】 燕樂大曲名。

【洗夫人】 劇中人。南北朝高凉洗氏之女。多籌略。知兵法。梁大同初。嫁高梁太守馮寶。高州刺史李遷仕反。夫人自往擊之。大捷。後寶卒。値嶺表大亂。夫人撫循綏輯。境內安堵如常。陳封爲石龍太夫人。並封其子僕爲信都侯。陳亡後。嶺南數州共奉夫人號爲聖母。隋文帝朝。封宋康郡太夫人。開府置官屬。並以其孫盎爲高州刺史。夫人親披甲巡撫諸州。所至皆降。進封譙國夫人。卒謚誠敬夫人。見臨春閣條。

【紀君祥】 元代初期戲曲家。一作天祥。大都（今北平）人。生卒年不詳。約中統初年在世。著有雜劇六種。曰寃報寃趙氏孤兒。曰陳文圖悟道松陰夢。曰信安王斷復販茶船。曰韓湘子三度韓退之。曰曹伯明錯勘贓。曰驢皮記。前一種傳。餘皆不傳。太和正音譜評其曲曰：「如雪裏梅花。」

【盆兒鬼】　雜劇名。正題玎玎璫璫盆兒鬼。元代無名氏撰。演楊國用爲盆罐趙夫婦謀財刼殺。焚屍滅迹。其魂附於瓦盆申寃。爲張憋古告官。包拯勘斷事。略謂汴梁人楊國用。入市欲覓友好共營商業。聞有賣卜者賈半仙。善斷吉凶。乃就卜之。卜謂國用百日內有血光之災。須遠避千里。不滿百日勿歸。國用遂向其表弟處借銀五兩。辭父出外行商。三月後。得利十倍而歸。將抵家。以未滿百日。宿於離汴四十里破瓦郵客店中。店主趙氏。以燒瓦罐爲業。人呼盆罐趙。其妻曰撇枝秀。妻窺知國用富厚。遂與趙謀。刼而殺之。移屍入瓦窰中。燒灰和土。作爲瓦盆。以滅其迹。嗣後趙宅時見寃魂。夫婦神志顚倒。復夢窰神怒甚。擒兩人將誅之。醒而懼禍。欲逃無所。有張憋古者。開封府中老役也。曾問趙索瓦器。至是復來。趙隨意於架中取瓦盆與之。忘其卽楊屍所燒者也。憋古携至家。忽作人聲。大懼。細叩之。盆躍起數尺。備訴其寃。懇憋古以告包尹。憋古果持盆至府。包鞫之。瓦盆默然。携出則復作人語。如是者再。包責憋古妄告。憋古乃責瓦盆。瓦盆曰：「門神阻我。」乃爲焚紙錢於門。復入。則訴說甚詳。包遂勾趙夫婦。一訊而伏。乃處趙夫婦極刑。以抵國用命。並厚賞憋古云。

【罟罟旦】　雜劇名。亦作括罟旦。正題像生番語罟罟旦。元明間無名氏撰。（現存元人雜劇本事考）

【括罟旦】　見罟罟旦條。

【娃娃生】　脚色名。此爲皮黃戲班中特有名詞。唱腔與小生完全不同。如三娘教子中之薛義哥。汾河灣中之薛丁山等是。齊如山云：「皮黃班中之規矩。凡戴文生巾或高方巾之人。歸小生扮演。凡戴孩兒髮之人。歸娃娃生扮演。凡戴都子頭之人。則小生或娃娃生都可扮演。此謂之兩抱着的戲。」

【枳郎兒】　曲牌名。北曲入雙調。管色配乙字調或正工調。

【城南柳】　㈠雜劇名。正題呂洞賓三度城南柳。明人谷子敬撰。演呂洞賓度脫岳州柳樹成仙事。略謂岳州城南一柳樹。生數百餘年。已有仙風道骨。呂洞賓奉鍾離老祖之命。前往度脫。洞賓既至岳州。

赴岳陽樓飲酒。並取王母所賜蟠桃啖之。尋念柳樹乃土木之物。難登仙籍。必使之成精之後。方可成人。成人之後。方可成道。遂以蟠桃核拋於東牆之下。待長成之後。與柳樹俱化爲花月之妖。結爲夫婦。然後度之。柳桃成精後。洞賓又使柳樹托生楊氏爲男。名老柳。桃樹托生鄰舍李氏爲女。名小桃。並結爲夫婦。小桃年屆二十。猶不能言。一日。洞賓復來岳陽樓飲酒。問小桃。小姚始能言。洞賓乃勸小桃出家修道。小桃允之。隨洞賓去。老柳伏劍追而殺之。遂以殺人罪被送官。合當償命。既受刑。老柳頓悟前身。喜其未死。並知官府公人。爲漢鍾離、鐵拐李、張果老、藍采和、徐神翁、韓湘子、曹國舅等所化。洞賓至此。始率老柳小桃同赴瑤池西王母蟠桃會云。（現存元人雜劇本事考）元人馬致遠有呂洞賓三醉岳陽樓。明人朱有燉有紫陽仙三度長春壽。皆演此事。惟姓名關目稍異耳。(二)雜劇名。明代無名氏撰。劇品：「北一折。不過竊元劇緒餘耳。」

【迦笑人】淸代戲曲家。著有傳奇幻影圖一種。

【紈扇記】傳奇名。明人謝廷諒撰。

【俠倩記】傳奇名。晚淸梁啓超撰。敍加里波的事。

【茂陵絃】傳奇名。凡十八齣。淸人黃憲淸撰。爲倚晴樓七種之一。演司馬相如事。

【耐得翁】人名。宋端平初年在世。著有都城紀勝等集。

【玳瑁梳】雜劇名。明人葉憲祖撰。劇品謂此劇：「南八折。鬱藍生何所見而謂嫡之妒妾也可解。妾之妬妾也不可解。乃撫爲傳。寄槲圓（按即作者別署）度以淸歌。纖纖團扇之怨。固自取之。即薛華亦終覺不快。惟靜姝以後進奪寵。大解人意。」

【垂絲釣】曲牌名。北曲入商角調。管色配六字調或凡字調。

【建黃圖】傳奇名。淸人朱佐朝撰。

【威鳳記】傳奇名。明人汪廷訥撰。

【姽嫿封】傳奇名。淸人楊恩壽撰。爲坦園六種之一。

【玻璃鏡】雜劇名。明人王素完撰。劇品謂此劇：「南北四折。偶爲張刺史記此一事耳。而穿插俱不合拍。且音韻全疎。安能免俗。」

【砭癡石】傳奇名。淸人裘叔度撰。

【森羅殿】雜劇名。正題阮提學鬼鬧森羅殿。元明間無名氏撰。

【紉蘭佩】傳奇名。正題屈大夫魂返汨羅江。清人周文泉撰。爲補天石八種之一。演屈原復活。爲楚王所用事。

【苧蘿夢】雜劇名。清人陳棟撰。爲北涇草堂外集三種之一。敍王軒夢遇西施事。

【恰纔家】見家條。

【弇州山人】見王世貞條。

【怒斬關平】雜劇名。正題壽亭侯怒斬關平。元明間無名氏撰。

【客窗夜話】㈠雜劇名。明人朱權撰。㈡雜劇名。明人宋讓撰。

【首陽高節】雜劇名。明人李槃撰。劇品謂此劇：「北曲一折。採薇一歌。清風千古。譜之爲詞。何尋常乃爾。」

【拴搐艷段】院本名目之一。輟耕錄所載金人院本名目六百九十種之中。曰拴搐艷段者九十有二。

【耶溪野老】見若耶野老條。

【陌花軒雜劇】戲曲別集名。黃醒狂撰。凡十折。曰傳門四折。再醮一折。淫僧一折。偷期一折。督妓一折。孌童一折。懼內一折。皆舉市井敝俗描摹出之。

【活拿蕭天佑】雜劇名。正題焦光贊活拿蕭天佑。元明間無名氏撰。

【哀哀怨怨後庭花】雜劇名。元明間無名氏撰。

【郅鄆璋昆陽大戰】雜劇名。元明間無名氏撰。

【持漢節蘇武還鄉】見蘇武還鄉條。

【信安王斷沒販茶船】見販茶船條。

【屎鴛鴦雙鎖梧桐樹】見梧桐樹條。

【炳靈公斷丹客燒銀】雜劇名。明代無名氏撰。

十畫

【高明】明代戲曲家。字則誠。浙江永嘉人。生卒年不詳。約至正中前後在世。至正五年進士。授處州錄事。辟丞相掾。元亡。旅寓鄞之櫟社。太祖聞其名召之。以老病辭還。卒於家。有琵琶記傳奇。實爲南戲復興之第一傑作。後日作南戲者。往往取之爲規範。指爲南戲中興之祖。呂天成曲品尊高則誠爲「神品。」其言曰：「永嘉高則誠能作爲聖。莫知乃神。特創調名。功同倉頡之造字。細編曲拍。才如后夔之典音。」

【高弈】清代戲曲家。字晉音。一字太初。會稽人。生卒年不詳。約順治末年在世。工作曲。著有傳奇一十四種。曰春秋筆。曰雙奇俠。曰貂裘賺。曰千金笑。曰聚獸牌。曰錦中花。曰擘香圓。曰古交情。曰四美坊。曰眉仙嶺。曰如意舟。曰風雪緣。曰固哉翁。曰續青樓。又著新傳奇品一卷。以續呂天成之曲品。

【高俅】　劇中人。見寶劍記條。

【高㮤】　元雜劇登高道具也。吳昌齡西遊記第四齣有：「觀音佛上高㮤」云。第二十四齣有：「佛高㮤四金剛上」云。

【高宮】　㈠宮調名。古曰大呂宮聲。㈡燕樂宮聲七調之第二運。燕樂考原：「七宮之第二運。即按琵琶大弦之第二聲。」又云：「高宮即琵琶之四字調。故殺聲用四字。此調較正宮高一律。故謂之高宮。」又云：「高宮宋南渡時尚存。但不多用。至金院本元雜劇始闕高宮。」

【高腔】　戲曲腔調名。爲金元北曲之別派。猶南曲之弋陽腔也。其辭句之雅緻。曲牌工尺之精整。不下於崑曲。惟不用簫管絃索。只有乾唱。於筋節處則襯以鑼鼓。又時有後台人接唱一句半句。在清代中葉。猶與崑曲對峙於舊京。自梆子皮黃代興。乃與崑曲並衰矣。天咫偶聞：「相傳國初出征歸來。軍士馬上歌之以代凱歌。故請清兵等劇。尤喜演之。」楊靜亭都門紀略序曰：「我朝開國伊始。都盡尚高腔。延及乾隆年。六大名班。九門輪轉。稱極盛焉。」

【高濂】　明代戲曲家。字深甫。號瑞南。浙江錢塘人。生卒年不詳。約萬曆初年在世。工詩及曲。著有傳奇節孝記玉簪記兩種。

【高蹺】　古代雜戲之一。以足束於木竿上踹之而行也。列子說符：「宋有蘭子者。以技干宋元。宋元召而使見其技。以雙枝長倍其身。屬其脛。並趨並馳。弄七劍。迭而躍之。立賜金帛。」

【高力士】　劇中人。唐宦官。高州人。睿宗朝爲內給事。玄宗立。寵眷極專。肅宗立。爲李輔國所劾。長流巫州。寶應初赦還。時玄宗肅宗相繼崩。力士見二帝遺詔。嘔血大慟卒。年七十九。

【高士記】　傳奇名。明人汪廷訥撰。

【高文秀】　元代初期戲曲家。東平（今山東省東平縣）人。生卒年不詳。約憲宗元年前後在世。作品甚豐。時人以「小漢卿」呼之。錄鬼簿：「花營錦陣統干戈。謝管秦樓列舞歌。詩壇酒社閒談嗑。編敷演。劉耍和。早年卒。不得登科。除漢卿一個。將後賢疎駁。比諸公。么末極多。」所著雜劇有三十四種之多。曰好酒趙元遇上皇。曰黑旋風雙獻頭。曰劉玄德獨赴襄陽會。曰須賈誶范睢。曰保成公徑赴澠池會。曰周瑜謁魯肅。曰黑旋風詩酒麗香園曰黑旋風窮風月。曰黑旋風大鬧牡丹園。曰黑旋風喬教學。曰黑旋風借屍還魂。曰黑旋風鬪雞會。曰黑旋風敷演劉耍和。曰太液池兒女並頭蓮。曰老郎君養子不及父。曰泗州大聖鎖水母。曰鄭元和風雪打瓦罐。曰醉秀才戒酒論杜康。曰豹子令史干請俸。曰御史台趙堯辭金。曰志封侯班超投筆。曰伍子胥棄子走樊城。曰五鳳樓潘安擲果。曰豹子秀才不當差。曰京兆尹張敞畫眉。曰志公和尚問啞禪。曰禹王廟霸王舉鼎。曰粧旦色害夫人。曰烟月門神訴寃。曰病樊噲打呂胥。曰窮秀才雙棄瓢。曰豹子尚書謊秀才。曰相府門廉頗負荊。曰雙獻頭大報讎。前五種傳。其餘皆不傳。太和正音譜評其曲曰：「如金瓶牡丹。」

【高平調】㈠宮調名。古曰林鐘羽聲。吳梅顧曲塵談：「高平調所屬諸曲。北曲爲木蘭花。唐多令。于飛樂。青玉案。南曲無。」太和正音譜云：「高平調條拗滉漾。」集成曲譜顧曲塵談皆以高平配小工調或尺字調。㈡燕樂羽聲七調之第三運。一名南呂調。宋史律曆志：「姑洗羽爲高平調。」補筆談：「姑洗羽今爲高平調。殺聲用一字。」姜白石集：「元人北曲。商調中有高平殺。又有高平隨調殺。則高平調元以後併入商調也。」

【高伯陽】淸代戲曲家。生卒年不詳。約乾隆五十年前後在世。工曲。著有傳奇續琵琶記一種。

【高宗元】淸代戲曲家。著有續琵琶、新增南西廂、改增玉簪記三種。

【高茂卿】明代前期戲曲家。河北涿州人。著有雜劇翠紅鄉兒女兩團圓一種。今無傳本。

【高唐記】㈠雜劇名。正題楚襄王夢遊高唐記。明人汪道昆撰。爲大雅堂雜劇之一。中華戲曲選：「楚襄王遊高唐。夢與神女遊。去而辭曰。妾在巫山之陽。高丘之阻。旦爲朝雲。暮爲行雨。朝朝暮暮。陽台之下。」㈡雜劇名。明人車任遠撰。亦作高唐夢。

【高陽台】曲牌名。南曲入商調引。管色配六字調或凡字調。

【高陽腔】戲曲腔調名。爲弋陽腔一支派。傳至高陽而定型。故名。

【高漢臣】南戲名。元代無名氏撰。南戲拾遺及南詞新譜俱錄此目。

【高漢卿】南戲名。元代無名氏撰。南戲拾遺輯錄此目。

【高漫卿】見陳與郊條。

【高漸離】劇中人。戰國燕人。善擊筑。與荆軻友善。軻刺秦始皇不遂死。後漸離以筑得幸於始皇。乃置鉛筑中。扑始皇。謀報軻之仇。不中。被殺。見易水歌條。

【高撥子】戲曲腔調名。爲徽班亂彈之一種。一說爲二黃所自出。故高撥子衹有二黃弦。猶秦腔之衹有西皮弦也。歐陽予倩談二黃戲：「徽調的高撥子出於桐城。」

【高應玘】明代後期戲曲家。字仲子。號筆峰子。生卒年不詳。約嘉靖末年在世。以貢士爲元城丞。工於詞曲。所著雜劇。僅知北門鎖鑰一種。未見流傳。

【高□□】明代後期戲曲家。著有雜劇五老慶庚星一種。未見流傳。

【高大石角】㈠宮調名。古曰大呂角聲。㈡燕樂角聲七調之第二運。補筆談：「仲呂角今爲高大石角。殺聲用六字。」

【高大石調】㈠宮調名。古曰大呂商聲。㈡燕樂商聲七調之第二運。燕樂考原：「七商之第三運。即按琵琶二弦之第二聲。」

【高山流水】呂氏春秋本味：「伯牙鼓琴。鍾子期聽之。方鼓琴。而志在太山。鍾子期曰。善哉乎鼓琴。巍巍乎若太山。少選之閒。而志在流水。鍾子期又曰。善哉乎鼓琴。湯湯乎若流水。」後人稱樂曲高妙曰高山流水。本此。

【高祖還鄉】雜劇名。正題歌大風高祖還鄉。元人張國賓撰。

【高祖歸莊】見泗上亭長條。

【高般涉調】㈠宮調名。古曰大呂羽聲。㈡燕樂羽聲七調之第六運。補筆談：「無射羽今爲高般涉調。殺聲用凡字。」燕樂考原：「七羽之第七運。即琵琶四弦之第二聲。此調高於般涉調一律。故曰高般涉調。」

【高腔鑼鼓】齊如山國劇藝術彙考：「……最初步是添上鑼鼓。這種鑼鼓名曰高腔鑼鼓。全國中無論大戲或地方戲。只若可以叫作戲的。都離不開這種鑼鼓。且全國各種戲劇的鑼鼓。却是一致的。沒有兩樣。」

【高鳳漂麥】 雜劇名。正題白衣相高鳳漂麥。元人關漢卿撰。

【高宴麗春堂】 見麗春堂條。

【徐昆】 淸代戲曲家。字後山。平陽人。生於康熙五十四年。卒年不詳。工文能曲。著有傳奇雨花台一種。

【徐⿰田臣】 明代戲曲家。字仲由。淳安人。生卒年不詳。約洪武十年前後在世。洪武初徵秀才。至蕃省辭歸。有巢閣集。嘗云：「吾詩文未足品藻。惟傳奇詞曲。不多讓古人。」蓋自知之審矣。殺狗記三十六齣。相傳爲其所作。文辭樸質。爲元明間四大傳奇之一。

【徐渭】 明代後期戲曲家。字文淸。更字文長。別署天池、天池生、天池漱生、天池山人、鵬飛處人、青藤道士、青藤山人、漱老人、山陰布衣、白鷴山人、田水月、海笠、佛壽等。浙江山陰人。生於正德十六年。卒於萬曆二十年。享年六十三歲。天才卓絕。詩畫皆工。其所作書。筆意奔放。而頗似米顚。其所作畫。古樸淡雅而別有風致。嘗居胡宗憲幕。知兵好奇計。屢佐宗憲立功。宗憲下獄。渭懼禍發狂。屢自戕不死。遂殺其妻。論死繫獄。張元忭力救得免。所著南詞敍錄一書。爲研究南戲者之要籍。戲曲有狂鼓史漁陽三弄、玉禪師翠鄉一夢、雌木蘭替父從軍、女狀元辭凰得鳳。（以上四種。總題四聲猿。）歌代歗等五種。盛傳於世。

【徐飴】 戲曲家。又名再思。字德可。嘉興人。（一作揚州人。）好食甘飴。故號甜齋。與貫酸齋並稱「酸甜樂府」。其子善長。頗能繼其家聲。太和正音譜評其曲曰：「如桂林秋月。」

【徐霖】 明代戲曲家。字子仁。號九峯道人。美鬚髯。因自號髯翁。江蘇吳縣人。生卒年不詳。約正德初年在世。享年七十七歲。少棄舉業。好狹邪遊。武宗南巡時。伶人臧賢荐之於上。令塡新曲。武宗極喜之。嘗月夜幸其家。出蔬筍爲供。酒酣。垂釣相樂。霖與陳鐸齊名。均爲曲壇祭酒。著有傳奇繡襦記（今本作薛近兗撰。）三元記、梅花記、留鞋記、枕中記、種瓜記、兩團圓等。尙傳於世。

【徐翽】 見徐士俊條。

【徐士俊】 明代後期戲曲家。原名翽。字三有。號野君。又號紫珍道人。浙江仁和人。工詞曲。擅製劇。趣味豐富。能談文章。最愛觀俳優之戲。以爲騷人逸士興會所至。若非此類不足稱知己云。所著雜劇。有小青孃情死春波影、奇女子風裏絡冰絲二種。尙傳於世。杭郡詩輯謂：「所撰多至六十餘種。佳者欲與王、關、馬、鄭、抗手。」

【徐大椿】 人名。淸吳江人。字靈怡。號迴溪。博學多才。尤精醫術。著有樂府傳聲等集。

【徐石麒】 淸代戲曲家。字又陵。號坦庵。原籍湖北。流寓揚州。生卒年不詳。約順治初年在世。精研名理。沉謐寡言。善繪花卉。工詩詞曲。其女延香。通曉音律。石麒每成一曲。必高吟之。令其女訂正聲律之差誤。自謂順治二年揚州爲淸兵所陷時。冒死入城。取出其著書殘本。自後遂隱居云云。著有坦庵詞曲六種。內二種爲詞集。戲曲有雜劇買花錢、大轉輪、浮西施、拈花笑（以上四種合詞集二種總題坦庵詞曲六種。）傳奇有珊瑚鞭、九奇逢、辟寒釵、胭脂虎等。曲錄云。其存亡不可知也。

【徐羽化】 明代後期戲曲家。著有雜劇羅浮夢一種。今不傳。

【徐叔回】 明代戲曲家。著有傳奇八義記一種。

【徐時敏】 明代戲曲家。字學文。生卒年不詳。約正德中葉在世。嘗遊都門。遇沙彌授徐勉之傳。據之作五福記傳奇。相傳嘗改孫郞埋狗傳爲殺狗記傳奇。

【徐復祚】 明代後期戲曲家。原名篤儒。字陽初。更字訥川。號暮竹。別署破慳道人、陽初子、洛誦生、休休生、三家村老、忍辱頭陀、慳吝老人等。江蘇常熟人。徐栻之孫。生於嘉靖三十九年。卒於崇禎三年。約壽七十餘歲。博學能文。尤工詞曲。著有雜劇一文錢、梧桐雨。傳奇摘星記、藍田記、紅梨記、宵光劍。並傳於世。

【徐陽輝】 明代後期戲曲家。字玄輝。一作元輝。浙江鄞縣人。工詩詞。善製曲。著有雜劇有情癡、脫囊穎二種。尙傳於世。

【徐榆邨】 淸代戲曲家。著有傳奇鏡光緣一種。

【徐觀壎】 淸代戲曲家。字蓀畦。元和人。生卒年不詳。約乾隆中葉在世。著有傳奇六如亭一種。

【徐氏家藏書目】 書名。明人徐㶿輯。其中傳奇類所收者盡爲元明戲曲珍本。原稿鈔本今爲北平圖書館所藏。按㶿字惟起。更字興公。閩縣人。博學多識。藏書甚豐。

【徐駙馬樂昌分鏡】見樂昌分鏡條。

【徐夫人雪恨萬花堂】見萬花堂條。

【徐伯株貧富興衰記】見貧富興衰條。

【徐懋功智降秦叔寶】見智降秦叔寶條。

【馬扁】古方言。即騙也。

【馬伶】人名。馬伶者。金陵梨園部也。名錦。字雲將。其先西域人。當時猶稱馬回回云。擅演鳴鳳記中之嚴相國。自言：「我聞今相國某者。嚴相國儔也。我走京師。求爲其門卒三年。日侍相國於朝房。察其舉止。聆其語言。久乃得之。此吾之所爲師也。」云。

【馬舞】舞名。樂府雜錄：「舞者樂之容也。有健舞、輭舞、字舞、花舞、馬舞。馬舞者。櫳馬人著綵衣執鞭。於床舞蹀躞。蹄皆應節奏也。」

【馬戲】古代雜戲之一。通俗編俳優條引三國志甄皇后傳注：「后年八歲。外有立騎馬戲者。家人皆上閣觀之。后獨不行。」馬戲亦作猨騎。陸凱鄴中記：「走馬或在馬脇。或在馬頭。或在馬尾。走如故。爲猨騎。」

【馬上緣】傳奇名。淸人吳梅岑撰。

【馬丹陽】劇中人。元代嵩縣人。母夢仙子入室而生。狀貌奇偉。篤嗜黃老之術。隱於千秋鎮之南巖。能隱形異貌。凝鉛鍊丹。丹成。凌空而去。見任風子、劉行首二分條。

【馬中錫】明代戲曲家。字天祿。號東田。故城人。生卒年不詳。約正德初年在世。授刑科給事中。工曲。著有戲曲中山狼一種。傳於世。

【馬守眞】明代女戲曲家。字元兒。小兒月嬌。號湘蘭。金陵人。生於嘉靖二十七年。卒於萬曆三十二年。享年五十七歲。工詩書。善畫蘭。居秦淮爲妓。風流放誕。善伺人意。著有傳奇三生傳一種。又著詩集秦淮廣記二卷。王穉登爲之作序。並傳於世。

【馬佶人】淸代戲曲家。字更生。一作亘生。吳縣人。（一作杭州人。）生卒年不詳。約崇禎中在世。工作曲。著有傳奇三種。曰梅花樓（亦作索花樓。）曰荷花蕩（亦名蓮盟記。）曰十錦塘。新傳奇品評其曲曰：「五陵年少。白眼調人。」

【馬郎俠】見牟尼合條。

【馬致遠】元代初期戲曲家。字東籬。大都（今北平）人。生卒年不詳。約憲宗元年前後在世。工詞曲。與關漢卿、鄭光祖、白樸並稱四大家。著有雜劇一十六種。曰破幽夢孤雁漢宮秋、曰西華山陳博高臥。曰江州司馬青衫淚。曰半夜雷轟薦福碑。曰呂洞賓三醉岳陽樓。曰馬丹陽三度任風子。曰開壇闡教黃粱夢。曰晉劉阮悞入桃源。曰凍吟詩踏雪尋梅。曰風雪騎驢孟浩然。曰呂蒙正風雪齋後鐘。曰呂太后人彘戚夫人。曰孟朝雲風雪歲寒亭。曰劉伯倫酒德頌。曰王祖師三度馬丹陽。曰牧羊記。前七種傳。其餘皆不傳。漢宮秋一劇。被推爲元人百種之冠。太和正音譜評其曲曰：「馬東籬之詞。如朝陽鳴鳳。其詞典雅清麗。可與靈光景福相頡頏。有振鬣長鳴。萬馬皆瘖之意。」

【馬惟厚】　明代前期戲曲家。福建長汀人。著有雜劇風月囊集一種。今無傳本。

【馬陵道】　雜劇名。正題龐涓夜走馬陵道。元代無名氏撰。演孫臏大敗龐涓於馬陵道事。略謂春秋時。孫臏與龐涓同居雲夢山。從鬼谷先生王蟾受業。先後十年。兵書戰略。無不通曉。一日。仙師謂二人曰：「吾今試汝二人智謀孰勝。勝者先下山出仕。」言訖。遂率二人至洞口。命二人站定。然後獨自入洞。曰：「孰能賺吾出洞。即爲勝者。」孫臏沈吟片刻。曰：「弟子無使師出洞計。但有使師入洞之計。」仙師不信。欣然出洞。曰：「吾立洞外。試汝有何使吾入洞之計。」孫臏稽首曰：「此即弟子使師出洞之計也。」仙師笑曰：「果然妙計。」龐涓曰：「弟子亦有妙計。置乾柴於洞口焚之。則師自奪門而出矣。」仙師聞言不悅。以涓生性陰險。不若臏之心存忠厚也。仙師復察二人氣色。卒令龐涓先行下山。龐涓下山後。至魏得封武陵君。權重一時。涓向公子申力薦孫臏。公子乃召臏爲四門都教練使。一日。涓請公子命孫臏操演陣勢。已則陪侍公子。登台觀閱。頻述破陣之法。以逞其能。臏諳其意。乃佈一奇陣難之。涓不識此陣。乃命將軍鄭安平攻之。安平爲臏所擒。涓怒。自引軍攻之。亦見擒。自此妬恨孫臏入骨矣。涓乃設計言孫臏謀反。公子大怒。命斬之。臏臨刑。乃長嘆一聲曰：「死不足惜。惜腹中天書。從此失傳耳。」涓聞言大驚。欲得天書之秘。又詐傳公子命。免臏死罪。但刖其雙足。然後假意殷勤。迎之宅中。命其默寫天書。臏既輭禁。忽忽半載。一日。佯爲風魔以行將寫竟之天書。付之一炬。時逢齊使卜商至魏貢茶。卜商暗中識破臏乃僞裝瘋魔。勸臏赴齊。臏遂潛行至商寘。龐涓得訊。以兵圍商寘所搜索。不得而去。次日。臏易服雜卜商行列中。離魏去齊。臏至齊。齊公子拜爲軍師。齊將田忌。合趙將李牧。楚將吳起。秦將王翦。韓將馬服子。燕將樂毅伐魏。臏素知龐涓好勝。輕敵。乃以添兵減竈之計。賺之人馬陵道。伏兵四起。魏兵潰敗。涓率數騎奪路急走。遇一白楊樹橫阻去路。樹上題一詩云：「白楊樹下白楊峪。正是龐涓全死處。今夜不斬魏人頭。孫臏不回齊國去。」涓知中計。大驚失色。時四面亂箭齊發。涓欲逃不得。終爲齊軍所殺云。現存元人雜劇本事考

【馬蹄花】　曲牌名。南曲入中呂宮。管色配小工調或尺字調。

【馬踐楊妃】　南戲名。元代無名氏撰。宦門子弟錯立身戲文中輯錄此目。

【馬光祖勘風情】　見勘風情條。

【馬援撾打聚獸牌】　見聚獸牌條。

【馬丹陽三度任風子】　見任風子條。

【馬丹陽度脫劉行首】　見劉行首條。

【馬均祥沒倖血手記】　見血手記條。

【馬孟起奮勇大報雠】　雜劇名。明代無名氏撰。

【秦腔】　見梆子腔條。

【秦檜】　劇中人。宋江寧人。字會之。靖康間。官御史中丞。徽欽二帝北遷。從至金。高宗時縱歸。後爲相。欲挾金人以自重。力主和議。誣殺岳飛等。據位十九年。誅鋤忠臣良將略盡。易執政二十八人。性陰險。晚年殘忍尤甚。卒贈申王。諡忠獻。開禧間。追奪王爵。改諡繆醜。見如是觀、碎金牌、精忠記、東窗事犯各分條。

【秦瓊】　劇中人。唐歷城人。字叔寶。志節完整。驍勇善戰。事秦王於長春宮。隨征宋金剛。王世充、竇建德、劉黑闥等。常爲先鋒。大小二百餘戰。積功封翼國公。拜左武衛大將軍。卒後改封胡國公。圖像凌煙閣。見麒麟圖條。

【秦觀】　劇中人。宋高郵人。字少游。號太虛。少豪雋慷慨。蘇軾薦爲太常博士。遷國子編修。尋坐黨籍編管橫州。放還至滕州卒。善爲文。工詩詞。著淮海集。世稱秦淮海。

【秦少遊】　㈠雜劇名。正題王妙妙死哭秦少遊。元人鮑天祐撰。㈡見秦觀條。

【秦良玉】　劇中人。明石硅宣撫使馬千乘妻。忠州人。饒胆智。善騎射。兼通詞翰。萬曆間千乘從征

播州。良玉爲男子裝。別統精銳。裹糧自隨。千乘死。遂代領其衆。以討奢崇明功。授都督僉事。爲總兵官。崇禎時。屢破流賊。賊不敢犯其境。見芝龕記條。

【秦樓月】㈠雜劇名。正題李太白醉寫秦樓月。元人鄭光祖撰。㈡傳奇名。淸人朱素臣撰。演蘇州妓女陳素素與山東萊陽人呂貫離合姻緣事。劇中素素嘗遊虎丘詣眞娘墓。賦秦樓月一詞弔之。故以爲名。國朝畫識引虎丘綴英志略謂：「素素江都人。爲萊陽姜學在姬人。能詩畫。」又據詞苑叢談謂：「素素爲揚州豪家所奪時。嘗以金環寄姜。誓以終身云。據此。素素實有其人也。」李笠翁評曰：「遠則可方拜月。近亦不讓西樓。几案毺氍。並堪賞心。此必傳之作也。」㈢曲牌名。北曲入商調。管色配六字調或凡字調。

【秦簡夫】元代末期戲曲家。大都（今北平）人。生卒年不詳。約延祐末年在世。錄鬼簿謂：「見在都下擅名。近歲來抗。」著有雜劇五種。曰孝義士趙禮讓肥。曰東堂老勸破家子弟。曰晉陶母剪髮待賓。曰天壽太子邢臺記。曰玉溪館。前三種傳。後二種不傳。太和正音譜評其曲曰：「如峭壁孤松。」

【秦淮劇品】書名。凡一卷。明人潘之恒撰。有續說郛所收本。

【秦樓外史】見王驥德條。

【秦樓簫史】雜劇名。正題秦樓簫引鳳。明代無名氏撰。

【秦蘇夏賞】雜劇名。正題泛西湖秦蘇夏賞。明人程士廉撰。爲小雅堂樂府之一。

【秦樓引鳳】見秦樓簫史條。

【秦檜東窗事犯】南戲名。亦作秦太師東窗事犯。元代無名氏撰。永樂大典卷一三九九九徐渭南詞敍錄俱錄此目。

【秦太師東窗事犯】見東窗事犯條。

【秦始皇坑儒焚典】見坑儒焚典條。

【秦脩然竹塢聽琴】見竹塢聽琴條。

【秦趙高指鹿道馬】見指鹿道馬條。

【秦月娥誤失金環記】見誤失金環記條。

【秦少游花酒惜春堂】見惜春堂條。

【秦從僧大鬧相國寺】見相國寺條。

【海門】㈠見鄭逢時條。㈡見謝讜條。

【海派】見北派條。

【海屋】見錢直之條。

【海浮】見馮惟敏條。

【海笛】樂器名。形如金口角而小。見金口角條。

【海笠】見徐渭條。

【海瑞】劇中人。明代瓊山人。字汝賢。嘉靖舉人。官戶部主事。時世宗專意齋醮。瑞上疏切諫。下詔獄。穆宗立。得釋。遷右僉御史。巡撫應天。有政績。未幾謝病歸。生平爲學以剛爲主。自號剛峯。世稱剛峯先生。有備忘集、元祐黨人碑考。見吉慶圖條。

【海天晴】曲牌名。北曲入雙調。管色配乙字調或正工調。

【海虬記】傳奇名。清人陳烺撰。爲玉獅堂十種曲之一。

【海烈婦】傳奇名。亦作此丈夫。又作三異記。清人餘不鄉後人撰。

【海雪吟】傳奇名。清人陳烺撰。爲玉獅堂十種曲之一。

【海棠仙】雜劇名。正題南極星度脫海棠仙。明人朱有燉撰。

【海棠亭】雜劇名。正題風月海棠亭。明人楊訥撰。

【海棠春】曲牌名。南曲入雙調引。管色配乙字調或正工調。

【海棠風】雜劇名。明人王子一撰。

【海棠緣】傳奇名。孫偀撰。

【海猴兒】見孩兒條。

【海潮音】傳奇名。清人張大復撰。

【海鹽腔】戲曲腔調名。今樂考證引翟灝云：「明中葉時。海鹽少年多善歌。蓋出於澉浦楊氏。其先康惠公梓與貫雲石交善。得其樂府之傳。今俗所謂之海鹽腔。實發於貫酸齋。源流遠矣。」徐渭云：「海鹽腔者。嘉、湖、溫、台用之。」

【海來道人】見路惠期條。

【海浮山堂詞稿】書名。別題海浮馮先生山堂詞稿。簡稱山堂詞稿。明人馮惟敏撰。凡四卷。收散曲五套。雜劇二種。有民國二十年任訥輯上海中華書局散曲叢刊所收本。

【海門張仲村樂堂】見村樂堂條。

【海神廟王魁負桂英】見負桂英條。

【海浮馮先生山堂詞稿】見海浮山堂詞稿條。

【唐英】清代戲曲家。字雋公。（亦作俊公。）一字叔子。號蝸寄老人。（亦作蝸寄居士。）瀋陽人生卒年不詳。約清乾隆初前後在世。嘗主官窰事。親製書畫詩。付窰陶成屏對。今稱「唐窰。」又善製曲。著有雜劇一十三種。曰轉天心。曰清忠譜正案。曰雙釘案。（原名釣金龜。）曰巧換緣。曰三元報。曰蘆花絮。曰梅龍鎮。曰麪缸笑。曰虞兮夢曰英雄報。曰女彈詞。曰長生殿補闕。曰十字坡。合題古柏堂傳奇。據曲錄所載目錄。概爲一齣或四齣之雜劇。內三種。吳梅戲曲概論列之於傳奇中焉。

【唐寅】　劇中人。明吳縣人。字伯虎。一字子畏。號六如。弘治中鄉試第一。被累謫爲吏。不就。歸家放浪以終。寅性穎異。詩文尚才情。與徐禎卿等四人。稱吳中四才子。尤以善畫名。著有畫譜畫集。見花舫緣、文星現、才人福各分條。

【唐復】　明代前期戲曲家。字以初。號冰壺道人。京口（今江蘇丹徒）人。移居金陵。生卒年不詳。約洪武初年在世。曉音律。善爲曲。所著雜劇。僅知陳子春四女爭夫一種。未見流傳。太和正音譜評其曲曰：「如仙女散花。」

【唐鼓】　樂器名。一名大鼓。亦名堂鼓。禰衡衣綵衣所擊者是也。其器。以木爲匡。冒以革。面黃油。匡珠油。繪五彩雲龍。腹內安銅膽。周圍鍍金釘。四旁鍍金環。平懸架上。用於丹陛樂。

【唐三藏】　劇中人。唐高僧。河南偃師人。俗姓陳氏。潁川陳仲弓之後。貞觀元年。年二十六。以東土諸師宗途各異。聖典亦有隱顯。不知所從。遂發心周遊西域。貞觀十八年歸國。以所獲梵本六百五十七部獻於朝。太宗命於弘福寺翻譯群經。高宗時以玉華宮爲寺。使玄奘居之。共譯經論七十五部。都千有三百餘卷。見蓮花筏、西遊記各分條。

【唐太宗】　劇中人。高祖次子。名世民。聰明英武。兼通文學。隋末。佐高祖起兵。平定四方。代隋而有天下。高祖既即位。封爲秦王。旋晉封爲天策上將。在位二十三年崩。廟號太宗。見三奪槊、單鞭奪槊各分條。

【唐玄宗】　劇中人。一稱明皇。名隆基。睿宗第三子。初封臨淄王。少英武。有權略。韋氏亂作。起兵平之。奉睿宗即位。尋嗣立爲帝。先後用姚崇宋璟爲相。宇內昇平。世稱開元之治。後嬖幸楊太眞。寵任楊國忠李林甫等。國政日非。安祿山反。奔蜀。肅宗即位。尊爲上皇。在位四十四年。見廣陵月、驚鴻記、貶夜郎、長生殿、沈香亭、梧桐雨各分條。

【唐多令】　曲牌名。南曲入仙呂宮引。北曲入高平調。管色配小工調或尺字調。

【唐明皇】　見唐玄宗條。

【唐莊宗】　雜劇名。正題敬新磨戲諫唐莊宗。元人周文質撰。

【唐韻正】　書名。凡二十卷。清人顧炎武撰。爲音學五書之一。

【唐宋大曲考】　書名。凡一卷。近人王國維撰。有藝文印書館論曲五種所收本。

【唐苑鼓催花】　雜劇名。明代無名氏撰。花鳥爭奇謂。此劇屬南腔。

【唐太宗哭魏徵】　見哭魏徵條。

【唐明皇遊月宮】　見幸月宮條。

【唐三藏西天取經】　見西天取經條。

【唐伯亨八不知音】　南戲名。亦作唐伯亨因禍致福。元代無名氏撰。永樂大典卷一三九八七南詞敍錄、宋元戲文本事、南戲百一錄俱錄此目。南九宮譜及九宮大成南北宮詞譜中。僅存殘文四曲。

【唐李靖陰山破虜】　見陰山破虜條。

【唐太宗驪山七德舞】　見七德舞條。

【唐伯虎千金花舫緣】　見花舫緣條。

【唐明皇七夕長生殿】　雜劇名。明人汪道昆撰。

【唐明皇秋夜梧桐雨】　見梧桐雨條。

【唐明皇啓瘞哭香囊】　見哭香囊條。

【桃花女】　雜劇名。正題破陰陽八卦桃花女。元人王曄撰。演桃花女與名周公之術士鬬法獲勝事。略謂洛陽村中有名周公者善卜算。任二公有女。曰桃花女。解禳法。周算石留住及彭祖各當於某時死。皆從女禳法得活。周大恚恨。復設計強娶女爲媳。預定新婦出門登車以至成婚之時。皆犯兇神惡煞。無可避。而女已一一知之。備諸雜物一一破之。周益憤。欲傷女本命。復爲女所破。周始大慚服。終身不復言陰陽卜算。今安慶梆子有桃花女與周公鬬法一劇。本此而成。

【桃花吟】　雜劇名。清人曹錫黼撰。演崔護謁漿事。

【桃花扇】　傳奇名。凡四十齣。清人孔尚任撰。略謂明末。歸德侯方域僑寓南京。魏閹黨徒阮大鋮屢欲納交。反遭鄙辱。北都既陷。福王即位南京。大鋮握政權。思有以報復之。舊院名妓李貞麗。假女香君美而豔。延固始蘇崑生教以詞曲。由楊文驄之介。許身方域。左良玉鎮守武昌。因讒。欲就食南京。良玉固方域父之舊部。因代作父書。令說書人柳敬亭齎往止之。大鋮乃謂良玉之來。方域所招也。方域恐及禍。投史可法於揚州。撫臣田仰欲強娶香君。香君峻拒。破額流血。汚及方域所贈詩扇。貞麗不得已。冒作香君以行。文驄就詩扇血跡。繪作折枝桃花。香君倩崑生覓寄方域。方域回南京。香君又被選入宮。不得一見。時大鋮方搜捕東林復社之人。被執繫獄中。會清兵南下。南明瓦解。方域出獄。香君出宮。相遇於白雲庵。聽張薇說法。悟人世之虛浮。遂棲心道門云。（元明清曲選）相傳聖祖最喜此曲。內廷宴集。非此不奏。自長生殿進御後。此曲稍衰矣。聖祖每至設朝選優諸折。輒皺眉頓足曰。弘光弘光。雖欲不亡。其可得乎。往往爲之罷酒云。

【桃花笑】　傳奇名。明人阮大鋮撰。

【桃花浪】　曲牌名。北曲入商調。管色配六字調或凡字調。

【桃花記】　傳奇名。明人金懷玉撰。

【桃花源】　(一)雜劇名。明人葉憲祖撰。劇品謂此劇：「南北四折。傳之飄洒有致。桃源一逕。宛在目前。覺許時前之一折。不免淺促。」(二)傳奇名。清人尤侗撰。爲西堂曲腋六種之一。第一折演歸去來。第二折演白衣送酒。第三折演虎溪三笑故事。第四折淵明作生壙自祭。遂結以入桃源洞成仙事云。(三)傳奇名。清人楊恩壽撰。爲坦園六種之一。

【桃花莊】　雜劇名。明人凌濛初撰。按此爲作者另一戲曲顚倒因緣之初稿。

【桃花夢】　傳奇名。清人蔣狄崖撰。

【桃紅菊】　曲牌名。南曲入仙呂入雙調。

【桃符記】　(一)雜劇名。正題太乙仙夜斷桃符記。明代無名氏撰。(二)傳奇名。明人沈璟撰。爲屬玉堂十七種之一。略謂樞密傳忠有妾名青鸞。夫人雲氏妬之。將令家人王慶殺之。軍牢賈順以計令之遁。賈順妻鄷氏夙與王慶私通。謀殺夫。投之枯井中。青鸞走宿黃公店。店小二迫奸。拒之。爲所殺。用桃符一片揷其鬢上以鎭壓之。埋後園中。適有劉天儀者宿此店。青鸞魂現。詭稱鄰女。互以後庭花詞酬唱。後起訴訟。開封尹包拯審理之。發見兩屍。遂置下手人於罪云。吳天成曲品：「卽後庭花劇而敷演之者。宛有情致。時所盛傳。」焦循劇說：「鄭庭玉作後庭花雜劇。只是本色處不可及。沈寧庵演爲桃符。排場賓白用意。遜鄭遠矣。」

【桃源洞】㈠雜劇名。正題劉晨阮肇桃源洞。明人汪元亨撰。㈡見悞人桃源條。

【桃源景】見風月姻緣條。

【桃谿雪】傳奇名。淸人黃憲淸撰。凡二十齣。爲倚晴樓七種之一。吳梅曲選：「此曲記吳絳雪事。絳雪名宗愛。永康人。父士騏。以明經任仙居。嘉、善、嵊三縣校官。絳雪幼隨侍。承其家學。善書畫音律。尤工於詩。著有六宜樓稿。歸同邑諸生徐明英。未幾而寡。康熙十三年。耿精忠叛於閩。其僞總兵徐尚朝等。寇陷浙東。及攻取金華。過永康。艷絳雪名。欲致之。永康故無城可守。衆慮蹂躪。邑父老與其夫族謀。以絳雪紓難。絳雪夷然就道。至三十里坑。以渴飲紿賊。即墜崖死。韻珊此曲即歌詠吳氏也。」

【桃花人面】㈠雜劇名。凡五齣。明人孟稱舜撰。演崔護事。取護詩「人面桃花相映紅」句以名。略謂靑年崔護。淸明日。遊城南。買醉。忽覺口渴。入桃花村叩一家門。有年輕美女。出給茶水。其名曰葉蓁兒。父外出。一人守家焉。崔生情動。蓁兒亦心許。明年淸明崔生再訪之。門下鎖。乃題一詩於門上而去。蓁兒與父掃墓歸來。以未能相逢爲憾。悲感數日而死。適崔護至。聞之慟哭。乃枕其屍於己膝上祝之。忽回生。遂爲夫婦。中國近世戲曲史　按白仁甫尙仲賢均有此劇。明人登樓記、題門記、桃花莊等。均演此事。㈡雜劇名。淸人舒位撰。

【桃柳爭春】曲牌名。南曲入越調引。管色配六字調或凡字調。

【桃葉渡江】戲曲名。淸人石韞玉撰。爲花間九奏之一。

【桃園結義】雜劇名。正題劉關張桃園三結義。元明間無名氏撰。

【桃源漁父】戲曲名。淸人石韞玉撰。爲花間九奏之一。

【孫柚】戲曲家。字梅錫。常熟人。生卒年不詳。約萬曆初年在世。著有傳奇琹心記一種。傳於世。

【孫僎】戲曲家。字商聲。詩文簡潔有法度。性孤冷。不喜齷俗。每就研席。輒怒其館主。不合而去。所著海棠緣傳奇。痛詆傖父。蓋以此也。

【孫臏】劇中人。戰國齊人。孫武之後。與龐涓俱學兵法於鬼谷子。後涓爲魏將。嫉臏之能。陰使召臏至。藉法臏其足。鯨其面。欲使隱勿見。會齊使者至魏。載與俱歸。威王以爲師。後齊與魏戰。臏設計困涓於馬陵。萬弩俱發。涓智窮自剄。臏以此名顯天下。世傳其兵法。見馬陵道條。

【孫權】 劇中人。三國吳開國之主。字仲謀。性度弘朗。仁而多斷。繼兄策之後。擁有江東地。西破黃祖。助劉備破曹操於赤壁。遂稱帝。都建業。國號吳。卒後子亮繼立。追尊爲大帝。世稱吳大帝。在位三十一年。

【孫愐】 人名。唐天寶中官陳州司法。精音韻之學。嘗刊正隋陸法言之切韻爲唐韻。

【孫子羽】 元代末期戲曲家。儀眞（今江蘇省儀眞縣）人。生卒年不詳。約至正初年在世。所著雜劇。僅知杜秋娘月夜紫鸞簫一種。今不傳。太和正音譜評其曲曰：「眞詞林之英傑。」

【孫仁儒】 明代戲曲家。號峨眉子。又號白雲樓主。四川人。生卒年無考。著有傳奇醉鄉記、東郭記二種。並傳於世。

【孫元寶】 南戲名。元代無名氏撰。南戲拾遺輯錄此目。

【孫仲章】 元代初期戲曲家。或云李姓。大都（今北平）人。生卒年不詳。約至元中前後在世。工作曲。著有雜劇三種。曰河南府張鼎勘頭巾。曰金章宗斷遺留文書。曰卓文君白頭吟。前一種傳。後二種不傳。

【孫叔敖】 人名。春秋楚人。蒍賈之子。亦曰蒍敖。（按孫星衍問字堂集云「蒍敖字孫叔」）兒時道見兩頭蛇。以聞人言。見此蛇者必死。自以爲將死而恐後人見之而又死。乃殺而埋之。然竟不死。乃長性恭儉。代虞丘爲楚相。施教導民。三月而楚大治。莊王以霸將死。戒其子曰：「王封汝。汝必無受善地。有寢丘者。前有妬谷後有戾丘其名惡。可長有。」王如其言封之。其祀十世不絕。

【孫菊仙】 人名。清天津人。本名濂。同光之世。初習武。後爲京劇伶。嘗供奉內廷。工老生。以音調宏放著。效之者號爲孫派。

【孫源文】 戲曲家。字南公。號笨菴。江蘇無錫人。生卒年不詳。約崇禎中葉前後在世。工樂府。兼作曲。著有雜劇餓方朔一種。傳于世。

【孫恪遇猿】 雜劇名。元人鄭廷玉撰。

【孫康映雪】 雜劇名。元人關漢卿撰。

【孫權哭周瑜】 見哭周瑜條。

【孫武子教女兵】 見教女兵條。

【孫孔目智賺明昌夢】見明昌夢條。

【孫玉蓮秋月鸞鳳記】雜劇名。明代無名氏撰。

【孫眞人南極登仙會】見南極登仙條。

【破】古方言。猶了也。着也。例如董西廂：「我團著這妮子做破大手脚。」一言我猜定這妮子做了手脚也。董西廂：「聽說破。聽說破。張生低告道。姐姐言語錯。」一聽說破。猶云聽說著也。

【破盤】古方言。謂祭物盛於盤中。祭畢即就墓地食其餕餘。曰破盤。例如老生兒：「奠了酒。烈了紙錢。祭祀已畢。我可破盤咱。」

【破賺】古方言。即破綻也。

【破臉】臉譜名。凡三塊瓦之臉。額間勾有異色花紋者。大都皆爲破臉。

【破天陣】雜劇名。正題楊六郎調兵破天陣。元明間無名氏撰。

【破金歌】曲牌名。南曲入仙宮入雙調。

【破雨傘】雜劇名。正題窮解子破雨傘。元人李取進撰。

【破苻堅】見蔣神靈應條。

【破風詩】雜劇名。正題招涼亭賈島破風詩。元明間無名氏撰。

【破陣子】曲牌名。南曲入正宮引。管色配小工調或尺字調。

【破陣樂】陳暘樂書云：「唐破陣樂屬龜茲部。秦王所製。舞用二千人。皆畫衣甲。執旗旆。外藩鎭春衣犒軍設樂。亦舞此曲。兼馬軍引入場尤壯觀也。」

【破黃巾】雜劇名。明代無名氏撰。

【破窰記】㈠雜劇名。正題呂蒙正風雪破窰記。元人王實甫撰。演呂蒙正少時貧困。屈居破窰。並寄食白馬寺中。及得官歸。則見寺中舊題處。皆爲碧紗所籠事。略謂呂蒙正未達時。與其友寇準同居破窰中攻讀。遇洛陽富人劉仲實。令女月娥抛綵毬招婿。適中呂。月娥遂嫁之。同居破窰中。無悔意。蒙正一貧如洗。常赴白馬寺乞齋度日。既久。爲寺僧所厭。改爲飯後鳴鐘以拒之。且備加譏刺。蒙正不堪。乃於寺壁書：「男兒未遇氣冲冲。懊惱闍黎飯後鐘。」二語而去。劉仲實既以女嫁蒙正。嫌其貧窶。欲令女與之離異。女不肯。仲實怨。盡毀窰中諸物而去。寇準知悉。乃挽蒙正赴京求官。十年後。蒙正顯達。得洛陽縣令。準亦狀元及弟。拜萊國公之職。蒙正爲探其妻貞節與否。微行訪之。知其賢。始相團聚。再入白馬寺中。則見寺僧珍護往者題句。籠以碧紗。蒙正乃索筆續之曰：「十年前時塵土暗。今朝始得碧紗籠。」寺僧並告蒙正。向日之所以飯後鳴鐘。蓋爲婦翁劉仲賢陰使。以激蒙正上道者。於是翁婿父女。歡好如故云。（現存元人雜劇本事考）㈡雜劇名。正題呂蒙正風雪破窰記。元人關漢卿撰。

【破題兒】　古方言。即開始也。按詞賦及後來制藝篇章。首數句須點出題旨。謂之破題。因以爲喻。

【破家子弟】　雜劇名。正題東堂老勸破家子弟。元人秦簡夫撰。演李實教導故人遺孤揚州奴。使能改過自新。並爲保全家產事。略謂有趙國器者。以經商起家。子名揚州奴。不肖。趙憂慮成疾。臨歿託孤於老友李茂卿。暗寄課銀五百錠。爲救子之用。趙歿。揚州奴親信淫朋。迷戀花酒。李茂卿苦勸且杖之。不聽。卒至家產盡廢。挈妻住破窰。爲乞丐。後借得少貲。爲負販以餬口。勤苦節嗇。李則暗以趙所寄銀。盡收趙子所廢產。迨察趙子已誠悔悟改。乃悉舉以歸趙子焉。

【破愁四劇】　見謨觴閣破愁四劇條。

【破慳道人】　見徐復祚條。

【破苻堅蔣神靈應】　見蔣神靈應條。

【破幽夢孤雁漢宮秋】　見漢宮秋條。

【破陰陽八卦桃花女】　見桃花女條。

【晉充】　見劉方條。

【晉叔】　見臧懋循條。

【晉音】　見高奕條。

【晉卿】　見畢萬侯條。

【晉蕃】　見賈鳧西條。

【晉文公】　劇中人。春秋諸侯。名重耳。獻公次子太子申生弟。獻公殺申生。重耳奔狄。秦穆公乃求得重耳。發兵納爲晉侯。公任用諸賢。納周襄王。救宋破楚。繼齊桓公爲諸侯盟主。子孫繼其霸業凡百餘年。見介子推條。

【晉春秋】　傳奇名。淸人看雲主人撰。

【晉陶母剪髮待賓】　見剪髮待賓條。

【晉劉阮悞入桃源】　見悞入桃源條。

【晉謝安東山高臥】　見東山高臥條。

【晉文公火燒介子推】　見介子推條。

【晉庾亮月夜登高樓】　見南樓月條。

【鬼門】　古方言。戲場伶人出入之門。謂之鬼門。例如湯顯祖還魂記：「向鬼門丟花介。」亦作鬼門道。蘇東坡詩：「搬演古人事。出入鬼門道。」

【鬼三台】　曲牌名。北曲入越調。管色配六字調或凡字調。又入中呂宮。管色配小工調或尺字調。

【鬼元宵】南戲名。元代無名氏撰。南詞敍錄輯錄此目。

【鬼法師】南戲名。元代無名氏撰。南戲百一錄輯錄此目。

【鬼風月】雜劇名。正題丁香回回鬼風月。元人于伯淵撰。

【鬼推門】雜劇名。正題胭脂女子鬼推門。明人郲經撰。

【鬼做媒】見薛雲卿鬼做媒條。

【鬼提牢】雜劇名。正題清廉司吏鬼提牢。元明間無名氏撰。

【鬼團圓】雜劇名。正題荒墳梅竹鬼團圓。元人關漢卿撰。

【鬼擘口】雜劇名。正題張小屠智賺鬼擘口。元明間無名氏撰。

【鬼子揭鉢】南戲名。元代無名氏撰。南戲拾遺輯錄此目。

【鬼子母揭鉢記】雜劇名。元人吳昌齡撰。

【哭存孝】雜劇名。正題鄧夫人苦痛哭存孝。元人關漢卿撰。演李克用義子存孝爲李存信、康君立讒死。克用夫人劉氏爲存孝雪冤事。略謂唐末時。晉王李克用義子。存孝存信二人不睦。存信乃與克用部將康君立合力。時欲陷存孝。存孝力破黃巢。定唐有功。克用本許以潞州上黨郡鎭守。後以存信君立之請。改命存孝鎭守邢州。潞州上黨郡則令存信君立往焉。存孝雖內懷不服。而亦無如之何也。存孝既至邢州。存信又與君立謀。傳克用意旨。命存孝改用原名(安敬思。)存孝不疑而遵其命。存信與君立遂譖之於克用。以爲存孝擅復本姓。有反叛意。欲擧兵討伐。克用夫人劉氏不以爲然。奉命親往探詢。存孝果改名安敬思。然已知中存孝君立之計也。劉夫人因勸存孝。往見克用釋疑。存孝既至。存信君立恐禍及己。乘克用酒醉之際。取得亂命。將存孝五裂身死。存孝既死。其妻鄧氏往哭之。是爲劇名之由來。克用酒醒。聞劉夫人之說。始知存信君立之奸謀。遂亦命車裂二豎。爲存孝報冤云　現存元人雜劇本事考

【哭歧婆】曲牌名。南曲入仙呂入雙調。(實即仙呂宮。)

【哭周瑜】雜劇名。正題東吳小喬哭周瑜。元人石君寶撰。

【哭昭君】　雜劇名。正題漢元帝哭昭君。元人關漢卿撰。

【哭相思】　曲牌名。南曲入南呂宮引。管色配六字調或凡字調。

【哭香囊】　雜劇名。正題唐明皇啓瘞哭香囊。元人關漢卿撰。

【哭孫子】　雜劇名。正題王太后捽印哭孫子。元人鄭光祖撰。

【哭晏嬰】　雜劇名。正題齊景公哭晏嬰。元人鄭光祖撰。

【哭韓信】　雜劇名。正題漢高祖哭韓信。元人鄭廷玉撰。

【哭魏徵】　雜劇名。正題唐太宗哭魏徵。元人關漢卿撰。

【哭秦少遊】　見秦少遊條。

【哭倒長安街】　見沒奈何條。

【倒】　古方言。猶移也。換也。例如桃花女：「你只管裏把這兩領席倒來倒去。是甚麼主意。」倒來倒去。猶云移來移去也。單鞭奪槊楔子：「誰想他倒下座空城。被唐兵圍住。裏無糧草。外無救兵。」倒下猶云換下。言將城中兵馬糧草搬移一空。換了座空城也。

【倒大】　古方言。猶云絕大也。例如劉行首：「你跟著我脫凡塵。倒大清高。」倒大淸高。絕大淸高也。亦作倒大來。例如誤入桃源：「倒大來福分也麼哥。恰做了襄王一枕高唐夢。」倒大來福分。猶云絕大福分也。

【倒板】　皮黃板式名。爲散板之一種。出場前多唱之。例如武家坡：「一馬離了西涼界。」爲西皮倒板。

【倒嗓】　唱戲者喉嚨失音。謂之倒嗓。本作倒倉。梨園佳話：「佳喉善唱。一經倒倉便啞。倒倉云者。謂蓄所蓄而出之。猶醫家之倒倉法也。」

【倒斷】　古方言。猶云解結也。了結也。例如任風子：「你不家去呵。與我個倒斷。你休了我者。」此爲任風子妻勸任風子歸家時語。猶云與我個解決或與我個了結也。

【倒拖船】　曲牌名。南曲入仙呂入雙調。

【倒精忠】　見如是觀條。

【倒鴛鴦】　傳奇名。明人朱寄林撰。

【鬥】　見鬭條。

【鬥茗】　見鬭茗條。

【鬥風情】見鬭風情條。

【鬥卿耍】見鬭卿耍條。

【鬥龍圖】見鬭龍圖條。

【鬥雞會】見鬭雞會條。

【鬥鵪鶉】見鬭鵪鶉條。

【鬥寶蟾】見鬭寶蟾條。

【鬥蝦蟆】見鬭蝦蟆條。

【夏重】見查慎行條。

【夏綸】清代戲曲家。號惺齋。浙江錢塘人。生於清聖祖康熙十九年。卒於乾隆十八年以後。年在七十四歲以上。十四歲。始應康熙三十二年鄉試。連舉八次不第。年垂六十。於乾隆元年被召博學鴻詞科上京。有阻止者。因歸山著述自娛殘年。所著曲有杏花村、瑞筠圖、廣寒梯、花萼吟、南陽樂（以上合稱惺齋五種）、無瑕璧、（以上總題新曲六種）等六種。皆寓勸戒之意。梁廷枬曲話：「惺齋作曲。皆意主懲勸。常舉忠孝節義。各撰一種。以無瑕璧言君臣。教忠也。以杏花村言父子。教孝也。以瑞筠圖言夫婦。教節也。以廣寒梯言師友。教義也。以花萼吟言兄弟。教弟也。事切情眞。可歌可泣。婦人孺子。觸目驚心。洵有功世道之文哉。」

【夏艷】見四艷記條。

【夏六賢】雜劇名。明人李槃撰。劇品謂此劇：「北一折。少康一旅。以六賢復國。入之傳奇。有何景趣。」

【夏伯和】人名。號雪簑釣叟。生卒年不詳。約洪武元年在世。文章妍麗。樂府極多。著有青樓集。鄒經爲之跋。

【夏秉衡】清代戲曲家。著有傳奇八寶箱一種。

【夏綸五種】戲曲別集名。亦作惺齋五種。清人夏綸撰。共收傳奇杏花村、瑞筠圖、廣寒梯、花萼吟、南陽樂等五種。

【袁聲】清代戲曲家。山東濟南人。生卒年不詳。約康熙中葉在世。著有傳奇領頭書一種。傳於世。

【袁于令】清代戲曲家。原名韞玉。字令昭。一字鳧公。號籜庵。又號幔亭白賓。筆名于叔夜。別署吉衣主人。明末諸生。早歲居蘇州因果巷。以一妓女事除名學籍。順治二年。清兵南下時。其鄉里紳士托彼作降表進呈。因此功敍爲荆州太守。然十年不見陞道。上司謂之曰：「聞貴府有三聲：棋聲。曲聲。牌聲。」袁答曰：「聞公署中亦有三聲：算盤聲。天平聲。板子聲。」上司大怒。立免其職。

後年逾七旬。尚強作少年態。喜談閩中事。晚年寓浙江會稽忽染異疾。不食者二十餘日而卒。其時當在康熙十三年也。所著傳奇七種。曰西樓記。曰金鎖記。曰玉符記。曰珍珠記。曰鷫鸘裘（以上五種合題劍嘯閣傳奇。）曰長生樂。曰瑞玉記。另雜劇一種。曰雙鶯傳。

【袁道人】　清代戲曲家。著有傳奇玉符記一種。

【袁氏義犬】　見義犬記條。

【袁盎卻座】　雜劇名。正題郎中令袁盎卻座。元人王仲元撰。

【袁覺拖笆】　雜劇名。元明間無名氏撰。

【荊軻】　劇中人。戰國齊人。徙於衞。字公叔。衞人稱之慶卿。後至燕。燕人謂之荊卿。好讀書擊劍。燕太子丹客之。欲令劫秦王。反諸侯侵地。不可。因而刺殺之。軻請樊於期首。懷匕首及督亢地圖以行。至秦。獻秦王。圖窮而匕首見。揕秦王。不中。遂遇害。見易水寒條。

【荊山玉】　曲牌名。北曲入雙調。管色配乙字調或正工調。

【荊釵記】　傳奇名。爲荊、劉、拜、殺四大傳奇之一。此記作者。曲品、曲目、曲話諸書。均作柯丹邱。王季烈螾廬曲談謂係明寧獻王權。演王十朋與錢玉蓮戀愛故事。王應奎柳南隨筆：「玉蓮實錢氏。本倡家女。初王與之狎。錢心已許嫁。後王狀元及弟歸。不復顧。錢憤投江死。事見湘靈集。」按徐渭南詞敘錄著錄王十朋荊釵記兩本。一爲宋元間無名氏舊篇。一爲明李景雲撰。

【荊公遺妾】　雜劇名。元人喬吉撰。

【荊石山民】　見黃兆魁條。

【荊娘盜果】　雜劇名。正題賢達婦荊娘盜果。元人春牛張撰。

【荊劉拜殺】　謂荊釵記、白兔記、幽閨記、殺狗記四劇曲也。靜志居詩話：「識曲者以荊、劉、拜、殺爲四大傳奇。」曲話：「荊、劉、拜、殺、曲文俚俗不堪。殺狗記尤惡劣之甚者。以其法律尙近古。故曲譜多引之。」李調元雨村曲話：「荊、劉、拜、殺、爲四大家。而長才如琵琶。猶不得與。以琵琶漸開琢句修詞之端也。」

【荊楚臣重對玉梳記】　見玉梳記條。

【宮】　㈠五音調或七音調之第一音也。管子地員篇曰：「凡聽宮。如牛鳴窌中。」㈡喉音也。樂府傳聲所載辨五音訣曰：「欲知宮。舌居中。」

【宮調】　宮調之立。本之五聲十二律。今曲中所言宮調。卽限定某曲當用某管色或某結聲也。吳梅顧曲麈談云：「宮調者。所以限定樂器管色之高低也。」童斐中樂尋源云：「各聲聯絡組織以成一章。視其結聲以定宮調之名。結聲於宮。則以宮稱。結聲於商角徵羽。則以調稱。宮調之取義如此。」按元曲每折之首曲。常標明宮調。如云仙呂粉蝶兒。仙呂者。宮名也。粉蝶兒者。屬於仙呂宮之曲名也。又如雙調新水令。雙調者。調名也。新水令者。屬於雙調之曲名也。

【宮天挺】　元代中期戲曲家。字大用。大名開州（今河北大名縣）人。生卒不詳。約至元末年前後在世。鍾嗣成父與之爲莫逆交。嗣成幼時。常得侍坐歷學官。除釣台書院山長。嘗爲權豪所中。終不見用。卒於常州。著有雜劇六種。曰死生交范張雞黍。曰嚴子陵垂釣七里灘。曰宋仁宗御覽托公書。曰使河南汲黯開倉。曰宋上皇御賞鳳凰樓。曰棲會稽越王嘗膽。前二種傳。後四種不傳。王國維戲曲史：「宮大用瘦硬通神。獨樹一幟。以唐詩喻之。大用則似韓昌黎。以宋詞喩之。大用則似張子野。雖地位不必同。而品格則略相似也。」太和正音譜評其曲曰：「如西風雕鶚。」

【宮娥泣】　曲牌名。南曲入中呂宮。管色配小工調或尺字調。

【宮梟記】　傳奇名。淸人嗇軒道人撰。

【宮女丫環】　脚色名。旦之一種。此爲皮黃班之特有名詞。其性質與雜劇之卜兒。傳奇之雜旦相似。齊如山云：「大致倒嗓之後。或有嗓而不會唱。沒法子。只好專扮無唱工無動作之宮女丫環。所以俗呼跑宮女丫環的。」

【宮調風月紫雲亭】　見紫雲亭條。

【桂馥】　淸代戲曲家。字東卉。號未谷。別署老苕。山東曲阜人。生於乾隆元年。卒於嘉慶十年。享年七十歲。乾隆五十五年進士。官永平知縣。以文字著。嘗倣徐渭四聲猿作後四聲猿雜劇。卽放楊枝、投溷中、謁帥府、題園壁是也。

【桂花風】　雜劇名。明人胡文煥撰。劇品謂此劇：「南北六折。此等話頭。雖不妨出相。然亦終非雅謔。」

【桂花塔】　傳奇名。淸人左璜撰。

【桂花精】　雜劇名。元明間無名氏撰。

【桂枝香】　(一)傳奇名。淸人楊恩壽撰。爲坦園六種之一。演文人田春航與俳優李桂芳戀情事。本小說品花寶鑑敷演成劇。或云。劇中田春航係影射碩學畢秋帆者。相傳秋帆會試不第留京師。名旦李桂芳一見傾心。固要主其家。朝夕激勵。乾隆二十五年。秋帆以狀元及第。當時因稱桂芳曰狀元夫人云。㈡曲牌名。南曲入仙呂宮。管色配小工調或尺字調北曲入仙呂調隻曲。

【桂林霜】 傳奇名。亦作賜衣記。凡二十四齣。清人蔣士銓撰。爲藏園九種曲之一。演清初馬雄鎭全家殉難廣西事。略謂康熙初年。吳三桂據雲南謀叛時。廣西將軍孫延齡與之勾通。擧兵迫巡撫馬雄鎭降之。巡撫不應。遂繫其全家於獄者四年。後吳三桂遣其孫吳世宗斬孫延齡。禮遇馬雄鎭。勸其降服。雄鎭不屈。罵賊而死。其家眷僕婢等二十數人皆殉焉。（中國近世戲曲史）

【桂英記】 雜劇名。元代無名氏撰。

【時】 古方言。猶呵也。啊也。例如裴度還帶：「比及你受困時。你投托個相知。」言與其受困呵。不如投托個相知也。又如黃鶴樓：「玄德公也。若你不來時。萬事罷論。若來呵。便插翅也飛不過這大江去。」時字與呵字對擧。時卽呵也。

【時下】 古方言。猶云目下也。一時也。例如破窰記：「雖然是時下貧。有朝發憤日。那其間報答恩德。」又如王粲登樓：「時下便有些怪。到後來謝也謝不及哩。」亦作時間。例如剪髮待賓：「雖則時間受困。久後必然發跡。」又如雲窗夢：「也待花滿眼。酒盈尊。奈時間受窘。」

【時可】 見馮之可條。

【時泉】 見許潮條。

【時務】 古方言。猶云時候也。時世也。例如救孝子：「那時是五月中旬。正是個農忙時務。」此言農忙時候也。東堂老：「誰個年小無徒。他生在無憂愁太平時務。」此言太平時世也。

【時齋】 見程枚條。

【豹先】 見鄭之文條。

【豹子和尙】 雜劇名。正題豹子和尙自還俗。明人朱有燉撰。略謂花和尙魯智深。因殺害無罪婦女。爲宋江責打四十大棍。懷忿走出山寨。至淸溪港淸靜寺。依舊爲僧。宋江憂山寨好漢三十六人缺數。因命李逵多方勸之。再歸山寨。智深志堅不可動。因使智深舊妻攜子訪之。欲以恩愛羈絆動之。復不應。更遣魯之老母往說。亦不聽。母遂曰。如此汝之功勞反不如黑旋風。智深聽而發憤。擲僧衣將下山。忽鎮靜如舊。撫頭而思修行。再着僧衣合掌念佛不動。然憂母缺孝養。托山下張善友養之。智多星吳用遂思一計。令山寨小卒扮二行商。至智深之母處。生事。打之。智深怒。打商人。宋江及吳用忽出曰。兄弟。汝打人破戒。汝中吾等之計矣。不如捨僧衣歸山寨。至此。智深不得已而從之。三十六人之數。乃得復全。山寨張宴賀之。中國近世戲曲史

【豹子令史干請陳】　見乾請陳條。

【豹子秀才不當差】　見不當事條。

【豹子和尚自還俗】　見豹子和尚條。

【豹子尚書謊秀才】　見謊秀才條。

【粉墨】　俳優塗面。謂之粉墨。五代史伶官傳：「唐莊宗自傳粉墨稱李天下。」亦用爲塗飾之通稱。後漢書梁鴻傳：「鴻謂孟光曰。今乃衣綺羅。傅粉墨。豈鴻所願哉。」

【粉黛】　粉黛二物。並婦女裝飾所需。王粲神女賦：「質素純皓。粉黛不加。」

【粉孩兒】　曲牌名。南曲入中呂宮。管色配小工調或尺字調。

【粉紅欄】　傳奇名。淸人薛旦撰。

【粉蝶兒】　曲牌名。南曲入中呂宮引。北曲入中呂宮。管色配小工調或尺字調。

【粉墨叢談】　書名。凡一卷。淸人申江夢畹生撰。有香豔叢書所收本。

【流水】　皮黃板式名。亦稱數板。祇用於西皮。不見於二黃。例如打嚴嵩：「忽聽萬歲宣應龍……」一段。即流水也。

【流行】　戲界七行之一。俗呼龍套。亦名打旗的。齊如山云：「即戲中兩旁所站打旗當兵之人。以四人爲一堂。每一戲班。有兩堂四堂不等。龍套爲首之一人。名曰龍套頭。」

【流拍】　曲牌名。南曲入仙呂入雙調。（實即仙呂宮。）

【流星馬】　雜劇名。正題黃廷道夜走流星馬。明人黃元吉撰。

【流紅葉】　雜劇名。正題韓翠蘋御水流紅葉。元人白樸撰。

【浪旦】　見潑辣旦條。

【浪淘沙】　曲牌名。南曲入越調引。管色配六字調或凡字調。

【浪裏來】　曲牌名。北曲入商調。管色配六字調或

凡字調。

【浪裏來煞】曲牌名。北曲入商調。管色配六字調或凡字調。

【浪子回回賞黃花】見賞黃花條。

【借宮】北曲犯調。謂之借宮。吳梅云：「北曲有借宮之法。所謂借宮者。就本調聯絡數牌後。不用古人舊套。別就他宮。翦取管色相同之數曲。接續成套是也。如王實甫西廂記。用正宮端正好、滾繡球、叨叨令、倘秀才、綉滾球後。忽借用般涉調耍孩兒。以聯成套數。」

【借布衫】雜劇名。元明間無名氏撰。

【借屍還魂】㈠雜劇名。正題黑旋風借屍還魂。元人高文秀撰。㈡雜劇名。正題司牡丹借屍還魂。明人谷子敬撰。

【借燭尋珠】南戲名。元代無名氏撰。南詞敍錄輯錄此目。

【借通縣跳神師婆旦】見師婆旦條。

【送聲】樂歌一曲既終。更和以他辭。名曰送聲。

【送斷】見斷送條。

【送氣聲】發聲時。口腔中發音機關之某某兩部。成緊密之阻而發破裂聲時。氣息送出口外極重而急促者。稱爲送氣聲。

【送寒衣】雜劇名。正題孟姜女送寒衣。元人鄭廷玉撰。

【送遠行】曲牌名。北曲入越調。管色配六字調或凡字調。

【草池春】曲牌名。北曲入南呂宮。管色配六字調或凡字調。

【草堂體】明寧王權所定樂府十五體之一。太和正音譜：「草堂體志在泉石。」

【草菴歌】雜劇名。正題石頭和尚草菴歌。元人王延秀撰。

【草園閣】雜劇名。正題十八公子大鬧草園閣。元人張擇撰。

【草橋驚夢】見西廂記條。

【浣花溪】雜劇名。正題衆僚友喜賞浣花溪。元明間無名氏撰。

【浣紗女】南戲名。元代無名氏撰。南戲拾遺輯錄此目。

【浣紗記】傳奇名。凡四十五齣。明人梁辰魚撰。演范蠡西施事。本吳越世家及吳越春秋等書增飾而成。略謂越大夫范蠡與西施有婚姻之約。吳王夫差擧兵侵越。大敗之。越王句踐因吳太宰嚭以行成。句踐夫婦與范蠡遂被羈於吳。爲夫差養馬。夫差病。句踐爲嘗糞。三年。始放歸。於是臥薪嘗膽。生聚教訓。力圖雪恥。復用范蠡之謀。獻西施於吳。導夫差淫於酒色。誅伍員。親佞臣。句踐乃一擊沼吳。而范蠡功成身退。與西施一葉扁舟。歸隱湖上云。徐復祚曲論云：「梁伯龍作浣紗記。無論其關目散緩。無骨無筋。全無收攝。卽其詞亦出口便俗。一過後。便不耐而咀。然其所長。亦自有在。不用春秋以後事。不裝八寶。不多出韻。平仄甚諧。宮調不失。亦近來詞家所難。」楊坦園詞餘叢話云：「伯龍以浣紗負時名。一日鹽尹某宴集。演浣紗全本。招伯龍居上座。遇一佳句。則奉觴上伯龍壽。須立飲而盡。自前訪開場。至打圍折。所飲已無算。伯龍且醉不可支矣。及打圍開演。歌南普天樂與北朝天子一套。爲伯龍所創作。內有擺開擺開擺擺開一語。鹽尹某忽云。此惡語也。當受罰。伯龍無詞可對。則已儲汙水滿甌以待。強灌伯龍之口。遂委頓踉蹌而去云云。

【浣溪沙】　曲牌名。南曲入南呂宮。管色配六字調或凡字調。

【浣花女抱石投江】　見抱石投江條。

【病楊雄】　雜劇名。元人紅字李二撰。

【病劉千】　雜劇名。正題劉千病打獨角牛。元代無名氏撰。演劉千於病中以巧力打勝獨角牛事。略謂劉太公。深州饒陽縣人。有子名千。形體瘦弱。而終日以刺槍弄棒打拳摔跤爲事。太公弟名折拆驢。蓋因膂力過人。曾雙手折斷驢腰。故有此稱。有石州馬用者。綽號獨角牛。每年三月二十八日。於東嶽泰安神州爭交賭籌。謗排定對。世無與敵。某年角力。獨角牛在擂台上打倒折拆驢兩次。又打倒劉千之父。調戲劉千之妻。第三次復上擂台。無人敢與抗衡。時劉千在病中。乃憤而與獨角牛鬪。以巧力勝之。獨角牛倒地稱負。於是香官重賞劉千。並加賜深州饒陽縣縣令。卽日走馬赴任云。現存元人雜劇本事考

【病立小秦王】　見小秦王條。

【病打獨牛角】　見病劉千條。

【病樊噲打呂胥】　見打呂胥條。

【俳】　戲也。說文段注：「以其戲言之謂之俳。以其樂言之謂之倡。或謂之優。其實一物也。」

【俳歌】　散樂名。樂府詩集：「一曰侏儒導。自古有之。蓋倡優戲也。」南齊書樂志：「侏儒導。舞

人自歌之」。

【俳優】雜戲名。漢書霍光傳注：「俳優。諸戲也。」

【俳體】詩文之涉於遊戲者。謂之俳體。

【俳優體】明寧王權所定樂府十五體之一。太和正音譜：「詭喻婬虐。即淫詞。」

【家】古方言。語尾助辭。無意義可言也。例如董西廂：「一回家和衣睡。一回家披衣坐。」一回家。猶云一會兒也。漢宮秋：「恰纔家聳路兒熟滑。怎下的眞個長門不再踏。」恰纔家。猶云剛才也。西廂記：「怕人家調犯。若早晚夫人見些破綻。你我何安。」怕人家調犯。猶云怕張生調戲也。董西廂：「手取金釵把門打。君瑞問是誰家。」是誰家。猶云是誰也。漁樵記：「你是一個男子漢家。頂天立地。」男子漢家。即男子漢也。張協狀元戲文：「李大婆每常間忺要頭髮作頭髢。只怕我家割捨不得。若去頂上團團剪些兒子與他。看奴家要幾錢。不到不得。」我家奴家互文也。均猶云我也。巾箱本琵琶記：「妾當死於地下。以謝君家。」君家猶云君也。董西廂：「恁時悔也應遲。賢家試自心量度。」賢家猶云你也。漢宮秋：「卿家。你覷咱。則他那瘦岩岩影兒可喜殺。」卿家猶云您也。西廂記：「他是個女孩兒家。着他落後廳。」女孩兒家即女孩兒也。剪髮待賓：「咱這婦道人家。有這個信字呵。」婦道人家即婦人也。東堂老：「則俺這小乞兒家。羹湯少些薑醋。」小乞兒家即小乞兒也。硃砂擔：「你小後生家不會說話。」小後生家即小後生也。鐵拐李：「你嫂嫂是個年少婦人家。」年少婦人家即少婦也。字亦作价。蓋因家字者易與人家之家相混。故改書价也。例如梧桐雨：「一會价緊呵。似玉盤中萬顆珍珠落。一會价响呵。似玳筵前幾簇笙歌鬧。一會价渧呵。似翠巖頭一派寒泉瀑。一會价猛呵。似綉旗下數面鼙噪。」凡言一會价。皆猶云一會兒這般或一會兒這樣也。

【家門】傳奇第一齣謂之家門。吳梅曲學通論：「傳奇家門。副末開場。必云演那朝故事。那本傳奇。明人院本無不如是也。」

【家緣】古方言。即家私也。

【家有老敬老家有小敬小】古方言。猶言老吾老以及人之老。幼吾幼以及人之幼也。例如李逵負荊：「氣得咱一似那鯽魚跳。可不道家有老敬老家有小敬小。」

【索】　古方言。㈠猶應也。例如董西廂：「楚項籍。蜀關羽。秦白起。燕孫武。若比這個將軍。兵書戰策。索拜做師父。」言應拜他爲師也。㈡猶得也。例如梧桐雨：「雖無人竊聽。也索悄聲兒海誓山盟。」也索猶云也得也。㈢猶須也。例如後庭花：「何須發怒。不索生嗔。」西廂記：「不索躊躇。何須憂慮。」索與須對擧。不索即不須也。

【索是】　古方言。猶云甚是也。眞是也。例如忍字記：「如今這家緣過活兒女都是我的。倒大來索是受用快活也。」硃砂擔：「想俺這爲商賈的。索是艱難也呵。」虎頭碑：「來探你。歹孩兒。索是遠路風塵。」

【索強】　古方言。猶云賽強也。爭強也。例如巾箱本琵琶記：「忒過分爹行所爲。但索強全不顧人議。」

【索強如】　古方言。猶云賽過如也。例如賺蒯通：「我想今日封侯得這陳留邑。索強如少年逃難下邳初。」如亦作似。例如黃粱夢：「只不如苦志行修謹愼。早圖個靈丹腹孕。索強似你跨靑驢躑躅風塵。」

【索花樓】　見梅花樓條。

【展山】　見張太和條。

【展成】　見尤侗條。

【展輔】　謂發音時兩頤輔展開也。毛先舒聲音韻統論：「展輔者。口之兩旁角爲轉。丸字出口之後。必展開兩輔如笑狀。作收韻也。支、微、齊、佳、灰五韻是也。」

【展輔韻】　見韻條。

【氣分】　古方言。猶云光彩也。氣概也。例如詐妮子調風月：「大爭來怎地爭。待悔來怎地再。怎補的我這有氣分。全身體。」此言失身於人無光彩也。分亦作忿。例如哭存孝：「則俺這叫爺娘的無氣忿。今日個嫌俺沒辱你家門。」無氣忿猶云不爭氣也。

【氣癡】　戲曲名。淸人孟稱舜撰。爲四大癡戲曲之一。演殘唐再創事。

【氣英布】　雜劇名。正題漢高皇濯足氣英布。元人尚仲賢撰。演漢高祖欲挫降將英布銳氣。故濯足嫚漫以激之。布爲氣憤事。略謂楚霸王項羽與漢高祖劉邦戰於靈壁。漢軍敗績。屯兵滎陽。時英布爲當陽君。以精兵四十萬駐九江。項王徵布擊漢。楚將龍且嫉忌布。托病不赴。且譖其有叛心。項亦惑焉。漢王與張良曹參輩議招布降。典謁官隨何。少與布有舊。請往說。沛公言隨何乃豎儒。不足成大事。猶持蠅約鼇。徒供其一啜耳。何頗自負。堅請往。以二十騎詣布營。布度必下說。列刀斧儕之。何從容謂布曰：「予無所懼。惟爾禍將及身。是當憂也。」布遂延坐以詢。何曰：「公比范增若何。」布曰：「增係項謀臣。且尊爲亞父。某何敢與較。」何曰：「以增之尊。且見疑而逐。何況君乎。今項徵爾擊漢。不赴且受譖。能無疑乎。禍至必矣。」布猶豫不決。適楚使至。何伏屏後。使以項命慰布疾。何出謂楚使云：「余漢臣也。布已歸漢。命某來迎。」使愕然。何謂布曰：「使歸告項。禍及矣。宜速逐之。」布逐殺楚使。引兵歸漢。至成皐關。並無迎者。布不懌。何請先入關通報。布立馬待久之。何始出。徐謂云：「沛公昔與項王會廣武江。數項王十大罪。項以伏弩損王足指。今未瘳。不能出。請往見。」及布入。沛公倨坐。令宮人濯足。佯不爲禮。布愧甚。欲撤兵返楚。恐爲項王恥笑。留則受辱。乃讓何巧言紿己。遂引刀自刎。何勸止之。又欲領大軍入驪山。落草爲寇。而沛公率衆忽至。於布營大設筵宴鼓樂。謂曰：「公銳氣勃勃。故少加折挫耳。」乃親致酒跪拜以謝。授布九江侯。使擊楚。沛公又爲布捧轂推輪。布感公德。引兵破項奏捷云。現存元人雜劇本事考

【氣張飛】雜劇名。正題諸葛亮掛印氣張飛。元明間無名氏撰。

【起項】見陸世廉條。

【起鳳】見王翔千條。

【起霸】戲中將官在場上作種種身段。謂之起霸。齊如山云：「起霸的場子。只將官用之。凡這種場子。都是閱兵大典或要上陣的意思。按未出兵之前。必須先把全身披掛整理齊楚。便是裝扮紮束之義。」

【起調畢曲】謂曲之起音與結音也。凌廷堪燕樂考原云：「朱文公云：張功甫在行在。錄得譜子。大凡壓入音律。只以首尾二字。首一字是某調。章尾卽以某調終之。如關雎。關字合作無射調。結尾亦作無射聲應之。葛覃。葛字合作黃鐘調。結尾亦作黃鐘聲應之。」王光祈中國音樂史亦云：「在吾國音樂未用移宮換調法以前。（似從唐代起始用此法。）其雅樂之畢曲一音。必係基音。殆毫無疑義。惟起調是否亦用基音。則不得而知耳。」按曲之

起結二音。古代皆有定規。惟後人行之未嚴耳。見結聲條。

【哪吒令】曲牌名。北曲入仙呂宮。管色配小工調或尺字調。

【哪吒三變】雜劇名。正題猛烈哪吒三變化。明代無名氏撰。

【哪吒太子眼睛記】見眼睛記條。

【哪吒神力擒巡使】雜劇名。明代無名氏撰。

【眞西廂】雜劇名。淸人周聖懷撰。

【眞珠簾】曲牌名。南曲入雙調引。管色配乙字調或正工調。

【眞傀儡】㈠雜劇名。明人王衡撰。演宋杜衍入市觀傀儡事。略謂宋杜衍。官拜平章政事。封祁國公。七十致仕後。隱遊市井中。嘗着道服騎驢遊鄉下。觀桃花村祭神之傀儡戲。入不知其顯貴。輕之。座有稍知學問之趙太爺者。甚爲倨傲。侮蔑之。杜衍默不與較。尋傀儡戲開場。此非木偶。而係人扮木偶之新戲也。標題演漢丞相痛飲中書堂。曹丞相銅雀台。趙太祖雪夜訪趙普。衆以劇中故事問趙太爺。趙得意而說明之。往往有誤。杜衍從而糾正之。斯時勅使至。尋杜衍。口傳勅旨。杜衍以未攜朝衣。遂借傀儡衣冠。着之謝恩。尋又有一勅使來。賜白玉靈壽杖。赤金九霞杯等。衆人皆驚。謝前之無禮。杜衍泰然。不介之意。明日又來看傀儡戲而歸。中國近世戲曲史 顧曲雜言謂：「近年獨王辰玉太史衡所作眞傀儡沒奈何諸劇。大得金元本色。可稱一時獨步。」酹江集謂：「相傳王荆石相公壽日。辰玉作此爲尊人壽。其曲詞雋爽。不在馬東籬喬孟符之下。較鬱輪袍爲更勝矣。」

【眞情種遠覓返魂書】見波弋香條。

【烏廷慶】劇中人。見乾坤嘯條。

【烏夜啼】曲牌名。南曲入大石調。管色配小工調或尺字調。又入南呂宮。管色配六字調或凡字調。北曲入南呂宮。管色配六字調或凡字調。

【烏邱山人】見邱園條。

【烏林皓月】雜劇名。元代無名氏撰。

【消】古方言。猶値也。例如董西廂：「爲郎今夜更相訪。消得一人。因君狂蕩。不枉不枉。」消得即値得也。

【消得】古方言。猶受也。消受也。例如東窗事記：「消不得上馬金。下馬銀。也合交出朝將。入朝相。」得又作的。例如西廂記：「夫人云。休拜休拜。你是奉聖旨的女婿。我怎麼消的你拜我也。」消得與消的。皆猶云消受也。

【消災寺】 雜劇名。正題魯智深大鬧消災寺。元明間無名氏撰。

【茶】 焦循劇說：「金元人多呼女爲茶。虎頭牌旦扮茶茶。」

【茶旦】 見搽旦條。

【茶酒爭奇】 書名。凡三卷。明人鄧志謨編。專收有關茶酒之詩歌詞賦戲曲小說彙編而成。有明天啓四年淸白堂刻本。

【閃】 古方言。猶云抛撇也。例如靑衫淚楔子：「妾之賤軀。得事君子。誓托終身。今相公遠行。兀的不閃殺人也。」又如范張雞黍：「閃的我急急如漏網魚。呀呀似失群雁。忙忙似喪家狗。」

【閃板】 皮黃板式名。乃閃讓之意。即下半拍起唱也。例如烏盆計：「抓一把沙土揚灰塵……」之沙土二字。即閃板也。

【閃撒】 吳梅顧曲麈談：「牌名之聯貫。總宜布置停勻。不致太多太少。否則。少則謂之閃撒。多則謂之絮叨。」

【剛】 古方言。㈠猶偏也。例如伍員吹簫：「枉教你頂天立地。空教你帶眼安眉。剛一味。胡支對。」剛一味。猶云偏一味也。㈡猶硬也。例如㑳梅香：一忙哀告。膝跪着。強扎掙。剛陪笑。」剛陪笑猶云硬陪笑也。

【剛呂】 即今之齊齒呼也。

【剛律】 即今之開口呼也。

【留山】 見嵇永仁條。

【留生氣】 傳奇名。淸人主弧者撰。

【留鞋記】 ㈠雜劇名。正題王月英元月留鞋記。元代無名氏撰。演洛陽郭華與胭脂舖女子王月英相戀事。略謂洛陽人郭華。奉父命至京應試。以時運不濟。文場失利。乃滯留京師。與胭脂舖女子王月英相戀。常藉買胭脂爲名。得相與交談。月英亦以華翩翩少年。企慕不已。時月英已二九年華。春情難遣。思念郭華。日益憔悴。侍兒梅香譜其心曲。向月英示意。願効紅娘之勞。於是月英賦詩一首。遣梅香送與郭華。約華於當夜至相國寺觀音殿中相會。蓋値元宵佳節也。華得詩大悅。是晚應友人元夜宴畢。帶醉至相國寺踐約。時月英猶未至。華候少頃。忽忽覺神思困倦。不覺趁醉入睡。月英至。見呼華不醒。無奈留羅帕一方。繡鞋一雙而去。及華睡醒。見羅帕繡鞋。料爲月英所留。於是大悔。竟呑羅帕自盡。及其琴童尋至。華已畢命。乃以爲和尙謀殺。立至開封府告狀。府尹包拯。善斷疑案。接狀覺繡鞋一雙。事涉曖昧。乃命張千喬裝貨郎。肩擔行李於市。並以此鞋置擔上。有識鞋者。卽與本案有關。可拘捕之。事有巧合。月英之母。途遇張千。見鞋曰：「此吾女之鞋。何以在此。」張千乃拘之。又捕月英及梅香。月英始供出元夜及羅帕事。府尹以羅帕尙無着落。命張千押月英至相國寺覓之。至相國寺。月英見郭華屍體橫陳。不禁痛哭。忽見口邊露出羅帕一角。遂急抽出。華竟徐徐甦醒。觀者大驚。於是華見府尹。供明因酒醉誤約。悔恨自盡等情。至是案情大白。府尹乃斷月英嫁華成其好事云。（現存元人雜劇本事考）(二)傳奇名。明人徐霖撰。

【根芽】　古方言。猶云緣由也。例如漁陽弄：「我的根芽也沒大兜搭。都則爲文字兒奇拔。氣槩兒豪達。」

【根底】　古方言。猶云旁邊也。面前也。例如爭報恩：「我這裏急慌忙挪身起。大走到向他根底。」一此猶云走向他那邊也。小孫屠戲文：「願飛到伊行根底。同坐同行同衾睡。」一此猶云飛到伊面前也。底亦作前。例如兒女團圓：「我這大嫂根前生。所了個添添孩兒。經今可早十三年光景。」此猶云大嫂那邊也。魯齋郎：「我只得破步撩衣。走到根前。」此猶云走到那邊也。

【根脚】　古方言。猶云出身也。例如西廂記：「我仁者能仁身裏出身的根脚。」又如拜月亭：「從今後休從俺耶娘家根脚排。只做兒夫家親眷者。」

【射柳】　古代雜劇之一。陳繼儒偃曝餘談紀謂：「遼俗以鵓鴿置葫蘆中。懸之柳上。彎弓射之。矢中葫蘆。鴿輒飛出。以飛之高下爲勝負。往往會於淸明端午日。名曰射柳。」

【射金錢】　雜劇名。正題醜駙馬射金錢。元人楊顯之撰。

【射柳捶丸】　雜劇名。正題閥閱舞射柳捶丸記。元代無名氏撰。演延壽馬爲宋將。以寡勝衆。有葛監軍者與之爭功。乃設射柳捶丸之戲。角藝以決勝負事。略謂北地番將耶律萬戶。率雄兵數十萬欲與宋戰。朝命范仲淹與八府宰相韓琦、呂夷簡、葛監軍、陳堯佐、唐介、文彥博等議。葛監軍毛遂自薦。願與耶律萬戶一決勝敗。其人有勇無謀。仲淹乃從唐介之請。派女眞人延壽馬爲先鋒。葛監軍殿後。

李信爲參謀使。共往迎敵。時延壽馬因有過。謫雲州巡邊。仲淹令陳堯佐星夜宣旨。免其罪。官復原職。即日興師。陣前一戰。耶律萬戶爲延壽馬射殺。殘兵鼠竄而去。宋師大勝回朝。仲淹奉命於御園中設筵洗塵。時逢蕤賓節令。衆將例行射柳捶丸之戲。席間葛監軍與延壽馬爭功。仲淹不能定。乃言能穿楊射柳打過球門者爲勝。御賜錦袍一襲。玉帶一條。否則爲賴人功次。理當受斬。延壽馬果獲勝八府宰相共爲延壽馬稱賀云。現存元人雜劇本事考

【剔騰】　古方言。㈠揮霍也。㈡敗壞也。亦作踢蹬或踢騰。

【剔銀燈】　曲牌名。南曲入中呂宮。管色配小工調或尺字調。北曲入中呂宮。管色配小工調或尺字調。

【剔團圞】　古方言。㈠猶云非常團圓也。㈡猶云非常圓滿也。按唐人蹴踘。本圓形體。剔透皆圓滾如意。無停滯無損缺也。

【剔銀燈引】　曲牌名。南曲入中呂宮引。管色配小工調或尺字調。

【祝允明】　劇中人。明長洲人。字希哲。生而枝指。故自號枝山。又號枝指生。幼聰慧。工書能詩。及長。博覽群集。文思敏捷有奇氣。與唐寅、徐禎卿、文徵明。稱吳中四才子。性好酒色。放縱不羈弘治舉於鄉。授興寧令。擢應天府通判。病歸卒。見文星現、人才福各分條。

【祝長生】　明代戲曲家。字金粟。海鹽人。生卒年不詳。約萬曆初年在世。工曲。著有傳奇題紅記一種。

【祝英台】　㈠劇中人。東晉上虞女子。喬裝男子遊學。道逢梁山伯。同往肄業。三年。英台先返。後二年山伯歸。往訪之。始知爲女。欲娶之。而英台已許鄮城馬氏。弗遂。後山伯爲鄮令。嬰疾不起。遺命葬鄮城西。明年英台適馬氏。舟經墓所。風濤不能前。英台聞有山伯墓。臨塚哀慟。地裂而並埋焉。㈡見梁山伯條。

【悞元宵】　雜劇名。正題才子佳人悞元宵。元人曾瑞撰。

【悞入長安】　雜劇名。正題十八騎悞入長安。別稱雁門關存孝打虎。亦作李存孝悞入長安。元人陳以仁撰。

【悞入桃源】　㈠雜劇名。正題晉劉阮悞入桃源。元人馬致遠撰。事本太平廣記。寫劉晨阮肇仙風道骨

。避晉末之亂。以修眞鍊藥爲事。後採入山藥。誤入桃源。遇仙女結爲夫婦。㈡雜劇名。正題晉劉阮悞入桃源。明人陳伯將撰。

【笑中緣】　見三笑姻緣條。

【笑和尙】　曲牌名。北曲入正宮。管色配小工調或尺字調。

【笑笑緣】　傳奇名。明人程麗先撰。

【浮西施】　雜劇名。凡一折。清人徐石麒撰。爲坦庵詞曲六種之一。略謂越范蠡功成後欲身退。思西施爲妖婦。留國中終遺禍根。乃相偕至江中。擧其舊罪之理喻之。使自沉江中云。按此劇爲翻浣紗記（梁辰魚）五湖遊（汪道昆）等作。范蠡與西施重圓泛五湖之舊案者。

【浮邱傲】　傳奇名。明人王鳴九撰。

【浮區記】　見硃硃擔條。

【胭脂虎】　㈠傳奇名。清人徐石麒撰。㈡見開口笑條。

【胭脂雪】　傳奇名。清人盛際時撰。演洛陽縣隸白懷立意爲善。其子白簡顯貴事。

【胭脂舄】　傳奇名。清人李文瀚撰。

【宴金臺】　傳奇名。正題太子丹恥雪西秦。清人周文泉撰。爲補天石八種之一。演燕丹興兵滅秦事。

【宴清都洞天玄記】　見洞天玄記條。

【宴瑤池王母蟠桃會】　見蟠桃會條。

【容美田】　清代戲曲家。著有傳奇古城記一種。

【容裝科】　戲界七科之一。後台專爲旦脚化粧之人。皆歸容裝科。俗名梳頭的。齊如山云：「所有別的脚色。都可以自己化粧。就是淨脚。自己也都會勾臉。不用人伺候。惟有旦脚則須專人替他化粧。」

【容齋隨筆】　書名。宋人洪邁撰。有商務印書館排印本。

【凍蘇秦】　雜劇名。正題凍蘇秦衣錦還鄉。元明間無名氏撰。略謂蘇大公有二子。長名蘇梨。次名蘇秦。世業農。秦不喜稼穡而好仕進。與金蘭友張儀同攻詩書。兩人學成。赴京求官。途中秦病。儀乃先行。儀入咸陽。見秦王。獻策稱旨。拜右丞相。而秦困居逆旅。無以維生。遂抱病返家。時天寒降雪。秦衣衫襤褸。父母不見容。兄嫂亦倨傲。妻復語多譏諷。蓋嫌其落魄而歸也。秦正無奈。聞張儀發跡。乃往投之。儀恐秦志意不振。故相輕慢。羞辱備至。秦負氣而走。四顧茫然。將欲自縊。儀陰令僕人陳用。贈春衣一襲。白銀二錠。助其行。秦至趙國。以策說趙王。王大悅。拜爲相。又歷說韓、燕、齊、楚。官封六國都元帥。衣錦還鄉。父母兄嫂遠道迎之。秦不與爲禮。時張儀與陳用亦至。秦見用感恩下拜。而置儀於不顧。用乃具道始末。於是蘇張重修舊好。舉家歡聚稱慶云。（現存元人雜劇本事考）按史記載有蘇秦激張儀事。此劇則言張儀激蘇秦。蓋係撰者故作翻案文章也。明人徐復之所撰金印記（一名合縱記又名黑貂裘）亦演此事。

【凍吟詩踏雪尋梅】　見踏雪尋梅條。

【凍蘇秦衣錦還鄉】　見凍蘇秦條。

【烟月救風塵】　見救風塵條。

【烟月門神訴寃】　見神訴寃條。

【烟脂女子鬼推門】　見鬼推門條。

【倡】　㈠發歌也。禮樂記：「壹倡而三歎。」㈡說文段注：「以其戲言之謂之俳。以其樂言之謂之倡。或謂之優。其實一物也。」

【倡優】　漢書灌夫傳注：「倡。樂人也。優。諧戲者也。」

【倈】　古方言。此爲襯字。無意義可言也。例如來生債：「豈不聞駟馬難追。我今日一言倈既出。」本云一言既出也。寃家債主：「常言道。好人倈不長壽。這一場煩惱怎乾休。」本云好人不長壽也。又如李逵負荊：「老王倈。宋江倈。」之類。今曲本改以啦字以代之。

【倈兒】　王驥德曲律謂：「謂小廝曰倈。」例如貨郞旦中李春郞。前稱倈兒。後稱小末。則前以小末扮倈兒。蓋倈兒者。扮爲兒童狀也。春郞前幼。當扮爲兒童。故稱倈兒。後已作官。則稱小末耳。

【娘】　古方言。語助辭。無意義可言也。例如陳州糶米：「出言語不識娘羞。」十樣錦：「放你娘臭屁。我的功勞倒不如你。」合汗衫：「你也不叫。我也不叫。餓他娘老弟子。」生金閣：「渾身的害麽娘槐大血疔瘡。」紫雲庭：「俺這虔婆道。兀得不好拷末娘七代先靈。」酷寒亭：「學一句燕京廝罵。入沒娘老大小西瓜。」薛仁貴：「知他是甚娘喬爲。眞吃得恁般來殺勢。」竹葉舟：「只要你覷的那名利場做些娘大。」殺狗勸夫：「今日個到墳堂中來廝認。是你什麽娘祖代宗親。」紫雲庭：「兀的是甚末娘別離。」東堂老：「那廝們謊話兒弄你且是娘的靈。」

【娘子軍】　傳奇名。淸人張大復撰。

【剗】 古方言。猶只也。例如單鞭奪槊：「遇敵只把單鞭舉。救難慌騎剗馬來。」剗馬係指無鞍之馬而言。㈡猶云無端也。例如陳摶高臥：「貧道呵。本居林下絕名利。自不合剗下山來惹是非。」言不合平白無端來惹是非也。

【剗地】 古方言。猶云依舊也。一味也。例如王粲登樓：「自洛下飄到這裏。剗的無所歸棲。」言依舊無所歸棲也。倩女離魂：「騰騰騰收不住玉勒。常是虛驚。火火火坐不穩雕鞍。剗地眼生。」剗地與常是相對。猶云一味也。㈡猶云反而也。還也。例如詐妮子調風月：「女孩兒言着婚聘。則合低了胭頸。羞答答地禁聲。剗地面皮上笑容生。是一個不識羞伴等。」言反而生笑容也。趙氏孤兒：「我如今一一說到底。你剗地不知頭共尾。我是存孤棄子老程嬰。兀的那趙氏孤兒就是你。」言你還不知首尾也。衣襖車：「他奪了你衣襖車去了。你剗地在這裏喫酒。」言你還在這裏喝酒或你倒在這裏喝酒也。㈢猶云無端也。平白也。例如董西廂：「剗地相逢。引調得人來眼狂心熱。」言無端相逢也。殺狗勸夫：「他剗地不見了東西。倒要我賠。」言平白地倒要我賠也。㈣猶云怎的也。何以竟也。例如忍字記：「你看經念佛。剗地殺人。」言怎的殺人也。認金梳：「可不道養小防老。積穀防飢。抬舉的成人長大。剗地說這等言語那。」言何以說這種話來也。

【能】 古方言。猶云這樣也。如許也。例如魯齋郎：「也不知你甚些兒看的能當意。」能當意。猶云這樣合意也。灰闌記：「我這嘴臉實是欠。人人讚我能嬌艷。」能嬌艷。猶云如許嬌艷也。

【能可】 古方言。猶云寧可也。例如陳者下船：「能可長江中亡了性命。也強如短劍下碎了身軀。」又如陳州糶米：「我能可折升不折斗。你怎也圖利不圖名。」凡言能可。皆與寧可同義。

【恁】 古方言。㈠猶云你們也。例如西廂記：「恁這壁列陣脚把衆僧安。我那裏撞丁子般把賊軍探。」㈡猶云如此也。例如玉鏡臺：「小官暗想來只得如此。若不恁的呵。不濟事。」

【恁般】 古方言。猶云如此這般也。例如破家弟子：「我這裏聽仔細。你那裏說叮嚀。他他他可直恁般的不醒。」又如老生兒：「那劉從善老子。空有錢。只恁般割捨不的使。」

【院么】 院本名目之一。輟耕錄所載金人院本名目六百九十種之中。曰院么者二十有一。

【院本】 金元時代所行之劇本也。王國維宋元戲曲史云：「兩宋戲劇。均謂之雜劇。至金而始有院本之名。院本者。太和正音譜云行院之本也。初不知行院爲何語。後讀元刊張千替殺妻雜劇云。你是良人良人宅眷。不是小末小末行院。是行院者。大抵金元人謂倡伎所居。其所演之本。即謂之院本云爾。」鄭長樂中國俗文學史則謂：「我們讀了永樂大典本宦門子第錯立身戲文。和明刊本藍采和雜劇之後。便知所謂行院是什麼性質的東西。似今語釋之。蓋卽遊行歌舞班之謂也。以其衝州撞府。到處遊行着。故謂之行院。行院所用的演唱本子。便謂之院本。」按院本之體。因時異制。金時院本。實與宋雜劇無異。元末陶宗儀輟耕錄云：「金有院本、雜劇、諸宮調。院本、雜劇。其實一也。國朝院本、雜劇。始釐而二之。」元時院本。則合數雜劇而成。其體與雜劇無異。王實甫西廂記卽其例。毛奇齡西河詞話云：「其有連數雜劇而通譜一事。或一劇二劇。或三四五劇。名曰院本。西廂記者。合五劇而譜一事者也。」至於明淸兩朝之院本乃傳奇之別名。未可與金元院本等視也。

【師文】 見汪宗姬條。

【師婆旦】 雜劇名。正題借通縣跳神師婆旦。元人楊顯之撰。

【骨自】 古方言。猶云還也。尙也。猶也。例如巾箱本琵琶記：「古人吃一口湯。骨自尋思着娘。我如今做官享富貴。如何可把父母撇了。」亦作骨子。例如董西廂：「紅娘覷了吃地笑。俺骨子不曾移動脚。這急性的郎君。三休飯飽。」

【骨堆】 古方言。卽土堆也。

【套曲】 見套數條。

【套數】 曲之數調相聯成套。而非每調獨立者。謂之套數。亦謂套曲。許守白云：「套數者。凡戲曲之一折。或散套之一套。可以被之絃管者。均謂之套數。近人有將套數與散套混爲一談者。實非也。散套乃體裁。套數乃章法。誤混爲一者。此由明代坊刻書賈之誤。後遂沿其誤耳。」按套數有南北之分。是謂南北分套。因其宮調體式各不相同。不得不分也。然亦有時取南北曲曲牌性質相近者。聯成一套。是謂南北合套。其例自元沈和創之。元明之間層出疊見。

【奚幸】 傒倖條。

【奚落】古方言。㈠遺棄也。㈡冷潮或數說也。

【桑林】見李雨商條。

【桑紹良】明代後期戲曲家。字季子。又字遂叔。山東濮縣人。生卒年不詳。約萬歷中前後在世。精小學。工樂府。著有雜劇獨樂園司馬入相一種。尚傳于世。

【班底】戲界行話。戲班中。主要角色以外之人員謂之班底。

【班超投筆】㈠雜劇名。正題志封侯班超投筆。元人鮑天祐撰。㈡雜劇名。正題志封侯班超投筆。元人高文秀撰。按班超東漢安陵人。彪子。字仲升。少有大志。家貧。傭書養母。嘗投筆歎曰：「大丈夫當效張騫傅介子立功異域。以取封侯。安能久事筆硯間乎。」明帝時使西域。至鄯善。服于闐。通疏勒。降莎車。走龜茲。斬焉耆王廣。於是西域五十餘國。悉納貢內屬。詔以超爲西域都護。封定遠侯。居西域三十一年。年老代還。旋卒。

【桐柏】見葉憲祖條。

【桐威】見沈起鳳條。

【差排】古方言。猶云排定而差遣之。例如漢宮秋：「文武每。我不信你敢差排呂太后。」

【差得多】古方言。猶強得多也。例如舉案齊眉：「這馬家的是官宦。張家的是財主。比梁鴻差得多哩。」差得多猶云強得多。因梁鴻是個窮儒也。

【書會】都城紀勝謂：「其餘鄉校、家塾、舍館、書會。每一里巷須一二所。」周憲王香囊怨雜劇中有謂：「這玉盒記正可我心。又是新近老書會先生做的。十分的關目。」按書會二字。已見於南宋時代。杭州文獻中。有古杭書會、九山書會等。

【書生願】傳奇名。淸人薛旦撰。

【倚聲】塡詞之別稱。依據前人詞調之聲律而塡入字句。使音節悉與本調相合。謂之倚聲。

【倚晴樓七種】戲曲別集名。淸人黃憲淸撰。共收傳奇七種。曰茂陵絃。曰帝女花。曰脊令原。曰鴛鴦鏡。曰凌波影。曰桃谿雪。曰居官鑑。吳梅顧曲塵談：「倚晴樓七種曲爲海鹽黃韻珊所著。帝女花桃溪雪自是上乘。惟其詞穠麗柔靡。去古益遠。余嘗謂學玉茗者須多讀元曲。不可單讀四夢。所謂取法乎上僅得乎中者也。」又云：「藏園亦學玉茗。而變其貌。倚晴尤從藏園中討生活。是不啻玉茗之雲奶矣。」

【倘兀歹】曲牌名。北曲入雙調。管色配乙字調或正工調。

【倘秀才】曲牌名。北曲入正宮。管色配小工調或尺字調。

【捉拍令】曲牌名。北曲入般涉調。管色配小工調或尺字調。

【捉彭寵】雜劇名。正題鄧禹定計捉彭寵。元明間無名氏撰。

【泰和記】戲曲別集名。明人許潮撰。共收雜劇武陵春、蘭亭會、寫風情、午日吟、南樓月、赤壁遊、龍山宴、同甲會等八種。顧曲雜言云：「向年曾見刻本泰和記。按二十四氣。每季塡詞六折。用六古人故事。每事必具始終。每人必有本末。齣既蔓衍。詞亦冗長。若當場演之。一折可了一更漏。似出博洽人手。非本色當行。」

【泰華山人】明代戲曲家。著有傳奇合劍記一種。

【迴流記】傳奇名。淸人陳烺撰。爲玉獅堂十種曲之一。

【迴龍記】傳奇名。淸人洪昇撰。亦作迴龍院。演韓原睿棄妻盡忠。其妻守節。其子尋親故事。劇中原睿於迴龍邨投水捐軀。爲人救免。其子又於臥龍岡遇親。故名迴龍記。

【倭袍記】傳奇名。凡三十一齣。作者不詳。傳惜華綴玉軒藏曲志敍其家門云：「世代忠良。遭讒臣誑奏。一門起殃。堪憐弱息。潛奔他鄉。幼子被獲。綁赴雲陽。賴聖母搭救。濟渡舟航。汴京城埋名隱姓。夫婦受恓惶。誰知忽禍事。配邊關兄妹成行。同戮力招安海寇。整肅朝綱。欽賜完姻鸞鳳。共沐恩光。」

【倭袍傳】㈠彈詞名。凡一百回。道光年間無名氏撰。係據唐家倭袍及刁劉氏兩故事拚湊而成。其中以第七十五回。刁劉氏騎木驢子遊四門唱春爲最著㈡傳奇名。其一係據刁氏故事改編者。又名南樓傳。其二係據唐氏故事改編者。又名倭袍記。

【秣陵春】傳奇名。別作雙影記。凡四十一齣。淸人吳偉業撰。演南唐學生徐鉉子徐適與後主寵妃保儀姪展娘之離合故事。劇中展娘在玉杯中見徐身影。而徐適亦在宜官鏡中見展容貌。故是劇又名雙影記也。花朝生筆記引小說考證謂夏存古作大哀賦而敍南京之亡。吳梅村見之大哭三日。秣陵春傳奇之所由作也。顧曲麈談：「吳梅村所作曲。如秣陵春、臨春閣、通天臺。純爲故國之思。其詞幽怨悲慷。令人不堪卒讀。余最愛秣陵春。爲其故宮禾黍之悲。無頃刻忘也。」

【秣陵秋】傳奇名。清人莊伯鴻撰。

【倩畫眉】傳奇名。清人范文若撰。

【倩女離魂】㈠雜劇名。正題迷靑瑣倩女離魂。元人鄭光祖撰。演張倩娘生魂離體。往覓其夫王文擧事（本太平廣記唐陳玄祐離魂記。）略謂有王文擧者。與衡州張氏女倩娘指腹爲婚。應擧長安。順道往訪。張母命女以兄妹禮見。謂必登第後。始踐婚約。文擧既行。倩娘踵至。遂同入京。以狀元及第。乃修書報張母。謂授官之後。即偕妻寧家。不知隨文擧者非倩娘。乃其魂也。倩娘自文擧行後。即病。及得書。疑文擧別娶。不勝悲怨。旋文擧除衡州判。詣張氏謝私行之罪。母曰：「倩娘病在閨中。何其詭說也。」乃見倩娘入。與病者翕然合爲一體。方知離魂也。按此劇有宮原民平日文譯本。㈡雜劇名。亦作離魂記。明人王驥德撰。劇品謂此劇：「南四折。方諸生精於曲律。其於宮韻平仄。不錯一黍。若是而復能作本色之詞。遂使鄭德輝不能事美於前矣。」㈢雜劇名。正題迷靑瑣倩女離魂。元人趙公輔撰。

【追過場】身段名。齊如山云：「戲中交戰。把敵人打敗時。戰勝之將。留於場上。其手下之兵將追下去。或再由上場門出來追入下場門。此名曰追過場。」

【追韓信】雜劇名。正題蕭何月夜追韓信。元人金仁傑撰。演蕭何追韓信。及韓信垓下破楚軍事。略謂淮陰人韓信。家貧無以自立。至城下垂釣。有漂母哀其孤寒。以飯予之。信感母之恩。言日後富貴當報。淮陰惡少。見信仁弱。聚衆欺之。令出跨下。信勉從之。後信離淮陰奔楚。投項梁麾下。不用。又投漢。沛公亦未重其材。終日抑鬱不樂。丞相蕭何知其賢。欲薦於沛公。未及上言而信已亡走。何乘夜追之。勸其返。引見沛公。沛公將離漢中東返。因何之請。齋戒登壇。拜信爲大將。信乃領兵伐楚。聲威日振。項羽敗走垓下。兵少食盡。度當見擒。與愛姬虞美人別。自言無面目見江東父老。遂仗劍自刎。信得竟全其功云。（現存元人雜劇本事考）按元人武漢臣有窮韓信登壇拜將雜劇。張時起有覇王垓下別虞姬雜劇。無名氏有韓元帥暗度陳倉雜劇。明人沈采有千金記傳奇。皆演此事。

【酒旗兒】曲牌名。北曲入商調。管色配六字調或凡字調。

【酒德頌】 雜劇名。正題劉伯倫酒德頌。元人馬致遠撰。

【埋輪亭】 傳奇名。清人李玉朱佐朝合撰。

【埋劍記】 傳奇名。凡三十六齣。明人沈璟撰。爲屬玉堂十七種之一。演郭飛卿事。本唐人吳保安傳。第一齣提綱滿庭芳云：「郭子飛卿。吳生永固。長安傾蓋論交。代代推轂。展轉識人家。李帥臨戎愎諫。英雄氣挫蓬茅。吳生後楊公倒屣。定計向夷巢郭妻行孝道。堅持苦節。忍割金刀。有吳氏妻孥。遠道趨姚。永固忘家贖友。崎嶇向遠寨相邀。吳生喪。飛卿扶柩埋劍始全交。」

【迷丟沒鄧】 古方言。猶云迷迷糊糊也。

【迷靑瑣倩女離魂】 見倩女離魂條。

【粲花五種】 見石渠五種曲條。

【粲花主人】 見吳炳條。

【晏叔原風月夕陽樓】 見夕陽樓條。

【晏叔原風月鷓鴣天】 見鷓鴣天條。

【捎】 古方言。猶云順便帶致也。如捎書捎物等是。

【捋】 古方言。猶劣也。低也。不如人也。例如對玉梳：「你個馮員外捨強命推沒磨。則這個蘇小卿怎肯服低捋。」低捋猶云低劣也。

【拿】 見胃條。

【准】 古方言。猶云折償也。抵補也。

【討】 古方言。猶尋也。覓也。例如凍蘇秦：「我可也心高氣傲惹人憎。因此上空囊那討一文剩。」言空囊中尋不出一文剩餘之錢也。竇娥冤：「竇娥是個少年寡婦。那裏討這藥來。」言無從覓這毒藥來也。

【兼山】 見岳瑞條。

【珙之】 見沈珙條。

【殷玉】 見裘連條。

【特古】 見大古條。

【隻曲】 北曲之不成套者。謂之隻曲。亦如南詞正曲。可隨分接調。不必拘於成套。

【悄似】 古方言。猶渾也。直也。例如巾箱本琵琶記：「糠。遭礱被舂杵。篩你簸揚你。吃盡控持。悄似奴家身狼狽。」悄似猶云渾似也。例如董西廂：「鶯鶯俏似章臺柳。縱使柔條依舊。而今折在他人手。」俏似猶云直似也。悄亦作俏。

【茨村】 見胡介祉條。

【原板】 皮黃板式名。亦作元板。乃原本元始之意。蓋一切板式。莫不由原板脫化而出也。例如瓊林宴：「我本是一窮儒……」一段。即二黃原板也。

【咻咻】古方言。音床。狀水聲也。例如梧桐雨：「咻咻似噴泉瑞獸臨雙沼。刷刷似食葉春蠶散滿箔。」

【卿家】見家條。

【旁紐】見同紐條。

【訊翂】雜劇名。清人張聲玠撰。爲玉田春水軒雜劇九種之一。敍吉翂乞代父命事。

【脆鼓】見單皮鼓條。

【眩術】見幻術條。

【唐堂】見黃之雋條。

【浦雲】見陳棟條。

【哨遍】曲牌名。北曲入般涉調（與詞不同。）南曲入般涉調。管色配小工調或尺字調。

【唧溜】古方言。猶云伶俐也。董西廂：「怪得新來可唧溜。折倒得個臉兒清瘦。」言因磨折得臉兒清瘦。雖怪近來轉覺伶俐也。亦作卽溜。氣英布：「你去軍中精選二十個卽溜軍士。」言挑選二十個伶俐軍士也。

【徒歌】歌曲奏唱時。不以音樂相合者。謂之徒歌。爾雅釋樂：「徒吹謂之和。徒歌謂之謠。」

【秧歌】古代雜戲之一。清人楊賓柳邊紀略：「上元夜。好事者輒扮秧歌。秧歌者。以童子扮三四婦女。又三四人扮參軍。各持刀尺許。兩圓木戛擊相對舞。而扮一持傘燈。賣膏藥者前導。旁以鑼鼓和之。舞畢乃歌。歌畢更舞。達旦乃已。」相傳秧歌爲蘇東坡所創。據張世文定縣的秧歌云：「據定縣一般人傳說。秧歌是宋朝蘇東坡創編的。定縣黑龍泉附近的蘇泉、東板、大西漲、小西漲等村的農民。多種水稻。在蘇東坡治定州的時候。看見種稻的農民在水田裏工作。非常勞苦。因此就爲他們編了許多歌曲。教他們在插秧的時候唱。使他們精神快活。忘了疲倦。這便是秧歌名稱的起源。後來不久。秧歌就傳遍了全縣。定縣的男女老幼。差不多就都會唱了。農民不認識字。秧歌便一代一代地用口傳下來。東坡先生也萬沒有想到後來秧歌竟成了戲劇。」按秧歌戲之內容。多爲民間傳說或小說故事。所用樂器。則爲鑼鼓鐃鈸喇叭之類。

【晁瑮】人名。字君石。號春陵。明開州人。喜藏書。官國子監司業。著有寶文堂書目等書。

【笆壁】古方言。㈠把柄也。㈡把握也。㈢辦法也。亦作巴鼻、巴臂。

【荀鴨】見范文若條。

【挺齋】見周德淸條。

【跎踏】古方言。猶言鎖眉也。例如長昇殿：「怕天心人意兩難摸。好教俺費沉吟。跎踏地將眉對蹙。」

【染臉】見揉臉條。

【財癡】戲曲名。亦作一文錢。凡六折。明人徐復祚撰。爲四大癡戲曲之一。演守財奴種種醜態。

【釘一釘】雜劇名。正題懺懆判官釘一釘。元人花李郎撰。

【紐元子】見雜班條。

【扇子生】脚色名。小生之一種。此脚手持摺扇。故名。齊如山云：「扮此脚者。須精神活潑。身段柔和。擧止文雅。話白淸脆。方爲合格。如琴挑中之潘必正。遊園驚夢中之柳夢梅等是。」

【峴山碑】傳奇名。淸人陸曜撰。演縣令于宗堯事。此劇與程端之虞山碑合稱遺愛集。

【振三綱】傳奇名。淸人朱素臣撰。

【害夫人】㈠雜劇名。正題粧旦色害夫人。別作風月害夫人。元人高文秀撰。㈡雜劇名。正題風月害夫人。元人趙熊撰。

【修平】見陸繼輅條。

【修文記】傳奇名。明人屠隆撰。傳奇彙考曰：「所記蓋李賀之事也。上帝命賀作新宮記。兼纂凝虛殿樂章。故以修文記爲名。」

【耿文遠】南戲名。元代無名氏撰。南戲拾遺輯錄此目。

【脊令原】傳奇名。凡二十四齣。淸人黃憲淸撰。爲倚晴樓七種之一。本聊齋志異所載曾友于事數演成劇。

【宰戍記】見息宰河條。

【紞如鼓】傳奇名。正題賢使君重還如意子。淸人周文泉撰。爲補天石八種之一。演晉鄧伯道失子復得事。

【珠串記】傳奇名。明人沈璟撰。爲屬玉堂十七種之一。

【純孝記】傳奇名。明人張從懷撰。

【料到底】雜劇名。正題冷臉劉斌料到底。元人鄭延玉撰。

【荔枝香】曲牌名。南曲入大石調正曲。

【座兒錢】見四大徽班條。

【峨眉子】見孫仁孺條。

【茯苓仙】傳奇名。清人許善長撰。

【格律派】明代傳奇。有所謂駢儷、本色、格律等派別。格律派亦稱吳江派。此派講究音律。兼重本色。作家有沈璟、王驥德、葉憲祖、顧大典、卜世臣、呂天成、馮夢龍、沈自晉、徐復祚、范文若、袁于令等人。而以沈璟爲巨擘。沈爲吳江人。故曰吳江派。

【亭前柳】曲牌名。南曲入越調。管色配六字調或凡字調。

【香英會】傳奇名。明人沈自晉撰。

【悟眞如】雜劇名。正題李妙清花裏悟眞如。明人朱有燉撰。略謂金粟如來之說法大會中。以散花仙女與蓮花童子相見互動凡心之故。遂謫降塵世。童子爲蒙古左丞哈不花長子哈舍。仙女則爲汴京妓女段山秀。山秀嫁老妓之子李賽恩喜。未幾夫死。遂敬佛法。不操賤業。以是生活日益困難。媒婆任錦兒者。受哈舍托。勸接之。山秀不肯。此時毗盧尊者欲度兩人成道。化爲古峯和尚來山秀家說法。山秀隨喜而爲弟子。適哈舍來欲一見山秀。見此情狀。絕望。欲別求美女。山秀強勸哈舍亦爲其弟子。由是山秀日日坐禪修法。禪師又來問答。試其進境。山秀頗有所悟。媒婆任錦兒受山秀感化。亦欲修法。山秀與哈舍遂均醒悟成道。偕毗盧尊者得還金粟如來前。其形骸於九月一日坐化。忽爲京中人喧傳。聚觀讚嘆燒香者不絕於途。（中國近世戲曲史）

【息宰河】傳奇名。亦作宰戍記。明人沈嵊撰。曠園雜誌：「沈孚中有宰戍記傳奇。直逼元人。爲明曲第一。」

【般涉調】㈠宮調名。古曰黃鐘羽聲。吳梅顧曲塵談謂：「般涉調所屬諸曲。北曲爲哨遍。（與詞不同。）臉兒紅、牆頭花、耍孩兒煞、捉拍令、瑤臺月、三煞、尾聲。南曲則爲哨遍、（與詞同。）」太和正音譜：「般涉調拾掇抗塹。」集成曲譜、顧曲塵談皆以般涉配小工調或尺字調。㈡燕樂羽聲七調之第三運。補筆談：「南呂羽今爲般涉調。殺聲用工字。」燕樂考原：「燕樂七羽之第六運。即按琵琶四弦之第一聲。」㈢南宋大曲宮調名。其曲二。曰長壽仙。曰滿宮花。按般涉係胡語。南宋慶元三年姜夔獻大樂儀謂：「大食、小食、般涉、胡語。」

【狻猊壁】傳奇名。清人朱素臣撰。

【陞堂記】雜劇名。正題女姑姑說法陞堂記。元明間無名氏撰。

【紗帽生】 脚色名。小生之一種。此脚頭載紗帽。故名。齊如山云：「扮此脚者。話白動作都須比扇子生莊重。如香祖樓之仲文、茂陵弦之司馬相如等是。」

【紙影戲】 亦稱羊皮戲。人物均以羊皮紙翦裁繪畫而成。利用燈光映射於臺前白幕上。人物各繫以線。有人在臺內提線。使人物爲種種動作。並以人在臺內奏樂歌唱。與人物之動作吻合。吳自牧夢粱錄云：「更有弄影戲者。汴京初以素紙雕簇。自後人巧工精。以羊皮雕形。用以彩色妝飾。不致損壞。公忠者雕以正貌。奸邪者刻以醜形。」

【軒轅鏡】 傳奇名。淸人朱佐朝撰。

【陰山破虜】 雜劇名。正題唐李靖陰山破虜。元明間無名氏撰。

【席上題春】 見寫風情條。

【託妻寄子】 雜劇名。元人喬吉撰。

【素梅玉蟾】 雜劇名。明人葉憲祖撰。爲四艷記之第四種冬艷。略謂鳳來儀杭州人也。父母死。受伯父資助。借某家亭園一所讀書。東隣有美女楊素梅。父母死。寄寓兄家。鳳生嘗於樓上望見素梅。驚其艷。托素梅侍女龍香。贈之情詞一首。玉蟾蜍鎭紙一個。欲通慇懃。素梅一夜私至鳳生書齋相見。忽逢鳳生二友叩門。強迎之飲酒。以是未能敍情。尋鳳生上京應科擧。素梅爲伯母馮氏取養。鳳生伯父欲爲鳳生娶馮氏女。金釧寶釵外。以白玉蟾蜍一個。爲壓釵聘之。馮氏女即楊素梅也。素梅不知新郎即是鳳生。鳳生亦不知新婦即爲素梅。均不欲就此婚姻。但素梅見聘禮中玉蟾蜍與鳳生日前所贈者爲一對。疑即爲鳳生。乃使侍女隨媒婆至男家窺之。果鳳生也。鳳生亦因侍女面熟。問之。知此事實。乃慶結好姻。（中國近世戲曲史）

【郝廉留錢】 雜劇名。正題漢太守郝廉留錢。元人姚守中撰。

【致辭口號】 宋史樂志：「每春秋聖節三大宴。其第六。樂工致辭。繼以詩一章。謂之口號。皆述德美。及中外蹈詠之情。」致辭亦作致語、或念語。王國維云：「宋史樂志謂眞宗不喜鄭聲而或爲雜劇辭。未嘗宣布于外是也。其詞如何。今不可考。唯三大宴之致辭。則由文臣爲之。故宋人集中多樂語一種。又謂之致語。又謂之念語。」按致辭多爲四六駢體。口號多爲七言律詩。

【捐奩嫁婢】　雜劇名。明人汪廷訥撰。劇品謂此劇：「南八折。鍾離令捐廉嫁亡令之女。傳之可以範世。但須在令女身上發揮一段孤棲光景。方見捐奩者之高義。」

【窄袖兒武松】　雜劇名。元人紅字李二撰。趙景深小說戲曲新考：「武松的綽號不作行者。而作窄袖兒。也是第一次被聽見的。」

【涇草堂論曲】　書名。陳棟北撰。

【納書楹曲譜】　書名。凡正集四卷。續集四卷。外集二卷。補遺四卷。四夢全譜八卷。清葉堂訂譜。王文治參訂。此爲崑曲曲譜最豐富之選集。

【脅肢裏扎指頭】　古方言。謂緊要時與之下點。使避閃也。例如東堂老：「李家叔叔不肯呵。脅肢裏扎上一指頭便了。」

【涉園影印傳奇】　書名。此書漸次出版單行。已出之目。有徐復祚紅梨記。施惠幽閨記。海來道人鴛鴦縧。朱素臣秦樓月。薛近兗繡襦記。董氏涉園印行。

【娥皇女英斑竹記】　見斑竹記條。

【耕莘野伊尹扶湯】　見伊尹耕莘條。

【荒墳梅竹鬼團圓】　見鬼團圓條。

【桓元帥龍山會僚友】　見龍山宴條。

【時眞人四聖鎖白猿】　見鎖白猿條。

十一畫

【張希】　南戲名。元代無名氏撰。南戲拾遺輯錄此目。

【張良】　劇中人。漢韓人。字子房。其先五世相韓。秦滅韓。良悉以家財求客爲韓報仇。得力士。狙擊始皇於博浪沙。誤中副車。乃更姓名。亡匿下邳。尋受兵法於黃石公。佐漢高祖滅項羽。定天下。封留侯。晚好黃老。學神仙辟穀之術。卒謚文成。見圯橋進履條。

【張飛】　劇中人。三國蜀漢涿郡人。字益德。亦作翼德。勇猛善戰。與關羽俱事劉備。備當陽之敗。飛以二十騎立長坂坡拒追者。敵不敢近。號萬人敵。先主下江南。爲宜郡太守。定益州。進車騎將軍。封西鄉侯。生平敬愛君子。而不恤小人。章武中。吳殺關羽。先主興兵報仇。臨發。飛爲部將所殺。謚桓。見千里獨行、三戰呂布、西蜀夢各分條。

【張相】　人名。原名廷相。字獻之。浙江杭縣人。生於清光緒三年。卒於民國三十四年。享年六十九歲。先生博學強識。以文史名世。民國三年受中華書局之聘。主文史地編審垂三十餘年。著有實用大字典、古今尺牘大觀、古今文綜、詩詞曲語辭匯釋等書。又春聲集詩文稿未刊行。

【張浩】 南戲名。 元代無名氏撰。南戲拾遺輯錄此目。

【張堅】 清代戲曲家。 字齊元。號漱石。江蘇江寧人。生於康熙二十年。卒於乾隆三十六年以後。享年九十以上。屢應鄉試不第。作江南一秀才歌以自嘲。時人因稱之爲江南一秀才。著有傳奇四種。曰玉獅墜。曰夢中緣。曰懷沙記。曰梅花簪。總題玉燕堂四種曲。

【張敞】 劇中人。 漢平陽人。字子高。宣帝時爲太僕。以切諫得名。遷膠州相。捕斬群盜。吏民歙然。後爲京兆尹。朝廷大事。每多議處。然無威儀。嘗因爲婦畫眉。而被有司所奏。上愛其能。弗備責也。後以事免歸。不數月。京師盜賊數起。冀州亦有大賊。復起爲冀州刺史。捕盜廣川王宮中。群盜乃戢。元帝立。欲以爲左馮翊。會病卒。見京兆記條。

【張儀】 劇中人。 戰國魏人。初與蘇秦俱師鬼谷子。尋蘇秦相趙。儀往謁。未納。乃去之秦。惠王以爲相。遊說六國。使背蘇秦之縱約。連橫事秦。秦號之曰武信君。惠王卒。武王立。群臣讒之。會六國復合縱叛秦。儀乃去秦爲魏相。一年卒。見金印記、凍蘇秦各分條。

【張擇】 元代末期戲曲家。 字鳴善。或作明善。號頑老子。祖籍平陽。流寓揚州。元亡後遷居吳江。工曲。著有雜劇包持制判斷煙花鬼、薰金蓮夜月瑤琴怨、十八公子大鬧草園閣三種。今皆不傳。太和正音譜評其曲曰：「如彩鳳刷羽。」

【張韶】 戲曲家。 字權六。自號紫微山人。海寧人。嘗司訓烏程。與毛際可徐倬韓純玉諸人交往。所作有續四聲猿。自謂繼文長者。自敍曰：「猿啼三聲。腸已寸斷。豈更有第四聲。況續以四聲哉。物不得其平則鳴。胸中無限牢騷。恐巴江巫峽間應有兩岸猿聲啼不住耳。徐生莫道我饒舌也。」一曰杜秀才痛哭霸亭廟。一曰戴院長神行蘇州道。一曰王節使重續木蘭辭。一曰李翰林醉草淸平調。

【張騫】 劇中人。 漢成固人。建元中爲郎。應募使月氏。經匈奴。被留十餘歲。亡歸。拜大中大夫。旋從衛青擊匈奴。知水草處。軍得不乏。封博望侯。還後。請賂烏孫以斷匈奴右臂。乃拜中郞將。使烏孫。復分遣副使至大宛、康居、大夏。自此西北諸國始通於漢。還拜大行。歲餘卒。嗣是以爲信於外國。諸後使往者。皆稱博望侯云。見博望訪星條。

【張衢】清代戲曲家。字暒齋。蕭山人。生卒年不詳。約道光初年在世。弱冠補諸生。嘗客都中。工曲。著有傳奇芙蓉樓、玉節記二種。

【張九鉞】清代戲曲家。字度西。號紫峴。湖南湘潭人。生于康熙六十年。卒於嘉慶八年。享年八十三歲。生有異稟。七歲能詩。嘗登采石磯賦長歌。人呼爲太白後身。著有傳奇六如亭、雙虹碧二種。

【張大復】清代戲曲家。字星期。一字心其。號寒山子。蘇州人。生卒年不詳。約順治中前後在世。居閶門外寒山寺。粗知書。好塡詞。稟性淳朴。不治生產。著有傳奇二十三種。曰如是觀。曰醉菩提。曰海潮音。曰釣魚船。曰天下樂。曰井中天。曰快活三。曰金剛鳳。曰獺鏡緣。曰芭蕉井。曰喜重重。曰龍華會。曰雙節孝。曰雙福壽。曰讀書聲。曰娘子軍。曰小春秋。曰天有眼。曰發琅釧。曰龍飛報。曰吉祥兆。曰痴情譜。曰紫瓊瑤。新傳奇品評其曲曰：「去病用兵。暗合孫吳。」

【張大諶】明代後期戲曲家。著有雜劇誅雄虎、報恩虎、三難蘇學士三種。今皆不傳。

【張子賢】清代戲曲家。生卒年不詳。約康熙中葉在世。工曲。著有傳奇聚星記一種。傳于世。

【張太和】明代戲曲家。號展山。錢塘人。生卒年不詳。約萬歷十年前後在世。工曲。著有傳奇紅拂記一種。

【張中和】清代戲曲家。字介石。生卒年不詳。約康熙中葉在世。工曲。著有傳奇西來記一種。傳于世。

【張天師】(一)雜劇名。正題張天師斷風花雪月。元代無名氏撰。演陳世英與桂花仙子愛而不見。思念成疾。張天師爲之結壇。勘問風花雪月諸仙事。略謂洛陽太守陳全忠。西洛人也。有姪曰世英。赴京應擧。便道來訪。是日値中秋佳節。叔姪共飲後園中。持杯賞月。世英醉後。題詩鼓琴。時羅睺計都星纏月。（謂月食也。按天文書。火之餘爲羅睺。土之餘爲計都。計都犯羅睺則日蝕。羅睺侵計都則月蝕。）世英琴聲感動妻宿。得求月宮之難。月中桂花仙子深感世英之恩。且與世英有宿緣。乃潛下人間與封姨桃花仙子叩世英館。共飲而去。訂以明年此夕再會。世英思仙子不置。染疾伏枕。適第三十七代天師道玄返龍虎山。路經洛陽。來訪全忠。交談之際。天師忽覺有異。言園中有花月之妖。遂爲結壇。勾攝梅、菊、荷、桃、風、花、雲、月。諸神勘問。皆言乃桂花仙子思凡所致。天師遂又牒致西池長眉仙問罪。長眉仙者。群仙之總也。接天師牒後。怒斥仙子。令驅往陰山待罪。繼念其本爲酬恩下世。且從無匹配。竟得釋免。其餘衆仙。各歸本位。而世英魂爲長眉仙所勾。見此情形。疾亦平云。（現存元人雜劇本事考）㈡劇中人。東漢張道陵後裔張宗演。元順帝至元間。封爲輔漢天師。明洪武初。改封其後裔張正常。爲正一嗣教護國闡祖通誠崇道宏德大眞人。秩二品。子孫衍襲。淸初仍之。乾隆時革其封號。改秩正五品。迄民國始行廢止。見辰鉤月、風花雪月各分條。

【張文舉】　南戲名。元代無名氏撰。南戲拾遺輯錄此目。

【張可久】　元代戲曲家。一作久可。字伯遠。一作仲遠。號小山。慶元人。生卒年不詳。約元仁宗延祐中前後在世。與盧摯貫雲石輩常相唱和。著有今樂府、蘇隄漁唱、新樂府、吳鹽四樂府四集。太和正音譜評其曲曰：「如瑤天笙鶴。」又云：「可久不作劇。而散曲之多。終元一代。莫能過之。」

【張世漳】　淸代戲曲家。生卒年不詳。約順治中前後在世。工曲。著有傳奇玉麟記一種。傳于世。

【張四維】　明代戲曲家。字治卿。一作子維。號午山。又號五山秀才。元城（一作蒲州）人。生卒年不詳。約隆慶初年在世。嘉靖三十二年進士。萬歷嘗爲禮部尚書。東閣大學士。謚文毅。善爲曲。著有傳奇章臺柳、雙烈記二種。傳于世。

【張東宗】　淸代戲曲家。生卒年不詳。約順治中前後在世。工曲。著有雜劇櫻桃宴一種。傳于世。

【張時起】　元代初期戲曲家。字才英。一作才美。東平（今山東省東平縣）人。生卒年均不詳。約中統初年在世。著有雜劇四種。曰賽花月秋千記。曰覇王垓下別虞姬。曰沉香太子劈華山。曰昭君出塞。今皆不傳。太和正音譜評其曲曰：「如雁陣驚寒。」

【張異資】　淸代戲曲家。字不詳。通州人。生卒年無考。約乾隆末年在世。工曲。著有傳奇四種。曰崖州路。曰鴛鴦梳。曰麒麟夢。曰黃金盆。並傳于世。

【張國賓】元代初期戲曲家。藝名酷貧。戲曲演員也。大都（今北平）人。生卒年不詳。約至元中前後在世。著有雜劇五種。曰薛仁貴衣錦還鄉。曰相國寺公孫汗衫記。曰羅李郎大鬧相國寺。曰嚴子陵垂釣七里灘。曰歌大風高祖還鄉。前三種傳。後二種不傳。

【張國壽】明代後期戲曲家。或作張國籌。山東章邱人。生卒年不詳。約嘉靖中前後在世。與李開先同時。工曲。著有雜劇五種。曰脫穎。曰茅廬。曰章臺柳。曰韋蘇州。曰申包胥。

【張從懷】明代戲曲家。一作從德。字同谷。海寧人。生卒年不詳。約萬曆初年在世。工曲。著有傳奇純孝記一種。傳于世。

【張善友】雜劇名。正題崔府君斷冤家債主。元人鄭延玉撰。亦作冤家債主。演張善友因妻子病歿。悼念不已。其友人崔子玉導善友魂遊地府。乃知一切遭遇。皆由宿緣。遂大悟。薙髮修道事。略謂晉州古城縣人張善友。性慈祥樸實。茹齋事佛。與同邑崔珏契厚。結爲兄弟。珏字子玉。素剛直。博學多聞。能斷陰府事。有貧人趙廷玉。葬母乏資。夜竊善友銀五錠。善友妻李氏念此爲辛勞所蓄。日夕嗟怨。適有五臺僧募得修殿銀十錠。寄藏善友處。善友出進香。謂李氏云。僧至即付還。及僧來取索。李氏不承其事。且設惡誓狡辯。僧憤憤離去。張歸詢之。則云銀已還僧。蓋以此數加倍補償廷玉所竊也。善友夫婦本無子嗣。至是李忽有娠。生一男。名乞僧。自此家漸豐裕。遷居福陽縣。又生一男。名福僧。二子皆成立婚娶。乞僧甚慳。爲其父廣殖貨財。福僧則愚妄。嗜酒色。不惜家產。善友恚次子蕩費。析田產與之。又揮霍殆盡。乞僧憐弟落魄。每代償其債。善友夫婦以乞僧孝悌。甚爲鍾愛。忽患病不起。善友痛惜之。適崔珏第狀元。除磁州福陽縣尹。來謁善友。慰以此係定數。俄而李氏亦歿。善友益怨咨。不數日。福僧又病亡。善友至是悲憤交集。已不能堪。乃遣二媳歸寧擇配。善友素知珏能斷陰府事。數請珏斷己事。珏欲彰示因果。攝善友魂往見閻羅泰山府君。閻羅遣二子出。善友抱之慟哭。而二子狀殊落寞。乞僧謂張曰：「余本趙廷玉也。昔竊汝銀五錠。今倍償之矣。何又索我邪。」福僧云：「余乃五臺僧也。昔寄修殿銀。爲汝妻乾沒。今倍償清。與汝無涉矣。」一言訖相偕去。皆不稍顧。張詢李氏何在。則云因負僧銀。墮入獄中。亦令出見。李氏告以受苦不勝。請速爲懺罪。閻羅又云：「汝識吾否。」善友視之。即珏也。及醒。乃大悟。始信善惡因果絲毫不爽。遂薙髮入山云。（現存元人雜劇本事考）

【張景巖】明代戲曲家。字不詳。號漱濱。江蘇溧陽人。生卒年不詳。約萬歷中前後在世。工曲。著有傳奇分釵記一種。

【張雲驤】清代戲曲家。字南湖。直隸文安人。生卒年不詳。約咸豐末年在世。工曲。著有傳奇芙蓉碣一種。傳于世。

【張壽卿】元代初期戲曲家。東平（今山東省東平縣）人。生卒年不詳。約至元中前後在世。所著雜劇。僅知謝金蓮詩酒紅梨花一種。傳于世。太和正音譜評其曲曰：「眞詞林之英傑。」

【張翠蓮】南戲名。元代無名氏撰。南戲拾遺輯錄此目。

【張鳳翼】明代戲曲家。字伯起。號靈虛。江蘇長洲人。生於嘉靖六年。卒於萬歷四十一年。年八十七歲。嘉靖擧人。爲人狂誕。擅作曲。與弟燕翼獻翼並有才名。時人號爲「三張」。著有傳奇七種。曰紅拂記。曰虎符記。曰竊符記。曰扊扅記。曰祝髮記。曰灌園記。（以上六種合題陽春六集。）曰平播記。

【張聲玠】戲曲家。字奉兹。又字玉夫。湘潭人。有衡芷莊詩文集及玉田春水軒雜劇九種。

【張瓊蓮】南戲名。元代無名氏撰。南戲拾遺輯錄此目。

【張蠡秋】清代戲曲家。著有傳奇青溪三笑一種。

【張生煮海】㈠雜劇名。正題沙門島張生煮海。元人李好古撰。演張羽得仙人之助。煮海求婚龍女。終爲夫婦事。略謂潮州人張羽。字伯騰。自幼父母雙亡。飽讀詩書。以功名未遂。閒遊海上。寓居石佛寺。清夜撫琴遣悶。有東海龍王第三女曰瓊蓮者。聞琴聲竊聽。琴弦忽斷。羽知有異。出門視之。乃一美女。遂延入宮。歡談竟夕。兩相愛慕。龍女約羽於中秋夕至海上。將招爲婿。並出鮫綃以爲憑信。及期。羽持帕至海岸。大水茫茫。莫之所之。忽遇一道姑。乃秦時女毛也。謂龍王性躁難犯。恐不許婚。須先有以降伏之。乃以銀鍋一。金錢一。鐵杓一。授羽。令舀海水。投錢於鍋煮之。煮至鍋中水淺。則海水亦淺。龍王覺之。必來告哀。事庶可諧也。羽如法施行。海水果淺將涸。龍王大窘。

覘知羽意。乃浼石佛寺僧爲媒。願招羽爲婿。僧引羽入龍宮與龍女成婚。夫婦皆感毛女之恩。時東華仙忽至。謂二人乃瑤池金童玉女。因一念思凡。謫罰下界。今夙契已償。當離水府。重返瑤池。共證前因。遂相携離海上昇。同歸仙位云。現存元人雜劇本事考

(二)雜劇名。元人尙仲賢撰。

【張良辭朝】　雜劇名。正題漢張良辭朝歸山。元人王仲文撰。

【張協狀元】　南戲名。九山書會編。寫西川人張協上汴京應擧。途過五雞山遇盜被刧受傷。因投一古廟。時廟住一貧女。親切看護張協。廟側有李姓夫婦。平時甚愛貧女。張協愈後。由李家做媒。使張協貧女結爲夫婦。張協至京應試。得中狀元。爲樞密使王德用之女所愛。王遂向張協求婚。協拒之。女悶悶而死。未幾。張協任梓州僉判。赴任途徑五雞山。適貧女採茶山中。張協厭其貧。遂殺之。幸傷輕。爲李家夫婦救活。王德用以張協拒婚。致女於死。遂請轉任梓州通判。以便待機報復。偕眷上任時經五雞山。宿於廟中。見貧女貌美。遂收爲養女。同赴梓州。僞稱己女。仍嫁張協。永樂大典卷一三九九一及宦門子弟錯立身戲文中俱錄此目。

【張敞畫眉】　雜劇名。正題京兆尹張敞畫眉。元人高文秀撰。

【張鷟浮槎】　見泛浮槎條。

【張千替殺妻】　見替殺妻條。

【張孜鴛鴦燈】　南戲名。亦作鴛鴦燈。永樂大典卷一三九八五、南詞敍錄、南詞新譜、宋元戲文本事、南戲百一錄。俱錄此目。南九宮譜及九宮大成南北宮詞譜中。僅存殘文二曲。

【張協斬貧女】　見張協狀元條。

【張鼎勘頭巾】　見勘頭巾條。

【張鷟泛浮槎】　見泛浮槎條。

【張君瑞害相思】　見西廂記條。

【張君瑞鬧道場】　見西廂記條。

【張君瑞慶團圓】　見西廂記條。

【張順水裏報寃】　見水裏報寃條。

【張子房圯橋進履】　見圯橋進履條。

【張公藝九世同居】　見九世同居條。

【張京兆戲作遠山】　見京兆記條。

【張敞畫眉京兆記】　見京兆記條。

【張鼎智勘魔合羅】　見魔合羅條。

【張翼德三出小沛】　見三出小沛條。

【張翼德單戰呂布】見單戰呂布條。

【張小屠智賺鬼擘口】見鬼擘口條。

【張子湖誤宿女貞觀】見女貞觀條。

【張天師夜祭辰勾月】見辰勾月條。

【張天師明斷辰鉤月】見辰鉤月條。

【張天師斷風花雪月】見風花雪月條。

【張天師斷歲寒三友】見歲寒三友條。

【張果老度脫啞觀音】見啞觀音條。

【張秀鸞因風懷故鄉】雜劇名。明人許潮撰。爲泰和記之一種。

【張畏之一段風流事】雜劇名。明代無名氏撰。

【張翼德力扶雷安天】雜劇名。明代無名氏撰。

【張翼德大破杏林莊】見杏林莊條。

【張繼宗怒殺烟花女記】雜劇名。明代無名氏撰。

【陳沂】明代後期戲曲家。字宗魯。更字魯南。號石亭。又號小坡。浙江鄞縣人。成化五年生。嘉靖十七年卒。享年七十歲。與顧璘王韋稱「金陵三傑」。所著雜劇。僅知善知識苦海回頭一種。今尙傳流。

【陳琅】淸代戲曲家。字叔明。號澹翁。江蘇陽湖人。生卒年不詳。約淸德宗光緒初前後在世。以鹽官需次浙江。浮沈下僚。甚不得志。好作曲。著有玉獅堂十種曲分爲前後兩集。前五種爲仙緣記、海虬記、蜀錦袍、燕子樓、梅喜緣。後五種爲同亭宴、廻流記、海雪吟、負薪記、錯姻緣。其中以燕子樓爲最著名。

【陳棟】淸代戲曲家。字浦雲。浙江會稽人。生卒年不詳。約嘉靖中葉在世。屢試不第。游幕汴中。工詩兼曲。深得關、王、宮、喬遺法。著有雜劇三種。曰苧蘿夢。曰紫姑神。曰維揚夢。總題北涇草堂外集。並傳於世。

【陳摶】劇中人。宋眞源人。字圖南。自號扶搖子。生於唐季。五代時。居華山修道。服氣辟穀。寢處恆百餘日不起。自晉漢以後。每聞一朝革命。輒嚬蹙數日。及聞宋太祖登極。笑曰：「天下自此定矣。」太宗時。賜號希夷先生。見陳摶高臥條。

【陳慥】劇中人。宋永嘉人。字季常。少時好劍任俠。自謂一世豪士。稍壯。折節讀書。欲爲世用而不遇。晚年棄第宅。庵居蔬食。戴方形高冠。人謂之方山子。妻柳氏。性悍妬。慥每宴客。有聲伎。柳氏即以杖擊壁大呼。蘇軾嘗戲稱河東獅子。見獅吼記條。

【陳鐸】明代後期戲曲家。字大聲。號秋碧。江蘇邳縣人。生卒年不詳。約正德初年在世。工詩畫。山水仿沈啓南。精音律。時稱「樂王」。以戲曲名於世。著有雜劇花月妓奴偷納錦郎、鄭耆老義配好姻緣二種。皆無傳本。

【陳二白】清代戲曲家。字于令。長洲人。生卒年不詳。約順治末前後在世。著有傳奇雙冠誥、稱人心、彩衣歡三種。新傳奇品評其曲曰：「閨女靚妝。不增矯飾。」

【陳子玉】清代戲曲家。字希甫。吳縣人。生卒年不詳。約順治末前後在世。工作曲。著有傳奇三種。曰三合笑、曰歡喜緣、曰玉殿元。並傳於世。新傳奇品評其曲曰：「盆花小景。工致自佳。」

【陳六姑】明代後期戲曲家。著有雜劇九曲明珠一種。未見流傳。

【陳以仁】元代中期戲曲家。字存甫。一作孝甫。杭州人。生卒年不詳。約元貞中前後在世。能博古。善謳歌。日與南北士大夫交遊。僮僕輩以供茶湯酒果爲厭。然未嘗有難色。其名因是而愈重。著有雜劇十八騎悞入長安、錦堂風月兩種。前一種傳。後一種不傳。太和正音譜評其曲曰：「如湘江雪竹。」

【陳汝元】明代後期戲曲家。字太乙。太號乙山人。又號燃藜仙客。齋名函三館。浙江會稽人。生卒年不詳。約萬曆八年前後在世。嘗官知州。貧而嗜古。著有雜劇一種。曰紅蓮債。傳奇二種。曰金蓮記。曰紫懷環。並傳於世。

【陳自得】明代後期戲曲家。著有雜劇證無爲太平仙記一種。亦係竄改他人之作。

【陳伯將】明代後期戲曲家。江蘇無錫人。生卒年不詳。約洪武中前後在世。元進士。累官河南參政。遷中書政事。至正辛卯投行軍司馬參將。後卒於軍前營中。將士無不慟哭。賈仲明錄忠簿續編曰：「文章政事。一代典型。和曲塡詞乃其餘事。打毬蹴踘。擧世服之。」所著雜劇僅知晉劉阮悞入桃源一種。未見流傳。

【陳明智】人名。焦循劇說：「明智吳郡長洲縣甪直鎭人也。爲村優淨色。獨冠其部中。以其來自甪直。謂之甪直大淨云。擅演千金記中之項王。疑即小金山。」

【陳所聞】人名。字藎卿。金陵人。生卒年不詳。約萬曆中葉在世。功名不遂。放浪山水。卜築莫愁湖、桃葉渡等處。曲家詩人如李如眞、汪昌期等。皆與之交往。晚年母亡妻喪。子女多夭折。境遇頗悲苦。有南北九宮詞紀等書。

【陳治徵】 清代戲曲家。著有傳奇冰山記一種。

【陳後主】 劇中人。南朝陳亡國之主。宣帝長子。名叔寶。字元秀。小字黃奴。能詩。即位之後。荒於酒色。日與妃嬪狎客遊宴賦詩。不恤政事。隋師至。尚詩酒不輟。奏伎行樂。迨隋將韓擒虎入朱雀門。始與張孔二妃。匿入宮內景陽井。被獲。獻俘長安。在位六年。隋封爲長城公。後卒於洛陽。見臨春閣條。

【陳貞禧】 清代戲曲家。江蘇宜興人。生卒年不詳。約順治中前後在世。工作曲。著有傳奇梅花夢一種。傳於世。

【陳倉路】 雜劇名。正題曹操夜走陳倉路。元明間無名氏撰。

【陳濤長】 明代後期戲曲家。著有雜劇一麟三鳳一種。未見流傳。

【陳情表】 明代後期戲曲家。著有雜劇鈍秀才一種。今不傳。

【陳莘衡】 清代戲曲家。著有傳奇正西廂一種。

【陳森書】 清代戲曲家。字少逸。別號采玉山人。江蘇常州人。生卒年不詳。約道光中葉在世。著有雜記品花寶鑑。傳奇梅花夢等。

【陳圓圓】 劇中人。明末姑蘇名妓。本姓邢。幼從養姥陳氏姓。名沅。字畹芬。明艷善歌。獨出冠時。嘉定伯周奎獻之內廷。思宗不納。遣還周邸。吳三桂以千金聘之。未及娶。出鎮山海關。奎送圓圓居三桂父襄所。李自成陷京師。得圓圓。三桂大怒。乞清師入關破自成。復得之。尋隨三桂入滇。三桂受封爲平西王。將正以妃位。婉辭。窺三桂有異謀。求爲女道士以終。見圓圓曲條。

【陳寧甫】 元代初期戲曲家。一作定甫。大名（今河北省大名縣）人。生卒年不詳。約至元中前後在世。工作曲。所著雜劇。僅知風月兩無功一種。未見傳世。

【陳與郊】 明代後期戲曲家。字廣野。號禺陽（一作隅陽。又作虞陽）。軒名任誕軒。筆名高漫卿。別署玉陽仙史。浙江海寧人。生卒年不詳。約萬曆十七年前後在世。萬曆二年進士。官至太堂寺少卿。著有雜劇五種。曰昭君出塞。曰文姬入塞。曰袁氏義犬。曰淮陰侯。曰中山狼。前三種傳。後二種不傳。又有傳奇詒痴符四種。以筆名高漫卿發表。

【陳曉江】　明代戲曲家。生卒年不詳。約崇禎中前後在世。工曲。著有雜劇讀書種一種。傳於世。

【陳鍾麟】　清代戲曲家。字厚甫。江蘇元和人。生卒年不詳。約清宣宗道光初年在世。工作曲。著有傳奇紅樓夢一種。傳於世。

【陳羆齋】　明代戲曲家。生卒年不詳。約正德中前後在世。工曲。著有傳奇躍鯉記（一名姜詩得鯉）一種。傳於世。

【陳繼儒】　㈠明代戲曲家。字仲醇。號眉公。又號麋公。江蘇松江華亭人。生於嘉靖三十七年。卒於崇禎十二年。享年八十二歲。諸生。隱居崑山之陽。築室佘山。杜門著述。工詩文。兼書畫。屢奉詔徵用。皆以疾辭。年八十二卒於佘山精舍。著有眉公全集六十卷。杜祁公藏身眞傀儡雜劇一種。㈡見意中緣條。

【陳□□】　明代後期戲曲家。　著有雜劇朱翁子一種。未見流傳。

【陳母教子】　雜劇名。正題狀元堂陳母教子。元人關漢卿撰。演陳母馮氏。早寡撫孤。三子皆中狀元事。略謂漢陳平之後陳某。乃宋朝宰相。不幸早逝。遺三子一女。妻馮氏。通書知禮。治家有方。嚴訓三子。課讀於第中之狀元堂。後長子陳良資。聯科應舉。次子陳良叟俱得狀元。三科三子陳良佐應舉得探花。誤報以爲狀元。而實爲王拱辰所得。陳母乃以女梅香嫁之。陳良佐以未得大魁。於慶賀其母生辰之日。備受家人奚落。於是憤而赴京應舉。果得狀元榮歸。途經西川綿州。當地父老。贈良佐孩兒錦一段。良佐欲抵家後。獻此錦爲母縫衣。馮氏以良佐未嘗爲官。光受民財。有辱先祖。以杖叩之。事爲寇萊公得悉。乃請旨封陳母爲賢德夫人。長子良資爲翰林學士。次子良叟爲國子祭酒。三子良佐爲太常博士。婿王拱辰爲參知政事。吉慶終場云。（現存元人雜劇本事考）

【陳州糶米】　雜劇名。正題包待制陳州糶米。元代無名氏撰。演陳州大旱。糶米官因便斂財。爲包拯勘斬事。略謂宋代范仲淹。字希文。官拜戶部尚書。加授天章閣大學士。會陳州大旱。三年不雨。上命仲淹集公卿大夫韓琦、呂夷簡、劉衙內等議。差淸官兩員。至陳州開倉糶米。以拯生靈。欽定白銀五兩。售米一石。劉衙內力擧其子得中及婿楊金吾往。仲淹從之。衙內乃竊諭其子婿曰。爾等此去。

可加改白銀十兩售米一石。並將斗易八升。秤復加三。若此則可致富。特恐陳州百姓刁頑。無法制伏。勅賜紫金槌以行。俾彈壓之。劉楊抵州後。與吏朋比爲奸。依衙內暗示。倍增銀數、大秤小斗。民受其害。有張撇古者。性倔強。與其子小撇古至倉糶米。倉吏以十二兩爲八兩。給米不滿一斛。互相爭論。觸得中怒。以紫金鎚擊之。張撇古氣絕而死。小撇古素聞包待制之名。遂其狀以聞。爲衙內所得。意欲掩之。會包待制至。小撇古乃詳爲陳情。待制大怒。時范仲淹、韓琦亦聞劉楊不法。請於朝。遣包待制前往勘斷。如有不服。以所賜勢劍金牌。先斬後報。包抵陳州。命侍從先入城查訪。已獨在後微服而行。僞爲賦役。適逢妓女王粉蓮。乃爲之牽馬服勞。從此女口中得悉。劉楊與之淫暱。不顧政事。並將御賜紫金槌。亦寄存粉蓮處。有辱君命。劉楊聞包至。懼禍及己。乃先赴接官廳迎候。久不見來。粉蓮既到官廳與劉楊會晤。狀極親媟。置包於不顧。目以包言詞不遜。劉得中乃命人縛之庭樹。欲鞭之。少頃包侍從至。佯謂包已私行入城。劉楊乃急行往謁。而不知所縛欲鞭之者。即包待制也。包入城。即升堂勘斷。先後提劉楊及王粉蓮、小撇古等到案。乃以棍責王氏。斬楊金吾。梟首示衆。命小撇古以紫金槌擊死劉得中。以報父仇。會劉衙內於宋帝處乞得赦書一紙。命包釋放。既至。爲時已晚。徒喚奈何耳。現存元人雜劇本事考

【陳摶高臥】　雜劇名。正題西華山陳摶高臥。元人馬致遠撰。演陳摶賣卜遇宋太祖及太祖登極後禮遇陳摶事。略謂太華山隱士陳摶。賣卜於汴梁竹橋邊。適有趙玄朗（宋太祖）鄭恩二人前來卜卦。摶知趙日後必爲太平天子。遂邀至酒肆中慶賀。及太祖登極。乃令黨繼恩以安車蒲輪往西華山迎摶入京。摶謂己本物外之人。無心名利。堅辭不肯。太祖乃先贈摶以希夷先生道號。賜鶴氅金冠玉圭。摶不得已入京朝會。太祖復強之爲官。摶仍不就。太祖又令汝南王鄭恩領御酒十瓶。御膳一席。宮中美女十人往摶處勸誘。不意酒餚歌舞仍不能動其心。摶且齁齁入睡。直至翌晨。鄭恩無法。歎爲難得。即回奏太祖。於宮中築菴。請摶久住。並封一品眞人云。現存元人雜劇本事考

【陳巡檢傳奇】　見陳巡檢梅嶺失妻條。

【陳琳抱粧盒】　見抱粧盒條。

【陳叔萬三負心】　南戲名。亦作負心陳叔。元代無

名氏撰。永樂大典第一三九七六卷、南詞敍錄、南戲百一錄俱錄此目。

【陳子春四女爭夫】　見四女爭夫條。

【陳光蕊江流和尚】　南戲名。元代無名氏撰。此劇寫觀音大士頒佛旨。令毗盧尊者降凡。托生陳光蕊家。光蕊名萼。海州弘農人。娶殷氏。大將開山女。貞觀間。光蕊擢大魁。選江州州生。携家之任。屆劉洪舟。洪素兇惡。慣於水面行刼。覘殷美麗。刄其僕。縛光蕊投江中。初。光蕊曾買一金色鯉魚放生。鯉魚。龍神子也。神知光蕊厄。拯入龍宮俟復仇時送歸人世。洪欲犯殷氏。拒以懷孕。及分娩。生一子。貌其岐嶷。洪欲害之。刺血書生年月日及父母姓名。嚙其足小指。盛水匣中。浮之江。金山寺僧丹霞（西遊記曰法明）有道僧也。伽藍命霞撈救。遂撫育之。殷屢覓自盡。洪不敢犯。丹霞所取光蕊子名曰江流。稍長。取法名元奘。年十八。告以父母名。出血書以示。令踪其母。奘大痛。遂沿江行脚。賊洪恚殷氏逆已。折磨備至。嘗令汲水江邊。適遇奘。覩其貌。肖已夫。訊出家始末。奘出血書。殷乃認其子。相抱痛哭。令奘毋泄漏。速詣外祖殷開山訴冤。勿使賊遁。奘赴長安。謁開山。開山遂擒賊。斬其首以祭光蕊。而龍神已知。送光蕊出。僵臥江畔。殷見撈起。復蘇。端然無恙。開山奏其事。唐太宗嘉奘篤孝。且有道行。賜經論律各一藏。號三藏法師。令詣西印度取大藏經典。公卿祖餞。師以松枝植寺中。公卿曰。松無根。焉得活乎。師偈曰。無根要有根。有相若無相。我若取經回。松枝桂東向。遂長往。後去十四年。據聖經教序云。取經回。其松枝果東向云。南詞敍錄、宋元戲文本事、南戲百一錄俱錄此目。南九宮譜僅存殘文十七曲。

【陳孝婦守節荆釵】　雜劇名。明代無名氏撰。

【陳巡檢梅嶺失妻】　南戲名。亦作陳巡檢傳奇。簡稱梅嶺記。宋代無名氏撰。永樂大典卷一三九八一、南詞敍錄、宋元戲文本事、南戲百一錄、俱錄此目。清平山堂話本記：「東京汴梁城內虎異營中。一秀才。姓陳。名辛。字從善。年二十歲。故父是殿前太尉。這官人不幸父母早亡。只單身獨自。自小好學。學得文武雙全。新娶得一個渾家。乃張待詔之女。小字如春。年方二八。生得如花似玉。夫妻二人。如魚似水。陳辛一日與妻言說。今黃榜招賢。我欲赴選。求得一官半職。改換門閭。多少是好。不數日去赴選場。偕衆伺候掛榜。旬日之間。金榜題名。已登三甲進士。上賜瓊林宴。宴罷謝恩。御筆除授廣東南雄沙角鎭巡檢司。巡檢回家。說與妻如春道。今我蒙聖恩。除做南雄巡檢之職。就要走馬上任。我聞廣東。一路千層峻嶺。萬疊高山。路途難行。盜賊煙瘴極多。如今便要收拾前去。如之奈何。如春曰。奴一身嫁與官人。只得同受甘苦。如今去做官。便是路途險難。只得前去。何必憂心。且說大羅仙界。有一眞人。號曰紫陽眞人。他觀見陳辛奉眞齋道。好生志誠。今投南雄巡檢。爭奈他妻有千日之災。便呼道童。道童應聲而出。眞人道。聽吾法旨。權與陳辛做伴當。護送夫妻二人。他妻若遇妖精。你可護送。眞人便將道童權借與巡檢。送到南雄沙角鎭。誰知道童一路粧風做痴。上前退後。如春好不有氣。見他行不五里。叫腰疼。笑哭不止。巡檢不合聽了孺人言語。打發羅童回去。有分交如春爭些個做了失鄉之鬼。且說梅嶺之北。有一洞。名申陽洞。有一怪。號白申公。乃猢猻精也。他在洞中。觀見嶺下轎中。抬着一個佳人。如花似玉。意欲娶他。乃喚山神聽令。化作一店。申陽公變作店主。坐在店中。却好至黃昏時分。陳巡檢與孺人如春並王吉至梅嶺下。見天色黃昏。路途一店。陳巡檢夫妻二人到店房中。吃了些晚飯。却好一更。看看二更。陳巡檢先上床脫衣而臥。只見就中起一陣風。那一陣風過處。吹得燈半滅而復明。陳巡檢大驚。急穿衣起來看時。就房中不見了孺人張如春。仔細看時。和店房都不見了。僕人王吉勸他道。只得捱過此嶺。且去沙角鎭上了任。却來打聽。尋取儒人不遲。且說申陽公攝了張如春歸於洞中。如春至死不從。乃喚一婦人。名叫金蓮洞主好好勸如春。早晚好待他。將好言語誘他。等他回心。她仍舊不從。申陽公大怒。吩咐將這賤人剪髮齊眉。蓬頭赤脚。罰在山頭挑水。澆灌花木。如春自思。我今情願挑水。再說這陳巡檢在任。倏忽却早三年。期滿新舊交替。陳巡檢收拾行裝。與王吉離了沙角鎭。兩程並作一程行。相望庾嶺之下。紅日西沉。天色已晚。陳辛到了紅蓮寺。在紅蓮寺中。一住十餘日。忽一日。行者報與長老大惠禪師說起申陽公常到寺中聽說禪機。陳巡檢便。申陽公到寺來了。陳巡檢大怒。拔出所佩寶劍劈頭便砍。申陽公用手一指。其劍自着身。最後還是只得去找紫陽眞人和道童。把申陽公捉去。於是夫妻團圓。」

【陳思王悲生洛水】見洛神記條。

【陳子容仁義交朋記】雜劇名。明代無名氏撰。

【陳文圖悟道松陰夢】見松陰夢條。

【陳季卿悟道竹葉舟】見竹葉舟條。

【陳後主玉樹後庭花】見後庭花條。

【陳教授泣賦眼兒媚】見眼兒媚條。

【陳翠娥貞節賞元宵】雜劇名。明代無名氏撰。

【清曲】任訥散曲概論謂：「清曲爲散曲之別名。因唱散曲合用清唱之法。故名。清唱之清。乃不用鑼鼓之謂。清曲之清。乃合用清唱而又無賓白之謂。」

【清容】見蔣士銓條。

【清唱】吳梅顧曲塵談：「明代中葉以後。士大夫度曲者往往去其科白僅歌曲詞名。曰清唱。」任訥散曲概論引魏良輔曲律云：「清唱俗語謂之冷板凳。不比戲場借鑼鼓之勢。全要閒雅整肅。清俊溫潤。」李斗揚州畫舫錄云：「清唱以笙、笛、鼓、板、三弦爲場面。」

【清歌】謂獨唱而無管絃和之也。歌聲嘹亮清晰。亦曰清歌。

【清平調】雜劇名。亦作李白登科記。清人尤侗撰。此爲尤氏西堂曲腋六種之一。青木正兒：「清平調一名李白登科記。唐李白、杜甫、孟浩然爲盛唐詩人冠。科擧未第。作者乃翻其事實。作李白中狀元杜甫孟浩然亦同時及第焉。劇作玄宗皇帝。殿試三人。命楊貴妃品定其作。貴妃以李白之清平調爲壓卷。賜宴曲江。蓋作者才名甚著而未登第。乃作此劇聊以自慰耳。」

【清平樂】南宋大曲名。入大石調。按宋史樂志及文獻通考教坊部十八調中。大石調有清平樂大曲。

【清江引】曲牌名。北曲入雙調。管色配乙字調或正工調。

【清和樂】南宋大曲名。

【清忠譜】傳奇名。清人李玉撰。演明周順昌事。以順昌最忠且清。故名。

【清風府】見謝金吾條。

【清風亭】傳奇名。明人李鳴雷撰。

【清風寨】㈠傳奇名。清人朱佐朝撰。㈡傳奇名。清人史集之撰。

【清風領】雜劇名。正題寫盡清風領。明人丁野夫撰。

【清商怨】曲牌名。南曲入越調正曲。

【淸牌子】謂吹拉牌子曰淸牌子。

【淸癡叟】見汪廷訥條。

【淸人散曲】散曲選集名。凡五卷。近人任訥輯。有中華書局散曲叢刊本。乃將朱彝尊、厲鶚、吳錫麒、許光治、趙慶熹五家散曲集彙而刊之。並附徐大椿洄溪道情一卷。

【淸人雜劇】書名。近人鄭振鐸刊行。初集十冊。收嵇永仁、張韜、吳偉業、裘璉、曹錫黼、嚴廷中、桂馥、石韞玉、尤侗九家作品四十種。二集十冊。收徐石麟、葉承宗、王夫之、鄒式金、廖燕、洪昇、車江英、張聲玠、孔廣林、陳棟、吳蘋香、俞樾十二家作品四十種。

【淸涼扇餘】雜劇名。明人史槃撰。劇品謂此劇：「南北四折。此於王雲來淸涼扇之外。別搆四折。內錢嘉徵面斥陳萬齡一折。絕有生色。」按王應遴有淸涼扇傳奇。

【淸忠譜正案】戲曲名。淸人唐英撰。古柏堂傳奇之一。

【淸音閣四種】戲曲別集名。明人顧大典撰。計收義乳記、葛衣記、靑衣記、風教編四種。

【淸廉司吏鬼提牢】見鬼提牢條。

【淸廉官長勘金環】見勘金環條。

【淸官斷永不分別】見永不分別條。

【淸河縣繼母大賢】見繼母大賢條。

【梅妃】劇中人。唐玄宗妃。姓江。名采蘋。莆田人。婉麗能文。開元初。高力士使閩越。選歸。大見寵幸。性愛梅。帝因之曰梅妃。迨楊妃入。失寵。遷上陽宮。帝每念之。會夷使貢珠。乃命封一斛以賜。妃不受。謝以詩。詞旨悽婉。帝命樂府譜入管絃。名曰一斛珠。安祿山之亂。死於兵。見一斛珠、驚鴻記二分條。

【梅伯】見姚燮條。

【梅村】見吳偉業條。

【梅錫】見孫柚條。

【梅孝巳】淸代戲曲家。著有傳奇灑雪堂一種。

【梅沁春】戲曲名。淸人姚燮撰。

【梅花引】曲牌名。南曲入雙調引。管色配乙字調或正工調。北曲入越調。管色配六字調或凡字調。

【梅花記】傳奇名。明人徐霖撰。

【梅花酒】曲牌名。南曲入越調。管色配乙字調或凡字調。北曲入雙調。管色配乙字調或正工調。

【梅花塘】曲牌名。南曲入南呂宮。管色配六字調或凡字調。
【梅花墅】　見許自昌條。
【梅花夢】　傳奇名。淸人陳森書傳。演無錫張若水與妓梅小玉戀情事。
【梅花樓】　傳奇名。亦作索花樓。淸人馬佶人撰。
【梅花簪】　傳奇名。淸人張堅撰。爲玉燕堂四種之一。演徐苞幼與杜女以梅花簪訂婚。後苞遊學於外。杜氏歷盡艱辛。終得團圓事。
【梅花讖】　傳奇名。淸人查伊璜撰。
【梅梢月】　雜劇名。元代無名氏撰。
【梅梅雨】　曲牌名。北曲入正宮。管色配小工調或尺字調。
【梅喜緣】　傳奇名。淸人陳琅撰。爲玉獅堂十種曲之一。
【梅鼎祚】　明代後期戲曲家。字禹金。別署勝樂道人。安徽宣城人。宛溪先生梅守德之子。生於嘉靖二十八年。卒於萬曆四十三年。享年六十七歲。列朝詩集謂：「禹金棄擧子業。肆力詩文。撰述甚富。有鹿裘六十五卷。好聚書。嘗與焦弱侯馮開之暨虞山趙玄渡訂約蒐訪。期三年一會於金陵。各出所得異書逸典。互相讎寫。事雖未就。其志尙可以千古矣。」所著戲曲。有雜劇崑崙奴劍俠成仙一種。傳奇玉合記、長命縷二種。並傳於世。
【梅嶺記】　見陳巡檢梅嶺失妻條。
【梅龍鎭】　戲曲名。淸人唐英撰。爲古柏堂傳奇之一。此與綴白裘中所收之梆子腔戲鳳同一事蹟。今皮黃戲所演之梅龍鎭本此。
【梅妃作賦】　戲曲名。淸人石韞玉撰。爲花間九奏之一。
【梅竹姻緣】　南戲名。元代無名氏撰。南戲拾遺輯錄此目。
【梅杏爭春】　雜劇名。正題上林苑梅杏爭春。明人賈仲名撰。
【梅雪爭奇】　書名。凡三卷。明人武夷蝶庵主編。專攻有關梅雪之詩詞歌賦鼓曲小說編輯而成。有明天啓間刻本。
【梅顚道人】　見周履靖條。
【紫峴】　見張九鉞條。
【紫髯】　髯口名。此髯專備孫權所用。齊如山云：「近幾十年來。非極講究之戲箱不備紫髯。大致多備紅滿髯。於是孫權也改掛紅滿髯了。」
【紫玉記】　傳奇名。淸人蔡濇莊撰。

【紫姑神】雜劇名。清人陳棟撰。爲北涇草堂外集三種之一。敍紫姑爲妒婦所害事。

【紫泥宣】雜劇名。正題李嗣源復奪紫泥宣。元明間無名氏撰。

【紫金環】傳奇名。清人李雲墟撰。

【紫荆花】傳奇名。清人李文瀚撰。

【紫袍記】傳奇名。明人王瀹撰。

【紫釵記】傳奇名。凡五十三齣。明人湯顯祖撰。爲臨川四夢之一（本太平廣記霍小玉傳增飾成劇）。略謂李益與霍小玉元夕相逢。小玉故遺紫金釵。益拾得。因鮑四娘之介。遂成夫婦。益既以書判大魁天下。觸盧大尉之怒。乃表薦爲朔方河西節度參軍。蓋時吐番方入寇也。然太尉固亦愛益之才。欲妻以女。乃故設疑陣。以間李霍之情。比益還朝。又禁於別館。不使歸家。有黃衫豪客。挾益逕歸霍舍。夫婦遂得重圓。是時。帝亦知太尉之弄權。罷歸四里云。吳梅曲選謂：「紫釵原名紫簫。相傳臨川欲作酒色財氣四劇。紫簫色也。暗刺時相。詞未成而訛言四起。然實未成書。因將草稿刊布。明無所與於時。事遂得解。此記即將紫簫原稿改易。臨川官南都時所作。通本據唐人霍小玉傳。而詞藻精警。遠出香囊、玉玦之上。四夢中以此爲最艷矣。」呂天成曲品評此劇曰：「琢詞鮮美。鍊白駢麗。」見紫簫記條。

【紫雲亭】雜劇名。正題諸宮調風月紫雲亭。元人石君玉撰。演歌妓韓楚蘭與秀才靈春馬離合事。略謂有歌妓韓楚蘭。與秀才靈春馬私情甚篤。本擬日偕繾綣。以託終身。奈楚蘭假母。逼生上京求官。以是分離。楚蘭乃送之紫雲亭。把酒餞別。囑其早日歸里。生去後。久無音訊。楚蘭眠思夢想。了無生趣。輒於歌場中。時時唱雙漸小卿事以自擬。而感歎其身世之飄零。故有「一股鸞釵半邊境。世間多少斷腸人。」之語。（現存元人雜劇本事考）　(二)雜劇名。元人戴善夫撰。

【紫雲孃】雜劇名。元人鄭光祖撰。

【紫微宮】雜劇名。正題紫微宮慶賀長春節。明代無名氏撰。

【紫簫記】傳奇名。凡三十四齣。明人湯顯祖撰。演霍小玉觀燈至華清宮。拾得紫玉簫。故以爲名。按此劇與紫釵記同演李益霍小玉事。而關目迥異。紫釵記全劇霍小玉傳。此劇則略引其事。點綴生情。揷入唐時人物。不拘年代先後。見紫釵記條。

【紫瓊瑤】㈠傳奇名。清人薛旦撰。㈡傳奇名。清人張大復撰。

【紫懷環】傳奇名。明人陳汝元撰。

【紫蘇丸】曲牌名。南曲入仙呂宮引。管色配小工調或尺字調。

【紫花兒序】曲牌名。北曲入越調。管色配六字調或凡字調。

【紫金道人】見葉憲祖條。

【紫珍道人】見徐士俊條。

【紫虹道人】清代戲曲家。著有傳奇百花舫一種。

【紫陽道人】清代戲曲家。著有傳奇西湖韻一種。

【紫微山人】見張韜條。

【紫閣山人】見王九思條。

【紫竹瓊梅雙坐化】見雙坐化條。

【紫陽仙三度長椿壽】見常椿壽條。

【紫微宮慶賀長春節】見紫微宮條。

【梁州】南宋大曲名。入正宮調。亦入黃鐘宮、仙呂宮、道調宮。南宋官本雜劇二百八十種之中。有四僧梁州、三索梁州、詩曲梁州、頭錢梁州、食店梁州、法事饅頭梁州、四哮梁州七種。宋史樂志及文獻通考教坊部十八調中。正宮調、道調宮、仙呂宮、黃鐘宮。均有梁州大曲。新唐書禮樂志云：「天寶樂曲。皆以邊地爲名。若涼州、伊州、甘州之類。至宋猶存。」洪邁容齋隨筆云：「今世所傳大曲。皆出於唐。而以州名者五。伊、涼、熙、石、渭也。」

【梁鴻】劇中人。東漢平陵人。字伯鸞。少孤貧。有氣節。及長。博陟群籍。而不爲章句學。牧豕自給。娶妻孟光。偕隱覇陵山。後適吳。依皋伯通居廡下。爲人賃舂。每歸。妻爲具食。舉案齊眉。伯通異而舍之家。尋卒於吳。見舉案齊眉條。

【梁山伯】㈠雜劇名。正題祝英台死嫁梁山伯。元人白樸撰。㈡劇中人。東晉會稽人。字處仁。爲鄮令。少與上虞祝氏女英台同學。後山伯死。葬鄮城。英台適馬氏。過山伯墓。大號慟。地自裂。遂同葬。

【梁木公】清代戲曲家。道號蓬萊。世居吳郡。生卒年不詳。約康熙中葉在世。半世飄零。功名不遂。著有傳奇蓬園記一種。傳於世。

【梁州令】曲牌名。南曲入正宮引。管色配小工調或尺字調。

【梁州序】曲牌名。南曲入南呂宮。管色配六字調或凡字調。

【梁州賺】曲牌名。南曲入南呂宮。管色配六字調或凡字調。

【梁夷素】淸代女戲曲家。字孟昭。浙江錢塘人。生卒年不詳。約順治初年在世。嫁茅九成（茅坤之曾孫。茅瓚之孫）。工詩畫。兼作曲。著有傳奇相思硯一種。今不傳。

【梁廷枏】淸代戲曲家。字章冉。別署藤花主人。廣東順德人。生於嘉慶元年。卒於咸豐十一年。享年六十六歲。髫齡而孤。性穎悟。下筆有奇氣。林則徐督粵。嘗爲規劃形勢。繪海防圖以進。咸豐元年。以薦賞內閣中書。加侍讀銜。工詩文。兼通音律。著有藤花亭曲話五卷。斷緣夢、江梅夢、曇花夢傳奇三種。並傳於世。

【梁辰魚】明代後期戲曲家。字伯龍。號少伯。一號仇池外史。江蘇崑山人。生於正德末年。卒於萬曆中葉。享年七十四歲。雅擅詞曲。精於音律。時邑人魏良輔工於樂歌。始變弋陽海鹽故調爲崑腔。而辰魚獨得其傳。塡製浣紗記傳奇。梨園子弟多歌之。另有紅線女夜竊黃金盒、紅綃妓手語情傳、無雙補傳雜劇三種。江東白苧散曲四卷。並傳於世。

【梁紅玉】劇中人。宋韓世忠妻。本京口妓。識世忠於微時。遂成夫婦。及世忠貴。封安國夫人。世稱梁夫人。世忠戰兀朮於焦山寺。紅玉執桴擊鼓助戰。士卒大奮。金兵卒不得渡。世忠邀兀朮於黃天蕩。幾成擒。兀朮鑿河遁。紅玉奏言世忠失機。乞加罪責。舉朝爲之動色。

【梁進之】元代初期戲曲家。大都（今北平）人。生卒年不詳。約元定宗初年在世。爲元初散曲家。杜仁傑妹婿。與關漢卿爲世交。著有雜劇趙光普進梅諫、東海郡于公高門兩種。皆不傳。太和正音譜評其曲曰：「如花裏啼鶯。」

【梁州第七】曲牌名。北曲入南呂宮。管色配六字調或凡字調。

【梁州新郎】曲牌名。南曲入南呂宮。管色配六字調或凡字調。

【梁狀元不伏老】見不伏老條。

【梁山七虎鬧銅台】見鬧銅台條。

【梁山五虎大刼牢】見大刼牢條。

【梁山泊黑旋風負荆】見杏花莊條。

【許】古方言。猶云心服也。例如董西廂：「自古有的英雄。這將軍皆不許。壓着一萬個孟賁。五千個呂布。」皆不許。猶云皆不足佩服也。博望燒屯：「你若是得勝還營。你將我來自然許。」自然許。猶言你自然佩服我也。

【許恒】清代戲曲家。著有傳奇二奇緣一種。

【許逸】清代戲曲家。一名廷錄。字升聞。號適齋。江蘇常熟人。生卒年不詳。約順治初葉在世。享年六十五歲。善畫。兼工詞曲。著有傳奇兩鍾情、五虎山二種。傳於世。

【許經】明代戲曲家。字令則。松江華亭人。生卒年不詳。約崇禎初年在世。工曲。著有傳奇擲盃記一種。傳於世。

【許潮】明代後期戲曲家。字時泉。湖南靖州（一作黃州）人。生卒年不詳。約萬曆末年在世。工樂府。著有雜劇泰和記。傳奇鞦韆記。各一種。並傳於世。

【許自昌】戲曲家。字玄祐。江蘇吳縣人。生卒年不詳。約萬曆中期在世。構梅花墅。聚書連屋。陳眉公梅花墅記曰：「吾友秘書許玄祐所居。爲唐人陸龜蒙甫里。」則與陳眉公同爲萬曆間人也。著有傳奇水滸記、報主記、靈犀珮、弄珠樓、橘浦記五種。而以水滸傳爲最著。

【許見山】清代戲曲家。著有戲曲洛陽橋一種。

【許來大】古方言。猶云這樣也。如此也。例如合汗衫劇：「許來大個東嶽神明。他管你什麼肚皮裏娃娃。」言這樣個東嶽神明也。又如謝天香：「許來大官員。恁來大職位。」言如此大的官員也。

【許盼盼】南戲名。元代無名氏撰。南戲拾遺、南詞新譜俱錄此目。

【許炎南】明代戲曲家。字有丁。海寧人。生卒年不詳。約崇禎初年在世。工曲。著有傳奇軟藍橋、情不斷二種。並傳於世。

【許宗衡】明代戲曲家。籍貫生平均不詳。約崇禎初年在世。工曲。著有傳奇雷鳴記一種。

【許紹珣】清代戲曲家。著有傳奇萬壽圖一種。

【許潮八種】戲曲別集名。明人許潮撰。共收雜劇八種。曰武陵春。曰蘭亭會。曰寫風情。曰午日吟、曰赤壁遊。曰南樓月。曰龍山宴。曰同甲會。

【許善長】清代戲曲家。字不詳。號玉泉樵子。浙江杭州人。生卒年不詳。約光緒初年在世。工曲。著有傳奇神山張、靈媧石　茯苓仙、瘞雲岩、臙脂獄、風雲會等六種。總題許氏傳奇六種。傳於世。

【許氏傳奇六種】戲曲別集名。清人許善良撰。

【許眞人拔宅飛昇】見拔宅飛昇條。

【崔護】劇中人。唐博陵人。字殷功。資質甚美。而孤潔寡合。淸明日。獨遊都城南。見莊居桃花繞宅。乃叩門求飲。有女子啓關。問姓名。以杯水至。其人姿色穠艷。情意甚殷。來歲淸明。復往尋之。則門已扃鎖。因題詩左扉曰：「去年今日此門中。人面桃花相映紅。人面祇今何處去。桃花依舊笑春風。」後數日再往。忽聞哭聲。有老父出曰：「子崔護耶。吾女讀左扉詩絕食而死。」護入祝之。女復活。遂歸之。見崔護謁漿、桃花人面各分條。

【崔懷玉】南戲名。元代無名氏撰。南戲拾遺輯錄此目。

【崔應堦】淸代戲曲家。字拙圃。江夏人。生卒年不詳。約乾隆中期在世。工曲。著有傳奇煙花債、情中幻二種。傳於世。

【崔鶯鶯】劇中人。唐女子。顏色艷麗。工文詞。元稹作會眞記。謂鶯鶯父死。隨母歸長安。止蒲東普救寺。遇張生以詩贈答。情好甚篤。見西廂記、圓林午夢二分條。

【崔和擔生】雜劇名。元人趙熊撰。

【崔護覓水】南戲名。元代無名氏撰。南戲百一錄、宋元戲文本事、南詞新譜、宦門子弟錯立身戲文中俱錄此目。南九宮譜及九宮大成南北宮詞譜中僅存殘文四曲。

【崔護謁漿】㈠雜劇名。正題十六曲崔護謁漿。㈡雜劇名。元人尚仲賢撰。趙景深小說戲文新考謂：「這謁字似費解。疑爲渴字之誤。按曲海總目提要卷一十五頁即作渴漿。」又謂：「根本本事詩上只說酒渴求飲。不叫做謁漿。」見崔護、桃花人面各分條。

【崔子弒齊君】見弒齊君條。

【崔氏春秋補傳】雜劇名。明人屠本畯撰。劇品謂此劇：「北四折。傳情者須在想像間。故離別之境。每多於合歡。寶甫之以驚夢終西廂。不欲境之盡也。至漢卿補五曲。已虞其盡矣。田叔再補出閣、催妝、迎奩、歸寧四曲。俱是合歡之境。故曲雖逼元人之神。而情致終遜於譜離別者。」

【崔鶯鶯夜聽琴】見西廂記條。

【崔君瑞江天暮雲】南戲名。元代無名氏撰。南詞敘錄、南戲百一錄俱錄此目。

【崔懷寶月夜聞箏】見月夜聞箏條。

【崔驢兒指腹成婚】雜劇名。元明間無名氏撰。

【崔府君斷寃家債主】見張善友條。

【崔鶯鶯待月西廂記】㈠見西廂記條。㈡見續西廂條。

【陶眞】又名盲詞。謂男女瞽者學琵琶。唱古今小說平話。以覓衣食者也。田叔禾西湖遊覽志餘謂：「杭州男女瞽者。多學琵琶唱古今小說平話。以覓衣食。謂之陶眞。大抵說宋時事。蓋汴京遺俗也。」又云：「若紅蓮、柳翠、濟顚、雷峯塔、雙魚扇墜等記。皆杭州異事。或近世所擬作者也。」亦作淘眞。堯山堂外紀云：「杭州瞽女唱古今小說評語。謂之淘眞。」

【陶潛】劇中人。晉尋陽柴桑人。侃曾孫。字淵明。或曰名淵明。字元亮。或曰字深明。名元亮。志趣高潔。不慕榮利。其詩冲穆澹雅。文亦超逸高古。起爲州祭酒。後爲彭澤令。在官八十餘日。歲終。郡遣督郵至縣。吏白應束帶見之。潛曰：「我豈能爲五斗米折腰向鄉里小兒。」即日解印綬去職。賦歸去來辭以見意。家居安貧樂道。以詩酒自娛。徜徉自適。義熙末。徵著作郎。不就。元嘉初卒。世稱靖節先生。見桃花源、武陵春二分條。

【陶宗儀】人名。明初黃巖人。字九成。號南村。務古學。無所不窺。爲詩文咸有法則。家貧。教授自給。嘗客松江。躬親嫁穡。暇則休樹陰。有所得。摘葉書之。貯破盎中。十年積盎以十數。發而錄之。得三十卷。名輟耕錄。又輯說郛、書史會要等書。行於世。

【陶國英】明代前期戲曲家。晉陵（今江蘇武進）人。著有雜劇四鬼魂大鬧森羅殿一種。未見流傳。

【陶淵明】見陶潛條。

【陶彭澤】雜劇名。明代無名氏撰。劇品謂此劇：「北四折。田子藝止數語耳。此則寫來酣暢。然北韻甚嚴。不宜失叶。」

【陶學士】南戲名。元代無名氏撰。南戲拾遺輯錄此目。

【陶菴夢憶】書名。明人張岱撰。有開明書店排印本。

【陶侃拿蘇峻】雜劇名。元明間無名氏撰。

【陶母剪髮待賓】見剪髮待賓條。

【陶秀英鴛鴦宴】見鴛鴦宴條。

【陶朱公五湖泛舟】見五湖記條。

【陶朱公范蠡歸湖】見范蠡歸湖條。

【陶淵明東籬賞菊】見東籬賞菊條。

【陶淵明歸去來兮】　見歸去來兮條。

【陶處士栗里致交遊】　雜劇名。明人許潮撰。爲泰和記之一種。

【陶學士醉寫風光好】　見風光好條。

【陸采】　明代戲曲家。字子元。號天池。長洲（今蘇州）人。生卒年不詳。約宏治八年至嘉靖十九年之間在世。年四十歲。列朝詩集云：「子元少爲校官弟子。不屑守章句。年十九。作王仙客無雙傳奇。兄字餘助成之。曲既成。集吳閶教師精音律者。逐腔改定。然後妙選梨園。登場教演。期盡善而後出。性豪蕩不羈。日與客劇飲歌呼。東登泰岱。賦遊仙三章。南踰嶺嶠。遊武夷諸山。年四十而卒。」著有傳奇五種。曰明珠記。曰南西廂。曰懷香記。曰椒觴記。曰分鞋記。

【陸游】　劇中人。宋山陰人。字務觀。別號放翁。孝宗時。賜進士出身。遷樞密院編修官。范成大帥蜀。以爲參議。紹熙間。進寶章閣待制致仕。游才氣超逸。尤長於詩。淸新圓潤。自成一家。以愛蜀中風土。題其詩集曰劍南詩稿。後世稱爲劍南派。見題園壁條。

【陸弼】　明代戲曲家。字無從。江都人。生卒年不詳。約萬曆十年前後在世。年七十餘歲。好博涉。嘗爲詩云：「匣有魚腸堪借客。世無狗監莫論才。」可見其意氣之一般。著有傳奇存孤記一種。

【陸曜】　淸代戲曲家。江蘇常熟人。生卒年不詳。約康熙中葉在世。工曲。著有傳奇硯山碑。與程端所作之虞山碑合題遺愛集。傳於世。

【陸世廉】　明代戲曲家。字起頑。號生公。又號晚庵。長洲人。生卒年不詳。約崇禎中前後在世。明官光祿卿。入淸隱居不出。著有雜劇西台記傳奇八葉霜各一種。並傳於世。

【陸江樓】　明代戲曲家。別署心一山人。杭州人。生卒年不詳。約萬曆初年在世。工曲。著有傳奇玉釵記一種。另有遇仙記一種。題心一子作。疑亦出江樓之手。

【陸祁生】　淸代戲曲家。江蘇常州人。生卒年不詳。約道光初年在世。工曲。著有傳奇碧桃記一種。傳於世。

【陸放翁】　見陸游條。

【陸參軍】　見參軍條。

【陸登善】　元代末期戲曲家。字仲良。生卒年不詳。約至順中前後在世。稟性沉重簡默。工爲曲。善謳。著有雜劇張鼎勘頭巾、開倉糶米兩種。今皆不傳。

【陸進之】明代前期戲曲家。浙江嘉禾人。嘗官福建省都事。善文章。喜作詩。與賈仲明甚相友善。著有雜劇韓湘子引度昇仙會、血骷髏大鬧百花亭。皆無傳本。

【陸濟之】明代戲曲家。字利川。江蘇無錫人。生卒年不詳。約萬曆初年在世。工曲。著有傳奇題橋記一種。

【陸繼輅】清代戲曲家。字祁孫。亦作祈生。一字修平。江蘇陽湖人。生於乾隆三十七年。卒於道光十四年。享年六十三歲。著有戲曲洞庭緣一種。

【陸顯之】元代初期戲曲家。汴梁（今河南開封縣）人。生卒年不詳。約至元中前後在世。賈仲明弔顯之詞有：「河南獨步汴城。隱語詞源闡姓名」句。知其善爲通俗文學。著有好兒趙正話本。當時頗盛行。所著雜劇僅知宋上皇醉冬凌一種。今不傳。太和正音譜評其曲曰：「眞詞林之英傑。」

【陸續懷橘】雜劇名。正題作賓客陸續懷橘。元人王德信撰。

【曹谷】清代戲曲家。自署江左詞憨。生卒年不詳約康熙中期在世。工曲。著有傳奇風前月下一種。傳於世。

【曹植】劇中人。三國魏武帝第三子。文帝弟。字子建。十歲能屬文。甚爲武帝所愛。文帝立。忌其才。欲害之。嘗限令七步爲詩。植應聲立就。以煮豆燃其爲喻。諷其兄弟相逼之甚。文帝感而釋之。初封東阿王。尋改封陳王。就國後。不得試用。發疾卒。諡思。世稱陳思王。植才思儁捷。詞藻富麗。世目爲繡虎。謝靈運嘗言天下共一石。子建獨得八斗。有曹子建集。見凌波影、洛神記二分條。

【曹操】劇中人。東漢沛國譙人。本姓夏侯。父嵩。爲宦官曹騰養子。因冒曹姓。字孟德。小字阿瞞有雄才。多權詐。年二十舉孝廉爲郎。尋起兵擊黃巾。討董卓。迎獻帝於許都。復滅袁術。破袁紹。自爲丞相。拜大將軍。封魏公。旋又加九錫。進魏王。後卒於洛陽。諡武。及子丕篡漢。追尊爲武帝。見漁陽三弄、義勇辭金各分條。

【曹雪芹】人名。清漢軍正白旗人。名霑。以字行。本世家子。工詩。能畫。所著紅樓夢小說。盛傳於世。

【曹錫黼】清代戲曲家。字菽圃。江蘇上海人。約於雍正七年生。乾隆二十二年卒。歿年不及三十。與兄容甫並有才名。早歲得第。官至某部員外郎。著有雜劇桃花吟、四色石二種。

【曹娥泣江】　雜劇名。正題孝順女曹娥泣江。元人鮑天佑撰。按賈本錄鬼簿江勉之條稱：「鮑吉甫所編曹娥泣江。內有先生兩折。」曹本錄鬼簿汪勉之條亦有：「鮑吉甫所編曹娥泣江。公作二折。」按曹娥東漢孝女。上虞人。父盱。五月五日溺死。不得屍。娥時年十四。晝夜沿江號哭。旬有七日。遂亦投江死。五日抱父屍而出。元嘉時。縣令度尚爲之立碑。潁川邯鄲淳爲作誄辭。即今所傳之曹娥碑文也。其墓在今浙江紹興縣東。

【曹彬下江南】　雜劇名。正題存仁心曹彬下江南。元明間無名氏撰。

【曹伯明復勘贓】　見復勘贓條。

【曹伯明錯勘贓】　(一)南戲名。元代無名氏撰。永樂大典卷一三九九四及南戲拾遺俱錄此目。(二)見錯勘贓條。

【曹子建七步成章】　見七步成章條。

【曹操夜走陳倉路】　見陳倉路條。

【曹太后哭死劉夫人】　見劉夫人條。

【崑弋】　崑弋兩腔合而爲一。俗名崑弋。崑弋本多不同。王芷章腔調考原謂：「弋陽腔與弋腔不同。弋陽腔南調。弋腔北調。崑弋合稱。乃指北弋。以符合世俗南崑北弋之稱。」華連圃戲曲叢譚謂：「嘗聞今之老成崑伶云。唱崑曲用笛。唱弋腔不用笛。而乾唱。弋腔之中夾用板與鈸。崑曲有南北之分。弋腔無所謂南北曲。惟曲中牌名則崑弋皆有之。」齊如山謂：「北平則崑弋兩腔。永遠合演。且永以弋腔爲主。淸朝末年尙是如此。一直到現在還未絕跡。」

【崑曲】　戲曲腔調名。亦作崑腔。指用崑山腔所唱之歌曲而言。其先本專指南曲。李調元雨村曲話引紘索辨訛：「明時雖有南曲。祇用弦索官腔。至嘉隆間。崑山有魏良輔者。乃漸改舊習。始備衆樂器而劇場大成。至今遵之。所謂南曲。即崑曲也。」靜志居詩話：「梁辰魚。字伯龍。崑山人。雅擅詞曲。時邑人魏良輔能喉轉音聲。始變弋陽海鹽故調爲崑腔。伯龍塡浣紗記付之。號爲崑曲之始。」沈德符顧曲雜言：「自吳人重南曲。皆祖崑山魏良輔。而北詞幾廢。」綜此諸說。魏良輔實首將南曲歌以崑山腔。梁伯龍則首製崑曲。崑曲之勢遂掩一切南北曲而獨盛。崑曲一名。亦逐代表雅曲。與花部之亂彈成對稱之名詞。

【崑圃】　見鄭玉卿條。

【崑腔】　見崑曲條。

【崑山派】　見駢儷派條。

【崑崙奴】　雜劇名。正題崑崙奴劍俠成仙。明人梅鼎祚撰。本唐段成式劍俠傳中崑崙奴敷演成劇。略謂博陵崔千牛以老僕崑崙奴磨勒爲從。訪其父舊友汾陽王郭子儀。郭府歌妓紅綃。見崔生愛之。送生歸。私對生出三指。掌三反。指胸前小鏡云：「勿忘。」生不知其意。崑崙奴解之曰：「出三指者。此妓居處爲第三院也。掌三反者。十五日也。指鏡者。囑乘月明而來也。」崑崙奴因伴生至郭府。殺猛犬越牆。偷紅綃出。使與生居。一日生與紅綃遊曲江。崑崙奴從之。適郭府家人至。知之。告郭子儀。郭曰：「兩人罪可恕而不問。如崑崙奴之危險人物。不可恕。」遣兵捕之。崑崙奴對其主留一語云：「立秋日靑門外再相見。」持匕首飛越高垣。不知何處去矣。及期。生與紅綃至靑門外。崑崙奴作道士裝守候。曰：「我本謫仙。今謫限已滿矣。」郭子儀亦知其爲非常人。尋至。崑崙奴向之說道。亦向生與紅綃勸道。臨別曰：「十餘年後。但問洛陽市中問賣藥的就是了。」（中國近世戲曲史）

【崑曲大全】　書名。凡四集。近人張芬編。所收頗多罕見之劇。且爲實用之本。有民國十四年上海世界書局石印本。

【崑亂不擋】　戲界稱允崑允亂之脚。曰崑亂不擋。按崑者崑腔也。亂者亂彈也。即皮黃也。

【崑弋單折曲譜】　書名。凡二十冊。淸代無名氏錄。有淸南府抄本。

【崑崙奴劍俠成仙】　見崑崙奴條。

【望瀛】　南宋大曲名。葛立方云。今世所傳望瀛亦十二遍。則亦大曲之類也。宋金院本名目有望瀛法曲一本。

【望江亭】　雜劇名。正題望江亭中秋切鱠旦。元人關漢卿撰。演譚記兒騙取楊衙內勢劍金牌以救其夫白士中事。略謂潭州理官白士中之任。過淸安觀。觀主即其姑也。士中往謁姑。訴以失偶。時有學士李希顏妾譚記兒新寡。美而多才。與白姑善。姑遂爲之作合。令與士中諧伉儷。携赴潭州。黠弁楊衙內者。初聞譚美。欲娶爲妾。問其歸白甚銜之。乃奏白迷戀花酒。不任公職。請得勢劍金牌文書。自往潭州殺白。白母知其事。甚驚懼。修書報白。譚云。彼欲謀我。不足累君。請母憂。楊弁欲掩白不備。獨携二僕。泊舟望江亭。時值中秋。乃於江上翫月。忽見一漁舟鼓棹而至。舟上漁婦甚美。籃提金色鯉魚。登楊舟云：「爲官人獻新切鱠。」楊覩其美。心甚蕩。命坐共飲。婦問至潭州何爲。楊遽以實告。婦爲作歌勸飲。楊不覺沈醉。二僕亦醉。婦乃誘楊出勢劍金牌。楊與之。而未察其詐也。婦乃竊劍牌去。及旦。楊大駭。欲收捕白。以失所據。白反出勢劍金牌云：「漁婦告汝中秋欲占姦爲妾。」楊猶抵飾。白令妻出見。乃知漁婦即記兒僞裝。楊至此亦無可奈何矣。湖南都御史李秉忠。訪得其事。奏於朝。詔杖楊。奪其職。白仍理潭州云。（現存元人雜劇本事考）

【望吾鄉】 曲牌名。南曲入仙呂宮。管色配小工調或尺字調。

【望香亭】 雜劇名。元明間無名氏撰。

【望思臺】 雜劇名。元明間無名氏撰。

【望梅花】 曲牌名。南曲入仙呂宮。管色配小工調或尺字調。

【望湖亭】 傳奇名。明人沈自晉撰。演吳江顏俊欲娶洞庭西山高翁女。因貌甚寢。飾表弟錢選代爲請婚親迎。後竟弄僞成眞。劇中因迎親之船未至。顏佇立望湖亭以俟之。故標以爲名。螾廬曲談：「原本已佚。今歌場所流行者僅照鏡一折。而其江兒水川撥棹二曲。爲俗伶所增。非原本也。」並附記曰：「沈伯明爲作傳奇。」蓋指此劇也。

【望雲記】 (一)傳奇名。明人金懷玉撰。(二)傳奇名。明人程文修撰。

【望遠行】 曲牌名。南曲入仙呂宮引。管色配小工調或尺字調。北曲入商調。管色配六字調或凡字調。

【望歌兒】 曲牌名。南曲入越調。管色配六字調或凡字調。

【望江亭中秋切鱠旦】 見望江亭條。

【雪中人】 傳奇名。凡十六齣。清人蔣士銓撰。爲藏園九種曲之一。演吳六奇與查繼佐遇合事。本聊齋誌異敷演成劇。梁廷枏曲話：「雪中人一劇。寫吳六奇。頰上添毫。栩栩欲活。以花交折結束通部。更見匠心獨巧。」按花交折爲查夫人自編吳六奇與查繼佐相交之事蹟爲歌舞。以待其夫自廣東歸鄉之一段戲曲。

【雪香亭】雜劇名。正題趙二世醉走雪香亭。元人石君寶撰。

【雪香緣】傳奇名。明人程子偉撰。

【雪裏梅】曲牌名。北曲入越調。管色配六字調或凡字調。

【雪面參軍】加官之別稱。淸王芝祥云：「吳梅村鴛湖曲有雪面參軍舞鴝鵒。卽謂跳加官。加官所用面具。粉白如雪。故云雪面。加官乃俗稱。參軍則典雅矣。」

【雪浪探奇】雜劇名。明人金粟子撰。劇品謂此劇：「南一折。坡仙知定武軍時。得雪浪石。爲之製銘咏詩。又以名其齋。金粟子採之作南曲一折。蓋常調也。」

【雪裏報寃】雜劇名。元明間無名氏撰。

【雪龕道人】淸代戲曲家。著有傳奇五倫鏡一種。

【雪恨鬧陰司】見鬧陰司條。

【唱】㈠發歌也。禮樂記：「一唱而三歎。」㈡高呼也。宋史禮志：「從官好唱。」㈢歌曲也。晉書夏統傳：「子胥見戮。國人痛其忠烈。爲作小海唱。」㈣古方言。發語辭也。例如漢宮秋：「唱道竚立多時。徘徊半晌。」

【唱叫】古方言。猶云吵鬧也。例如貨郎旦：「你若不還他禮。他要唱叫起來。就不像體面了。」亦作暢叫。例如劉行首：「呀。你今日悔後遲。可笑愚痴。不辨個高低。暢叫揚疾。」揚疾猶云出醜也。

【唱和】㈠謂歌曲之此唱彼和也。㈡謂以詩詞互相酬答也。

【唱書】古之說書也。杭州遺風：「南詞者。說唱古今書籍。編七字句。坐中開口彈弦子。打橫者佐以洋琴。每本四五回。稱爲唱書先生。」

【唱酬】謂以詩詞相唱和也。

【唱道】見暢道條。

【唱論】書名。凡一卷。元人芝菴撰。有樂府新編陽春白雪所收本。輟耕錄卷二十七所收本。曲苑所收本。

【唱賺】見賺詞條。

【梨園】唐玄宗時。教授伶人之所。稱爲梨園。唐書禮樂志：「明皇旣知音律。又酷愛法曲。選坐部伎子弟三百。敎於梨園。號皇帝梨園弟子。宮女數百。亦稱梨園弟子。」後世稱演劇之所曰梨園。又稱優伶曰梨園弟子。皆本此。按梨園故址。在今陝西省長安縣。

【梨花兒】曲牌名。南曲入越調。管色配六字調或凡字調。

【梨花夢】雜劇名。明人李唐賓撰。

【梨花大鼓】大鼓之一種。出自山東。唱時佐以梨花片。故名。按梨花本名犂鏵。鏵爲農器之碎鐵片也。

【梨園弟子】舊書志云。玄宗於聽政之暇。教太常樂工子弟三百人。爲絲竹之戲。號爲皇帝弟子。又云梨園弟子。

【梨園佳話】書名。凡一卷。近人王夢生撰。

【梨園集成】戲曲選集名。凡十八卷。淸人李世忠輯。共收戲曲四十六種。皆皮黃曲本。

【梨園樂府】雜劇名。正題謝阿蠻梨園樂府。元人鄭光祖撰。

【勘皮靴】傳奇名。淸人范文若撰。

【勘吉平】雜劇名。正題相府院曹公勘吉平。元人花李郎撰。

【勘妬婦】雜劇名。正題北鄺大王勘妬婦。明人朱權撰。

【勘金環】雜劇名。正題清廉官長勘金環。元明間無名氏撰。

【勘風情】雜劇名。正題馬光祖勘風情。元人喬吉撰。

【勘頭巾】㈠雜劇名。正題河南府張鼎勘頭巾。別名開封府張鼎勘頭巾。元人孫仲章撰。演張鼎平反王小二寃獄事。略謂有王小二者。祖居南京。落籍開封。母子二人。別無眷屬。家中窮窘。朝趁暮食。富戶劉平遠稍稍週之。一日。小二往見平遠。欲求資助。而門有臥犬。小二以磚擊之。誤投缸。缸破。平遠妻見而怒詈。平遠出問。小二僞言爲犬所傷。故以石投犬。及鄰衆驗小二身。並無傷痕。平遠詬之。小二怒曰。無人處且殺汝。平遠妻聞之。遽責小二輸狀。保平遠百日內無事。小二自知失口。輸狀而去。平遠妻。與太淸庵道士王知觀私通。欲殺平遠。得小二情狀。潛與知觀謀。令於城外無人處殺平遠。取其芝蔴羅頭巾。減銀鐶子爲信。而嫁其責於王小二。平遠出城收債。醉歸。果被殺。妻遂執小二劵。誣小二殺其夫。官聽令史言。嚴拷小二。小二不堪其苦。謬謂羅頭巾及減銀鐶埋於某處石板下。蓋欲以此暫緩酷刑也。知觀此時適在獄門外探聽。從賣草於獄吏之村夫處。詢知其情。即馳去。及令吏遣後往王小二所供處取巾環。果得之。遇一道士。行色怱遽而不知其故。實則此道士卽知觀。既聞小二供詞。乃逕置巾環於此。以實小二之罪也。小二以臟證俱全。將就戮。孔目張鼎微聞其冤。質之該管趙令史。索文卷及巾環驗視。見形色甚新潔。不似久埋泥土中者。心益疑之。請於官。官令覆審。小二稱冤。告以屈供。鼎乃勾平遠妻至。而以賣草村夫加道裝蒙其面。指謂平遠妻曰。姦夫已供。汝諱無益。於是盡得其詳。誅知觀及平遠妻。而釋王小二云。（現存元人雜劇本事考）㈡雜劇名。正題張鼎勘頭巾。元人陸登善撰。

【勘龍衣】　雜劇名。正題開封府蕭王勘龍衣。元人關漢卿撰。京戲打龍袍亦戲此事。

【斬白蛇】　雜劇名。正題漢高祖澤中斬白蛇。元人白樸撰。

【斬呂布】　雜劇名。正題白門斬呂布。元人于伯淵撰。

【斬健蛟】　雜劇名。正題灌口二郎斬健蛟。明代無名氏撰。

【斬陳餘】　雜劇名。正題韓信泜水斬陳餘。元人鍾嗣成撰。

【斬貂蟬】　㈠雜劇名。正題關大王月下斬貂蟬。元明間無名氏撰。㈡雜劇名。明代無名氏撰。

【斬鄧通】　雜劇名。元人費唐臣撰。

【斬蔡陽】　雜劇名。元明間無名氏撰。

【斬韓信】　雜劇名。正題呂太后伙計斬韓信。元人李壽卿撰。

【商】　㈠五音調或七音調之第二音也。管子地員篇曰：「凡聽商。如離群羊。」㈡舌音也。樂府傳聲所載辨五音訣曰：「欲知商。口開張。」

【商鞅】　劇中人。戰國衞之庶孽公子。姓公孫氏。好刑名法術之學。相秦孝公。定變法令。立富強之策。封於商。號商君。相秦十年。道不拾遺。然用法太嚴。貴戚大臣多怨望。孝公死。卒被車裂之刑。見金印記條。

【商調】　㈠宮調名。古曰夷則商聲。詞源：「夷則商俗名商調。」吳梅顧曲麈談：「商調所屬諸曲。北曲爲集賢賓、逍遙樂、金菊香、醋葫蘆、梧葉兒、浪裏來、聖賢吉、望遠行、賀聖朝、鳳凰吟、涼亭樂、上京馬、酒旗兒、八賓粧、二郎神、水紅花、定風波、玉胞肚、秦樓月、桃花浪、滿堂紅、芭蕉延壽、水仙子、尾聲、浪裏來煞、隨調煞、商平煞、商平隨調煞。南曲則爲鳳凰閣、風馬兒、高陽台、憶秦娥、消遙樂、繞池遊、三台令、二郎神慢、十二時。（以上爲引子。）字字錦、滿園春、高陽台、山坡羊、水紅花、梧葉兒、梧桐花、金梧桐、梧桐樹、二郎神、集賢賓、鶯啼序、黃鶯兒、簇御林、攤破簇御林、琥珀猫兒墜、五團花、吳小四。（以上爲過曲。）太和正音譜云：「商調悽愴怨慕。」集成曲譜、顧曲塵談皆以商調配六字調或凡字調。㈡燕樂商聲七調之第七運。亦名林鐘商調。補筆談：「無射商今爲林鐘商。殺聲用凡字。」燕樂考原：「林鍾商卽俗樂之凡字調。故殺聲用凡字。」

【商小玲】　見還魂記條。

【商平煞】　曲牌名。北曲入商調。管色配六字調或凡字調。

【商角調】　宮調名。古曰夷則角聲。吳梅顧曲塵談：「商角調所屬諸曲。北曲爲黃鶯兒、踏莎行、蓋天旗、應天長、垂絲釣、尾聲。南曲則爲永遇樂、熙州三台、解連環、秋夜雨、漁父。」太和正音譜云：「商角調悲傷宛轉。」集成曲譜顧曲塵談皆以商角配六字調或凡字調。

【商山鸞影】　傳奇名。淸人劉古石撰。演蘇州鄭生遊滇南訪陳圓圓墓遇鬼贈詩事。

【商平隨調煞】　曲牌名。北曲入商調。管色配六字調或凡字調。

【彩】　見采條。

【彩旦】　脚色名。旦之一種。此脚始自梆子戲。其性質與老旦或武旦相似。可以擔任主要脚色。例如風箏誤之大小姐。能仁寺之賽西施。大四勸之鄰家太太。一兩漆中之鮑大嫂子。浣紗記中之東施。春秋配中之後娘等是。齊如山云：「皮黃班沒有此種專門脚色。凡彩旦之戲。皆由丑角或花旦兼演。名曰兩抱著的戲。」

【彩頭】　見切末條。

【彩衣歡】　傳奇名。淸人陳二白撰。

【彩毫記】　傳奇名。凡四十二齣。明人屠隆撰。演李白本傳而以玄宗與楊貴妃事配之。或云此作者以李白自況也。呂天成曲品云：「此赤水自況也。詞采秀爽。較曇花爲簡潔。」沈德符顧曲雜言譏之曰：「屠長卿之彩毫記。則竟以李青蓮自命。第未知果愜物情耳否。」雨村曲話評曰：「其詞塗金績碧。求一眞語、雋語、本色語。終卷不可得。」

【彩旗兒】　曲牌名。南曲入正宮。管色配小工調或尺字調。

【彩鸞牋】傳奇名。淸人邱相卿撰。

【乾】古方言。謂白費氣力不取償也。

【乾板】皮黃板式名。非唱非白。祇以夾板隨之而已。例如烏盆計：「張別古進廟來躬身正拜……」一段。即乾板也。

【乾唱】劇中不協管絃之唱。謂之乾唱。

【乾坤嘯】傳奇名。淸人朱佐朝撰。演文彥博包拯勘問烏廷慶寃獄事。乾坤嘯者。延慶所製刀名也。

【乾茨臘】古方言。㈠乾枯也。㈡空空無有也。

【乾荷葉】曲牌名。北曲入南呂宮。管色配六字調或凡字調。

【乾請陳】雜劇名。正題豹子令吏干請陳。別作朝子令史乾請陳。元人高文秀撰。

【救友記】雜劇名。亦作棄官救友。明人王驥德撰。劇品謂此劇：「南北四折。石中郞以忠致其君。穆考功以義全其友。鄭夫人以節報其夫。此等事。在眼前已邈焉若千古矣。」

【救孝子】雜劇名。正題救孝子賢母不認屍。元人王仲文撰。略謂孝子楊謝祖被人誣以殺害親嫂。將抵罪。適謝祖兄從軍歸。發現其妻尚在。死者爲另一人。而殺者又爲另一人。於是案情大白事。劇中楊母李氏。曾堅決否認其子行兇。謝祖因而得救。故名救孝子。

【救周勃】雜劇名。正題薄太后走馬救周勃。元人關漢卿撰。

【救風塵】雜劇名。正題趙盼兒風月救風塵。別作烟月救風塵。元人關漢卿撰。略謂汴梁歌女宋引章。與鄭州人周同知之子周舍暱（舍爲宋元間一種稱謂。其意義同於今語之少爺）。周欲娶之爲妻。引章欣然允之。另有秀才安秀實者。亦曾與引章有白首之盟。既聞周事。乃託引章同伴姐妹趙盼兒。通辭於引章。以探其意。盼兒妓中之豪也。慧而識人。力勸引章當從秀實。引章不聽。竟嫁周舍。秀實旣見拒。乃赴京應擧以取功名。盼兒曰：「子且待。我當有以相復也。」周舍挾引章歸鄭州。未及半載。日加鞭撻。引章不能堪。作書致盼兒求救。且深悔不從昔日之言。盼兒乃盛服裝具。買車遊鄭州。止宿逆旅。濃粧艷抹。囑張小閒者往勾引周舍。周舍果至。盼兒以情挑之。周乃又欲得盼兒。盼兒遂乘勢羅箱篋。陳酒饌。誘以財色。使周舍休棄引章。而陰使引章至旅邸爭鬪。周舍既戀盼兒。又恐引章。遂毅然以休書付引章。盼兒預約引章至旅寓。相挈潛行。又索得休書。易以他紙。周舍既知盼兒與引章俱遁。追及於路。奪休書毀之。告於官。然不知休書之已易他紙也。周謂盼兒設計誑其婦。盼兒亦控周佔有夫之婦。且既已具休書。又復誣告。因出眞休書爲據。而指秀實爲引章夫。盼兒爲其媒證。舍不能辯。官乃杖舍。以引章歸秀實云。現存元人雜劇本事考

【救啞子】雜劇名。正題劉夫人救啞子。元人關漢卿撰。

【救精忠】雜劇名。明人祁麟佳撰。爲太室山房四劇之一。劇品謂此劇：「北四折。閱宋史每恨武穆不得生。乃今欲生之乎。有此詞而檜卨死武穆竟生矣。」

【救孝子賢母不認屍】見救孝子條。

【魚水緣】傳奇名。清人周書撰。

【魚玄機】劇中人。唐長安女子。字幼微。一字蕙蘭。喜讀書。有才思。補闕李億納爲妾。後分離。出爲女道士。居咸宜觀。後以笞殺侍婢綠翹事。爲京兆尹溫璋所殺。有魚玄機詩集行世。見鸞鎞記條。

【魚兒佛】雜劇名。正題金漁翁證果魚兒佛。明人湛然撰。

【魚兒珠】雜劇名。明代無名氏撰。按明人湛然禪師有金漁翁證果魚兒佛。不知是否一劇。

【魚籃記】㈠雜劇名。正題觀音菩薩魚籃記。明代無名氏撰。㈡傳奇名。亦作雙錯巹。清人四願居士撰。

【魚雁傳情】雜劇名。正題濯錦江魚雁傳情。元人李文蔚撰。

【魚遊春水】曲牌名。北曲入雙調。管色配乙字調或正工調。

【莊周】劇中人。戰國宋蒙縣人。字子休。與梁惠王齊宣王同時。嘗爲漆國吏。弘才命世。著書五十二篇。名之曰莊子。見莊周夢條。

【莊伯鴻】清代戲曲家。著有傳奇秣陵秋一種。

【莊周夢】雜劇名。正題老莊周一枕蝴蝶夢。別作花間四友莊周夢。演莊周爲風花雪月四仙女所迷。後得太白金星點化成道事。略謂戰國時。莊周字子休。四川成都府人。本爲大羅仙。因在玉帝座前失儀。謫降塵寰。莊游學杭州。蓬壺仙恐其迷失正道。特領風花雪月四仙女。化爲娼妓以迷之。更由太

白金星化爲李府尹。令燕、鶯、蜂、蝶爲四仙女。各携琴、棋、書、畫作詩唱和。乘間勸莊戒却酒、色、財、氣。旋又帶春、夏、秋、冬四仙。作爲桃、柳、竹、石四女。爲之煉丹。丹成後。先由三曹官責四女泄漏天機。擒之去。然後金星引莊周證果還元。仍入仙籍云。（現存元人雜劇本事考）

【莊周夢蝴蝶】　見莊周夢條。

【莊周半世蝴蝶夢】　雜劇名。元明間無名氏撰。

【情受】　古方言。猶云承受也。例如竇娥冤：「想著俺公公置就。怎忍教張驢兒情受。」言承受家業財產也。又如馬陵道：「我恨不的併吞了六國諸侯。這江山和宇宙。士女共軍州。都待着俺邦情受。」言承受人民土地也。

【情取】　古方言。猶云取得也。弄到也。例如任風子：「撇下這砧刀什物。情取那經卷藥葫蘆。」言任屠棄屠業而修道出家也。百花亭：「憑着俺驅兵領將萬人敵。穩情取一舉成名天下知。」穩情取猶云准弄到也。

【情中幻】　傳奇名。淸人崔應堦撰。

【情不斷】　傳奇名。明人許炎南撰。

【情郵記】　傳奇名。凡四十三齣。明人吳炳撰。爲粲花五種之一。演姑蘇劉士元於郵亭賦詩。維陽通判王仁女與婢。前後賡和。彼此情感。終成眷屬事。略謂有王仁者。官揚州通判。適樞密何乃顏差官至揚。選美妾自娛。勒令王仁。刻期進送。王以時限緊促。商諸夫人。即以愛婢紫簫。僞飾己女以進。於是樞密大喜。旬日間擢仁長蘆都轉。是時黃河水溢。紫簫由陸路進京。而王仁挈眷赴長蘆新任。先過黃河東驛。驛臣趙愛軒仁舊識也。苦邀一飯。仁不能却。屬妻女謁愛軒內眷。少作句留。仁女慧娘。忽見劉所題詩。無端思慕。依韻和之。甫成四句。而仁已催上道矣。紫簫陸行甚遲。及至此驛。儀從烜赫。供應優渥。閒階小步。瞥見劉詩。已心服其佳。繼見和作。細審筆蹟。酷類慧娘。則又疑怪莫釋。蓋紫簫行時。尚不知仁陞任長蘆也。因將慧娘詩續成。匆匆即去。時劉至青州。簫已轉盧龍節度。留銀百兩。作劉路貲。劉怏怏而返。過舊驛。見二女和詩。不暇細詰。以爲樞密愛妾所題。即轉轡入京追之。簫所賜金亦遺失無存。困頓逆旅。幸遇青州舊役。偕上盧龍。故人慰藉。而劉已病矣。紫簫入樞密府。遭大婦奇妬。即遣出。簫即以千金購歸。轉贈乾初。及樞密遣使相索。已定情矣。

蕭坐此為樞密誣奏免官。後劉應試及第。上書劾樞密。樞密遂敗。王仁以獻女得官。即著劉乾初勘問。於是劉上疏直諫。為王仁辨雪。慧娘亦卒歸於劉。吳梅情郵記跋：「石渠他作。頭諸皆簡。獨此曲刻意經營。文心之細。絲絲入扣。有意與阮圓海爭勝。」又曰：「此劇為石渠之冠。亦為明代傳奇之冠。雖稍過獎。然可列之入明曲第一流中。固無待言矣。」

【情夢俠】　傳奇名。清人顧元標撰。

【情緣記】　南戲名。元代無名氏撰。南詞新譜輯錄此目。

【梧桐雨】　㈠雜劇名。正題唐明皇秋夜梧桐雨。元人白樸撰。略謂幽州節度使張守珪裨將安祿山失機當斬。惜其驍勇。械送至京。召見。授以官。時貴妃方寵幸。命以祿山為義子。與楊國忠不協。出為范陽節度使。既而舉兵反。玄宗倉卒幸蜀。次馬嵬驛。六軍徘徊不進。請誅國忠貴妃。以塞天下怨。玄宗不得已從之。肅宗收京。玄宗自蜀歸。令畫工寫妃形於別殿。朝夕視之而欷歔焉。李調元雨村曲話：「元人咏馬嵬事。無慮數十家。白仁甫梧桐雨劇為最古。」㈡雜劇名。明人王湘撰。劇品謂此劇：「南一折。傳此欲與白仁甫北劇爭勝。恐亦未免少遜之。然南曲得如此輕脫。不帶一毫穠纖。固亦不易。」㈢傳奇名。明人徐復祚撰。

【梧桐花】　曲牌名。南曲入商調。管色配六字調或凡字調。

【梧桐葉】　雜劇名。正題李雲英風送梧桐葉。明人李唐賓撰。演任繼圖與妻李雲英離合事。略李雲英遭安祿山之亂。與夫繼圖相失。偶題詩於梧桐葉上。任風吹去。適為繼圖所得。後得牛僧儒之助。夫婦終於團圓復合。

【梧桐樹】　㈠雜劇名。正題屎鴛鴦雙鎖梧桐樹。元明間無名氏撰。㈡曲牌名。南曲入商調。

【梧葉兒】　曲牌名。南曲入商調。北曲亦入商調。管色配六字調或凡字調。

【尉遲敬德】　劇中人。唐善陽人。名恭。以字行。隋末歸唐。太宗在潛邸。引為右府參軍。從征竇廷德、王世充、劉呈闥等。屢著戰績。善避矟。每單騎入陣。敵刺之不能傷。太宗立。為封鄂國公。卒諡忠武。見不伏老、三奪槊二分條。

【尉遲恭單鞭奪槊】　見單鞭奪槊條。

【尉遲恭病立小秦王】　見小秦王條。

【尉遲恭鞭打單雄信】　見鞭打單雄信條。

【淨】　腳色名。戲中凡畫花臉者。皆謂之淨。此腳在民國前並非重要腳色。但與旦丑腳相混。如合汗衫雜劇中之趙氏。空谷香傳奇中之老夫人、千嬌、老婢等人。皆用淨腳扮演。傳奇中又分正淨、中淨、副淨、小淨、外淨、貼淨等名目。皮黃中又分大花臉、二花臉、三花臉、小花臉（亦屬丑行）、銅錘花臉、架子花臉等名目。王國維云：「余疑淨即參軍之促音。參與淨為雙聲。軍與淨似疊均。」

【淨本】　見正本條。

【淨行】　戲界七行之一。齊如山國劇藝術彙考謂：「淨分下列各種。曰正淨。曰大淨。曰副淨。曰付淨。曰中淨。曰小淨。曰外淨。曰貼淨。曰白淨。曰付。曰紅淨。曰銅錘花臉。曰大花臉。曰架子花臉。曰二花臉。曰三花臉等。」

【淨瓶兒】　曲牌名。北曲入大石調。管色配小工調或尺字調。

【淨瓶兒煞】　曲牌名。北曲入大石調。管色配小工調或尺字調。

【細旦】　腳色名。俗稱小旦。即優人之喬妝為婦女者也。

【細末】　古人稱絲絃樂器曰細末。宋無名氏續墨客揮犀云：「問今州郡有公宴。將作曲。伶人呼細末將來。此是何義。對曰。凡御宴進樂。先以絃聲發之。然後衆樂和之。故號絲抹將來。」細亦作絲。張表臣珊瑚鉤詩話云：「始作樂。必曰絲抹將來。亦唐以來如是。」

【細曲】　曲之性質分為二類。用於長套而纏綿文靜者。曰細曲。用於穿插而鄙俚噍殺者。曰粗曲。盧前明清戲曲史：「粗曲大半用之衝場。衝場者。上場時即唱此曲。不用賓白或詩句引起。而此曲又非引子。蓋不和絃管乾唱而已。若集曲則細曲為多。」

【細酸】　莊嶽委談云：「世謂秀才為措大。元人以秀才為細酸。倩女離魂首折。末扮細酸為王文舉是也。」

【細柳營】　㈠雜劇名。正題周亞夫細柳營。元人鄭光祖撰。㈡雜劇名。正題周亞夫屯細柳營。元人王廷秀撰。

【郭子儀】　劇中人。唐華州鄭人。玄宗朝。武舉異等。還遷朔方節度使。肅宗朝。平安史之亂。功為中興諸將冠。封汾陽王。世因稱郭汾陽。代宗時屯河中。回紇數十萬圍之。子儀將數十騎親入虜營說之。回紇不戰而退。德宗朝。進太尉中書令。世因稱郭令公。賜號尙父。身繫唐室安危者垂二十年。卒諡忠武。見滿牀笏條。

【郭寶臣】　人名。藝名元兒紅。山西太原人。光緒間梆子老生泰斗。與皮黃班之譚鑫培齊名。徐彬彬京師老伶工近記：「其唱工一本山陝之舊。高亢而壯激。金沙灘、潯陽樓、失街亭、探母、寄子等。爲其得意傑作。」

【郭興阿陽】　雜劇名。正題鬧法場郭興阿陽。元人沈和撰。

【郭桓盜官糧】　雜劇名。元明間無名氏撰。

【脫空】　古方言。猶云掉弄玄虛也。例如桃花女：「您脫空銜脫空。我朦朧打朦朧。」又如抱粧盒：「我這裏越分說。他那裏越疑猜。常言道。脫空到底終須敗。」

【脫穎】　雜劇名。明人張國籌撰。

【脫布衫】　曲牌名。北曲入正宮。管色配小工調或凡字調。

【脫囊穎】　雜劇名。明人徐陽暉撰。演毛遂脫穎事。遠山堂明劇品校錄評此劇云：「平原之殺愛妾也。爲其見跛者一笑耳。乃卽以毛遂爲跛。無乃跎足乎。然映出脫穎一段。亦自有致。調有高爽之句。但第三折。調不全。何不盡改爲北。」

【脫皮兒裹劑】　古方言。猶云惹事生非也。亦歇後語。劑。猶餡也。皮。外包之麪皮。無皮之餡。遇物卽黏附本體。愈裹愈不淸也。因假以爲喻。

【問事】　古方言。猶云刑具也。例如誶范叔：「須賈云。將問事來。正末唱。只見一條沉鐵索當前面。兩束粗荊棍在邊廂。」此所謂問事。卽鐵索荊棍也。陳琳抱粧盒：「打的荒把陳琳便指。你常是無三思。我根前下問事。」此作寇御口吻。言於我身上用刑具也。

【問樵】　見嚴保庸條。

【問牛喘】　雜劇名。正題漢丞相丙吉問牛喘。元人李寬甫撰。

【問啞禪】　雜劇名。正題志公和尙問啞禪。別作志公和尙四坐禪。元人高文秀撰。

【問狸倩諧】　雜劇名。明人錢珠撰。劇品謂此劇：「南北八折。幫閒乃作巨盜乎。鬱藍之雙閣已道破矣。此劇雖極意謔浪。終似奴婢學夫人。」

【採蓮】　南宋大曲名。入雙調。南宋官本雜劇二百八十種之中。有唐輔採蓮、雙哮採蓮、病和採蓮三本。

【採茶歌】 曲牌名。北曲入南呂宮。管色配六字調或凡字調。

【採茶戲】 見花鼓戲條。

【採樵圖】 戲曲名。清人蔣士銓撰。

【採桑戲妻】 雜劇名。明代無名氏撰。

【惜分飛】 曲牌名。南曲入小石調正曲。

【惜春堂】 雜劇名。正題秦少游花酒惜春堂。元人關漢卿撰。

【惜紅衣】 曲牌名。南曲入小石調正曲。

【惜黃花】 曲牌名。南曲入仙呂宮。管色配小工調或尺字調。

【惜雙嬌】 (一)曲牌名。南曲入雙調引。管色配乙字調或正工調。(二)南宋大曲名。

【盛元體】 明寧王權所定樂府十五體之一。太和正音譜：「快然有雍熙之治。字句皆無忌憚。又曰不諱體。」

【盛國琦】 清代戲曲家。生卒年不詳。約清聖祖康熙中前後在世。善爲曲。與朱傕、過孟起二人合作定蟾宮一種。傳於世。

【盛際時】 清代戲曲家。字昌期。吳縣人。生卒年不詳。約順治末期在世。工曲。著有傳奇人中龍、飛龍蓋、胭脂雪、雙虬判四種。新傳奇品評其曲曰：「珍奇羅列。時發精光。」

【盛世新聲】 書名。凡十二卷。明正德間無名氏編。爲選錄元明南北曲散曲戲曲最豐富之總集。

【盛世雜劇】 戲曲選集名。明人沈泰編。是編刻於崇禎二年。初集計收明人雜劇三十種。二集則選盛明雜劇二十八種。清初作品二種附之。合亦三十種。本書除原刻本外。有武進董氏誦芬室覆刻本。民國十九年上海中國書店石印本。及五十二年臺灣文光出版社影印本。

【連城璧】 傳奇名。清人李玉撰。

【連廂詞】 連廂詞者。有歌有舞兼有道白之戲曲也。毛奇齡西河詞話云：「金作清樂。仿遼時大樂之制。有所謂連廂詞者。帶唱帶演。以司唱一人。琵琶一人。箏一人。笛一人。列坐唱詞。而復以男名末泥。女名旦兒者。並雜色人等。入勾欄扮演。隨唱詞作舉止。如參了菩薩。則末泥祇揖。只將花笑撚。則旦兒撚花之類。北人至今謂之連廂。曰打連廂。唱連廂。又曰連廂搬演。大抵連四廂舞人而演其曲。故云。」

【連環計】㈠雜劇名。正題錦雲堂暗定連環計。元代無名氏撰。演王允與蔡邕設美人連環計。先以貂蟬許呂布。後又送於董卓。激布而殺卓事。略謂漢邊將董卓。隴西臨洮人。因何進之薦。入朝。官封太師。又加九錫。用李儒、李肅爲腹心。呂布爲牙爪。專擅朝政。將危社稷。太尉楊彪。司徒王允憂之。密謀圖卓。學士蔡邕。謂宜用連環計。而允未得其解也。允所撫義女貂蟬。本忻州任昂之女。小字紅昌。靈帝選入宮中。掌貂蟬冠。因呼爲貂蟬。後賜丁原。原以配呂布。黃巾作亂。貂蟬與布相失。爲允所收養。某夜貂蟬於後花園燒香。禱佑呂布。允見之而有所悟。因與貂蟬密計。召布歡飲。令貂蟬侑觴。即以許布。明日。復宴董卓。又以貂蟬許之。本約定期送貂蟬於布。而竟入董府。允僞告布以貂蟬爲董強納。布聞之大憤。畏卓而不敢發。乃私入董府晤貂蟬。與共語間。爲卓所見。大詬之。布乃揮拳毆卓仆地。遂出投王允。卓使李肅追布入允宅。允以大義激肅。布肅皆許爲允殺卓。於是允彪僞稱漢帝將禪位於卓。作受禪臺於銀臺門。令蔡邕誘卓來受禪。李儒阻勸不從。自撞死。卓竟至。布肅共殺之。於是彪、允、布、肅、邕等。皆受漢帝賞。而以貂蟬仍爲布妻云。現存元人雜劇本事考

【連環記】傳奇名。明人王濟撰。曲海總目提要：「明初舊刻。不知誰作。以元人連環計爲藍本而粉飾之。」又曰：「元劇以一貂蟬兩用之。故曰連環計。此劇王允以玉連環予貂蟬。授之密策。故曰連環記也。」徐復祚曲論曰：「王雨舟改北王允連環記爲南佳。」按此記今不見傳本。僅自綴白裘等得見其十齣而已。

【連環諫】雜劇名。正題忠正孝子連環諫。明人羅本撰。

【連環體】散曲中俳體之一格。次章首句即用前章末句之辭意。故名。

【做】古方言。猶使也。例如西廂記：「夫人且做忘恩。小姐你也說慌呵。」且做猶云且使或就使也。又如竹葉舟：「端的個枉受苦。使做道蘇秦相印待何如。」便做道。猶云便使是也。

【做人】古方言。猶云解事也。體面也。例如調風月：「雖是搽胭粉。只爭不裹頭巾。將那等不做人的婆娘佷。」不做人的婆娘。猶云不解事的婆娘也。東堂老：「你當初也是做人的來。你也曾照顧我

來。我便下的要你做傭工。還舊帳。」做人的來。猶云體面的來。便下的。猶云豈忍得。意言豈忍得要你做傭工還舊帳也。

【做手】　古謂身段曰做手。例如藍采和：「論指點誰及。做手兒無敵。識緊慢遲疾。」

【做場】　見作場條。

【做工老生】　脚色名。老生之一種。齊如山云：「扮此脚者。唱工做工都必須蒼老練達。方算合格。此脚在皮黃中。演忠僕的戲最多。如一捧雪之莫成。戰蒲關之劉忠。九更天之馬義。南天門之曹福等都是。此脚很像崑曲中之外。如尋親記中之周羽。雙冠誥中之馮仁等是。」

【教】　古方言。猶能也。得也。例如董西廂：「你還待教跳龍門。不到得恁的。」教跳猶云能跳也。言讀書人應能跳龍門博取功名。不料你竟跳起牆來。此紅娘調侃張生語也。

【教坊】　唐武德後。置內教坊於禁中。掌教習音樂。典倡優。其官隸屬太常。開元二年。又置內教坊於蓬萊宮側。京都置左右教坊。以中官爲教坊使。自是不隸太常。宋亦置之。明教坊司隸於禮部。掌樂舞承應。清雍正間始廢。

【教女兵】　㈠雜劇名。正題孫武子教女兵。元人趙善慶撰。㈡雜劇名。正題孫武子教女兵。元人周文質撰。

【教子尋親】　見周孝子條。

【將】　古方言。語助詞。用於動辭之後。例如兒女團圓：「自從韓二休將我出來。我腹懷有孕。」休將我出來。猶云把我休掉也。巾箱本琵琶記：「把這柱杖與我打將出去。」言用柱杖把他打出去也。

【將來】　古方言。猶云送來或拿來也。

【將息】　古方言。猶言保重也。例如董西廂：「收拾琴劍背書囊。道保重紅娘將息。」又如幽閨記：「回頭道不得聲將息。幾曾有這般慈父。」蓋臨別時之道聲將息。乃當時之習俗也。

【將土塊甎頭拜】　古方言。猶云迫切祈禱。不擇對象而拜也。例如老生兒：「我急煎煎去把那穩婆和老娘尋。恨不得曲躬躬將他土塊的這甎頭來拜。」

【插手】　見叉手條。

【插一簡】　古方言。㈠附帶而爲也。㈡順便參預一分也。㈢乘機分潤一角也。

【插花三台】　曲牌名。南曲入大石調。管色配小工調或尺字調。

【插科打諢】 王驥德曲律云：「曲冷不鬧場處。得淨丑間插一科。可博人哄堂。亦是戲劇眼目。」李漁閒情偶寄：「插科打諢。塡詞之末技也。然欲雅俗同歡。智愚同賞。則當全在此處留神。文字佳。情節佳。而科諢不佳。非特俗人怕看。即雅人韻士亦有瞌睡之時。」

【副末】 脚色名。莊嶽委談：「副末卽外也。」古謂之蒼鶻。輟耕錄云：「副末古謂之蒼鶻。又云鶻能擊禽鳥。末可打副淨。」按此脚在宋雜劇中。有時改用冲末二字。明淸傳奇中。則有開場副末。或副末家門等名目。副亦作付。

【副旦】 脚色名。旦之一種。副旦與副末副淨同一性質。皆非重要脚色。齊如山云：「此脚惟有元人雜劇有之。如貨郞旦之張三姑。卽用副旦扮演。其性質頗與皮黃戲之老旦相仿。」

【副脚】 脚色名。戲中主角曰正脚。配角曰副脚。見二路、搭頭、裏子各分條。

【副淨】 脚色名。輟耕錄：「院本五人。一曰副淨。一古謂之參軍。」樂府雜錄：「開元中黃幡綽張野狐善弄參軍。」今平劇中稱二面爲副淨。按此脚性質與副末相似。常與丑脚相混。非重要脚色。副亦作付。如鳴鳳記傳奇中之嚴世蕃。同爲一人。同在一場。有時曰副淨。有時則曰付淨。

【脚】 見脚色條。

【脚本】 紀錄戲劇道白或歌詞之書冊也。今稱劇本。

【脚色】 王國維劇考云：「戲劇脚色之名。自宋元迄今。約分四色。曰生、旦、淨、丑。人人之所知也。然其命名之義。則說各不同。胡應麟曰。凡傳奇以戲文爲稱也。亡往而非戲也。故其事欲謬悠而無根也。其名欲顚倒而亡實也。反是而欲求其當焉非戲也。故曲欲熟而命以生也。婦宜夜而命以旦也。開場始事而命以末也。塗汙不潔而命以淨也。凡此咸以顚倒其名也。此一說也。然胡氏前已有爲此說者。故祝允明猥談駁之曰。生、淨、旦、末等名。有謂反其事而稱。又或託之唐莊宗。皆謬云也。此本金元闤闠談唾。所謂鶻伶聲嗽。今所謂市語也。生卽男子。旦曰妝旦色。淨曰淨兒。末曰末尼。孤乃官人。卽其土語。何義理之有。太和譜略言之。此又一說也。國朝焦循又爲之說曰。元曲無生之稱。末卽生也。今人名刺或稱晚生。或稱晚末眷末。或稱眷生。然則生與末爲元人之遺。此又一說也。

胡氏顛倒之說。似最可通。然此說可以釋明脚色。而不足以釋宋元之脚色。元明南戲。始有副末開場之例。元北劇已不然。而末泥之名。則南宋已有之矣。淨之傳粉墨。明代則然。元代已不可考。而副靖之名。則北宋已有之矣。此皆不可通者也。焦氏釋末。理或近之。然末之初固稱末尼。至淨丑二色則又何說焉。三說之中。自以祝氏爲稍允。但其說至簡。無所證明。而太和正音譜堅瓠集所擧各解。又復支離怪誕。不可究詰。」華連圃戲曲叢談云：「金元院本有五花之目。花五者。副淨、副末、末泥、孤裝、狚、五脚色是也。元曲嗣興。雜劇滋盛。柯丹邱論曲謂。雜劇院本皆有正末、副末、狚、孤、靚、鴇、猱、捷譏、引戲、九色之名。近世梨園又有生、旦、外、末、淨、丑、貼七色之議。龐雜紛紜。驟難盡數。」吳梅曲學通論云：「傳奇中之脚色。總言之曰生、旦、淨、丑。自明中葉。海鹽盛行。繼之以崑腔。而脚色遂繁。生有老生、冠生、巾生、二生之名。旦有老旦、正旦、搽旦、小旦、貼旦之名。淨有大小中之區別。惟丑則一耳。統計十有三門。今人謂十門脚色。擧其成數言之也。」脚亦作角。

【脚搭着腦杓】　古方言。猶云迅速也。人疾行時。足跟撤起。後腦顛仰。彼此若可相及。故有是喩。

【殺剎】　古方言。詈詞也。

【殺聲】　沈括夢溪筆談：「然諸調殺聲。不能盡歸本律。故有偏殺、側殺、元殺之類。雖與古法不同。推之亦皆有理。」

【殺狗記】　傳奇名。明人徐畛撰。爲荆、劉、拜、殺四大傳奇之一。此劇第一齣家門鷓鴣陣云：「孫華家富貴。東京住結義兩喬人。誑言讒語。從中搬鬬。將孫榮趕逐。投奔無門。風雪裏救兄一命。將恩作怨。妻諫反生嗔。施奇計買王婆黃犬。殺取扮人身。夫回驀地驚魂。去浼龍卿子傳。記病不應承。再往窰中試尋。兄弟移屍慨任。辨疏親。請宮處喬人妄告。賢妻出首。發狗見虛眞。重和睦封章褒美。兄弟感皇恩。」梁廷柟曰：「荆、劉、拜、殺。曲文俚俗不堪。殺狗記尤惡劣之甚者。」

【殺狗勸夫】　㈠南戲名。亦作楊德賢婦殺狗勸夫。元代無名氏撰。永樂大典卷一三九七一、南詞敍錄、宦門子弟錯立身戲文中。俱錄此目。㈡雜劇名。正題王脩然斷殺狗勸夫。別作賢達婦殺狗勸夫。又稱楊氏女殺狗勸夫。元代無名氏撰。演孫榮妻楊氏。以夫行爲不軌。乃殺狗以勸之事。略謂宋仁宗時。南京人孫榮。父母雙亡。不務正業。日與歹徒柳隆卿、胡子轉爲伍。並結爲兄弟。榮胞弟華。小名蟲兒。天性孝悌。爲柳胡所不容。乃離間其骨肉之情。華遂爲榮所逐。在城南破瓦窰中棲身。一日。値榮生日。蟲兒前往慶賀。榮自與柳胡酣飲。置蟲兒不顧。且逐之。榮妻楊氏素賢。見狀不忍。乃以善言慰之。翌日淸明。榮邀柳胡等同往掃墓。適蟲兒亦來。遙見其兄正偕柳胡於墓前酣飲。趦趄不敢近前。其嫂楊氏見而招之。始至墓側。榮復起毆蟲兒。蟲兒急退。始罷。此後。榮與柳胡過從更密。一日。同飲於謝家酒樓。榮醉。倒臥街巷大雪中。柳胡乃乘機盡取其囊中金而去。適蟲兒行經其地。見而負之返家。榮酒醒。不見囊中金。以爲蟲兒竊去。復痛責之。並令跪倒雪中。以資懲罰。後柳胡復來。佯謂榮曰：「兄夜大醉。弟等乃負之還家。」楊氏云：「此妄言也。妾係目睹蟲兒負員外歸來。」柳胡曰：「此乃弟等負員外至門口。適遇蟲兒。故囑其負入。」榮乃深信不疑。稱謝不置。榮妻楊氏。每念蟲兒受屈。心有未甘。忽心生一計。於鄰居王婆處索狗一隻。乘榮返家時殺之。斷頭去尾。裹以衣衫。置於門前。深夜榮帶醉返家。見門前屍體橫陳。以爲人也。大驚失色。恐罪及己。欲掩埋之。楊氏曰：「可請柳胡相助。」榮遂急往二人處求助。柳胡因殺人事大。反臉不理。榮怒且懼。思欲自盡。楊氏曰：「惟有求汝同胞兄弟耳。」榮自度平日對弟寡恩。慚不欲往。楊氏強之。乃與楊氏同赴城南破窰中。具道所以。蟲兒聞言。欣然允諾。立至其家。負屍埋汴河堤下。榮感其德。自此痛改前非。迎蟲兒返家同住。柳胡兩人。旣知孫榮遭此橫禍。乃藉端欲勒索三千金以便滅口。否則將告榮殺人。榮聞言未決。蟲兒曰：「寧可見官。有弟在。兄何懼」於是柳胡向開封府尹王脩然告榮殺人。蟲兒逕告府尹曰：「殺人者乃我。非關家兄事。」府尹正欲杖責蟲兒。而楊氏聞訊趕至。詳述殺狗勸夫事。並以王婆爲證。復於汴河堤下掘屍視之。果然狗也。至此。眞象大白。府尹乃將柳胡各杖九十。以示懲罰。並奏請朝廷旌表楊氏之賢。復授蟲兒爲當地縣令。全案始終。（現存元人雜劇本事考）元曲選題無名氏撰。簿續正音並同。今從之。按元人蕭德祥有王脩然斷殺狗勸夫南戲一本。近人往往誤以蕭作此北劇。非是。見宋元南戲全目蕭天瑞條。

【釣叟】　見黃伯羽條。

【釣金龜】　見雙勘丁條。

【釣魚船】　傳奇名。清人張大復撰。演劉全進瓜事。本西遊記增飾成劇。

【釣魚臺】　雜劇名。正名嚴子陵垂約七里灘。元人宮天挺撰。

【逢時】　見李九標條。

【逢人騙】　雜劇名。明代無名氏撰。

【逢故人】　雜劇名。正題鄭玉娥燕山逢故人。元人沈和撰。

【逢萌掛冠】　雜劇名。正題東部門逢萌掛冠。別作神武門逢萌掛冠。元人姚守中撰。

【酒務】　古方言。猶言酒店也。例如李逵負荆：「老漢姓王名林。在這杏花莊居住。開着一個小酒務兒做些生意。」

【酒懂】　雜劇名。明人李逢時撰。

【酒癡】　戲曲名。明人李九標撰。爲四大癡戲曲之一。演姜應召被酒神所迷。終日沉湎醉鄉。及桃花女以色誘之。不爲所動事。

【酒家傭】　(一)傳奇名。明人陸無從欽虹江合撰。爲新曲十種之一。馮夢龍更定。演東漢李固子燮爲酒家傭事。(二)傳奇名。亦作香鞋記。清人石恂齋撰。

【逍遙】　見金无垢條。

【逍遙巾】　雜劇名。清人湯貽汾撰。湯滌（作者曾孫）䟦云：「是册眉評旁批。朱墨爛然。評語註明雲字者。即聽雲居士徐州尉。其餘諸公。書中但標別號。其姓氏本末。小子生晚。莫得而詳焉。」按眉批者。除「雲」外。尚有「茗」（茗山老人）。與「皋」（次皋老人）。次皋即作題詞與䟦文之黃憲臣。惟茗山不知何許人耳。

【逍遙遊】　見衍莊新調條。

【逍遙樂】　曲牌名。南曲入商調引。北曲入商調。管色配六字調或凡字調。

【陰陽】　吳梅曲學通論云：「北曲中凡揭起字皆曰陽。（從低至高曰揭。）抑下字皆曰陰。（從高至低曰抑。）倘宜揭也而或用陰字。則聲必欺字。宜抑也而或用陽字。則字必欺聲。陰陽一欺。則調必不和。按曲中字所以須分陰陽者。以其音聲高下須配工尺也。製曲之道。無論先譜後詞。或先詞後譜。其發聲收音。總宜有跌宕不平之勢。才能美聽。譜之工尺。高下易變。字之陰陽。聲韻不移。大抵陰聲先高而後低。陽聲先低而後高。南北諸曲。莫不皆然。四聲之中。讀時以上聲爲最高。唱時反以上聲爲最低。陰上尤宜遏抑。而唱時又須向上一挑。故譜陰上聲字爲尤難。去聲字在曲中最易發調。用時切須斟酌。即如去聲之陰聲。以上不類陽上。下不類陽去。方爲得當。其分析甚難。惟平入二聲。最易辨識。入聲宜斷。平聲宜和。此其大較也。」

【陰時夫】 人名。宋末奉新人。名幼遇。一作時遇。時夫其字也。登寶祐九經科。入元不仕。纂韻府群玉一書。行於世。見韻府群玉條。

【陰陽判】 傳奇名。淸人査愼行撰。此劇乃紀一寃獄事。末附事實甚夥。蓋實錄也。

【陰鷹山】 淸代戲曲家。著有傳奇三種。曰易水歌。曰廣寒香。曰芙蓉樓。

【偷甲記】 傳奇名。亦作雁翎甲。淸人四願居士撰。

【偷桃記】 傳奇名。淸人吳德脩撰。演東方朔偷桃事。

【偷桃獻壽】 雜劇名。明人楊維中撰。劇品謂此劇：「北四折。未得北詞之致。聊敷衍以供壽筵耳。」

【偷桃捉住東方朔】 傳奇名。淸人楊潮觀撰。爲吟風閣傳奇之一。演漢東方朔偷食瑤池蟠桃受西王母勘問事。

【掛玉帶】 傳奇名。淸人李玉撰。

【掛玉鉤】 曲牌名。北曲入雙調。管色配乙字調或正宮調。

【掛眞兒】 曲牌名。南曲入南呂宮引。管色配六字調或凡字調。

【掛甲朝天】 雜劇名。正題女元帥掛甲朝天。元人武漢臣撰。

【淩廷堪】 人名。淸歙人。字次仲。少孤家貧。初習賈。冠後始讀書。慕其鄉江永戴震之學。嗣從翁方綱阮元論經禮。勤苦力學。寒暑不輟。乾隆第進士。官寧國府教授。其學貫群經。尤善於禮樂。所著燕樂考原。以燕樂考證古樂。於宮商角羽四聲調之配合。貫穿古今。頗稱精覈。

【淩波夢】 雜劇名。正題秋夜淩波夢。元人庾天錫撰。

【淩波影】 傳奇名。淸人黃憲淸撰。爲倚晴樓七種之一。演曹植遇洛神事。

【淩星卿】 明代後期戲曲家。著有雜劇關岳交代一種。今不傳。

【淩濛初】 明代後期戲曲家。字玄房（一作元方）。

號初成（一作稚成）。亦名淩波。又字波厈。別署卽空觀主人。浙江烏程人。生於萬曆八年。卒於崇禎十七年。享年六十五歲。崇禎十七年李自成攻徐。蒙初誓與百姓死守。大呼：「無傷百姓」者三而卒。著有曲律、譚曲雜劄、南音三籟等集。又編短篇小說拍案驚奇二集。並傳於世。所著雜劇九種。曰識英雄紅拂莽擇配。曰虬髯翁正本扶餘國。曰宋公明鬧元宵。曰顚倒因緣。曰驀忽姻緣。曰穴地報仇。曰禰正明。曰劉伯倫。曰桃花莊。前四種傳。後五種不傳。明末汪樗評其曲曰：「初成諸劇。眞堪伯仲周藩。非復近時詞家可比。」

【御袍恩】　傳奇名。淸人邱園撰。

【御雪豹】　傳奇名。淸人朱佐朝撰。

【御賞鳳凰樓】　見鳳凰樓條。

【御史台趙堯辭金】　見趙堯辭金條。

【麻婆子】　曲牌名。南曲入中呂宮。管色配小工調或尺字調。

【麻郎兒】　曲牌名。北曲入越調。管色配六字調或凡字調。

【麻灘驛】　傳奇名。淸人楊思壽撰。爲坦園六種之一。

【麻地捧印】　見李三娘條。

【莽擇配】　雜劇名。正題識英雄紅拂莽擇配。明人凌濛初撰。尤侗題北紅拂記曰：「張伯起成紅拂記。浙中凌濛初更爲北劇。筆墨排奡。頗欲睥睨前人。但一事分爲三記。有疊床架屋之病。」

【莽和尚復奪珍珠旗】　見珍珠旗條。

【莽張飛大鬧石榴園】　見石榴園條。

【莽樊噲大鬧鴻門會】　雜劇名。明代無名氏撰。

【冤家】　古方言。所歡之暱稱也。例如董西廂：「短命的死冤家。甚不怕神天折。一自別來整一年。爲個甚音書斷絕。」

【冤家債主】　㈠南戲名。元代無名氏撰。南詞敍錄、南戲百一錄俱錄此目。南九宮譜僅存殘文之一曲。㈡見看錢奴條。㈢見張善友條。

【冤家債主鬧陰司】　見鬧陰司條。

【冤報冤貧兒乍富】　見貧兒乍富條。

【冤報冤趙氏孤兒】　見趙氏孤兒條。

【笛】　樂器名。續通考樂考：「笛。以竹爲之。長一尺六寸。圍二寸二分。上開一竅。名曰吹竅。徑三分半。吹竅至第一孔。離三寸二分。餘孔皆離五分。下有穿繩。對開二小眼。第六孔至穿繩眼離一寸二分。繩至本一寸三分。除吹竅凡六孔。」據陳暘樂書所載。有羌笛、雅笛、長笛、短笛、雙笛諸名式。見管色條。

【笛色】見管色條。

【笛色譜】見管色譜條。

【甜】古方言。猶云美好也。例如董西廂：「曲兒甜。腔兒雅。裁翦就雪月風花。唱一本兒倚翠偷期話。」又如病劉千：「你笑我身子兒尖。可也使不着臉兒甜。」使不着。猶云用不着也。

【甜齋】見徐飴條。

【甜水令】曲牌名。北曲入雙調。管色配乙字調或正工調。

【旋】古方言。㈠猶再也。例如殺狗勸夫：「俺哥哥便今日有事呵。到明日旋折證。」此猶云明日再計較也。㈡猶新也。例如玉壺春：「能譔梨園新樂章。我可便旋打新腔。」旋打新腔。猶云新打新腔也。㈢猶漫也。隨意爲之也。例如城南柳：「旋沽村酒家家賤。自釣鱸魚個個鮮。」此言漫然隨意沽村酒也。

【旋宮】見旋相還宮條。

【旋相爲宮】十二律各輪轉爲宮聲一次。名曰旋宮。某律爲宮稱某宮。亦稱某均。五聲旋宮。當得六十調。七聲旋宮。當得八十四調。亦曰還相爲宮。今稱翻調。

【章冉】見梁廷枏等。

【章大綸】明代戲曲家。字金庭（一作金定）。錢塘人。生卒年不詳。約萬歷初期在世。工曲。著有傳奇符節記一種。傳於世。

【章台柳】㈠南戲名。元代無名氏撰。南戲拾遺、南詞新譜俱錄此目。㈡雜劇名。正題寄情韓翃章台柳。元人鍾嗣成撰。㈢雜劇名。明人張國籌撰。㈣傳奇名。明人張四維撰。敍韓翃戀人柳氏爲沙吒利所掠。俠士許俊爲刼回事。韓念柳氏有詩：「章台柳。章台柳。昔日青青今在否。縱使長條皆依舊。也應攀折他人手。」㈤曲牌名。南曲入越調。管色配六字調或凡字調。

【涼州】燕樂大曲名。洪邁容齋隨筆卷十四云：「今世所傳大曲。皆出於唐。而以州名者五。伊、涼、熙、石、渭也。」

【涼亭樂】曲牌名。北曲入商調。管色配六字調或凡字調。

【涼草蟲】曲牌名。南曲入仙呂宮。管色配小工調或尺字調。

【假官】見加官條。

【假面】卽面具。舊唐書音樂志：「北齊蘭陵王長恭。才武而面美。常著假面以對敵。」宋史狄青傳：「常戰安遠。臨敵被髮。帶銅面具。出入賊中。」陸游老學庵筆記：「政和中。大儺下桂府進面具。比到。稱一副。初訝其少。乃是以八百枚爲一副。老少研醜。無一相似者。乃大驚。」面具之見於載籍者。大略如此。按宋時面具。雖極盛於政和。而未聞用諸雜戲。蓋由塗面既興。遂取而代之歟。

【假活佛】戲曲名。沈璟博笑記十件之一。敍僧人陷官吏爲活佛事。

【假婦人】戲曲名。沈璟博笑記十件之一。略謂騙子假扮優伶小旦爲人婦。勾引道士。訛其錢財。復令一人抱不平。欲爲寫狀。道士知此等事於已有損無益。求免寫狀。又納出賄賂不少云云。

【康海】明代後期戲曲家。字德涵。號對山。別署沂東漁父。陝西武功人。生於成化十一年。卒於嘉靖十九年。享年六十六歲。弘治十五年進士第一。授翰林院修撰。善彈琵琶。王九思每曲成。海爲奏之。卽老曲師亦無不擊節稱賞。著有雜劇東郭先生悞救中山狼、王蘭卿服信明貞烈二種。並傳於世。

【康進之】元代初期戲曲家。棣州（今山東省惠民縣）人。生卒年不詳。約至元中前後在世。著有雜劇梁山泊黑旋風負荆、黑旋風老收心兩種。前一種傳。後一種不傳。太和正音譜評其曲曰：「眞詞林之英傑。」

【康衢樂】雜劇名。淸人蔣士銓撰。爲西江祝嘏之一。太和正音譜云：「良家之子。有通於音律者。又生當太平之盛。樂雍熙之治。欲返古感今以飾太平。所扮者。隋謂之康衢戲。唐謂之梨園樂。宋謂之華林戲。元謂之昇平樂。」

【笠翁】見李漁條。

【笠湖】見楊潮觀條。

【笠翁十種曲】戲曲別集名。淸人李漁撰。共收傳奇十種。曰奈何天。曰比目魚。曰蜃中樓。曰憐香伴。曰風箏誤。曰愼鸞交。曰凰求鳳。曰巧團圓。曰玉搔頭。曰意中緣。吳梅顧曲塵談云：「李笠翁十種曲。傳播詞場久矣。其科白排場之工。爲當世詞人所共認。惟詞曲則間有市井謔浪之習而已。吳梅村賜笠翁詩云。江湖笑傲誇齊贅。雲雨荒唐憶楚娥。深得笠翁之眞相也。」

【絃索】大凡以絃樂伴唱之戲腔。謂之絃索。清嚴明長秦雲擷英小錄云：「絃索流於北部。安徽人歌之爲樅陽腔（今名石牌腔。俗名吹腔。）湖廣人歌之爲襄陽腔。（今謂之湖廣腔。）陝西人歌之爲秦腔。」絃亦作弦。

【絃歌】即弦歌。莊子秋水：「孔子遊於匡。宋人圍之數帀而絃歌不惙。」

【絃索西廂】見西廂記、董西廂、董解元各分條。

【帶彩】劇中表演流血。謂之帶彩。帶彩演員。例由場主給酬勞。名曰彩頭錢。

【帶過曲】曲體名。取不同之兩調或三調。連續塡之。有北帶北。南帶南。南北互帶三種。散曲概論：「帶過曲。初僅北曲小令中有之。後來南曲內與內北合套內亦偶爾仿用。

【帶賺煞】曲牌名。北曲入大石調。管色配小工調或尺字調。

【寇準】劇中人。宋下邽人。字平仲。少英邁。通春秋三傳。眞宗時累官同平章事。會契丹入寇。準排衆議。請帝親征幸澶州。帝從之。盡以軍事委準。準號令明肅。士卒喜悅。敵不敢犯。請盟而還。天禧初。封萊國公。卒謚忠愍。見寇萊公思親罷宴條。

【寇子翼定時捉將】見定時捉將條。

【寇公萊思親罷宴】傳奇名。清人楊潮觀撰。爲吟風閣傳奇三十二種之一。略謂宋萊國公寇準。爲相州節度使時。嘗於其生日張盛宴。遣家僕往各方蒐集種種水陸珍奇之物。欲以之誇耀賓客。家僕以其資。用之嫖賭。未能遵命而行。因之寇準憤怒。將處僕以罪。府中有一老嫗。寇準幼時即侍其家者。佇立廊下而泣。寇準喚而問故。曰：「老身因過廊下。爲蠟淚滑倒。忽念及太夫人在世時。不覺流淚也。」寇準幼時喪父。無遺產。其母恃手工。僅得微資令寇準讀書。以致今日之顯榮也。老嫗曰：「當時相公讀書。燈油都是太夫人十指上所出。今府中每夜絳燭煌煌。遍地蠟淚成堆。」因提及當時寇準母種種困苦狀。寇準頻揮淚感傷。悔張盛宴。乃赦僕不問其罪。且罷明日賀宴。爲亡父母修齋云。中國近世戲曲史　焦循劇說曰：「寇萊公罷宴一折。淋漓慷慨。音能感人。阮大中丞巡撫浙江。偶演此劇。中丞痛哭。時亦爲之罷宴。蓋中丞亦幼貧。太夫人實教之。阮貴。太夫人久已下世。故觸之生悲耳。」

【眼】　見板眼。單皮鼓二分條。

【眼腦】　古方言。卽目也。亦作眼老、睩老。

【眼兒媚】　(一)雜劇名。正題陳教授泣賦眼兒媚。明人孟稱舜撰。(二)曲牌名。南曲入高大石調引。

【眼睛記】　雜劇名。正題哪吒太子眼睛記。元人吳昌齡撰。

【國璋】　見吾邱瑞條。

【國劇藝苑】　書名。凡八章。近人高宣三編著。陽光出版社出版。

【國劇藝術彙考】　書名。凡十二章。近人齊如山著。民國五十一年初版。重光出版社印行。

【符錫】　見賈凫西條。

【符金錠】　雜劇名。正題趙匡義智娶符金錠。元代無名氏撰。演趙匡胤弟匡義與富家子韓松爭娶符太守女金錠。女抛彩球以決。爲匡義所得事。

【符節記】　傳奇名。明人章大綸撰。

【貨郎旦】　雜劇名。正題風雨像生貨郎旦。元人無名氏撰。演李彥和爲妾張玉娥與姦夫謀害。家敗人離。終得團圓事。略謂長安富翁李英。字彥和。妻劉氏。子春郎。春郎有乳母張三姑。彥和與上廳行首張玉娥往來甚密。納之爲妾。玉娥旣嫁彥和。悍甚。每欺凌劉氏。劉氏以積鬱死。玉娥遂與往日姦夫魏邦彥縱火焚彥和宅。而使魏艤舟河上相待。火發。玉娥誘彥和、春郎、三姑俱奔至河。彥和不知其詐也。遂登魏舟。至中流。玉娥推彥和墮永。並欲縊殺三姑及春郎。爲他舟所救免。魏與玉娥持彥和所携財物逸去。有完顏女直人拈各千戶。以公幹過河。見三姑及春郎。收買春郎爲義子。適有唱貨郎兒張撇古者。亦在河上。拈各千戶令三姑寫賣契。三姑不能書。求撇古代之。春郎旣歸千戶。撇古憐三姑無依。收爲義女。教之唱貨郎。是爲劇名之所由來。千戶無子。撫春郎如己出。後千戶病卒。臨終出賣契付春郎。囑往尋本生父。春郎旣葬千戶。襲其職。以催趲窩脫銀行至河南館驛。驛中獨坐無聊。令吏呼喚唱貨郎兒者以解悶。時撇古已死。三姑欲歸洛陽。道逢牧人呼其名。徐視之。則彥和也。錯愕相詢。知墮河未死。流落爲人牧牛。於是與三姑相感身世飄零。結爲兄弟。而習唱貨郎以度活。旣逢吏召。俱至驛舍。見千戶貌似春郎。心疑之而不敢言。俄見春郎遺一紙。檢視之。則爲撇古所書賣契也。乃知其爲春郎無疑。然猶不敢直陳。而撇古售以彥和事。編成貨郎曲十二回。教三姑。

三姑遂以此曲向春郎唱之。春郎果一一詳問。知唱者卽爲乳母三姑。並知所謂三姑之兒卽其生父。父子重逢。相持慟哭。適吏役輯獲欺窩脫銀人犯。解送春郎正法。詢知此犯卽魏邦彥也。遂並收玉娥共誅之以復父仇。而祭告亡母也。（現存元人雜劇本事考）按此劇有巴會法文譯本。

【貨郎兒】曲牌名。北曲入正宮。管色配小工調或尺字調。

【貨郎末泥】雜劇名。元人吳昌齡撰。

【常相會】曲牌名。北曲入大石調。管色配小工調或尺字調。

【常椿壽】雜劇名。正題紫陽仙三度常椿壽。明人朱有燉撰。

【常何薦馬周】見薦馬周條。

【淮南體】明寧王權所定樂府十五體之一。太和正音譜：「氣勁趣高。」

【淮陰侯】雜劇名。明人陳與郊撰。劇品謂此劇：「南北四折。曲第四折。已悉淮陰生平大概。可以補千金之未盡者矣。」

【淮陰記】南戲名。元代無名氏撰。南戲拾遺輯錄此目。

【淮南王白日飛昇】見白日飛昇條。

【貧兒乍富】雜劇名。正題冤報冤貧兒乍富。元人鄭廷玉撰。

【貧富興衰】雜劇名。正題徐伯株貧富興衰記。元明間無名氏撰。

【掙】古方言。猶云美好也。漂亮也。例如董西廂：「做爲掙。百事搶。只少天衣。便是捻塑來的觀音像。」掙與搶對擧。皆猶云擧止漂亮也。亦作撐搶。

【掙挫】古方言。猶云振作也。例如倩女離魂：「孩兒你掙挫些兒。」又如琵琶記：「謝天謝地。公公醒了。公公你掙挫。」亦作闡閦。

【這】古方言。此爲劇中襯字。無意義可言也。例如金錢記：「悶倚遍這翠屏山。香爐在泥金獸。」亦作的這。例如王粲登樓：「止不過曲志在蓬窗下。守著霜毫的這硯台。」亦作得這。例如來生債：「我則聽的聒耳笙歌奏管絃。那一派仙音得這韻遠。」

【這其間】見其間條。

【終】古方言。猶縱也。雖也。例如西廂記：「終則是未得風流況。成就了會溫存的嬌壻。怕甚麼能拘束的親娘。」終則是。即雖則是也。言鶯鶯則未諧風流。然一得嬌婿之溫存。則親娘亦不能拘束其風流矣。

【終南山管寧割席】　見管寧割席條。

【笙】　樂器名。古以瓠爲之。共十三管。列置瓠中。施簧管底。吹之發聲。

【笙鶴翁】　見喬吉條。

【票友】　凡非優伶而習戲者曰票友。票友演習之地稱票房。

【票房】　見票友條。

【貫中】　見羅本條。

【貫雲石】　人名。自稱小雲石海涯。號酸齋。又號蘆花道人。畏吾人。父名貫只哥。遂以貫爲氏。仁宗朝。拜翰林侍讀學士。旣而稱疾辭還。賣藥錢塘。詭名易服。人無識者。泰定元年卒。年三十九。元史有傳。雲石與嘉興徐再恩甜齋並以散曲擅名。有酸甜樂府之稱。太和正音譜評其曲曰：「如天馬脫羈。」

【健可】　見可條。

【健舞】　舞名。唐時教坊之舞。崔令欽教坊記：「阿遼、柘枝、黃麞、拂林、大渭州、達摩之屬。謂之健舞。」

【頂板】　皮黃板式名。亦作碰板。當叫板尾聲未斷時所緊接之快板或快三眼。謂之頂板。例如捉放曹：「明公吓」三字後接唱「休流淚……」一段卽爲西皮快板頂板也。

【頂缸】　古方言。㈠頂替也。㈡替人承過也。

【得命】　古方言。㈠命窮也。㈡薄命也。

【得這】　見這條。

【得勝令】　曲牌名。北曲入雙調。管色配乙字調或正工調。

【動使】　古方言。什物器皿也。

【動相思】　曲牌名。北曲入雙調。管色配乙字調或正工調。

【理侯】　見龍變條。

【理交坡】　傳奇名。淸人楊恩壽撰。爲坦園六種之一。

【接脚】　古方言。夫死再贅新夫。謂之接脚婿。省稱接脚。

【接絲鞭】　古方言。元時求婚方式之一種。當狀元遊街之日。大家閨秀。登綵樓俟之。狀元過。合意投以絲鞭。狀元接。表示允意。否則却之。例如倩女離魂：「劉地接絲鞭。別娶了新妻室。」

【既陽】　見薛旦條。

【既不沙】　古方言。此爲轉接辭。猶云要不然也。例如黃梁夢：「爲甚春歸早。既不沙。可怎生蝶翅舞飄飄。」亦作既不沙。例如竹葉舟：「俺則問你是做買賣經商。是探故鄉親舊。既不沙。你怎生在長江側畔將咱候。」亦作既不索。例如劉弘嫁婢：「我一會家想穹蒼也有一箇偏僻。既不索。可怎生短命死了顏回。却敎生延年老了盜跖」亦作既不呵。例如金線池楔子：「想知今曉古今家女。都待與秀才每爲婦夫。既不呵。那一片俏心腸。那裏每堪分付。」亦作既不是呵。例如黃梁夢：「若是暗暗的回來。必定做下不公的勾當。既不是呵。怎生一個大將回來。可沒一個人來報知。也不差人迎接。」

【區區】　古方言。猶云辛苦也。例如董西廂：「人生百歲如朝露。莫區區。好天良夜且追遊。清風明月休辜負。」又如㑳梅香：「小生區區千里而來。只爲小姐這門親事。」區亦作驅。

【區處】　古方言。猶云分別處置也。

【軟揣】　古方言。猶云弱也。例如牆頭馬上：「他毒腸狠切。丈夫又軟揣些些。」軟揣些些。猶云懦弱無能也。

【軟款】　古方言。㈠腼腆也。㈡溫柔也。㈢柔緩也。

【軟藍橋】　傳奇名。明人許炎南撰。

【排場】　謂角色分配。如何可以勻稱。排場冷熱。如何可以調劑也。董斐元曲選注：「戲劇之有排場。實自傳奇始。若元之雜劇。直無排場之可言也。」

【排歌】　曲牌名。南曲入仙呂宮。管色配小工調或尺字調。

【堂會】　私宅喜慶宴會而邀班或邀角演戲。謂之堂會。

【堂鼓】　見唐鼓條。

【第二狂】　清代戲曲家。著有傳奇三報恩一種。

【第二碑】　傳奇名。亦作後一片石。凡六齣。清人蔣士銓撰。爲藏園九種曲之一。演重修明寧王婁妃墓事。

【祭三王】　雜劇名。元明間無名氏撰。

【祭滻水】　雜劇名。正題呂太后祭滻水。元人李壽卿撰。

【崖山烈】　傳奇名。明人朱九經撰。

【崖州路】傳奇名。清人張異資撰。焦循劇說云：「康熙初爲崖州知州。有感於寇萊公事。作崖州路傳奇。詞甚奇崛。賓白整齊。」

【啄木兒】曲牌名。南曲入黃鐘宮。管色配六字調或凡字調。

【啄木兒煞】曲牌名。北曲入正宮。又入中呂宮。管色配小工調或尺字調。

【猛可里】古方言。猶言驀然間也。例如高祖還鄉：「猛可里抬頭覷。」

【猛烈哪吒三變化】見哪吒三變條。

【寄生草】曲牌名。北曲入仙呂宮。管色配小工調或尺字調。

【寄情韓翃章台柳】見章台柳條。

【混江龍】曲牌名。北曲入仙呂宮。管色配小工調或尺字調。

【混牌子】吹拉之中加入鑼鼓之牌子。曰混牌子。

【貶夜郎】雜劇名。正題李太白貶夜郎。演李白事。大致均本古籍。略謂唐玄宗時。詩人李白。嘗夢跨鶴上昇。自知非凡器。然清狂嗜酒。不求仕進。玄宗聞其名召之。時白正醉臥長安酒肆中。既入大內。玄宗與貴妃同赴沉香亭賞芍藥。命白撰詞入樂。白乃把筆揮毫。貴妃親捧硯。高力士亦爲之脫靴搔癢。遂成清平調三首。力士素驕貴。甚恥爲白脫靴。時讒白於妃。故終身不復得官。後白以附王璘罪當斬。郭子儀力救之。始免。流貶夜郎。遇赦召還。游采石磯。醉飲舟中。見江心明月一輪。隨波蕩漾。心甚愛之。乘興捉月。墜水而死云。現存元人雜劇本事考

【貶黃州】雜劇名。正題蘇子瞻風雪貶黃州。元人費唐臣撰。演蘇東坡與王安石政見不合。安石乃貶東坡於黃州事。略謂宋神宗時。宰相王安石施行新法。翰林學士蘇軾上疏詆之。謂安石奸邪。蠹政害民。且往往形諸吟詠。備加譏諷。安石恨之。乃授意李定等。劾軾吟詩怨謗君上。帝震怒。將置之死地。因謝職宰相張方平之請。乃免死。貶置黃州。爲團練副使。安石憾猶未已。令黃州楊太守絕其資糧。以致軾妻子凍餓。幸賴州人馬正卿之周濟。得以維生。不久。神宗念軾高才。不宜終身斥逐。乃令使臣領敕。宣召回京。神宗見軾大喜。因楊太守妬賢欺善。有懷奸結黨之嫌。乃削去官職。而以馬正卿有恩於東坡。封爲京兆府尹云。現存元人雜劇本事考

【晝夜樂】曲牌名。北曲入黃鐘宮。管色配六字調

或凡字調。

【畫錦堂】 曲牌名。南曲入仙呂宮正曲。

【探春令】 曲牌名。南曲入仙呂宮。管色配小工調或尺字調。

【探胡洞】 雜劇名。正題老回回探胡洞。別作搜胡洞。元人吳昌齡撰。

【硃砂擔】 雜劇名。正題硃砂擔滴水浮漚記。元代無名氏撰。演兇徒鐵旛竿白正。刼其友王文用擔中硃砂。且殺之。後遭冥譴事。略謂王從道。河南人。有子文用。業賈而貧。卜者曾告以有百日血光之災。須至千里外避之方免。文用乃販硃砂抵江西南昌。旅店中遇兇徒白正。綽號鐵旛竿。欲謀其貲。僞稱同鄉。並結爲兄弟。步步隨之。文用亦覺白居心不良。脫身歸河南。白躡其後。又相遇於旅邸。夜枕其股而睡。文用乘白入睡。始以如廁。令店廝代枕之。己則遁往他店。謂主人曰。有惡人尾我。汝不宿單客。當酬汝。入臥密室中。白果後至。詢文用踪跡。店主辭之。白云：「彼曾與我賭。知其藏處則勝。汝能導我贏得彼物。當謝汝。」主人竟以實告。白乃入。文用知之。越牆避走東岳廟中。歇擔檢硃砂無失。祈廟中太尉神庇祐。白突入。迫索硃砂。文用予之。白將逸去。偶聞文用自語欲告官。乃復返。欲刃之以絕後患。文用云：「汝殺我。當訴諸陰府。」白云：「無所證。」文用曰：「有太尉神爲證。」時方雨。白云：「泥神無靈且。」指簷漏云：「除是滴水浮漚。乃中汝冤耳。」遂殺之。二人對語及文用被殺情狀。悉爲太尉神知。神云：「天若不降嚴霜。松柏不如蒿草。神靈若不報應。積善不如積惡。」文用死後。白盡刼硃砂。自往河南。謂其父曰：「汝子路歿。曾與我結爲兄弟。囑令待汝。」父信其言。留與同居。一日。白給父汲井推之入。文用妻痛哭。白又挾使從己。否則殺之。妻知其凶狡。念沉冤未雪。姑從之。許以百日後成婚。自此白即病不能起。從道魂訴於天曹。文用魂訴於東岳。岳神使太尉神及地曹。率冤魂往勾白。文用妻亦日聞白自吐害文用事。復云痛楚不勝。當入陰受審矣。遂歿。遍受地獄諸苦云。現存元人雜劇本事考

【硃砂擔滴水浮漚記】 見硃砂擔條。

【研雪子】 清代戲曲家。著有傳奇翻西廂、賣相思二種。

【研露樓主人】 清代戲曲家。生卒年不詳。約乾隆

三十二年在世。著有傳奇雙仙記一種。

【販揚州】　雜劇名。正題一百二十行販揚州。元人鄭延玉撰。

【販茶船】　㈠雜劇名。正題信安王斷沒販茶船。元人王德信撰。事本宋人小說。演雙漸欲娶名妓蘇卿。而爲茶商馮魁所奪故事。略謂蘇卿。又名小卿。廬州娼也。與書生雙漸交昵。情好甚篤。漸出外久之不還。小卿守志待之。不與他押。其母私與江右茶商馮魁定計。賣與之。小卿在茶船。月夜彈琵琶甚怨。過金山寺。題詩於壁。以示漸云：「憶昔當年折鳳凰。至今消息兩茫茫。蓋棺不作橫金婦。入地當尋折金郎。彭澤曉烟迷宿夢。瀟湘夜雨斷愁腸。新詩寫記金山寺。高掛雲帆上豫章。」漸後成名。經官論之。復還爲夫婦。㈡雜劇名。正題信安王斷復販茶船。元人紀君祥撰。

【涵虛子】　㈠書名。明人寧獻王撰。此書爲節錄太和正音譜卷首之評論者。有說郛所收本。㈡見朱權條。

【涵陽子】　明代戲曲家。著有傳奇策杖記一種。

【掉角兒序】　曲牌名。南曲入仙呂宮。管色配小工調或尺字調。

【掉角望鄉】　曲牌名。南曲入仙呂宮。管色配小工調或尺字調。

【現團圓桂輪】　南戲名。元代無名氏撰。南戲拾遺輯錄此目。

【現存元人雜劇本事考】　書名。凡三章。近人羅錦堂著。民國四十八年初版。中國文化事業有限公司印行。

【啋】　見采條。

【啐】　古方言。猶云欺騙也。例如董西廂：「道九百孩兒。休把人厮啐。你甚胡來我怎信。」

【唻】　古方言。語尾助詞。無意義可言也。例如李逵負荆：「宋江唻。這是甚所爲。激的我怒氣如雷。」

【淡】　古方言。猶云無聊也。沒意思也。例如桃花女楔子：「到今蚤日將晌午。方纔着我開鋪面。你道好淡麼。」亦做好淡吊。例如蕭淑蘭：「梅香云。姐姐。這秀才好屌麼。」凡云好淡或好淡屌。皆猶云好無聊或好沒意思也。

【揞】　古方言。音暗。北人以握爲揞。例如西廂記：「殺人心逗起英雄膽。兩隻手把烏龍尾鋼椽揞。」「烏龍尾鋼椽」。即鐵裹頭棍。猶云握著鐵裹頭棍也。

【逗】　古方言。猶引也。勾引也。例如紅梨花：「教我假粧做王同和女兒。往後花園逗引那趙秀才。」逗引猶云勾引也。黃粱夢：「這小的每眼見的說謊。逗我耍哩。」殺狗勸夫：「哥哥嫂嫂。休驚怕。我逗你耍哩。」逗我耍逗你耍。皆猶云惹引玩笑也。逗亦作挑逗解。例如薛仁貴：「哦。我則道又是那一個拖逗我的小喬才。」

【釤】　古方言。猶云去也。例如西廂記：「遠的破開步着鐵棒颩。近的順著手把戒刀釤。」

【訥川】　見徐復祚條。

【董父】　見王應遴條。

【處分】　古方言。㈠吩咐也。囑咐也。㈡處置也。

【造化】　古方言。猶云運氣也。例如黑旋風：「今日造化低。惹場大是非。」此言運氣不好也。隔江鬭智：「只是我劉封沒造化。」此言沒有運氣也。爭報恩：「好造化也。恰好兩處都吃不成酒。」此爲反語。言好運氣也。亦作造物。例如范張雞黍：「這是各人的造物。」此言各人的運氣也。勘頭巾：「你着我那造物。不見一個人。當門臥着一隻惡犬。」此言我運氣好壞也。

【唵付】　古方言。見暗付條。

【虛舟】　見鄭若庸條。

【執如】　見石韞玉條。

【敏仲】　見李好古條。

【粗曲】　見細曲條。

【婁妃】　劇中人。明上饒人。諒女。有賢德。爲寧王宸濠妃。宸濠謀逆。妃屢諫不聽。及敗。宸濠歎曰：「昔紂用婦言亡。我以不用婦言亡。悔何及。」清蔣士銓所譜一片石、第二碑兩傳奇。卽演婁妃事。

【深甫】　見高濂條。

【控弦】　古方言。㈠彈弓也。㈡弓箭手也。

【聃和】　見沈璟條。

【崪嵂】　古方言。高大貌。

【蚤是】　見早是條。

【琢堂】　見石韞玉條。

【笨菴】　見孫源文條。

【袞徧】　曲牌名。南曲入黃鐘宮。管色配六字配或凡字配。

【訝鼓】　宋代雜戲之一種。墨客揮犀：「王子醇初平熙河。邊陲寧靜。講武之暇。因教軍士爲訝鼓戲。

數年間遂盛行於世。」朱子語類：「如舞訝鼓。其間男子婦人僧道雜色。無所不有。都是假的。」亦作迓鼓。

【強會】古方言。猶云能幹也。例如任風子：「你個婆娘婦女誇強會。直尋到這搭兒田地。」又如黃花峪：「說我強誇他會。男兒志氣。顯盡我雄威。」

【梳裹】古謂化裝曰梳裹。例如藍采和：「又着俺媳婦每那一伙。快疾忙去梳裹。」

【曼綽】大凡以管樂伴唱之戲腔。謂之曼綽。清嚴長明秦雲擷英小錄云：「曼綽流於南部。一變爲弋陽腔。至明萬曆後。梁伯龍魏良輔出。始變爲崑山腔。」

【從德】見張從德條。

【毬樓】古方言。猶云窗門之屬也。例如燕青博魚：「比及我唾潤開紙窗偷睛覷。他可也背靠定毬樓側耳聽。」此言靠著門窗竊聽也。亦作求樓。例如紫雲庭：「將蛾眉址道登。到求樓軟門外。」址道當是澁道。疑即石級也。亦作虬樓。例如謝金吾：「把金釘朱戶生扭開。虬樓亮槅盡毀敗。」此乃形容折毀清風無佞樓時情形也。

【務頭】詞曲中聲文並美之處。曰務頭。務頭之說。解者紛紛。王驥德云：「務頭爲調中最緊要字句。」李笠翁云：「凡一曲中最易動聽之處。是爲務頭。」吳梅云：「凡調中最緊要句字。揭起其音。而宛轉其詞。如俗所謂做腔處。每調或一句。或二三句。每句或一字。或二三字。即是務頭。」周德清云：「要知某調某句某字是務頭。可施俊語於其上。」明初寧獻王有務頭集韻三卷。純采古人妙語。輯以成書。惜乎不傳。

【啜賺】古方言。㈠哄騙也。㈡誆誘也。亦作智賺。

【呫題】古方言。猶云懸念不已也。呫亦作惦。

【掗擺】古方言。猶云把持也。

【婆羅】脚色名。王國維疑婆羅門之略。至宋初轉爲鮑老。見鮑老條。

【掃邊】脚色名。皮黃戲中。凡站立兩邊之配角。謂之掃邊。齊如山云：「此脚比零碎兒略高。零碎兒則男女老少都去。此則各有專長。比方法門寺之宋先生。御碑亭之孟明時等。都算是掃邊老生。冀州城之馬起夫人。探母之八姐九妹等。都算是掃邊旦脚。」

【掀騰】古方言。即張揚也。

【娶小喬】雜劇名。正題周公瑾得志娶小喬。元明間無名氏撰。

【梆子腔】 戲曲腔調名。以所用樂器梆子得名。其腔調起源於西北。而盛行於北方。隨地方之變而有陝西梆子。山西梆子。直隸梆子。河南梆子。山東梆子之不同。西北本古秦地。故亦稱秦腔。都城紀勝謂。光緒六年之戲班。唱梆子腔者有瑞勝和與雙順和二家。（按瑞勝和爲全勝和之改名。以宛平縣城隍廟有瑞和尚者接辦此班。故易名爲瑞勝和。）楊靜亭都門紀略：「至嘉慶年盛尚秦腔。盡係桑間濮上之音。而隨唱胡琴。善於傳情。最足動人傾聽。」

【閉口韻】 見韻條。

【戚夫人】 雜劇名。正題呂太后入彘戚夫人。元人馬致遠撰。

【剮王莽】 雜劇名。元人無名氏撰。

【通天臺】 (一)雜劇名。淸人吳偉業撰。略謂梁尚書左丞沈烱。自梁亡後。旅居長安。憂愁不堪。一日出城外。欲至荒涼之地。恣情痛哭。偶至漢武帝通天台遺跡。觀之。不禁古今興亡之感。痛哭久之。使僮沽酒。乃執筆草一奏文奉武帝之靈。既而醉眠。夢武帝讀上奏愛其才。欲起用之。沈烱固辭。乞歸江南。於是武帝爲之設宴餞別。令麗娟出歌。沈烱聽之。益增悲。帝遂送之幽谷關外。醒視之。身在通天台下一酒店中也。（中國近世戲曲史） (二)傳奇名。淸人朱素臣撰。

【庚文錫】 元代初期戲曲家。或作天福。字吉甫。大都（今北平）人。著有雜劇一十五種。曰黑旋風詩酒麗春園。曰封騭先生罵上元。曰薛昭誤入蘭昌宮。曰隋煬帝江月錦帆舟。曰楊太眞霓裳怨。曰楊太眞浴罷華淸宮。曰孟嘗君雞鳴度關。曰善蓋厲周處三害。曰會稽山買臣負薪。曰中郎將常何薦馬周。曰玉女琵琶怨。曰秋夜凌波夢。曰列女靑陵台。曰裴航遇雲英。曰秋月蕋珠宮。今皆不傳。太和正音譜評其曲曰：「如奇峯散綺。」

【婢生子】 雜劇名。正題感藥王神救婢生子。元明間無名氏撰。

【密匝匝】 古方言。即嚴密也。

【淛江亭】 雜劇名。正題遊賞淛江亭。明人丁野夫撰。

【竟西廂】 傳奇名。亦作錦西廂。淸人周坦倫撰。

【推車旦】 雜劇名。正題風雪推車旦。別作風雪推車記。元人李文蔚撰。

【凰求鳳】傳奇名。亦名鴛鴦賺。凡三十齣。淸人李漁撰。爲笠翁十種曲之一。略謂金陵呂曜。才貌兼絕。與妓許仙儔善。約娶名家女爲婦。以許爲側室。許爲徧訪名姝。得曹氏女淑婉。時有喬氏夢蘭者。知曜才。以計與訂婚。許知之。亦以計詆曜。使與曹成花燭。喬聞之益憤。有殷媼者往來遊說於兩方之間。於是三女同歸曜焉。

【臯伯通】劇中人。漢吳人。有賢行。梁鴻與妻嘗舍其家。伯通知其非凡人。以賓禮待之。鴻卒。伯通爲求葬地於吳要離冢傍。

【淘金令】曲牌名。南曲入雙調。管色配乙字調或正工調。

【荷花蕩】傳奇名。一名蓮盟記。又稱墨蓮盟。凡二十八齣。淸人馬佶人撰。演蘇州李素與富家女傳蓮貞遇合事。劇中以六月二十四日荷花蕩盛會爲關目。故以是名。

【郵亭記】戲曲名。明初舊本。演陶穀使南唐。遇秦弱蘭於館驛事。

【紙扇記】雜劇名。正題風風魔魔紙扇記。元明間無名氏撰。

【庫國君】雜劇名。明人李槃撰。劇品謂此劇：「北一折。以象之爲弟。乃傳其恭順如許。戲場中安容。道學套頭。」

【釵釧記】傳奇名。明人月榭主人撰。演皇甫吟與史碧桃被韓時忠誑取釵釧。致生無限波瀾。卒成婚配事。略謂萊州閻瀾與柳某善。有腹婚之約。及誕。閻得男曰自珍。柳得女曰鸞英。遂結夙契。柳登進士。仕至布政。而瀾止歲貢。得教職以死。家貧不能娶。柳欲背盟。鸞英泣告其母曰。身雖未往。心已相諾。他適之事。有死而已。鸞英度父終渝此盟。乃密懇鄰媼。往告自珍。妾有私蓄。請以某日至後圃持歸。姻事可成。遲則爲他人先矣。自珍與師之子劉江劉海言之。江海設酒賀自珍。醉於學舍。如期詣柳氏。鸞英倚圃以望。以物付之。而小婢識非自珍。曰此劉氏子也。鸞英詈曰。狗奴。何以訴吾財。速還則已。否則告官。江海恐事洩。遂殺鸞英及婢而去。自珍夜半醉醒。悔失約。黑夜直入圃中。踐血屍而蹶。嗅之腥氣。懼而歸。衣履沾血。達曙。柳氏覺女被殺。而不知主名。官爲遍詢。鄰媼遂首女約。自珍至。血衣尙在。不容置辯。論死。會御史許公出巡。至郡。夢一無首女子。泣曰。妾鸞英。身爲劉江劉海所殺。反坐吾夫。幸公哀憐此獄。死且不朽。明旦。召問自珍。具述江海留飲事。許捕二兇訊之具服。誅於市。而釋自珍。爲女建坊以表之。焦循劇說謂：「此見湖海搜奇。乃釵釧記以閻爲皇甫。以柳爲韓。以許御史爲李若冰。轉令本事姓氏不彰。每爲之憾。」

【羞答答】 古方言。答答語助詞。羞之甚也。

【移塞子】 曲牌名。南曲入大石調。管色配小工調或尺字調。

【淅零零】 古方言。形容風雨之聲也。例如關漢卿大德歌：「淅零零細雨灑芭蕉。」亦作率刺刺。

【盔箱科】 戲界七科之一。後台管理行頭。盔頭及各種把子切末之人。皆歸盔箱科。齊如山云：「按行頭的規矩。分大衣箱、二衣箱、盔頭箱、旗包箱、把子匣子等等。所有文人穿用的衣服。都裝在大衣箱。所有武人穿用的衣服。都裝在二衣箱。所有各種盔帽。都裝在盔頭箱。所有各種細軟。都裝在旗包箱。所有一切兵器。都裝在把子匣子。」又云：「管理二衣箱則設劇裝科。因爲他們須有特別的技術。」

【覓蓮記】 傳奇名。明人鄒逢時撰。

【涎鄧鄧】 古方言。形容癡眉鈍眼之狀也。

【畢萬侯】 淸代戲曲家。字晉卿。江蘇吳縣人。生卒年不詳。約順治中期在世。工曲。著有傳奇紅芍藥、竹葉舟、呼盧報、三報恩、萬人敵、杜鵑聲六種。新傳奇品評其曲曰：「白璧南金。精彩眩目。」

【荼蘪香】 曲牌名。北曲入大石調。管色配小工調或尺字調。

【啞觀音】 雜劇名。正題張果老度脫啞觀音。元人趙文敬撰。

【聊以自娛】 書名。凡十卷。淸人汪銘齋選訂。有淸季抄本。惟缺第六第十兩卷。

【陵母伏劍】 雜劇名。正題漢興陵母伏劍。元人顧仲淸撰。

【帽兒光光】 古方言。嘲新婚男也。例如李逵負荆：「帽兒光光。今日做個新郎。袖兒窄窄。今日做個嬌客。」

【野航居士】 淸代戲曲家。著有傳奇化人游一種。

【訪師論道】 雜劇名。明人李大蘭撰。劇品謂此劇：「南北一折。西緒禪師揮麈而談。既不援儒入釋。不推釋附儒。自有一種眞精進。大慈悲處。此劇闡發甚精。」

【鹿陽外史】 明代戲曲家。著有傳奇雙環記一種。

【婦道人家】　見家條。

【剪髮待賓】　雜劇名。正題晉陶母剪髮待賓。元人秦簡夫撰。演陶侃家貧。其母曾剪髮售錢。爲侃款待賓客。侃後卒大貴事。略謂晉陶侃。少孤貧。聞范逵將來訪。愧無以款待。乃書錢信二字。向韓夫人解典。庫質銀五貫。韓夫人與之晤談。知侃器宇不凡。將必大貴。乃以錢與之。且強與具飲。侃歸。母見侃有酒容。並詰得以字質錢事。大怒。痛責之。並令侃向韓夫人處將字贖回。母乃自剪其髮。赴市出售。適與韓夫人遇。韓夫人見其貌似侃。甚禮下之。且言欲以女妻侃。侃母謝之。遂以賣髮所得錢。款待范逵。逵勸侃赴京應擧。果得狀元。令奉其母。翰葩修文。並賜侃母黃金千兩。授封爲蘆國義烈夫人。韓夫人知侃得官。復以女求配。侃母始允之。兩家乃結秦晉之好云。（現存元人雜劇本事考）

【梯仙閣三種】　戲曲別集名。清人湯貽汾撰。

【庶幾堂今樂】　書名。光緒余治輯。此爲皮黃戲之別集。共收三十種。書後有香山鄭官應及望炊樓主人二跋。花部文獻。當以此爲最矣。按余治字蓮村。號晦齋。金匱人。其自序作於咸豐十年。附有引古一卷。集先輩評論梨園之語。

【紹興文亂彈】　地方戲之一種。齊如山云：「最初是來源於梆子腔。後乃夾雜了些皮黃。然一切鑼鼓身段都很有規矩。幾十年來也很衰微了。」

【牽驢上板橋】　古方言。猶云不肯前行也。例如李逵負荆：「恰便似牽驢上板橋。惱的我怒難消。」

【瓶笙館修簫譜】　戲曲別集名。清人舒位撰。共收雜劇四種。曰博望乘槎。曰樊姬擁髻。曰卓女當壚。曰酉陽修月。有振綺堂刻本。

【船子和尚秋蓮夢】　見秋蓮夢條。

【莫利支飛刀對箭】　見飛刀對箭條。

【貪財漢爲富不仁】　見爲富不仁條。

【逞風流王煥百花亭】　見百花亭條。

十二畫

【黃公】　見顧景星條。

【黃忠】　劇中人。三國蜀南陽人。字漢升。事先主爲將。攻劉璋。定益州。勇毅冠三軍。拜討虜將軍。建安中。斬魏將夏侯淵於定軍山。拜征西將軍。先主爲漢中王。賜爵關內侯。

【黃芽】　古方言。道家煉丹所用之鉛也。

【黃振】清代戲曲家。字瘦石。號柴灣村農。江蘇如皋人。生卒年不詳。約乾隆十年前后在世。工曲。著有傳奇石榴記一種。

【黃峨】人名。楊慎妻。趙景深小說戲曲新考引盧冀野明曲大家楊夫人別傳云：「夫人諱峨。字秀眉……隆慶己巳卒。夫人少愼十歲。後愼卒十年。年俱七十二也。」見楊愼條。

【黃巢】劇中人。唐曹州冤句人。世鬻鹽。富於貲。喜養亡命。善擊劍騎射。稍通書記。乾符中。王仙芝作亂。巢揭竿應之。及仙芝敗亡。巢收集其黨。被推爲王。號衝天大將軍。攻掠州郡。取洛陽。破潼關。進陷京師。僖宗奔蜀。巢稱帝。國號大齊。年號金統。其後勤王之師。迭敗巢將。李克用又入破京師。巢遁至狼虎谷。計蹙自刎。其亂始平。自起至亡凡十年。見殘唐再創條。

【黃腔】戲曲腔調名。黃腔出於絃索。絃索分支於金院本。其流於湖北者。名襄陽腔。後名湖廣腔。湖廣二字之促音。則爲黃字。廣韻：「黃。胡光切。」即其徵也。因其地屬楚。故又名楚調。地近漢口。故又名漢調也。黃腔入京。當在道光十年左右。蓋張亨甫金臺殘淚記作於道光八年臘月。其論腔調處甚多。惟尙無楚調之名。迨海粟庵居士撰燕臺鴻爪集。始言楚調。居士於八年戊子夏秋間應京兆試。客都門。十二年壬辰九月試罷出都。居停五載。黃腔入京。當在是時。今世所傳以絃索托腔之二黃。即指黃腔而言也。都城紀勝謂。光緒六年之戲班。唱黃腔者有三慶、春台、四喜、嵩祝成、永勝奎等五家。楊靜亭都門紀略：「近日又尙黃腔。鐃歌妙舞。響遏行雲。」書成清道光二五年。

【黃鐘】黃鐘者。律呂之本也。呂氏春秋古樂篇曰：「其長三寸九分。」史記律數篇則曰：「黃鐘長八寸十分一。」前漢書則又曰：「故黃鐘爲天統。律長九寸。」吾人知黃鐘之音調。必先研究其長度。而歷代尺度之變遷既如此之複雜。除非掘得古代黃鐘實物。則一切揣測皆無意義。按奧人洪波斯泰黃將黃鐘譯爲西律升F。比人馬絨將黃鐘譯爲西律降E。法人庫朗將黃鐘譯爲西律E音。荷人阿爾斯特將黃鐘譯爲C音。其他各書。亦間有將黃鐘譯爲F音者。本國音樂家王光祈云：「至於余個人所著之書籍。則嘗將黃鐘譯爲C音。非以古代黃鐘之音必等於C。只以西洋音樂是以C音起算。以便易於比較研究云爾。」本書從王君之說。蓋黃鐘之高度問題。遠不如所謂「易於比較研究」爲重要也。

【黃之雋】清代戲曲家。字石牧。號㝃堂。江蘇華亭人。原籍安徽休寧。康熙七年生。乾隆十三年卒。享年八十一歲。康熙六十年進士。藏書二萬餘卷。綜覽浩博。著有傳奇忠孝福一種。

【黃中正】明代後期戲曲家。著有傳奇五老慶賀一種。今不傳。

【黃元吉】明代前期戲曲家。生卒年不詳。約洪武初年在世。工曲。也是園書目標爲：「元明黃元吉。」殆由元入明之人。明代前期劇作家也。所著雜劇。僅知黃廷道夜走流星馬一種。未見流傳。

【黃公紹】人名。字直翁。昭武人。生卒年不詳。約元世祖至元二十七年前后在世。咸淳元年進士。入元不仕。有古今韻會等書。

【黃文暘】淸人。字時若。一字秋平。江蘇甘泉人生卒年不詳。約淸仁宗嘉慶中葉在世。工古文詩詞。通聲律之學。有曲海總目提要等書。

【黃天澤】元代中期戲曲家。字德潤。杭州人。生卒年均不詳。沈和同母弟。風流醞藉。亦不減其兄。幼年屑就簿書。失在漕司。後居省府。鬱鬱不得志以終。工曲。嘗與范居中、施惠、沈珙合作鷫鸘裘一劇。未見傳世。太和正音譜許其曲曰：「眞詞林之英傑。」

【黃石公】劇中人。張良遊下邳圯上。遇褐衣老父墮履圯下。良爲取履履之。因授書一編曰：「讀此可爲王者師。」又曰：「後十三年孺子遇我濟北穀城山下。黃石卽我矣。」良讀其書。乃太公兵法。因誦習之。後十三年。良佐漢高祖平天下。過濟北穀城。得黃石。乃取而祠焉。見圯橋進履條。

【黃兆魁】淸代戲曲家。號荊石山民。江蘇太倉人。生卒年不詳。約淸仁宗嘉慶二十年前後在世。工作曲。著有紅樓夢散套十六折。每折一事。不相連貫。

【黃孝子】南戲名。元代無名氏撰。趙景深宋元戲文本事謂：「黃孝子幼時卽與三歲的女孩訂婚。適亂起。黃孝子的母親被擄。孝子蒙其嫂撫養成人。及長。嫂卽以母親被擄事告之。並贈以銀。孝子遂出門尋訪。孝子去後。其未婚妻矢志不再改嫁。其父逼之。遂投水而死。孝子編歷衡州、華山、長安。冬去春來。凡尋母二十八載。後孝子得官。領兵或借兵剿寇。得與母相遇。備悉母在擄中所受朝春暮牧之苦焉。」據鄭振鐸三十年來中國文學新資料發現史略稱。周羽教子尋親記及黃孝子尋親記之全本。均已被發現云。

【黃廷倖】 明代戲曲家。字君迭。江蘇常熟人。生卒年不詳。約萬曆中期在世。工曲。著有傳奇白璧記一種。

【黃伯羽】 明代戲曲家。字不詳。號釣叟。上海人。生卒年無考。萬曆初年在世。工曲。著有蛟虎記一種。

【黃金盒】 傳奇名。淸人張異資撰。

【黃金臺】 (一)雜劇名。正題燕樂毅黃金臺。元人喬吉撰。(二)傳奇名。淸人王香裔撰。

【黃金甕】 傳奇名。淸人萬樹撰。

【黃周星】 淸代戲曲家。字九烟。號而菴。江蘇上元人。萬曆三十九年生。康熙十九年卒。享年七十歲。崇禎十三年進士。官戶部主事。明亡。遁跡湖州。變名黃人。字略似。自沈于水。工詩兼曲。著有傳奇人天樂一種。傳于世。

【黃花峪】 雜劇名。正題魯智深喜賞黃花峪。元明間無名氏撰。演惡霸蔡衙內強刼民妻。爲水滸魯智深至黃花峪擒殺事。略謂濟州人劉慶甫。以許願偕妻李幼奴至泰安神州進香。途遇豪強蔡衙內者。悅幼奴貌。命勸酒。劉怒詈之。蔡遂將劉弔打。値梁山泊宋江所屬第十七頭領揚雄過而解救之。蔡懷恨不已。後又遇劉夫婦。遂強刼幼奴至水南寨中。幼奴臨別。以棗木梳付劉。爲日後報仇尋妻之證。劉無奈。赴梁山訴諸宋江。江遣李逵至水南寨。刼出幼奴。蔡衙內遭逵毒打。逃至黃花峪雲巖寺暫避。不意魯智深亦至此寺。梁山諸人乃共擒蔡殺之云。現存元人雜劇本事考

【黃花寨】 雜劇名。元明間無名氏撰。

【黃河遠】 傳奇名。淸人謝堃撰。

【黃眉翁】 雜劇名。正題黃眉翁賜福上延年。明代無名氏撰。

【黃冠體】 明寧王權所定樂府十五體之一。太和正音譜：「神遊廣漠。寄情太虛。有滄霞服日之思。名曰道情。」

【黃梅雨】 曲牌名。南曲入仙呂宮引。管色配小工調或尺字調。

【黃惟楫】 明代戲曲家。字說仲。天臺人。生卒年不詳。約萬曆八年前後在世。善詩兼曲。著有傳奇龍綃記一種。

【黃粱夢】 雜劇名。正題開壇闡教黃粱夢。元人馬

致遠、李時中、花李郎、紅字李二四人合撰。賈仲明在錄鬼簿中所補弔詞云：「元貞書會李時中、馬致遠、花李郎、紅字公。四高賢合捻黃粱夢。」演呂洞賓感黃粱夢境。歎人世之虛幻。乃隨鍾離權學道事。略謂士人呂洞賓赴京應試。與鍾離權遇於邯鄲道黃化店。店中王婆方炊黃粱作飯。飯未熟而洞賓倦睡。遂入夢中。一舉登第。官拜天下兵馬大元帥。並入贅權貴高太尉家。生子女二人。會吳元濟反。洞賓領兵討之。太尉設宴送行。洞賓飲酒嘔血。因此斷酒。及陣前。受吳元濟金珠。不戰而回。入家門。適遇其妻方與人私通。妻畏罪。密告洞賓納賄縱敵。朝旨遂流配洞賓往沙門島。洞賓與妻離異。率子女共赴配所。因此斷財又斷色。行至深山中。朔風凜烈。飢寒交迫。投一老母家。其子獵回。摔殺洞賓子女。洞賓方怒。其人復追殺洞賓。不覺驚懼而醒。始知紛紛攘攘只一夢耳。於是怒氣亦斷。見王婆所炊黃粱尚未熟。而已則在夢中業經十八年。酒、色、財、氣、人、我、是、非、貪、嗔、癡、愛、風、霜、雨、雪之閱歷。於是看破紅塵。從鍾離學道云。（現存元人雜劇本事考）范子安本此作竹葉舟。湯顯祖本此作邯鄲夢。

【黃醒狂】　戲曲家。生卒年不詳。著有陌花軒雜劇一種。

【黃薔薇】　曲牌名。北曲入越調。管色配六字調或凡字調。

【黃燮清】　清代戲曲家。原名憲清。字韻珊（一作韻甫）。浙江海鹽人。生卒年不詳。約清宣宗道光末前后在世。韻珊才豐而貌陋。曾有一女欲委身焉。嗣見其貌而止。家築拙宜園。栽花種竹。著述自娛。又修葺晴雲閣爲倚晴樓。時與知交觴咏其間。著有傳奇七種。曰帝女花。曰鴛鴦鏡。曰茂陵絃。曰桃谿雪。曰脊令原。曰凌波影。曰居官鑑。合題倚晴樓七種。

【黃鐘羽】　(一)燕樂羽聲七調之第五運。(二)南宋大曲調宮名。其曲一。曰千春樂。

【黃鐘尾】　曲牌名。北曲入黃鐘宮。又入南呂宮。管色配六字調或凡字調。

【黃鐘宮】　(一)宮調名。古曰無射宮聲。吳梅顧曲塵談：「黃鐘宮所屬諸曲。北曲爲醉花陰、喜遷鶯、出隊子、刮地風、四門子、古水仙子、塞雁兒、神仗兒、節節高、者刺古、柳葉兒、古寨兒令、六么令（與仙呂不同）、九條龍、興隆引、侍香金童、降黃龍袞、文如錦、女冠子（與大石不同）、願成雙、傾盃序、綵樓春、晝夜樂、人月圓、紅衲襖、賀聖朝、尾聲、隨尾、隨煞、黃鍾尾、神仗兒煞。南曲則爲降都春、疏影、瑞雲濃、女冠子（與南呂異）、點絳脣（與北曲大異）、傳言玉女、翫仙燈、西地錦、玉漏遲（以上爲引子）。降都春序、出隊子、鬧樊樓、下小樓、畫眉序、滴滴金、滴溜子、神仗兒、鮑老催、雙聲子、啄木兒、三段子、歸朝歡、水仙子、刮地風（與北曲不同）、春雲怨、三春柳、降黃龍、袞徧、獅子序、太平歌、賞宮序、玉漏遲序、恨蕭郎（與南呂不同）、燈月交輝、恨更長、待香金童（亦入仙呂）、傳言玉女、月裏嫦娥、天仙子（以上爲過曲）。太和正音譜云：「黃鍾宮。富貴纏綿。」集成曲譜、顧曲麈談皆以黃鍾宮配六字調或凡字調。㈡燕樂宮聲七調之第七運。補筆談：「無射宮今爲黃鍾宮。殺聲用凡字。」燕樂考原：「七宮之第七運。即按琵琶大弦之第七聲。」又云：「黃鍾宮即琵琶之凡字調。故殺聲用凡字。」㈢南宋大曲宮調名。其曲三。曰梁州。曰中和樂。曰劍器。

【黃鶯兒】 曲牌名。南曲入商調。北曲入商角調。

管色配六字調或凡字調。

【黃鶴樓】 ㈠雜劇名。正題劉玄德醉走黃鶴樓。元人朱凱撰。演劉備爲周瑜困於黃鶴樓。卒依諸葛亮預定計謀脫逃事。略謂赤壁戰後。劉備向東吳借荊州。久假不歸。周瑜乃設碧蓮會於黃鶴樓。差魯肅邀先主過江。以索荊州。瑜暗定三計。第一計於席間問其強弱。如備應答不合。用劍斬之。第二計命大將于樊緊守樓門。無論何人。若無令箭不許下樓。第三計乘酒酣之際。迫備順情歸吳。意有不從。擊金鐘爲號。伏兵盡舉。擒備囚江東。備至。果困於樓中。諸葛亮命姜維扮作漁翁。託言獻魚至樓。囑先主以「彼驕中袞。彼醉必逃」二語。又令關平送暖衣拂子至先主處。拂子中暗藏有孔明借東風時向周瑜取得之鎮壇令箭。酒半酣。周瑜醉而欲睡。恐先主竊令箭下樓。將置座上者折之。投入江中。先主徬徨無計。以拂子擲地有聲。怪而察之。乃得令箭。於是乘瑜醉臥。携箭下樓。張飛迎之過江。先主甚嘉孔明之功云。（現存元人雜劇本事考） ㈡雜劇名。明代無名氏撰。

【黃鍾羽聲】 宮調名。羽作結聲而出於黃鐘者。謂之黃鐘羽聲。俗名般涉調。

【黃鐘角聲】宮調名。角作結聲而出於黃鐘者。謂之黃鐘角聲。俗名大石角調。

【黃鐘宮聲】宮調名。宮作結聲而出於黃鐘者。謂之黃鐘宮聲。俗名正宮。

【黃鐘商聲】宮調名。商作結聲而出於黃鐘者。謂之黃鐘商聲。俗名大石調。

【黃魯直打到底】雜劇名。元明間無名氏撰。

【黃石婆授計逃關】傳奇名。淸人楊潮觀撰。演張良企圖暗殺秦始皇。失敗後。黃石公妻黃石婆利用張良之容貌如女子。令改裝爲女道姑。詐爲其弟子。巧瞞守關。卒令張逃脫之事。

【黃廷道夜走流星馬】見流星馬條。

【黃眉翁賜福上延年】見黃眉翁條。

【黃桂娘秋夜竹窗雨】見竹窗雨條。

【無如】見汪廷訥條。

【無技】見傅一臣條。

【無徒】古方言。猶言無賴也。例如東堂老破家弟子：「我幾曾見禁持妻子這等無徒輩。」

【無射】音律名。此律爲夾鐘所生。管長四寸四分三分二。但其頻率尚未獲得結論。今假定黃鐘等於西律之C。則無射之音高。當與西律之升A或降B相近。

【無從】見陸弼條。

【無賴】古方言。猶云神經錯亂也。

【無事哏】古方言。猶云過分兇狠也。例如凍蘇秦：「兀良脇底下揷柴內忍。全不想冰雪堂無事哏。」哏亦作狠。例如後庭花：「你直恁的倚勢挾權無事狠。脊梁上打到有五六輪。」凡云無事哏或無事狠。皆猶云過分凶狠也。

【無是處】古方言。㈠猶云沒辦法也。例如救孝子：「怕不要倩外人。那裏取工夫。正農忙百般無是處。」又如魔合羅：「淋的頭怎抬。走的我脚怎舒。好着我眼巴巴無是處。」凡云無是處。皆猶言沒辦法也。㈡猶云不得了也。例如來生債：「你爲甚麼唧唧噥噥百般的無是處。」猶云嚕嗦得不得了也。救風塵：「你一心淫濫無是處。要將人。白賴取。」猶云淫濫得不得了也。

【無倒斷】見不倒條。

【無梁斗】古方言。斗爲古時盛酒器。器上有提梁。無梁掌握失據。如「口似無梁斗」。卽無憑據不可靠也。

【無乾淨】古方言。㈠猶云不得了也。例如㑳梅香

：「只恐怕老夫人知道無乾淨。別引逗出半點兒風聲。」一言倘被老夫人道將不得了也。㈡猶不干休也。例如黑旋風：「管教抹着我的無乾淨。」一言蹤着我的。我便不與他干休也。仗義疎財：「這一場雪怨報恨無乾淨。直打的那濫官吏潛蹤滅影。」此猶云一不做二不休也。

【無碑記】　古方言。猶云無數也。例如南柯記：「長夢不多時。短夢無碑記。普天下夢南柯人似蟻。」言短夢不可計也。

【無瑕璧】　傳奇名。亦作褒忠。凡三十二齣。清人夏綸撰。爲惺齋新曲六種之一。演明成祖時。鐵鉉死節。其二女雖入樂籍。誓不失身事。

【無雙傳】　南戲名。元代無名氏撰。南戲拾遺輯錄此目。寫劉無雙許配於王仙客。後失散。無雙入宮。俠士古押衙爲之送藥。至無雙。詐死。又購得其屍。令復活。古乃自殺以示滅口。明人陸采有明珠記。亦演此事。

【無射羽聲】　宮調名。羽作結聲而出於無射者。謂之無射羽聲。俗名羽調。

【無射角聲】　宮調名。角作結聲而出於無射者。謂之無射角聲。俗名越角調。

【無射宮聲】　宮調名。宮作結聲而出於無射者。謂之無射宮聲。俗名黃鐘宮。

【無射商聲】　宮調名。商作結聲而出於無射者。謂之無射商聲。俗名越調。

【無無居士】　見汪廷訥條。

【無雙補傳】　雜劇名。明人梁辰魚撰。南一折。按此折南曲。實爲辰魚補明人陸采（天池）無雙傳明珠記傳奇第二十折後之作。

【無雙臉譜】　見鋼叉臉條。

【無鹽破環】　見智勇定齊條。

【無艷女刀撲胭脂馬】　雜劇名。明代無名氏撰。

【無情李勉把韓妻鞭死】　南戲名。元代無名氏撰。南九宮譜、南戲百一錄、宋元戲文本事俱錄此目。南九宮譜中僅存殘文一曲。

【黑頭】　脚色名。北人稱淨曰黑頭。由包拯之黑臉得名。

【黑白衛】　雜劇名。清人尤侗撰。爲西堂曲腋六種之一。演劍仙聶隱娘事。隱娘翦紙爲黑白衛。置囊中。故名。西堂曲腋自序曰：「王阮亭（漁洋）最喜黑白衛。攜之雉皋（如皋）付冒辟疆家伶親爲顧曲。」蓋亦作者得意之筆也。

【黑麻序】 曲牌名。南曲入仙呂入雙調。

【黑旋風】 ㈠雜劇名。正題黑旋風雙獻頭。別作黑旋風雙獻功。元人高文秀撰。演梁山黑旋風李逵救友殺姦事。略謂鄆城縣孔目孫榮與妻郭念兒。曾許泰安州神廟香願三年。欲往還願。而時多盜賊。畏路難行。榮與宋江有舊。因至梁山泊借一「護臂」江下令。黑旋風李逵願行。江遂令立軍狀。改姓名。易農家服。偕榮去。江知逵好鬪。臨行時囑以忍事饒人。吳學究恐逵有失。隱令神行太保戴宗尾隨之。先是。榮妻念兒。與白衙內者通奸。設計於此行令衙內先往旅店相候。以「眉兒恁常扢皺。夫妻每醉了還依舊」爲口號。欲乘榮不備。互聽口號。相率而逃。榮逵等既至泰安。留念兒于旅店。同往廟中。擇房爲念兒宿處。念兒遂乘機與衙內潛逃。榮與逵追趕不及。訴之于官。而不知官即白也。白遂下榮於獄。逵聞之。念在山寨立狀保榮。若坐視不救。難以回寨。乃僞爲榮義弟。入獄中送飯。陰置蒙汗藥於食物中。賺獄卒食。獄卒昏倒。榮得脫。先馳歸梁山。逵又僞作祗候。以酒入衙內室。殺念兒及衙內。取兩人頭獻之山寨。梟於梁山泊前。警諭衆庶。故本劇又曰雙獻頭或云雙獻功也。現存元人雜劇本事考　㈡雜劇名。正題板踏兒黑旋風。元人紅字李二撰。

【黑貂裘】 見金印記條。

【黑漆弩】 曲牌名。北曲入正宮調。管色配小工調或尺字調。

【黑旋風老收心】 見老收心條。

【黑旋風鬥雞會】 見鬪雞會條。

【黑旋風喬教子】 見喬教子條。

【黑旋風喬斷案】 見喬斷案條。

【黑旋風窮風月】 見窮風月條。

【黑旋風雙獻功】 見黑旋風條。

【黑旋風仗義疎財】 見仗義疎財條。

【黑旋風借屍還魂】 見借屍還魂記條。

【黑旋風大鬧牡丹園】 見牡丹園條。

【黑旋風詩酒麗春園】 見麗春園條。

【黑旋風敷演劉耍和】 見敷演劉耍和條。

【詞人】 ㈠謂擅長詞賦之人。㈡猶言詩人。㈢以倚聲名家者之詞人。

【詞宗】 謂詞章之宗匠也。亦作辭宗。

【詞林】 謂文詞之薈粹處也。

【詞律】 ㈠謂文辭之格律也。㈡書名。凡二十卷。

清人萬樹撰。

【詞牌】　詞調或曲調之各種名稱。謂之詞牌或曲牌蓋度曲時之宮調音節。古皆以譜記之。以便於歌唱。猶今之歌譜然。牌卽譜也。

【詞話】　評論詞學源流、作家得失、以及雜記關於詞之佚聞瑣事之書。曰詞話。

【詞綜】　書名。凡三十四卷。淸人朱彝尊編。

【詞餘】　曲之別稱。猶詞之稱詩餘也。

【詞隱】　見沈璟條。

【詞譜】　書名。凡四十卷。康熙五十四年王奕淸等奉敕撰。

【詞韻】　㈠塡詞所用之韻書也。㈡謂談吐之風神也。

【詞林摘艷】　書名。凡十卷。明人張祿編。此書係增訂盛世新聲者。所收元明戲曲極爲豐富。有民國二十二年石印嘉靖重刊增益本。

【詞苑春秋】　傳奇名。明人王翊撰。

【詞格備考】　書名。淸人張心其編。此書抄本有沈建芳批。宋文獻跋。

【詞餘講義】　書名。凡一卷。近人吳梅撰。有北京大學單行本。

【詞餘叢話】　書名。凡六卷。有坦園叢書所收本。曲苑所收本。

【詞曲研究法】　書名。近人任訥撰。

【雲手】　身段名。齊如山云：「武腳離不開雲手。其法左右手都提至胸前。左手仰在下。右手伏在上。然後彼此一抄。又拉回。再右手在上。左手在下。又一抄。雙手心都各向外。左手拳。右手張。兩手約距一尺多遠停住。此卽名曰雲手。」

【雲生】　見李文翰條。

【雲林】　見汪元亨條。

【雲英】　劇中人。唐仙女。其姊樊夫人雲翹在鄂渚遇裴航。贈航詩有：「元霜搗盡見雲英」之句。後航過藍橋驛。向一老嫗乞漿。嫗呼雲英捧一甌飲之。航見雲英姿容絕世。因依嫗言。求得玉杵臼。納於嫗。代搗藥百日。遂成夫婦。後偕入玉峯。餌丹仙去。

【雲陽】　古方言。猶云行刑之處也。例如神奴兒：「便應該斬首雲陽。更揭榜曉諭多人。」又如趙氏孤兒：「他父親斬首在雲陽。他娘呵囚在禁中。」

【雲簫】　樂器名。朱子語錄：「今之簫管。乃是古之笛，雲簫方是古之簫。雲簫者。排簫也。」

【雲鑼】　樂器名。淸會典：「以小銅鑼十面。共一木架。架下有短柄。左手持。而右手以小槌擊之。鑼之大小皆同。而以厚薄分聲之清濁。凡五正聲。五清聲。」按雲鑼俗稱九音鑼。鑼本十面。因最上一面不恒用。故以九稱之也。

【雲車戲】 古代雜戲之一種。古今圖書集成武進縣志：「五月十五日。陳烈帝生日。雲車畢集其廟。車以鐵爲之。玲瓏繚繞如雲。里之役夫強膂力者。置於肩負之而趨走。上承小兒三人或二人。扮演諸故事。」

【雲南戲】 見滇腔條。

【雲窗夢】 雜劇名。正題鄭月蓮秋夜雲窗夢。元代無名氏撰。演妓女鄭月蓮嫁秀才張均卿事。略謂汴京樂戶女鄭月蓮與秀才張均卿相愛。誓託終身。而女假母以均卿財盡。欲嫁月蓮於江西茶商李多。月蓮不從。乃逼令均卿上京應擧。均卿瀕行。月蓮厚贈川資。言得官後來娶。假母旋又迫月蓮嫁人。月蓮終不肯。遂轉賣之張行首家。其後均卿得進士。除洛陽縣宰。洛陽府尹李敬。以愛女招之爲婿。敬即多之叔父。時多亦在洛陽。均卿成婚之日。敬喚樂戶唱歌。月蓮適在衆妓之內。爲均卿把盞。相見大驚。互道衷曲。敬異而詰之。均卿自認月蓮爲其舊室。李多亦謂月蓮爲其妻。府尹謂天上人間。方便第一。遂即席令均卿月蓮二人成婚。一座盡歡云現存元人雜劇本事考

【雲臺門】 雜劇名。正題雲臺門聚二十八將。元明無名氏撰。

【雲臺觀】 雜劇名。正題人不知大鬧雲臺觀。元明間無名氏撰。

【雲水散人】 見賈仲明條。

【雲水道人】 見楊之炯條。

【雲來居士】 見王應遴條。

【雲亭山人】 見孔尚仁條。

【雲魔洞四女爭夫】 雜劇名。明代無名氏撰。

【雲臺門聚二十八將】 見雲臺門條。

【程枚】 清代戲曲家。字時齋。江蘇海州人。生卒年不詳。約嘉靖中期在世。工曲。著有傳奇一斛珠一種。傳于世。

【程端】 清代戲曲家。江蘇常熟人。生卒年不詳。約清聖祖康熙中前后在世。工曲。著有傳奇西廂印、虞山碑二種。後者與陸曬之峴山碑合稱遺愛集。並傳于世。

【程嬰】 劇中人。春秋晉人。趙朔友。朔爲屠岸賈

所殺。朔妻趙氏遺腹生一兒。朔客公孫杵臼與嬰定計。杵臼負他人兒匿山中。嬰出謬發於岸賈。岸賈命將攻而並殺之。嬰抱眞孤匿山中。遂得免於難。後眞孤立爲趙氏後。是爲趙武。攻岸賈。滅之。嬰亦自殺。以報杵臼。見趙氏孤兒條。

【程子偉】 明代戲曲家。字正夫。江都人。生卒年不詳。約崇禎初年在世。工曲。著有傳奇雪香緣一種。傳于世。

【程士廉】 明代後期戲曲家。字小泉。安徽休寧人。著有雜劇四種。曰幸上苑帝妃春遊。曰泛西湖秦蘇夏賞。曰醉學士韓陶月宴。曰憶故人戴王訪雪。合題小雅堂樂府。按小雅堂者。對其先輩汪道昆大雅堂言之。汪有高唐京北四種雜劇。總名大雅堂樂府。

【程文修】 明代戲曲家。字仲先。一字叔子。仁和人。生卒年不詳。約萬歷初年在世。工曲。著有傳奇玉香記、望雲記二種。並傳于世。

【程命三】 淸代戲曲家。著有傳奇還婦編一種。

【程咬金】 劇中人。見老君堂條。

【程麗先】 明代戲曲家。字光鉅。新安人。生卒年不詳。約崇禎初年在世。工曲。著有傳傳雙麟瑞、笑笑緣二種。傳于世。

【程咬金斧劈老君堂】 見老君堂條。

【開篇】 彈詞在未唱正詞之前所彈唱之短篇。謂之開篇。猶小說中之入話。其與正詞情節並無關連。

【開口笑】 傳奇名。一名胭脂虎。淸人葉稚斐撰。演陳守一懼內事。本獅吼記加以誇張。杜牧詩：「塵世難逢開口笑。」作者以此誚懼內。極爲可笑。故名開口笑也。

【開口跳】 脚色名。丑之一種。此脚與武丑相通。不但能跳。又能開口。故曰開口跳。如冀州城之探子。三岔口之店家。白水灘之地虎。以及出塞之馬夫等是。

【開封府】 見神奴兒條。

【開場白】 亦曰定場白。多用四六對偶句。

【開門見山】 齊如山國劇藝術彙考：「戲界的規矩。無論任何人。只要他一出臺簾。便要使觀衆知道他是怎樣的一個人。勾臉固然有分別。即冠巾、衣服、髯鬚。甚至說話、走路、都得有分別。這種規矩。謂之開門見山。」

【開倉糶米】 雜劇名。元人陸登善撰。

【開詔救忠】 雜劇名。正題八大王開詔救忠臣。元明間無明氏撰。

【開壇闡教黃粱夢】　見黃粱夢條。

【開封府張鼎勘頭巾】　見勘頭巾條。

【開封府蕭王勘龍衣】　見勘龍衣條。

【賀元宵】　雜劇名。正題衆神聖慶賀元宵節。明代無名氏撰。

【賀季眞】　雜劇名。明人葉憲祖撰。劇品謂此劇：「此一折。同一超世者也。不遇時。則爲淵明之三經五柳。遇時。則爲季眞之一曲鑑湖。故傳季眞之詞。有閒適意。而絕無感慨。」

【賀皇恩】　南宋大曲名。入林鐘商調。南宋官本雜劇二百八十種之中。有扯藍兒賀皇恩、催妝賀皇恩二本。宋史樂志及文獻通考教坊部十八調林鐘商中。有賀皇恩大曲。

【賀新郎】　曲牌名。南曲入南呂宮。又入南呂正曲。管色配六字調或凡字調。北曲入南呂調隻曲。

【賀聖朝】　㈠曲牌名。南曲入雙調引。管色配乙字調或正工調。又入中呂宮。管色配小工調或尺字調。北曲入黃鐘宮。管色配六字調或凡字調。又入中呂宮。管色配小工調或尺字調。

【賀聖樂】　燕樂大曲名。

【賀憐憐煙花怨】　南戲名。亦作風流王煥賀憐憐。宋代無名氏撰。永樂大典卷一三九七八、南詞敍錄、南戲百一錄俱錄此目。曲海總目提要卷四百花亭本事：「汴梁人王煥。居洛陽。美豐姿。善吟詠。兼精騎射。人以風流王煥稱之。時屆淸明。與奚童出城遊玩。妓賀憐憐踏靑至陳家園百花亭暫憩。與煥相値。覘賀之艷。踦亭不去。賀亦愛煥才品。旣通款曲。歸後思念甚殷。有賣查梨王二者。過陳園。煥與相識。詢賀居此。始知之。遂造其家相狎昵。居半載。囊貲已竭。西延邊將高邈。取軍需赴路。聞賀欲買之。假母嫁賀於邈。邈移賀妓居承天寺中。賀欲與煥訂生死約。而乏通問之便。王小二至寺。乃作東達煥。煥遂易裝作乞丐。覘邈出。高聲呼叫。賀聞出與語。令煥赴西延立功。且許邈佔有夫之婦。贈以路費。煥詣西延。投經略種師道。以戰功授西涼節度使。師道覈邈擅用軍需。以致缺額。聞其以洛陽娶妓之故。拘而鞫之。賀云。身是煥妻。不願從邈。適煥凱旋入謁。言賀實已所聘妻。師道乃治邈罪。斷賀歸煥云。」按此劇亦作百花亭。

【賀昇平羣仙祝壽】　見群仙祝壽條。

【賀萬壽五龍朝聖】　見五龍朝聖條。

【賀萬壽拜舞黃金殿】　戲曲名。明代無名氏撰。

【喬】　古方言。詈辭。猶云惡劣也。狡獪也。例如劉行首：「這先生好喬也。我二十一歲。可怎生是你二十年前故交。你莫不見鬼來。」先生卽道士也。竇娥寃：「便萬剮了喬才。還道報寃讎不暢懷。」喬才卽惡貨也。秋胡戲妻：「則道是峨冠士大夫。原來是個不曉事的喬男女。」男女卽奴僕也。

【喬吉】　元代中期戲曲家。字夢符。號笙鶴翁。又號惺惺道人。原籍山西太原。後居浙江杭州。生於至元十七年。卒於至正五年。享年六十五歲。美儀容。工辭章。博學多能。以樂府稱重於世。嘗云：「作樂府亦有法。曰鳳頭、猪肚、豹尾六字是也。」所著雜劇。有杜牧之詩酒揚州夢、玉簫女兩世姻緣、李太白匹配金錢記、死生交託妻寄子、怨風月嬌雲認玉釵、燕樂毅黃金臺、馬光祖勘風情、荆公遣妾、節婦牌、賢孝婦、九龍廟等一十一種。前三種傳。其餘皆不傳。太和正音譜評其曲曰：「如神鼇鼓浪。」見鳳頭猪肚豹尾條。

【喬影】　戲曲名。淸人吳蘋香撰。

【喬八分】　曲牌名。南曲入越調。管色配六字調或凡字調。

【喬木查】　曲牌名。北曲入雙調。管色配乙字調或正工調。

【喬坐衙】　雜劇名。明人李開先撰。爲一笑散之第四種。

【喬捉蛇】　曲牌名。南北曲皆入中呂宮。管色配小工調或尺字調。

【喬教子】　雜劇名。正題黑旋風喬教子。元人高文秀撰。

【喬牌兒】　曲牌名。北曲入雙調。管色配乙字調或正工調。

【喬踏碓】　雜劇名。元代無名氏撰。

【喬斷案】　正題黑旋風喬斷案。元人楊顯之撰。

【喬斷鬼】　雜劇名。正題搊搜判官喬斷鬼。明人朱有燉撰。演一名徐行者。以其愛藏之古畫爲裱具師侵奪不還。憤慨而死。其魂魄向陰府曹判官告訴。遂將裱具師墮入地獄事。

【單于】　劇中人。漢時。匈奴稱其君長曰單于。漢書匈奴傳：「單于姓攣鞮氏。其國稱之曰撐犂孤塗單于。匈奴謂天爲撐犂。謂子爲孤塗。單于者。廣大之貌。言其象天單于然也。」見昭君出塞條。

【單本】明代戲曲家。字槎仙。會稽人。生卒年不詳。約萬歷中葉在世。工曲。著有傳奇露綬記、蕉帕記二種。盛傳于世。

【單調】詞之全闋由前後二段相疊而成者名雙調。僅一段者。名單調。

【單刀會】雜劇名。正題關大王單刀會。元人關漢卿撰。演魯肅設計索取荊州。關羽單刀赴會事。略謂孫權令魯肅向劉備索還荊州。然以其地爲關羽鎮守。恐不易取。肅乃暗定三計。謀使羽就範。然後荊州可得。第一計爲設宴江下。邀羽赴宴。共賀劉備稱王漢中。於席間以禮索取荊州。若羽不允。則第二計爲江上所有戰船。盡行拘收。不放關羽回荊。倘羽淹留日久。自知中計。悔而允還荊州。若此計不可行。則第三計爲壁衣內暗藏甲士。酒酣之際。擊金鐘爲號。伏兵盡出。擒關羽囚之江下。荊州主將既失。守衆必亂。肅領兵大擧。荊州可一鼓而下。三計既定。肅乃與喬國老謀。喬老不以爲然。復與隱士水鑑先生司馬徽議。並約陪羽共宴。司馬徽因係羽至友。亦堅不欲往。羽既得肅邀請。單刀赴會。不帶兵馬。席間。肅果與之爭論。力逼歸還荊州。羽怒。持刀欲斬肅。肅懼。伏兵未及動。而羽已挾肅馳馬至江上。羽子關平率兵迎之。遂平安旋荊云。（現存元人雜劇本事考）

【單皮鼓】樂器名。僅一面蒙皮。故名單皮鼓。簡稱單皮。其聲淸脆。俗稱脆鼓。又稱小鼓或崩子鼓。器以厚木爲圈。冒以豬皮。面徑約一尺。而中空處徑僅一二寸。爲歌時點眼之用。齊如山云：「在唱歌時。尺寸（拍）自是以板爲主。不過只用他點眼。因拍有時相去太遠。尤其是皮簧中青衣的腔。尺寸太慢。彎轉又太多。只是點拍。不易有準。故於拍中間。又加上幾點。此名曰眼。又名副拍。凡點這種眼。則永遠用單皮鼓。」見板眼條。

【單雄信】劇中人。唐濟陰人。李密將。能馬上用槍。軍中號飛將。後降王世充。爲大將。東都平。斬洛堵上。見單鞭奪槊條。

【單戰呂布】雜劇名。正題張翼德單戰呂布。元明間無名氏撰。

【單鞭奪槊】雜劇名。正題尉遲恭單鞭奪槊。元人尚仲賢撰。演尉遲敬德降唐。隨李世民大敗單雄信事。略謂唐初。定陽劉武周爲亂。高祖命李世民徐茂公等率師討伐。軍至美良川。爲武周將尉遲恭所阻。恭字敬德。朔州善陽人。使單鞭。勇冠三軍。

世民愛其材。設計擒殺劉武周。勸之降。敬德旣降唐。世民備加優禮。然敬德因曾在赤瓜峪鞭傷世民弟元吉。恆不自安。後元吉果誣敬德有離叛意。下之於獄。並請斬之。以絕後患。世民乃召敬德曰：「將軍旣欲歸。某當餞行。何故私奔。」敬德無以自明。欲以死見志。爲世民所止。元吉心猶未甘。徐茂公請命二人比武以決之。元吉大敗。乃釋敬德。時洛陽王世充命大將單雄信來攻。世民率部拒之。世民輕敵。一日。與徐茂公等輕騎往覘洛陽形勢。雄信突驟馬橫槊而至。茂公自思與雄信有舊。乃囑世民速避。自策馬以迎雄信。牽其袖曰：「將軍別來無恙乎。」雄信意在世民。急云：「茂公放手。今日各爲其主也。」茂公猶不放。雄信怒。以劍斷其袖。馳馬以向世民。時世民去未遠也。正危急間。一黑將軍匹馬單鞭而至。逕取雄信。不一合。奪其槊。世民驚魂甫定。視之則敬德也。於是大喜。相將而返。翌日。兩軍再戰。敬德奮其神威。復得雄信槊。並以鞭鞭之。雄信負傷。伏鞍而逃。唐軍大勝云。（現存元人雜劇本事考）

【單刀風雲會】　曲牌名。南曲入南呂宮。管色配六字調或凡字調。

【單刀劈四寇】　雜劇名。正題關雲長單刀劈四寇。元明間無名氏撰。

【雁兒】　曲牌名。北曲入仙呂宮。管色配小工調或尺字調。

【雁來紅】　曲牌名。南曲入正宮。管色配小工調或尺字調。

【雁兒落】　曲牌名。北曲入雙調。管色配乙字調或正工調。

【雁兒舞】　曲牌名。南曲入仙呂入雙調。（實即仙呂宮。）

【雁門秋】　傳奇名。淸人瞿頡撰。

【雁門關】　雜劇名。正題雁門關存孝打虎。元明間無名氏撰。演李存孝打虎及破黃巢事。略謂唐末。四夷交侵。黃巢爲亂。朝命陳景思宣喻沙陀李克用爲天下兵馬大元帥。率師征討。兵未發。克用出獵。至雁門關。遇安敬思爲鄧大戶放牧。因虎食其羊。敬思怒。起追虎。搏而殺之。克用見狀。嘉其武勇。喜甚。意必能馳騁疆場。爲已効命。乃收爲義兒。是爲十三太保。改名李存孝。克用賞鄧大戶以金銀。作爲恩養費。大戶度存孝當貴。辭謝不受。更以女金定妻之。後克用令存孝領人馬三千。直入

長安。大破黃巢云。現存元人雜劇本事考

【雁帛書】　戲曲名。淸人許鴻磐撰。爲六觀樓北曲六種之一。

【雁翎甲】　㈠傳奇名。明人秋堂和尚撰。㈡見偷甲記條。

【雁過聲】　曲牌名。南曲入正宮。管色配小工調或尺字調。

【雁過南樓】　曲牌名。南曲入越調。管色配六字調或凡字調。北曲入大石調。管色配小工調或尺字調。

【雁過南樓煞】　曲牌名。北曲入大石調。管色配小工調或尺字調。

【雁門關存孝打虎】　見雁門關條。

【須】　古方言。㈠猶應也。必也。例如董西廂：「料當日須曾讀聖先典教。五常中禮義偏大。」須曾讀。猶云應當讀也。黃粱夢：「道不的殷勤過日災須少。僥倖成家禍必多。」須少猶云必少或應少也。㈡猶是也。自也。正也。例如勘頭巾：「大古是脚踏實地。你從來本性我須知。」我須知卽我自知也。謝金吾：「你道我不知道你哩。則那賀驢兒小名須是你。」須是你卽正是你也。㈢猶本也。例如趙氏孤兒：「你本是趙盾家堂上客。我須是屠岸賈門下人。」我須是猶云我本是也。㑇梅香：「這的是赴約的風流況。須不是樂道的顏回巷。」須不是猶云本不是也。㈣猶終也。例如舉案齊眉：「須有日御簾前高捧三臺印。都省裏官身正一品。」須有日卽終有日也。㈤猶却也。例如小孫屠戲文：「孫二須不是這般人。」猶云却不是這種人也。㑇梅香：「莫非是來偷望小生。我須不知。一定惱將去了。」須不知卽却不知也。㈥猶雖也。例如小孫屠戲文：「空有日月須明。不照覆盆下面。」須明卽雖明也。舉案齊眉：「須是在夫婦行殷勤。也要去爺娘行孝順。」須是在。卽雖是在也。

【須是】　見須條。

【須索】　見索條。

【須子壽】　明代前期戲曲家。浙江杭州人。錢塘縣吏賈仲明稱其人曰：「襟懷瀟落。」著有雜劇雙鸞棲鳳碧梧堂、泗州大聖渰水母二種。皆不傳。

【須不知】　是須條。

【須不是】　見須條。

【須有日】　見須條。

【須強如】　猶云賽過如也。例如巾箱本琵琶記：「

嘗聞古賢書。狗彘食人食。須強如草根樹皮。」一

【須賈誶范雎】　見誶范雎條。

【須賈大夫誶范叔】　見誶范雎條。

【馮之可】　明代戲曲家。亦作時可。字易亭。彭澤人。生卒年不詳。約萬曆中期在世。工曲。著有傳奇護龍記一種。

【馮玉蘭】　雜劇名。正題馮玉蘭夜月泣江舟。元明間無名氏撰。演馮玉蘭父爲巡江官屠世雄所殺。母爲所刼。都御史金圭破案雪冤事。略謂馮驥。字文翔。洛陽人。由進士累官郡守。改授福建泉州知府。挈妻田氏。子愍哥。女玉蘭。從水道赴任。舟行至大江。夜泊蘆洲。遇巡江官屠世雄求見。驥留與飲。世雄見田氏貌美。乘夜殺驥父子及童婢梢公。刼田氏走。玉蘭將驥書匣抛入江中。而己則匿舵底。幸而得存。隨波飄蕩。有都御史金圭。奉命巡撫江南。停舟夜坐。批閱文卷。燈下忽見鬼魂提頭阻撓。又聞艙外隱隱有女子哭泣聲。知有異。俄而一物觸其榜。圭遣人詢問。則玉蘭也。詢知其詳。並於舟中得一刀。明日泊淸江浦。坐驛中。廣召官屬以盜殺人命事問訊。責世雄防範不力。收之。並於其行李中得刀鞘。拷問不服。乃命玉蘭至世雄船側呼其母。田氏聞聲果出。見女相侍大慟。世雄乃具服。收其黨。並斬之。送田氏母女還京云。現存元人雜劇本事考

【馮惟敏】　明代後期戲曲家。字汝行。號海浮。山東臨朐人。父馮裕。兄惟訥。弟惟健。均有詩名。生卒年不詳。其兄惟健既爲嘉靖七年擧人。彼當亦爲嘉靖隆慶間人。王世貞藝苑巵言曰：「近時馮通判惟敏獨爲傑出。其板眼務頭。攛搶緊緩。無不曲盡。而才氣亦足以發之。祇用本色太多。北音太繁。白璧微纇耳。」其爲當時所許也如此。所著雜劇。有梁狀元不伏老、僧尼共犯二種。並傳於世。

【馮夢龍】　明代戲曲家。字猶龍。一字耳猶。亦字子猶。號姑蘇詞奴。又號顧曲散人墨憨子。別署龍子猶。江蘇吳縣人。生年不詳。卒於淸世祖順治三年。崇禎時官壽寧縣知縣。未幾卽歸。値乙酉之變。遂殉節。著有傳奇雙雄記、萬事足二種。又取古今傳奇刪改之。往往易其名目。共十五種。題曰墨憨齋定本。

【馮驩焚劵】　雜劇名。元人鍾嗣成撰。

【馮京三元記】　南戲名。元代無名氏撰。南詞敘錄輯錄此目。

【馮玉蘭夜月泣江舟】見馮玉蘭條。

【馮伯玉子弟棄煙花】雜劇名。明代無名氏撰。

【朝炳】見王廷章條。

【朝天子】曲牌名。一名謁金門。北曲入中呂宮隻曲。南曲入南呂宮正曲。

【朝天歌】曲牌名。南曲入雙調。管色配乙字調或正工調。

【朝元令】曲牌名。南曲入雙調。管色配乙字調或正工調。

【朝元樂】曲牌名。北曲入雙調。管色配乙字調或正工調。

【朝陽鳳】傳奇名。清人朱素臣撰。

【朝子令史乾請陳】見乾請陳條。

【朝子秀才不當事】見不當事條。

【朝野新聲太平樂府】散曲選集名。凡九卷。元人楊朝英編。所選皆金元人作品。有商務印書館四部叢刊本。

【喜人心】曲牌名。北曲入雙調。管色配乙字調或正工調。

【喜春來】曲牌名。北曲入中呂宮。管色配小工調或尺字調。

【喜秋風】曲牌名。北曲入大石調。管色配小工調或尺字調。

【喜重重】傳奇名。清人張大復撰。

【喜朝天】唐教坊樂曲名。翻朝天曲爲新聲者也。

【喜梧桐】曲牌名。北曲入大石調。管色配小工調或尺字調。

【喜漁燈】曲牌名。南曲入中呂宮。管色配小工調或尺字調。

【喜遷鶯】曲牌名。南曲入正宮引。又入黃鐘宮正曲。管色配小工調或尺字調。北曲入黃鐘宮隻曲。管色配六字調或凡字調。

【喜還京】曲牌名。南曲入仙呂宮。管色配小工調或尺字調。

【喜聯登】傳奇名。清人薛旦撰。

【智達】見釋智達條。

【智勇定齊】雜劇名。正題鐘離春智勇定齊。別作醜齊后無鹽破連環。元人鄭光祖撰。演無鹽女鍾離春以智破秦燕兩國而定齊事。略謂戰國時。齊公子出獵。向無鹽邑醜女鐘離春問路。女不答。轉責公子以禾苗在地。不宜馳馬。時齊相晏嬰亦至。見女雖醜而狀貌不凡。詰問之。並題一詩云：「採桑忙來採桑忙。朝朝每日串桑行。織下綾羅和匹段。未知那個着衣裳。」女亦答云：「將軍忙來將軍忙。朝朝每日鬪爭強。空有江山並社稷。無人敢以定封疆。」一言下有譏齊國無人能禦秦楚二強之意。嬰由是知女賢。勸齊公子娶爲夫人。齊國或可大治。公子許之。以玉帶爲信。納爲正妃。其後。秦遣使持玉連環至齊。令解開之。燕亦遣使持蒲絃琴至齊。令彈響之。能則兩國稱臣進貢。否則統兵前來。征伐交鋒。公子無計可施。謀之於女。女乃以長竿掛琴。風吹之而自響。以椎擊玉環。玉環自解。遂將兩使黥面刺背而縱之歸。秦燕大怒。合兵伐齊。女統兵迎戰又大勝之。擒其將領。於是各國皆服。尊齊爲上國。齊因女功封其父爲太師柱國。母爲柱國太夫人云。現存元人雜劇本事考

【智賺還珠】 雜劇名。明人傳一臣撰。爲蘇門嘯卷五。

【智降秦叔寶】 雜劇名。正題徐懋功智降秦叔寶。元明間無名氏撰。

【智勘後庭花】 見後庭花條。

【智斬韓太師】 見韓太師條。

【智賺三件寶】 見三件寶條。

【智賺桃花女】 見桃花女條。

【智賺鬼擘口】 見鬼擘口條。

【智賺蒯文通】 見賺蒯通條。

【散木】 見湛然條。

【散仙】 見史樟條。

【散曲】 謂無科白相聯貫之曲也。任中敏曰：「散曲所記之言動。爲零碎片斷。且無科白。科白者。散文也。曲。韻文也。劇曲記事。必具首尾。故不能離科白。散曲記事之所謂記。終屬描寫居多。而敍述有限。故不須科白。然則欲爲散曲下一定義。或者曰。凡不須有科白之曲。謂之散曲。當較爲妥貼矣。」

【散板】 皮黃板式名。分有板與無板兩種。由慢板原板轉至散板者無板。單段緊打慢唱者有板。但忽疾忽徐。恒無定耳。例如武家坡：「柳林下拴戰馬武家坡外。」馬字以下一段。爲無板之西皮散板。硃砂痣：「今夜晚前後廳紅燈燎亮。」一段。則爲緊打慢唱之二黃散板。

【散段】 見艷段條。

【散套】 散曲之一種。又稱大令或套數。因其體製之不同。有南曲散套。北曲散套。南北合套等名稱

。

【散樂】樂府詩集：「卽漢書所謂黃門名倡丙彊景武之屬是也。漢有黃門鼓吹。天子所以宴群臣。然則雅樂之外。又有私宴之樂焉。」唐書樂志：「秦漢以來。又有雜伎。其變非一。名爲百戲。亦總謂之散樂。自是歷代相承有之。」見百戲條。

【散曲概論】書名。凡一卷。近人任訥撰。有中華書局散曲叢刊本。

【散家財天賜老生兒】見老生兒條。

【陽初】見徐復祚條。

【陽明洞】傳奇名。淸人周坦綸撰。

【陽春奏】書名。明人尊生館主人（按卽黃正位）編。共收元明雜劇三十九種。今藏於北平圖書館者僅存殘本三種。

【陽春六集】戲曲別集名。明人張鳳翼撰。計收戲曲紅拂記、祝髮記、竊符記、灌園記、扊扅記、虎符記六種。

【陽春白雪】㈠古歌曲名。文選宋玉對楚王問：「其爲陽春白雪。國中屬而和者。不過數十人。」按後人歌曲亦襲用此稱。㈡散曲選集名。凡十卷。元人楊朝英編。所選皆金元人作品。有中華書局散曲叢刊本。

【陽關三疊】本名渭城曲。王維送元二使安西詩：「渭城朝雨浥輕塵。客舍青青柳色新。勸君更盡一杯酒。西出陽關無故人。」後歌入樂府。以爲送別之曲。至陽關句。反覆歌之。謂之陽關三疊。蓋三疊其歌法也。

【陽關三疊記】雜劇名。明代無名氏撰。

【陽平關五馬破曹】見五馬破曹條。

【短拍】曲牌名。南曲入仙呂宮。管色配小工調或尺字調。

【短劇】短劇云者。指單折之雜劇而言。昉於元晚進王生之圍棋闖局。盧前明清戲曲史：「單折劇之製作。實在明正德嘉靖之世。其時徐渭汪道昆之徒。以逮隆萬間陳與郊、沈自徵、葉憲祖輩。各有短劇。以一折譜一事。此短劇流行之初期也。入淸以後。短劇日盛。順康之際。徐石麒、尤侗、嵇永仁、張韜、並有妙造。雍乾之世。有桂馥、曹錫黼。而楊潮觀尤臻極詣。降至嘉咸。有舒位、石韞玉、嚴廷中。亦一時能手。同光而還。始稍稍衰矣。然如陳烺。猶學步邯鄲。未盡絕迹。此短劇流行之後期也。」見南雜劇條。

【短柱體】詞曲中俳體之一格。通篇每句兩韻或兩字一韻。元人所謂六字三韻語也。

【短過門】見過門條。

【短脚韻】謂詩以一字爲韻者。曰短脚韻。

【短打武生】脚色名。武生之一種。此脚穿打衣打褲。故名。齊如山云：「所謂短打者。是穿打衣打褲等短衣服。有別於長靠就是了。如艷陽樓中之花逢春。泉灘中之十一郎。溪皇莊中之伊亮等皆是。」

【短靠武生】脚色名。武生之一種。短打而穿箭衣之武生也。齊如山云：「黃天霸之戲。雖都是短打。但因爲他往往穿箭衣。所以又名曰短靠武生。」

【短簫鐃歌】古軍樂也。蔡邕禮樂志：「漢樂四品。其四曰短簫繞歌。軍樂也。」

【湯】古方言。猶觸也。碰也。例如西廂記：「休道是相偎傍。若能勾湯他一湯。倒與人消災障。」此言稍接觸也。㑳梅香：「旦兒云。樊素。你打我兩下波。正旦唱。誰敢湯着你那楊柳小蠻腰。」此言不敢碰也。

【湯式】明代前期戲曲家。字舜民。號菊莊。浙江寧波人。或云象山人。約洪武中葉在世。生卒年不詳。所製戲曲套數小令極多。語皆工巧。賈仲明稱其人曰：「好滑稽。與余交久而不衰。」著有雜劇風月瑞仙亭、嬌紅記二種。今皆不傳。太和正音譜評其曲曰：「如錦屏春風。」

【湯子垂】明代戲曲家。生卒年不詳。約崇禎初年在世。工曲。著有傳奇續精忠一種。傳於世。

【湯貽汾】清代戲曲家。字若儀。號雨生。晚號粥翁。江蘇武進人。乾隆四十三年生。咸豐三年卒。享年七十六歲。歷官粵浙等地。儒雅廉俊。盜賊帖弭。晚年退隱白門。貸保緒園以居。焚香鼓琴。翛然塵外。海內名宿多與之遊。洪楊之亂。白門陷。賦絕命詩。投池死。謚忠愍。著有傳奇梯仙閣三種。令家婢歌之。咸能上口。

【湯賓陽】明代戲曲家。生卒年不詳。約萬曆初年在世。工曲。著有傳奇玉魚記一種。傳於世。

【湯顯祖】明代戲曲家。字義仍。號若士。江西臨川人。嘉靖二十九年生。萬曆四十五年卒。享年六十八歲。二十一歲舉鄉試。三十四歲中進士。除南京太常博士。尋遷禮部主事。四十一歲疏劾首輔申時行。謫爲廣東徐聞典史。後遷爲浙江遂昌知縣。四十九歲上計投劾。罷歸不復出。里居二十年而卒

○錢牧齋列朝詩集云：「義仍窮老蹭蹬。所居玉茗堂文史狼藉。賓朋雜坐。雞塒豕圈。接跡庭戶。蕭閒詠歌。俯仰自得。爲郎時。排擊執政。禍且不測○詒書友人曰。乘興偶發一疏。不知當今何以處我○晚年師吁江而友紫柏。翛然有度世之思。胸中塊壘。陶寫未盡。則發爲詞曲。四夢之士。雖復流連風流。激蕩物態。要於洗滌情塵。銷歸空有。則義仍之所有。略可見矣。」吳天成曲品云：「詞隱嘗曰。寧律協而詞不工。讀之不成句。而謳之始協。臨川聞之。笑曰。彼惡知曲意哉。予義所至。不妨抝折天下嗓子。此可觀兩賢之志趣矣。予謂二公譬如狂狷。天壤間應有此兩項人物。倘能守詞隱之矩矱。而運以臨川之才情。豈非合之兩美乎。」王國維五種謂：「義仍應舉時。拒江陵之招。甘於沈滯○登第後。又抗疏劾申時行。不肯講學。又不附和王李。在明之文人中。可謂特立獨行之士矣。」靜志居詩話云：「有婁江女子俞二姑。酷嗜其曲。斷腸而死。義仍作詩哀之。曰。畫燭搖金閣。眞珠泣綉窗。如何傷此闋。偏只在婁江。」一第三子開遠官至巡撫。義仍卒後。開遠取其所續紫簫殘本及詞曲未行者悉焚棄之。故所傳者。紫簫記、紫釵記、牡丹亭、南柯記、邯鄲記五種而已。按後四種總題曰臨川四夢。

【湯汝梅秋夜燕山怨】 見燕山怨條。

【畫竹】 戲曲名。淸人洪昇撰。爲四嬋娟四種之一○演管仲姬事。

【畫隱】 雜劇名。淸人張聲玠撰。爲玉田春水軒雜劇九種之一。演趙子固趙子昂兄弟事。

【畫中人】 傳奇名。明人吳炳撰。爲粲花五種之一○略謂廣陵庾啓。嘗描其理想中之美人畫。學活之術於華陽眞人。向畫呼名三七日。美人忽自畫中飄然而下。初刺史鄭志玄之女名瓊枝者。得幽鬱症。恍惚中覺有人常呼己名。一日。其魂離肉體而去。庾啓所畫者。與此女容貌相似。瓊枝魂被呼。遂至庾生處。結不解緣。庾生表兄胡圖知之。告庾父。父命僕將焚毁美人畫。胡圖設計取爲己有。一方瓊枝之父受命轉任山東。携女柩上任。停柩再生寺中○後庾生因應試。上京過此處。與瓊枝魂再會。入寺啓棺活之。還之其父。尋庾生進士及第。兩人遂成夫妻。(中國近世戲曲史)

【畫眉序】 曲牌名。南曲入黃鍾宮。管色配六字調或凡字調。

【畫錦堂】　曲牌名。南曲入雙調。管色配乙字調或正工調。

【畫壁記】　見旗亭記條。

【畫鶯記】　傳奇名。明人趙於禮撰。

【博】　古方言。猶換也。例如陳州糶米：「你可甚劍鋒頭。博換來的萬戶侯。」又如巾箱本琵琶記：「忍將父母飢寒死。博換得孩兒名利歸。」

【博浪沙】　傳奇名。明人王翃撰。

【博笑記】　傳奇名。凡十件。二十八齣。明人沈璟撰。為屬玉堂十七種之一。高弈新傳奇品謂：「雜取耳淡中事譜之。」本記下場詩云：「舊跡于今總未湮。一番提起一番新。無論野史眞和僞。且樂樽前幻化身。」按十件為巫舉人痴心得妾（巫孝廉）七縣丞竟日昏眠（乜縣丞）邪心婦開門遇虎（虎叩門）起復官遘難身全（假活佛）惡少年誤鬻妻室（原缺）諸蕩子計賺金錢（假婦人）安處善臨危禍免（義虎）穿窬人隱德辨冤（賊救人）賣臉客擒妖得婦（賣臉人捉鬼）英雄將出獵行權（出獵治盜）。

【博望訪星】　雜劇名。清人舒位撰。為瓶笙館修簫譜之一。合演漢朝張騫溯黃河之源至天上。及牛郎織女兩傳說成劇。

【博望燒屯】　雜劇名。正題諸葛亮博望燒屯。元代無名氏撰。演劉備三顧茅廬。及孔明火燒博望事。略謂漢末群雄並起。劉備與關羽、張飛結為兄弟。逐鹿中原。備因徐庶之薦。曾二訪諸葛亮不遇。三訪乃得見。張飛固不悅亮之傲也。孔明雖見備。猶無意出山。忽傳備甘夫人生一子。趙雲飛馳報喜。孔明始允備請。拜為軍師。時曹操令夏侯惇領十萬大軍。乘備等駐地新野。亮令趙雲率五百軍引戰夏侯惇。去博望城南門。與之對敵。且與雲約。敗則有功。勝則當斬。孔明乃自祭東風。差劉封播土揚塵。糜竺、糜芳於博望城南。舉火燒屯。關雲長於滹陵渡口提閘放水。獨以飛情性暴躁。屏斥不用。先主為之懇請。始令於翌日卓午。於許昌道上。待夏侯惇率潰殘軍百人經過。擒之。但亮謂飛決不能成功。飛不服。遂以亮賭頭爭軍師印。並立軍狀為憑。次日。夏侯惇來戰。潰敗。道經許昌而終得逃竄。飛既未能擒夏侯。乃負荊請罪。孔明令依軍狀斬之。備等跪請始免。曹操一戰不勝。又遣管通為說客。勸孔明降曹。孔明擒之。送至先主處。先主即令出斬。孔明為之告免而囚獄中云。（現存元人雜劇本事考）按博望舊縣名。漢置。武帝封張騫為博望侯。即此。南朝宋省。故城在今河南省南陽縣東北。明人草廬記傳奇前半。亦演此事。

【博山堂北曲譜】　書名。凡十二卷。明人范文若編。所收皆爲北曲。除太和正音譜外。當以此譜爲最古。

【善惡圖】　傳奇名。見雙雄記條。

【善戲謔】　雜劇名。明代無名氏撰。

【善惡分明】　雜劇名。明人謝天惠撰。劇品謂此劇：「南七折。坐懷不亂。事足描寫。乃揷入盜跖而名與以報應。何支離耶。」

【善知識苦海回頭】　見苦海回頭條。

【善蓋厲周處三害】　見周處三害條。

【復莊】　見姚燮條。

【復勘贓】　雜劇名。正題曹伯明復勘贓。元人鄭廷玉撰。

【復落娼】　㈠雜劇名。正題宣平巷劉金兒復落娼。明人朱有燉撰。略謂妓女劉金兒與娼夫爲夫婦。棄之從藥商。自行廢業。復見其金盡棄之。更從江西客商至其家鄉。不務家事。獨怒於夫。訴官。反受斥責。乃回復舊業。復爲娼妓。明寧獻王有楊埃復落娼。今不傳。㈡雜劇名。正題柳花亭李婉復落娼。元人關漢卿撰。㈢南戲名。元代無名氏撰。宋元戲文本事、南詞新譜俱錄此目。

【復奪衣襖車】　見衣襖車條。

【復奪受禪臺】　見受禪臺條。

【復奪珍珠旗】　見珍珠旗條。

【越調】　㈠宮調名。古曰無射商聲。吳梅顧曲麈談：「越調所屬諸曲。北曲爲鬪鵪鶉、紫花兒序、金蕉葉、調笑令、小桃紅、禿廝兒、聖藥王、麻郎兒、絡絲娘、小絡絲娘、東原樂、棉搭絮、拙魯速、天淨沙、鬼三台、耍三台、雪裏梅、眉兒彎、送遠行、柳營曲、黃薔薇、慶元貞、古竹馬、䠥陣馬、青山口、鄆州春、看花回、南鄉子、梅花引、尾聲、隨煞、天淨沙煞、眉兒彎煞。南曲則爲浪淘沙、霜天曉角、金蕉葉、杏花天、祝英臺近、桃柳爭春（以上爲引子）。小桃紅、下山虎、蠻牌令、二犯排歌、五般宜、本宮賺、鬪蝦蟆、五韻美、羅帳裏坐、江頭送別、章臺柳、醉娘子、雁過南樓、小麻稭、花兒、鏵鍬兒、擊人心、包子令、梅花酒、亭前柳、一疋布、梨花兒、水底魚兒、吒精令、引軍旗、丞相賢、趙皮鞋、禿廝兒、喬八分、繡停針、祝英臺、望歌兒、鬪寶蟾、憶多嬌、江神子、園林杵歌、養花天、入賺、錦搭絮、入破、出破（以上爲過曲）。」太和正音譜云：「越調陶寫冷笑。」集成曲譜、顧曲塵談皆以越調配六字調或凡字調。㈡燕樂商聲七調之第一運。補筆談：「黃鍾商今爲越調。殺聲用六字。」燕樂考原：「越調卽今俗樂之六字調。故殺聲用六字。今歌師猶呼六字爲越調可證。」㈢南宋大曲宮調名。其曲二。曰伊州。曰石州。

【越劇】 地方戲之一種。發源於浙江嵊縣。流行於上海、杭州、紹興等地。以其唱時只有鼓板按拍。絕無其他樂器。故又曰的篤戲。柴蕚梵天廬叢錄謂：「的篤戲或曰小歌戲。肇始於吾浙之嵊縣。在初。原係一種歌曲。敲板按拍。娓娓動聽。是以彼處戴盆荷蕢之夫。皆喜歌之。」又曰：「每三四句或五六句必一頓。而以啊呵哈啊等音銜接之。節歌之器。以竹箸擊小鼓。和以拍板。另一人擊劉海鐵。（此物今已不用。）聽者全集。民國二年。嵊西童家村有王桂老童大砲者。將所歌各曲。編排戲文。登臺試演。淫情浪態。過於花鼓戲。所演若琵琶記、三笑姻緣、金瓶梅、宋十回及元淸各曲。凡數十種。邑令以有害風化。出示嚴禁。地方敗類。從而庇之。反較未禁前爲盛。日久禁馳。劣紳乃選集各班各角。於嵊城江西會館開設振業戲園。座位常苦不容。未幾。風行各地。若滬杭紹等處。亦陸續開園演唱。」按越劇所用樂器。初時極爲簡單。其後傳至上海。始加用絲絃樂器。而啊呵哈啊等幫腔。亦隨之取消。

【越角調】 ㈠宮調名。古曰無射角聲。㈡燕樂角聲七調之第一運。補筆談：「大簇角今爲越角。殺聲用工字。」

【越恁好】 曲牌名。南曲入中呂宮。管色配小工調或尺字調。

【越王嘗膽】 雜劇名。正題棲會稽越王嘗膽。別作會稽山越王嘗膽。元人宮天挺撰。

【越娘背燈】 雜劇名。正題鳳凰坡越娘背燈。元人尙仲賢撰。

【琵琶亭】 南戲名。元代無名氏撰。南戲拾遺輯錄此目。

【琵琶俠】 傳奇名。淸人董定圓撰。

【琵琶記】 南戲名。凡四十二齣。明人高明撰。略謂蔡邕娶妻趙五娘。甫二月。乃赴京應試。得中狀元。相國牛僧儒有女妻之。邕不得已。入贅牛府。

邕家遭凶年。趙氏供姑舅淡飯。自吃糠團。舅姑見而賢之。姑死。舅亦繼亡。而邕欲致書家中。爲人所騙。終不得達。趙氏貧不能自存。以麻裙包土葬其舅姑。乃彈琵琶。易道裝。乞食上京尋夫。畫姑舅之形以負之。入彌陀寺。掛像於簷下。蔡邕適過。收其像而去。趙氏乃入牛府相訪。牛氏憐而留之。而邕未知。牛乃作詩以諷。夫妻乃完聚。吳天成曲品論琵琶怨曰：「蔡邕之託名無論矣。其詞之高絕處。在市景寫情。其有運斤成風之妙。串插甚合局段。苦樂相錯。具見體裁。可師可法。而不及也。」按此劇有巴倉法文譯本。

【琵琶怨】㈠南戲名。元代無名氏撰。沈璟南九宮譜中存殘文一曲。㈡雜劇名。正題五女琵琶怨。元人庾天錫撰。

【琵琶語】傳奇名。正題春風圖畫返明妃。淸人周文泉撰。爲補天石八種之一。演王昭君復歸漢宮事。

【琵琶賺】雜劇名。淸人舒位撰。演王仲瞿下第過穀城。招琵琶妓數十名。祭項羽墳墓事。

【集子】見阮大鋮條。

【集曲】南曲犯調。謂之集曲。吳梅顧曲塵談：「南曲有集曲之法。所謂集曲者。取一宮中數牌。各截數句而別立一新名是也。如張伯起之九迴腸。梁伯龍之巫山十二峯。皆集曲也。」按集曲本名犯調。乾隆時修大成譜。乃改此名。蓋取各曲之一二語。聯綴合成一曲。而別立一名。自有此法。而新聲乃日出不窮矣。

【集翠裘】傳奇名。淸人裘連撰。爲玉湖樓傳奇之一。

【集賢賓】曲牌名。南曲入商調。北曲入商調。管色配六字調或凡字調。

【集成曲譜】書名。五集三十二卷。近人王季烈、劉富樑合編。共收元明淸三代之戲曲實用本四百一十六齣。爲崑曲選集中數量最富者。且賓白、宮譜、曲牌、鑼鼓、俱備。爲研究崑曲傳奇之重要參考資料。有民國十四年上海商務印書館石印本。按本書於抗日戰爭發生後。毀去泰半。故編者重選百齣。分爲八卷成集。題曰與衆曲譜。

【琴別】雜劇名。淸人張聲玠撰。爲玉田春水軒雜劇九種之一。演宋末元初詞人汪元量彈琴與十四女道士訣別事。

【琴腔】即西皮調也。王芷章腔調考原云：「所以用托腔者爲胡琴爲月琴。故曰琴腔。從樂器名。

【琴心記】　傳奇名。凡四十四齣。孫柚撰。演漢司馬相如琴心挑卓文君事。

【琴心雅詞】　雜劇名。明人葉憲祖撰。陸濟之題橋註云：「吾友葉美度有琴心雅詞。八齣。甚佳。」

【琴操參禪】　戲曲名。淸人石韞玉撰。爲花間九奏之一。

【寒山子】　見張大復條。

【寒衣記】　雜劇名。正題金翠寒衣記。明人葉憲祖撰。此劇情節與霞箋記略同。趙景深小說戲曲新考云：「女主角名翠翠。與霞箋中的翠娘略同。翠翠被金兵擄去。金定僞認兄妹前去探訪。金將厚待。凡此也都與霞箋相似。霞箋是翠娘被鐵木兒騙賣給伯顏左相。李玉郎也去認作兄妹。受伯顏的厚待。」

【寒香亭】　傳奇名。淸人李凱撰。

【寒雁子】　燕樂大曲名。

【寒山堂曲譜】　書名。淸人寒山子輯。

【華山緣】　傳奇名。明人王紫濤撰。

【華淸宮】　雜劇名。正題楊太眞浴罷華淸宮。元人庾天錫撰。

【華陽叟】　雜劇名。明人李大蘭撰。劇品謂此劇：「南北一折。華陽叟生於宋仁宗時。至洪武而閱歲凡三百四十五矣。乃其得悟處。非以二氏之教。則又何必現天堂地獄之二境哉。」

【華嚴讚】　曲牌名。北曲入雙調。管色配乙字調或正工調。

【華光顯聖】　雜劇名。明代無名氏撰。

【絕】　古方言。猶罷也。盡也。例如周公攝政：「聽言絕。擗踊一聲險氣倒。」猶云聽說罷也。風光好：「覷絕時。這君子其實不是。」覷絕時猶云看罷也。薛仁貴：「您爺受絕臘月三冬冷。您狼撥盡寒爐一夜灰。」受絕猶云受盡也。趙氏孤兒：「想絕故事無猜處。畫着個奚幸我的悶葫蘆。」想絕猶云想盡也。

【絕唱】　謂獨擅其美。繼起無人也。宋書謝靈運傳論：「絕唱高蹤。久無嗣響。」

【絕響】　技藝失傳之辭。晉書嵇康傳論：「嵇琴絕響。」按本傳：「康將刑。琴彈之曰。昔袁孝尼嘗從吾學廣陵散。吾每靳固之。廣陵散於今絕矣。」

【絕纓會】　雜劇名。正題楚莊王夜宴絕纓會。元人白樸撰。

【絕妙好詞】　書名。凡七卷。宋周密編。所錄南宋歌詞之菁華。始於張孝祥。終於仇遠。凡一百三十二家。

【閒】　古方言。猶云平常也。不打緊也。例如西廂記：「休將閒事苦縈懷。取次摧殘天賦才。」言休爲常事苦悶也。董西廂：「白日猶閒。淸宵最苦。」言白天還不打緊也。

【閒可】　見可條。

【閒聒七】　古方言。猶云空說也。白嚼也。例如殺狗勸夫：「我也則是嫂嫂行閒聒七。」猶云我也則對嫂嫂那邊空說也。

【閒情偶寄】　書名。凡十六卷。淸人李漁撰。有康熙翼聖堂刊本。曲苑所收本。

【補代】　古方言。猶云補於後代也。例如老生兒：「今日個眼睜睜都與了補代。那裏也是我的運拙時乖。」意云爲求補行後代。故而散其錢財也。

【補恨】　見南陽樂條。

【補天記】　傳奇名。淸人范希哲撰。

【補天石八種】　戲曲別集名。淸人周文泉撰。共收傳奇八種。曰宴金臺。曰定中原。曰河梁歸。曰琵琶語。曰紉蘭佩。曰碎金牌。曰紞如鼓。曰汲代香。

【補天石十種】　戲曲別集名。淸人毛聲山於琵琶記自序後之總論中述其擬作雪恨傳奇數種云：「凡作傳奇者。類多取前人缺陷之事而以文人之筆補之。如元微之之於雙文。既亂之。不能終之。乃托張生以自寓。反以負心爲善補過。此事之大可恨者也。故作西廂者。特寫一不負心之張生。以銷其恨。王四負周氏。又事之大可恨者也。故做琵琶記者。借蔡邕以諷王四。特寫一不負心之蔡邕以銷其恨。予嘗曠覽古今。事之可恨者正多。擬作雪恨傳奇數種。總名之曰補天石。其一曰汨羅江屈子還魂。其二曰博浪沙始皇中擊。其三曰太子丹蕩秦雪恥。其四曰丞相亮滅魏班師。其五曰鄧伯道父子團圓。其六曰荀奉倩夫妻偕老。其七曰李陵重還故國。其八曰昭君復入漢關。其九曰南霽雲誅殺賀蘭。其十曰宋德照勘問趙普。諸如此類。皆足補古來人事之缺陷。予方蓄此意而未發。及讀吾友悔菴先生所著反恨賦。多有先得我心者。可見天下慧心人。必不以予言爲謬。異日當先出一二以呈教。」此集未見傳本。

【尋俗】　古方言。猶云尋常也。例如薛仁貴：「薛仁貴箭發無偏曲。手段不尋俗。」言手段不尋常也。幽閨記：「窮酸餓儒。模樣須尋俗。應隨行所有。疾忙分付。」此爲強盜口吻。言窮秀才模樣雖尋常。但不得以窮爲推托。應將盡其所有交付出來也。

【尋親記】 劇曲名。明人撰。演周羽子瑞隆棄官尋親事。本南戲周孝子敷演而成。劇中演羽妻郭氏毀容教子。故亦名教子記。曲品謂此劇：「古本盡佳。今已兩改。其情苦境。亦甚可觀。」

【尋宮數調】 吳梅曲學通論曰：「作曲之始。非北嚴而南寬。自琵琶、拜月二記出。創爲不尋宮數調。而後之作者。多孟浪其詞。混淆錯亂。此學古人之失也。」

【尋常小令】 小令之一種。源出於尋常散詞。不過單詞集曲而已。

【景臣】 見睢舜臣條。

【景言】 見楊訥條。

【景南】 見鄧志謨條。

【景賢】 ㈠見睢舜臣條。㈡見楊訥條。

【菊部】 世稱樂部曰菊部。按宋高宗時。掖庭有菊夫人者。善歌舞。妙音律。爲韶仙院之冠。宮中稱爲菊部頭。菊亦作鞠。宋无詩：「宣索當年鞠部頭。」

【菊莊】 見湯式條。

【菊花新】 曲牌名。南曲入中呂宮引。管色配小工調或尺字調。

【菊花會】 雜劇名。正題才子佳人菊花會。元人費君祥撰。

【惺惺】 古方言。㈠聰明也。㈡機警也。㈢頭腦清醒也。

【惺齋】 見夏綸條。

【惺惺道人】 見喬吉條。

【惺齋三種】 見夏綸五種條。

【惺齋六種曲】 戲曲別集名。清人夏綸撰。收傳奇杏花村、瑞筠圖、廣寒梯、花萼吟、南陽樂、無瑕璧六種。先是前五種合編之名曰惺齋五種。時乾隆十七年。夏年七十三歲也。翌年更增無瑕璧一種。合刊之。即今通行之新曲六種是也。

【溫嶠】 劇中人。晉祁人。字太眞。聰明有識量。博學能屬文。擧秀才。初爲劉琨參軍。二都陷。元帝鎭江左。琨使奉表勸進。其母固止之。嶠絕裾而去。既至。慷慨陳詞。帝嘉而留之。明帝立。出守丹陽。王敦反。率師平之。咸和初。出刺江州。蘇峻叛陷京師。嶠要陶侃勤王。破石頭。事平。拜驃騎將軍。開府儀同三司。封始安郡公。中風卒。謚忠武。見花筵賺、玉鏡台各分條。

【溫太眞】　南戲名。元代無名氏撰。南戲拾遺輯錄此目。

【溫庭筠】　劇中人。唐太原人。字飛卿。少敏悟。工詞賦。與李商隱齊名。惟不檢於行。喜作側詞艷曲。爲執政者所鄙。數擧進士不第。授方山尉。鬱鬱而終。見鸞鎞記條。

【溫州雜劇】　見南曲條。

【溫太眞玉鏡台】　見玉鏡台條。

【湘蘭】　見馬守眞條。

【湘妃怨】　曲牌名。北曲入雙調。管色配乙字調或正工調。

【湘浦雲】　曲牌名。南曲入正宮。管色配小工調或尺字調。

【湘湖記】　見何孝子條。

【番卜算】　曲牌名。南曲入仙呂宮引。管色配小工調或尺字調。

【番竹馬】　曲牌名。南曲入南呂宮。管色配六字調或凡字調。

【番鼓兒】　曲牌名。南曲入仙呂宮。管色配小工調或尺字調。

【番馬舞秋風】　曲牌名。南曲入中呂宮。管色配小工調或尺字調。

【都】　古方言。㈠猶云統統也。例如替殺妻：「都不到一時半刻。尋思到百計千方。」都不到。猶云統統不到也。㈡猶言不過也。例如西廂記：「大都來一寸眉峯。怎當他許多顰皺。」大都來。猶言祇不過也。

【都中一笑】　雜劇名。明人楊伯子撰。劇品謂此劇：「南北三折。狀燕市之騙局。可博一笑。」

【都門紀略】　書名。凡二卷。淸人楊靜亭編。書成於道光二十五年。所述皆市井之談。貨廛之所。內容分門別類。而以詞場殿其末。楊氏原書於詞場一門有序。曰：「玆集所註詞場諸人。多係黃腔著名者。至崑弋出色諸人。不難按名臚擧。第以風會所趨。未免有先後進之分。惟恐違衆戾時。惹人倦聽。用是崑弋諸賢槪不贅入。」按民國二十一年。秋浦周明泰据此重編都門紀略中之戲曲史料一書。爲研究淸末戲曲之重要史料。

【都城紀勝】　書名。凡一卷。舊本題耐得翁撰。書成於宋端平二年。分十四門。皆記杭州瑣事。

【都盧尋撞】　見上竿戲條。

【都孔目風雨還牢末】　見還牢末條。

【報主記】　傳奇名。許自昌撰。

【報恩虎】　雜劇名。明人張大諆撰。劇品謂此劇：「南曲四折。報恩虎可作中山狼針砭。然此正言之。又不若中山狼劇反言之。」

【報恩緣】　傳奇名。淸人沈起鳳撰。爲沈氏四種之一。演蘇州貧士謝南與鎭江富豪白丁之女麗娟情事。劇中有白猿感恩。進紫簫綠琴二女仙爲謝生妾爲關目。故名報恩緣。

【報寃二世小劉屠】　見小劉屠條。

【湖廣調】　即二黃調。歐陽予倩談二黃戲云：「二黃戲發生於湖北。從湖北而上。傳到湖南、廣西、廣東。下傳到安徽。總名之曰湖廣調。」

【湖上笠翁】　見李漁條。

【湖上逸人】　淸代戲曲家。著有傳奇雙奇會一種。

【湖海散人】　見羅本條。

【衆天仙慶賀長生會】　見長生會條。

【衆神聖慶賀元宵節】　見賀元宵條。

【衆羣仙慶賞蟠桃會】　雜劇名。明代無名氏撰。

【衆僚友喜賞浣花溪】　見浣花溪條。

【㑳】　古方言。㈠猶乖巧也。例如㑳梅香：「更有一個家生女孩兒。小字樊素。他好生性乖巧也。因此上。都喚他做㑳梅香。」意言乖巧丫頭也。又如董西廂：「一門親事。十分指望着九。不隄防夫人情性㑳。捋下臉兒不害羞。欺心叢裏做得個魁首。」言不料夫人乖巧善變。竟負心而賴婚也。㈡猶體面也。漂亮也。例如揚州夢：「打迭起翰林中猛性子挺。拽扎起太學內體樣兒㑳。」言將翰林排場太學體面都拾收起也。又如西廂記：「當日向西廂月底潛。今日在瓊林宴上㑳。」言在瓊林宴上顯其漂亮也。

【㑳梅香】　雜劇名。正題㑳梅香騙翰林風月。元人鄭光祖撰。演白敏中與裴度之女小蠻婚姻事。略謂唐晉國公裴度。征討淮西。爲賊所困。白敏中之父白參軍。時爲步將。苦戰救脫。身被六創。竟以不治身死。彌留時。以照拂敏中爲請。晉國公德之。以女小蠻許字敏中。並贈玉帶爲憑證。及參軍歿。晉國公亦不久謝世。敏中乃携玉帶往探晉國夫人。夫人韓氏。韓吏部愈之妹也。既相見。使小蠻與敏中以兄妹相稱。而絕口不及婚事。小蠻私以香囊侑詩遺敏中。敏中乃相思致病。託侍女樊素通辭。約小蠻夜會。甫見而夫人至。知出樊素之謀。痛加鞭斥。素反責夫人以四罪。謂一不能從相國遺言。二不能治理家政。三不能報白氏之恩。四不能蔽骨肉之醜。夫人聞言遂不了了之。乘便激使敏中入朝應舉。臨行。小蠻贈敏中玉簪金鳳釵各一。敏中入京及第爲翰林。尚書李絳奉朝命。令敏中爲裴婿。敏中以夫人韓氏嘗待以冷面。故見韓時不爲禮。若不相識者。賴樊素數加調侃。始歡迎如初云。現存元人雜劇本事考 此劇有巴蒼法文譯本。

【㑳梅香騙翰林風月】 見㑳梅香條。

【敦】 古方言。猶云用勁置物也。如李逵負荊：「敦蘆。摔馬杓。」即用力放下酒葫蘆。使勁丟去盛酒杓也。狀忿然作色貌。

【敦復】 見吳城條。

【敦友愛姜肱共被】 見姜肱共殺條。

【敢】 古方言。㈠猶可也。例如董西廂：「數幅花箋。相思字寫滿。無人敢暫傳。」言無人可一遞也。㈡猶云可是也。例如梧桐雨：「那些個齊管仲鄭子產。敢待做假忠孝龍逢比干。」言可是要做假忠孝麼。㈢猶會也。肯也。例如董西廂：「合下尋思。料他不敢違言。」言料他不會無信也。合汗衫：「你看那人。也則是時運未至。他可敢一世裏不如人。」可敢猶云豈會也。董西廂：「鄧將軍。你敢早行麼。」言你肯快走麼。㈣猶正也。准也。定也。例如抱粧盒：「敢可便抱定粧盒。背却宮娥。疾行前去。不妨他劉太后劈頭相遇。」言正當抱粧盒疾行時。不料遇到劉太后也。魯齋郎：「恁時節。帶鐵鎖。納贓錢。那其間敢賣了城南金谷園。」言一准賣去莊園也。兩世姻緣：「姐姐。不是這窗前花影。敢是那樓外驚聲。」敢是那。猶云定是那也。魔合羅：「我猜着這病也。多敢是一半兒因風一半兒雨。」多敢是猶云准定是也。

【敢則】 古方言。㈠猶云斷定也。例如鎖魔鏡：「㗖兩個橫槍躍馬。且交半籌。敢則一陣裏抹了芒頭。」即挫他鋒頭。猶云斷定打一仗便得勝也。亦作敢則是。例如兒女團圓：「則俺那小哥哥從幼兒便有志節。端的那頑劣處並無些。敢則是天生的聰俊待改家門。氣象兒全別。」言斷定是天生的聰俊。將興家門也。㈡猶正是也。例如誤入桃源：「擺列着金釵十二行。敢則夢上他巫山十二峯。」此猶言正是巫山之夢也。亦作敢則是。例如馬陵道

：「將我鞍馬衣甲都奪下了。將我搶出陣來。他是你好兄弟。那裏是羞我。敢則是羞你哩。」此猶云正是羞你也。見敢則是條。

【敢則是】古方言。猶云想必是也。例如巾箱本琵琶記：「這意兒教人怎猜。這意兒教人怎解。敢則是楚館秦樓有一個得意情人也。」又如爭報恩：「做甚買賣度的昏朝。敢則是靠些賭官博。」凡云敢則是。皆猶云想必是也。見敢則條。

【貼】見貼旦條。

【貼旦】腳色名。旦之一種。幫貼之旦也。元人雜劇如碧桃花中之李夫人。魯齋郎中之李氏等是。明人傳奇如想當然中之許文仙。四賢記中之楊氏等是。此腳明人簡稱之曰貼。六十種曲皆採用之。又傳奇中亦有稱貼曰占、曰貝者。蓋皆省文也。

【貼淨】腳色名。淨之一種。此腳始自明朝。但不多見。其性質與貼旦相似。如雜劇小桃紅之江西客。喬斷鬼中之封聚妻等是。

【粧么】古方言。猶云作態也。做模作樣也。例如高祖還鄉：「暢好是粧么大戶。」按大樂中舞六么者妝。輒遍衣冠登場。作種種舞態。故借以爲喻。

【粧假】古方言。㈠慧黠也。㈡裝假也。

【粧旦色害夫人】見害夫人條。

【評跋】古方言。以言論人曰評。以文論人曰跋。猶云量度也。議論也。例如忍字記：「好教我無語評跋。誰想脫空禪客僧瞞過。」此猶云暗自量度也。隔江鬬智：「我怕您無人處將我廝評跋。」此猶云背後議論也。跋亦作詨。例如爭報恩：「告哥哥。休打慢評詨。權等待些兒箇。」此猶云莫批評也。風雲會：「不爭讓位在荒郊。枉惹百姓每評詨。」此猶云惹人議論也。

【評話】即說書。亦作平話。以口語敷演故事。宋時最爲流行。今之業評話者。蘇省稱盛。蘇州有光裕社。上海有潤裕社。皆有百年以上之歷史。方今握說書界霸權者。端推此二社也。紀錄評話之底本謂之話本。

【評戲】見蹦蹦戲條。

【揚疾】古方言。猶云吵鬧也。出醜也。例如桃花女：「他這般唱叫揚疾。不倈便可也爲甚麼。」不倈爲語助詞。此言吵鬧也。蕭淑蘭：「免的出醜揚疾。也見我祖宗家門淸潔。」此言出醜也。

【揚州夢】㈠雜劇名。正題杜牧之詩酒揚州夢。元人喬吉撰。演杜牧遊揚州事。略謂唐中書舍人杜牧。少有逸才。下筆成韻。然性疎野放蕩。會丞相牛僧儒出鎭揚州。辟掌節度書記。揚州勝地。牧供職之餘。常馳逐倡樓之上。僧儒使卒三十人。易服隨後潛護之。及牧徵拜侍御史。僧儒餞行。因戒之。牧不認。僧儒命侍兒取一小書簏。對牧發之。乃街卒之密報。牧對之大慙。因泣拜致謝。終身感焉。牧遺懷詩云：「落拓江湖載酒行。楚腰纖細掌中輕。十年一覺揚州夢。贏得靑樓薄倖名。」蓋追憶僧儒幕中事而作。是爲本劇劇名之所由來。㈡傳奇名。淸人嵇永仁撰。演晚唐詩人杜牧風流事。略謂杜牧爲湖州刺史幕僚時。嘗見一貧家少女名綠葉者。約娶之。以年幼未納。既而任侍御史入京。以計偷李愿夫愛妾紫雲爲夫人。又乞朝廷轉任爲湖州太守。相携南下。時節度使牛僧儒在揚州。召杜牧爲參軍。綠葉則被騙改嫁無賴之徒。又被轉賣揚州妓家。牛僧儒宴杜牧席上。與牧再會。後日牧微服至其家。訂鴛盟。尋牧以討代節度魏博叛軍得功。牛僧儒爲綠葉落籍。使爲杜牧妾云。㈢傳奇名。淸人岳瑞撰。譜唐人小說杜子春故事。洪昇爲之作序。

【揚州畫舫錄】書名。凡十八卷。淸人李斗撰。追憶乾隆四五十年間揚州之繁盛而記之。蓋取意於遊蹤所至也。

【進點】教坊記云：「凡欲出戲。所司先進曲名。上以墨點者卽舞。不點者卽否。謂之進點。」按今演戲。伶人呈戲目尊客。以墨選之曰點戲。仍古之遺稱。

【進西施】雜劇名。正題請退軍勾踐進西施。元人關漢卿撰。

【進梅諫】㈠雜劇名。正題趙光普進梅諫。元人王德信撰。㈡雜劇名。正題趙光普進梅諫。元人梁進之撰。

【傳一臣】明代後期戲曲家。字靑眉。號無技。別署西冷野史。浙江杭縣人。著有雜劇一十二種。曰買笑局金。曰賣情紮囤。曰沒頭疑案。曰截千公招。曰智賺還珠。曰錯調合璧。曰賢翁激壻。曰死生寃報。曰義妾存孤。曰人鬼夫妻。曰蟾蜍佳偶。曰鈿盒奇姻。合題蘇門嘯。皆傳於世。

【傳玉書】淸代戲曲家。貴州甕安人。生卒年不詳。約乾隆二十年前後在世。工曲。著有傳奇鴛鴦鏡一種。

【傳玉英賢女配姚期】雜劇名。明代無名氏撰。

【筆生花】彈詞名。淮陰女子邱心如作。寫姜德華改易男裝。赴京投考。得中狀元。和她底未婚夫經了許多波折方始結婚。

【筆峰子】　見高應玘條。

【筆花主人】　淸代戲曲家。著有傳奇摘纓會一種。

【盜虎皮】　雜劇名。正題人頭峯崔生盜虎皮。元明間無名氏撰。

【盜紅綃】　雜劇名。正題磨勒盜紅綃。明人楊訥撰。

【盜骨殖】　雜劇名。正題放火孟良盜骨殖。別作昊天塔孟良盜骨。元人朱凱撰。演楊延昭率孟良在幽州昊天塔盜取父骨。回宿五臺山興國寺。與兄五郎相遇事。略謂楊令公子六郎。名景。字彥明。奉令鎭守遂城、益津、瓦橋三關。一夕。六郎於神思恍惚中。見令公率七郎延嗣至。謂因與北番韓延壽交戰。被困虎口交牙峪。命延嗣求援。反爲奸臣潘美害死。令公糧盡援絕。不能得脫。乃撞死李陵碑下。被番兵將屍首焚燒。骨殖懸於幽州昊天塔上。每日令小軍百名。輪射三箭以洩憤。名曰百箭會。今來托夢。着六郎速取骨回云云。次日。六郎得其母佘太君書。與夢中所述無異。乃與部將孟良同往盜骨。骨既得。六郎負之先行。孟良留後阻追兵。並縱火焚其寺。六郎路經五臺山。借宿興國寺中。而寺中之僧。卽五郎延昭也。時番將韓延壽領兵追至。五郎遂擊殺延壽。梟其首。爲父雪恨。又於寺中誦經追薦。時萊國公寇準與孟良亦至。宣旨表楊氏父子及孟良之功云。現存元人雜劇本事考

【渡花緣】　傳奇名。淸人蓉鷗漫叟撰。

【渡孟津武王伐紂】　見武王伐紂條。

【渡天河織女會牽牛】　雜劇名。明代無名氏撰。

【焚香記】　傳奇名。凡四十齣。明人王玉峯撰。演王魁負桂英事。魁別英時。於海神廟焚香盟誓。故名。略謂王魁下第。與桂英誓爲夫婦。後魁唱第爲天下第一。乃負桂英之約。桂英持刀自刎。其鬼魂竟報仇追魁入冥。但王氏此作則力翻原案。改爲大團圓結局。以王魁並不負桂英。其中構陷桂英者。乃爲奸人金壘。後冥司對案。桂英還陽。復得與魁階老。按桂英事。夙膾炙人口。宋元以來。以之作劇者不少。今皆不傳。獨此劇行世。王魁桂英事明梅鼎祚青泥蓮花記中引異聞集敍述頗詳。

【焚書記】　傳奇名。明人史槃撰。

【焚典坑儒】　見抗儒焚典條。

【疎刺刺】　見不刺刺條。

【疏者下船】見楚昭公條。

【疏財漢天賜孄乾兒】見孄乾兒條。

【訴衷情】曲牌名。南曲入小石調引。

【訴然子】見薛旦條。

【訴琵琶】戲曲名。淸人廖燕撰。爲柴舟別集四種之一。大意敍廖燕爲窮鬼和瘧魔所擾。酒仙驅之不去。詩伯救之出險。純爲寓言。

【勝葫蘆】曲牌名。南曲入仙呂宮。北曲入仙呂宮。管色配小工調或尺字調。

【勝山大會】雜劇名。明人呂天成撰。

【勝樂道人】㈠淸代戲曲家。康熙雍正間人。著有傳奇長命縷一種。㈡見梅鼎祚條。

【跑廉外】戲界稱跑碼頭演劇之戲班曰跑廉外。

【跑馬走解】見走馬賣解條。

【跑宮女丫環的】見宮女丫環條。

【登壇記】傳奇名。明人李開先撰。

【登瀛洲】雜劇名。正題十八學士登瀛洲。元明間無名氏撰。

【登壇拜將】雜劇名。正題窮韓信登壇拜將。別作韓信築壇。元人武漢臣撰。

【詐】㈠猶云體面也。漂亮也。例如董西廂：「得個除授先到家。引着幾對兒頭踢。見俺那鶯鶯大小大詐。」言作官歸家。見鶯鶯多麼體面也。西廂記：「打扮的身子詐。準備雲雨會巫峽。」言打扮漂亮。準備做愛也。㈡猶云俊俏也。例如南牢記：「天生一對貪淫像。詐骨頭無四兩。」貪淫像即貪淫相。此猶云輕骨頭。亦作俊俏義。

【詐遊雲夢】雜劇名。正題漢高祖詐遊雲夢。元人鍾嗣成撰。

【詐妮子調風月】見調風月條。

【詐妮子鶯燕爭春】南戲名。亦作鶯燕爭春調風月。元代無名氏撰。永樂大典一三九七七、南詞敍詞、南戲百一錄、宋元戲文本事俱錄此目。南九宮譜僅存殘文一曲。元人有詐妮子調風月雜劇。亦演此事。

【場】謂某事起訖之時期也。王禹偁詩：「紅藥開時開一場。」齊如山云：「唐宋朝的歌舞。最初都是在皇帝面前一塊平地。舖上一塊毯子。這是場字之所由來。」按傳奇每齣一場。是爲通例。然在必要時。不得不分爲兩場。或兩場以上。例如琵琶記第二十八齣乞丐尋夫。第一場趙五娘描容。第二場蔡公蔡母墓前。所謂場者。蓋即所謂處境。或加佈景或否也。

【場面】　戲場之音樂組曰場面。揚州畫舫錄：「後場亦曰場面。以鼓爲首。」

【腔】　謂聲調也。九宮譜定云：「腔不知何自來。從板而生。從字而變。因時以爲好。古今不同尙。惟知音者審裁之。改舊爲新。翻繁爲簡。旣貴淸圓。尤妙閃賺。腔裹字則肉多。字矯腔則骨勝。務期停均適聽而已。」

【腔調】　歌調曰腔。樂律曰調。今統稱樂曲之聲律曰腔調。

【粵歌】　山歌之一種。相傳爲唐歌仙劉三妹所創。粵東筆記云：「粵俗好歌。凡有吉慶。必唱歌以歡樂。以不露題中一字。語多雙關。而中有掛折者爲佳。其歌也。辭不必全雅。平仄不必全叶。以俚言土語襯之。唱一句。或延半刻。曼節長聲。自迴自復。不欲一往而盡。辭必極其艷。情必極其至。使人喜悅悲酸而不能已己。」按掛折者。掛一人名於中。字相連而意不相連者也。見劉三妹條。

【粵劇】　地方戲之一種。易健庵談談粵劇：「粵劇的內容唱做形式。多由漢調變化而來的。……到了淸末。黃魯逸輩組織米南歌優天影等戲班。算是改良粵劇的先聲。」齊如山國劇藝術彙考：「廣東戲乃完全由梆子腔衍來。盛行於廣東廣西兩省。話白亦係中州韻。夾雜了許多本地土音。廣東人管此叫作舞臺官話。」楊蔭深中國俗文學概論：「音樂稱爲揃面。則變爲中合西奏。脚色則老生稱爲武生。小生近於丑角。武生稱爲小武。老旦稱爲正旦。靑衣稱爲花旦。另有艷旦則扮年輕的少女。丑生爲劇中的主角。公脚是花臉老生。均爲他處所未有的。」

【架叨】　見閃撤條。

【架婆婆】　曲牌名。南曲入仙呂入雙調。（實即仙呂宮。）

【喝采】　亦作喝彩。大聲叫好也。馬臻詩：「新腔翻得梨園譜。喜入王孫喝采聲。」

【喝采獲名姬】　雜劇名。明人恒居士撰。劇品謂此劇：「北五折。王渙之酒樓事。秋閣居士已拈入奪解中。此劇於嘯咏處。豪爽絕人。」

【參軍】　脚色名。古之淨也。懷鉛錄謂。古梨園傳粉墨者謂之參軍。亦謂之靘。今傳粉墨謂之淨。蓋靘之譌也。段安節樂府雜錄：「唐開元中。優人黃幡綽、張野狐善弄參軍。」亦作參軍色。東京夢華錄：「北宋則謂之參軍色。爲俳優之長。」亦作參軍椿。趙璘因話錄：「肅宗宴行宮中。女優有弄假官戲。其綠衣秉簡者。謂之參軍椿。」亦作陸參軍。范攄雲溪友議：「元稹廉問浙東。有俳優周季南季崇。及妻劉採春。自淮甸而來。善弄陸參軍。歌聲徹雲。」

【參禪成佛】　雜劇名。明人樵風撰。劇品謂此劇：「南北六折。樵風於禪宗。原不深究。以口頭語湊集成詞。調既不諧。理亦未徹。」

【虛牌】　古方言。猶云虛情假意也。

【虛囂】　古方言。㈠虛浮也。㈡僞詐也。

【屠隆】　明代戲曲家。字長卿。又字緯眞。號赤水。浙江鄞縣人。在官七年。歸鄉縱情詩酒。賣文爲生。晚年遊福建。窮其勝。萬曆三十一年中秋。司理阮堅之會當地詞人名士七十餘人於烏石山之雲霄臺。張盛宴。而以屠隆爲祭酒。演梨園數部。觀者如堵。酒闌樂罷。屠隆乃幅巾白衲。奮袖作漁陽摻。鼓聲一作。廣場無人。山雲怒飛。海水起立。林茂之少年下坐。長卿執其手曰：「子當爲撾鼓歌以贈屠生。快哉。此夕千古矣。」歸而遊吳涉江。留連虞山狼山之間。半年始還。未歲而卒。其時約當萬曆二十三年左右也。所著傳奇。有彩毫記、曇花記、修文記三種。並傳於世。徐復祚曲論曰：「曇花、彩毫爲屠長卿先生筆。肥腸滿腦。莽莽滔滔。有深資逢源之趣。無提衿露肘之失。然又不得以濃鹽赤醬訾之。惜不守沈先生（沈璟）三章耳。」

【屠本畯】　明代後期戲曲家。字田叔。別署憨先生。浙江鄞縣人。屠大山之子。生平喜讀書。至老尚手一卷。人曰：「老矣。奚自苦。」對曰：「吾於書。飢以當食。渴以當飲。欠伸以當枕席。愁寂當鼓吹。未嘗苦也。」所著雜劇。僅知崔氏春秋補傳一種。未見流傳。

【屠岸賈】　劇中人。春秋晉人。景公時爲司寇。專權用事。擅殺趙朔。滅其族。朔妻有遺腹子武。公孫杵臼與程嬰捨生計救得存。悼公時。武與嬰攻賈。亦滅其族。

【提琴】　樂器名。如三絃而小。崑曲中偶用。

【提頭鬼】　雜劇名。正題四哥哥神助提頭鬼。元人武漢臣撰。

【雅詞】　詞曲之別稱。

【雅雨山人】　見盧見曾條。

【焦循】　人名。淸甘泉人。字里堂。乾隆擧人。於學無所不通。於經無所不治。與阮元齊名。隱居不仕。殫精著述。有曲考、劇說、花部農譚等。

【焦光贊話拿蕭天佑】 見話拿蕭天佑條。

【曾瑞】 元代中期戲曲家。字瑞卿。號褐夫。齋名孤竹。生卒年不詳。約至元末期在世。原藉平州（今河北省盧龍縣）。自北來南。喜江浙人才之多。羨錢塘景物之盛。因而家焉。神采卓異。衣冠整肅。優游於市井。灑然如神仙中人。志不屈物。故不願仕。江淮之達者。歲時餽送不絕。遂得以徜徉卒歲。臨終之日。詣門弔者以千數。著有散曲侍酒餘音。行世。雜劇才子佳人悞元宵。則不傳。太和正音譜評其曲曰：「眞詞林之英傑。」

【曾茶村】 清代戲曲家。生卒年不詳。約同治初年在世。與楊恩壽爲同學。磊落不羈。天才豪放。著有傳奇蕙蘭芳一種。

【跌窨】 古方言。猶云悵惘也。例如西遊記：「你可也和誰宴飲。着我獨懷跌窨。」獨懷鐵窨。猶云獨自悵惘也。跌亦作鐵。

【跌了彈的斑鳩】 古方言。鳩中彈撲地。哀鳴不絕。喻受損之人呼寃不已也。

【換頭】 南曲第二調曰換頭。又曰前腔。吳梅曲學通論：「換頭者。換其前曲之頭。稍增減一二字句。如錦堂月、念奴嬌則換首句。朝元令則第一第二第三第四通調各自全換。梁州序則至第三第四調始換首二句。此類是也。」

【換身榮】 傳奇名。淸人吳又翁撰。

【結聲】 曲之尾音也。王光祈中國音樂史：「音樂幼稚之國家。其製譜者尙未具有確切明瞭之調式概念。往往欲製甲調者。而事實上乃是乙調。譬如通篇結構皆是商調。但於結聲之時。强用一個羽音。遂呼之爲羽調是也。」又曰：「試將葉堂納書楹曲譜之調名與結聲。兩兩對照。則不盡與理論相合。細查該書所載琵琶記各曲。計有南呂、仙呂、正宮、黃鐘、中呂。五種宮聲。越調、商調、雙調、大石調。四種商聲。但各曲之結聲。差不多十之七八是四字。」按曲之結聲必爲基音。乃古今中外不變之定規也。見起調畢曲條。

【結髮記】 傳奇名。明人沈璟撰。爲屬玉堂十七種之一。

【普六樂】 曲牌名。南曲入正宮。北曲入正宮。又入中呂宮。管色配小工調或尺字調。

【普賢歌】 曲牌名。南曲入仙呂入雙調。

【絡冰絲】 雜劇名。正題奇女子風裏絡冰絲。明人徐士俊撰。事出元伊世珍之瑯環記。略謂沈約夜坐書齋讀書。忽一女子手攜絡絲具來叩門。在戶外受空中降下之細雨紡而爲絲。紡畢告曰：「此名冰絲。贈君造冰。紈可卻暑。」言畢其影忽不見云。

【絡絲娘】曲牌名。北曲入越調。管色配六字調或凡字調。

【彭伯成】元代初期戲曲家。一作伯城。亦作伯威。保定人。生卒年不詳。約至元中期在世。工曲。著有雜劇四不知月夜京娘怨、灰欄記二種。今皆不傳。太和正音譜評其曲曰：「眞詞林之英傑。」

【彭劍南】淸代戲曲家。、著有傳奇香畹樓、影梅菴二種。

【費君祥】元代初期戲曲家。字聖父。大都（今北平）人。生卒年不詳。約元定宗初年在世。著有愛女論一書。盛傳於世。才子佳人菊花會雜劇。則未見流傳。太和正音譜評其曲曰：「眞詞林之英傑。」

【費唐臣】元代初期戲曲家。大都（今北平）人。雜劇家費君祥之子。著有雜劇蘇子瞻風雪貶黃州、漢丞相韋賢籯金、斬鄧通三種。前一種傳。後二種不傳。太和正音譜評其曲曰：「如三峽波濤。」

【買花錢】雜劇名。淸人徐石麒撰。爲坦庵詞曲六種之一。演南宋于國寶與歌姬粉兒遇合。及高宗題詞風入松而起用國寶事。略謂于國寶有才學。應舉不第。無法消遣不平。乃於淸明節。與友人韋子儔相約遊西湖。適遇駙馬楊震率姬妾出遊。于生見其歌姬粉兒。忽動情。而粉兒亦有意者。遂與友人入一酒家淺酌。乘興作風入松詞一闋。題壁上。忽因高宗駕至。廻避焉。高宗偶見于生題壁之詞。稱賞。誦至「明日重攜殘酒。來尋陌上花鈿。」之句。曰：「未免酸氣。」乃改二字爲「明日重扶殘醉。」因命尋訪題者起用。旋楊駙馬張宴後園。招才人墨客。于生亦因韋生之薦。與宴。酒間于生與歌妓粉兒頻相顧盼。駙馬覺其意。命粉兒捧絹求于生題詞。于生立題之。駙馬嘆賞其高才。以粉兒與于生。卽行合卺禮。忽敕使至。召于生。拜謁。授翰林院學士之職。于生覆試前日及第之進士。而賜秦檜宅居之。友人韋生。酒家主人等來賀焉。中國近世戲曲史

【買臣負薪】雜劇名。正題會稽山買臣負薪。元人庾天錫撰。

【買笑局金】雜劇名。明人傅一臣撰。爲蘇門嘯卷一。

【棗核臉】臉譜名。奸臉之一種。此臉所抹之粉。

其形猶如棗核。故名。齊如山云：「此種皆爲武丑。其抹法。只在鼻樑上抹一棗形之一粉塊。蓋其人雖不能規行矩步。然確係正人。不過滑稽而已。如楊香玉、朱光祖等皆是。」

【棗鄉調】　曲牌名。北曲入雙調。管色配乙字調或正工調。

【富貴仙】　見萬全記條。

【富貴神仙】　傳奇名。淸人鄭含成撰。

【絳都春】　曲牌名。南曲入黃鍾宮引。管色配六字或凡字調。

【絳都春序】　曲牌名。南曲入黃鐘宮。管色配六字調或凡字調。

【渭塘夢】　雜劇名。明人葉憲祖撰。

【渭塘奇遇】　雜劇名。正題王文秀渭塘奇遇記。元明間無名氏撰。

【貂裘賺】　傳奇名。淸人高奕撰。

【貂蟬女】　㈠南戲名。元代無名氏撰。南戲拾遺輯錄此目。㈡劇中人。世傳東漢王允有歌妓名貂蟬。初允許嫁呂布。旋獻董卓。以離間二人之交。布因此殺卓。復取貂蟬。見連環記條。

【惡噷噷】　古方言。猶云惡狠狠也。

【惡叉白賴】　古方言。猶云無賴也。例如漁樵記：「哎。劉家女俫。你怎生只學的這般惡义白賴。」又如望江亭：「一會兒甜言熱趲。一會兒惡叉白賴。姑姑也。只被你直着俺兩下做人難。」

【菩薩蠻】　㈠曲牌名。北曲入正宮。管色配小工調或尺字調。㈡見蕭淑蘭條。

【菩薩梁州】　曲牌名。北曲入南呂宮。管色配六字調或凡字調。

【童婉爭奇】　書名。凡三卷。明人竹溪風月主人編。專收有關童婉故事之詩詞戲曲小說輯錄而成。

【童雲野刻雜劇】　戲曲選集名。明人童雲野輯刻。共收元明雜劇三十種。僅存目錄。

【隋煬帝牽龍舟】　見牽龍舟條。

【隋煬帝江月錦帆舟】　見錦帆舟條。

【揣】　古方言。㈠猶云軟弱也。例如西廂記：「順時自保揣身體。荒村雨露宜眠早。野店風霜要起遲。」揣身體猶云弱身體也。㈡猶云懷藏也。例如拜月亭：「身狼狼。荒急便奔馳。貼肉金珠揣得甚。隨身衣服着些兒。子母緊相隨。」

【喫】　古方言。猶被也。給也。例如西廂記：「喫我直說過了。夫人如今喚你來完成親事哩。」字亦作吃。金錢池：「那一日吃你家媽媽趕逼我不過。只得忍了一口氣。走出你家門。」

【腌】　古方言。詈辭。猶云惡劣也。例如西遊記：「休更出你那鎖空房。腌見識。」見識卽計策。腌見識猶云惡計策也。董西廂：「開口道不彀十句。把張君瑞送得來腌受苦。」腌受苦猶云惡受苦也。風月紫雲亭：「我便似病人逢太歲。他管也小鬼見鍾馗。腌材料。風短命。欠東西。」材料卽壞子。腌材料猶云壞坯子也。

【稍】　古方言。(一)猶頗也。例如董西廂：「秦樓謝館鴛鴦幄。風流稍是有聲价。」言頗有聲价也。巾箱本琵琶記：「君才冠天祿。我的門楣稍賢淑。」稍賢淑與冠天祿相對。此猶云我的女兒頗賢淑也。(二)猶旣也。已也。例如董西廂：「倚着闌干。凝望時節。寺宇週廻。賊軍間列稍寧帖。」稍寧帖。猶云已寧帖也。

【筑】　樂器名。史記高祖紀應劭注：「狀如瑟而大頭。安弦。以竹擊之。改名曰筑。」說文句讀引樂書云：「筑者。項細肩圓。鼓法。以左手扼項。右手以竹尺擊之。」見易水歌條。

【剩】　見賸條。

【然】　古方言。猶雖也。例如拜月亭：「然是弟兄心。殷勤意。奈酒量窄。推辭少喫。」然是卽雖然也。巾箱本琵琶記：「然則是飢荒年歲。只兀的教我怎吃。」然則卽雖則也。

【幾】　古方言。猶何也。例如王粲登樓：「想漫漫長夜時旦。幾能勾斬蛟北海。射虎南山。」幾能勾猶云怎能够也。董西廂：「謊得臉兒來渾如蠟滓。幾般來害怕。」幾般來害怕。猶云何等的害怕也。

【象人】　漢書禮樂志注：「孟康曰。象人。若今戲蝦魚獅子者也。韋昭曰。著假面者也。」王先謙補注引周壽昌曰。「象人蓋楚優孟著衣冠爲孫叔敖之比。如孟說。象物非象人矣。」

【爲人】　古方言。猶云體面也。例如西廂記：「道禮數爲人做人。有信行知恩報恩。」道猶知也。惟知禮數故體面也。又如舉案齊眉：「小姐。則揀那富貴的招一個。又爲人又受用。」惟貴故體面。惟富故受用也。

【軸子】　戲界行話。開場戲謂之早軸子。散場戲謂之大軸子。楊懋建夢華瑣薄：「大軸子爲最佳藝員演唱。而濟時則在中軸子。與今不同。」亦作胄子見壓胄子條。

【湼川】見沈鯨條。

【勤之】見呂天成條。

【稊玉】見周朝俊條。

【着】古方言。㈠猶有也。帶也。例如氣英布：「虛裏着實。實裏着虛。廝過瞞各自依法度。」言虛裏有實。實裏有虛。作虛裏帶實。實裏帶虛亦可。㈡猶切也。例如楚昭公：「風浪越大了。船兒又小。渰上水來了也。不着親的快請一個下水去。纔救的一船人性命。」不着親的。猶云不關切的親人之中比較疏者也。還牢末：「常言道。隔層肚皮隔垛牆。怎想他知疼着癢。」知疼着癢。猶云疼愛相關切也。㈢猶値也。遇也。例如西廂記：「似這等女子。張珙死也死得着了也。」死得着。猶云値得死也。寃家債主：「不想命不快。探親不着。又下著這大雪。」探親不着。猶云探親不遇也。㈣猶被也。受也。例如魯齋郎：「任旁人勸我。我是個夢醒人。怎好又着他魔。」着他魔。猶云被他魔也。後庭花：「你明知是鬼。怕他來纏你。常言道。愛他的着他的。」着他的。猶云受他的。即甘受或願受也。㈤猶中也。還牢末楔子：「正是虎着重箭難展爪。魚經鐵網怎翻身。」着箭猶云中箭也。後庭花：「我如今不先下手。倒着他道兒。」着他道兒。猶云中他詭計也。㈥猶着意也。注重也。例如漁樵記楔子：「兄弟此去。則要你着志者。」又如㦤昭公：「只願你馬到成功。奏凱而還。你則小心着志者。」凡云着志者。皆猶云注重也。㈦猶生也。發也。例如李逵負荊：「你不知道。我自嫁我的女孩兒。爲此着惱。」着惱猶云生惱也。虎頭牌：「只見他越尋思越着昏。敢三魂失了二魂。」着昏猶云發昏也。㈧猶作也。成也。例如董西廂：「他咱說謊。我着甚痴心沒去就。」着甚猶云作甚也。西廂記：「睡不着。爲翻掌。少呵有一萬聲長吁短歎。五千遍倒枕捶牀。」睡不着猶云睡不成也。㈨猶凴也。例如董西廂：「着甚才學。和恁文章。休強休強。」又：「等閒要相見見無門。着何意思得成秦晉。」着甚與着何同義。猶云凴何理由也。㈩猶教也。使也。例如秋胡戲妻：「我既爲了張郎婦。又着我做李郎妻。」着我即教我也。西廂記：「則合帶月披星。誰着你停眠整宿。」着你即教你也。㈡猶得也。要也。例如董西廂：「我尋思。這事體。怎生是着。」猶云怎生得也。琵琶記：「你眞個沒飯吃。便着餓死。沒衣穿。便着凍死。」便着餓死凍死。猶云便要餓死凍死也。㈢猶在也。例如董西廂：「醉時歌。狂時舞。醒時罷。每日价疏散不曾着家。」又如凍蘇秦：「我男子漢身長七尺。寧死也做一個不着家鄉的鬼。」不曾着家或不着家鄉。皆言不在家也。㈣猶云有如也。例如董西廂：「着君瑞的才。着姐姐的福。咱姐姐諳得個夫人做。張君瑞異日須乘駟馬車。」言有如君瑞的才。有如姐姐的福也。

【着末】　古方言。㈠猶云着落也。例如風月紫雲庭：「早則沒着末。致仕了弟子。罷任波虔婆。」亦作着模。西廂記：「他不想結姻緣想甚麼。到今日難着模。」㈡猶云撩惹也。沾惹也。例如風月紫雲庭：「我本是個邪祟妖魔。他那俏魂靈。到將咱着末。」末亦作麼。例如藍采和：「逐朝走向街頭過。有幾個把我相着麼。哎。你個小業魔。可怎生纏定我。」

【舜民】　見湯式條。

【悲旦】　脚色名。旦之一種。皮黃戲中凡演悲劇之青衣。謂之悲旦。齊如山云：「此脚短於做工。扮像稍差。只有愁苦的悲態。沒有其他的表情。然而有條好嗓子。只能以演探陰山、戰太平、孝感天、斬竇娥等唱工戲見長。」

【絲竹】　謂琴、瑟、簫、管之屬。禮樂記：「金石絲竹。樂之器也。」亦用爲音樂之總稱。三國志魏志陳思王植傳：「目極華麗。耳倦絲竹。」

【舒位】　淸代戲曲家。字立人。號鐵雲。小字犀禪。直隸大興人。生於乾隆二十年。卒於嘉慶二十年。享年五十一歲。二十四歲中舉。後數應會試。終未及第。詩名最高一時。又能吹笛鼓琴。所作戲曲脫稿。老曲師皆可按節而歌。不煩點竄。嘉慶十三四年傾。居京師。友人畢華珍客於禮親王邸。立人時取前人故事撰爲雜劇。親王見之大喜。輒付家伶習之。以千金潤筆。且邀華珍觀之。」所著雜劇。有卓女當壚、樊姬擁髻、酉陽修月、博望訪星四種。每種各一折。合題瓶笙館修簫譜。據鷗波漁話云。此外尙有琵琶賺、桃花人面二種。未見傳本。

【揩沙】　古方言。猶云沙湦不攏。喻離散不能團聚也。

【猱兒】　古方言。妓女之稱也。例如羅李郎：「穿茶坊。入酒肆。把家財。胡亂使。占猱兒。養弟子。」又如虔柳翠：「你娘呵。則是倚仗你個弟子猱兒。」弟子亦妓女之稱。故與猱兒並擧也。

【勞承】古方言。猶云殷勤也。例如兩世姻緣：「緊緊的將咱摟定。那溫存。那將惜。那勞承。」又如對玉梳：「覷了這惜玉憐香心上人。教咱家越親。那勞承。那敬愛。那溫存。」

【漢陂】見王九思條。

【暗約】古方言。怨悶之意也。例如梧桐雨：「懊惱暗約。驚我來的又不是樓頭過雁。」暗亦作窨。

【問架】古方言。尷尬也。進退兩難也。

【答孩】古方言。語辭。無意義可言也。例如漢宮秋：「悶答孩和衣臥倒。軟兀刺方纔睡着。」亦作打孩。

【棕亭】見金兆燕條。

【棘津】見呂天成條。

【菽圃】見曹錫黼條。

【粥翁】見湯貽汾條。

【備馬】身段名。齊如山云：「怎樣牽馬。怎樣洗馬。怎樣加鞍。怎樣套龍頭等等。以至備完後試騎等情形。……且有鑼節之。異常美觀。……如今只昭君出塞白門樓等幾齣戲還用。他處不恒見了。」

【傒倖】古方言。㈠猶云希冀也。例如西廂記：「恰纔悄悄相問低低應。月朗風淸恰二更。廝傒倖。他無緣。小生薄命。」言月朗風淸之時。恰欲以悄問應應相希冀。無如他無緣。我薄命。不能如願也。又如硃砂擔：「你少曾出外可曾經。哥也。我則怕沿路上歹人傒倖。」言怕歹人覬覦。希冀非分也。㈡猶云戲弄也。例如紅梨花：「枉將伊傒倖。說與你便省。」言空將你戲弄。如今說破了你便明白也。又如陳摶高臥：「又教這個大王傒倖殺我也。」此爲陳摶當鄭恩命宮女歌舞勸酒時語。言戲弄殺我也。㈢猶云疑惑也。例如後庭花：「三下裏葫蘆提。把我來傒倖殺。」言三方面都猜透。教我疑惑殺也。又如梧桐葉：「看時頻濆淚。讀罷暗消魂。可恰纔題句客。兀的不傒倖殺斷腸人。」言題句者何人。令人疑惑殺也。亦作奚幸。例如趙氏孤兒：「想絕故事無猜處。畫着個奚幸我的悶葫蘆。」㈣猶云尷尬也。例合合汗衫：「往日豪華。如今在那搭。多不到半兒合。把我來傒倖殺。」言往日豪華而今安在。登時將我尷尬殺也。又如勘頭巾：「張屛呵。少不得去司房中悶懨懨傒倖死。」言疑獄難勘。少不得悶懨懨尷尬殺也。

【渾家】古方言。㈠猶云妻子也。例如漁陽三弄：「可憐那九重天子。救不得一渾家。」㈡猶云全家也。例如飛刀對箭：「我渾家大小七八十口人。打着千斤望下墜。也不曾墜的這弓開一些兒。」

【喚做】古方言。猶云以爲也。例如董西廂：「初間喚做得爲夫婦。誰知今日却喚俺哥哥。」又：「初喚作鶯鶯。孜孜地覷來却是紅娘。」凡云喚做均作以爲解也。

【筍條】古方言。筍條爲竹根所生幼芽。喻年少也。

【晚庵】見陸世廉條。

【詠雲】戲曲名。清人洪昇撰。爲四嬋娟四種之一。敍晉謝道韞事。

【湛然】明代後期戲曲家。僧人。俗姓不詳。號散木。別署寓山居士。浙江會稽人。生卒年無考。約萬曆中期在世。與葉憲祖爲密友。工曲。著有雜劇金漁翁證果魚兒佛、地獄生天二種。未見流傳。

【隅陽】見陳與郊條。

【期程】見其程條。

【堵當】見賭當條。

【隊舞】宋代雜劇之一種。宋制每春秋聖節三大宴。小兒隊女弟子隊各進隊舞及雜劇。宋史樂志：「隊舞之制。其名各十。小兒隊凡七十二人。一曰柘枝隊。二曰劍器隊。三曰婆羅門隊。四曰醉鬍騰隊。五曰諢臣萬歲樂隊。六曰兒童感聖樂隊。七曰玉兎渾脫隊。八曰異域朝天隊。九曰兒童解紅隊。十曰射雕回鶻隊。女弟子隊凡一百五十三人。一曰菩薩蠻隊。二曰感化樂隊。三曰抛球樂隊。四曰佳人剪牡丹隊。五曰拂霓裳隊。六曰採蓮隊。七曰鳳迎樂隊。八曰菩薩香花隊。九曰綵雲仙隊。十曰打球樂隊。」

【猥談】書名。明人祝允明撰。有說郛所收本。

【圈圚】古方言。猶云圈套也。例如董西廂：「著他方言語。把人調戲。不道俺也識你恁般圈圚。」亦作圈圞。例如巾箱本琵琶記：「折摸你是怎生俏的。也落在我圈圞。」亦作圈櫝。例如對玉梳：「若早知道你這般圈櫝。那般局段。」

【捷機】脚色名。武林舊事云：「諸色伎藝人中。商謎有捷機和尚。」丹邱論曲云：「古之謂滑稽。雜劇中取其便捷譏諢。故云。」按周憲王呂洞賓花月神仙會雜劇中。載有院本一段。其中脚色。唯有捷機而無引戲。而其中說唱。皆捷機在前。則捷機或即引戲之別稱也。

【給諫】見邵璨條。

【循齋】見胡介祉條。

【項籍】劇中人。秦下相人。字羽。少有奇才。力能扛鼎。與劉邦爭天下。卒爲所敗。困垓下。走烏江。自刎而死。見琵琶賺條。

【揉臉】演員化裝時。用手蘸色染面。而不用其他工具者。此名曰揉臉。或曰染臉。例如李克用、姜子牙、關雲長、穆洪擧等是。

【猴戲】古代雜戲之一。禮樂記：「獶雜子女。」注：「獶。獼猴也。言舞者如獼猴戲也。」據此。知猴戲由來蓋古。故有獼猴戲之語。燕京歲時雜記云：「耍猴兒者。木箱之內。藏有羽帽烏紗。猴手自啓箱。戴而坐之。儼如官之排衙。猴人口唱俚歌。抑揚可聽。古稱沐猴而冠。殆指此也。其餘扶犂跑馬。均能聽人指揮。扶犂者。以犬代牛。跑馬者。以羊易馬也。」

【猨騎】見馬戲條。

【等韻】研究反切之方式也。司馬光切韻指掌圖、鄭樵七音略等。皆等韻學著名之著作。

【牌子曲】鼓詞之一種。一名雜牌子。由各種雜牌小曲集合而成。故名。所唱杜十娘、春香鬧學等。皆取材於小說或戲曲。唱時只用一架三絃。故又稱單絃。

【筋斗人】見上下手條。

【渰水母】雜劇名。正題泗州大聖渰水母。明人須子壽撰。

【鈞天樂】傳奇名。清人尤侗撰。爲西堂曲腋六種之一。演沈伯倫落不遇事。略謂吳興沈白。懷才不遇。與知友楊云同應試。被斥。而紈袴市儈賈斯文、程不識、魏無知輩。反名列前茅。無知妹寒簧。幼曾許字沈白。無知嫌其貧。至是。有改字不識之議。旣而寒簧死。遭兵亂。楊云夫婦受驚亦死。白愈無聊。見國事日非。伏闕上書。又被斥。歸途哭於項王之廟。王爲奏諸上帝。召試。遂中天榜狀元。一甲二名則楊云也。賜宴蘂珠宮。奏鈞天廣樂。尋俱授修文郞。奉命巡歷人間。於是雷殛昔日主考。賈程等罰其窮餓殘廢而死。寒簧本瑤宮花史。歸眞之後。暫居月宮。白乞王母請於上帝。奉旨完婚云。作者自序云：「丁酉之秋。薄遊太白。阻兵未得歸。逆旅無聊。漫塡詞爲傳奇。率日一齣。閱月而竣。題曰鈞天樂。」又云：「登場一唱。座上貴人未有不變色者。」

【嵇永仁】 淸代戲曲家。字留山。號抱犢山農。江蘇無錫人。生於崇禎十年。卒於康熙十五年。享年四十歲。康熙初年。爲福建總督范承謨幕僚。耿精忠之叛也。執承謨。並脅永仁降之。不屈。在獄三年。時以紙筆不給。乃燒薪爲炭。作詩題壁。與承謨遙相唱和。及承謨被害。永仁遂自縊死。其侍妾靑霞亦自縊殉節。著有雜劇續離騷一種。傳奇揚州夢、雙報應二種。

【堯民歌】 曲牌名。北曲入中呂宮。管色配小工調或尺字調。

【嫂奸姑】 雜劇名。明代無名氏撰。按明無名氏有同心記雜劇。演嫂奸姑事。不知是否一劇。

【鄆州春】 曲牌名。北曲入越調。管色配六字調或凡字調。

【量江記】 傳奇名。明人佘聿雲原編。馮夢龍更定。演樊若水量江事。

【割耳記】 雜劇名。元明間無名氏撰。

【斑竹記】 雜劇名。正題娥皇女英斑竹記。明人汪元享撰。

【傍妝台】 曲牌名。南曲入仙呂宮。管色配小工調或尺字調。

【鈍秀才】 雜劇名。明人陳情表撰。劇品謂此劇：「南北八折。聖鑒不得志於時。借鈍秀才舒自己胸臆。天才毫放。不一語入人牙慧。」

【蛟虎記】 明人黃伯羽撰。演周處除二害事。

【犀佩記】 傳奇名。明人胡文煥撰。

【描金鳳】 彈詞名。凡四十六回。其中以取材於錢沛恩時興雅調綴白裘新集初編（乾隆二十九年金閶寶仁堂刊本）一集者爲最多。此外則取材於倭袍傳及時事開篇之類。

【菱花鏡】 見劉文龍菱花鏡條。

【搜胡洞】 見探胡洞條。

【琥珀匙】 傳奇名。一名陶佛奴。淸人葉雅斐撰。

【惱殺人】 曲牌名。北曲入小石調。管色配小工調或尺字調。

【屐屧記】 ㈠傳奇名。明人端鏊撰。演百里奚事。㈡傳奇名。明人張鳳翼撰。爲陽春六集之一。按屐扅卽戶牡。所以止扉也。陸遊舍北行飯詩：「晚來嬾復呼童子。自掩柴門上扊扅。」

【替殺妻】　雜劇名。正題鯁直張千替殺妻。元代無名氏撰。演張千代友殺淫婦。爲包待制勘斷事。略謂有屠戶張千。家貧親老。生計維艱。千有盟兄成員外。頗富有。不時濟之。成員外出行商。半載未歸。時逢淸明節。千偕母及成妻掃墓。成妻賦性淫蕩。放郊外挑千。強使從己。千謂此事傷德敗俗。斷不可爲。成妻仍糾纏不已。千僞稱郊外人多。待返家後當偕繾綣。及抵家。成妻具酒食以待張。員外適歸。見其妻備肴設宴。疑而問之。成妻支吾以對。時員外滿身風塵。行路困倦。亦不深究。乃命往請千共飲。兄弟相見甚歡。酒未三巡而員外已醉。成妻淫心未退。乘其夫醉。提刀欲殺之。張急阻。成妻不從。張怒。奪其刀而殺婦。事聞於官。衆言成殺其妻。而張則謂己殺之。疑獄不明。解送開封府尹包待制再審。張又率言殺婦者實己也。並懇釋成員外。定讞當斬。張乃託其母於成。而引首受戮云。（現存元人雜劇本事考）　按此劇各節不見於龍圖公案及包公案諸書。殆人間凡有疑冤不決之案。皆納諸包氏名下也。

【酣情盼】　傳奇名。淸人痴野詞憨撰。

【發琅釧】　傳奇名。淸人張大復撰。

【解連環】　曲牌名。南曲入南呂宮。管色配六字調或凡字調。

【棲雲石】　傳奇名。亦作人月圓。淸人蕉窻居士撰。

【唾窗絨】　散曲別集名。凡一卷。明人沈仕撰。近人任訥輯。有中華書局散曲叢刊本。

【棉搭絮】　曲牌名。北曲入越調。管色配六字調或凡字調。

【硬裏子】　謂戲中最吃重之配角也。齊如山云：「戲中人有許多非硬裏子不能勝任者。如定軍山之嚴顏。盜宗卷之陳平。珠簾寨之陳敬思等。倘裏子分量不夠。則連正脚鬧的都沒有精彩。」

【溉園記】　傳奇名。明人趙於禮撰。

【悶葫蘆】　古方言。玩具。中空外實。積物其中。以爲猜投之戲。破而視之。猜中者。所貯之物卽作彩獎。故有打破悶葫蘆之喻。

【滑稽戲】　宋代戲曲之一種。亦稱雜劇。其內容大都以詼諧諷刺爲主。吳自牧夢粱錄云：「雜劇全用故事。務在滑稽。」呂本中童蒙訓云：「作雜劇者。打猛諢入。却打猛諢出。」洪邁夷堅志云：「俳優侏儒。因技之下且賤者。然亦能戲語而箴諷時政。有合於古矇誦工諫之義。世目為雜劇者是已。」

【傀儡戲】　木偶戲也。王國維宋元戲曲史：「傀儡起於周季。列子以偃師刻木人事。為在周穆王時。或係寓言。然謂列子時已有此事。當不誣也。」按傀儡戲至宋而最盛。種類亦最繁。有懸絲傀儡。走線傀儡。杖頭傀儡。藥發傀儡。肉傀儡。水傀儡各種。

【椒觴記】　(一)傳奇名。明人陸采撰。(二)傳奇名。明人顧希雍撰。

【添繡鞋】　傳奇名。清人離幻老人撰。

【森羅殿】　雜劇名。正題四鬼魂大鬧森羅殿。明人陶國英撰。

【寓山居士】　見湛然條。

【僥子孩兒】　古方言。詈辭。例如幽閨記：「這個僥子孩兒。人也不識。」

【掐尖落鈔】　古方言。意謂私短過手之錢也。例如老生兒：「引孫云。出的這門來。我那伯伯與我二百鈔。我那伯娘當住。只與我一百兩鈔。着我那姐夫張郎與我。他從來有掐尖落鈔。我數一數。」

【欽定曲譜】　書名。凡十四卷。清康熙間勅撰。此書係據嘯餘譜。北曲取太和正音譜。南曲取南九宮十三調曲譜。合刊而成。

【殘唐再創】　雜劇名。正題鄭節度殘唐再創。別作英雄成敗。明人孟稱舜撰。為四大痴之一。略謂晚唐黃巢。膂力過人。血氣極盛。嘗應科舉。主試劉允章愛財。受前相之子令狐滈千金賄。使令狐狀元及第。黃巢不第。大怒。闖入劉宅。罵其不正。遂歸故鄉曹州起叛亂。來攻東都。時劉任東都留守之職。城陷出降。有與黃巢同時落第之鄭畋者。起義兵。與諸鎮將合力平黃亂。得受天子之恩賞云。遠山堂明劇品校錄云：「英雄失敗。為落第士子吐氣。篇中俱是憤語。作手輕倩。元人之韻。呼集筆端。」焦循劇說云：「借黃巢田令孜一案。制譏當世。」又曰：「使人讀之。忽焉嘻噓。忽焉號呶。忽焉纏綿而悱惻。則又極其才情之所之矣。」

【偃時救駕】　雜劇名。明人楊訥撰。

【娧童公案】　雜劇名。明人吳禮卿撰。劇品謂此劇：「南北八折。孌童之曲男后奇矣。至分柑而暢。此亦可見一斑。眞子方泣前魚。遂爾經雉場。止為孽債耳。作者喚醒之思深矣。」

【喳喳忽忽】古方言。猶云虛張聲勢也。

【琪園六訪】雜劇名。明代無名氏撰。劇品謂此劇：「南北六折。六訪中。惟錯訪、病訪、最有情景。」

【舜水蘧然子】見車任遠條。

【策立陰皇后】雜劇名。元明間無名氏撰。

【減字木蘭花】曲牌名。北牌入雙角隻曲。

【辜負呂無雙】見呂無雙條。

【詅癡符四種】戲曲別集名。明人陳與郊撰。計收傳奇四種。曰櫻桃夢。曰靈寶刀。曰麒麟罽。曰鸚鵡洲。曲海題要：「明萬曆時。高漫卿所作。漫卿有傳奇四種。總名詅痴符。」按高漫卿爲陳與郊之筆名。

【閔子騫單衣記】南戲名。元代無名氏撰。南詞敍錄輯錄此目。

【奢摩他室曲叢】書名。凡二集。近人吳梅編。共收明人戲曲二十九種。有民國十七年上海商務印書館排印本。

【極樂世界傳奇】書名。凡八卷。觀劇道人編。共收戲曲八十齣。雖名傳奇。實則二黃之曲本也。前有道光二十年序。

【順時秀月夜英山夢】見英山夢條。

【惠禪師三度小桃紅】見小桃紅條。

十三畫

【楊梓】元代中期戲曲家。海鹽（今浙江省海鹽縣）人。生卒年均不詳。約大德中葉在世。至元三十年元師征爪哇。梓領五百餘人先往招諭之。大軍繼進。爪哇遂降。梓性節俠風流。尤善音律。楊氏家僮千指。無有不擅歌者。由是州人得其家法。以能歌名於浙右。元姚桐壽樂郊私語謂：「海鹽少年多善歌樂府。皆出於澉川楊氏。」乃指楊梓而言。蓋南戲海鹽腔之傳播。實與楊氏有深厚之淵源也。所著雜劇。有承明殿霍光鬼諫、忠義士豫讓吞炭、下高麗敬德不伏老三種。皆傳於世

【楊珽】明代戲曲家。字夷白。浙江錢塘人。生卒年不詳。約萬曆中葉在世。工曲。著有傳奇龍膏記錦帶記二種。並傳於世。

【楊訥】明代前期戲曲家。原名暹。字景言。又作景賢。號汝齋。本爲蒙古人。因從姊夫楊鎮撫。人以楊姓稱之。生卒年不詳。約洪武中葉在世。善琵

琶。好戲謔。所製戲曲。出人頭地。與賈仲明爲莫逆交。著有雜劇一十八種。曰西遊記。曰馬丹陽度脫劉行首。曰柳耆卿詩酒翫江樓。曰佛印燒豬待子瞻。曰感天地田眞泣樹。曰史教坊斷生死夫妻。曰盧時長老天台夢。曰貪財漢爲富不仁。曰楚襄王夢會巫娥女。曰陶秀英鴛鴦宴。曰月夜西湖怨。曰一箭得韓莊。曰磨勒盜紅綃。曰大鬧東嶽殿。曰風月海棠亭。曰偃時救駕。曰紅白蜘蛛。曰兩團圓。太和正音譜評其曲曰：「如雨中之花。」

【楊慎】明代後期戲曲家。字用修。號升庵。四川新都人。大學士楊廷和之子。生於弘治元年。卒於嘉靖三十八年。享年七十二歲。正德六年辛未科狀元及第。授翰林院修撰。嘉靖初年廷和爲首輔。因議大禮不合。致仕歸。愼亦兩上議大禮疏。率群臣撼奉天門大哭。廷杖者再。謫戍雲南瀘州永昌街三十餘年。卒於滇。其夫人亦善文詞。所作黃鶯兒積兩釀濃寒一曲最佳。楊別三詞。俱不能勝。所著雜劇。有天玄記、蘭亭會、太和記等。又作陶情樂府、二十一史彈詞。皆傳於世。見簪花髻條。

【楊暹】見楊訥條。

【楊之炯】明代戲曲家。字星水。別署雲水道人。浙江餘姚人。生卒年不詳。約萬曆中葉在世。工曲。著有雜劇天台奇遇。傳奇玉杵記各一種。並傳於世。

【楊文奎】明代前期戲曲家。約洪武中葉在世。著有雜劇四種。曰翠紅鄉兒女兩團圓。曰王魁不負心。曰封陟遇上元。曰玉盒記。前一種傳。後三種不傳。太和正音譜評其曲曰：「如匡廬疊翠。」

【楊世濚】淸代戲曲家。琴城人。生卒年不詳。約道光中葉在世。工曲。著有傳奇東廂記一種。傳於世。

【楊米人】淸代戲曲家。桐城人。生卒年不詳。約乾隆中葉前後在世。著有傳奇雙珠記一種。傳於世。

【楊伯子】明代後期戲曲家。著有雜劇都中一笑一種。未見流傳。

【楊延昭】劇中人。宋太原人。本名延朗。業第六子。智勇善戰。太平興國中。曆保州防禦史。徙鎭高陽關。在邊防二十餘年。屢敗契丹兵。契丹憚之。目爲楊六郎。見盜骨殖、謝金吾二分條。

【楊柔勝】明代戲曲家。字新吾。武進人。生卒年不詳。約萬曆初年在世。工曲。著有傳奇綠綺記一種。

【楊恩壽】 淸代戲曲家。字蓬海。一作朋海。號蓬道人。湖南長沙人。生卒年不詳。約同治初年在世。少有大志。運蹇不遇。嘗遊幕武陵滇南。工曲。著有傳奇姽嫿封、桂枝香、麻灘驛、再來人、桃花源、理靈坡等六種。總題坦園六種。另有詞餘叢話六卷。坦園詞餘一卷。並傳於世。

【楊國忠】 劇中人。唐閿鄉人。一名釗。楊貴妃從兄。玄宗時。由御史官宰相。淫縱不法。妬安祿山寵。屢言其將反。祿山懼禍起兵。陷長安。國忠奉帝幸蜀。陳玄禮率軍士誅之於馬嵬驛。見梧桐雨條。

【楊國賓】 淸代戲曲家。生卒年不詳。約乾隆中葉在世。工曲。著有傳奇東廂記一種。傳於世。

【楊曼卿】 南戲名。元代無名氏撰。南戲拾遺輯錄此目。

【楊貴妃】 ㈠雜劇名。正題羅公遠夢斷楊貴妃。元人岳伯川撰。㈡劇中人。唐永樂人。小字玉環。有殊色。性穎悟。曉音律。善歌舞。初爲玄宗十八子壽王瑁妃。玄宗召入禁中。爲女官。號太眞。幸之。大寵。進册貴妃。父兄均驟貴。勢傾天下。安祿山反。玄宗幸蜀。至馬嵬驛。六軍以太眞與從兄國忠倡亂。止不發。乃誅國忠。賜太眞死。見長生殿、沈香亭、梧桐雨各分條。

【楊朝英】 人名。號澹齋。青城人。生卒年不詳。約元泰定帝泰定中葉在世。與貫雲石善。貫號酸齋。嘗曰：「我酸則子當澹矣。」遂自號澹齋。有陽春白雪、太平樂府二集。

【楊維中】 明代後期戲曲家。著有雜劇偷桃獻壽一種。未見流傳。

【楊潮觀】 淸代戲曲家。字宏度。號笠湖。生卒年不詳。約乾隆十年前後在世。無錫人。乾隆元年舉人。官四川瀘州知州。在邛州時。得卓文君粧樓舊址。建吟風閣。作雜劇令優人演之。以祝其落成也。著有吟風閣雜劇四卷。凡三十二折。每折各演一事。其中以寇萊公罷宴一折。最膾炙人口。

【楊繼盛】 劇中人。明容城人。字仲芳。號椒山。嘉靖進士。官吏部員外郎。時俺答數入寇。仇鸞請開馬市。以和俺答。繼盛上疏。歷摘其謬。未納。坐貶狄道典史。俺答敗約。鸞死。帝思其言。累遷至兵部武選司。時嚴嵩用事。繼盛上疏陳其五奸十大罪。被嵩構陷。廷杖下獄。卒棄市。穆宗立。追諡忠愍。見鳴鳳記條。

【楊顯之】元代初期戲曲家。大都（今北平）人。生卒年不詳。約元定宗初年在世。與關漢卿爲莫逆之交。凡有所作。必與關較。錄鬼簿：「顯之前輩老先生。莫逆交關漢卿。公末中。補缺加新令。皆號爲楊補丁。」著有雜劇九種。曰臨江驛瀟湘夜雨。曰鄭孔目風雪酷寒亭。曰蕭縣君風雪酷寒亭。曰報冤二世小劉屠。曰借通縣跳神師婆旦。曰蒲魯忽劉屠大拜門。曰黑旋風喬斷案。曰醜駙馬射金錢。曰劉泉進瓜。前二種傳。餘皆不傳。太和正音譜評其曲曰：「如瑤臺夜月。」

【楊香跨虎】雜劇名。元明間無名氏撰。

【楊震畏金】雜劇名。正題東策守楊震畏金。元人鮑天佑撰。

【楊娭復落娼】雜劇名。明人朱權撰。

【楊寶錦香囊】南戲名。元代無名氏撰。宋元戲文本事及南戲百一錄俱錄此目。南九宮譜中僅存殘文一曲。

【楊太眞霓裳怨】見霓裳怨條。

【楊賣遇韓琼兒】南戲名。元代無名氏撰。宦門子弟錯立身戲文中輯錄此目。

【楊氏女殺狗勸夫】見殺狗勸夫條。

【楊六郎私下三關】見私下三關條。

【楊六郎調兵破天陣】見破天陣條。

【楊太眞浴罷華清宮】見華清宮條。

【楊升庵詩酒簪花髻】見簪花髻條。

【新吾】見楊柔勝條。

【新水令】曲牌名。南曲入雙調引。北曲入雙調。管色配乙字調或正工調。

【新水調】南宋大曲名。入雙調。南宋官本雜劇二百八十種之中。有桶擔新水、雙哮新水、燒花新水、新水爨四本。宋史樂志及文獻通考教坊部十八調雙調中。有新水調大曲。按新水即新水調之略也。

【新曲苑】見曲苑條。

【新西廂】戲曲名。卓珂月有新西廂。其自序云：「余所以更作新西廂也。段落悉本會眞。而合之以崔鄭墓碣。又旁證之以微之年譜。不敢與董、王、陸、李諸家爭衡。亦不敢蹈襲諸家片字。言之者無飾。聞之者足以歎息。蓋崔之自言曰。始亂之。終棄之。固其宜也。而微之自言曰。天之尤物。不妖其身。必妖於人。合二語。以蔽斯傳也。」

【新時令】曲牌名。北曲入雙調。管色配乙字調或正工調。

【新荷葉】 曲牌名。南曲入正宮引。管色配小工調或尺字調。

【新羅馬】 傳奇名。晚清梁啓超撰。寫意大利三傑興國事。

【新灌園】 傳奇名。明人馮夢龍所改張鳳翼灌園記也。

【新曲十種】 戲曲選集名。明人馮夢龍更定。收新灌園、酒家傭、女丈夫、量江記、精忠旗、雙雄記、萬事足、夢磊記、灑雪堂、楚江情十種。

【新荆釵記】 南戲名。元代無名氏撰。南詞新譜輯錄此目。

【新傳奇品】 書名。凡一卷。明人郁藍生撰。有曲苑所收本。

【新增南西廂】 傳奇名。清人高宗元撰。

【新編南詞定律】 見南詞定律條。

【新續古名家雜劇】 書名。凡五卷。明人玉陽仙史（按即陳與郊）編刊。共收元明雜劇二十種。今藏於北平圖書館者。僅存殘本八種。

【新定十二律京腔譜】 書名。凡一十六卷。清人王正祥編。有康熙刊本。此書雖曰腔譜。但無樂譜僅於曲文之傍加以點板而已。

【新定十二律崑腔譜】 書名。凡一十六卷。清人王正祥編。有康熙刊本。此書雖曰腔譜。但無樂譜僅於曲文之傍加以點板而已。

【新定九宮大成總目】 見九宮大成總目條。

【新鐫古今名劇柳枝集】 見古今名劇合選集條。

【新鐫古今名劇酹江集】 見古今名劇合選集條。

【楚調】 見黃腔案條。

【楚天遙】 曲牌名。北曲入雙調。管色配乙字調或正工調。

【楚江秋】 曲牌名。北曲入雙調。管色配乙字調或正工調。

【楚江情】 傳奇名。明人馮夢龍所改袁于令西樓記也。按原劇胥長公之妾名輕紅。此作袁寶兒。寶兒後爲池同之妾。又原劇池與趙不將但爲胥長公所殺。此特翻案。

【楚江體】 明寧王權所定樂府十五體之一。太和正音譜：「屈抑不伸。攄衷訴志。」

【楚昭王】 南戲名。元代無名氏撰。南戲拾遺輯錄此目。

【楚昭公】 雜劇名。正題楚昭公疎者下船。元人鄭延玉撰。演楚昭公爲吳所敗。擧家出奔。途中骨肉生離。後申包胥借秦兵來援。終得復國重聚事。略謂吳王闔廬。以伐越得寶劍三柄。一曰魚腸。二曰純鈞。三曰湛盧。後湛盧失其所在。聞知飛入楚國。吳王屢遣使以金幣索取不得。吳伍員以楚殺其父兄。力說伐楚之利。令孫武爲軍師。伍員爲先鋒。領兵擊楚取劍。戰書至楚。楚昭王召上卿申包胥商討對策。包胥請自往西秦借兵以禦吳。包胥去後。伍員等領兵圍楚。楚兵大敗。昭王與第芊旋及夫人公子等。乘舟出奔。行至江中。風浪大作。舟輕人衆。不能盡載。芊旋欲下。公止之。謂妻之親不及弟也。乃依親疏次弟。先令夫人投江。舟猶不能勝。復令公子亦投江。僅留芊旋與俱。包胥至秦。謁秦昭公乞師。公不肯。包胥乃於驛亭中依牆而哭。七日七夜。水漿不入口。公哀之。乃命姬驁將兵十萬援楚。伍員知救兵至。因與包胥爲故友。遂率兵還。不與戰。昭王得復入楚。而投江之夫人公子。江神以其賢孝。救入蘆葦中。爲申屠氏所養。至是亦皆來歸。家人卒復團聚。昭王賞包胥與秦結姻。永爲唇齒云。（現存元人雜劇本事考）皮黃哭秦庭亦演此事。

【楚岫雲】　見楚臺雲條。

【楚陽臺】　見楚臺雲條。

【楚臺雲】　雜劇名。別作楚岫雲。又作楚陽臺。明人王子一撰。

【楚霸王別虞姬】　見別虞姬條。

【楚大夫屈原投江】　見屈原投江條。

【楚昭公疎者下船】　見楚昭公條。

【楚雲公主酹江月】　見酹江月條。

【楚鳳雛龐掠四郡】　見龐掠四郡條。

【楚霸王火焚紀信】　見火燒紀信條。

【楚金仙月夜杜鵑啼】　見杜鵑啼條。

【楚江樓月夜關山怨】　見關山怨條。

【楚莊王夜宴絕纓會】　見絕纓會條。

【楚襄王夢會巫娥女】　見巫娥女條。

【楚襄王夢遊高唐記】　見高唐記條。

【萬樹】　淸代戲曲家。字花農。一字紅友。江蘇宜興人。生卒年不詳。約淸聖祖康熙中前後在世。能文章。工詞曲。兩廣總督吳興祚愛其才。延至幕府。一切奏議。皆出其手。暇則製曲。令總督家伶演以侑觴。終以懷才不遇。鬱鬱以終。所作戲曲。多至二十餘種。今可考見者。有雜劇八種。曰珊瑚毬。曰舞霓裳。曰藐姑仙。曰金錢賺。曰焚書鬧。曰罵東風。曰三茅宴。曰玉山菴。傳奇八種。曰風流棒。曰空靑石。曰念八翻。（以上三種。合題擁雙艷三種。）曰錦塵帆。曰十串珠。曰黃金甕。曰金神鳳。曰資齊鑑。梁廷枏曲話曰：「今觀所著。莊而不腐。奇而不詭。艷而不淫。戲而不謔。而且宮律諧協。字義明晰。尤爲慣家能事。」

【萬人敵】傳奇名。淸人畢萬侯撰。

【萬民安】傳奇名。淸人李玉撰。

【萬玉卿】淸代戲曲家。著有傳奇醒石緣一種。

【萬全記】傳奇名。亦作富貴仙。淸人四願居士撰。

【萬年觴】傳奇名。淸人朱素臣撰。

【萬年歡】㈠南宋大曲名。入中呂宮。南宋官本雜劇二百八十種之中。有喝貼萬年歡、託合萬年歡二本。宋史樂志及文獻通考教坊部十八調中呂宮中。有萬年歡大曲。㈡見玉搔頭條。

【萬里緣】傳奇名。淸人李玉撰。

【萬花亭】傳奇名。淸人郞玉甫撰。

【萬花堂】雜劇名。正題徐夫人雪恨萬花堂。元人關漢卿撰。

【萬花樓】傳奇名。淸人朱佐朝撰。

【萬金資】傳奇名。淸人周坦倫撰。

【萬壽冠】傳奇名。淸人朱佐朝撰。

【萬壽鼎】傳奇名。淸人朱從雲撰。

【萬事足】傳奇名。明人馮夢龍撰。爲新曲六種之一。演高穀無子娶妾事。按蘇軾子由生子詩：「無官一身輕。有子萬事足。」題意本此。略謂高穀無子。置一妾。夫人素悍。每間之不得近。一日。陳循過焉。留酌聚話及此。夫人於屏後聞之。卽出詬罵。陳公掀案作怒而起。以一棒撲夫人。至不能興。且數之曰。汝無子。法當棄汝。今置妾。汝復間之。是欲絕夫後也。汝不改。吾當奏聞。置汝於法。自是妒少衰。生中書舍人峘。乃陳公一怒之力也。曲海提要：「其劇前總評云。舊有萬全記。詞多鄙俚。調復不叶。此記緣飾情節而文之。」然則是劇亦一改作也。

【萬壽圖】傳奇名。淸人許紹珣撰。

【萬國來朝】雜劇名。正題祝聖壽萬國來朝。明代無名氏撰。

【萬壑淸音】書名。凡八卷。明人止雲居士編。白雲山人校。收元明雜劇凡三十七種。書屬北調。頗多珍本。

【萬花方三疊】 曲牌名。北曲入雙調。管色配乙字調或正工調。

【董玄】 明代後期戲曲家。著有雜劇文長問天一種今不傳。

【董卓】 劇中人。東漢臨洮人。字仲穎。麤猛有謀。桓帝時。官羽林郎。屢有戰功。靈帝時。爲前將軍。官并州牧。帝崩。應何進召。引兵詣京師。誅臣官。事平。乃自爲相國。廢少帝。弒何太后。立獻帝。淫亂凶暴。毒流朝野。袁紹等起兵討之。卓挾帝遷都長安。自爲太師。有篡立意。後王允計誘呂布刺殺之。籍家滅族。見連環記條。

【董榕】 淸代戲曲家。字恒岩。號謙山。又號繁露樓居士。河南道州人。生卒年不詳。約乾隆初年在世。曾官九江知府。與唐英相友善。著有傳奇芝龕記一種。

【董西廂】 世稱董解元絃索西廂曰董西廂。胡應麟少室山房筆叢謂：「西廂記雖出唐人鶯鶯傳。實本金董解元。董曲今尙行世。精工巧麗。備極才情。而字字本色。言言古意。當是古今傳奇鼻祖。金人一代文獻盡此矣。」焦循劇說引筆談云：「董西廂記曾見之盧兵部許。一人援弦。數十人合座。分諸色目而遞歌之。謂之磨唱。盧氏盛歌舞。然一見後。無繼者。」按董西廂分爲四卷。爲長篇之曲文。其體。集同一宮調之曲爲一小組。各小組宮調頻換。一宮調之曲用一韻。換宮調亦卽換韻。如是聯綴之而成爲長篇。故又曰諸宮調。

【董秀才】 南戲名。元代無名氏撰。南戲拾遺輯錄此目。

【董其昌】 劇中人。明華亭人。字元宰。號思白。又號香光。萬曆進士。天啓間官至禮部侍郎。以閹豎用權。引老致仕。卒諡文敏。其昌性和易。通禪理。天才俊逸。詩文俱工。書法卓然成家。畫極瀟灑生動。四方金石刻得其制作手書。以爲二絕。見意中緣條。

【董定園】 淸代戲曲家。江蘇武進人。生卒年不詳。約嘉慶中葉在世。工曲。著有傳奇琵琶俠花月屛二種。並傳於世。

【董解元】 戲曲家。生卒年不詳。約金章宗明昌初前後在世。所著西廂搊彈詞。（亦名絃索西廂。）爲後來各種西廂記所自出。根據元稹會眞記。而以大團圓作結。吳梅元劇研究謂：「太和正音譜說他是仕元。始製北曲。輟耕錄說他是金章宗時人。毛西河詞話說他是金章宗學士。吾以爲皆不可信。但知他是金朝人罷了。因爲解元的名字。金元時人。當他讀書人普通稱呼。如鬼董第五卷錢孚跋云。關解元（關漢卿）之所傳。王實甫西廂第一折云。風魔了張解元（張珙）。可知解元二字。是金元方言。不可同後世擧人第一。方稱此名的。」

【董宣強項】　雜劇名。正題洛陽令董宣強項。元人王仲文撰。

【董卓戲貂蟬】　雜劇名。明代無名氏撰。

【董秀英花月東牆記】　(一)南戲名。元代無名氏撰。永樂大典戲目、南詞敍錄、宋元戲文本事、南戲百一錄俱錄此目。(二)見東牆記條。

【董解元醉走柳絲亭】　見柳絲亭條。

【賈充】　劇中人。晉襄陵人。字公閭。初仕魏。官廷尉。武帝受禪。有佐命功。遷司空、侍中、尙書令。專以諂媚取容。以女南風爲齊王妃。武帝議伐吳。詔爲大都督。充懼大功不成。諫阻。不聽。及出兵。果滅吳而還。慚懼請罪。罷節鉞。卒諡武。見懷香記條。

【賈島】　劇中人。唐范陽人。字浪仙。初爲僧。號無本。好吟詩。當冥思覓句之際。遊心物外。雖逢值公卿貴人皆不覺。嘗於京師騎驢得句云：「鳥宿池邊樹。僧敲月下門。」敲字本欲下推字。未決。擧手作推敲勢。不覺衝京兆尹韓愈輿。愈詰知其故。爲決下敲字。遂與爲布衣交。文宗時。坐誹謗貶爲長江主簿。時稱賈長江。有長江集。見踏雪尋梅賈島祭詩二分條。

【賈仲明】　明代前期戲曲家。一作仲名。號雲水散人。山東淄州人。生於元至正三年。卒於明永樂二十年。享年八十歲以上。天性明敏。博究群書。善吟咏。尤工曲。所作樂府。駢麗工巧。非他人之所及。儕輩多供手敬服以事之。著有增補錄鬼簿。爲研究元明雜劇之要籍。所作戲曲。有雜劇一十七種。曰荊楚臣重對玉梳記。曰蕭淑蘭情寄菩薩蠻。曰鐵拐李度金童玉女。曰呂洞賓桃柳昇仙夢。曰紫竹瓊梅雙坐化。曰山神廟裴度還帶。曰上林苑梅杏爭春。曰癩曹司七世冤家。曰丘長三度碧桃花。曰李素蘭風月玉壺春。曰正性佳人雙獻頭。曰湯汝梅秋夜燕山怨。曰順時秋月夜英山夢。曰志烈夫人節婦牌。曰屈死鬼雙告狀。曰花柳仙姑調風月。曰意馬心猿。前四種傳。餘皆不傳。太和正音譜評其曲曰：「如錦帷瓊筵。」

【賈似道】 劇中人。宋台州人。少遊博。無操行。姊為理宗妃。疊次超擢。以丞相兼樞密史。軍漢陽。元兵入寇。似道遣使稱臣。納歲幣以和。而以圍解表聞。召還。益專恣。度宗立。拜太師。封魏國公。賜第葛嶺。作半閒堂。日與群妾狎樂於其中。後元兵破鄂。似道督師赴援。大敗。奔揚州。群臣交劾。貶高州團練使。安置循州。籍其家。福王與芮素恨之。遣使殺之於道。見紅梅記條。

【賈鳧西】 人名。名應寵。字思退。一字晉蕃。又字符錫。號澹圃。又號木皮散客。山東曲阜人。約於明萬曆十七年左右生。清康熙十年前後卒。享年八十餘歲。性穎敏。長於著述。為文尤速。不加點竄。為人瑰意畸行。不同時俗。喜說稗官鼓詞。往往於坐間拍鼓歌之。著有木皮散客鼓詞、太師摯適齊平話等集。後者曾被借入桃花扇傳奇中之聽稗鼓詞云。

【賈閬仙】 (一)傳奇名。清人葉承宗撰。(二)見賈島條。

【賈島祭詩】 戲曲名。清人石韞玉撰。為花間九奏之一。本馮贄雲仙雜記敷衍成劇。原文云：「賈島常以歲除一年所得詩。祭以鄉脯。曰勞吾精神。以是補之。」

【賈充宅偷香韓壽】 南戲名。元代無名氏撰。南九宮譜、南詞新譜、南戲百一錄、宋元戲文本事俱錄此目。南九宮譜中存殘文一曲。按姚華菉猗室曲話認此劇為宋人所作。

【賈充宅韓壽偷香】 見韓壽偷香條。

【賈似道木棉菴記】 南戲名。元代無名氏撰。南詞敘錄、南戲百一錄俱錄此目。

【賈愛卿金釵剪燭】 見金釵剪燭條。

【瑞南】 見高濂條。

【瑞書】 見蔣麟徵條。

【瑞卿】 見曾瑞條。

【瑞仙亭】 雜劇名。正題風月瑞仙亭。明人湯式撰。

【瑞玉記】 傳奇名。清人袁于令撰。演逆臣魏忠賢。巡撫毛一鷺。及太監李實構陷周忠介事。魚磯漫鈔謂：「相傳一鷺聞之。持厚幣求改易。袁乃易一鷺為春鋤云。」

【瑞香亭】 雜劇名。元代無名氏撰。

【瑞雲農】 曲牌名。南曲入黃鍾宮引。管色配六字調或凡字調。

【瑞筠圖】　傳奇名。亦作表節。凡三十二齣。清人夏綸撰。爲惺齋新曲六種之一。演章綸母守節事。

【瑞霓羅】　傳奇名。清人朱佐朝撰。

【瑞鶴仙】　曲牌名。南曲入正宮引。北曲入仙呂宮管色配小工調或尺字調。

【解】　古方言。㈠猶回也。例如張天師：「惹下場横禍飛災。怎支吾這一解。」言怎對付這一回事也。又如蝴蝶夢：「俺孩兒落不得席捲椽擡。誰想有這一解。」言誰料到有這一回事也。㈡猶抵抗也。例如射柳捶丸：「把鋼刀擧起。覷個明白。他可便難措手。忙架解。」忙架解猶云趕忙抵抗也。

【解三酲】　曲牌名。南曲入仙呂宮。管色配小工調或尺字調。

【解紅賺】　曲牌名。北曲入道宮。管色配小工調或尺字調。

【解袍歌】　曲牌名。南曲入仙呂宮。管色配小工調或尺字調。

【解連環】　曲牌名。南曲入商角調。管色配六字調或凡字調。

【解語花】　曲牌名。南曲入羽調正曲。句法與詞同。

【解酲歌】　曲牌名。南曲入仙呂宮。管色配小工調或尺字調。

【解酲望鄉】　曲牌名。南曲入仙呂宮。管色配小工調或尺字調。

【解酲帶甘州】　曲牌名。南曲入仙呂宮。管色配小工調或尺字調。

【詩】　有聲韻可歌詠之文。謂之詩。古詩多四言。其後五言、六言、七言等。相繼而起。至唐乃有古體近體之分。現在更有無韻之散文詩。

【詩餘】　卽詞也。自古詩變爲樂府。又變爲長短句。故稱詞曰詩餘。

【詩本音】　書名。凡十卷。清人顧炎武撰。爲音學五書之一。

【詩禪記】　雜劇名。正題金章宗御賽詩禪記。明人李士英撰。

【詩羅夢】　雜劇名。明代無名氏撰。

【詩酒紅梨花】　南戲名。元代無名氏撰。南戲拾遺輯錄此目。

【詩酒麗春園】　見麗春園條。

【詩詞曲語辭匯釋】　書名。凡六卷。近人張相著。本書乃匯集唐宋金元明人詩詞曲中習用之特殊語辭。詳引例證。並解釋其意義與用法。洵爲治古典文學及語文文學者具有價值之參考要籍。有中華書局排印本。

【當】 古方言。語助詞。猶着也。例如拜月亭：「你心間。索記當。我言詞。更无妄。」索記當。猶云須記着也。又如東坡夢：「一句句對當。一句句對當。總不離一曲滿庭芳。」一句句對當。猶云一句句對着也。

【當元】 古方言。猶云當初也。例如周公攝政：「陛下當元本只是弔民伐罪。今來有罪的伐了。有功的賞了。」又如巾箱本琵琶記：「當元是舊絃。俺彈得慣。這是新弦。俺彈不慣。」

【當行】 古方言。猶云內行也。出色也。例如僧尼共犯：「人說除了當行都是難。你我眞是一對行家。若是俗人。那裏知道其中道理。」此言內行不難也。又如盆兒鬼：「誰着你燒窰人不賣當行貨。倒學那打劫的僂儸。」此言出色好貨也。

【當年】 古方言。猶云少年也。壯年也。例如董西廂：「薄情業種。咱兩個彼各當年。」彼各當年。猶云彼此少年也。又如鐵拐李：「則爲你有人才。多嬌態。不像老。正當年。」不像老正當年。猶云你正壯年也。

【當來】 古方言。猶云將來也。例如劉行首：「你往汴梁劉家托生。當來爲劉行首二十年。還了五世宿債。」又如桃園結義：「他生的耳垂過肩。手垂過膝。隆準龍顏。實爲貴相。此人當來有福也。」

【當甚】 古方言。猶云算甚也。例如董西廂：「他別求了婦。你只管裏守志吵。當甚貞烈。」言算得甚麼貞烈也。又如西廂記：「病染沉痾。斷復難活。送了人呵。當甚僂儸。」僂儸猶云能幹。言無端害了張生。算得甚麼能幹也。

【當賭】 見賭當條。

【當行出色】 謂精於斯道者。猶俗言內行也。見當行條。

【道】 古方言。㈠猶得也。例如張協狀元戲文：「聽道賣花聲過橋西。奇葩爭巧。」聽道猶云聽得也。巾箱本琵琶記：「怨苦知多少。兩三人只道同做餓莩。」只道猶云只得也。㈡猶是也。例如董西廂：「信道若說一夕話。勝讀十年書。」信道猶云信是也。合汗衫：「哎。可道哩。餓紋在口角頭。食神在天涯外。」可道猶云可是或却是也。竇娥寃：「便萬剮了喬才。還道報寃讎不暢懷。」還道猶云還是也。董西廂：「不惟道生得個龐兒美。那堪更小字兒親愜人意。」不惟道。猶云不惟是不但是也。燕青博魚：「怕不道酷寒亭把我來凍餓殺。」怕不道猶云怕不是也。揚州夢：「暢道朋友同行。尙則怕衣衫不整。」梧桐雨：「唱道感慨情多。悽惶淚灑。」凡云暢道道或唱道。皆猶云眞是或正是也。伍員吹簫：「便做道人生在世有無常。」救風塵：「更做道你眼鈍。」秋胡戲妻：「更則道你莊家每葫蘆提沒見識。」凡云便做道、更做道、更則道。皆猶云便使是或就使是也。㈢猶到也。例如合汗衫：「可憐我每日家思念你千萬遭。咕題道有十餘遍。」咭題道猶云懷念到也。千里獨行：「嫂嫂。當初依着關羽呵。今日不道的有失也。」不道的即不到的。猶云不至於有失也。㈣猶倒也。例如漁樵記：「你道不要便宜。去年時節。不說是你家女壻。今日得了官。便說是你家女婿。」言你倒好不要便宜也。望江亭：「則你那觀名兒喚做淸安。你道是蜂媒蝶使從使慣。」言你雖爲道姑。倒慣做蜂媒蝶使也。㈤猶想也。例如靑衫淚：「我則道過中年。人老朱顏改。誰想他撲郎君虎瘦雄心在。」我則道猶云我只想也。博望燒屯：「你則道波。自從請下這村夫。搬調得俺弟兄每一頭放水。一頭放火。」你則道波。猶云你但想一想呵也。㈥語助詞。無意義可言也。例如黃鶴樓：「正末云。道你認的我麼。俊俏眼云。我認的你。有些面熟。」爭報恩：「丁都管。你只放了他者。做甚道使繩子便綁縛。」蝴蝶夢：「遙望著死囚牢。恰離了悲田院。誰敢道半歲俄延。」連環計：「油掠的鬏髻光。粉擦的臉道兒香。」董西廂：「我還歸去。若見鄉里親知甚臉道。」

【道行】見顧大典條。

【道和】曲牌名。北曲入中呂宮。管色配小工調或尺字調。

【道具】佛家語。凡三衣什物資助一切學道之具。皆曰道具。今謂戲劇用具爲道具。見雜砌條。

【道宮】㈠宮調名。亦作道調宮。古曰中呂宮聲。吳梅顧曲塵談謂：「道宮所屬諸曲。北曲爲凭欄人、美中美、大聖樂、解紅賺、尾聲。南曲則無。太和正音譜云：「道宮飄逸淸幽。」集成曲譜、顧曲塵談皆以道宮配小工調或尺字調。㈡燕樂宮聲七調之第四運。亦作道調或道調宮。補筆談：「仲呂宮今爲道調宮。殺聲用上字。」燕樂考原：「道調宮即琵琶之上字調。故殺聲用上字。」又云：「中原音韻無道宮。則此調元雜劇已不用矣。」

【道情】　道情來自散曲。所言多爲閒適樂道之語。太和正音譜曰：「道家所唱者。飛馭天表。游覽太虛。俯視八紘。志在冲漠之上。寄傲宇宙之間。慨古感今。有樂道徜徉之情。故曰道情。」任訥曲諧云：「道情一體。明人之中尚未見有專作。今世但知鄭板橋有其詞。而不知徐靈胎實定其製。」按靈胎名大椿。有廻溪道情。

【道人歡】　南宋大曲名。入中呂調。南宋官本雜劇二百八十種之中。有大打調道人歡、會子道人歡、雙拍道人歡、越娘道人歡四本。宋史樂志及文獻通考教坊部十八調中呂調中。有道人歡大曲。金人院本名目六百九十種之中。有送宣道人歡一本。

【道不得】　古方言。㈠猶云豈不道或豈不有這樣話也。例如西廂記：「夫人怒欲悔親。依舊要將小姐與鄭恒爲妻。那裏有此理。道不得。烈女不更二夫。」亦作道不的。例如還牢末：「你也姓李。我也姓李。道不的一般樹上兩般花。五百年前是一家。」㈡猶云說不得也。例如東窗事犯：「休只管央及俺菩提。道不得念彼觀音力。」猶言說不到神佛保佑也。金錢記：「我折桂枝回來呵。我來折你這曉風春日觀音柳。道不的錯分付了風流畫眉手。」猶言得到功名之後。再來婚娶。不能說我錯也。

【道調宮】　南宋大曲宮調名。其曲三。曰梁州。曰薄媚。曰大聖樂。

【遊山】　雜劇名。清人張聲玠撰。爲玉田春水軒雜劇九種之一。敍謝靈運等。

【遊子鑑】　傳奇名。淸人半隱主人撰。

【遊四門】　曲牌名。北曲入仙呂宮。管色配小工調或尺字調。

【遊曲江】　見杜甫遊春條。

【遊赤壁】　傳奇名。淸人車江英撰。爲四家傳奇攜齣四種之一。敍蘇東坡事。

【遊春記】　見沽酒遊春條。

【遊觀海市】　雜劇名。明代無名氏撰。

【遊賞淛江亭】　見淛江亭條。

【敬夫】　㈠見王九思條。㈡見趙文敬條。

【敬先】　見史樟條。

【敬修】　見查繼佐條。

【敬德降唐】　雜劇名。正題介休縣敬德降唐。元人關漢卿撰。

【敬德撲馬】　雜劇名。元人屈恭之撰。

【敬德不伏老】　見不伏老條。

【敬德撾怨鼓】　見撾怨鼓條。

【敬新磨戲諫唐莊宗】　見唐莊宗條。

【葉兒】　卽散曲中之小令。元燕南芝庵論曲云：「時行小令喚葉兒。」

【葉小紈】　明代女戲曲家。字蕙綢。吳江人。生於萬曆四十一年。卒年不詳。適沈永禎。母宛君。姊紈紈。妹小鸞。亦有文才。皆早卒。小紈傷之。乃作鴛鴦夢雜劇以寄意。其父刊宛君及二女之作曰午夢堂十集。而以小紈之鴛鴦夢附於後。

【葉汝薈】　明代後期劇曲家。字乖庵。生卒事蹟不詳。著有雜劇夫子禪一種。未見流傳。

【葉良表】　明代戲曲家。字正之。生卒年不詳。約萬曆三十二年前後在世。少習舉業。屢試不利。工詞善曲。旁及歧黃。與休寧知縣祝世祿交往。著有傳奇管鮑分金記一種。

【葉承宗】　清代戲曲家。字奕繩。濟南人。著有傳奇孔方兄、賈閬仙、十三娘、狗咬呂洞賓四種。

【葉稚斐】　清代劇曲家。字美章。蘇州人。生卒年不詳。約順治初葉在世。工曲。著有傳奇琥珀匙（一名陶佛奴）、女開科。開口笑（一名胭脂虎）、三擊節、遜國疑（一名鐵冠圖）、英雄概、八翼飛、人中人八種。

【葉憲祖】　明代戲曲家。字美度。一字相攸。號桐柏。別號六桐。又號檞園居士。亦稱紫金道人。浙江餘姚人。生於明世宗嘉靖四十五年。卒於思宗崇禎十四年。享年七十六歲。生平好度曲。每一曲脫稿。卽令伶人習之。刻日呈伎。名曲家袁于令為其弟子。如吳炳之作。亦求其教正。然後行世云。著有傳奇五種。曰鸞鎞記。曰金鎖記。曰玉麟記。曰四艷記。曰雙修記。前一種傳。後四種不傳。雜劇九種。曰北邙說法。曰團花鳳。曰易水寒。曰夭桃紈扇。曰碧蓮繡符。曰丹桂鈿盒。曰素梅玉蟾（以上四種合題四艷記）。曰使酒罵座。曰金翠寒衣記。

【節拍】　見拍板條。

【節奏】　禮樂記疏：「節奏謂或作或止。作則奏之。止則節之。」今謂調之抑揚緩急曰節奏。

【節孝坊】　傳奇名。清人洪昇撰。

【節孝記】　傳奇名。明人高濂撰。演南城黃普子覺經尋母事。按黃孝子事。見於一統志、正德郡志、南城縣志諸書。然志所載甚略。而此記頗詳。

【節俠記】 傳奇名。凡三十齣。無名氏撰。事據唐牛肅紀聞。太平廣記卷一百四十七。裴伷先條並收之。

【節婦牌】 ㈠雜劇名。正題志烈夫人節婦牌。明人賈仲明撰。㈡雜劇名。元人喬吉撰。

【節節高】 曲牌名。南曲入南呂宮。北曲入黃鐘宮。管色配六字調或凡字調。

【節義譜】 傳奇名。淸人靈皐軒撰。爲徐叔回八義記改本。

【義仍】 見湯顯祖條。

【義虎】 戲曲名。明人沈璟撰。爲博笑記十件之一。略謂萬曆十七年建德山中有農夫。貸穀回。卒與虎遇。農告虎曰：「某知今日命不可逃。但年荒母老。需穀度命。容送穀到家。供母晨飯。來此就死。不敢失信。」一虎遂曳尾去。農至家。舂米飯母畢。以遇虎事告母。欲往踐約。母止之曰：「幸脫虎口。何自送死。」農曰：「凡人落虎口。必其命也。今縱不往。終也難逃。況昨已許之矣。彼雖異類。亦最仁心。可失信乎。」母泣送之。農至其地。虎已先啣一人而不食。見農至。惟以爪爪死人。農曰：「虎欲我葬此人乎。」虎遂去。農解死人衣包中。有白金數十兩。爲瘞其屍。乃取銀以奉母。因得以度荒云。

【義犬記】 雜劇名。正題袁氏義犬。明人陳與郊撰。演袁粲家犬爲粲子報冤。噬殺狄靈慶事。據南史袁粲傳。

【義乳記】 傳奇名。明人顧大典撰。爲淸音閣四種之一。演東漢李善親乳李元兒李續事。本獨行傳。

【義俠記】 傳奇名。凡三十六齣。明人沈璟撰。此爲沈氏屬玉堂十七種之一。演武松事。第一齣家門沁園春云：「宋世淸河。武松名氏。上應星文。自橫海郡中。暫辭柴進。景陽崗上。醉打山君。仗義除奸。報兄誅嫂。刺配從容赴孟城。相逢處。孫娘認義。夫壻識張青。孟州喜遇施恩。濟弱鋤強受蹇迍。向飛雲浦裏。提刀大鬧。鴛鴦樓內。濺血餘痕。別館孤貧。孝姬苦節。正倚孫娘寄客身。還相聚夫妻黨類。同作宋朝臣。」高弈新傳奇品云：「激烈悲壯。具英雄氣色。但武松有妻似贅。葉子盈添出無緊要。西門慶殺（此下疑有闕字。）先生屢貽。書於余云此非盛世事。秘勿傳。乃半野商君得本已梓。吳下競演之矣。」皮黃景陽岡戲妻本此。

【義烈記】傳奇名。明人汪廷訥撰。

【義妾存孤】雜劇名。明人傳一臣撰。爲蘇門嘯卷八。

【義勇辭金】雜劇名。正題關雲長義勇辭金。明人朱有燉撰。演關羽奉劉玄德妻甘夫人及其子。寄身曹操處。曹操禮遇之。欲設海留之幕下。關羽重義。毫無留義。爲曹操立功聊致報恩意。即奉甘夫人還玄德處。按元人三國志平話中。有關公千里獨行一節。三國志演義中。有美髯公千里走單騎一回。均有此事。

【傳奇】王國維宋元戲曲考：「傳奇之名。實始於唐。唐裴鉶作傳奇六卷。本小說家言。至宋則以諸宮調爲傳奇。元人則以元雜劇爲傳奇。至明則以戲曲之長者爲傳奇。以與此雜劇相別。乾隆間黃文暘編曲海目。遂分劇曲爲雜劇傳奇二種。蓋傳奇之名。至明凡四變矣。」按傳奇者。由雜劇演進而成之戲曲也。大抵雜劇有折。傳奇名齣。雜劇通行四折。傳奇則齣數無定。雜劇每折一宮調。且一韻到底。傳奇則每齣宮調不拘。中間又可換韻。雜劇唱者祇限一人。傳奇則登場人物。可以互歌共唱。其規律之解放。體製之發展。從可知也。

【傳踏】宋人讌集。無不歌以侑觴。然大率徒歌而不舞。其歌舞相兼者。則謂之傳踏。亦謂之轉踏。又謂之纏達。北宋之傳踏。恒以一曲連續歌之。每一首詠一事。共若干首。則詠若干事。然亦有合若干首而詠一事者。如碧雞漫志謂。石曼卿拂霓裳轉踏。述開元天寶遺事是也。

【傳奇品】書名。凡一卷。淸人高弈撰。有暖紅室彙刻傳奇本。

【傳燈錄】見歸元鏡條。

【傳言玉女】曲牌名。南曲入黃鍾宮引。又入黃鍾宮正曲。管色配六字調或凡字調。

【傳奇十種】見文林閣傳奇十種條。

【傳奇彙考】書名。淸代無名氏撰。此書所收以元明淸傳奇提要爲主。間收若干雜劇作品。王國維謂：「傳奇彙考不知何人所作。去歲中秋。余於廠肆得六冊。同時黃陂陳士可參事亦得四冊。互相鈔補。共成十冊。已著之曲錄卷六。今秋武進董授經推丞又得六巨冊。殆當前此十冊之三倍。均係一手所抄。敍述及考證甚詳。然頗病蕪陋耳。」按授經即董康。

【傳腔遞板】吳梅曲學通論云：「據王伯良云。聞之先輩。有傳腔遞板之法。以數人暗中圍坐。將舊曲每人歌一字。即以板輪流遞按。令數人歌之如一聲。按之如一板。稍有緊緩先後之誤。輒記字以罰。如此庶不致腔調參差。即古所謂纍纍如貫珠者。亦無以加焉。」

【落子】　見落子館、墜子二分條。

【落得】　古方言。猶云弄到這地步也。例如蝴蝶夢：「不能勾金磅上分明題姓氏。則落得犯由牌書寫名兒。」亦作落的。例如伍員吹簫：「倒不如他無仁無義謙讓。白落的父子擅朝綱。」白落的。猶云無端弄到這地步也。

【落解】　古方言。㈠稀疏也。㈡稀薄也。

【落子館】　北方雜藝場所。俗呼落子館。因演唱落子而得名。清稗類鈔云：「京師天津之唱蓮花落者。謂之唱落子。猶南方之花鼓戲。大率由妙齡女子登場度曲。其聚族而居者。曰落子班。」一說落子出自東北遼寧一帶。故俗有奉天落子之稱。

【落可便】　古方言。此爲襯字或話搭頭。無意義可言也。例如東堂老：「你却怎生背地裏閑言落可便長語。」一本云閒言長語也。亦作落可的。例如燕青博魚楔子：「則我這白氈帽。半搶風。則我這破搭膊。落可的權遮雨。」一本云我這破搭膊權遮雨也。亦作落可也。例如紅拂記：「英雄猛將。世上無敵。端的。是一個個貫甲披袍落可也的氣勢。」一本云貫甲披袍的氣勢也。

【落地掃】　見歌仔戲條。

【落花風】　傳奇名。明人李素甫撰。

【落梅風】　曲牌名。北曲入雙調。管色配乙字調或正工調。

【福先碑】　雜劇名。明人車任遠撰。劇品謂此劇：「北三折。以皇甫生之狂。固宜寫以豪爽之詞。如萬斛泉源。滾滾不竭。眞才人語也。」

【福青歌】　曲牌名。南曲入仙呂入雙調。

【福星臨】　傳奇名。清人周坦倫撰。

【福馬郎】　曲牌名。南曲入正宮。管色配小工調或尺字調。

【福祿壽】　雜劇名。正題福祿壽仙宮慶會。明人朱有燉撰。

【福祿壽仙宮慶會】　見福祿壽條。

【福祿壽駢臻曲譜】　書名。清代無名氏編。有清南府抄本。

【感亭秋】　曲牌名。南曲入仙呂宮。管色配小工調或尺字調。

【感皇恩】　曲牌名。北曲入南呂宮。管色配六字調或凡字調。

【感天地王祥臥冰】　見王祥臥冰條。

【感天地田眞泣樹】　見田眞泣樹條。

【感天地羣仙朝聖】　見群仙朝聖條。

【感天動地竇娥寃】　見竇娥寃條。

【感藥王神救婢生子】　見婢生子條。

【羣曲】　鼓詞之一種。其制頗似牌子曲。亦由各種小曲集合而成。唱時全班皆衣冠整齊。氣象莊嚴。各持樂器。圍桌拱立。一人先唱引子。然後鑼鼓齊鳴。全班一齊合唱。如此唱完數曲。乃唱一段曲尾作結。

【羣花會】　雜劇名。明人李士英撰。

【羣仙祝壽】　(一)雜劇名。正題賀昇平群仙祝壽。明代無名氏撰。(二)傳奇名。清人厲鶚吳城合撰。爲迎鑾新曲之一。

【羣仙朝聖】　雜劇名。正名感天地群仙朝聖。明代無名氏撰。

【羣音類選】　書名。明人胡文煥編。原書卷數今不可考。今傳於世者二十六卷。並不完整。本集所收元明戲曲甚豐。且多罕見舊本。實爲戲曲選集之冠。

【羣仙慶壽蟠桃會】　見蟠桃會條。

【雷岸】　見龍變條。

【雷峯塔】　(一)傳奇名。凡三十二齣。正題白娘子永鎭雷峯塔。黃圖珌撰。演金山寺僧法海除白蛇青蛇事。略謂宋紹興年間。邵太尉處管錢糧者李仁有妻弟許宣。清明赴寺燒香。遇雨趁舟歸。白娘子與婢青青搭船。因相識。宣借傘與之。己則冒雨回。明日午後。宣以討傘爲名。往箭橋訪白娘子。次日又往。白因自薦願爲妻。並贈銀一錠。李仁見銀。知爲邵太尉失竊物。乃出首。臨安府尹。派差人捉許宣。又往捉白娘子及青青。均遁去。僅留銀四十九錠。均邵物。無缺。宣被判遣戍蘇州。李薦赴王主人家中。白青尋至蘇州。成婚。宣遊承天寺。終南山道士贈符。不驗。白赴寺將道士懸在空中。道士差慚而遁。宣欲觀浴佛。白飾以頭巾及扇墜。詎此乃周將仕典庫中物。因爲公人所捕。李又爲之出脫。因再戍鎭江。李復爲介李克用生藥鋪。宣在鎭江藥鋪中。甚精細。趙張二主管嫉之。白又蹤至。宣乃遷出與白同居。白往謁李之內眷。李驚其美。於己之壽誕日。邀白來。白登東。李於門縫張之。見白蛇。乃卻走。宣自開藥鋪。和尚募緣。宣捨降香。宣赴金山寺。法海追之。白青以舟來接宣。法海叱之。白青翻舟。入水而去。宣遇赦回杭。白青又來。宣求離。白恐嚇之。戴先生捉蛇無功。宣赴淨慈寺訪法海求救。適未至。宣欲投河自盡。適法海來。抱持之。與以鉢。宣持鉢罩白頂。白爲所收。青青亦現形爲青魚。法海置二物於盂內。鎮於雷峯塔下。並留偈云：「西湖水乾。江潮不起。雷峯塔倒。白蛇出世。」㈡南宋話本名。正題白娘子永鎮雷峯塔。警世通言卷二十八著錄此目。

【雷鳴記】　傳奇名。明人許宗衡撰。相傳作者弟病卒。乃引王裒聞雷事作雷鳴記。以誌哀思。

【雷澤遇仙】　雜劇名。正題雷澤遇仙記。明代無名氏撰。

【雷澤遇仙記】　見雷澤遇仙條。

【雷轟子薦福碑】　南戲名。元代無名氏撰。宦門子弟錯立身戲文中輯錄此目。

【虞姬】　劇中人。楚霸王項羽姬。或謂姓虞。或謂名虞。亦稱虞美人。常幸從。羽敗垓下。自爲詩歌。有：「虞兮虞兮奈若何」之句。虞和曰：「漢兵已略地。四方楚歌聲。大王意氣盡。賤妾何聊生。」亦自剄。

【虞陽】　見陳與郊條。

【虞山碑】　傳奇名。清人程端撰。演縣令于宗堯事。此劇與陸曜所撰之峴山碑合稱遺愛集。

【虞兮夢】　雜劇名。清人唐英撰。爲古柏堂傳奇之一。

【虞美人】　曲牌名。南曲入南呂宮引。管色配六字調或凡字調。

【虞初新志】　書名。清人張山來撰。有進步書局石印本。

【意掙】　見癡掙條。

【意園】　清代戲曲家。著有傳奇雙珠記一種。

【意中緣】　㈠傳奇名。凡三十齣。清人李漁撰。爲笠翁十種曲之一。演杭州西湖女子楊雲友與林天素皆善書畫。楊爲董其昌妾。而林則爲陳繼儒妾云。曲海總目提要：「據嘉興女子黃介所作序。二人雖與董其昌陳繼儒相識。初未嘗爲其妾媵。李漁以爲二女子善畫。自應配天下名流善書畫者。一時才士無過董陳。二女爲其妾媵。必所樂從。故以雲友歸董。天素歸陳。而標曰意中緣也。」㈡傳奇名。清人李玉撰。

【意不盡】　見煞曲條。

【意難忘】　曲牌名。南曲入南呂宮引。管色配六字調或凡字調。

【意馬心猿】　(一)雜劇名。別作收心猿意馬。明人賈仲明撰。(二)見金童玉女條。

【隔尾】　曲牌名。北曲入南呂宮。管色配六字調或凡字調。

【隔壁戲】　謂藏身布幔。以口技悅客之戲也。杭俗遺風：「隔壁戲以八仙桌兩張橫擺疊置。圍以布幔。一人藏內。惟有扇子一把。錢板一塊。能作數人聲口。鳥獸叫喚。以及各物响動。無不酷肖。初不料其一人所作也。」

【隔江鬬智】　雜劇名。正題兩軍師隔江鬬智。元代無名氏撰。演周瑜諸葛亮隔江鬬智事。略謂曹操統兵南下。攻劉備。備與關羽張飛棄樊城而走江夏。諸葛亮過江借孫權兵。權助以水兵三萬。以周瑜為帥。黃蓋為先鋒。大破曹兵於赤壁。備遂乘勢入據荊州。瑜不勝憤慨。於是合請諸將謀。擬以權妹與劉備結親。乘其不備掩取之。瑜以計奏聞孫權。權轉稟母后及妹。妹初不從。權再三強之。始允。瑜乃遣魯肅為媒。陰令甘寧凌統各領精兵一千。以護送為名。襲荊州。而己則屯紫桑渡。以圖進取。肅見備亮。亮預知其謀。歡然應命。而陰令張飛以兵守城。戒以孫夫人至。惟許夫人翠鸞車一乘。及隨嫁女入。餘兵皆例列城外。及期。孫夫人至。兵不得入。而孫劉已成禮為夫婦。瑜計遂不行。瑜初意此計若不逞。則令夫人害備。而權亦以此囑妹。然夫人與劉。情意相得。瑜計又不得行。婚匝月。瑜復語權。邀備夫婦過江。因而羈留之。則荊州終為吳有。亮促備逕往。而俟過江後。令人送冬衣與之。附一錦囊。囑其以佯醉還囊。使權得見。備如計。權得囊啓視。則云：「曹操以赤壁之恨。方大集兵來攻。公且緩歸。我當復來借兵共拒曹也。」權欲假手於曹以害備。遂立使其妹從備行。於是備及夫人皆得歸。瑜聞之。追及夫人車。跪請回馭。而車中之人。乃張飛也。蓋亮發書時。預命飛將兵迎備及夫人。令別乘先馳而歸。飛則乘夫人車緩行。瑜計終不得行。又被飛辱。竟以積憤而死。此即小說家所謂三氣周瑜也。（現存元人雜劇本事考）　明人張翀所作錦囊記傳奇。亦演此事。

【隔尾隨煞】　曲牌名。北曲入南呂宮。管色配六字調或凡字調。

【隔尾黃鍾煞】　曲牌名。北曲入南呂宮。管色配六字調或凡字調。

【歇馬】　古方言。㈠猶云小駐也。例如裴度還帶：「近日聞朝廷差一李公子來此歇馬。」又如梧桐葉：「今往大慈寺過。權且歇馬。」㈡猶云貶謫也。例如東坡夢：「誰想王安石將小官滿庭芳奏與聖人，貶小官黃州歇馬。」又如雁門關：「因某帶酒打傷國舅段文楚。聖人大怒。貶某在沙陀歇馬三年。」

【歇指角】　燕樂角聲北調之第六運。補筆談：「應鐘角今爲歇指角。殺聲用尺字。」

【歇指煞】　曲牌名。北曲入雙調。管色配乙字調或正工調。

【歇指調】　㈠宮調名。古曰林鐘商聲。吳梅顧曲塵談謂：「揭指調所屬諸曲。南北皆無。」太和正音譜云：「歇指調急併虛歇。」㈡燕樂商聲七調之第六運。補筆談：「南呂商今爲歇指調。殺聲用工字。」燕樂考原：「七商之第六運。即按琵琶二弦之第五聲。」又云：「歇指調卽今俗樂之工字調。故殺聲用工字。」按金元以來。歇指調皆不用。考元北曲雙調中有歇指煞。又有離亭宴帶歇指煞。則此調在元時已併入雙調矣。㈢南宋大曲宮調名。其曲三。曰伊州。曰君臣相遇樂。曰慶雲樂。

【歇指角調】　㈠宮調名。古曰林鐘角聲。㈡燕樂角聲七調之第五運。

【雌木蘭】　㈠戲曲名。亦作代父從軍。明人徐渭撰。爲四聲猿之一。本古木蘭詩增飾成劇。按明有韓貞女事。與木蘭相類。渭蓋因此而作也。㈡見代父從軍條。

【雌雄旦】　傳奇名。淸人范文若撰。

【雌雄臉】　見歪臉條。

【雌雄畫眉】　曲牌名。南曲入雙調。管色配乙字調或正工調。

【雌木蘭替父從軍】　見代父從軍條。

【煙花判】　雜劇名。正題煙花鬼判。明人朱權撰。

【煙花鬼】　雜劇名。正題包侍制判斷煙花鬼。元人張擇撰。

【煙花債】　傳奇名。淸人崔應堦撰。

【煙花夢】　雜劇名。正題蘭紅葉從良煙花夢。明人朱有燉撰。略謂妓女紅葉兒拒豪商仇子華。而與書生徐翔相嫟。子華賄官誣告徐生。徐生謫戍。紅葉兒守節。及滯官來。徐生遇赦。得與紅葉兒重圓云。

【煙花鬼判】 見煙花判條。

【煞】 古方言。㈠甚辭。猶忒也。眞也。例如薦福碑：「這雨水平常有來。不似今番特煞。」一言今番雨水忒煞也。酷寒亭楔子：「煞是多謝了哥哥。」猶言眞是多謝了哥哥也。㈡猶雖也。例如漁樵記：「往常我破紬衫粗布襖煞曾穿。今日個紫羅襴怨咱生面。」言紬衫布粗襖雖曾穿過。而紫羅襴則從未見面過也。董西廂：「相國夫人煞年老。虔心豈避辭勞。鶯鶯雖是個女孩兒。孝順別人卒難學。」一用煞字。一用雖字。互文也。煞年老。猶云雖年老也。

【煞曲】 吳梅曲學通論：「亦曰尾聲。又曰餘文。或曰意不盡。或曰十二時。其實一也。」

【煞尾】 ㈠曲牌名。北曲入南呂宮。管色配六字調或凡字調。又入中呂宮。管色配小工調或尺字調。㈡北曲套曲中結尾之一段。稱煞尾。所以收拾一套之音節。結束一篇之文情。惟宮調既分。體裁各別。如在仙呂調曰賺煞。中呂調曰賣花聲煞。大石角曰催拍煞。越角曰收尾之類。

【煞強如】 古方言。猶云賽過如也。例如風光好：「你這般當歌對酒銷金帳。煞強如掃雪烹茶破草堂。」亦作煞強似。例如趙禮讓肥：「穩請受皇家俸祿。煞強似一片荒山掘野蔬。」

【鼓吹】 鼓鉦簫笳等合奏之樂曲也。一曰短簫鐃歌。

【鼓詞】 見大鼓條。

【鼓子詞】 說唱之一種。亦稱鼓兒詞。與諸宮調同時起源於北宋。而爲後來彈詞之所由出。

【鼓盆歌】 雜劇名。明代無名氏撰。劇品謂此劇：「南北四折。雖未見超異。而語中轉摺。全不費力。是時時拈音律者。第限於才耳。劇中既多北詞。不宜雜以南曲。且以北醉春風在上小樓後。亦非是。」

【鼓盆歌莊子歎骷髏】 見歎骷髏條。

【過曲】 拍子嚴格之曲。謂之過曲。又謂之正曲。古代則曰近詞。吳梅曲學通論云：「過曲即是正曲。謂從引子過脈到正曲也。」按唐人霓裳羽衣曲初散聲無拍。至中序始有拍。今引曲無板。過曲有板。蓋其遺法也。

【過門】 胡琴笛子等文場音樂。除隨唱外。還要另奏一段。名曰過門。長者謂之長過門。短者謂之短過門。

【過從】 古方言。猶云應付也。例如博望燒屯：「怎禁咱徐庶向人前把我強過從。」此乃徐庶走馬薦諸葛事。言硬將我薦揚以應付也。馬陵道：「他那裏一一問行縱。俺兄弟俏俏廝過從。」此乃孫臏自忖之語。言相請托以應付此難關也。

【過孟起】 清代戲曲家。生卒年不詳。約清聖祖康熙中前後在世。工曲。嘗與朱確、盛國琦三人合作定蟾宮一種。傳於世。

【歲君】 古方言。即太歲也。陰陽家以木星爲太歲。主凶煞。犯之有災。

【歲寒松】 傳奇名。清人邱園撰。

【歲寒亭】 雜劇名。正題孟朝雲風雪歲寒亭。元人馬致遠撰。

【歲寒三友】 雜劇名。正題張天師斷歲寒三友。元人石君寶撰。

【催拍】 曲牌名。南曲入大石調。管色配小工調或尺字調。

【催拍子】 曲牌名。北曲入大石調。管色配小工調或尺字調。

【催花樂】 曲牌名。北曲入大石調。管色配小工調或尺字調。

【催戲的】 見交通科條。

【會聖】 古方言。猶云神通也。例如董西廂：「欲要成秦晉。天夫除會聖。」猶云天乎。好事能成。除非神通矣。

【會河陽】 曲牌名。南曲入中呂宮。管色配小工調或尺字調。

【會香衫】 雜劇名。明人葉憲祖撰。劇品謂此劇：「北二劇。共八折。此即蔣興哥重會珍珠衫傳也。上劇止奸尼賺衫一節事耳。未盡者以次劇繼之。元人有此體。如西廂之分爲五劇是也。」

【會眞記】 書名。唐元稹撰。亦名鶯鶯傳。敍崔鶯鶯及張生故事。略謂貞元中。有張生者遊於蒲。寓普救寺。會軍人擾蒲。同寓崔氏婦懼。張護之。崔因招張醮。張見崔女鶯鶯。託婢通情焉。越歲。崔適人。而張別娶。自是遂不復知。或謂元稹以張生自寓。述其親歷之境也。文章時有情致。爲元人西廂記傳奇之所本。見董解元、董西廂、西廂記各分條。

【會稽山買臣負薪】 見買臣負薪條。

【會稽山越王嘗膽】見越王嘗膽條。

【碎臉】臉譜名。此臉花紋極爲瑣碎。故名。如蔣忠、胡里、狄雷等是。

【碎金牌】傳奇名。正題岳元戎凱宴黃龍府。淸人周文泉撰。爲周氏補天石八種之一。演宋秦檜伏誅及岳飛滅金立功事。

【碎胡琴】雜劇名。淸人張聲玠撰。爲玉田春水軒雜劇九種之一。演陳子昂逸事。出計有功唐詩記事所引獨異記。

【碎三塊瓦臉】臉譜名。此臉乃於三塊瓦臉譜上再添許多花紋。故名。如烏成黑是。

【遇上皇】雜劇名。正題好酒趙元遇上皇。元人高文秀撰。演酒徒趙元爲妻所陷。於酒肆中巧遇宋太祖。得其救援。免獲刑罪事。略謂宋汴梁人趙元。入贅劉二公家爲壻。元妻月仙。以元好酒。不務正業。欲與之離異。改嫁臧府尹。府尹乃派元往西京遞公文。以舊例。遞公文誤三日者處斬。元好酒慵嬾。必誤程期。派其爲此。卽所以陷之也。元果因途中遇雪。延誤半月。自分無生理。乃入酒肆借酒解悶。適遇太祖微服與楚昭輔石守信也來飲酒。以未携錢爲酒保所窘。元乃代償。太祖因問元何以至此。元忽悲歎。因將妻與臧府尹設計謀陷等情詳陳之。太祖乃認元爲義弟。於元臂上寫字畫押。令往示宰相趙普。普見之。卽免元誤期之罪。且除元爲東京府尹。並治臧府尹、劉月仙及月仙父母以罪云現存元人雜劇本事考

【遇仙記】傳奇名。明人心一子撰。

【遇雲英】雜劇名。正題裴航遇雲英。元人庾天錫撰。

【遇漂母韓信乞食】見韓信乞食條。

【試玉郎】見何郎傳粉條。

【試劍記】傳奇名。淸人長嘯山人撰。

【試湯餅玉郎】見何郎傳粉條。

【試湯餅何郎傳粉】見何郎傳粉條。

【鄒玉卿】明代戲曲家。字崑圃。長洲人。生卒年不詳。約崇禎初期在世。工曲。著有傳奇雙螭璧、青虹嘯二種。傳於世。

【鄒兌金】戲曲家。著有空堂話一折。寫張幼于與唐伯虎祝枝山魂靈談話。

【鄒逢時】明代戲曲家。字不詳。號海門。餘姚人。生卒年無考。約萬曆中葉在世。工曲。著有傳奇覓蓮記一種。傳於世。

【禁】　古方言。猶擺佈也。牽纏也。例如西廂記：「不良會把人禁害。咍。怎不肯回過臉兒來。」言裝腔作勢會擺佈人也。曲江池：「靠那壁。少禁持。罵你個。潑東西。」靠那壁猶云走開些。少禁持猶云少來牽纏。皆呵斥口氣也。

【禁受】　古方言。㈠承當也。㈡忍受也。

【禁煙記】　傳奇名。明人盧鶴江撰。演介子推事。

【跳月】　苗人每當仲春或暮春之月。於天朗月明之夜。未婚男女。群集野外。各擇其所愛者相與歌唱跳舞。謂之跳月。迨歌舞既闌。男挽女歸。遂成夫婦。

【跳加官】　見加官條。

【跳判官】　身段名。簡稱跳判。此種身段。來源於唐之舞判。東京夢華錄云：「駕登寶津樓。諸軍百戲。呈於樓下。有假面官鬚。展裹綠袍鞾簡。如鍾馗像者。旁一人以小鑼相招和舞步。謂之舞判。」齊如山云：「戲界人說。舞判的身段。都是大架子。小神氣。異常美觀。」

【路岐】　古方言。猶云伶人也。戲班也。例如病劉千：「路岐岐路雨悠悠。不到天涯未肯休。有人學的輕巧藝。敢走南州共北州。」此言伶人也。藍采和：「是一夥村路岐。料應在那公科地。持着些鎗刀劍戟。鑼板和鼓笛。更有那額帳牌旗。」此言戲班。村路歧殆云鄉間戲班也。

【路術淳】　清代戲曲家。山東汶水人。生卒年不詳。約康熙中葉在世。工曲。著有傳奇玉馬佩一種。傳於世。

【路惠期】　明代戲曲家。字不詳。號海來道人。江蘇宜興人。生卒年無考。約崇禎中葉在世。工曲。著有傳奇鴛鴦絲一種。

【搊搜】　古方言。有將持而不肯釋手之意。例如李逵負荊：「你個呆老子。暢好是忒搊搜。」

【搊彈詞】　以故事編爲聯章韻語。有白有曲。可用琵琶或三弦等彈唱者。謂之搊彈詞。簡稱彈詞。西河詞話：「金章宗朝。董解元作西廂搊彈詞則有白有曲。專以一人傍彈。並念唱之。」據此。搊彈詞似始於董西廂也。

【搊搜判官喬斷鬼】　見喬斷鬼條。

【逼綽】　古方言。猶云解決也。斷絕也。例如度柳翠：「粘着處休熱相偎。逼綽了便是伶俐。」伶俐即乾淨。言解決了乾淨也。金線池：「我爲你逼綽了當官令。烟花簿上除抹了姓名。」此言斷絕了官妓關係了。

【逼邏】古方言。猶云安排也。例如張協狀元戲文：「我却與你媽媽教逼邏些行李裹足之資。」裹足即盤纏。言安排些行李盤纏也。巾箱本琵琶記：「奴家自把細米皮糠逼邏吃。苟延殘喘。」言安排吃皮糠也。

【逼綽子】古方言。猶云匕首也。例如爭報恩：「拏着逼綽子奔將出來。不想那逼綽子抹破了姐夫臂膊。」亦作逼綽刀子。例如硃砂擔：「着這逼綽刀子搜開這牆。」

【獅子序】曲牌名。南曲入黃鐘宮。管色配六字調或凡字調。

【獅子賺】傳奇名。明人阮大鋮撰。演唐鍾馗在冥間爲奈何橋橋梁大使。其妹與總持殿掌印判官喇嘛茁私通事。劇中關目。皆虛構。蓋借傳奇說法也。其曰獅子賺者。蓋僧家有力能承佛法者。稱法門獅象之說。劇中以獅子作引。後以打破獅子顯現本來面目作結。所謂但有言說。都無實義。故曰賺也。

【獅吼記】傳奇名。凡三十齣。明人汪廷訥撰。演陳慥懼內事。取蘇軾詩：「忽聞河東獅子吼。拄杖落手心茫然。」之句以爲名。此記以東坡方山子傳爲主。其中摹寫懼內之情形。至堪噴飯。且強拉東坡贈妾於季常。柳氏閫威。無所發洩。憤怒成病。病中遍遊地獄。知一生妒嫉。死後必受冥罰。遂幡然改悔。卒爲賢婦。呂天成曲品：「獅吼。備極醜態。總堪捧腹。末段悔悟。可以風笄幃中矣。」

【園林好】曲牌名。南曲入仙呂入雙調。

【園林午夢】雜劇名。明人李開先撰。爲一笑散之第二種。此劇爲短齣北曲。演一漁翁園林午夢中。西廂記之崔鶯鶯與綉襦記之李亞仙出現。互譏其行爲之事。情節近乎兒戲。曲詞亦無可觀。其所以存於今日者。因其事稍與西廂記有關。幸得附驥尾而傳耳。

【園林杵歌】曲牌名。南曲入越調。管色配六字調或凡字調。

【勢】古方言。猶既也。已也。例如氣英布：「那裏發付這殃人貨。勢到來如之奈何。」此言業已到此地步。如之奈何也。

【勢沙】古方言。猶云模樣也。規矩也。例如鴛鴦被：「兀的甚勢沙。甚禮法。」此猶云成甚模樣也。紅梨花：「這妮子我問着呵。沒些兒個勢沙。」此乃詈其侍婢毫無規矩也。亦作勢煞。例如對玉梳

：「村勢煞捻着則管獨磨。」村勢煞。壞模樣也。趙禮讓肥：「一弄兒喬勢煞。餓寒的怎覷他。」喬勢煞。醜樣子也。盆兒鬼：「見了他惡勢煞。他骨碌碌將怪眼睜乂。」惡勢煞。惡樣子也。

【業】 古方言。詈辭。猶孽也。例如東堂老楔子：「將這把業骨頭。常好是費神思。」又如來生債楔子：「我當初本做善事來。誰想到做了寃業。」

【業眼】 古方言。卽眼也。例如梧桐雨：「披衣悶把幃屏靠。業眼難交。」

【裏】 古方言。語助辭。猶哩也。呢也。例如盆兒鬼：「啐。我養着家生哨裏。我一年二祭。好生供奉你。你不看覷我。反來折挫我。」家生哨裏。卽家生哨哩。奴婢所生子曰家生子。哨爲詈辭。

【裏子】 脚色名。此脚與二路相仿。同爲重要配角。齊如山云：「裏子兩字之義。就如同衣服。正脚是面子。他是裏子。雖說他有點技術。但不能演正戲。比方取成都中之劉備。玉堂春中之紅袍。蒲關中之劉忠。探母中之四夫人等。都算是裏子脚色。」

【與】 古方言。(一)猶請也。例如董西廂：「與你試評度。這一門親事。全在你成合。」與你試評度。猶云請你試評度也。救風塵：「他有八拜交的姐姐。是趙盼兒。我與他勸一勸。有何不可。」言請盼兒去勸一勸宋引章也。(二)猶坐罪之坐也。例如勘頭巾：「正末云。可知不干你事哩。你則與個不應的狀子。張千云。怎麼把我也問個不應。」問卽問罪之問也。還魂記：「絮了小姐一會。要與春香一塲。春香無言知罪。以後勸止娘行。」此春香語。言要坐我春香一塲罪名也。

【與衆曲譜】 書名。近人王季烈編。凡八卷。共收傳奇崑曲百齣。據集成曲譜之殘本編輯而成。有民國二十九年北平石印本傳世。

【遍】 大曲各疊。名之曰遍。遍者變也。或云變。或云遍。因音同而互用也。遍有大遍摘遍之分。沈括云：「所謂大遍者。有序引、歌䬽、嗺哨、催攧、衮破、行中腔、踏歌之類。凡數十解。每解有數疊者。裁截用之。謂之摘遍。今之大曲。皆是裁用。非大遍也。」

【遍地錦】 傳奇名。明人姚子翼撰。

【聖父】 見費君祥條。

【聖樂王】 曲牌名。北曲入越調。管色配六字調或凡字調。

【腳本】見脚本條。

【腳色】見脚色條。

【裝旦】脚色名。謂假婦人也。王國維云：「宋雜劇有裝旦。裝旦之謂假婦人。猶裝孤之爲假官也。」

【裝孤】脚色名。謂假官也。見裝旦條。

【熙州】南宋大曲名。南宋官本雜劇二百八十種之中。有迓鼓熙州、駱駝熙州、二郎熙州三本。金人院本名目六百九十種之中。有熙州駱駝一本。

【熙州三臺】曲牌名。南曲入商角調。管色配六字調或凡字調。

【搖板】皮黃板式名。乃飄搖不定之意。唱腔徐疾。均極自由。例如慶頂珠：「父女打魚在河下……」一段。即爲西板搖板也。

【搖裝】古方言。晉俗。將有遠行。事先擇吉出門江邊。親友傍岸祖餞。上船移棹即返。另日再正式出發。謂之搖裝。

【搖搥】古方言。元時乞兒所持之物。其制不可考。例如東堂老：「倚擅槽聽唱桂枝香。撇搖槌學打蓮花落。」

【圓海】見阮大鋮條。

【圓圓曲】戲曲名。清人吳偉業作。略謂陳圓圓爲吳三桂妾。三桂曾以千金聘之於周邸。未及娶。即出鎮山海關。李自成陷燕都。執三桂父。令招降三桂。三桂欲降。至灤洲聞圓圓爲賊所掠。大爲憤恨。急回師乞降於清。求共討賊。整軍入關。縞素發喪。自成殺三桂父西定。圓圓復歸三桂。偉業此曲。根據史實加以渲染。並深寓諷刺之意。

【酬唱】謂以詩詞互相酬答也。

【酬紅記】傳奇名。淸人趙埜航撰。

【塡詞】詞曲家按譜倚聲曰塡詞。以詞有定格。字有定數。韻有定聲。必按定格定數定聲而塡字也。

【塡還】古方言。㈠償還也。㈡報答也。

【稗村】見洪昇條。

【稗畦】見洪昇條。

【靖甫】見顧允燾條。

【靖虜記】傳奇名。明人謝天佑撰。

【傾盃】南宋大曲名。唐書禮樂志元宗嘗以馬百匹。盛飾分左右施三重榻。舞傾盃數十曲。一曲多至數十曲。似亦唐大曲也。」

【傾杯序】曲牌名。南曲入正宮。管色配小工調或尺字調。北曲入黃鐘宮。管色配六字調或凡字調。

【裘璉】淸代戲曲家。至殷玉。號廢莪子。浙江慈谿人。生於順治元年。卒於雍正七年。享年八十六歲。天才過人。著作等身。藏書數千卷。無不摘其綱要。著有雜劇昆明池、集翠裘、鑑湖隱、旗亭館。(以上四種總題玉湖樓傳奇。)醉書箴、綉當壚等。

【裘叔度】淸代戲曲家。著有傳奇砭痴石一種。

【亂彈】戲曲腔調名。李斗揚州畫舫錄云:「兩淮鹽務。例蓄花雅兩部。以備大戲。雅部卽崑山腔。花部爲京腔、秦腔、弋陽腔、梆子腔、羅羅腔、二簧調。統謂之亂彈。」

【亂柳葉】曲牌名。北曲入雙調。管色配乙字調或正工調。

【搬調】古方言。猶云搬弄也。調唆也。

【搬運太湖石】雜劇名。元明間無名氏撰。

【誠齋】見朱有燉條。

【誠齋樂府】戲曲別集名。明人周憲王撰。王世貞藝苑巵言:「周憲王所作雜劇凡三十餘種。散曲百餘。雖才情未至。而音調頗諧。至今中原絃索多用之。」李獻吉汴中元宵絕句云。齊唱憲王新樂府。金梁橋上月如霜。蓋實錄也。」沈德符顧曲雜言:「周憲王所作雜劇。至今行世。雖警拔稍遜古人。而調入絃索。穩協流麗。猶有金元風範。」

【塞雁兒】曲牌名。北曲入黃鍾宮。管色配六字調或凡字調。

【塞鴻秋】曲牌名。北曲入正宮。管色配小工調或尺字調。

【蜀錦記】傳奇名。淸人陳烺撰。爲玉獅堂十種曲之一。

【蜀鵑啼】傳奇名。淸人邱園撰。按此劇乃爲成都令吳志衍而作。志衍爲梅村之兄。攜家之任。由滇入蜀。值北都城陷。西土淪亡。全家死亡。故撰是劇。」焦循曲話:「梅村詩觀蜀鵑啼劇有感云。紅豆花開聲宛轉。綠楊枝動舞婆娑。不堪唱徹關山調。血汙游魂可奈何。其詞之感人故深矣。」

【窩儡子】卽木偶也。焦循劇說引筆塵云:「杜佑曰。窩儡子亦曰傀儡子。本喪雅也。漢末始用之於嘉會。北齊高緯尤好之。今俗懸絲而戲。謂之偶人。亦傀儡之屬也。」

【窩裏拔蛇】古方言。蛇引入穴。則曳其尾者。雖強力拔之不能出。喻不肯行走也。例如李逵負荆:「正末唱。魯智深似窩裏拔蛇。正末云。宋公明你也行動些兒。你只是拐了人家女孩兒。害羞也不敢走哩。」
【鼎鑊諫】 雜劇名。正題表孫皇后鼎鑊諫。元人金仁傑撰。
【鼎時春秋】 傳奇名。莊恪親王撰。爲內廷七種之一。
【肅淸瀚海】 雜劇名。正題肅淸瀚海平胡傳。明人朱權撰。
【肅淸瀚海平胡傳】 見肅淸瀚海條。
【㤘】 古方言。㈠猶固執也。剛愎也。例如董西廂：「奈老夫人情性㤘。非草草。雖爲個婦女。有丈夫節操。」非草草言不苟且也。㤘亦作搊。例如李逵負荊：「王林云。你不知道。我自嫁我的女孩兒。爲此着惱。正末唱。哎。你個呆老子。暢好是忒搊搜。比似你這般煩惱。休嫁他不得。」㈡猶云凶狠也。例如石榴園：「那關雲長武勢高。張車騎情性搊。他殺的你神嚎鬼哭悲風吼。你准備着亂攛東西。望風也兒走。」㤘亦作㑳。例如勘頭巾：「正廳上坐着箇㑳憿憿問事官人。階直下排兩行惡哏哏行刑漢子。」
【搶】 古方言。㈠猶云美好也。漂亮也。例如董西廂：「右壁個佳人。舉止輕盈。臉兒說不得的搶。」此言有說不盡的美也。又：「做爲掙。百事搶。只少天衣。便是捻塑來的觀音像。」此言舉止漂亮也。字亦作撑或掙。㈡見襯字條。
【濮】 見[illegible]條。
【較】 古方言。猶瘥也。例如拜月亭：「這一炷香。則願俺那抛閃的男兒較些。」言願抛別的丈夫病瘥些也。董西廂：「小詩便是得效藥。讀罷頓然瘥較。」頓然瘥較。猶云霍然病瘥也。
【鈸】 樂器名。通典樂典：「鈸。亦名銅盤。出西戎及南蠻。其圓數寸。相擊以和樂。其大者圓數尺。」俗稱銅鈸或鐃鈸。
【惹】 古方言。猶偌也。例如巾箱本琵琶記：「婆婆。我且問你。你挑着惹多鞋做甚麼。」惹多卽偌多也。
【聘之】 見孔尙任條。
【逸之】 見周履靖條。
【楔子】 元曲體制。以每本四折爲限。其有餘情難入四折者。別爲一節。止一二小令。加於折首。或插入各折之間。名曰楔子。說文云：「楔。櫼也。蓋木工作簨。與孔相入。其不固者。斫木札緊之。是謂楔子。」按北劇登場之首曲。亦曰楔子。

【雋公】見唐英條。

【鳧公】見袁于令條。

【話本】宋時說話人所說故事之底本謂之話本。古今小說綠天館主人序謂：「南宋供奉局有說話人。……德壽清暇。喜閱話本。於是內璫輩廣求先代奇蹟及閭里新聞。倩人敷演進御。以怡天顏。然一覽輒置。卒多浮沈內庭。其傳佈民間者。什不一二耳。然如翫江樓、雙魚墜記等類。又皆鄙俚淺薄。齒牙弗馨焉。」清錢曾也是園書目。則以宋人話本題為「宋人詞話。」見說書條。

【搽旦】脚色名。旦之一種。元人雜劇多用之。其性質大致與皮黃之花旦。梆子之彩旦相仿。例如酷寒亭中之蕭娥即今之花旦。盆兒鬼中之撇枝秀。即今之彩旦。此脚有時亦扮小生。如老生兒雜劇中之劉引孫。南柯記傳奇中之公主大兒。即由搽旦扮演。但不多見。

【稚成】見淩濛初條。

【傻角】古方言。㈠癡人也。獃子也。㈡女子對所歡之暱稱也。

【嗩吶】樂器名。本回族所用。原名蘇爾奈。器以木管為之。本小末大。長約一尺四五寸。上口安銅管。長約三寸。銅管上。復安蘆哨。吹之成聲。木管正面七孔。背出一孔。側面一孔。管末又套一喇叭形之銅管。

【遂叔】見紹良條。

【溜的】古方言。圓貌。例如還魂記：「嚦嚦鶯歌溜的圓。」

【睹是】古方言。猶云懂事也。知恩必報也。例如巾箱本琵琶記：「人知的只道我好心睹是。不知我的。道我恃老無籍之徒。」

【號筒】樂器名。一名長鳴。亦名號通。通雅樂器：「長鳴。今時之號通也。口圓而長。如竹筩。一尺五寸。又有小柄空管。從筩中抽出吹之。」

【疏影】曲牌名。南曲入黃鐘宮引。管色配六字調或凡字調。

【膪膪】古方言。猶云淹煎也。例如鄭光祖倩女離魂：「空服徧瞑眩藥不能痊。知他這膪膪病何日起。」

【搭頭】俗以每折重要脚色謂主戲。不重要諸脚謂搭頭。見主戲條。

【鉢頭】見撥頭條。

【猶龍】見馮夢龍條。

【喔齋】見張衢條。

【滇戲】地方戲之一種。齊如山國劇藝術彙考云：「滇戲亦名雲南戲。與川腔一樣。也是由梆子腔嬗變而來。吸收本地小調更多。如絲絃調。乃是最顯著者。」楊鴻烈戲劇論：「雲南現在流行之滇戲。我敢武斷一句話說。是受京戲洗刷過的。在未受京戲洗刷以前。簡直粗糙苟簡極了。」

【愚濫】古方言。謂愚魯又不檢其行也。

【僤儸】古方言。謂整治酒席也。

【酩子裏】古方言。㈠猶云暗地裏也。例如望江亭：「酩子裏愁腸酩子裏焦。又不敢着旁人知道。」又如董西廂：「燒罷功德疏。老夫人哀聲不住。那君瑞醮台兒旁立地不定。瞑子裏歸去。」此言張生立地不定。偷偷地溜走也。㈡猶云無法也。例如裴度還帶：「幾曾見酩子裏兩對門。你道是五百年宿緣兮。」兩對門爲成親之義。此爲裴度以新狀元遊街。被綉球打中而成親時語。意言平白無端成親也。梧桐雨：「怎的教酩子裏題名單罵。腦背後着武士金瓜。」言無端指名而罵也。

【腰子臉】臉譜名。奸臉之一種。此臉性質與大白臉相同。惟只抹至顴骨以外。其形猶如腰子。故名。世俗則通稱三花臉。齊如山云：「其人雖不正。而其惡跡尚不及嚴世藩之重。故抹的較小。露的較多。是表示其人雖壞。尚有眞實處也。如伯嚭賈化及女起解之崇公道等人皆是。」

【壺中天】傳奇名。淸人朱龍田撰。

【蜃中樓】傳奇名。凡三十六齣。淸人李漁撰。爲笠翁十種曲之一。演二龍女事。取元人雜劇柳毅傳書、張生煮海二事合而爲一。錯綜成文。以二事皆空中樓閣。故名蜃中樓。略謂東海龍王之女。與洞庭龍王之女。本係堂姐妹。張羽與柳毅爲友。洞庭女在蜃樓上與柳毅訂婚約。柳且爲東海女推薦張羽。後洞庭女爲叔父錢塘君錯配涇河龍王之子。誓死不從。涇河龍王怒。命洞庭女赴涇河牧羊。柳生偶遇之。洞庭女訴其受苦。請爲傳書於父求救。柳生持歸龍女書。語張生以此事。張生憤慨。代柳傳書洞庭。錢塘君怒。起兵攻涇河滅之。救洞庭女還。然以女與柳生不待雙親許可。密訂婚約爲不義。不許與柳生。於是張生以東華上仙所授之法。於海門島煮海水。海水漸熱漸乾。水族不堪其苦。龍王遂降伏。許婚事。柳生得洞庭女。張生得東海女云。中國近世戲曲史

【頑老子】見張擇條。

【葛衣記】傳奇名。明人顧大典撰。爲清音閣四種之一。演梁任昉子西華事。本南史任昉傳曾飾而成。略謂任昉在世之日。其子西華與到溉之女某結婚約。任昉死後。家道衰落。西華貧不能自給。嘗至一寺燒香。偶遇到溉之女。揖之。反爲其僕所辱。西華訴溉。不理。返逼休書。逐出大門。時大雪下降。西華葛衣身寒。欲尋父舊友訴之。至陸太常、蕭左丞二家。皆拒而不見。道遇劉孝標車。孝標見而憐之。共載而歸。教以兵書。賴沈約推薦投官。立軍功。孝標乃至溉家嘲笑之。其前。溉女聞父逐婿。投江自盡。爲尼所救。居尼菴內。而溉不知焉。以爲死矣。傷心不已。夫人言女尚存。即遣使迎之。終令與西華結婚云。其事概出於作者虛構。中國近世戲曲史呂天成曲品：「此有爲而作。感慨交情。令人嗚咽。」

【雉尾生】脚色名。小生之一種。此脚頭上插雉尾。故名。齊如山云：「扮此者。舉止須靈活健捷。唱白須堅脆爽利。倒不需要多好武功。如轅門射戟之呂布。監酒令之朱虛侯等是。」

【楞伽塔】見鎮靈山條。

【載花舲】傳奇名。清人若耶野老撰。

【照膽鏡】傳奇名。清人朱從雲撰。

【殿前歡】曲牌名。北曲入雙調。管色配乙字調或正工調。

【綈袍贈】傳奇名。清人周坦倫撰。

【賊救人】戲曲名。明人沈璟撰。爲博笑記十件之一。演二賊掘銀。彼此均欲獨佔。一則置毒藥於酒中。一則懷利刃。懷刃者飲毒酒竟刺殺其友。己身罹毒死。

【睢舜臣】元代中期戲曲家。字嘉賢。一作景臣。後改景賢。江蘇揚州人。生卒年不詳。約大德中葉在世。自幼讀書以水沃面。雙眸紅赤。不能遠視。然心性聰慧。酷嗜音律。大德七年自揚赴杭。與鍾嗣成訂交。所著雜劇有楚大夫屈原投江、鶯鶯牡丹記、千里投人三種。今皆不傳。太和正音譜評其曲曰：「如鳳管秋聲。」

【誅雄虎】雜劇名。明人張大謨撰。劇品謂此劇：「北一折。俠士一言相許。不惜頭顱。此劇略見大意。每曲換一韻。非法。」

【酥棗兒】曲牌名。北曲入中呂宮。管色配小工調或尺字調。

【辟寒釵】傳奇名。清人徐石麒撰。

【慈悲願】傳奇名。清代無名氏撰。略謂陳光蕊與其妻殷氏遭難。殷生一子。納木匣中。浮之水。爲人所救。名之曰江流。長而爲僧。法名元奘。後赴西天取經。本之元代戲文陳光蕊江流和尙數演而成。㈡見蓮花筏條。㈢見西天取經條。

【零碎兒】見雜條。

【蓁園記】傳奇名。清人梁木公撰。演梅逢春遇仙素蟾於曲江之蓁園事。

【想當然】㈠雜劇名。清人王光魯撰。相傳此劇出於光魯之手。而托盧枘之名以行。

【弒齊君】雜劇名。正題崔子弒齊君。元人李子中撰。

【資齊鑑】傳奇名。清人萬樹撰。

【搗練子】曲牌名。南曲入雙調引。管色配乙字調或正工調。北曲入雙角隻曲。

【農樂歌】曲牌名。北曲入雙調。管色配乙字調或正工調。

【捧龍州】見牽龍州條。

【跟頭匠】見上下手條。

【碰頭好】名脚當日初出場。觀衆叫好或鼓掌。戲界謂之碰頭好。齊如山云：「倘出場恰是時候。則演員可以得碰頭好。出來之時銷差。便不得好。國劇演員。對此極重視。倘得不到碰頭好。則一齣戲提不起精神來。」

【經勵科】戲界七科之一。俗名頭兒。齊如山云：「凡該脚或該班對外之種種交涉。如塔班、堂會、出外演戲之條件索價種種手續。都歸他們辦理。」

【馱環着】曲牌名。南曲入中呂宮。管色配小工調或尺字調。

【葫蘆提】古方言。猶云糊塗也。例如合汗衫：「便是老親。也有近的。也有遠的。母親怎葫蘆提只說老親。不說一箇明白與孩兒知道。」提亦作蹄。例如三奪搠：「當日都是那不主事蕭丞相。更合着那沒政事漢高皇。把韓元帥葫蘆蹄斬在未央。」

【猿聽經】雜劇名。正題龍濟山野猿聽經。元代無名氏撰。演高僧修公禪師在龍濟山中講經。有猿精化名袁遜前往聽講而悟妙道事。

【愼鸞交】傳奇名。凡三十五齣。清人李漁撰。爲笠翁十種曲之一。演華秀侯儁與妓王又嬙鄧蕙娟事。作者以嬙不輕許。但其與秀之交甚固。娟輕許。其與儁之交幾離。故曰愼鸞交也。

【鉤弋夫人】劇中人。漢河間人。姓趙氏。生時兩手皆拳。武帝巡河間。召見。披其手。即伸。乃幸之。號拳夫人。進婕妤。居鉤弋宮。稱鉤弋夫人。生鉤弋子。帝將立鉤弋子爲太子。恐子少母壯。女主顓恣淫亂。遂藉故賜死。鉤弋子即位。是爲昭帝。追尊爲皇太后。見再生緣條。

【窣地錦襠】曲牌名。南曲入仙呂入雙調。（實即仙呂宮。）

【詭男爲客】雜劇名。明人汪廷訥撰。劇品謂此劇：「南六折。昌朝搜蒐古今。於凡可爲勸可爲戒者。俱入之傳奇。如黃善聰以女子客處。能全身於始。可以爲勸之一也。惜其作法不撇脫。造語未尖新。此必於善聰與李子同處時。極力摹擬。乃見善聰有潔身之智。」

【暗度陳倉】雜劇名。正題韓元帥暗度陳倉。元明間無名氏撰。

【嗇軒道人】清代戲曲家。著有傳奇宮臯記一種。

【鈿盒奇姻】雜劇名。明人傳一臣撰。爲蘇門嘯卷十二。

【雍熙樂府】書名。凡二十卷。明人郭勛編。所收明代戲曲甚豐。本書內容以詞林摘艷爲底本外。其資料來源。尚有已刊未刊之元明雜劇。王實甫之西廂記。朱有燉之誠齋樂府。楊朝英之太平樂府、陽春白雪。以及王伯成之天寶遺事諸宮調等。除盛世新聲、詞林摘艷之書外。當以此集最爲重要。有商務印書館叢刊本。

【廉頗負荊】雜劇名。正題相府門廉頗負荊。元人高文秀撰。

【溼肉伴乾柴】古方言。謂以肉受竹木之笞也。例如老生兒：「但得他不罵我做絕戶的劉員外。只我也情願溼肉伴乾柴。」

【遏雲閣曲譜】書名。清人王錫純編。計收明清戲曲八十七齣。皆爲當時傳唱之劇。曲文、賓白、宮譜、節拍等。一應俱全。有上海著易堂印本。

【搥碎黃鶴樓】雜劇名。元明間無名氏撰。

【萱草堂玉簪記】見玉簪記條。

【棄子全姪魯義姑】見魯義姑條。

【滅吳王范蠡歸湖】見范蠡歸湖條。

【暖紅室彙刻傳奇】清人劉世珩編。計收元明清雜劇傳奇三十種。附錄十四種。附刊六種。別行一種。共五十一種。有民國十二年劉氏暖紅室刻本。

【愚鼓惜氣勸世道情】雜劇名。元明間無名氏撰。

【運機謀隨何騙英布】 見騙英布條。

十四畫

【趙孝】 劇中人。漢沛國蘄人。字長平。性友悌。王莽時。天下亂。人相食。弟禮為餓賊所得。欲啖之。孝自縛詣餓賊曰：「禮久餓羸瘦。不如孝肥飽。」餓賊義而併釋之。見趙禮讓肥條。

【趙盾】 劇中人。春秋晉大夫。衰子。襄公時。將中軍。為國政。襄公卒。迎公子雍於秦。秦以兵送之。未至。穆嬴抱太子逼之。乃拒退秦師。而立靈公。靈公不君。欲殺盾。盾奔未出境。趙穿弒靈公。復還。迎立成公。太史董狐書曰：「趙盾弒其君。」蓋以其為正卿。亡不出境。反不討賊也。卒諡宣子。見趙氏孤兒、八義記兩分條。

【趙彥】 南戲名。元代無名氏撰。南戲拾遺輯錄此目。

【趙祐】 元代初期戲曲家。字天錫。宛丘（今河南省淮陽縣）人。生卒年不詳。約至元中葉在世。初辟掾於吳。轉官鎮江府判。工詩能文。有東塘集數十卷藏於家。所著雜劇。有試湯餅何郎傅粉、賈愛卿金釵剪燭兩種。今皆不傳。太和正音譜評其曲曰：「如秋水芙蕖。」

【趙雲】 劇中人。三國蜀人。字子龍。姿顏雄偉。勇敢善戰。嘗為曹軍圍於漢中。雲以計退敵。使曹軍自相蹂踐。劉備稱其一身都是膽。建興初封永昌亭侯。遷鎮東將軍。卒諡順平侯。

【趙瑜】 清代戲曲家。字瑾叔。泉唐人。武康籍。生卒年不詳。約康熙四十年前後在世。少時雅喜填曲。與洪昇齊名。中年喜作釋氏裝。自稱繡衲頭陀家雖貧。不肯俯仰於人。著有傳奇青霞錦、翠微樓二種。

【趙熊】 元代初期戲曲。家字子祥。宣城人。嘗為池州路吏。與楊顯相友善。工曲。著有雜劇風月害夫人、太祖夜斬石守信、崔和擔生三種。今皆不傳。太和正音譜評其曲曰：「如馬嘶芳草。」

【趙太祖】 雜劇名。正題甲馬營降生趙太祖。元人關漢卿撰。

【趙文敬】 元代初期戲曲家。一作文殷。又作文英。或字敬夫。藝名字明境。彰德（今河南省彰德縣）人。生卒年不詳。約至元中葉在世。至元時任教坊色長。賈仲明弔文敬詞云：「教坊色長有學規。文敬超群衆所推。樂星謫降來彰德」可見其在當日劇壇上之聲望。所著雜劇有張果老度脫啞觀音、宦門子弟錯立身、渡孟津武王伐紂三種。今皆不傳。

【趙公輔】元代初期戲曲家。字不詳。平陽（今山西省臨汾縣）人。生卒年無考。約至元中葉在世。官至儒學提舉。善爲曲。著有雜劇晉謝安東山高臥迷靑瑣倩女離魂兩種。皆不傳。太和正音譜評其曲曰：「如空岩清嘯。」

【趙令時】人名。字德麟。涿郡人。宋太祖次子燕王德昭元孫。生卒年均不詳。約宋徽宗大觀末前後在世。紹興初。襲封安定郡王。嘗採錄故事詩話。爲侯鯖錄八卷。所作商調鼓子詞。即載此書中。商調鼓子詞係譜西廂故事。爲後來董解元絃索西廂、王實甫西廂記雜劇所本。又有詞集聊復集一卷。並傳於世。

【趙皮鞋】曲牌名。南曲入越調。管色配六字調或凡字調。

【趙匡胤】見宋太祖條。

【趙良弼】元代中期戲曲家。字君卿。亦作君祥。東平（今山東省東平縣）人。生年不詳。卒於天歷元年。能楷書。善丹靑。經史問難。詩文酬倡。樂章小曲。以及隱語傳奇。莫不究意。其人風流韞籍。開懷待客。人所不及。然亦以此見廢。天歷元年冬卒於家。所著雜劇僅知春夜梨花雨一種。今不傳。

【趙明道】元代初期戲曲家。或作明遠。大都（今北平）人。生卒年不詳。約至元中葉在世。工曲。賈仲明弔明道詞有：「元貞年裏。昇平樂。章歌汝曹」句。藉知其作劇年代。所著雜劇有陶朱公范蠡歸湖、韓湘子三赴牡丹亭、韓退之雪擁藍關記三種。前一種傳。後二種不傳。太和正音譜評其曲曰：「如太華晴空。」

【趙於禮】明代戲曲家。字心雲。一作心武。上虞人。生卒年不詳。約萬曆中葉在世。工曲。著有傳奇畫鶯記漑園記二種。並傳於世。

【趙宣孟】雜劇名。明人李槃撰。劇品謂此劇：「北一折。趙宣孟以公族大夫。讓其義母弟趙括。詞中敍述亦達。」

【趙飛燕】劇中人。漢成帝后。成陽侯臨女。幼學歌舞。帝微行見而悅之。併召其妹入宮。俱爲婕妤。寵冠後宮。許后廢。立爲后。封其妹爲昭儀。姐妹擅寵十餘年。日夜蠱惑。致帝暴疾崩。哀帝立。

尊爲皇太后。平帝初。廢爲庶人。自殺。見樊姬擁髻條。

【趙埜航】 清代戲曲家。著有傳奇酬紅記一種。

【趙善慶】 元代末期戲曲家。字文賢。一作文寶。饒州樂平（今江西省樂平縣）人。生平事蹟均不詳。惟知以卜術爲業。任陰陽學正。善爲曲。生卒年不詳。約元仁宗延祐末前後在世。所作雜劇有八種。曰唐太宗驪山七德舞。曰燒樊城糜竺收資。曰孫武子教女兵。曰敦友愛姜肱共被。曰褚遂良擲笏諫。曰醉寫滿庭芳。曰負親沈子。曰村學堂。今皆不傳。太和正音譜評其曲曰：「如藍田美玉。」

【趙氏孤兒】 (一)雜劇名。正題冤報冤趙氏孤兒。元代無名氏撰。演晉趙氏家臣程嬰公孫杵臼合力保全趙氏孤兒。二十年後。終得殺世仇屠岸賈而雪積恨事。略謂晉靈公時。文臣趙盾與武將屠岸賈不睦。賈使勇士鉏麑刺盾。麑誤觸槐樹而死。後西戎進一犬。呼之曰神獒。靈公以賜賈。賈閉之密室。三四日不與飲食。而以草紮作盾狀。置羊心肺於其中。出神獒。使剖而噉之。如是者再。賈因言於靈公曰。神獒能識邪佞。靈公使試於朝。獒既習於盾之服貌。即撲噬之。爲殿前太尉提彌明所殺。盾出。賈預毀其車馬。盾昔所救桑間餓夫名靈輒者忽至。掖之而去。賈復譖盾於靈公。誅絕趙氏一門三百口。盾子朔。乃靈公駙馬。亦不免於死。朔妻公主有子甫生。賈搜之甚急。朔門下客程嬰。僞爲臣者。得見公主。公主以孤授嬰而自縊。嬰藏孤於藥籠中。爲賈所置監視公主之小將韓厥所見。厥與朔有舊。故縱之出。厥亦自刎。以示不洩。賈索孤不得。欲盡收國中嬰兒殺之。以絕後患。嬰乃携孤投趙氏老臣公孫杵臼。將使杵臼匿孤。而己挾親子。亦新生者。僞稱孤兒。令杵臼告發。誘賈殺假孤。以全其眞者。杵臼以己年老。恐不及撫孤成立。乃使嬰匿孤山中。而置嬰子於杵臼家。即由嬰往告密。岸賈執杵臼。即令嬰拷之。杵臼乃撞堦基而死。岸賈既搜殺僞孤。自謂趙氏已盡滅矣。遂厚賞嬰。且收養嬰子爲義兒。以酬嬰功。而不知其爲眞孤也。賈改兒名屠成。自教兵法。而令嬰教以詩書。越二十年。孤已長成。嫻於武術。嬰乃以趙氏全家及公主韓厥杵臼諸人死狀。繪爲一圖。對之而泣。屠成見而詢之。嬰爲詳言始末。成乃知己即趙氏孤兒也。大爲悲憤。發兵擒屠岸賈。縛送之晉上卿魏絳。絳亦仇賈。遂令凌遲處死。旨復孤兒姓。賜名趙武。襲父祖爵。爲上卿。並厚褒諸義士云。現存元人雜劇本事考 此劇有英法譯本。㈡南戲名。元代無名氏撰。永樂大典卷一三九六五及徐渭南詞敍錄俱錄此目。

【趙宗讓肥】 雜劇名。元明間無名氏撰。

【趙堯辭金】 雜劇名。正題御史台趙堯辭金。元人高文秀撰。

【趙禮讓肥】 雜劇名。正題孝義士趙禮讓肥。元人秦簡夫撰。別作宜秋山趙禮讓肥。演趙禮趙孝兄弟避亂遇寇。將殺之。兄弟爭求代死。遂皆獲免。後且得富貴事。略謂王莽篡位。兵戈四起。士民紛紛逃竄。有汴梁人趙禮趙孝兄弟。侍母避亂。行至宜秋山。復遇荒年。採野充飢。一日。趙孝入山。爲山賊馬武所擒。欲殺而食之。孝謂家有老母弱兄。乏人奉養。請暫假一時。歸家告別。再來受死。武以爲妄。初不肯。孝乃以信爲辭。始允。孝歸家與老母訣別。遂復入山。事爲兄趙禮知悉。急追視之。孝既入山見武。武云：「君不再來。是君失信。既來而我不殺君。乃我失信。」於是將令人斬之。更趙禮至。禮曰：「吾弟甚羸弱。請留之。禮肥胖。可代弟死。」孝又曰：「請留吾兄侍母。余實更肥。」正當兄弟相讓之際。趙母亦至。三人皆相爭讓。武大爲感動。皆免之令歸。臨別。武詢二人姓名。知係朝中三請不至之賢士。更加禮遇。趙氏兄弟。乃勸武入京應試。武得中武舉。隨光武帝起兵。討平赤眉銅馬大盜。戰功獨多。封爲天下兵馬大元帥。勅丞相鄧禹加官賜賞。並令武等擧薦賢士。佐理太平。武乃以趙禮趙孝奏聞。封孝爲翰林學士。禮爲御史中丞。更賜黃金千兩。令有司旌表門庭云。現存元人雜劇本事考

【趙元遇上皇】 見遇上皇條。

【趙太祖鎭兇宅】 見鎭兇宅條。

【趙匡胤打董達】 見打董達條。

【趙光普進梅諫】 ㈠南戲名。元代無名氏撰。南詞敍錄、宋元戲文本事、南戲百一錄俱錄此目。南九宮譜中僅存殘文一曲。㈡見進梅諫條。

【趙貞女蔡二郎】 南戲名。宋代無名氏撰。南詞敍錄輯錄此目。

【趙氏孤兒大報讎】 見趙氏孤兒條。

【趙妙善謀殺親夫】 雜劇名。明代無名氏撰。

【趙二世醉走雪香亭】 見雪相亭條。

【趙子龍大鬧塔泥鎭】 雜劇名。明代無名氏撰。

【趙太祖扨立天子班】 見天子班條。

【趙太祖夜斬石守信】見石守信條。

【趙江梅詩酒翫江亭】見翫江亭條。

【趙匡義智娶符金錠】見符金錠條。

【趙盼兒風月救風塵】見救風塵條。

【趙貞姬身後團圓夢】見團圓夢條。

【漢恭】見王光魯條。

【漢調】戲曲腔調名。自崑曲盛行。鄂人取而變通之。易笙管爲絃索。流行江漢間。稱漢調。爲今平調之濫觴。見黃腔條。

【漢東山】曲牌名。北曲入正宮。管色配小工調或尺字調。

【漢武帝】劇中人。景帝中子。名徹。嗣景帝而立。以即位之年爲建元元年。是爲帝王有年號之始。在位之時。通西域。平滇及西南夷。定東越南越朝鮮。又北斥匈奴。破樓蘭車師諸國。以是版圖大廓。在位五十四年崩。謚武。見再生緣、通天台二分條。

【漢高祖】劇中人。漢開國之帝。沛豐邑人。姓劉。名邦。字季初。爲泗上亭長。秦末群雄並起。沛人立爲沛公。與項羽同伐秦。先羽入關。羽立爲漢王。尋羽引兵東歸。乃先定三秦。出關攻羽。卒滅羽而有天下。國號漢定都咸陽。在位十二年崩。廟號高祖。見氣英布條。

【漢宮春】曲牌名。南曲入高大石調正曲。

【漢宮秋】雜劇名。正題破幽夢孤雁漢宮秋。元人馬致遠撰。記王昭君事。本西京雜記增飾成劇。以漢元帝於宮中憶之。故云漢宮秋。略謂漢元帝命畫工毛延壽選良家女入宮。圖形以進。按圖臨幸。延壽大索賄賂。王嬙獨無。因毀其狀。不得幸。一日於宮中彈琵琶。帝聞。召見。遂獲大寵。知延壽納賄。將殺之。延壽逃歸匈奴。圖嬙以獻。呼韓邪單于入朝求和親。指索嬙。嬙慷慨請行。帝恐啓邊釁。不得已。許之。嬙北行至黑水。投水死。王國維宋元戲曲史云：「余於元劇中得三大傑作焉。馬致遠之漢宮秋。白仁甫之梧桐雨。鄭德輝之倩女離魂是也。馬之雄勁。白之悲壯。鄭之幽艷。可謂千古絕品。」焦循劇說云：「元明以來作昭君雜劇者有四家。馬東籬漢宮秋一劇。可稱絕調。臧晉叔元曲選取爲第一。良非虛美。」此劇有戴維斯英譯本。

【漢元帝哭昭君】見哭昭君條。

【漢高祖哭韓信】見哭韓信條。

【漢太守郝廉留錢】見郝廉留錢條。

【漢公卿衣錦還鄉】見衣錦還鄉條。

【漢丞相韋賢籯金】見韋賢籯金條。

【漢匡衡鑿壁偷光】見鑿壁偷光條。

【漢高祖詐遊雲夢】見詐遊雲夢條。

【漢張良辭朝歸山】見張良辭朝條。

【漢姚期大戰邳彤】見大戰邳彤條。

【漢丞相丙吉問牛喘】見問牛喘條。

【漢武帝死哭李夫人】見李夫人條。

【漢李陵撞台全忠孝】雜劇名。明代無名氏撰。

【漢忠臣疊土望嗣台】雜劇名。明代無名氏撰。

【漢相如四喜俱全記】雜劇名。明代無名氏撰。

【漢高祖澤中斬白蛇】見斬白蛇條。

【漢高皇濯足氣英布】見氣英布條。

【漢鍾離度脫藍采和】見藍采和條。

【夢符】見喬吉條。

【夢天台】雜劇名。元明間無名氏撰。

【夢中樓】見巧團圓條。

【夢中緣】傳奇名。凡四十六齣。清人張堅撰。為玉燕堂四種之一。演才人鍾心與美女文媚蘭陰麗娟二人遇合事。

【夢花酣】傳奇名。清人范文若撰。為范氏三種之一。鄭超宗夢花酣題詞曰：「夢花酣與牡丹亭情景略同。而詭異過之。」

【夢粱錄】書名。凡二十卷。宋人吳自牧撰。其書全仿東京夢華錄之體。記南宋舊典及雜事。其自序謂緬懷往事。殆猶夢也。故名粱夢錄。

【夢釵緣】戲曲名。焦循劇說：「襲西廂西樓而合之。」

【夢境記】傳奇名。正題呂眞人黃粱夢境記。明人蘇漢英撰。

【夢磊記】傳奇名。亦名巧雙緣。明人史槃撰。馮夢龍重訂。演文景昭與劉逮女亭亭及女婢秋紅姻緣事。景昭夢神仙示以磊字云：「婚姻富貴。皆由於此。」因名夢磊記。

【夢影緣】彈詞名。鄭澹若作。

【夢瓊圖】傳奇名。清人蓉鷗漫叟撰。

【夢符散曲】散曲別集名。元人喬吉撰。有中華書局散曲叢刊本。

【夢梅懷玉】戲曲別集名。亦作玉燕堂四夢。清人張堅撰。共收夢中緣、梅花簪、懷沙記、玉狐墜四種。合稱夢梅懷玉。自序玉獅墜曰：「憶昔從父師受業時。偷看西廂拜月傳奇。偶一遊戲。背作夢中緣塡詞。懼見嗔責。藏之篋底十餘年。後始出以示人。繼出梅花簪懷沙記。今又成玉獅墜一種。」詞餘叢話評曰：「四種中梅花簪、玉獅墜、俱少餘味。懷沙記衍屈大夫故事。組織離騷。頗費匠心。稍嫌近理。惟夢中緣排場變幻。詞旨精緻。洵爲昉思後勁。足開藏園先聲。湖上笠翁不足數也。」

【夢華瑣簿】　書名。凡一卷。淸人楊懋建撰。有京塵雜錄所收本。淸人說薈所收本。

【夢溪筆談】　書名。凡二十六卷。又補筆談二卷。續筆談一卷。宋人沈括撰。夢溪其潤州別業也。

【夢撒撩丁】　古方言。猶云無錢也。例如對玉梳：「有一日使的來赤手空拳。夢撒撩丁。」又如曲江池：「恁時分。我直著你夢撒了撩丁。倒折了本。」

【夢覺道人】　淸代戲曲家。著有傳奇鴛簪合一種未見流傳。

【夢鶴居士】　見顧彩條。

【夢斷楊貴妃】　見楊貴妃條。

【鳳洲】　見王世貞條。

【鳳引雛】　曲牌名。北曲入雙調。管色配乙字調或正工調。

【鳳皇船】　雜劇名。正題秋江風月鳳皇船。元人白樸撰。

【鳳飛樓】　傳奇名。淸人李文瀚撰。

【鳳凰兒】　雜劇名。正題吹簫女梅教鳳凰兒。元人鄭廷玉撰。

【鳳凰吟】　曲牌名。北曲入商調。管色配六字調或凡字調。

【鳳凰閣】　曲牌名。南曲入商調引。管色配六字調或凡字調。

【鳳凰樓】　雜劇名。正題宋上皇御賞鳳凰樓。元人宮天挺撰。

【鳳棲亭】　傳奇名。淸人休休居士撰。

【鳳雙飛】　彈詞名。程惠英女史作。

【鳳鸞儔】　傳奇名。淸人沈名蓀撰。演華登娶樓月迎王弱青二美女爲妻妾事。

【鳳陽花鼓】　見花鼓戲條。

【鳳頭鞋記】　傳奇名。淸人鄧志謨撰。爲五局傳奇之一。其凡例云：「鳥名以金衣公子雪衣娘爲配。他以諸禽中有類人名者輳合。以成傳奇。名鳳頭鞋記。此是羽族中一局。」

【鳳頭猪肚豹尾】　喬夢符曰：「作樂府亦有法。曰鳳頭猪肚豹尾是也。大概起要美麗。中要浩蕩。結要響亮。尤貴在首尾貫穿。意思淸新。苟能若是。斯可以言樂府矣。」

【鳳凰坡越娘背燈】　見越娘背燈條。

【鳳凰臺上憶吹簫】　曲牌名。北曲入仙呂調隻曲。

【碧玉令】　曲牌名。南曲入大石調引。管色配小工調或尺字調。

【碧玉釵】　雜劇名。明人葉憲祖撰。劇品謂此劇：「南四折。爲團花鳳翻一種境界。後之歡遇也。與彼劇絕不相肖。而繁簡短長。各有佳處。」

【碧玉簫】　曲牌名。北曲入雙調。管色配乙字調或正工調。

【碧牡丹】　曲牌名。南曲入仙呂宮。管色配小工調或尺字調。

【碧桃花】　(一)雜劇名。正題薩眞人夜斷碧桃花。元代無名氏撰。演徐端女碧桃。死後魂附其妹玉蘭之身。與張道南結爲夫婦事。略謂廣東潮陽縣縣丞張珪。字庭玉。東京人。有子道南。博通經史。人皆許爲國器。知縣徐端。亦東京人。有女名碧桃。許字道南而未婚。時三月牡丹盛開。珪治具邀端夫婦相賞。而碧桃與婢遊於後園。適道南有白鸚鵡飛入園中。道南踰牆覓之。甫與碧桃相遇。而端夫婦歸。端見二人共語。怒責其女越禮。碧桃憤極而死。即葬園中。後端致仕。珪亦任滿還京。道南應舉得第。亦授潮陽知縣。赴任至園。見碧桃花盛開。追思舊遊。誦崔護桃花人面句。憶碧桃不置。夜中忽見花蔭一女子殊麗。詢之。則但云鄰家女。而不言姓名。道南悅之。贈以詞。女收之。此女實即碧桃之魂也。自此往來甚密。道南遂染重疾。醫藥罔效。珪聞有薩眞人者。行五雷法。乃延爲禳禱。眞人結壇作法。攝女魂詰責。女自云爲碧桃。生前與道南許爲夫婦。沒葬園中。陰府以陽壽未絕而放回。然屋舍（屍體）已壞。因道南至此始相見。贈詞致病。非無端作祟也。眞人爲檢姻緣簿。知碧桃與道南當復合。而其妹玉蘭。又當祿盡。假玉蘭之身。使碧桃附之還魂。適端欲以玉蘭與道南續舊好。而玉蘭暴亡。比甦。則自稱碧桃。敍前事歷歷。眞人亦爲珪道其詳。而道南疾亦癒。遂再合姻緣結爲夫婦。舉家稱謝眞人不置云。（現存元人雜劇本事考）(二)雜劇名。正題丘長三度碧桃花。明人賈仲明撰。

【碧桃記】　傳奇名。淸人陸祁生撰。演吳蘭姬人丘鎬事。

【碧紗籠】雜劇名。明人來集之撰。事據唐王保定摭言中王播之故事。略謂唐王播。少孤貧。寓食揚州僧寺。寺僧厭怠。故於飯後鳴鐘。因題詩有：「慚愧闍黎飯後鐘」之句。後出鎮是邦。暇訪舊遊。向所題句盡以碧紗籠護矣。遂續題其下云：「三十年來塵撲面。如今始得碧紗籠。」

【碧梧堂】雜劇名。正題雙鸞棲鳳碧梧堂。明人須子壽撰。

【碧牕吟】傳奇名。淸人朱仲香撰。

【碧霄吟】燕樂大曲名。

【碧蓮會】雜劇名。明代無名氏撰。

【碧蓮繡符】雜劇名。明人葉憲祖撰。爲四艷記第二種夏艷。略謂章斌越郡人也。落第歸鄉。路過揚州。適値端午節。與舊友至江邊。觀競渡之戲。雜沓中與友相失。獨自閑步。偶過一豪家樓。有美女。偷窺之。其女避入內。斯時樓上墮下一繡符。章生拾之。正尋思如何可得此美女時。遇其家僮僕歸來。探詢之。則此爲秦侍中邸。侍中死後。夫人與公子居焉。美女則爲故侍中嬖妾陳碧蓮云。章生托其僮僕。入邸爲書記。得公子寵。居二年。嘗爲公子頂替鄉試。益得其信用。然後托邸中一老嫗。以繡符返還碧蓮以致其意。碧蓮亦以其爲一見即不能忘懷之男子。欲嫁之。章生又欲打動公子。故意請辭歸。公子忖度彼得良配必可留。乃說其母。終以碧蓮與章生。中國近世戲曲史 見三笑姻緣條。

【碧雞漫志】書名。凡一卷。宋王灼撰。詳載曲調源流。首述古初至唐宋聲歌遞變之由。次列二十八調。溯得名之緣起。與其漸變宋詞之沿革。就其傳授分明可考見者。核其名義。正其宮調。以著倚聲所自始。其餘晚出雜曲。則略而不詳。其書成時。適居碧雞坊。因以爲名。

【碧蕉軒主人】戲曲家。年代不詳。著有雜劇不了緣一種。

【梧碧堂雙鸞棲鳳】見雙鸞棲鳳條。

【齊鈸】樂器名。如鈸而小。用於排衙行禮等事。

【齊天樂】(一)南宋大曲名。入正宮調。宋史樂志及文獻通考教坊部十八調中。正宮調有齊天樂大曲。(二)傳奇名。淸人薛旦撰。(三)曲牌名。北曲入中呂宮隻曲。南曲入正宮引。管色配小工調或尺字調。

【齊案眉】傳奇名。淸人朱從雲撰。

【齊臻臻】古方言。猶云整整齊齊也。

【齊醜后】見智勇定齊條。

【齊天大聖】雜劇名。正題二郎神齊天大聖。明代無名氏撰。

【齊東野語】書名。凡二十卷。宋周密撰。密本濟南人。其曾祖扈從南渡。因家湖州。書以齊東野語名。示不忘本。其中考證古義。皆極典核。而所記南宋舊事爲多。皆興亡治亂之大端。足以補史傳之闕。有說郛所收本。

【齊東絕倒】雜劇名。明人呂天成撰。

【齊景公哭晏嬰】見哭晏嬰條。

【齊桓公九合諸侯】見九合諸侯條。

【齊景公夾谷大會】雜劇名。明代無名氏撰。

【齊景公駟馬奔陣】見駟馬奔陣條。

【齊賢母三救王孫賈】見王孫賈條。

【舞衫】舞時所著之衣也。庾信詩：「綠珠歌扇薄。飛燕舞衫長。」

【舞夏】穀梁傳隱五年：「舞夏。天子八佾。諸公六佾。諸侯四佾。」鍾文烝穀梁補注：「舞羽謂之舞夏。則所執羽備五色可知。」

【舞絙】走繩戲也。張衡西京賦綜注：「索上。長繩繫兩頭於梁。舉其中央。兩人各從一頭上。交相度。所謂舞絙者也。」

【舞象】謂象之能舞者。嶺表錄異：「蠻王請漢使於百花樓前。設舞象。樂動即優人引一象入。以金羈絡首。錦襜垂身。隨拍踏動。皆合節奏。」

【舞隊】見隊舞條。

【舞臺】演戲之場所曰舞臺。亦曰戲臺。

【舞蹈】禮樂記：「嗟嘆之不足。故不知手之舞之。足之蹈之也。」今謂跳舞曰舞蹈。

【舞大姐】燕樂大曲名。

【舞春風】燕樂大曲名。

【舞翠盤】雜劇名。明代無名氏撰。

【舞霓裳】㈠曲牌名。南曲入中呂宮。管色配小工調或尺字調。㈡見長生殿條。

【裴度】劇中人。唐聞喜人。字中立。神觀爽邁。操守堅貞。貞元成進士。累官中書侍郎。同平章事。討平淮蔡。擒吳元濟。封晉國公。敬宗爲宦官劉克明所弒。度定計誅克明。迎立文宗。唐祚得以不隳。屢秉國政。威震四夷。身繫天下重輕者垂三十年。時以比郭汾陽。後以閹官擅權。搢紳道衰。遂築別墅於東都。號綠野草堂。與諸名士觴詠其間。不問世事。卒謚文忠。見㑳梅香裴度還帶二分條。

【裴航】劇中人。唐聞喜人。長慶中秀才。遊鄂渚傭舟還都。同載有樊夫人。國色也。乃賂其婢裊煙。投以詩。樊答曰：「一飲瓊漿百感生。元霜擣盡見雲英。藍橋便是神仙路。何必崎嶇上玉京。」後航過藍橋驛。見路旁茅舍一老嫗績麻。航渴求漿。嫗呼雲英捧一甌飲之。航見雲英。姿容絕世。飲其漿。眞玉液也。因謂欲娶此女。嫗曰：「昨有神仙與藥一刀圭。須玉杵臼搗之。欲娶雲英。須以玉杵臼爲聘。爲搗藥百日乃可。」航求得玉杵臼。遂娶雲英。乃知樊夫人名雲翹。雲英姊。劉綱妻也。後航夫婦俱入玉峯。餌絳雪瓊英之丹。仙去。見藍橋記條。

【裴鉶】 人名。生卒年均不詳。約唐懿宗咸通初前後在世。乾符五年。以御史大夫爲成都節度副使。作題文翁石室詩。著有傳奇三卷。多記神仙恢譎之事。其中以聶隱娘一篇爲最著。

【裴渭源】 雜劇名。明人李大蘭撰。劇品謂此劇：「北一折。渭源令裴倫。一門死難。大節凜然。不必如詞中之饒舌。」

【裴度還帶】 ㈠雜劇名。正題山神廟裴度還帶。元人賈仲明撰。演唐宰相裴度微時。偶拾得玉帶。還於失主女子韓瓊英。瓊英以之救父。度後與韓結爲夫婦。且因此事積有陰功。卒享富貴事。略謂裴度。字中立。未遇時。父母雙亡。家貧無以爲生。乃借住山神廟中。常往白馬寺乞齋過日。度姨夫王員外者。頗有資產。欲令度棄儒行商。度不肯。王乃佯加羞辱。而陰令寺中長老。助之以金。着其赴京應試。啓行之前。偶遇長老故友趙野鶴。野鶴號無虛道人。善相人禍福。言度次午必死。全無救處。度疑信參半而去。向晚。入山神廟宿。忽拾一玉帶。蓋洛陽太守韓廷幹之女瓊英所遺者也。廷幹爲官廉潔。以不善逢迎。國舅傅彬恨之。下於縲絏。需錢三千貫可免。瓊英以善吟詩。爲欽差大臣李文俊所賞識。特贈玉帶一條。令賣以贖父。瓊英因行色倉卒。竟失落玉帶於廟中。度固不知其何人所遺也。次日。瓊英急入廟覓之。不得。欲自盡。度特以還之。瓊英母女。甚感其德。度乃復往白馬寺中。見趙野鶴。責其言不驗。野鶴驚度未死。意必有活人陰隲。遂又相之。見度氣色大變。已轉禍爲福矣。因問所以。野鶴長老皆欣然爲度置酒相賀。廷幹於獄中聞知其事。感度之德。乃以女瓊英字度。後廷幹因李文俊爲雪寃外釋。且陞爲都省參知政事。而度亦狀元及第。於是奉朝命結爲夫婦。王員外白馬寺長老。及趙野鶴等亦皆來賀。度因曾受王輕侮。不予接納。長老具道助金之事。於是大開歡宴。備受賜賞云。現存元人雜劇本事考　(二)雜劇名。正題山神廟裴度還帶。元人關漢卿撰。

【裴湛和合】　雜劇名。明人王衡撰。

【裴航遇雲英】　見遇雲英條。

【裴少俊牆頭馬上】　(一)南戲名。元代無名氏撰。南詞敍錄、宋元戲文本事、南戲百一錄、宦門子弟錯立身戲文中。俱錄此目。沈璟南九宮譜及九宮大成南北宮詞譜中。僅存殘文三曲。(二)見牆頭馬上條。

【翠生生】　古方言。鮮豔貌。例如還魂記：「你道翠生生出落的裙衫兒茜。」

【翠屏山】　傳奇名。明人沈自晉撰。演水滸傳楊雄石秀事。略謂楊雄爲蘇州獄吏。嘗爲衆人所窘。石秀救之。遂結義爲兄弟。留石秀於家中。使營肉莊。楊宿值官衙。在家日少。楊妻潘巧雲好淫。嘗戲石秀。又與年輕僧人裴如海私通。石秀知之。告楊雄。雄大醉歸。詰妻。妻以巧言。反以石秀欲污己欺之。楊信妻言疑石。石遂俟僧密會歸。要之途殺之。以其衣示楊證明事實。兩人乃相約。托名燒香。率妻潘巧雲及婢迎兒至翠屏山。拷問。使其實供。殺妻婢。兩人遂相携投梁山泊山寨。中國近世戲曲史

【翠鄉夢】　雜劇名。亦作玉禪師。正題玉禪師翠鄉一夢。明人徐渭撰。爲四聲猿之第二種。演宋玉和尚破戒。月明和尚度之事。與元雜劇度柳翠大同小異。略謂臨安水月寺中。有名玉通和尚之高僧。嘗因未庭參新任府尹柳宣教之故。府尹憾之。遣娼婦紅蓮。密誘惑之。圖破其戒。某夕陰雨。紅蓮扮良家女子。至玉通庵中投宿。忽詐發病。稱苦悶。玉通看護之。問其處置法。則云：「常以男子之肌膚溫之。病即癒。」玉通困難萬分。以人命難易。遂陷其術中破戒。驚覺已不及矣。以不耐良心呵責。遂自殺。然其怨魂竟投柳宣教夫人腹中。生女兒柳翠。既而柳宣教死。家事零落。柳翠遂爲娼婦。嘗與客遊西湖。至大佛寺。適遇玉通師兄月明和尚。以無言手勢之說法。說明其前世事。乃感運命拙劣。發菩提心。遂出家師事月明和尚。中國近世戲曲史

或尺字調。

【翠裙腰】　曲牌名。北曲入仙呂宮。管色配小工調

【翠微樓】　傳奇名。淸人趙瑜撰。

【翠樓吟】　戲曲名。明人沈自徵撰。演楊雄事。本

水滸傳增飾成劇。

【翠鸞記】　戲曲名。作者不詳。桃符記亦演此事。

【翠亭傳奇】　雜劇名。明代無名氏撰。

【翠華妃對玉釵】　見對玉釵條。

【翠紅鄉兒女兩團圓】　見兩團圓條。

【銅斗】　古方言。喻其堅牢也。例如常倫山坡羊：「空攢下個銅斗兒家緣。也單買那明珠大似椎。」

【銅鼓】　樂器名。亦名冬字鑼。因其聲如冬字也。

【銅陀陌】　古方言。唐時洛陽有銅駝街。爲繁華處。北曲中即喻爲最繁華街道之代稱。

【銅瓦記】　雜劇名。正題呂無雙銅瓦記。元人關漢卿撰。

【銅雀妓】　南戲名。元代無名氏撰。南戲拾遺輯錄此目。

【銅斗家私】　古方言。謂美富且牢固也。例如東堂老：「莊兒頭孳畜成群。銅斗兒家門一所錦片也似莊田百頃。」

【銅雀春深】　雜劇名。明代無名氏撰。劇品「南一折。二喬數語。殊無情致。遂使雀臺春。寂寞千載。」

【銅錘花臉】　脚色名。淨之一種。此爲皮黃戲專用名詞。始自二進宮之徐延昭。齊如山云：「因爲他抱著銅錘。故名。銅錘花臉簡言之曰銅錘。他如包拯姚期諸人。也都歸此行扮演。」

【漁父】　曲牌名。南曲入商角調。管色配六字調或凡字調。

【漁家傲】　曲牌名。南曲入中呂宮引。又入中呂宮正曲。北曲入高大石角隻曲。

【漁家樂】　傳奇名。淸人朱佐朝撰。演漢梁冀圖簒被刺事。略謂相士萬家春。相淸河王。以漁、家、樂、三字爲讖。其後淸河王被梁冀遣校尉追急。避入漁舟。校尉射殺漁翁。因而得脫。漁翁女飛霞代馬融女入梁冀宅。用神針刺殺冀。爲父報仇。後爲淸河王之妃。

【漁陽弄】　見狂鼓吏條。

【漁歌子】　曲牌名。南曲入越調引。

【漁樵記】　雜劇名。正題王鼎臣風雪漁樵記。別作朱太守風雪漁樵記。演朱買臣妻。以家貧。僞與朱離異。激其仕進事。略謂漢武帝時。會稽人朱買臣。屢試不第。家貧無以維生。入贅於劉二公家。采薪度月。某年冬。買臣罷樵而歸。於途中尋思。年已四十有九。功名無望。生計日艱。不禁長歎。正低首疾行之際。誤犯大司徒嚴助行列。左右欲毆之。助呵止。上前問訊。始知爲名士朱買臣。時助正奉命訪賢。買臣乃出萬言策以獻。助許以還朝薦達而去。初。劉二公以買臣偎妻棄婦。不求進取。常思有以激勵之。是日。心生一計。命其女玉天仙俟買臣返。向買臣索休書。與之離異。玉天仙不解乃父用心。訝問曰：「兒與買臣。誓共生死。奈何無端棄絕。」劉二公厲色斥責。玉天仙懼而從之。少頃。買臣自風雲中歸。手無寸薪。其妻乃借題求去。買臣勸慰無效。遂勉付休書。買臣既被逐。劉二公度其必憤而求官。乃備川資。送買臣義兄王安道家。陰告究竟。買臣果至。安乃以其金與之。僞言爲己所贈。買臣得金。至京師。一舉及第。復以嚴助之力。授會稽太守。擇日上任。劉二公聞之。大悅。携玉天仙往會。又恐買臣反目不認。乃謀於安道。安道邀買臣宴。並約劉氏父女作陪。買臣果負氣不欲相見。後經安道說明前情。買臣始避席而謝。與玉天仙復團圓云。 現存元人雜劇本事考

【漁父辭劍】 雜劇名。正題采石渡漁父辭劍。元人鄭廷玉撰。

【漁陽三弄】 (一)雜劇名。一名狂鼓史。正題狂鼓史漁陽三弄。明人徐渭撰。爲四聲猿之第一種。演彌衡陰司罵曹操事。遠山堂明劇品校錄云：「此千古快談。吾不知其何以入妙。第覺紙上淵淵有金石聲。」(二)戲曲別集名。明人沈自徵撰。共收三種。曰鞭歌妓。曰簪花髻。曰霸亭秋。

【漁樵閒話】 雜劇名。正題若耶溪漁樵閒話。元明間無名氏撰。

【綠珠】 人名。晉石崇妻。美艷善吹笛。嘗作懊儂歌。孫秀慕其色。求之。石崇不可。矯詔收崇。綠珠墜樓死。

【綠腰】 見六么條。

【綠巾詞】 娼夫之詞謂之綠巾詞。太和正音譜：「子昂趙先生曰。娼夫之詞名曰綠巾詞。其詞雖有切者。亦不可以樂府稱也。」

【綠牡丹】 傳奇名。明人吳炳撰。爲粲花五種之一。演謝英娶沈學士女。顧粲娶車靜芳事。前後俱以賦綠牡丹詩作眼目。故名。此劇記謝英顧文玉二生事。而柳五柳。車尚公皆不知文字者也。吳興沈重投閒家居。有一女。及笄矣。雅負文譽。庭有綠牡丹。重嘗命女作一絕句。詩頗可誦。時重欲爲之擇婿。而難得其選。因舉文社。邀舊家子弟。考其殿最

。爲擇配地。柳五柳軍尙公顧文玉皆與焉。顧亦有文譽。惟柳車二子。恐不成文。心中惴惴不自安。柳因倩謝吳捉刀。車則求其妹靜芳代筆。及試之日。題卽綠牡丹。柳車二子。得人代作巍然前列。顧列第三。柳車遂目空一切。幾忘却文非己出矣。車則注意沈女。柳則注意靜芳。靜芳逆料柳非能文者。且詗知柳之試作。爲謝英代草。心頗屬意。及柳來訂婚。靜芳云須面考文字。柳仍屬謝代稿。謝故作打油詩以絕其望。此簾試一齣所由也。其後沈重再舉社集。嚴加防範。柳車二子。皆託疾未終卷而去。於是重卽以己女許文玉。而以靜芳許謝生云(曲選)吳梅顧曲麈談：「吳石渠四種。以綠牡丹爲簡明。通本關目。止在綠牡丹一枝。沈老之衡文。瑤草之捉刀。二才媛之憐才。皆另有一種緊湊縝密之致。而尤能別開一生面。試問隔簾試婿。古今有是事否。此因頭緒不繁。故能步步引人入勝也。」

【綠窗怨】　曲牌名。北曲入仙呂宮。管色配小工調或尺字調。

【綠綺記】　傳奇名。明人楊柔勝撰。演司馬相如卓文君故事。

【綠襴衫】　曲牌名。南曲入正宮。管色配小工調或尺字調。

【綠衣參軍】　脚色名。卽古之參軍。齊東野語所載參軍事。其所搬演。無非官吏。猶卽唐之假官戲也。其服色。在唐以前則或白或黃或綠。宋亦謂之綠衣參軍。

【綠珠墜樓】　雜劇名。正題金谷園綠珠墜樓。元人關漢卿撰。

【綉太平】　見繡太平條。

【綉衣郎】　見繡衣郎條。

【綉帕記】　見繡帕記條。

【綉被記】　見繡被記條。

【綉帶兒】　見繡帶兒條。

【綉停針】　見繡停針條。

【綉當壚】　見繡當壚條。

【綉襦記】　見繡襦記條。

【歌】　(一)詠也。說文鍇注：「歌者。長引其聲以誦之也。」(二)見歌謠條。

【歌舞】　禮樂記：「歌詠其聲也。舞動其容也。」

【歌謠】　許守白云：「古之歌卽曲也。爾雅曰。聲比於琴瑟曰歌。獨歌曰謠。獨歌謂無絲竹和之。聲比於琴瑟。則應絃合節。一如今之唱曲矣。」

【歌仔戲】地方戲之一種。一名車鼓戲。爲臺灣所獨有。呂訴上臺灣電影戲劇史謂：「歌仔戲的興起在民國初年。歌仔戲有歌謠的意思。是在宜蘭地方。由山歌轉變而來的。最初是男女對答很單純的歌。後來變爲有敍事情的長歌詞。最後再變爲有故事性的歌劇。」又謂：「最初的表演是在地面上。即流動性的。祇在廣場上拉起場子演唱。一般人叫做落地掃。樂器尚無打擊樂。到了閩南民間歌舞車鼓弄、採茶調、流傳之後。在樂器中增加了鼓。演唱形式上開始有了一些提高。於是它又叫做車鼓戲。」

【歌代嘯】戲曲名。明人徐渭撰。有國學圖書館影印本。

【歌風記】傳奇名。明人庚生子撰。

【歌舞麗春堂】見麗春堂條。

【歌大風高祖還鄉】見高祖還鄉條。

【團】古方言。猶云估量也。猜度也。例如董西廂：「我團着。這妮子做破大手脚。」團亦作欒。例如薛仁貴「不索你糕也似欒。謎也似猜。」

【團音】戲曲咬字分尖團。以舌抵顎之音。謂之團音。如合出、翁、二字爲衝。出、灣、二字爲川之類是。

【團剝】見彈包條。

【團圓】劇中重要人物全體上場。謂之團圓。南曲戲文中。皆以團圓爲定格。雖爲悲劇。亦不例外。

【團標】古方言。猶云草寮也。亦作圖標。

【團花鳳】雜劇名。正題俏佳人巧合團花鳳。明人葉憲祖撰。略謂秀才白受之。烏陽郡空谷里之人也。欲娶符明之女似仙。然符明嫌白貧。反欲以女嫁富豪子金莊。似仙慕白才學。嫌金銅臭。托湛婆贈團花鳳釵一枝爲表記。以致將私奔至白處之意。湛婆隱沒鳳釵。且不通知此意於白。其甥駱喜知此事。頓起惡心。詐稱白受之。乘夜誘出似仙同逃。既而似仙覺其非白。生驚而呼救。人聲近。駱急推之枯井中。希圖滅跡而去。適留媪與其子媳過此。救之出井。借歸家中。此時似仙發覺頭上所揷團花釵已落井中。留媪乃托勞得月覓之。得月與其友莫弄風至枯井。弄風奪其取得之釵。投石井中。斃得月而去。符明因失女。訴之官。郡守公朗受理。經湛婆駱喜之自白。搜古井。得勞得月死體。訊問得月之妻時。則云前日夫受留家托。往覓團花鳳釵。於是郡守以此事。與前湛婆所供團花鳳釵一件併合思之。知此釵原有一對。一枝託湛婆。一枝似仙自揷而落井中者。斷定似仙在留家無疑。一方搜出殺得月之罪人刑之。一方呼出符明與白受之。迎似仙來。下風流判語。命嫁白生。（中國近世戲曲史）

【團圓夢】 雜劇名。正題趙貞姬身後團圓夢。明人朱有燉撰。略謂山東濟寧人。錢鎖兒與趙官保。在母腹時。即由其雙親指定爲婚。及長結婚。未幾鎖兒爲濟南衛軍卒。出發口北。有富家子奇拗者。嘗欲娶官保爲妻。此時乃遣官媒多方勸誘。官保斥之。守節。然鎖兒在口北患病。受趙大之侍奉。趙欲以錢爲其壻。不應。病重遂死。其遺骨送至家時。官保抱之慟哭。自縊殉節。東岳神嘉兩人節義。號夫爲義仙。號妻爲貞姬。令同登仙界。官保憂父悲己之死。托夢兩親。告知兩人在仙界享福云。（中國近世戲曲史）

【摘唱】 鄭長樂中國俗文學史謂：「所謂摘唱。便是摘取大部鼓詞的一段精華來唱的。南戲的演唱由全本而變成摘齣。鼓詞也便由全部的講唱而變成摘唱。這似是一種自然的趨勢。」

【摘遍】 詞曲解數之不完整者。謂之摘遍。

【摘調】 曲體之一。凡從套曲中。摘取某一調。聲文並美者。謂之摘調。

【摘離】 古方言。猶云脫離也。例如靑衫淚：「我子待便摘離。把頭面收拾。倒過行李。」又如風月紫雲庭：「兀的那般惡緣惡業鎭相隨。好教人難摘難離。」

【摘金園】 (一)南戲名。南詞新譜輯錄此目。(二)傳奇名。明人顧釆屏撰。

【摘星記】 (一)傳奇名。明人金懷玉撰。(二)傳奇名。明人徐復祚撰。

【摘纓會】 傳奇名。淸人筆花主人撰。

【說白】 見賓白條。

【說仲】 見黃惟楫條。

【說書】 翟灝云：「古杭夢遊錄謂。說話有四家。銀字兒。謂胭脂靈怪之事。一鐵騎兒。謂士馬金鼓之事。一說經。謂演說佛書。一說史。謂說前代興廢。武林舊事謂。百戲社小說爲雄辨社。按今俗謂之說書。」見話本、評話二分條。

【說唱】 童裴元曲選注緒文謂：「說唱者。貨郎盲叟。編排古事。連說帶唱。沿途圍場。行人坐聽。以博餬口之資。事跡不妨臆造。字句務必諧俗。要使村翁牧豎。人人都解。又必時出俊語。以起聽者之興趣。」此說唱之本體也。

【說說】古方言。猶云稅說也。例如澠池會：「某見秦公無意與城。被某說說秦公。私出秦邦。這一場煞是驚懼也。」又如賺英布：「覓着小官這三寸之舌。必然說說的英布歸漢也。」

【說話人】見話本條。

【說鱄諸伍員吹簫】見伍員吹簫條。

【滿髯】髯口名。齊如山云：「一片鬍鬚。把嘴蓋住。故曰滿髯。簡言之曰滿。」又曰：「戲中富貴之人多掛滿。如姜子牙郭子儀等是。」

【滿江紅】曲牌名。南曲入南呂宮引。管色配六字調或凡字調。

【滿牀笏】傳奇名。亦作十醋記。清人龔鼎孳撰。演郭子儀富貴壽考事。以子儀六十大壽。七子八婿並通顯。孫復登第。王公卿士畢聚。奉觴上壽。堆笏滿牀故以爲名。相傳爲壽鼎孳繼室顧湄而作。按湄字橫波。有才藻。善治家政。惟無所出。而鼎孳他姬有子。門下士作此劇。於湄生日演之。劇中節度使龔敬。影射鼎孳。摹寫敬懼內情形。至於跪門請罪。蓋以悅湄意也。

【滿庭芳】曲牌名。南曲入中呂宮引。北曲入中呂宮。管色配小工調或已字調。

【滿宮花】南宋大曲名。入般涉調。宋史樂志及文獻通考教坊部十八調中。般涉調有滿宮花大曲。

【滿堂紅】曲牌名。北曲入商調。管色配六字調或凡字調。

【滿園春】曲牌名。南曲入南呂宮。又入商調。管色配六字調或凡字調。

【對山】見康海條。

【對門】古方言。猶云夫妻配合也。例如裴度還帶：「幾曾見駱子裏兩對門。你道是五百年宿緣分。」又如雲窗夢：「夫人自有夫人分。百年誰是百年人。難尋這白頭的對門。」

【對玉釵】雜劇名。正題翠華配妃對玉釵。元人關漢卿撰。

【對玉梳】雜劇名。明人賈仲明撰。本劇演荆楚臣與妓顧玉香分袂。斷玉梳爲二。各執其半。後玉梳重合。結爲夫婦事。略謂揚州秀才荆楚臣。與松江上廳行首顧玉香善。玉香雙十年華。顧盼生姿。楚臣與之相處二年。金盡。假母不容。因負氣成疾。寄居故舊。然玉香則誓不他嫁也。有富商柳茂英。以厚貲啗母。欲強娶玉香。玉香不從。乃邀楚臣至家。盡脫釵環。助之赴擧。瀕行。出玉梳一枚。斷爲二。各收其半。楚臣既行。母百般勸誘。茂英亦長跪求許。輒爲玉香所辭。楚臣應擧得第。授句容縣令。到任數日。方欲遣人迎玉香而玉香因不堪母迫。偕俾潛行擬之京。訪楚臣於丹陽。途遇風浪。捨舟登陸。覓寄旅。茂英忽追踪至。逼勒邀歡。不從。將殺之。適楚臣奉府牒下鄉催辦糧草。路經其地。聞有呼殺人聲。迹之。則玉香也。於是互道所以。擒茂英送府治罪。携玉香歸署成婚。並各出玉梳之半。令銀匠以金對嵌。復合爲一。未幾。玉英假母亦至。楚臣不念舊惡。厚資遣去云。（現存元人雜劇本事考）

【對玉環】 曲牌名。北曲入雙調。管色配乙字調或正工調。

【對山救友】 戲曲名。淸人石韞玉撰。爲花間九奏之一。

【甄后】 劇中人。本袁紹子熙之妻。曹操破袁紹。獲之。植求之不得。操回。以與長子丕。及丕篡漢。立爲后。生明帝。黃初二年。坐事賜死。三年。植入朝。還息洛水上思甄后。忽見甄來。陳詞而去。植悲喜不自勝。遂作感甄賦。後明帝見之。改爲洛神賦。見洛神記條。

【甄文素】 南戲名。元代無名氏撰。南戲拾遺輯錄此目。

【甄月娥】 雜劇名。正題甄月娥春風慶朔堂。明人朱有燉撰。

【甄皇后】 南戲名。元代無名氏撰。南戲拾遺輯錄此目。

【甄月娥春風慶朔堂】 見甄月娥條。

【壽甫】 雜劇名。淸人張聲玠撰。爲玉田春水軒雜劇九種之一。據飮中八仙歌敷衍成劇。

【壽卿】 見沈受先條。

【壽榮華】 傳奇名。淸人朱佐朝撰。

【壽亭侯五關斬將】 雜劇名。元明間無名氏撰。

【壽亭侯怒斬關平】 見怒斬關平條。

【滴屑屑】 古方言。㈠形容怯懦貌。㈡形容顫動貌。亦作滴羞跌屑、滴羞蹀躞、迭屑屑。

【滴溜子】 曲牌名。南曲入黃鍾宮。管色配六字調或凡字調。

【滴溜溜】 古方言。旋轉貌。例如長生殿：「遙望見綠楊斜靠畫樓偶。滴溜溜一片靑帘風外舞。」又如琵琶記：「滴溜溜難窮盡的珠淚。亂紛紛難寬解的愁緒。」

【滴滴金】曲牌名。南曲入黃鐘宮。管色配六字調或凡字調。

【滴篤腔】見越劇條。

【滴水浮漚記】見硃砂擔條。

【種玉記】傳奇名。凡三十齣。明人汪廷訥撰。演霍去病事。以衞少兒生去病爲種玉也。略謂漢霍仲孺。少時爲縣掾吏。給事平陽侯曹壽府中。夢見福、祿、壽、三星。與以玉器三件。醒得其器。以爲後日榮顯之兆。衞青及其妹少兒亦仕府中。仲孺與少兒相悅。密會者半歲。仲孺滿役辭去。時少兒已懷仲孺之種。別有俞氏女。夢見執玉拂少年。仲孺歸鄉途中。偶過俞氏家中。其狀貌與俞女夢中所見者相符。俞母因請仲孺入贅其家。生一子。後仲孺征伐匈奴十有餘年。在外未歸。衞氏所產子霍去病。生長至十八歲。授職騎郎。俞氏所生子霍光。中賢良科第一名。仲孺立功歸。與兩妻兩子再會。一門榮耀。（中國近世戲曲史）

【種瓜記】傳奇名。明人徐霖撰。

【種香生】清代戲曲家。著有傳奇井中天一種。

【種花儂】清代戲曲家。著有傳奇名花譜一種。

【種鱗書屋外集】戲曲別集名。田民撰。收蓬島瓊瑤花田題名二劇。焦循劇說：「偶于市間得一寫本。種鱗書屋外集兩劇。一爲蓬島瓊瑤。一爲花田題名。」

【種松堂慶壽茶酒筵宴大會】雜劇名。明代無名氏撰。

【遠之】見車任遠條。

【遠山戲】見京兆記條。

【遠波亭】雜劇名。正題呂無雙遠波亭。元人李壽卿撰。

【遠山堂曲品】書名。明人祁彪佳撰。共錄明人傳奇四百三十五種。評爲逸品、艷品、能品、具品、雜調等類。本書體例倣照遠山堂劇品。爲研究明代戲曲之重要資料。原稿藏於北平圖書館。

【遠山堂劇品】書名。明人祁彪佳撰。共錄明人雜劇二百四十二種。評爲妙品、雅品、逸品、艷品、能品、具品等類。評語之外。間及劇情。誠爲研究明代戲曲之。原書鈔本今藏北平圖書館。

【誤場】脚色出場太晚。謂之誤場。過早則謂之冒場。

【誤佳期】雜劇名。明人朱恩鐈撰。

【誤入桃源】雜劇名。正名劉晨阮肇誤入桃源。別作劉阮天臺。明人王子一撰。演劉晨阮肇入山採藥。遇仙女迎入桃源洞中。結爲婚配事。略謂有劉晨阮肇者。宿具仙緣。因晉室衰頹。姦雄竊柄。甘分山林之下。修眞煉藥。以度春秋。一日。劉阮共赴天臺山採藥。上帝命太白金星灑布白雲。迷其歸途。化作樵夫。立於路傍。劉阮既迷途。問於樵夫。告以可赴桃源洞中人家借宿。劉阮路入桃源。見一溪流水。幾片落花。乃題詩詠懷。心神蕩然。忽見霞光鳳馭。羽蓋霓旌。冉冉而來。知必有異。既至。則爲二女仙。直呼劉阮。名迎至桃源洞中。各結爲夫婦。二仙者。係上界紫霄玉女。以凡心偶動。謫降於此也。婚後一載。劉阮因聞百鳥鳴春。歸心甚切。二仙子送之長亭。贈詩相別。及歸。道里風物。皆非舊觀。家人無相識者。詢之鄰里。始知時距二人採藥入山。已過百年矣。至是乃知桃源爲神仙之境。復入山尋訪。渺無踪跡。又爲太白星所引。與二仙子重會。同赴蓬萊。各還仙位云。現存元人雜劇本事考　劇中關目與名山記天臺山志諸書所載相近。惟云二女乃紫霄玉女謫降。與劉阮有宿緣。乃復得星官引回仙境。行滿功成。同赴蓬萊。按馬致遠、汪元亨、陳伯將。皆有同名之作。今皆不傳。

【誤失金環】　雜劇名。正題秦月娥誤失金環記。元明間無名氏撰。

【誤鸞妻室】　明人沈璟博笑記十件之一。夢覺道人曾將此事演爲平話。見其所著幻影中。

【認玉釵】　雜劇名。正題怨風月嬌雲認玉釵。別作香閨佳人認玉釵。元人喬吉撰。

【認先皇】　雜劇名。正題太常公主認先皇。元人關漢卿撰。

【認金梳】　雜劇名。正題認金梳孤兒尋母。元明間無名氏撰。

【認氈笠】　南戲名。楊景夏作。南詞新譜輯錄此目。

【認金梳孤兒尋母】　見認金梳條。

【管】　樂器名。長短巨細均無定形。其孔亦有六八兩說。爾雅釋樂：「大管謂之簥。其中謂之篞。小者謂之篎。」

【管色】　管色二字。初見於唐書禮樂志後代樂曲之書。多仍舊名。即笛孔之高低。俗語所謂調門者也。笛共六孔。計有七調。按第一孔開其餘孔。吹之作工。按第一二孔作尺。按三孔作上。按四孔作乙按五孔作四。六孔皆按。滿筒之音作合。而別將第二、第三、第四、三孔按住。吹之作凡。此皆最通行者。曲家謂之小工調。按笛色之調有七。曰小工調。曰凡字調。曰六字調。曰正工調。曰乙字調。曰尺字調。曰上字調。近人王季烈集成曲譜。吳梅顧曲麈談。皆以仙呂、中呂、正宮、道宮、大石、小石、高平、般涉、配小工調或尺字調。以南呂、黃鐘、高調、越調、商角、配六字調或凡字調。以雙調配乙字調或正宮調。王光祈中國音樂史：「其所以每次各以高低兩調相配者。大約係爲屆時歌者嗓子高低。留活動餘地之故。」

【管請】　古方言。㈠一定也。㈡確保也。

【管仲姬】　劇中人。見四嬋娟條。

【管色譜】　亦作工尺譜。樂工所用之笛色譜也。分上、尺、工、凡、六、五、乙、七聲。與西樂所用之do, re, mi, fa, sol, la, si, 七聲各相符合。另合、四、一、三字。乃六、五、乙、三聲之低唱也。

【管寧割席】　雜劇名。正題終南山管寧割席。元人關漢卿撰。

【管鮑分金記】　傳奇名。明人葉良表撰。

【銀瓶記】　傳奇名。明人沈受先撰。曲品謂此劇：「銀瓶。事以俚瑣。而吳下盛演之。」

【銀箏怨】　雜劇名。正題薛瓊瓊月夜銀箏怨。元人白樸撰。

【銀漢槎】　傳奇名。清人李文瀚撰。

【寧奈】　見奈條。

【寧庵】　見沈璟條。

【寧獻王】　見朱權條。

【寧王府磨勒通神】　南戲名。元代無名氏撰。宋元戲文本事、南戲百一錄、南詞新譜俱錄此目。

【慢板】　皮黃板式名。亦作正板或三眼板。其尺寸較原板爲緩。其工尺較原板爲多。例如四郎探母：「楊延輝坐宮院……」一段。即爲西皮慢板也。

【慢詞】　亦作慢調。詞曲之變調。唐人長短句皆爲小令。一名而可演爲中調長調。或繫之以慢。慢者。調長聲緩。如卜算子慢。西江月慢。木蘭花慢之類是也。

【慢三眼】　見慢板條。

【端的】　古方言。猶云確實也。例如李逵負荊：「寶劍聲鳴心驚駭。端的個風團快。」風團快猶云銳利也。漢宮秋：「端的是卿眇目他雙瞎。便宜的八百姻嬌比並他。」

【端相】古方言。猶云細看也。

【端鏊】明代戲曲家。字不詳。號平川。生卒年無考。約萬曆初年在世。工曲。著有傳奇屃屖記一種。

【端正好】曲牌名。北曲入正宮。又入仙呂宮。管色配小工調或尺字調。

【精忠記】㈠傳奇名。凡三十五齣。明人姚茂良撰。演岳飛秦檜事。略謂宋南渡後。岳飛率其二子。領大兵與金兀朮戰。一復中原之地。兀朮憂之。私遣密使至宋丞相秦檜處。請召還岳飛父子。秦檜與金有內通之約。乃利用職權。命岳飛歸京。岳飛留二子。獨自南歸。及至京口。使者以聖旨捕之送臨安。遂投獄中。而令與岳飛有宿怨之万俟卨勘問之。一日。秦檜於東窗下。與夫人計議岳飛事。適有贈柑子者。乃從夫人之計。取去柑子之肉。封密書其中。贈之万俟。令殺害岳飛父子於風波亭上。其先。岳飛招二子於獄中見面。見萬事無望。三人終於自殺風波亭上。故鄉妻女欲收其骨。赴臨安。以屍在獄內不得見。乃以船近其處遙祭之。遂亦自盡。其後某日。秦檜詣西湖靈隱寺。偶見壁上題有：「縛虎容易縱虎難」之句。此即秦於前日東窗下計議時所作之詩也。乃驚而問題者。召之則一風僧也。風僧至。以諷刺悉發檜之奸計。岳飛及妻子死後皆上天爲神。岳飛乃命冥官。召秦檜夫妻至冥府。因此兩人忽昏倒去世。鬼卒牽至岳飛前。飛勘問之。遂將兩人降入酆都地獄。使不得再轉輪廻。斯時棲霞嶺下土地神。承宋朝皇帝之命而至。傳達皇帝嘉岳飛之忠。建廟於棲霞嶺下。追封之爲鄂國武穆王。一家皆有追封之旨云。（中國近世戲曲史）㈡傳奇名。明人李梅實撰。亦演岳飛事。

【精忠傳】彈詞名。周穎芳女史作。

【精忠旗】傳奇名。明人馮夢龍改定。爲新曲十種之一。

【精靈臉】臉譜名。此臉大都將該物之形狀變成圖案繪於臉上。例如孫悟空勾以猴面之花紋。牛魔王勾以牛面之花紋。蝙蝠精勾以蝠形之花紋。仙鶴童勾以鶴形之花紋等等。

【瑤池宴】傳奇名。淸人朱素臣撰。按瑤池仙境也。相傳爲西王母所居。

【瑤臺月】曲牌名。北曲入般涉調。管色配小工調或尺字調。

【瑤天笙鶴】雜劇名。明人朱權撰。

【瑤池會八仙慶壽】　見八仙慶壽條。

【暢】　古方言。猶甚也。好也。眞也。正也。例如董西廂：「隔窗促織泣新晴。小即小。叫得暢哞。」暢哞猶云甚響亮也。西廂記：「一鞭驕馬出皇都。暢風流。王堂人物。」暢風流猶云好風流也。漁樵記：「你這般毀夫主暢不該暢不該。」猶云眞不該也。

【暢道】　古方言。猶云正是也。眞是也。例如揚州夢：「暢道朋友同行。尚則怕衣衫不整。」又如還牢末：「暢道拖出牢門。和你娘墳同葬。」亦作唱道。例如竹葉舟：「唱道幾處笙歌幾家僝僽。」又如東坡夢：「唱道是卽色卽空。無遮無障。」

【暢好道】　古方言。暢道之重言也。例如虎頭牌：「暢好道廝殺無過是咱父子軍。」亦作暢好是。例如紅梨花：「貪和你書生打話。暢好是兜兜搭搭。」

【窨付】　古方言。猶云思忖也。想像也。例如賺蒯通：「丞相你也須自窨付。端的是誰推翻楚項羽。」亦作窨腹。例如董西廂：「自心窨腹。鶯鶯指望同鴛侶。」

【窨約】　古方言。猶云思忖或想像也。例如梧桐葉「一星星告與父母。好共歹從他窨約。」窨亦作暗。例如灰闌記：「兒也。則你那心兒裏自想度。自暗約。」窨亦作黯。例如小孫屠戲文：「落得悽惶爲他成孤冷。終日黯約何情興。」窨亦作暗。例如虎頭牌：「告相公心中暗約。將法度也須斛酌。」窨亦作唵。例如小孫屠戲文：「唵付。臨行曾把哥哥稟。常侍奉。莫因循。」

【窨子裏春秋月】　古方言。窨地穴也。以喻不可能之事也。

【漱石】　見張堅條。

【漱濱】　見張景嚴條。

【漱老人】　見徐渭條。

【趕包】　演員於同一日內。參加兩三處演出。此種行爲。戲界謂之趕包。

【趕江江】　雜劇名。正題閣師道趕江江。元人白樸撰。

【趕蘇卿】　雜劇名。元明間無名氏撰。

【臺步】　戲中行路。謂之臺步。齊如山云。「各脚走法。都有來歷。如粗魯莽壯人行走。多用大步。故花臉之步法講闊大。如文人走路多莊重穩慢。故生脚之步法。講方圓穩練。女子行走。多細步嬝娜。故旦脚之步法。講漫穩嬝娜。各種脚色走法。皆不相同。」

【臺柱】　戲班中最重要之脚色。不論男女。俗呼臺柱。齊如山云：「班中有此人。就同戲臺之有柱。倘無柱。則臺必坍倒。班即散矣。」

【臺孩】　古方言。猶云氣概軒昂也。例如董西廂：「暢好臺孩。舉止無俗態。」亦作胎孩。例如五侯宴：「一個個志氣胸懷。馬上胎孩。雄赳赳名揚四海。」

【嘉賢】　見睢舜臣條。

【嘉慶子】　曲牌名。南曲入仙呂入雙調。

【嘉慶樂】　南宋大曲名。入小石調。南宋官本雜劇二百八十種之中。有老孤嘉慶樂一本。宋史樂志及文獻通考教坊部十八調中。有嘉慶樂大曲。

【嘉道朝安殿本】　書名。淸代無名氏錄。有淸抄本傳世。

【嘉壽堂抄訂曲譜】　書名。淸代無名氏編。有嘉慶已未年抄寫本。

【聚星記】　傳奇名。淸人張子賢撰。

【聚獸牌】　(一)雜劇名。正題馬援撾打聚獸牌。元明間無名氏撰。(二)傳奇名。淸人高奕撰。

【聚寶盆】　傳奇名。淸人朱素臣撰。演沈萬山事。

【綵雲歸】　南宋大曲名。入仙呂調。南宋官本雜劇二百八十種之中。有夢巫山彩雲歸、靑陽觀碑彩雲歸二本。宋史樂志及通考教坊部十八調仙呂調中。有彩雲歸大曲。

【綵樓春】　曲牌名。北曲入黃鐘宮。管色配六字調或凡字調。

【綵扇題詩】　雜劇名。元明間無名氏撰。

【閒】　古方言。猶趁也。乘也。例如董西廂：「東傾西倒的做些腌軀老。閒生沒死。的的陪笑。」閒生沒死。言趁生前未死也。竹葉舟：「你學取休官棄職漢張良。不如閒早歸山去。」猶言趁早也。

【閒歌納妓】　見廣陵月條。

【閒歌鬧岐】　雜劇名。明代無名氏撰。

【槎仙】　見單本條。

【槎枒】　古方言。猶言鋒芒也。例如漁陽三弄：「放出槎枒香帕風刮。」

【實甫】　見王德信條。

【實丕丕】　古方言。實在貌。例如琵琶記：「難捱。實丕丕災共危。」又如療妒羹：「奈醋娘子酸風實丕丕。搧人欲倒。」

【酷貧】　見張國賓條。

【酷寒亭】㈠雜劇名。正題鄭孔目風雲酷寒亭。元人楊顯之撰。演鄭嵩誤娶惡妓。虐待子女。並與人私通。嵩殺妓。刺配。中途爲故友宋彬解救事。略謂鄭州孔目鄭嵩。妻蕭縣君。子僧住。女賽娘。有護龍橋人宋彬。犯法當死。嵩以彬仗義殺人。言於府尹李公弼。公弼乃改案爲誤傷。刺配沙門島。彬感泣。與嵩結爲兄弟別去。嵩與官妓蕭娥來往。曾言於尹。除名樂籍。聽其從良。娥貪嵩富。欲嫁之。而妒其有婦。遂留嵩不使歸。嵩婦見嵩久不歸。託祗侯趙用賺之。言婦病死。囑其急歸看兒女。娥固知其誑也。乃故着凶服號哭登其堂。嵩婦竟以此急怒氣絕身死。娥遂居其室。久之。嵩奉尹命。同趙用齎文往京師。以兒女囑娥。嵩既出。娥日撻兒女。適用以遺落文書一紙。回嵩家取之。見嵩兒女苦狀。痛罵蕭娥而去。然娥終不悛。凌虐愈甚。且娥素與祗侯高成通。雖嫁嵩。而仍不時往還。嵩出。成常在嵩家。嵩歸。尚未返家。飲於張氏酒店。酒保不識嵩。以娥虐待兒女事。並與成通姦事告。嵩聞之大憤。既歸。適遇成與娥並坐飲酒。遂殺娥。而成逃去。嵩自首於尹。杖八十。迭配遠戎軍州。押解者適爲高成。行至酷寒亭。子僧住。女賽娘。行乞送飯。先是宋彬刺配。於中途殺解子。流爲盜。至是聞嵩事。率黨徒赴鄭州劫獄。相遇於亭。乃縛高成。凌遲處死。而拉嵩及其兒女俱入山。以待招安云。現存元人雜劇本事考　㈡劇名。正題像生槃子酷寒亭。元人花李郎撰。

【鳴善】見張擇條。

【鳴鳳記】傳奇名。凡四十一齣。明人王世貞撰。演楊繼盛劾嚴嵩事。略謂夏言曾銑遭讒被殺。嚴嵩父子專政誤國。楊繼盛上疏諍諫。被陷獄中。終死東市。妻亦同殉。後來鄒應龍又上疏刻嵩。終得達到目的。芟夷姦黨。相傳作者父忬以灤河失事。嚴嵩搆之。論死繫獄。世貞解官。與弟日匐匍嵩門求貸。又囚服跽道。遮諸貴人乞救。人皆畏嵩勢不敢言。忬竟死西市。世貞恨嵩甚。作鳴鳳記傳奇。以寫嵩及趙文華奸狀。皆實錄也。梁廷枏曲話：「鳴鳳記河套一折。膾炙人口。然白內多用駢儷之體。頗礙優伶搬演。」

【酸齋】見貫雲石條。

【酸甜樂府】㈠元人有酸甜樂府之稱。所謂酸甜者。係二人之名。即貫酸齋與徐甜齋也。酸齋畏吾人。爲阿里海涯之孫。父名貫只哥。遂以貫爲氏。自名小雲石海涯。又號酸齋。徐名飴。揚州人。二人並以樂府擅稱。遂有酸甜樂府之名。㈡散曲別集名。凡二卷。元人貫雲石徐再思合撰。近人任訥輯。有中華書局散曲叢刊本。

【僧臉】　臉譜名。戲中文僧不勾臉。武僧則勾棒錘眉及腰子眼窩。如胡大海魯智深楊五郎等是。兇僧則須加勾獰眉奸眼。如郝文僧法秉等是。

【僧尼共犯】　雜劇名。明人馮惟敏撰。

【蒼鶻】　脚色名。今謂之副末。太和正音譜云：「今案李義山集驕兒詩。忽復學參軍。案聲喚蒼鶻。」按唐五代時。與參軍相對演者爲蒼鶻。一如宋時副末之對副淨也。

【蒼山子】　清代戲曲家。康熙雍正間人。著有傳奇廣寒香豐樂樓二種。

【嗺子鼓】　見單皮鼓條。

【嗺嗺戲】　見評劇條。

【蓋天旗】　曲牌名。北曲入商角調。管色配六字調或凡字調。

【蓋天雄】　傳奇名。清人李蕊庵撰。

【酹江月】　雜劇名。正題楚雲公主酹江月。元人關漢卿撰。

【酹江集】　見古今名劇合選條。

【旗亭記】　㈠傳奇名。凡三十七齣。清人盧見曾撰。略謂王之渙與王昌齡、高適集飲於旗亭。諸伶遞唱昌齡及適之詩。之渙指諸伎中之最佳者：「此子所唱必爲吾詩。」果然該歌伎唱道：「黃河遠上白雲間。一片孤城萬仞山。羌笛何須怨楊柳。春風不度玉門關。」恰是之渙之詩。歌伎名謝雙鬟。自與之渙旗亭相遇後。遂訂盟爲夫婦。經安祿山之亂失散。後雙鬟殺安慶緒。之渙中狀元。二人終復合。以天子賜宴於旗亭爲結束。㈡傳奇名。明人鄭之文撰。據楊顯祖旗亭記韻詞數衍成劇。則所演當爲宋靖康間董允卿夫妻在山河亂絕之際完大義之事。極奇異云。㈢傳奇名。亦作畫壁記清人金兆燕撰。

【旗亭館】　傳奇名。清人裘連撰。爲玉湖樓傳奇之一。

【奪秋魁】　傳奇名。清人朱佐朝撰。

【奪解記】　傳奇名。明人秋閣居士撰。

【瑣窗郎】　曲牌名。南曲入南呂宮。管色配六字調或凡字調。

【瑣窗寒】　曲牌名。南曲入南呂宮。管色配六字調或凡字調。

【截舌公招】雜劇名。明人傅一臣撰。爲蘇門嘯卷四。

【截髮留賓】雜劇名。明代無名氏撰。

【蒲察李五】見李直夫條。

【蒲魯忽劉屠大拜門】見大拜門條。

【褚遂良擲笏諫】見擲笏諫條。

【褚遂良扯詔立東宮】見扯詔立中宗條。

【像生番語罟罟旦】見罟罟旦條。

【像生欒子酷寒亭】見酷寒亭條。

【慣】古方言。猶云縱容也。例如連環計：「慣的那廝千自在。百自由。」又如老生兒：「從小裏慣了孩兒也。」

【漸】古方言。猶到也。例如董西廂：「漸審聽多時。方見伊端的。」言到審聽移時之後。方見端的也。

【樣】見颺條。

【麼】古方言。這麼那麼甚麼之省文。例如生金閣：「渾身害麼娘椀大血疔瘡。」言害這麼大的疔瘡也。琵琶記：「死做個絕祭祀的孤魂麼姑舅。」言死後做個餓鬼那麼樣的姑舅也。

【箇】古方言。語尾助辭。無意義可言也。例如麗春堂：「昨日箇深居華屋。今日箇流竄荒墟。」又如西廂記：「昨日箇向晚不怕春寒。」又：「俺今日箇東閣玳筵開。」昨日箇即昨日也。今日箇即今日也。薛仁貴：「你今日得了官。佳人捧臂。壯士擎鞭。早家去些兒箇。」早家去些兒箇。猶云早些兒歸去也。

【褐夫】見曾瑞條。

【瘦石】見黃振條。

【賓白】戲中於歌唱之間。夾以說白之白文也。多用以敍事及點淸眉目。以其處於賓位。爲詞曲之補助。故稱賓白。吳梅顧曲麈談：「元人雜劇中。以賓白敍事。以詞曲寫情。故作生旦之曲。白務求其雅。作淨丑之曲。白務求其俗。」明姜南抱樸簡記云：「兩人相說曰賓。一人自說曰白。」此說非也。

【輕可】見可條。

【肇邵】見汪宗姬條。

【頗奈】見奈條。

【滯板】見众拍條。

【際飛】見史雲從條。

【幔亭】見袁于令條。

【爾音】見金懷玉條。

【圖南】　見吳鵬條。

【餤段】　焦循劇說：「餤段亦院本之意。但差簡耳。取其爲火餤易明而易滅也。其間副淨有散說。有道念。有筋斗。有科汎。教坊色長魏武劉三人鼎新編輯。魏長於念誦。武長於筋斗。劉長於科汎。至今樂人宗之。」

【䁕眩】　古方言。猶云憒亂也。委頓也。昏迷也。本作瞑眩。例如倩女離魂：「空服徧䁕眩藥不能痊。知他這暗𤸁病何日起。」蓋憒亂委頓乃服藥後之反應也。

【辣浪】　古方言。猶云風流爽俊也。

【嫦娥】　劇中人。亦作姮娥。淮南子覽冥：「羿請不死之藥於西王母。姮娥竊之奔月宮。」按姮娥。后羿妻。漢文帝名恆。漢人因改姮爲嫦。見酉陽修月辰鈎月二分條。

【蒯通】　劇中人。楚漢時辯士。范陽人。亦稱蒯生。本名徹。史家避武帝諱。追書曰通。武臣用其策。降燕趙三十餘城。韓信用其計。遂定齊地。嘗說韓信背漢自立。信不用。後信謀反。被呂后所斬。臨死歎曰：「悔不聽蒯徹之言。死於女子之手。」曹參爲相。亦行爲上客。嘗通論戰國時說士權變。自序其說。凡八十一首。號曰雋永。見賺蒯通條。

【蓀畦】　見徐觀壎條。

【慚愧】　古方言。猶云感謝也。僥倖也。例如董西廂：「比及到黃昏。沒亂煞。花影透窗紗。幾時是里。得見那死冤家。慚愧吓。僧院已聞鴉。碧天涯幾縷兒殘霞。漸聲得璫璫地昏鐘兒打。」此描寫巴望天晚性情。慚愧。猶云僥倖也。謝天謝地也。紅梨花：「小生慚愧。有緣遇這個小娘子。」此亦云僥倖也。謝天謝地也。

【演撒】　古方言。猶有也。凡心中擇定之人謂演撒。

【僝僽】　㈠古方言。猶云擺佈也。例如董西廂：「驚見紅娘。淚汪汪地眉兒皺。生日可憎姐姐。休把人僝僽。」此在張生自計好事必成之時。忽見紅娘淚眼皺眉而至。疑其裝腔作勢。故曰休把人僝僽。意言不必擺佈我也。㈡猶云煩惱也。例如董西廂：「料他一種芳心。盡知琴意。非不多情。自僝自僽。」自僝自僽。猶云自煩自惱也。竹葉舟：「唱道幾處笙。幾家僝僽。」猶云幾處歡樂幾家煩惱也。㈢惡言詈也。例如療妒羹：「似同咱淚點飄零。敢也爲嬌娥僝僽。」

【廖燕】明代戲曲家。初名燕生。字柴舟。曲江人。生於明季甲申崇禎國變之歲。及長。抗節不仕。以布衣終。工古文辭。善草書。狀如古木寒石。筆有奇氣。有二十七松堂集。所著雜劇。有鏡花亭、醉畫圖、訴琵琶。合題柴舟別集。

【稱人心】(一)曲牌名。南曲入南呂宮引。管色配六字調或凡字調。(二)傳奇名。清人陳二白撰。

【榴巾怨】傳奇名。明人王明翊撰。

【綴白裘】戲曲選集名。凡四十八卷。清人錢德蒼編。此編所收元、明、清三代戲曲作品甚富。曲文賓白俱備。皆為清乾隆時代劇場演唱最稱流行之劇目。有寶仁堂、集古堂、四教堂、增利堂等刻本。

【榜州例】古方言。猶云例子也。榜樣也。

【緋衣夢】雜劇名。正題錢大尹智勘緋衣夢。別作王閨香夜月四春園。元人關漢卿撰。演王閨香之未婚夫李慶安被誣殺人。錢大尹斷獄平反事。略謂汴梁有王員外者。人以其鉅富。呼之為王半州。嘗與同城財主李十萬指腹為婚。後王得一女。名閨香。李獲一男。曰慶安。閨香十七歲時。王員外以李十萬家道式微。乃命人賚銀兩及閨香手製布鞋一雙。赴李宅悔親。此鞋蓋欲慶安着破之。以示兩家從此決絕之意也。後慶安因放風箏為戲。風箏落於王氏後花園。乃去鞋上樹取之。適閨香至。覩己手製之鞋。遂邀與會晤。知慶安窮乏。無力成婚。乃約其午夜再來。命侍女梅香持財物相贈。以為迎娶之貲。入夜。有歹徒裴炎者。因與王員外有隙。欲入內宅行凶。適逢梅香。恐其發覺。揮刀斬之。啓包裹視之。盡皆財物。遂持之逃逸。慶安既至。覩一女屍殭臥血泊中。懼奔返家。雙手推門而入。閨香久不見梅香至。知必有異。自往視之。見狀震懼。莫知所措。乃以實情告之家人。王員外乃控慶安以殺人之罪。開封府尹錢可。公平清正。剖決如神。據前官定案。慶安當斬。正欲提筆判刑時。筆端忽有飛蠅纏擾不去。疑有寃獄。請夢於神。乃知兇手為裴炎。下令以計捕之。不日果至。拘而審之。承認不諱。於是案情大白。以裴炎抵梅香命。慶安獲釋。與閨香結為夫婦。一門團圓云。(現存元人雜劇本事考)

【蜚虎子】雜劇名。正題三平竟死哭蜚虎子。明人羅平撰。

【閨門旦】脚色名。旦之一種。此脚在皮黃脚中為兩抱着的戲。凡唱工多者。由青衣兼演。作工多者。由花旦兼演。齊如山云:「閨門旦的戲。必須舉止端莊靜雅。唱工要秀韻悠揚。方爲合格。花旦兼演。固然不許太活潑。靑衣演也不能太方正。」

【稻花初】 傳奇名。明人李素甫撰。

【捽表諫】 雜劇名。元代無名氏撰。

【髫兒戲】 俗謂純以女子串演之戲。曰髫兒戲。倩稗類鈔引金奇中曰：「俗以婦女所演之戲。曰髫兒戲。蓋以髫髮至眉。兒生三月鬋髮爲鬌。男角女羈。否則男左女右。長大猶爲飾以存之。又髫。俊也。選也。謂之髫兒戲者。意謂伶之年齡皆幼。技藝皆嫻。且皆由選拔而得。無濫竽者也。」按髫亦作毛。又作貓。

【綰春園】 傳奇名。明人沈嵊撰。略謂少年楊珏遊綰春園。偶遇寓此處之御史女倩雲。兩情相許。得倩雲題詩手帕。而園主女蒨筠。其名異字同音。貌亦相似。因之楊珏以園中所遇之倩雲信爲園主女蒨筠也。後經幾許曲折。及與蒨筠結婚。始知曩日贈題詩帕者。爲另一女子。又求倩雲爲第二夫人焉。

中國近世戲曲史

【遜國疑】 傳奇名。亦名鐵冠圖。淸人葉稚斐撰。

【窩脫銀】 古方言。高利貸放出之款。曰窩脫銀。

【綿搭絮】 曲牌名。南曲入越調。管色配六字調或凡字調。

【維揚夢】 雜劇名。淸人陳棟作。爲北涇草堂外集三種之一。敍杜牧與張好好戀情事。

【僥僥令】 曲牌名。南曲入雙調。管色配乙字調或正工調。

【翡翠園】 ㈠傳奇名。淸人朱素臣撰。演明正德間舒芬事。劇內因麻長史謀佔舒宅。構翡翠園。故以是名。又謂芬所娶二女。曰翡英、翠兒。故又名翡翠緣也。㈡傳奇名。淸人薛旦撰。

【領頭書】 傳奇名。淸人袁聲撰。演劉翠翠與金定婚姻事。本剪燈新話。

【臧懋循】 人名。字晉叔。湖州長興人。生卒年不詳。約明神宗萬曆二十三年前後在世。博聞強識。善顧曲。與同郡吳稼澄、茅維、吳夢暘並稱四子。萬曆八年進士。官南京國子監博士。常與名士覽六朝遺跡。命題分賦。或至丙夜。忌者以沈湎中之。遂歸。所輯古詩所、唐詩所、元曲選並傳於世。元曲選爲書。元雜劇之賴以傳至今者近百種。不可謂非元曲功臣也。

【滾繡球】 曲牌名。北曲入正宮。管色配小工調或尺字調。

【敲鏝兒】古方言。謂敲詐錢財也。錢之背面曰鏝兒。故引以爲喻。

【靺鞨記】傳奇名。明人戴子晉撰。

【緊打慢唱】見散板條。

【慳吝道人】見徐復祚條。

【蒙春園主】一代戲曲家。著有傳奇立命說一種。

【瑪瑙簪記】傳奇名。清人鄧志謨撰。爲五局傳奇之一。其凡例云：「藥名以檳榔紅娘子爲配。外以諸藥中有類人名者輳合。以成傳奇。名瑪瑙簪記。此是藥名中一局。」

【駁駁劣劣】古方言。猶云莽戇也。例如西廂記：「我從來駁駁劣劣。世不曾忑忑忐忐。」

【蓉鷗漫叟】清代戲曲家。著有傳奇四種。曰聯珠記。曰夢瓊圖。曰金帶圍。曰渡花緣。

【敷演劉耍和】雜劇名。元人高文秀撰。

【槐蔭山房曲譜】書名。凡八卷。清人宣泉主人編。有道光庚子年寫本。

【輔成王周公攝政】見周公攝政條。

【盡忠孝路冲教子】雜劇名。明代無名氏撰。

【滎陽城火燒紀信】見火燒紀信條。

【誓死生錦片嬌紅記】見嬌紅記條。

【閥閱舞射柳埵丸記】見射柳捶丸條。

十五畫

【劉方】清代戲曲家。字晉充。又字方所。生卒年不詳。約崇禎中葉在世。工曲。著有傳奇羅衫合、天馬媒、小桃源三種。新傳奇品評其曲曰：「山中砲响。應聲徐來。」

【劉阮】劇中人。謂東漢劉晨與阮肇也。紹興府志：「劉晨阮肇。剡人。永平中。入天台山採藥。經十三日不得返。採山上桃食之。下山以杯取水。見蕪菁葉流下甚鮮。復有胡麻飯一杯流下。二人相謂曰。去人不遠矣。乃渡水又過一山。見二女。容顏妙絕。呼晨肇姓名。問郎來何晚也。因相款待。行酒作樂。被留半年。求歸。至家。子孫已七世矣。太康八年。又失二人所在。」見誤入桃源條。

【劉兌】明代前期戲曲家。字東生。浙江人。生卒年不詳。約洪武中葉在世。著有雜劇金童玉女嬌紅記、月下老定世間配偶二種。前者傳。後者不傳。太和正音譜評其曲曰：「如海嶠雲霞。」

【劉表】劇中人。東漢高平人。字景升。獻帝時。

爲荆州刺史。駐襄陽。李傕入長安。以表爲鎭南將軍。荆州牧。封成武侯。士卒衆多。從容自保。令曹操攻袁紹。紹來求援。袁許之而不赴。或勸附操。亦不聽。自守中立。靜觀時變。紹敗。操自將來攻。未至。表疽發背死。見襄陽會條。

【劉袞】 曲牌名。南曲入南呂宮。管色配六字調或凡字調。

【劉備】 劇中人。三國蜀漢主。字玄德。本漢中山王勝之後。弘毅寬厚。喜結交豪傑。東漢末。平黃巾賊有功。除安喜尉。旋依公孫瓚。領豫徐兩州牧。後歸曹操。受獻帝密詔誅操。事洩。展轉奔夏口。尋結吳孫權。並力敗曹於赤壁。遂乘機據荆州。引兵入蜀。盡有益州地。自立爲漢中王。曹丕簒漢。傳言獻帝見害。乃即帝位於成都。與魏吳鼎足而立。先是吳襲取荆州。殺關羽。備乃自將伐之。爲吳將陸遜所敗。卒於白帝城。諡昭烈皇帝。世稱劉先主。見千里獨行、黃鶴樓、博望燒屯、襄陽會、西蜀夢各分條。

【劉瑾】 劇中人。明宦官。興平人。幼自宮入內廷。武宗立。爲鐘鼓司。日以鷹犬歌舞與帝狎。漸獲信用。掌司孔監。擅威福。斥正士。謀爲不軌。磔於市。籍其家。見雙忠廟條。

【劉三妹】 人名。廣東新語：「新興女子有劉三妹者。相傳爲始造歌之人。唐中宗年間。年十二。淹通經史。善爲歌。千里內聞歌名而來者。或一日。或二三日。卒不能酬和而去。三妹解音律。游戲得道。嘗與白鶴鄉一少年。登山而歌。七日夜歌聲不絕。俱化爲石。土人咸以爲仙。祀之於陽春錦石岩。月夕。輒聞笙鶴之聲。歲豐熟。則彷彿有人登岩頂而歌。三妹。今稱歌仙。」見粵歌條。

【劉夫人】 雜劇名。正題曹太后死哭劉夫人。元人關漢卿撰。

【劉古石】 清代戲曲家。江蘇東海人。生卒年不詳。約道光末葉在世。工曲。著有傳奇商山鸑影一種。傳於世。

【劉行首】 雜劇名。正題馬丹陽度脫劉行首。元代無名氏撰。演汴梁行首劉倩嬌。爲馬丹陽三度而始悟道證果事。略謂仙人王嚞。道號重陽眞人。未成道時。名王三舍。在登州甘河鎭開一酒肆。遇正陽祖師及純陽眞人飲酒。因叩長生不老之訣。得成大道。後承呂祖之命。化作道人。雲遊塵世。度化有緣。一夕。至西安城外北邙山口。憩於松陰下。有鬼仙者。乃唐明皇時管玉巪夫人。五世爲童女身。惡世間生死。居山三百餘年。是日風月淸朗。鬼仙口占柳梢青詞一闋。嚞知爲鬼仙。依韻和之。鬼仙遂求嚞度脫。嚞謂須托生人間爲女子。償完宿債。然後可度。乃召東嶽神。導往汴梁劉氏爲女。囑以二十年後。遇三丫髻馬眞人來度。急須回首。勿忘前因。其後。汴梁有行首劉倩嬌。色藝雙絕。名冠樂籍。卽玉巪夫人後身也。節逢重陽。官衙設席。倩嬌往侑酒。途中逢一道人。梳三丫髻。蓋卽王重陽弟子馬丹陽奉師命來度也。倩嬌己忘前生。丹陽呼之不應。乃命東嶽神於夢中告以前生公案。倩嬌醒而尚憶所賦柳梢青詞半闋。丹陽爲續其半。倩嬌乃大悟。適有員外林盛來。欲娶倩嬌爲妻。嬌佯爲瘋疾以拒之。盛遷怒丹陽。毆之以手。一擊而倒。拽棄荒郊。欲拉倩嬌行。忽見丹陽擎漁鼓從外至。又有六賊若將軍者。共擒盛。盛窘而遁走。倩嬌乃從丹陽朝東華帝君。得成正果云。現存元人雜劇本事考

【劉赤江】 淸代戲曲家。著有傳奇一片心一種。

【劉伯倫】 雜劇名。明人淩濛初撰。劇品謂此劇：「北一折。初成自號酒人。欲與伯倫爲爾汝交。醒眼醉眼。俱橫絕千古。故能作如是語。」

【劉君錫】 明代前期戲曲家。燕山（今河北薊縣）人。生卒年不詳。約洪武初年在世。工隱語。爲燕南獨步。人稱爲白眉翁。賈仲明錄鬼簿續編曰：「性方介。人或有短。正色責之。家雖甚貧。不屈節。時與邢允恭友讓。暨余輩交。」著有雜劇龐居士誤放來生債、石夢鄉三喪不擧、賢大夫疏廣東門宴三種。前一種傳。後二種不傳。

【劉盼盼】 南戲名。元代無名氏撰。南詞敍錄、宋元戲文本事、南戲百一錄俱錄此目。南九宮譜及九宮大成南北宮詞譜中。僅存殘文四曲。

【劉盼春】 見香囊怨條。

【劉唐卿】 元代初期戲曲家。太原人。生卒年不詳。約至元中葉在世。賈仲明弔唐卿詞有云：「劉唐卿老太原公。生在承平至德中。」與王彥博左丞相善。曾於席上賦折桂令：「博山銅細裊香風」一曲得名。著有雜劇降桑椹蔡順奉母、李三娘麻地捧印兩種。前者傳。後者不傳。太和正音譜評其曲曰：「眞詞林之英傑。」

【劉唐髯】 髯口名。此乃專爲水滸傳中之劉唐所制近幾十年來。戲班中多不備此。去劉唐者往往掛紅扎或紅虬髯。

【劉無雙】 劇中人。唐劉震女。震甥王仙客。父亡從母同歸震。仙客與無雙皆幼稚。甚相得。無雙長。端麗聰慧。仙客母臨歿乞震以無雙妻仙客。震許之。震爲尚書租庸使。朱泚亂。震夫婦被害死。無雙與婢采蘋沒入掖庭。住陵園。供灑掃役。仙字懊根欲死。尋遇震舊僕塞鴻。先贖出采蘋。塞鴻僞充驛吏。供茗事於陵園。潛見無雙。無雙以書囑仙客。往求古押衙。如言求之。古爲求得茅山道士藥。使采蘋假作中使。入陵園。謂無雙逆黨。賜藥令自盡。贖其屍歸仙客。後三日無雙復活。古自刎死。仙客與無雙歸襄鄧偕老。見明珠記條。

【劉潑帽】 曲牌名。南曲入南呂宮。管色配六字調或凡字調。

【劉藍生】 明代戲曲家。藉里生平均不詳。約崇禎中葉在世。工曲。著有傳奇雙忠孝、牛塘會二種。皆傳於世。

【劉公緘青】 雜劇名。元代無名氏撰。

【劉弘嫁婢】 雜劇名。正題施仁義劉弘嫁婢。元代無名氏撰。演劉弘嫁婢積陰德而獲善報事。略謂汴梁人李遜。字克讓。妻張氏。子春郎。遜廣覽詩書。狀元及第。除錢塘爲理。行至望京店。染疾不起。臨終。慮身後妻子無依。聞洛陽有劉弘者。疏財仗義。乃修書令往投之。弘字元溥。老年乏嗣。相者又言壽不過五十。惟當行善。或可轉移天命。劉見遜書。雖素昧平生。然憫張氏母子孤苦。乃收養之。又有襄陽裴使君之女。小字蘭孫。父死無以爲葬。遂賣劉宅作奴。劉乃以蘭孫嫁春郎。並命春郎上京應試。得大魁。後朝命開放嬰童舉場。春郎爲主司考卷。有一子名奇童。年方十三。中解元。春郎詢之。乃劉弘子也。蓋春郎抵京後。春郎父李遜。蘭孫父裴使君。魂在天庭。以弘出無倚之喪。嫁貧寒之女。奏知玉帝。特賜一子爲嗣也。奇童既獲解。春郎復以其妹桂花許之爲妻。舉家歡慶云。現存元人雜劇本事考 淸人有通仙枕、尺素書兩傳奇。皆演此事。

【劉阮天台】 見誤入桃源條。

【劉泉進瓜】 雜劇名。元人楊顯之撰。

【劉斌料到底】 見料到底條。

【劉屠大拜門】 見大拜門條。

【劉夫人救啞子】 見救啞子條。

【劉文龍菱花鏡】 南戲名。元代無名氏撰。永樂大典戲文目錄、南詞敍錄、南戲百一錄、宋元戲文本事俱錄此目。南九宮譜及九宮大成南北宮詞譜中。僅存殘文五曲。劇學月刊五卷一期雲士評錢南揚宋元南戲百一錄云：「劉文龍菱花鏡一戲。所演情節。今已不可考。但亂彈戲裏的小上墳。至今還常常上演。其中的主角。一個是蕭素貞。一個是劉文龍（有的已訛爲劉六敬。）而菱花鏡一事。在這戲中也約略可看出六七分。」按楊彭年平劇戲目彙考小上坟條謂：「有劉祿敬者。入都應試獲售。聽鼓京華。欲歸不得。歷久始得縣缺。其妻蕭素貞以劉久客不歸。杳無音信。疑已物故。時植淸明。蕭乃在道旁荒塚壘壘間。攜麥飯紙錢。痛苦祭掃。適劉涖任。念及糟糠。順道一省盧墓。行經是處。見此女子。頗似己妻。乃遣散僕從。趨問姓氏。果己妻也。蕭見其老態龍鍾。不敢深信。劉乃縷述家中瑣事。蕭始釋疑。悲喜交集。遂相攜回家。」

【劉先生跳檀溪】　南戲名。元代無名氏撰。宦門子弟錯立身戲文中輯錄此目。

【劉先主襄陽會】　見襄陽會條。

【劉孝女金釵記】　南戲名。元代無名氏撰。南詞敍錄、宋元戲文本事、南戲百一錄俱錄此目。南九宮譜中存殘文一曲。

【劉伯倫酒德頌】　見酒德頌條。

【劉知遠白兎記】　見白兎記條。

【劉盼盼鬧衡州】　見鬧衡州條。

【劉錫沈香太子】　南戲名。元代無名氏撰。南詞敍錄輯錄此目。

【劉千病打獨角牛】　見病劉千條。

【劉晨阮肇桃源洞】　見桃源洞條。

【劉國師習扯淡歌】　見續離騷條。

【劉天人慶賞五侯宴】　見五侯宴條。

【劉玄德私出東吳國】　雜劇名。明代無名氏撰。

【劉玄德醉走黃鶴樓】　見黃鶴樓條。

【劉玄德獨赴襄陽會】　見襄陽會條。

【劉盼春守志香囊怨】　見香囊怨條。

【劉晨阮肇誤入桃源】　見誤入桃源條。

【劉關張桃園三結義】　見桃園結義條。

【劉蘇州席上寫風情】　見寫風情條。

【醉公子】　曲牌名。南曲入雙調。管色配乙字調或正工調。

【醉中天】　曲牌名。北曲入仙呂宮。管色配小工調或尺字調。

【醉中歸】　曲牌名。南曲入中呂宮引。管色配小工調或尺字調。

【醉太平】曲牌名。南曲入正宮正曲。又入仙呂中呂。北曲入高宮隻曲。又入高宮套曲。

【醉太師】曲牌名。南曲入南呂宮。管色配六字調或凡字調。

【醉月緣】傳奇名。淸人薛旦撰。

【醉冬凌】雜劇名。正題宋上皇醉冬凌。元人陸顯之撰。

【醉扶歸】曲牌名。南曲入仙呂宮。北曲入仙呂。管色配小工調或尺字調。

【醉花雲】曲牌名。南曲入仙呂宮。管色配小工調或尺字調。

【醉花陰】曲牌名。北曲入黃鍾宮。管色配六字調或凡字調。

【醉怡情】書名。凡八卷。淸人菰蘆釣叟編。爲戲曲散齣散曲總集。曲文賓白多存原舊。

【醉春風】曲牌名。南曲入中呂宮。管色配小工調或尺字調。北曲入雙調。管色配乙字調或正工調。

【醉娘子】曲牌名。南曲入越調。管色配六字調或凡字調。北曲入雙調。管色配乙字調或正工調。

【醉翁亭】傳奇名。淸人車江英撰。爲四家傳奇摘齣之一。敍歐陽修事。

【醉高歌】曲牌名。北曲入中呂宮。管色配小工調或尺字調。

【醉鄉春】曲牌名。北曲入雙角隻曲。亦入南呂套曲。

【酬書箴】傳奇名。淸人裴𨘋撰。

【醉鄉記】傳奇名。明人孫仁孺撰。

【醉渾脫】燕樂大曲名。

【醉菩提】傳奇名。淸人張大復撰。演西湖淨慈寺濟顚和尚事。濟顚爲僧嗜酒。故名醉菩提也。

【醉畫圖】戲曲名。淸人廖燕撰。爲柴舟別集四種之一。此與鄒式全空堂話相似。所演爲圖畫四幅。曰杜默哭廟圖。曰馬周濯足圖。曰陳子昂碎琴圖。曰張元昊曳碑圖。

【醉揚州】傳奇名。明人朱寄林撰。

【醉落魄】曲牌名。南曲入仙呂宮引。管色配小工調或尺字調。

【醉歸花月渡】曲牌名。南曲入仙呂宮。管色配小工調或尺字調。

【醉羅袍】曲牌名。南曲入仙呂宮。管色配小工調或尺字調。

【醉羅歌】曲牌名。南曲入仙呂宮。管色配小工調或尺字調。

【醉也摩沙】曲牌名。北曲入雙調。管色配乙字調或尺字調。

【醉走黃鶴樓】見黃鶴樓條。

【醉遊阿房宮】雜劇名。元人吳弘道撰。

【醉寫赤壁賦】見赤壁賦條。

【醉寫滿庭芳】雜劇名。元人趙善慶撰。

【醉娘子三撇衣】見三撇衣條。

【醉思鄉王粲登樓】見王粲登樓條。

【醉學士韓陶月宴】見韓陶月宴條。

【醉秀才戒酒論杜康】見論杜康條。

【鄭信】南戲名。元代無名氏撰。南戲拾遺、南詞新譜俱錄此目。

【鄭瓊】南戲名。元代無名氏撰。南戲拾遺輯錄此目。

【鄭聲】淫聲也。劉寶楠正義：「五經異義魯論說鄭國之俗。有溱洧之水。男女聚會。謳歌相感。故云鄭聲淫。」

【鄭之文】明代戲曲家。字應尼。一字豹先。江西南城人。生卒年不詳。約萬曆三十三年前後在世。年八十餘歲。初舉不第。薄遊曲中。萬曆中登進士。官南部郎。出任眞定知府。著有詩集遠山堂、錦硯齋。傳奇白練裙、旗亭記、芍藥記三種。並行於世。

【鄭元和】劇中人。見綉襦記條。

【鄭光祖】元代中期戲曲家。字德輝。平陽襄陵（今山西省襄陵縣）人。生卒年不詳。約至元末前後在世。爲人方直。不妄交友。人多鄙視之。久則見其情厚。爲他人所不及。氏與關漢卿、馬致遠、白樸並稱元曲四大家。倩女離魂一劇爲其代表作。並被推爲元代最重要作品之一。所著雜劇有十八種。曰輔成王周公攝政。曰醉思鄉王粲登樓。曰㑳梅香騙翰林風月。曰迷青瑣倩女離魂。曰虎牢關三戰呂布。曰耕莘野伊尹扶湯。曰醜齊后無鹽破連環。曰程咬金斧劈老君堂。曰崔懷寶月夜聞箏。曰三落水鬼泛采蓮舟。曰李太白醉寫秦樓月。曰周亞夫細柳營。曰王太后摔印哭孩子。曰秦趙高指鹿道馬。曰齊景公哭晏嬰。曰陳後主玉樹後庭花。曰謝阿蠻梨園樂府。曰紫雲孃等。前八種傳。其餘皆不傳。太和正音譜評其曲曰：「如九天珠玉。」明何良俊四友齋叢誌謂：「元人樂府稱馬鄭關白爲四大家。馬之詞老健而乏姿媚。關之詞激厲而少蘊藉。白頗簡淡。所欠者俊語。當以鄭爲第一。」

【鄭廷玉】 元代初期戲曲家。彰德（今河南省彰德縣）人。生卒年不詳。約憲宗元年前後在世。其曲以質樸見長。多取鄉土故事。所著雜劇多至二十二種。曰楚昭公疎者下船。曰看錢奴買冤家債主曰。包待制智勘後庭花、布袋和尚忍字記。曰崔府君斷冤家債主。曰宋上皇御斷金鳳釵。曰吹簫女悔教鳳凰兒。曰風月郎君雙教化。曰子父夢秋夜欒城驛。曰老敬德鞭打李煥。曰曹伯明復勘贓。曰一百二十行販揚州。曰孟縣宰因禍致福。曰采石渡漁父辭劍。曰冷臉劉斌料到底。曰齊景公馳馬奔馬。曰漢高祖哭韓信。曰孟姜女送寒衣。曰冤報冤貧兒乍富。曰寶兒女沒興王公綽、奴殺主因禍折福。曰風月七眞堂。曰孫恪遇猿等。前五傳傳。餘皆不傳。太和正音譜評其曲曰：「如佩玉鳴鑾。」

【鄭含成】 淸代戲曲家。生卒年不詳。約乾隆末葉在世。工曲。著有傳奇富貴神仙一種。傳於世。

【鄭若庸】 字中伯。號虛舟。江蘇崑山人。生卒年不詳。約嘉靖十四年前後在世。年八十餘歲。早歲以詩名吳中。爲趙康王聘至鄴。（今河南彰德。）王父子厚禮遇之。賜宮女及女樂數輩。使居焉。及康王薨。（嘉靖三十九年。）去趙居淸源（山西。）享年八十餘卒。著有傳奇三種。曰玉玦記。曰大節記。曰五福記。前一種傳。後二種不傳。盧前明淸戲曲史：「綉襦記或云薛近兗作。據曲品。仍定爲若庸所作。譜鄭元和事。亦其家乘也。」

【鄭莊公】 ㈠雜劇名。正題穎考叔孝諫鄭莊公。元人李直夫撰。㈡雜劇名。正題孝諫鄭莊公。元人鍾嗣成撰。

【鄭國軒】 明代戲曲家。浙江人。自署浙郡逸士。生卒年不詳。約洪武中葉在世。工曲。著有傳奇白蛇記一種。

【鄭衞之音】 淫聲也。鄭衞。春秋時二國名。二國之樂多淫聲。世因概稱淫靡之樂曰鄭衞之音。或省曰鄭衞。

【鄭節度殘唐再創】 見殘唐再創條。

【鄭孔目風雪酷寒亭】 南戲名。元代無名氏撰。永樂大典卷一三九八八、宋元戲文本事、南戲百一錄、南詞新譜俱錄此目。南九宮譜及九宮大成南北宮詞譜中僅存殘文一曲。見酷寒亭條。

【鄭元和風雪打瓦罐】 見打瓦罐條。

【鄭月蓮秋夜雲窗夢】　見雲窗夢條。

【鄭玉娥燕山逢故人】　見逢故人條。

【鄭耆老義配好姻緣】　雜劇名。明人陳鐸撰。

【郵瓊娥梅雪玉堂春】　見玉堂春條。

【樂府】　㈠漢書禮樂志：「武帝定郊祀之禮。乃立樂府。以李延年爲協律都尉。」注：「樂府之名。蓋始於此。」觀此。知樂府爲官署之名。職在采詩歌被管弦以入樂。後世因以樂府官署所采獲保存之詩歌爲樂府。㈡唐宋之長短句。金元明之散曲劇曲。亦皆樂府之變體。故就廣義言。樂府又可爲一切詩歌之叶樂者。及詞曲之總稱矣。

【樂語】　見致辭條。

【樂舞】　舞依於樂。爲樂之節。故曰樂舞。周禮春官大司樂：「以樂舞教國子。舞雲門、大卷、大咸、大磬、大夏、大護、大武。」注：「此周所存六代之樂。」

【樂毅】　劇中人。戰國燕人。賢而好兵。燕昭王時。拜上將軍。率趙、楚、韓、魏、燕五國兵伐齊。大破之。諸侯罷兵歸。毅獨留。徇齊五歲。下齊七十餘城以屬燕。封昌國君。惠王立。中齊田單反間計召毅歸。毅奔趙。封望諸君。尋燕兵爲齊所敗。惠王悔失毅。爲書謝之。使毅子閒襲昌國封。毅復通燕。趙以爲客卿。後卒於趙。見灌園記條。

【樂天開閣】　戲曲名。清人石韞玉撰。爲花間九奏之一。

【樂昌分鏡】　雜劇名。正題徐駙馬樂昌分鏡。元人沈和撰。

【樂府考略】　書名。清代無名氏撰。近人王國維董康等。據此重訂。更題曲海總目提要。由大東書局於民國十七年排印出版。

【樂府雅詞】　書名。凡五卷。宋曾慥編。是編所輯宋人之詞。凡三十有四家。具有風旨。非靡靡之音可比。

【樂府羣玉】　一書名。凡五卷。附錄一卷。元胡存善選。專載小令。與其他元人選本。體裁獨異。選曲不以調聚。而以人聚。故書名加類聚名賢四字。

【樂府詩集】　書名。凡一百卷。宋郭茂倩編。總括歷代樂府歌詞。上起陶唐。下迄五代。分爲郊廟歌辭、燕樂歌辭、鼓吹曲辭、橫吹曲辭、相和歌辭、淸商曲辭、舞曲歌辭、琴曲歌辭、雜曲歌辭、近代曲辭、雜歌謠辭、新樂府辭十二類。言樂府者。多宗奉是集爲圭臬。

【樂府雜錄】書名。凡一卷。唐段安節撰。首列樂部。次列歌舞俳優。次列樂器。次列樂曲。舊本末附五音輪二十八調圖。今圖佚而說尙存。

【樂府傳聲】書名。淸人徐大椿撰。有正覺樓叢書所收本。曲苑所收本。

【樂府私語】書名。凡一卷。元人姚桐壽撰。

【樂律全書】書名。凡四十二卷。明朱載堉撰。

【樂毅圖齊】雜劇名。正題後七國樂毅圖齊。元明間無名氏撰。

【樂府十五體】太和正音譜列有樂府十五體。曰丹丘體。曰宗匠體。曰黃冠體。曰承安體。曰盛元體。曰江東體。曰西江體。曰東吳體。曰淮南體。曰玉堂體。曰草堂體。曰楚江體。曰香奩體。曰騷人體。曰俳優體。

【樂昌公主破鏡重圓】南戲名。宋代無名氏撰。永樂大典卷一三九六九、南詞敍錄、南戲百一錄、宋元戲文本事、宦門子弟錯立身戲文中。俱錄此目。見破鏡重圓條。

【樂府新編陽春白雪】散曲選集名。凡五卷。元人楊朝英編。

【廣野】見陳與郊條。

【廣韻】書名。本名切韻。凡五卷。隋陸法言撰。分二百六韻。凡一萬二千一百五十八字。唐天寶間孫愐重爲刊定。改名唐韻。

【廣成子】雜劇名。正題廣成子祝賀齊天壽。明代無名氏撰。

【廣東戲】見粵劇條。

【廣陵月】傳奇名。正題廣陵月重會姻緣。別作聞歌納妓。凡七齣。明人汪廷訥撰。演唐韋青與張紅紅離合事。略謂唐玄宗朝。驍騎大將軍韋青。善音樂。嘗聞乞食母女行歌求乞門前。絕妙。呼入。問其來歷云。本在樂籍。零落至此。因收留其家爲歌妓。名曰張紅紅。一日。宮中供奉樂師李龜年。以其新製曲。就正於韋將軍。紅紅在簾中聽一過。記憶之矣。韋召而試之。龜年嘆稱慧敏絕妙。後玄宗賞牡丹。命龜年奏新曲。龜年因以紅紅事奏聞。遂召入宮中。賜名張永新。在宜春院教宮女唱歌。玄宗嘗大會群臣賜宴。樂部奏樂。階下喧然。不靜聽。上怒將罷宴。高力士奏曰：「若命永新當歌樓一曲。必可止喧。」命之。滿場果寂然止噪靜聽。後安祿山叛亂。永新避難中。遇王某者。與之同行。過廣陵。乘明月。在船首發歌聲。適韋將軍挈家往廣陵。船中聞其聲。以其似永新之聲。撤船近而觀之。果是也。遂相約翌日遣人稱永新家人。迎之入水閣。斯時報賊亂已平。乃欲使新還宮中。永新之意。寧願從將軍。因階至長安。居其家如舊。中國近世戲曲史　樂府雜錄：「大曆中。有才人張紅紅者。本與其父歌於衢路丐食。過將軍韋青所居。青於街牖中。聞其歌者喉音寥亮。仍有美色。即納爲姬。其父舍於後戶優給之。乃自傳其藝。穎悟絕倫。嘗有樂工自撰一曲。即古曲長命西河女也。加減其節奏。頗有新聲。未進聞。先侑歌於青。青召紅紅於屏風後聽之。紅紅乃以小豆數合。記其拍。樂工歌罷。青因入問紅紅何如。云已得矣。青出紿云。某有女弟子久曾歌此。非新曲也。即令隔屏風歌之。一聲不失。樂工大驚異。遂請相見。歎伏不已。再云。此曲先有一聲不穩。今已正矣。尋達上聽。翌日。召入宜春院。寵澤隆異。宮中號記曲娘子。尋爲才人。一日。內史奏韋青卒。上告紅紅。乃於上前嗚呼。奏云。妾本風塵丐者。一旦老父死有所歸。致身入內。皆自韋青。妾不忍忘其恩。乃一慟而絕。上嘉歎之。即贈昭儀。汪廷訥作廣陵月雜劇。以張紅紅許永新爲一人。名爲廣永新。又以樂工爲李龜年。」

【廣陵仙】　傳奇名。清人胡介祉撰。演杜子春事。

【廣寒香】　㈠傳奇名。清人陰庽山撰。㈡傳奇名。清人蒼山子撰。

【廣寒宮】　天寶遺事：「明皇遊月宮。見牓曰廣寒清虛之府。」世因稱月曰廣寒宮。

【廣寒梯】　傳奇名。亦名勸義。凡三十二齣。清人夏綸撰。爲惺齋五種之一。演王生行善中舉事。略謂一生行善。一生行不善。善者夢中五名。語不善者。不善者訴於監臨。發榜時。監臨以所訴令抽去五名。而別以一卷補之。抽者正不善生。補者則行善生也。

【廣陵月重會姻緣】　見廣陵月條。

【廣成子祝賀齊天壽】　見廣成子條。

【廣輯增定南九宮詞譜】　見南詞新譜條。

【鬧元宵】　雜劇名。正題村姑兒鬧元宵。元明間無名氏撰。

【鬧句欄】　傳奇名。清人邸園撰。

【鬧門神】　戲曲名。爨孝若撰。略謂除夕夜。新門神到任。舊門神不讓相爭也。

【鬧法場】　㈠雜劇名。正題四顆頭任千鬧法場。元明間無名氏撰。㈡雜劇名。正題孝壬貴救父鬧法場。元明間無名氏撰。

【鬧烏江】　傳奇名。明人朱寄林撰。

【鬧高唐】　傳奇名。淸人洪昇撰。演水滸內柴進失陷高唐州。宋江率兵往救一段事實。自序云：「文官如柴進則不愛錢。武官如李逵則不惜死。故獨爲此二人寫照。如寫皇城夫人之烈。柴大娘子之貞。公孫勝母之節。則以巾幗愧鬚眉。有水滸所未有者。」

【鬧陰司】　㈠雜劇名。正題寃家債主鬧陰司。元明間無名氏撰。㈡雜劇名。正題昌孔日雪恨鬧陰司。明人谷子敬撰。

【鬧揚州】　傳奇名。淸人毛秀連撰。

【鬧銅臺】　雜劇名。正題梁山七虎鬧銅臺。元明間無名氏撰。

【鬧樊樓】　曲牌名。南曲入黃鍾宮。管色配六字調或凡字調。

【鬧衡州】　雜劇名。正題劉盼盼鬧衡州。元人關漢卿撰。

【鬧鍾馗】　雜劇名。正題慶豐年五鬼鬧鍾馗。明代無名氏撰。

【鬧法場郭興阿陽】　見郭興阿陽條。

【慶千秋】　雜劇名。正題慶千秋金母賀延年。明代無名氏撰。

【慶元貞】　曲牌名。北曲入越調。管色配六字調或凡字調。

【慶長生】　㈠雜劇名。明人祈麟佳撰。爲太室山房四劇之一。劇品謂此劇：「北四折。太室（作者別署）作此以壽母。一幅神仙逍遙圖。若小李將軍寸人豆馬。毛髮生動。」㈡雜劇名。正題降母墀三聖漫長生。明代無名氏撰。

【慶東原】　曲牌名。北曲入雙調。管色配乙字調或正工調。

【慶宣和】　曲牌名。北曲入雙調。管色配乙字調或正工調。

【慶朔堂】　見甄月娥條。

【慶雲樂】　南宋大曲名。入歇指調。南宋官本雜劇二百八十種之中。有進筆慶雲樂一本。宋史樂志及文獻通考教坊部十八調歇指調中。有慶雲樂大曲。

【慶豐年】　曲牌名。北曲入雙調。管色配乙字調或正工調。

【慶賞端陽】　雜劇名。正題立功勳慶賞端陽。元明間無名氏撰。

【慶千秋金母賀延年】　見慶千秋條。

【慶冬至共享太平宴】　見太平宴條。

【慶端陽諜宴龍舟會】　雜劇名。明代無名氏撰。

【慶豐年五鬼鬧鍾馗】　見鬧鍾馗條。

【慶豐門蘇九淫奔記】　見蘇九淫奔條。

【賢】　古方言。第二人稱之敬辭。猶云您也。君也。公也。例如張協狀元戲文：「賢既曉文墨。不當恁地沒道理。他是你妻兒。怎拋棄。娶別底。」亦作賢家。例如董西廂：「不問賢家別事故。聞說賁州天下沒。」又：「恁時悔也應遲。賢家試自心量度。」對於多數之人則曰賢每。例如董西廂：「朝廷咫尺。不曉定知道。多應遣軍。定把賢每征討。」

【賢家】　見家條。

【賢孝婦】　雜劇名。元人喬吉撰。

【賢聖吉】　曲牌名。北曲入商調。管色配六字調或凡字調。

【賢翁激壻】　雜劇名。明人傅一臣撰。爲蘇門嘯卷七。

【賢孝士明達賣子】　見明達賣子條。

【賢達婦荆娘盜果】　見荆娘盜果條。

【賢達婦殺狗勸夫】　見殺狗勸夫條。

【賢達婦龍門隱秀】　見龍門隱秀條。

【賢大夫疏廣東門宴】　見東門宴條。

【賢使君重還如意子】　見紈如鼓條。

【魯南】　見陳沂條。

【魯肅】　劇中人。三國吳東城人。字子敬。性方嚴。有壯節。富而好施。能擊劍騎射。又擅屬文。周瑜薦諸孫權。甚見親重。佐瑜大破曹操於赤壁。拜贊軍校尉。瑜死。舉肅自代。拜奮武校尉。擢偏將軍。從權破皖城。轉橫江將軍卒。見單刀會條。

【魯男子】　雜劇名。明代無名氏撰。劇品謂此劇：「南一折。拙筆効顰。故庸庸若此。」

【魯智深】　劇中人。見虎囊彈、杏花莊、豹子和尚及黃花峪各分條。

【魯義姑】　雜劇名。正題棄子全姪魯義姑。別作抱姪攜男魯義姑。元人武漢臣撰。

【魯敬姜】　雜劇名。明人李桀撰。劇品謂此劇：「北一折。傳敬姜之貞靜。即寸幅中。儼見閨門雍肅之象。」

【魯齋郎】　雜劇名。正題包待制智斬魯齋郎。元人關漢卿撰。演魯齋郎強佔李四張珪二人妻。爲包拯所戮。張李兩家夫妻復得團聚事。略謂汴梁有惡霸魯齋郎。恃勢凌人。素行強暴。日以飛鷹走犬。街市閒蕩爲事。後往許州。於馬上見銀匠李四妻張氏貌美。欲占爲妾。託以銀器令李修整。遂詣其家刼張而去。張有子曰喜童。女曰嬌兒。慟哭伏地。李四尾至鄭州。欲控理。投都孔目張珪。忽心痛暈厥珪以藥治之。始甦。詢其姓。與珪妻同。乃認爲妻弟。李因訴刼妻事。珪畏魯勢。贈以資斧。令且歸慰兒女。李返家。不見喜童嬌兒。其鄰告云：「因出覓汝。遂不知所往。」李益悲痛。節屆淸明。張珪携妻子掃墓。適魯亦在郊外習射。試彈中珪子金郎。珪不知爲魯。高聲斥罵。魯怒責珪。珪懼謝罪。魯又覩珪妻美。謂曰：「速獻汝妻。可免罪。」一珪慮禍。紿妻暫至舅家。竟以獻魯。魯乃以初所刼李四妻張氏賞珪。令撫其兒女。珪偕張氏歸家。則兒女皆散失。不知所往矣。李於此時。亦詣珪探問。見張氏。驚問曰。何竟至此。珪告之故。還李妻。且以家事付之。遂離家雲遊。初包拯爲湖南採訪使。過許州。遇李四兒女。訴母被魯刼。無所歸。包乃收而撫之。還過鄭州。復遇張珪兒女。亦訴母被奪事。包復留養。皆令讀書。包憤魯稔惡。欲除之。以其有奧援。恐倖脫。乃易「魯齋郎」三字爲「魚齊即。」奏其罪。得旨批斬。包遂擒魯。繩之以法。復書魯齋郎以覆命。云即其人也。士庶皆大悅。且服其智。後喜童入試。擢大魁。金郎亦中進士。兩家兒女。皆釀金於雲臺觀。追薦父母亡靈。李四携其妻。亦詣觀追薦喜童嬌兒。張珪妻因魯已誅。亦來追薦珪及子金郎女玉姐。適珪雲遊至觀。見薦疏有己姓名。爲大驚異。於是兩家父子夫妻皆相認。包聞。甚奇之。令以張女配喜童。李女配金郎。珪則不願還俗。包與其妻子皆勸慰之。始從。二姓深感包德云。（現存元人雜劇本事考）按齋郎本祭祀時執事之人也。韓愈文：「齋郎奉宗廟社稷之事。蓋士之賤者也。」

【魯大夫秋胡戲妻】　見秋胡戲妻條。

【魯元公主三嗽赦】　見三嗽赦條。

【魯智深大鬧消災寺】　見消災寺條。

【魯智深喜賞黃花峪】　見黃花峪條。

【蔣培】　淸代戲曲家。字秋崖。長洲人。生卒年不詳。約乾隆二十一年前後在世。與袁枚有通家之誼。爲人風懷跌宕。好沉酣酒棋歌扇間。著有姑蘇橋枝詞百首。傳奇桃花夢玉蟠桃二種。

【蔣徵】 明代戲曲家。著有傳奇白玉樓一種。

【蔣士銓】 淸代戲曲家。字心餘。一字苕生。號淸容。又號藏園。江西鉛山人。生於淸世宗雍正三年。卒於高宗乾隆五十年。年六十一歲。家故貧。四歲。母鍾氏授書。斷竹篾爲波磔點畫。攢簇成字教之。父堅有奇節。十一歲。時父縛之馬背。遊太行。讀鳳臺王氏藏書。及長。工爲文。喜吟咏。身長玉立。眉目朗然。志節凜凜。有古賢士之風。其詩氣體雄傑。能拔奇於古人之外。七言尤勝。至敍述節烈。讀之使人感泣。小時。與汪軔、楊垕、趙由儀有「四子」之目。後與袁枚趙翼。稱袁、蔣、趙、三家。所著雜劇有一片石、第二碑、四絃秋、空谷香、桂林霜、雪中人、香祖樓、臨川夢、冬青樹（以上九種合題爲藏園九種。又名紅雪樓九種曲）康衢樂忉利天長生籙昇平端（以上四種總名西江祝蝦。）採樵圖、采石圖、廬山會等。並傳於世。

【蔣狄崖】 淸代戲曲家。著有傳奇桃花夢一種。

【蔣愛蓮】 南戲名。元代無名氏撰。南戲拾遺輯錄此目。

【蔣蘭英】 南戲名。元代無名氏撰。南戲拾遺輯錄此目。

【蔣麟徵】 明代戲曲家。字瑞書。又字西宿。長洲（一作烏程）人。生卒年不詳。約崇禎初年在世。工曲。著有傳奇白玉樓一種。

【蔣神靈應】 雜劇名。正題破苻堅蔣神靈應。別作謝玄淝水破苻堅。元人李文蔚撰。演晉謝玄拒苻堅。禱於鍾山蔣神廟。蔣神顯靈於八公山。令滿山草木。皆化爲晉兵。大破苻堅事。略謂秦苻堅大擧攻晉。軍師王猛。陽平公苻融諫阻之。堅不肯。乃命慕容垂及梁成爲將。分道進兵。晉丞相謝安。因姪謝玄能洞解其棋中奧旨。以爲善用兵。乃擧之爲帥。謝石副之。先令大兵於鍾山安營。會合衆將。謝玄旣至鍾山。乃入蔣神廟祈求陰助。兩軍兵臨淝水。謝玄謂苻堅云：「苻公強兵百萬。與玄十萬爲敵。自量必敗。公且退。容玄與衆將謀。然後請降。猶未爲晚也。」於是苻堅下令退兵。是時蔣神乃陰助晉。將八公山草木。皆變爲晉兵。乘堅退兵之際。衆軍吶喊。秦兵大亂。傷亡殆盡。玄旣取勝。乃班師回朝。旨加謝安爲太保中書省太宰。謝玄爲定番虜大元帥。謝石爲征討副帥。擧國稱慶云。現存元人雜劇本事考

【蔣世隆拜月亭】南戲名。元代無名氏撰。亦作拜月亭。永樂大典卷一三九八九、南詞敍錄、宋元戲文本事、俱錄此目。

【蔡東】戲曲家。浙江會稽人。生卒年不詳。約康熙中葉在世。工曲。著有傳奇錦江河（一名忠孝錄）一種。傳於世。

【蔡邕】劇中人。東漢陳留圉人。字伯喈。性篤孝。博學。好辭章、天文、術數。工畫畫、善鼓琴。建寧中。拜郎中。奏定六經文字。自書冊立太學門外。後學咸所取正。後以應詔言事。語涉宦官。爲中常侍程璜所構。坐鉗髡徙朔方。赦還。獻帝朝。董卓爲司空。強辟之。三日之間。周歷三臺。爲侍中。初平初。拜中郎將。封高陽鄉侯。王允誅卓。邕坐堂卓死獄中。著有蔡中郎集。見琵琶記、連環記、王粲登樓各分條。

【蔡琰】劇中人。前者女。字文姬。博學有才辨。妙解音律。初適河東衞仲道。夫亡無子。歸寧於家。興平間。天下喪亂。文姬爲胡騎所獲。沒於匈奴十二年。生二子。曹操素與邕善。痛其無嗣。乃遣使者以金璧贖之歸。重嫁董祀。祀爲屯田都尉。犯法當死。文姬詣操請赦。操允之。因問：「夫人家先多墳籍。猶能憶識之不」文姬即就所誦憶者繕送四百餘篇。文無遺誤。見文姬入塞條。

【蔡均仲】南戲名。元代無名氏撰。南戲拾遺輯錄此目。

【蔡潛莊】清代戲曲家。著有傳奇紫玉記一種。

【蔡琰還朝】雜劇名。元人金仁傑撰。

【蔡伯喈琵琶記】南戲名。亦名忠孝。元代無名氏撰。永樂大典卷一三九六九、南詞敍錄、南詞新譜、宋元戲文本事俱錄此目。

【蔡蕭閒醉寫石州慢】見石州慢條。

【賣花聲】曲牌名。北曲入中呂宮（亦入雙調。）管色配小工調或尺字調。

【賣相思】傳奇名。淸人研雪子撰。

【賣查梨】古方言。似梨而酸。喩以劣作優也。含冒充欺詐義。

【賣愁村】傳奇名。明人李素甫撰。

【賣花聲煞】曲牌名。北曲入中呂宮。管色配小工調或尺字調。

【賣情紮囤】雜劇名。明人博一臣撰。爲蘇門嘯卷二。

【賣皮鵪鶉兒】古方言。即賣淫也。

【賣臉人捉鬼】戲曲名。明人沈璟撰。爲博笑記十種之一。按此劇與凌濛初拍案驚奇中之陶家翁大雨留賓及蔣震卿片言得婦二事。結構略似。

【賣兒沒興王公綽】見王公綽條。

【窮生】脚色名。小生之一種。齊如山云：「此乃梆子班之專用名詞。如梆子腔中之狄青借衣、打柴訓弟、走雪山、反塘邑等。乃完全是窮生正戲。」

【窮河西】曲牌名。北曲入正宮。管色配小工調或尺字調。

【窮風月】雜劇名。正題黑旋風窮風月。元人高文秀撰。

【窮秀才雙棄瓢】見雙棄瓢條。

【窮解子紅綃驛】見紅綃驛條。

【窮解子破雨傘】見破雨傘條。

【窮韓信登壇拜將】見登壇拜將條。

【窮阮籍醉罵財神】傳奇名。淸人楊潮觀撰。爲吟風閣傳奇之一。演晉阮籍怒罵財神事。全屬虛構。嘲世之作也。

【樊素】劇中人。唐女子。白居易姬人。善歌。居易詩有：「櫻桃樊素口。楊柳小蠻腰」之句。見放楊枝、傷梅香二分條。

【樊夫人】劇中人。唐仙女名。號雲翹。雲英姊。劉綱之妻。有國色。長慶中在鄂渚與裴航同舟還都。航賂其侍兒裊烟。投以詩。樊答曰：「一飲瓊漿百感生。玄霜擣盡見雲英。藍橋便是神仙宅。何必崎嶇上玉京。」航後過藍橋。果遇雲英。見藍橋記條。

【樊姬擁髻】雜劇名。淸人舒位撰。爲瓶笙館修簫譜之一。演後漢伶元與其妾樊姬靜夜秉燭而談趙飛燕舊事。戒淫於色之事。本伶元飛燕外傳成劇。

【樊噲排闥】見樊噲排君難戲條。

【樊事眞金箆刺目】雜劇名。元代無名氏撰。

【樊噲排君難戲】戲曲名。亦作樊噲排闥戲。演項羽劉邦鴻門相會故事。唐會要：「光化四年正月。宴於保寧殿。上製曲。名曰讚成功。時鹽州雄毅軍使孫德昭等。殺劉季述反正。帝乃制曲以褒之。乃作樊噲排君難戲以樂焉。」按陳暘樂書以此戲爲昭宗光化中劉季述所編。

【踏歌】謂歌時以足踏地爲節也。宣和書譜：「南方風俗。中秋夜。婦人相持踏歌。婆娑月影中。最爲盛集。」

【踏蹺】見高蹺條。

【踏金蓮】燕樂大曲名。

【踏陣馬】曲牌名。北曲入越調。管色配六字調或凡字調。

【踏莎行】曲牌名。北曲入商角調。管色配六字調或凡字調。

【踏搖娘】戲曲名。演一醉漢毆打其妻。其妻向人訴苦之情狀。教坊記：「踏搖娘。北齊有人姓蘇。鮑鼻。實不仕。而自號爲郎中。嗜飲酗酒。每醉輒歐其妻。妻銜悲訴於鄉里。時人弄之。丈夫著婦人衣。徐步入場行歌。每一疊。旁人齊聲和之云。踏搖和來。踏搖娘苦和來。以其且步且歌。故謂之踏搖。以其稱寃。故言苦。及其夫至。則作毆鬬之狀。以爲笑樂。」

【踏雪尋梅】(一)雜劇名。正題凍吟詩踏雪尋梅。元人馬致遠撰。寫盛唐詩人孟浩然雪中尋梅故事。(二)雜劇名。正題孟浩然踏雪尋梅。明人朱有燉撰。以盛唐詩人孟浩然雪中尋梅故事爲主。而以中唐晚唐詩人賈島羅隱點綴。

【劇】戲也。杜牧詩：「魏帝縫囊眞戲劇。」

【劇曲】辭海：「凡曲之演唱故事。首尾具備而有科白者。謂之劇曲。對無科白之散曲而言。雜劇傳奇皆是也。」

【劇場】演劇之場所也。俗稱戲院或戲館。

【劇說】書名。凡六卷。淸人焦循撰。所載皆爲唐宋以來之戲曲掌故。有重訂曲苑本、讀書叢刊本、及商務印書館國學基本叢書所收本。

【劇通科】戲界七科之一。俗呼監場的。亦名檢場的。又作走外場的。場上負責打門簾、放彩火、及遞檢切末之人。皆歸劇通科。齊如山云：「國劇的規矩。沒有人打門簾則不許出場。所以管上場門簾的人。非常重要。檢場上則尤爲重要。」

【劇裝科】戲界七科之一。齊如山云：「劇裝科是專管二衣箱的。因爲他們須有特別的技術。遇到紮靠的戲。都得由他們替演員紮束。」又曰：「二衣箱是專裝武人穿的衣服。如鎧靠打衣褲襖等。」

【德可】見徐飴條。

【德甫】見胡文煥條。

【德涵】見康海條。

【德輝】見鄭光祖條。

【德潤】見黃天澤條。

【德勝序】曲牌名。南曲入中呂宮。管色配小工調或尺字調。

【劍池】 見汪鋑條。

【劍器】 舞曲名。杜甫觀公孫大娘弟子舞劍器行序：「觀公孫氏舞劍器、渾脫。瀏灕頓挫。獨出冠時。」桂馥扎樸引姜元吉云：「在甘肅。見女子以丈餘彩帛結兩頭。雙手持之而舞。有如流星。問何名。曰劍器也。乃知公孫大娘所舞者卽此。」按南宋官本雜劇二百八十種之中。有病爺老劍器、霸王劍器二本。宋史樂志及文獻通考教坊部十八調中呂宮黃鍾宮中。均有劍器大曲。陳暘樂書作劍氣。

【劍人緣】 傳奇名。淸人湯貽汾撰。

【劍器名】 曲牌名。南曲入仙呂宮引。管色配小工調或尺字調。

【劍俠完貞】 雜劇名。明人樵風撰。劇品謂此劇：「南北七折。飛飛之援女子也。亦劍仙中之可傳者。」

【劍嘯閣傳奇】 戲曲別集名。淸人袁于令撰。共收五種。曰西樓記。曰金鎖記。曰玉符記。曰珍珠記。曰鷫鸘裘。

【調】 樂律曰調。晉書律曆志：「魏武始獲杜夔。使定樂器聲調。」

【調名】 見牌名條。

【調弄】 撫弄樂器也。徐鉉詩：「調弄琵琶郎爲拍。」

【調門】 見管色條。

【調風月】 (一)雜劇名。正題詐妮子調風月。元人關漢卿撰。演婢燕燕與小千戶某情事。略謂有小千戶某作客某氏。某夫人命婢燕燕服侍之。燕燕頗有姿色。性復靈巧。頗得小千戶垂靑。遂相私昵。而外人不知也。夫人有女未嫁。小千戶以燕燕乃婢女。不堪作正室。乃使媒通意。欲求夫人女爲婚。其意固欲並得燕燕也。燕燕不解千戶用意。乃暗中百般阻難。謂小千戶嗜酒成癖。難結佳耦。然夫人以千戶爵爲世襲。且馬匹車輛。備極豪華。卒允婚事。燕燕見大勢已定。回天乏術。待千戶與夫人女合巹後。亦設計得爲妾媵。乃與千戶團聚云。現存元人雜劇本事考 (二)雜劇名。正題花柳仙姑調風月。明人賈仲明撰。

【調笑令】 曲牌名。北曲入越調。管色配六字調或凡字調。

【鄧】 古方言。猶云奚落也。

【鄧志謨】 淸代戲曲家。字景南。號竹溪散人。又號百拙生。饒州饒安人。好作爭奇。兼及戲曲。著有傳奇並頭蓮記、鳳頭鞋記、玉連環記、瑪瑙簪記、八珠環記。總題五局傳奇。

【鄧將軍】 古方言。即目也。眼也。

【鄧禹定計捉彭寵】 見捉彭寵條。

【鄧夫人苦痛哭存孝】 見哭存孝條。

【餘文】 見煞曲條。

【餘姚腔】 戲曲腔調名。徐渭南詞敍錄：「今曲家稱餘姚腔者。出於會稽。常、潤、太、揚、徐用之。」按此腔為南曲之一派。自崑弋勢盛。此腔遂衰。

【餘音繞梁】 列子湯問：「韓娥鬻歌。餘音繞梁欐三日不絕。」

【餘慈相會】 雜劇名。明人顧思義撰。劇品謂此劇：「南曲一折。從錦箋中之爭館。討出神情。鄉語酷肖。而曲之致趣。亦自亹亹」

【餘不鄉後人】 清代劇曲家。康熙雍正間人。著有傳奇海烈婦。（一名此丈夫。又名三異記。）一種。

【彈包】 古方言。猶云批評也。例如董西廂：「或短或長。或肥或瘦。一個個精神沒彈包。」亦作團剝。例如董西廂：「放二四。不拘束。盡人團剝。」

【彈詞】 彈詞者。用弦索彈唱之歌曲也。竊考彈詞之源。唐宋皆有之。在唐為變文。其體有唱而無表白。今敦煌所發現之目蓮救母變文即其例也。及至宋時。則為陶眞。其體如何。不得詳考。約與說書、鼓子詞之體相近也。方外畸人相思鏡彈詞序例云：「彈詞始於北宋安定郡王趙德麟。按唐元微之會眞記撰商調蝶戀花十二章。號鼓子詞。俾歌工彈唱。已啓其端。至金章宗朝。董解元變詞為曲。亦按會眞作西廂記。科白互施。厥體乃備。」竊按彈詞之來源雖久。其名乃初見於董解元絃索西廂記。董詞又名西廂搊彈詞。特多一搊字而已。董詞既為彈詞之體。則彈詞當亦諸宮調之流也。彈詞之體制甚多。有徒唱者。有唱演相兼者。有唱演之外加以道白者。極其繁亂。其例除董詞外。若元楊維楨四遊記彈詞。明楊愼二十一史彈詞。皆古本之著者也。今只說不彈之武俠故事。如三國、英烈、金台、之類。稱之謂大書。唱時配以三弦琵琶之言情故事。如珍珠塔、雙珠鳳、三笑姻緣之類。稱之謂小書。見搊彈詞條。

【彈詞選】 書名。近人趙景深編。首列序文萬餘言。詳論彈詞之起源、分類、體製、書錄等。有商務印書館排印本。

【彈鐵記】傳奇名。明人車任遠撰。

【彈詞考證】書名。凡六章。近人趙景深著。有商務印書館排印本。

【賞西湖】雜劇名。正題月夜賞西湖。明人丁野夫撰。

【賞花時】曲牌名。北曲入仙呂宮。管色配小工調或尺字調。

【賞宮序】曲牌名。南曲入黃鐘宮。管色配六字調或凡字調。

【賞黃花】雜劇名。正題浿子回回賞黃花。元人吳昌齡撰。

【賞心樂事昆弋劇曲譜】書名。淸代無名氏錄。有道光十八年抄本。

【蓮子花】古方言。蓋蓮子與憐子同音。蓮子花諧聲語也。例如老生兒：「你個蓮子花。放了我這遏頭杖。」又如合汗衫：「世上則有蓮子花。」

【蓮花筏】傳奇名。亦作慈悲願。淸人朱佐朝撰。演唐玄奘事。

【蓮花落】民間歌曲之一種。乞兒唱之。歸莊萬古愁曲中有：「遇著那乞丐兒唱一回蓮花落。遇著那村農夫醉一回田家樂」之句。亦作蓮花樂。釋普濟五燈會元云：「俞道婆嘗隨衆參琅琊。聞丐者唱蓮花樂。大悟。」

【蓮盟記】傳奇名。見荷花蕩條。

【賜衣記】見桂林霜條。

【賜恩環】傳奇名。明人阮大鋮撰。

【賜環記】傳奇名。明人佘聿文撰。

【賜繡旗】傳奇名。淸人薛旦撰。

【潑】古方言。㈠詈辭，猶云惡劣也。例如東堂老：「那潑烟花。專等你個腌材料。」此爲詈人之辭。漢宮秋：「則被那潑毛團叫的悽楚人也。」此爲詈物之辭。㈡猶窮苦也。例如劉行首：「我這般窮身潑命。誰瞅問。」又如灰闌記：「則我這潑殘生。怎熬出這個死囚牢。」

【潑毛團】古方言。詈禽獸也。例如漢宮秋：「則俺那遠鄉的漢明妃雖然得命。不見你個潑毛團也耳根淸淨。」見潑條。

【潑辣旦】脚色名。旦之一種。此脚由花旦扮演。戲中難免有刺殺或淫浪等情節。故又名刺殺旦或浪旦。如劈棺、紡棉花等是。

【潘岳】劇中人。晉中牟人。字安仁。少有才。美姿容。常挾彈出洛陽道。婦女遇之者。皆連手縈繞。投之以果。擧秀才。文辭艷麗。尤長哀誄。而性輕躁。頗趣世利。累官散騎侍郎。與石崇等諂事賈謐。後孫秀誣以謀反。被誅。亦作潘郎。楊億詩：「猶記潘郞擲果車。」見金雀記條。

【潘之恒】　人名。字景昇。歙縣人。生卒年不詳。約隆慶中葉在世。工詩。初受知於汪道昆王世貞。旣而從公安袁宏道兄弟遊。有曲艷品秦淮等集。

【潘安擲果】　雜劇名。正題五鳳樓潘安擲果。元人高文秀撰。

【撒和】　古方言。猶云餵飼牲畜也。例如凍蘇秦：「大的個孩兒。他撒和頭口兒去了。」又如來生債：「洗了麩。又要撒和頭口。」頭口卽牲畜。撒和頭口。卽餵飼牲畜也。

【撒髏】　古方言。謂頭也。例如西廂記：「小的提起來將脚尖撞。大的攀下來着撒髏勘。」

【請受】　古方言。㈠領受也。㈡糧餉也。薪俸也。

【請佃】　古方言。猶云接受也。例如拜月亭：「把你這眼前厭倦物件。分付與他別人請佃。」言你所討厭之物交與別人接受也。又如任風子：「撇下砧刀活計。待請佃你個藥葫蘆。」言接受藥葫蘆。此述任屠棄業而修道出家也。

【請退軍勾踐進西施】　見進西施條。

【嬌客】　古方言。稱女婿爲堂前嬌客。例如老生兒：「則被你壞了我也當家的這嬌客。」

【嬌紅記】　㈠雜劇名。正題金童玉女嬌紅記。明人劉兌撰。演金童、玉女思凡受罰。金童謫爲申晉次男申純。玉女謫爲王理之女嬌娘。西王母使之婚配事。此劇所本。似出於宋元間小說。小說中。申純與嬌娘以婚姻不遂。兩人憂悶。相繼而死。入仙界。合葬之墳上。淸明日。鴛鴦飛翔。因而又名之爲鴛鴦塚。而劇本則作爲吉慶團圓。㈡雜劇名。凡八折。明人劉東生撰。㈢雜劇名。元人王德信撰。㈣雜劇名。正題誓死生錦片嬌紅記。明人金文質撰。㈤雜劇名。明人湯式撰。㈥傳奇名。明人沈受先撰。

【嬌鶯兒】　曲牌名。南曲入雙調。管色配乙字調或正工調。

【影神】　古方言。祖先之神像也。

【影戲】　宋代雜劇之一種。事物記原云：「宋仁宗時。市人有能談三國事者。或採其說加緣飾。作影人。始爲魏吳蜀三分戰爭之象。」及至南宋影戲。更爲鼎盛。夢梁錄云：「有弄影戲者。元汴京初以素紙雕簇。自後人巧工精。以羊皮雕形。以彩色裝飾。」又曰：「公忠者雕以正貌。奸邪者刻以醜形。蓋亦寓褒貶於其間耳。」今河北灤縣等處仍流行此種影戲。亦稱羊皮戲。

【影梅菴】　傳奇名。清人彭劍南撰。

【蓬萊】　見梁木公條。

【蓬道人】　見楊思壽條。

【蓬島瓊瑤】　戲曲名。田民撰。寫余本忠收服海寇事。

【衝場】　衝場者。上場時即唱曲子。不用賓白或詩句引起。而所唱之曲。又非引子。蓋不和弦管。乾唱而已。

【衝撞】　衝州撞府之簡語。謂到處說唱或演戲也。

【衝撞引首】　院本名目。輟耕錄所載金人院本名目六百九十種之中。曰衝撞引首者一百有九。王國維云：「但不知所謂衝撞作何解耳。」楊蔭深云：「衝撞者。或即指行院以衝州撞府。到處遊行爲主。故簡稱衝撞罷。」

【翫中秋】　燕樂大曲名。

【翫仙燈】　曲牌名。南曲入黃鐘宮引。管色配六字調或凡字調。

【翫江亭】　雜劇名。正題瘸李岳詩酒翫江亭。別作趙江梅訂酒翫江亭。元明間無名氏撰。演李岳度化牛璘趙江梅夫妻事。

【翫江樓】　㈠雜劇名。正題柳耆卿詩酒翫江樓。元人戴善夫撰。演李鐵拐度金童牛璘玉女趙江梅重登仙籍事。略謂西王母殿前金童玉女。因一念思凡。謫降下界。男爲牛璘。女爲趙江梅。璘入贅江梅家。結爲夫婦。璘資產甚豐。人皆以員外呼之。一日。值江梅生辰。璘於翫江亭置酒相慶。先是東華帝君。恐牛趙貪戀塵緣。迷却仙道。乃於八仙中。擇鐵拐李往度脫之。至是鐵拐李乃逕赴翫江亭壽筵前。勸牛趙修道。而皆不悟。復入牛所設酒店中。亦不見容。最後於郊野點化之。令寒波造酒。枯樹開花。璘始知鐵拐李必爲異人。遂從之修行。又歸家說其妻。於夢中設境。妻亦省悟。李因率二人同日證果云。㈡雜劇名。正題柳耆卿詩酒翫江樓。明人楊訥撰。㈢南宋話本名。正題柳耆卿詩酒翫江樓記。清平山堂話本著錄此目。

【墨蓮盟】　見荷花蕩條。

【墨憨子】　見馮夢龍條。

【墨憨齋定本】　戲曲別集名。明人馮夢龍更定。盧前明清戲曲史：「所居曰墨憨齋。曾取諸傳奇彙集而刪改之。且易名刊行。曰墨憨齋定本。曰新灌園、酒家傭、女丈夫、量江記、精忠旗、夢磊記、雙雄記、萬事足、洒雪堂、楚江情。新灌園、即改張伯起之灌園記。女丈夫即改張伯起之紅拂記。酒家傭即改陸無從之存孤記。楚江情即改袁令昭之西樓記。雙雄萬事足二種。乃其自作。又改定湯若士牡丹亭易名風流夢。今歌場所流行之遊園驚夢。及聽畫等齣。皆馮所改訂本也。」

【撐】　古方言。猶云美好也。漂亮也。例如董西廂：「便是月殿裏嫦娥。也沒恁地撐。」梧桐雨：「行的一步步嬌。生的一件件撐。」兩世姻緣：「看了他容貌實是撐。衣冠兒別樣整。」

【撐達】　古方言。猶云解事也。老練也。例如巾箱本琵琶記：「這壁廂道咱是箇不撐達害羞的喬相識。那壁廂道咱是個不覩事負心薄倖郎。」又如紅梨花：「這秀才忒撐達。將我問根芽。」

【撤】　見別條。

【撤操判官釘一釘】　見釘一釘條。

【徵】　㈠五音調之第四音或七音調之第五音也。管子地員篇曰：「凡聽徵。如負豕覺而駭。」㈡牙音也。樂府傳聲所載辨五音訣曰：「欲知徵。舌柱齒。」

【徵本】　見正本條。

【噇】　古方言。謂酗酒無節也。亦作咮。

【噇膿擣血】　古方言。咒人之語。謂當有膿血之災也。例如老生兒：「你那窮弟子孩兒。一世不能彀長俊的。與你噇膿擣血將去。」

【廝】　古方言。㈠猶相也。例如馬陵道：「會合各國大將。與龐涓相持廝殺。」廝殺猶云相殺也。幽閨記：「自驚疑。相呼廝喚兩三回。」廝喚猶云相喚也。董西廂：「鶯鶯君瑞彼此不勝愁。廝覷者總無言。未飲心先醉。」廝覷猶言相看也。還魂記：「見了你緊相偎。慢廝連。」廝連猶言相連也。西廂記：「俺這寺內有個徒弟。喚做惠明。則是要吃酒廝打。使他去不肯去。」廝打猶言相打也。范張鷄黍：「則被你君章子徵將我緊追逐。並不曾廝離了左右。」廝離猶言相離也。西遊記：「他想我。須臾害。我因他。廝勾死。」廝勾死猶云親暱熬也。長生殿：「依舊的聲兒廝並。肩兒齊亞。影兒成雙。」廝並猶言相並也。梧桐雨：「今日凄涼廝覓着。暗暗的還報。」廝覓猶言相尋也。西廂記：「俺則廝守得一時半刻。也合教夫妻每共卓而食。」廝守猶言相守也。㈡詈詞。猶云家伙也。例如李逵負荆：「老王你來。兀那禿廝。便是做媒的魯智深。你再去認咱。」

【廝琅琅】古方言。形容翻覆搖撼之聲。例如西廂記：「瞅一瞅古都都翻海波。唾一唾廝琅琅震山巖。」

【墜子】雜戲之一種。多由女子唱演。唱時一手拍板爲節。一手形容所唱曲中情節。另一人軋二絃和之。所唱都爲敘事體。而非代言體。其始出自河南。後流傳於山東。並稍變其腔調。因又有河南墜子山東墜子之別。墜子亦如蓮花落。故亦稱落子。

【墜釵記】傳奇名。明人沈璟撰。爲屬玉堂十七種之一。

【摩弄】古方言。㈠調弄也。㈡施延也。

【摩利支飛刀對箭】見飛刀對箭條。

【糊突】古方言猶云糊塗也。例如老生兒：「你看這老的越發老的糊突了。」此猶言老糊塗也。又如勘金環：「敢是糊突蟲斷不下事來。又來請我。」此言糊塗蟲也。

【糊突包待制】見包待制條。

【誰家】古方言。㈠猶云甚麼也。例如張協狀元戲文：「生問。適來聽得一派樂聲。不知誰家調弄。衆答。獨影搖紅。」誰家調弄。猶云甚麼曲牌也。又如拜月亭：「試問後房子弟。今日敷衍誰家故事。那本傳奇。」敷衍猶之搬演。誰家故事。猶云甚麼故事也。今日蘇語啥個。正與甚麼之義相當。啥即誰。個即家也。㈡見家條。

【誰誰】古方言。猶云誰人也。張協狀戲文：「旦叫婆婆。內應誰誰。」猶云是誰人在叫也。

【談羨】古方言。猶云稱贊也。例如病劉千：「贏了的休談羨。輸了的難遮掩。」又如飛刀對箭：「那個將軍不喝睬。那個把我不談羨。」

【談卜蓮】清代戲曲家。生卒年不詳。約光緒初年在世。著有傳奇孝娥記一種。傳於世。

【嘯歌】猶言吟唱也。世說簡傲：「惟阮籍在坐。箕踞嘯歌。酣放自若。」

【嘯餘譜】書名。凡十二種。明人程明善編。此書係雜著叢刊。有關戲曲部分爲北曲譜（取太和正音譜。）南曲譜（取南九宮譜。）中原音韻中州音韻等編。

【撥頭】戲曲名。舊唐書音樂志云：「撥頭者。出西域胡人。爲猛獸所噬。其子求獸殺之。爲此舞以象之也。撥亦作鉢。樂府雜錄鼓架部條：「鉢頭。昔有人父爲虎所傷。遂上山尋其父屍。山有八折。故曲八疊。戲者被髮素衣。面作啼。蓋遭喪之狀也。」

【撥不斷】曲牌名。北曲入雙調。管色配乙字調或正工調。

【餓方朔】雜劇名。明人孫源文撰。

【餓劉友】雜劇名。正題呂太后餓劉友。元人于伯淵撰。

【撮合山】古方言。謂作媒者。例如李逵負荊：「走不了你個撮合山師父唐山藏。更和這新女婿郎君哎你個柳盜跖。」

【撮盒圓】傳奇名。明人磊道人瘦先生合撰。

【論杜康】雜劇名。正題醉秀才戒酒論杜康。元人高文秀撰。

【論曲五種】書名。凡五卷。曰唐宋大曲考、戲曲考源、古劇脚色考。優語錄、錄曲餘談。近人王國維撰。有藝文印書館影印本。

【養花天】曲牌名。南曲入越調。管色配六字調或凡字調。

【養子不及父】見不及父條。

【寫風情】雜劇名。正題劉蘇州席上寫風情。別作席上題春。明人許潮撰。爲泰和記之一種。

【寫盡清風領】見清風領條。

【駐馬聽】曲牌名。南曲入中呂宮。管色配小工調或尺字調。北曲入雙調。管色配乙字調或正工調。

【駐雲飛】曲牌名。南曲入中呂宮。管色配小工調或尺字調。

【醋菩提】傳奇名。清人又廬居士撰。

【醋葫蘆】曲牌名。北曲入商調。管色配六字調或凡字調。

【練情子】見周樂清條。

【練囊記】傳奇名。明人吳大震撰。

【劈華岳】雜劇名。正題巨靈神劈華岳。別作劈華山神香救母。元人李好古撰。

【劈華山神香救母】雜劇名。明代無名氏撰。元人張時起有沈香太子劈華山。李好古有巨靈神劈華嶽。不知是否一劇。

【蝴蝶夢】㈠雜劇名。正題包待制三勘蝴蝶夢。元人關漢卿撰。演包拯夢見蝴蝶斷獄事。略謂開封府尹包拯。一日晝寢。夢兩小蝴蝶先後墜入蛛網中。

皆爲一大蝴蝶飛來救去。後又有一小蝴蝶墜網。大蝴蝶雖見之而不救。且飛騰遠去。拯夢醒。正驚異間。適中牟縣解送人命一案。有老人王姓。爲葛彪打死。老人子三人。曰王大。名金和。王二名鐵和。王三名石和。亦合力打死葛彪。中牟縣論三人並抵罪。及拯覆讞。其母乃自承爲已所殺。以釋三子。而三子亦各認己罪。相爭不已。拯乃判祇令一人抵罪。先定金和。其母不可。次定鐵和。其母又不可。再定石和。其母遂首肯。拯疑石和非其所生。委曲審問。始悉金鐵乃前妻所留。而石和正其親生也。於是並下三人於獄。而默令胥役於獄中細察之。果無異情。蓋母寧死已子。而不忍殺前妻之子也。於是拯大感動。以他死囚代幼子盆（盆爲盆吊之簡語。以土囊壓囚首使窒息而死也。）死獄中。而盡釋三子。且爲具題旌表焉。現存元人雜劇本事考 (二)雜劇名。明代無名氏撰。此劇有傅惜華藏淸鈔本。(三)傳奇名。凡九齣。淸代無名氏撰。略謂莊子一日過一墓地。見一少婦扇墳。問其故。則謂其夫新亡。曾有遺言。墳土不乾不得再嫁。故而扇之。以冀墳之早乾也。歸之而語之妻。嘲笑婦女之貞操。妻付之一笑。及後日莊子病死。尚未入葬土中。楚國王孫來訪。莊妻愛之。將與王孫結婚。適王孫得急病。因云。人腦能醫此病。妻劈棺。將取莊子之腦。但楚國王孫。卽爲莊子以幻術化出者。且莊子之死。亦幻術也。莊子忽現身詰妻。妻羞而自殺。莊子鼓盆浩歌云。中國近世戲曲史 按此劇本明人色痴。皮黃大劈棺亦演此事。

【蝴蝶臉】　臉譜名。此臉乃於花三塊瓦臉譜之上繪一蝶形花紋。故名。如判官鳥禮黑等是。

【撲燈蛾】　曲牌名。南曲入中呂宮。管色配小工調或尺字調。

【撲簌簌】　古方言。形容流淚不絕之貌。例如東堂老：「我見他搵不住。可則撲簌簌腮邊也那淚傾。」

【靠把老生】　脚色名。老生之一種。齊如山云：「皮黃班中。此脚都是由老生兼任。這路戲相當難演。大致是話白要淸脆。唱工要靈活。身段把子要敏捷。方算合格。」按此脚在梆子班中極爲重要。名曰武鬍子生。

【靠把武生】　見武生條。

【增補曲苑】　見曲苑條。

【增輯六也曲譜】　書名。凡二十四卷。淸人張怡菴撰。

【搿】古方言。猶云拔毛也。

【價】見家條。

【鴇】丹邱輪曲云：「妓女之老者曰鴇。鴇似雁而大。無後趾。虎文。喜淫而無厭。諸鳥求之即就。俗呼爲獨豹。今人稱鵏者是也。」竊疑鴇之一色。元明劇本鮮有用之者。或即「卜兒」之促音乎。

【靚】脚色名。寧獻王云。靚。古謂參軍。

【暫】古方言。㈠猶初也。纔也。例如董西廂：「收拾行李。一步地都行。上兩口兒眉頭暫開放。」暫開放。猶云纔能展開也。㈡猶忽也。頓也。例如董西廂：「覷着日頭兒。暫時間。齋時過。」暫時間。猶云忽然間或頓然間也。㈢猶一也。例如董西廂「數幅花箋。相思字寫滿。無人敢暫傳。正是咫尺是冤家。渾如天樣遠。」言無人可一遞此花箋於我冤家處也。

【撩丁】古方言。猶云錢也。例如張協狀元戲文：「錢又沒撩丁。米又沒半升。」撩丁與半升對舉。殆云無有分文也。又如青衫淚：「直到夢撒撩丁也。纔子四星飛天。」夢撒撩丁爲無錢義。此猶云無錢之時。亦如四星之淒涼而殞落也。

【髯口】演員口上所掛之假髯也。計分下列各種：曰三髯（亦名三綹髯。簡言之曰三。分黑蒼白三色。）曰滿髯（簡言之曰滿。分黑蒼白三色。）曰扎髯（簡言之曰扎。俗名紅鬍子。）曰關公髯（專備關公使用。）曰二濤髯（簡言之曰二濤。）曰夾嘴髯（簡言之曰夾嘴。二花臉掛此者最多。）曰丑三髯（簡言之曰丑三。俗名狗縷鬍子。）曰八字髯（簡言之曰八字。分黑白紅三色。）曰二挑髯（簡言之曰二挑。開口跳掛此者最多。）曰一字髯（簡言之曰一字。分黑白紅三色。）曰二字髯（簡言之曰二字。皆老人所掛。所以只有白色。）曰吊搭髯（簡言之曰吊搭。分黑蒼白三色。）曰五嘴髯（簡言之言五嘴。掛此者當爲年邁之人。）曰四喜髯（簡言之曰四喜。如今此種已不恒見。近來戲班中人多呼五嘴爲四喜。）曰紫髯（此乃專備孫權所用。因書中說他是碧眼紫鬚也。）曰紅虬髯（此乃專備虬髯客所用。傳云。隋末。張仲堅行三。赤髯而虬。號虬髯客云。）曰一戳髯（簡言之曰一戳。）曰劉唐髯（此乃專備水滸中之劉塘所用。乃在黑二濤髯中夾雜一兩綹紅色。且在兩耳際添上兩撮短紅鬚。）曰王八髯等。

【箱工】戲班中管理戲衣之人。謂之箱工。爲首之一人。則曰箱頭。

【慕古】古方言。猶云糊塗也。例如董西廂：「休慕古。人生百歲如朝露。」又如蝴蝶夢：「包龍圖往常斷事曾着數。今日爲官忒慕古。」

【暮竹】見徐復祚條。

【撢衣】身段名。謂撢去衣上塵汙也。撢衣用袖。故又名抖袖。

【澗芳】見沈名蓀條。

【瑾叔】見趙瑜條。

【潔郎】古方言。卽僧衆也。

【賤降】古方言。對已誕辰之謙稱。

【齒音】齒音分齒頭正齒二部。齒頭音卽平舌葉阻。正齒音卽翹舌葉阻。

【潛翁】見陳琅條。

【緯眞】見屠隆條。

【趙馬】身段名。齊如山云：「劇中騎馬。作前竄後蹲種種身段。名曰趙馬。」

【遮莫】古方言。㈠猶云不論或不問也。例如飛刀對箭：「遮莫便合後等。當先去。遮莫待遇水疊橋。逢山開路。」言不論合後當先。不論疊橋開路也。董西廂：「遮莫賊軍三萬垓。便是天蓬黑煞。見他也應伏輸。」言莫說賊軍。就是天蓬黑煞也無用也。㈡猶言假如也。例如董西廂：「休道你姐姐。遮莫是石頭人也心動。」言假如是石頭人也心動也。亦作者莫。例如打韓通：「者莫他能走能飛。假若是能戰能敵。」者莫與假若互文。者莫猶言假若也。

【擱就】古方言。猶言遷就也。例如西廂記：「他如今陪酒陪茶倒擱就。你休愁何須把定通媒媾。」把定卽聘禮。言顚倒遷就也。董西廂：「百般擱就。十分閃。」閃者閃避也。言且就且避也。

【溢道】古方言。石級之屬也。例如襄陽令：「入的這館驛儀門。遶着這虛檐溢道。」又如裴度還帶：「出廟門送下溢道。近行徑轉過牆角。」

【數落】古方言。數說奚落也。例如漁陽三弄：「數落得他一箇有地皮沒躲閃。」

【敵頭】古方言。猶云敵對也。對頭也。例如西廂記：「世有。便休。罷手。大恩人怎做敵頭。」又如千里獨行：「你當日逞英雄。與曹操作敵頭。」

【緣撞】雜戲之一種。猶今之緣竿戲也。

【適齋】見許逸條。

【黎簡】清代戲曲家。字簡民。一字未裁。號二樵。又號石鼎。廣東順德人。乾隆十三年生。嘉慶四年卒。享年五十二歲。性好山水。所居百花村。有亭臺之勝。視花鳥若朋友。以筆墨爲耒耜。詩詞精練。自成一家。才思絕敏。授筆立就。著有芙蓉亭傳奇一種。芙蓉亭樂府二冊。並傳於世。

【撤鏝】　古方言。猶云揮霍無度也。錢之背文曰鏝。

【厲鶚】　淸代戲曲家。字太鴻。號樊榭。浙江錢塘人。生於康熙三十一年。卒於乾隆十七年。享年六十一歲。工詩曲。與同郡吳城合著傳奇群仙祝壽百靈效瑞二種。合題迎鑾新曲。

【緱山】　見王衡條。

【緱山月】　曲牌名。南曲入正宮引。管色配小工調或尺字調。

【漿水令】　曲牌名。南曲入仙呂入雙調。

【滕王閣】　雜劇名。元明間無名氏撰。

【胥光劍】　傳奇名。明人徐復祚撰。演衛靑與異母弟鄭跖鬩牆事。據漢書增飾而成。按衛青父原姓鄭。給事平陽侯府中。與衛夫人私。生靑及其姊子夫。故冒衛姓。後又娶妻生子。名鄭跖。劇中跖執胥光劍欲殺靑。故以爲名。

【澆花旦】　㈠雜劇名。正題盧亭亭挑水澆花旦。元人關漢卿撰。㈡雜劇名。正題盧亭亭擔水澆花旦。元人李文蔚撰。

【銷金帳】　雜劇名。元明間無名氏撰。

【蔓靑菜】　曲牌名。北曲入中呂宮。管色配小工調或尺字調。

【罷金鉦】　南宋大曲名。入南呂調。南宋官本雜劇二百八十種之中。有牛五郎罷金鉦一本。宋史樂志及文獻通考教坊部十八部南呂調中。有罷金鉦大曲。

【憐香伴】　傳奇名。亦作美人香。凡三十六齣。淸人李漁撰。爲笠翁十種曲之一。演石堅妻崔雲箋設計使其詩友曹語花並嫁堅事。崔曹以美人香爲因緣。故名。

【裩紅衫】　戲曲名。淸人姚燮撰。

【麪缸笑】　戲曲名。淸人唐英撰。爲古柏堂傳奇之一。此與綴白裘所收梆子腔打麪缸同一事蹟。

【誶范雎】　雜劇名。正題須賈誶范雎。別作須賈大夫誶范叔。元人高文秀撰。演魏須賈館客范叔。爲賈構罪。笞掠幾死。後雎易名張祿。逃入秦爲相。而報宿仇事。略謂戰國時七雄並立。其中齊魏兩國。有積世之讎。馬陵之戰。魏大將龐涓陣亡。長公子申爲齊所擄。丞相魏齊。遣中大夫須賈使齊。求放申歸。賈薦館客范雎。字叔者同往。雎能言善辯。齊王重其才。大喜。魏放歸申。齊魏兩國。於焉修好。辭別之日。齊王令中大夫鄒衍於驛亭宴雎。賜以金帛。雎辭不受。時須賈亦至。衍禮甚恭。而頗慢賈。賈疑雎以魏陰事告齊。復知其不受金。則又疑雎之避嫌也。於是歸譖雎於魏齊。魏齊大怒。時值臘冬會飲。乃擒雎拷訊。雎與辯。賈復質之。於雪中剝衣痛笞。飼以糞草。雎遂悶絕。舁置廁中。久之始甦。懇一蒼頭灌穢。蒼頭憐之。贈衣一襲。銀五兩。縱之遠遁。雎易姓名曰張祿。遁入秦。仕秦以賢能稱。後代穰侯爲相。召六國大夫入賀。賈亦奉命往。既至秦。適遇風雪。詣相府。不得見。車避簷下。雎忽至。狀如舊日。而衣衫破敝。賈初疑雎入秦必得志。詢之。雎云：「觀衣即知矣。」賈乃云：「范叔一寒如此。」遂贈以綈袍。並云欲見丞相張祿。雎僞稱曰：「雎與丞相有舊。可爲先容。子姑待之。」遂並車至相府。雎入。不復出。賈詢諸僕。乃知雎即張祿也。方惶悚間。雎召諸大夫會宴。時鄒衍亦在坐。賈入。負荊伏罪。雎謂衍曰：「雎昔曾以魏陰事告齊耶。」衍曰：「無之。」雎遂命役笞賈。亦飼以糞草。欲殺之。衆爲懇恕。蒼頭時在相府。亦入請。雎念綈袍之贈。尚有故人之情。乃釋之。令歸獻魏齊頭來。賈唯唯而出云。現存元人雜劇本事考

【澄海樓】傳奇名。清人毛鍾紳撰。

【輟耕錄】書名。凡三十卷。雜記元代故實。足供參考。其中有關戲曲史料。尤爲珍貴。有商務印書館影印元刻本。

【廢莪子】見裘連條。

【播梅令】曲牌名。北曲入中呂宮。管色配小工調或尺字調。

【歐陽修】劇中人。宋盧陵人。字永叔。自號醉翁。晚號六一居士。博通群書。詩文兼韓愈及李杜之長。爲一代文宗。累官翰林院侍讀學士。樞密副史。參知政事。屢爲群小所構。遭罷黜。後出知青州。以事忤王安石。致仕歸。卒諡文忠。見牡丹仙條。

【磊道人】明代戲曲家。著有傳奇撮盒圓一種。

【歎骷髏】雜劇名。正題鼓盆歌莊子歎骷髏。元人李壽卿撰。

【穀儒記】雜劇名。明代無名氏撰。劇品謂此劇：「南曲一折。銅臭之子。濫預衣冠。趣士爲文以誚之。不足。又從而歌咏之。令人絕倒。」

【蝶戀花】曲牌名。北曲入雙調。管色配乙字調或正工調。

【駟馬奔陣】雜劇名。正題齊景公駟馬奔陣。別作四馬投唐。元人鄭廷玉撰。

【蝸寄老人】見唐英條。

【審音鑑古錄】書名。凡十二卷。清人琴隱翁撰。有道光刊本。

十六畫

【錦上花】曲牌名。南曲入仙呂雙調（實卽仙呂宮。）北曲入雙調。管色配乙字調或正工調。

【錦中花】傳奇名。清人高弈撰。

【錦帆舟】雜劇名。正題隋煬帝江月錦帆舟。元人庾天錫撰。

【錦江沙】傳奇名。亦作忠孝錄。清人蔡東撰。

【錦衣香】曲牌名。南曲入仙呂入雙調（實卽仙呂宮。）

【錦西廂】傳奇名。明人周公魯撰。曲海總目提要：「周公魯撰。據會眞記鶯鶯委身於人。他書又有云鶯鶯所嫁卽鄭恆者。乃截草橋以後數折不用。有紅娘代鶯鶯以嫁於恆。翻改面目。錦簇花攢。故曰錦西廂。」

【錦衣歸】傳奇名。清人朱素臣撰。

【錦金帳】曲牌名。南曲入雙調。管色配乙字調或正工調。

【錦法經】曲牌名。南曲入雙調。

【錦香亭】㈠南戲名。元代無名氏撰。宋元戲文本事輯錄此目。南九宮譜中僅存殘文一曲。㈡雜劇名。正題孟月梅寫恨錦香亭。元人王仲文撰。㈢傳奇名。清人石恂齋撰。

【錦庭芳】曲牌名。北曲入正宮。管色配小工調或尺字調。

【錦庭樂】曲牌名。南曲入正宮。管色配小工調或尺字調。

【錦堂月】曲牌名。南曲入雙調。管色配乙字調或正工調。

【錦帶記】傳奇名。明人楊珽撰。

【錦雲裘】傳奇名。清人朱佐朝撰。

【錦塵帆】傳奇名。清人萬樹撰。

【錦箋記】傳奇名。明人周履靖撰。演梅玉與柳淑娘私通事。

【錦橙梅】曲牌名。北曲入仙呂宮。管色配小工調或尺字調。

【錦繡圖】傳奇名。清人洪昇撰。

【錦纏道】曲牌名。南曲入正宮。管色配小工調或尺字調。

【錦堂風月】傳奇名。元人陳以仁撰。

【錦窩老人】㈠清代戲曲家。著有傳奇昇仙傳一種。㈡見朱有燉條。

【錦襖上著簑衣】焦循劇說：「吳下以三弦合南曲。而又以簫管協之。此唐人所云錦襖上著簑衣也。」

【錦雲堂美女連環記】見連環記條。

【錦雲堂暗訂連環計】見連環記條。

【龍套】見流行條。

【龍膺】明代戲曲家。字君御。一作朱陵。武陵人。生卒年不詳。約萬曆十年前後在世。萬曆八年進士。官至南京太常寺卿。工詩兼曲。著有詩集九芝集選十二卷。傳奇藍橋記一種。並傳於世。

【龍燮】人名。字理侯。一字二爲。號石樓。亦號改庵。又號雷岸。望江人。生卒年不詳。約清聖祖康熙十年前後在世。康熙中。舉博學鴻詞。授檢討。左遷大理寺評事。官至中允。有詩名。與王士禎龐塏等唱和。亦工詞曲。所作瓊花夢傳奇。芙蓉城雜劇。見稱於時。

【龍山宴】雜劇名。正題桓元帥龍山會僚友。明人許潮撰。爲泰和記之一種。演晉孟嘉九日宴龍山事。重訂曲海目題曰：「桓元帥會龍山」

【龍子猶】見馮夢龍條。

【龍舟會】雜劇名。清人王夫之撰。

【龍泉記】傳奇名。明人沈受之撰。徐復祚曲論：「龍泉記、五倫全備。純是措大書袋子語。陳腐臭爛。使人嘔穢。」呂天成曲品：「情節闊大。而局不緊。是道學先生口氣。」

【龍飛報】傳奇名。淸人張大復撰。

【龍渠翁】明代戲曲家。著有傳奇藍田記（亦名摘星記）一種。

【龍華會】㈠傳奇名。明人王翊千撰。演龍瑞及華貞香救母出幽冥。見佛解脫事。㈡傳奇名。淸人張大復撰。

【龍華夢】雜劇名。明人葉憲祖撰。劇品謂此劇：「南北四折。白娟娟之夢至獨孤生於龍華寺。目擊之。及獨孤歸。而娟娟之夢未已也。異哉。南柯邯鄲之外。又闢一境界矣。」

【龍綃記】傳奇名。明人黃惟楫撰。演柳毅傳書事。

【龍鳳山】傳奇名。淸人石子斐撰。

【龍鳳錢】傳奇名。淸人朱素臣撰。

【龍膏記】傳奇名。明人楊珽撰。演張無頗與元湘英風情事。

【龍劍記】傳奇名。明人吳大震撰。

【龍燈賺】傳奇名。淸人朱從雲撰。

【龍門隱秀】雜劇名。正題賢達婦龍門隱秀。元明間無名氏撰。

【龍虎風雲會】見風雲會條。

【龍陽君泣魚固寵】見泣魚固寵條。

【龍濟山野猿聽經】見猿聽經條。

【鴛衾記】傳奇名。明人沈璟撰。爲屬玉堂十七種之一。

【鴛鴦幻】傳奇名。淸人獨逸散人撰。曲考入無名氏目。

【鴛鴦寺】雜劇名。正題鴛鴦寺冥勘陳玄禮。明人葉憲祖撰。劇品謂此劇：「南北四折。馬嵬埋玉。此是千秋幽恨。欲爲千古洩恨耶。然古攙生之腐亦自不可少。北詞一折。幾於行雲流水。盡是文章矣。」

【鴛鴦客】古方言。即二人共一席也。

【鴛鴦宴】雜劇名。正題陶秀英鴛鴦宴。明人楊訥撰。

【鴛鴦被】㈠雜劇名。正題玉淸庵錯送鴛鴦被。元代無名氏撰。演李玉英以所裝鴛鴦被誤送張瑞卿。將錯就錯結爲夫婦事。略謂河南府尹李彥實。妻早亡。有女曰玉英。年十八。尚未許人。彥實居官淸正。爲左司誣劾。逮京勘問。乏行資。挽玉淸庵劉道姑向富戶劉彥明借銀十錠。彥明欲親屬署名債券。並倩劉道姑作保。彥實以登程在卽。需款甚急。乃命玉英書券。借銀後。留之別館而去。瀕行。彥實囑玉英以終身大事。令其自主。踰年。彥實音信杳然。彥明聞玉英姿色甚美。圖佔爲妻。乃迫令道姑勸玉英從之。玉英恐累姑。以所繡鴛鴦被付姑。並曰：「此被到處。卽吾一生棲身之地也。」並令約彥明入夜於道姑玉清庵中私會。以成姻眷。彥明得報後。喜不自勝。乃夜行赴約。將入庵門。爲邏卒所見。知其行動不軌。拘之而去。適逢劉道姑亦因事他出。臨行囑小道姑代爲接待劉員外及李玉英。時有姑蘇人張瑞卿者。因赴京應試。道經此庵。日暮欲投宿。小道姑誤以爲彥明至。引入室。玉英既至。亦以爲彥明。遂與之偕魚水之歡。東方既白。將欲別。瑞卿始以實告。玉英聞之。亦莫可奈何。遂將鴛鴦被贈瑞卿。權作定情之物。瑞卿乃携被入京。擬得第後。娶玉英爲妻。明日。彥明至庵。知玉英與他人成歡。怒甚。乃令劉道庵約玉英至家成婚。玉英以既失身於張。安能又許身於劉。雖彥明威逼百端。玉英寧死不從。乃令玉英於其酒店中當炉以辱之。會瑞卿得第授官。微行訪玉英踪跡。至店。已不相識。而覺當炉者有異。試問其姓名里居。始知爲玉英也。瑞卿乃詭爲府尹長子。笑謂玉英曰：「吾卽汝兄。昔日出外遊學。將近廿載。其時爾年尙幼。故不知也。」玉英信而不疑。乃爲其兄道明一切。卽而呼彥明與話。給以三日後具禮來迎玉英。言畢。卽携玉英歸寓。玉英至瑞卿寓。卽以兄禮之。及瑞卿出示往日所贈鴛鴦被示之。始知卽其夫張瑞卿也。越三日。彥明來迎娶。知其情。乃與瑞卿爭論。適玉英父彥實因寃雪還官。仍任河南府尹。途中遇人爭吵。乃執之問訊。見玉英亦在被執之列。乃詢問得其詳。瑞卿亦表明身份。原爲新除本處知縣。府尹乃笞彥明。並送之有司治罪。復以玉英配瑞卿云。（現存元人雜劇本事考）(二)傳奇名。清代四會堂撰。

【鴛鴦梳】　傳奇名。清人張異資撰。

【鴛鴦棒】　傳奇名。清人范文若撰。爲范氏三種之一。此劇情節。殆與金玉奴棒打薄情郎小說相倣。惟人名不同耳。例如劇中薛季衡者。卽小說中之莫稽。惜惜者。卽小說中之金玉奴。錢蓋者。卽小說中之金大是也。又據日人鹽谷溫氏所考。金玉奴棒打薄情郎。係出天啓年間馮夢龍所編之古今小說。

【鴛鴦塚】雜劇名。正題死葬鴛鴦塚。明人邾經撰。

【鴦鴦會】雜劇名。元代無名氏撰。

【鴛鴦煞】曲牌名。北曲入雙調。管色配乙字調或正工調。

【鴛鴦夢】戲曲名。明人葉小紈撰。演秦壁崔嬌蓮姻緣事。壁與嬌蓮皆在夢中相會。故曰鴛鴦夢。

【鴛鴦錦】雜劇名。明人祁駿佳撰。劇品謂此劇：「南北四折。新歌初轉。艷色欲飛。以虎易美姝。沈詞隱曾採之博笑內。較不若此劇之豪暢。」

【鴛鴦賺】見鳳求凰條。

【鴛鴦絛】傳奇名。明人路惠期撰。演揚州舉人楊直方與貧家女子張淑兒遇合故事。劇中楊在危急時。淑兒給以鸞絛。令其脫逃。更出白玉鴛鴦絛贈之以爲信物。故以是名。劇中虜酋等齣。有敍滿州軍將侵明事。而罵邊將無能之寓意。因此。清乾隆間遂置之於禁書之列。是以乾嘉以後之書。絕不提及此劇也。

【鴛鴦雙】曲牌名。北曲入正宮。管色配小工調或尺字調。

【鴛鴦鏡】㈠傳奇名。凡十齣。清人黃憲清撰。爲倚晴樓七種之一。本池北偶談所載鴛鴦鏡故事敷演而成。

【鴛響合】傳奇名。清人夢覺道人撰。

【鴛鴦會卓氏女】南戲名。元代無名氏撰。宦門子弟錯立身戲文中輯錄此目。

【鴛鴦寺冥勘陳玄禮】見鴛鴦寺條。

【燕丹】劇中人。戰國燕王喜太子。名丹。患秦之強。使荊軻入秦刺始皇。不成。始皇怒。急攻燕。喜斬丹欲獻秦。而秦復進兵。卒滅燕。見宴金臺條。

【燕生】見廖燕條。

【燕喜】古方言。猶云喜樂也。歡愉也。

【燕樂】唐杜佑通典坐立部伎篇云：「貞觀中。景雲見。河水清。協律郎張文收采石朱雁天馬之義。製景云河淸歌。名曰燕樂。奏之管絃。爲諸樂之首。由坐部伎奏之。」按坐部伎諸樂之中。分爲六門。曰讌樂（卽上述張文收所作者。）曰長壽樂。曰天授樂。曰鳥歌萬歲樂。曰龍池樂。曰破陣樂。讌樂之中。又分四項。曰景雲。曰慶善。曰破陣。曰承天。

【燕山怨】雜劇名。正題湯汝梅秋夜燕山怨。明人賈仲明撰。

【燕子箋】㈠傳奇名。凡四十二齣。明人阮大鋮撰。爲石巢傳奇四種之一。演唐霍都梁與妓女華行雲及酈學士女飛雲遇合事。以燕子銜箋作關目。故名。略謂霍都梁入都應試。住妓華行雲家。繪摸蝶聽鶯圖。寫己及行雲象。付裝潢。酈學士女飛雲。亦以觀音象往褾。後兩家各誤取其畫以去。華酈貌相似。飛雲見象。儼然己也。而有男子在傍。驚駭。題詞志異。箋爲燕子啣去。都梁拾得之。方知已畫之在酈氏也。都梁友鮮于佶者。謀攘都梁之作爲己卷。時酈學士爲總裁。因安祿山亂。暫停放榜。佶恐獲雋後。其文傳誦。必爲都梁知。遂布流言。云有指其燕子啣箋。關通試官者。都梁懼而遁。易姓名。投西川節度幕中爲參謀。後都梁卒娶華酈爲婦。竊卷事亦白。黜佶。仍以狀元歸都梁云。納書楹引清葉堂謂此劇：「以尖刻爲能。自謂學玉茗堂。其實全未窺見毫髮。笠翁惡札。由此濫觴。」吳梅曲選則謂：「圓海諸作。自以燕子箋爲最。自葉懷庭譏其尖刻。世遂屏不與作者之林。實則圓海固探得玉茗之神也」此劇有日文譯本。

【燕子樓】㈠傳奇名。清人陳烺撰。爲玉獅堂十種曲之一。演唐張建封與其官妓關盼盼事。中華戲曲選引白居易詩序：「徐州故尚書張。有愛妓曰盼盼。尚書既歿。歸葬東洛。而彭城有張氏舊第。有小樓。名燕子。盼盼念舊不嫁。居是樓十餘年。」㈡雜劇名。正題關盼盼春風燕子樓。元人侯克中撰。㈢南戲名。元代無名氏撰。宋元戲文本事輯錄此目。

【燕歸梁】曲牌名。南曲入正宮引。管色配小工調或尺字調。

【燕靑射雁】雜劇名。元人李元蔚撰。

【燕靑博魚】雜劇名。正題同樂院燕靑博魚。元人李文蔚撰。演梁山燕靑以目病覓醫。流落汴梁。與燕和燕順兄弟結納。和爲其妻之姦夫楊衙內恃勢凌逼。靑助和抗之。同歸梁山事。略謂梁山泊宋江以重陽節給假令衆頭目下山遊賞。仍立限回山。燕靑以違限十日。罪當誅。吳用等爲之請免。乃杖六十。青以氣憤而目失明。江令下山覓醫。青遂流落汴梁。汴梁人燕和。其妻王臘梅有淫行。和弟順惡其嫂。棄家去。臘梅與姦夫楊衙內約。三月三日會於同樂院。及期。楊跨馬赴院。青以目盲被楊撞倒。青欲牽馬。反遭毆擊。楊馳去。青誤扭一人。乃燕順也。順善針灸。憐青以目盲受辱。爲下針治之。青目復明。通姓名。結爲兄弟。青方困乏。借資本販鮮魚以自給。後値三月三日。青至酒店博魚。遇燕和夫婦在店飲。青與和博。和得魚。青告苦於和。和乃還其魚。青負擔欲去。値楊衙內至店。又與青相撞。楊惡青不廻避。奪其擔折之。並摔碎魚盆。青詢和知卽年前毆己者。還毆之。楊狼狽走避。和見青拳勇。亦與之結爲兄弟。引至家留養。中秋節月。臘梅又約楊到後園飲。爲青所見。報和。持刀將殺楊。楊逸去。又欲殺臘梅。和猶豫未決。而楊已率衆至。縛和及青。付官下獄。青與和越獄走。楊與臘梅復追之。將及。與順遇。時順已入籍梁山。聞和及青受寃。乃挾貲來救也。遂合力擒楊及臘梅。俱歸梁山。宋江乃令俱殺之。並設筵爲青等洗塵云。（現存元人雜劇本事考）　按本劇各節係憑空揑造。絕無可據。

【燕樂大曲】　燕樂大曲。當同于魏志大曲。其目之見於崔令欽教坊記者。凡四十有六。曰踏金蓮。曰綠腰。曰涼州。曰薄媚。曰賀聖樂。曰伊州。曰甘州。曰泛龍舟。曰采桑。曰千秋樂。曰霓裳。曰玉樹後庭花。曰伴侶。曰雨霖鈴。曰柘枝。曰胡僧破。曰平翻。曰相馳逼。曰呂太后。曰突厥三臺。曰大寶。曰一斗鹽。曰羊頭神。曰大姐。曰舞大姐。曰急月記。曰斷弓弦。曰碧霄吟。曰穿心蠻。曰羅步底。曰回波樂。曰千春舞。曰龜茲樂。曰醉渾脫。曰映山鷄。曰昊破。曰四會子。曰安公子。曰舞春風。曰迎春風。曰看江波。曰寒雁子。曰又中春。曰歆中秋。曰迎仙客。曰同心結。皆燕樂大曲也。

【燕蘭小譜】　書名。凡五卷。淸人吳太初撰。有雙梅景闇叢書所收本。

【燕山逢故人】　見逢故人條。

【燕樂毅黃金台】　見黃金臺條。

【燕孫臏用智捉袁達】　雜劇名。元明間無名氏撰。

【諸餘】　古方言。猶云一切也。種種也。例如董西廂：「更擧止輕盈。諸餘裏又稔賦。天生萬般溫雅。」金線池：「只除了心不志誠。諸餘的所事兒聰明。」如漢宮秋：「諸餘可愛。所事相投。消磨幽悶。陪我閑遊。」凡云諸餘。皆猶云一切或種種也。

【諸宮調】　諸宮調者。小說之支流。而被之以樂曲者也。此體起於北宋而盛於金代。碧溪漫志云：「熙豐元祐間。澤州孔三傳始創諸宮調古傳。士大夫皆能誦之。」夢粱錄云：「說唱諸宮調。昨汴京有孔三傳。編成傳奇靈怪。入曲說唱。」董解元西廂記諸宮調開卷云：「(太平賺)比前覽樂府不中聽。在諸宮調里却着數。(柘枝令)也不是崔韜逢雌虎。也不是鄭子遇妖狐。也不是井底引銀瓶。也不是雙女奪夫。也不是離魂倩女。也不是謁漿崔護。也不是雙漸豫章城。也不是柳毅傳書。」以上所引八個故事。或可說是八種諸宮調。據周密武林舊事所載官本雜段數。有崔智韜艾虎兒、雌虎、裴少俊伊州、雙旦降黃龍、崔護六么、崔護逍遙樂、柳毅大聖樂等。皆與上引柘枝令中之故事相合。惟有雙旦降黃龍是否卽爲雙女奪夫。尙未能遽下斷定。見董西廂條。

【諸葛亮】　劇中人。三國蜀漢瑯琊人。字孔明。躬耕南陽。劉備三訪其廬。始獲見。旣出。佐備敗曹操。取荊州。定漢中地。建國蜀中。與魏吳鼎足而立。備卽帝位。拜爲丞相。備死。輔後主。封武鄉侯。領益州牧。東和孫權。南平孟獲。復屢出兵攻魏。志在恢復中原。重興漢室。後卒於軍。年五十四。諡忠武。見黃鶴樓、隔江鬪智、定中原、南陽樂博望燒屯、各分條。

【諸葛味水】　明代後期戲曲家。著有雜劇女豪傑一種。未見流傳。

【諸葛祭風】　雜劇名。正題七星壇諸葛祭風。元人王仲文撰。

【諸葛論功】　雜劇名。正題受顧命諸葛論功。別作武成廟諸葛論功。又作玉清殿諸葛論功。元人尙仲賢撰。

【諸仙慶壽記】　雜劇名。明代無名氏撰。

【諸葛亮火燒戰船】　雜劇名。明代無名氏撰。

【諸葛亮石伏陸遜】　雜劇名。元明間無名氏撰。

【諸葛亮赤壁鏖兵】　雜劇名。明代無名氏撰。

【諸葛亮博望燒屯】　見博望燒屯條。

【諸宮調風月紫雲亭】　見紫雲亭條。

【諸葛亮軍屯五丈原】　見五丈原條。

【諸葛亮掛印氣張飛】見氣張飛條。

【錢珠】明代後期戲曲家。著有雜劇問貍倩諧一種。今不傳。

【錢選】劇中人。元吳興人。字舜舉。號玉潭。又號淸癯老人、習嬾翁。本宋景定進士。入元不仕。工畫人物、山水、花鳥。尤善折枝。爲元初吳興八俊之一。見望湖亭條。

【錢石臣】淸代戲曲家。著有芙蓉峽一種。按曲考署錢夫人林亞青作。

【錢直之】明代戲曲家。號海屋。錢塘人。生卒年不詳。約萬曆初期在世。工曲。著有傳奇忠節記一種。傳于世。

【錢神論】雜劇名。正題譏貨賂魯褒錢神論。元人鍾嗣成撰。

【錢塘夢】雜劇名。正題蘇小小月夜錢塘夢。元人白樸撰。

【錢維喬】淸代戲曲家。字樹參。號竹初。江蘇武進人。生於乾隆四年。卒於嘉慶十一年。享年六十八。工畫山水。兼善詩文。著有傳奇鸚鵡媒乞食圖（一名虎阜緣）二種。論者謂蔣士銓九種曲不及其淸麗。編者疑此公即錢澍川。

【錢澍川】淸代戲曲家。著有傳奇鸚鵡媒一種。

【錢塘遺事】書名。凡十卷。元人劉一淸撰。紀南宋一代軼事。大抵採掇宋人說部而成。

【錢大尹智勘緋衣夢】見緋衣夢條。

【錢大尹智寵謝天香】見謝天香條。

【蕭何】劇中人。漢沛人。結高祖於微時。從起兵。高祖爲漢王。以何爲丞相。楚漢相距。何留守關中。補兵饋餉。軍得不匱。高祖數亡山東。而何常全關中以待之。高祖即帝位。論功第一。封酇侯。漢之典制律令。多所手定。惠帝時卒。諡文終。見賺蒯通條。

【蕭淑蘭】雜劇名。正題蕭淑蘭情寄菩薩蠻。明人賈仲明撰。演張世英拒奔女蕭淑蘭事。略謂溫州書生張世英館其友蕭山蕭讓家。蕭讓妹淑蘭年十九。有意張生。一日窺兄嫂掃墓。家中無人。遂入張生書房。道達其意。張生責其非禮。不之許。淑蘭由是患相思病臥牀。嘗作菩薩蠻詞。托老嫗寄張生。張生益怒。題詩壁間去而之西興。淑蘭悲哀不堪。重賦菩薩蠻詞以寄情。兄嫂憫其志。致書張生。送妹所作之詞。又遣官媒說親。遂擇吉日良辰擧婚禮焉。中國近世戲曲史

【蕭德祥】元代戲曲家。號復齋。杭州人。以醫爲業。凡古文俱隱括爲南曲。街市盛行。著有雜劇東堂老及南曲戲文。

【蕭爽齋樂府】散曲別集名。凡二卷。明人金鑾撰。有董氏誦芬室刻本。

【蕭何月夜追韓信】見追韓信條。

【蕭翼智賺蘭亭記】見賺蘭亭條。

【蕭淑蘭情寄菩薩蠻】見蕭淑蘭條。

【蕭縣君風雪酷寒亭】見酷寒亭條。

【獨磨】古方言。猶云徘徊也。例如馬陵道：「打獨磨來到畫橋西。恰便似出籠鷹。剪折了我這雙翼。」打獨磨猶云打回旋也。亦作篤磨、突磨。

【獨角牛】見病劉千條。

【獨樂園】雜劇名。正題獨樂園司馬入相。明人桑紹良撰。

【獨步太羅】雜劇名。正名冲漢獨步太羅天。明人朱權撰。

【獨居教子】雜劇名。明人李槃撰。劇品謂此劇：「北一折。塗山夫人教其子啓。廖廖數語。闡發未透。」

【獨逸散人】清代戲曲家。著有傳奇鴛鴦幻一種。曲考入無名氏目。

【獨學老人】見石韞玉條。

【獨樂園司馬入相】見獨樂園條。

【盧生】劇中人。秦燕人。始皇時。受命入海求仙藥。不獲。遁去。見邯鄲夢條。

【盧柟】清代戲曲家。字少楩。一字次楩。又字子木。大名濬縣人。生卒年不詳。約世宗嘉靖十四年前後在世。以貲爲國學生。博聞強識。負才忤縣令。令誣以殺人。榜掠論死。繫獄數年。在獄益勤讀。後平湖陸光祖代爲縣令。乃平反其獄。得不死。嘗於酒酣耳熱。對客罵座。客皆掩耳走。晚年徧遊吳會。無所遇。益落魄。病酒三日卒。著有傳奇想當然一種。行於世。

【盧見曾】清代戲曲家。字抱孫。號雅雨山人。山東德州人。盧道悅之子。生於康熙二十九年。卒年不詳。足智多才。勤於吏治。歷官皆有殊績。又愛才好士。四方名流咸集。極一時文酒之盛。著有傳奇旗亭記、玉尺樓二種。並傳于世。

【盧鶴江】明代戲曲家。江蘇無錫人。生卒年不詳。約萬曆初年前後在世。工作曲。著有傳奇禁煙記一本。敍介之推事。傳於世。

【盧同七碗茶】雜劇名。元明間無名氏撰。

【盧時長老天台夢】見天臺夢條。

【盧亭亭擔水澆花旦】見澆花旦條。

【錯立身】㈠雜劇名。正題宦門子弟錯立身。元人李直夫撰。㈡雜劇名。正題宦門子弟錯立身。元人趙文敬撰。

【錯姻緣】傳奇名。淸人陳烺撰。爲玉獅堂十種曲之一。

【錯勘贓】㈠雜劇名。正題曹伯明錯勘贓。元人紀君祥撰。㈡雜劇名。正題曹伯明錯勘贓。元人武漢臣撰。

【錯轉輪】雜劇名。明人祁麟佳撰。爲太室山房四劇之一。

【錯調合璧】雜劇名。明人傳一臣撰。爲蘇門嘯卷六。

【錯送鴛鴦被】見鴛鴦被條。

【鮑老】脚色名。金元之際。鮑老之名。分化而爲三。其扮盜賊者謂之邦老。扮老人者謂之孛老。扮老婦者謂之卜兒。皆鮑老一聲之轉。故爲異名以相別耳。太和正音譜之鴇。則又卜兒之略云。

【鮑天祐】元代中期戲曲家。字吉甫。杭州人。生卒年不詳。約元貞中葉在世。初業儒。長事史簿書之役。然非其志。終日惟以修奇博古爲務。凡所編撰。多使人感動咏歎。所著雜劇八種。曰王妙妙死哭秦少遊。曰史魚屍諫衛靈公。曰孝順女曹娥泣江。曰重糟糠宋弘不諧。曰東策守楊震畏金。曰諫紂惡比干剖腹。曰白老封侯班超投筆。曰貪財漢爲富不仁。太和正音譜評其曲曰：「如山蛟泣珠。」

【鮑老兒】曲牌名。北曲入中呂宮。管色配小工調或尺字調。

【鮑老催】曲牌名。南曲入黃鐘宮。管色配六字調或凡字調。

【鮑宜少君】南戲名。元代無名氏撰。南戲拾遺輯錄此目。

【蕤賓】音律名。此律爲應鐘所生。管長五寸六分三分二。但其頻率尚未獲得結論。今假定黃鐘等於西律之C。則蕤賓之音高。當與西律之升F或降G相近。

【蕤賓羽聲】宮調名。羽作結聲而出於蕤賓者。謂之蕤賓羽聲。俗名中管正平調。

【蕤賓角聲】宮調名。角作結聲而出於蕤賓者。謂之蕤賓角聲。俗名中管小石角調。

【蕤賓宮聲】宮調名。宮作結聲而出於蕤賓者。謂之蕤賓宮聲。俗名中管道宮。

【蕤賓商聲】宮調名。商作結聲而出於蕤賓者。謂之蕤賓商聲。俗名中管小石調。

【憶王孫】曲牌名。北曲入仙呂宮。管色配小工調或尺字調。

【憶多嬌】曲牌名。南曲入越調。管色配六字調或凡字調。

【憶帝京】曲牌名。北曲入仙呂宮。管色配小工調或尺字調。

【憶秦娥】曲牌名。南曲入商調引。管色配六字調或尺字調。

【憶故人戴王訪雪】見戴王訪雪條。

【遺愛集】戲曲別集名。收清人傳奇峴山碑虞山碑二種。

【遺山樂府】書名。凡五卷。金元好問撰。張炎稱其詞。深於用事。精於鍊句。風流蘊藉。不減周秦。

【遺民外史】清代戲曲家。著有傳奇表忠記。（亦名虎口餘生。又名鐵冠圖）一種。

【遺留文書】雜劇名。正題金章宗斷遺留文書。元人孫仲章撰。

【靜山】見姚茂良條。

【靜庵】清代戲曲家。著有傳奇續還魂（一名續牡丹亭）一種。

【靜辦】古方言。猶云淨靜也。安靜也。

【靜志居詩話】書名。凡二十四卷。淸人朱彝尊撰。此書專載明人詩話。考事務核。持論悉平。

【隨尾】曲牌名。北曲入黃鐘宮。又入南呂宮。管色配六字調或凡字調。

【隨煞】㈠本音就煞。謂之隨煞。即不用尾聲。將本套末句唱得緩些。即作煞聲是也。例如琵琶陳情折歸朝歡第二曲末句：「也只是爲國忘家敢憚勞。」唱時略緩。搖曳其音。即作收尾也。㈡曲牌名。北曲入黃鐘宮。又入南呂宮。亦入越調。管色配六字調或凡字調。北曲入仙呂宮。又入大石調。管色配小工調或尺字調。

【隨調煞】曲牌名。北曲入商調。管色配六字調或凡字調。

【隨何賺風魔蒯通】見賺蒯通條。

【衛青】劇中人。漢平陽人。字仲卿。父鄭季。冒母姓衛。姊衛子夫得幸於武帝。以青爲大中大夫。

遷車騎將軍。七伐匈奴。威震絕域。拜大將軍。封長平侯。尙平陽公主。卒謚烈。見霄光劍條。

【衛夫人】　劇中人。晉衛恆從女。李矩妻。亦稱李夫人。名鑠。字茂猗。工書。師鍾繇。擅隸書及正書。書斷：「衛夫人隸書尤善規矩。鍾公云。碎玉壺之冰。爛瑤臺之月。婉然芳樹。穆若淸風。」王羲之王獻之書法。皆夫人所傳。見四嬋娟條。

【衛靈公】　劇中人。見史魚屍諫條。

【衛將軍元宵會友】　雜劇名。明代無名氏撰。按重訂曲海目列此劇於許潮泰和記之後。疑此劇亦爲泰和記之一折。

【衛寓】　見顧大典條。

【衡曲麈談】　書名。凡一卷。明人騷隱居士撰。有吳騷合編所收本。讀曲叢刊所收本。曲苑所收本。

【衡棲老婦】　淸代戲曲家。著有傳奇醒蒲團一種。

【衡棲道人】　淸代戲曲家。著有傳奇才星現一種。

【磨唱】　見董西廂條。

【磨刀勸婦】　雜劇名。正題孝順子磨刀勸婦。元明間無名氏撰。

【磨扇墜着手】　古方言。猶云不靈便也。

【磨勒盜紅綃】　見盜紅綃條。

【霓裳】　㈠燕樂大曲名。按霓裳唐人謂之法曲。不云大曲。所以謂之法曲者。以其隸于法曲部。而不隸於教坊故。然由其體製觀之。固與大曲無異也。㈡南宋大曲名。

【霓裳怨】　雜劇名。正題楊太眞霓裳怨。元人庾天錫撰。

【霓裳羽衣曲】　樂曲名。樂府詩集：「唐逸史曰。羅公遠多秘術。嘗與玄宗至月宮。仙女數百。皆素練霓衣。舞於廣庭。問其曲。曰霓裳羽衣。帝默記其音調而還。明日召樂工。依其音調作霓裳羽衣曲。」按明皇改婆羅門爲霓裳羽衣。屬黃鐘商。即今之越調。宮伎佩七寶瓔珞。舞此曲。曲終珠翠可掃。

【霓裳文藝全譜】　書名。凡四卷。淸代無名氏編。

【學】　古方言。猶說也。例如魔合羅：「身軀被病執縛。難走難逃。咽喉被藥把捉。難訴難學。」言難訴難說也。女眞觀：「道可道。憑誰可道。學難學。對衆難學。」道學二字雙關語。皆作說字解也。

【學文】　見徐時敏條。

【學士解醒】　曲牌名。南曲入南呂宮。管色配六字調或凡字調。

【澮圃】見賈梟西條。

【澮翁】見王澮條。

【澮居士】見王澮條。

【醒睡】古方言。即說書人所用之醒木也。

【醒石緣】傳奇名。淸人萬玉卿撰。

【醒蒲團】傳奇名。淸人衡樓老婦撰。

【蕙絪】見葉小紈條。

【蕙鍾】見周若霖條。

【蕙蘭芳】傳奇名。淸人曾茶村撰。演張承敵夫婦離合事。

【罵上元】雜劇名。正題封鷺先生罵上元。元人庾天錫撰。

【罵玉郎】曲牌名。北曲入南呂宮。（亦名瑤華令入中呂。）管色配六字調或凡字調。

【罵座記】雜劇名。正題灌將軍使酒罵座記。明人葉憲祖撰。遠山堂明劇品校錄云：「罵座記。爲灌仲孺感憤不平之語。槲園居士以純雅之詞發之。其婉刺處有更甚於快罵者。此槲園得意筆也。」

【霍光】劇中人。漢平陽人。去病弟。字子孟。武帝時。爲奉常都尉。甚見親信。帝崩。受遺詔與金日磾等輔昭帝。拜大司馬。爲大將軍。封博陸侯。見霍光鬼諫條。

【霍小玉】劇中人。唐大曆間名妓。霍王幸婢淨持生。姿質穠艷。霍王死。遣居外。易姓鄭。通詩書。善音樂。愛隴西進士李益詩。因得鮑十一娘之介。識益。情好甚篤。誓不相捨。後益背之。小玉積思致疾。有黃衫客挾益至。小玉長慟而死。見紫釵記、紫簫記二分條。

【霍光鬼諫】雜劇名。正題承明殿霍光鬼諫。元人楊梓撰。演霍光鬼魂示夢諫漢帝。告其子孫謀反。以全忠節事。略謂漢昭帝駕崩後。文官尙書楊敞武官大司馬霍光。共立昌邑王即位。未及一月。昌邑王淫亂。朝中不安。咸謂乃光之罪。楊敞屢諫。昌邑王不從。光復諫之。亦不從。光乃與楊敞議廢昌邑。迎宣帝入宮。光以其女成君妻帝。光子霍禹。孫霍山。以父蔭亦握重權。爲官不肖。光甚惡之。一日光病。其女成君服侍。宣帝亦親往探疾。光乃告以治國之道。令其赦罪囚。薄稅斂。恤戶口。修廟宇。納士招賢。立漢興劉。並謂己死後。山禹二子。定當謀反。乞宣帝預賜赦書一紙。免禍及坵塚。未幾光逝。山禹果有叛謀。爲光鬼魂知悉。乃乘夜於宣帝夢中諫之。謂當崇政修德。禍亂乃止。次

日。宣帝早朝。依光夢中所示。令赴霍氏私宅。捕山禹。治之以罪。然後告祭於光。以謝其厚恩云。現存元人雜劇本事考

【曇孝若】戲曲家。茅僧。著有雜劇鬧門神一種。

【曇花記】傳奇名。凡五十五齣。明人屠隆撰。演唐木淸泰棄家成道事。淸泰離家時。手植曇花一枝。且云此花開時。吾成正果。故名曇花。趙景深小說戲曲新考云：「我以爲她與紅樓夢、蕩寇志一樣。木即沒有之沒。沒即僞。賈即假。郭即鄽音之假。所以木淸泰、衛德蓁、郭倩香以及賈凌波。都是莫須有的人物。」

【曇花夢】傳奇名。淸人梁廷柟撰。

【蕉帕記】傳奇名。明人單本撰。略謂越西施死後。化爲白狐。煉丹三千年。欲得男精練成丸丹。以青年龍驤愛其友人妹胡弱妹。有隙可乘。乃化爲弱妹。以蕉葉幻爲羅帕。題情詩以挑龍生。得遂其欲。乃爲龍生與弱妹媒介。又使龍生登科。立戰功。常變幻出沒以導龍生之運命也。中國近世戲曲史

【蕉鹿夢】雜劇名。明人車任遠撰。爲四夢之一。事本列子稍加增飾。

【蕉牕居士】淸代戲曲家。著有傳奇棲雲石（一名人月圓）一種。

【謁金門】曲牌名。南曲入雙調引。管色配乙字調或正工調。

【謁府帥】雜劇名。淸人桂馥撰。爲後四聲猿之一。演蘇東坡爲鳳翔判官時。屈沈下僚。上謁府帥不見事。

【謁魯肅】雜劇名。正題周瑜謁魯肅。元人高文秀撰。

【戰呂布】雜劇名。元人武漢臣撰。略謂漢末袁紹率諸侯討伐董卓。大將呂布相持於虎牢關下。紹獨戰不能勝。乃會合十八路諸侯。與布交鋒。時曹操赴青州催糧。路過德州平原縣。遇劉備關羽張飛三人。勸三人至虎牢關。戰勝呂布以圖進取。三人從之。至關。謁元帥孫堅。堅傲不爲禮。張飛乃怒擊其卒子。且詈之。堅罰三人於轅門外手揑鞋鼻。打躬施禮。適呂布指名索堅應戰。堅畏懼不出。僞稱腹痛。飛又譏誚之。堅欲殺飛。會曹操催糧歸。力勸方免。呂布又來索戰。堅乃命飛出擊。備羽助之。大敗呂布。得勝而回。袁紹遂宣旨。加官賜賞。封曹操爲左丞相之職。整朝綱執掌兵權。封劉備爲越殿襄王。關雲長爲蕩寇將軍。張飛爲車騎將軍

。並大設華筵。爲曹劉關張等慶功云。現存元人雜劇本事考清人薛旦撰。

【戰荆州】㈠傳奇名。清人袁于令撰。㈡傳奇名。

【戰欽欽】古方言。即戰戰兢兢也。

【戰篤速】古方言。形容寒冷或驚恐之狀。

【錄鬼簿】書名。元人鍾嗣成撰。凡二卷。上卷著錄已故元雜劇家作品目錄。下卷著錄鍾氏相知作家之作品。每人皆繫以小傳。至於鍾氏相知作家已故者。並製凌波曲以弔之。卷首有元至順元年。鍾嗣成自序。又至正二十年朱經等題辭。卷末有至順元年朱士凱後序。此書爲研究元代戲曲史唯一要籍。故傳世版本頗多。有賈本、孟本、曹本等。

【錄曲餘談】書名。凡一卷。近人王國維著。有藝文印書館論曲五種所收本。

【錄鬼簿續編】書名。凡一卷。相傳爲明人賈仲明所撰。此編著錄。元末明初雜劇家作品。並載小傳。爲鍾嗣成錄鬼簿之續編。有民國二十五年馬廉校注本。載於北平圖書館館刊第十卷。

【興隆行】曲牌名。北曲入黃鐘宮。管色配六字調或凡字調。

【興兵完楚】雜劇名。正題申包胥興兵完楚。元明間無名氏撰。

【興劉滅項】雜劇名。元人王伯成撰。

【豫章三害】雜劇名。明人朱權撰。

【豫讓吞炭】雜劇名。正題忠義士豫讓吞炭。元人楊梓撰。演春秋戰國時義士豫讓。刺趙襄子以報智伯仇事。略謂春秋時。晉智伯爲六卿之長。先後滅范氏。中行氏。盡有其地。猶不自足。一日。宴韓、趙、魏三卿於藍臺。酒過三巡。智伯索借三家采邑。韓魏二卿懼其勢。皆從其請。唯趙襄子不肯。智伯謝二卿畢。復請於襄子。襄子離席而去。智伯怒。乃令韓、魏之師。將以攻趙。智伯有家臣曰豫讓。諫其不可。智伯未之信。豫讓猶苦諫不已。智伯怒。欲斬之。得韓、魏二卿告免。智伯統軍攻趙。趙襄子自知不敵。乃出走。據守晉陽。智伯圍攻不下。命軍士環城築堤。將引水灌城。襄子聞訊。急遣張孟同潛赴城外。說韓趙二卿曰：「趙若亡。二公安能久長。何如共討智伯。事成。當三分其地。富貴與共。」於是三家合兵滅智伯。及智伯滅。乃三分其地。襄子恨猶未已。漆智伯頭骨以爲飲器。豫讓逃入山中。乃變姓名爲刑人。伏厠以刺襄子。爲襄子所擒。義其爲人。釋之去。豫讓又漆身爲厲。呑炭爲啞。使形狀不爲人識。匿襄子所過橋下。思狙擊之。復爲襄子所得。襄子曰：「子亦嘗事范氏。中行氏。智伯滅二氏。子不爲之報仇。而今獨爲智伯報仇。是何厚智伯而薄二氏耶。」豫讓曰：「子言差矣。范氏。中行氏。以常人待我。我故以常人報之。智伯以國士待我。我故以國士報之。」言訖。更求襄子之衣。以劍擊碎。曰：「此亦爲王復仇也。」旋自刎而死。襄王命厚葬之云。現存元人雜劇木事考　今皮黃豫讓橋。秦腔水灌晉陽。皆本此劇推演而成者也。

【豫章城人月兩團圓】　見兩團圓條。

【頭抵】　古方言。猶云敵對也。對頭也。例如謝金吾：「我須是天璜支派。沒猜疑。來來來。我敢和你做頭抵。」亦作頭敵。例如酷寒亭：「我本待好心腸苦勸你。你倒惡狠狠把咱推。來來來。我便死也拼得和你做頭敵。」

【頭直上】　古方言。猶言頭兒上也。例如鄭光祖倩女離魂：「頭直上打一輪皁蓋。馬頭前列兩行朱衣。」又如王磐嘲轉五方：「頭直上連聲鈼鈼。耳邊廂一片鐺鐺。」

【樹參】　見錢維喬條。

【樹聲】　見朱寄林條。

【篤麼】　見突磨條。

【篤儒】　見徐復祚條。

【憨先生】　見屠本畯條。

【憨郭郎】　曲牌名。北曲入大石調。管色配小工調或尺字調。

【瘸馬記】　雜劇名。正題沒興風雪瘸馬記。元人關漢卿撰。

【瘸李岳詩酒翫江亭】　見翫江亭條。

【燒埋錢】　古方言。猶云賠命錢也。例如香囊怨：「我的個女兒。被你狐媚的他想你死去了。我不問你要燒埋錢埋好哩。你又來討我女兒骨殖。」

【燒樊城糜竺收資】　見糜竺收資條。

【燈月交輝】　曲牌名。南曲入黃鐘宮。管色配六字調或凡字調。北曲入大石調。管色配小工調或尺字調。

【燈月鳳皇船】　見鳳皇船條。

【擁書主人】　淸代戲曲家。著有傳奇後七十百卉亭二種。

【擁雙艷三種】　戲曲別集名。淸人萬樹撰。共收傳奇風流棒、念八翻、空靑石三種。均爲風情劇。且均爲一才子擁二佳人。事故名擁雙豔。

【諢】　劇中令人發笑之語調。謂之諢。徐謂南詞敍錄：「諢者。於唱白之際。出一可笑之語。以誘坐客。如水之渾渾也。」

【瞭】　古方言。猶云男陰也。例如漁陽三弄：「禽獸。丞相跟前。可是你裸體赤身的所在。却不道驢瞭子朝東。馬瞭子朝西。」

【辨】　古方言。猶具辦也。例如降桑椹：「則願的母親年高百歲身榮貴。俺一家兒辦誠心酬謝天和地。」又如桃園結義：「辦者個鐵石心腸。但得個兩意情舒志不忘。」

【頹】　古方言。詈辭。猶云惡劣也。惡人也。例如西廂記：「我這頹證候。非是太醫所治。」言我這惡疾也。殺狗勸夫：「若沒有俺哥哥。怕不餓殺你這頹。」言豈不餓死你這惡人也。

【衠】　古方言。㈠猶儘也。例如桃花女：「您脫空衠脫空。我朦朧打朦朧。」衠脫空卽儘脫空。猶云掉弄玄虛也。金安壽：「儘豪奢。衠氣概。忒聰明。更精彩。」衠與儘互文。衠卽猶儘也。㈡猶純也。例如西廂記：「妖嬈。滿面兒堆著俏。苗條。一團兒衠是嬌。」衠是嬌。猶云純是嬌也。三戰呂布：「我則道你是衠鋼槊。原來是個臘槍頭。」衠鋼槊。猶云純鋼槊也。

【澤民】　見汪德潤條。

【闌珊】　古方言。猶云懶散也。

【樵風】　明代後期戲曲家。著有雜劇劍俠完貞、孝感幽明、宦遊濟美、參禪成佛四種。另傳奇二種。皆不傳。

【嶼雪】　見邱園條。

【憲淸】　見黃燮淸條。

【僎組】　見繩技條。

【髭髩】　古方言。卽髭鬚也。

【壁廂】　古方言。邊也。面也。一壁廂猶一邊也。一面也。四壁廂猶云四邊也。四圍也。

【賭當】　古方言。猶云對付也。例如董西廂：「法聰和尙手中鐵棒眉齊。快賭當。」快賭當猶云會對付也。亦作堵當。例如董西廂：「一時間怎堵當。」怎堵當。猶云怎對付也。亦作當賭。例如東堂老：「肯向前。敢當賭。湯風冒雪。忍寒受冷。」亦作當堵。例如馮玉蘭：「都是你沒來由攬禍災。到如今急煎煎怎當堵。」亦作當覩。而分開用之者。例如氣英布：「我只見一來一去。不當不覩。兩匹馬兩個人有如星注。」

【輭舞】　舞名。唐時教坊之舞。崔令欽教坊記：「垂手羅、回波樂、蘭陵王、春鶯、半社、渠借席、烏夜啼之屬。謂之輭舞。」

【憊賴】　古方言。㈠潑賴也。㈡調皮也。

【整臉】　臉譜名。凡全臉一色而無花紋者。謂之整臉。如趙匡胤包拯等是。不歪不破之臉。戲界亦曰整臉或正臉。

【鋼叉臉】　臉譜名。此臉於眉鼻間繪成鋼叉之狀。故名。戲界又曰無雙臉譜。蓋此狀專爲霸王所創。他臉不得仿效也。

【曉行序】　曲牌名。南曲入雙調。管色配乙字調或正工調。

【澠池會】　雜劇名。正題保成公赴澠池會。元人高文秀撰。演藺相如完璧歸趙。澠池抗秦及廉頗向相如負荆請罪諸事。略謂戰國。時秦爲七雄之長。五國皆服。唯趙不至。秦昭王聞趙有楚和氏璧。差大將白起入趙。將以十五城易之。趙畏秦強。不敢違。又慮見欺。乃命中大夫藺相如送璧至秦。相如既至。見昭王有得璧之心。無與城之意。遂計誑秦王。乘夜逃出潼關。完璧歸趙。趙王大悅。加相如上大夫之職。與大將廉頗同列。頗自思出死入生。始獲此職。今相如僅以口舌之勞。而與己同列。甚以爲恥。頃之。秦以相如逃歸。心有未甘。復令人邀請趙王澠池會盟。趙王懼。謀之廉頗。頗欲領兵護送。相如止之。願獨保趙王與會。既至澠池。秦王令趙王爲秦鼓瑟。相如亦請秦王爲趙王擊缶。秦王以爲辱己。堅不肯。相如以死逼之。秦王乃擊缶。秦王復令二人舞劍。欲乘間刺趙王。相如起曰：「王若令人舞劍。下官則先殺大王。」秦王無奈。遂釋趙王歸。王嘉相如之能。設宴慶功。廉頗既先懷不服。至是益忿。待終席後路阻相如毆之。相如被毆。臥病不出。嘗謂人云：「秦所以不敢動兵者。蓋懼下官與廉將軍在也。若吾二人鬥。正秦之所欲。吾是以不與頗相爭也。」頗聞之。既服且慚。負荆謝罪。二人乃共謀保國而拒強秦云。（現存元人雜劇本事考）

【搊怨鼓】　雜劇名。正題老敬德搊怨鼓。元明間無名氏撰。

【龜茲樂】　燕樂大曲名。

【遶紅樓】　曲牌名。南曲入中呂宮引。管色配小工調或尺字調。

【蕊珠宮】　雜劇名。正題秋日蕊珠宮。元人庾天錫撰。

【橘浦記】傳奇名。明人許自昌撰。演柳毅與龍女事。據唐李朝威小說柳毅傳。按柳毅傳有：「洞庭之陰有大橘樹」之句。因以爲名。節山學人跋云：「夫龍水物。爲神靈之精。而唐李朝威所撰柳毅傳奇之事尤奇。艷稱一時。宋雜劇有柳毅大聖樂。金院本有張生煮海。及元人雜劇尚仲賢撰柳毅傳書。李好古撰張生煮海。並行於世。至笠翁合此二曲爲蜃中樓傳奇。遂掩古今。」

【禪眞會】傳奇名。淸人李玉撰。

【瘞雲岩】傳奇名。淸人許善長撰。

【鋸鋙記】傳奇名。明人兩宜居士撰。

【嘴盧都】古方言。撮嘴也。喩不悅意也。

【駢儷派】明代傳奇。有所謂駢儷、本色、格律等派別。駢儷派亦稱崑山派。此派專講文詞綺麗。亦用四六駢語。作家有梁辰魚、張鳳翼、鄭若庸、屠隆、梅鼎祚、薛近兗、王世貞、陸采、汪廷訥等人。而以梁辰魚爲巨擘。梁爲崑山人。故又名崑山派。

【篩子喂驢】古方言。猶云漏豆也。例如東堂老：「我如今不比往日。把那家緣過活。都做篩子喂驢。漏豆了。」

【儒使完城】戲曲名。淸人許鴻磐撰。爲六觀樓北曲六種之一。

【翰林風月】見㑳梅香條。

【燃藜仙客】見陳汝元條。

【選聲集曲譜】書名。凡六卷。淸人無名氏撰。有乾隆間抄本。

【閻師道趕江江】見趕江江條。

【諫紂惡比干剖腹】見比干剖腹條。

【穆陵關上打韓通】見打韓通條。

【潁考叔孝諫鄭莊公】見鄭莊公條。

【憤司馬夢裏罵閻羅】見續離騷條。

十七畫

【韓信】劇中人。漢淮陰人。初甚貧。常釣於城下。就食於漂母。又嘗受淮陰少年跨下之辱。尋從項梁擧兵。輾轉歸漢。拜爲大將。涉河西。虜魏王。下井陘。定趙齊。立爲齊王。復將兵會垓下。滅項羽。立爲楚王。與張良、蕭何。稱漢興三傑。後被告謀反。高祖僞遊雲夢。執之至雒陽。赦爲淮陰侯。

陳豨反。高祖親征。信稱病不從。呂后用蕭何謀。紿至長樂宮。斬之。夷三族。見韓信乞食、韓信築壇、斬陳餘各分條。

【韓翃】　劇中人。唐南陽人。字君平。有詩名。爲大曆十子之一。侯希逸節度淄靑。辟爲記室。有艷姬柳氏。爲番將沙吒利所奪。同府虞侯許俊。劫而還之。官終中書舍人。見玉合記條。

【韓湘】　劇中人。唐時人。世傳其學道成仙。以爲八仙之一。亦稱韓湘子。見牡丹亭、韓退之、昇仙會各分條。

【韓壽】　劇中人。晉堵陽人。字德直。美姿容。體勁捷。賈充辟爲掾。充女午。窺而悅之。潛修音好。壽踰垣與通。午竊充御賜奇香以遺之。充覺。秘不宣。以午妻之。官至散騎常侍。河南尹。見懷香記條。

【韓太師】　雜劇名。正題玉津園智斬韓太師。元人金仁傑撰。

【韓世忠】　劇中人。宋延安人。字良臣。鷙勇善戰。少從軍。晚喜釋。自號淸涼居士。卒諡忠武。孝宗時追封蘄王。見雙烈記條。

【韓玉箏】　南戲名。元代無名氏撰。宋元戲文本事南詞新譜俱錄此目。南九宮譜中僅存殘文一曲。

【韓延壽】　劇中人。漢燕人。徙杜陵。字長公。昭帝時爲諫大夫。遷淮陽太守。歷潁川。徙東郡。所至以禮義爲治。政績爲天下最。宣帝初。入爲左馮翊。蕭望之劾其在東郡儀仗僭越。坐棄市。百姓哀之。見盜骨殖條。

【韓退之】　雜劇名。正題韓湘子三度韓退之。元人紀君祥撰。

【韓彩雲】　南戲文。元代無名氏撰。南戲拾遺輯錄此目。

【韓湘子】　㈠見牡丹亭條。㈡見韓湘條。

【韓信乞食】　雜劇名。正題遇漂母韓信乞食。元人王仲文撰。

【韓信築壇】　見登壇拜將條。

【韓陶月宴】　雜劇名。正題酸學士韓陶月宴。明人程士廉撰。爲小雅堂樂府之一。

【韓壽偷香】　雜劇名。正題賈充宅韓壽偷香。元人李子中撰。

【韓元帥暗度陳倉】　見暗度陳倉條。

【韓信泜水斬陳餘】　見斬陳餘條。

【韓退之雪擁藍關記】　雜劇名。元人趙明道撰。

【韓彩雲絲竹芙蓉亭】見芙蓉亭條。

【韓湘子三赴牡丹亭】見牡丹亭條。

【韓湘子三度韓退之】見韓退之條。

【韓湘子引度昇仙會】見昇仙會條。

【韓翠蘋御水流紅葉】見流紅葉條。

【謝玄】劇中人。晉陽夏人。安姪。字玄度。有經國才。桓溫辟爲掾。苻堅入寇。朝廷求良將。安舉玄。拜建武將軍。卒精稅八千。破堅衆百萬於肥水。復乘勝北進。加都督七州軍事。尋還鎭淮陰。以疾求解職。調會稽內史。卒謚獻武。見蔣神靈應條。

【謝安】劇中人。晉陽夏人。字安石。風度秀徹。神識沈敏。少有重名。徵辟不就。隱居會稽之東山。以聲色自誤。後受桓溫徵。爲司馬。進拜侍中。苻堅兵百萬次淮肥。京師震恐。安爲征討大都督。指揮將帥。大破之。進太保。出鎭廣陵。疾篤還朝卒。謚文靖。贈太傅。世稱謝太傅。見四節記條。

【謝堃】減代戲曲家。著有傳奇黃河遠、血梅記、繡帕記、十二金錢四種。

【謝讜】明代戲曲家。號海門。浙江上虞人。生卒年不詳。約萬曆初期在世。著有四喜記傳奇一種。傳於世。

【謝天佑】明代戲曲家。號思山。浙江杭州人。生卒年不詳。約萬曆中葉在世。工曲。著有傳奇狐裘記、靖虜記二種。傳於世。

【謝天香】雜劇名。正題錢大尹智寵謝天香。元人關漢卿撰。演錢塘郡人柳耆卿與官妓謝天香相戀。經開封府尹錢可道之撮合結爲眷屬事。略謂柳耆卿游學開封。眷妓謝天香。適錢可道來任府尹。耆卿往謁。託以善視天香。可道佯怒責之。俟耆卿已行。除天香樂籍。留私宅中。後耆卿狀元及第。可道命人送天香至其寓。終成眷屬。

【謝天惠】明代後期戲曲家。著有雜劇孝義記善惡分明二種。今皆不傳。

【謝廷諒】明代戲曲家。字友可。號九索。金谿（一作湖廣）人。生卒年不詳。約萬曆三十八年前後在世。著有傳奇紈扇記一種。

【謝金吾】㈠雜劇名。正題謝金吾詐拆淸風府。別作私下三關。元明間無名氏撰。演謝金吾與奸臣王欽若勾結折毀楊令公無佞樓事。略謂宋樞密使王欽若本蕭太后心腹。以楊六郎景鎭守瓦橋三關。欲因事殺之。乃令壻謝金吾詐云奉聖命。拆毀令公宅中無佞樓。景得報。私下三關探母。焦贊隨行。贊入金吾家。殺其一門十七口。欽若方奏於眞宗。適爲孟良奏發其奸。帝誅欽若而赦景贊。按此劇取楊家將演義改編而成。明人施鳳來三關記後部本此增飾。

【謝宗錫】　淸代戲曲家。浙江紹興人。生卒年不詳。約康熙中葉在世。工曲。著有傳奇玉樓春一種。

【謝道韞】　劇中人。晉謝奕女。王凝之妻。聰識有才辯。神情散朗。有林下風。後遭孫恩之難。聞夫及諸子爲賊所害。乃命婢肩輿抽刀出門。亂兵稍至。手殺數人。被虜。恩欽其義烈。釋之。嫠居以終。見四嬋娟條。

【謝玄破苻堅】　見蔣神靈應條。

【謝安東山高臥】　見東山高臥條。

【謝玄淝水破苻堅】　見蔣神靈應條。

【謝阿蠻梨園樂府】　見梨園樂府條。

【謝東山雪朝試兒女】　雜劇名。明人許潮撰。爲泰和記之一種。

【謝金吾詐拆淸風府】　見謝金吾條。

【謝金蓮詩酒紅梨花】　見紅梨花條。

【謝瓊雙千里關山怨】　見關山怨條。

【戲】　辭海：「凡嬉遊之事。皆謂之戲。故演劇曰戲。角技亦曰戲。」

【戲文】　周德淸中原音韻云：「南宋都杭。吳興與切鄰。故其戲文如樂昌分鏡等。唱念呼吸。皆如約韻。」宋人戲文所可考者。有趙貞女蔡二郎、樂昌分鏡、王煥、王魁、陳巡檢梅嶺失妻五種。前二者隻字無存。後三者略有殘文留於沈璟南九宮譜中。至近年於永樂大典中發現之張協狀元、小孫屠、宦門子弟錯立身三種。則爲元人之作。戲文又曰南戲。徐渭南詞敍錄云：「南戲始於宋光宗朝。永嘉人所作趙貞女王魁實首之。」亦稱溫州雜劇。祝允明猥談云：「南戲出自宣和以後。在南渡時。名爲溫州雜劇。」唯野獲編始云：「自北有西廂。南有拜月。雜劇變爲戲文。以至琵琶。遂演爲四十餘折。幾倍雜劇。」是則劇曲之長者。不問北劇南戲。皆謂之戲文。意與明以後所謂傳奇無異也。

【戲曲】　凡以歌舞表演故事者。謂之戲曲。華蓮圃戲曲叢談：「夫戲者示人以形。曲者娛人以聲。戲以習舞。以賡歌。故戲曲之義。猶言歌舞而已。」按我國戲劇。漢魏以來。與百戲合。至唐而分爲歌舞戲及滑稽戲二種。宋時滑稽戲尤盛。又漸藉歌舞以緣飾故事。於是向之歌舞戲。不以歌舞爲主。而以故事爲主。至元雜劇出而體製遂定。南戲出而變化更多。於是我國始有純粹之戲曲。

【戲考】 書名。凡三十餘冊。王大錯編。所收皮黃秦腔多至五百餘種。

【戲房】 古方言。猶云後臺也。例如張協狀元：「淨在戲房作犬吠。」

【戲臺】 古方言。猶云舞臺也。例如藍采和：「再不去戲臺上信口開合。」

【戲箱】 貯藏戲衣之箱。名曰戲箱。簡稱之曰箱。又有整份半份之分。齊如山云：「如問該戲班行頭怎麼樣。則只問箱怎麼樣。便可明瞭。」又曰：「十蟒十靠爲整份箱。五蟒五靠爲半分箱。」

【戲頭】 脚色名。莊嶽委談：「宋雜劇有戲頭。有引戲。有次淨。有副末。有裝旦。以今憶之。宋之所謂戲頭。即生也。」王國維則謂：「夢粱錄曰。雜劇中末泥爲長。既云末泥爲長。 則末泥即戲頭也。」

【戲文子弟】 焦循劇說引陸蓉菽園雜記云：「嘉興之海鹽。紹興之餘姚。寧波之慈谿。台州之黃巖。溫州之永嘉。皆有習爲優者。名曰戲文子弟。雖良家子亦恥爲之。」

【戲曲考源】 書名。凡一卷。近人王國維著。有藝文印書館論曲五種合印本。

【戲曲叢譚】 書名。凡十章。近人華連圃著。有商務印書館排印本。

【戲學彙考】 書名。上海大樂書局編刊。平裝十冊。精裝二冊。

【戲諫唐莊宗】 見唐莊宗條。

【賽】 古方言。㈠猶了也。例如留鞋記：「這回償了鴛鴦債。則願的今朝賽。」言債務了結也。小孫屠戲文：「高山疊疊途路長。何時得到東嶽殿。賽還心願一爐香也。」賽還心願。猶云了還心願也。㈡猶云勝似也。勝過也。比得上也。

【賽目蓮】 見妙相記條。

【賽金蓮】 南戲名。元代無名氏撰。南戲拾遺輯錄此目。

【賽東牆】 南戲名。元代無名氏撰。南戲拾遺輯錄此目。

【賽樂昌】 南戲名。元代無名氏撰。南戲拾遺輯錄此目。

【賽嬌客】 雜劇名。正題四時花月賽嬌客。明人朱有燉撰。

【賽觀音】　曲牌名。南曲入大石調。管色配小工調或尺字調。

【賽花月秋千記】　見秋千記條。

【賽金蓮花月南樓記】　雜劇名。元明間無名氏撰。

【應尼】　見鄭之文條。

【應昂】　古方言。猶云答應也。例如魔合羅：「他緊拽住我衣服不放。不由咱須索厮應昂。」言不得不答應也。謝天香：「恰纔陪着笑臉兒應昂。怎覷我這查梨相。」查梨相卑諂之貌。當時挑擔賣查梨者。善於花言巧語也。

【應寵】　見賈鳧西條。

【應鐘】　音律名。此律爲姑洗所生。管長四十二分三分二。但其頻率尚未護得結論。今假定黃鐘等於西律之C。則應鐘之音高。當與西律之B音相近。

【應天長】　曲牌名。北曲入商角調。管色配六字調或凡字調。

【應鐘羽聲】　宮調名。羽作結聲而出於應鐘者。謂之應鐘羽聲。俗名中管羽調。

【應鐘角聲】　宮調名。商作結聲而出於應鐘者。謂之應鐘角聲。俗名中管越角調。

【應鐘宮聲】　宮調名。宮作結聲而出於應鐘者。謂之應鐘宮聲。俗名中管黃鐘宮。

【應鐘商聲】　宮調名。商作結聲而出於應鐘者。謂之應鐘商聲。俗名中管越調。

【薛包】　南戲名。元代無名氏撰。南戲拾遺輯錄此目。

【薛旦】　清代戲曲家。字既揚。號訴然子（一作所然子。）蘇州人。生卒年不詳。約於明思宗崇禎末年前後在世。繼娶之室名停雲。出自名門。長於歌劇。夫婦同居無錫。著有傳奇一十六種。曰書生願。曰醉月緣。曰戰荊軻。曰昭君夢。曰狀元旗。曰續情燈。曰蘆中人。曰後西廂。曰飛熊兆。曰紫瓊瑤。曰賜繡旗。曰齊天樂。曰翡翠園。曰玉麟符。曰粉紅襴。曰喜聯登。新傳奇品評其曲曰：「鮫人泣淚。點滴成珠。」

【薛仁貴】　㈠雜劇名。正題薛仁貴衣錦還鄉。元張國賓撰。演唐名將薛仁貴從征高麗有功。衣錦還鄉事。略謂薛仁貴。小字驢哥。山西絳州龍門鎮大黃莊人。妻柳氏。父母皆務農。仁貴獨好刺鎗弄棒。不習耕作。適絳州出黃榜招聚義軍。仁貴往投之。隸總管張士貴麾下。從征高麗。高麗王聞唐將秦瓊已故。敬德年老。乃派摩利支葛蘇文領十萬軍馬。下寨於鴨綠江白額坡前。與唐交戰。士貴大敗。賴有白袍小將出馬。以三箭定天山。轉敗爲勝。小將前後立五十四大功勞。班師還朝。士貴皆俺爲己有。還朝後。相爭不已。軍師英國公徐勣。字茂功。爲之調解。並請兵部尚書杜如晦印證。亦不得平。乃令士貴與白袍小將。於轅門外比武。懸金錢校射。士貴一不能中。而小將三發三中。此將即仁貴也。於是逐士貴。而以仁貴功奏聞。授天下都元帥。衣錦還鄉。奉旨以徐茂功女嫁仁貴。與柳氏並封夫人云。（現存元人雜劇本事考）有作定天山南曲者。增飾甚多。與此各異。(二)劇中人。唐龍門人。少貧賤。太宗時。應募征遼東。著白衣。腰兩弓。持戟呼而馳。所向披靡。敵兵二十萬皆奔潰。遷右領軍中郎將。高宗時。屢破高麗、契丹、突厥。拔扶餘等四十餘城。封平陽郡公。爲鐵勒道總管時。九姓十餘萬來挑戰。仁貴發三矢殺三人。虜氣懾服。遂降。軍中歌曰：「將軍三箭定天山。壯士長歌入漢關。」卒年七十。

【薛近兗】明代戲曲家。生卒年不詳。約明世宗嘉靖中前後在世。工作曲。相傳鄭若庸作玉玦記。妓院中遂無宿客。院中人共醵金求近兗作繡襦記。記出而客復來云。

【薛包認母】雜劇名。元明間無名氏撰。

【薛雲卿鬼做媒】南戲名。元代無名氏撰。永樂大典戲文第一三九八六卷。南詞敍錄、南戲百一錄、宋元戲文本事、宦門子弟錯立身文中。俱錄此目。南九宮譜。及九宮大成南北宮詞譜中僅存殘文二曲。

【薛仁貴衣錦還鄉】見薛仁貴條。

【薛昭誤入蘭昌宮】見蘭昌宮條。

【薛瓊瓊月夜銀箏怨】見銀箏怨條。

【臨川派】見本色派條。

【臨川夢】傳奇名。凡二十齣。清人蔣士銓撰。爲藏園九種曲之一。此記將若士一生事實。現諸氍毹。已是奇特。且又以四夢中人。一一登場。與若士相週旋。更爲絕倒。記中隱奸一齣。相傳諷刺袁簡齋。亦令黠可喜。蓋若士一生。不邇權貴。遞爲執政所抑。一官潦倒。里居二十年。白首事親。哀毀而卒。固爲忠孝完人。而心餘自通籍後。亦不樂仕進。正與臨川同。作此曲亦有深意也。

【臨江仙】曲牌名。南曲入南呂宮引。北曲入仙呂調集曲。管色配六字調或凡字調。

【臨江驛】　見瀟湘雨條。

【臨岐柳】　見度柳翠條。

【臨春閣】　雜劇名。清人吳偉業撰。演女節度使冼夫人及陳後主妃張麗華事。略謂譙國夫人冼氏。以婦女之身。任嶺南節度使。凡嶺南嶺北之刺史。以至緬甸眞臘等國。皆服之。陳後主嘉其功。欲陞任之爲嶺南都護府大將軍。命貴妃張麗華草昭書。召冼氏至臨春閣賜宴。而命狎客江總、孔範。及張貴妃女學士袁大捨陪席。翌日。張貴妃與冼氏及袁學士共赴青溪山下張女郎廟中。聽蘆山智勝講經。禪師知陳將亡。暗喻其意。且謂冼氏曰：「他日至越王臺下。當知此意。」冼氏與張妃作別。歸嶺南。未幾。聞隋兵攻江南。冼氏起義兵赴江南。途中宿營於越王臺下。夜夢張貴妃來。歎語悲運。醒時急報。江南失陷。後主出降。張貴妃及孔貴妃均已自縊。忽有一僧來投書。拆視之。則爲智勝禪師所題之詩。點示玄機者也。冼氏乃解甲。遣散諸軍。入山修道。

中國近世戲曲史

【臨川四夢】　戲曲別集名。亦作玉茗堂四夢。明人湯顯祖撰。共收傳奇牡丹亭、南柯記、邯鄲記、紫釵記四種。吳梅顧曲塵談云：「玉茗四夢。其文字之佳。直是趙璧隨珠。一語一字。皆耐人尋味。唯其宮調舛錯。音韻乖方。動輒皆是。尤西堂目四夢爲南曲之野狐禪。洵然。」又曰：「湯若士於胡元方言極熟。故北詞直入元人堂奧。諸家皆不能及。」

【臨潼鬭寶】　雜劇名。正題十八國臨潼鬭寶。元明間無名氏撰。

【臨江驛瀟湘夜雨】　見瀟湘夜雨條。

【還】　古方言。猶云如其也。例如西廂記：「鶯鶯。你還知道我相思。甘心爲你相思死。」還知道。猶云如其知道也。琵琶記：「俺的爹娘。望你周全。此身還貴顯。自當效銜環。」還貴顯。猶云如其貴顯也。

【還牢末】　雜劇名。正題都孔目風雨還牢末。別作大婦小婦還牢末。元人李致遠撰。演水滸事。略謂梁山宋江。聞東平府有劉唐史進二人。習武藝。有勇力。欲邀入山寨。乃遣李逵下山訪之。逵改名李得。因路見不平。打死一人。拘至官。將抵命。孔目李榮祖。重逵膽識。乃改爲誤傷。杖脊八十。迭配沙門島。臨行逵感榮祖恩。至家拜謝。道眞名。

並贈金環一枚爲禮。祖榮不受。遠遂遺之門口。爲榮祖妾蕭娥所得。蕭娥與令史趙某有私。既聞遠名。知爲大盜。乃與趙謀。首之於官。時劉唐史進。並在官爲吏役。往者。榮祖嘗以事責唐。唐恨之。見娥出首。即至其家收榮祖。毒栲之。下於獄。蕭娥又以銀囑唐。令勒死榮祖。棄之牆外。榮祖之子女。哀呼之而復醒。蕭娥見之。告唐。復收之下獄。江久不見遠返。再遣阮小五持書挾金。來招唐進。遠亦聞榮祖下獄。奔救。四人相値。各知事之始末。唐乃釋榮祖。與遠進及阮小五共擒趙令史蕭娥。挈榮祖兒女共赴山寨。趙蕭二人剖腹剜心而死云。現存元人雜劇本事考

【還牢旦】　雜劇名。正題鎭山夫人還牢旦。元明間無名氏撰。

【還京樂】　曲牌名。北曲入大石調。管色配小工調或尺字調。

【還帶記】　傳奇名。明人沈采撰。呂天成曲品謂此劇曰：「裴晉公事佳。鋪敍詳備。但周女何若作嫠婦。纏繞人家。當作閨女。周更出獄送女謝裴。而裴不納。女竟不嫁。後陪夫人入京。年且長矣。夫人苦勸裴留之。而生幼子。譌爲宣宗朝學士。入此一段姻緣。則各有結局。」

【還婦編】　傳奇名。淸人程命三撰。

【還魂記】　傳奇名。亦作牡丹亭。凡五十五齣。明人湯顯祖撰。爲臨川四夢之一。演杜麗娘夢中與秀才柳夢梅相遇於牡丹亭。致罹疾而死。後麗娘得慶再生。卒與夢梅婚配事。略謂南安太守杜寶。女麗娘。延老儒陳最良課以毛詩。署後有廢圃。麗娘挈婢春香遊焉。歸而感夢。因寫眞題詩紀其事。憔悴而死。李全倡亂。寶奉旨以安撫使鎭揚州。將行。姑從女遺言。葬後園梅樹下。建梅花觀。令石道姑居守之。柳生夢梅。即麗娘夢中人也。遊學南安。遇最良。因寓梅花觀。麗娘魂來。告以當重生。乃與道姑謀。發冢出麗娘。恐爲最良覺。俱走臨安。將應試焉。淮北告警。寶移鎭淮安。屬妻挈春香避地臨安。遂與麗娘遇。初。麗娘聞父被困。試畢。即倩生往探。及至。已寇降圍解。寶以功超遷相位。將入京。意生無賴。命遞解臨安。再行鞫訊。會榜發。生以狀元及第。始得釋。而杜寶亦一家團圓云。吳梅曲選：「是記初出。度曲家多棘棘不上口。因有爲之刪改者。吳江沈寧庵首爲筆削。臨川見之不懌。乃賦一絕曰。醉漢瓊筵風味殊。通仙鐵笛

海雲孤。總饒割就時人景。卻愧王維舊雪圖云。其後有碩園刪定本。有臧晉叔刪改本。有墨憨齋改訂本。皆臨川歿後行世。雖律度諧和。而文辭則遠遜矣。」又云：「舊傳奇中。用故事之最勝者。莫如桃花扇。用臆說之最勝者。莫如牡丹亭。一實一虛。各極其妙。牡丹亭之杜麗娘。以一夢感情。生死不渝。亦已動人情致。而又寫道院幽媾之悽艷。野店令昏之潦草。無不入情入理。」呂天成曲品：「杜麗娘事甚奇。而着意發揮懷春慕色之情。驚心動魄。且巧妙疊出。無境不新。眞堪千古矣。」焦循劇說：「磵房娥術堂閒筆云。杭州女伶商小玲者。以色藝稱。於還魂記尤擅場。每作杜麗娘。眞若身其事者。纏綿凄惋。淚痕盈目。一日演尋夢。唱至待打併香魂一片。陰雨梅天。守得個梅根相見時。盈盈界面。隨聲倚地。春香上視之。已氣絕矣。」此劇有德文譯本。

【還相爲宮】　見旋相爲宮條。

【聲】　見聲音韻條。

【聲調】　聲音之長短、高低、強弱、快慢、輕重。稱爲聲調。有平、上、去、入、等各種讀法。

【聲韻】　音短促而受阻者。謂之聲。音可延長且不受阻者。謂之韻。曲中聲韻。南北互殊。北曲平分二義。入派三聲。其說創自元人周德淸中原音韻。

【聲音韻】　吳梅曲學通論：「蓋一字之成。必有首有腹有尾。聲者出聲也。是字之首。音者度音也。是字之腹。韻者收韻也。是字之尾。故曰餘韻。」

【聲欺字】　見陰陽條。

【聲調譜】　書名。凡一卷。淸人趙執信撰。

【聲聲慢】　曲牌名。南曲入仙呂宮引。

【聲淚俱下】　謂悲慨極甚時之情狀。晉書王彬傳：「彬數敦曰。兄抗旌犯順。殺戮忠良。謀圖不軌。及門戶。音辭慷慨。聲淚俱下。」

【醜齋】　見鍾嗣成條。

【醜奴兒】　曲牌名。南曲入大石調引。

【醜奴兒令】　曲牌名。南曲入大石調。管色配小工調或尺字調。

【醜奴兒近】　曲牌名。南曲入正宮。管色配小工調或尺字調。

【醜無鹽破環】　見智勇定齊條。

【醜駙馬射金錢】　見射金錢條。

【醜齊后無鹽破連環】　見智勇定齊條。

【優】　戲中司歌舞者謂之優。穀梁傳云：「頰谷之會。齊人使優施舞於魯君之幕下。孔子曰。笑君者罪當死。使司馬行法也。」是俳優能舞之證也。史記滑稽傳載優孟犒爲孫叔敖衣寇而歌於楚莊王前。是俳優能歌之證也。王驥德曲律云：「古之優人。第以諧謔滑稽。供人主喜笑。未有並曲與白。而歌舞登場。如今之戲子者。」蓋當時俳優。或歌而不舞。或舞而不歌。皆不傳以戲曲名之也。

【優伶】　辭海：「優。謂俳優。伶。謂樂工。今通謂以演劇爲業者曰優伶。」

【優孟】　人名。楚之樂人也。多智辨。常寓諷刺於談笑之間。嘗爲孫叔敖衣冠。抵掌談話。歲餘像孫叔敖。楚王及左右不能別也。莊王置酒。優孟前爲壽。莊王大驚。以爲孫叔敖復生也。

【優旃】　焦循劇說：「優旃者。秦倡侏儒也。善笑言。而合於大道。」

【優語錄】　書名。凡一卷。近人王國維撰。有藝文印書館論曲五種所收本。

【優孟衣冠】　謂假裝之似眞者也。孫叔敖卒。其子甚窮。優孟著孫叔敖衣冠。抵掌談話。歲餘像孫叔敖。見莊王作歌以動之。遂召孫叔敖子。封之寢丘。見優孟條。

【賺】　㈠古方言。謂有欺誑哄誘之意。例如喬吉小桃紅：「玉樓風颭杏花衫。嬌怯春寒賺。」又如賺蒯通：「若賺得此人來。聖人自有加官賜賞。」㈡見賺詞條。

【賺尾】　曲牌名。北曲入仙呂宮。管色配小工調或尺字調。

【賺詞】　宋人樂曲之不限一曲者。諸宮調之外。尙有賺詞。賺詞者。取一宮調之曲若干。合之使成一套也。省文作賺。夢粱錄：「紹興年間。有張五牛大夫。因聽動鼓板中有太平令或賺鼓板。即今拍板大節抑揚處是也。遂撰爲賺。」

【賺煞】　曲牌名。北曲入仙呂宮。管色配小工調或尺字調。

【賺蒯通】　雜劇名。正題隨何賺風魔蒯通。元代無名氏撰。演辯士蒯通會勸韓信自立爲王。及信爲高祖所殺。蕭何拘通訊問事。略謂漢高祖平定天下後。以蕭何爲相。治理國政。乃封三大功臣。韓信爲齊王。英布爲九江王。彭越爲大梁王。三王中以韓信軍權最重。爲恐影響社稷。蕭何憂之。於是邀樊噲張良私議。欲殺害之。以絕後患。唯張良不從。蕭樊強之。良遂拂袖而去入山學道。蕭何因從樊噲計。僞稱高祖將遊雲夢山。詔信還朝留守。乘機誣其謀反。擬定十大罪。即可殺戮。信接獲詔書後。乃召其門下辯士蒯通商討。通勸勿往。信不從。通遂於信前生祭。謂其必死。信怒逐之。既命駕星夜奔馳入朝。信入朝。旋被誅。通慮禍及己。乃僞裝瘋魔。佯狂於市。先是蕭何已聞知蒯通曾勸信與劉項三分天下。今又阻信入朝。以爲無理。遂遣隨何前往。以察虛實。隨何既見蒯通。通臥羊圈中。何觀其神情。心知爲僞。復潛窺聽之。通乃作歌寓志。何聞之遂得其實。因以達蕭。蕭即令執詣漢庭。遂與曹參王陵議。欲烹之。通略無懼色。漢臣讓其助信。通曰：「桀犬吠堯。堯非不仁。固吠其非主也。」復述信有十大罪狀。衆詢之。通乃一一細述。蕭曰：「此本韓信十大功勞。焉得罪之。」通既又謂信有三愚。曰：「收燕趙。破三齊兵四十萬。是時不叛。今乃叛。此一愚。漢王出成皋。信屯修武。將二百員。兵八十萬。此時猶不欲叛。今乃叛。此二愚。九里山大會垓下。握兵百萬。此時且猶不叛。今忽叛。此三愚也。」高祖聞其言。赦通罪。授以京兆職官。賜金千兩。旌其直。詔復信原官。封樹其墓云。（現存元人雜劇本事考）

【賺蘭亭】　雜劇名。正題蕭翼智賺蘭亭記。元人白樸撰。

【薄倖】　曲牌名。南曲入南呂宮引。管色配六字調或凡字調。

【薄媚】　㈠曲牌名。南曲入南呂宮引。管色配六字調或凡字調。㈡燕樂大曲名。㈢南宋大曲名。入道調宮。南宋官本雜劇二百八十種之中。有簡帖薄媚、請客薄媚、錯取薄媚、傳神薄媚、九妝薄媚、本事現薄媚、褥薄媚、鄭生遇龍女薄媚九本。

【薄暮】　古方言。薄音博。磨上音。義猶母也。與向晚之義異。

【薄藍】　古方言。即竹籃也。或作孛籃、蒲籃。

【薄媚袞】　曲牌名。南曲入南呂宮。管色配六字調或凡字調。

【薄太后走馬救周勃】　見救周勃條。

【點破】　凡在揉臉之上。點一黑痣者。戲界謂之點破。齊如山云：「如扮關羽。臉揉成之後。又在臉上點一小黑點。此係戲界稱重關公。不敢眞像其貌。故點一黑痣也。」

【點湯】　古方言。即泡茶送客也。舊時主客會晤。有端茶送客之習慣。客瀕行時。主人必端茶敬客以爲禮節。其有惡客。不願與之久談者。主人亦往往端茶示意。以速其行。此在元劇中則屢見點湯送客之事。情節正同。例如凍蘇秦：「張千云。點湯。正末云。點湯是逐客。我則索起身。」又如雲窗夢：「赤緊的咱心不願。請點湯晏叔元。告廻避白樂天。」告迴避。猶云請迴避。亦猶云請走罷也。

【點戲】 指定戲名。使之演唱。曰點戲。見進點條。

【點降脣】 曲牌名。南曲入黃鍾宮。管色配六字調或凡字調。北曲入仙呂宮。管色配小工調或尺字調。

【鍾馗】 劇中人。禁中舊有吳道子畫鍾馗。其卷首有唐人題曰：「明皇開元。講武驪山。一夕夢二鬼。一大一小。上問大鬼曰。爾何人。奏云。臣鍾馗氏。卽武擧不捷之士也。誓與陛下除天下之妖孽。夢覺。乃詔畫工吳道子告以夢。曰。試爲朕如夢圖之。道子奉旨。恍若有覩。立筆圖訖以進。上大悅。批告天下。於歲暮圖鍾馗像。以祛邪魅。」按鍾馗之像。舊俗懸於除夕。今則懸於端午。見獅子賺條。

【鍾子期】 人名。春秋楚人。伯牙鼓琴。意在高山或流水。子期俱聽而知之。子期死。伯牙謂世再無知音者。乃擗琴絕絃。終身不復鼓。

【鍾嗣成】 元代末期戲曲家。字繼先。號醜齋。汴梁（今河南省開封縣）人。生卒年不詳。約至治初年在世。累試有司。以貌醜見黜。從吏則有司不能辟。亦不屑就。因此專力劇曲。以布衣終其身。著有錄鬼簿二卷。爲治元曲史者唯一要籍。上卷記前輩才士。有雜劇者累記姓字爵里及劇目。下卷則記並世才士。各作一小傳。記其劇目。又作凌波曲弔之。所著雜劇七種。曰寄情韓翃章台柳。曰譏貨賂魯褒錢神論。曰宴瑤池王母蟠桃會。曰韓信泜水斬陳餘。曰漢高祖詐遊雲夢。曰孝諫鄭莊公。曰馮驩焚卷。今皆不傳。太和正音譜評其曲曰：「如騰空寶氣。」見錄鬼簿條。

【鍾離春】 劇中人。戰國齊無鹽邑女。極醜。行年四十。衒嫁不售。乃自詣宣王。陳國之四殆。宣王納之。拜爲無鹽君。立爲后。於是拆漸台。罷女樂。退諂諛。進直言。選兵馬。實府庫。齊國大安。見智勇定齊條。

【鍾離權】 劇中人。古仙人名。續通考：「鍾離權。咸陽人。號和谷子。一號正陽子。又號雲房。美鬚俊目。身長八尺。歷仕漢、魏、晉。於正陽洞修煉登仙。今號正陽帝君。」見城南柳、黃粱夢、鐵拐李岳、藍采和各分條。

【鍾離春智勇定齊】　見智勇定齊條。

【懋宏】　見顧允燾條。

【懋儉】　見顧允燾條。

【懋禮】　見胡汝嘉條。

【舉昇記】　傳奇名。明人邱濬撰。

【舉案齊眉】　雜劇名。正題孟光女舉案齊眉。別作孟德耀舉案齊眉。元代無名氏撰。演梁鴻孟光夫婦事。略謂光父從叔會以女許鴻。後嫌鴻貧。欲改字。光不從。不果已而贅鴻。尋復逐之。鴻偕光棲臯伯通家。每食。光舉案齊眉。從叔知非凡人。暗使乳媪贈以資斧。勸鴻應試。擢大魁。乳媪乃述贈金勸試皆生從叔。鴻感其德。與光奉侍盡禮云。按案者。古之盌器也。舉案高至眉者。敬之至也。今謂夫婦間能盡敬禮曰舉案齊眉。此劇各節與本傳不盡相合。蓋故作波折以爲關目也。

【舉烽取笑】　雜劇名。正題幽王舉烽取笑。明代無名氏撰。

【薦周】　雜劇名。正題中郎將常何薦馬周。元人庾天錫撰。

【薦清軒】　清代戲曲家。康熙雍正間人。著有傳奇合扇記一種。

【薦福碑】　雜劇名。正題半夜雷轟薦福碑。元人馬致遠撰。略謂張鎬落魄。寄居薦福寺。寺僧欲拓寺中碑文與之濟貧。夜中碑爲雷電擊毀。鎬心灰意懶。而萌厭世之念。忽傳其友范仲淹來訪。因與共赴京師。得中狀元。此劇係取宋釋慧洪冷齋夜話所載范仲淹事增飾而成。

【總】　古方言。猶縱也。雖也。例如風光好：「總然你富才華。高名分。誰丕愛翠袖紅裙。」總然即縱然也。

【總成】　古方言。猶云做成也。

【齋元】、見張堅條。

【齋後鐘】　雜劇名。正題呂蒙正風雪齋後鐘。元人馬致遠撰。

【擡孩】　見台孩條。

【擡頦】　古方言。猶云氣概軒昂也。李逵負荊：「他對着他有期會的衆英才。一個個穩坐擡頦。」亦作台孩或胎孩。

【螺冠】　見周履靖條。

【螺螄末尼】　雜劇名。元明間無名氏撰。

【臉譜】貴筑姚茫父嘗云。臉譜者。蓋覷粧的變化。伶工所取則也。其源出於隆古武儺。禮俗之遺。若夫眉圖相法之詼奇。山經水志之詭異。三教搜神之猙獰。四夷綦弄之調笑。亹是網羅。畢集於粉墨。更有增益。則器刻琱文。彩飾花樣。勾交茂美。塗澤絢爛。用而多幻。莫得悉名云云。齊如山云：「抹粉於面部者。謂之抹臉。塗油於面部者。謂之勾臉。」又云：「凡勾紅臉者。大致皆赤膽忠心之人。凡勾紫臉者。大致皆有血性而較靜穆之人。凡勾黑臉者。大致皆性情戇直孔武有力之人。凡勾藍臉者。大致皆粗莽而忠勇或兇猛而有心計。且多爲桀傲不馴之人。凡勾黃臉者。大致皆內有心計而不暴烈之人。凡勾綠臉者。大致皆性氣暴燥。心中滿懷不平之人。凡勾粉紅臉者。大致皆年老邁色衰之人。凡勾白臉者。大致皆陰險而剛愎自用之人。凡勾赭臉者。大致皆年邁而精神尚旺之人。凡勾灰臉者。大致皆年老血衰之人。凡勾金臉者。大致皆德高望重之神仙。凡勾銀臉者。大致皆亞於勾金色之人。凡勾淡青臉者。大致皆亞於勾銀色之人。凡勾蟹青臉者。大致皆亞於勾綠色之人。」又云：「抹臉與勾臉之意義不同。蓋勾臉乃用顏色表現人之性情氣色。抹臉乃掩蓋人之本來面目。故戲界老輩云。各色臉譜。皆係形容其面目。而粉臉（抹臉）則係形容其假面目者也。」

【臉兒紅】曲牌名。北曲入般涉調。管色配小工調或尺字調。

【濟顛】南宋話本名。正題紅倩難濟顛。寶文堂目子雜類著錄。

【濟饑民汲黯開倉】見汲黯開倉條。

【簇合沙】古方言。猶云緊緊包圍也。

【簇御林】曲牌名。南曲入商曲。管色配六字調或凡字調。

【謊秀才】雜劇名。正題豹子尙書謊秀才。元人商文秀撰。

【謊徹梢虛】古方言。㈠扯謊也。㈡虛與委蛇也。

【繁華夢】傳奇名。長安女史王筠撰。

【繁露樓居士】見董榕條。

【牆頭花】曲牌名。北曲入般涉調。管色配小工調或尺字調。

【牆頭馬上】雜劇名。正題裴少俊牆頭馬上。元人白樸撰。演裴少俊與李千金相戀。私定終身。且已生育子女。歷經困阻。終爲正式夫婦事。略謂唐裴尚書行儉。子少俊。官工部尚書舍人。才貌雙全。弱冠未娶。奉高宗命。往洛陽買花栽子。偶過洛陽總管李世傑家。世傑乃漢李廣之後。有女千金。在京爲官時。曾與裴尚書有婚約。後以官路相左。遂置不議。而少俊不知也。少俊旣過李氏園。馬上見牆頭有女子。雲鬟霧鬢。冰肌玉骨。遂作詩投之。其詩云：「只疑身在武陵遊。流水桃花隔岸羞。咫尺劉郎腸已斷。爲誰含笑倚牆頭。」女答之云：「深閨拘束暫閒遊。手撚靑梅半掩羞。莫負後園今夜約。月移初上柳梢頭。」少俊乃乘夜踰牆而入。與女相會。爲千金乳媼所知。密令二人遁去。至長安。不敢告父母。匿居於後花園者七年。生子端端。已六歲。女重陽。已四歲。其年淸明祭奠。裴夫人柳氏率少俊同往。而行儉以小恙留於家。偶至花園。見端端兄妹。詢得原由。惡其不告而娶爲非禮。逼令少俊作休書。逐女歸。而留其子女。千金歸。其父母已逝。守節於家。後少俊舉進士。適官洛陽令。迎父母至任所。行儉憐千金守節不移。且知是世傑之女。曾與議婚者。遂使二人正式結爲夫婦云。現存元人雜劇本事考　曲海總目提要：「按此劇蓋因白居易樂府有牆頭馬上句而作。居易雖作此詩。未必果有實事。卽有實事。亦未指出姓名。仁甫以居易乃中唐人。則所詠之事當在其前。故以裴行儉子。少俊當之。非其眞也。彼時有拜住。於馬上見鞦韆會事。當已流傳。疑暗指此。然拜住以正合。非少俊比也。」按此劇有日文譯本。

【壓冑子】　戲中之最後一齣。謂之壓冑子。冑子本爲武戲之稱。武戲能戀人。多排於最後。若能以唱工於最後登場。使人耐而相待者。謂之壓冑子。蓋言其能壓倒武戲也。冑子俗呼軸子。見軸子條。

【壓關樓叠掛午時牌】　見午時牌條。

【霜天曉角】　曲牌名。南曲入越調引。管色配六字調或凡字調。

【霜厓曲話】　書名。近人吳梅撰。中央圖書館藏有手鈔本。

【擲園外史】　見葉憲祖條。

【擲園居士】　見葉憲祖條。

【謠】　見歌謠條。

【禮】　古方言。猶理也。例如劉弘嫁婢：「婆婆你省的道個禮麼。」又如博望燒屯：「頗奈諸葛亮無禮。將夏侯惇十萬雄兵。盡皆折損。」以上爲道理之理。碧桃花：「怎麼的問着呵越不應。道着呵越不禮。」又如舉案齊眉：「這樣人禮他則甚。」以上為理睬之理也。

【嘫】古方言。猶了也。例如董西廂：「誰知道到今贏得段相思債。相思債。是前生負債他。還着後嘫。」後猶呵或啊。言相思債還了他呵方了結也。

【臢】古方言。猶眞也。多也。例如玉鏡臺：「從今後姻緣注定姻緣簿。相思還徹相思苦。臢道連理歡濃。于飛願足。」臢道猶云眞是也。字亦作剩。例如單刀會：「你則索多披上幾副甲。剩穿上幾層袍。」剩與多為互文。剩即多也。

【闋】樂終曰闋。呂氏春秋古樂：「投足以歌八闋。」注：「終也。」史記留侯世家：「歌數闋。」索隱：「謂調終也。」故樂歌一終。謂之一闋。

【謙山】見董榕條。

【駿公】見吳偉業條。

【麋公】見陳繼儒條。

【營勾】古方言。㈠猶云謊騙也。例如風光好：「好也囉學士。你營勾了人却便粧忘魂。知他是甚娘情分。」又如烟花夢：「兀的不局騙殺人也麼賊。兀的不營勾殺人也麼賊。」㈡猶云勾引也。例如牆頭馬上：「兀的是不出嫁的閨女。教人營勾了身軀可又隨着他去。」又如鐵拐李：「我只怕謊人賊。營勾了我那脚頭妻。」

【褒忠】見無瑕璧條。

【穀抵】見角抵條。

【寱掙】見癡掙條。

【虧圖】古方言。㈠暗算也。㈡陷害也。

【徽調】戲曲腔調名。梨園佳話：「漢調流行皖鄂間。石門、桐城、休寧間人。變通而仿為之。謂之徽調。」今之京調。即由此出。

【膿血債】古方言。瘍潰則有膿血。此謂受杖傷而潰膿血為當然。如負債之當償也。例如李逵負荊：「第一來看著咱兄弟情。第二來少欠他膿血債。」

【療妬羹】傳奇名。凡三十二齣。明人吳炳撰。演喬小青改嫁楊器事。略謂武林楊器。官吏部郎。妻顏氏。欲為夫買妾。苦無當意者。揚州妓喬小青。嫁武林褚某。大婦苗妒甚。百般凌虐。禁夫不得近。一日。顏氏來覩小青。頗留意。然又不能告苗。會楊假滿。將入京。恐小青之不禁摧殘也。飾辭誑苗信之。還小青於孤山別業。楊乃以小青屬諸知友韓向宸。既而小青鬱鬱死。苗席捲所有而去。命以藁葬。向宸至。令僕婦陳氏察之。心下猶微溫。投以靈丹。遂甦。向宸乃與陳氏計。除舍居小青。而以葬訖報褚氏。旋楊以冊封事。便道還家。遂娶小青云。案情吏卷十四。有馮小青傳。蓋小青本姓馮。戲即據此增飾而成。吳梅曲學通論：「貪用小青本傳。遂至不能擇別。雖齣齣俱佳。只可作散套觀。非所論於傳奇矣。」焦循劇說：「演小青故事為傳奇者。有療妬羹風流院兩種。當以徐野君春波影為最。」

【褉神急】曲牌名。北曲入雙調。管色配乙字調或正工調。」

【贅神龍】傳奇名。淸人朱佐朝撰。

【聯珠記】傳奇名。淸人蓉鷗漫叟撰。

【檀扇記】明人史槃撰。

【鞠通生】見沈自晉條。

【孄乾兒】雜劇名。正題疎財漢天賜賜孄乾兒。元明間無名氏撰。

【歛脣韻】見韻條。

【檢場的】見劇通科條。

【醢彭越】雜劇名。正題呂太后醢彭越。元人石君寶撰。

【襄陽會】雜劇名。正題劉玄德獨赴襄陽會。別作劉先主襄陽會。元人高文秀撰。演劉先主赴襄陽與劉表會。為表次子琮所困。馬跳檀溪。卒獲救事。略謂劉先主為曹操敗於徐州後。輾轉至古城與關羽張飛重聚。自分孤立無援。以荊州劉表有舊。欲往依之。乃遣簡雍持書往借一城屯兵。劉表見書。請先主於三月三日赴會襄陽。時表年老。欲退休傳子。席間與先主議其事。先主有立長不立庶之言。表次子琮。庶出也。聞之深恨先主。欲殺之而後快。表長子琦知其謀。示意先主速遁。琮復遣蒯越、蔡瑁擒先主。越又令家將王孫往盜先主所乘之盧馬。則先主無所逃循。王孫盜馬為先主所見。先主因告以本末。王孫謂此乃琮之過。乃仗義送先主出城。至檀溪無津渡。的盧一躍而過。遂免於難。路遇水鏡先生司馬徽。謂先主手下少運籌之士。勸謁龐德公。龐德公乃薦徐庶出山。先主拜之為師。適曹操派許褚下戰書至。謂有曹章曹仁二將。領兵前來與先主交鋒。先主謀之徐庶。庶乃令關、張、趙雲。分路迎拒。曹兵大敗。並俘回曹章。斬之。先主設宴慶功云。現存元人雜劇本事考

【鮫綃記】傳奇名。明人沈鯨撰。演魏必簡沈瓊英姻緣事。劇中必簡探親。以鮫綃帕為禮物。後必簡

見鮫綃而知瓊英踪跡。故名鮫綃記。

【霞箋記】劇曲名。凡三十齣。明代無名氏撰。演松江李彥直與妓女張麗容姻緣事。呂天成曲品云：「此即心堅金石傳。死者生之。分者合之。是傳奇體。搬出甚激切。想見鍾情之苦。但覺草草。以才不長故。」

【鍼線箱】曲牌名。南曲入南呂宮。管色配六字調或凡字調。

【薔薇花】曲牌名。南曲入正宮。管色配小工調或尺字調。

【縷縷金】曲牌名。南曲入中呂宮。管色配小工調或尺字調。

【獲騶虞】雜劇名。正題神后山秋獮得騶虞。明人朱有燉撰。

【氈上拖毛】古方言。氈本毛製。而毛在氈上。則澀滯而不易移動。喻行之不快也。例如李逵負荊：「宋公明似氈上拖毛。則掩那周瓊姬。你可甚麼王子喬。」按王爲神宗時人。美姿容。少年時不甚持重。爲狎邪輩所謳。王迴。字子高。舊有周琼姬事。胡微之爲作傳。疑喬字爲高字之誤。

【靡竺收資】正題燒樊城靡竺收資。元人趙善慶撰。

【燭影搖紅】曲牌名。南曲入大石調引。管色配小工調或尺字調。

【螾廬曲談】書名。近人王季烈撰。有商務印書館排印本。

【環翠堂樂府】戲曲別集名。明人汪廷訥撰。共收傳奇一十五種。王國維謂：「此書已爲巴黎國民圖書館所有。不知即淡生堂書目著錄之環翠堂樂府否也。」

【縱火牛田單復齊】見田單復齊條。

【謊郎君壞盡風光】見壞盡風光條。

【濯錦江魚雁傳情】見魚雁傳情條。

十八畫

【雙調】㈠宮調名。古曰夾鍾商聲。吳梅顧曲麈談：「雙調所屬諸曲。北曲爲新水令、駐馬聽、沉醉東風、雁兒落、得勝令、喬牌兒、甜水令、折桂令、蟾宮曲、錦上花、河西錦上花、碧玉簫、攪箏琶、清江引、步步嬌、落梅風、喬木查、慶宣和、湘妃怨、慶東原、沽美酒、太平令、夜行船、掛玉鈎、荆山玉、竹枝歌、春閨怨、牡丹春、對玉環、五供養、月上海棠、殿前歡、鳳引雛、月兒彎、行香子、天仙子、蝶戀花、天娥神曲、醉春風、四塊玉、快活年、朝元樂、沙子兒、海天晴、一機錦、好精神、農樂歌、動相思、二犯白苧歌、新時令、十棒鼓、秋江送、袂神急、楚天遙、枳郎兒、川潑棹、七弟兄、梅花酒、收江南、小將軍、撥不斷、太清歌、楚江秋、鎮江廻、阿納忽、風入松、一錠銀、胡十八、亂柳葉、豆葉黃、胡搗練、萬花方三疊羅、喜人心、風流體、忽都白、倘兀歹、靑天歌、也摩沙、相公愛、小拜門、金盞子、大拜門、也不、小陽關、蠻鄉詞、石竹子、山石榴、醉娘子、醉大德歌、華嚴讚、山丹花、魚遊春水、慶豐年、秋蓮曲、尾聲、本調煞、鴛鴦煞、離亭宴煞、離亭燕帶歇指煞。南曲則爲眞珠簾、花心動、謁金門、惜奴嬌、寶鼎現、金瓏搗璁、縷子、海棠春、夜行船、四國朝、玉井蓮、新水令、鶯聖朝、秋蕊香、梅花行（以上爲引子。）畫錦堂、紅林擒、錦堂月、酸公子、僥僥令、孝順歌、鎖南枝、柳搖金、四塊金、淘金令、金風曲、攤破金字令、夜雨打梧桐、金水令、朝天歌、嬌鶯兒、朝元令、柳梢靑、錦金帳、錦法經、灞陵橋、疊字錦、山東劉袞、雌雄畫眉、夜行船序、曉行序、（以上爲過曲。）北曲雙調。有多用小工者。南曲雙調。則正工乙字多。」太和正音譜云：「雙調健捷激裊。」集成曲譜顧曲塵談。皆以雙調配乙字調或正工調。㈡燕樂商聲七調之第四運。補筆談：「仲呂商今爲雙調。殺聲用上字。」燕樂考原：「七商之第四運。即按琵琶二弦之第三聲。」又云：「雙調即今俗樂之上字調。故殺聲用上字。七羽中仙呂調。元南曲亦入雙調。」㈢南宋大曲宮調名。其曲三。曰降聖樂。曰新水調。曰採蓮。㈣詞之全闋。由前後二段相疊而成者名雙調。僅一段者名單調。

【雙簧】　雜戲之一種。演時一人現身於前。一人隱身於後。後者說念或歌曲。前者口唇翕張。摩擬其意態聲口及一切動作。技精者。互相貼合。一若後者之聲出自前者之口。按雙簧相傳始於黃輔臣。李燮叔梅邊新憶云：「黃約咸同間人。面目奇醜。初亦說書之流。以一人能學做各種人物動態。故名雙簧。其後始分爲兩人學做一人也。」

【雙聲】　凡字之發聲同類者。謂之雙聲字。如「乒乓」「劈罪」等是。

【雙工尺】唱腔速度加長一倍。戲曲謂之雙工尺。齊如山云：「崑腔中。也有關羽之戲。……而唱腔板眼的尺寸。要比他脚加長一倍。名曰雙工尺。亦取其威嚴之意。」按尺寸即速度也。

【雙仙記】傳奇名。清人研露樓主人撰。

【雙合記】傳奇名。明人王澹撰。

【雙坐化】雜劇名。正題紫竹瓊梅雙坐化。明人賈仲明撰。

【雙虬判】傳奇名。清人盛際時撰。

【雙告狀】雜劇名。正題屈死鬼雙告狀。明人賈仲明撰。

【雙角調】㈠宮調名。古曰夾鐘角聲。㈡燕樂角聲七調之第三運。補筆談：「林鐘角今爲雙角。殺聲用四字。」

【雙和合】傳奇名。清人朱佐朝撰。

【雙忠孝】傳奇名。明人劉藍生撰。

【雙忠記】傳奇名。明人姚茂良撰。呂天成曲品評此劇云：「譜張許事。境慘情悲。詞亦充暢。」

【雙忠廟】傳奇名。清人周穉廉撰。略謂明弘治正德間。舒眞與廉國寶均因彈劾宰相劉瑾被殺。舒眞之忠僕王保抱孤兒遁至雙忠廟。禱之於神。男體忽流乳汁。乃以之撫養孤兒。後劉瑾敗。眞子與國寶女結婚云。

【雙奇俠】㈠傳奇名。清人高弈撰。㈡見小河洲條。

【雙奇會】傳奇名。清人湖上逸人撰。

【雙官誥】傳奇名。清人陳二白撰。演馮琳如第二妾碧蓮守貞撫子受榮事。劇中琳如既顯宦。子又登甲科。父子官誥。皆歸碧蓮。故曰雙官誥。略謂諸生馮琳如者。以其父仇人將陷之罪。乃抛妻子遁他鄉。以醫爲業。嘗遇舊友某。托以五百金及其書信寄家。友人某乾沒其金。亦不傳其書信。又以此人容貌酷似馮生。仇人誤殺之。寄棺僧寺中。因之。馮生家人誤信馮死。馮有一妻一妾。至是妻妾皆改嫁。婢碧蓮與老僕馮仁留家。老僕作草鞋。婢紡績。以養主人一子馮雄。碧蓮日夜督勵之讀書。一如己出。馮雄年長學成。一擧成名。一方馮琳如既貴顯。榮歸故里。以婢女碧蓮爲夫人。不顧妻妾。馮雄亦中進士。一家榮顯中國近世戲曲史 皮黃三娘教子本此增飾。

【雙金榜】傳奇名。明人阮大鋮撰。爲石巢傳奇四種之一。演皇甫敦始以莫佽飛盜珠受累。終以佽飛辨冤得白事。情節全係虛構。蓋因崇禎初年。作者列名逆案。棄不復用。乃借傳奇以寓意。謂己無辜受屈。欲求洗雪之意耳。

【雙紅記】 戲曲名。明代無名氏撰。演紅線紅綃事。沈德符顧曲雜談云：「梁伯龍有紅線紅綃二雜劇。頗稱諧穩。今被俗優合爲一大本。南曲遂成惡趣。」

【雙修記】 傳奇名。明人葉憲祖撰。演劉香女事。以香勸夫馬玉戒殺念佛。夫婦同皈淨土。故名雙修。吳天成曲品謂此劇：「本傳俗而事奇。予極賞之。貽書美度。度以新聲。浹日而成。景趣新逸。且守韻調甚嚴。當是詞穩高足。」

【雙泉記】 傳奇名。清人方成培撰。

【雙赴夢】 見西蜀夢條。

【雙虹碧】 傳奇名。清人張九鉞撰。

【雙烈記】 傳奇名。凡四十四齣。明人張四維撰。演宋韓世忠得妓女梁紅女爲妻。內助立功之事。劇中梁夫人助夫勤王。故並稱雙烈。事據宋史本傳。

【雙珠記】 ㈠傳奇名。凡四十六齣。明人沈鯨撰。演王楫夫妻悲歡離合事。以雙珠爲關目。故名。輟耕錄云：「千夫長李某戍天臺縣日。一部卒妻郭氏有令姿。見之者無不嘖嘖稱賞。李心慕焉。去縣七八十里。有私盜出沒處。李分兵往。戍卒遂在行。既而日至卒家。百計調之。郭氏毅然莫犯。經半載夫歸。具以白。爲屬所轄。罔敢誰何。一日。李過卒門。卒邀入治茶。忽憤得前事。怒形於色。亟轉身持刄出。而李幸脫走。訴於縣。縣捕繫窮竟。案議持刄殺本部官。罪死。桎梏囹圄中。從而邑之惡少年。與官之吏胥皂隸輩。無不起覬覦之心者。郭氏躬餽食於卒外。閉戶業紡績。以資衣食。人不敢一至其家。久之。府檄調黃巖州。一獄卒葉其姓者至。尤有意於郭氏。乃顧視其卒。日飲食之。情若手足。卒感激入骨髓。忽傳王府官出。王府之官。所以斬決罪囚者。葉報卒知。且謂曰。汝或可活。我與汝爲義兄弟。萬一不保。汝之妻尙少。汝之子若女。才八九歲耳。奚以依。顧我尙未娶。寧肯俾我爲室乎。若然。我之視汝子女。猶我子女也。卒喜諾。葉遂令郭氏私見卒。卒謂白。我死有日。此葉押獄性柔善。未有妻。汝可嫁。郭氏曰。汝之死以我之色。我又能二適以求生乎。既歸。持二幼痛泣而言曰。汝爹行且死。娘死亦在旦夕。我兒無所怙恃。終必死於飢寒。我今賣汝與人。娘豈忍哉。蓋勢不容已。將復奈何。汝在他人家。非若父母膝下比。毋仍如是嬌痴爲也。天苟有知。使汝成立。歲時能以卮酒奠父母。則是我有後矣。其子女頗聰慧。解母語意。抱母而號。引裙不肯釋手。遂攜二兒出市。召人與之。行路亦爲之墮淚。邑人有憐之者。納其子女。贈錢三十緡。郭氏以三之一具酒饌。攜至獄門。謂葉白。願與夫一再見。葉聽入。哽咽不能語。既而曰。君懮押獄多矣。可用此少禮答之。又有錢若干。可收取自給。我去一富家執作。爲口食計。恐旬不及看君故也。相別垂泣而去。走至仙人渡溪水中。危坐而死。此水極險惡。竟不爲衝激倒仆。人有見者。報之縣。縣官往驗。覩得實。皆驚異失色。爲具棺斂。葬於死所之側山下。又爲申達上司。乃表其墓曰。貞烈郭氏墓。大書刻石墓上。至正丙戌。朝廷遣奉。使宣撫。循行列郡。廉得其事。原卒之情釋之。人遂付其子女。終身誓不再娶。此事描摹。令人欲泣。雙珠記本此。」按此記各節。前半出於輟耕錄。後半則爲作者虛構。高奕新傳奇品云：「雙珠情節極苦。觀之慘然。」焦循劇說卷四云：「此事描摹。令人欲泣。」又曰：「雙珠記通部細針密線。其穿穴照應處。如天衣無縫。具見巧思。」

【雙釘案】　雜劇名。亦作釣金龜。清人唐英撰。爲古柏堂傳奇之一。焦循劇說：「村中演劇。每演包待制勘雙釘事。一名釣金龜。此事亦見輟耕錄。」

【雙珠鳳】　㈠彈詞名。同治二年刊本。凡十二冊。略謂文必正愛霍定金。而定金曾遺失一隻珠鳳。爲必正拾得。必正遇盜被救。恩主李春芳的女兒。也名叫珠鳳。後來他們倆都嫁給文必正。霍定金又湊成珠鳳一對。海上一葉道人序云：「雙珠鳳一書。本屬名人彈唱。久已膾炙人口。近又得名家鑒定。」㈡皮黃名。民國元年刊行之戲考中錄有雙珠鳳三齣。曰賣身投靠。曰送花樓會。曰堂樓詳夢。㈢崑曲名。姚梅伯今樂考證著錄。

【雙鬥醫】　雜劇名。元明間無名氏撰。

【雙勘丁】　雜劇名。正題包待制雙勘丁。亦名釣金龜。元明間無名氏撰。略謂姚忠肅爲遼東按察使。武平縣民劉義。訟其嫂與其所私。同殺其兄成。縣尹丁欽以成屍無傷。憂懣不食。妻韓問之。欽語其故。韓曰。恐頂顖有釘。塗其迹耳。驗之果然。獄定上讞。公召欽諦詢之。欽因矜其妻之能。公曰。若妻處子耶。曰再醮。令有司開其夫棺。毒與成類。並正其辜。欽悸卒。時比公爲宋包孝肅公拯云。

【雙教化】　雜劇名。正題風月郎君雙教化。元人鄭廷玉撰。

【雙魚記】　傳奇名。明人沈璟撰。爲屬玉堂十七種之一。

【雙梅記】　傳奇名。明人史槃撰。

【雙雄記】　傳奇名。亦作善惡圖。明人馮夢龍撰。爲新曲十種之二。演丹三木陷害親姪事。略謂丹信字重之。吳之東山人。與友劉雙幼相契善。其叔丹三木者。本兇徒也。妻每勸分拆家資與信。不從。其妻因而病卒。三木恨信。誣訴於官。信與其友劉雙均被鋃鐺入獄。後倭寇起。許罪人可疑者立功贖罪。信與雙素通兵略。從征擒賊。以功授正千戶。官至征東將軍。曲品謂此劇：「閶姑蘇有是事。此記似爲人洩憤耳。事雖卑瑣。而能恪守詞穩先生功令。亦持教之傑也。」

【雙棄瓢】　雜劇名。正題窮秀才雙棄瓢。元人高文秀撰。

【雙報應】　傳奇名。淸人嵇永仁撰。演錢可貴鬻妻納稅。及張子俊耽於男色二事。前者得善報。後者得惡報。故名雙報應。王龍光跋雙報應傳奇云：「同難林翁。因備述建寧城隍揭公。建寧郡守孫公。判斷貧生錢可貴。奸淫王文用二案。陰陽互理。靈爽顯赫。此殆得之目覩。不可不亟爲表章之。山農曰。此固余之素志也。乃援筆而敷陳其大概曰雙報應。今按劇中孫名裔昌。字鹿園。山東沾化入。揭即揭公重熙。錢生以逋欠官銀。賣妻得銀三十兩。失於縣堂。爲皂隸陳黑所拾。生禱於城隍。復訴於府。孫正持茗。有塵落椀中。茗爲之黑。檢縣中值日花名薄。得陳黑名。訊之。供拾銀狀。生妻賣張貢生家。張知爲錢生妻。不敢與宿。願還婦而不索其金。王文用者。以所私婦謀鴆其夫者也。城隍神示夢於孫。而寃頓以理。孫公眞不愧爲民牧者也。」

【雙猿幻】　傳奇名。淸人呂藥庵撰。

【雙節孝】　傳奇名。淸人張大復撰。

【雙閣記】　傳奇名。明人呂天成撰。

【雙過魚】　南戲名。吳千頃作。南詞新譜輯錄此目。

【雙福壽】　傳奇名。淸人張大復撰。

【雙遇蕉】傳奇名。明人吳千頃撰。

【雙鳳記】戲曲名。明人陸華甫撰。演趙范趙蔡兄弟立功事。亦名雙鳳齊鳴記。

【雙熊夢】傳奇名。亦名十五貫。淸人朱素臣撰。演蘇州知府況鍾平反淮安熊友蘭友蕙兄弟冤獄事。劇中友蘭友蕙皆獲重罪。況鍾夢雙熊訴冤。因研審而出其罪。故曰雙熊夢。友蘭友蕙皆因十五貫鈔。無端罹罪。故又名十五貫。略謂熊友蘭友蕙兄弟。皆讀書。家甚貧窘。兄弟舵工謀生。弟居家苦學。友蕙嘗苦鼠損書籍。市殺鼠藥置餅中。鼠啣之隔壁鄰家。又啣鄰家錢十五貫入穴。又啣其家指環至友蕙室中。友蕙見之。喜爲天賜。以易米。然鄰家主人不知餅爲殺鼠用者。誤取食之而死。官以指環爲證。以爲友蕙與鄰婦通而毒殺其夫。投兩人於獄。又以十五貫錢爲友蕙所盜。追責甚苦。兄友蘭聞之。負義俠之人所惠十五貫錢。去救弟。適有一屠者。賭得鈔十五貫。持歸家。詐謂其女曰。賣汝爲婢。此即身價也。女大戚。私遁親戚家。途中偶遇友蘭問路。相攜而行。忽追者。至捕兩人。蓋以女離家後。賊潛入其家。殺父盜十五貫錢而去之故也。衆人檢視友蘭所負者。適得十五貫。乃以兩人殺父奪錢私奔罪。送入官廳。亦投入獄。後知府夢兩熊。跪而乞哀。覺熊氏兄弟蒙冤。審視其家。知爲鼠作祟。乃赦免之。兄與屠者女。弟與鄰人妻結婚云。中國近世戲曲史

【雙駕車】雜劇名。正題風雪賢婦雙駕車。元人關漢卿撰。

【雙影記】見稜陵春條。

【雙賣華】雜劇名。元人王曄撰。

【雙燕子】曲牌名。北曲入仙呂宮。（即商調雙雁兒。）管色配小工調或尺字調。

【雙錯巹】見魚籃記條。

【雙龍佩】傳奇名。淸人李玉撰。

【雙鴛祠】傳奇名。凡八折。淸人仲振履撰。演別駕李亦珊事。吳梅云：「通體八齣。雜劇則太多。傳奇又太少。古今曲家無此例也。」

【雙鴛記】傳奇名。明人史槃撰。

【雙蕖怨】雜劇名。元人王德信撰。顧曲塵談：「據樂府紀聞云。大名民家。有男女以私情不遂。赴水同死者。後三日。二屍相抱出水濱。是年此陂荷花。無不並蒂。李治賦雙蕖怨詞以紀之云云。此劇當紀此事也」

【雙緣舫】見合紗記條。

【雙聲子】曲牌名。南曲入黃鍾宮。管色配六字調或凡字調。

【雙環記】傳奇名。明人鹿陽外史撰。

【雙錘記】傳奇名。亦作合歡錘。清人四願居士撰。演博浪沙力士。誤中副車。以雙錘投海中。爲琉球國女主姊妹各得其一。後招以爲婿事。

【雙螭璧】傳奇名。明人鄒玉卿撰。

【雙獻功】見黑旋風條。

【雙獻頭】㈠雜劇名。正題正性佳人雙獻頭。明人賈仲名撰。㈡見黑旋風條。

【雙勸酒】曲牌名。南曲入仙呂入雙調。

【雙鶯傳】雜劇名。明人袁于令撰。略謂商瑩與倪鴻落第。雇舟自南京歸蘇州。途中月下泊舟。遇鄰舟中杭州妓女曉鶯小鶯兩人。約再晤而別。雙鶯有所恐懼。不得歸杭州。留蘇州尋二生。幫閑詐稱二生。偕游冶子弟至。喧噪一夜。一方二生赴杭州至其家尋雙鶯。不在。與村妓一夕相對。興盡而去。歸蘇州得遇雙鶯云。(中國近世戲曲史)

【雙麟瑞】傳奇名。明人程麗先撰。

【雙鸂鶒】曲牌名。南曲入正宮。管色配小工調或尺字調。

【雙林坐化】雜劇名。正題釋迦佛雙林坐化。明代無名氏撰。

【雙魚扇墜】南宋話本名。又作孔淑芳記。正題孔淑芳雙魚扇墜記。趙景深彈詞考證引西湖遊覽志餘：「弘治間。旬宣街有少年子徐景春者。春日遊湖山。至斷橋時。日追暮矣。路逢一美人與一小鬟同行。景春悅之。前揖而問曰。娘子何故至此。答曰。妾頃與親戚同遊玉泉。士子雜遝。遂失群。惘惘索途耳。景春曰。娘子貴宅何所。答曰。湖墅宦族孔氏二姐也。景春遂送之以往。及門。強景春入曰。家無至親。郎君不棄。暫寄一宿何如。景春大喜。遂入宿焉。備極繾綣。以雙魚扇墜爲贈。明日。鄰人張世傑者。見景春臥冢間。扶之歸。其父訪之。乃孔氏女淑芳之墓也。告於官發之。其祟絕焉。」

【雙鸞棲鳳】雜劇名。正題碧梧堂雙鸞棲鳳。明人丁野夫撰。

【雙閣畫善記】傳奇名。明人呂天成撰。或云汪廷訥撰。汪廷訥二閣條注云：「予曾爲雙閣畫善記。即此朱生事也。」趙景深讀曲隨筆疑是雙棲記之異名。

【雙鸞棲鳳碧梧堂】　見碧梧堂條。

【雙提屍鬼報汴河冤】　見汴河冤條。

【雙獻頭武松大報讎】　雜劇名。元人高文秀撰。

【雜】　脚色名。戲中凡演雜扮之脚。名之曰雜。齊如山云：「大致這種學戲的人不够聰明。既不會唱。又不會做。只能扮不相干的人員。而且男女老少好壞都有。所以名之曰雜。皮黃班中則呼零碎兒。」

【雜旦】　脚色名。旦之一種。傳奇中工作最輕之旦脚也。其性質與皮黃戲中之宮女丫環相似。

【雜技】　謂各種遊戲技藝也。唐書百官志：「開元二年。京都置左右教坊。掌俳優雜技。」

【雜扮】　見雜班條。

【雜耍】　謂各種遊藝之集合也。天咫偶聞：「雜爨京師。俗稱雜耍。其劇多魚龍漫衍。吐火吞刀。及平話嘌唱之類。」

【雜班】　雲麓漫抄云：「近日優人作雜班。似雜劇而簡略。金宮制。有文班武班。若醫卜娼優。謂之雜班。每宴集。伶人進。曰雜班上。故流傳至此。」又名雜砌。蘆浦筆記：「街市戲謔。有打砌打調之類。意雜砌亦滑稽戲之流。與雜班類也。」又名雜扮。夢粱錄：「雜扮或曰雜班。又名紐元子。又謂之拔和。即雜劇之後散段也。」按宋雜劇當爲四段。即艷段一段。正雜劇兩段。雜扮一段也。

【雜砌】　見雜班條。

【雜當】　王驥德曲律云：「元雜劇中名色不同。從人曰祗從。雜色曰雜當。」

【雜舞】　樂府詩集：「雜舞者。公莫、巴渝、槃舞、鞞舞、鐸舞、拂舞、白紵之類是也。宋明帝時。又有西傖羌胡雜舞。」

【雜劇】　雜劇之名。其義不一。宋時所謂雜劇。殆專指滑稽戲言之。吳自牧夢粱錄：「雜劇全用故事。務在滑稽。」焦循劇說：「唐制。自歌人之外。特重舞隊歌隊。又有精樂器者。若琵琶羯鼓之屬。此外俳優雜劇。不過以供一笑。其用蓋與傀儡不甚相遠。非雅士所留意也。」所謂北曲之元代雜劇。即由宋雜劇嬗變而來。曲談：「雜劇之興。確在北宋無疑。但其時雜劇之體裁。尚與元人不同。特宋人之歌曲多用詞調。金人已改爲曲牌耳。」又曰：「元人雜劇。由敘事體而變爲代言體。由有換頭之全闋曲詞而變爲不用換頭之單支曲詞。」按宋雜劇通爲四段。即艷段一段。正雜劇兩段。雜扮一段是也。至元雜劇雖亦四折。惟各折相聯貫。就一故事而演其始終本末。與宋雜劇之分段而所演之事不同者。異其體也。又宋金之間。戲曲之體製甚繁。要皆歌者不舞。舞者不歌。其歌舞兼白合爲一人之戲曲。實自元雜劇始。毛奇齡西河詞話：「至元人造曲。則歌者舞者合作一人。使勾欄舞者。自司歌唱。而第設笙笛琵琶以和其曲。每入場以四折爲度。謂之雜劇。」

【雜劇新編】　書名。淸人鄒式金編。計收戲曲三十四種。曰通天台。曰臨春閣。曰讀離騷。曰弔琵琶。曰醉新豐。曰蘇園翁。曰秦廷筑。曰金門戟。曰鬧門神。曰雙合歡。曰半臂寒。曰長公妹。曰中郎女。曰京兆眉。曰翠細緣。曰鸚鵡洲。曰泊羅江。曰黃鶴樓。曰滕王閣。曰眼兒媚。曰孤鴻影。曰夢幻緣。曰續西廂。曰不了緣。曰櫻桃宴。曰昭君夢曰旗亭讌。曰餓方朔。曰城南守。曰西台記。曰衛花符。曰鞭詩讖。曰風流塚。曰空堂話。

【雜劇十二科】　太和正音譜列有雜劇十二科。曰神仙道化。曰隱居樂道（又曰林泉丘壑。）曰披袍秉笏（即君臣雜劇。）曰忠臣烈士。曰孝義廉潔。曰叱奸罵讒。曰逐臣孤子。曰鏺刀趕棒（即脫膊雜劇。）曰風花雪月。曰悲歡離合。曰煙花粉黛（即花旦雜劇。）曰神頭鬼面（即神佛雜劇。）

【雜劇十段錦】　書名。凡十集。明人周憲王撰。計收雜劇十種。曰義勇辭金。曰曲江池。曰八仙慶壽。曰相如題橋。曰苦海回頭。曰死後團圓。曰仗義疏財。曰繼母大賢。曰豹子和尙。曰煙花夢。民國二年董氏誦芬室印本中有課華詞隱題識。

【繡太平】　曲牌名。南曲入南呂宮。管色配六字調或凡字調。

【繡衣郎】　曲牌名。南曲入南呂宮。管色配六字調或凡字調。

【繡帕記】　傳奇名。淸人謝堃撰。

【繡被記】　傳奇名。明人金懷玉撰。

【繡帶兒】　曲牌名。南曲入南呂宮。管色配六字調或凡字調。

【繡停針】　曲牌名。南曲入越調。管色配六字調或凡字調。

【繡當壚】　傳奇名。淸人裘璉撰。

【繡襦記】　傳奇名。凡四十一齣。明人薛近兗撰。演鄭元和李亞仙事。本元雜劇曲江池增爲傳奇。而曲江池乃本唐白行簡之李娃傳。此劇名曰繡襦記者。則取傳中元和落魄時。亞仙以繡襦擁之歸而寫成。傳奇彙考：「鄭虛舟作玉玦。舊院人惡之。共醵金薛近兗求作此記。以雪其事。」曲品：「玉玦出而院中無宿客。及此記出。而客復來。詞之足以感人如此。」

【繡衲頭陀】見趙瑜條。

【繡帶宜春】曲牌名。南曲入南呂宮。管色配六字調或凡字調。

【藍水】見卜世臣條。

【藍田記】傳奇名。明人龍渠翁撰。演楊雍伯種玉事。

【藍采和】雜劇名。正題漢鍾離度脫藍采和。元代無名氏撰。演伶人許堅。樂名藍采和。爲鍾離權度脫成仙事。略謂大羅仙鍾離權。偶見下界一道靑氣。直衝九霄。知有洛陽伶人藍采和。當成半仙。乃親往引度。藍采和原名許堅。在勾欄中飾軟末泥。頗負時譽。鍾離權化爲道人往訪。勸其出家。藍采和婉謝。而道人糾纏不已。致誤登場時間。乃大怒。反鎖道人於勾欄中自去。鍾離權知其未離惡境。不肯回頭。乃召呂洞賓至下界相助。藍采和壽誕之日。同業來賀。歡飲半酣。忽聞門外有人時哭時笑。啓門視之。則鍾離權所化道人是也。道人謂之曰：「君今爲壽星。明日將成災星矣。」藍采和以其出語不祥。閉門拒之。少頃。忽聞有人叩門曰：「大人呼藍采和官身。」乃從之行。旣至官。以其遲誤。命責四十棍。藍采和聞言大懼。忽見鍾離權出堂告曰：「君若從貧道出家。可免此厄。」藍采和無奈。許之。於是鍾離權向官說情。而釋采和。此官卽呂洞賓所化也。藍采和旣出家。日從鍾離權修行。一日。偶經勾欄。爲其妻兒同業所見。乃告以出家經過。其妻等衆口一聲。請其重理舊業。藍采和掉頭不顧。高歌而去。漸行漸遠。不知所往。三十年後。藍采和之妻。及舊日同業皆老矣。獨藍采和丰貌如故。不減當年。一日。又相逢於勾欄院。初皆不相識。後經采和言明。始相與歡然道故。不勝唏噓。藍采和欲入幕後。一覩舊時衣冠。忽見鍾離權端坐幕後。大驚。鍾離權曰：「許堅。莫萌凡心。汝乃八仙之一。卽可同登仙界。」采和聞言。再拜受命。乃從鍾離權飛昇而去。（現存元人雜劇本事考）按藍采和。唐逸士。常衣破襴衫。夏則加絮。冬則臥雪。唱踏踏歌於長安市。歌詞多神仙意。後在濠梁間。

酒醉。乘鶴去。世傳爲八仙之一。

【藍橋驛】　傳奇名。清人洞口漁郎撰。

【藍橋記】　傳奇名。明人明龍膺撰。演唐裴航於藍橫驛遇雲英事。略謂唐裴航遊鄂渚。過藍橫驛。見路旁茅舍一老嫗績麻。航渴求漿。嫗呼雲英捧一甌飲之。航見雲英姿容絕世。因謂欲娶此女。嫗曰：「昨有神仙與藥一刀圭。須玉杵臼搗之。欲娶雲英。須以玉杵臼爲聘。爲搗藥百日乃可。」後航求得玉杵臼。遂娶雲英。最後航夫婦俱入玉峯。餌絳雪瑤英之丹仙去。

【藍關度】　傳奇名。清人王聖徵撰。

【藍關記】　雜劇名。元明間無名氏撰。

【藍關雪】　傳奇名。清人車江英撰。爲四家傳奇摘齣四種之一。演韓愈事。

【藍采和鎖心猿意馬】　見收心猿意馬條。

【題目】　見題目正名條。

【題肆】　雜劇名。清人張聲玠撰。爲玉田春水軒雜劇九種之一。情節與徐石麟之買花錢略同。

【題紅怨】　雜劇名。凡六折。正題金水題紅怨。元人李文蔚撰。按元人雜劇通例爲四折。此劇作六折罕見之體製也。

【題紅記】　㈠傳奇名。明人王爐峰撰。本名紅葉記。係伯華伯良改其大父之作。作者在曲律中曰：「余大父爐峰公。少時曾草紅葉記。先君子命稍更其語。別爲一傳。易名題紅」。㈡傳奇名。明人祝長生撰。演韓夫人紅葉題詩故事。

【題塔記】　戲曲名。作者不詳。自署曰驟隱生。演宋梁灝晚年登第。父子狀元事。此日題塔者。以唐時新進士讌集曲江。必題名雁塔。故取以爲名。

【題園壁】　雜劇名。清人桂馥撰。爲後四聲猿之一。演陸放翁妻唐氏。以不容於姑。而被出。後一日於沈氏園中相遇。放翁感舊。題詩於壁事。

【題橋記】　傳奇名。明人陸濟之撰。演司馬相如題橋事。

【題目正名】　謂戲曲之標目也。元人雜劇之末。必有題目正名。所謂題目正名。乃以整齊相對之二句或四句。以提絜全部綱領。總括全劇節目。並於其中摘取數字。（通常三字。）以爲全劇之名。例如馬致遠漢宮秋題目云：「沉黑江明妃青塚恨。」正名云：「破幽夢孤雁漢宮秋。」白仁甫梧桐雨題目云：「安祿山反叛干戈擧。陳元禮折散鸞鳳侶。」正名云：「楊貴妃曉日荔枝香。唐明皇秋夜梧桐雨。」南戲亦有題目正名。其形式與雜劇相似。例如小孫屠題目云：「李瓊梅設計麗春園。孫必貴相會成夫婦。」正名云：「朱邦傑識法明犯法。遭盆弔沒與小孫屠。」惟雜劇在後。南戲在前耳。見上場詩。下場詩二分條。

【題目院本】　院本名目。輟耕錄所載金人院本六百九十種之中。曰題目院本者二十本。

【鎮】　古方言。猶常也。長也。儘也。例如董西廂「鎮日家耽酒迷花。便把文君不顧。」鎮日家。即鎮日價。猶云長日。或常日。或儘日也。

【鎮仙靈】　見鎮靈山條。

【鎮兇宅】　雜劇名。正題趙太祖鎮兇宅。元人李好古撰。

【鎮江廻】　曲牌名。北曲入雙調。管色配乙字調或正工調。

【鎮靈山】　傳奇名。亦作鎮仙靈或楞伽塔。淸人石子斐撰。演蘇州巡撫毁上方山五聖祠事。

【鎮山夫人還牢旦】　見還牢旦條。

【鎮山朱夫人還牢末】　南戲名。元代無名氏撰。永樂大典及南戲拾遺俱錄此目。

【魏良輔】　明代戲曲家。崑山人。精音律。喉能轉音。自製水磨腔。其音高於宋之燕樂。遂變弋陽海鹽故調爲崑腔。邑人梁辰魚塡浣沙記付之。是爲崑曲之始。

【魏忠賢】　劇中人。明宦官。肅寧人。萬曆中。入宮。與熹宗乳媼客氏通。熹宗立。遷司禮秉筆太監。兼掌東廠事。專權植黨。殘害忠良。楊璉左光斗等交劾其奸。反被誣爲東林黨。盡遭掠殺。又逐公卿李宗延等。善類爲空。思宗卽位。始發其奸。貶鳳陽。自縊死。見瑞玉記條。

【魏浣初】　明代戲曲家。著有傳奇八黑誅妖寶劍記一種。

【魏徵改詔】　雜劇名。正題魏徵改詔風雲會。元明間無名氏撰。

【魏徵改詔風雲會】　見魏徵改詔條。

【斷送】　古方言。㈠猶云葬送也。例如趙氏孤兒：「若不是急流中將脚步抽回。險些兒鬧市裏把頭皮斷送。」亦有單用一斷字者。例如麗春堂：「知他是斷與甚處外府。只落的遞靑山十里平蕪。」亦有單用一送字者。例如陳州糶米：「哎喲天那。兀的不送了我也這條老命。」斷送亦得倒之爲送斷。例如董西廂：「便不辱你爺。便不羞見我。我還待送斷你子箇。却又子母情腸意不過。」此鶯鶯與張生私會事發後。老夫人對鶯鶯語。意言不忍告官究辦。葬送你終身也。（便不即豈不。還待即如其。子箇即則箇。）㈡猶云發付也。例如張協狀元戲文：「我去討米和酒並豆腐。斷送你去。」言發付你去也。㈢猶云迎送也。例如竇娥寃：「要什麼素車白馬。斷送出古陌荒阡。」言送葬也。㈣猶云妝奩也。例如連環計：「你這賤媳婦無斷送。你這新女婿省財錢。」猶言一方面無妝奩。一方面又無聘金也。㈤猶云鐃頭也。錢南揚宋元南戲百一錄總說：「求諸現代江浙方言。當即鐃頭之意。」又云：「雜劇之後。均有斷送。西廂搊彈詞於引辭之後。更有斷送引辭。則正與此處的斷送意義相合。」㈥猶云奏樂也。東京夢華錄卷九所載朝宴第六盞曰：「樂部哨笛杖鼓斷送。左軍先以毬團轉。衆小築數遭。」又第七盞曰：「且舞且唱。樂部斷送採蓮訖。曲終復群舞。」按武林舊事卷一所載天基聖節排當樂次條下。有斷送萬歲聲、斷送遶池遊、斷送四時歡、斷送賀時豐。又卷八所載皇后歸謁家廟條下。有斷送萬歲聲。斷送四時歡。皆所奏曲名也。

【斷場】古方言。即圓場也。

【斷弓弦】燕樂大曲名。

【斷髮記】傳奇名。明人李開先撰。演李德武妻裴叔英斷髮完節事。略謂叔英與夫相別者十年。其父欲使之改嫁。乃斷髮絕食。以死明志。後夫歸。得重圓。本唐書列女傳及太平御覽。曲品評曰：「事重節烈。詞亦佳。非草草者。且多守韻。尤不易得。」

【斷緣夢】傳奇名。清人梁廷枏撰。

【鎖水母】雜劇名。正題泗州大聖鎖水母。元人高文秀撰。

【鎖白猿】雜劇名。正題時眞人四聖鎖白猿。明代無名氏撰。

【鎖南枝】曲牌名。南曲入雙調。管色配乙字調或正工調。

【鎖魔鏡】雜劇名。正題二郎神醉射鎖魔鏡。元代無名氏撰。演二郎神醉射鎖魔鏡。鏡破魔走。玉帝復令二郎率神將擒回事。略謂嘉州太守趙昱。字從道。有功於民。死後爲城隍。旋以嘉州河水氾濫。健蛟爲災。昱揮刀斬之。玉帝勅封爲灌口二郎淸源妙道眞君。鎭守四川。生民立祠祀之。一日。二郎神便道往訪降妖大元帥那吒三太子。那吒置酒款待。醉後兩神比箭爲戲。二郎射破鎖魔鏡。衆魔自洞中逃出。小聖韓元帥追之不及。驅邪院主奉玉帝之命。責令二郎神與那吒盡擒諸魔。押入酆都。衆神復還本位云。（現存元人雜劇本事考）

【鎖骨菩薩】　雜劇名。明人余翹撰。劇品謂此劇：「北三折。菩薩憫世人溺色。卽以色醒之。正是禪門棒喝之法。」

【歸元鏡】　傳奇名。亦作傳燈錄。明僧智達撰。此劇倂合晉南僧惠遠。五代之壽禪師。及明之蓮池大師。譜各人發願出家成道事。此與湛然禪師之魚兒佛雜劇可謂雙璧。

【歸期歡】　曲牌名。南曲入黃鍾宮。管色配六字調或凡字調。

【歸塞北】　曲牌名。北曲入大石調。管色配小工調或尺字調。

【歸去來兮】　雜劇名。正題陶淵明歸去來兮。元人尚仲賢撰。

【歸去來辭】　雜劇名。明人田藝衡撰。劇品謂此劇：「南一折。隱括歸去來辭。只此數語。亦自不俗。」

【翻七調】　謂調門高下之轉移也。通常以小工調爲標準。凡以小工調之某字作工。卽爲某字調。拙編音樂辭典：「笛之調名凡七。曰上字調。曰尺字調。曰小工調。曰凡字調。曰六字調。曰正工調（又曰五字調。）曰乙字調。翻七調時。以小工調各音爲基礎。並以工音爲移轉之標準。卽新調之工音。合於小工調之某音時。新調卽稱某調。例如上字調是以小工調之上音爲工。尺字調是以小工調之尺音爲工。凡字調是以小工調之凡音爲工。餘類推。」見小工調條。

【翻西廂】　傳奇名。淸人研雪子撰。

【翻金斗】　焦循劇說：「翻金斗字義。起於趙簡子之殺中山王。以頭委地。而翻身跳過。謂之金斗。按今之演劇者。以頭委地。用手代足。憑虛而行。或縱或跳。旋起旋側。其捷如猿。其疾如鳥。令見者目炫心驚。蓋卽古人擲倒伎也。」

【翻精忠】　見如是觀條。

【轉踏】　見傳踏條。

【轉韻】　謂數句相承之後。別用一韻。曰轉韻。

【轉山子】　曲牌名。南曲入南呂宮引。管色配六字調或凡字調。

【轉天心】　雜劇名。淸人唐英撰。爲古柏堂傳奇之一。

【蟠桃記】雜劇名。明人王淑抃撰。劇品謂此劇：「南北九折。掊摭坎離之要。自謂窺仙宗涯埃。然於構詞一道。未能不讓他人也。」

【蟠桃宴】雜劇名。明代無名氏撰。

【蟠桃會】㈠雜劇名。正題宴瑤池王母蟠桃會。元人鍾嗣成撰。㈡雜劇名。正題群仙度壽蟠桃會。明人朱有燉撰。

【蟠桃三祝】雜劇名。明代無名氏撰。

【織女】劇中人。詩小雅大東：「跂彼織女。終日七襄。」史記天官書：「婺女。其北織女。天女孫也。」漢書天文志：「織女。天帝孫也。」夏小正：「七月初昏織女正東鄉。十月織女正北鄉則旦。」晉書天文志：「織女三星在天紀東端。天女也。」見博望訪星條。

【織錦記】傳奇名。清人顧覺宇撰。亦作天仙記。

【織錦回文】雜劇名。正題蘇氏進織錦回文。元人關漢卿撰。

【藏園】見蔣士銓條。

【藏鬥會】雜劇名。元人關漢卿撰。

【藏園九種曲】戲曲別集名。亦名紅雪樓九種曲。清人蔣士銓撰。計收雪中人、香祖樓、臨川夢、桂林霜、冬青樹、空谷香、四絃秋、一片石、第二碑九種。吳梅顧曲塵談評曰：「藏園九種曲。爲鉛山蔣士銓撰。前人推許備至。世皆以四弦秋爲最佳。余獨取臨川夢。以其無中生有。達觀一切也。香祖樓空谷香言情之作。亦佳。惟冬青樹。譜南宋末年時事。未免手忙脚亂。以較桃花扇。不啻虎賁中郎矣。」

【戴子晉】明代戲曲家。字金蟾。浙江永嘉人。生卒年不詳。約萬曆中葉在世。工曲。著有傳奇青蓮記。鞦韆記二種。傳於世。

【戴善夫】元代初期戲曲家。一作善甫。眞定（今河北省眞定縣）人。生卒年不詳。約元世祖中統初在世。賈仲明弔善夫詞云：「江浙提擧任皇宣。同里同僚尙仲賢。」所證與尙仲賢爲同時人。所著雜劇五種。曰陶學士醉寫風光好。曰柳耆卿詩酒翫江樓。曰關大王三捉紅衣怪。曰宮調風月紫雲亭。曰伯渝泣杖。前一種傳。後四種不傳。太和正音譜評其曲曰：「如荷花映水。」

【戴王訪雪】雜劇名。正題憶故人戴王訪雪。明人程士廉撰。爲小雅堂樂府之一。劇品謂此劇：「南

北四折。四時之樂。何必在酒。乃每曲以酣飲絕勝乎。訪戴一出。略有點綴。終不得爲俊雅之調。」一

【聶兜姜】　見唄吶條。

【聶隱娘】　㈠傳奇名。唐人裴鉶撰。寫聶鋒女隱娘十歲隨尼入山。下嫁磨鏡少年事。㈡劇中人。唐女俠。魏博大將軍聶鋒之女。方十歲。受劍術於老尼。能刺虎豹。仗義行俠。殺人於市而不爲人見。及長。嫁磨鏡少年。元和間。夫婦赴許。事節度使劉悟。後不知所終。見黑白衛條。

【獿】　禮樂記：「獿雜子女。」

【獿雜子女】　見生旦淨丑條。

【簫韶】　虞舜樂也。書益稷：「簫韶九成。鳳皇來儀。」傳：「韶舜樂名。言簫見細器之備。」

【簪花】　戲曲名。淸人洪昇撰。爲四嬋娟四種之一。敍衛夫人事。

【簪花髻】　雜劇名。正題楊升庵詩酒簪花髻。明人沈自徵撰。爲漁陽三弄之一。略謂明楊愼謫戍雲南時。常縱情詩酒。每醉輒乘興題詩妓女衫上。士人爭購其衫。因此。雲南妓女。皆以白練爲衫。歡迎其題詩。一日升庵醉後。借妓女錦衫。頭如侍女作雙丫髻。率翠柳嬌桃二妓出外遊春。路人皆笑以爲狂。升庵泰然不顧。暢賞春景。賦詩題妓女白衫上。興盡而散。

【繞梁】　喻歌音之高抗迴旋也。列子湯問：「昔韓娥東之齊。匱糧。過雍門。鬻歌假食。既去。而餘音繞梁欐。三日不絕。」一

【繞池遊】　曲牌名。南曲入商調引。管色配六字調或凡字調。

【禰衡】　劇中人。字正平。東漢平原人。生於漢靈帝熹平二年。卒於獻帝建安三年。年二十六歲。少有才辯。而尙氣傲物。惟與孔融、楊修善。曹操欲見之。稱狂不肯往送。至劉表處。後又侮慢於表。表不能容。知江夏太守黃祖性急。送之往。祖待之甚善。有人選鸚鵡於祖子射。請衡作賦。衡執筆運書。文不加點。辭采甚麗。後祖在船會賓客。衡出言不遜。祖耐。卒殺之。射徒跣來救。已不及。見禰正平、漁陽三弄二分條。

【禰正平】　㈠雜劇名。明人淩濛初撰。劇品謂此劇：「北一折。漁陽弄之傳正平也以怒罵。此劇之傳正平也以嬉笑。蓋正平所處之地之時不同耳。」㈡禰衡條。

【擲盃記】　傳奇名。明人許經撰。

【擲笏諫】　雜劇名。正題褚遂良擲笏諫。元人趙善慶撰。

【鞭歌妓】　雜劇名。正題傻狂生番臉鞭歌妓。明人沈自徵撰。為漁陽三弄之一。演裴寬贈妓張建封事。略謂唐張建封。少時落魄江湖。客隱淮泗之間。嘗遇禮部尚書裴寬。偕二家伎還朝之船。尚書奇之。邀至舟中款待之。建封敝衣破帽。意氣昂然。縱談古今。罵世俗名利齷齪。尚書傾倒不置。即以一船金帛及二歌妓與之。建封一諾無辭。主客易位。因命歌妓為尚書奏樂侑酒。歌妓輕視之。不從其命。乃舞劍驚之。且命從者鞭之。尚書遂棄舟與一僕上陸行。建封載二妓。悠然作別而去。中國近世戲曲史

【鞭打單雄信】　雜劇名。正題尉遲恭鞭打單雄信。元明間無名氏撰。

【薩眞人白日飛昇】　雜劇名。明代無名氏撰。

【薩眞人夜斷碧桃花】　見碧桃花條。

【謳】　㈠歌也。楚辭大招：「謳和楊阿」注：「徒歌曰謳。」㈡齊地之歌。御覽引古樂志：「齊歌曰謳。」

【謾】　古方言。猶徒也。空也。瞞也。例如霍光鬼諫「於家謾劬勞。為國空生受。」謾與漫互文。猶瞞也。關拜月亭：「且看這脫身術。謾過這打家賊。」謾過猶云瞞過也。

【瞅】　古方言。北人謂怒目相視為瞅。例如西廂記：「瞅一瞅教古都都翻海波。唾一唾教廝琅琅震山巖。」

【藉】　古方言。猶顧也。例如范張雞黍：「寸心酸。五情裂。咱功名不藉。」言已不顧功名也。又如關拜月亭：「如今索支持。如何迴避。藉不的那羞共恥。」言顧不的羞恥也。

【懣】　古方言。猶你們我們之們也。例如董西廂：「那時謊殺賊陣裏。兒郎懣眼不札。道這禿廝好交加。」兒郎懣。即兒郎們也。

【颩】　古方言。猶抛也。丟也。例如西廂記：「待颩下教人怎颩。赤緊的情沾肺腑。意染肝腸。」言抛不下也。字亦作㴖。例如魔合羅：「㴖一箇瓦塊兒在虛空裏。怎生住的。」言抛一塊也。字亦作樣。例如張協狀元戲文：「是事一齊瞥樣。桃取被包兩具。度嶺涉長川。」言凡事一齊抛棄也。

【顋子】　古方言。即腦門也。

【韞玉】　見袁于令條。

【簡民】　見黎簡條。

【軀老】古方言。猶云身軀也。身段也。例如爭報恩：「怎覷那喬軀老。屈脊低腰。款挪步輕抬脚。」又如董西廂：「東傾西側的做些腌軀老。」

【騎吹】古時鼓吹之列於鹵薄之間於馬上奏之者。謂之騎吹。

【鬆寬】古方言。即富裕也。

【瞿頡】淸代戲曲家。著有傳奇鶴歸來、雁門秋二種。

【顏以泰】淸代戲曲家。著有傳奇五香毬一種。曲考入無名氏目。

【禱河冰】傳奇名。淸人羅小隱撰。

【寧香園】傳奇名。淸人高弈撰。

【嬾畫眉】曲牌名。南曲入南呂宮。管色配六字調或凡字調。

【豐樂樓】傳奇名。淸人蒼山子撰。

【蹦蹦戲】地方戲之一種。流行於平津冀東一帶。至其起源。說者不一。李家瑞北京俗曲略、阿英蹦蹦戲雜說皆以爲起自評書。故蹦蹦戲又曰評戲或評劇。想阿寶蹦蹦落子評戲以爲起自秧歌。魯男子我亦談談蹦蹦戲以爲起自灤州影戲。洪深談蹦蹦戲以爲起自灤州驢子會。衆說紛紜。莫衷一是。齊如山則以爲起自採棉歌。其言曰：「原爲平東樂亭一帶民間採棉時所唱之民歌。後又聚集幾人化粧上臺表演。因其太傷風化。政府機構特下令禁止。後來張作霖到北平。乃變名奉天落子。才又准其上演。上海則名評戲。」

【轆軸退皮】古方言。猶云意外之事也。可怪之事也。按此爲隱喩語。轆軸以鐵或木爲之。蓋無皮可退也。

【鷄鳴度關】雜劇名。正題孟嘗君鷄鳴度關。元人庾天錫撰。

【舊編南九宮譜】書名。明人蔣孝編。有鄭振鐸影印本。

【鯁直張千替殺妻】見替殺妻條。

【謨觴閣破愁四劇】戲曲別集名。周元公撰。焦循劇說：「元公作。謂酒色財氣也。沈酒者酒化血。宣淫者女化骷髏。慳恡者銀化紙錠。健訟行賄者囚化木。事可能頤。詞頗醒世。」

【鵠奔亭蘇娥自許嫁】雜劇名。元明間無名氏撰。

【覆元槧古今雜劇三十種】戲曲選集名。共收雜劇三十種。曰關張雙赴西蜀夢。曰詐妮子調風月。曰關大王單刀會。曰閨怨佳人拜月亭。曰泰華山陳搏高臥。曰馬丹陽三度任風子。曰尉遲恭三奪槊。曰漢高皇濯足氣英布。曰楚昭王踈者下船。曰看錢奴買寃債主。曰公孫汗衫記。曰薛仁貴衣錦還鄉。曰李太白貶夜郎。曰風月紫雲亭。曰蕭何追韓信。曰趙氏孤兒。曰輔成王周公攝政。曰好酒趙元遇上皇。曰陳季卿悟道竹葉舟。曰東窗事犯。曰霍光鬼諫。曰張鼎智勘魔合羅。曰晉文公燒介子推。曰散家財天賜老生兒。曰死生交范張雞黍。曰岳孔目借鐵拐李還魂。曰嚴子陵垂釣七里灘。曰張千替殺妻。曰諸葛亮博望燒屯。曰小張屠焚兒救母。

十九畫

【關目】　戲界行話。乃情節之義。亦作關子。

【關羽】　劇中人。三國蜀漢解人。字雲長。本字長生。美鬚髯。有膽力。好讀春秋。與張飛同從先主。恩若兄弟。初守下邳。爲曹操所敗。先主奔袁紹。而羽爲操所得。待以殊禮。拜偏將軍。袁紹攻操急。羽斬紹勇將顏良以報。操表封漢壽亭侯。賞賚益厚。嗣羽聞先主在紹軍。乃盡封曹所賜往從。先主既定西蜀。羽留督荆州。大破曹仁於樊。斬龐德。擒于禁。覆其七軍。威震華夏。後孫權。使呂蒙襲破荆州。羽及子平皆遇害。追謚壯繆。宋代及明清皆有封謚。民國初與岳飛合祀。見西蜀夢、單刀會、千里獨行、義勇辭金各分條。

【關山怨】　雜劇名。正題楚江樓月夜關山怨。別作謝瓊雙千里關山怨。元人武漢臣撰。

【關公髯】　髯口名。亦稱五綹。專備關公使用。他髯無五綹者。

【關盼盼】　㈠劇中人。唐徐州妓。張尚書建封妾。善歌舞。又工詩。張歿。盼盼獨居張氏舊弟燕子樓。歷十餘年不嫁。白居易贈詩諷其死。盼盼得詩。泣曰：「妾非不能死。恐後世以我公重色。有從死之妾。玷淸範耳。」乃和白詩。旬日不食而卒。㈡見燕子樓條。

【關漢卿】　元代初期戲曲家。號已齋叟。大都（今北平）人。金末解元。以曲名。與馬致遠、鄭光祖、白樸稱元曲四大家。所著雜劇。見於太和正音譜者凡六十三種。其詞多汪洋肆恣。感慨蒼涼。曰關大王單刀會。曰關張雙赴西蜀夢。曰閨怨佳人拜月亭。曰詐妮子調風月。曰感天動地竇娥寃。曰杜蕊娘智賞金線池。曰望江亭中秋切鱠旦。曰溫太眞玉鏡台。曰趙盼兒風月救風塵。曰錢大尹智勘緋衣夢。曰錢大尹智寵謝天香。曰包制三勘蝴蝶夢。曰包待制智勘魯齋郎。曰狀元堂陳母教子。曰劉夫人慶賞五侯宴。曰山神廟裴度還帶。曰鄧夫人苦痛哭存孝。曰崔鶯鶯待月西廂記。（第五本。）曰唐明皇啓瘞哭香囊。曰風流孔目春衫記。曰孟良盜骨。曰呂蒙正風雪破窰記。曰唐太宗哭魏徵。曰風流郎君三負心。曰老女婿金馬玉堂春。曰徐夫人雪恨萬花堂。曰荒墳梅竹鬼團圓。曰風雪賢婦雙駕車。曰柳花亭李婉復落娼。曰秦少游花酒惜春堂。曰太常公主認先皇。曰請退軍勾踐進西施。曰昇仙橋相如題柱。曰甲馬營降生趙太祖。曰金花交鈔三告狀。曰劉盼盼鬧衡州。曰盧亭亭挑水澆花旦。曰曹太后死哭劉夫人。曰薄太后走馬救周勃。曰宋上皇御斷姻緣簿。曰魯元公主三啖赦。曰呂無雙銅瓦記。曰晏叔原風月鷓鴣天。曰雙提屍鬼報汴河寃。曰開封府蕭王勘龍衣。曰醉娘子三撇衣。曰隋煬帝牽龍舟。曰武則天肉醉王皇后。曰漢元帝哭昭君。曰丙吉教子立宣帝。曰楚雲公主酹江月。曰翠華妃對玉釵。曰介休縣敬德降唐。曰劉夫人救啞子。曰金谷園綠珠墜樓。曰漢匡衡鑿壁偷光。曰沒興風雪瘸馬記。曰蘇氏進織錦回文。曰董解元醉走柳絲亭。曰白衣相高鳳漂麥。曰終南山管寧割席。曰萱草堂玉簪記。曰月落江梅怨。曰屈勘宣華妃。曰風雪狄梁公。曰孫康映雪。曰藏鬮會。前十八種傳。其他皆不傳。太和正音譜評其曲曰：「如瓊筵醉客。」任訥曲諧：「漢卿作劇六十餘。本爲古今作品最豐。流品最著之曲家。乃文字而外。復身任聲容。成爲我家生活。可見曲之爲藝。果欲盡之。非兼文聲容三端如漢卿者。不足爲第一流曲家矣。」見關馬鄭白條。

【關岳交代】雜劇名。明人凌星卿撰。劇品謂此劇：「南北四折。關壯繆岳武穆生平。大略相類。但謂其一爲天尊。一爲天將。交代如人間常儀。則見屬俚穉。惟勘檜卨一案。或可步曇花後塵。」

【關馬鄭白】元人樂府。盛稱關、馬、鄭、白。關爲關漢卿。馬爲馬東籬。鄭爲鄭德輝。白爲白仁甫。四家之詞。直如鈞天韶武之音。後之作者。不易及也。王國維宋元戲曲史謂：「元代曲家。自明以來。稱關、馬、鄭、白。然以其年代及造詣論之。寧稱關、白、馬、鄭爲妥也。關漢卿一空倚傍。自鑄偉詞。而其言曲盡人情。字字本色。故當爲元人第一。白仁甫馬東籬高華雄渾。情深文明。鄭德輝淸麗芊緜。自成馨逸。均不失爲第一流。以唐詩喻之。則漢卿似白樂天。仁甫似劉夢得。東籬似李義山。德輝似溫飛卿。以宋詞喩之。則漢卿似柳耆卿。仁甫似蘇東坡。東籬似歐陽永叔。德輝似秦少游雖地位不必同。而品格則略相似也。明寧獻王曲品。躋馬致遠於第一。而抑漢卿於第十。其實非篤論也。」

【關大王單刀會】 見單刀會條。

【關張雙赴西蜀夢】 見西蜀夢條。

【關雲長千里獨行】 見千里獨行條。

【關雲長古城聚義】 雜劇名。元明間無名氏撰。

【關雲長大破蚩尤】 見大破蚩尤條。

【關雲長義勇辭金】 見義勇辭金條。

【關大王三捉紅衣怪】 見紅衣怪條。

【關大王月下斬貂蟬】 見斬貂蟬條。

【關大王獨赴單刀會】 南戲名。元代無名氏撰。宦門子弟錯立身戲文中輯錄此目。

【關盼盼春風燕子樓】 見燕子樓條。

【關雲長單刀劈四寇】 見單刀劈四寇條。

【羅本】 明代前期戲曲家。字貫中。號湖海散人。浙江錢塘人。一作廬陵人。賈仲明錄鬼簿續編曰：「與人寡合。與余爲忘年交。遭時多故。各天一方。至正甲辰復會。別來六十餘年。竟不知其所終。」所著小說最豐。有三國演義、隋唐西朝志傳、殘唐五代史演義、三遂平妖傳、水滸傳、（又有題施耐菴撰。羅貫中纂修者。明金聖歎則斷爲自七十回後、羅貫中所續。）盛傳於世。所著雜劇。有宋太祖龍虎風雲會、三平章死哭蜚虎子、忠正孝子連環諫等三種。前一種傳。後二種不傳。

【羅小隱】 淸代戲曲家。著有傳奇禱河冰一種。

【羅夫醮】 傳奇名。淸人李玉撰。

【羅江怨】 曲牌名。南曲入南呂宮。管色配六字調或凡字調。

【羅衫合】 傳奇名。淸人劉方撰。

【羅步底】 燕樂大曲名。

【羅李郎】 雜劇名。正題羅李郎大鬧相國寺。元人張國賓撰。演善士羅李郎撫友人子女。爲惡僕所欺。歷經波折。終得骨肉團聚事。按郎本姓李。名玉。字和之。因幼時曾織造羅緞爲生。後又入贅羅氏。故咸以羅李郎呼之。

【羅浮夢】 ㈠雜劇名。明人徐羽化撰。劇品謂此劇

：「北一折。句中冷然有致。詞甚雅。或不妨韻雜。」(二)傳奇名。清人宋鳴珂撰。

【羅袍歌】 曲牌名。南曲入仙呂宮。管色配小工調或尺字調。

【羅帶兒】 曲牌名。南曲入南呂宮。管色配六字調或凡字調。

【羅惜惜】 南戲名。元代無名氏撰。南戲拾遺輯錄此目。

【羅鼓令】 曲牌名。南曲入南呂宮。管色配六字調或凡字調。

【羅羅腔】 羅羅腔為數板曲一類。用嗩吶吹奏。即每唱完一句。始響樂以間之。李斗揚州畫舫錄云：「湖廣用羅羅腔。」其源蓋出於南方梆子。故又名南羅腔。

【羅囊記】 見香囊記條。

【羅帳裏坐】 曲牌名。南曲入越調。管色配六字調或凡字調。

【羅敷採桑】 戲曲名。清人石韞玉撰。為花間九奏之一。

【羅公遠夢斷楊貴妃】 見楊貴妃條。

【羅李郎大鬧相國寺】 見羅李郎條。

【羅妙娟恨題卜算子】 雜劇名。明代無名氏撰。

【韻】 謂音相和也。亦稱詩賦協韻之字曰韻。吳梅云：「唐人詩韻。約以六條。一曰穿鼻。東、冬、江、陽、庚、青、蒸七韻是也。二曰展輔。支、微、齊、佳、灰五韻是也。三曰斂脣。魚、虞、蕭、肴、豪、尤六韻是也。四曰抵齶。眞、文、元、寒、刪、先六韻是也。五曰直喉。歌、麻二韻是也。六曰閉口。侵、覃、鹽、咸四韻是也。凡三十平聲已盡於此。古今韻學。離合遞變。原其大略。不外於斯。」

【韻甫】 見黃燮清條。

【韻珊】 見黃燮清條。

【韻紐】 即構成字音之原素也。類聚疊韻之文。取一字以為標目曰韻。如東、冬、江、陽是也。類聚雙聲之字。取一字以為標目曰紐。如見、溪、群、疑是也。

【韻補】 書名。凡五卷。宋人吳棫撰。

【韻集】 書名。凡五卷。晉人呂靜撰。其韻以宮、商、角、徵、羽、分類。已開後世四聲之漸。

【韻會】 見古今韻會條。

【韻脚】 詩賦每一聯句末所揷之韻。謂之韻脚。

【韻學】 謂音韻之學也。有今韻古韻等韻之分。見上列各分條。

【韻府羣玉】 書名。凡二十卷。宋人陰時夫撰。

【韻會小補】 書名。凡三十卷。明人方日升撰。

【韻語陽秋】 書名。凡二十卷。宋人葛立方撰。

【韻學驪珠】 書名。淸人沈乘麐撰。本書陰陽淸濁。分析頗爲詳盡。爲研究南北曲韻者所必備之書。有上海校經山房石印本。

【癡大】 脚色名。朝野僉載謂。散樂高崔嵬善弄癡大。金院本名目。有呆木大。木大疑即唐之癡大。又與副靖對舉。其爲脚色。無可疑也。

【癡掙】 古方言。猶云發噤或發怔也。例如馮玉蘭：「不由我不喪膽銷魂忽地驚。渾如痴掙。」亦作寱掙。例如倩女離魂：「這的唵娘的弊病。要打滅醜聲。佯做個寱掙。」亦作譫掙。例如氣英布：「眼睜睜慢打回合。氣撲撲重添譫掙。」亦作囈掙。例如梧桐雨：「我恰待行。打個囈掙。」亦作意掙。例如喬斷鬼：「猛兒個碑亭似大漢。諕的我打了個意掙。」

【癡冤家】 曲牌名。南曲入南呂宮。管色配六字調或凡字調。

【癡情種】 傳奇名。淸人文漣閣主撰。

【癡情譜】 傳奇名。淸人張大復撰。

【癡野詞憨】 淸代戲曲家。著有傳奇酣情盼一種。

【癡和尙街頭笑布袋】 見續離騷條。

【龐兒】 古方言。臉龐也。例如施惠拜月亭：「近日龐兒瘦成勞怯。莫不是又傷夏月。」又如長生殿：「差殺咱掩面悲傷。救不得月貌花龐。」燕子箋：「幾時相會在巫山。龐兒畫一般。」

【龐涓】 劇中人。戰國魏人。與孫臏同學兵法於鬼谷子。仕魏爲將軍。初以嫉臏之能。設計召臏刖其足。後魏齊構兵。臏爲齊軍師。困涓於馬陵。涓智窮。自刎死。見馬陵道條。

【龐蘊】 劇中人。唐衡陽人。元和中北遊襄陽。因家焉。字道元。以舟盡載珍寶數萬。沈之湘流。與室修行。世稱龐居士。見兩生天、來生債各分條。

【龐掠四郡】 雜劇名。正題楚鳳雛龐掠四郡。元明間無名氏撰。

【龐涓夜走馬陵道】 見馬陵道條。

【龐居士誤放來生債】 見來生債條。

【懷躭】 古方言。即懷胎也。

【懷琳】 見顧瑾條。

【懷鼓】樂器名。徑約六七寸。置於膝上敲之。

【懷沙記】傳奇名。淸人張堅撰。演屈原沈江事。爲玉燕堂四種曲之一。梁枏曲話：「金陵張漱石懷沙記依史記屈原列傳而作。文詞光怪。全部楚詞。隱括言下。著騷、大招、天問、山鬼、沉淵、魂游等折。皆穿貫本書而成。詢曲流中巨觀也。」李調元雨村曲話：「懷沙撮合國策而成。堪稱曲史。」

【懷芳記】書名。凡一卷。淸人蘿摩庵老人撰。有古今說部叢書所收本。香艷叢書所收本。

【懷香記】傳奇名。凡四十齣。明人陸采撰。演晉賈充女與其父之幕僚韓壽私通。偷名香與之。爲父所覺。遂許二人結婚事。沈鯨靑瑣條註云：「古有懷香記。不存。」

【懷益傳】雜奇名。明代無名氏撰。

【瓊山】見邱濬條。

【瓊花女】南戲名。元代無名氏撰。趙景深宋元戲文本事、沈伯明南詞新譜輯錄此目。沈璟南九宮譜中僅存殘文一曲。

【瓊花記】傳奇名。明人史槃撰。

【瓊花夢】傳奇名。淸人龍燮撰。

【瓊花女船浪舉臨江驛內再相會】南戲名。元代無名氏撰。宦門子弟錯立身戲文中輯錄此目。元雜劇有臨江驛瀟湘秋夜雨。不知是否一事。

【瀟灑】古方言。猶云淒涼也。例如莊周夢：「試看咸陽原上麒麟塚。都一般瀟湘月明中。」倩女離魂：「不爭他江上停舟。幾時得門庭過馬。悄悄冥冥。瀟瀟灑灑。」

【瀟湘雨】雜劇名。正題臨江驛瀟湘夜雨。元人楊顯之撰。演崔甸士負心改娶。並刺配其未婚妻張翠鸞。巧遇翠鸞父張商英。爲之申理。乃得重諧事。略謂宋諫議大夫張商英。字天覺。以權奸高求、楊戩、童貫、蔡京等苦害黎庶。累諫不從。反爲所讒。謫官江州。携女翠鸞偕行。渡淮覆舟。父女相失。翠鸞爲漁父崔文遠救歸。收爲義女。文遠之姪甸士。將應舉。來辭。文遠見其年貌與翠鸞相若。遂許爲夫婦。約以成名後即來相迎。甸士得第。主司趙錢友以女妻之。甸士不辭。授秦川縣令。携趙女赴任。翠鸞聞甸士得官。日望其來迎。久候不至。因隻身往秦川覓之。甸士既負心。而趙女復悍妬。翠鸞至。甸士誣爲逃婢。刺配沙門島。商英落水時。亦以救脫。至是已歷官至天下提刑廉訪使。賜上方劍。得便宜行事。與翠鸞相遇於臨江驛。時值大雨。翠鸞飢餓啼哭。驚動商英。拘之訊問。乃其女也。因問何以至此。翠鸞具道其詳。商英聞言大慟且怒。乃親詣秦川。縛佃士及趙女。數其罪。將殺之。適文遠至。力救獲免。翠鸞自念無改適理。復請於父。還佃士官。與俱之任。而以趙女爲侍妾焉。（現存元人雜劇本事考）後人仿此作江天雪。改崔通曰崔君瑞。張商英曰蘇尚書。秋雨相遇於臨江驛曰冬雪完聚於江天驛云。又馬連良本此演臨江館平劇。

【瀟湘八景】　雜劇名。元人沈和撰。按宋人以瀟湘風景寫平遠山水八幅。時稱瀟湘八景。

【瀟湘夜雨】　見瀟湘雨條。

【鏡中人】　傳奇名。淸人周坦倫撰。

【鏡中花】　傳奇名。明人季雨商撰。

【鏡光緣】　傳奇名。淸人徐榆邨撰。

【鏡花亭】　戲曲名。淸人廖燕撰。紫舟別集四種之一。敍廖燕遇一老者。引入家中。其女文觭嗜讀書。案頭有他的二十七松堂集。並拜他爲師。

【麒麟夢】　傳奇名。淸人張異資撰。

【麒麟四剡】　傳奇名。明人陳與郊撰。爲詅癡符四種之一。按此劇係根據張午山之雙烈記改作者。

【麒麟種】　傳奇名。淸人李玉撰。

【麒麟閣】　傳奇名。淸人李玉撰。演秦瓊事。與正史多不合。按唐書。秦瓊等圖形凌烟閣。不云麒麟閣也。

【證本】　見正本條。

【證候】　古方言。卽症候也。病狀也。

【證無爲太平仙記】　見太平仙記條。

【離摘】　古方言。猶云脫離也。例如救孝子楔子：「可正是目下農忙難離摘。我也幾度徘徊無削劃。」又如張生煮海：「猛地裏難回避可教人怎離摘。」

【離魂記】　見倩女離魂條。

【離幻老人】　淸代戲曲家。著有傳奇添繡鞋一種。

【離亭宴煞】　曲牌名。北曲入雙調。管色配乙字調或正工調。

【離亭燕帶歇指煞】　曲牌名。北曲入雙調。管色配乙字調或正工調。

【麗春堂】　雜劇名。正題四丞相歌舞麗春堂。元人王德信撰。演金右相樂善以御宴失儀被謫閒居。後起復招撫群寇。並與致樂善失儀之監軍使李圭言歸於好事。略謂蕤賓令節。金帝賜群臣御園射柳。射中者賞。連中三矢者。賜錦袍玉帶。有監軍使李圭。斗筲器也。以諂得顯官。馳騎爭先。不能獲雋。

右丞相樂善。連中三矢。受賜袍帶。圭慚而退。射畢。賜宴香山。圭欲以雙陸取勝。圭出入寶珠。善出寶劍。善復勝圭。圭慚甚。必欲勝善。且言若勝。則搽善黑臉以雪恥。善謂此非大臣所爲。因是相詬詈。遂毆圭。押宴官左丞相徒單克寧以情奏。詔謫善濟南閒住。善乃欣然別妻子。居於濟南。唯以山水自娛。披簑戴笠。持竿垂釣。濟南尹重其清高。常携樽就飲。後值土寇擾民。起善招撫。歸見妻子。鬢髮已蒼。出軍未幾。賊皆安戢。詔旨嘉獎。就其第麗春堂賜群臣宴賀。令圭詣善謝罪。圭負荆伏地。善扶之起。邀同暢飲。人咸服其雅量云。現存元人雜劇本事考

【麗春園】㈠雜劇名。正題詩酒麗春園。元人王德信撰。㈡雜劇名。正題黑旋風詩酒麗春園。元人高文秀撰。㈢雜劇名。正題黑旋風詩酒麗春園。別作蘇小卿麗春園。元人庾天錫撰。

【麗鳥媒】傳奇名。清人池樹人撰。南詞新譜輯錄此目。

【穩】古方言。㈠猶忍耐也。例如神奴兒：「我見他兩次三番如喪神。早難道肋底揷柴自穩。」肋底揷柴。猶云難忍之事。自穩。猶云自忍也。㈡猶云安頓也。例如酖江亭：「將那先生穩在那酒店裏。我騎着風也似快馬。來到這荒郊野外。」言將那先生安頓在那酒店裏也。㈢猶云隱瞞也。例如董西廂：「思量又不當口兒穩。如還抵死的着言支對。教你手托着東牆。我直打到肯。」口兒穩。猶言隱瞞不言也。

【穩便】古方言。猶云請便也。例如兩世姻緣：「將羅袖捲。香醪勸。請學士官人穩便。」此勸酒時語。猶云請你隨便飲也。東坡夢：「正末云。貧僧告睡去了。東坡云。禪師請穩便。」此離別時語。猶云禪語請睡可也。

【繩妓】走索獻藝之妓。亦名高絚伎。

【繩戲】走繩之戲也。晉書樂志：「後漢天子受朝賀。舍利從西來。戲於殿前。以兩大繩兩往頭。相去數丈。兩倡女對舞。行於繩上。相逢切肩而不傾。」亦作儛絙。東漢張衡西京賦：「走索上而相逢。」注云：「索上。長繩係兩頭於梁。舉其中央。兩人各從頭上交相度。所謂儛絙者也。

【贈板】所謂贈板。即增加之板。此南曲專用名詞也。

【贈書記】傳奇名。無名氏撰。趙景深小說戲曲新

考云：「這本傳奇的文字。還不十分壞。駢儷的現象也極少。看第十六齣。遑雄落草。屢用普天樂。並有「濟濟蹌蹌」之語。我疑心這是受了梁辰魚浣紗記的影響。因無駢儷傾向。故又知距浣紗記時代當不甚近。果爲此說。則贈書該是萬曆年間的作品了。」

【鵲踏枝】曲牌名。北曲入仙呂宮。管色配小工調或尺字調。

【鵲橋仙】曲牌名。南曲入仙呂宮引。管色配小工調或尺字調。

【蟾宮曲】曲牌名。北曲入雙調。管色配乙字調或正工調。

【蟾蜍佳偶】雜劇名。明人傳一臣撰。爲蘇門嘯卷十一。

【藤花主人】見梁廷枏條。

【藤花亭曲話】見曲話條。

【鏜兒】樂器名。鑄銅如小盤。徑約二三寸。邊穿二孔。繫之以繩。以小木板擊之發聲。其較大者。名曰小鑼。

【瀛府】南宋大曲名。入正宮調。南宋官本雜劇二百八十種之中。有索拜瀛府、厚熱瀛府、哭骰子瀛府、醉院君瀛府、懊骨頭瀛府、賭錢望瀛府六本。宋史樂志及文獻通考教坊部十八調中。正宮南呂宮中。均有瀛府大曲。陶宋儀輟耕錄載宋金院本名目六百九十種之中。有列良瀛府一本。

【蹴毬】古代雜戲名。猶今之足球。亦作蹴踘庭。

【難當】古方言。(一)猶云戲耍也。例如玉壺春：「我去那錦被裏舒頭作耍。紅裙中插手難當。」又如㑳梅香：「請學士休心勞意攘。俺小姐則是作耍難當。」(二)猶云使氣也。例如風月紫雲庭：「他如今難當。日寫在招兒上。相公試參詳。這的喚功名紙半張。」按劇情。此爲韓楚蘭見靈春馬之父時語。言他如今使氣了。寧爲伶人。伶人姓名日寫在招紙上。亦儼然功名紙半張也。

【薲漁】見沈起鳳條。

【鏗鎗】樂器聲。漢書禮樂志：「但能紀其鏗鎗鼓舞。」鎗亦作鏘。風俗通聲音：「漢興。制氏世掌大樂。頗能紀其鏗鏘。而不能說其義。」

【繫人心】曲牌名。南曲入越調。管色配六字調或凡字調。

【翳子生】見老生條。

【廬山會】淸人蔣士銓撰。

【顧成雙】曲牌名。北曲入黃鐘宮。管色配六字調或凡字調。

【騙英布】雜劇名。正題運機謀隨何騙英布。元明間無名氏撰。

【犢鼻褌】傳奇名。清人李棟撰。

【璿璣錦】雜劇名。清人孔廣林撰。敍蘇蕙回文詩事。

【鵪鶉兒】曲牌名。北曲入南呂宮。管色配六字調或凡字調。

【獺鏡緣】傳奇名。清人張大復撰。

【譚鑫培】人名。清黃坡人。名金福。以字行。父為京劇伶。有叫天子之號。鑫培紹其業。世因呼為小叫天。習老生。音調柔醇。自成一家。效之者號為譚派。清季供奉內廷。聲名藉甚。

【藝苑巵言】書名。凡一卷。明人王世貞撰。有弇州四部稿所收本。清刻馮可賓輯廣百川學海所收本。書名改為曲藻。

【鵬飛處人】見徐渭條。

【顛倒因緣】雜劇名。明人淩濛初撰。

【譙國夫人】見洗夫人條。

【辭凰得鳳】雜劇名。亦名女狀元。正題女狀元辭凰得鳳。明人徐渭撰。為四聲猿之第四種。演黃使君女春桃。易名崇嘏。改粧應舉。名魁金榜事。

【繪訴琵琶】戲曲名。清人廖燕撰。為柳舟別集四種之一。

【壞盡風光】雜劇名。正題疏郎君壞盡風光。元人李直夫撰。

【邊洞玄慕道昇仙】見洞玄昇仙條。

【識英雄紅拂莽擇配】見莽擇配條。

【讖貨賂魯褒錢神論】見錢神論條。

【類聚名賢樂府羣玉】書名。凡五卷。元人胡存善編。此為元人散曲小令之選集。有民國二十年任訥輯上海中華書局排印之散曲叢刊所收本。

二十畫

【蘇武】劇中人。漢杜陵人。字子卿。武帝時。以中郎將使匈奴。單于脅降。不屈。被幽。置大窖中。齧雪呑旃。徙北海。使牧羊。仍仗漢節。留十九年。昭帝與匈奴和親。乃還。拜典屬國。宣帝立。賜關內侯。圖形麒麟閣。

【蘇秦】 劇中人。戰國洛陽人。字季子。師鬼谷子。習從橫家言。初說秦惠王不用。乃往說齊、楚、燕、趙、韓、魏。使合從以抗秦。得並相六國。爲從約長。秦兵不敢窺函谷關者十五年。後客於齊。齊大夫使人刺殺之。見金印記、凍蘇秦兩分條。

【蘇軾】 劇中人。宋眉山人。洵子。轍兄。字子瞻。嘉祐進士。直史館。王安石倡行新法。軾上書神宗。痛陳不便。以是忤安石。出知杭州。歷徙湖州、黃州、惠州。貶瓊州。居黃州時。築室東坡。因號東坡居士、哲宗召還。累官至端明殿侍讀學士。卒諡文忠。軾爲文涵渾奔放。詩亦清疏雋逸。又善書。兼工畫。著有易書傳、論語說、仇池筆記、東坡志林、東坡全集、東坡詞。見金蓮記、赤壁遊、謁府帥、貶黃州、東坡夢各分條。

【蘇小妹】 劇中人。俗傳宋蘇洵（字明允號老泉）有女。爲軾（東坡）之妹。稱爲蘇小妹。嫁爲秦觀（少游）妻。傳奇彙考有眉山秀一劇。卽演小妹嫁少游事。內云：「蘇老泉與黃山谷（庭堅）同作繡球花詩。老泉詩未成。其女小妹爲續完半首。山谷大加稱賞。因爲秦少游議親。花燭之時。出題三難。然後成婚。」惟世俗所傳。及劇本所演。不免出於傳會。見眉山秀條。

【蘇門嘯】 戲曲別集名。明人傅一臣撰。共收雜劇十二種。曰買笑局金。曰賣情紮囤。曰沒頭疑案。曰截舌公招。曰智賺還珠。曰錯調合璧。曰賢翁激壻。曰死生寃報。曰義妾存孤。曰人鬼夫妻。曰蟾蜍佳偶。曰鈿盒奇姻。按蘇門嘯者。以其作於姑蘇也。

【蘇祇婆】 人名。隋書音樂志：「周武帝時。有龜茲人。曰蘇祇婆。從突厥皇后入國。善琵琶。聽其所奏。一均之中。間有七聲。因而問之。答曰。父在西域。稱爲知音。代相傳習。調有七種。以其七調。勘校七聲。冥若合符。」

【蘇亭記】 雜劇名。明代無名氏撰。

【蘇復之】 明代戲曲家。生卒年不詳。約成化中葉在世。工詞兼曲。著有傳奇金印記（一名黑貂裘又名合縱記）一種。

【蘇爾奈】 見嗩吶條。

【蘇漢英】 明代戲曲家。生卒年不詳。約萬曆中葉在世。工曲。著有傳奇呂眞人黃粱夢境記一種。傳于世。

【蘇幕遮】 曲牌名。北曲入黃鐘調隻曲。

【蘇九淫奔】雜劇名。正題慶豐門蘇九淫奔記。明代無名氏撰。

【蘇武持節】見蘇武還鄉條。

【蘇武還鄉】雜劇名。正題持漢節蘇武還鄉。別作英雄士蘇武持節。元人周文質撰。

【蘇秦還鄉】見凍蘇秦條。

【蘇臺奇遘】雜劇名。明人史槃撰。劇品謂此劇：「北六折。叔考見孟子若有伯虎劇。遂奮筆爲之。眞欲壓倒白元耳。北調六齣始此。」

【蘇壻謁墓】雜劇名。明代無名氏撰。

【蘇武牧羊記】南戲名。元代無名氏撰。南詞敍錄南戲百一錄俱錄此目。

【蘇小卿麗春園】見麗春園條。

【蘇秦衣錦還鄉】南戲名。元代無名氏撰。南詞敍錄南戲百一錄俱錄此目。

【蘇氏進織錦回文】見織錦回文條。

【蘇小小月夜錢塘夢】見錢塘夢條。

【蘇小卿月下販茶船】南戲名。元代無名氏撰。永樂大典卷一三九七五、徐渭南詞敍錄俱錄此目。

【蘇子瞻泛月遊赤壁】見赤壁遊條。

【蘇子瞻風雪貶黃州】見貶黃州條。

【蘇子瞻醉寫赤壁賦】見赤壁賦條。

【蘇東坡誤入佛遊寺】雜劇名。元明間無名氏撰。

【蘇東坡夜宴西湖夢】見西湖夢條。

【寶卷】說唱之一種。其體製一如變文。都以七言三言爲多。都以宣揚佛菩薩成道爲主旨。如銷釋眞空寶卷、目蓮救母寶卷等。但亦有非佛教性者。如藍關寶卷（寫韓湘子度韓愈事。）土地寶卷（寫土地菩薩與玉帝鬭法事。）

【寶光殿】雜劇名。正題寶光殿天眞祝萬壽。明代無名氏撰。

【寶妝亭】南戲名。元代無名氏撰。南詞敍錄、宋元戲文本事、南戲百一錄俱錄此目。南九宮譜中僅存殘文一曲。

【寶研緣】傳奇名。淸人呂藥庵撰。

【寶釵記】傳奇名。明人金懷玉撰。

【寶鼎現】曲牌名。南曲入雙調引。管色配乙字調或正工調。

【寶劍記】傳奇名。明人李開先撰。演林冲被高俅父子陷害事。蓋借以詆嚴嵩父子耳。顧曲雜言云：「章邱李太常中麓。以塡詞與康王交。而不嫺度曲。如所作寶劍記。生硬不諧。且不知南曲之有入聲。自以中原音韻叶之。以致見誚吳儂。」

【寶曇月】　傳奇名。淸人朱佐朝撰。

【寶文堂書目】　書名。凡三卷。明人晁瑮撰。此書樂府類。包括其所藏雜劇、傳奇、散曲、戲曲選集等類書。頗多珍秘罕見之本。爲明代藏書目中所僅見者。惟惜久已散失不傳。

【寶光殿天眞祝萬壽】　見寶光殿條。

【嚴光】　劇中人。東漢餘姚人。本姓莊。避明帝諱改。一名遵。字子陵。少與光武同遊學。及光武即位。光變姓名。隱居不見。帝思其賢。物色得之。除諫議大夫。不就。歸隱富春山。耕釣以終。後人名其釣處曰嚴陵瀨。見七星灘條。

【嚴助】　劇中人。漢吳人。武帝時。擧賢良。擢爲中大夫。遷會稽太守。時司馬相如、東方朔、枚皋。皆在帝左右。惟助與吾丘壽王見任用。嗣越南王安反。助與王私交。棄市。見漁樵記條。

【嚴嵩】　劇中人。明分宜人。字惟中。弘治進士。由編修官至太子太師。善伺帝意。所言多稱旨。以是專權用事。植黨營私。與子世蕃。肆行姦惡。內外重臣。多被斥戮。御史楊繼盛。劾其十大罪五奸。嵩以他事構殺之。後世蕃爲御史鄒應龍等所劾。伏誅。嵩始被黜爲民。寄食墓舍以死。見鳴鳳記、吉慶圖、寶劍記各分條。

【嚴世蕃】　劇中人。明分宜人。字東樓。嵩子。官至工部左侍郎。貌寢。性陰悍。然頗通國典。明曉時務。且善伺世宗意。每代嵩票擬。無不稱旨。嵩乃以朝事盡委之。由是招權納賄。貪利無厭。後爲鄒應龍所劾。戍雷州。未至即返。益治園亭。肆意淫樂。林潤又劾之。乃論誅。見一棒雪條。

【嚴延中】　淸代戲曲家。字秋槎。雲南昆明人。生卒年不詳。約道光中葉在世。文名馳海內。而淪落不遇。多交文士。與周樂淸尤善。著有雜劇武則天風流案卷、沈媚娘秋窗情話、洛城殿無雙艷福三種。合題秋聲譜。

【嚴保庸】　淸代戲曲家。字伯常。號問樵。丹徒人。生卒年不詳。約道光初年在世。好詩文。尤工曲。著有傳奇紅樓新曲同心言奇花鑑盂蘭夢等。

【嚴子陵垂釣七里灘】　見七星灘條。

【蘆中人】　傳奇名。淸人薛旦撰。演伍子胥事。子胥奔吳至江。漁父渡之。爲子胥取餉。子胥潛身葦中。父來。呼之曰：「蘆中人。蘆中人。豈非窮士乎。」劇名本此。

【蘆花記】　戲曲名。明初舊本。作者不詳。演閔子騫見薄於後母。衣以蘆花事。老子傳：「閔子騫事親孝。後母生二子。衣之絮。衣騫以蘆花。父察知。欲出後母。騫告父曰。母在一子寒。母去三子單。遂不出。其母亦化而爲慈。」

【蘆花絮】　雜劇名。清人唐英撰。爲古柏堂傳奇之一。

【蘆花道人】　見貫雲石條。

【勸義】　見廣寒梯條。

【勸丈夫】　雜劇名。正題歹鬭娘子勸丈夫。元人李直夫撰。

【勸善金科】　傳奇名。清人張照撰。爲內廷七種之一。

【饒】　古方言。猶添也。連也。例如黃粱夢：「客官你好急性也。饒一把兒火者。」饒一把火。猶云添一把火也。西廂記：「猜他窮酸做了新壻。猜俺小姐做了嬌妻。猜那賤人做了饒頭。」饒頭猶云討饒頭也。

【饒戲】　吳梅曲選：「凡整套大曲。前後先將情節佈置妥貼。別塡一二曲者。即饒戲。其功用與北曲中之楔子相同。」

【鐃鈸】　見鈸條。

【鐃歌】　古之凱樂也。辭海：「漢樂。橫吹胡樂。鐃歌兼列於殿庭。橫吹則惟奏於馬上。律以獻功之義。則惟鐃歌足當凱樂也。」

【齣】　雜劇一段謂之一折。傳奇一段謂之一齣。蓋齣與折其義一也。徐渭云：「高則誠琵琶記有第一齣第二齣。考諸韻書。並無此字。必齝（音笞）字之誤也。牛食草而後吐曰齝。似優人入而復出也。」字亦作出。

【齣目】　傳奇每本多至四五十齣。齣數既多。非各立齣目不可。齣目或用二字。或用四字。如牡丹亭第十九齣曰驚夢。琵琶記第十九齣曰糟糠自厭是也。至玉鏡臺之兼用二字與四字。東郭記之採用孟子而長短參差。可謂例外。

【繼光】　見嗣成條。

【繼母大賢】　雜劇名。正題淸河縣繼母大賢。明人朱有燉撰。略謂直隸淸河縣有王謙王義異母兄弟。兄謙爲前妻所生。而弟義則爲後母所生也。父死。繼母育之。兄孝悌謹直。弟素行不修。常與無賴幫閑費達苗畝兩人爲伍。母戒之不聽。後稱改過欲嘗商業。向母索資本。與二幫閑同至山東莒城。又遊蕩將本錢用罄。乃旅店主人催促房金。打殺店主。兄王謙來探弟。知之。自願負其罪。代弟自首。母亦得報。來此處。與二子及二幫閑出法庭。兄弟各爭曰：「殺人者我也。」一判官先使打兄。繼母以身蔽之。謂其無罪。次命打弟。亳不憐惜。則謂彼眞罪人也。請充分責之。判官以爲是必以弟非其親生子。故不憐惜。因問之。悉兄爲前妻之子。而弟則其親生子也。判官感其母之賢。申告上司。表揚母兄。赦弟之罪。投幫閑於獄。（中國近世戲曲史）

【飄瓦】　古方言。猶云虛浮不實也。例如康海代友人宦邸書懷：「論讀書怎可似莊周言飄瓦。」

【飄倒】　戲曲念白中。不分陰陽者謂之飄。不辨尖團者謂之倒。

【闡孝】　見杏花村條。

【闡道除邪】　書名。凡四冊。清代無名氏編。

【黨人碑】　傳奇名。清人邱園撰。此劇取材於宋代史上著名之元祐黨人事件。略謂徽宗朝奸臣蔡京專政。追貶前朝元祐黨人司馬光、蘇軾、文彥博、程頤等諸賢。立黨人碑端禮門。列記其名。以爲奸黨。尙書劉逵論其非。爲蔡京投獄中。劉逵婿謝瓊仙。一日詣酒家豪飲。乘醉過端禮門。見黨人碑。大怒。打碑朴地。因此謝瓊仙被捕入童貫府中拘禁。謝生有結義兄弟俠客傳人龍者。以計騙府中人。救出謝生。相携出城而走。後劉逵得勅旨赦免。率婿謝瓊仙及傳人龍征田虎立功云。（中國近世戲曲史）

【黨金蓮夜月瑤琴怨】　雜劇名。元人張擇撰。

【藺相如】　劇中人。戰國趙臣。趙惠文王得楚和氏璧。楚昭王請以十五城易之。相如奉使。懷璧入秦。見秦王無償城意。乃紿取之。使其從者衣褐懷璧從徑道亡歸趙。而請秦先割城而後奉璧。歸後。拜上大夫。明年趙王會秦王於澠池。秦王欲辱趙王。使趙王鼓瑟。相如亦請秦王擊缻。秦終不能加勝於趙。歸國拜上卿。見藺相如奪錦標名、澠池會二分條。

【藺相如奪錦標名】　雜劇名。明代無名氏撰。

【釋智達】　明代戲曲家。曲海總目提要：「明萬曆間杭州報國寺僧。別號心融。自稱嬾融道人。時又稱爲心師。」

【釋迦佛雙林坐化】　見雙林坐化條。

【獻蟠桃】　雜劇名。正題祝聖壽金母獻蟠桃。明代無名氏撰。

【獻禎祥祝延萬壽】　雜劇名。明代無名氏撰。

【瀗】　古方言。倒也。傾也。潑也。例如竇娥冤：「婆婆。此後遇着冬時年節。月一十五。有瀗不了的漿水飯。瀗半碗兒與我吃。燒不了的紙錢。與竇娥燒一陌兒。則是看你死的孩兒面上。」

【𩁹剝】　見彈包條。

【鹹淡】　脚色名。王國維謂：「樂府雜錄云。武宗朝有曹叔度劉泉水鹹淡最妙。咸通以來。即有范傳康、上官唐卿、呂敬遷三人弄假婦人。如此二句相承。則鹹淡爲假婦人之始。旦之音當由鹹淡之淡出。若作二事解。則鹹淡亦一種脚色。今宋官本雜劇有醫淡、論談二本。或猶鹹淡之略也。」

【鐘越】　見金兆燕條。

【饆饠】　見逼邏條。

【騷人體】　明寧王權所定樂十五體之一。太和正音譜：「嘲譏戲謔。」

【譬似閑】　古方言。猶云沒關係也。例如董西廂：「使些兒譬似閑腌見識。着衫子袖兒掩淚。」一見識即主意。腌見識。猶云壞主意也。

【藻香子】　清代戲曲家。著有傳奇不丈夫一種。

【竇娥冤】　雜劇名。正題感天動地竇娥冤。元人關漢卿撰。演竇娥冤死事。略謂寒士竇天章。有女瑞雲。與蔡婆婆爲養媳。及長。成婚未幾。蔡子死。有賽盧醫者。負蔡銀。蔡往索。賽以繩勒斃蔡。張某與子驢兒見而救之。得免。於是二人要蔡婆媳招贅。竇娥不允。二人遂留居蔡舍。會蔡病。驢兒乘機毒之。誤殺其父。誣竇娥。竇娥卒以冤死。後其父爲廉訪使。竇娥之冤乃白。此劇有日法譯本。皮黃本此演金鎖記。

【臙脂獄】　傳奇名。清人許善長撰。

【警黃鐘】　傳奇名。清人祈黃樓主撰。略謂黃封國國勢軟弱。女主高密當朝。會有胡封國奪取東山。元封國奪取西山。胡封國既佔領東山。又將元封國逐出西山。一併將西山佔領。黃封國密部大臣向胡封國議和。訂定辱國條約。反以此居功。終日歌舞酣樂。粉飾太平。後來東宮太子率領謝蘇二女士。伏闕上書。極言和議靠不住。奈主上惑於蜜部大臣及提督之甘言。依議簽字。不料胡封國暗地與元封國密謀。分據東山西山等處。各分地劃界。密立和約。將該處居民。逼令他徙。警報至國中。主上召該大臣及提督。那大臣聲言願往迎敵。徑役他國去了。提督無奈。提兵前往。上陣未戰。兵潰而逃。

該督亦爲他活擒而去。於是高密任用謝蘇二女士和竺凌霄女士。以計殺退胡封元封二國。克復失地。遂奏凱旋。按此爲寓言劇。黃封國卽中國也。元封國卽日本也。胡封國卽俄國也。高密卽慈禧也。東宮太子卽德宗也。西山卽遼東半島也。

【鏵鍬兒】　曲牌名。南曲入越調。管色配六字調或凡字調。

【籌邊樓】　傳奇名。淸人王鶴尹撰。

【覺世稗官】　見李漁條。

【蘅蕪室主人】　見王衡條。

二十一畫

【顧曲】　謂聽歌曰顧曲。三國志吳志周瑜傳：「瑜少精意音樂。雖三爵之後。其用闕誤。瑜必知之。知之必顧。故時人謠曰。曲有誤。周郎顧。」

【顧彩】　淸代戲曲家。字天石。號夢鶴居士。江蘇無錫人。生卒年不詳。約康熙中葉在世。官至內閣中事。工曲。與孔尚仁友善。尚任作小忽雷。彩爲之塡詞。並改尚仁桃花扇爲南桃花扇。又作後琵琶記傳奇。並傳于世。

【顧壽】　見顧允燾條。

【顧瑾】　明代戲曲家。字懷淋。華亭（亦作杭州）人。生卒年不詳。約萬歷中葉在世。工曲。著有傳奇佩印記一種。

【顧大典】　明代戲曲家。字道行。號衡寓。吳江人。生卒年均不詳。約明神宗萬曆十年前後在世。隆慶進士。官至福建提學副使。因事謫知禹州。後自免歸。居鄉。蓄聲妓自娛。常自按紅牙度曲。與沈璟詩酒流連。作香山洛社之遊。家有淸音閣。亭池佳勝。所作傳奇有靑衫記、葛衣記、義乳記、鳳教編。合題淸音閣四種。

【顧元標】　淸代戲曲家。浙江紹興人。生卒年不詳。約康熙中葉在世。工曲。著有傳奇情夢俠一種。傳于世。

【顧允燾】　明代戲曲家。一名懋宏。字靖甫。初名壽一。字懋儉。江蘇崑山人。生卒年不詳。約明神宗萬曆初前後在世。十三歲補諸生。才高氣傲。以口過被禍下獄。遊太學。舉萬曆十六年卿薦。授休寧教諭。累至莒州。自劾免。築室東郊。植梅數十株。吟嘯以老。允燾與允默妹采屛。均以善製曲名。著有椒觴記傳奇一本。譜陳元亮事。極爲梁辰魚所賞。

【顧仲清】 元代初期戲曲家。東平（今山東省東平縣）人。生卒年不詳。約至元中葉在世。工曲。著有雜劇榮陽城火燒紀信、知漢興陵母伏劍兩種。皆不傳。太和正音譜評其曲曰：「如鵰鶚冲霄。」

【顧希雍】 明代戲曲家。著有傳奇五鼎記、椒觴記二種。

【顧炎武】 人名。淸初崑山人。生於明萬曆間。初名絳。字寧人。號亭林。耿介絕俗。與同里歸莊善。有歸奇顧怪之目。魯王時。與莊起兵勤王。官兵部職方郎中。兵敗得脫。入淸。改名炎武。屢徵不起。周遊四方。睠懷故國。數謁明陵。後卒於華陰。有音學、古音表等書。

【顧采屏】 明代女戲曲家。江蘇崑山人。顧允燾之妹也。生卒年不詳。約萬曆二年前后在世。與二兄允默允燾均以工曲名。著名傳奇摘金圓一種。傳于世。

【顧思義】 明代後期戲曲家。著有雜劇餘慈相會一種。未見流傳。

【顧景星】 淸代戲曲家。字赤方。號黃公。湖北蘄州人。生于明天啓元年。卒於康熙二十六年。享年六十七歲。六歲作賦。時稱神童。康熙十八年舉博學鴻儒科。因病不試。杜門息影。翛然遺世。工詩兼曲。著有白茅堂詩集四十六卷。虎媒記傳奇一種。並傳于世。

【顧覺宇】 淸代戲曲家。生卒年不詳。約康熙中葉前后在世。爲優伶。能作曲。所著傳奇織錦記。一名天仙記。傳于世。

【顧曲散人】 見馮夢龍條。

【顧曲塵談】 書名。凡四卷。近人吳梅撰。有廣文書局、中華書局、商務印書館等排印本。

【顧曲雜言】 書名。凡一卷。明人沈德符撰。此書係從撰者所著野獲編輯錄有關論述戲曲之文字而成者。其於戲曲流別、作家評論、掌故雜事。條分縷析。辨訂頗精。

【鐵雲】 見舒位條。

【鐵落】 古方言：即酒漏斗也。

【鐵窨】 古方言。猶云悵惘也。例如西遊記：「不知俺家告着他。他家告着俺。哥哥回去除了鐵窨。」除了鐵窨。猶云只有悵惘而已。鐵亦作跌。

【鐵氏女】 雜劇名。一名俠女新聲。明人來集之撰。爲秋風三疊之一。略謂布政鐵鉉死節。成祖以其二女發教坊。逼勒萬端。誓不失身。禮部官察驗。二女口吟二詩。官爲奏聞。特予落籍。

【鐵冠圖】 傳奇名。一名虎口餘生。又名表忠記。凡四十四齣。淸人遺民外史撰。或云曹子淸撰。演明末忠奸諸臣故事。在游戲筆墨中。寓勸懲之意。按明撫州人張中。舉進士不第。遇異人。授以太極教學。後言事往往多奇中。嘗戴鐵冠。人因號鐵冠子。見宋濂張中傳。

【鐵騎兒】 曲牌名。南曲入仙呂宮。管色配小工調或尺字調。

【鐵板大鼓】 見大鼓條。

【鐵拐李岳】 雜劇名。正題呂洞賓度鐵拐李岳。元人岳伯川撰。演呂洞賓度化李鐵拐前身岳壽。借尸還魂。終登仙道事。略謂鄭州奉寧人岳壽。官六案都孔目。有幹辦才。然怙勢刁惡。有大鵬金翅鳥之號。呂洞賓以壽具宿緣。恐迷却正道。奉鍾離老祖之命。化顚道人詣門度化之。忽啼忽笑。呼其子福童曰無爺小孽種。呼其妻李氏曰寡婦。壽歸。妻子以告。欲擒呂。呂以言警壽云。聞採訪韓魏公(琦)將抵任。汝乃汚史。當必被戮。壽益怒。縛呂於梁。適韓魏公私行至。放呂去。壽隸役張千。向韓訛索。韓於懷中露金牌字示之。張知即韓。急奔告壽。壽知韓眞來。遂驚悸成疾。及韓抵任。察壽所行案卷。無分毫失職處。以爲能吏。聞其病。令吏孫福。賜藥餌以慰之。而壽已不起矣。李氏殮而焚之。訓子守節。韓應爲書額褒美。而壽以生前吏權太重。造孽極多。遊地府。將受油鑊之刑。呂乃現身云。爾省悟否。壽覘之。即瘋道人也。知必神仙。求其化度。呂爲語冥官。使復還陽。冥官以其屋舍(按即軀體)已毀。有屠戶李氏子。歿三日。氣尙溫。可借屍還魂。但粗陋瘸跛耳。呂屬壽云。復到人間。勿戀酒色財氣。人我是非。貪嗔癡愛。雙名李岳。道號鐵拐。壽魂果附李屍復甦。自悟前身。給李妻曰。人有三魂。吾尙遺一魂。今在城隍廟中。須前往收取。於是乘間歸家。見妻子述返魂事。李屠則謂岳家誤認其子。訴於韓琦。琦細鞫之。果係岳屍還陽。而兩家猶相爭不已。呂忽至云。毋相爭。余即洞賓也。壽有仙緣。當度。惟暫令其還陽入道耳。遂借鐵拐去。後成上仙。至今猶象其跛脚持杖。狀貌甚陋云。現存元人雜劇本事考

【鐵拐李度金童玉女】 見金童玉女條。

【蘭皐】 見金椒條。

【蘭昌宮】雜劇名。正題薛昭誤入蘭昌宮。元人庾天錫撰。

【蘭佩記】傳奇名。明人王瀹撰。

【蘭亭會】雜劇名。正題王羲之蘭亭顯才藝。明人許潮撰。按今樂考證題曰：「楊愼作。」盛明雜劇署曰：「巴蜀升庵楊愼編。」重訂曲海目注謂：「或誤刊楊愼作。」群音類選則不署作者姓名。

【蘭桂仙】傳奇名。淸人左潢撰。

【蘭谷先生】見白樸條。

【蘭蕙聯芳樓】南戲名。元代無名氏撰。南戲拾遺輯錄此目。

【蘭陵王入陣曲】隋唐嘉話：「齊文襄長子長恭封蘭陵王。與周師戰。嘗著假面對敵。擊周師金墉城下。勇冠三軍。武士共歌謠之。曰蘭陵王入陣曲。」

【蘭紅葉從良煙花夢】見煙花夢條。

【續西廂】戲曲名。淸人查繼佐撰。王實甫西廂有關漢卿續四齣。此蓋彷彿其意爲之。

【續靑樓】傳奇名。淸人高奕撰。

【續情燈】傳奇名。淸人薛旦撰。演景詔詠美人曉起詩。與尹停霞匹配事。劇中以神燈引路。景尹復合。是名續情燈也。

【續琵琶】傳奇名。淸人高伯陽撰。

【續精忠】傳奇名。明人湯子垂撰。

【續還魂】傳奇名。亦作續牡丹亭。淸人靜庵撰。

【續騷離】雜劇名。淸人嵇永仁撰。凡四折。各演一事。曰劉國師教習扯淡歌。曰杜秀才痛哭泥神廟。曰癡和尚街頭笑布袋。曰憤司馬夢裏罵閻羅。其原引云：「塡詞者。文之餘也。歌哭笑罵者。情所鍾也。文生於情。始爲眞文。情生於文。始爲眞情。離騷迺千古繪情之書。故其文一唱三嘆。往復流連。纏綿而不可解。所以飲酒讀離騷。便成名士。緣情之所鍾。正在我輩。忠孝節義。非情深者莫能解耳。屈大夫行吟澤畔。憂愁幽思而騷作。語曰。歌哭笑罵。皆是文章。僕輩遘此陸沉。天昏日慘。性命旣輕。眞情於是乎發。眞文於是乎生。雖塡詞不可抗騷。而續其牢騷之遺意。未始非楚些別調云。」相傳此劇爲獄中作。以炭屑書於紙背。四壁皆滿。耿亂平後。閩人錄而傳之者。

【續四聲猿】戲曲別集名。淸人張韜撰。共收傳奇四種。曰杜秀才痛哭霸亭廟。曰戴院長神行蘇州道。曰王節使重續木蘭辭。曰李翰林醉草淸平調。

【續牡丹亭】傳奇名。見續還魂條。

【鶯鶯】　見崔鶯鶯條。

【鶯啼序】　曲牌名。南曲入商調。管色配六字調或凡字調。

【鶯燕蜂蝶】　雜劇名。明人王子一撰。

【鶯鶯西廂記】　南戲名。元代無名氏撰。永樂大典卷一三九八三、南詞敍錄、南戲百一錄、宋元戲文本事、宦門子弟錯立身戲文中。俱錄此目。

【鶯鶯牡丹記】　見牡丹記條。

【鶯鶯紅娘着圍棋】　雜劇名。元人王生撰。演鶯鶯紅娘下棋。張生踰牆偷看事。

【纏令】　曲之一種。辭海：「北宋時代。有纏令纏達之歌曲。纏令由引子及尾聲而成。纏達則於引子尾聲之間。交互循環插入任意之甲乙二小曲。較纏令更進一步。」

【纏達】　見纏令條。

【纏頭】　古之舞者，以錦纏首。賓客集宴。舞罷恆贈羅錦爲彩。謂之纏頭。舊唐書郭子儀傳：「出羅錦二百匹。爲子儀纏頭之費。」今用爲對妓賞賜之稱。陸游詩：「濯錦江頭憶舊遊。纏頭百萬醉靑樓。」

【纏枝花】　曲牌名。南曲入南呂宮。管色配六字調或凡字調。

【纏夜帳】　雜劇名。明人呂天成撰。劇品謂此劇：「南四折。以俊僕狎小鬟。生出許多情致。」

【櫻桃記】　傳奇名。明人史槃撰。今吹腔打櫻桃卽演此事。

【櫻桃宴】　雜劇名，淸人張來宗撰。

【櫻桃園】　雜劇名。明人王澹撰。

【櫻桃夢】　傳奇名。明人陳與郊撰，爲詅癡符四種之一。演太平廣記所載櫻桃靑衣事。略謂唐天寶間。有盧子者。於精舍中聽說法。倦而睡。夢遇一侍女提櫻桃籃。伴至其主家一豪宅中。與其家親戚之女結婚。中高第授官。連見陞進云云。與枕中記大旨相似。曲海提要評之曰：「雖極意經營。而頭緒紛雜。不成章法。視臨川之譜邯鄲不逮遠矣。」

【驀】　古方言。㈠忽然也。㈡猛然也。㈢跨過也。

【驀山溪】　曲牌名。南曲入大石調。北曲入大石調。管色配小工調或尺字調。

【驀忽姻緣】　雜劇名。明人凌濛初撰。劇品謂此劇：「北四折。熟讀元曲。信口所出。遒勁不群。如此妙才。惟其不作全記。今止獲一臠耳。向日詞云。爭推伯起紅拂之作。自有此劇。紅拂恐不免小巫矣。」

【鶴臯】　見王鳴九條。

【鶴蒼子】　淸代戲曲家。著有傳奇風流配一種。

【鶴歸來】　傳奇名。淸人瞿頡撰。

【霸亭秋】　雜劇名。正題杜秀才痛哭霸亭秋。明人沈自徵撰。為漁陽三弄之一。演宋杜默累舉不第事。宋杜默下第。夜歸就項羽廟宿。以其文質神前痛哭。大呼曰。千古如大王。不能得天下。有才為杜默。而見放于有司。豈非命哉。神像淚出。泥界于面。霸亭秋演其實也。按稽留山續離騷中。亦有杜秀才痛哭泥神廟一折。極為悲壯云。

【霸王院本】　院本名目。輟耕錄所載金人院本名目六百九十種之中。曰霸王院本者六本。王國維疑演項羽之事。

【霸王舉鼎】　雜劇名。正題禹王廟霸王舉鼎。元人高文秀撰。

【霸王垓下別虞姬】　見別虞姬條。

【灌園記】　傳奇名。明人張鳳翼撰。為陽春六集之一。演法章灌園事。本史記田完世家敷演成劇。略謂齊湣王荒淫無度。世子法章憂之。使其傅王蠋諫之。不聽。燕將樂毅來攻。楚使淖齒為將救齊。淖齒戰敗。降燕軍。殺齊王。王蠋使法章改名王立。避難莒太史敫家為僕。太史之女君后。見其人品非卑。愛之。嘗自製寒衣私贈之。侍女朝英解其意。乘夜導君后至王立房中相語。知其為世子。終於私通焉。往還途中。遺失寶簪於園中。牧童偶拾得之。示太史。秘密暴露。君后與侍女遂遭譴責。會田單破燕軍。復齊國。欲使世子即位。知其在太史家中。來迎。由田單為媒。納君后為妃。侍女朝英由世子為媒。而為田單夫人。（中國近世戲曲史）

【灌口二郎斬健蛟】　見斬健蛟條。

【灌將軍使酒罵座記】　見罵座記條。

【蘧門】　見李本宣條。

【蘧然子】　見車任遠條。

【懸痲】　古方言。形容大雨之狀也。

【懸嶴猿】　傳奇名。淸人祈黃樓主撰。凡五齣。曰島棲（寫明末張蒼水閣部兵敗。偕群猿隱南田縣島為僧。）曰誠猿（寫猿依其主張閣部不捨。）曰島別（寫張閣部舊校降淸。探知張之行蹤。赴島勸其投降。張欲抗拒或自殺。惟恐累及寺僧。只得勉允同行。）曰歸神（寫張罵淸臣被殺。）第五齣題目不詳（寫汪端女士在南屏弔張蒼水之墓。）

【擴厢】　古方言。猶云衙役么喝也。例如竇娥寃：

「今早開廳坐衙。左右。喝攛廂。」亦作攛箱。例如魔合羅：「則聽的鼕鼕傳聲鼓。喏喏報攛箱。」

【攛斷】　古方言。㈠猶云搬弄也。撮合也。例如張生煮海：「咿呀呀。偏似那織金梭攛斷機聲。」此言金梭搬弄之聲也。亦作攛掇。例如張協狀元：「好姻緣來合湊。把你攛掇嫁一個好兒夫。」此猶云撮合也。㈡猶云慫慂也。例如望江亭：「我我我。攛斷的上了竿。你你你。掇梯兒着眼看。」此言慫慂上竿也。秋胡戲妻：「你也曾聽杜宇他那裏口聲聲攛掇先生不如歸。」此言慫慂歸去也。㈢猶云摧逼也。例如秋夜竹窗：「暢好是花謝的疾。春去的緊。攛斷了人生有限身。」此言相催逼也。亦作攛掇。例如董西廂：「遂喚幾個小嘍囉。傳令衆攛掇。隔着山門厲聲叫。滿寺裏僧人聽呵。」言孫飛虎傳令手下嘍囉。催逼普救寺僧人獻出鶯鶯情事也。㈣猶云唱奏音樂也。例如風月紫雲庭：「你覷波。比及攛斷那唱叫。先索打拍那精神。」唱叫即戲。攛斷那唱叫。猶云唱那戲曲也。張協狀元戲文：「後行脚色。力齊鼓兒。饒個攛掇末泥色。」饒者即饒頭戲也。末泥色者即脚色中之末也。斷亦作掇。例如藍采和：「再不去喬粧扮打拍攛掇。再不去戲臺上信口開合。」此爲藍采和悟道後之言。藍本名伶。故云然。梧桐雨：「高力士云。請娘娘登盤。演一回霓裳之舞。正末云。依卿奏者。正旦做舞。衆樂攛掇。」衆樂攛掇。即衆樂器一齊奏演以節舞也。

【攙奪】　古方言。猶搶奪也。例如梧桐雨：「攙奪盡六宮寵幸。更待怎生般智巧心靈。」又如謝金吾：「不聽的做夜市的炒鬧。爭地舖的攙奪。」

【攙攬】　古方言。攙者攙先也。攬者兜攬也。例如西廂記：「非是我攙。不是我攬。怎生喚做打參。大踏步的殺生虎窟龍潭。」

【鶻鴒】　㈠古方言。靈活也。機警也。隼眼銳利靈活。因引申以爲義。亦作胡伶或兀伶。㈡見南曲條。

【鶻打兔】　曲牌名。南曲入中呂宮。管色配小工調或尺字調。

【欄柯山】　傳奇名。作者不詳。演漢朱買臣妻。嫌夫貧賤。改嫁。及買臣榮顯。妻羞恨自盡之事。綴白裘等書載其七齣。曰寄信。曰相罵。曰逼休。曰癡夢。曰悔嫁。曰北樵。曰潑水。

【欄柯山王質觀碁】　雜劇名。明代無名氏撰。

【蠟梅花】曲牌名。南曲入仙呂宮。管色配小工調或尺字調。

【蠟鎗頭】古方言。語鎗頭當堅硬。蠟製鎗頭。則徒有其形而不堅。例如李逵負荊：「你可也休翻做了蠟鎗頭。」

【襯字】童斐元曲選注緒言謂：「曲文之中。有正字襯字之分。正字者。原譜所有。塡曲時不可少之字也。襯字者。原譜所無。塡曲者以己意加增之字也。」古曲無所謂襯字。元明以來。曲分南北。始漸用之。北曲襯字多少可以不拘。南曲有「襯不過三」之語。故其襯字。總以不過三字爲妙。例如紅梨亭會折云：「月圓如鏡。好笑我貪杯酩酊。忽聽窗外喁喁。似喚我玉人名姓。我魂飛魄驚。魂飛魄驚。便欲私窺動靜。爭奈我酒魂難省。到今日睡瞢騰。只落得細數三漏。沒奈何長吁千百聲。」詞中所用好笑我、便欲、爭奈我、到今日、只落得、沒奈何、皆襯字也。凡襯字。歌者必速速帶去。俗謂之搶。

【黯約】見窨約條。

【鑊鐸】古方言。㈠忙亂也。㈡喧鬧也。

【辯三教】雜劇名。正題周武帝辯三教。明人朱權撰。

【魔合羅】雜劇名。正題張鼎智勘魔合羅。元人孟漢卿撰。演李文道設計毒死從兄德昌。反誣其嫂玉娘謀殺親夫。獄已定讞。賴張鼎覆審。眞情始露。其破案線索爲一魔合羅。即劇名之所由來也。略謂河南府錄事司李彥實。居住醋務巷。子文道。姪德昌。德昌妻劉玉娘。子佛留。文道爲醫。開藥舖。德昌作賈。開線舖。同巷分居。文道無行。數過德昌家。玉娘呼彥實至。責文道。文道益懷恨。及德昌歸。因冒雨受寒。病於城外五道將軍廟。時當七夕。有賣魔合羅者曰高山。入廟避雨。德昌告以居址。囑通信於其妻。高山入城。至文道藥舖中間路。文道給之走枉道。而懷毒藥先行至廟。毒殺德昌。刼其貲以歸。高山繞道訪至德昌家。乃知即藥舖之對門也。山送信既達。乃以魔合羅一。留贈佛留而去。玉娘至廟。德昌已垂絕。扶至家。七竅流血死。文道乘機勒逼其嫂爲婦。玉娘不從。遂誣其因奸殺夫。官吏皆受賄嚴拷。玉娘誣服。翌年。新官至。玉娘將就戮。孔目張鼎疑玉娘冤。請卷閱之。疑竇至多。乃與令史力爭。而請新官復審。官即責鼎三日內定虛實。鼎出玉娘於獄。有詢報訊人形狀。

玉娘出佛留所存魔合羅。視之。上刻「高山製」云云。乃訪得高山。詰以報信之日。尚有何人見聞。山言藥店主人。及給之繞道事。乃拘文道。文道不承。文道之父彥實。年已八十。老瞶。鼎使人賺以文道已供。彥實不能隱。拘至官。一一證之。文道伏誅。玉娘之寃始得白云。（現存元人雜劇本事考）按魔合羅者。乃一種蠟製土偶。即今之洋囡囡也。考歲時紀異曰：「七夕。俗以蜡作嬰兒狀浮水中以爲戲。爲婦人宜男之詳。謂之化生。本出西域。謂之摩睺羅。今日摩合羅。蓋流俗相沿。音訛字謬也。」

【瓔珞會】傳奇名。淸人朱佐朝撰。

【露綬記】傳奇名。明人單本撰。

【護龍記】傳奇名。明人馮之可撰。演疊陽子事。

【躍鯉記】傳奇名。亦作姜詩得鯉。明人陳羅齋撰。演漢姜詩宅邊。泉忽湧出。日有鯉魚躍出。以供其母之膳事。

【鐸夢野人】明代後期戲曲家。著有雜劇可坡夢一種。未見流傳。

【屬玉堂十七種】戲名別集名。明人沈璟撰。共收傳奇十七種。曰紅蕖記。曰桃符記。曰義俠記。曰埋劍記。曰分柑記。曰十孝記。曰分錢記。曰結髮記。曰珠串記。曰雙魚記。曰情笑記。曰四異記。曰墜釵記。曰合衫記。曰奇節記。曰鴛衾記。曰鑿井記。

【癩曹司七世寃家】見七世寃家條。

二十二畫

【讀書聲】傳奇名。淸人張大復撰。

【讀書種】傳奇名。明人陳曉江撰。

【讀離騷】雜劇名。淸人尤侗撰。爲西堂曲腋六種之一。演屈原事。凡四折。第一折寫原呵壁問天。及問卜於鄭詹尹。第二折寫原作九歌以祭神。第三折寫原見漁父。投江自殺。第四折寫宋玉賦高唐及招魂。此劇隱括楚辭諸篇。頗見作者技巧。

【讀曲小識】書名。近人盧前撰。有商務印書館排印本。

【讀曲隨筆】書名。凡四十四篇。近人趙景深作。上海北新書局出版。

【讀書叢刊】書名。近人董康編刊。共收錄鬼薄、南詞敍錄、舊編南九宮目錄、十三調南曲音節譜、衡曲麈談、魏良輔曲律、顧曲雜言、劇說、王驥德曲律等九種。

【疊韻】 李松石音鑑云：「兩字同歸一母爲雙聲。兩字同歸一韻爲疊韻。反切之上一字與所切之字爲雙聲。反切之下一字與所切之字爲疊韻。」

【疊韻體】 詩詞曲中俳體之一格。

【疊字錦】 曲牌名。南曲入雙調。管色配乙字調或正工調。

【鑑中人】 傳奇名。清人姜玉潔撰。

【鑑湖亭】 雜劇名。正題呂太后夜鎭鑑湖亭。元人李壽卿撰。

【鑑湖隱】 傳奇名。清人裘連撰。爲玉湖樓傳奇之一。

【攤破地錦花】 曲牌名。南曲入中呂宮。管色配小工調或尺字調。

【攤破金字令】 曲牌名。南曲入雙調。管色配乙字調或正工調。

【攤破簇御林】 曲牌名。南曲入商調。管色配六字調或凡字調。

【臞仙】 見朱權條。

【臞道人】 清代戲曲家。著有傳奇布袋錦一種。

【聽沉】 古方言。猶云聽也。例如董西廂：「窗下立了多時。聽沉了一餉。流淚濕却胭脂。」此猶云聽了一會也。盆兒鬼：「我聽沉了半多晌。覷瞻了四週圍。」此猶云聽了半晌也。

【聽然子】 見薛旦條。

【歡喜緣】 傳奇名。清人陳子玉撰。

【歡喜冤家】 (一)南戲名。元代無名氏撰。南詞敍錄南九宮譜所載刷子序散曲中俱錄此目。(二)雜劇名。元人沈和撰。(三)傳奇名。清人范文若撰。

【權六】 見張韶條。

【鬚生】 見老生條。

【鷗亭】 見吳城條。

【籜庵】 見袁于令條。

【囈掙】 古方言。(一)打寒噤也。(二)猛然喫驚也。(三)發怔也。亦作寱掙或意掙。

【囊揣】 古方言。猶云弱也。例如黃粱夢：「俺如今鬢髮蒼白。身體囊揣。則恁的東倒西歪。」言年老無能爲力也。西廂記：「俺姐更做道軟弱囊揣。怎嫁兀那不値錢人樣蝦駒。」言鶯鶯就使懦弱無剛。亦不肯嫁與這樣醜陋之人也。

【攧窨】 古方言。猶云頓足忍氣也。例如西廂記：「星眼朦朧。檀口咨嗟。攧窨不過。」攧。頓足也。奩。怒悶而忍氣也。亦作嚬奩。例如巾箱本琵琶記：「怪得你終朝嚬奩。我只道你緣何愁悶深。」言終日頓足忍氣也。

【灘簧】　地方戲之一種。流行於蘇州、無錫、揚州、上海、杭州、餘姚、寧波、溫州等地。尤以蘇、申、杭、甬、四地爲盛。徐珂清稗類鈔云：「灘簧江浙間最多。有蘇灘、滬灘、杭灘、寧波灘之別。」楊蔭深中國俗文學概論云：「還一個灘子。也許正是黃浦灘的灘字。」是灘簧之起源。應在上海也。

【竊符記】　劇中人。傳奇名。張鳳翼撰。演如姬竊符事。

【灑雪堂】　㈠傳奇名。明人馮夢龍改定。爲新曲十種之一。㈡傳奇名。淸人梅孝巳撰。

【鷓鴣天】　㈠雜劇名。正題晏叔原風月鷓鴣天。元人關漢卿撰。㈡曲牌名。南曲入仙呂宮引。北曲入大石調。管色配小工調或尺字調。

【龔鼎孳】　明代戲曲家。字孝升。號芝麓。安徽合肥人。生於萬曆四十三年。卒于康熙十二年。享年五十九歲。明崇禎七年進士。授兵科給事中。入淸。授吏科給事中。累遷太常寺少卿。戀名妓顧媚。多爲奇珍異寶以悅其心。聞父喪。歌飮留連如故。爲人放曠。頗爲時所譏。而給聞博學。詩古文俱工。著有定山堂集。又譜顧妓事爲白門柳傳奇。並傳于世。

【響遏行雲】　謂聲調高亮。能遏止行雲也。蘇軾詠慶姬詞：「響亮歌喉。遏住行雲翠不收。」正用此事。

二十三畫

【變文】　變文爲中國最早之說唱文學。由佛經演變而成。故名曰變。鄭長樂中國俗文學史：「所謂變文之變。當是指變更了佛經的本文而成爲俗講之意。後來變文成了一個專稱。便不限定是敷演佛經之故事了。或簡稱爲變。」變文之起源當始於唐。唐人趙璘因話錄中。曾記文淑僧譚說情形謂：「有文淑僧者。公爲聚衆譚說。假託經論。所言無非淫穢鄙褻之事。不逞之徒。轉相鼓扇扶樹。愚夫冶婦。樂聞其說。聽者塡咽寺舍。瞻禮崇拜。呼爲和尙教坊。效其聲調。以爲歌曲。」變文之體製。大都以七言作一韻。但亦有三言或五言者。其題材。則全述佛教故事。如大目揵連變文、有相夫人升天變文等。但亦有非佛教者。如舜子至孝變文、張義潮變文等。其後變成寶卷、彈詞、大鼓之類。

【變宮】　七音調之第七音也。

【變徵】　七音調之第四音也。

【欒城驛】　雜劇名。正題子父夢秋夜欒城驛。元人鄭廷玉撰。

【欒巴噀酒】　雜劇名。正題神龍殿欒巴噀酒。元人李取進撰。

【攪道場】　雜劇名。明人李開先撰。為一笑散之第三種。

【攪箏琶】　曲牌名。北曲入雙調。管色配乙字調或正工調。

【體面】　古方言。猶云規矩也。體統也。例如藍采和：「俺將這古本相傳。路岐體面習行院。」路岐即伶人。此猶云伶人規矩也。梧桐葉：「你是女子。賡和他人詞章。是何體面。」此猶云成何體統也。

【癯先生】　明代戲曲家。著有傳奇撮合圓一種。

【戀芳春】　曲牌名。南曲入南呂宮引。管色配六字調或凡字調。

【驚鴻記】　傳奇名。明人吳世美撰。演唐玄宗梅楊二妃爭寵相妬事。以梅妃驚鴻舞為關目。故名。李調元雨村曲話評曰：「驚鴻臥冰二記。俱詞句鄙俚。曲之最下乘也。宜乎其人亦不傳。」

【鸛鸛裘】　㈠雜劇名。太和正音譜注曰：「四人共作。第一折范居中。第二折施君美。第三折黃德潤。第四折沈洪。」㈡傳奇名。清人袁于令撰。為劍嘯閣傳奇之一。演司馬相如事。曲海提要謂：「據本傳。旁採諸書。凡關相如之故事。大概塡入」云。

二十四畫

【鬬】　古方言。㈠猶勾引也。惹引也。牽引也。例如東坡夢：「你看那花間四友相搬弄。鬬起他那春心動。」此言勾引也。漢宮秋：「休煩惱。吾當且是耍。鬬卿來便當眞假。」此言惹引也。小尉遲：「我見他遮截得來省氣力。倒拖鬬的氣喘狼籍。」此言牽引也。㈡猶徒也。頓也。例如豫讓吞炭：「他道乞丕丕心驚。我惡狠狠跳出。鬬將我嗔忿忿捉拿。」言徒然將我捉住也。㈢猶喜樂也。戲耍也。例如薛仁貴：「你把我難當。鬭作。戲耍。睡夢裡拖逗得我心中怕。」難當與鬭作同爲戲耍義。意言將我極端來戲耍也。

【鬭茗】　戲曲名。洪昇撰。爲四嬋娟四種之一。演李淸照事。李淸照金石錄後序云：「每飯罷坐歸來堂烹茶。指堆積書史。言某事在某書某卷。第幾葉第幾行。以中否勝負爲飲茶先後。中則擧。否則大笑。或至茶覆懷中不得起。」

【鬭風情】　雜劇名。明代無名氏撰。劇品稱此劇：「南一折。姚江之館師何罪。而辱之一至於此。巧處不乏。但少天然之趣。」

【鬭卿耍】　古方言。謂誑人而戲弄之也。例如漢宮秋：「煩惱吾當且是耍。鬭卿來便當是假。」

【鬭龍圖】　雜劇名。明代無名氏撰。

【鬭雞會】　雜劇名。正題黑旋風鬭鷄會。元人高文秀撰。

【鬭鵪鶉】　曲牌名。北曲入越調。管色配六字調或凡字調。又入中呂宮。管色配小工調或尺字調。

【鬭寶蟾】　曲牌名。南曲入越調。管色配六字調或凡字調。

【鬭蝦蟆】　曲牌名。南曲入越調。管色配六字調或凡字調。

【靈虛】　見張鳳翼條。

【靈皐軒】　淸代戲曲家。著有傳奇節義譜一種。

【靈媧石】　傳奇名。淸人許善長撰。

【靈犀佩】　傳奇名。明人王昇撰。

【靈犀鏡】　傳奇名。淸人朱從雲撰。

【靈寶刀】　傳奇名。凡三十五齣。明人陳與郊撰。爲詅癡符四種之一。演林冲事。據水滸傳而略有變異。略謂林冲妻爲高明所逼。幸得錦兒替嫁。乃與王媽媽連夜逃至四花庵。旋爲庵主。林冲報仇後。到庵中謝神。恰與其妻重逢。作者自題卷尾曰：「山東李伯華先生舊稿。重加刪潤。凡過曲到尾二百四支。內修者七十四支。撰者一百三十支。」

【靈芝慶壽】　雜劇名。正題河嵩神靈芝慶壽。明人朱有燉撰。

【艷】　㈠曲引也。通雅樂曲：「王僧虔曰。大曲有艷、有趨、有亂。艷在曲前。趨與亂在曲後。亦猶吳聲西曲。前有和後有送也。」㈡文辭美麗亦曰艷。穀梁傳序：「左氏艷而富。」

【艷段】　夢粱錄云：「雜劇先做尋常熟事一段。名曰艷段。」輟耕錄又謂之燄段。曰燄段亦院本之意。但差箇耳。取其如火燄易明而易滅也。」按艷段等於開場戲。即淸之早軸子。散段則等於散場戲。即淸之大軸子也。

【艷雲亭】傳奇名。淸人朱佐朝撰。演蕭鳳韶女惜芬愛洪繪之才。屬意。旋爲奸人掠之。備嘗辛酸。後卒獲團聚事。劇中王欽若營艷雲亭於郊壇之鈞天谷。選繡女以悅眞宗。致生無限風波。爲全劇關目故名。

【灝陵橋】曲牌名。南曲入雙調。管色配乙字調或正工調。

【鹽客三告狀】見三告狀條。

【驟雨打新荷】曲牌名。南曲入小石調。管色配小工調或尺字調。

二十五畫

【蠻江令】曲牌名。南曲入仙呂宮。管色配小工調或尺字調。

【蠻姑兒】曲牌名。北曲入正宮。管色配小工調或尺字調。

【蠻牌令】曲牌名。南曲入越調。管色配六字調或凡字調。

【觀夢道士】見邾經條。

【觀音菩薩魚籃記】見魚籃記條。

【黿】見別條。

【躪柳】古代雜戲之一。躪音札。故又曰札柳。龐元英文昌雜錄：「端午日走馬。謂之躪柳。今天下營門材士。（端）五日籠鳥于旗竿。走馬用射。亦曰札柳。」

【孿甌記】傳奇名。明人史槃撰。

二十六畫

【趲】古方言。猶行走云。例如拜月亭：「孩兒。顧不得你鞋弓袜小。只得趲行幾步。」

【讟掙】見癡掙條。

【驢皮記】雜劇名。元人紀君祥撰。

二十七畫

【鑽烟筒】身段名。齊如山云：「戲中交戰之前。兩將把兵器架住。兩邊官兵都由中間鑽出。然後各分下。此行話名曰鑽烟筒。」

二十八畫

【鋬井記】傳奇名。明人沈璟撰。為屬玉堂十七種之一。

【鋬壁偷光】雜劇名。正題漢匡衡鋬壁偷光。元人關漢卿撰。

【鸚鵡洲】傳奇名。明人陳與郊撰。為詅癡符四種之一。演唐玉簫薛濤二女事。

【鸚鵡媒】傳奇名。清人錢維喬撰。

二十九畫

【爨弄】輟耕錄：「國朝院本五人。一曰副淨。一曰副末。一曰引戲。一曰末泥。一曰孤裝。又謂之五花爨弄。或曰。宋徽宗見爨國人來朝。衣裝鞵履巾裹。傳粉墨。舉動如此。使優人效之以為戲。」雜劇之名爨弄。殆本於此。

【爨戲】見串戲條。

【爨戲】謂搬演故事成戲也。通俗編俳優云：「元院本用五人搬演。謂之五花爨弄。今學搬演者流。俗謂之串戲。當是爨字。」

【鬱輪袍】㈠雜劇名。正題王摩詰拍碎鬱輪袍。明人王衡撰。演王維與尚書蘇頲女蕙芳遇合事。有虛有實。尤多綴飾。按鬱輪袍本王維所製曲名。劇中用作關目。故名。薛用弱集異記：「王維年未弱冠。文章得名。性嫻音律。妙能琵琶。為岐王所眷重。維方將應舉。求王庇護。王引至公主第。使為伶人。令獨奏新曲。聲調哀切。主曰。此曲何名。維起曰號鬱輪袍。主大奇之。則曰子有所為文乎。維即出獻懷中詩卷。主覽閱驚異。因令更衣。昇至客右。召試官至第。遣宮婢傳教。諭以維作解頭登第。」

【鬱藍生】見呂天成條。

三十畫

【鸞釵記】傳奇名。明人鄭國軒撰。略謂有劉翰卿者。受繼母虐待。投江自殺。為人所救。其妻及一女亦遭繼母之誣告投獄中。其一子廷詔為乞兒。其繼母更賄朱義欲殺之。朱義因曾受廷詔父舊恩。救之。偕往獄中與其母告別。既而父翰卿立功爲御史。因其子向之訴母寃。父子奇遇。乃出妻女於獄。一家重行團聚焉。

【鸞鎞記】　傳奇名。亦作魚玄機。凡二十一齣。明人葉憲祖撰。演唐溫庭筠與魚玄機分鎞合鎞事。略謂唐時杜羔曾以碧玉鸞鎞聘趙氏爲妻。後爲奸人所怒。經歷失意之苦。終得佳人之激勉。良友之相助。得以高第。其中插入溫飛卿與魚玄機姻緣遇合事。本劇尾聲曰：「檞園性格躭游戲。把兩個佳人扯作一堆。妝點新詞自解頤。」兩佳人者。一爲配與溫飛卿之魚玄機。一爲配與杜羔之趙文姝也。呂天成曲品評曰：「曲中頗具憤激。」

中華語文叢書

戲曲辭典

1912

作　　者／王沛綸 著
主　　編／劉郁君
美術編輯／本局編輯部

出 版 者／中華書局
發 行 人／張敏君
副總經理／蔡金崑
行銷經理／王新君
地　　址／11494 台北市內湖區舊宗路二段181巷8號5樓
客服專線／02-8797-8396　　傳　　真／02-8797-8909
網　　址／www.chunghwabook.com.tw
匯款帳號／華南商業銀行　西湖分行
179-10-002693-1　中華書局股份有限公司

法律顧問／安侯法律事務所
製版印刷／維中科技有限公司　海瑞印刷品有限公司
出版日期／2023年4月四版
版本備註／據1989年10月三版復刻重製
定　　價／NTD 580

國家圖書館出版品預行編目（CIP）資料

戲曲辭典/王沛綸編著. -- 四版. -- 臺北市：中華書局，2023.04
面；　公分. -- (中華語文叢書)
ISBN 978-986-5512-91-0(平裝)

1.戲曲 2.詞典

853.04　　112004686

NO.H0010
ISBN 978-986-5512-91-0（平裝）